KB146930

그레이엄 그린

24 세계문학 단편선

그레이엄 그린

서창렬 옮김

H
현대문학

차례

21가지 이야기

새로운 단편들

21가지 이야기

Twenty-One Stories

파괴자들
The Destructors

1

가장 최근에 입단한 신참이 '웜즐리코먼 갱단'의 우두머리가 된 것은 8월 공휴일* 전날 밤이었다. 마이크 말고는 아무도 놀라지 않았다. 그러나 아홉 살인 마이크는 무슨 일에나 놀랐다. "너, 입 안 다물면," 한번은 누가 그에게 말했다. "입 속에 개구리를 처넣어 버릴 거야." 그 뒤로 마이크는 몹시 놀라는 때를 제외하고는 입을 꼭 다물고 지냈다.

신참은 여름방학이 시작됨과 더불어 이 갱단에 합류했는데, 시무룩

---

* August Bank Holiday. 8월 첫 번째 월요일(1970년대 이후에는 8월 마지막 월요일로 바뀜)로, 영국은 금융 강국답게 은행이 쉬는 날을 공휴일로 정하는 경향이 있어서 이런 명칭이 붙었다.

하고 말수가 없는 아이임을 모두 다 알고 있었을 것이다. 그는 허튼소리는 한 마디도 하지 않았다. 심지어 이름도 말하지 않고 있다가 원칙에 따라 밝혀야만 했을 때에야 비로소 얘기할 정도였다. 그가 '트레버'라고 말했을 때 그건 사실을 말한 것이었지만, 어쩌면 다른 아이들은 창피함이나 반항의 표현으로 받아들였는지도 모른다. 아이들은 웃지 않았으나 마이크만 멋모르고 웃었다. 마이크는 자기를 쏘아보면서 입을 벌렸다가 다물고 마는 그 신참의 어두운 시선을 홀로 맞닥뜨려야 했다. 아이들은 나중에 그를 트레버 대신 'T'라고 불렀는데(이름을 부르면 비웃음이 새어 나오지 않을 도리가 없어서 이니셜로 대체한 것이었다), T가 조롱의 대상이 된 데는 충분한 이유가 있었다. 그 이름에는 그의 아버지가 전에는 건축가였으나 지금은 점원으로 '영락했다'는 사실, 그의 어머니가 스스로를 이웃보다 더 나은 사람으로 여기는 속물이라는 사실이 담겨 있었던 것이다. 어딘지 모르게 위험하고 예측할 수 없는 성격이라는 인상을 주지 않았다면, 그가 어떻게 난폭한 입단식도 없이 갱단에서 입지를 확고히 다질 수 있었겠는가?

갱단은 매일 아침 임시 주차장에서 모였다. 그곳은 예전에 첫 번째 대공습* 때 폭격을 당한 장소였다. 블래키라고 알려진 갱단의 우두머리는 폭탄이 떨어지는 소리를 들었다고 주장했는데, 그 당시에는 그가 한 살일 때여서 웜블리코먼 지하철역의 플랫폼에서 깊이 잠들어 있었을 거라고 정확히 지적하는 아이는 없었다. 주차장의 한쪽 면에는 산산이 부서진 거리에서 처음으로 사람이 들어가 살게 된 노스우드테라스 3번지의 집이 기우뚱하게 서 있었다. 폭격을 겪은 데다 옆벽

---

* 제2차 세계대전 때 독일 공군이 가했던 런던 대공습을 말한다. 1940년 9월 7일부터 57일간 지속되었다.

은 버팀목으로 지탱되고 있었기 때문에 말 그대로 기울어진 모습이었다. 작은 폭탄 한 발과 소이탄 몇 발이 저 너머에 떨어진 탓에 그 집은 이빨처럼 삐죽 튀어나와 있었다. 그 뒤로 멀찍이 이웃집의 무너져 내린 벽과 징두리널과 벽난로 잔해가 보였다. T의 말은 매일 블래키가 제안하는 작전 계획에 '찬성' 또는 '반대' 표시를 하는 것에 거의 국한되었는데, 한번은 T가 음울하게 이런 말을 해서 모두를 놀라게 했다. "렌이 그 집을 지었대. 아빠가 그랬어."

"렌이 누군데?"

"세인트폴 대성당을 지은 사람."

"그게 무슨 상관이야." 블래키가 말했다. "그건 투덜이 영감네 집일 뿐이라고."

투덜이 영감—진짜 이름은 토머스였다—은 예전에는 건축가이자 실내장식가였다. 그는 그 손상된 집에서 혼자 일하며 혼자 살았다. 노인은 일주일에 한 번 빵과 채소를 사 들고 마을 공유지를 가로질러 돌아왔다. 한번은 아이들이 주차장에서 놀고 있을 때 노인이 허물어진 정원 담장 위로 고개를 내밀고 아이들을 바라보았다.

"화장실에 갔다 오나 봐." 한 아이가 말했다. 폭탄이 떨어진 후로 집 안의 배관 시설에 뭔가 문제가 생겼지만, 몹시 인색한 투덜이 영감이 집에 돈을 쓰지 않는다는 것은 누구나 아는 사실이었다. 노인은 재료비만 들여서 직접 실내장식을 할 수 있었지만, 배관 공사에 대해서는 배운 적이 없었다. 옥외 화장실은 좁은 정원의 맨 끝 쪽에 있는 목조 헛간이었는데, 문에는 별 모양의 구멍이 나 있었다. 폭격 때 이웃집이 박살이 나고 이 3번지 집의 창틀도 떨어져 나갔지만 옥외 화장실은 무사했다.

다음번에 갱단이 토머스 씨와 만났을 때의 일은 더욱 놀라웠다. 블래키와 마이크 그리고 무슨 이유 때문인지 이름이 아니라 성인 서머스로 불리는 호리호리한 흑백 혼혈아가 시장에서 돌아오는 노인을 공유지에서 마주쳤다. 토머스 씨가 아이들을 멈춰 세웠다. 그러고는 무뚝뚝하게 말했다. "너희, 주차장에서 노는 패들이지?"

마이크가 막 대답하려 할 때 블래키가 말을 막았다. 갱단의 우두머리로서 그에게 책임이 있었던 것이다. "그렇게 보여요?" 블래키가 모호하게 말했다.

"나한테 초콜릿이 좀 있단다." 토머스 씨가 말했다. "난 초콜릿을 좋아하지 않거든. 옜다. 애들에게 다 돌아갈 만큼 충분하지는 않은 것 같구나. 늘 그렇구나." 노인은 우울한 생각을 덧붙이며 스마티스 초콜릿 세 봉지를 주었다.

노인의 이 행동에 아이들은 당황하고 어리둥절해했으며, 그 이유를 설명해 보려 했다. "영감이 누가 떨어뜨린 걸 주운 게 틀림없어." 누군가가 말했다.

"그걸 훔쳤는데, 되게 불안했던 거야." 다른 아이가 혼잣말처럼 말했다.

"뇌물이야." 서머스가 말했다. "자기 집 담에 대고 공치기하지 말라고 하려는 거야."

"우리에게 뇌물은 안 통한다는 걸 영감한테 보여 줘야지." 블래키가 말했다. 아이들은 어린 마이크만 재미있어하는 공치기를 하며 아침을 몽땅 허비했다. 토머스 씨에게서는 어떤 반응도 없었다.

다음 날 T가 모두를 놀라게 했다. 그는 아침 모임에 늦었고, 그날의 과업에 대한 투표도 그 없이 이루어졌다. 블래키의 제안에 따라 아이들은 둘씩 짝을 지어 흩어져서 되는대로 버스를 타기로 했다. 주의를 게을리하는 승무원에게 들키지 않고 얼마나 많이 무임승차를 할 수 있는지 알아보자는 것이었다(거짓말하지 못하도록 둘씩 짝을 지어 작전을 수행해야 했다). 아이들이 짝을 고르기 위해 제비뽑기를 하고 있을 때 T가 도착했다.

"어디 있다 이제 오는 거야, T?" 블래키가 물었다. "이젠 투표할 수 없어. 너도 규칙을 알잖아."

"**저기** 갔다 왔어." T가 말했다. 그리고 뭔가 숨겨야 할 생각이 있는 것처럼 땅을 내려다보았다.

"어디?"

"투덜이 영감 집에."

마이크가 입을 열었다가 딱 소리가 나도록 급히 다물었다. 개구리가 생각난 것이었다.

"투덜이 영감 집?" 블래키가 말했다. 그러면 안 된다는 규칙은 없었지만, 블래키는 T가 위험한 땅을 밟고 있다는 느낌이 들었다. 그가 기대감을 가지고 물었다. "침입한 거야?"

"아니. 초인종을 눌렀어."

"그래서 뭐라고 말했는데?"

"집을 좀 보고 싶다고 했어."

"영감이 어떻게 했어?"

"집을 보여 줬어."

"훔친 거 있니?"

"아니."

"그럼 뭐하러 들어간 거야?"

아이들이 둥글게 모였다. 마치 곧 임시 법정이 열리고 어떤 탈선행위에 대한 재판을 할 것 같은 분위기였다. T가 말했다. "아름다운 집이야." 여전히 그 누구의 눈도 마주치지 않고 땅을 바라본 채였다. 그는 혀로 한쪽 입술을 핥은 다음 다른 쪽 입술을 핥았다.

"아름다운 집이라니, 그게 무슨 뜻이야?" 블래키가 멸시하는 투로 물었다.

"코르크스크루처럼 나선형으로 생긴 200년 된 계단이 있어. 그걸 떠받치는 건 없고 말이야."

"떠받치는 게 없다는 건 무슨 뜻이야? 떠 있다는 거야?"

"반작용 힘과 관련이 있다고 투덜이 영감이 말했어."

"다른 건?"

"벽을 널빤지로 꾸몄어."

"블루보어 선술집처럼?"

"200년 됐어."

"투덜이 영감이 200살이야?"

마이크가 갑자기 웃음을 터뜨렸으나 이내 다시 잠잠해졌다. 분위기가 자못 심각했다. T는 방학 첫날 주차장으로 걸어 들어온 이후 처음으로 입지가 위험해졌다. 그의 진짜 이름을 한 번만 사용해도 갱단 아이들이 그를 내칠 터였다.

"뭐하러 들어간 거야?" 블래키가 물었다. 그는 공정했다. 질투심이 없었다. 그는 가능한 한 T를 갱단에 남아 있게 하고 싶었다. 하지만 그를 불안하게 만든 것은 '아름답다'는 말이었다. 그 말은 이 웜즐리코먼 제국에서 실크 모자에 단안경을 쓰고 껄껄거리며 호탕하게 말하는 사람으로 패러디되는 것을 여전히 볼 수 있는, 멋진 세계에 속하는 말이었다. 그는 '친애하는 트레버, 나의 벗'이라고 말하며 지옥의 개를 풀 듯이 자신의 패거리를 풀고 싶은 충동을 느꼈다. "네가 침입한 거였다 면." 그가 슬픈 어조로 말했다. 만약 그랬다면 그건 정말 갱단의 단원 다운 위업이었을 터였다.

"내 방식이 더 나아." T가 말했다. "뭘 좀 알아냈거든." 그는 계속 자 신의 발을 내려다보며 아이들의 눈을 피했는데, 마치 공유하고 싶지 않은—또는 공유하는 것을 창피해하는—어떤 꿈에 빠져 있는 듯한 모습이었다.

"뭘 알아냈는데?"

"투덜이 영감은 내일과 공휴일 내내 집에 없을 거야."

블래키가 안도하며 말했다. "우리가 침입할 수 있을 거란 말이니?"

"그래서 물건을 훔치는 거야?" 누군가가 물었다.

블래키가 말했다. "우린 물건을 훔치지 않을 거야. 침입하는 거—그 거면 충분하잖아? 법정에 나가 재판을 받고 싶진 않으니까."

"나도 물건을 훔치는 건 원치 않아." T가 말했다. "나에게 더 좋은 생각이 있어."

"그게 뭔데?"

T가 눈을 치켜떴다. 칙칙한 8월의 나날처럼 잿빛인 데다 다소 불안 해 보이는 눈이었다. "집을 무너뜨릴 거야." 그가 말했다. "집을 파괴 할 거라고."

블래키가 한차례 코웃음을 날렸으나 마이크처럼 곧 조용해졌다. 진 지하고 완강한 시선에 기가 죽은 것이었다. "그러는 동안 경찰은 놀고 있을 거래?" 그가 말했다.

"경찰은 절대 모를 거야. 우린 안에서 작업할 테니까. 난 그 방법을 찾아냈어." 그가 확고한 어조로 말했다. "우린 사과 속의 벌레처럼 일할 거야. 알겠니? 우리가 일을 끝내고 나왔을 때 그곳엔 아무것도 없게 될 거야. 계단도, 널빤지 장식도…… 있는 거라곤 벽뿐이겠지. 그런 다음 우린 벽을 무너뜨릴 거야. 어떻게든."

"우린 감방에 가게 될 거야." 블래키가 말했다.

"누가 입증할 거야? 게다가 우린 아무것도 훔치지 않을 거라고." T가 즐거워하는 기색을 조금도 드러내지 않고 덧붙였다. "우리가 일을 끝낸 후에도 도둑맞은 물건은 아무것도 없을 거야."

"물건을 망가뜨린 일로 감옥에 간다는 말은 들은 적이 없어." 서머스가 말했다.

"시간이 부족할 거야." 블래키가 말했다. "난 집을 해체하는 사람들이 일하는 걸 본 적이 있어."

"우린 열두 명이나 되잖아." T가 말했다. "조직적으로 일할 수 있어."

"우리 중에는 아무도 그런 일을……"

"나도 알아." T가 말했다. 그는 블래키를 바라보았다. "더 좋은 계획이 있니?"

"오늘은," 마이크가 눈치 없이 말했다. "무임승차를 하기로……"

"무임승차." T가 말했다. "애들이나 하는 거지. 블래키, 넌 그걸 취소할 수 있잖아. 만약 네가……"

"투표로 결정할 문제야."

"그럼 이걸 안건으로 올려."

블래키가 불안하고 불편한 기색으로 말했다. "내일과 8월 공휴일인 월요일에 투덜이 영감의 집을 파괴하는 문제를 안건으로 올린다."

"다들 주목." 조라는 뚱뚱한 아이가 말했다.

"찬성하는 사람?"

T가 말했다. "통과됐어."

"어떻게 시작하지?" 서머스가 물었다.

"T가 얘기해 줄 거야." 블래키가 말했다. 그것으로 그의 통솔력은 끝났다. 그는 자리를 벗어나 주차장 뒤쪽으로 걸어가다가 돌멩이 하나를 발로 차며 이리저리 드리블하기 시작했다. 주차장에 있는 승용차는 낡은 모리스 한 대뿐이었다. 트럭은 예외였지만 일반 자동차들은 그곳에 주차하는 경우가 매우 적었다. 관리인이 없어서 안전하지 않았던 것이다. 그는 차를 향해 돌을 차서 날렸다. 뒷바퀴 흙받기의 칠이 돌에 약간 긁혔다. 저쪽에서는 아이들이 T를 중심으로 모여 있었는데, 새로 온 그 아이한테는 그토록 관심을 쏟으면서도 그에게는 더 이상 주의를 기울이지 않았다. 블래키는 편드는 것의 변덕스러움을 어렴풋이 알아차렸다. 그는 집에 가 버릴까, 가서 다시는 오지 말까, T의 통솔력이 맹탕이라는 것을 아이들 모두가 깨닫도록 그냥 내버려 둘까, 하는 생각을 해 보았다. 하지만 어쨌든 T가 제안한 것이 가능하다면, 그 같은 일은 전에는 한 번도 해 본 적이 없는 일이었다. 웜즐리코먼 주차장 갱단의 평판은 분명 런던 곳곳으로 퍼질 것이다. 아마 신문의 머리기사로 나올 것이다. 레슬링 자유형 경기로 내기 도박판을 벌이는 어른 갱단들도, 거리의 행상인들도 투덜이 영감의 집이 어떻게 파괴되었는지 존경심을 가지고 들을 터였다. 블래키는 갱단의 평판에 대한 순수하고 단순하고 이타적인 야망에 끌려 투덜이 영감 집 담의 그늘 속에 서 있는 T에게로 돌아갔다.

T는 결연히 지시를 내리고 있었다. 마치 이 계획을 평생 가슴에 품

고 끊임없이 생각해 오다가, 열다섯 살이 된 지금에 와서 그것이 사춘기의 고통과 더불어 확고해지기라도 한 것처럼 지시를 내렸다. "너," 그가 마이크에게 말했다. "못을 좀 찾아서 가져와. 가능한 한 큰 걸로. 다른 애들 중에서 망치와 나사돌리개를 구해 올 수 있는 사람은 없을까? 그게 많이 필요하거든. 끈도 필요하고. 끈은 많을수록 좋아. 그리고 톱 가져올 수 있는 사람?"

"나." 마이크가 말했다.

"아이들이 쓰는 톱 말고." T가 말했다. "진짜 톱."

블래키는 자신이 다른 단원들과 마찬가지로 손을 들고 있다는 사실을 깨달았다.

"좋았어, 톱은 네가 가져와, 블래키. 그런데 어려운 문제가 하나 있어. 쇠톱이 있어야 해."

"쇠톱이 뭐지?" 누가 물었다.

"울워스 매장에서 살 수 있어." 서머스가 말했다.

조라고 불리는 뚱뚱한 아이가 침울하게 말했다. "내가 사서 소장해야 할 것 같아."

"그건 내가 살게." T가 말했다. "네 돈을 쓰게 하고 싶진 않아. 하지만 난 대형 망치를 사지는 못하는데……"

블래키가 말했다. "15번지에서 공사를 하고 있어. 그 사람들이 휴일에 연장들을 어디에 두는지 난 알아."

"그럼 다 됐네." T가 말했다. "내일 9시 정각에 여기서 모이자."

"난 교회에 가야 해." 마이크가 말했다.

"벽 쪽으로 와서 호루라기를 불어. 그럼 우리가 문을 열어 줄게."

2

일요일 아침, 블래키만 빼고 모두 제시간에 나왔다. 심지어 마이크도 시간에 맞추어 나왔다. 마이크는 운이 무척 좋았다. 엄마는 아팠고, 아빠는 토요일 저녁 이후로 몹시 피곤해서 마이크 혼자 교회에 가게했다. 엄마 아빠는 만약 그가 딴 길로 새면 어떤 일들이 일어날지에 대해 여러 얘기를 해 주며 경고했다. 블래키는 집에 있는 톱을 몰래 가지고 나오느라, 이어서 15번지의 뒷마당에서 대형 망치를 찾느라 애를 먹었다. 그리고 큰길에는 경찰들이 돌아다닐까 봐 겁이 나서 정원 뒤쪽으로 난 길을 통해 그 집에 접근했다. 축 처진 상록수들이 맹렬한 태양을 막아 주었다. 대서양 상공에서 또 한 번의 습한 공휴일이 준비되고 있었고, 나무 아래에서는 먼지 소용돌이가 일기 시작했다. 블래키는 담을 넘어 투덜이 영감 집 정원으로 들어갔다.

사람이 있는 낌새는 어디에도 없었다. 옥외 화장실이 방치된 묘지의 무덤처럼 서 있었다. 창에는 커튼이 드리워졌고, 집은 잠들어 있었다. 블래키는 톱과 대형 망치를 들고 느릿느릿 다가갔다. 어쩌면 결국 아무도 나타나지 않았는지 모른다. 그 계획은 너무 무모한 발상이었으니까. 아이들은 잠에서 깨어나 그것을 깨달은 것이리라. 그러나 뒷문에 가까이 다가갔을 때 그는 어지러이 뒤섞인 소리를 들을 수 있었다. 그 소리는 웅웅거리는 벌 떼 소리만큼이나 나직했다. 덜거덕덜거덕, 탕탕탕, 찍찍, 삐걱삐걱 그리고 갑자기 뭐가 깨지는 날카로운 소리…… 진짜로 하는군. 그는 그렇게 생각하며 호루라기를 불었다.

아이들이 뒷문을 열어 주었고, 그는 안으로 들어갔다. 그는 즉시 조직적이라는 인상을 받았다. 자신이 통솔했던 방식, 이전의 되는대로

해 나가는 방식과는 아주 달랐다. 그는 얼마 동안 T를 찾아 위층과 아래층을 오르락내리락했다. 아무도 그에게 말을 걸지 않았다. 그는 일이 매우 급하게 진행되고 있다는 느낌을 받았고, 곧 이 계획을 알아차리기 시작했다. 집의 외벽을 손상하는 일 없이 내부를 조심스럽게 허물고 있었던 것이다. 서머스는 망치와 끌을 가지고 1층 식당 방의 굽도리 널을 뜯어내고 있었다. 그는 이미 문의 널빤지를 박살 냈다. 같은 방에서 조는 바닥의 쪽매널 블록을 뜯어내고 있었는데, 그에 따라 지하실 천장을 덮은 부드러운 목제 마룻장이 드러났다. 손상된 굽도리에서 전선 다발이 나왔고, 마이크가 행복한 표정으로 바닥에 앉아 전선을 잘랐다.

나선형 계단에서는 단원 두 명이 부적합한 어린이용 톱으로 열심히 난간을 철거하고 있었다. 그들은 블래키의 커다란 톱을 보고, 말없이 손짓으로 그것을 달라는 신호를 보냈다. 블래키가 다음번에 그들을 보았을 때는 난간의 4분의 1이 바닥에 떨어져 있었다. 이윽고 그는 화장실에서 T를 발견했다. T는 집 안에서 가장 신경이 덜 가는 곳에 우울하게 앉아서 아래층에서 들려오는 소리에 귀 기울이고 있었다.

"너, 정말 일을 벌였구나." 블래키가 경외심을 가지고 말했다. "앞으로 어떡할 건데?"

"이제 겨우 시작했을 뿐이야." T가 말했다. 그리고 대형 망치를 보고 지시를 내렸다. "넌 여기서 욕조와 세면기를 부숴 줘. 수도관은 그대로 놔두고. 그건 나중에 처리할 거야."

마이크가 화장실 문 앞에 나타났다. "전선 작업 끝냈어, T."

"잘했어. 넌 이제부턴 집 안을 돌아다녀. 지하실에 주방이 있어. 거기 있는 도자기나 유리 제품, 병을 모두 손에 잡히는 대로 깨부숴. 수도꼭지는 틀지 마. 집 안이 물바다가 되면 안 되니까. 아직은 말이야. 그런 다음 방마다 들어가서 서랍을 다 열어 놔. 잠긴 게 있으면 다른 단원에게 부숴서 열어 달라고 해. 눈에 띄는 서류가 있으면 남김없이 다 찢어 버리고, 장신구들도 다 박살 내. 주방에 고기를 써는 데 쓰는 큰 칼이 있을 테니, 그걸 가지고 다니는 게 좋을 거야. 여기 맞은편은 침실이야. 베갯속을 다 까발려 놓고 침대 시트를 갈기갈기 찢어 놔. 우선은 그거면 충분해. 그리고 블래키, 넌 이곳 일이 끝나면 네 대형 망치로 복도의 회반죽벽을 때려 부숴."

"뭘 어떡할 생각이야?" 블래키가 물었다.

"나는 어떤 특별한 걸 찾고 있어." T가 말했다.

점심시간이 거의 다 되었을 즈음 블래키는 일을 끝내지 못한 채 T를 찾아갔다. 집 안은 꽤나 혼란스러웠다. 주방은 깨진 유리와 도자기 조각으로 아수라장이었다. 식당 방은 바닥의 쪽매널 블록이 뜯겼고, 굽도리 널도 뜯겼으며, 문은 경첩에서 떨어져 나왔다. 파괴자들은 2층으로 올라갔다. 닫힌 덧문 틈새로 햇살이 새어 들어와 아이들이 창조자처럼 진지하게 일하는 현장을 비추었다. 파괴는 결국 창조의 한 형태다. 일종의 상상력이 이 집을 지금과 같은 모습이 되게 만든 것이었다.

마이크가 말했다. "난 점심 먹으러 집에 가야 해."

"또 집에 갈 사람?" T가 물었다. 그러나 나머지 아이들은 모두 이런저런 이유로 아침에 올 때 먹을 것을 챙겨 가지고 왔다.

아이들은 폐허가 된 방에 쭈그리고 앉아 자신이 좋아하지 않는 샌드위치를 다른 샌드위치와 바꾸어 먹으며 식사를 했다. 30분 동안 점심을 먹은 뒤에 다시 일이 시작되었다. 마이크가 돌아왔을 무렵 아이들은 맨 위층에 있었고, 6시께에는 표면적인 훼손 작업이 모두 끝난 것처럼 보였다. 문은 모두 떨어져 나갔고, 모든 굽도리가 뜯겼고, 가구들은 뜯겨 나가고 심하게 부서져 내팽개쳐져 있었다. 이제 이 집에서는 아무도 잠을 잘 수 없을 것이다. 깨진 회반죽벽을 침대 삼아 잘 수는 있을 것 같지만 말이다. T는 다음 날 아침 8시에 모이라고 지시했다. 아이들은 사람들의 눈에 띄지 않도록 한 명씩 정원의 담을 넘어 주차장으로 빠져나갔다. 블래키와 T만 남았다. 빛이 거의 사라진 터라 그들은 전등 스위치를 켰지만 작동하는 것은 없었다. 마이크가 자신의 일을 철저히 완수한 것이었다.

"뭔가 특별한 게 있어?" 블래키가 물었다.

T가 고개를 끄덕였다. "이리 와 봐." 그가 말했다. "이걸 봐." T는 양쪽 호주머니에서 지폐를 뭉텅이로 꺼냈다. "투덜이 영감이 모아 둔 돈이야." 그가 말했다. "마이크가 매트리스를 찢었는데, 걘 이걸 보지 못했어."

"그걸 어떡할 거야? 나눠 줄 거야?"

"우린 도둑이 아니야." T가 말했다. "우린 이 집에서 아무것도 훔치지 않을 거야. 난 너와 나를 위해서 이걸 가지고 있었던 거야. 기념하기 위해서 말이야." 그는 바닥에 무릎을 꿇고 앉아 돈을 세었다. 모두 70장이었다. "이건 불에 태울 거야." 그가 말했다. "한 장씩 한 장씩." 그들은 차례로 지폐를 한 장씩 치켜들고 맨 위쪽 모서리에 불을 붙였다. 불길이 그들의 손가락을 향해 천천히 타들어 갔다. 회색 재가 그들 위로 떠다니다가 세월의 흔적처럼 머리 위로 내려앉았다. "이 일이 다 끝났을 때 투덜이 영감의 얼굴을 보고 싶어." T가 말했다.

"넌 투덜이 영감이 많이 미워?" 블래키가 물었다.

"아니, 그렇지 않아." T가 말했다. "영감을 미워한다고 해서 재미가 있는 건 아니잖아." 불붙은 마지막 지폐가 그의 음울한 얼굴을 밝혔다. "미움과 사랑 같은 것은," 그가 말했다. "나약한 헛소리에 지나지 않아. 그저 사물들만이 있을 뿐이야, 블래키." T는 실내를 둘러보았다. 실내에는 반쪽이 난 사물, 부서진 사물, 이전의 사물들의 낯선 그림자가 널려 있었다. "집에 누가 먼저 가나 경주하자, 블래키." 그가 말했다.

3

다음 날 아침 심각한 파괴 작업이 시작되었다. 오지 않은 아이가 둘 있었다. 각각 부모님과 함께 사우스엔드와 브라이턴에 가기로 한 마이크와 다른 한 아이였다. 그렇지만 날씨는 좋지 않아서 미지근한 빗방울이 천천히 떨어지기 시작했고, 오래전 공습 때의 최초의 대공포 소리 같은 천둥소리가 강어귀에서 들려왔다. "서둘러야 해." T가 말했다.

서머스가 예민하게 반응했다. "이 정도면 할 만큼 한 거 아냐?" 그가 말했다. "이젠 재미가 별로 없어. 일처럼 느껴진단 말야."

"우린 이제 겨우 시작했을 뿐이야." T가 말했다. "바닥재도 고스란히 남아 있고, 계단도 그대로잖아. 창문도 하나도 뜯어내지 않았고. 넌 다른 아이들과 똑같이 투표했어. 우린 이 집을 **파괴**할 거라고. 우리가 일을 끝냈을 땐 아무것도 남아 있지 않을 거야."

아이들은 2층에서 다시 작업을 시작하여 외벽 옆의 맨 위 천장 마룻장을 뜯어냈다. 들보가 드러났다. 이어 그들은 들보를 톱질한 다음 복도로 물러났다. 남아 있는 마룻장이 한쪽으로 기울더니 이내 내려앉았다. 실습을 통해 배운 그들은 3층은 더 쉽게 무너뜨렸다. 저녁 무렵, 그들은 속이 텅 빈 거대한 실내를 내려다보면서 묘한 흥분감에 휩싸였다. 급하게 일을 하느라 실수한 부분이 있었다. 창문 생각이 났을 때, 그들은 이제 창문에 접근하기에는 너무 늦었다는 것을 깨달았다. "와!" 조가 탄성을 지르며 건물 잔해로 가득 찬 마른 우물 같은, 뚫린 충계 속으로 동전 하나를 떨어뜨렸다. 동전이 쨍그랑 소리를 내면서 깨진 유리 사이에서 빙그르르 돌았다.

"우리가 왜 이걸 시작한 거지?" 서머스가 놀라워하며 물었다. T는 이미 1층 바닥으로 내려가 잔해를 파헤치고 치우면서 외벽으로 나아가는 공간을 만들고 있었다. "수도꼭지를 틀어." 그가 말했다. "지금은 아주 어두워서 아무도 보지 못할 거야. 그리고 내일 아침엔 문제가 되지 않을 테고." 물이 계단에 있는 그들을 앞질러 가서 바닥재가 뜯긴 방으로 흘러들었다.

바로 그때 뒷문 쪽에서 마이크의 호루라기 소리가 들렸다. "무슨 문제가 생겼나 봐." 블래키가 말했다. 문을 열었을 때 그들은 마이크의 거친 숨소리를 들을 수 있었다.

"경찰?" 서머스가 물었다.

"투덜이 영감." 마이크가 말했다. "영감이 오고 있어." 그는 양 무릎 사이에 머리를 묻고 헛구역질을 했다. "계속 달려왔거든." 그가 자랑스럽게 말했다.

"그런데 왜?" T가 말했다. "영감이 나한테 말할 때는……" 그는 아이 같은 분노를 드러내며 따지듯이 말했다. 전에는 한 번도 그런 적이 없었다. "이건 아니잖아."

"사우스엔드에서 영감을 봤어." 마이크가 말했다. "그런데 집에 돌아오는 기차를 타는 거야. 날이 너무 추운 데다 비도 와서 그런다고 했어." 마이크는 잠시 말을 멈추고 물을 바라보았다. "에그, 여긴 물바다가 되었네. 지붕이 새는 거야?"

"영감이 여기 오는 데 얼마나 걸릴까?"

"5분. 난 엄마를 따돌리고 달려온 거야."

"여기서 나가는 게 좋겠어." 서머스가 말했다. "어쨌든 우린 할 만큼 다 했잖아."

"아니야. 우린 할 만큼 다 하지 않았어. 이렇게는 누구든 할 수 있을 거야." '이렇게'란 벽을 빼고는 온전히 남아 있는 게 없도록 산산이 부수어 속이 텅 빈 집으로 만든 것을 말했다. 하지만 벽은 보존될 수 있을 터였다. 집의 앞면도 값어치가 있었다. 사람들은 내부를 다시, 전보다 더 아름답게 지을 수 있을 것이다. 이렇게 놓아두면 다시 집이 될 수 있었다. 그는 화난 목소리로 말했다. "마저 끝내야 해. 움직이지 마. 생각 좀 해 볼게."

"시간이 없어." 한 아이가 말했다.

"방법을 짜내야 해." T가 말했다. "여기까지 왔는데……"

"우린 많이 했어." 블래키가 말했다.

"아니야, 아니야. 아직 멀었어. 누가 앞쪽을 지켜봐 줘."

"우린 더 이상은 못해."

"영감이 뒷문으로 올 수도 있잖아."

"뒤쪽도 지켜봐 줘." T는 부탁하기 시작했다. "잠깐만 시간을 줘. 좋은 방법을 찾아낼 테니. 반드시 찾아낼 거야." 그러나 T의 권위는 그의 미덥지 못한 태도와 함께 사라졌다. 그는 갱단의 한 단원일 뿐이었다. "제발." 그가 말했다.

"제발." 서머스가 그의 말을 흉내 냈다. 그러고 나서 갑자기 그 치명적인 이름을 부르는 것으로 급소를 공격했다. "집으로 도망가, 트레버."

T는 몸을 가누기 힘든 상태가 되어 로프에 기대선 권투 선수처럼 이 집의 잔해를 뒤로한 채 서 있었다. 그는 자신의 꿈이 흔들리고 미끄러지는데도 아무 말이 없었다. 그때 블래키가 아이들이 웃음을 터뜨릴 시간을 주지 않고 서머스를 뒤로 밀치며 행동에 나섰다. "내가 앞쪽을 지켜볼게, T." 블래키는 그렇게 말하면서 조심스럽게 복도의 덧문을 열었다. 비에 젖은 동네가 잿빛으로 죽 펼쳐졌고, 가로등 불빛이 웅덩이에서 반짝였다. "누가 오고 있어, T. 아니야, 영감이 아니야. 네 계획은 뭐니, T?"

"마이크에게 바깥 화장실로 가서 그 옆 가까운 곳에 숨어 있으라고 해. 그러다가 내 호루라기 소리가 들리면 속으로 열을 세고 나서 소리를 지르는 거야."

"뭐라고 소리 지르지?"

"아, '도와주세요', 이런 거."

"들었지, 마이크?" 블래키가 말했다. 그가 다시 우두머리였다. 그는 덧문 사이로 재빨리 밖을 내다보았다. "영감이 오고 있어, T."

"서둘러, 마이크. 바깥 화장실. 그리고 블래키와 너희는 모두 내가 소리칠 때까지 여기 그대로 있어."

"어디 가는 거니, T?"

"걱정 마. 내가 해결할게. 말했잖아, 방법을 찾아낼 거라고."

투덜이 영감이 절뚝거리며 걸어오고 있었다. 영감은 신발에 진흙이 묻어서 걸음을 멈추고 인도 가장자리에서 진흙을 긁어냈다. 자기 집을 더럽히고 싶지 않았던 것이다. 집은 폭탄이 떨어진 자리 사이에 삐죽 튀어나온 모습으로 어두컴컴하게 서 있었는데, 그는 자기 집이 아주 아슬아슬하게 파괴를 모면했다고 믿었다. 심지어 부채꼴 채광창조차 폭격에도 부서지지 않고 남았다. 어디에선가 누군가가 호루라기를 불었다. 투덜이 영감이 재빨리 주위를 둘러보았다. 그는 호루라기 소리가 탐탁지 않았다. 한 아이가 소리를 질렀다. 자신의 집 정원에서 나는 소리 같았다. 이어 한 소년이 주차장에서 길 쪽으로 달려왔다. "토머스 아저씨." 소년이 소리쳤다. "토머스 아저씨."

"무슨 일이야?"

"진짜 죄송해요, 아저씨. 우리 중 한 명이 갑자기 뒤가 마려워 화장실을 사용했어요. 아저씨가 이해해 주실 거라고 생각했거든요. 그런데 걔가 지금 화장실에서 나오질 못해요."

"그게 무슨 말이냐?"

"걔가 아저씨네 화장실에 빠졌다고요."

"걔는 왜 남의 화장실에 들어갔대? 그런데 너, 날 아니?"

"아저씨가 저에게 집을 구경시켜 줬잖아요."

"아, 그랬구나. 맞아, 그랬어. 그렇다고 너에게 화장실을 사용할 권리를 준 건……"

"급해요, 아저씨. 걔 질식해서 죽을지도 몰라요."

"그런 소리 마라. 질식할 리 없어. 가방을 집에 두고 갈 테니 잠깐 기다리렴."

"제가 가방을 들어 드릴게요."

"어, 안 돼. 그러지 마. 그냥 내가 들고 가마."

"이쪽으로요, 아저씨."

"그쪽으로 가면 정원으로 갈 수 없어. 집 안을 지나서 가야 해."

"이쪽으로도 정원에 **들어갈 수** 있어요, 아저씨. 우린 가끔 그러는걸요."

"가끔 그런다고?" 그는 괘씸하다는 생각과 더불어 호기심을 느끼며 소년의 뒤를 따랐다. "언제? 무슨 권리로……"

"보시다시피…… 담이 낮아요."

"난 담을 넘어서 내 집 정원에 들어가지는 않을 거야. 우스꽝스럽잖니."

"우린 이렇게 하는걸요. 한 발은 여기, 다른 발은 저기 그리고 훌쩍 뛰어넘는 거예요." 소년의 얼굴이 그를 응시하는가 싶더니 팔 하나가 불쑥 넘어왔고, 토머스 씨는 이내 소년이 자신의 가방을 낚아채서 담 저편에 놓아두었다는 것을 알았다.

"내 가방 다오." 토머스 씨가 말했다. 화장실에서는 한 아이가 계속 소리를 지르고 있었다. "경찰을 부를 거야."

"가방은 걱정 마세요, 아저씨. 자, 한 발을 이리로. 오른발. 위로 뻗으세요. 이제 왼발." 토머스 씨는 자신의 정원 담을 넘었다. "가방 여기 있어요."

"담을 수리해야겠구나." 토머스 씨가 말했다. "너희가 여기 와서 내 화장실을 사용하게 두진 않을 게다." 영감이 발을 헛디뎌 비틀거렸으나 소년이 영감의 팔꿈치를 잡고 부축해 주었다. "고맙다, 얘야." 그가 반사적으로 말했다. 누군가가 외치는 소리가 어둠 속에서 다시 들려왔다. "가고 있다, 가고 있어." 토머스 씨가 소리쳤다. 이어 옆에 있는 소년에게 얘기했다. "난 분별없는 사람이 아니야. 나에게도 어린 시절이 있었으니까. 특별히 말썽을 일으키지 않는 한 난 너희가 토요일 오전에 내 집에서 뛰어논다 해도 개의치 않을 거야. 나도 때때로 사람이 옆에 있는 게 좋으니까. 하지만 반드시 말썽 없이 놀아야 한다. 너희 중 누가 허락해 달라고 부탁하면 난 허락해 줄 거야. 때로는 안 된다고 말할 수도 있지. 마음이 내키지 않으면 말이야. 그리고 너희, 정문으로 와서 뒷문으로 나가야 한다. 정원 담을 넘으면 안 돼."

"걔를 꺼내 주세요, 아저씨."

"내 집 화장실에서 해를 입으면 안 되지." 토머스 씨가 말했다. 그는 정원을 걷다가 약간 휘청거렸다. "어이구, 내 류머티즘." 그가 말했다. "공휴일이면 항상 도진단 말이야. 조심해야겠어. 여긴 돌멩이들이 군데군데 굴러다니네. 내 손을 좀 잡아 주렴. 어제 내 별자리 운세가 어땠는지 아니? '이번 주 초반에는 어떠한 거래도 삼가라. 심각한 충격을 받을 위험이 있다.' 그게 바로 지금 이걸 말하나 봐." 토머스 씨가 말했다. "별자리 운세는 비유적인 표현을 사용하고, 또 중의적인 의미가 있단다." 그는 화장실 문 앞에서 걸음을 멈추었다. "안에 무슨 일이니?" 그가 소리쳤다. 아무런 대답도 없었다.

"기절했나 봐요." 소년이 말했다.

"내 화장실에서 그러면 안 돼. 얘야, 밖으로 나오너라." 토머스 씨가 그렇게 말하며 문을 와락 잡아당겼다. 문이 쉽게 휙 열리자 그는 하마터면 뒤로 넘어질 뻔했다. 손 하나가 처음에는 그의 몸을 받쳐 주었으나, 이어서 그를 세게 밀었다. 그는 맞은편 벽에 머리를 찧고 털썩 주저앉았다. 가방에 다리를 찧었다. 소년의 손이 자물쇠에서 열쇠를 휙 빼내더니 문을 쾅 닫았다. "날 내보내 다오." 그가 소리쳤다. 열쇠를 자물쇠에 넣고 돌리는 소리가 들렸다. '심각한 충격'. 영감은 그 생각과 함께 몸이 떨리는 것을 느꼈다. 그는 혼란스러웠다. 자신이 늙었다는 생각이 들었다.

문에 난 별 모양의 구멍을 통해 소년의 부드러운 목소리가 들려왔다. "걱정 마세요, 아저씨." 소년이 말했다. "우린 아저씨를 해치지 않을 거예요. 아저씨가 조용히 계시기만 하면 말이에요."

토머스 씨는 두 손 사이에 머리를 묻고 곰곰이 생각했다. 그가 조금 전에 보았을 때 주차장에는 트럭 한 대밖에 없었다. 트럭 운전사는 내일 아침에야 올 게 분명했다. 집 앞길에서는 자신이 내지르는 소리를 들을 수 없을 테고, 집 뒤쪽 좁은 길에는 행인이 드물었다. 지나가는 사람이 있다 해도 집에 가려고 걸음을 서두를 것이며, 틀림없이 술에 취한 사람의 고함으로 여기고 걸음을 멈추지 않을 것이다. 자신이 '도와줘요'라고 외친다 해도 이 인적 드문 공휴일 저녁에 누가 용기를 내서 조사해 보려고 하겠는가? 토머스 씨는 화장실에 앉아 연륜에 어울리는 생각에 잠겼다.

얼마 후 정적 속에서 무슨 소리가 들리는 것 같았다. 자기 집 방향에서 희미한 소리가 들려왔다. 그는 일어나서 환기구를 통해 밖을 내다보았다. 한 덧문에 난 틈 사이로 빛이 새어 나오는 것이 보였다. 램프 불빛이 아니라 아마 촛불인 듯싶은 흔들리는 빛이었다. 이어서 망치질 소리와 뭔가를 긁고 쪼는 소리가 들렸다고 그는 생각했다. 도둑이든 거라는 생각이 들었다. 어쩌면 도둑들이 그 소년을 고용해서 정찰 임무를 맡겼는지도 몰랐다. 그런데 왜 도둑들이 점점 더 은밀하게 목공 일을 하는 것처럼 들리는 일을 하고 있는 것일까? 토머스 씨는 실험적으로 소리를 질러 보았으나 아무도 응답하지 않았다. 자신의 외침은 적들에게조차도 미치지 못했던 것이다.

마이크는 잠을 자러 집에 갔지만, 나머지 아이들은 남았다. 통솔력의 문제는 이제 더 이상 아이들의 관심사가 아니었다. 아이들은 못이나 끌, 나사돌리개 같은 날카롭고 견고한 도구를 가지고 내벽을 따라 움직이면서 안간힘을 다해 벽돌 사이의 모르타르를 제거했다. 그들은 매우 높은 곳에서 작업을 시작했고, 블래키는 불현듯 방습층*을 떠올렸다. 그는 자기들이 방습층 바로 위쪽의 연결 부위를 공략했더라면 일을 절반쯤 줄일 수 있었으리라는 것을 깨달았다. 피곤하고 재미없는 긴 작업이었다. 하지만 마침내 일이 끝났다. 내부가 산산이 파괴된 집이 방습층과 벽돌 사이의 몇 센티미터 안 되는 모르타르 위에서 균형을 잡고 서 있는 상태가 되었다.

이 모든 일 중에서 가장 위험한 일이 남아 있었다. 폭격 맞은 구역의 가장자리께 공터에서 해야 할 일이었다. 아이들은 길에 행인이 있는지 지켜보라고 서머스를 내보냈다. 화장실에 앉아 있는 토머스 씨는 이제 톱질하는 소리를 또렷이 들었다. 그 소리는 더 이상 자기 집에서 나오는 것이 아니었는데, 그 사실이 그를 약간 안심시켰다. 그는 걱정이 다소 줄어드는 것을 느꼈다. 아마 또 다른 소음 역시 별 의미가 없을 것 같았다.

구멍을 통해 한 아이의 목소리가 들려왔다. "토머스 아저씨."

"날 내보내 다오." 토머스 씨가 단호히 말했다.

"담요 가져왔어요." 그 목소리가 말했다. 그리고 구멍으로 긴 소시

---

* 지면에서 습기가 올라오는 것을 막기 위해 만든 층.

지 모양의 회색 담요가 꾸역꾸역 들어와 토머스 씨의 머리 위로 떨어지며 몸을 감쌌다.

"개인적인 감정은 없어요." 그 목소리가 말했다. "우린 아저씨가 오늘 밤을 편안히 보내시길 바라요."

"오늘 밤이라고." 토머스 씨가 못 믿겠다는 듯이 그 말을 반복했다.

"받으세요." 목소리가 말했다. "빵이에요. 버터를 바른 거예요. 그리고 소시지롤도요. 우린 아저씨가 굶기를 바라진 않거든요."

토머스 씨가 간곡하게 애원했다. "얘야, 장난은 장난으로 끝내야 한단다. 날 내보내 다오. 아무 말도 하지 않을 테니까. 난 류머티즘이 있어. 편안히 자야 한다고."

"아저씨 집에서는 편안하지 않을 거예요. 이젠 편안하지 않을 거예요."

"얘야, 그게 무슨 소리냐?" 그러나 발소리는 멀어졌다. 톱질하는 소리도 사라지고, 이제 있는 것이라곤 밤의 정적뿐이었다. 토머스 씨는 한 번 더 소리를 질러 보았다. 그러나 그는 자신을 질책하는 듯한 밤의 고요에 기가 죽었다. 멀리서 부엉이 한 마리가 부엉부엉 울더니 다시 숨죽여 소리 없는 세계를 날아올랐다.

다음 날 아침 7시에 트럭 운전사가 트럭을 가지러 왔다. 그는 운전석에 올라 엔진의 시동을 걸었다. 어디선가 누군가가 소리를 지르고 있다는 것을 어렴풋이 알아차렸지만, 거기까지 관심이 미치지는 않았다. 이윽고 시동이 걸렸고, 그는 토머스 씨의 집을 지탱하고 있는 거대한 목재 버팀목에 닿을 때까지 트럭을 후진시켰다. 그렇게 하면 차를 돌리는 일 없이 곧장 앞으로 나아가 도로에 이를 수 있었다. 트럭은 앞으로 움직이다가 뒤에서 뭔가가 끌어당기는 것처럼 순간적으로 덜컹

멈춰 섰다. 그런 다음 우르릉거리는 굉음이 오래 계속되었다. 트럭 운전사는 벽돌이 자기 앞으로 날아와 튀고, 돌들이 트럭 지붕을 때리는 것을 보고 깜짝 놀랐다. 그는 브레이크를 밟았다. 트럭에서 내렸을 때 눈앞의 풍경은 갑자기 완전히 바뀌어 있었다. 주차장 옆의 집이 없어져 버렸고, 그 자리에 건물 잔해가 쌓여 있을 뿐이었다. 그는 트럭 뒤로 돌아가 손상된 곳은 없는지 살펴보다가 트럭에 로프가 묶여 있는 것을 발견했다. 로프의 다른 쪽 끝은 여전히 목재 버팀목의 둥근 부분에 단단히 묶여 있었다.

운전사는 누군가가 소리를 지르고 있다는 것을 다시 알아차렸다. 그 소리는 부서진 벽돌이 쌓인 황량한 모습으로 변해 버린 집에서 가장 가까이에 있는 목조 건물에서 나는 소리였다. 운전사는 허물어진 담을 넘어가 화장실 문을 열어 주었다. 토머스 씨가 화장실에서 나왔다. 그는 회색 담요를 두르고 있었는데, 담요에는 빵 조각이 들러붙어 있었다. 그가 흐느끼며 울음을 터뜨렸다. "내 집." 그가 말했다. "내 집이 어디 갔지?"

"난들 아나요." 트럭 운전사가 말했다. 욕조 잔해와 찬장 부스러기가 우연히 운전사의 눈에 들어왔다. 그는 웃기 시작했다. 어느 것 하나 제대로 남아 있지 않았던 것이다.

"어떻게 웃음이 나오나?" 토머스 씨가 말했다. "내 집이었어. 내 집."

"죄송해요." 운전사가 안간힘을 다해 웃음을 참으며 말했다. 그러나 자신의 트럭이 갑자기 멈춰 서고 굉음과 함께 벽돌 조각이 떨어져 내리던 일이 생각나자 그는 다시 배꼽을 잡고 웃었다. 그 집은 얼마 전까지만 해도 실크 모자를 쓴 사람처럼 폭격당한 터 사이에 매우 위엄 있게 서 있었는데, 다음 순간 쾅, 우르릉 소리와 함께 아무것도 남지 않게 되었다. 아무것도…… 그가 말했다. "죄송해요. 웃음이 터져 나오는 걸 참을 수 없었어요, 토머스 씨. 개인적인 감정은 없어요. 하지만 이 건 우스운 일이라는 걸 인정하셔야 해요."

(1954)

특별한 임무
Special Duties

페라로앤드스미스의 윌리엄 페라로는 몬터규스퀘어의 대저택에서 살았다. 한 동은 아내가 차지하고 살았는데 그녀는 자신이 병약한 사람이라고 믿었고, 그래서 사람은 하루하루를 그날이 삶의 마지막 날인 것처럼 살아야 한다는 지침을 엄격히 준수했다. 이런 이유로 그녀는 자신이 사는 동에 지난 10년 동안 항상 좋은 포도주와 위스키에 대한 미각을 지닌 예수회 신부나 도미니크회 신부를 유숙시켰으며, 그들의 침실에는 비상벨을 설치했다. 페라로 씨는 더 독자적인 방식으로 자신의 구원을 관리했다. 그는 실무를 확실히 파악하고 있었다. 이점은 할아버지가 마치니*와 함께 망명하여 외국 땅에서 페라로앤드스

---

* 주세페 마치니(1805~1872). 이탈리아의 사상가, 정치 지도자. 불굴의 공화주의자로 이탈리아 통일 운동을 전개했다.

미스라는 거대한 사업체를 일으킬 수 있었던 원동력이기도 했다. 하느님은 인간을 자신의 형상에 따라 만드셨고, 따라서 페라로 씨가 하느님께 찬사를 돌려 드리고 하느님을 어떤 최고의 사업을 관리하시는 분으로 여기는 것은 비합리적이지 않았다. 그렇지만 하느님의 사업은 얼마간 페라로앤드스미스에 의지해 운영되고 있는 게 틀림없었다. 사슬의 강도는 가장 약한 고리에 좌우된다. 페라로 씨는 자신의 책임을 잊지 않았다.

페라로 씨는 9시 30분께에, 사무실로 떠나기 전에 예의상 다른 동에 있는 아내에게 전화를 걸곤 했다. 그러면 수화기 너머의 목소리는 "듀스 신부입니다"라고 말했다.

"아내는 좀 어떤가요?"

"밤새 잘 주무셨어요."

대화가 달라지는 경우는 드물었다. 듀스 신부의 전임자가 페라로 씨 부부를 더 가까운 관계로 만들어 보려고 시도한 때가 있었다. 하지만 그의 목표가 얼마나 가망 없는 것인지를 깨달았을 때 그리고 드물게 페라로 씨가 다른 동에서 그들과 함께 식사를 하는 경우 식사 중에 퍽이나 저급한 적포도주가 나오고 식사 전에는 아예 위스키를 마시지 않는다는 사실을 깨달았을 때, 그는 그러한 시도를 그만두었다.

침실에서 아침을 먹고 전화를 하고 나면 페라로 씨는 하느님이 동산을 거니는 듯한 기분으로 자신의 서재와 응접실을 걷곤 했다. 서재에는 적절한 고전들이 가지런히 꽂혀 있고, 응접실 벽에는 개인이 소유한 것으로는 가장 비싼 축에 속하는 미술품들이 걸려 있었다. 보통 사람들은 한 점만 가지고 있어도 보물처럼 소중히 여길 드가, 르누아르, 세잔의 작품을 페라로 씨는 대량으로 구매했다. 그는 르누아르 작품 여섯 점, 드가 작품 네 점, 세잔 작품 다섯 점을 소장하고 있었다. 그 작품들은 싫증이 나는 법이 없었다. 그것들은 상속세를 상당히 절약하게 해 줄 터였다.

이 특별한 월요일 아침은 5월 1일이기도 했다. 봄의 기운이 제때 런던에 찾아왔고, 참새가 먼지 속에서 재잘댔다. 페라로 씨 역시 시간을 엄격히 지켰다. 그는 계절과는 또 다르게 그리니치 표준시만큼이나 믿을 만했다. 그는 신임하는 비서—홉킨슨이라는 남자—와 함께 그날의 일정을 점검했다. 책임을 위임할 줄 아는 흔치 않은 역량을 지닌 페라로 씨에게는 그다지 힘든 일정은 아니었다. 그는 기꺼이 책임을 위임하곤 했다. 왜냐하면 불시 점검에 익숙했으며, 그의 기대를 저버린 고용인은 무사하지 못했기 때문이다. 주치의조차도 그가 불시에 자신과 경쟁 관계에 있는 다른 뛰어난 의사에게 다시 검사를 받는 일에 따라야 했다. "내 생각엔……" 그가 홉킨슨에게 말했다. "오늘 오후에는 크리스티 경매 회사에 들러서 매버릭이 어떻게 하고 있는지 좀 봐야겠어."(매버릭은 그림을 구입하려고 고용한 중개인이었다.) 이 아름다운 5월의 오후에 매버릭을 점검하는 것보다 더 좋은 일이 어디 있겠는가? 그가 덧붙였다. "손더스 양을 불러 줘." 그러고 나서 인사 파일을 꺼냈는데, 그것은 홉킨슨도 다루지 못하게 하는 것이었다.

손더스 양이 슬금슬금 들어왔다. 그녀는 땅에 바짝 붙어 움직이는 듯한 인상을 주었다. 서른 살쯤 된 여자로, 애매한 머리 모양을 하고 다녔고, 눈은 놀랍도록 맑은 푸른색이었는데, 특색 없는 얼굴이 그 눈으로 인해 성인聖人들의 조각상을 닮은 것 같은 느낌을 주었다. 회사 문서에는 그녀에 대해 '보조 특임 비서'라고 적혀 있었고, 그녀의 임무는 '특별한' 것이었다. 그녀의 자질도 특별했다. 가톨릭 학교인 광교회파 수녀원 부속학교의 학생 대표를 지냈으며, 그 학교에서 3년 연속 특별상인 경건상을 수상했다. 부상으로는 파란색 실크 바탕에 성모 마리아가 그려진, 피렌체 가죽으로 장정된 조그만 트립틱*을 받았는데, 번스오츠앤드워시본 출판사**가 제공하는 것이었다. 그녀는 또한 '마리아의 자녀회'에서 오랫동안 무보수로 봉사한 경력이 있었다.

"손더스 양," 페라로 씨가 말했다. "6월에 얻어야 할 대사大赦*** 기록이 보이지 않는군."

"여기 있습니다, 회장님. 저는 어젯밤 늦게 집에 돌아갔습니다. 성 에셀드리다 성당에서 전대사全大赦를 받고, 또 십자가의 길 기도도 바치고 오느라고요."

그녀는 타이핑한 목록을 페라로 씨의 책상 위에 내려놓았다. 첫 번째 줄에는 날짜가, 두 번째 줄에는 대사를 얻은 성당이나 순례 장소가, 세 번째 줄에는 붉은색으로 연옥의 잠벌暫罰을 면하게 된 날수가 타이핑되어 있었다. 페라로 씨는 그것을 주의 깊게 읽었다.

"손더스 양, 당신은 효율이 낮은 것들에 너무 시간을 많이 쓰고 있다는 인상이 드는군." 그가 말했다. "여긴 60일이고, 저긴 50일이군. 당신, 이런 것들에 시간을 낭비하고 있지 않다고 확신하나? 300일짜리 대사 하나면 그런 것들 여러 개를 합친 것과 맞먹잖나. 지금 보니, 5월 예상치는 4월에 달성한 것보다 낮고, 6월 예상치는 거의 3월 수준으로 떨어지는군. 전대사 다섯에 1,565일, 4월 실적은 아주 좋았어. 느슨해지지 않았으면 좋겠군."

---

* 삼면으로 이루어진 회화. 보통 양쪽 날개는 경첩으로 중앙 부분에 겹칠 수 있으며 중세 서구에서 제단화로 제작되었다.
** 런던에 있는 가톨릭 서적 출판사.
*** 고해성사를 통해 죄가 사면된 후에 남아 있는 벌을 교황이나 주교가 면제하여 주는 것.

"4월은 대사를 얻기에 아주 좋은 달이었습니다, 회장님. 부활절이 있으니까요. 5월은 성모 마리아의 달이라는 사실에만 기댈 수 있을 뿐입니다. 6월은 성체축일 말고는 좋은 성과를 올릴 만한 날이 없고요. 케임브리지셔에 있는 조그만 폴란드계 성당을……"

"손더스 양, 내 말 기억하고 있겠지만 그 누구도 더 젊어질 순 없네. 나는 당신을 대단히 신뢰하고 있어. 이곳 일이 덜 바쁘다면 내가 직접 참여해서 대사를 얻을 수도 있겠지. 당신은 여러 상황에 면밀하게 주의를 기울여야 해. 그러길 바라네."

"물론입니다, 페라로 회장님."

"그리고 자네, 하느님의 은총을 받고 있는 상태를 유지하려고 항상 조심하고 있지?"

손더스 양이 눈을 내리깔았다. "제 경우에는 그건 별로 어렵지 않습니다, 페라로 회장님."

"오늘 일정은 어떻게 되지?"

"거기에 나와 있습니다, 회장님."

"그렇군. 캐넌우드에 있는 성 프랙스티드 성당. 오늘은 꽤 먼 곳이군. 고작 60일 대사를 얻으려고 오후 시간을 전부 써야 한단 말이지?"

"오늘 찾을 수 있는 건 그곳뿐이었습니다. 물론 대성당에서는 언제나 전대사를 받을 수 있지요. 하지만 같은 달에 반복적으로 가는 건 회장님께서 달가워하지 않으시니까요."

"내가 가진 유일하게 미신적인 생각이지." 페라로 씨가 말했다. "물론 성당의 교리에 그런 건 없어."

"회장님의 가족을 위해, 사모님을 위해 가끔씩 반복하는 것은 좋지 않을까요, 회장님?"

"손더스 양, 우린 먼저 우리 자신의 영혼에 노력을 쏟아야 한다고 배웠잖나. 내 아내는 자신의 대사를 직접 관리하고 있어. 아주 훌륭한 예수회 소속 조언자를 두고 있지. 나는 내 대사를 위해 당신을 고용했고."

"캐넌우드에 가는 건 반대하지 않으시죠?"

"그게 정말 당신이 할 수 있는 최선의 방법이라면. 초과근무에 해당하지 않는다면 그렇게 해."

"물론이죠, 회장님. 묵주기도 한 단이면 됩니다."

점심을 일찍 먹고 나서—시내의 간이음식점에서 간단히 먹었는데, 마지막에 스틸턴 치즈에 양질의 포트와인 한 잔으로 끝냈다—페라로 씨는 크리스티 경매 회사를 방문했다. 만족스럽게도 매버릭은 그곳에 있었고, 페라로 씨는 자신의 중개인이 권하는 보나르와 모네의 그림을 구태여 기다릴 필요를 느끼지 않고 구입했다. 날씨는 따뜻하고 화창했지만 트래펄가 광장 쪽에서 어지러운 소리가 들려왔다. 그 소리가 페라로 씨에게 오늘이 노동절임을 일깨워 주었다. 넥타이를 매지 않은 채 볼품없는 글씨들이 잔뜩 적힌 음울한 플래카드를 들고 행진하는 무리들에게는 태양과 공원의 나무 밑에 일찍 피어난 꽃들과는 어울리지 않는 뭔가가 있었다. 페라로 씨는 진정한 공휴일을 누리고 싶은 욕구가 일었고, 그래서 운전사에게 리치먼드 공원으로 가자고 말하려 했다. 그러나 가능하다면 일과 즐거움을 결합하는 것을 언제나 더 선호하는 그의 마음에 지금 캐넌우드에 가는 건 어떨까 하는 생각이 문득 떠올랐다. 손더스 양도 점심을 먹은 후 출발하면 거의 같은 시간에 도착하여 오후의 일을 시작할 터였다.

캐넌우드는 옛 지구에 새로 건설된 교외 지역 가운데 하나였다. 그곳은 원래 공원이었고 저택도 한 채 있었는데, 그 저택은 미국의 반란 시기에 노스 경 밑에서 봉직한 한 장관의 집으로 유명했다. 지금은 그 곳에 지역 박물관이 들어서 있고, 한때 12만 평의 밭이 펼쳐져 있던 바람 많은 조그만 언덕바지에는 거리가 형성되어 있었다. 그 거리에 는 커다란 너깃* 하나가 들어 있는 금속 바구니로 창을 장식한 채링턴 석탄 대리점, 홈앤드콜로니얼 상점, 오데온 영화관, 커다란 영국 국교 회 교회가 있었다. 페라로 씨는 운전사에게 로마 가톨릭 성당으로 가 는 길을 물어보라고 했다.

"이곳에 로마 가톨릭 성당은 없습니다." 경찰이 말했다.

"캐넌우드의 성 프랙스티드 성당."

"그런 성당도 없습니다, 선생님." 경찰이 말했다. 페라로 씨는 시내 를 향해 천천히 돌아갔다. 그가 손더스 양을 점검한 것은 이번이 처음 이었다. 3년 연속 경건상을 수상했다는 사실에 그녀를 의심 없이 믿었 던 것이다. 그는 사무실 방향으로 돌아가면서 히틀러가 예수회 사람 들에게 교육받았다는 것을 떠올렸고, 그럼에도 도리 없이 희망의 끈 을 붙들었다.

사무실에 돌아온 그는 서랍의 자물쇠를 열고 그 특별한 파일을 꺼 냈다. 자신이 캐넌베리를 캐넌우드로 잘못 안 것일까? 그럴 리가 없다 는 생각이 들자 갑자기 지난 3년 동안 손더스 양이 자신의 믿음을 얼 마나 많이 배신했을까 하는 끔찍한 의심이 밀려들었다. (그가 그녀를 채용한 것은 3년 전 심한 폐렴을 앓고 나서였다. 요양 기간 중에 오랫 동안 불면증에 시달릴 때 그 생각이 찾아든 것이었다.) 이들 대사 가

* 사금 광산에서 나는 금덩어리.

운데 하나도 얻은 게 없을 수도 있을까? 그는 그것을 믿을 수 없었다. 분명 36,892일이라는 총계 가운데 일부는 여전히 유효할 것이 틀림없었다. 그러나 유효한 게 얼마나 되는지 말해 줄 수 있는 사람은 손더스 양뿐이었다. 그런데 일할 시간에 그녀는 뭘 하고 있었단 말인가? 그 긴 순례의 시간에 말이다. 그녀는 언젠가 온 주말을 월싱엄*에서 보낸 적이 있었다.

그는 벨을 울려 홉킨슨을 불렀다. 홉킨슨은 고용주의 창백한 얼굴에 대해 언급하지 않을 수 없었다. "페라로 회장님, 편찮은 데는 없으십니까?"

"큰 충격을 받았네. 손더스 양이 사는 곳을 알려 주겠나?"

"웨스트본그로브 근처에서 건강이 안 좋은 모친과 함께 살고 있습니다."

"정확한 주소를 알려 주게."

페라로 씨는 차를 몰고 을씨년스러운 불모지 같은 베이즈워터로 갔다. 커다란 주택들이 민박집으로 개조되거나 폭격으로 인해 주차장으로 바뀐 곳이었다. 뒤쪽 건물 테라스에서는 수상쩍은 여자들이 난간에 몸을 기대고 있었고, 길모퉁이에서는 길거리 악단이 요란스럽게 악기를 불어 댔다. 페라로 씨는 집을 찾았으나 직접 가서 초인종을 누르지는 못했다. 그는 다임러 승용차 안에 웅크리고 앉아 뭔가 일이 일어나기를 기다렸다. 손더스 양을 2층 창문으로 불러온 것은 그의 강렬한 시선이었을까, 우연이었을까, 아니면 응보였을까? 그녀가 창문을 조금 더 열자 허술하게 걸친 옷차림이 눈에 들어왔는데, 페라로 씨

* 영국의 주요 순례지 중 한 곳.

44

는 처음에는 날씨가 너무 더워서 그런 것이리라고 생각했다. 그러나 이어서 팔 하나가 그녀의 허리를 두르더니 젊은 남자의 얼굴이 나타나 거리를 내려다보았다. 남자의 다른 한 손이 익숙한 동작으로 커튼을 쳤다. 그녀가 대사를 얻기 위한 조건조차 제대로 갖추지 못했었다는 사실을 페라로 씨는 분명히 알게 되었다.

만약 어떤 친구가 그날 저녁에 몬터규스퀘어의 계단을 오르는 페라로 씨를 보았다면, 그 친구는 훌쩍 늙어 버린 그에게 깜짝 놀랐을 것이다. 그는 마치 지난 3년 동안 연옥의 벌에서 면제받았다고 생각해 온 36,892일을 길고 길었던 그날 오후에 다 탕진해 버린 것 같은 모습이었다. 집에는 커튼이 드리워지고 불이 켜져 있었다. 다른 동에서는 듀스 신부가 저녁 위스키의 첫 잔을 따르고 있을 게 틀림없었다. 페라로 씨는 초인종을 누르지 않고 문을 직접 열어서 조용히 안으로 들어갔다. 두꺼운 양탄자가 유사流砂처럼 발소리를 삼켰다. 그는 불을 켜지 않았다. 각 방에 있는 붉은 갓이 씌워진 램프만이 불을 밝힌 채 그의 다음 손길을 기다리며 우선은 그의 걸음을 인도했다. 응접실에 있는 그림들이 상속세를 떠올리게 했다. 드가의 그림 속 무희의 커다란 치마가 핵폭발 장면처럼 버섯 모양으로 퍼졌다. 페라로 씨는 응접실을 지나 서재로 들어갔다. 가죽 장정의 고전들이 죽은 작가들을 떠올리게 했다. 의자에 앉았을 때 가슴에서 느껴지는 가벼운 통증이 예전에 앓았던 양쪽 폐렴을 생각나게 했다. 그는 손더스 양을 처음 채용했을 때보다 3년 더 죽음에 가까워졌다. 페라로 씨는 오랜만에 두 손을 깍지 끼었다. 그것은 어떤 사람들에게는 기도할 때 사용하는 손 모양이었지만, 페라로 씨에게는 어떤 결심을 나타내는 동작이었다. 최악의 상황은 지나갔다. 시간이 다시 그의 앞에 길게 늘어났다. 그는 생각했

다. '내일 당장 정말로 믿을 수 있는 비서를 구하는 일에 착수해야지.'

(1954)

외설 영화
The Blue Film

"남들은 열심히 즐기잖아요." 카터 부인이 말했다.

"흠." 그녀의 남편이 대답했다. "우리도 여기저기 구경했……"

"누워 있는 불상, 에메랄드 불상, 수상 시장." 카터 부인이 말했다. "우린 저녁을 먹고 자러 들어갈 거잖아요."

"어젯밤엔 셰 에브 레스토랑에 갔고……"

"당신, **내가** 없으면," 카터 부인이 말했다. "뭘 좀 찾아볼 거잖아요…… 무슨 말인지 알죠? 어디 '좋은 데' 말이에요."

맞는 말이야, 카터는 커피 잔 너머로 아내를 흘깃거리며 생각했다. 커피 스푼을 젓는 아내의 손놀림에 맞추어 팔찌가 쟁그랑거렸다. 아내는 만족스러운 생활을 하는 여자라면 가장 아름다워지는 시기의 나이가 되었지만, 군데군데 불만스러운 주름들이 생겨났다. 아내의 목을 바라보고 있는 동안 칠면조의 성질을 누그러뜨리는 게 얼마나 어려운가 하는 생각이 떠올랐다. 이게 내 탓일까, 아니면 아내 탓일까, 그는 궁금했다. 혹은 태어날 때부터의 문제, 즉 어떤 분비샘 결핍이나 어떤 유전적 특징 탓일까? 젊은 여자가 자주 불감증의 징후를 일종의 특별한 자질로 오인하는 태도는 참 딱했다.

"함께 아편을 피울 거라고 약속했잖아요." 카터 부인이 말했다.

"여보, 여기선 안 돼. 사이공에서 해. 아편은 이곳에선 '하지 말아야 할' 것이야."

"참 보수적이기도 하지."

"지저분하기 짝이 없는 막일꾼의 집밖에 없을 거야. 당신은 눈에 확 띌 거라고. 사람들이 당신을 빤히 쳐다볼 거야." 그런 다음 그는 비장의 카드를 꺼냈다. "바퀴벌레도 있을 거야."

"남편과 함께 있지 않다면 좋은 데를 많이 소개받아 갔을 텐데."

그는 기운을 내서 말했다. "일본인 스트리퍼가……" 그러나 아내는 그에 관해서는 이미 다 들었다. "브래지어를 한 못생긴 여자들." 아내가 말했다. 그는 짜증이 일었다. 양심의 가책을 덜기 위해 아내를 데리고 오느라 쓴 돈이 생각났다. 그는 아내 없이 떠나는 경우가 아주 많았던 것이다. 아무튼 욕망을 불러일으키지 않는 여자보다 더 따분한 일행은 없다는 생각이 들었다. 그는 침착하게 커피를 마시려고 애썼다. 생각 같아서는 커피 잔의 모서리를 물어뜯고 싶었다.

"커피 흘렸어요." 카터 부인이 말했다.

"미안." 그가 벌떡 일어섰다. "좋아. 내가 뭘 좀 준비해 볼게. 여기서 기다리고 있어." 그가 탁자 위로 몸을 굽혔다. "충격을 받아도 난 몰라." 그가 말했다. "당신이 부탁한 거니까."

"대개 충격을 받는 쪽은 내가 아니던데요." 카터 부인이 희미하게 미소 지었다.

카터는 호텔을 나와서 뉴로路쪽으로 걸어갔다. 한 남자아이가 그의 옆에 달라붙었다. "영계 원하세요?"

"난 내 여자가 있어." 카터가 침울하게 말했다.

"그럼 남자?"

"됐어."

"프랑스 영화?"

카터는 걸음을 멈추었다. "얼마?"

두 사람은 칙칙한 거리 모퉁이에 서서 잠시 흥정을 했다. 택시와 안내인과 영화를 합치면 비용이 거의 8파운드나 될 테지만, 이것이 '좋은 데'를 요구하는 아내의 입을 완전히 다물게 할 수만 있다면 그만한 가치가 있다고 카터는 생각했다. 그는 아내를 데리러 호텔로 돌아갔다.

그들을 태운 차는 먼 길을 달려서 운하 위에 설치된 어느 다리 옆에서 멈췄다. 알 수 없는 냄새로 뒤덮인 우중충한 길이었다. 안내인이 말했다. "따라오세요."

아내가 카터의 팔에 손을 얹었다. "안전하겠죠?" 그녀가 물었다.

"내가 어떻게 알겠어?" 그가 대답했다. 아내의 손이 얹힌 팔이 뻣뻣하게 경직되었다.

그들은 불이 없는 곳을 45미터쯤 걷고 나서 대나무 담장 옆에서 걸음을 멈췄다. 안내인이 몇 차례 노크를 했다. 안으로 들어가자 조그만 흙 마당과 통나무 오두막이 나왔다. 모기장 아래 어둠 속에서 뭔가가―사람인 것 같았다―툭 튀어나와 있었다. 주인이 그들 부부를 답답해 보이는 조그만 방으로 안내했다. 의자 두 개와 국왕의 초상화가 있는 방이었다. 화면은 2절판 책 크기 정도였다.

첫 번째 영화는 유난히 재미없었다. 두 명의 금발 여자 마사지사로 인해 나이 많은 남자가 회춘한다는 내용이었다. 여자의 머리 모양으로 보아 1920년대 후반에 만들어진 영화가 분명했다. 영화가 산만하게 진행되다 갑자기 끝나 버리자 카터와 아내 둘 다 어리둥절해졌다.

"그리 좋은 영화가 아니네." 마치 전문가나 되는 것처럼 카터가 말했다.

"그래서 외설 영화인 거죠." 카터 부인이 말했다. "추잡하고 재미없는 영화."

두 번째 영화가 시작되었다. 이 영화에는 이야기가 아주 적었다. 한 젊은 남자가—그 시절에 유행한 중절모를 쓰고 있어서 얼굴을 볼 수 없었다—거리에서 한 여자(클로시*가 고기 요리 덮개처럼 그녀의 얼굴을 덮고 있었다)를 꾀더니 함께 그녀의 방으로 들어갔다. 배우들은 젊었다. 그들의 모습에는 어딘지 모르게 매력과 흥미가 배어 있었다. 여자가 모자를 벗었을 때 카터의 뇌리에 생각이 하나 떠올랐다. 난 저 얼굴을 알아. 이어 사반세기가 넘도록 묻혀 있던 기억이 피어올랐다. 전화기 위에 놓인 인형, 더블베드 위의 벽에 붙은 그 시절의 한 미녀 스타 사진. 여자는 옷을 벗고 나서 자신의 옷을 가지런하게 개었다. 그런 다음 몸을 숙여 침대의 모양새를 바로잡았는데, 그러면서 그녀의 얼굴이 카메라의 눈과 젊은 남자에게 드러났다. 남자는 카메라에서 얼굴을 돌리고 있었다. 잠시 후 그녀는 그가 옷을 벗는 것을 도와주었

* 종 모양의 여성용 모자.

다. 바로 그때 카터는 남자의 어깨에 있는 점으로 확실해진, 그 특별했던 즐거움을 기억해 냈다.

아내가 의자에 앉은 채로 자세를 바꾸었다. "저 배우들은 어떻게 구하는지 궁금해." 그녀가 갈라진 목소리로 말했다.

"창녀야." 그가 말을 이었다. "연기가 조금 어설퍼 보이지 않아? 여기서 나가지 않을래?" 그가 재촉하듯이 말을 이었다. 아내는 영화 속 남자가 고개를 돌리기를 기다리고 있었다. 여자는 침대에 무릎을 꿇고 앉아 젊은 남자의 허리를 껴안았다. 스물이 채 안 되어 보이는 여자였다. 아니야, 그는 기억을 더듬었다. 스물한 살이었어.

"여기 있을 거예요." 아내가 말했다. "돈을 다 냈잖아요." 그녀가 뜨겁고 건조한 손을 그의 무릎 위에 올렸다.

"여기보다 더 좋은 곳을 찾을 수 있을 테니 나가자고."

"싫어요."

젊은 남자가 등을 대고 누웠고 여자가 잠시 남자를 떠났다. 순간, 남자가 엉겁결에 그런 것처럼 카메라를 쳐다보았다. 그의 무릎 위에 놓인 아내의 손이 부르르 떨렸다. "맙소사." 그녀가 말했다. "당신이잖아."

"**과거**의 나야." 카터가 말했다. "30년 전의." 여자가 다시 침대로 올라갔다.

"역겨워요." 아내가 대꾸했다.

"난 그걸 역겨웠던 일로 기억하지 않아." 카터가 대꾸했다.

"좋아서 싱글벙글하고 있는 것 같군요. 둘 다 말이에요."

"아냐. 절대 그러지 않았어."

"왜 저런 짓을 했어요? 이제 당신 얼굴을 어떻게 봐요. 창피해요."

"그래서 내가 나가자고 했잖아."

"출연료를 주던가요?"

"여자에게만 주었어. 50파운드. 그녀는 그 돈이 몹시 필요했지."

"그럼 당신은 공짜로 했어요?"

"그래."

"그걸 알았더라면 절대 당신과 결혼하지 않았을 거예요. 절대."

"아주 오래전 일이야."

"당신은 왜 그랬는지 그 이유를 아직 말하지 않았어요. 변명할 말이 없는 거예요?" 아내가 말을 멈추었다. 그는 아내가 몸을 앞으로 기울인 채 열심히 영화를 보며 사반세기도 더 된 과거에 있었던 클라이맥스의 열기에 빠져들고 있음을 알았다.

카터가 말했다. "내가 저 여자를 도울 수 있는 방법은 그것뿐이었어. 그녀는 전에는 저런 연기를 해 본 적이 없었지. 그녀는 친구를 원했던 거야."

"친구라고요?" 카터 부인이 말했다.

"난 그녀를 사랑했어."

"어떻게 창녀를 사랑할 수 있어요."

"아니야, 사랑할 수 있어. 그 점은 분명해."

"당신, 저 여자랑 재미를 보려고 줄 서서 기다렸나 보군요."

"말이 너무 거칠군." 카터가 말했다.

"여자는 어떻게 됐어요?"

"사라졌어. 그네들은 늘 사라지지."

여자는 남자의 몸 위로 상체를 숙이면서 불을 껐다. 그것으로 영화는 끝났다. "다음 주에 새 영화들이 들어와요." 시암 사람이 크게 허리를 굽혀 절하며 말했다. 카터 부부는 택시가 있는 곳까지 안내인을 따라서 어두운 길을 되돌아갔다.

택시 안에서 아내가 말했다. "그 여자 이름은 뭐였어요?"

"기억나지 않아." 거짓말은 참으로 쉬운 것이었다.

택시가 뉴로로 접어들었을 때 아내가 다시 매서운 침묵을 깨뜨렸다. "당신은 어떻게 그런……? 너무 천박해요. 당신이 알고 있는 사람이—사업상 말이에요—당신을 알아보았다고 생각해 봐요."

"사람들은 그런 걸 본 것에 대해선 얘기하지 않아. 어쨌든 난 그 당시에는 사업을 하지 않았어."

"저 일로 불안했던 적은 없어요?"

"지난 30년 동안 그 생각을 해 본 적은 한 번도 없었던 것 같아."

"그 여자를 얼마 동안 알고 지냈어요?"

"아마 12개월."

"그 여자가 살아 있다면 지금은 되게 추해 보이겠군요. 그때도 밉상인 얼굴이었으니."

"난 예뻐 보인다고 생각했는데." 카터가 말했다.

두 사람은 말없이 위층으로 올라갔다. 그는 곧바로 욕실로 가서 문을 잠갔다. 모기들이 전등과 커다란 물 항아리 주위로 모여들었다. 그는 옷을 벗으면서 조그만 거울에 비친 자신의 모습을 언뜻 보았다. 30년의 세월은 호락호락하지 않았다. 그는 두꺼워진 몸매와 중년의 나이를 느꼈다. 그는 생각했다. 하느님, 아내가 죽었으면 좋겠어요. 그가 입 밖으로 소리 내어 말했다. 제발 하느님, 아내가 죽게 해 주세요. 제가 저기로 돌아가면 모욕적인 언사가 다시 시작될 거예요.

그러나 그가 돌아갔을 때 아내는 거울 옆에 서 있었다. 옷을 일부 벗은 모습이었다. 맨살을 드러낸 아내의 가는 다리가 물고기를 기다리는 왜가리를 떠올리게 했다. 아내가 다가오더니 두 팔로 그를 안았다. 팔찌가 그의 어깨에 닿아 달그락거렸다. 아내가 말했다. "당신이 얼마나 멋있는 사람이었는지 그동안 잊고 있었어요."

"미안해. 사람은 변하게 마련이잖아."

"그런 뜻이 아니었어요. 지금 이대로의 당신이 좋아요."

아내의 욕망은 건조하고 뜨겁고 무자비했다. "계속," 그녀가 말했다. "계속," 이윽고 상처 입고 화난 새처럼 비명을 질렀다. 나중에 그녀가 말했다. "아주 오랜만에 그걸 느꼈어요." 그러고 나서 달뜬 마음으로 그의 옆에 누워 좋이 30분은 됨 직한 시간 동안 계속 얘기를 했다. 카터는 외로움과 죄책감을 느끼며 말없이 어둠 속에 누워 있었다. 그는 자신이 유일하게 사랑했던 여자를 그날 밤 배신한 것 같은 기분이었다.

(1954)

설명의 암시

The Hint of an Explanation

12월 하순 저녁에, 새로운 형태의 이 평화의 시대에 장거리 기차 여행을 한다는 것은 지루한 일이다. 난방 장치는 작동하지 않았지만 다른 승객 한 사람과 나, 이렇게 둘만이 객실 하나를 차지한 것은 행운이라고 생각할 수 있다. 하지만 기차가 페나인 산맥의 터널을 지날 때 전등은 수시로 완전히 꺼졌고, 그렇지 않을 때도 불빛이 너무 침침해서 눈을 크게 뜨지 않고서는 책을 읽기가 힘들었다. 식당차라도 있으면 분위기를 바꿔 볼 수도 있으련만 그조차도 없었다. 그 승객과 내가 서로 알은척한 것은 우리가 같은 역의 매점에서 구입한 말라빠진 같은 빵을 동시에 우물거리며 먹고 있을 때였다. 그 전에 우리 두 사람은 외투를 턱 밑까지 바짝 올리고서 양쪽 끝에 떨어져 앉은 채 몸을 숙여 잘 보이지도 않는 글자들을 들여다보고 있었다. 내가 먹다 남은 빵을 좌석 밑으로 던져 넣을 때 우리의 시선이 마주쳤고, 그러자 그는 읽고 있던 책을 내려놓았다.

환승역인 베드웰까지 절반쯤 갔을 무렵, 우리는 아주 다양한 분야에 걸쳐 서로 얘기를 나누었다는 것을 알았다. 빵과 날씨에 대한 얘기를 시작으로 정치, 행정, 외교, 원자폭탄 등에 관해 의견을 주고받았으며, 필연적인 순서인 듯이 신에 관한 얘기로 옮아갔다. 그러나 우리는 언성을 높이지도 않았고 신랄해지지도 않았다. 이제 맞은편에 앉은 내 동행이 몸을 약간 앞으로 숙이고 있어서 우리는 무릎이 거의 닿을 정도였다. 우리의 의견이 아무리 다르고 그 차이가 아무리 심각하다 해도 그와 다툰다는 건 생각할 수도 없다는 인상을 줄 만큼 그는 온화하고 침착했다.

나는 곧 나와 얘기하고 있는 상대가 전지전능한 신의 존재를 믿는—그들은 어떻게 표현하지?—가톨릭 신자임을 깨달았다. 반면에 나는 대충 말해서 불가지론자다. 나는 직관적으로 신이 존재한다고 생각하며(이 직관은 어릴 적의 경험과 욕구를 바탕으로 생성된 것일 터이므로 나는 직관을 신뢰하지 않는다), 또 표범을 잡으려고 밀림 속에 설치한 덫처럼 우리네 인생길을 둘러싼 기이한 우연의 일치를 마주하게 되면 때때로 놀라면서 믿음에 빠지곤 한다. 하지만 지적인 면에서는 자신의 피조물을 극악무도한 자유의지에 맡긴 채 내버려 둘 수 있는 신의 개념에 반발심이 솟는다. 나는 상대에게 이러한 견해를 피력했는데, 그는 정중한 태도로 조용히 경청했다. 내 말을 막으려 하지 않았다. 내가 가톨릭 신자들로부터 예상하게 되어 버린 조급함이나 지적 오만 같은 걸 전혀 내보이지 않았다. 그때까지 객실에 하나뿐인 전등불에 드러나지 않았던 그의 얼굴에 차창 밖 정거장의 전등불이 번쩍 비추었을 때, 순간적으로 얼핏 내 눈을 스치고 지나간 게 있었다. 그건 뭘까? 그 인상이 너무 강렬해서 나는 말을 멈추었다. 나는 10년 전으로, 이 헛되고 헛된 전쟁의 저편으로, 노르망디의 지조르라는 작은 마을로 돌아갔다. 내 마음은 잠깐 다시 그 오래된 옛 흙벽 위를 걸으며 회색 지붕들을 내려다보았다. 그러다가 무슨 이유에서인지 많은 다락방들 중에서 회색 석조 다락방 하나에 눈길이 머물렀다. 중년의 남자가 얼굴이 일그러지도록 그 방의 창유리에 꽉 붙어 있었다(아마 그 얼굴은 이제 이 세상에 존재하지 않을 것이다. 중세의 기억을 간직한 그 마을 전체가 박살이 나서 폐허가 되었을 테니까). 그때 나는 놀라 이렇게 중얼거렸던 게 생각났다. "저 사람은 행복하다. 참으로 행복하다." 나는 맞은편의 상대를 쳐다보았다. 그러나 이미 그의 얼굴은 다시 그림자에 묻혀 있었다. 내가 힘없이 말했다. "신이—신이 있다면 말이에요—허락하는 게 무언지 생각해 봅시다. 육체적인 고통만이 아니잖아요. 생각해 보세요. 타락을 허락하고 있는 거예요. 심지어 아이들에게조차도……"

그가 말했다. "우리의 견해는 매우 제한적인 겁니다." 그의 대답은 너무 평범해서 실망스러웠다. 그는 내 실망을 눈치챈 게 분명했다(우리가 온기를 얻기 위해 서로 몸을 가까이하듯이, 우리의 생각도 서로를 보듬으며 온기를 나누는 것 같았다). 왜냐하면 그가 이렇게 말을 이었기 때문이다. "물론 그에 대한 답은 없습니다. 우리는 암시를 포착하는 거죠……" 그때 기차가 요란한 소리를 내면서 터널 속으로 들어갔고, 전등불도 다시 꺼졌다. 지금까지 지나온 터널 가운데 가장 긴 터널이었다. 기차가 흔들거리며 달렸다. 냉기는 어둠 속에서 더욱 심해지는 것 같았다. 마치 얼어붙은 안개 같았다(하나의 감각—이 경우에는 시각―을 빼앗기게 되면 다른 감각들이 더욱 예민해지는 듯싶다). 기차가 터널을 빠져나와 온통 잿빛인 밤의 세계로 나아가고 전등이 다시 한 번 불을 밝히자 상대가 좌석에 등을 기대고 앉아 있는 모습이 눈에 들어왔다.

나는 그의 마지막 말을 질문 삼아 반복했다. "암시요?"

"아, 그 암시라는 건 건조한 활자나, 혹은 차가운 말로 나타내면 의미가 거의 없는 거랍니다." 외투를 입은 그의 몸이 떨렸다. "또한 그 암시를 포착한 당사자 외의 사람에게는 전혀 의미가 없는 거지요. 그건 과학적 증거가 아니니까요. 아니, 그 어떤 증거도 아니지요. 아무튼 내가 말한 암시라는 건 행위자, 또는 행위자 뒤에 있는 그것이 의도한 대로 되지 않는 일들이랍니다."

"그것?"

"사탄이라는 말은 너무 인격화된 표현이라서 그 대신 쓴 겁니다." 나는 나도 모르게 상체를 앞으로 기울였다. 그가 하려는 말을 듣고 싶었던 것이다. 나는―정말로―다른 사람의 신념에 대해서는 마음이 열려 있다. 그가 말했다. "말이란 게 아주 서툰 것이긴 하지만, 난 방금 말한 그것이 측은하게 여겨지는 때가 종종 있어요. 그것은 적에게 사용하기 적합한 무기를 끊임없이 찾고 있는데, 결국 그 무기가 자신의 가슴을 찌르게 되지요. 내게는 그것이 너무…… 무력해 보일 때가 있답니다. 당신은 조금 전에 아이들의 타락을 언급했습니다. 그 말을 듣자 어린 시절의 어떤 일이 떠올랐어요. 그 얘길 들려주고 싶은 생각이 든 사람은―다른 한 사람을 제외하고는―당신이 처음입니다. 내가 당신을 모르기 때문에 그런 걸 거예요. 긴 이야기는 아니에요. 어느 정도는 관련이 있을 겁니다."

내가 말했다. "듣고 싶습니다."

"너무 많은 의미를 기대하진 마세요. 하지만 난 거기에 암시가 있는 것처럼 느낍니다. 그게 다예요. 암시."

그는 천천히 창유리 쪽으로 고개를 돌렸지만, 뒤로 휙휙 물러나는 창밖의 세상에서 볼 수 있는 건 아무것도 없을 터였다. 이따금씩 신호등, 불 밝힌 집의 창문, 달리는 기차 뒤편으로 사라져 가는 조그만 시골 역 정도가 보일 뿐이었다. 그는 단어를 정확히 골라 가며 말했다. "어렸을 때 미사에서 복사로 봉사하도록 교육받았습니다. 작은 성당이었지요. 내가 살았던 곳은 가톨릭 신자가 아주 적었으니까요. 이스트앵글리아의 장이 서는 마을로, 백악질의 평평한 들로 둘러싸이고 도랑이 아주 많은 곳이었답니다. 가톨릭 신자는 다 합쳐도 50명이 안 되었을 거예요. 그리고 무슨 이유에서인지 그곳엔 우리를 적대시하는 전통이 있었어요. 그 전통은 어쩌면 16세기에 한 개신교 순교자가 화형에 처해진 사건에서 비롯된 건지도 모릅니다. 그 장소를 표시하는 돌이 수요일마다 서는 고기 가판대들 근처에 있었지요. 나는 그 적대감을 부분적으로 막연히 느끼고 있었어요. 학교 아이들이 나를 '포피마틴'이라는 별명으로 부르는 게 내 종교와 관련이 있고,* 아버지가 이 마을에 처음 왔을 때 '헌법 조합'이라는 모임에도 가입하지 못할 뻔했다는 얘기도 들어서 알고 있었지만 말입니다.

나는 일요일마다 하얀 복사복을 입고 미사 집전을 도와야 했어요. 나는 그게 싫었어요. 나는 항상 어떤 식으로든 옷을 차려입는 게 싫었답니다(생각해 보면 우스운 일이에요). 그러면서도 그 의식에서 내 역

---

* '포피Popey'는 가톨릭교의 '교황Pope'을 장난스럽게 부르는 말이다.

할을 잃어버리지 않을까, 또는 웃음거리가 되는 일을 맡지 않을까 늘 두려웠지요. 우리 미사 시간은 국교회의 감사성찬례 시간과는 달랐어요. 그래서 잘사는 사람들과는 거리가 먼, 얼마 안 되는 우리 신자들이 초라한 성당에서 터벅터벅 걸어 나올 때면 온 마을 사람이 우리를 지나쳐서 진짜 교회로 가는 것 같았어요(나는 늘 그걸 진짜 교회라고 생각했답니다). 우리는 그 사람들의 무관심하거나 교만하거나 깔보는 시선들을 의식하며 지나가야 했어요. 작은 마을에서는 종교가 얼마나 심각하게 취급되는지 당신은 상상도 못 할 거예요. 단순히 사교상의 이유 때문이라고 하더라도 말입니다.

그곳에 특별한 사람이 한 명 있었습니다. 마을에 있는 두 곳의 빵집 가운데 우리 가족은 가지 않는 빵집의 주인이었지요. 내 생각에 가톨릭 신자들은 그 가게를 이용하지 않았던 것 같아요. 왜냐하면 사람들이 그를 '자유사상가'라고 불렀으니까요. 이상한 호칭이었죠. 가엾기 짝이 없는 그 사람보다 자유롭지 않은 사상을 가진 사람은 없었으니까요. 그는 가톨릭교도에 대한 증오심으로 가득 차 있었어요. 외모도 아주 못생겼답니다. 한쪽 눈은 부옇게 흐렸고, 얼굴은 순무처럼 생기고, 정수리는 벗어졌죠. 결혼도 안 했고요. 그는 빵을 만드는 일과 우리를 향한 증오심을 빼고는 다른 어떤 일에도 관심이 없는 것 같았어요. 이제 나도 나이가 들고 나니 그의 본성에서 다른 면도 보이기 시작하지만 말이에요. 그의 본성에는 어떤 것에 대한 은밀한 애정 같은 게 있었던 것 같아요. 마을 사람들은 시골길을 걷다가 갑자기 그를 마주치는 경우가 종종 있었어요. 특히 혼자고, 일요일일 경우엔 더 그랬답니다. 마치 그가 도랑에서 불쑥 나타난 것 같았지요. 옷에 묻은 백토는 그의 작업복에 묻은 밀가루를 떠올리게 했어요. 그는 손에 지팡이를 들고 산울타리를 찌르곤 했습니다. 기분이 아주 안 좋을 땐 외국어 같은 어떤 이상한 말을 불쑥 내지르곤 했지요. 물론 나도 지금은 그런 말의 뜻을 알고 있어요. 한번은 한 남자아이가 그에게서 수상한 것을 보았다고 말해서 경찰이 그의 집으로 간 적이 있어요. 하지만 아무것도 나오지 않았고, 그의 증오심만 더욱 커졌지요. 그 사람 이름은 블래커였는데, 나는 그가 몹시 무서웠어요.

그는 특히 내 아버지를 미워했던 것 같은데, 이유는 모르겠습니다. 아버지는 미들랜드 은행의 지배인이었어요. 블래커가 그 은행과 거래를 하다 불만스러운 일을 겪었을 수도 있죠. 아버지는 매우 신중한 분이셨는데, 평생 돈 문제로—자신의 돈과 남의 돈 문제로—골치를 앓았죠. 지금 블래커를 마음속에 떠올리니, 그가 창문 없는 높은 벽들로 둘러싸인 좁은 길을 걸어오던 모습이 눈에 선하군요. 그 길 끝에 열 살 먹은 사내아이가 서 있습니다. 바로 나예요. 이게 상징적인 심상인지 아니면 우리가 실제로 그렇게 만난 적이 있었던 것인지, 난 모르겠어요. 어찌 된 일인지 우리의 만남은 점점 더 잦아졌어요. 당신은 조금 전에 아이들의 타락에 대해 말했습니다. 이 가엾은 사람은 자신이 증오하는 모든 것—내 아버지, 가톨릭 신자, 사람들이 끊임없이 숭배하는 신—에게 복수하려고 준비하고 있었는데, 나를 타락시킴으로써 그렇게 하려고 했죠. 그는 오싹하고도 기발한 계획을 세웠더군요.

처음 그에게서 친절한 말을 들었던 때의 일이 기억나요. 나는 되도록 빠른 걸음으로 그의 가게 앞을 지나가고 있었는데, 그가 마치 하인이나 되는 듯이 교활하고도 깍듯한 목소리로 나를 부르는 소리가 들렸어요. '데이비드 도련님, 데이비드 도련님.' 그가 나를 불렀는데, 나는 그냥 급히 가 버렸지요.

그러나 다음번에 그 길을 지나갈 때는 그가 문 앞에 나와 있었어요 (내가 오는 것을 본 게 틀림없었습니다). 손에는 '첼시번'이라는 소용돌이 모양의 빵이 하나 들려 있더군요. 받고 싶지 않았지만 그가 억지로 쥐어 주어서 받지 않을 수 없었지요. 그리고 그가 내게 가게 안쪽 응접실로 들어와서 아주 특별한 물건을 구경해 보라고 청했을 때는 예의상 따르지 않을 수 없었답니다.

그것은 장난감 전기 기차였어요. 당시에는 좀처럼 볼 수 없는 물건이었지요. 그는 그게 어떻게 작동하는지 나에게 보여 주겠다고 우겼어요. 나에게 스위치를 켜게 하고, 멈추고 출발시키는 걸 해 보게 했지요. 그리고 언제든 아침나절에 와서 그 장난감 놀이를 해도 좋다고 말했습니다. '놀이'라는 단어를 어떤 비밀을 얘기하듯 말하더군요. 그리고 실제로 난 그의 집에 가는 걸 엄마 아빠에게 절대 말하지 않았어요. 조그만 장난감 기차를 조작하며 놀고 싶은 욕구에 사로잡혀 그 방학 기간 동안 일주일에 두 번 정도 거길 찾아갔고, 혹시 누가 날 보고 있지는 않은지 길 양쪽을 살펴보고 나서 잽싸게 가게 안으로 들어가곤 했지요. 그리고 절대 그 일을 말하지 않았답니다."

그때 우리가 탄 더 크고 더 지저분한 진짜 기차가 터널 속으로 들어갔고, 다시 전등불이 꺼졌다. 기차 굉음이 밀랍처럼 우리의 귀를 막아 버려서 우리는 말없이 어둠 속에 앉아 있었다. 터널을 빠져나왔을 때도 곧바로 말을 하기가 어색했고, 그래서 나는 그가 얘기를 계속하도록 유도해야 했다.

"꽤나 공들여 짜낸 유혹이었군요." 내가 말했다.

"그의 계획을 그처럼 단순한 것이나 어설픈 것으로 생각해선 안 됩니다." 마주 앉은 상대가 말했다. "그 가엾은 사람의 기질에는 사랑보다 증오가 훨씬 더 많았어요. 당신이라면 존재한다고 여기지 않는 것을 증오할 수 있겠어요? 그럼에도 그 사람은 자신을 자유사상가라고 불렀답니다. 자유롭다는 것과 그처럼 증오심에 사로잡혀 있다는 것은 양립할 수 없는 모순이잖아요. 그 방학 기간 내내 그의 강박관념은 나날이 커져 갔던 게 틀림없어요. 그러나 그는 참고 있었어요. 때를 기다리고 있었던 겁니다. 내가 말한 '그것'이 그에게 힘과 지혜를 주었는지도 몰라요. 그는 방학이 끝나기 일주일 전에야 그토록 깊은 관심을 쏟고 있던 문제에 대해 얘기를 꺼냈어요.

방바닥에 무릎을 꿇고 앉아 두 대의 객차를 연결하고 있을 때 뒤에서 그의 목소리가 들려왔습니다. 그가 말했어요. '데이비드 도련님, 개학하면 이걸 못 하게 될 거예요.' 내게서 뭔가 대답을 요구하는 말이 아니었지요. 이어지는 말도 마찬가지였어요. '도련님이 이걸 자기 것으로 만들어야 할 텐데요.' 참으로 능란하게, 티 나지 않게 그는 내게 그걸 갖고 싶게 만드는 갈망의 씨앗을 뿌린 겁니다. 그즈음 나는 날마다 그의 응접실에 갔었어요. 얄미운 신학기가 시작되기 전에 모든 기회를 이용해야 했으니까요. 그리고 난 블래커에게도, 그러니까 그의 부옇게 흐린 한쪽 눈에도, 순무처럼 생긴 얼굴에도, 메스꺼운 아랑방귀에도 익숙해졌던 것 같아요. 아시다시피 교황은 자신을 '하느님의 종들의 종'이라고 표현합니다. 나는 가끔 블래커는 뭐랄까, '그 어떤 것의 종들의 종'이었다고 생각해요.

다음 날 그는 문간에 서서 놀고 있는 내 모습을 지켜보면서 종교에 대해 얘기하기 시작했어요. 그는 자신이 가톨릭 신자들을 굉장히 존경한다고 말했는데, 그게 빤한 거짓말이라는 건 나도 알 수 있을 정도였답니다. 자신도 그런 신앙을 갖고 싶은데, 빵집 주인이 어떻게 그럴 수 있겠느냐고 했어요. '빵집 주인'이라는 말을 사람들이 생물학자라고 말할 때처럼 힘주어 발음하더군요. 그러는 동안에도 장난감 기차는 둥근 선로 위를 빙빙 돌고 있었지요. '저는 도련님이 먹는 그것을 어떤 가톨릭 신자 못지않게 잘 구울 수 있답니다.' 그는 그렇게 말하고 나서 가게 안으로 사라졌지요. 나는 그 말이 무슨 뜻인지 전혀 몰랐어요. 그는 이내 다시 나타났는데, 손에는 조그만 빵이 들려 있더군요. '자,' 그가 말했어요. '이걸 드시고 저에게 말을 좀 해 주셨으면 하는데……' 그걸 입에 넣었을 때 난 그게 우리가 영성체에서 사용하는 빵과 똑같이 만들어졌다는 것을 알 수 있었습니다. 모양만 조금 다를 뿐이었지요. 나는 죄책감이 들었고, 왠지 모르게 겁이 났어요. '말해 주세요.' 그가 말했어요. '차이가 뭔가요?'

'차이?' 내가 물었어요.

'성당에서 먹는 거랑 똑같지 않나요?'

나는 우쭐해하며 말했죠. '축성*되지 않았잖아요.'

그가 말했습니다. '그 두 개를 현미경으로 본다면 도련님은 그 차이를 알 수 있을 것 같아요?' 열 살밖에 안 되었지만 난 그 질문에 대한 답을 알고 있었답니다. '아니요.' 내가 말했어요. '우유성偶有性**은 바뀌지 않으니까요.' '우유성'이라는 단어가 갑자기 죽음이나 사고를 연상시켜서, 나는 약간 더듬거리며 그 단어를 발음했지요.

블래커가 갑자기 강한 어조로 말했습니다. '저도 가톨릭 신자들이 먹는 걸 제 입에 넣어 보고 싶어요. 좀 알아보고 싶어서……'

이상하게 들릴지 모르겠지만, 성변화*** 사상이 진정으로 내 마음에

---

* 가톨릭에서 사람이나 물건을 의식을 통해 성스럽게 변화시키는 일.
** accident. 사물이 일시적으로 우연히 가지게 된 성질.

자리를 잡은 것은 그때가 처음이었어요. 난 그걸 기계적으로 외워서 알고는 있었고, 그 사상과 더불어 자랐지요. 하지만 나에게 미사는 『갈리아 전기』에 나오는 문장처럼 생동감이 없는 것이었고, 영성체는 학교 운동장에서 하는 교련처럼 판에 박힌 것이었답니다. 그런 내가 갑자기 그걸 진지하게 생각하는 사람과, 신부님만큼이나 진지하게 생각하는 사람과 맞닥뜨리게 된 거예요. 신부님이 그걸 진지하게 생각하는 거야 당연한 일이니 새삼스러울 게 없지요. 그게 신부님의 일이니까요. 나는 그때껏 느껴 보지 못한 커다란 두려움을 느꼈습니다.

그가 말했어요. '터무니없는 짓이긴 하지만 전 그 성체로 변한 빵을 입에 넣고 맛보고 싶어요.'

'아저씨도 가톨릭 신자가 되면 할 수 있어요.' 내가 순진하게 말했지요. 그러자 그가 외눈박이 키클롭스처럼 정상인 한쪽 눈으로 나를 응시하더니 이렇게 말하는 겁니다. '도련님은 미사에서 복사로 봉사하죠? 그러니 그거 하나 손에 넣는 건 어렵지 않을 거예요. 우리, 이렇게 하기로 해요. 그 성체 하나와 이 장난감 전기 기차를 바꾸는 거예요. 축성된 것이어야 해요. 알았죠? 반드시 축성된 것이어야 해요.'

'상자에서 한 개 꺼내 드릴 수 있을 거예요.' 내가 말했어요. 나는 여전히 그가 빵집 주인으로서 호기심을 갖고 있는 거라고 생각했던 듯합니다. 미사에 쓰이는 빵이 어떻게 만들어졌는지 알아보고 싶어 한다고요.

'아, 그게 아니에요.' 그가 말했습니다. '전 당신들의 하느님이 어떤 맛인지 알아보고 싶은 거예요.'

*** 미사 때 쓰는 빵과 포도주가 축성되어 그리스도의 살과 피로 변하는 것.

'그건 못해요.'

'이 전기 기차가 다 도련님 것이 되는데도 못해요? 집에서 가지고 놀아도 문제 될 게 전혀 없을 거예요. 제가 잘 포장해서 줄게요. 그 안에는 "감사하는 마음으로 은행 지배인의 아드님에게 고객이 드립니다"라고 쓴 쪽지를 넣어서 도련님의 아버지가 볼 수 있게 할 거고요. 그러면 아버님께서 매우 기뻐하실 거예요.'

이제 어른이 된 우리에게 그건 별거 아닌 유혹처럼 보일 겁니다. 그렇지만 어린 시절을 한번 생각해 보세요. 발밑 마루 위에 장난감 기차 세트가 온전히 놓여 있는 거예요. 직선 철로, 굽은 철로, 짐꾼과 승객이 있는 조그만 정거장, 터널, 보행자 전용 인도교, 철도 건널목, 두 대의 신호기, 완충장치 그리고 무엇보다도 전차대…… 그 전차대를 보았을 때 내 눈에 갈망의 눈물이 고였지요. 마음에 꼭 드는 장난감이었어요. 사악해 보였지만, 진짜 같은 멋진 장난감이었어요. 나는 힘없이 말했습니다. '어떡해야 좋을지 모르겠어요.'

그는 용의주도하게 조사해 두었더군요. 몇 차례, 성당 후문으로 은밀히 들어와 미사에 참석한 게 틀림없었어요. 짐작하시겠지만, 그런 작은 마을에서는 그가 영성체를 위해 성당에 나간다면 좋을 게 없었을 거예요. 온 마을 사람이 그가 어떤 사람인지 알고 있었으니까요. 그가 내게 말했어요. '성체를 받으면 그걸 잠시 혀 밑에 넣어 둘 수 있을 거예요. 신부님은 도련님과 다른 또 한 명의 복사에게 맨 먼저 성체를 주잖아요. 언젠가 도련님이 성체를 받고 나서 곧바로 휘장 뒤로 가는 모습을 본 적이 있어요. 그 작은 병 하나를 깜빡 잊고 안 가져왔을 때 말이에요.'

'주수병.'* 내가 말했어요.

'후추와 소금을 넣는 병같이 생겼더군요.' 그가 나를 보고 씨익 웃었지요. 나는…… 나는 신학기가 시작되면 더 이상 여기 와서 가지고 놀 수 없게 될 그 작은 장난감 기차를 바라보았습니다. 내가 말했어요. '아저씨는 그걸 그냥 삼켜 버릴 거죠? 그렇죠?'

'그럼요.' 그가 말했어요. '그냥 삼켜 버릴 거예요.'

웬일인지 그날은 더 이상 그 기차를 가지고 놀고 싶지가 않았어요. 내가 일어나서 문을 향해 걷자 그가 내 옷깃을 붙잡고 말하더군요. '이 건 도련님과 저만의 비밀이에요. 내일이 일요일이에요. 오후에 이리로 오세요. 그 성체를 봉투에 담아서 제게 주면 돼요. 그럼 월요일 아침 일찍 기차가 도련님 집으로 배달될 거예요.'

'내일은 싫어요.' 내가 애원했지요.

'전 다른 일요일엔 관심 없어요.' 그가 말했어요. '내일이 도련님에 게 있을 유일한 기회예요.' 그가 내 몸을 가볍게 앞뒤로 흔들더군요. '이 일은 언제까지나 도련님과 저만의 비밀로 간직해야 합니다.' 그가 말했어요. '만약 다른 사람이 알게 되면 그 사람들이 기차를 빼앗아 버릴 테니까요. 그리고 또 제가 가만있겠어요? 전 도련님이 무시무시하게 피를 흘리게 만들 거예요. 알잖아요, 제가 일요일이면 항상 마을을 돌아다닌다는 걸. 도련님은 저 같은 사람을 피할 수 없어요. 전 불쑥불쑥 나타나니까요. 집 안에 있어도 절대 안전하지 않을 거예요. 전 사람들이 잠들었을 때 집 안으로 들어가는 방법을 알고 있거든요.' 그가 나를 끌고 가게 안으로 데리고 들어가 서랍을 열었습니다. 서랍 속에는 이상하게 생긴 열쇠와 보기만 해도 오싹한 면도칼이 들어 있었어요.

---

* 미사 때 쓰는 포도주와 물을 담는 병.

그가 말했어요. '이건 어떤 자물쇠도 열 수 있는 만능열쇠랍니다. 그리고 이건 사람들이 피를 쏟게 만들 때 쓰는 도구지요.' 그러고 나서 그는 밀가루가 묻은 통통한 손가락으로 내 뺨을 톡톡 쳤어요. '아, 이런 말은 잊어버리세요. 도련님과 저는 친구니까요.'

그 주의 일요일 미사는 구체적인 일들 하나하나가 마치 일주일 전에 일어났던 일처럼 내 기억에 또렷이 남아 있답니다. 참회의 순간부터 축성의 순간까지, 나에겐 그 모든 게 무시무시하게 중요했죠. 내게 그보다 더 중요했던 미사는 지금까지 딱 한 번밖에 없었어요. 아니, 어쩌면 한 번도 없었는지도 몰라요. 그날의 미사는 다시는 없을 외로운 미사였으니까요. 다른 복사와 함께 제단 앞에 무릎을 꿇고 있는 내게 신부님께서 몸을 숙이고 성체를 입에 넣어 주셨을 땐 그 미사가 나의 마지막 성사인 것만 같았어요.

내가 이런 끔찍한 행동을—아시겠지만 그런 짓은 우리에겐 늘 끔찍한 행동으로 여겨진답니다—하기로 마음먹은 것은 블래커가 성당 뒤쪽에서 지켜보고 있는 모습을 본 순간부터였던 것 같아요. 그는 자신이 가지고 있는 제일 좋은 옷인 검정 외출복을 입었더군요. 그리고 빵집 주인이라는 직업의 흔적을 결코 털어 낼 수 없기라도 하듯 뺨에 텔컴파우더*를 바르고 있었는데, 어쩌면 그 면도칼을 사용해서 생긴 흉터 자국에 바른 것인지도 모릅니다. 그는 줄곧 나를 주시하고 있었어요. 내가 그의 지시를 이행할 생각을 품게 된 것은 내 욕심 탓도 있지만, 그 못지않게 두려움—피를 흘리게 만들 거라는 그 알지 못할 오싹한 행동에 대한 두려움—때문이었던 것 같아요.

---

* 활석 가루에 붕산, 향료 등을 섞어 만든 분. 땀띠약으로 많이 쓰인다.

다른 복사 아이는 씩씩하게 일어났지요. 그리고 영성체 받침을 들고 케리 신부님의 앞에 서서 다른 영성체 참여자들이 무릎 꿇고 있는 제단으로 걸어갔습니다. 나는 성체를 혀 밑에 넣었어요. 입 안에 물집이 생긴 것 같은 느낌이 들더군요. 나는 일어나서 일부러 제의실에 두고 온 주수병을 가지러 휘장을 향해 걸었습니다. 제의실에 들어간 나는 재빨리 주위를 둘러보며 성체를 숨겨 둘 곳을 찾았지요. 《우주》라는 낡은 신문 한 부가 의자 위에 놓여 있는 게 눈에 띄더군요. 난 입에서 성체를 꺼내 신문지 사이에 넣었어요. 작은 덩어리가 축축해져서 볼품없이 축 늘어나 있었지요. 그때 이런 생각이 들었습니다. 아마 케리 신부님은 뭔가 특별한 목적이 있어서 이 신문을 여기 두셨을 거야. 그러니 내가 이 성체를 회수하기 전에 신부님이 먼저 발견하실지도 몰라. 내가 어떤 벌을 받을 짓을 했는지 상상해 보자, 내 행동이 얼마나 큰 죄인지 뼈저리게 와 닿기 시작했어요. 살인죄는 그에 상응하는 벌을 받기 때문에 차라리 가벼운 문제일 수 있지만, 이 행동에 대해서는 어떤 응보를 받게 될지 생각할수록 오싹하고 겁이 났어요. 나는 성체를 떼어 내려 했는데, 성체가 끈적끈적해져서 신문지에 붙어 버렸더군요. 나는 자포자기한 심정으로 그 부분의 신문지를 찢어서 돌돌 뭉쳐 바지 호주머니에 쑤셔 넣었습니다. 주수병을 들고 휘장 밖으로 다시 나왔을 때 블래커와 시선이 마주쳤어요. 그가 격려의 뜻으로 활짝 웃어 보였는데, 그건 불행의 웃음이었지요. 그래요, 그건 분명 불행의 웃음이었어요. 그 가엾은 사람은 줄곧 어떤 부패하지 않는 것을 찾고 있었던 게 아니었을까요?

그날의 일은 그 이상은 잘 생각나지 않아요. 내 마음이 크게 놀라고 충격을 받은 데다 일요일이면 으레 그렇듯이 부산한 집 안 분위기에 휩쓸렸기 때문일 거예요. 시골 마을의 일요일은 서로 왕래하는 날이랍니다. 모든 가족이 집에 있고, 낯선 사촌과 삼촌들이 다른 사람의 차 뒷좌석에 끼여 타고 집에 찾아오는 경우도 많지요. 그날도 그런 사람들이 우리 집에 찾아와서 블래커가 일시적으로 내 마음의 표면에서 물러나 있었던 것 같아요. 개중엔 루시 이모라고, 대책 없이 마구 웃어대서 온 집을 떠들썩하게 만드는 분도 있었어요. 그분의 웃음은 마치 거울로 덮인 방 안에서 녹음된 웃음소리 같았답니다. 그래서 그날은 설령 내가 나가고 싶었다 해도 혼자서 밖으로 나갈 기회가 없었어요. 6시가 되어 루시 이모와 사촌들이 떠나자 집이 다시 조용해졌지만, 블래커의 집으로 찾아가기엔 너무 늦은 시간이었어요. 8시가 내 취침 시간이었으니까요.

난 호주머니에 넣어 둔 것을 반쯤 잊고 있었던 것 같아요. 호주머니에 든 것을 꺼내자 신문지에 싸인 조그만 뭉치가 나왔고, 그것은 곧바로 그날의 미사와 내게 몸을 숙인 신부님과 블래커의 웃음을 떠올리게 했습니다. 나는 그걸 침대 옆 의자 위에 올려놓고 잠을 청했답니다. 하지만 벽 위에서 너울대는 커튼의 그림자, 가구가 삐걱거리는 소리, 굴뚝에서 나는 바스락거리는 소리가 머리에서 떠나지 않았고, 의자 위에 놓인 하느님의 존재가 내 의식을 떠나지 않았어요. 성체는 내게 언제나…… 성체였던 거예요. 조금 전에 말했듯이, 나는 내가 믿어야 할 것을 이론적으로만 알고 있었던 거예요. 그때 누가 바깥 도로에서 휘파람을 불었어요. 나만 알도록 은밀히 부는 것이었어요. 그 순간 나는 갑자기 침대 옆에 놓아둔 그것이 무한한 가치를 지닌 것임을 알았어요. 그것을 잃으면 온전한 마음의 평화를 잃게 된다는 걸 알았어요. 우리가 버림받은 아이나 괴롭힘을 당하는 아이를 사랑하듯이, 그것이 사람들로부터 몹시 미움을 받는 것이라 해도 우린 그것을 사랑해야 한다는 걸 깨달은 거예요. 난 지금 어른의 말로 얘기하고 있지만, 그때 침대에 누운 채 도로에서 들려오는 휘파람 소리에, 블래커의 휘파람 소리에 귀 기울이며 겁을 집어먹고 있었던 아이는 열 살배기일 뿐이었어요. 그러나 그 아이는 지금 내가 말하고 있는 것을 명확히 느꼈다고 생각해요. 그러니까 내 말은, 사용할 수 있는 모든 무기를 움켜쥐고 하느님과 맞서 싸우는 '그것'은—그게 뭐든 간에—언제나, 어디서나, 막 성공하려는 순간에 실망하게 된다는 거예요. 블래커가 그런 것처럼, 그것은 나를 확실히 믿었을 거예요. 그것은 블래커도 확실히 믿었을 겁니다. 그러나 그 가엾은 사람에게 나중에 일어난 일을 안다면, 우린 다시 한 번 그 무기가 그 자신의 가슴을 찔렀다는 걸 알게 되지 않을까요.

결국 나는 휘파람 소리를 더 이상 참지 못하고 침대에서 나왔어요. 커튼을 살짝 열었죠. 그랬더니 창문 바로 밑에 블래커가 있더군요. 얼굴이 달빛에 물들어 있었지요. 내가 손을 뻗으면 그가 내민 손가락이 내 손가락에 닿을 것 같았어요. 그는 정상인 한쪽 눈을 반짝이면서 굶주린 표정으로 나를 올려다봤습니다. 지금 생각해 보니, 거의 성공했다는 생각에 그의 강박관념은 광기 수준으로 발전되어 있었던 것 같아요. 그는 필사적으로 우리 집에 온 거예요. 그가 나를 쳐다보며 속삭였어요. '데이비드, 그거 어딨어요?'

나는 방 쪽으로 고개를 홱 돌렸어요. '그걸 줘요.' 그가 말했어요. '빨리. 도련님은 내일 아침 장난감 기차를 받게 될 거예요.'

나는 고개를 저었어요. 그가 말했지요. '피를 쏟게 만드는 도구를 가져왔어요. 만능열쇠도. 그걸 순순히 주는 게 좋아요.'

'가.' 내가 말했습니다. 하지만 무서워서 말이 안 나올 지경이긴 했죠.

'그럼 먼저 도련님의 몸에 피를 내고 나서 그걸 가져가야겠군요.'

'아, 안 돼요. 그럴 순 없어요.' 내가 말했어요. 나는 의자로 가서 그걸—성체를—집어 들었지요. 성체가 안전할 수 있는 곳은 오직 한 곳뿐이었어요. 성체를 신문지에서 말끔히 떼어 낼 수가 없어서 난 신문지가 붙은 채로 그걸 삼켰습니다. 종잇조각이 마치 말린 자두 껍질처럼 목구멍에 달라붙었어요. 하지만 물병에 담긴 물을 마셔서 그걸 밑으로 내려보냈지요. 그런 다음 다시 창가로 가서 블래커를 내려다보았어요. 그가 나를 구슬리기 시작했어요. '데이비드, 그걸 어떻게 했나요? 왜 이리 야단스러워요? 그건 단지 빵 쪼가리일 뿐이에요.' 나를 바라보는 표정이 너무 간절하고 애처로워서 나는 어린 마음에도 그가 정말로 그렇게 생각한다면 저토록 간곡히 바랄 수 있을까, 의아스러웠답니다.

'삼켜 버렸어요.' 내가 말했습니다.

'그걸 삼켰다고요?'

'예.' 내가 말했어요. '그러니 돌아가세요.' 그때, 지금의 내게는 사람을 타락시키고자 하는 그의 욕망이나 나의 어리석은 행동보다 더 끔찍해 보이는 일이 일어났어요. 그가 울기 시작한 거예요. 정상인 한쪽 눈에서 눈물이 뚝뚝 떨어졌고, 어깨가 떨리더군요. 그는 고개를 숙이고 터벅터벅 걸어서 어둠 속으로 멀어져 갔고, 나는 그 전에 그의 얼굴을 잠깐 보았을 뿐이에요. 그는 순무처럼 생긴 대머리를 떨면서 갔지요. 지금 생각하면, 난 그때 '그것'이 자신의 어쩔 수 없는 패배에 눈물짓는 모습을 본 것만 같아요. 그것은 나를 무기로 사용하려 했지만, 그의 손아귀에 들어간 내가 훼방을 놓자 블래커의 한쪽 눈을 통해 절망의 눈물을 흘린 거예요."

베드웰 환승역의 검은 용광로들이 선로 주위에 모여 있었다. 선로 바꿈 틀이 작동하여 우리가 탄 기차가 한 선로에서 다른 선로로 옮겨졌다. 흩날리는 불티, 빨간색으로 바뀐 신호등, 잿빛 밤하늘에 솟아오른 높은 굴뚝, 정지된 엔진에서 피어오르는 수증기…… 추운 여행의 절반이 끝났고, 이제는 국토 횡단 완행열차가 도착할 때까지 긴 기다림의 시간이 남아 있었다. 나는 말했다. "재미있는 이야기네요. 나라면 블래커에게 그가 원하는 걸 주었을 것 같아요. 그 사람이 그걸 가지고 뭘 하려고 했을지 궁금하군요."

"그는 틀림없이……" 앞에 앉은 그가 말했다. "그가 계획했던 모든 걸 하기 전에 맨 먼저 그걸 현미경에 올려놓고 관찰했을 거예요. 확실해요."

"그리고 암시 말이에요." 내가 말했다. "그게 무슨 말인지 잘 모르겠어요."

"아, 그런가요." 그가 모호하게 말했다. "돌이켜 생각해 보면 그 일은 내겐 뜻밖의 시작이었답니다." 만약 그가 일어나 선반에서 가방을 내릴 때 외투의 단추가 풀어져 신부복 옷깃이 드러나지 않았다면 난 결코 그 말의 뜻을 알지 못했을 것이다.

내가 말했다. "당신은 블래커에게 많은 걸 빚지고 있다고 생각하는 것 같군요."

"예." 그가 말했다. "난 아주 행복한 사람이랍니다."

(1948)

사기꾼이 사기꾼을 만났을 때
When Greek Meets Greek

1

밤이 되자 약사는 약국 문을 닫고 그의 집과 위층으로 통하는 뒷문으로 나간 다음, 계단의 방향을 두어 번 꺾으며 위로 올라갔다. 손에는 조그만 약상자가 들려 있었다. 상자에는 '옥스퍼드 뉴엔드 가 14번지, 프리스킷'이라는 그의 주소와 이름이 찍혀 있었다. 그는 콧수염을 옅게 기른 중년의 남자로, 겁먹은 듯한 눈은 불안정해 보였다. 그는 근무하지 않을 때조차도 기다란 흰색 가운을 입곤 했다. 마치 그 옷이 적으로부터 그를 보호해 주는 힘을 지닌 왕의 옷이기라도 한 것처럼 말이다. 그 옷을 입고 있는 한 그는 즉결심판과 형 집행을 걱정할 필요가 없다고 생각하는 듯했다.

맨 위 층계참에는 창문이 있었다. 밖에는 봄밤의 옥스퍼드 풍경이 펼쳐져 있었다. 빵집과 제과점들 너머, 종이 장식 같은 수많은 자전거와 석탄가스 공장, 감옥, 회색 첨탑 등에서 나는 어지럽고 부산한 소음이 들려왔다. '문학사, 니컬러스 페닉'이라는 명함이 부착된 문이 나타났다. 약사는 초인종을 짧게 세 번 눌렀다.

문을 연 사람은 아기 같은 분홍빛 피부에 백발의 남자였는데, 적어도 예순 살은 되어 보였다. 짙은 자주색 벨벳 야회복을 입었고, 안경이 넓은 검정 리본 끝에서 흔들거렸다. 그가 호탕한 목소리로 말했다. "아, 프리스킷. 들어오게, 프리스킷. 잠시 면회를 사절하느라 문을 잠가 두고 있었지."

"약을 좀 가져왔어요."

"소중한 거로군, 프리스킷. 당신이 학위만 받았더라면—약제사협회에서 인증한 것만으로도 충분할 거야—내가 당신을 세인트앰브로즈 대학의 상임 의료 담당관으로 임명했을 텐데."

"대학 일은 어떻게 돼 갑니까?"

"잠시 휴게실로 가세. 내, 다 얘기해 줄 테니."

페닉 씨는 방수 외투들로 어수선한 좁고 어두운 통로를 앞장서서 걸었다. 프리스킷 씨는 방수 외투 사이를 불안한 걸음걸이로 걸어갔다. 앞에 놓인 여자 구두 한 짝이 발에 차였다. "언젠가는," 페닉 씨가 말했다. "우리도 멋진 건물을……" 그가 안경을 든 채, 안경이 휴게실 벽에 닿을 것만 같은 큰 동작으로 자신감 어린 손짓을 해 보였다. 휴게실에는 여자 옷으로 뒤덮인 조그만 둥근 탁자 하나와 반짝이는 의자 서너 개 그리고 유리문이 달린 책장 하나가 있었는데, 책장에 『모든 사람은 자신을 변호한다』라는 책이 꽂혀 있는 게 눈에 띄었다. "내 조카 엘리자베스네." 페닉 씨가 말했다. "엘리자베스, 내 의료 고문이시다." 타자기 뒤에서 얼굴이 갸름하고 예쁜 젊은 여자가 형식적으로 고개를 까닥했다. "엘리자베스를 가르쳐서 앞으로 회계 업무를 맡길 거네." 페닉 씨가 말했다. "회계 일에 대학 학장 일까지 하느라 그 중압감 때문에 내 위가 탈이 났어. 약…… 고맙네."

프리스킷 씨가 공손한 말씨로 말했다. "대학 일에 대해서 어떻게 생각하십니까, 페닉 양?"

"제 성은 페닉이 아니고 크로스예요." 여자가 말했다. "좋은 생각인 것 같아요. 삼촌이 그걸 생각하셨다는 게 놀라워요."

"그건 어떤 면에서는—부분적으로—내 생각이기도 해요."

"그럼 더욱 놀랍네요." 여자가 단호히 말했다.

프리스킷 씨는 재판관 앞에서 답변하는 것처럼 두 손을 흰 가운 앞에 모은 채 얘기를 계속했다. "내가 삼촌분께 이런 얘기를 해 드렸죠. 아무 관련도 없는 군인과 강사들이 많은 대학을 떠맡고 있는 상황이어서, 그 사람들은 당장은 통신교육으로 가르칠 수밖에 없다는 거요."

"대학에서 양조한 독한 맥주 한잔 마시겠나, 프리스킷?" 페닉 씨가 말했다. 그는 찬장에서 브라운 에일 맥주 한 병을 꺼내 두 개의 잔에 따랐다. 잔에 거품이 차올랐다.

"마시고말고요." 프리스킷 씨가 말했다. "나는 이런 건 생각지 못했어요. 이 휴게실이나 세인트앰브로즈 대학 같은 거 말이에요."

"내 조카는," 페닉 씨가 말했다. "이 일에 대해 아는 게 별로 없다네." 페닉 씨는 물건들을 건드려 보면서 실내를 서성거렸다. 자신의 둥지에 마음에 들지 않는 게 없나 살피는 나이 많은 맹금 같아 보였다.

여자가 쾌활하게 말했다. "제가 알기론, 삼촌은 옥스퍼드의 세인트앰브로즈 대학이라는 가짜 대학을 운영하려 하세요."

"가짜가 아니란다, 얘야. 광고 문구를 아주 신중하게 사용했지." 그는 광고 문구를 외우고 있었다. 『모든 사람은 자신을 변호한다』라는 책을 탁자 위에 펼쳐 놓고 그것을 하나하나 신중하게 점검했던 것이다. 브라운 에일 병맥주를 마신 탓에 이제 크고 칼칼해진 목소리로 그가 문구를 읊었다. "당신은 전쟁 상황 때문에 옥스퍼드 대학교에 다니지 못합니다. 세인트앰브로즈 대학—구舊 톰브라운 대학—은 전통과 과감히 단절했습니다. 전쟁 기간 중에는 우편으로만 수업을 받을 수 있을 것입니다. 당신이 어디에 있든, 아이슬란드의 차가운 바위 위에서 제국을 수호하든, 리비아의 불타는 모래밭에 있든, 미국 도시의 번화가에 있든, 또는 데번셔의 오두막집에 있든……"

"너무 나갔어요." 여자가 말했다. "삼촌은 항상 그래요. 호소력이 없어요. 잘 속는 사람 말고는 아무도 끌어들이지 못할 거예요."

"세상에는 잘 속는 사람이 아주 많단다." 페닉 씨가 말했다.

"계속하세요."

"난 과정을 조금 생략하려고 해. '학위증은 일반적으로 3년을 마쳐야 하지만 우리는 3학기 말에 수여할 것입니다.'" 그가 설명했다. "그래야 돈이 빨리 들어오니까. 요즘엔 느긋하게 돈을 기다릴 수 없거든. '구 톰브라운 대학에서 진짜 옥스퍼드 교육을 받으세요. 수업료, 기숙사비 등과 같은 자세한 내용을 알아보려면 회계 담당자에게 편지하시기 바랍니다.'"

"옥스퍼드 대학교에서 이걸 막지 못할 거라고 생각하시는 거예요?"

"누구나," 페닉 씨가 자부심이 깃든 목소리로 말했다. "어디에서든 대학을 만들어 시작할 수 있지. 나는 이게 그 종합대학의 일부라고 말한 적이 없어."

"하지만 기숙사비는…… 기숙사비는 숙식을 제공하는 데 따르는 비용을 말하잖아요."

"이 경우엔," 페닉 씨가 말했다. "아주 적은, 명목상의 비용일 뿐이야. 수강생의 이름을 전통 있는 회사—대학을 말하는 거야—의 책자에 영구히 남기는 데 따르는 비용이지."

"그리고 수업은……"

"여기 있는 프리스킷 씨가 과학을 담당할 거야. 난 역사와 고전을 맡을 거고. 얘야, 넌…… 경제학을 맡을 수 있지 않을까?"

"전 경제학은 전혀 몰라요."

"시험은 물론 간단하고 쉬워야 해. 강사의 능력 내에서 말이야. (이곳엔 훌륭한 공공 도서관이 있지.) 그리고 또 한 가지. 학위를 취득하지 못하면 수업료를 환불받을 수 있어."

"그러니까……"

"아무도 낙제하지 않는군요." 프리스킷 씨가 두려움이 깃든 흥분된 목소리로 숨을 죽이고 말했다.

"삼촌은 정말로 결과가 좋을 거라고 생각하세요?"

"얘야, 너에게 연락하기 전에 난 적어도 우리 세 사람이 1년에 600파운드는 벌 수 있는 확실한 가능성이 보일 때까지 기다렸단다. 그리고 오늘—예상을 뛰어넘어—난 드라이버 경으로부터 편지 한 통을 받았어. 아들을 세인트앰브로즈 대학에 입학시키겠대."

"그분 아들이 어떻게 이곳에 올 수 있어요?"

"얘야, 그는 나라의 부름을 받고 복무 중이어서 여기 올 수 없단다. 드라이버 집안은 늘 군인 집안이었지. 디브렛*에서 그 사람들을 찾아

봤어."

"이걸 어떻게 생각하세요?" 프리스킷 씨가 우려와 승리감이 함께 느껴지는 목소리로 물었다.

"우린 부자가 될 것 같네요. 보트 경주 계획 세워 놓으셨어요?"

"거봐, 프리스킷." 페닉 씨가 맥주잔을 들어 올리며 자랑스럽게 말했다. "이 애는 유서 깊은 집안의 아가씨라고 내가 말했잖은가."

2

집주인 여자가 계단을 오르는 발소리를 듣자마자 은발을 박박 깎은 초로의 남자는 축축한 찻잎을 엽란 밑동 주위에 깔기 시작했다. 집주인이 문을 열었을 때 남자는 손가락으로 찻잎들을 부드럽게 누르고 있었다. "아주 예쁜 식물이에요."

그러나 그녀는 당장은 기세가 누그러들 기미가 없었다. 그는 그걸 알 수 있었다. 그녀가 그를 향해 편지를 흔들며 말했다. "이봐요, 드라이버 경이라니, 이건 무슨 일이죠?"

"내 이름이에요. 로드 조지 생어처럼 멋진 이름이죠."**

"그러면 왜 편지를 보낸 사람은 편지에 로드 드라이버 씨라고 쓰지 않나요?"

"무식해서요. 무식해서 그런 것뿐이에요."

---

* 영국 귀족 연감. 정식 명칭은 『디브렛의 귀족과 준남작』이나, 간단히 '디브렛'이라고도 한다. 디브렛은 이 연감을 발행하는 출판사 이름이다.

** 로드Lord를 귀족을 칭하는 경卿이라는 뜻이 아니라 이름이라고 말하고 있다.

"우리 집에서 수상한 일을 꾸미면 안 돼요. 우린 늘 정직하게 살아왔으니까요."

"그 사람은 내가 귀족인지 그저 평범한 사람인지 몰랐나 봐요. 그래서 아무것도 쓰지 않고 비워 뒀겠죠."

"옥스퍼드의 세인트앰브로즈 대학에서 온 거예요. 그런 사람들은 뭘 잘 모른다니까."

"아, 주소가 아주 마음에 드는 곳이죠. W1 말이에요. 그리고 상류층 사람들은 다 뮤지스에 살잖아요." 그가 어정쩡하게 편지를 낚아채는 시늉을 했으나, 주인 여자가 든 편지에 손이 미치지 못했다.

"당신 같은 사람이 무엇 때문에 옥스퍼드 대학에 편지를 썼지요?"

"아주머니," 그가 긴장한 목소리로 위엄 있게 말했다. "나는 다소 불운하게 살아왔어요. 몇 년간 교도소 생활까지 했으니까요. 그렇지만 내겐 자유인으로서 권리가 있습니다."

"아들도 감옥에 있었고."

"감옥이 아니에요, 아주머니. 소년원은 전혀 다른 기관이에요. 그곳은…… 일종의 대학이지요."

"세인트앰브로즈 대학 같은 거."

"같은 수준이라곤 할 수 없어요."

그는 그녀가 감당하기 벅찬 사람이었다. 대개의 경우, 결국에 가서는 그녀가 감당할 수 없는 사람이었다. 그는 첫 번째 교도소 생활을 하기 전에 많은 일들을 했었다. 하인으로도 일했고, 심지어 집사로도 일했다. 눈썹을 치켜세우는 태도는 찰스 맨빌 경에게서 배운 것이었다. 옷은 괴짜처럼 별나게 입었다. 은숟가락을 유독 애호했던 나이 많은 벨런 경의 저택에서 일했을 때는 물건을 조금씩 빼돌리는 가장 좋은 방법을 익히기까지 했던 듯싶다.

"자 이제, 아주머니, 내 편지를 주시겠어요?" 그가 조심스럽게 손을 앞으로 내밀었다. 그녀가 그에게 겁을 먹고 있듯이 그 또한 그녀에게 겁을 내고 있었다. 둘은 끊임없이 옥신각신했는데, 매번 상대에게 지는 느낌이었다. 끝없이 계속되는 싸움에서 승자는 없었다. 두 사람은 언제나 서로를 두려워했다. 이번에는 그의 승리였다. 그녀가 문을 쾅 닫고 나갔다. 문이 닫히자 그가 갑자기 옆란에 대고 상스러운 말을 버럭 내뱉었다. 그런 다음 안경을 쓰고 편지를 읽기 시작했다.

옥스퍼드의 세인트앰브로즈 대학은 그의 아들을 받아 주었다. 이 굉장한 사실이 멋들어지게 갈겨쓴 학장의 서명 위에서 자신을 쳐다보고 있었다. 우연히 일치한 자신의 이름이 이렇게 고마웠던 적은 없었다. "세인트앰브로즈 대학에 지원한 아드님의 경력에 개인적으로 관심을 갖게 된 것을 대단히 기쁘게 생각합니다." 학장은 이렇게 썼다. "오늘날, 귀하와 같은 명망 높은 군인 가문의 자제분을 받는 것은 영광스러운 일입니다." 드라이버는 우스움과 진짜 자부심이 묘하게 뒤섞인 기분을 느꼈다. 그는 그 사람들을 속였다. 그러나 이제 옥스퍼드에 다니는 아들을 두게 되었다는 생각에 조끼 속 그의 가슴이 부풀어 올랐다.

그러나 두 가지 곤란한 문제가 있었다. 이미 많은 생각을 해 두었던 터라 사소한 문제에 불과하긴 했지만. 하나는 수업료를 미리 지불해야 하는 게 옥스퍼드의 오랜 전통 같다는 것이었고, 또 하나의 문제는 시험을 치러야 한다는 것이었다. 자기 아들은 이 문제들을 스스로 해결할 수 없었다. 소년원에서는 그 일이 허용되지 않을 테고, 아이는 앞으로 6개월 동안 소년원에서 나오지 못했다. 이 일의 백미는 아들이 옥스퍼드 학위라는 선물을 받게 되리라는 것이었다. 일종의 귀향 환영 선물로 말이다. 항상 몇 수 앞을 보는 체스 선수처럼 그는 이미 이런 어려운 문제들을 내다보고 있었다.

자신의 경우에 수업료는 엄포에 불과할 뿐이라고 그는 확신했다. 귀족은 항상 신용거래를 할 수 있고, 학위를 받은 뒤에 문제가 생기면 그는 그들에게 고소하라고 말하고 처벌을 받으면 그만이었다. 옥스퍼드의 어떤 단과대학도 전과자에게 그런 일을 겪었다는 걸 인정하고 싶지 않을 것이다. 하지만 시험은 어떻게 할 것인가? 알아보기 힘든 엉큼한 미소가 그의 입가에서 실룩거렸다. 5년 전의 스크러브스 교도소 생활과 자기들이 '아빠'라고 불렀던 사이먼 밀런 목사에 대한 기억이 떠오른 것이었다. 그는 단기수短期囚였다. 스크러브스 교도소에 있는 죄수들은 모두 단기수였다. 3년 이상의 형을 받은 사람이 그곳에 수감된 적은 없었다. 그는 키가 크고 홀쭉한, 귀족적인 풍모의 목사를 떠올렸다. 머리는 진회색이고 얼굴은 변호사의 얼굴처럼 가늘고 기름했으며, 마음은 넘치는 사랑으로 부드러워진 사람이었다. 그러고 보니 감옥은 대학만큼이나 지식이 풍성한 곳이었다. 감옥에는 의사도 있고, 재무 전문가도 있고, 성직자도 있었다. 그는 어디에 가면 밀런 씨를 찾을 수 있을지 알았다. 밀런 씨는 유스턴 근처의 한 하숙집에서 일자리를 얻어 일하고 있는데, 술을 몇 잔 사면 대부분의 부탁을 들어줄 터였다. 시험도 멋지게 통과할 게 틀림없었다. '지금도 그의 목소리가 들리는 것만 같아.' 드라이버는 황홀한 표정으로 기억을 떠올렸다. '교도관들에게 라틴어로 얘기하던 거 말이야.'

3

옥스퍼드에 가을이 찾아왔다. 사탕과 케이크를 사려고 늘어선 많은 사람들이 기침을 했고, 강에서 피어오른 안개가 방독면을 쓰지 않은 사람을 찾아서 수위를 지나 극장 안으로 스며들었다. 몇몇 대학생이 뿔뿔이 흩어지는 사람들 사이를 헤치며 걸어갔다. 대학생들은 항상 바빠 보였다. 군대가 그들을 부르기 전까지의 아주 적은 시간에 아주 많은 것들을 해야 했기 때문이다. 엘리자베스 크로스는, 협잡꾼은 많이 골라낼 수 있겠지만 여자가 남편감을 찾을 가능성은 높지 않아 보인다고 생각했다. 유서 깊은 옥스퍼드 대학의 떠들썩한 소리는 인동 덩굴과 토피 사탕과 토마토를 파는 암시장에 밀려났다.

지난해 봄, 그녀는 며칠 동안은 세인트앰브로즈 대학에 대해서는 농담 정도로만 취급했다. 그러나 돈이 실제로 들어오는 것을 보자 그 모든 일들이 덜 즐거워졌다. 몇 주 동안은 마음이 몹시 불편했다. 그러다가 전시戰時 중에 이루어지는 온갖 부정한 돈벌이 가운데 이 일이 가장 무해하다는 것을 깨닫고 나서야 마음이 가벼워졌다. 자신들은 식량부처럼 식량 공급을 줄이지도 않았고, 정보부처럼 신뢰를 파괴하지도 않았다. 삼촌은 소득세를 냈고, 심지어 자신들은 어느 정도 사람들을 교육하기까지 했다. 이 잘 속는 사람들은 학위증을 받을 때면 전에는 몰랐던 것 몇 가지를 알게 되리라.

하지만 그러한 사실은 여자가 남편감을 찾는 데 도움이 되지 않는다.

낮 상영 영화를 보고 나오는 그녀의 기분은 우울했다. 그녀는 자신이 검사했어야 할 과제물을 한 뭉치 챙겨 들고 있었다. 지적인 면이 조금이라도 엿보이는 '학생'은 딱 한 명, 드라이버 경의 아들뿐이었다. 그 과제물은 그의 아버지가 '영국 어느 곳'에서 보낸 것으로, 런던을 경유하여 왔다. 그녀는 역사 과목에서 몇 차례 자신의 무지를 드러낼 뻔했다. 삼촌은 녹슨 라틴어 실력을 한계치까지 밀어붙이며 안간힘을 썼다.

집에 돌아왔을 때 그녀는 실내 분위기가 평소와 같지 않다는 것을 알아차렸다. 프리스킷 씨는 흰 가운 차림으로 의자 모서리에 걸터앉았고, 삼촌은 먹다 남겨 둔 병맥주를 마저 마시고 있었다. 삼촌은 뭔가 일이 잘못되면 절대로 새 병을 따지 않았다. 술은 기분 좋게 마셔야 한다는 게 삼촌의 지론이었다. 그들은 말없이 그녀를 바라보았다. 프리스킷 씨의 침묵은 음울했고, 삼촌의 침묵은 생각에 잠긴 침묵이었다. 뭔가 해결해야 할 문제가 생긴 게 분명했다. 옥스퍼드 대학 당국 때문에 그러는 건 아닐 터였다. 대학 당국은 오래전에 더 이상 그를 귀찮게 하지 않았다. 변호사의 편지, 면담과 윽박지름 그리고 '지역 교육의 독점'—페닉 씨는 그렇게 표현했다—을 유지하려는 시도를 다 그만둔 것이었다.

"날씨가 좋네요." 엘리자베스가 말했다. 프리스킷 씨가 페닉 씨를 쳐다보았고, 페닉 씨는 얼굴을 찌푸렸다.

"프리스킷 씨네 약이 다 떨어진 건가요?"

프리스킷 씨가 움찔했다.

"생각해 봤는데요," 엘리자베스가 말했다. "이제 학업이 3학기가 되었잖아요. 그러니 봉급을 올려 주시면 좋겠어요."

프리스킷 씨가 페닉 씨에게서 눈을 떼지 않은 채 숨을 깊이 들이쉬었다.

"주급을 3파운드 올려 주시면 좋겠어요."

페닉 씨가 자리에서 일어났다. 그는 마시고 있던 짙은 빛깔의 맥주를 뚫어져라 쏘아보았다. 찌푸린 얼굴이 더 일그러졌다. 약사는 자신의 의자를 약간 뒤로 뺐다. 이윽고 페닉 씨가 입을 열었다.

"우리는 꿈의 재료와 똑같은 재료로 만들어진 존재이며," 그가 이어 가볍게 딸꾹질을 했다.

"콩팥이 안 좋은가 봐요." 엘리자베스가 말했다.

"잠으로 둘러싸여 있소. 그리고 이 이 구름 속에 솟은 누각……"

"인용을 잘못하고 있어요."

"허공 속으로 자취도 없이 사라져 버렸소."*

"지금껏 삼촌이 영어 과제를 검사했으면서."

"내가 생각하는 걸 방해하면, 신속하고 심오하게 생각하는 걸 방해하면, 앞으로 더 이상의 시험 과제는 없게 될 거야." 페닉 씨가 말했다.

"문제가 있나요?"

"나는 항상 내심으론 공화주의자였어. 우린 왜 세습 귀족을 원하는지 모르겠어."

"아 라 랑테른."** 엘리자베스가 말했다.

"드라이버 경 말이야. 그자는 왜 태어나서 말썽을 부리는지……"

"돈을 내지 않겠대요?"

"그런 게 아냐. 그 같은 사람은 신용거래를 하려고 해. 그건 괜찮아. 그런데 그 사람이 자기 아들이 다니는 대학을 보러 내일 오겠다고 편

---

* 윌리엄 셰익스피어의 『템페스트』 4막 1장에 나오는 프로스페로의 대사를 뒤죽박죽 인용하고 있다.
** À la lanterne. '놈들을 죽여라'라는 의미로 쓰인다. 이 프랑스어 어구를 직역하면 '가로등에'인데, 프랑스 혁명 때 귀족들을 가로등에 매달아 죽인 행위에서 유래했다.

지를 했어. 늙은 얼간이 같으니라고." 페닉 씨가 말했다.

"삼촌이 조만간 곤경에 처하실 줄 알았어요."

"위로는 못 할망정 그걸 말이라고 하는 거냐?"

"머리가 필요해요."

페닉 씨는 놋쇠 재떨이를 집어 들었다가 다시 조심스럽게 내려놓았다.

"생각을 잘하면 아주 간단한 일이에요."

"생각을 잘하면?"

프리스킷 씨는 의자를 끌어당겼다.

"제가 택시를 타고 역으로 그 사람을 마중 나가겠어요. 그리고 그 사람을…… 베일리얼 대학으로 데려갈게요. 대학교 안뜰로 곧장요. 그러면 거기서 삼촌이 나타나는 거예요. 학장 관사에서 나오는 것처럼 말이에요."

"그 사람은 베일리얼 대학이라는 걸 알 거야."

"모를 거예요. 옥스퍼드 대학교를 아는 사람이라면 자기 아들을 세인트앰브로즈 대학에 보낼 만큼 어리석을 리 없으니까요."

"그래, 맞아. 이 군인 가문은 좀 아둔해."

"삼촌은 무척 바쁘게 움직이셔야 할 거예요. 중요한 회의가 있는 척하셔야 해요. 그 사람을 이끌고 대학 건물과 부속 예배당, 도서관 등을 보여 준 다음, 학장 관사 밖에서 다시 제게 그 사람을 인계하세요. 제가 그 사람을 밖으로 데리고 나가 점심을 먹고, 그런 다음 기차역까지 바래다줄 거예요. 간단한 일이에요."

페닉 씨가 뚱한 얼굴로 말했다. "때때로 난 네가 무서운 여자라는 생각이 들어. 무서운 여자. 넌 생각해 내지 못할 게 없는 것 같아."

"삼촌이 이런 세계에서 삼촌 자신의 게임을 하려고 한다면 제대로 해야 한다고 생각해요." 엘리자베스가 말했다. "물론 삼촌이 다른 게임을 하려고 한다면 삼촌 좋을 대로 하거나 잘 안돼도 그걸 좋아하면 되겠지만 말이에요. 하지만 나는 할 게 이것밖에 없잖아요."

4

일은 아주 부드럽게 풀렸다. 드라이버는 개표구 앞에서 엘리자베스를 발견했다. 뭔가 다른 걸 예상했던 그녀는 그래서 그를 발견하지 못했다. 그에게서 느껴지는 뭔가가 그녀를 불안하게 했다. 옷 때문도 아니고, 전에는 한 번도 착용하지 않았을 것 같은 단안경 때문도 아니었다. 그보다 더 미묘한 어떤 것이었다. 그는 마치 그녀를 두려워하는 것만 같았는데, 따라서 그녀의 작전에 걸려들기 쉬웠다. "아가씨, 난 폐를 끼치고 싶지 않아요. 절대 폐를 끼치고 싶지 않아요. 학장님이 얼마나 바쁘실지 잘 알거든요." 그녀가 그와 함께 시내에서 점심을 함께할 거라는 말을 했을 때는 오히려 그가 안도하는 것처럼 보이기까지 했다. "옛 정취를 느끼게 하는 고색창연한 벽돌 건물이로군요." 그가 말했다. "내가 좀 감상적이 되더라도 이해해 줘요, 아가씨."

"옥스퍼드 대학교에 다니셨어요?"

"아니에요, 아니에요. 면구스럽게도, 드라이버家 사람들은 지적인 것에 관심이 좀 소홀하죠."

"군인도 머리가 좋아야 하지 않나요?"

그가 그녀를 날카롭게 쳐다보더니, 사뭇 다른 목소리로 대답했다.

"옛 시절에는 우리도 그렇게 생각했소." 그러고 나서 단안경을 빙빙 돌리며 택시가 있는 곳까지 그녀 옆을 천천히 따라 걸었다. 그러는 동안 그는 내내 한 마디도 하지 않은 채 이따금 가볍게 곁눈질로 그녀를 살폈는데, 대체로 만족스러워하는 표정이었다.

"이곳이 세인트앰브로즈 대학이로군요." 그가 수위실 바로 앞에서 애정 어린 목소리로 말했다. 그녀는 재빨리 그를 밀어 인도하여 첫 번째 안뜰을 지나서 학장 관사로 향했다. 그곳 문간의 계단 위에 페닉 씨가 문학사 가운을 팔에 걸친 채 정원의 조각상처럼 꼼짝 않고 서 있었다. "학장님이세요. 제 삼촌이기도 하시죠." 엘리자베스가 말했다.

"매력적인 아가씨예요. 조카분 말입니다." 둘이서만 있게 되자 드라이버가 말했다. 실은 그저 이야기를 나누려는 뜻에서 한 말이었지만, 그가 말을 꺼내자마자 부정직한 두 노친네는 금세 잘 어울렸다.

"아주 가정적인 애지요." 페닉 씨가 말했다. "저희 학교의 유명한 느릅나무입니다." 이어 하늘 쪽으로 손을 흔들며 말을 계속했다. "세인트앰브로즈의 떼까마귀죠."

"때까치요?" 드라이버가 큰 소리로 말했다.

"떼까마귀요. 느릅나무 속이요. 우리의 위대한 현대 시인 한 분이 이에 관해 쓴 시가 있지요. '세인트앰브로즈의 느릅나무여, 오 세인트앰브로즈의 느릅나무여.' 이런 것도 있답니다. '비바람 속에서 울고 있는 세인트앰브로즈의 떼까마귀들.'"

"아름답군요. 무척."

"멋들어진 가락이라고 생각해요."

"학장님의 조카 말입니다."

"아, 그렇군요. 이쪽이 강의동입니다. 이쪽 계단으로. 톰 브라운이 자주 드나들던 곳이지요."

"톰 브라운이 누굽니까?"

"굉장히 훌륭한 학생이었죠. 럭비 스쿨의 유명한 학생 가운데 하나랍니다." 그러고 나서 생각에 잠긴 표정으로 덧붙였다. "저 애는 좋은 아내, 좋은 엄마가 될 거예요."

"젊은이들은 경망스러운 사람은 평생을 함께하고 싶은 사람이 아니라는 걸 깨닫기 시작하고 있죠."

그들은 서로의 생각에 동의하며 맨 위 계단에서 멈춰 섰다. 두 사람은 마치 자기 근처의 물에서 꿈틀거리는 게 맛있는 고기라고 믿는 눈먼 두 마리 늙은 상어처럼 서로에게 코를 디밀었다.

"누가 저 애를 차지하든," 페닉 씨가 말했다. "그 신랑은 자부심을 느낄 수 있을 거예요. 저 애는 훌륭한 안주인이 될 테니까……"

"아들 녀석하고 저는," 드라이버가 말했다. "결혼에 대해 진지하게 얘기를 나눈 적이 있지요. 녀석은 다소 전통적인 사고방식을 가지고 있더군요. 아마 좋은 남편이 될 겁니다."

두 사람은 건물 안으로 들어갔다. 페닉 씨가 초상화들이 걸려 있는 곳으로 인도했다. "설립자입니다." 그가 어깨까지 내려오는 긴 가발을 쓴 사람을 가리키며 말했다. 의도적으로 고른 초상화였다. 약간 자신과 비슷한 점이 있다고 느꼈기 때문이다. 그리고 스윈번의 초상화 앞에서 잠시 망설이다가, 세인트앰브로즈 대학이 지녀야 할 조심성을 잠시 망각한 채 자랑스레 말했다. "위대한 시인 스윈번이에요." 그가 말했다. "우린 그를 내보냈답니다."

"제명한 건가요?"

"예. 부도덕해서요."

"부도덕한 것에 단호한 점이 참 마음에 듭니다."

"아, 선생님의 아드님은 세인트앰브로즈 대학에서 안전하게 관리하고 있습니다."

"그 말을 들으니 대단히 기쁘군요." 드라이버가 말했다. 그는 19세기에 그려진 그 멋진 초상화를 꼼꼼히 살펴보기 시작했다. "붓질이 훌륭해요. 종교적인 게 느껴져요. 전 종교를 신뢰한답니다. 가정의 기반이죠." 그가 갑자기 자신감을 드러냈다. "우리 젊은이들이 종교를 접해야 한다고 생각해요."

페닉 씨의 얼굴에 흡족한 표정이 어렸다. "동감입니다."

"아들 녀석이 시험에 통과하면……"

"아, 아드님은 틀림없이 통과할 겁니다." 페닉 씨가 말했다.

"한두 주 후면 아들 녀석이 휴가를 나올 겁니다. 그 애가 직접 와서 학위를 받으면 어떨까요?"

"음, 곤란한 점이 있어요."

"그런 관례가 없나요?"

"통신교육 졸업생에게는 그렇게 하지 않습니다. 부총장님께서 약간 구별하고 싶어 하시거든요…… 하지만 드라이버 경, 아주 뛰어난 졸업생의 경우니까, 제가 대리로 선생님의 아드님에게 런던에서 학위를 수여하는 걸 제안합니다."

"아들 녀석이 자기 학교를 보게 하고 싶어요."

"더 좋은 시절에 그럴 수 있을 겁니다. 지금은 아주 많은 단과대학들이 문을 닫고 있어서요. 대학의 영광이 회복될 때 아드님이 처음으로 방문하길 바랄게요. 이번엔 저와 제 조카가 선생님을 방문하고자 합니다."

"우린 아주 조용히 살고 있습니다."

"경제적으로 심각한 어려움이 있는 건 아니시죠?"

"오, 아니에요. 그렇지 않아요."

"그 말을 들으니 기쁘군요. 그럼 이제 제 조카가 있는 곳으로 돌아가실까요?"

5

이번에도 기차역에서 만나는 것을 더 편리하게 여기는 듯싶었다. 이 우연의 일치가 꽤 많은 맥주로 기운을 돋우며 기차 여행을 한 페닉 씨의 뇌리에는 떠오르지 않았다. 하지만 엘리자베스의 머릿속에서는 갑자기 그 생각이 떠올랐다. 대학 일은 최근에 기대만큼 성과를 얻지 못했는데, 부분적으로는 페닉 씨의 게으름 때문이었다. 최근에 얘기를 나누다 보면, 그는 대학을 다른 어떤 것으로 가기 위한 단계로만 여기는 듯한 느낌마저 들었다. 그것이 무엇인지 엘리자베스는 알지 못했다. 그는 늘 드라이버 경과 그의 아들 프레더릭과 귀족의 책임에 대해 얘기하곤 했다. 그의 공화주의자적인 성향은 거의 소멸되었다. 그는 프레더릭을 언급할 때 '멋진 젊은이'라고 불렀는데, 고전 과목에서는 그에게 100점을 주었다. "머리 좋은 군인이라 해도 라틴어와 그리스어를 잘하는 경우는 드물어." 그가 말했다. "비범한 젊은이야."

"경제학은 그리 잘하지 못하던데요." 엘리자베스가 말했다.

"군인에게 열심히 책을 보고 공부하라고 요구해선 안 돼."

패딩턴에 도착했을 때 드라이버 경이 많은 사람들 사이에서 그들을 향해 열렬히 손을 흔들었다. 경은 구입한 지 얼마 안 되어 보이는 새 옷을 입고 있었다. 그를 아는 사람이라면 그 옷을 어떤 수단을 써서 장만했는지 궁금할 터였다. 그 뒤로 앳돼 보이는 젊은이가 서 있었다. 입모양은 샐쭉했고 뺨에는 흉터가 있었다. 페닉 씨가 걸음을 바삐 놀렸다. 그는 망토를 걸치듯 어깨 위로 검은 비옷을 걸치고 있었는데, 모자를 벗어 손에 든 탓에 백발이 짐꾼들 사이에서 덕스럽게 드러났다.

"제 아들, 프레더릭입니다." 드라이버 경이 말했다. 젊은이가 뚱한 표정으로 모자를 벗었다가 다시 재빨리 썼다. 군대에서는 머리를 아주 짧게 깎았다.

"세인트앰브로즈 대학은 새 졸업생을 환영하네." 페닉 씨가 말했다. 프레더릭이 끙 하는 소리를 냈다.

학위 수여식은 마운트로열 호텔의 사실私室에서 치러졌다. 드라이버 경은 자신의 집이 폭탄을 맞았다고 설명했다. 최근엔 공습이 없었으므로 그는 시한폭탄이라는 설명을 덧붙여야 했다. 페닉 씨는 드라이버의 경의 말이라면 그저 만족스러워했다. 여행 가방 안에 문학사 가운과 사각모와 성경책을 챙겨 온 그는 작은 탁자와 소파와 라디에이터 사이에서 약식 행사를 상당히 인상적으로 거행했다. 라틴어 연설문을 읽고 성경책으로 프레더릭의 머리를 톡톡 가볍게 쳤다. 학위증은 앵글로캐슬릭 인쇄소에서 2색으로 제법 돈을 들여 인쇄한 것이었다. 그 자리가 불편한 사람은 엘리자베스뿐이었다. 여기서 속고 있는 사람이 정말 저 두 사람뿐인 걸까? 그녀는 의심스러웠다. 어쩌면 네 명 다 그럴지도 모른다는 예감이 점점 더 커지는 건, 이 고통스러운 느낌은 어찌해서일까?

브라운 에일 병맥주를 곁들인 가벼운 점심을 마친 뒤—"이 맥주처

럼 아주 좋았다고 말씀드리고 싶군요." 페닉 씨가 활짝 웃으며 말했
다—학장과 드라이버 경은 젊은이 두 사람만 함께 있게 하려고 나름
대로 머리를 썼다. "우린 여기서 사업 이야기를 좀 해야겠다." 페닉 씨
가 말했다. 드라이버 경이 넌지시 말했다. "프레더릭, 넌 1년 동안 영
화관에 간 적이 없잖니." 두 노인네가 유쾌한 기분으로 위스키를 시켜
마시는 동안 두 사람은 함께 밖으로 나가 폭격을 맞아서 허름해진 옥
스퍼드 가를 걸었다.

"어쩔 생각이야?" 엘리자베스가 말했다.

잘생긴 얼굴이었다. 그녀는 그의 흉터와 뚱한 표정이 마음에 들었
다. 그의 눈에는 높은 지능과 목적의식이 담겨 있는 것 같았다. 그가
한 차례 모자를 벗고 머리를 긁적였다. 다시 한 번 그의 짧은 머리가
엘리자베스의 눈에 들어왔다. 확실히 군인 같아 보이지 않았다. 그리
고 옷은, 그의 아버지의 옷과 마찬가지로, 새 옷인 데다 기성복 같았
다. 휴가 때 입을 옷이 없었던 걸까?

"내 생각엔," 그녀가 말했다. "두 분이 결혼 계획을 세우고 있는 것
같아."

그의 눈이 유쾌하게 반짝였다. "난 신경 안 써." 그가 말했다.

"네 CO*로부터 휴가를 얻어야 하는 거지?"

"CO?" 그가 곤경에 처한 아이처럼 움찔하면서 놀란 표정으로 물었
다. 그 질문에 대한 답은 미리 준비하지 않았던 것이다. 엘리자베스는
처음부터 이상하게 여겼던 모든 것들을 떠올리며 그를 찬찬히 살펴보
았다.

* commanding officer. 부대장.

"그러니까 넌 1년 동안 한 번도 영화관에 가지 않았다는 거지?" 그녀가 말했다.

"복역 중이었으니까."

"위문 공연도 안 봤어?"

"아, 그런 건 빼고."

"감옥에 들어가 있는 것처럼 참 답답했겠다."

그가 희미하게 웃었다. 그가 내내 빨리 걸어서, 얼마 안 있어 그녀는 자연스레 그를 뒤따라 하이드 파크 출입구 안으로 들어서게 되었다.

"실토해." 그녀가 말했다. "네 아버지는 드라이버 경Lord Driver이 아니야."

"아니야, 맞아."

"-우리 삼촌이 대학 학장이 아닌 것처럼 말이야."

"뭐라고?" 그가 웃기 시작했다. 유쾌한 웃음이었다. 신뢰할 수 없는 웃음이었지만, 상대도 따라서 웃게 만들고 동시에 이 같은 미친 세상에서는 이런저런 온갖 일들이 전혀 문제 되지 않는다는 데 동의하게 만드는 웃음이었다. "나는 막 소년원에서 나왔어." 그가 말했다. "넌 어때?"

"오, 난 아직 감옥엔 안 가 봤어."

그가 말했다. "넌 날 안 믿겠지만, 조금 전에 한 그 모든 의식이 말이야…… 그게 내겐 다 가짜로 보였어. 물론 아버지는 그걸 다 믿었지만."

"그리고 우리 삼촌은 널 믿었고…… 난 미심쩍었지만 말이야."

"흠. 결혼은 물 건너간 거네. 어쨌든 미안해."

"여기 좀 더 있다 가자."

"그러면," 그가 말했다. "얘기나 좀 더 할까?" 공원의 보드라운 가을 햇살 속에서 두 사람은 그 얘기를 나누었다. 다양한 각도에서 그 문제를 살펴보았다. 사방에 더 큰 사기꾼들이 있었다. 정부 관료들이 조그만 서류 가방을 들고 오갔으며, 이런저런 관리자들이 부르릉거리는 승용차를 타고 지나갔다. 광고판 같은 표정 없고 큼지막한 얼굴의 사내들이 주홍색 금장襟章을 단 카키색 군복 차림으로 도체스터에서 와서 파크레인 거리를 성큼성큼 걸었다. 자신들의 사기는 세계적인 기준에서 보자면 하찮은 것이었고, 해롭지도 않았다. 소년원에서 나온 남자와 연립주택에서 살며 포목상의 경리 일을 하다가 뜬금없이 이 일을 하게 된 여자는 그렇게 생각했다. "아버지는 몇백 파운드 정도는 보관해 두고 있을 거야. 난 확신해." 프레더릭이 말했다. "아버진 학장의 조카를 얻을 수 있다고 생각하면 그걸로 타협하려 할 거야."

"삼촌에게 500파운드가 있다 해도 그리 놀라운 일은 아닐 거야. 드라이버 경의 아들을 얻기 위해 그 돈을 따로 챙겨 두었겠지."

"우리가 이 대학 사업을 인수하는 건 어떨까. 자본이 약간 있으면 우린 정말 잘할 수 있을 거야. 지금은 푼돈 벌이일 뿐이잖아."

두 사람은 아무 이유 없이 사랑에 빠졌다. 2펜스를 아끼려고 앉은 공원 벤치에서, 자신들은 더 잘할 수 있다는 확신을 품고서 낡은 사기 수법에 자신들의 수법을 첨가할 계획을 세우는 동안 사랑에 빠진 것이다. 호텔로 돌아갔을 때 엘리자베스는 문 안으로 들어서기도 전에 선언했다. "프레더릭과 전 결혼하길 원해요." 모든 일이 너무 쉽게 풀려서 두 노인네의 얼굴이 갑자기, 동시에 환해졌다가 이내 신중한 표정으로 실눈을 뜨고 서로를 바라보느라 어두워졌다. 그 모습을 보며 엘리자베스는 이 바보 같은 노인들에게 죄송함마저 느꼈다. "아주 놀라운 일이군." 드라이버 경이 말했다. 학장은 이렇게 말했다. "이런 이런, 역시 젊은이들이 빠르다니까."

두 노인은 밤새 협의를 하며 계획을 짰고, 두 젊은이는 구석에 앉아 노인네들이 서로 말을 받아넘기는 모습을 흡족한 표정으로 지켜보면서 세상은 항상 젊은이들에게 열려 있다는 비밀스러운 사실을 음미했다.

(1941)

일하는 사람들
Men at Work

리처드 스케이트는 간밤의 공습에 집이 무사한지 보려고 두어 시간 동안 사무실을 나갔다가 돌아왔다. 그는 마르고 창백하고 배고파 보이는, 중년 초입에 들어선 사내였다. 그는 평생 경제적인 어려움에서 벗어나려 애썼다. 야간학교에서 강의도 했고, 규모가 크지 않은 퍼블릭 스쿨*에서 임시 영어 선생 노릇도 했다. 그러는 동안 조그만 집을 장만했고, 아내를 만나 아이 하나를 낳았다. 그림에 소질이 있으며 아버지를 얕잡아 보는 다소 조숙한 딸이었다. 그들은 시골에서 살았는데, 런던이 헤아릴 수 없을 만큼 광범위하게 폭격을 당한 탓에 집에 가는 교통편이 두절되어 버렸다. 그는 일주일에 두 번 급히 집에 다녀오

---

* 영국의 학교 형태로, 13~18세 사이의 학생들이 흔히 기숙사 생활을 하는 학교이다.

곤 했다. 이제 그의 세계는 정보부가 전부였다. 청사는 복잡한 승강기, 여객선의 복도 같은 긴 복도, 따뜻한 물이 나온 적이 없는 화장실, 성경책처럼 쇠줄로 묶여 있는 손톱 솔 등이 있는 차가운 고층 건물이었다. 중앙난방 방식인 탓에 대서양 한가운데에 있는 것 같은 탁한 냄새가 났다. 다만 폭발할까 봐 항상 창문을 열어 두어 찬 바람이 들어오는 복도는 예외였다. 담요를 덮은 채 긴 접의자에 누워 있는 사람이나 수프를 돌리듯 회의록을 돌리는 사환이 곧잘 눈에 띄었다. 스케이트는 아래층 지하실에 있는 간이침대에서 잠을 자고, 10시께에 아침을 먹으러 갔다. 옥살이 같은 생활이 계속되자 그의 모습은 석탄을 나르는 조랑말처럼 꾀죄죄해지기 시작했고, 지하에 사는 생물처럼 눈이 침침해진 것 같았다. 그가 속한 정보부의 지부는 직원들에게 하루에 한두 시간 정도 바깥바람을 쐴 것을 권했다. 그래서 몇몇 직원들은 정말로 길모퉁이에 있는 킹스암스 술집에 갔다. 그러나 스케이트는 술을 마시지 않았다.

이런 상황임에도 그는 행복했다. 외부 출입문에서 출입증을 보여주고, 초기 아이슬란드 관세 분야의 전문가였던 국방 의용병에게 고개를 까닥하며 인사하는 게 행복했다. 이제는 경제적인 어려움에서 많이 벗어났기 때문이다. 그는 공무원이었으므로 그의 일터는 평생직장이었다. 과거의 꿈은 극작가가 되는 것이었다(어느 일요일에 세인트존스우드에서 공연된 연극으로 인해 그는 『센트럴 레지스터』 명부에 극작가로 등재되었다). 이제 런던의 극장들이 대부분 문을 닫았기에, 그는 다른 사람의 성공에 더 이상 위축되지 않았다.

어두운 방의 문을 열었다. 복도에 합판으로 지어진 것으로, 수많은 정부 관리들이 마치 곰팡이가 피어나듯 모여들면서 생긴 방이었다.

옛 부서들이 나날이 새로운 조직을 만들어 냈고, 그 조직은 떨어져 나가 새 부서가 되었으며, 그 부서는 다시 새 조직을 싹 틔웠다. 넓은 대학가에 있는 500개의 방이 부족해져서, 복도의 구석진 곳들이 방이 되었고, 밤사이에 통로가 사라지기도 했다.

"다 괜찮아요?" 그의 조수가 물었다. 가슴이 큰 젊은 여자로, 그를 잘 챙겼다. 그가 피곤해 보이면 커피를 타 주었고 그의 전화도 잘 응대했다.

"아, 그래, 고마워. 아직은 무사해. 유리 한 장이 깨졌어. 그게 전부야."

"새비지 씨라는 사람이 전화했어요."

"그래? 무슨 일로?"

"공군에 입대했는데, 실장님께 자신의 제복을 보여 주고 싶다고 했어요."

"새비지, 그 친구." 스케이트가 말했다. "그 친구는 늘 좀 야성적이었지."

전화벨이 울렸고, 매너스 양이 적을 대하듯 수화기를 움켜쥐었다.

"네." 그녀가 말했다. "네, RS 돌아왔습니다. HG예요." 그녀가 그렇게 말하며 스케이트에게 수화기를 건넸다. 하급 직원들은 모두 이니셜로 불렸다. 이름이나 아무개 씨 대신에 그 중간쯤 되는 이니셜로 부르는 건 일종의 사회적 타협이었다. 그 때문에 전화 통화가 암호 전보처럼 모호하게 들렸다.

"안녕, 그레이브스. 응, 아직 무사해. 자네, 도서위원회에 참석할 건가? 난 아직 안건을 생각하지 못했어. 자네가 뭘 좀 만들어 보지그래?" 그러고 나서 매너스 양에게 수화기를 건넸다. "그레이브스가 도서위원회에 누가 참석하는지 알려 달래."

매너스 양이 수화기에 대고 재빨리 말했다. "RK, DH, FL, BL. BL 은 좀 늦을 거라고 했어요. 알겠습니다. RS에게 전할게요. 안녕히 계세요." 그녀가 스케이트에게 말했다. "HG가 안건에 진행 보고서를 넣는 게 어떤지 물어봐 달랍니다."

"그 친구, 농담을 좀 하려나 보군." 스케이트가 씁쓸하게 말했다. "진행된 게 있을 수도 있다는 듯이 말하는 걸 보니."

"차 한 잔 드릴게요." 매너스 양이 말했다. 그녀는 서랍 자물쇠를 열고 스케이트의 티스푼을 꺼냈다. 전쟁이 시작된 초기 몇 달 동안 6천 개에 달하는 손실을 입은 후로 정부 부처에서는 티스푼을 전혀 제공하지 않았다. 갈수록 휴대할 수 있는 것들은 모두 다 자물쇠를 채워 보관할 필요성이 커졌다. 심지어 담요도 공습 대피소에서 없어지곤 했다. 독일 폭격기의 잔해와 마찬가지로 이곳도 유물 사냥꾼의 먹잇감이 된 것 같았다. 그러므로 어느 날 소이탄에 그슬리고, 국방 의용병이 총알을 빼내서 놓아둔 자리에 총알구멍이 생긴 육중한 포틀랜드석*만 덩그러니 남겨질지도 모른다.

"이것 참," 스케이트가 말했다. "이 안건 문제를 마무리 지어야 하는데." 그러나 그의 걱정은 상투적이고 피상적이었다. 그것은 커다란 그늘 아래 한쪽 구석에서 하는 놀이 같은 것이었다. 선전 활동은 시간을 보내기 위한 수단이었다. 일은 쓸모가 있어서 하는 게 아니고 일 자체를 위해서, 그저 그게 직업이어서 하는 것일 뿐이었다. 그는 싫증 난 표정으로 안건에 '인도 문제'라고 적었다.

---

* 영국 포틀랜드산 건축용 석회석.

방을 나온 스케이트는 예복을 입은 노인들이 줄지어 지나가는 동안 한쪽 옆에 서 있었다. 직장職杖*을 든 노인이 맨 앞에서 그 이상해 보이는 행렬을 이끌었다. 그들은(그중 한 사람이 재채기를 했다) 여전히 다른 시대의 의식을 행하는 초라한 유령 같은 모습으로 재무부 쪽으로 걸어갔다. 그들은 한때 이 궁전의 왕들이었다. 이 거대한 건물은 그들에게 거처를 제공할 목적으로 지어진 것이었다. 그러나 지금은 마치 그들이 연기 같은 존재에 불과하다는 듯이, 이곳 공무원들이 그들의 행렬 사이를 왔다 갔다 하며 지나다녔다. 도서위원회가 열리는 방에 이르기 한참 전부터 귀에 익은 목소리가 들려왔다. "우리가 해야할 일은 대대적인 캠페인이고……" 물론 전쟁 활동을 독려하는 킹의 목소리였는데, 이런 일은 성욕처럼 주기적으로 일어났다. 킹은 광고인이었다. 따라서 뭔가를 팔고자 하는 욕구가 규칙적으로 그를 사로잡곤 했다. 오벌틴, 핼리토시스, 머스터드 클럽**에 대한 기억은 항상 출구를 찾고 있었다. 그러다가 갑자기, 그는 열렬히 전쟁을 팔기 시작했다. 재무부와 조달청에서는 언제나 그의 거창한 계획이 반드시 무산되도록 조처를 취했다. 하지만 딱 한 번, 담당자가 휴가 중이었던 탓에 킹의 캠페인이 정말로 실행되어 버렸다. 고기 배급량이 형편없이 줄어들었던 때였다. 런던 전역의 광고판에 퉁명스러운 킹의 메시지가 실렸다. '고기 배급에 대해 불평하지 마세요. 채소에 문제가 있는 건 아니잖아요.' 입이 거친 노동당 인사가 의회에서 질문을 했고, 그 포스터들은 2만 파운드의 돈을 들여 수거되었다. 사무차관이 사임했다. 총리 옆에 장관이 섰다. 장관은 자신의 참모("저는 우리가 전투 체제

---

* 권한이나 권위의 상징으로 들고 다니는 봉.
** 모두 상표 이름이다.

의 일원이라고 생각합니다") 옆에 섰다. 그리고 킹은 사임을 요구받은 뒤, 더 많은 봉급을 받고 이 정보부의 도서위원회 책임자 자리에 앉혀졌다. 여기서는 그가 해를 끼칠 일이 없으리라고 생각된 것이었다.

스케이트는 살며시 안으로 들어가, 하녀가 냅킨을 깔듯 가능한 한 사람들의 주목을 끌지 않으려 노력하면서 안건 목록을 위원들의 자리에 돌렸다. 그는 구태여 킹의 말에 귀 기울일 필요성을 느끼지 않았다. 킹은 지금 우리가 무엇을 위해 싸우는지를 설명한 일련의 소책자를 600만 명에게 무료로 배포하는 문제에 관해 말하고 있었다. "사람들에게 자유가 뭘 의미하는지 알려 줘야 해." 킹이 말했다. "민주주의. 긴 말 쓰지 마."

힐이 말했다. "조달청의……" 힐의 가느다란 목소리는 언제나 이성의 목소리였다. 그는 정보부의 존재에 대한 공식적인 설명과 변호의 달인으로 통했다. "부정적인 행위가 긍정적인 결과를 가져오리라고는 생각지 않습니다."

스케이트의 안건 목록은 다음과 같았다.

1. 회의록 검토 사항
2. 독일의 노동조건에 관한 웨일스어 소책자
3. 윌킨슨의 여자 국방군 방문 시 편의 시설
4. 본의 소책자에 대한 이의 제기
5. 고기생산유통위원회의 전단 발행 제안
6. 인도 문제

목록이 꽤나 그럴싸해 보인다고 스케이트는 생각했다.

"물론," 킹이 말했다. "세부적인 내용을 짜야 해. 적합한 필자를 구해서 말이야. 프리스틀리가 어떨까? 사람들이 그를 좋아하잖나. 우리가 아주 명확한 사례를 제시할 수 있다면 돈 문제는 어렵지 않을 거라고 생각해. 스케이트, 자네도 검토해서 의견을 제시해 주겠나?"

스케이트는 동의했다. 그게 정확히 뭔지 몰랐지만 그건 중요하지 않았다. 몇 차례 서류가 오갈 것이고, 그 과정에서 킹의 피가 식을 것이다. 이 거대한 건물의 누군가에게 서류를 보내서 그 답을 받기까지는 최소한 24시간이 걸렸다. 긴급한 사안의 경우, 일주일에 세 번 서류를 주고받을 수 있을 터였다. 청사 바깥의 시간은 아주 다른 속도로 흘러갔다. 스케이트는 프랑스의 전쟁 활동에 관한 팸플릿을 만들자는 '제안 건'에 대해, 그걸 누가 써야 할 것인지에 관한 서류들이 아직도 결정되지 않은 채 내부에서 돌고 있는 현실을 떠올렸다. 독일군이 전선을 돌파하여 솜 강을 지나 파리를 점령하고 콩피에뉴에서 사절단을 맞이하는 동안에 말이다.

위원회는 여느 때와 마찬가지로 한 시간 동안 계속되었다. 종교부, 제국부 등 다른 부서에서 온 사람들과 함께하는 이 모임은 스케이트에게는 언제나 기분 좋은 모임이었다. 그들은 때때로 괜찮다고 생각되는 다른 사람을 모임에 끌어들이기도 했다. 이 모임은 책과 저자, 화가, 연극, 영화 등 온갖 종류에 대한 흥미 있는 토론의 기회를 제공했다. 안건은 사실 중요하지 않았다. 마지막 순간에 한 가지 안을 만들어내는 건 그리 어려운 일이 아니었다.

오늘은 모두 기분이 좋았다. 일주일 동안 나쁜 뉴스가 없었고, 최근 사무차관의 방침은 정보부가 관심을 끌 만한 일은 하지 말라는 것이었으므로, 가까운 미래에 숙청될 일을 두려워할 이유가 없었다. 그 결정은 또한 모든 직원들의 일을 편하게 해 주었다. 윌킨슨에 관한 문제는 다소 호들갑스러운 면이 있었다. 윌킨슨은 매우 유명한 소설가로, 여성들에게 낭랑하고 멋진 목소리를 내고 싶어 하는 사람이었다. 그런 그가 여자 국방군에 대한 특별한 연구를 할 수 있게 허락해 달라고 요청했었다. 군 당국은 요청을 거절했는데, 아무도 그 이유를 몰랐다. 그에 대한 추측이 10분 동안 이어졌다. 스케이트는 윌킨슨이 좋지 않은 작가라서 그런 것 같다고 말했고, 킹은 이에 동의하지 않았다. 이 때문에 일반적인 문학 토론이 전개되었다. 지난 전쟁 때 갈리폴리 전투*에 참여했던 제국부의 루이스는 꾸벅꾸벅 졸았다.

안건이 본의 소책자 문제로 옮아갔을 때에야 그는 깨어났다. 본은 대영제국에 관한 소책자를 쓰라는 요청을 받았었다. 책자는 여러 곳에서 열리는 공청회 때 5만 부를 무료로 배포할 예정이었다. 그런데 활자를 조판하고 나서 전문가들이 보니 온갖 요령 없는 문구들이 발견되었다. 인도는 캐나다산 낙농 가축에 대한 언급에 이의를 제기했고, 오스트레일리아는 보터니 만에 관한 문구에 이의를 제기했다. 캐나다 당국은 울프를 언급하는 일은 프랑스계 캐나다인의 적대감을 불러일으킬 것이라고 확신했고,** 뉴질랜드 당국은 오스트레일리아 과일 농장이 지나치게 강조되었다고 생각했다. 그러는 사이에 공청회가 다 끝났고, 따라서 소책자를 배포할 수단이 없어져 버렸다. 누군가가 그것을 미국으로 보내서 뉴욕 만국박람회에 출품하는 게 좋겠다고 제안

---

* 제1차 세계대전 중 연합군이 독일과 동맹을 맺은 터키를 통과하려고 터키의 갈리폴리 반도에 상륙하면서 치른 전투. 영국의 만용으로 참담한 패배를 맞는다. 세계 전쟁사에서 손꼽히는 최악의 작전의 하나이다.
** 영국의 장군 제임스 울프(1727~1759)는 캐나다에서 프랑스군에 승리함으로써 영국의 지배권 확립에 공헌했다.

했다. 그러자 미국부가 독립전쟁에 관한 언급 중 일부를 삭제해 달라고 요청했다. 하지만 그 작업을 마무리했을 때는 이미 만국박람회가 폐회된 뒤였다. 이제는 본이 자신의 소책자에 대해 반대하는 글을 썼다. 너무 훼손되어서 알아보기 어렵다는 것이었다.

"다른 사람에게 시키는 게 좋지 않을까요?" 스케이트가 제안했다. 하지만 그렇게 하면 추가 비용이 들고, 그것은 재무부가 절대 승인하지 않을 것이라고 힐이 말했다.

"이봐, 스케이트." 킹이 말했다. "자넨 문학가 아닌가. 자네가 본에게 편지를 써서 원만하게 해결해 봐."

라운즈가 포도주 냄새를 약간 풍기며 허겁지겁 들어왔다. 그가 말했다. "늦어서 죄송합니다. 업무상 만난 사람과 점심을 해야 했어요. 뉴스 봤어요?"

"아니."

"주간 공격이 재개됐어요. 나치 전투기 50대가 격추됐어요. 놈들이 마구 공격을 해 댔지요. 아군 전투기는 15대를 잃었고요."

"우린 본의 소책자를 반드시 펴내야 해." 힐이 말했다.

스케이트는 자기도 모르게 갑자기 사납게 말했다. "그래야 사람들이 우리가 일을 하고 있는 걸 알아줄 테니까." 그러고 나서 배신행위로 곤경에 처한 사람처럼 힘없이 주저앉았다.

"글쎄," 힐이 말했다. "우린 갈팡질팡하면 안 돼, 스케이트. 장관님이 하신 말씀을 생각해 봐. 무슨 일이 있든 우리의 일을 계속 수행하는 게 우리의 의무야."

"알았어. 난 별 뜻 없이 말한 거야."

그들은 본의 소책자에 대한 결정에 이르지 않은 채 고기생산유통위원회의 전단 건으로 옮아갔다. 이 문제에는 아무도 관심이 없어서, 이에 대한 보고는 스케이트의 손에 맡겨졌다. "스케이트, 그 사람들한테 자네 생각을 말해 주게." 킹이 말했다. "좋은 아이디어를 내 봐. 자넨 이런 걸 잘 알잖아. 프리스틀리에게 물어볼 수도 있을 거야." 그가 애매하게 덧붙였다. 그런 다음 생각에 잠긴 표정으로 얼굴을 찌푸린 채 안건 목록에 적힌 오래된 문제를 내려다보았다. "인도 문제라. 우리가 이걸 꼭 이번 주에 토의해야 하나?" 그가 말했다. "여기에 인도에 대해 아는 사람이 없잖아. 다음 주에 로런스를 참석시키는 게 좋겠어."

"로런스, 좋은 친구죠." 라운즈가 말했다. "예전에 『교구 목사의 쾌락』이라는 외설스러운 소설을 썼죠."

"그 친구를 부르자고." 킹이 말했다.

또 한 주의 도서위원회가 끝났다. 이제 내일 아침까지는 이 방이 빌 터이므로 스케이트는 커다란 유리창을 열었다. 밤바람이 혹 밀려들었다. 멀리 넓고 옅은 하늘에 인광을 내는 달팽이 자취 같은 조그마한 하얀 줄들이 보였는데, 그 모습이 일을 마친 뒤에는 집으로 돌아가야 한다는 걸 보여 주는 듯했다.

(1940)

아, 가엾은 몰링

Alas, Poor Maling

악의는 없으나 노력해도 안 되는 가엾은 몰링! 여러분은 몰링과 몰링의 창자 가스 소리에 웃지 않기를 바란다. 그가 상담하러 찾아간 의사들은 항상 웃었지만 말이다. 몰링의 창자 가스 소리가 심콕스와 하이드 뉴스프린트 회사의 합병을 그 운명의 24시간 동안 지연시킨 1940년 9월 3일의 안타까운 절정의 사건 이후에도 의사들은 아마 웃음을 날렸을 것이다. 몰링에게는 심콕스의 이해관계가 언제나 목숨만큼이나 소중했다. 그는 의욕적으로, 성실하게, 행복하게 일했으며, 그들의 비서 이상으로 높은 직위를 바라지도 않았다. 그런데 그 24시간이―복잡한 영국 소득세법에 얽히게 되므로 여기까지 오지 말았어야 할 이유들 때문에―회사의 존속에 치명적인 시간이 되고 말았다. 그날 이후로 그는 사람들의 시야에서 완전히 사라졌는데, 나는 언제나 그가 어느 지방의 인쇄소에서 절망감으로 서서히 죽어 갔을 거라고 믿는다. 아, 가엾은 몰링!

그의 질환을 창자 가스 소리라고 말한 사람은 의사들이었다. 보통 영국에서는 그냥 '꾸르륵 소리'라고 불렀다. 나는 그것을 별로 해롭지 않은 일종의 소화불량이라고 믿고 있지만, 몰링의 경우에는 상당히 이상한 형태를 띠었다. 그는 반원 모양의 돋보기안경 너머의 눈을 내리뜬 채 깜박거리면서 자신의 배에는 '귀'가 달렸다고 하소연하곤 했다. 배가 어떤 기이한 방식으로 소리를 익혀 두었다가 식사 후에 그 소리를 다시 내보낸다는 것이었다. 나는 피커딜리 호텔에서 열렸던 지역 인쇄업자들의 차茶 모임에서 일어난 난처했던 기억을 결코 잊지 못할 것이다. 전쟁이 일어나기 전해의 일이었다. 몰링은 그 얼마 전에 퀸스 홀에서 있었던 교향악 연주회에 참석했었다(그는 그 뒤로 다시는 가지 않았다). 멀리서 댄스 악단이 〈램버스 워크〉*를 연주하고 있었다(1938년, 짐짓 쾌활한 체하며 "오이 오이" 소리 지르는 그 우스꽝스러운 곡조가 사람들을 얼마나 피곤하게 했던가). 댄스와 댄스 사이, 인쇄업자들이 차와 함께 먹은 구운 과자 부스러기로부터 몸을 떨어뜨리며 의자에 등을 기대고 편안히 앉아 있는 그 행복한 정적의 시간에 갑자기 〈브람스 협주곡〉의 시작 부분이—우수에 찬 슬픈 선율이 호텔에서 멀리 떨어진 곳으로부터 들려오는 듯 희미하게—들려왔다. 좋은 음악을 아는 스코틀랜드 출신의 한 인쇄업자가 무뚝뚝한 표정으로 탄성을 질렀다. "세상에, 어떻게 저 사람들이 이걸 연주할 수 있지?" 순간 그 음악이 갑자기 멈췄고, 나는 이상한 생각이 들어 몰링을 쳐다보

---

* 1937년 뮤지컬 〈나와 여자 친구〉에 삽입된 활기찬 댄스곡이다.

왔다. 그는 얼굴이 새빨개져 있었다. 댄스 악단이 스코틀랜드 인쇄업자를 실망시키며 다시 댄스 음악을 연주하기 시작해서, 그것을 알아차린 사람은 아무도 없었다. 그리고 이어서 몰링이 앉은 의자에서 아주 나직하고 특이한 소리로 〈램버스 워크〉가 흘러나오고 있는 것을 알아챈 사람은 나밖에 없었다고 생각한다.

몰링이 자신의 배에 대해 나에게 얘기한 것은 10시가 지난 시간이었다. 인쇄업자들이 떼 지어 택시를 잡아타고 유스턴으로 떠난 뒤였다. "설명하기 참 어려워." 그가 말했다. "마치 앵무새 같아. 무작위로 소리를 고르는 듯싶어." 그가 울음 섞인 목소리로 덧붙였다. "나는 이제 먹는 걸 즐길 수가 없어. 먹고 나서 무슨 일이 벌어질지 모르니까. 오늘 저녁에 일어난 일이 특별히 심했던 것도 아니야. 때로는 소리가 아주 크게 들리기도 해." 그가 절망스러운 얼굴로 생각에 잠겼다. "어렸을 땐 독일 밴드의 음악을 즐겨 들었지……"

"병원에 가 봤어?"

"의사들도 잘 몰라. 의사들은 단순한 소화불량이니 걱정할 필요가 없다고 하더라고. 걱정할 필요가 없다는 거야! 그런데 이놈이 의사와 상담할 때면 늘 조용하단 말야." 나는 그가 자신의 배를 무슨 혐오스러운 동물 대하듯 한다는 것을 알아차렸다. 그는 자신의 손등을 암울하게 바라보며 말했다. "나는 이제 새로운 소리는 죄다 두려워하게 되었어. 도대체 알 수가 없거든. 어떤 소리에는 전혀 관심을 보이지 않아. 그러나 어떤 소리에는…… 뭐랄까, 매혹되는 것 같아. 처음 듣고 말이야. 작년 피커딜리 행사 때는 도로를 뚫는 드릴 소리가 났어. 저녁을 먹은 후에 그 소리가 계속 되풀이되었지."

나는 다소 바보스럽게 "소금을 좀 먹어 보지그래"라고 말했는데, 내 말을 듣고 난 뒤의 그의 절망스러운 표정을 기억한다. 마치 그 누구에게도 더 이상 자기를 이해해 주기를 기대하지 않는다는 듯한 표정이었다.

그를 본 것은 그때가 마지막이었는데, 전쟁이 일어나서 내가 어쩔수 없이 인쇄업을 그만두고 온갖 종류의 이상한 직업을 전전해야 했기 때문이다. 따라서 나는 가엾은 몰링을 비탄에 빠뜨린 그 이상한 이 사회에 관한 얘기를 간접적으로만 들었을 뿐이다.

신문들이 영국에 대한 대대적인 공격이라고 표현한 공습이 약 일주일 동안 계속되었다. 런던 사람들은 하루에 대여섯 번꼴로 울리는 공습경보가 몸에 배어 있었다. 하지만 전쟁기념일인 9월 3일까지는 비교적 평온했다. 그렇지만 히틀러가 전쟁기념일을 기념하려고 대규모 공격을 해 올지도 모른다는 생각은 폭넓게 퍼져 있었다. 따라서 심콕스와 하이드의 합동 회의는 얼마간 긴장된 분위기 속에서 열렸다.

회의는 페터레인에 있는 심콕스의 사무실들 중 유서 깊은 꾀죄죄한 방에서 열렸다. 조슈아 심콕스가 창업하던 때부터 사용해 온 둥근 탁자가 있고, 1875년에 제작된 강철판에 새긴 인쇄소 그림이 걸려 있으며, 커다란 유리 책장에는 언제나 활자체 책자를 제외하고는 유일한 책인, 이곳에 있을 이유가 별로 없는 성경책이 들어 있는 방이었다. 늙은 조슈아 심콕스 경은 의자에 앉아 있었다. 그는 백발에 돼지고기처럼 창백한 얼굴을 한 비국교도였다. 웨스비 하이드도 거기 있었고, 말쑥한 검은 외투 차림에 신중해 보이는 작은 얼굴들이 인상적인 다른 이사들도 대여섯 명 있었다. 그들은 모두 다소 긴장한 듯한 표정이었다. 새 소득세법 규정을 피하려 한다면 일을 빨리 마무리해야 했다. 몰링은 누구에게든, 무슨 일에 관해서든 조언을 해 줄 준비를 한 채 초조한 기색으로 메모장 위로 몸을 구부리고 앉아 있었다.

의사록을 읽는 도중에 회의가 한 번 중단되었다. 병약한 웨스비 하이드가 옆방에서 나는 타자기 소리가 신경에 거슬린다고 불평한 것이다. 몰링이 얼굴을 붉히며 밖으로 나갔다. 그가 밖에서 약을 한 알 먹은 게 틀림없다고 나는 생각한다. 타자기 소리가 멈췄으니까 말이다. 하이드는 조바심을 쳤다. "서두릅시다." 그가 말했다. "서둘러요. 우리가 밤새 함께 있을 순 없으니." 그러나 그들은 그 말 그대로 밤새 함께 있게 되었다.

의사록 낭독이 끝난 뒤 조슈아 경은 요크셔 지방 말투로 자신들의 동기는 전적으로 애국심에서 비롯되었다는 것을 열심히 설명하기 시작했다. 자신들은 세금을 회피할 의도가 전혀 없다, 전쟁 활동과 지원 활동과 경제에 기여하고 싶을 뿐이다, 라고 말했다. "푸딩도 먹어 봐야 맛을 안다는 말이 있듯이……" 바로 그 순간 공습경보가 울리기 시작했다. 앞에서도 말했듯이, 사람들은 대규모 공습이 있을지 모른다고 예상하고 있었다. 지체할 시간이 없었다. 소득세 회피도 죽지 않고 살아 있어야 할 수 있지 않은가. 이사들은 서류를 챙겨 들고 황망히 지하실로 내려갔다.

몰링을 빼고는 다 그랬다. 여러분도 눈치챘겠지만, 그는 진실을 알고 있었다. 나는 조슈아 경이 푸딩 얘기를 한 것이 잠자는 동물을 깨웠다고 생각한다. 물론 몰링은 그때 사실을 털어놓았어야 했다. 그러나 잠시 생각해 보자. 하얀 목선이 돋보이는 멋들어진 조끼를 입은 나이 많은 사람들이 자신의 안전을 위해서 위엄을 가차 없이 벗어던지는 모습을 지켜본 뒤에도 사실을 털어놓을 용기가 나겠는가? 내가 그 상황에 처했더라도 나 역시 몰링과 똑같이 조슈아 경을 따라 지하실로 내려갔을 것이다. 이번만은 자신의 배가 올바르게 처신해서 잘못을 바로잡아 주기를 간절히 바라면서 말이다. 그러나 배는 기대를 저버렸다. 심콕스와 하이드의 이사들은 지하실에서 열두 시간을 보냈고, 몰링은 아무 말도 하지 않은 채 그들과 함께 그곳에 머물렀다. 가엾은 몰링의 배는 설명할 수 없는 어떤 이유로 경고음에 대해서는 아주 민감하게 반응하여 선택하는 취향을 가지고 있었다. 그러나 웬일인지 '공습 해제' 경보에 대해서는 전혀 반응을 보이지 않았다.

(1940)

피고 측 주장
The Case for the Defence

    그것은 내가 참석했던 가장 이상한 살인 사건 재판이었다. 신문들은 페컴 살인 사건이라고 기사의 제목을 달았다. 노파가 심한 공격을 받아 사망한 노스우드 가는 엄밀히 말하면 페컴 지역이 아니었지만 말이다. 이것은 정황증거로 판단해야 하는 사건이 아니었다. 정황증거만 있는 사건에서는 침묵이 법정을 집어삼켜 버린 것 같은 분위기에서 배심원들의 고민이—왜냐하면 실수한 사례가 **끊이지 않았으므로**—느껴진다. 그런 사건은 아니었다. 살인범은 시신이 발견된 지 얼마 지나지 않아서 거의 밝혀졌다. 검사가 사건의 개요를 설명했을 때, 참석한 사람 가운데 피고석에 있는 이에게 어떤 희망이 있으리라고 믿는 사람은 아무도 없었다.

    그는 툭 튀어나온 눈이 인상적인 우람하고 튼튼한 남자로, 모든 근육이 넓적다리에 모여 있는 것처럼 보일 만큼 하체가 튼튼했다. 잠깐 보아도 잊히지 않을 만큼 못생긴 사람이었다. 이는 중요한 사실이었다. 검사가 부른 증인들, 노스우드 가에 있는 조그만 붉은색 집에서 황급히 떠나는 그를 본 네 명의 증인들이 그를 잊지 않았기 때문이다. 시계 종소리가 막 새벽 2시를 알리던 때였다.

노스우드 가 15번지에 사는 새먼 부인은 잠을 이루지 못했다. 그녀는 문이 삐거덕하며 닫히는 소리를 들었고, 그것이 자기 집 문에서 나는 소리라고 생각했다. 그래서 창가로 갔고, 거기서 애덤스(피고의 이름이다)가 파커 부인의 집 계단 위에 있는 것을 보았다. 그는 막 그 집에서 나오는 길이었다. 손에는 장갑을 끼고, 망치를 들고 있었다. 부인은 그가 그 망치를 정문 옆에 있는 월계수 덤불에 버리는 것을 보았다. 그러나 그는 그곳을 떠나기 전에 고개를 들어 그녀의 집 창문을 쳐다보았다. 누군가 자신을 지켜보는 사람이 있을 때 그것을 느끼게 해 주는 치명적인 본능 탓에, 순간적으로 얼굴을 치켜든 애덤스는 가로등 불빛 속에서 그녀의 시선에 노출되고 만 것이었다. 마치 회초리를 치켜든 사람 앞에 선 동물처럼 그의 눈에 소름 끼치도록 오싹한 두려움이 번졌다. 나는 나중에 새먼 부인과 얘기를 나누었는데, 그녀는 놀라운 평결이 내려진 뒤에 당연히 두려움을 느꼈다고 했다. 모든 증인들이 다 그 같은 두려움을 느꼈으리라고 나는 생각한다. 헨리 맥두걸은 밤늦게 차를 몰고 벤플리트에서 집으로 돌아가다가 노스우드 가의 모퉁이에서 애덤스를 칠 뻔했다. 애덤스가 멍한 얼굴로 도로 한가운데를 걷고 있었던 것이다. 파커 부인의 옆집인 12번지에 사는 노인 휠러 씨는 종잇장처럼 얇은 벽을 통해 들려온 소리—의자가 넘어지는 소리 같았다—에 잠이 깼다. 새먼 부인이 그랬던 것처럼 잠자리에서 일어나 창밖을 내다본 노인은 애덤스의 등을 보았고, 애덤스가 돌아섰을 때 그 튀어나온 눈을 보았다. 또 한 명의 증인은 로럴 가에서 그를 보았다고 했다. 그는 대단히 운이 나빴다. 차라리 환한 대낮에 범죄를 저지르는 게 나을 뻔했다.

"피고는 사람을 잘못 본 것이라고 항변합니다." 검사가 말했다. "애덤스의 아내는 2월 14일 새벽 2시에 애덤스가 자신과 함께 있었다고 말할 겁니다. 그렇지만 여러분이 검찰 측 증인들의 증언을 듣고 나서 피고의 특징을 주의 깊게 관찰하면 사람을 잘못 보았을 가능성이 없다는 사실을 받아들이리라고 생각합니다."

다들 이제 끝났다고, 교수형 이외의 평결은 없을 것이라고 생각했을 터이다.

시체를 찾은 경찰과 이를 부검한 의사가 공식적인 증거를 제출한 뒤, 새먼 부인이 불려 나왔다. 스코틀랜드 억양이 약간 섞인 말씨와 정직하고 신중하고 친절한 표정이 돋보이는 그녀는 이상적인 증인이었다.

검사는 그 이야기를 부드럽게 끄집어냈다. 부인은 매우 단호하게 얘기했다. 그녀에게는 어떤 악의도 없었다. 자신의 말에 귀 기울이는 주홍색 법복의 재판장과 자신의 말을 열심히 받아 적는 기자들이 있는 중앙 형사법원의 법정에 서서 얘기를 하면서도 전혀 잘난 체하지 않았다. 예, 그녀가 말했다. 그런 다음 저는 아래층으로 내려가서 경찰서에 전화를 했습니다.

"그렇다면 그 남자가 지금 이 법정 안에 있습니까?"

그녀는 피고석에 있는 우람한 남자를 똑바로 쳐다보았다. 남자는 감정이 깃들지 않은 발바리 눈 같은 퉁방울눈으로 그녀를 뚫어지게 응시했다.

"네." 그녀가 말했다. "있습니다."

"확실합니까?"

그녀는 간단히 말했다. "잘못 봤을 리 없습니다, 검사님."

증인신문은 이렇게 간단히 끝났다.

"고맙습니다, 새먼 부인."

피고 측 변호인이 반대신문을 위해 일어섰다. 나만큼 자주 살인 사건 법정을 취재한 사람들이라면 피고 측 변호인이 어떤 식으로 말을 꺼낼지 미리 짐작할 수 있을 것이다. 그리고 그 생각은 어느 정도 들어맞았다.

"새먼 부인, 부인께서는 한 사람의 생명이 부인의 증언에 달려 있다는 것을 명심하셔야 합니다."

"잘 알고 있습니다."

"시력이 좋으신가요?"

"저는 아직까지 안경을 껴 본 적이 없어요."

"55세시죠?"

"56세입니다."

"부인이 본 남자는 길 건너편에 있었지요?"

"네."

"그리고 새벽 2시였고요. 시력이 매우 좋은가 보죠, 새먼 부인?"

"아니에요. 그때 달빛이 있었습니다. 그리고 그 남자가 위를 쳐다봤을 때 가로등 불빛이 얼굴을 비추었어요."

"그러면 부인이 보았다는 사람이 저 피고인임을 확신합니까?"

나는 변호인의 의도가 무엇인지 이해할 수 없었다. 다음과 같은 대답 외에는 다른 어떤 대답도 기대할 수 없었을 텐데 말이다.

"확실합니다. 잊을 수 있는 얼굴이 아니니까요."

변호인은 잠시 법정을 둘러보았다. 그러고 나서 입을 열었다. "새먼 부인, 죄송하지만 이 법정 안에 있는 사람을 다시 한 번 봐 주시겠습니까? 아뇨, 피고를 말하는 게 아닙니다. 자, 일어나 주세요, 애덤스 씨." 그러자 법정 뒤쪽에서 우람하고 단단한 몸과 근육질 다리와 튀어나온 눈을 가진, 피고석에 있는 남자와 똑같이 생긴 남자가 일어났다. 심지어 복장도 똑같이 몸에 꽉 끼는 파란색 정장에 줄무늬 넥타이 차림이었다.

"이제 매우 신중하게 생각해 보세요, 새먼 부인. 부인은 아직도 파커 부인의 정원에 망치를 버린 사람이 피고의 쌍둥이 동생인 이 사람이 아니라 피고라고 맹세할 수 있습니까?"

물론 그녀는 맹세할 수 없었다. 그녀는 이쪽저쪽을 번갈아 쳐다보기만 할 뿐 한 마디도 하지 못했다.

야수같이 덩치 큰 남자가 피고석에 다리를 꼰 채 앉아 있고, 그런 남자가 법정 뒤쪽에도 서 있었다. 둘 다 새먼 부인을 응시하고 있었다. 그녀는 고개를 저었다.

그런 다음 우리가 본 것은 사건의 종결이었다. 자기가 본 사람이 피고석에 있는 사람이라고 단언할 준비가 된 증인은 없었다. 그리고 그 쌍둥이 동생은? 그 역시 알리바이가 있었다. 그 시간에 아내와 함께 있었던 것이다.

그래서 그 남자는 증거 불충분으로 석방되었다. 그러나—만약 그의 동생이 아닌 그가 살인을 저질렀다고 한다면—그가 벌을 받은 것인지 아닌지, 나는 알지 못한다. 그 이상한 날은 이상하게 끝났다. 나는 법정을 나와 새먼 부인을 뒤따라갔다. 우리는 그 쌍둥이 형제를 기다리고 있던 군중 사이에 끼어들게 되었다. 경찰은 군중을 멀찍이 밀어내려 했지만, 그들이 할 수 있는 일이라고는 교통을 원활하게 하기 위해 사람들이 차도를 막지 않게 하는 일뿐이었다. 나는 나중에야 경찰이 쌍둥이 형제를 뒷문으로 나가게 하려 했으나 그들 형제는 그러지 않으려 했다는 것을 알았다. 형제 중 한 명이—형인지 동생인지 아무도 몰랐다—말했다. "난 무죄를 선고받았잖아. 안 그래?" 그래서 그들은 당당하게 정문으로 걸어 나갔다. 그리고 그 일이 벌어졌다. 나와 그 사이의 거리는 2미터 정도밖에 되지 않았지만 나는 어떻게 해서 그런 일이 벌어졌는지 알지 못한다. 군중이 움직였고, 어찌어찌해서 쌍둥이 형제 중 한 명이 버스 바로 앞 차도로 떠밀렸다.

그는 토끼처럼 비명을 질렀다. 그게 전부였다. 파커 부인의 두개골에 일어난 일처럼, 그는 두개골이 박살 나서 죽었다. 신의 복수? 내가 그걸 알 수 있으면 얼마나 좋으랴. 또 한 명의 애덤스는 시체 옆에서 뒤로 물러서다가 사람들 너머로 새먼 부인을 똑바로 쳐다보았다. 그는 울고 있었지만 그가 살인자인지 결백한 사람인지는 아무도 알 수 없을 것이다. 하지만 당신이 새먼 부인이라면 밤에 잠들 수 있을까?

(1939)

에지웨어로 인근의 작은 극장
A Little Place off the Edgware Road

크레이븐은 여름 가랑비 속에서 아킬레우스 동상을 지나 걸었다. 가로등의 점등 시간 직후였는데도 이미 차들은 마블 아치*까지 긴 줄을 이루고 있었고, 날카롭고 욕심 많게 생긴 얼굴들은 뭔가 건수가 생기면 즐겁게 시간을 보낼 태세를 갖추고 밖을 내다보았다. 크레이븐은 방수 외투의 옷깃을 바짝 세운 채 씁쓸한 기분으로 걸었다. 오늘은 일진이 안 좋은 날이었다.

공원까지 가는 동안 내내 욕정이 꿈틀거렸다. 그러나 사랑을 하려면 돈이 필요했다. 가난한 사람에게 있는 거라곤 성욕뿐이었다. 사랑을 하는 데는 좋은 옷과 차가 있어야 하고, 어딘가에 아파트가 있거나 좋

* 영국이 나폴레옹과 벌인 전투에서 승리한 것을 기념하여 런던에 만들어 세운 대리석 문.

은 호텔에 갈 수 있어야 했다. 그럴듯한 치장이 필요했다. 그는 종일토록 방수 외투 속의 지저분한 넥타이와 해어진 소매를 의식했다. 자신의 몸뚱이를 넌더리 나는 물건이나 되는 것처럼 꾸역꾸역 데리고 다녔다. (대영 박물관의 열람실에서 행복했던 순간들이 있었지만, 몸이 다시 자신을 불러냈다.) 그는 공원 벤치에서 저질렀던 추잡한 행위들에 대한 기억을 지니고 있었고, 그게 그의 유일한 정서였다. 사람들은 몸이 곧 죽는 것처럼 말했는데, 그것은 크레이븐에게는 전혀 문제가 되지 않았다. 몸은 계속 살아 있다. 반짝이며 내리는 빗속을 걸어 연단이 있는 곳으로 갈 때, 그는 '몸이 다시 소생할 것이다'라고 쓰인 플래카드를 들고 있는 검은 정장 차림의 조그만 남자 곁을 지나쳤다. 꿈 하나가 떠올랐다. 그 꿈 때문에 그는 세 번이나 몸을 부르르 떨면서 깨어났다. 온 세상의, 거대한 암흑 동굴 같은 매장지에 그 혼자 있었다. 땅속에서 무덤 하나하나가 모두 다른 무덤과 연결되어 있었다. 세계가 죽은 사람을 위해 벌집 모양의 공간을 갖추고 있었던 것이다. 매번 다시 꿈을 꿀 때마다 그는 몸이 썩지 않는다는 섬뜩한 사실을 새로이 발견하곤 했다. 거기엔 벌레도 없고, 분해 작용도 없다. 지하 세상에는 무사마귀, 부스럼, 발진과 함께 다시 소생할 준비가 된 수많은 죽은 살들이 널려 있었다. 그는 침대에 누워 결국 몸은 타락한다는 것을—'큰 기쁨이 될 소식'*으로—상기했다.

그는 빠른 걸음으로 에지웨어로로 들어섰다. 파수꾼들이 쌍쌍이 돌아다니고 있었다. 무척이나 기운 없는 길쭉한 존재들—꽉 끼는 바지를 입은 버러지 같은 시체들—이었다. 그는 그것들을 증오했고, 자신

* 『루가의 복음서』 2장 10절.

의 증오감을 증오했다. 그것이 바로 시기심임을 알고 있었기 때문이다. 그는 그것들 하나하나가 다 자신보다 더 좋은 몸을 가졌다는 것을 알았다. 소화가 안돼서 배 속에서 꾸르륵거리는 소리가 났다. 입에서 역겨운 냄새가 날 게 틀림없다는 생각이 들었다. 그러나 그걸 누구에게 물어볼 수 있겠는가? 때때로 그는 남몰래 자기 몸 여기저기를 만져 보며 냄새를 맡았다. 그것은 자신의 가장 추한 비밀 가운데 하나였다. 왜 잊어버리고 싶은 이 몸의 부활을 믿느냐는 질문을 그가 받아야 하나? 그는 종종 밤중에 **자신의** 몸은 어찌 됐든 간에 절대 다시 소생하지 않게 해 달라고 기도했다(종교적 믿음의 기미가 호두 속의 벌레처럼 그의 가슴속에 자리 잡고 있었다).

그는 에지웨어로 주변의 모든 샛길들을 잘 알았고, 기분이 안 좋을 때는 새먼앤드글룩스타인*이나 에어레이티드 제과점의 유리창에 비친 자신의 모습을 곁눈으로 흘끔거리면서 무작정 지칠 때까지 걸었다. 그래서 컬파로를 걸을 때 영업을 중단한 극장의 외벽에 붙은 포스터들을 금방 알아보았다. 그런 경우가 드문 것은 아니었다. 가끔 바클리 은행 연극부에서 그 장소를 빌려 저녁 공연을 하기도 했고, 잘 알려지지 않은 영화의 시사회가 그곳에서 열리기도 했다. 그 극장은 땅값이 싸다는 장점이, 전통적인 극장 지역에서 2킬로미터쯤 떨어진 외곽에 위치한다는 지리적 단점을 상쇄하고도 남을 것이라고 생각한 낙관주의자가 1920년에 지은 것이었다. 그러나 단 한 편의 연극도 성공하지 못했고, 그리하여 곧 쥐구멍과 거미줄을 모으는 장소로 전락하고 말았다. 의자 피복을 새로 갈아 끼운 적이 한 번도 없는 극장이었다.

* 영국 담배 판매점 체인.

거기서 일어나는 것이라곤 아마추어 연극이나 시사회용 영화의 일시적이고 가식적인 삶뿐이었다.

크레이븐은 걸음을 멈추고 포스터를 들여다보았다. 1939년인 지금도 낙관주의자가 있는 것 같았다. 그 장소를 '무성영화의 본산'으로 삼아 돈을 벌려는 희망을 품는 사람은 눈이 완전히 먼 낙관주의자 말고는 없을 것이기 때문이다. 첫 시즌으로 소개하는 초기 무성영화들이 쓰여 있었다(고답적인 문구였다). 아마 두 번째 시즌은 결코 없을 것이다. 어쨌든 입장료는 쌌고, 피곤해서 비를 피해 들어가 앉을 장소가 필요한 그에게 1실링의 가치는 있을 것 같았다. 크레이븐은 입장권을 사서 어두운 극장 안으로 들어갔다.

짙은 어둠 속에서 멘델스존을 연상시키는 피아노곡이 단조롭게 울렸다. 그는 통로 쪽 좌석에 앉았는데, 주변 좌석이 전부 비어 있는 것을 곧바로 느낄 수 있었다. 다음 시즌은 결코 없을 게 분명했다. 화면에서는 일종의 토가를 입은 덩치 큰 여자가 손을 비비 꼬았다. 그런 다음 이상스럽게 불안정한 걸음걸이로 소파를 향해 뒤뚱뒤뚱 걸어갔다. 그녀가 얼빠진 표정으로 소파에 앉아 지저분하게 산발된 검은 머리 사이로 양치기 개처럼 노려보았다. 때때로 그녀는 점이나 번쩍이는 빛이나 구불구불한 선으로 분해된 것처럼 보였다. '사랑하는 아우구스투스에게 배신당한 폼필리아는 자신의 고통을 끝내려 한다'는 자막이 떴다.

이윽고 자리가 무척 많이 비어 있는 실내 모습이 크레이븐의 눈에 어렴풋이 보이기 시작했다. 관객은 스무 명이 채 되지 않았다. 서로 머리를 맞대고 있는 커플이 두셋 되었고, 크레이븐과 똑같이 싸구려 방수 외투를 입고 혼자서 영화를 보는 사람도 여럿 있었다. 그들은 시체들처럼 띄엄띄엄 여기저기 흩어져 있었다. 또다시 크레이븐의 강박관념이 찾아들었다. 오싹한 공포가 밀려왔다. 나는 미쳐 가고 있어, 다른 사람들은 이렇지 않아 하는 비참한 생각이 들었다. 영업을 중단한 이 극장조차도 시체들이 부활을 기다리고 있는, 그 끝없이 이어진 동굴을 생각나게 했다.

'정욕의 노예인 아우구스투스는 포도주를 더 달라고 한다.'

뚱뚱한 중년의 튜턴인 배우는 한쪽 팔꿈치를 괴고 누운 채 슈미즈 차림의 덩치 큰 여자의 몸에 다른 팔을 두르고 있었다. 어울리지 않게 〈봄 노래〉가 흘러나오고, 화면은 소화불량에 걸린 것처럼 흔들거렸다. 누군가가 자신의 자리를 찾아 어둠 속을 더듬거리면서 다가오더니 크레이븐의 무릎을 만지고 지나갔다. 조그만 사내였다. 크레이븐은 텁수룩한 수염이 자신의 입을 스치는 불쾌한 기분을 경험했다. 새로 들어온 사람은 옆자리에 앉고 나서 긴 한숨을 내뱉었다. 화면 속의 사건은 급격히 빠르게 전개되어 폼필리아는 이미 칼로 자결을 했고—크레이븐의 생각일 뿐인지도 몰랐다—풍만한 몸이 눈물짓는 노예들 사이에 고요히 누워 있었다.

가쁘고 나직한 목소리가 크레이븐의 귀 가까이에서 한숨 소리처럼 들려왔다. "무슨 일이야? 저 여자, 자는 거야?"

"아니, 죽었어."

"살해된 거야?" 목소리가 깊은 관심을 드러내며 물었다.

"그런 것 같진 않아. 칼로 자결했어."

아무도 '조용히 합시다'라고 하지 않았다. 아무도 그 목소리를 저지할 만큼 관심 있게 영화를 보지 않았다. 빈 의자들 사이사이에 있는 그들은 지루해서 관심이 가지 않는다는 듯이 축 처진 자세로 앉아 있었다.

영화는 끝나려면 아직 먼 상황이었다. 어떤 식으로든 영화에서 다루어야 할 자식들이 남아 있었다. 2세대의 이야기가 전면적으로 전개될 것인가? 그러나 옆자리의 턱수염을 기른 조그만 사내는 오직 폼필리아의 죽음에만 관심이 있는 듯했다. 사내는 자신이 폼필리아가 죽는 바로 그 순간에 들어왔다는 사실을 꽤 흥미롭게 여기는 것 같았다. 크레이븐은 '우연의 일치'라는 말을 두 번이나 들었다. 사내는 가쁘고 나직한 목소리로 계속 그 문제에 관해 혼자서 중얼거렸다. "생각해 보니 참 황당한 일이야." 그러고 나서 덧붙였다. "피가 한 방울도 보이지 않잖아." 크레이븐은 듣지 않으려 했다. 전에도 자주 이런 경우를 겪은 데에서 알 수 있듯이, 자신이 미쳐 버릴 위험에 처해 있다는 사실을 직시하면서 두 손을 무릎 사이에서 힘주어 맞잡고 앉아 있었다. 그는 자리에서 일어나야 했다. 그리고 푹 쉬고 병원에 가 보아야 했다(어떤 병균이 핏줄 속을 돌아다니고 있는지 누가 알겠는가). 그는 옆자리의 턱수염 사내가 자기한테 직접 말을 했다는 것을 깨달았다. "뭐라고?" 그가 조바심치며 물었다. "뭐라고 한 거야?"

"당신이 상상할 수 있는 이상으로 피가 많이 날 거야."

"무슨 얘기를 하는 거야?"

사내가 그에게 말할 때 습한 입김이 혹 끼쳐 왔다. 그의 말에는 언어 장애가 있는 것처럼 약간의 거품이 끼어 있었다. 그가 말했다. "남자를 살해할 땐……"

"살해된 사람은 여자야." 크레이븐이 짜증스럽게 말했다.

"남자든 여자든 매한가지야."

"그리고 저건 살인과는 아무 상관이 없어."

"그건 중요하지 않아." 그들은 어둠 속에서 우스꽝스럽고 의미 없는 언쟁을 벌이고 있는 것 같았다.

"나도 알아." 조그만 턱수염 사내가 대단히 우쭐해하는 어조로 말했다.

"뭘 안다는 거야?"

"그런 것들에 관해서." 그가 조심스럽고도 모호하게 말했다.

크레이븐은 고개를 돌려 사내를 똑똑히 보려 했다. 이 사내는 미친 걸까? 이것은 앞으로 자신이 저지를 수도 있는 일—극장에서 모르는 사람에게 뜻 모를 말을 지껄여 대는 것—에 대한 경고일까? 그는 절대 그럴 리 없다고 생각하며 사내의 모습을 보려 애썼다. 나는 아직 제정신일 거야. **앞으로도** 제정신일 거야. 그가 알아볼 수 있는 것은 사내의 조그맣고 시커먼 몸뚱이뿐이었다. 사내는 다시 혼자 중얼거렸다. "그렇게 얘기했지. 전부 합쳐서 50파운드라고 했어. 하지만 그건 거짓말이야. 이런저런 이유들이 있지. 사람들은 언제나 첫 번째 이유를 취해. 절대 뒤돌아보지 않아. 30년 치의 온갖 이유들이 있지. 얼간이들 같으니라고." 사내는 숨 가쁘고 엄청 우쭐해하는 그 어조로 다시 덧붙였다. 이것은 미친 짓이었다. 그가 그걸 알아차리는 한 그 자신은 제정신일 터였다. 상대적으로 말해서 말이다. 공원에서 뭔가 좋은 건수를 노리는 사람들이나 에지웨어로의 파수꾼들만큼 제정신인 것은 아닐 테지만, 이 사내보다는 제정신일 터였다. 피아노곡이 격려의 메시지처럼 울려 나왔다.

그때 조그만 사내가 다시 고개를 돌리고 입김을 뿜어 댔다. "저 여자가 자살했다고 말하는 거야? 그런데 그걸 누가 알지? 그건 어떤 손으로 칼을 쥐느냐 하는 단순한 문제가 아니야." 사내는 갑자기 신뢰감의 표시로 한 손을 크레이븐의 손 위에 내려놓았다. 축축하고 끈적끈적한 손이었다. 그 끈적끈적한 것의 정체가 상상이 되자 크레이븐은 겁에 질려 말했다. "무슨 얘기를 하고 있는 거야?"

"난 알아." 조그만 사내가 말했다. "내 입장에 처한 사람은 거의 모든 걸 알게 돼."

"당신 입장이 어떤 건데?" 크레이븐이 말했다. 그는 자신의 손 위에 놓인 끈적끈적한 손을 느끼면서 자신이 과민하게 반응하고 있는 것은 아닌지 판단하려 애썼다. 그 끈적끈적한 물질은 당밀일 수도 있었고, 그게 아니더라도 가능성 있는 것을 열 가지쯤 댈 수 있었다.

"아주 절박한 입장이라고 **당신은** 말할 수 있을 거야." 때때로 목소리가 잠겨 거의 들리지 않았다. 화면에서는 이해할 수 없는 일이 일어났다. 잠시 이전 장면들에서 눈을 떼고 있으면 플롯이 빠르게 전개되었다. 그렇지만 배우들의 움직임은 느리고 매끄럽지 못했다. 잠옷을 입은 젊은 여자가 로마 백인대장의 품 안에서 울고 있는 것 같았다. 둘 다 크레이븐이 처음 보는 인물들이었다. '난 죽음이 두렵지 않아요, 루키우스. 당신의 품 안에서라면.'

조그만 사내가 일부러 킥킥거리기 시작했다. 그리고 다시 혼자 중얼거렸다. 그 끈적거리는 손만 아니었다면 사내를 무시하는 게 쉬웠으리라. 이제 사내는 손을 치웠다. 앞자리를 손으로 더듬고 있는 것 같았다. 사내는 백치 아이처럼 머리를 옆으로 기울이는 버릇이 있었다. 사내가 엉뚱하게 느껴지는 말을 또렷이 내뱉었다. "베이즈워터의 비극."

"그게 뭔데?" 크레이븐이 날카롭게 말했다. 공원에 들어가기 전에 어떤 포스터에서 그 단어를 보았던 것이다.

"뭐가?"

"비극에 관한 거."

"사람들이 컬런 빈민가 지역을 베이즈워터라고 부르잖아." 조그만 사내가 갑자기 기침을 하기 시작했다. 얼굴을 크레이븐 쪽으로 돌린 채 마치 앙갚음을 하는 것처럼 대놓고 그를 향해 기침을 했다. 목소리가 말했다. "어디 있지, 내 우산." 사내가 일어섰다.

"우산 안 가져왔잖아."

"내 우산." 사내가 다시 말했다. "내……" 단어를 완전히 까먹은 것처럼 보였다. 그는 더듬거리며 크레이븐의 무릎을 지나갔다.

크레이븐은 사내가 가도록 내버려 두었다. 사내가 출구의 때 묻은 주름 커튼에 이르기도 전에 화면이 사라지면서 하얘졌다. 필름이 끊긴 것이었다. 곧바로 누군가가 나타나서 원형 관객석 위에 걸린, 먼지가 덕지덕지 낀 샹들리에의 불을 밝혔다. 내리비추는 불빛은 몹시 흐렸지만 크레이븐이 손에 묻은 것을 보는 데는 지장이 없었다. 신경과민이 아니었다. 실제로 피가 묻은 것이었다. 그는 미치지 않았다. 자신은 어떤 빈민가라는 곳에 사는 미친놈 옆에 앉아 있었던 것이다. 그곳 이름이 뭐더라, 콜론, 콜린…… 크레이븐은 벌떡 일어나서 서둘러 밖으로 나갔다. 검은 커튼이 퍼덕이며 그의 입에 닿았다. 하지만 너무 늦었다. 사내는 사라지고 없었고, 갈림길이 세 곳이나 되었다. 그는 길 대신 전화박스를 선택하여, 자신이 제정신이며 결단력이 있는 사람이라는 묘한 기분을 느끼면서 999에 전화를 걸었다.

2분이 채 걸리지 않아 해당 부서에 전화가 연결되었다. 그 사람들은 관심을 기울였으며 매우 친절했다. 예, 어떤 빈민가에서 살인 사건이 있었습니다. 컬런 빈민가에서요. 빵 자르는 칼로 남자의 목을 한쪽 귀에서 다른 쪽 귀에 이를 만큼 길게 그어 버린 무서운 범죄 사건이랍니다. 그는 자신이 영화관에서 그 살인자의 옆에 앉아 있었다는 것을 전화로 말해 주기 시작했다. 다른 사람일 리 없었다. 지금 자신의 손에 피가 묻어 있었다. 그리고 사내의 턱수염이 눅눅했던 것도—그는 그 얘기를 하면서 진저리를 쳤다—기억했다. 사내의 몸에 피가 잔뜩 묻어 있었던 게 틀림없었다. 그런데 수화기 저편에 있는 런던 경찰국 직원의 목소리가 그의 말을 막았다. "오, 아닙니다." 목소리의 주인공이 말했다. "살인자는 이곳에 있습니다. 그건 확실해요. 사라진 것은 시신입니다."

크레이븐은 수화기를 내려놓았다. 그리고 큰 소리로 혼잣말을 했다. "왜 이런 일이 **나**에게 일어나지? 왜 **나**에게?" 또다시 꿈에서 느낀 오싹한 공포가 그를 사로잡았다. 어둠이 깔린 지저분한 바깥 거리는 불멸의 시체들이 누운 무덤과 무덤을 연결해 주는 수없이 많은 통로 가운데 하나일 뿐이었다. 그는 중얼거렸다. "그건 꿈이었어, 꿈이었단 말이야." 그러고 나서 몸을 앞으로 기울여 전화기 위에 설치된 거울을 들여다보았는데, 그의 얼굴에 스프레이 향수에서 뿜어져 나온 액체 방울처럼 아주 작은 핏방울들이 뿌려져 있었다. 그는 비명을 질렀다. "난 미치지 않을 거야. 난 미치지 않을 거야. 난 제정신이야. 난 미치지 않을 거야." 이내 주변에 있던 사람들이 모여들기 시작했고, 얼마 지나지 않아 경찰이 왔다.

(1939)

다리 저쪽
Across the Bridge

"저분은 백만장자라고 하더군요." 루시아가 말했다. 그는 좁고 무더운 멕시코 광장에 커다란 인내심이 몸에 밴 태도로 쓸쓸히 앉아 있었다. 그의 발치에는 개 한 마리가 있었다. 영국세터종과 비슷하게 생겨서 단번에 사람들의 이목을 끄는 개였는데, 다만 꼬리와 털에 문제가 좀 있었다. 머리 위 종려나무 잎들은 시들었고, 음악을 연주할 수 있는 무대 주위는 온통 그늘이 지고 후텁지근했다. 멕시코 돈을 이문을 많이 남기고 달러로 바꿔 주는 조그만 판잣집들의 라디오에서는 스페인어 방송이 큰 소리로 흘러나왔다. 그가 신문을 읽는 모습으로 보아 스페인어를 한 마디도 이해하지 못한다는 것을 나는 알 수 있었다. 나와 마찬가지로 영어 단어와 비슷한 스페인어 단어들을 골라서 읽었던 것이다. "저분은 여기 온 지 한 달 됐대요." 루시아가 말했다. "과테말라에서도 온두라스에서도 쫓겨났다는군요."

이곳 국경 마을에서는 어떤 비밀도 다섯 시간이면 드러나게 마련이었다. 루시아는 여기 온 지 24시간밖에 되지 않았지만, 조지프 캘러웨이 씨에 관한 것은 모두 다 알고 있었다. 내가 그에 관한 얘기를 모르는—나는 여기 온 지 2주나 되었다—이유는 단 하나, 캘러웨이 씨와 다를 바 없이 스페인어로 얘기할 줄 몰라서였다. 이 마을에서 나 말고 그 이야기—홀링 투자신탁 회사와 범죄인 인도 절차에 관한 이런저런 온갖 이야기—를 모르는 사람은 없었다. 캘러웨이 씨 얘기를 한다면 이 마을의 어떤 구멍가게에서 어떤 너저분한 장사를 하는 사람이라 해도 나보다 더 적합했다. 나보다 오랫동안 관찰해 왔으니까. 내가 말 그대로 현장에 있었던 마지막 순간을 제외하고는 말이다. 그들은 모두 커다란 흥미와 동정심과 경외감을 가지고 그 드라마가 진행되는 걸 지켜보았다. 무엇보다도 그는 백만장자였으니까.

그 길고 무더운 날에 하루에도 몇 차례씩 아이들이 와서 캘러웨이 씨의 구두를 닦았다. 그는 그걸 못 하게 하는 말을 할 줄 몰랐고, 아이들은 그가 영어로 하는 말을 못 알아듣는 체했다. 루시아와 내가 그를 지켜보던 날에도 적어도 대여섯 번은 아이들이 와서 구두를 닦았을 것이다. 그는 정오 무렵에 광장을 어슬렁어슬렁 가로질러 안토니오 술집으로 가서 맥주를 한 병 마셨는데, 마치 영국의 시골길을 산책하듯이—여러분도 알고 있을지 모르나, 그는 영국 노퍽 지방에 굉장히 넓은 땅을 소유하고 있었다—세터가 그의 뒤를 졸졸 따라다녔다. 맥주를 마시고 나서는 환전상들의 오두막 사이로 걸어 내려가 리오그란데 강으로 가서, 다리 저쪽의 미국 땅을 바라보았다. 국경으로 사람들이 차를 타고 끊임없이 넘나들었다. 그는 다시 광장으로 돌아가 점심때까지 거기 있었다. 그는 이곳에서 가장 좋은 호텔에 묵었으나, 이 국경 마을에 고급스러운 호텔이 있을 리 없었다. 호텔에서 하룻밤 이 상을 묵는 사람은 없었다. 정말 좋은 호텔은 다리 저쪽에 있었다. 밤에 이 좁은 광장에서 바라보면 20층 건물의 전광판이 미국의 위치를 알 려 주는 등대처럼 빛을 밝힌 모습을 볼 수 있었다.

내가 2주 동안 이 칙칙하고 재미없는 곳에서 뭘 하고 있었느냐고 물 어볼 사람이 있을지 모르겠다. 이곳은 사람들의 관심을 끌 만한 게 없 었다. 습하고 먼지 많고 가난한 마을일 뿐이었다. 강 건너 마을의 너절 한 복사판이라 할 만했다. 두 지역 다 같은 위치에 광장이 있었다. 두 지역 다 같은 수의 영화관이 있었다. 다만 한쪽이 다른 쪽보다 더 깨끗 하고 물가가 더 비쌌다. 훨씬 더 비쌌다. 그게 전부였다. 나는 다리 건 너 저쪽에서 어떤 사람을 기다리며 이틀 밤을 묵었다. 여행사 측의 말 에 따르면, 디트로이트에서 유카탄까지 가는 사람이 있는데, 그 사람 이 아주 싼값에 자기 차로 데려다줄 것이라고 했다. 아마 20달러라고 했던 것 같다. 그 사람이 존재하는지 아니면 낙관론자인 혼혈인 여행 사 직원이 꾸며 낸 얘기인지, 나로서는 알 수 없었다. 어쨌든 그 사람 이 나타나지 않아서 나는 물가가 싼, 강의 이쪽으로 건너와 기다렸다. 하지만 크게 중요한 일은 아니어서 별로 신경 쓰지는 않았다. 아무튼 나는 살아가고 있었으니까. 하루는 디트로이트에서 온다는 그 사람을 포기하고 집으로 돌아가거나 남쪽으로 내려갈 생각을 했으나, 뭘 급 히 결정하지 않는 게 더 마음 편했다. 루시아는 나와 반대편 방향으로 가는 차를 기다렸는데, 그녀는 그리 오래 기다리지 않아도 되었다. 우 리는 함께 기다리면서 캘러웨이 씨가 뭔가를 기다리는—그게 뭔지는 알 도리가 없었지만—모습을 지켜보았다.

나는 이 이야기를 어떻게 다루어야 할지 모르겠다. 캘러웨이 씨에게는 비극이었고, 그의 허위거래로 파탄이 난 주주들의 눈에는 시적인 응징으로 보일 것이다. 루시아와 나에게는, 지금 이 시점에서는 희극이었다. 그가 개에게 발길질을 할 때를 제외하고는 말이다. 나는 개에 대해 감상적으로 구는 사람이 아니지만—나는 인간에게 잔인한 사람보다는 차라리 동물에게 잔인한 사람이 더 낫다고 생각한다—그가 자신의 개를 발로 차는 모습을 보면 나도 모르게 반감이 일었다. 화가 나서 걷어찬 게 아니라, 개가 오래전에 그에게 했던 어떤 장난질에 앙심을 품고 복수하는 것만 같은 냉혹한 성격이 어렴풋이 드러나 보였던 것이다. 그는 대개 다리에서 돌아오면 그렇게 개를 찼다. 그가 감정 표현이라고 할 만한 행동을 한 게 있다면 이게 전부였다. 이걸 제외하면 그는 은발과 은백색 콧수염에 금테 안경이 인상적인, 작고 단단하고 부드러운 사람으로 보였다. 그리고 금니 하나가 성격상의 결함처럼 반짝였다.

그가 과테말라와 온두라스에서 쫓겨났다는 루시아의 말은 정확하지 않았다. 실은 범죄인 인도 절차가 실행될 것 같아서 자발적으로 북쪽으로 떠나온 것이었다. 멕시코는 아직 중앙집권 체제가 강한 나라가 아니어서 내각의 장관이나 재판관은 속여 넘길 수 없다 해도 지방 행정관은 구슬려 속이는 게 가능했다. 그래서 그는 다음에 취할 행동을 생각하며 국경 지역인 이곳에서 지내면서 기다리는 것이었다. 이 이야기의 앞부분은 극적인 것이었을 테지만 그건 내가 보지 않았고, 나는 보지 않은 것을 꾸며 낼 수는 없다. (아마 대기실에서 오래 기다리는 동안 그는 뇌물을 건넸고, 거절당했으리라. 체포될까 봐 점점 불안해하다가, 그래서 줄행랑을 놓았을 것이다.) 금테 안경을 쓰는 등

딴에는 가능한 한 행적을 감추려 애를 썼지만, 이건 재무와 관련된 문제가 아니었다. 그는 도망치는 데는 전문가가 아니었던 것이다. 그리하여 여기, 나와 루시아의 눈앞에 나타난 그는 온종일 음악 무대 밑에 앉아서 달리 읽을거리가 없는 탓에 멕시코 신문만 뒤적거리고, 달리 할 일이 없는 탓에 강 건너 미국 땅만 바라보았으며, 자신에 관한 이야기를 모르는 사람이 없다는 걸 알지 못한 채 하루에 한 번씩 개를 차곤 했다. 세터종과 비슷하게 생긴 개라 보고 있으면 고향 노퍽의 땅이 저절로 생각나는 모양이었다. 생각건대, 그가 그 개를 데리고 다니는 이유도 바로 그 때문인 듯했다.

다음 막 역시 순전히 희극이었다. 나는 이 백만장자 사내를 이 나라 저 나라에서 몰아내느라 본국에서 얼마만한 돈을 썼는지 생각하고 싶지도 않다. 아마 이 문제를 담당하는 누군가가 싫증이 나서 무관심해졌는지도 모른다. 어쨌든 그들은 형사 두 사람을 보냈다. 형사들은 낡은 사진 한 장을 들고 왔다. 그는 그 사진을 찍은 뒤로 은백색 콧수염을 길렀고 얼굴도 많이 늙어서 형사들은 그를 알아보지 못했다. 형사들이 다리를 건너온 지 두 시간도 안 돼서 마을 사람들은 모두 외국인 형사 두 명이 캘러웨이 씨를 찾아 이 마을에 들어왔다는 것을 알았다. 다시 말해서 모든 사람이 알고 있었는데, 스페인어를 할 줄 모르는 캘러웨이 씨만 모르고 있었던 것이다. 마음만 먹으면 그에게 영어로 말해 줄 수 있는 사람이 얼마든지 있었지만, 그들은 그러지 않았다. 매정해서 그런 게 아니었다. 그에 대해 일종의 경외감과 존경심을 가지고 있었기 때문이다. 우울한 얼굴로 개를 데리고 광장에 앉아 있는 그의 모습은, 그를 둘러싸고 앉은 우리 모두에게 멋진 구경거리를 선사하는 투우와도 같았다.

나는 안토니오 술집에서 우연히 그 형사 중 한 사람을 만났다. 형사는 넌더리를 냈다. 여기 오기 전에는 다리를 건너면 인생이 달라지리라고 생각했던 것이다. 훨씬 더 다채로운 색과 태양 빛 그리고―내 생각으로는―사랑을 기대했었다. 하지만 그가 발견한 거라곤 밤새 내린 비로 웅덩이가 괸 널따란 진흙 길, 지저분한 개들, 침실에서 나는 냄새와 바퀴벌레뿐이었다. 사랑 비슷한 게 있다면 상업학교의 열려 있는 문 정도였다. 거기에선 예쁘장하게 생긴 혼혈 여자애들이 오전 내내 앉아서 타이핑 교육을 받았다. 타닥 타닥 타다닥. 아마 그 애들 또한 꿈을, 다리 저쪽 지역에서 일자리를 얻는 꿈을 가지고 있을 것이다. 그곳에서는 인생이 훨씬 더 호화롭고 세련되고 즐거우리라고 생각하면서 말이다.

　우리는 대화를 나누게 되었다. 형사는 내가 자기들이 누구인지, 이곳에 온 목적이 무엇인지 알고 있다는 데 놀라는 눈치였다. 그가 말했다. "우린 이 캘러웨이라는 사람이 이 마을에 있다는 정보를 입수했습니다."

　"어딘가 돌아다니고 있겠죠." 내가 말했다.

　"어디인지 알려 줄 수 있습니까?"

　"오, 아니요. 그 사람이 어떻게 생겼는지도 모르는걸요." 내가 말했다.

　형사는 맥주를 마시고 나서 잠시 생각에 잠겼다. "밖으로 나가서 광장에 앉아 있어야겠어요. 그자가 언젠가는 반드시 지나가겠지요."

　나는 맥주를 들이켠 후 급히 나가서 루시아를 찾았다. 내가 말했다. "서둘러. 그 사람이 체포되는 걸 보게 될 거야." 우리는 캘러웨이 씨에게 동정심을 가질 이유가 없었다. 그는 자기 개를 발로 차고 가난한 사람들을 속여 돈을 가로채는 나이 많은 남자일 뿐이었다. 그가 어떤 꼴을 당해도 우리는 괜찮았다. 그래서 우리는 광장으로 갔다. 캘러웨이가 거기에 있을 것임을 알았기 때문이다. 그러나 우리 둘 다 형사들이 그를 알아보지 못하리라는 생각은 전혀 하지 못했다. 광장에는 사람들이 엄청 많았다. 이 마을의 모든 과일 장수, 모든 구두닦이가 다 나와 있는 것만 같았다. 우리는 사람들을 밀치고 앞으로 나아가야 했다. 그러자 무더운 광장 중앙에 있는 조그만 녹지 안, 나란히 붙어 있는 자리에 두 명의 사복형사와 캘러웨이 씨가 앉아 있었다. 그곳이 그처럼 조용했던 적은 한 번도 없었다. 모든 사람들이 발끝걸음으로 사뿐사뿐 걸었고, 사복형사들은 캘러웨이 씨를 찾아 군중들을 살펴보았으며, 캘러웨이 씨는 평소 자주 앉던 자리에 앉아 환전소 너머로 미국 땅을 바라보고 있었다.

"계속 이럴 순 없어요. 이대로 넘어가진 않을 거예요." 루시아가 말했다. 그러나 계속 그대로였다. 오히려 상황은 더 재미있게 전개되었다. 누군가가 연극 대본으로 써도 될 만한 상황이었다. 루시아와 나는 되도록 가까이 다가가서 앉았다. 우리는 내내 웃음이 터질까 봐 불안했다. 잡종 세터는 벼룩 때문에 긁적거렸고, 캘러웨이 씨는 미국 땅을 계속 바라보았다. 두 형사는 사람들을 주시했고, 사람들은 엄숙한 표정으로 만족스럽게 이 쇼를 지켜보았다. 그때 형사 하나가 일어나 캘러웨이 씨에게 다가갔다. 끝났구나, 나는 생각했다. 그러나 그것은 끝이 아니라 시작이었다. 무슨 이유에선지 두 형사는 그를 용의 선상에서 제외했다. 나로서는 도무지 알 수 없는 일이었다. 형사가 말했다.

"영어 할 줄 아세요?"

"영국 사람**인걸요**." 캘러웨이 씨가 말했다.

그래도 형사들은 눈치를 채지 못했다. 게다가 무엇보다도 이상한 것은 캘러웨이 씨가 점차 활기를 띠었다는 점이다. 내 생각엔 몇 주 동안 그렇게 말을 걸어 주는 사람이 아무도 없었기 때문이었던 듯싶다. 멕시코 사람들은 그를 너무 존경했고—백만장자였으니까—루시아와 나도 그를 여느 사람과 마찬가지로 자연스럽게 대할 엄두가 나지 않았다. 우리의 눈에도 그는 엄청난 사기를 쳤다는 사실, 본국에서 국제적인 규모로 뒤쫓고 있다는 사실로 인해 과장되어 보였던 것이다.

그가 말했다. "좀 고약한 곳이죠? 안 그래요?"

"맞습니다." 형사가 말했다.

"뭐하러 사람들이 다리 건너 이곳으로 오는지 모르겠어요."

"일 때문에 오는 거죠." 형사가 시무룩한 표정으로 말했다. "선생은 저쪽 지역으로 갈 계획이신가 봅니다?"

"예." 캘러웨이 씨가 말했다.

"저는 이곳엔 인생이 있을 거라고—무슨 뜻인지 아시죠?—기대했어요. 멕시코에 관한 글을 읽으면 그런 걸 느끼잖아요."

"오, 인생." 캘러웨이 씨가 말했다. 그는 주주위원회에 말을 하듯 단호하고 정확하게 말했다. "그건 다리 저쪽에서 시작되는 거랍니다."

"고국을 떠나 봐야 그곳이 얼마나 좋은지 알게 되는 것 같아요."

"맞아요." 캘러웨이 씨가 말했다. "전적으로 맞는 말이에요."

처음에는 웃음을 참기 어려웠으나, 얼마 뒤에는 웃을 일만도 아닌 것 같았다. 이 나이 많은 사람은 국경 다리 저쪽에서는 온갖 멋진 일들이 벌어지고 있다고 생각하고 있었다. 그는 다리 저쪽 마을을 런던과 노픽을 합친 것과 같은 곳으로 여기는 듯했다. 극장과 칵테일 바가 있고, 개와 더불어—배수로에 코를 박고 뒤척거리는 가엾은 그 잡종 세터를 데리고 말이다―가벼운 사냥을 하거나 저녁이면 들판으로 산책을 나갈 수 있는 곳으로 생각하는 듯했다. 다리 저쪽 지역에 가 본 적이 없기에 그는 그곳 역시 이곳과 마찬가지라는 사실을 알지 못했다. 심지어 도로와 건물의 배치조차 같았다. 다만 도로가 포장되어 있고, 호텔들이 10층쯤 더 높고, 생활비가 더 비싸고, 모든 게 조금 더 깨끗할 뿐이었다. 캘러웨이 씨가 생활이라고 여길 만한 것은 아무것도 없었다. 화랑도 없고 서점도 없었다. 있는 거라곤 《필름 핀》*과 지역신문, 《클릭》《포커스》 같은 잡지 그리고 타블로이드 신문뿐이었다.

"자, 그럼······" 캘러웨이 씨가 말했다. "난 점심을 먹기 전에 산책을 좀 해야겠어요. 이곳 음식을 먹으려면 식욕을 돋우어 놓아야 한답니다. 나는 보통 이맘때쯤에 내려가서 다리를 보고 오지요. 같이 가지 않겠소?"

형사가 고개를 흔들었다. "아닙니다. 저는 근무 중입니다. 어떤 사람을 찾고 있거든요." 말할 것도 없이 그 말로 인해 그의 **정체**가 드러났다. 캘러웨이 씨가 이해하는 한 누군가가 찾고 있는 '사람'은 이 세상에 하나밖에 없었다. 자기 친구를 찾는 사람들, 아내를 기다리는 남편들 같은 존재는 그의 머릿속에서 삭제되었다. 그에게 누군가가 찾고 있는 대상이란 오로지 한 사람, 그 자신뿐이었다. 이같이 삭제할 줄 아는 힘이 그를 자본가로 만들어 주었다. 그는 주식 뒤에 있는 사람을 잊을 수 있는 인물이었다.

그 뒤로 우리는 한동안 그를 보지 못했다. 아스피린을 사러 약국으로 가는 모습도, 개를 데리고 다리에서 돌아오는 모습도 보지 못했다.

---

* 1920년에서 1962년까지 영국에서 발행된 잡지로, 영화에 나오는 인물을 만화로 꾸몄다.

그는 슬쩍 사라진 것이었다. 그가 사라지자 사람들은 말을 하기 시작했고, 두 형사는 그 말을 듣게 되었다. 그들은 딱하게도 바보 같아 보였고, 광장의 녹지 안 자신들 바로 옆에 앉아 있었던 사람을 찾느라 뒤늦게 부산을 떨었다. 그러다가 그들도 사라졌다. 캘러웨이 씨뿐 아니라 두 형사도 주지사와 경찰서장을 만나러 주도州都로 갔다. 그곳에서 두 형사가 캘러웨이 씨와 마주쳐서 대기실에 함께 앉아 있는 모습은 생각만 해도 재미있는 장면이 아닐 수 없었다. 나는 캘러웨이 씨가 먼저 안내받았을 거라고 생각한다. 그가 백만장자라는 건 누구나 다 알고 있었으니까 말이다. 부자면서 범죄자일 수도 있는 건 유럽에서나 가능한 일이었다.

어쨌든 약 일주일 뒤에 그들 모두 같은 기차를 타고 돌아왔다. 캘러웨이 씨는 특등 객차를, 두 형사는 보통 객차를 타고 왔다. 형사들은 '범인 인도 명령'을 받아 내지 못한 게 틀림없었다.

그때 이미 루시아는 떠나고 없었다. 차가 와서 루시아를 태우고 다리를 건넜다. 나는 멕시코 땅에 서서 미국 세관 앞에서 루시아가 차에서 내리는 모습을 지켜보았다. 그녀는 미국 땅에서 나를 향해 손을 흔들고 나서 다시 차에 올랐다. 특별히 매력적인 여자는 아니었지만 멀리서 보니 아름다웠다. 갑자기 캘러웨이 씨에 대한 동정심이 일었다. 마치 이곳에서는 찾을 수 없는 것이 저곳에는 있을 것만 같은 생각이 들었기 때문이다. 고개를 돌리니, 그가 예전의 그 자리에 앉아 있는 모습이 눈에 띄었다. 발치에는 개가 있었다.

서로 인사를 주고받는 게 우리의 오랜 습관이기라도 하듯 내가 그에게 말을 건넸다. "안녕하십니까?" 그는 피곤하고 몸이 안 좋은 데다 궁상스러워 보이기까지 했다. 그 많은 돈을 쓰고 고생을 해서 그가 얻어 낸 승리의 산물을 생각하니—승리의 대가가 고작 이 지저분하고 따분한 마을의 환전소, 고리버들 의자 몇 개와 소파가 있는, 매춘집의 응접실처럼 보이는 조그맣고 형편없는 미용실 그리고 무대 옆의 덥고 후텁지근한 녹지라고 생각하니—그가 안됐다는 생각이 들었다.

그가 침울하게 대답했다. "안녕하세요." 개가 어디선가 똥 냄새를 맡고 킁킁거리기 시작하자 그가 몸을 돌려 분노와 우울과 절망이 뒤섞인 태도로 개를 걷어찼다.

그때 두 형사가 탄 택시가 우리 앞을 지나쳐서 다리 쪽으로 갔다. 캘러웨이 씨가 개를 발로 차는 모습을 본 게 분명했다. 어쩌면 그들은 내 생각보다 더 영리한 사람들인지도 몰랐다. 그게 아니라면 단순히 개를 생각하는 마음이 애틋했을 수도 있다. 그들은 개에게 좋은 일을 하기로 마음먹었고, 그 뒷일은 우연히 일어났을 뿐인지도 몰랐다. 어쨌거나 사실은 변하지 않는다. 두 형사는 캘러웨이 씨의 개를 훔칠 계획을 세웠다.

캘러웨이 씨는 형사들이 지나가는 것을 지켜보았다. 그러고 나서 말했다. "당신은 왜 다리 건너 저쪽으로 가지 않나요?"

"이곳 물가가 더 싼걸요." 내가 말했다.

"하룻밤만이라도 말이에요. 우리가 밤에 하늘에서 볼 수 있는 그런 곳에서 식사를 하고, 극장엘 가……"

"극장은 없어요."

그가 금니를 빨면서 화난 얼굴로 말했다. "아무튼 여길 벗어나라는 거예요." 그는 언덕을 내려다보고 나서 고개를 들어 저쪽을 바라다보았다. 그는 다리에서 완만하게 경사를 이루며 이어진 저 거리에도 이곳의 환전소와 똑같은 환전소가 있다는 것을 알지 못했다.

내가 말했다. "**선생**은 왜 저쪽으로 가지 않습니까?"

그가 어물쩍 말했다. "아, 이곳에 일이 있어서요."

내가 말했다. "단지 돈 문제일 뿐이에요. 돈이 있으면 다리를 건널 **필요**가 없죠."

그가 희미하게 관심을 보였다. "난 스페인 말을 할 줄 몰라요."

"이곳 사람들 중에 영어를 할 줄 모르는 사람은 한 사람도 없어요." 내가 말했다.

그가 놀란 표정으로 나를 쳐다보았다. "정말이에요?" 그가 말했다. "그게 정말이에요?"

내가 말한 대로였다. 그는 사람들한테 말을 걸어 본 적이 없고, 이곳 사람들은 그를 너무 경외한 나머지 그에게 말을 붙이지 못했던 것이다. 그는 백만장자였으니까. 그에게 그 말을 해 준 것이 잘한 일인지 아닌지 난 모르겠다. 그 말을 해 주지 않았다면 그는 지금도 여전히 무대 옆에 앉아 구두를 닦으려는 아이들에게 하는 수 없이 구두를 맡기고 있을지도 몰랐다. 고생스럽긴 하지만 죽지 않고 살아서 말이다.

사흘 뒤에 그의 개가 사라졌다. 나는 그가 녹지의 종려나무 사이에서 민망한 얼굴로 나직이 개를 부르며 찾고 있는 모습을 보았다. 당황스러운 표정이었다. 그가 화난 목소리로 나직이 말했다. "나는 그 개가 **싫소**. 볼품없는 잡종 같으니." 그러고 나서 다시 "로버, 로버" 하고 불렀다. 5미터만 벗어나도 들리지 않을 만큼 작은 목소리였다. 그가 말했다. "나는 전에 세터종 개들을 키웠죠. 그때 같았으면 이런 개는 총으로 쏴 버렸을 겁니다." 내 생각이 **옳았다**. 그 개는 그에게 고향인 노퍽을 생각나게 했던 것이다. 그는 추억 속에서 살았고, 그 추억이 불완전한 게 싫었던 것이다. 가족도 없고 친구도 없는 그에게 유일한 적은

140

그 개였다. 법을 적이라고 할 수는 없으니까. 그리고 적하고 친하게 지내지 않을 수 없으니 말이다.

그날 오후 늦게 누군가가 캘러웨이 씨에게 개가 다리를 건너가는 것을 보았다고 말했다. 물론 사실이 아니었지만, 그때는 우리도 그걸 몰랐다. 형사들이 한 멕시코인에게 5페소를 주고 개를 다리 저쪽으로 몰래 데려가게 했던 것이다. 그래서 그날 오후와 다음 날 내내 캘러웨이 씨는 공원 녹지에 앉아 자꾸자꾸 구두를 닦으면서 생각에 잠겼다. 개는 그처럼 걸어서 다리를 건널 수 있는데, 불멸의 영혼을 지닌 인간이 여기를 벗어나지 못한 채 조금밖에 걷지 못하고 형편없는 음식을 먹으며 약국에서 아스피린을 사 먹는 끔찍한 일상에 묶여 있다는 게 서글펐다. 개는 자신이 볼 수 없는 것들을 보고 있을 터였다. 그 가증스러운 개가 말이다. 그래서 그는 미칠 것만 같았다. 말 그대로 미칠 지경이었다. 우리는 그가 몇 달 동안이나 이 생활을 해 왔음을 기억해야 한다. 그는 백만장자인데, 일주일에 2파운드로 생활하고 있었다. 돈을 쓸 데가 없었다. 그는 거기 앉아 그게 얼마나 어이없고 부당한 일인지 곱씹곤 했다. 어쨌든 그는 어느 날엔가는 그 다리를 건넜을 거라고 생각한다. 하지만 그 욕구를 더 이상 견딜 수 없게 만든 것은 개였다.

다음 날 그가 보이지 않자 나는 그가 다리를 건너갔다고 생각하고 나도 그곳으로 갔다. 미국 땅인 그 마을도 멕시코 마을만큼이나 작았다. 그가 거기 있다면 내 눈에 띄지 않을 리 없다고 생각했고, 난 여전히 이 일이 어떻게 전개될지 궁금했다. 그가 좀 안됐다는 생각이 들었지만, 그리 대수로운 건 아니었다.

그를 처음 본 것은 이곳에 하나밖에 없는 잡화점에서였다. 그는 코카콜라를 마시고 있었다. 다음번에는 영화관 밖에서 포스터를 들여다보는 그의 모습을 보게 되었다. 그는 파티장에 가는 것처럼 아주 말쑥하게 차려입고 있었다. 그러나 이곳에서 열리는 파티는 없었다. 세 번째로 바깥 거리를 쏘다닐 때 나는 그 형사들을 만났다. 그들은 그 잡화점에서 코카콜라를 마시고 있었다. 아마 잠깐잠깐 차이로 캘러웨이 씨를 놓치고 있는 듯싶었다. 나는 안으로 들어가 간이 바에 앉았다.

"안녕하세요." 내가 말했다. "아직 이곳에 계시는군요." 나는 갑자기 캘러웨이 씨가 걱정되었다. 형사들의 눈에 띄지 않았으면 좋겠다는 생각이 들었다.

한 형사가 말했다. "캘러웨이는 어딨죠?"

"아." 내가 말했다. "거기 그대로 있어요."

"그자의 개는 안 그럴걸요." 형사가 그렇게 말하고 나서 웃었다. 다른 형사는 언짢은 표정이었다. 그는 누가 개에 관해 비꼬는 **말**을 하는 것도 싫어했다. 잠시 후 두 형사가 자리에서 일어났다. 차를 밖에 세워두고 있었던 것이다.

"한 잔 더 안 하실래요?" 내가 말했다.

"아니, 됐습니다. 계속 돌아다녀야 해서요."

형사는 몸을 숙이며 내게 비밀을 털어놓았다. "캘러웨이가 이쪽으로 왔답니다."

"그럴 리가!" 내가 말했다.

"개도 이곳에 있어요."

"그자는 지금 개를 찾고 있지요." 다른 형사가 말했다.

"그 사람이 정말 개를 찾고 있다면 내 손에 장을 지지겠어요." 내가 말했다. 다시 한 형사가 내가 개를 모욕하기라도 한 것처럼 언짢은 표정을 지었다.

나는 캘러웨이 씨가 자기 개를 찾고 있었다고 생각하지 않지만, 개는 그를 발견한 게 틀림없다. 갑자기 차 안에서 기뻐서 요란하게 짖어 대는 개 소리가 들리더니, 차에서 잡종 세터가 뛰어내려 마구 거리를 내달린 것이다. 우리가 잡화점 문을 나서기도 전에 형사 한 명—개에 대해 감상적인 형사—이 차에 올라타서 개를 뒤쫓았다. 다리로 이어지는 긴 도로가 끝나는 지점 가까이에 캘러웨이 씨가 있었다. 나는 그가 이 미국 땅에 있는 것이라곤 잡화점과 영화관과 신문 판매점뿐임을 알고 난 뒤, 멕시코 쪽을 바라보기 위해 그곳으로 갔다고 믿는다. 개가 뛰어오는 것을 본 그는 마치 이곳이 노픽이나 되는 듯이 개를 향해 집에 가라고 소리 질렀다. "집에 가, 집에 가." 그러나 개는 전혀 아랑곳하지 않고 그를 향해 맹렬히 달렸다. 그 순간 경찰차가 오는 게 눈에 띄었다. 그는 달아났다. 그 뒤로 모든 일이 순식간에 일어났다. 하지만 나는 사건의 순서가 이러했다고 생각한다. 개가 차 바로 앞에서 도로를 가로질러 달리기 시작했고, 캘러웨이 씨가 소리를 질렀다. 나는 그가 개를 향해 소리 지른 것인지 차에 대고 소리 지른 것인지 알지 못한다. 어쨌든 그 형사는 운전대를 꺾었고—나중에 조사받을 때 형사는 개를 칠 수는 없었다고 힘없이 말했다—캘러웨이 씨는 차에 받혀 쓰러졌다. 뒤죽박죽이 된 깨진 안경알과 금테와 은발과 피…… 개는 우리가 다가가기 전에 그에게로 가서 핥고 낑낑거리고 다시 핥기를 반복했다. 나는 캘러웨이 씨가 손을 들었다가 내리면서 개의 목에 손을 걸치는 모습을 보았다. 그러자 낑낑거리던 개는 아둔하게도 의기양양하게 소리 높여 크게 짖어 댔다. 그러나 캘러웨이 씨는 죽었다. 쇼크와 심장마비로.

"불쌍한 노인." 형사가 말했다. "노인은 저 개를 사랑한 게 틀림없어." 사실, 그가 쓰러져 누워 있는 자세를 보면 개를 때리려 했다기보다는 쓰다듬어 주려 한 것 같았다. 나는 그가 개를 때리려 했을 거라고 생각했지만, 그 형사의 말이 옳을지도 몰랐다. 그 나이 많은 백만장자 사기꾼이 환전상들의 오두막 사이에서 팔을 개의 목에 걸친 채 죽어 누워 있다는 게 나로서는 사실로 믿기 어려울 만큼 애처롭고 감동적이었다. 그러나 한편으로 인간 본성의 견지에서 보면 초라하기도 했다. 그는 뭔가를 위해 강을 건너왔는데, 그가 찾고 있었던 것은 결국 그 개였는지도 모른다. 그의 시신 위에 앉아 아둔한 잡종견답게 의기양양하게 짖어 대는 개의 모습이 마치 슬픔을 자아내는 조각상 같았다. 그는 팔을 개의 목에 걸침으로써 고향의 들과 도랑과 지평선에 가까이 갈 수 있었을 것이다. 그것은 희극적이었다. 측은했다. 그가 죽었다고 해서 희극적인 성질이 줄어드는 것은 아니었다. 죽음이 희극을 비극으로 바꾸지는 않는다. 만약 그 마지막 손동작이 애정의 표시였다면, 그것은 인간의 자기기만—절망보다 훨씬 더 오싹한 근거 없는 낙관주의—능력을 한 번 더 보여 주는 행위였을 뿐이라고 나는 생각한다.

(1938)

시골 드라이브
A Drive in the Country

  그녀는 이틀에 한 번씩 아버지가 밤에 집 안을 돌면서 문과 창문을 잠그는 소리를 들었다. 아버지는 베르그송 수출 대행사의 수석 사무관이었다. 그녀는 침대에 누워 아버지가 집을 자신의 사무실처럼 꾸려 가고 있다는 생각을 하며 반감을 품곤 했다. 아버지는 충실한 집사로서 작성한 보고서를 상무이사에게 제출하기라도 할 것처럼 꼼꼼하게 집 안의 안전을 챙겼다. 그는 일요일마다 파크로에 있는 네오고딕 양식의 조그만 교회로 가서 규칙적으로 그런 보고를 했다. 아내와 두 딸도 동행했다. 그들 가족은 언제나 같은 자리에 앉았다. 그들은 언제나 5분 일찍 갔고, 아버지는 자신의 시력에 적합한 큰 판형의 기도서를 들고 불안한 음정으로 크게 노래를 불렀다. '환희의 노래를 부르며'—아버지는 그 주의 일을 보고드렸다. 가정을 적절한 방식으로 보호했다는 보고였다—'약속의 땅으로 행진했다'. 교회에서 나오면 그녀는 조심스럽게 곁눈으로 브릭레이어스암스 선술집 쪽을 보았다. 거기에는 늘 프레드가 서 있었는데, 술집이 이미 30분 전에 문을 열었기 때문에 그는 알딸딸하게 기분 좋은 상태로 약간 취해 있었다.

그녀는 귀를 기울였다. 뒷문이 닫히고, 부엌 창문의 걸쇠가 딸깍하고 잠기는 소리가 들렸다. 이어 아버지의 차분하지 않은 발소리가 들렸다. 앞문을 잠그러 돌아가는 것이었다. 아버지는 바깥 출입문만 잠그는 게 아니었다. 빈방도 잠그고 욕실도 잠그고 화장실도 잠갔다. 아버지는 어떤 무언가가 들어오지 못하도록 문단속을 했지만, 그 무엇은 아버지의 1차 방어선을 뚫고 들어갈 수 있을 게 분명했다. 아버지는 침대에 이르기까지 계속 2차 방어선을 구축했다.

그녀는 날림으로 지은 집의 얇은 벽에 귀를 갖다 댔다. 옆방에서 나는 희미한 목소리가 들려왔다. 가만히 귀 기울이고 있으니 무선수신기의 볼륨 스위치를 돌린 것처럼 목소리가 좀 더 또렷이 들렸다. 엄마가 말했다. "……요리할 때 마가린을 넣으면……" 아빠가 말했다. "……15년만 지나면 훨씬 나아질 거야." 옆방의 침대가 삐걱거리는 소리에 이어 중년의 두 사람이 부드러움과 편안함을 공유하는 소리가 흐릿하게 났다. 15년이 지나면 이 집은 아버지 집이 될 것이다. 그녀는 울적한 기분으로 그 생각을 했다. 아버지는 25파운드를 선금으로 내고 나머지는 매달 월세로 내고 있었다. "물론," 아버지는 음식을 잔뜩 먹고 난 뒤에 말을 하는 버릇이 있었다. "집이 많이 좋아졌어." 아버지는 적어도 한 명은 자기를 따라 서재로 함께 가 주기를 바랐다. "서재에 전기를 가설했단다." 아버지가 아래층의 조그만 화장실을 지나 걸었다. "이 라디에이터를 보렴" 하며 만족스럽게 쓰다듬은 다음 "정원은 어떻고" 했다. 날씨 좋은 저녁이면 식당 방의 프랑스식 창문을 활짝 열어젖혔다. 창문 아래에는 아버지가 대학 잔디밭처럼 정성스레 가꾸는, 양탄자 느낌의 조그만 잔디밭이 있었다. "전엔 벽돌 더미만 쌓여 있었잖니." 아버지는 그렇게 말하곤 했다. 아버지는 5년이나 토요일 오후와 날 좋은 일요일을 이용하여 이 잔디밭과 주변의 화단 그리고 해마다 맛없는 빨간 사과가 한두 알씩 더 열리는 사과나무를 가꾸었다.

"그래, 집이 많이 좋아졌지." 아버지는 못을 박을 곳을 찾거나 뽑아낼 잡초를 찾아 주위를 둘러보았다. "이 집을 지금 팔아야 한다면 그동안 우리가 낸 돈보다 더 많은 돈을 주택공사로부터 받아야 해." 그것은 부동산 감각 이상의 것이었다. 정직의 감각이었다. 주택공사를 통해 집을 구입한 사람들 중에는 집이 황폐해지는 것을 그냥 내버려두었다가 계약 기간이 끝나면 서둘러 떠나는 사람들도 있었다.

그녀는 일어나서 벽에 귀를 댔다. 조그맣고, 화가 나 있고, 미성숙한 모습이었다. 옆방에서는 이제 더 이상 아무 소리도 들리지 않았다. 그러나 그녀 내면의 귀에는 여전히 집주인인 아버지가 내는 이런저런 소리들이 들렸다. 뚝딱뚝딱 망치 소리, 삽으로 땅을 파는 소리, 라디에이터에서 나는 증기 소리, 열쇠 돌리는 소리, 빗장을 지르는 소리, 바리케이드를 쌓는 달그락거리는 소리…… 그녀는 아버지를 배반할 계획을 궁리하며 서 있었다.

10시 15분이었다. 집을 떠날 시간이 한 시간 남았지만, 그리 긴 시간은 아니었다. 두려운 것은 아무것도 없었다. 저녁 시간에 그들은 평소에 자주 하는 세 판 승부 브리지 게임을 했고, 그사이 여동생은 다음 날 밤에 열리는 댄스파티에 입고 갈 옷을 입어 보았다. 브리지 게임이 끝난 뒤 그녀는 주전자에 물을 끓이고 작은 찻주전자를 꺼냈다. 그러고 나서 아버지가 문과 창문들을 잠그는 동안 보온용 고무 물주머니들에 뜨거운 물을 채우고 그것들을 각각의 침대 안에 넣어 두었다. 아버지는 그녀가 적개심을 품고 있는 걸 전혀 몰랐다.

아직도 밤이면 추웠기 때문에 그녀는 스카프를 두르고 두꺼운 외투를 입었다. 아버지가 사과나무 꽃봉오리를 보면서 말한 것처럼 이번 봄은 늦게 왔다. 그녀는 여행 가방을 꾸리지 않았다. 여행 가방은 오스탕드*로 가족 여행을 떠나 바닷가에서 주말을 보냈다가, 그 모든 것으로부터 되돌아오는 행위를 떠올리게 할 것이기 때문이었다. 그녀는 별나고 무모한 프레드의 마음 상태에 부응하고 싶었다. 이번에는 돌아오지 않을 작정이었다. 그녀는 조용히 아래층으로 내려가서 물건들이 다소 복잡하게 놓인 거실을 지나 현관문을 열었다. 위층은 고요했다. 밖으로 나와 문을 닫았다.

밖에서 문을 잠글 수 없어서 그녀는 어렴풋이 죄책감을 느꼈다. 그러나 고르지 않은 돌을 깔아 만든 길의 끝에 이르렀을 즈음 죄책감은 사라지고 없었다. 그녀는 왼쪽으로 돌아서 길을 내려갔다. 5년이 지났는데도 길은 절반밖에 만들어지지 않았다. 이어 묵정밭이 듬성듬성 자라는 풀과 찰흙 더버기와 민들레의 형태로 을씨년스럽게 남아 있는 주택 사이의 공간을 지나갔다. 그녀는 걸음을 재촉하여 길게 늘어선 조그만 차고들을 지나쳐 걸었다. 길게 열 지어 늘어선 모습이 마치 색바랜 망자의 사진 아래 관이 놓인 라틴식 공동묘지의 무덤들 같았다. 피부에 와 닿는 찬 밤공기가 기분을 북돋아 주었다. 횡단보도 표시등

* 벨기에의 북해에 면한 항구도시.

이 있는 곳에서 길을 꺾어 상점들이 문을 닫은 쇼핑가로 들어섰을 무렵, 그녀는 뭐든 다 할 수 있을 것 같았다. 전쟁이 일어난 직후 몇 개월 사이에 입대한 신병 같은 기분이었다. 이미 선택한 일이었다. 그녀는 낯설고 신나는 굉장한 사건에 자신의 의지를 넘겨줄 수 있었다.

프레드는 약속대로 교회 방향으로 내리막길이 시작되는 모퉁이에 있었다. 키스를 할 때 그의 입술에서 술맛이 느껴졌다. 이 상황에 프레드만큼 잘 어울리는 사람은 없을 거라고 생각하면서 그녀는 만족했다. 가로등 불빛에 드러난 그의 얼굴은 밝고 경솔해 보였다. 그녀에게 그는 모험만큼이나 색다르고 짜릿했다. 그는 그녀의 팔을 잡고 불빛 없는 막다른 골목으로 뛰어갔다. 그런 다음 잠깐 그녀를 혼자 남겨두었다. 잠시 후 동굴 같은 어둠 속에서 전조등 불빛 두 개가 부드럽게 그녀를 비췄다. 그녀는 깜짝 놀라며 소리쳤다. "차를 구했어?" 그리고 프레드의 조급한 손이 자신을 차가 있는 쪽으로 홱 잡아당기는 것을 느꼈다. "그래." 그가 말했다. "마음에 들어?" 그가 2단 기어를 넣고 가다가 상점들이 문을 닫은 거리로 나오자 서툰 손놀림으로 기어를 올렸다.

그녀가 말했다. "참 멋지다. 멀리까지 드라이브하자."

"그럴 거야." 그가 시속 90킬로미터 눈금 근처에서 흔들거리는 속도계의 바늘을 보며 말했다.

"일자리를 구했나 보네?"

"일자리는 없어." 그가 말했다. "시시껄렁한 거 말곤 전혀 없어. 저 새 봤니?" 그가 상향등을 켜고 갈림길을 지나 주택단지로 들어서면서 날카롭게 물었다. 갑작스럽게 시골길이 나왔고, 차는 카페('들어오세요')와 신발 가게('당신이 좋아하는 유명 영화배우가 신는 신발을 사

세요'), 그리고 네온등에 빛나는 커다란 흰 천사가 있는 장의사 사이
를 나아갔다.

"아무 새도 못 봤는데."

"앞 유리 쪽으로 날아오지 않았어?"

"아니."

"하마터면 새와 부딪칠 뻔했어." 그가 말했다. "그럼 되게 심란했을
거야. 차로 사람을 치고 그냥 가 버린 사람들처럼 말이야. **우리, 멈춰야
하나?**" 그가 계기반의 조명을 끄며 물었다. 조명을 끈 탓에 그들은 속
도계의 바늘이 100 근처에서 떨리고 있는 것을 볼 수 없었다. "너 좋
을 대로 해." 그녀가 달뜬 꿈에 깊이 젖어 든 목소리로 말했다.

"오늘 밤 나와 사랑을 할 거야?"

"물론이지."

"집에 돌아가지 않을 거지?"

"그래." 그녀가 뚝딱뚝딱 망치 소리, 딸깍하고 걸쇠 거는 소리, 슬리
퍼를 신고 집 안을 도는 발소리에서 벗어나겠다는 생각으로 단호히
말했다.

"우리가 어디로 가는지 알고 싶어?"

"아니." 판지로 만든 납작하고 조그마한 숲 같은 잡목림이 푸른 신
호등과 그 너머의 어둠을 향해 펼쳐져 있었다. 토끼 한 마리가 짧은 꼬
리를 돌려 산울타리 속으로 사라졌다. 그가 말했다. "돈 좀 있어?"

"반 크라운 있어."

"날 사랑해?" 그녀는 오랫동안 그의 입술에 자신의 모든 것을 쏟았
다. 일요일 아침 식사 시간에 부모님의 입에서 못마땅한 어투로 그의
이름이 언급될 때면 그녀는 아무 말도 하지 않고 모르는 체하며 끈기

있게 다른 곳을 보아야 했다. 그녀가 메마르고 무딘 그의 입술을 떠올리고 있을 때 차가 갑자기 속력을 높였다. 그가 가속기를 밟으며 말했다. "빌어먹을 인생."

그녀가 그의 말을 반복했다. "빌어먹을 인생."

그가 말했다. "내 호주머니에 술병이 들어 있어. 한잔하자."

"난 마시고 싶지 않아."

"그럼 나 한 잔 줘. 마개는 돌려서 열면 돼." 그가 한 손은 그녀의 몸에 걸치고 한 손은 운전대를 잡은 채 고개를 젖혔고, 그녀는 조그만 병을 꺼내 그의 입에 위스키를 조금 흘려 주었다. "신경 쓰여?" 그가 말했다.

"아니, 전혀."

"일주일에 용돈 10실링으로는 저축을 할 수가 없어." 그가 말했다. "나는 최대한 머리를 굴려 쪼개 쓰고 있어. 머리가 빠개질 정도로 생각을 많이 해야 해. 쓸데가 많거든. 코카인을 구입하는 데 반 크라운. 위스키에 3실링 6펜스. 영화 보는 데 1실링. 그러면 맥주 마실 돈이 3실링밖에 남지 않아. 그래서 맥주를 마시며 재밌는 시간을 보내는 건 일주일에 한 번뿐이야."

위스키가 넥타이로 흘러내려, 조그만 쿠페 안에 냄새가 진동했다. 그녀는 그게 좋았다. 그 냄새는 **그의** 냄새였다. 그가 말했다. "우리 집 늙은이들은 나한테 용돈을 주는 걸 억울해해. 내가 일자리를 잡아야 한다는 거지. 그 나이가 되면 우리 같은 사람을 위한 일자리가 없다는 걸, 앞으로도 영원히 없다는 걸 알지 못해."

"나도 알아." 그녀가 말했다. "그분들은 늙었잖아."

"동생은 어때?" 그가 불쑥 물었다. 환한 전조등 불빛이 종종거리는 조그만 새와 동물들을 몰아낸 탓에 앞쪽 도로는 눈에 띄는 것 없이 깨끗했다.

"내일 댄스파티에 간대. 우린 그때 어디에 있을지 궁금하네."

그는 그녀의 말을 귀 기울여 듣지 않았다. 자신의 생각에 빠져 있었고, 그걸 입 밖에 내지 않았다.

"이렇게 드라이브하니 참 좋다."

그가 말했다. "이쪽으로 가면 클럽이 있어. 가로변 건물에. 믹이 나를 회원으로 끼워 줬지. 믹 알아?"

"아니."

"괜찮은 놈이야. 걔네가 널 알게 되면 자정까지는 술을 사 줄 거야. 거기 들렀다 가자. 믹을 만나면 인사해. 그리고 아침이 되면…… 그건 술을 몇 잔 마시고 나서 나중에 정하자."

"돈은 좀 있어?" 조그만 마을이었다. 일찌감치 문과 창문을 다 닫고 잠이 든 시골 마을이 산사태로 부드럽게 미끄러져 내려오듯 그들을 향해 언덕을 내려와, 그들이 지나온 흉터 난 평지 속으로 사라져 갔다. 노르만 양식의 길쭉한 잿빛 교회와 표지판 없는 여관이 보였다. 시계가 11시를 쳤다. 그가 말했다. "뒷자리를 봐. 여행 가방이 있어."

"잠겼는데."

"열쇠를 잃어버렸어." 그가 말했다.

"안에 뭐가 들었어?"

"몇 가지 것들." 그가 모호하게 말했다. "술이 필요하면 가방을 부수면 돼."

"여관방을 잡는 건 어때?"

"차가 있잖아. 무서운 건 아니지?"

"그럼." 그녀가 말했다. "무섭진 않아. 그런데……" 그러나 이 습하고 차가운 바람, 어둠, 생경함, 위스키 냄새, 내달리는 차에 관한 기분을 나타낼 말이 없었다. "차는 움직이잖아." 그녀가 말했다. "이미 멀리 온 것 같아. 여긴 진짜 시골인걸." 털이 많은 날개를 움직여 쟁기로 갈아 놓은 들판 위를 나지막이 날아가는 올빼미 한 마리가 눈에 띄었다.

"진짜 시골을 보려면 이보다 더 가야 해." 그가 말했다. "이 도로에서는 진짜 시골을 찾을 수 없어. 곧 아까 말한 가로변 건물이 나올 거야."

그녀는 어둡고 바람 부는 이곳을 둘이서만 나아가는 것에 대한 향수가 자신의 내면에 있음을 알아차렸다. 그녀가 말했다. "우리, 꼭 클럽에 가야 해? 시골 안으로 좀 더 깊이 들어가면 안 될까?"

프레드는 곁눈으로 그녀를 보았다. 그는 바람이 관통하여 지나가도록 만들어진 어떤 기상 측정 기계처럼 언제나, **어떤** 제안에 대해서도 열려 있었다. "너 좋을 대로 해." 그가 말했다. 그는 클럽 생각은 더 이상 하지 않았다. 차는 잠시 후 클럽을 지나쳐서 불이 켜진 기름한 튜더 양식 방갈로가 있는 곳에 이르렀다. 사람들의 목소리가 와자하게 들렸고, 무슨 이유에서인지 건초로 채워진 수영장이 눈에 띄었다. 그곳도 곧바로 뒤로 물러나 모퉁이를 돌 때 한 줌의 불빛이 홱 움직이는 것을 끝으로 시야에서 사라졌다.

그가 말했다. "이제 정말 시골에 온 것 같네. 클럽을 지나 더 멀리까지 오는 사람은 아무도 없을 거야. 이제 우리 둘뿐이야. 우린 이 들판에 언제까지나 누워 있을 수 있어. **사람들을** 피해서 말야. 쟁기질하는 사람이 있을 것 같긴 하지만…… 여기서 쟁기질을 한다면 말이지." 그는 가속기에서 발을 떼며 차의 속도를 조금씩 줄였다. 들판으로 들어가는 나무 문이 열려 있어서 그는 차를 돌려 그 안으로 들어갔다. 차는 덜거덕거리면서 산울타리 옆 들판을 한참 내려가다가 이윽고 멈춰섰다. 그가 전조등을 껐고, 두 사람은 계기반의 흐릿한 불빛 속에 앉아 있었다. "평화롭네." 그가 거북스럽게 말했다. 머리 위에서 올빼미가 사냥을 하는 날카로운 소리가 들렸고, 산울타리에서는 무엇인가가 숨는 바스락거리는 소리가 들렸다. 그들은 도시 사람이어서 주변에 있는 것들의 이름을 알지 못했다. 관목에서 움트는 조그만 싹은 이름 없는 싹일 뿐이었다. 그가 산울타리 끝에서 무리 지어 자라는 검은 나무들을 향해 고갯짓을 했다. "떡갈나무?"

"느릅나무?" 그녀가 물었고, 그들은 서로 모른다는 사실에 위안을 느끼며 둘이 함께 입술을 맞댔다. 그 촉감에 그녀는 흥분되었다. 가장 무모한 행위도 할 준비가 되어 있었다. 그러나 그녀는 건조한 알코올 냄새가 나는 입술에서 그가 조금 전 달떠 있던 때보다 덜 흥분해 있다는 느낌을 받았다.

그녀가 스스로를 안심시키면서 말했다. "여기 있으니 참 좋다. 아는 사람들에게서 멀리 떨어져 있으니 말이야."

"믹은 분명 거기 있을 거야. 저 아래 클럽에."

"우리가 이러는 거, 그 사람도 알아?"

"아무도 몰라."

그녀가 말했다. "내가 원했던 게 그거야. 이 차는 어떻게 구했어?" 그가 그녀를 쳐다보며 어색하게 씨익 웃었다. "10실링에서 남겨서 저축했지."

"장난치지 마. 어떻게 한 거야? 누가 빌려줬어?"

"응." 그가 말했다. 그러고 나서 갑자기 차 문을 열었다. "좀 걷자."

"그러고 보니 우린 시골길을 한 번도 함께 걸어 본 적이 없네." 그녀가 그의 팔을 잡았다. 그녀의 손길에 그의 신경이 팽팽하게 긴장되는 것이 느껴졌다. 그녀는 그런 게 좋았다. 그가 다음에 어떤 행동을 할지 그녀는 알지 못했다. 그녀가 말했다. "우리 아버지는 널 미친 자식이라고 불러. 난 미친 네가 좋아. 땅에 깔린 이건 다 뭐지?" 그녀가 땅을 발로 찼다.

"클로버." 그가 말했다. "아닌가? 나도 모르겠어." 가게 이름도, 교통 표지판도 이해할 수 없는 외국 도시에 와 있는 것만 같았다. 움켜잡을 것도, 걸음을 멈추고 앉아 있을 만한 것도 없어서 두 사람은 캄캄한 진공 속을 하릴없이 나아갔다. "전조등을 켜야 하지 않을까?" 그녀가 말했다. "돌아가는 길을 찾는 게 만만치 않을 것 같아. 달빛도 거의 없잖아." 이미 차에서 꽤 많이 멀어진 것 같았다. 그녀는 이제 차를 분간할 수 없었다.

"길을 찾을 수 있어." 그가 말했다. "어떻게든. 걱정 마." 산울타리 끝에 이르렀을 때 그들은 나무가 있는 곳으로 다가갔다. 그가 잔가지 하나를 잡아당겨 끈적이는 싹을 만졌다. "이건 뭐지? 너도밤나무?"

"모르겠어."

그가 말했다. "날씨가 따뜻하다면 여기서 잘 수도 있을 텐데. 넌 오늘 밤만은 우리가 그 정도의 행운은 누릴 수 있을 거라고 생각하겠지. 하지만 날씨가 추운 데다 비도 올 것 같아."

"여름에 다시 오자." 그러나 그는 대답하지 않았다. 다른 어떤 바람이 일었다는 것을 그녀는 알 수 있었다. 그는 이미 그녀에게 흥미를 잃었다. 그의 호주머니 속에 딱딱한 물체가 들어 있었다. 그것이 그녀의 옆구리를 찔러 댔다. 그녀는 호주머니에 손을 집어넣었다. 권총이었다. 총의 약실이 바람을 맞으며 오는 동안의 모든 추위를 빨아들인 것처럼 차가웠다. 그녀가 깜짝 놀라면서 나직이 말했다. "그걸 왜 가지고 다녀?" 전에는 언제나 그의 무모함을 대수롭지 않게 여겼다. 그 자식은 미쳤다고 아버지가 말할 때면 그녀는 애착을 느끼며 은밀히 미소 짓곤 했다. 자신은 그의 광기의 정도와 한계를 잘 알고 있다고 생각했기 때문이다. 그의 대답을 기다리는 동안 그녀는 그의 광기가 이제는 자신의 손길이 미치지 못하고 눈길이 닿지 않는 데까지 뻗어 나갔다는 것을 느낄 수 있었다. 그 끝이 어디인지 알 수 없었다. 끝이 없는 것 같았다. 그녀는 어둠이나 사막 같은 것을 통제할 수 없는 이상으로 그의 광기를 통제할 수 없었다.

"겁먹지 마." 그가 말했다. "오늘 밤 네가 그걸 알아차리게 할 생각은 없었어." 갑자기 평소보다 훨씬 더 부드러워진 그가 그녀의 가슴에 손을 얹었다. 그의 손가락에서 부드럽고 의미 없는 애정이 마구 흘러나왔다. 그가 말했다. "너도 알지? 인생은 지옥이야. 우리가 할 수 있는 건 없어." 무척 부드럽게 말했지만, 그녀는 그의 무모함을 그 어느 때보다도 더 확연히 깨달았다. 그는 모든 바람을 열린 마음으로 받아들였지만, 지금은 바람이 동쪽에서 이는 것 같았다. 그가 말을 할 때 그바람이 진눈깨비처럼 일었다. "나는 돈이 한 푼도 없어." 그가 말했다. "그런데 우린 아무것도 없이 살 순 없잖아. 내게 일자리가 생기리라는 기대는 가망 없는 거야." 그가 같은 얘기를 반복했다. "이제 일자리는 더 이상 늘지 않아. 그리고 해가 갈수록 일자리를 구할 가능성은 줄어들지. 나보다 더 젊은 사람들이 많으니까."

"그럼 우린 왜 여기 온 거야?" 그녀가 말했다.

그는 부드러워지고 상냥해지고 명석해졌다. "우린 서로 사랑해. 그렇지? 나는 너 없이, 너는 나 없이 살 수 없어. 우리 운이 바뀌기를 기다리면서 마냥 빈둥거리며 사는 건 쓸데없는 짓이야. 우린 멋진 밤을 보낼 수조차 없잖아." 그리고 손바닥을 펴서 비가 내리는지 보았다. "우린 오늘 밤 좋은 시간을 보낼 수 있어. 차 안에서 말이야. 그리고 아침이 되면……"

"아냐, 아냐." 그녀가 말했다. 그녀는 그로부터 벗어나려 했다. "난 싫어. 무서워. 난 한 번도……"

"넌 아무것도 몰라." 그가 부드러우면서도 냉혹하게 말했다. 이제 그녀는 자신의 말이 어떤 감흥도 불러일으키지 않는다는 것을 알 수 있었다. 그에게 그녀의 말은 씨알도 먹히지 않았다. 이제 바람이 일었고, 그녀의 말 또는 그녀의 주장은 하늘을 향해 종잇조각을 던지는 것과 같았다. 그가 말했다. "물론 우리 둘 다 신을 믿지 않지만, 그래도 신이 있을 가능성은 있어. 그럼 우리가 함께 있을 수 있겠지." 그가 즐거운 표정으로 덧붙였다. "이건 도박이야." 그녀는 슬롯머신에서 자신들이 집어넣은 마지막 동전이 쟁그랑거리며 떨어지던 많은 기억들을 떠올렸다.

그는 그녀를 더 가까이 끌어당기면서 확신에 찬 어조로 말했다. "우린 서로 사랑해. 그러니까 그게 유일한 방법이야. 날 믿어." 그는 노련한 논리학자 같았다. 논쟁의 모든 단계를 알고 있었다. 그녀는 어떤 점에서도 그의 논리를 무력하게 만들 가망이 없었다. '우린 서로 사랑해'라는 전제를 제외하고는. 그의 자기중심적인 냉혹함에 직면한 그녀는 처음으로 **그걸** 의심했다. 그가 반복했다. "우린 함께 있게 될 거야."

그녀가 말했다. "틀림없이 다른 방법이 있을 거야……"

"왜 **꼭** 그래야 하는데?"

"그렇지 않으면 사람들이 번번이 너처럼 하려고 할 테니까…… 도처에서!"

"그렇겠지." 마치 자신의 논리에 흠이 없다는 것을 알아낸 게…… 뭐랄까, 계속 살아가는 방법을 알아낸 것보다 더 중요하다는 듯이 그가 의기양양하게 말했다. "신문만 읽어 봐도 알 수 있어." 그가 말했다. 그 말소리 자체가 모든 두려움을 없애 줄 만큼 부드럽다고 여기는 듯이 온화하고 사랑스럽게 속삭였다. "사람들은 그걸 동반 자살이라고 해. 늘 일어나는 일이야."

"나는 못해. 난 그런 용기가 없어."

"넌 아무것도 할 필요가 없어." 그가 말했다. "내가 다 할 거야."

그의 침착함이 소름 끼쳤다. "날…… 죽이겠다는 뜻이니?"

그가 말했다. "그만큼 널 사랑해. 약속할게, 널 아프게 하진 않을 거야." 그는 그녀가 내키지 않아 하는 어떤 사소한 놀이를 하자고 설득하는 것처럼 얘기했다. "우린 언제나 함께 있게 될 거야." 그가 이성적인 언사를 덧붙였다. "물론 '언제나'라는 게 **있다면** 말이야." 갑자기 그녀의 뇌리에 그의 사랑은 무책임의 늪 위에서 피어오르는 가스 불꽃의 깜박거림 같은 것일 뿐이라는 생각이 떠올랐다. 이제 그녀는 그 무책임에 한계가 없다는 것을 깨달았다. 무책임이 머리를 뒤덮었다. 그녀가 애원했다. "팔 수 있는 물건들이 있어. 저 여행 가방."

그녀는 그가 즐거운 기분으로 자신을 지켜보고 있으며, 그녀의 반박을 예상하고 그에 대한 답변을 다 준비해 두었음을 알았다. 그녀를 진지하게 대하고 있는 척할 뿐이었다. "15실링은 받을 수 있겠지." 그가 말했다. "그걸로 하루는 살 수 있을 거야. 하지만 큰 재미를 보진 못

158

해.”

“안에 들어 있는 물건들은?”

“아, 그건 또 다른 도박이군. 그것들의 가치는 30실링쯤 되지. 사흘은 살 수 있겠군. 아껴 쓴다면.”

“우린 일자리를 얻을 수 있을 거야.”

“지금까지 여러 해 동안 노력했어.”

“실업수당을 받을 순 없어?”

“난 보험을 든 노동자가 아니야. 지배계급의 일원이지.”

“네 가족이나 친척들은? 그분들이 우리에게 뭔가 줄 수 있을 거야.”

“그렇지만 우린 자존심이 있잖아. 안 그래?” 그가 자만심에 가득 차서 말했다.

“너한테 차를 빌려준 사람은?”

그가 말했다. “코테즈 기억나? 막다른 골목에 몰린 애. 나도 막다른 골목에 몰렸어. 난 자살**해야만** 해. 그 차를 훔쳤거든. 우리 여정은 다음 마을에서 끝날 거야. 돌아가기에도 너무 늦었어.” 그가 웃었다. 그의 논법이 절정에 이르렀다. 그에 대해 더 반박할 것은 없었다. 그녀는 그가 더없이 만족스럽고 더없이 행복하다는 것을 알 수 있었다. 그 사실에 그녀는 분개했다. “**넌 그래야만** 하겠지. 어쩌면. 그러나 난 아니야. 내가 왜 자살해야 하니? 네가 무슨 권리로……?” 그녀는 주춤주춤 그에게서 물러섰다. 커다란 나무 몸통의 거친 표면이 등에 닿았다.

“아.” 그가 짜증스러운 어조로 말했다. “물론 나 없이 돌아가고 싶다면 그렇게 해.” 그녀는 평소 그의 자만심에 마음이 끌렸다. 그는 언제나 자신의 실업 상태를 과장되게 다루었다. 이제는 더 이상 그것을 자만심이라 부를 수 없었다. 그것은 전적으로 가치관의 결여일 뿐이었다. "넌 집에 가도 돼." 그가 말했다. "어떻게 가야 하는지는 나도 몰라. 널 차로 데려다줄 순 없어. 난 여기 있을 테니까. 넌 내일 밤 댄스파티에 갈 수 있겠군. 그리고 교회에서 카드놀이가 열리지? 그래, 집에서도 재밌게 보내기 바라."

그의 태도에는 야비함이 배어 있었다. 그는 안전, 평화로움, 질서를 마구 뒤흔들어 놓고 나서 그걸 걱정하는 체했다. 그래서 그녀는 자신들이 함께 경멸했던 것들, 가슴을 두드리는 듯한 망치 소리나 여기에도 못을 박고 저기에도 못을 박는 일 따위에 대해 약간 연민의 정을 느끼지 않을 수 없었다. 그녀는 매섭게 반박할 말을 생각해 내려 했다. 어쨌든 남에게 해를 끼치지 않는 소극적 미덕에 대해, 앞으로 또 15년 동안 같은 일을 계속 해 나갈 아버지처럼 그저 우직하게 일을 해 나가는 소극적 미덕에 대해 뭔가 말을 해 줘야 했기 때문이다. 그러나 다음 순간, 그녀는 아무런 분노도 느끼지 않았다. 자신들은 서로 덫을 놓은 것이었다. 그는 언제나 이런 상황—어두운 들판, 호주머니 속의 무기, 도피, 도박 같은 상황—을 원했다. 그녀는 다소 정직하지 못한 태도로 얼마간 두 세계—무책임과 안전한 사랑, 위험과 안정—를 동시에 원했다.

그가 말했다. "난 지금 갈 테야. 같이 갈래?"

"아니." 그녀가 말했다. 그는 망설였다. 무모함이 잠시 흔들렸다. 일종의 상실감과 당혹감이 어둠을 뚫고 그녀에게 전해져 왔다. 그녀는 이렇게 말하고 싶었다. 바보같이 굴지 마. 차를 제자리에 갖다 놔. 나랑 같이 차가 있는 곳으로 가서, 차를 몰고 집으로 돌아가자. 그러나 그녀는 자신의 어떤 생각도 그의 머릿속에 떠올랐던 생각이고, 이미 그에 대한 답이 준비되어 있음을 알았다. 일주일에 10실링이다, 일자리가 없다, 나이 들어 간다······ 인내는 아버지들의 미덕이었다.

그는 갑자기 산울타리를 따라 빠른 속도로 걷기 시작했다. 어디로 가고 있는지 알지도 못하고 걸었다. 그가 나무뿌리에 발이 걸려 비틀거렸고, 욕설을 내뱉는 소리가 들렸다. "씨발." 어둠 속에서 조그맣게 들려온 그 진부한 소리가 그녀를 고통과 공포에 빠뜨렸다. 그녀가 소리쳤다. "프레드. 프레드. 그러지 마." 그런 다음 반대 방향으로 달리기 시작했다. 그녀는 그를 제지할 수 없었고, 그가 내는 소리에서 벗어나고 싶었다. 발밑에서 나뭇가지가 총소리 같은 소리를 내며 부러졌고, 올빼미의 비명이 산울타리 너머 쟁기질된 밭을 가로질러 날아왔다. 음향효과 예행연습을 하는 소리 같았다. 그러나 진짜 소리가 날아왔을 때, 그 소리는 상당히 달랐다. 퍽, 하는 소리가 들렸다. 장갑 긴 손으로 문을 치는 소리 같았고, 비명은 전혀 없었다. 처음에는 그 소리를 알아차리지 못했다. 나중에야 그녀는 연인이 생을 마감한 정확한 순간을 자신이 전혀 지각하지 못했다고 생각했다.

그녀는 무작정 달려가다가 차에 부딪쳤다. 계기반의 흐릿한 불빛 속에서 푸른 물방울무늬의 싸구려 손수건이 운전석에 놓여 있었다. 그녀는 그걸 집으려다가, 아니라고 생각했다. 그 누구도 자신이 여기에 있었다는 사실을 알아서는 안 된다는 생각이 들었던 것이다. 그녀는 계기반의 조명을 끄고 가능한 한 조용히 클로버 밭을 지나갔다. 안전한 느낌이 들자 안타까운 마음이 일었다. 그녀는 문을 닫고 자신의 공간으로 들어가고 싶었다. 빗장을 걸어 잠그고, 걸쇠가 딸깍하고 잠기는 소리를 듣고 싶었다.

텅 빈 길을 걸어 내려간 지 10분도 채 안 되어 가로변 건물이 나왔다. 얼근히 취한 사람들이 어떤 외국어로 말하는 소리가 들렸다. 프레드가 사용한 외국어였다. 슬롯머신에서 동전이 쨍그랑거리는 소리, 소다수의 거품 이는 소리가 들려왔다. 그녀는 집으로 돌아갈 방법을 궁리하며 적군처럼 이런 소리들에 귀 기울였다. 그들은 아무 생각이 없는 존재 같아서 그녀는 겁이 났다. 그들의 에고티즘에 호소할 수 있는 길이 없어 보였다. 에고티즘은 충족되기를 바라는 욕구일 뿐이었다. 그 에고티즘이 그녀를 향해 입을 떡 벌리고 있었다. 어떤 남자가 차의 시동을 걸려고 애쓰고 있었다. 자동 시동 장치가 작동하지 않았던 것이다. 그가 말했다. "난 볼셰비키야. 당연히 난 볼셰비키지. 내가 믿는 건……"

붉은 머리의 마른 여자가 계단에 앉아서 그를 지켜보았다. "당신 생각이 틀렸어." 그녀가 말했다.

"난 자유주의적 보수주의자야."

"당신은 자유주의적 보수주의자가 될 수 **없어**."

"날 사랑해?"

"난 조를 사랑해."

"당신은 조를 사랑할 수 **없어**."

"집에 가자, 마이크."

남자가 다시 차의 시동을 걸려고 했다. 그때 그녀가 클럽에서 막 나온 시늉을 하며 그들에게 다가가 말을 걸었다. "나 좀 태워 주지 않을래요?"

"좋아요. 환영이에요. 타요."

"시동이 안 걸리나요?"

"안 걸리네요."

"보닛을 열고 살펴보지 그래요?"

"그게 좋겠군요." 그가 보닛을 열었고, 그녀가 시동 스위치를 눌렀다. 비가 내리기 시작했다. 비는 조금씩 내리다가 점점 굵어져서 폭우처럼 쏟아질 터였다. 그녀는 무덤에 내리는 비는 그렇게 쏟아지리라고 늘 생각했었다. 그녀의 생각은 들판과 산울타리와 나무들—떡갈나무, 너도밤나무, 느릅나무?—을 향해 길을 거슬러 올라가고 있었다. 그의 얼굴 위로 내리는 비를 상상했다. 눈구멍에 고였다가 코 양쪽으로 흘러내리는 빗물을 상상했다. 그러나 그로부터 벗어나서 그녀는 기쁘기만 할 따름이었다.

"어디로 가나요?" 그녀가 물었다.

"디바이지스."

"런던으로 가는 줄 알았어요."

"런던 어디로 갈 건데요?"

"골딩스파크요."

"골딩스파크로 갑시다."

붉은 머리 여자가 말했다. "난 안으로 들어갈게, 마이크. 비가 와서."

"넌 안 가?"

"조를 찾아볼래."

"알았어." 조그만 주차장에서 차를 거칠게 뺀 탓에 차의 흙받기가 나무 기둥에 부딪쳐 구부러지고, 다른 차의 표면을 약간 긁어 페인트가 벗겨졌다.

"이 길이 아니에요." 그녀가 말했다.

"차를 돌릴 거요." 그가 배수구 쪽으로 차를 후진했다가 다시 빠져나왔다. "멋진 파티였어요." 그가 말했다. 비가 더 세차게 내렸다. 앞유리가 빗물에 흠뻑 젖어 시야를 가렸지만, 와이퍼는 작동하지 않았다. 그러나 마이크는 개의치 않고 시속 65킬로미터 정도로 곧장 내달렸다. 낡은 차였다. 더 이상 속력을 낼 수도 없을 것 같았다. 빗물이 보닛 속으로 스며들었다. 그가 말했다. "그 스위치를 돌려서 음악을 틀어 봐요." 그녀가 스위치를 켜자 댄스음악이 흘러나왔다. 그가 말했다. "해리 로이. 어딜 가도 들을 수 있죠." 그들은 강렬한 음악과 더불어 비가 퍼붓는 밤길을 뚫고 달렸다. 얼마 후 그가 말했다. "내 친구 중에 피터 웨더럴이라고, 당신도 알 것 같은데, 아주 훌륭한 가수가 있어요. 그 친구 알아요?"

"아뇨."

"피터는 알아 두는 게 좋을 거요. 최근엔 그를 보지 못했네요. 몇 주 동안 술에 절어 사는 것 같아요. 언젠가 라디오에서 댄스음악이 나오는 도중에, 가족이 피터를 찾는다는 말을 내보내더군요. '집에서 종적을 감추었다'는 거예요. 우린 그때 차에 있었는데, 그 말을 듣고 깔깔 웃었죠."

그녀가 말했다. "사람들은 그렇게 하나요? 어떤 사람이 종적을 감추면?"

"이 음악 알아요?" 그가 말했다. "이건 해리 로이 노래가 아니에요. 앨프 코언이지요."

그녀가 불쑥 말했다. "당신 이름, 마이크 맞죠? 실례지만 돈 좀……"

그가 술이 깬 목소리로 말했다. "땡전 한 푼 없어요. 친구들 형편이 다 그렇지요. 피터에게 부탁하면 될 텐데. 골딩스파크엔 왜 가려는 거요?"

"집이 거기니까요."

"거기 산다는 말이에요?"

"네." 그녀가 말했다. "조심해요. 여긴 제한속도가 있어요." 그는 지체 없이 그녀의 말에 순종하여 가속기에서 발을 뗐다. 차는 이제 시속 25킬로미터로 기어갔다. 가로등 기둥들이 드문드문 나타나서 그들을 맞아 주고 그의 얼굴을 비춰 주었다. 그는 꽤 나이 들어 보였다. 적어도 프레드보다 열 살은 많은, 마흔은 되어 보였다. 줄무늬 넥타이를 맸고, 소매가 닳아 있는 게 눈에 띄었다. 그는 일주일에 10실링 이상은 쓸 테지만, 아마 그보다 크게 많지는 않을 것이다. 머리숱은 줄어들고 있었다.

"여기서 내려 줘요." 그녀가 말했다. 그가 차를 세웠고, 그녀는 차에서 내렸다. 비는 계속 내렸다. 그가 그녀를 따라 걸었다. "나도 들어가도 돼요?" 그가 말했다. 그녀는 고개를 저었다. 비가 그들을 적셨다. 그녀 뒤로 우체통과 횡단보도 표시등 그리고 주택단지를 가로지르는 길이 있었다. "빌어먹을 인생." 그가 그녀의 손을 잡고 점잖게 말했다. 비는 계속 싸구려 차의 보닛을 두드려 대고, 그의 얼굴을 타고 흘러내려 옷깃과 학생용 넥타이 같은 줄무늬 넥타이를 적셨다. 그러나 그녀는 연민도, 끌리는 감정도 느끼지 못했다. 두려움과 역겨움을 어렴풋이 느낄 뿐이었다. 그의 촉촉한 눈에 일종의 무모함이 희미하게 배어 있었다. 차 안에서는 앨프 코언 밴드의 강력한 음악이 흘러나왔다. 빛바랜 무책임함을 떠올리게 하는 음악이었다. "우리, 돌아갑시다." 그가 그녀의 손을 맥없이 붙잡고 말했다. "어딘가로 가요. 시골로 드라이브를 떠나자고요. 메이든헤드 같은 곳으로."

그녀는 손을 뺐다. 고집부리지 않고 걸음을 돌린 그는 64번 길로 이어지는, 절반밖에 조성하지 못한 길을 걸어 내려갔다. 고르지 않은 돌을 깔아 만든 앞마당 길이 그녀의 발걸음을 단단히 붙드는 것만 같았다. 그녀는 문을 열었다. 차가 2단 기어를 넣고 떠나가는 나지막한 소리가 어둠과 빗소리를 뚫고 들려왔다. 분명 메이든헤드나 디바이지스나 다른 어떤 시골로 가는 게 아니었다. 또 다른 바람이 분 것이 틀림없었다.

아버지가 첫 번째 층계참에서 큰 소리로 말했다. "거기 누구요?"

"저예요." 그녀가 대답하며 설명을 덧붙였다. "아버지가 문을 안 잠그신 것 같은 생각이 들어서요."

"내가 안 잠갔니?"

"아니요." 그녀가 부드러우면서도 단호하게 빗장을 지르며 다정한 목소리로 말했다. "제대로 잠겨 있네요." 그녀는 아버지의 방문이 닫힐 때까지 기다렸다가 라디에이터를 만지면서 손을 녹였다. 아버지가 설치한 라디에이터였다. 아버지는 열심히 집을 가꾸어 왔다. 15년 후면 우리 집이 될 거야, 그녀는 생각했다. 지붕 위에 떨어지는 빗소리를 들으면서도 걱정스럽지 않았다. 그해 겨울에 아버지가 지붕을 조금씩 조금씩 전부 손보았기 때문에 비가 새어 들어올 틈이 전혀 없었다. 빗방울이 허름한 보닛을 두드려 대고 클로버 밭에 생채기를 내는 바깥세상으로부터 집은 안전하게 보호되어 있었다. 문 옆에 선 그녀는 자신이 항상 품고 있었던 온전치 못하고 약한 것들에 대한 반감을 거의 느끼지 않은 채 '그건 전혀 비참한 게 아니야'라고 생각하면서 싸구려 가게에서 구입한, 누구나 부술 수 있을 것 같은 조잡한 빗장을 애정 어린 마음으로 내려다보았다. 그 빗장은 베르그송 수출 대행사의 수석 사무관인 아버지가 설치한 것이었으니까.

(1937)

천진한 아이
The Innocent

롤라를 거기에 데리고 간 것은 실수였다. 조그마한 시골 역에서 기차를 내린 순간 그것을 깨달았다. 가을 저녁에는 연중 그 어느 때보다도 어린 시절의 기억이 더 많이 떠오르는 법이다. 그런데 밝은색으로 짙게 화장한 롤라의 얼굴과 그날 밤을 보내기 위한 우리의 물건들이 들어 있을 것 같지 않아 보이는 조그만 가방은, 작은 운하 너머에 있는 낡은 곡식 창고나 몇 안 되는 언덕 위의 불빛, 오래된 영화 포스터 등과는 어울리지 않았다. 하지만 롤라는 말했다. "자, 이제 시골로 들어가요." 내 마음에 가장 먼저 떠오른 지명은 당연히 비숍스헨드론이었다. 이제 그곳엔 나를 아는 사람이 없을 터였다. 바로 내가 나를 기억할 거라는 생각은 미처 떠오르지 않았다.

늙은 짐꾼조차 그리워졌다. 내가 말했다. "마을 어귀에 사륜마차가 있을 거야." 처음에는 택시 두 대를 보며 '고향에 거의 다 왔구나' 생각만 하고 마차는 알아차리지 못했지만, 실제로 마차가 있었다. 날은 아주 어두웠다. 옅은 가을 안개, 젖은 나뭇잎 냄새, 운하의 물이 무척이나 낯익었다.

롤라가 말했다. "왜 하필 이곳을 골랐어요? 음산해 보여요." 내게는 왜 음산해 보이지 않는지 그녀에게 설명해 봤자 소용없는 일이었다. 운하 옆의 모래 둔덕이 늘 거기에 그대로 있었다고 말하는 것 역시 마찬가지였다(세 살 적에 나는 그것을 사람들이 말하는 해변이라고 생각했던 기억이 난다). 나는 가방(앞에서 말했듯이 가방은 가벼웠다. 그저 그럴싸하게 보이려고 들고 다니는 것뿐이었다)을 받아 들고 우린 걸어갈 거라고 말했다. 조그마한 아치형 다리를 건너고 구빈원을 지나갔다. 다섯 살 때 중년 남자가 자살을 하려고 이 구빈원 건물 가운데 한 곳으로 뛰어들어 가는 것을 본 일이 있다. 남자는 손에 칼을 들고 있었다. 이웃 사람들이 그를 뒤쫓아 우르르 계단을 올랐다. 롤라가 말했다. "시골이 **이런** 줄은 생각도 못 했어요." 구빈원은 조그만 회색 석조 상자처럼 생긴 보기 흉한 건물들이었는데, 나는 그곳에 대해서는 다른 무엇보다도 더 잘 알고 있었다. 나는 음악에 귀를 기울이듯이 내내 그렇게 걸었다.

그러나 나는 롤라에게 뭔가 얘기를 해 주어야 했다. 롤라가 이곳에 어울려 보이지 않는 것은 그녀의 잘못이 아니었다. 학교와 교회를 지나서 예전의 넓고 번화했던 중심가에 이르자 열두 살 때까지의 감각이 되살아나는 듯했다. 그 시절은 특별히 행복하지도, 특별히 불행하지도 않았으므로 내가 이곳에 오지 않았더라면 그 감각이 이토록 강렬한 것인 줄 알지 못했을 것이다. 그 열두 해의 세월은 평범했지만,

지금 장작불 냄새와 어둡고 축축한 포석에서 피어오르는 냉기의 냄새를 접하고 보니 나를 꼭 붙잡고 있는 게 무엇인지 알 것만 같았다. 그것은 바로 천진함의 냄새였다.

나는 롤라에게 말했다. "괜찮은 여관이야. 우리를 잠들지 못하게 할만한 것은 없다는 걸 당신도 알게 될 거야. 저녁 먹고 술 한잔 하고 나서 자러 가자." 그러나 참으로 난처하게도, 나는 혼자 있고 싶어 안달이 날 지경이었다. 나는 그동안 고향에 와 본 적이 없었다. 그리고 내가 이곳을 얼마나 또렷이 기억하고 있는지 깨닫지 못하고 있었다. 모래 둔덕과 같은 까맣게 잊고 있었던 것들이 애수와 향수를 자아내며 되살아났다. 삶이 아무리 초라했다 해도 꿈을 가지고 있던 그 시절에 대한 단서를 찾으면서 이 조그만 마을을 돌아다녔더라면, 나는 가을의 우수에 젖은 채 그 밤을 아주 흡족하게 보낼 수 있었을 것이다. 내가 다시 이곳을 찾는다 해도 그때는 지금 같지 않을 것이다. 왜냐하면 그때는 롤라에 대한 기억이 떠오를 테고, 롤라는 내게 아무것도 아니기 때문이다. 우리는 전날 술집에서 우연히 만나 서로를 희롱하다 좋아하게 되었다. 롤라는 괜찮은 여자였고, 내가 그날 밤을 함께 보내고 싶은 더 나은 사람이 있는 것도 아니었지만, 그녀는 이 기억에 어울리지가 않았다. 우리는 메이든헤드에 가야 했을 것이다. 거기도 시골이므로.

여관은 내가 기억하는 장소에 있지 않았다. 그 자리에는 공회당이 있었다. 그리고 무어 양식의 돔이 인상적인 영화관과 카페가 새로 들어섰고, 내가 살던 시절에는 없었던 차고도 생겼다. 나는 또 왼쪽으로 돌아가면 별장이 있는 가파른 언덕이 나온다는 것도 까맣게 잊고 있었다.

"내가 살던 때에는 저 길이 없었던 것 같은데." 내가 말했다.

"살던 때?" 롤라가 물었다.

"내가 말하지 않았나? 난 이 마을에서 태어났어."

"날 여기 데려와서 퍽 신나겠어요." 롤라가 말했다. "당신은 어렸을 때 이런 밤을 생각하곤 했을 테니까요."

"맞아." 내가 말했다. 그렇게 말한 게 그녀의 잘못은 아니었으므로. 그녀는 괜찮았다. 그녀의 체취도 좋았다. 립스틱 색깔도 마음에 들었다. 나는 많은 돈을 써야 했다. 롤라에게 준 5파운드에다 숙식 비용, 차비, 술값 등을 합하면 적지 않은 돈이었다. 하지만 이곳이 아닌 다른 곳이었다면 나는 그 돈을 잘 썼다고 생각했을 것이다.

나는 그 길의 초입에서 서성거렸다. 뭔가 마음속에서 꿈틀거리는 게 있었던 것이다. 하지만 만약 그때 한 무리의 아이들이 날카롭고 카랑한 목소리로 떠들어 대면서 언덕을 내려와 서늘한 가로등 불빛 속으로 들어서지 않았다면 난 그걸 기억하지 못했으리라. 아이들이 가로등 불빛 아래를 지나갈 때 하얀 입김이 새어 나왔다. 모두 리넨 가방을 메고 있었다. 이름의 이니셜을 수놓은 가방들도 눈에 띄었다. 아이들은 가장 좋은 옷으로 차려입었고, 얼마간 남의 시선을 의식하고 있었다. 어린 소녀들은 촘촘히 무리 지어 몰려갔다. 문득 한 생각이 떠올랐다. 머리 리본과 반짝이는 구두와 잔잔한 피아노 소리가 떠오른 것이다. 모든 기억이 되살아났다. 아이들은 내가 어린 시절에 그랬듯이 언덕 중턱에 위치한, 진입로에 진달래가 핀 네모난 작은 집에서 댄스 교습을 받고 오는 길이었다. 그림에서 '뭔가'가 빠졌다는 생각이 들자 그 어느 때보다도 롤라가 이곳에 어울리지 않아 보였고, 그 어느 때보다도 롤라와 함께 있고 싶지 않은 마음이 간절했다. 머릿속이 무지근하게 욱신거렸다.

우리는 술집에서 함께 술을 몇 잔 했다. 그러나 저녁이 나오기로 한 시간까지는 30분이나 남아 있었다. 나는 롤라에게 말했다. "당신은 이 마을을 정처 없이 돌아다니고 싶지 않을 거야. 당신이 괜찮다면 난 한 10분 동안 여길 벗어나 전에 알던 곳을 돌아보고 싶어." 그녀는 개의 치 않았다. 술집에는 학교 교사로 보이는 이 마을 사람이 있었는데, 그는 롤라에게 술을 한잔 사 주고 싶은 생각이 간절한 모양이었다. 나는 그가 단지 하룻밤을 보내기 위해 그녀와 함께 도시에서 이런 곳으로 내려온 나를 몹시 부러워한다는 것을 알 수 있었다.

나는 언덕을 올랐다. 처음 보이는 집들은 다 새집이었다. 나는 화가 났다. 내가 기억할 수 있을 만한 밭이나 대문 같은 것들을 그 집들이 가리고 있었던 것이다. 그것은 젖어서 서로 붙어 버린, 호주머니에 든 지도 같은 것이었다. 뜯어서 펼치니 모든 부분이 뭉개져서 알아볼 수 없게 된 지도. 그러나 중턱에 이르자 그 집과 진입로가 정말 있었다. 여전히 그 노부인이 교습을 하고 있을 것 같았다. 아이들은 어른의 나이를 많게 보는 경향이 있다. 당시 부인의 나이는 서른다섯 살을 넘지 않았을 것이다. 피아노 소리가 들렸다. 부인은 똑같은 일을 하고 있었다. 여덟 살 아래 아이들은 오후 6시부터 7시까지. 여덟 살에서 열세 살까지는 7시부터 8시까지. 나는 대문을 열고 살짝 안으로 들어갔다. 기억을 떠올리려 애썼다.

어떻게 해서 기억이 났는지 모른다. 내 생각엔 피아노 소리 때문이 아니라, 그저 가을이고, 공기가 차갑고, 축축한 나뭇잎에 서리가 내린 덕에 기억이 떠오른 것 같았다. 당시의 피아노 선율은 지금과 달랐다. 참조할 사진이 없어도 기억나는 사람이 있듯이 조그만 소녀가 기억났다. 소녀는 나보다 한 살 위였다. 그때 막 여덟 살이 되었을 것이다. 나는 소녀를 열렬히 사랑했다. 이후 그처럼 강렬한 감정을 느꼈던 사람은 없었다고 믿는다. 나는 적어도 아이들의 사랑을 비웃는 실수를 저지른 적이 한 번도 없었다. 아이들의 사랑에는 만족이라는 게 **없으므로** 필연적으로 헤어질 수밖에 없는 비극이 담겨 있다. 물론 소년은 소녀 앞에서 자신의 용기를 증명하려고 불이 난 집 이야기나 전쟁에서 필사적으로 돌격하는 이야기 따위를 지어낸다. 그러나 결혼 이야기는 지어내는 법이 없다. 누군가가 말해 주지 않더라도 결혼은 이루어질 수 없다는 걸 아는 것이다. 그러나 그것을 안다고 해서 고통이 덜한 것은 아니다. 생일 파티에서 장님 놀이*를 할 때마다 그 애를 잡을 수 있기를 헛되이 바랐던 기억이 떠올랐다. 그 애를 만지고 붙잡을 구실을 얻기 위해서였다. 그러나 나는 한 번도 그 애를 잡지 못했다. 그 애가 늘 나를 피했던 것이다.

그러나 두 해 겨울 동안 일주일에 한 차례씩 기회가 생겼다. 그 애와 함께 댄스를 하게 되었던 것이다. 그러나 그해 겨울의 마지막 교습 시간에 그 애가 내년부터는 상급반으로 반을 옮길 거라고 말했을 때 상황은 더욱 나빠졌다(우리의 유일한 접촉이 끊기는 것이었다). 그 애 또한 나를 좋아했다. 나는 그걸 알고 있었다. 하지만 우리에게는 그런 마음을 표현할 방법이 없었다. 나는 늘 그 애의 생일 파티에 갔고, 그 애는 내 생일 파티에 오곤 했다. 하지만 우리는 댄스 교습이 끝난 후

* 눈을 가린 술래가 주위에 있는 친구를 잡아서 누군지 알아맞히는 놀이.

172

함께 집에 뛰어간 적도 없었다. 만약 그랬다면 이상해 보였을 것이다. 우리에게는 그런 생각이 떠오르지 않았던 것 같다. 나는 왁자하게 떠들며 여자애들을 놀려 대는 사내아이의 무리에 끼어야 했고, 그 애는 사내아이들에 둘러싸인 채 떠밀리면서 새된 소리로 화를 내는 여자아이 무리에 긴 채 언덕을 내려가야 했다.

나는 안개 속에서 몸을 떨었다. 외투 깃을 세웠다. 피아노 선율은 나온 지 오래된 C. B. 코크런의 레뷰*에 나오는 춤곡이었다. 긴 여행의 마지막에 발견한 게 고작 롤라뿐인 것만 같은 생각이 들었다. 천진성에는 우리가 결코 잃고 싶지 않은 어떤 것이 **있다**. 지금은 한 여자가 마음에 들지 않으면 그저 다른 여자를 사면 그만이다. 하지만 그때 내가 생각할 수 있었던 최선의 방법은 어떤 열정적인 글을 써서, 그걸 대문의 목조 부분에 있는 구멍에 집어넣는 것이었다(그 모든 일이 기억나기 시작한다는 게 참 신기했다). 언젠가 그 애한테 그 구멍에 대해 얘기한 적이 있었다. 그러므로 조만간에 그 애가 구멍에 손가락을 넣어 그 쪽지를 찾아낼 거라고 나는 굳게 믿었다. 그 글이 어떤 것이었을까, 나는 궁금해졌다. 그만한 나이 때는 많은 걸 표현하지 못하는 법이다. 나는 그렇게 생각했다. 그러나 표현력이 빈약하다고 해서 그때의 고통이 지금보다 덜한 것은 아니었다. 그 후 며칠 동안 나는 구멍에 손가락을 넣어 보았는데, 그때마다 늘 쪽지가 그대로 있었다는 사실을 기억해 냈다. 그리고 댄스 교습이 끝났다. 아마 나는 이듬해 겨울 무렵에는 그 일을 까맣게 잊어버렸던 듯싶다.

대문을 나서면서 나는 그 구멍이 있는지 살펴보았다. 있었다. 나는

---

* 춤과 노래, 시사 풍자 등을 엮어 구성한 촌극.

손가락을 구멍 안에 넣었다. 계절의 변화와 세월로부터 안전한 그곳에 아직 쪽지가 들어 있었다. 나는 쪽지를 꺼내 펼쳤다. 성냥불을 켰다. 안개와 어둠 속에서 조그만 불이 피어올랐다. 사그라지는 불빛 속에서 조잡하게 그려진 외설적인 그림을 보는 것은 충격이었다. 틀림없이 내가 그린 것이었다. 한 쌍의 남녀를 유치하고 부정확하게 그린 그림 밑에 내 이름 이니셜이 쓰여 있었다. 그러나 그 그림은 입김이나 리넨 가방, 축축한 나뭇잎, 모래 둔덕만큼 많은 기억을 떠올리게 하지 않았다. 나는 그 그림이 기억나지 않았다. 그것은 마음이 지저분한 어떤 사람이 화장실 벽에다 그렸을 법한 그림이었다. 내가 기억할 수 있는 것은 그 열정의 순수함과 강렬함과 고통스러움뿐이었다.

처음에는 배신당한 기분이었다. '결국,' 나는 속으로 중얼거렸다. '롤라가 이곳에 어울리지 않는 것도 아니군.' 그러나 그날 밤 늦게, 롤라가 내게 등을 돌리고 잠들었을 때, 나는 그 그림에 담긴 깊은 천진함을 깨닫기 시작했다. 나는 뭔가 의미 있고 아름다운 것을 그리고 있다고 믿었던 것이다. 30년 세월이 지난 후인 지금 그 그림이 외설로 보이는 것일 뿐이었다.

(1937)

지하실
The Basement Room

1

엄마 아빠가 현관문을 닫고 나가고, 잠시 후에 집사인 베인스가 어둡고 음울한 홀로 돌아왔을 때 필립은 생기가 돌기 시작했다. 그는 아동실 문 앞에 서서 택시 소리가 거리 저쪽으로 사라져 들리지 않을 때까지 귀를 기울였다. 엄마 아빠는 2주간 휴가를 떠났다. 때마침 그를 돌볼 보모가 바뀌는 시점이었다. 이전 보모는 해고되었고, 새 보모는 아직 오지 않았다. 그는 벨그레이비아의 대저택에 베인스와 베인스 부인하고만 남게 되었다.

그는 이제 어디든 갈 수 있었다. 녹색 모직 천을 씌운 식료품 저장실 문을 열고 안으로 들어가 볼 수도 있고, 계단을 내려가 지하실에 있는 방에도 가 볼 수 있었다. 어느 방이든 들어갈 수 있고, 들어가 보면 모든 방이 비어 있어서 자기 집인데도 자신이 낯선 사람인 것만 같은 행복한 느낌이 들었다.

전에 누가 이 방들을 썼을지는 짐작밖에 할 수 없었다. 흡연실에는 상아 옆에 파이프 걸이가 있었고, 조각이 새겨진 목제 담배합도 있었다. 침실에는 분홍색 천으로 만든 장식용 벽걸이가 걸려 있고, 향수 냄새가 희미하게 났으며, 베인스 부인이 쓰기 위해 버리지 않고 놓아둔 쓰다 남은 크림 병들이 있었다. 응접실에는 뚜껑을 열어 본 적이 없는 반들거리는 피아노, 도자기 시계, 우스꽝스럽게 생긴 작은 탁자들, 은식기 등이 있었다. 이 방은 베인스 부인이 벌써 커튼을 내리고 의자에 먼지막이 보를 씌우는 등 바삐 치우고 있었다.

"필립 도련님, 여기서 나가야 해요." 베인스 부인은 꼼꼼하게, 그러나 애정 없는 손길로 모든 걸 정리하고 해야 할 일을 하면서 집 안을 돌아다니는 동안에도 언짢아하는 눈으로 그를 쏘아보곤 했다.

필립 레인은 아래층으로 내려가 녹색 천을 씌운 문을 밀었다. 식료품 저장실 안을 들여다보았지만 베인스는 거기 없었다. 그래서 그는 처음으로 지하실로 가는 계단을 내려갔다. 다시 한 번 '이것이 인생이다' 하는 느낌이 일었다. 아동실이 자신의 세계였던 7년의 세월이 이 이상하고 새로운 경험으로 요동쳤다. 그의 머리는 멀리서 발생한 지진에 땅이 흔들리는 것을 느끼는 도시처럼 번잡해졌다. 불안한 마음이 들기도 했지만 전에 없이 행복한 기분이었다. 모든 것이 이전의 어느 때보다도 소중해 보였다.

베인스는 와이셔츠 차림으로 신문을 읽고 있었다. 그가 말했다. "들어와 필. 마음 푹 놓고 편히 있어. 대접을 좀 할 테니 잠깐 기다려." 그런 다음 깨끗이 닦인 흰 찬장으로 가서 진저비어 한 병과 던디 케이크*를 가져왔다. "오전 11시 30분이군. 일을 시작할 시간이다, 필." 베인스는 그렇게 말하고 나서 케이크를 자르고 진저비어를 따랐다. 그는 필이 여태 보았던 것보다 더 다정하고 더 편안했다. 제집에 있는 사람 같았다.

"아주머니도 부를까요?" 필립이 물었다. 베인스가 그만두라고 말하자 필립은 기뻤다. 베인스 부인은 바빴다. 바쁜 걸 좋아하는 사람이었다. 그러니 아주머니의 기쁨을 방해할 필요가 어디 있겠는가?

"11시 30분에 한잔하면," 베인스가 자기 잔에 진저비어를 따르며 말했다. "춉 하고 싶은 식욕이 돋는단 말야. 몸에 해롭지도 않고."

"춉이 뭐예요?" 필립이 물었다.

"전에 아프리카 해안에서 살 때," 베인스가 말했다. "그곳 사람들은 모든 음식을 다 춉이라고 불렀단다."

"춉은 고기 요리 아니에요?"

"음, 고기 요리도 춉이라고 해. 거기선 고기를 야자유로 요리하지. 그런 다음 파파야를 먹는단다."

필립은 지하실 창문을 통해 건조한 돌 마당과 쓰레기통과 난간 저편에서 오가는 사람들의 다리를 내다보았다.

"거긴 더웠어요?"

"아, 넌 그런 더위는 겪어 보지 못했을 거다. 오늘 같은 날 공원에서 느끼는 그런 기분 좋은 더위가 아니야. 눅눅하고 끈적끈적한 더위란다." 베인스가 케이크를 한 조각 잘라서 입에 넣었다. "썩은 냄새가 나

---

* 아몬드를 넣은 과일 케이크. 스코틀랜드의 전통 요리이다.

는 더위지." 그가 말하면서 눈알을 굴려 깨끗한 찬장들을 살피며 조그만 지하실 방을 둘러보았다. 모든 게 휑하니 드러난 느낌이었다. 비밀 같은 것을 감추어 둘 만한 곳은 없었다. 베인스는 뭔가 잃어버린 것을 안타까워하는 듯한 태도로 진저비어를 쭉 들이켰다.

"아빠는 왜 그곳에서 사셨어요?"

"일 때문이지." 베인스가 말했다. "내가 지금 여기 있는 것도 이게 내 일이라서 그러는 것처럼 말이야. 그리고 그땐 나도 같은 일을 하고 있었단다. 사나이가 할 만한 일이었지. 넌 믿지 않겠지만, 그땐 내 밑에 40명의 흑인을 두고 마음대로 부렸어."

"그런데 왜 거길 떠났어요?"

"아주머니랑 결혼하느라고."

필립은 던디 케이크 조각을 손에 들고 방을 왔다 갔다 하며 먹었다. 자신이 부쩍 나이 들고 독립심과 판단력이 생긴 것 같은 느낌이 들었다. 그는 베인스가 자기한테 남자 대 남자로서 얘기하고 있음을 알았다. 그는 권위를 내세울 게 없을 때는 비굴해지는 베인스 부인과 달리 자기를 필립 도련님이라고 부르지 않았다.

베인스는 세상을 폭넓게 본 사람이었다. 난간 너머의 세상을 보았다. 그는 유배 온 사람 같은 체념과 위엄이 깃든 표정으로 진저비어를 앞에 두고 앉아 있었다. 베인스는 불평을 하지 않았다. 스스로 자신의 운명을 선택했기 때문이다. 자신의 운명이 베인스 부인으로 인해 틀어졌다 해도 그저 자신만을 탓할 뿐이었다.

그러나 오늘 그는, 집이 비다시피 하고 베인스 부인은 위층에 있으며 할 일이 없는 오늘은, 약간 불평을 해 대고 싶은 기분이 되었다.

"기회가 생긴다면 내일이라도 그곳으로 돌아가겠어."

"총으로 깜둥이를 쏴 본 적 있어요?"

"총을 쏴야 할 일이 한 번도 없었어." 베인스가 말했다. "물론 난 총을 가지고 다녔지. 그러나 녀석들을 나쁘게 대할 필요가 없었단다. 그렇게 하는 건 그들을 더 어리석게 만들 뿐이지. 그리고 말이야," 베인스가 숱이 적은 흰머리를 숙여 어색한 표정으로 진저비어를 내려다보면서 말했다. "난 그 깜둥이 가운데 몇 녀석을 사랑했어. 사랑하지 않을 수 없었지. 녀석들은 잘 웃고, 노상 손을 잡고 다녀. 그들은 서로 만지는 걸 좋아한단다. 그래야 상대가 가까이에 있다는 걸 알고 기분이 좋아지나 봐. 우리로선 이해하기 쉽지 않은 거야. 두 사람이 종일 손을 놓지 않고 돌아다닌다니까. 어른이 말이야. 그렇지만 그건 사랑이 아니야. 우리로선 이해하기 쉽지 않은 거야."

"간식을 들고 있군요." 베인스 부인이 말했다. "어머님이 알면 뭐라 하실까요, 필립 도련님?"

아주머니는 크림 병, 연고, 기름통, 치약 따위를 손에 잔뜩 들고 가파른 계단을 걸어서 지하실로 내려왔다. "베인스, 도련님한테 그렇게 권하면 안 돼요." 베인스 부인이 고리버들 의자에 앉으며 말했다. 이어 언짢은 기분이 서린 눈을 가늘게 뜨고 코티 립스틱과 폰즈 크림, 라이히너 볼연지, 사이클랙스 분, 엘리자베스아덴 아스트린젠트를 바라보았다.

베인스 부인은 그것들을 하나씩 하나씩 휴지통 속으로 던졌다. 콜드크림만 버리지 않고 남겨 두었다. "애한테 그런 얘기를 하다니." 베인스 부인이 말했다. "필립 도련님, 점심을 준비하는 동안 아동실에 올라가 있어요."

필립은 계단을 올라가서 천을 씌운 문 앞으로 갔다. 베인스 부인의 목소리가 들렸다. 마치 접시에 놓인 조그만 촛불이 펄럭거리고 커튼이 흔들리는 악몽 속에서 들었던 목소리 같았다. 사람들이 보통 말하는 소리보다 훨씬 크고 악의에 찬 날카로운 목소리였다.

"베인스, 어린애를 망치는 당신의 그런 태도엔 넌더리가 나요. 그럴 시간에 집안일이나 하라고요." 그러나 베인스가 뭐라고 대꾸하는지는 들리지 않았다. 회색 플란넬 반바지를 입은 필립은 천을 씌운 문을 밀어서 열고 땅속에 사는 조그만 동물처럼 안으로 들어갔다. 쪽모이 세공이 된 마룻바닥 위로 햇빛이 쏟아졌고, 베인스 부인이 털고 닦고 꾸며 놓은 거울들이 환하게 빛났다.

아래층에서 뭔가가 깨지는 소리가 들렸다. 필립은 슬픈 마음으로 계단을 올라가 아동실로 들어갔다. 베인스가 불쌍하다는 생각이 들었다. 베인스 부인이 일이 있어 밖에 나간다면 자기와 베인스 단둘이 이 빈 집에서 얼마나 즐겁게 지낼 수 있을까 하는 생각이 머리에 떠올랐다. 그는 메카노 세트*를 가지고 놀고 싶은 마음이 없었다. 기차나 병정 장난감을 꺼내서 놀고 싶지도 않았다. 그는 두 손으로 턱을 괸 채 탁자에 앉았다. 이것이 인생이다, 싶었다. 그러자 갑자기 베인스에 대한 책임감이 느껴졌다. 자기가 이 집의 주인이고, 베인스는 돌봐 주어야 할 나이 많은 하인이라는 생각이 드는 것이었다. 하지만 자기가 해 줄 수 있는 게 별로 없었다. 필립은 최소한 말썽 피우지 말고 착하게 굴어야겠다고 다짐했다.

점심때 베인스 부인이 자기에게 사근사근하게 대하는 모습을 보고도 필립은 놀라지 않았다. 그는 아주머니의 변덕에 익숙했다. 지금 그

---

* 볼트와 너트 등으로 모형을 조립하는 완구.

녀는 "고기 한 점 더 들어요, 필립 도련님"이라거나 "필립 도련님, 이 맛있는 푸딩을 조금 더 먹어 봐요"라는 말로 변덕을 드러내고 있었다. 그가 좋아하는 푸딩으로, 근사한 머랭을 얹은 퀸스 푸딩이었다. 그러나 그는 더 먹으면 아주머니가 그것을 승리의 표시로 여길까 봐 더 먹지 않고 참았다. 베인스 부인은 어떤 부당한 일을 했어도 맛있는 것을 갖다 주면 그것으로 부당함이 상쇄된다고 생각하는 여자였다.

아주머니는 심술궂었지만 단것은 잘 만들었다. 아주머니가 만든 것을 먹으며 잼이나 자두가 덜 들어갔다고 불평할 일은 절대 없었다. 아주머니 자신도 단것을 잘 먹어서 머랭과 딸기 잼에 설탕을 더 넣곤 했다. 지하실 창문으로 희뿌연 빛이 들어와 설탕을 뿌리는 베인스 부인의 연한 머리털 위에서 떠도는 티끌들이 드러났다. 베인스는 아무 말도 하지 않고 자신의 접시 위로 몸을 웅크리고 앉아 있었다.

필립은 또다시 책임감을 느꼈다. 베인스는 엄마 아빠가 휴가를 떠난 이 기회를 무척 기대해 왔는데, 지금은 실망하고 있었다. 모든 게 틀어져 갔다. 실망감은 필립도 이해할 수 있는 감정이었다. 바랐던 것이 일어나지 않은 슬픔, 기대했던 것이 이루어지지 않은 슬픔, 마음을 들뜨게 만들었던 것이 시들해져 버린 슬픔, 그런 슬픔을 필립은 누구보다도 잘 이해할 수 있었다. "베인스," 그가 말했다. "오후에 날 데리고 산책 가지 않을래요?"

"안 돼요." 베인스 부인이 말했다. "그건 안 돼요. 저는 산책 갈 수 없어요. 은식기들을 전부 깨끗이 닦아 놓기 전에는 말이에요."

"그걸 할 시간은 앞으로 2주나 남았잖아." 베인스가 말했다.

"일이 먼저고 재미는 나중인 거예요."

베인스 부인은 머랭을 또 먹었다.

베인스가 스푼과 포크를 내려놓고 접시를 밀쳤다. "젠장."

"그놈의 성질." 베인스 부인이 말했다. "그놈의 성질. 베인스, 더 이상 뭘 깨뜨릴 생각은 하지 말아요. 당신이 애 앞에서 욕을 하게 놔두진 않을 거예요. 필립 도련님, 다 먹었으면 가도 돼요."

아주머니는 푸딩에 얹힌 남은 머랭을 벗겨 먹었다.

"난 산책하고 싶단 말예요." 필립이 말했다.

"가서 좀 쉬는 게 좋겠어요."

"산책하고 싶어요."

"필립 도련님." 베인스 부인이 말했다. 아주머니는 머랭을 마저 다 먹지 못하고 남겨 둔 채 탁자에서 일어나 위협적인 얼굴로 필립을 향해 다가왔다. 지하실이어서 그런지 얼굴이 평소보다 더 수척하고 칙칙해 보였다. "필립 도련님, 시키는 대로 하세요." 아주머니는 그의 팔을 잡고 지그시 힘을 가하며 음울한 열정이 번득이는 눈으로 그를 쏘아보았다. 아주머니의 머리 위로 점심을 먹고 난 후 빅토리아 가의 사무실로 터벅터벅 돌아가는 타자수들의 발이 보였다.

"왜 산책하면 안 되는 거예요?"

그러나 한풀 꺾인 목소리였다. 그는 겁을 집어먹었고, 겁을 집어먹은 게 부끄러웠다. 이것이 인생이다, 싶었다. 지하실 안에는 알 수 없는 어떤 이상한 기운이 감돌고 있었다. 휴지통 옆 한구석에 깨진 유리 조각이 조그맣게 쌓여 있는 게 눈에 띄었다. 그는 베인스에게 도움을 요청하는 눈길을 보내며 가까스로 증오심—철창에 갇힌 사람들이 느끼는 어찌할 도리 없는 서글픈 증오심—을 억눌렀다.

"왜 안 되는 거예요?" 그가 다시 말했다.

"필립 도련님." 베인스 부인이 말했다. "시키는 대로 해야 해요. 아버님이 안 계신다고 해서 여기에 아무도 없다고 생각해선 안 돼요."

"참견하지 마요." 필립이 소리쳤다. 이어 불쑥 끼어든 베인스의 낮은 목소리에 필립은 깜짝 놀랐다. "참견 안 하는 게 어디 있어야지."

"아줌마 미워." 필립이 베인스 부인에게 말했다. 그는 아주머니의 손을 뿌리치고 문을 향해 달렸다. 그러나 어느새 아주머니가 와서 그의 앞을 막아섰다. 나이는 많았지만 행동은 재빨랐다.

"필립 도련님," 베인스 부인이 말했다. "나중에 후회할 거예요." 아주머니는 문 앞에 서서 흥분으로 몸을 떨었다. "도련님이 그렇게 말하는 걸 아버님이 들었다면 어쩌실 것 같아요?"

베인스 부인은 그를 잡으려고 손을 뻗었다. 매일같이 양잿물로 빨래를 하느라 손은 희고 건조했으며, 손톱은 손톱 밑 살이 드러날 정도로 바짝 깎여 있었다. 필립은 뒤로 물러나 탁자를 사이에 두고 몸을 피했다. 그런데 놀랍게도 베인스 부인이 갑자기 빙긋 웃었다. 태도가 돌변해서 다시 비굴해진 것이었다. "필립 도련님, 가고 싶으면 가세요." 아주머니가 밝은 표정으로 말했다. "아버님과 어머님이 돌아오실 때까지 난 정신없이 일을 해야 할 것 같네요."

베인스 부인이 문에서 물러났다. 필립이 곁을 지나갈 때 베인스 부인은 장난스럽게 그를 찰싹 쳤다. "오늘은 할 일이 너무 많아 도련님에게 신경 쓸 겨를이 없네요. 의자에 먼지막이 보를 아직 절반도 못 씌웠거든요." 베인스 부인이 소파에 먼지막이 보를 씌우면서 분주히 돌아다니는 모습을 생각하니 갑자기 2층에 있는 것도 참을 수 없을 것만 같았다.

그래서 필립은 모자를 가지러 2층으로 올라가지도 않고 곧장 반들거리는 현관을 가로질러 밖으로 나와서 거리로 들어섰다. 그는 두리

번거리며 이쪽저쪽을 바라보았다. 다시 한 번, 이게 내가 그 한가운데에서 살고 있는 인생이다, 하는 생각이 들었다.

2

창 너머 종이 깔개 위에 놓인 분홍색 설탕 케이크, 햄, 연보라색 소시지 조각 그리고 유리창을 향해 조그만 어뢰처럼 돌진하는 말벌들이 필립의 주의를 끌었다. 오랫동안 걸었더니 다리가 피곤했다. 그는 길을 건너는 것이 두려워서 처음에는 한쪽 방향으로만 걷고, 이어 반대 방향으로만 걸었다. 이제 집이 가까이 있었다. 그 길의 끝에 광장이 있었다. 이곳은 핌리코의 허름한 외곽이었다. 필립은 유리창에 코를 박고 단 과자들을 찾아보았다. 그때 케이크와 햄 사이에서 달라진 모습의 베인스가 눈에 띄었다. 그 둥근 눈과 벗어진 이마를 미처 알아보지 못했던 것이다. 이 사람은 담대하고 모험을 즐기는 행복한 베인스였다. 더 자세히 들여다보면 무모한 베인스였지만 말이다.

필립은 그 여자를 본 적이 없었지만, 베인스에게 조카가 있다는 얘기를 들은 기억이 떠올랐다. 마르고 핼쑥한 그녀는 흰색 방수 외투를 입고 있었다. 그녀는 필립에게는 아무런 의미도 없는 사람이었다. 그가 전혀 모르는 세계에 속한 사람이었다. 필립은 사무차관인 늙고 쇠잔한 휴버트 리드 경에 대해서는 이야기를 꾸며 낼 수 있었다. 서펵 주 펜스탠리에서 1년에 한 번 녹색 우산과 커다란 검정 핸드백을 들고 오는 윈스더들리 부인에 대해서도, 차를 마시고 놀이를 하러 갔던 모든 집의 우두머리 하인들에 대해서도 이야기를 꾸며 낼 수 있었다. 하지만 그녀에 대해서는 이야기를 꾸며 낼 수 없었다. 그녀는 그의 세계에 속하지 않았던 것이다. 필립은 인어와 물의 요정을 생각해 보았지만, 그녀는 거기에도 속하지 않았다. 에밀의 모험에도, 배스터블가에도 속하지 않았다.* 그녀는 모든 걸 박탈당한 것 같은 초연하고 신비스러운 표정으로 앉아 당의를 입힌 분홍 케이크를 바라보거나 상판이 대리석으로 된 탁자 위에 베인스가 늘어놓은, 쓰다 남은 분이 든 화장품 용기들을 바라보았다.

베인스는 설득하고 구슬리고 간청하고 명령도 해 보았지만, 여자는 차와 화장품 용기를 바라보다가 눈물지었다. 베인스가 탁자 위로 손수건을 건넸지만 그녀는 눈물을 닦으려 하지 않았다. 손바닥에서 손수건을 배배 꼬면서 눈물이 흐르는 대로 내버려 둔 채 아무것도 하지 않고 아무 말도 하지 않으려 했다. 자신이 두려워하면서도 원하는 것에 대한 무언의 반항을 드러낼 뿐, 베인스의 말에는 절대 귀 기울이지 않았다. 서로 사랑하는 두 사람은 찻잔을 사이에 두고 싸웠고, 햄과 말벌과 먼지 낀 유리창 너머 바깥에는 필립이 와서 그들이 곤혹스럽게 싸우고 있는 모습을 지켜보았다.

필립은 호기심이 생겼다. 영문을 알 수 없었고, 그래서 알고 싶어졌다. 안을 더 잘 들여다보려고 문간으로 가서 섰다. 그는 바깥세상에 그 어느 때보다도 많이 노출되어 있었다. 다른 사람의 삶이 생전 처음 그의 마음을 건드리고 자극하고 그에게 영향을 끼쳤다. 그는 평생 그 장면에서 벗어나지 못할 터였다. 일주일 후에는 그 장면을 잊어버렸지

---

* '에밀'은 독일의 문인 에리히 케스트너(1899~1974)의 『에밀과 탐정들』(1929)과 『에밀과 세쌍둥이』(1934)의 주인공이고, '배스터블가'는 영국의 아동문학가 E. 네즈빗(1858~1924)의 『보물을 찾는 아이들』(1899) 주인공인 여섯 아이들의 집안이다.

만, 그러나 그것은 필립의 인생에, 그의 긴 금욕 생활에 커다란 영향을 미쳤다. 많은 재산을 남기고 홀몸으로 죽어 갈 때 그는 이렇게 물었다. "그 여자는 누구요?"

베인스가 이겼다. 그는 의기양양해졌고 여자는 행복해했다. 그녀는 얼굴을 닦고 분이 든 용기를 열어 보았다. 탁자 위에서 두 사람의 손가락이 만났다. 문득 필립의 머릿속에 베인스 부인의 목소리를 흉내 내어 "베인스" 하고 문에서 부르면 재미있을 것 같다는 생각이 떠올랐다.

필립의 목소리에 그들은 움츠러들었다. 움츠러들었다는 것 말고는 달리 표현할 말이 없었다. 필립의 목소리에 그들은 작아졌고, 더 이상 '둘이 함께'가 아니었다. 먼저 정신을 가다듬고 그 목소리의 주인공을 알아낸 사람은 베인스였다. 그렇지만 그들은 다시 이전의 상황으로 돌아가지는 못했다. 오후의 분위기가 깨져 버린 것이었다. 뭘 해도 돌이킬 수 없었고, 그래서 필립은 겁이 났다. "난 그저……" 자기는 베인스를 좋아한다고 말해 주고 싶었다. 베인스 부인을 놀림감으로 삼고 싶어서 그런 것일 뿐이라고 말해 주고 싶었다. 그러나 그녀는 놀림감이 될 수 없다는 것을 필립은 알고 있었다. 그녀는 강철 펜촉을 사용하며 호주머니 안에 펜 닦개를 가지고 다니는 휴버트 리드 경이 아니었다. 윈스더들리 부인도 아니었다. 윈스더들리 부인은 바람에 종야등_終 夜燈이 꺼졌을 때의 어둠이고, 어느 겨울에 묘지에서 누군가가 "전기 드릴이 있어야겠어"라고 말했을 때 필립이 본 적이 있는 얼어붙은 땅이었으며, 펜스탠리의 조그만 다락방에서 냄새를 풍기는 시들어 썩은 꽃이었다. 하지만 베인스 부인에게는 놀려 줄 만한 게 전혀 없었다. 베인스 부인은 같이 있을 때는 참고 견뎌야 하고, 없을 때는 그녀에 대한 생각을 깊이 쑤셔 넣어서 억누르고 얼른 잊어야 하는 사람이었다.

베인스가 말했다. "괜찮아, 필이야." 그는 손짓으로 필을 불러들여서 여자가 먹지 않은 당의를 입힌 분홍 케이크를 그에게 주었다. 그러나 오후의 분위기는 깨졌고, 목으로 넘어가는 케이크는 굳은 빵 같았다. 여자는 곧바로 자리를 떴다. 분을 가지고 가는 것도 잊어버렸다. 흰색 방수 외투를 입은 그녀는 뭉툭한 고드름처럼 등을 보이며 문간에 서 있다가 이내 오후의 풍경 속으로 녹아 사라졌다.

"누구예요?" 필립이 물었다. "조카예요?"

"아, 맞아." 베인스가 말했다. "네가 맞혔어. 내 조카야." 베인스는 얼마 안 되는 남은 물을 찻주전자 속의 검은 찻잎에 따랐다.

"한 잔 더 마셔야 할 것 같네." 베인스가 말했다.

"한 잔 더 하고 기운 내세요." 필립이 찻주전자 주둥이에서 쓸쓸한 검은 물이 떨어지는 것을 바라보며 맥없이 말했다.

"진저비어 한잔 할까, 필?"

"죄송해요, 베인스."

"네 잘못이 아니야, 필. 그런데 너일 거라고는 전혀 생각하지 못했다. 아줌마인 줄만 알았어. 아줌마는 어디든 몰래 기어드니까 말이야." 그는 찻잔에서 찻잎을 두 장 건져 내서 손등에 올려놓았다. 하나는 얇고 부드러운 잎이고 다른 하나는 뻣뻣한 잎자루였다. 그가 손으로 그것을 톡톡 두드렸다. "오늘," 뻣뻣한 잎자루가 손등에서 떨어졌다. "내일, 수요일, 목요일, 금요일, 토요일, 일요일." 그러나 얇고 부드러운 잎은 그가 그렇게 두드리는데도 믿기지 않을 만큼 끈질기게 버티며 그 자리에 붙은 채 말라 갔다. "질긴 놈이 이기는 법이지." 베인스가 말했다.

베인스는 자리에서 일어나 돈을 냈다. 둘은 거리로 나갔다. 베인스가 말했다. "너한테 거짓말을 하라고는 하지 않을게. 하지만 네가 여기서 우릴 만났다는 얘기를 아주머니한테 할 필요는 전혀 없단다."

"그럼요. 말하지 않을 거예요." 필립이 말했다. 그러고 나서 휴버트 리드 경을 흉내 내서 말했다. "이해해요, 베인스." 그러나 그는 전혀 이해하지 못했다. 다른 사람의 어둠 속에 휩쓸려 들어간 것이었다.

"바보같이 집에서 이렇게 가까운 곳에서 만나다니." 베인스가 말했다. "그렇지만 생각할 시간이 없었단다. 그녀를 꼭 만나긴 해야겠고. 난 시간 여유가 없어. 젊은이가 아니거든. 그녀가 잘 지내고 있는지도 봐야 했고 말이야."

"물론 그래야죠, 베인스."

"아주머니가 널 꼬드겨 이 얘기를 털어놓게 하려고 들 거야."

"날 믿어요, 베인스." 필립이 리드 경의 건조하고 거드름을 피우는 목소리로 말했다. 이어 목소리를 바꿔 덧붙였다. "조심하세요. 아주머니가 창가에서 우릴 보고 있어요." 정말 거기에 베인스 부인이 있었다. 지하실 레이스 커튼 사이로 생각에 잠긴 표정으로 그들을 쳐다보고 있었다. "집에 들어가야 하나요, 베인스?" 필립이 물었다. 푸딩을 너무 많이 먹은 탓인지 배가 더부룩하고 슬슬 아팠다. 그는 베인스의 팔을 움켜쥐었다.

"조심해." 베인스가 가만히 말했다. "조심."

"집에 들어가야 하는 거예요, 베인스? 아직 이른 시간이잖아요. 나랑 공원으로 산책 가요."

"그러지 않는 게 좋겠어."

"겁이 난단 말예요, 베인스."

"겁이 날 이유가 어디 있니?" 베인스가 말했다. "넌 해코지당할 일을 한 게 없잖아. 그냥 뛰어서 2층 아동실로 가면 돼. 난 지하실로 내려가서 아주머니랑 얘기 좀 해야겠다." 그러나 베인스는 커튼 사이로 지켜보고 있는 베인스 부인을 보지 않은 체하며 돌계단 맨 위에 서서 머뭇거렸다. "필, 현관문으로 들어가서 계단을 올라가."

필립은 현관에서 꾸물대지 않고 베인스 부인이 반들반들하게 닦아 놓은 쪽모이 세공 마룻바닥을 미끄러지듯 나아간 다음 계단을 뛰어올라 갔다. 2층 응접실 문을 통해 의자에 천이 씌워진 모습이 보였다. 벽난로 선반 위의 도자기 시계에도 카나리아 새장과 마찬가지로 먼지막이 보가 씌워져 있었다. 그가 지나갈 때 시간을 알리는 종이 먼지막이 보 속에서 숨죽인 소리로 은밀히 울렸다. 아동실 탁자 위에 저녁 식사가 차려져 있었다. 우유 한 잔, 버터 바른 빵 한 조각, 단 비스킷 한 개 그리고 머랭이 없는 차가워진 퀸스 푸딩 하나. 식욕이 나지 않았다. 그는 베인스 부인이 오는 소리가 들리지 않는지, 두 사람의 목소리가 들리지 않는지 귀를 쫑긋 세우고 들어 보았지만, 지하실은 비밀을 밖으로 내보내지 않았다. 녹색 천을 씌운 문이 그 세계를 차단해 버린 것이었다. 그는 우유를 마시고 비스킷을 먹었다. 나머지는 손대지 않았다. 그때 계단을 올라오는 베인스 부인의 부드럽고 절도 있는 발소리가 들렸다. 베인스 부인은 부드럽게 걷는 훌륭한 하인이었다. 절도 있게 걷는 단호한 여자였다.

들어오는 모습을 보니 화가 나 있지는 않았다. 늦은 시간에 필립의 방문을 연 베인스 부인은 환심을 사려는 표정이었다. "산책은 즐거웠어요, 필립 도련님?" 그러고는 블라인드를 내리고 필립의 파자마를 꺼내 준 다음 식탁을 치우러 가려고 걸음을 옮겼다. "다행히 베인스가 도련님을 만났군요. 도련님 혼자 밖에 있는 걸 어머님은 좋아하지 않으실 거예요." 베인스 부인이 쟁반을 살펴보았다. "도련님, 식욕이 없나 봐요? 이 맛있는 푸딩 좀 먹어 보지 그래요? 잼을 더 가져올게요."

"아니, 됐어요, 아주머니." 필립이 말했다.

"더 먹어야 해요." 베인스 부인이 개처럼 코를 킁킁거리며 방 안을 둘러보았다. "도련님, 부엌 휴지통에서 화장품 병 같은 거 꺼내 가지 않았어요?"

"아니." 필립이 말했다.

"물론 도련님이 그랬을 리 없겠죠. 그저 한번 확인하고 싶었을 뿐이에요." 베인스 부인이 그의 어깨를 토닥이다가 잽싸게 그의 옷깃으로 손가락을 가져가더니 조그만 분홍색 설탕 부스러기를 떼어 냈다. "아하, 필립 도련님." 베인스 부인이 말했다. "그래서 식욕이 없는 거로군요. 달콤한 케이크를 사 먹었네요. 그런 데다 용돈을 쓰면 안 되는데."

"내가 산 게 아니에요." 필립이 말했다. "내가 산 게 아니라고요."

베인스 부인이 혀끝으로 그 설탕 부스러기를 맛보았다.

"나한테 거짓말하면 안 돼요, 필립 도련님. 거짓말하면 아버님처럼 나도 더 이상 참지 않을 거예요."

"내가 산 게 아니에요. 내가 산 게 아니라고요." 필립이 말했다. "그들이 주었어요. 베인스 말이에요." 그러나 베인스 부인은 '그들'이란 말을 놓치지 않았다. 원한 것을 얻은 것이었다. 원한 게 무엇인지는 잘 몰라도 부인은 그걸 얻은 게 틀림없었다. 베인스의 비밀을 지켜 주지 못했다는 생각에 필립은 화가 나고 비참한 기분이 들었다. 자신이 몹시 실망스러웠다. 베인스는 그를 믿지 말았어야 했다. 어른들은 스스로 자신들의 비밀을 지켜야 한다. 그런데 이번에는 베인스 부인이 곧장 그에게 또 다른 비밀을 지켜 달라고 당부했다.

"도련님이 비밀을 지킬 수 있을지, 내가 한번 손바닥을 간지럽혀 볼 게요." 그러나 필립은 손을 뒤로 숨기고 만지지 못하게 했다. "내가 그들에 관한 모든 걸 알고 있다는 건 우리만의 비밀이에요, 필립 도련님. 그 여자는 그이와 함께 차를 마셨을 거예요." 베인스 부인이 생각에 잠긴 얼굴로 말했다.

"그 여자가 왜 차를 마시면 안 돼요?" 필립이 물었다. 베인스에 대한 책임감이 그의 마음을 무겁게 짓눌렀다. 베인스의 비밀은 지켜 주지 못했는데 베인스 부인의 비밀은 지켜야 한다고 생각하니 인생이 불공평해 보였고, 그래서 기분이 우울했다. "그 여자, 참 좋았어요."

"그 여자, 참 좋았지요?" 베인스 부인이 평소와는 다른 독한 목소리로 말했다.

"베인스의 조카였어요."

"그렇게 말했겠지요." 베인스 부인이 먼지막이 보 속에서 나는 시계 종소리처럼 나직한 소리로 필립에게 반격했다. 부인은 애써 익살스럽게 굴었다. "늙은 악당 같으니. 내가 알고 있다는 걸 그이한테 얘기하지 말아요, 필립 도련님." 베인스 부인은 탁자와 문 사이에 꼼짝 않고 서서 골똘히 뭔가 계책을 세웠다. "도련님, 그이한테 말하지 않겠다고 약속하세요. 그럼 메카노 세트를 줄 테니까……"

필립은 몸을 돌렸다. 약속하지 않을 작정이었다. 그렇지만 얘기하지도 않을 생각이었다. 자기는 그들의 비밀과 아무 관련이 없었다. 그리고 그들이 짐 지우려는 책임과도 아무 관련이 없었다. 얼른 잊어버리고 싶은 생각뿐이었다. 그는 생각했던 것보다 더 많은 양의 인생을 이미 경험해 버린 것 같았고, 그래서 겁이 났다. "2A 메카노 세트를 줄게요, 필립 도련님." 그는 이후 다시는 메카노 세트를 가지고 놀지 않았다. 무엇을 짓거나 만들어 내는 일도 결코 없었다. 60년 후 보여 줄 게 아무것도 없는 늙은 호사가로 죽을 때, 그의 기억 속에는 잘 자라는 베인스 부인의 독기 어린 목소리와 지하실로 내려가는 계단에서 들려왔던 부인의 부드럽고 절도 있는 발소리가 남아 있었다.

3

커튼 사이로 햇빛이 쏟아져 들어왔고, 베인스가 물통을 두드려 댔다. "아름다운 아침이야, 일어나렴." 베인스가 말했다. 그가 침대 끝에 앉으며 말을 계속했다. "아주머니가 급한 연락을 받고 떠났어. 아주머니의 어머니가 돌아가실 것 같은가 봐. 내일까진 집에 돌아오지 않을 거야."

"왜 이렇게 일찍 깨우는 거예요?" 필립이 불만스럽게 말했다. 그는 불안한 눈으로 베인스를 쳐다보았다. 말려들지 않을 작정이었다. 이미 교훈을 얻었다고 생각했다. 베인스 나이의 어른이 그렇게 기뻐하는 것은 옳은 일이 아니었다. 그러면 어른이나 아이나 똑같지 않은가. 어른이 그처럼 유치하게 행동해도 된다면 아이들도 어른의 세계에 낄 수 있다고 생각하기 쉬울 것이다. 어른의 세계는 꿈에 나타나는 길모퉁이의 마녀, 칼을 든 남자 같은 것만으로도 충분했다. 그래서 필립은 베인스를 좋아함에도, 베인스가 흡족해하는 것을 보고 무척 기뻤음에도, "너무 이른 시간이잖아요" 하고 우는소리를 냈다. 그는 삶의 두려움과 매력을 동시에 느끼고 있었다.

"오늘 하루는 하고 싶은 걸 실컷 하면서 보내고 싶어." 베인스가 말했다. "그러기엔 오늘이 딱 알맞은 날이야." 그는 커튼을 젖혔다. "안개가 좀 끼었군. 고양이가 밤새 밖에 나가서 안 들어왔는데. 아, 저기 있네. 냄새를 맡으며 돌아다니고 있군. 59번지 집에서는 아직 우유를 집 안으로 가져가지 않았네. 63번지의 에마는 매트를 털고 있어." 베인스가 말했다. "아프리카 해안에서는 종종 누가 매트를 털면 고양이가 집으로 돌아온다고 생각해. 오늘은 내 눈으로 그걸 보는군. 내가 아직 아프리카에 있는 것처럼 말이야. 우린 우리가 뭘 가지고 있는지 모르는 채 대부분의 날을 보내지. 약해지지만 않는다면 인생은 살 만한 거야." 그가 세면대 위에 1페니짜리 동전 하나를 올려놓았다. "필, 옷을 입으면 모퉁이에 수레가 있는 곳으로 뛰어가서 신문 한 부를 사 오렴. 난 소시지를 구울게."

"소시지?"

"그래, 소시지." 베인스가 말했다. "오늘을 축하하자꾸나." 그는 오늘을 축하하는 아침을 먹으면서 가만히 있지 못하고 엄청 신나고 들뜬 기분으로 농담을 해 댔다. 오늘 하루는 하고 싶은 걸 실컷 하면서 보낼 거야, 그는 자꾸 그 말을 되풀이했다. 그는 오랫동안 이런 날을 기다려 왔다. 후텁지근한 해안가의 더위에 땀을 흘리며 셔츠를 갈아입으면서도, 열병에 걸려 담요를 뒤집어쓰고 땀을 흘리면서도, 하고 싶은 걸 할 수 있는 오늘 같은 날이 오리라는 희망을 지니고 있었다. 고양이가 냄새를 맡으며 돌아다니고, 안개가 약간 끼고, 63번지의 집에서 매트를 터는 오늘 같은 날 말이다. 그는 커피포트에 신문을 받치고 큰 소리로 기사를 읽었다. "코라 다운이 네 번째 결혼을 했군." 그는 즐거워했다. 하지만 이것이 그가 바라는 멋진 날은 아니었다. 그의 멋진 날은 공원에 가는 것이었다. 말을 탄 사람들을 보는 것이었다. 난간 너머로 아서 스틸워터 경이 지나가는 모습을 보는 것이었다("저 양반은 언젠가 보에서 우리와 함께 저녁을 먹었지. 프리타운에서 우릴 찾아왔단다.* 저 양반이 그곳의 총독이었어"). 필립을 위해 코너하우스에서 점심을 먹는 것이었다(그 자신의 기분대로라면 뉴욕 바에서 흑맥주 한 잔에 굴 요리를 먹었을 것이다). 동물원에 가는 것이었다. 마지막 여름 햇살을 받으며 오랫동안 버스를 타고 집으로 돌아가는 것이었다. 그린 파크의 나뭇잎들이 물들기 시작했다. 자동차들이 꼬리를 물고 버클리 가에서 쏟아져 나오고 있었다. 자동차 앞 유리에 기울어진 햇빛이 부드럽게 반짝거렸다. 베인스는 부러운 사람이 없었다. 코라 다운도, 아서 스틸워터 경도 부럽지 않았다. 샌데일 경도 부럽지 않았다. 샌데일 경은 육해군 클럽의 계단까지 나왔다가 다시 들어가 버렸다. 딱히 할 일이 없어서 신문이나 하나 더 봐야겠다고 생각한 모양이었다. "또다시 그 흑인을 건드리는 게 눈에 띄면 용서 없어, 하고 내가 말했지." 베인스는 남자다운 인생을 살아왔다. 버스 위층에 탄 모든 사람이 귀를 쫑긋 세우고 그가 필립에게 해 주는 이야기에 귀 기울였다.

"그 사람을 총으로 쏠 수 있었어요?" 필립이 물었다. 버스가 포병연대 기념비를 돌아서 방향을 틀 때 베인스는 머리를 뒤로 젖히고 꽤나 멋진 검정 집사용 모자를 더 괜찮은 각도로 고쳐 썼다.

"그 생각은 두 번 다시 하지 않았어. 마음만 먹으면 쏘아 죽일 수는 있었지." 그가 자랑스레 말했다. 버스가 동상 옆을 지나갔다. 강철 헬

---

* '프리타운'은 서아프리카 시에라리온의 수도이고, '보'는 프리타운 다음가는 도시이다.

멧을 쓰고 무거운 망토를 걸치고서 머리를 숙인 자세로, 깍지 낀 두 손에 총구가 아래를 향한 총을 쥔 동상이었다.

"권총 가지고 있었어요?"

"물론 가지고 있었지." 베인스가 말했다. "온갖 강도들이 우글거리는 곳인데 당연히 권총이 필요하지 않았겠어?" 필립이 좋아하는 베인스는 바로 이런 베인스였다. 노래나 부르고 태평스럽게 시간을 보내는 베인스가 아니라 책임감 있는 베인스였다. 장애물과 맞서 싸우며 사나이다운 삶을 사는 베인스였다.

많은 버스들이 빅토리아 가에서 흘러나왔다. 베인스에게 경의를 표하는 뜻으로 집까지 호위해 주는 비행기 편대 같았다. "내 밑에 흑인이 40명이나 있었지." 지하실 계단 근처에는 합당한 보상이 기다리고 있었다. 점등 시간의 사랑이 그것이었다.

"아저씨 조카예요." 흰색 방수 외투를 알아차리고 필립이 말했다. 하지만 그녀의 행복에 겨운 나른한 표정은 알아차리지 못했다. 그녀를 보자 불행의 숫자처럼 덜컥 겁이 났다. 필립은 베인스 부인이 했던 말을 베인스에게 해 줄 뻔했다. 그러나 귀찮게 하고 싶지 않았다. 그냥 내버려 두고 싶었다.

"아, 그렇군." 베인스가 말했다. "우리랑 저녁이나 함께할 생각으로 온 거겠지." 베인스는 필립에게 그녀를 놀려 주자고 말했다. 그녀를 못 본 체하고 그냥 지하실 계단으로 내려가자는 것이었다. "드디어," 베인스가 말했다. "집에 왔군." 그는 식탁을 차렸다. 차가워진 소시지와 맥주와 진저비어와 큰 포도주 병에 담긴 버건디 포도주를 내놓았다. "각자 자기 취향의 음료가 있는 법이지." 베인스가 말했다. "필, 위층에 가서 우편물 온 게 있는지 보고 올래?"

필립은 불이 켜지기 전 어스름이 깔릴 때의 빈집을 좋아하지 않았다. 그는 마구 달렸다. 얼른 베인스가 있는 곳으로 돌아가고 싶었다. 복도는 조용했고, 그림자들은 필립이 보고 싶지 않은 것을 보여 줄 채비를 했다. 편지 몇 장이 사르륵 떨어지고 누군가가 문을 두드렸다. "공화국의 이름으로 명한다. 문을 열어라." 사형수 호송차가 지나가고, 피 묻은 바구니 속에서 머리가 깐닥거렸다. 똑똑 문 두드리는 소리, 이어서 멀어져 가는 우편배달부의 발소리. 필립은 편지들을 주워 모았다. 문에 난 틈이 보석상의 창문에 난 창살 같았다. 언젠가 그 틈으로 안을 들여다보던 경찰관이 생각났다. 그가 보모에게 물은 적이 있었다. "경찰이 뭐 하는 거예요?" 보모가 "모든 게 아무 이상 없는지 살펴보는 거란다"라고 말했을 때 필립의 머릿속에서는 이내 있을 수 있는 모든 이상한 일들의 영상이 떠올랐다. 그는 녹색 천을 씌운 문을 향해 달리고, 이어 계단을 달려 내려갔다. 여자가 벌써 그곳에 와 있었다. 베인스가 그녀에게 키스를 하고 있었다. 여자는 서랍장에 등을 기댄 채 숨을 헐떡였다.

"필, 이쪽은 에미라고 해."

"편지 왔어요, 베인스."

"에미," 베인스가 말했다. "아내한테서 온 거야." 그러나 베인스는 편지를 뜯어보지 않았다. "집에 온다는 얘기겠지, 뭐."

"어쨌든 저녁은 먹어야죠." 에미가 말했다. "저녁 먹는 거야 문제 되지 않겠지요."

"자기는 그 사람을 몰라서 그래." 베인스가 말했다. "절대 안심할 수 없어. 젠장." 그가 말했다. "나도 한때는 사내대장부였는데." 그가 편지를 뜯었다.

"먹어도 돼요?" 필립이 물었다. 그러나 베인스는 그 말을 듣지 못했다. 그는 조용한 태도로 어른들이 글로 쓴 것은 무척 중요하게 여긴다는 예를 보여 주었다. 그러니 고마움을 표시할 때는 기다렸다가 말로 할 게 아니라 당장 글로 써서 보내야 한다. 사람들은 편지는 거짓말을 하지 않는다고 생각하니까 말이다. 그러나 필립은 그걸 믿을 만큼 어리석지는 않았다. 언젠가 앨리스 고모가 필립의 나이에는 어울리지 않는 유치한 테디베어 인형을 사 주었을 때, 그는 편지지 한 장에 걸쳐 고맙다는 말을 잔뜩 늘어놓았다. 편지도 얼마든지 거짓말을 할 수 있었다. 게다가 편지는 거짓말을 영원히 남아 있게 한다. 그에게 불리한 증거로 존재하는 것이다. 말보다 편지가 더 그를 나쁜 사람으로 만든다.

"내일 저녁까지는 집에 올 수 없대." 베인스가 말했다. 그는 술병을 열고 의자를 앞으로 당겼다. 이어 에미를 서랍장으로 몰아붙이며 다시 그녀에게 키스했다.

"이러지 말아요." 에미가 말했다. "애가 있는데."

"애도 배워야지." 베인스가 말했다. "우리랑 다를 게 없어." 그는 필립에게 소시지를 세 개나 먹게 했다. 자신은 하나만 먹었다. 배가 고프지 않다고 했다. 그러나 에미가 자기도 배가 고프지 않다고 했을 때는 그녀 곁에 서서 억지로 먹였다. 그는 에미를 소심하면서도 거칠게 대했다. 그녀에게 기운을 내라고 말하면서 버건디 포도주를 마시게도 했다. 싫다는 대답을 받아 주지 않았지만, 그녀를 만질 때 그의 손은 부드러우면서 어설펐다. 마치 어떤 섬세한 것을 손상하지 않을까 두려워하는 듯했고, 그토록 가녀린 것을 어떻게 다루어야 할지 몰라 얼떨떨해하는 것 같았다.

"우유와 비스킷보다 이게 더 낫지, 응?"

"예." 필립이 대답했다. 그러나 불안하고 걱정스러웠다. 베인스도 걱정스러웠고, 자기 자신에 대해서도 걱정이 되었다. 소시지를 썹을 때마다, 진저비어를 마실 때마다 베인스 부인이 이걸 먹었다는 것을 알면 뭐라고 할까 궁금하지 않을 수 없었다. 베인스 부인이 도저히 흉내낼 수 없는 목소리로 소리 지르며 울분을 터뜨리는 모습을 상상하지 않을 수 없었다. 필립이 말했다. "오늘 밤 아주머니가 오지 않는다고요?" 베인스와 에미가 필립의 말을 곧바로 이해한 것을 보면 실은 아주머니가 멀리 있지 않다는 것을 필립은 알 수 있었다. 아주머니는 지하실에 그들과 함께 있으면서, 그들이 더 많이 마시고 더 크게 떠들도록 내버려 두고 있는 것일 터였다. 자신이 나타나 간담이 서늘해질 말을 할 때를 기다리고 있는 것일 터였다. 베인스가 정말 행복한 것은 아니었다. 그는 행복을 멀리 떨어져서 보는 대신 가까이서 보고 있는 것일 뿐이었다.

"그래, 오지 않아." 베인스가 말했다. "내일 밤 늦게야 올 거라는구나." 그는 행복에서 눈을 떼지 못했다. 다른 사람 못지않게 많은 세상 경험을 했으면서도 베인스는 끊임없이 아프리카 해안 얘기로 돌아갔다. 마치 그것이 자신의 순진함에 대한 변명이라도 되는 듯이 말이다. 그가 런던에서 죽 생활했다면 그토록 순진하지 않았을 것이다. 그랬더라면 이런 애정 문제에 그토록 순진하지는 않았을 것이다. "에미, 너였다면……" 그가 하얀 서랍장과 깨끗이 닦아 놓은 의자들을 보며 말했다. "이곳이 가정 같을 텐데." 그러고 보니 그 방도 그리 나빠 보이지 않았다. 구석에 먼지가 좀 있고, 은식기는 마지막으로 한 번 더 닦아야 하고, 조간신문은 의자 위에 아무렇게나 놓여 있긴 했지만. "필,

넌 가서 자는 게 좋겠다. 오늘 실컷 구경하고 놀았잖아."

그들은 어둠에 감싸인 집에서 필립 혼자 침실로 가도록 내버려 두지는 않았다. 필립과 함께 올라가며 전등을 켜 주었다. 두 사람의 손가락이 스위치에서 만났다. 한 층 한 층 올라가면서 그렇게 어둠을 물리쳤다. 둘은 천이 씌워진 의자 사이에서 나직이 얘기를 나누었다. 필립이 옷을 벗는 모습을 지켜보았다. 필립에게 손발을 씻으라거나 이를 닦으라고 하지도 않았다. 그들은 필립이 잠자리로 들어가는 것을 보면서 종야등을 켠 다음 문을 조금 열어 둔 채 방을 나갔다. 계단을 내려가는 그들의 목소리가 들려왔다. 디너파티 때 손님들이 서로 인사를 나누면서 복도를 걸어갈 때 듣곤 했던 것 같은 다정한 목소리였다. 둘은 잘 어울렸다. 어디에 있든 둘이 있는 곳이 가정이었다. 필립은 문이 열리는 소리와 시계가 치는 소리를 들었고, 꽤 오랫동안 그들의 목소리를 들었다. 그들이 그리 멀지 않은 곳에 있다는 생각이 들어 마음이 놓였다. 목소리는 서서히 잦아드는 게 아니라 갑자기 끊겼다. 필립은 그들이 여전히 그리 멀지 않은 빈방에 말없이 있는 거라고 믿었다. 많은 것을 하며 하루를 보낸 뒤라 필립이 졸리듯이 그들도 졸린 게 틀림없다고 생각했다.

그는 이것 역시 인생일 거라는 생각에 희미하게 안도의 한숨을 내쉬었다. 이어 곧바로 잠에 빠졌고, 어쩔 수 없이 수시로 찾아오는 악몽에 시달렸다. 삼색 모자를 쓴 남자가 공문서를 전달하기 위해 문을 두드렸다. 부엌 식탁에 놓인 바구니 안에 피를 흘리는 머리가 들어 있었다. 시베리아 늑대들이 점점 가까이 다가왔다. 손발이 묶여 움직일 수가 없는데, 늑대들은 숨을 헐떡거리며 그 주위에서 날뛰었다. 그는 눈을 떴다. 베인스 부인이 거기 있었다. 부인의 단정치 못한 흰 머리털이 그의 얼굴 위로 늘어뜨려져 있고, 검은 모자가 머리 위에 비뚜름히 걸쳐져 있었다. 헐거운 머리핀 하나가 베개 위로 떨어졌고, 부인의 냄새나는 머리카락이 그의 입을 쓸었다. "그 두 사람 어딨어요?" 베인스 부인이 소리 죽여 말했다. "두 사람 어딨어요?"

4

필립은 겁에 질려 베인스 부인을 바라보았다. 그녀는 빈방이란 빈방은 모두 뒤지고, 헐거워진 천 밑은 모두 살펴보고 온 사람처럼 숨을 헐떡였다.

단정치 못한 흰 머리털, 목까지 단추가 달린 검은 드레스, 검은 무명 장갑…… 베인스 부인은 꿈에 나타나는 마녀와 흡사해서 필립은 말을 할 엄두가 나지 않았다. 그녀의 입에서는 썩은 냄새가 났다.

"그 여자, 여기 왔잖아요." 베인스 부인이 말했다. "오지 않았다고 말하진 않겠지요?" 얼굴에 독살스러움과 비참함이 동시에 서려 있었다. 그녀는 자신이 사람들에게 '뭔가를 하고' 싶어 했지만 언제나 당하는 입장이었다. 소리라도 지르면 도움이 될 텐데 그럴 사람이 아니었다. 소리를 지르면 그들이 알아차릴 것이기 때문이다. 베인스 부인은 잠시 물러났다가 필립이 굳은 표정으로 누워 있는 침대로 돌아와 싹싹하게 속삭였다. "메카노 세트 주기로 한 거, 난 잊지 않고 있어요. 내일 아침에 줄게요, 필립 도련님. 우린 서로 비밀을 지키기로 했잖아요. 안 그래요? 그들이 어디 있는지만 말해 줘요."

필립은 아무 말도 할 수가 없었다. 공포가 악몽만큼 단단히 그를 붙들었다. 베인스 부인이 말했다. "필립 도련님, 이 베인스 아줌마한테 말해 줘요. 도련님은 이 아줌마를 사랑하잖아요." 진저리가 났다. 그는 말을 할 수 없었지만, 겁에 질린 채 간신히 입을 움직여 모른다고 했다. 그런 다음 눈을 돌려 그녀의 칙칙한 모습을 외면했다.

베인스 부인은 속삭이며 더 가까이 다가왔다. "그런 거짓말을. 아버님한테 이를 거예요. 내가 직접 그들을 찾고 나면 도련님을 가만두지 않을 거예요. 혼날 거예요. 내가 반드시 혼내 줄 거예요." 그러고는 순간적으로 꼼짝 않고 귀를 기울였다. 아래층 마룻바닥이 삐걱거리는 소리가 들렸다. 잠시 후 부인이 필립의 침대 위로 몸을 숙인 채 귀 기울이고 있을 때, 두 사람이 소곤거리는 소리가 들려왔다. 하고 싶은 일을 하며 하루를 보낸 뒤 서로 흡족해하는 졸린 목소리였다. 종야등 옆에 거울이 있었다. 베인스 부인은 그 거울에 비친 자신의 모습을 볼 수 있었다. 거울에 서린 자신의 비참함과 독살스러움을 볼 수 있었고, 늙고 꾀죄죄한 모습도 볼 수 있었다. 희망이라고는 없는 모습이었다. 부인은 눈물도 흘리지 않고 흐느꼈다. 메마르고 가쁜 소리였다. 그러나 독살스러움은 그녀가 계속 앞으로 나아갈 수 있게 하는 일종의 자부심이었다. 독살스러움이 그녀의 으뜸가는 자질이었다. 그게 없었다면 그녀는 한낱 가엾은 사람에 불과했을 것이다. 베인스 부인은 발끝으로 살금살금 걸어서 방을 나갔다. 그리고 층계참을 더듬더듬 나아간 다음, 닫힌 문 안에 있는 사람에게는 그녀의 발소리가 전혀 들리지 않도록 조심스럽게 계단을 내려갔다. 다시 완전한 정적이 감돌았다. 필립은 이제 몸을 움직일 수 있었다. 무릎을 들어 올렸다. 자리에서 일어나 앉았다. 죽고 싶은 마음이었다. 불공평하게도 자신의 세계와 그들의 세계 사이에 놓인 장벽이 다시 무너져 버렸다. 게다가 이번에는 어른들이 그를 끌어들여 함께 나누었던 환락의 경우보다 더 나쁜 경우였다. 필립은 집 안에 묘한 격정이 떠돌고 있음을 알아차렸으나, 그게 무엇인지는 알지 못했다.

옳은 일은 아니었지만, 그는 베인스에게 아주 많은 신세를 졌다. 동물원 구경, 진저비어, 버스를 타고 집에 돌아온 것이 다 그에게 갚아야 할 빚이었다. 저녁 식사에 대한 보답도 해야 할 터였다. 그러나 그는 겁이 났다. 꿈에서 경험했던 일을 경험하고 있는 것이었다. 피 흘리는 머리, 늑대, 똑똑똑 문 두드리는 소리…… 삶이 잔인하게 그를 덮쳤다. 그가 이후 60년 동안 다시는 삶을 정면으로 맞닥뜨리지 않았다 해도 우리는 그를 비난할 수 없을 것이다. 그는 침대에서 나왔다. 습관대로 조심스럽게 침실 슬리퍼를 신고 살금살금 문 쪽으로 걸었다. 밑으로 보이는 층계참이 아주 어둡지는 않았다. 유리창을 닦느라 커튼을 떼어 놓았는데, 그 커다란 유리창으로 거리의 불빛이 스며들었기 때문이다. 베인스 부인이 유리문 손잡이를 잡은 다음 아주 조심스럽게 돌렸다. 필립이 소리쳤다. "베인스, 베인스."

베인스 부인이 몸을 돌려 파자마 차림으로 웅크리고 난간 옆에 서 있는 필립을 보았다. 필립은 어찌해야 할지 몰랐다. 베인스보다도 더 무력한 느낌이었다. 베인스 부인은 필립을 보자 화가 치밀어 올라 자기도 모르게 계단을 뛰어올라 갔다. 다시 찾아든 악몽에 필립은 꼼짝도 할 수 없었다. 용기란 용기는 다 사라져 버려서 비명조차 지를 수 없었다.

그러나 조금 전에 필립이 내지른 소리를 듣고 베인스가 여분의 침실 가운데 가장 좋은 방에서 나와 베인스 부인보다 더 빨리 뛰었다. 부인이 계단을 다 올라오기 전에 그가 부인의 허리를 팔로 감았다. 부인이 검은 무명 장갑을 낀 손으로 베인스의 얼굴을 갈기자 베인스가 부인의 손을 깨물었다. 그는 생각할 겨를이 없었고, 그래서 부인이 낯선 사람인 양 싸웠다. 그러나 베인스 부인은 판단력을 잃지 않은 채 증오심을 드러내며 맞서 싸웠다. 부인은 그들 모두에게 가르쳐 줄 작정이었다. 누구부터 시작할 것인지는 중요하지 않았다. 그들 모두 자신을 속였다. 그러나 옆에 있는 거울에 비친 자신의 늙은 모습이 품위를 잃지 않아야 한다고, 자신은 품위를 팽개쳐도 괜찮을 만큼 젊지 않다고 스스로에게 말했다. 그러니 그의 얼굴을 때리는 건 괜찮지만 깨물면 안 되었다. 미는 건 괜찮지만 발로 차서는 안 되었다.

나이와 꾀죄죄함과 더 이상 바라고 기대할 게 없다는 사실이 베인스 부인의 약점이자 한계였다. 검은 복장을 한 부인이 황망하게 허둥지둥 난간을 넘어서 아래층으로 떨어졌다. 떨어져 현관문 앞에 놓인 부인의 모습이 마치 지하실에 있어야 할 석탄 자루 같았다. 필립은 그 장면을 보았다. 에미도 보았다. 여분의 침실 가운데 가장 좋은 방의 입구에 서 있던 에미는 너무 피곤해서 더 이상 서 있을 수가 없다는 듯이 눈을 뜬 채 갑자기 털썩 주저앉았다. 베인스가 천천히 아래층으로 내려갔다.

필립이 집을 빠져나가는 데는 아무 어려움이 없었다. 그들은 그를 까맣게 잊고 있었다. 그는 하인들이 이용하는 뒤쪽 계단으로 내려갔다. 현관 쪽에는 베인스 부인이 있었기 때문이다. 그는 부인이 거기 누워서 무얼 하는지 이해할 수 없었다. 아무도 그에게 읽어 주지 않았던 어떤 책의 그림들처럼 그가 이해하지 못한 것들이 그를 두렵게 했다. 온 집 안이 어른들의 세계로 바뀌어 버렸다. 밤의 아동실은 안전하지 못했다. 그들의 격정이 그곳에도 밀려든 것이다. 그가 할 수 있는 것은 달아나는 일뿐이었다. 뒤쪽 계단으로 내려가서 밖으로 빠져나가 다시는 돌아오지 않는 것뿐이었다. 그는 추위를 생각하지 않았고, 먹을 것과 잠잘 곳이 필요하다는 생각도 하지 않았다. 잠시 동안은 사람들로부터 영원히 벗어날 수 있을 것 같은 생각이 들었다.

광장에 나왔을 때 필립은 파자마에 침실 슬리퍼 차림이었지만, 광장에는 아무도 보는 사람이 없었다. 주택가의 저녁 그 시간은 사람들이 극장에 가거나 집에 있는 시간이었다. 필립은 철책을 넘어 조그만 정원 안으로 들어갔다. 플라타너스가 그와 하늘 사이에 커다란 연푸른색 이파리들을 활짝 펼치고 있었다. 그가 도망쳐서 숨어든 이곳은 한없이 넓게 펼쳐진 숲일지도 몰랐다. 그는 나무 뒤에 쭈그려 앉았다. 늑대들은 물러갔다. 조그만 철제 의자와 나무 사이에 있으면 누구도 그를 다시는 찾지 못할 것 같았다. 쓰라린 행복감과 자기 연민의 감정이 솟구쳐서 필립은 울음을 터뜨렸다. 그는 오갈 데가 없었다. 지켜야 할 비밀도 더 이상 없었다. 책임감도 완전히 벗어던졌다. 어른들은 어른들의 세계에서 살게 하고, 그는 자신의 세계를 지킬 작정이었다. 플라타너스 나무들이 있는 이 조그만 정원에서 안전하게 지내리라 생각했다.

48번지 저택의 문이 열리더니 베인스가 이리저리 둘러보았다. 이어 베인스가 손짓으로 에미를 나오게 했다. 기차를 탈 시간이 거의 다 되어서 제대로 작별 인사를 나눌 틈도 없는 것처럼 보였다. 그녀는 플랫폼을 스쳐 지나가는 차창 밖의 얼굴처럼 재빨리 떠나갔다. 창백하고, 불행하고, 가고 싶지 않은 얼굴이었다. 베인스가 다시 안으로 들어가 문을 닫았다. 지하실의 불이 켜졌다. 경찰이 광장을 돌다가 지하실 쪽을 들여다보았다. 2층 커튼 뒤의 불빛으로 집 안에 가족이 몇 명 있는

지 알 수 있었다.

필립은 정원을 답사했다. 오래 걸리지 않았다. 덤불과 플라타너스가 5평에 걸쳐 자라고 있고, 철제 의자 두 개와 자갈길 하나가 있었다. 정원의 양쪽 끝에 맹꽁이자물쇠가 채워진 문이 있고 땅에는 낙엽들이 어지러이 널려 있었다. 그러나 필립은 정원에 그대로 있을 수 없었다. 덤불 속에서 뭔가가 부스럭거리더니 번득이는 두 개의 눈이 시베리아 늑대처럼 그를 내다보았고, 게다가 그곳에 있는 게 베인스 부인의 눈에 띄면 정말 곤란할 거라는 생각이 들었던 것이다. 철책을 넘어 도망칠 시간도 없을 것이다. 도망치기 전에 부인이 뒤에서 그를 붙잡을 게 뻔했다.

필립은 허름한 광장 모퉁이를 떠나 이내 피시앤드칩스 가게들과 **잡동사니**를 파는 조그만 문구점들과 숙박업소의 간판들과 문을 연 우중충한 호텔들이 늘어선 곳으로 들어섰다. 술집이 문을 열고 있어서 오가는 사람은 거의 없었다. 짐을 든 얼굴이 불그레한 여자가 길 건너편에서 그를 불렀다. 그가 길을 건너오지 않았더라면 영화관 바깥에 있는 수위가 그를 막아 세웠을 것이다. 그는 더 깊숙이 나아갔다. 더 멀리 나아갔다. 플라타너스 나무 사이에 있는 것보다 이곳에서 더욱 철저히 자신을 숨길 수 있을 터였다. 광장 주변에서 얼쩡거리면 누군가가 그를 멈춰 세우고 집으로 데려갈 위험이 있었다. 그가 어느 집 아이인지 빤히 알 수 있기 때문이었다. 그러나 더 깊숙이 나아감에 따라 자신의 정체를 드러내는 흔적들이 줄어들었다. 따뜻한 밤이었다. 생활이 한결 자유로운 이 지역에서는 아이들이 멋대로 잠자리에서 나와 돌아다니는 경우도 있을 터였다. 그는 심지어 어른들에게서도 일종의 동지애를 느꼈다. 필립이 빠른 걸음으로 지나가는 것을 본 사람들은 그가 이웃집 아이일지 모른다고 생각하면서도 그걸 일러바치려 하지 않았다. 그들도 한때는 그런 어린이였기 때문이다. 불꽃을 튀기면서 지나가는 기차의 검댕과 거리의 먼지를 뒤집어쓴 탓에 다행히 그가 누군지 알아보기 힘들었다. 그는 한번은 마구 웃으며 어떤 것으로부터, 또는 누군가로부터 달아나는 한 무리의 아이들 사이에 휩쓸려 들어가 함께 거리를 빙빙 돌면서 뛰다가 그만두었는데, 손을 보니 끈적끈적한 과일 물이 묻어 있었다.

필립은 더 이상 몸을 숨기려 애쓸 필요가 없을 만큼 멀리 갔다. 그러나 그에게는 이 상태를 계속할 끈기가 없었다. 처음에는 누군가가 그를 막아 세우지 않을까 두려웠으나 한 시간이 지나자 누군가가 그래주기를 바라게 되었다. 그는 집으로 돌아가는 길을 찾을 수 없었다. 게다가 어쨌든 혼자 집에 들어가는 게 두려웠다. 그 어느 때보다도 더 베인스 부인이 두려웠다. 베인스는 친구 같은 사람이었지만, 무슨 일 때문인지 베인스 부인에게 힘을 다 뺏기고 말았다. 필립은 사람들의 눈에 띄려고 일부러 어슬렁어슬렁 배회했으나 아무도 그에게 눈길을 주지 않았다. 문간의 계단에는 가족들이 나와서 자기 전에 마지막 휴식을 즐기고 있었다. 밖에 내다 놓은 쓰레기통에서 나온 배추 줄거리에 그의 슬리퍼가 지저분해졌다. 사방에 사람들의 목소리가 가득했지만 그는 단절되어 있었다. 이 사람들은 낯설었다. 결코 친근한 느낌이 들 것 같지 않았다. 베인스 부인 같은 특징을 지닌 사람들이어서 필립은 그들을 피해 깊은 계급의식 속으로 숨어들었다. 그는 경찰을 무서워했으나, 지금은 경찰이 자기를 집으로 데려다주었으면 하는 마음이었다. 베인스 부인도 경찰한테는 꼼짝 못 할 것이다. 필립은 게걸음으로 걸어서 교통정리를 하는 경찰을 지나갔으나, 교통경찰은 너무 바빠서 그에게 전혀 주의를 기울이지 않았다. 필립은 벽에 기대앉으며 울었다.

고집을 버리고 굴복하는 것, 지칠 대로 지친 모습을 보이고 동정심을 받아들이는 것, 이렇게만 하면 된다는 생각을 그는 미처 하지 못했다. 이것이 가장 손쉬운 방법이라는 생각이 미처 떠오르지 않았다. 필립의 이런 모습을 보고 두 여자와 한 전당포 주인이 곧장 그에게 친절을 베풀었다. 이어서 경찰관이 나타났다. 의심이 많은 날카로운 얼굴을 한 젊은 경찰이었다. 그는 자신이 본 모든 것을 수첩에 적고 결론을 이끌어 내는 사람 같아 보였다. 한 여자가 필립에게 집에 데려다주겠다고 말했지만, 필립은 그 여자를 믿지 못했다. 그 여자는 현관 쪽에서 꼼짝도 하지 않고 있는 베인스 부인을 상대할 만한 사람이 못 되었다. 필립은 주소를 말하지 않았다. 집에 가기가 무섭다고 했다. 자기 나름의 보호책을 세운 것이었다. "내가 경찰서로 데려가겠습니다." 경찰이 그렇게 말하며 어색한 자세로 필립의 손을 잡고—그는 아직 미혼이었고, 사회 초년생이었다—함께 갔다. 둘은 모퉁이를 돌아서 돌계단을 올라가 조그맣고 간소한 사무실로 들어갔다. 난롯불을 지나치게 뜨겁게 지핀 사무실에는 경사가 있었다.

5

경사는 목제 카운터 뒤편의 높은 의자에 앉아 대기했다. 콧수염을 짙게 기른 자상한 남자로, 자식이 여섯 명이나 되었다(그중 세 명은 필립 같은 어린애였다). 그는 필립에게 별 관심이 없으면서도 관심이 있는 척했다. 필립의 주소를 적고, 경찰 하나를 보내서 우유 한 잔을 가져오게 했다. 그러나 필립을 데려온 젊은 경찰은 아이에게 관심이 많았다. 그는 끼어들기 좋아하는 호기심 많은 사내였다.

"집에 전화가 있을 것 같은데." 경사가 말했다. "우리가 부모님에게 전화해서 네가 여기 안전하게 있다고 말해 줄게. 그럼 부모님이 곧장 널 데리러 올 거야. 애야, 이름이 뭐니?"

"필립."

"다른 이름은?"

"다른 이름은 없어요." 필립은 집에서 누가 와서 자기를 데려가는 것은 싫었다. 베인스 부인조차도 위압감을 느낄 만한 사람이 집으로 데려다주기를 바랐다. 젊은 경찰은 계속 그를 지켜보았다. 우유를 마시는 모습도 지켜보았고, 질문에 흠칫거리는 모습도 지켜보았다.

"왜 집에서 나온 거니? 나쁜 짓 하다 혼난 거야?"

"몰라요."

"그럼 못써. 엄마 아빠가 얼마나 걱정하시겠니?"

"엄마 아빠는 집에 없어요."

"그럼 보모가 있을 거 아냐."

"보모도 없어요."

"그럼 누가 널 돌봐 주니?" 그 물음에 집 생각이 났다. 베인스 부인이 그를 향해 계단을 올라오는 모습이 눈에 보였다. 현관문 앞에 놓인 검은 무명 자루 같은 모습도 떠올랐다. 그는 울기 시작했다.

"괜찮아, 괜찮아." 경사가 말했다. 그는 어찌해야 좋을지 몰랐다. 아내가 여기 있다면 좋을 텐데, 하는 생각이 들었다. 여경이라도 있으면 도움이 될 것 같았다.

"여태 신고나 문의가 없었다는 게 좀 이상하지 않나요?" 젊은 경찰
이 말했다.

"자기 방에서 자고 있는 줄 아나 보지."

"너, 겁먹었구나?" 젊은 경찰이 말했다. "뭐가 겁나니?"

"몰라요."

"누가 널 괴롭히니?"

"아니요."

"나쁜 꿈을 꿨나 봐." 경사가 말했다. "집에 불이 났다고 생각하나
보지. 난 저런 애를 여섯이나 키웠어. 로즈가 돌아올 시간이야. 로즈가
아이를 집에 데려다줄 수 있을 거야."

"난 아저씨랑 가고 싶어요." 필립이 말했다. 그는 경찰을 향해 웃어
보이려 했지만 기교가 서툴러서 성공적이지는 못했다.

"제가 가는 게 좋을 것 같습니다." 젊은 경찰이 말했다. "집에 무슨
일이 있는 것 같아요."

"쓸데없는 소리." 경사가 말했다. "이런 일은 여자가 해야 하는 거
야. 자넨 요령이 부족해. 로즈가 왔군. 스타킹 좀 추켜올려, 로즈. 당신
은 우리 경찰의 수치야. 당신이 할 일이 하나 있어." 로즈가 어기적거
리며 다가왔다. 부츠 위로 검정 면 스타킹이 느슨하게 늘어져 있었고,
태도는 얼빠진 걸스카우트 단원 같았다. 그녀가 적개심이 담긴 쉰 목
소리로 말했다. "또 매춘부 단속인가요?"

"아니. 이 아이를 집에 데려다줘야겠어." 그녀가 필립을 올빼미처럼
멍하니 바라보았다.

"이 아줌마하곤 같이 안 갈래요." 필립이 말했다. 그가 다시 울기 시
작했다. "난 이 아줌마가 싫어요."

"좀 더 여자답게 참하게 굴어 봐, 로즈." 경사가 말했다. 그때 책상 위의 전화가 울렸다. 경사가 수화기를 들었다. "예? 뭐라고요?" 그가 말했다. "48번지? 의사 불렀어요?" 그가 손으로 송화구를 막고 말했다. "이 아이에 대한 신고나 문의가 없었던 게 당연해. 그 사람들은 경황이 없었던 거야. 사고가 났어. 여자가 계단에서 미끄러져 떨어졌대."

"중상이랍니까?" 젊은 경찰이 물었다. 경사가 소리 내지 않고 입 모양으로만 말했다. 어린애 앞에서 사망이라는 말을 할 수 없었던 것이다(아이를 여섯 명이나 둔 경사는 그래야 한다는 것을 잘 알았다). 그는 인상을 찌푸린 채 속으로만 중얼거리면서 두 글자밖에 되지 않는 말을 번거롭게 표현했다.

"결국 자네가 가는 게 낫겠어." 그가 말했다. "그리고 보고를 하게. 의사가 거기 와 있을 거야."

로즈가 난로에서 어기적거리며 일어났다. 뺨이 발개지고 스타킹은 늘어져 있었다. 그녀가 뒷짐을 졌다. 시체방 같은 커다란 입 안에는 검게 변한 이가 가득했다. "나한테 아이를 데려다주라더니, 무슨 재미있는 일이 벌어진 것 같으니까 이제 와선…… 남자에게서 공정하기를 기대하는 게 무리지……"

"집엔 누가 있습니까?" 젊은 경찰이 물었다.

"집사."

"아이가 그걸 본 게 아닐까요?" 경찰이 말했다.

"내 말을 믿게." 경사가 말했다. "난 애를 여섯이나 키웠어. 아이들에 대해선 속속들이 안단 말이야. 그러니 아이 문제를 가지고 날 가르치려 들진 말게."

"아이가 뭘 두려워하는 것 같아요."

"꿈을 꾼 거야." 경사가 말했다.

"집사 이름은요?"

"베인스."

"얘야, 너 베인스 아저씨 좋아하니?" 경찰이 필립에게 물었다. "아저씨가 너에게 잘해 줘?" 그들은 필립에게서 뭔가를 얻어 내려 했다. 필립은 사무실에 있는 모든 사람이 미덥지 않았다. 그래서 자신 없는 목소리로 "예" 하고 대답했다. 까딱하면 더 많은 책임과 더 많은 비밀을 떠맡게 될까 봐 두려웠던 것이다.

"베인스 아주머니도?"

"예."

그들은 책상에 둘러앉아 협의했다. 로즈는 쉰 목소리로 투덜거렸다. 그녀는 여장을 한 남자 배우 같았다. 구겨진 스타킹과 햇빛을 많이 쬐어 거칠어진 얼굴을 보면 자신이 여자인 것을 달가워하지 않는 듯했지만, 다른 한편으로는 여자인 것을 유난히 강조했다. 난로 안에서 숯이 내려앉았다. 사무실의 난롯불은 온화한 늦여름 저녁 날씨에 어울리지 않게 너무 뜨거웠다. 벽에는 템스 강에서 발견된 시체에 관한 공고문이 부착되어 있었다. 시체라기보다는 시체의 복장에 관한 공고문이었다. 양모 조끼, 양모 바지, 파란색 줄무늬의 양모 셔츠, 10 사이즈 신발, 팔꿈치가 닳은 파란색 서지 양복, 15.5짜리 셀룰로이드 옷깃. 시체에 관해서는 특별히 언급할 만한 것을 찾지 못한 모양이었다. 그냥 보통 키라고만 적혀 있었다.

"가자." 젊은 경찰이 말했다. 그는 흥미를 느끼고 있어서 자신이 가게 된 것이 기뻤다. 그러나 파자마 차림의 어린애와 함께 가야 하는 게 곤혹스럽지 않을 수 없었다. 무슨 냄새가 났지만 그게 뭔지 알 수 없었다. 그들의 꼬락서니를 보고 사람들이 재미있어하는 모습에 경찰은 부아가 났다. 이제 술집은 문을 닫았고, 거리는 다시 긴 하루를 마치고 돌아가는 사람들로 붐볐다. 경찰은 되도록 사람이 적은 거리를 고르고 이왕이면 더 어두운 길을 택해서 서둘러 걸음을 옮겼다. 그러나 필립은 경찰의 손을 잡아당기거나 발을 질질 끌면서 되도록 속도를 늦추고자 했다. 현관에서 기다리고 있을 베인스 부인을 보는 게 몹시 두려웠던 것이다. 이제 그는 베인스 부인이 죽었다는 것을 알았다. 경사가 소리는 내지 않고 입 모양으로만 말했을 때 그 사실을 알아차린 것이었다. 그러나 부인은 아직 땅에 묻히지 않았다. 시야에서 사라진 게 아니었다. 문이 열리면 현관에서 죽은 사람을 보게 될 것이다.

지하실에 불이 켜져 있었다. 다행히 경찰은 지하실 계단으로 내려갔다. 아마 그도 베인스 부인을 보고 싶지 않은 모양이었다. 너무 어두워서 초인종이 보이지 않아 경찰은 문을 두드렸고, 곧 베인스가 대답을 했다. 베인스는 밝고 깨끗한 지하실의 문간에 서 있었는데, 필립을 보자 미리 준비해 둔 그럴듯한 슬픈 문장이 증발해 버렸다. 필립의 눈에 그게 보였다. 베인스는 필립이 경찰과 함께 이렇게 돌아오리라고는 미처 생각지 못하고 있었다. 모든 것을 다시 생각해야 했다. 그는 원래 남을 잘 속이는 사람이 못 되었다. 에미만 아니었다면 모든 걸 사실 그대로 얘기할 사람이었다.

"베인스 씨인가요?" 경찰이 물었다.

베인스가 고개를 끄덕였다. 그는 적당한 말을 찾지 못했다. 뭔가를 알고 있는 듯한 경찰의 날카로운 얼굴과 필립이 갑자기 나타난 것에 기가 죽어 있었다.

"이 애가 이 집 아이입니까?"

"예." 베인스가 말했다. 필립은 베인스가 자기한테 무슨 말인가를 전달하고 싶어 한다는 것을 알 수 있었지만, 그냥 자신의 마음을 닫아 버렸다. 그는 베인스를 좋아했다. 하지만 베인스는 그를 비밀에 연루시켰으며, 그가 이해하지 못하는 공포에 빠뜨렸다. 베인스를 사랑했는데 그런 일이 벌어졌다. 영문도 모르고 말려든 것이었다. 그래서 필립은 삶에서, 사랑에서, 베인스에게서 빠져나와 버렸다.

"의사가 와 있습니다." 베인스가 문을 향해 고갯짓했다. 그는 필립에게서 눈을 떼지 않은 채 혀로 입술을 축였는데, 필립이 알지 못하는 뭔가를 개처럼 애걸하고 있었다. "손을 쓸 수가 없었습니다. 이 지하실 돌계단에서 미끄러졌어요. 나는 지하실에 있었는데, 아내가 떨어지는 소리를 들었습니다." 그는 경찰의 수첩을 바라보려 하지 않았다. 한 면을 빽빽하게 채워 가는 경찰의 가느다란 글씨를 보려 하지 않았다.

"애가 뭘 봤나요?"

"보지 못했습니다. 그때 침대에 있었을 테니까요. 애는 위층으로 올려 보내는 게 좋지 않을까요? 너무 충격적인 일이라서." 베인스가 불안한 표정으로 말했다. "아이한테는 너무 충격적인 일이에요."

"부인은 사고 이후로 쭉 그 자리에 있었지요?" 경찰이 물었다.

"예. 난 조금도 움직이지 않았습니다." 베인스가 말했다.

"그럼 애는 위층으로……"

"이쪽 계단으로 올라간 다음 현관을 지나서 방으로 올라가라." 베인스가 말했다. 그는 다시 한 번 말없이 눈짓으로 개처럼 애걸했다. 비밀 하나만 더. 이 비밀만 지켜 줘. 늙은 베인스를 위해 이것만 해 줘. 다시는 부탁하지 않을게.

"자, 같이 가자." 경찰이 말했다. "네 방까지 데려다줄게. 넌 신사잖

아. 주인답게 현관문으로 당당히 들어가야 하는 거야. 아니면 베인스 아저씨를 따라 올라가겠니? 그럼 난 의사를 만나 볼 테니까."

"그러죠." 베인스가 말했다. "내가 같이 갈게요." 그는 방을 가로질러 필립에게로 다가왔다. 예의 그 싱겁고 바보 같은 표정으로 계속 애걸복걸했다. 이것이 베인스다. 한때 아프리카 해안에서 살았던 베인스다. 야자유로 요리한 춥은 어찌 됐는가? 사나이다운 삶, 40명의 흑인, 쏠 필요가 없었다는 총…… 사실 필립은 그러한 것들을 사랑하지 않을 수 없었다. 그것은 사람들이 말하는 그런 사랑이 아니었다. 이해할 수 있는 게 아니었다. 변경의 마지막 보루에서 베인스의 메시지가 깜박거렸다. 애원하고 간청하고 기억을 일깨우는 메시지였다. 나는 너의 오랜 친구 베인스잖아. 아침 11시께에 먹은 케이크는 어땠니? 진저비어 한 잔 정도는 몸에 전혀 해롭지 않을 거야. 소시지는 또 어땠어? 오늘은 긴 하루였지? 그러나 전선은 끊어졌고, 메시지는 말끔히 청소된 방의 허공 속으로 사라져 갈 뿐이었다. 이 방에는 비밀을 숨겨 둘 수 있을 만한 곳이 없었다.

"필, 가자. 잘 시간이야. 이 계단으로 올라가서……" 타닥 타닥 타닥 전보를 친다. 전보를 다 받아 보아도 뜻을 알 수 없다. 누군가가 전선을 수리하겠지. "그리고 현관문 쪽으로 가서……"

"싫어요." 필립이 말했다. "싫어요. 안 갈래요. 날 억지로 데려갈 순 없어요. 난 싸울 거예요. 아주머니 보고 싶지 않아요."

경찰이 재빨리 끼어들었다. "그게 무슨 말이지? 왜 가지 않으려는 거야?"

"아주머니가 현관에 있어요." 필립이 말했다. "아주머니가 현관에 있다는 걸 알아요. 그리고 죽었잖아요. 난 아주머니 보지 않을래요."

"그럼 당신이 부인을 옮긴 겁니까?" 경찰이 베인스에게 말했다. "거기서 여기까지? 그동안 거짓말을 한 거요? 그렇다면 뭔가를 숨겨야 했다는 말인데…… 당신 혼자였소?"

"에미." 필립이 말했다. "에미." 필립은 더 이상 비밀을 간직해 두고 싶지 않았다. 모든 걸 완전히 다 끝내 버릴 작정이었다. 베인스와도, 베인스 부인과도, 자신의 세계 너머에 있는 어른들의 삶과도. "모두 다 에미 탓이에요." 필립이 떨리는 목소리로 주장했다. 베인스는 그 말을 듣고 필립은 결국 어린애일 뿐이라는 생각을 하지 않을 수 없었다. 필립의 도움을 기대하는 것은 가망 없는 일이었다. 그는 어린애였다. 이 일이 어떤 의미를 띠는지 이해하지 못했다. 이 상황에 담긴 공포를 읽어 내지 못했다. 필립에게 오늘 하루는 긴 하루였다. 그는 지쳐 있었다. 우리는 그가 서랍장에 기대어 조는 모습을, 아늑한 아동실의 평화 속으로 되돌아가는 것을 볼 수 있으리라. 우리는 그를 탓할 수 없다. 아침에 잠이 깨면 기억나는 게 별로 없을 것이다.

"다 털어놓으세요." 경찰이 직업의식을 발휘하여 거칠고 날카롭게 베인스에게 말했다. "그 여자는 누구요?" 60년 후, 늙은 필립은 서서히 죽음으로 빠져들면서 그의 임종을 지켜보는 유일한 사람인 비서에게 이와 똑같이 "그 여자는 누구요? 그 여자는 누구요?"라고 물었다. 이 물음에 비서는 깜짝 놀랐다. 아마 베인스의 모습이 필립의 뇌리를 스치고 지나가는 모양이었다. 크게 낙담한 베인스, 고개를 떨군 베인스, '사실을 털어놓는' 베인스의 모습이.

(1936)

레버 씨의 기회
A Chance for Mr Lever

레버 씨는 머리로 천장을 들이받으면서 욕설을 퍼부었다. 천장 위에 쌀이 보관되어 있는데, 어둠 속에서 쥐들이 활동하기 시작한 것이다. 천장 널빤지 사이로 쌀이 떨어졌다. 여행 가방 위로, 머리털이 다 빠져 대머리가 된 머리 위로, 통조림통 위로, 조그만 사각형 약상자 위로 쌀이 마구 떨어졌다. 심부름하는 아이는 벌써 레버 씨의 야전침대와 모기장을 설치했으며, 접이식 탁자와 의자는 덥고 습한 바깥 어둠 속에 내다 놓았다. 지붕이 뾰족한 초막집들이 숲 쪽으로 늘어서 있었다. 한 여자가 불을 들고 초막집을 돌아다녔다. 불빛이 여자의 늙은 얼굴과 처진 젖가슴과 문신을 한 병든 몸을 비추었다.

레버 씨는 5주 전만 해도 자신이 런던에 있었다는 사실이 믿어지지 않았다.

허리를 펴고 똑바로 설 수도 없었다. 그는 먼지가 자욱한 방을 무릎으로 기어가서 여행 가방을 열었다. 아내의 사진을 꺼내 음식 운반 상자 위에 세워 놓았다. 그런 다음 편지지와 지워지지 않는 연필을 꺼냈다. 연필심이 더위에 물러져 파자마에 연보라색 얼룩을 남겨 놓았다. 허리케인 램프* 불빛에 잔날개바퀴만 한 크기의 바퀴벌레가 흙벽에 납작 붙어 있는 모습이 보여서 그는 조심스럽게 여행 가방을 닫았다. 여기 온 지 열흘쯤 지났을 때 그는 이미 이곳의 바퀴벌레가 양말, 셔츠, 신발 끈을 비롯하여 온갖 것을 다 먹는다는 사실을 알게 되었다.

레버 씨는 밖으로 나갔다. 나방들이 램프에 부딪쳤다. 하지만 모기는 한 마리도 없었다. 이곳에 도착한 이후로 모기라고는 보지도 듣지도 못했다. 그는 유심히 지켜보는 시선을 느끼며 둥글게 퍼지는 램프 불빛 속에 앉았다. 흑인들은 자신들의 초막 밖에 쪼그리고 앉아 그를 지켜보았다. 그들은 친절하고 관심이 많고 쉽게 즐거워했지만, 관심과 호기심이 너무 지나쳐서 레버 씨를 짜증 나게 했다. 그는 편지를 쓰기 시작하거나 쓰다가 멈추거나 손수건으로 땀이 밴 손을 닦거나 하면, 그럴 때마다 자신을 둘러싼 사람들에게서 호기심의 물결이 조그맣게 이는 것을 느낄 수 있었다. 그가 호주머니를 만지작거리기라도 하면 그들은 목을 길게 빼고 쳐다보았다.

사랑하는 에밀리. 그는 편지를 썼다. **이제 정말 일을 시작했어. 데이비드슨이 있는 곳을 알아낸 다음 짐꾼을 시켜 이 편지를 보낼 생각이야. 난 잘 지내고 있어. 물론 모든 게 조금 낯설기는 해. 여보, 건강 잘 챙기고, 내 걱정은 하지 마.**

* 바람이 불어도 불꽃이 꺼지지 않게 유리 갓을 두른 램프.

"나리, 닭 사야 해요." 요리사가 갑자기 초막 사이에서 나타나며 말했다. 조그만 닭 한 마리가 그의 손아귀에서 푸드덕거렸다.

"아니," 레버 씨가 말했다. "내가 1실링 주지 않았어?"

"저 사람들 그거 안 좋아해요." 요리사가 말했다. "이 촌뜨기들이 말이에요."

"왜 안 좋아하지? 좋은 돈인데."

"왕의 얼굴이 있는 돈 달래요." 요리사가 빅토리아 여왕이 새겨진 실링을 돌려주며 말했다. 레버 씨는 하는 수 없이 일어나서 다시 초막으로 들어갔다. 돈 상자를 꺼내서 20파운드나 되는 잔돈을 마구 뒤졌다. 평온할 때가 없었다.

이곳에 온 지 얼마 안 되어 그는 그 사실을 깨달았다. 그는 돈을 아껴 써야 했다(이번 여행은 도박과도 같아서 무척 겁이 났다). 해먹을 운반할 짐꾼을 살 여력도 없었다. 매일같이 일곱 시간을 걷고 나서 기진맥진한 몸으로 이름도 모르는 마을에 도착하면, 거기서도 단 몇 분을 조용히 앉아 쉬지 못했다. 마을의 추장과 악수를 해야 하고, 하룻밤 묵을 초막집을 살펴봐야 하고, 마시기 겁나는 야자주를 선물로 받아야 하고, 짐꾼들에게 쌀과 야자 기름을 사 주고 소금과 아스피린을 주고 상처 난 곳에 요오드팅크를 발라 주어야 했다. 그들은 그가 잠자리에 들기 전까지는 5분 이상을 계속 혼자 있게 내버려 두지 않았다. 그러다가 잠자리에 들면 이번에는 쥐가 설치기 시작했다. 불을 끄면 벽에서 물이 새듯 쥐가 몰려나와 짐 상자 사이를 신나게 돌아다녔다.

나도 늙었어. 너무 늙었어. 레버 씨는 습기를 머금은 종이에 지워지지 않는 연필로 편지를 쓰면서 속으로 중얼거렸다. **내일 데이비드슨을 찾게 되기를 바라고 있어. 그렇게만 되면 이 편지만큼이나 빨리 집에 돌아갈 수**

있을 거야. 여보, 맥주와 우유를 사는 데 돈 아끼지 말고, 몸이 안 좋으면 의사를 부르도록 해. 이번 여행은 일이 잘 풀릴 것 같은 예감이 들어. 그러면 우리, **휴가를 떠나자. 당신은 휴가가 필요해.** 그는 고개를 들어 초막집과 까만 얼굴들과 바나나 나무 너머의 숲을 물끄러미 쳐다보았다. 오늘 그가 거쳐 온 곳이었고, 내일 다시 들어가서 헤집고 나아가야 할 숲이었다. 이스트본, 그는 생각했다. 에밀리의 건강을 위해서는 이스트본으로 가는 게 좋을 거야. 그런 다음 계속해서 거짓이 섞인 편지를 썼다. 그가 아내에게 하는 유일한 거짓말은 아내를 안심시키는 거짓말이었다. **중개료와 출장비로 적어도 300파운드는 받아 내야 할 것 같아.** 하지만 이곳은 그가 중장비를 팔아 본 경험이 없는 생소한 지역이었다. 30년 동안이나 유럽 각 나라와 미국을 돌아다니며 활동했지만, 이런 곳은 처음이었다. 초막 안에 있는 여과기에서 물이 떨어지는 소리가 들렸다. 어디에선가 누군가가 뭔가를(제정신이 아닌 상태여서 간단한 단어조차도 떠오르지 않았다) 연주하고 있었다. 야자 섬유로 만든 팽팽한 현이 울리는 듯한 단조롭고 우울하고 경박한 가락으로, 행복하지 못한 마음을 전달하는 곡인 듯싶었다. 하지만 상관없었다. 그렇다고 달라지는 건 없을 테니까.

몸조심해, 에밀리. 그는 건강에 관한 언급을 되풀이했다. 그가 아내에게 써 보낼 수 있는 거의 유일한 말이었다. 좁고 가파르고 도중에 끊기는 길, 쉭쉭하는 불꽃 같은 소리를 내며 달아나는 뱀, 쥐, 먼지, 알몸을 드러낸 병자들 따위에 대해 편지에 쓸 수는 없는 노릇이었다. 이제 알몸이라면 넌더리가 났다. **잊지 말고**—알몸뚱이 사람들과 있는 것은 대규모 소 떼와 함께 사는 것과도 같았다.

"추장님 와요." 심부름하는 아이가 조용히 말했다. 건장해 보이는 노인이 일렁이는 횃불을 들고 초막들 사이를 걸어오고 있었다. 그 지역의 천으로 만든 헐거운 옷에 낡은 중산모를 쓴 차림새였다. 노인 뒤로 그의 부하들이 쌀 여섯 사발, 야자 기름 한 사발, 고기 조각 두 사발을 들고 따라왔다. "일꾼들 먹을 것이에요." 심부름꾼 아이가 알려 주었다. 레버 씨는 일어나서 미소를 짓고 고개를 끄덕이면서 자신은 만족스럽다는 것, 음식이 훌륭하다는 것, 내일 아침에 추장은 좋은 보답을 받게 되리라는 것을 말 대신 동작으로 전달하기 위해 애써야 했다. 냄새는 너무 심해서 처음에는 레버 씨가 견디기 힘들 정도였다.

"추장에게 최근에 백인 한 사람이 이곳을 지나가는 걸 본 적이 있는지 물어봐." 그가 심부름꾼 아이에게 말했다. "백인이 이곳 주변에서 땅을 파는 걸 본 적이 있는지 물어보란 말이야. 젠장." 레버 씨는 울화통이 터졌다. 손등과 벗어진 머리에서 땀이 솟았다. "데이비드슨을 봤는지 물어보라고."

"데이비드슨?"

"이런 제기랄." 레버 씨가 말했다. "너도 알잖아. 내가 찾고 있는 백인 말이야."

"백인?"

"그럼 내가 뭣하러 여기에 온 줄 알았니? 응? 백인? 그럼 백인이고말고. 내가 요양하러 여기에 온 줄 알아?" 소 한 마리가 재채기를 하더니 뿔을 초막에 비벼 댔다. 염소 두 마리가 그와 추장 사이로 지나가는 바람에 고기 조각이 든 사발이 엎질러졌다. 그러나 그들은 아무렇지도 않게 똥이 깔린 땅에 떨어진 고기를 주워 담았다.

레버 씨는 자리에 앉으며 손으로 얼굴을 감쌌다. 끼고 있는 반지 위로 살이 삐져나올 만큼 포동포동하고 나름대로 잘 관리한 흰 손이었다. 이런 일을 하기에 자신이 너무 늙었다는 생각이 들었다.

"추장님이 백인 오랫동안 여기 안 왔대요."

"얼마나 오래?"

"집 세금 내기 시작한 뒤로 안 왔대요."

"그게 얼마나 오래전인데?"

"오래, 오래전."

"그레까지는 얼마나 되는지 물어봐 줘. 내일 갈 곳."

"추장님이 너무 멀대요."

"또 헛소리." 레버 씨가 말했다.

"추장님이 너무 멀대요. 여기 있는 게 좋대요. 좋은 마을이래요. 나쁜 사람 없대요."

레버 씨는 끙 하는 소리를 냈다. 저녁마다 똑같은 말썽이었다. 다음 마을은 항상 너무 멀다는 것이었다. 이들은 좀 쉬어 보려고, 어떻게든 그를 지체시킬 구실을 만들어 내려 했다.

"추장에게 몇 시간이나 걸리는지 물어봐 줘."

"아주 많이 걸린대요." 이 사람들은 시간개념이 없었다.

"이 추장님 좋아요. 음식 좋아요. 일꾼들 지쳤어요. 나쁜 사람 없어요."

"우린 계속 갈 거다." 레버 씨가 말했다.

"이 마을 좋아요. 추장님 말로는······"

그는 생각했다. 이게 마지막 기회만 아니라면 포기해 버릴 텐데. 이들은 그를 몹시 성가시게 했다. 그 때문인지 갑자기 자신의 절박한 신세를 하소연할 만한 백인이 한 사람 있었으면(데이비드슨은 제외하고. 이런 얘기를 데이비드슨에게 할 수는 없으니까) 하는 마음이 간절해졌다. 30년 경력의 외판원이 일자리를 찾아 이 회사 저 회사를 기웃거려야 하는 일은 불공평했다. 그는 훌륭한 외판원이었다. 많은 사람들의 돈을 벌어 주었다. 추천서도 아주 좋았다. 그러나 세상은 그가 활발하게 일하던 시절 같지 않고 많이 달라졌다. 그는 날렵하지 못했다. 능률적이지 못했다. 그리고 레버 씨는 은퇴한 지 10년 만에 공황으로 돈을 다 날리고 말았다.

레버 씨는 빅토리아 가를 오가며 추천서를 내보였다. 많은 사람들이 그를 알아보았다. 그에게 담배를 권하고, 그 나이에 직업을 구하려는 그를("집에 들어앉아 있질 못하겠어. 늙었어도 하던 가락이 있잖은가⋯⋯") 따뜻한 웃음으로 맞아 주었으며, 복도에서 한두 마디 우스갯소리를 해 주었다. 그날 밤 일등칸에 말없이 앉아 메이든헤드로 돌아가는 동안 우울한 상념이 가슴을 짓눌렀다. 나이는 많은 데다 살림은 거덜 나고 상황은 몹시 안 좋고, 설상가상으로 아내도 건강이 안 좋아 보였다.

레버 씨가 기회를 만난 것은 레던홀 가에서 조금 떨어진 곳에 있는 작고 허름한 사무실에서였다. 자칭 엔지니어링 회사라는 곳이었는데, 있는 거라곤 방 두 개와 타자기 한 대, 금니가 있는 여자 한 명 그리고 루커스 씨라는 사람뿐이었다. 루커스 씨는 마르고 왜소했으며, 한쪽 눈꺼풀에 틱장애가 있었다. 면담을 하는 내내 그의 눈꺼풀이 씰룩거렸다. 레버 씨의 신세가 이 같은 나락으로 떨어진 것은 생전 처음이었다.

그러나 루커스 씨는 상당히 정직해 보였다. 그는 자신의 '모든 패를 테이블 위에' 올려놓았다. 돈은 없었지만 장래성이 있었다. 특허권을 관리하고 있었던 것이다. 신제품 쇄석기에 대한 특허권이었다. 돈이 될 만한 것이었다. 하지만 요즘은 상황이 몹시 안 좋아서 큰 회사에서 기계를 교체하리라고 기대하기 어려웠다. 그러니 처음 시작하는 데를 파고들어야 했다. 그게 이곳이었다. 제기랄, 그래서 바로 추장과 음식 사발과 성가시게 하는 사람들과 쥐와 더위가 있는 이곳으로 오게 된 것이다. 그 사람들은 자기네 나라를 공화국이라고 부른답디다, 하고 루커스 씨가 말해 주었다. 루커스 씨는 그곳에 대해 아무것도 모른다고 했다. 그들은 아마 자기들 피부색보다 더 검게 보이려고 일부러 검정 칠을 하는가 보더라고 말하며 웃었다(하하하하, 불안스레 웃었다). 아무튼 그가 아는 회사에서 대리인들을 슬그머니 국경 너머로 보내 채굴권을 확보했다는 것이었다. 금과 다이아몬드 채굴권을 말이다. 그가 레버 씨에게 은밀히 얘기한 바에 따르면, 관련 기업들도 그들이 발견한 것에 놀라워한다고 했다. 지금이 수완 있는 사람이 슬그머니(루커스 씨는 '슬그머니'라는 말을 즐겨 썼는데, 그 말은 모든 일이 비밀스러우면서도 쉬운 일인 것처럼 들리게 했다) 들어가서 그 사람들한테 이 신제품 쇄석기를 소개하기 좋은 시점이라고 했다. 그러면 그들이 일을 시작할 때 수천 파운드나 절약될 것이고, 중개료도 상당할 것이라고 했다. 그렇게 시작만 하면 그 뒤로는…… 그들 모두 큰돈을 벌게 될 터였다.

"그런데 그걸 유럽에서는 할 수 없나요?"

썰룩, 썰룩, 루커스 씨의 눈꺼풀이 계속 썰룩거렸다. "많은 벨기에인들이 여기에 관여하고 있는데, 그들은 모든 결정을 현장에 나가 있는 사람에게 맡기고 있어요. 데이비드슨이라는 영국인에게요."

"출장비는요?"

"그게 문제예요." 루커스 씨가 말했다. "이제 겨우 시작한 참이라,

우리가 원하는 사람은 동업을 할 분입니다. 우린 돈을 들여 사람을 보낼 여력이 없어요. 하지만 만약 당신이 도박을 좋아한다면…… 중개료를 20퍼센트로 해서……"

"추장님이 잠깐 실례하겠대요." 짐꾼들은 양푼 둘레에 쪼그리고 앉아 밥을 왼손에 퍼 담았다. "아, 그래야지. 괜찮아." 레버 씨는 건성으로 말했다. "아주 친절하신 분이야."

그는 먼지와 어둠과 코를 찌르는 염소 냄새, 야자 기름 냄새, 새끼를 낳은 암캐 냄새로부터 벗어나 로터리클럽 회원들과의 친교, 스톤스에서의 점심 식사, 상큼한 맥주 맛, 업계 신문을 읽던 일 같은 추억에 잠겼다. 그는 다시 좋았던 시절의 괜찮은 사내로 돌아갔다. 조금 취한 몸으로 골더스그린으로 돌아가는 길을 찾고 있었다. 시곗줄에 부착된 프리메이슨 마크가 달랑거렸다. 지하철역에서 핀칠리로에 있는 집까지 가는 동안 동료애와 야한 이야기를 떠올리며 종종 트림을 했고, 가슴속에 대담한 용기가 꿈틀대는 것을 느끼기도 했다.

지금이 대담한 용기가 필요한 때였다. 남아 있던 돈은 이번 여행에 다 들어갔다. 그는 30년간의 경험을 통해 좋은 물건은 척 보면 아는데, 이번에 새로 나온 쇄석기는 의심할 여지가 없었다. 의심스러운 것은 자신이 데이비드슨을 찾아낼 수 있을까 하는 점이었다. 그 첫 번째 이유는 지도가 없어서였다. 이 공화국을 여행하는 방법은 마을 이름을 차례로 기록해 두고서 지나가는 곳에 사는 마을 사람에게 물어보는 것이었다. 그 사람이 묻는 뜻을 이해하고 길을 제대로 알려 줄 거라고 믿는 수밖에 없었다. 그러나 그들이 항상 하는 말은 '너무 멀다'였다. 그 말을 들으면 그들에 대해 품고 있던 좋은 유대감이 시들해졌다.

"키니네," 레버 씨가 말했다. "내 키니네 어디 있어?" 심부름꾼 아이는 아무것도 기억하지 못했다. 이 사람들은 무슨 일이 생기든 아랑곳하지 않았다. 이들의 미소는 아무 뜻도 없는 미소였다. 레버 씨는 의미 없는 미소의 가치를 누구보다도 잘 알고 있었기 때문에 이들의 무성의에 화가 났고, 그래서 늑장 부리는 심부름꾼 아이에게 실망감과 반감을 표출했다.

"추장님이 다섯 시간 걸리는 숲에 백인이 있대요."

"그거 좋은 소식이군." 레버 씨가 말했다. "틀림없이 데이비드슨일 거야. 금을 캐고 있대?"

"예. 백인이 숲에서 금을 캐고 있대요."

"내일은 아침 일찍 떠날 거다." 레버 씨가 말했다.

"추장님이 가지 말고 이 마을에 있으래요. 백인이 열병 걸렸대요."

"안됐군." 레버 씨는 말은 그렇게 했지만 내심 기뻐하며 생각했다. 내 운이 바뀌는구나. 그는 도움이 필요할 거야. 그러면 내 말을 거절하지 못하겠지. 어려울 때 친구가 진정한 친구니까. 그러자 데이비드슨에게 동정심이 일었다. 데이비드슨의 기도에 대한 응답처럼 숲에서 홀연히 나타나는 자신의 모습이 눈에 보이는 듯했다. 하느님이 인간의 목소리로 나타나는 성경적인 느낌마저 드는 것이었다. 그는 생각했다. 기도. 오늘 밤엔 기도를 해야겠어. 기도를 잊고 살기 일쑤지만, 기도는 효험이 있는 것이야. 기도엔 뭔가가 있어. 그러면서 그는 에밀리가 병원에 갔을 때 식기대 옆, 유리병 아래에서 무릎을 꿇고 오랫동안 간절히 기도했던 기억을 떠올렸다.

"추장님이 백인 죽었대요." 레버 씨는 그들에게서 몸을 돌려 초막 안으로 들어갔다. 허리케인 램프가 그의 소매에 걸려 뒤집어질 뻔했다. 재빨리 옷을 벗은 그는 바퀴벌레를 피해 옷을 여행 가방 안에 쑤셔 넣었다. 방금 전에 들은 얘기는 믿지 않으려 했다. 믿어 봐야 좋을 게 없었다. 만약 데이비드슨이 죽었다면 그가 할 수 있는 일이라곤 집으로 돌아가는 것밖에 없었다. 그는 이번 일에 감당할 수 있는 수준 이상의 돈을 썼다. 성과가 없다면 몰락하게 될 터였다. 에밀리는 오빠 집으로 가서 살 수도 있겠지만, 그 작자가 자기까지 받아 주리라고는 기대할 수 없었다. 그는 울기 시작했다. 그러나 어두운 초막 안에서는 어떤 게 땀이고 어떤 게 눈물인지 분간할 수 없었다. 그는 야전침대와 모기장 옆 흙바닥에 무릎을 꿇고 앉아 기도를 올렸다. 지금까지는 모래벼룩이 겁나서 맨발로 땅을 밟지 않으려고 조심했다. 사방이 모래벼룩 천지였다. 모래벼룩은 발톱 밑을 파고들어 가 알을 낳고 번식할 기회만을 기다렸다.

"오, 하느님." 레버 씨는 기도했다. "데이비드슨이 죽지 않게 해 주세요. 그저 아프기만 해서 저를 보면 반가워할 수 있게 해 주세요." 더이상 에밀리를 부양할 수 없을지도 모른다는 생각을 하면 견딜 수가 없었다. "오, 하느님, 뭐든 다 하겠습니다." 그러나 그것은 빈말이었다. 그는 아직 에밀리를 위해 뭘 할 것인지 별다른 생각이 없었다. 에밀리와 그는 35년 동안이나 행복하게 지내 왔다. 로터리클럽 회원들과 함께 저녁을 먹고 나서 적당히 취했을 때 친구 녀석들의 꼬드김에 빠져 잠시 에밀리 몰래 외도를 한 적이 있긴 하지만, 그 이상으로 나쁜 짓을 한 적은 없었다. 한창때에 어떤 여자를 탐했다 해도, 에밀리 이외의 다른 누구와 결혼해서 행복하게 살 수 있겠다는 생각은 잠시도 해 보지 않았다. 이제 나이가 들어 서로를 가장 필요로 하는 이때에 돈을 다 잃어서 함께 지낼 수 없게 된다면, 그건 너무 한스러운 일이었다.

그러나 물론 데이비드슨은 죽지 않았을 것이다. 무엇 때문에 죽겠는가? 흑인들은 우호적이었다. 사람들은 이 지역이 건강에 안 좋다고 말하지만, 모기에 대한 이야기는 별로 듣지 못했다. 게다가 말라리아로 죽지는 않는다. 담요를 뒤집어쓰고 누워서 키니네를 먹으면 죽을 것처럼 고통스러워하며 땀을 쏟다가 낫게 되는 병인 것이다. 이질에 걸리는 수도 있지만, 데이비드슨은 노련한 사람이었다. 물을 끓이고 여과해서 마시면 안전하다. 물은 잘못 다루면 독약이나 다름없었다. 기니벌레 때문에 맨발로 물이 있는 곳을 밟으면 위험하지만, 기니벌레로 인해 죽지는 않는다.

레버 씨는 침대에 누웠으나 생각이 꼬리에 꼬리를 물고 이어져서 잠을 이룰 수 없었다. 그는 생각했다. 기니벌레 같은 것으로 죽지는 않아. 발이 많이 아프기는 하겠지만 말이야. 발을 물속에 넣으면 알이 떨어져 나가는 걸 볼 수 있지. 무명실처럼 생긴 기니벌레의 끝을 찾아내서 성냥개비에 감아야 해. 그렇게 해서 그게 끊어지지 않도록 조심스럽게 다리에서 빼내야 하지. 죽 펴면 무릎 길이가 돼. 난 이 나라에서 활동하기엔 너무 늙었어. 레버 씨는 그렇게 생각했다.

그때 심부름꾼 아이가 다시 그에게로 왔다. 아이는 모기장 너머에서 다급한 어조로 레버 씨에게 속삭였다. "나리, 일꾼들이 집에 가겠대요."

"집에 간다고?" 레버 씨가 지겹다는 듯이 물었다. 전에도 자주 들은 말이었다. "왜 집에 가겠다는 거야? 이번엔 또 뭐야?" 하지만 이번에는 또 무슨 투정인지 듣고 싶지 않았다. 십장이 반데족이라 반데족 일꾼들은 물을 길으러 보내지 않는다느니, 어떤 녀석이 빈 당밀 그릇을 훔쳐서 1페니를 받고 마을 사람에게 팔았다느니, 누구는 짐을 다른 사람들보다 적게 진다느니, 내일 갈 곳은 '너무 멀다'느니 하는 것일 터였다. 그는 말했다. "집에 가도 된다고 말해. 돈은 내일 아침에 다 줄 거야. 하지만 더 얹어 주는 건 없을 거다. 그대로 남아 있으면 톡톡히 챙겨 주려 했지만 말이다." 레버 씨는 녀석들이 이번에도 그냥 투정을 부려 보는 것이라고 믿었다. 그는 그런 것에 휘둘릴 만큼 순진하지 않았다.

"예, 나리. 더 주는 거 필요 없대요."

"이유가 뭐야?"

"그 백인처럼 열병에 걸릴까 봐 겁난대요."

"이 마을에서 짐꾼을 구할 테니 집으로 돌아가도 된다고 해."

"저도 돌아갈 거예요, 나리."

"꺼져." 레버 씨가 말했다. 이 말이 마지막 결정타였다. "잠 좀 자게 어서 나가." 아이는 곧바로 나갔다. 그만두기로 했으면서도 순종적이었다. 레버 씨는 잠이 들 수 있을 것 같지 않았다. 그는 모기장을 젖히고 침대 밖으로 나가(이번에도 맨발이었다. 모래벼룩 따위는 전혀 신경 쓰지 않았다) 약상자를 찾았다. 약상자는 잠겨 있었다. 당연했다. 여행 가방을 열어서 바지 주머니에 들어 있는 열쇠를 찾아야 했다. 수면제를 찾았을 때는 신경이 극도로 날카로워져 있었고, 그래서 그는 수면제를 세 알이나 먹었다. 그 덕에 잠이 들었다. 꿈도 없는 무거운 잠이었다. 눈을 떠 보니 무엇 때문이었는지 잠을 자다 팔을 쭉 뻗은 탓에 모기장이 열려 있었다. 이 집에 모기가 한 마리라도 있다면 그는 물렸을 것이다. 그러나 물론 모기는 한 마리도 없었다.

그는 골칫거리가 사라지지 않았음을 이내 알 수 있었다. 마을은—그는 마을 이름을 몰랐다—언덕마루에 자리 잡고 있었다. 조그만 고원의 동서로 숲이 뻗어 있었다. 아직 어둠에 싸인 서쪽은 바닷물처럼 형체 없는 어둑한 덩어리로 보였지만, 동쪽은 이미 고르지 않고 삐죽삐죽한 윤곽뿐 아니라 야자나무 숲 너머 높게 솟은 거대한 회색빛 목화나무들도 알아볼 수 있을 정도였다. 이 사람들은 언제나 동이 트기 전에 그를 깨웠는데 오늘은 아무도 그를 깨우지 않았다. 짐꾼 두세 명이 초막 밖에서 뚱한 얼굴로 앉아 얘기를 나누고 있었다. 심부름하는 아이도 그들과 함께 있었다. 레버 씨는 다시 안으로 들어가서 옷을 입었다. 그는 늘 마음을 굳게 먹어야 한다고 생각했다. 그러나 그는 두려웠다. 자기를 버려두고 모두 떠날까 봐 두려웠고, 자신도 어쩔 수 없이 돌아가야 하는 상황이 닥칠까 봐 두려웠다.

다시 밖으로 나왔을 때는 마을이 활기를 띠었다. 아낙네들이 물을 길으러 언덕을 내려가고 있었다. 그녀들은 구불구불한 길을 말없이 걸으며 짐꾼들을 지나치고, 추장들이 묻힌 평평한 바위들을 지나고, 녹황색 카나리아처럼 생긴 라이스버드라는 새들이 깃들인 조그만 나무숲을 지나갔다. 레버 씨는 닭과 새끼를 낳은 암캐와 소똥 사이에 놓인 접의자에 앉아 심부름하는 아이를 불렀다. 그는 '강경한 태도'를 취했다. 하지만 일이 어떻게 전개될지 알 수 없었다. "추장에게 내가 얘기 하고 싶어 한다고 전해." 그가 말했다.

시간이 조금 걸렸다. 추장이 아직 일어나지 않은 것이었다. 이윽고 파란색과 흰색 천으로 만든 헐거운 옷을 입은 추장이 중산모를 반듯이 고쳐 쓰면서 나타났다. 레버 씨가 말했다. "나를 백인이 있는 곳까지 데려다주고 다시 데려올 짐꾼을 대 달라고 추장에게 말해. 이틀 동안이다."

"추장님이 안 하겠대요." 아이가 말했다.

레버 씨는 분통을 터뜨렸다. "빌어먹을. 안 한다면 내게서 아무 보답도 받지 못할 거라고 말해. 단 한 푼도." 하지만 곧바로 자신은 대책 없이 이들의 정직한 심성에 의지하여 지내고 있다는 사실이 떠올랐다. 초막 안, 모두가 볼 수 있는 곳에 자신의 돈 상자가 있었다. 그저 들고 가면 그만이었다. 이곳은 영국이나 프랑스의 식민지가 아니었다. 해안의 흑인 관리들에게 얘기해 봤자 신경 쓰지 않을 것이다. 신경 쓴다고 해도 길을 몰라 헤매는 한 영국인이 내지에서 강도를 당했다고 해서 그들이 할 수 있는 일은 아무것도 없을 것이다.

"추장님이 몇 사람이냐고 해요."

"딱 이틀 동안이니까," 레버 씨가 말했다. "여섯 사람이면 돼."

"추장님이 얼마 주느냐고 해요."

"하루에 6펜스. 먹을 것 주고."

"추장님이 안 한대요."

"그러면 하루에 9펜스."

"추장님이 너무 멀대요. 1실링 달래요."

"알았어, 알았어." 레버 씨가 말했다. "1실링 주마. 너희는 집에 가고 싶으면 가라. 지금 삯을 줄 테니. 하지만 더 주는 건 한 푼도 없다."

그 사람들이 자기를 남겨 두고 떠날 거라는 생각은 해 본 적이 없던 레버 씨는 발길을 돌려 뚱한 얼굴로 서쪽을 향해 언덕을 내려가는 그들(그들도 자신들이 부끄러웠다)의 모습을 바라보고 있자니 기분이 울적했다. 그들은 짐이 하나도 없는데도 노래를 부르지 않고 말없이 고개를 숙인 채 시야에서 사라졌다. 심부름하는 아이도 그들과 함께 떠났다. 이제 그의 곁에 있는 거라곤 수많은 상자들과 영어는 한 마디도 못하는 추장뿐이었다. 레버 씨는 빙긋 미소 지었다. 그 미소가 가볍게 떨렸다.

10시가 지나서야 레버 씨는 새로운 짐꾼을 다 모을 수 있었다. 그는 그들 역시 하나같이 가고 싶어 하지 않는다는 것을 알 수 있었다. 게다가 어두워지기 전에 데이비드슨을 찾으려면 한낮의 뜨거운 열기를 견뎌 내며 계속 걸어야 할 터였다. 그는 가고자 하는 곳을 추장이 제대로 설명해 주었기를 바랐지만, 그로서는 알 수 없는 노릇이었다. 그들과의 의사소통이 완전히 막혀 버린 것이었다. 짐꾼들과 함께 동쪽으로 난 비탈을 내려가기 시작했을 때 그는 혼자인 것이나 다름없는 처지였다.

곧 숲에 이르렀다. 보통 숲을 떠올리면 야성의 아름다움과 자연의 활기찬 힘이 생각나지만, 이 라이베리아의 숲은 그저 거칠고 칙칙한 푸른 황야일 뿐이었다. 뒤엉켜서 자라는 잡초들이 끝없이 펼쳐진 수풀 사이에 난, 폭이 30센티미터 정도인 길을 계속 헤치며 나아가야 했다. 주변의 풀들은 자라는 게 아니라 죽어 가는 것만 같았다. 살아 움직이는 것은 없었다. 다만 머리 위에서 커다란 새 몇 마리가 보이지 않는 하늘을 배경으로 기름칠하지 않은 문에서 나는 것 같은 삐걱거리는 소리를 내며 날갯짓하고 있을 뿐이었다. 볼만한 경치도 없고, 눈을 돌릴 만한 곳도 없었다. 풍경의 변화가 전혀 없었다. 그를 지치게 하는 것은 더위가 아니라 지루함이었다. 무엇을 생각할 것인지, 생각할 거리를 생각해 내야 했다. 그러나 에밀리조차도 한 번에 3분 이상 마음에 담아 두기 어려웠다. 길이 물로 덮여 레버 씨가 짐꾼의 등에 업혀야 했을 때는 방심할 수 있어서 마음이 놓였다. 처음에는 흑인의 몸에서 나는 자극적인 강한 냄새가 싫었지만(어릴 적에 아침 식사로 먹어야 했던 음식을 생각나게 하는 냄새였다) 곧 적응이 되었다. 이제는 냄새가 나는지 어떤지도 모를 정도였다. 물가에 모여 있다가 무리 지어 날아올라 그의 허리 주위를 맴도는 제비 꼬리 모양의 커다란 녹색 나비들이 아름답다는 것도 느끼지 못했다. 감각이 무뎌져서 지루함 말고는 거의 아무것도 느껴지지 않았다.

그러나 앞장서서 걷던 짐꾼이 길에서 조금 떨어진 곳에 파 놓은 네모난 구덩이를 가리켰을 때, 무뎌진 감각이 되살아나 레버 씨는 또렷한 안도감을 느꼈다. 그는 데이비드슨이 이쪽으로 왔음을 알아차렸다. 그는 걸음을 멈추고 살펴보았다. 키 작은 시신을 묻으려고 판 무덤처럼 생겼으나 일반적인 무덤보다는 더 깊었다. 밑으로 3.5미터쯤 내려간 곳에 검은 흙탕물이 고여 있었다. 옆벽이 무너지지 않도록 받쳐 놓은 나무 버팀목 몇 개는 썩기 시작했다. 구덩이는 비가 내린 뒤에 판 게 분명했다. 레버 씨가 신제품 쇄석기 계획서와 견적서를 가지고 여기까지 온 것에 비추어 보면, 초라하게 여겨지는 구덩이였다. 그는 규모가 큰 산업과 관련된 일, 갱구의 모습, 굴뚝의 연기, 연속적으로 늘어선 우중충한 작은 주택들, 사무실의 가죽 안락의자, 좋은 엽궐련, 프리메이슨 회원 간의 악수 등에 익숙해 있었다. 그래서 루커스 씨의 사무실에서 느꼈던 것과 같은, 자신의 신세가 나락으로 떨어진 느낌이 다시 찾아들었다. 마치 방치되어 풀이 무성한 뒤뜰에 어린애가 파 놓은 구덩이 옆에서 사업을 하는 기분이었다. 중개료가 몇 퍼센트니 하는 따위의 생각이 무덥고 습한 공기 속에서 시들해졌다. 그는 고개를 저었다. 용기를 잃으면 안 되었다. 이것은 좀 오래된 구덩이일 거라고 생각했다. 아마 데이비드슨은 그 후에 더 크고 멋진 구덩이를 팠을 것이다. 나이지리아에서 금맥의 한쪽 끝이 발견되었고 시에라리온에서 다른 쪽 끝에 해당하는 금맥이 발견되었으므로 금맥이 이 공화국을 지나가리라는 것은 상식에 속하는 판단이었다. 거대한 광산도 처음에는 땅속에 판 구덩이로부터 시작하기 마련이었다. 회사 측은(그는 브뤼셀에서 회사 중역들과 이야기를 나눈 적이 있었다) 확신에 차 있었다. 그들이 필요로 하는 것은 현장에 나가 있는 사람이 이 쇄석기가 현지 상황에 적합하다고 인정하고 승인해 주는 것뿐이었다. 내가 받아 내야 할 것은 서명뿐이야, 그는 검은 흙탕물 웅덩이를 물끄러미 내려다보며 혼자서 중얼거렸다.

다섯 시간이면 갈 것이라고 추장은 말했지만 여섯 시간이 지났는데도 그들은 여전히 걷고 있었다. 레버 씨는 아무것도 먹지 않았다. 데이비드슨이 있는 곳까지 가는 게 우선이었다. 그는 뜨거운 열기 속을 내내 걸었다. 숲이 햇빛이 직접 내리쬐는 것을 막아 주었지만, 대신 공기를 차단했다. 이따금 하늘이 트인 곳에 이르면 곧장 내리쬐는 햇빛에 몸이 축 늘어지는 기분이었지만, 그래도 숨 쉴 공기가 더 많아서 그늘에 있을 때보다 더 시원한 것 같았다. 4시쯤 되자 열기는 수그러들었지만, 어두워지기 전에 데이비드슨이 있는 곳에 도착하지 못할까 봐 불안해지기 시작했다. 발이 아팠다. 지난밤에 모래벼룩이 붙은 것이었다. 마치 누군가가 발가락에 성냥불을 갖다 댄 것처럼 화끈거렸다. 5시쯤에는 흑인 시체를 보게 되었다.

또 다른 네모난 구덩이가 레버 씨의 눈을 사로잡았다. 거친 풀밭 사이, 하늘이 트인 조그만 공터에 파 놓은 구덩이였다. 그는 그 안을 들여다보다가 사람의 얼굴이 자신의 눈을 되쏘아보고 있는 것을 마주하고 깜짝 놀랐다. 검은 흙탕물 속에서 흰 눈알이 인광처럼 빛났다. 좁은 구덩이에 집어넣느라 흑인의 몸은 두 겹으로 보일 만큼 구부러져 있었다. 구덩이는 무덤으로 쓰기에는 너무 작았다. 시체는 부풀어 있었다. 하나의 커다란 물집처럼 보이는 시체의 몸은 바늘로 찌르면 터질 것만 같았다. 레버 씨는 메스꺼웠다. 어두워지기 전에 마을로 돌아갈 수만 있다면 정말 돌아가 버리고 싶은 충동을 느꼈다. 그러나 이제는 계속 가는 수밖에 없었다. 다행히 짐꾼들은 시체를 보지 못했다. 그는 손짓을 하면서 짐꾼들을 앞으로 몰았다. 그런 다음 욕지기를 참아 가며 짐꾼들 뒤를 따랐다. 나무뿌리에 자꾸 발이 걸려 휘청거렸다. 그는 햇빛 가리는 헬멧을 벗어 부채질을 했다. 땀범벅이 된 넓죽한 얼굴이 창백했다. 방치된 시체를 본 것은 생전 처음이었다. 부모님이 돌아가셨을 때 그가 본 모습은 눈이 감기고 얼굴이 씻긴 상태에서 조심스럽게 입관된 모습이었다. 부모님은 묘비명에 쓰인 것처럼 '고이 잠들어' 계셨다. 하지만 하얀 눈알과 부풀어 오른 얼굴을 잠든 것과 연관 지어 생각할 수는 없었다. 레버 씨는 기도를 올리고 싶은 마음이 간절했지만, 이 같은 황량하고 칙칙한 황갈색 숲은 기도를 하기에 적합한 장소가 아니었다. 기도가 '우러나오지' 않았다.

땅거미가 깔리자 조그만 동물들의 기척이 났다. 메마른 풀과 바삭거리는 나무들 속에 뭔가가 살고 있었다. 원숭이라면 좋을 텐데…… 사방에서 그것들이 재잘거리고 소리 질렀다. 하지만 너무 어두워 보이지 않았다. 그는 겁에 질린, 그러나 무엇 때문에 겁에 질렸는지 말하지 않는 군중 한가운데에 있는 장님 같았다. 짐꾼들도 겁이 나는 것 같았다. 짐꾼들은 20킬로그램이나 되는 짐을 지고서 희미한 허리케인 램프 불빛을 앞세운 채 달렸다. 짐꾼들의 납작하고 큼지막한 발이 찰싹찰싹 땅을 밟는 소리가 마치 빈 장갑으로 땅을 치는 소리처럼 들렸다. 레버 씨는 혹시 모기 소리가 나는지 알아보려고 신경을 곤두세우며 귀 기울였다. 이제는 모기가 나올 것 같았던 것이다. 그러나 모기 소리는 전혀 들리지 않았다.

이윽고 조그만 개울 위, 비탈 꼭대기에 이르렀을 때 그들은 데이비드슨을 발견했다. 가로세로 각 3.5미터 정도의 크기로 정리되어 있는 네모난 땅에 조그만 천막 하나가 세워져 있었다. 데이비드슨은 구덩이를 하나 더 파 놓았다. 비탈길을 오를 때 그 광경이 어렴풋이 눈에 들어왔다. 천막 밖에 쌓아 놓은 식료품 상자, 소다수 사이펀, 여과기, 에나멜 대야도 눈에 띄었다. 그러나 그곳에는 불빛이 없고 소리도 나지 않았으며 천막 자락은 닫혀 있지 않았다. 레버 씨는 백인이 죽었다는 추장의 말이 사실일 수도 있다는 생각을 떠올리지 않을 수 없었다.

레버 씨는 램프를 들고 몸을 굽혀 천막 안으로 들어갔다. 침대 위에 사람이 있었다. 레버 씨는 처음에는 데이비드슨이 온통 피로 덮여 있는 줄 알았다. 그러나 셔츠와 카키색 반바지와 까칠하게 자란 턱수염을 더럽힌 것이 그의 입에서 나온 검은 토사물임을 이내 알게 되었다. 그는 손을 뻗어 데이비드슨의 얼굴을 만졌다. 손바닥에서 느껴지는 미세한 숨결이 아니었다면 데이비드슨이 죽었다고 생각했을 것이다. 그의 살은 싸늘했다. 레버 씨는 램프를 더 가까이 가져갔다. 얼굴이 레몬같이 노랬다. 이제 그는 모든 것을 알아차렸다. 심부름하는 아이가 열병이라고 말했을 때는 이 생각을 하지 못했다. 말라리아로 죽지는 않는다는 건 사실이다. 그렇지만 1898년도에 뉴욕에서 읽었던 특이한 뉴스 하나가 머리에 떠올랐다. 리우데자네이루에서 황열병이 발생했는데, 치사율이 94퍼센트나 된다는 것이었다. 그때는 그에게 아무 의미 없는 기사였지만, 지금은 그 의미가 뚜렷하게 다가왔다. 병든 데이비드슨은 그가 지켜보고 있는 동안 전혀 의식이 없었다. 그의 입은 뭔가를 간헐적으로 흘려보내는 수도꼭지 같았다.

처음에는 모든 게 끝장난 것만 같았다. 출장 여행도, 희망도, 에밀리와의 생활도…… 데이비드슨을 상대로 할 수 있는 게 아무것도 없었다. 이 사내는 의식이 없었다. 맥박이 너무 희미하고 불규칙해서 죽었다는 생각이 들었는데, 얼마 후 여러 차례에 걸쳐 다시 입에서 검은 토사물이 흘러나왔다. 그러니 몸을 닦아 줘도 소용없었다. 레버 씨는 데이비드슨의 몸에 자신의 담요를 덮어 주었다. 몸이 너무 싸늘해서 만지고 싶지 않았기 때문이었는데, 자신이 옳은 일을 한 것인지 아니면 치명적으로 해로운 일을 한 것인지 알 수 없었다. 그가 살아날 가능성이 있다 해도, 그나 레버 씨나 어찌할 도리가 없었다. 밖에서는 짐꾼들이 불을 피우고, 가지고 온 쌀로 밥을 짓고 있었다. 레버 씨는 자신의 접의자를 펴서 침대 옆에 앉았다. 깨어 있고 싶었다. 이 상황에서는 깨어 있는 게 온당할 것 같았다. 가방을 여니 에밀리에게 쓰다가 마무리 짓지 못한 편지가 있었다. 그는 데이비드슨의 옆에 앉아 편지를 이어서 쓰려고 했지만, 이미 여러 차례 쓴 말밖에 생각나지 않았다. **몸조심해, 에밀리. 맥주와 우유 잊지 말고.**

편지를 쓰다 말고 레버 씨는 잠이 들었다. 새벽 2시에 잠에서 깬 그는 데이비드슨이 죽었다고 생각했다. 그러나 이번에도 그의 생각이 틀렸다. 그는 몹시 목이 말랐다. 심부름하는 아이가 그리웠다. 아이는 그날의 행군이 끝나면 언제나 맨 먼저 불을 피우고 주전자를 올려놓는 일부터 시작했다. 그러면 레버 씨의 탁자와 의자가 놓일 때쯤엔 여과기에 넣을 물이 준비되어 있게 마련이었다. 그는 데이비드슨의 사이편에 소다수가 반 컵 정도 남아 있는 것을 발견했다. 건강 문제가 자기 혼자만의 일이라면 개울가로 달려갔을 것이다. 그러나 그에겐 에밀리가 있었다. 침대 옆에 타자기가 있었다. 이번 일이 실패했다는 보고서를 지금 쓰는 게 좋겠다는 생각이 레버 씨의 머리에 떠올랐다. 그

236

러면 자지 않고 깨어 있을 수 있으리라. 그는 몇 통의 편지 밑에서 타이핑을 하고 서명을 했으나 봉하지는 않은 서류를 발견했다. 데이비드슨은 갑자기 병에 걸린 것 같았다. 레버 씨는 흑인을 구덩이에 집어넣은 사람은 데이비드슨이 아닐까 생각했다. 이곳에 심부름꾼의 흔적이 전혀 없는 걸 보면 그 흑인이 심부름하는 아이였는지도 모른다. 그는 타자기를 무릎 위에 올려놓고 제목을 쳤다. '그레 근처 캠프에서'.

많은 돈을 들이고 늙은 몸을 혹사해 가며 이처럼 멀리까지 와서, 어두운 천막 안 죽어 가는 사내 옆에서 어쩔 수 없이 파멸을 맞이해야 한다는 게 레버 씨는 너무 억울했다. 이럴 바엔 플러시 양탄자가 깔린 자기 집 거실에서 에밀리와 함께 파멸을 맞이하는 게 더 나았을 것이다. 어젯밤 야전침대 옆, 모래벼룩과 쥐와 바퀴벌레가 득시글거리는 흙바닥에 무릎을 꿇고 앉아 기도했던 게 헛일이었다는 생각이 들자 반항심이 일었다. 처음으로 모기 소리가 들렸다. 모기 한 마리가 앵앵거리며 천막 안을 날아다녔다. 그는 모기를 잡으려고 거칠게 날뛰었다. 그는 이제 자신이 로터리클럽 회원이었다는 것도 의식하지 않으려 했다. 삶의 의미를 상실했고, 그래서 모든 구속에서 벗어난 느낌이었다. 도덕은 한 인간이 동료들과 함께 행복하게, 성공적으로 살아갈 수 있게 해 주는 것이다. 그러나 레버 씨는 행복하지 않았고 성공하지도 못했으며, 이 답답한 작은 천막 안에 있는 그의 유일한 동료는 '광고의 허위성'이나 레버 씨가 이웃집 소를 탐하는 것에 신경을 쓸 처지가 못 되었다. 관념이란 것이 자신이 처한 위치에 따라 달라질 수 있는 지리적 성격을 띠고 있음을 알면 자신의 관념을 온전히 지킬 수 없게 된다. '죽음의 엄숙함?' 죽음은 엄숙하지 않다. 죽음이란 것은 레몬같이 노란 피부와 검은 토사물일 뿐이었다. '정직은 최선의 방책?' 그는 갑자기 이 말이 얼마나 허위적인지 깨달았다. 이제 그는 타자기 앞에 행복하게 앉아 있는 무정부주의자였다. 에밀리에 대한 사랑이라는 단 하나의 개인적인 관계만을 생각하는 무정부주의자였다. 레버 씨는 타자를 치기 시작했다. **본인은 신제품 루커스 쇄석기 계획서와 견적서를 면밀히 검토했으며……**

레버 씨는 격렬한 행복감에 사로잡혀 생각했다. 내가 이긴다. 이 편지는 데이비드슨이 회사에 보내는 마지막 편지가 되리라. 젊은 동업자가 브뤼셀의 깔끔한 사무실에서 이 편지를 뜯어볼 것이다. 그런 다음 워터맨 만년필로 자신의 의치를 톡톡 두드리며 골즈 씨에게로 가서 보고할 것이다. **이 모든 요소를 고려할 때, 저는 이 의견을 채택할 것을 권합니다……** 그들은 루커스에게 전보를 보낼 것이다. 회사의 신임이 두터운 대리인 데이비드슨은 정확히 알 수 없는 어떤 날짜에 황열병으로 사망한 것으로 판명 날 터이다. 또 다른 대리인이 파견될 것이고, 그러면 쇄석기는…… 레버 씨는 여분의 종이에 데이비드슨의 서명을 조심스럽게 베꼈다. 만족스럽지 않았다. 이번에는 글자에 대한 자신의 고정관념이 끼어들 여지를 줄이기 위해 원본을 거꾸로 놓아 위아래를 바꿔 놓고 나서 베꼈다. 나아지긴 했지만 여전히 만족스럽지 않았다. 그는 주변을 뒤져서 데이비드슨이 쓰던 펜을 찾았다. 그 펜으로 서명을 다시 베끼기 시작했다. 계속 베껴 보았다. 베끼다가 잠이 들었다. 한 시간 뒤에 깨어나니 램프가 꺼져 있었다. 기름이 다 타 버린 것이었다. 그는 동이 틀 때까지 데이비드슨의 침대 옆에 그대로 앉아 있었다. 한 번은 모기에 발목이 물렸다. 손바닥으로 그 자리를 찰싹 때렸으나 너무 늦었다. 모기는 앵 날아가 버렸다. 동이 텄을 때 보니 데이비드슨은 죽어 있었다. "이런, 이런." 그가 중얼거렸다. "가엾은 친구." 그 말을 하며 한쪽 구석에 조심스럽게 침을 뱉었다. 아침이어서 그런지 입 안이 몹시 텁텁했던 것이다. 자신이 지녀 온 인습의 찌꺼기를 뱉어 버 린 기분이었다.

레버 씨는 짐꾼 두 사람을 부려서 데이비드슨이 판 구덩이에 그를 말끔히 집어넣었다. 이제는 더 이상 사람들이 두렵지 않았다. 실패도 두렵지 않았고, 에밀리와 따로 떨어져 사는 것도 두렵지 않았다. 그는 에밀리에게 쓴 편지를 찢었다. 소심함과 은밀한 두려움이 배어 있으 며 **맥주 잊지 마, 몸조심해** 따위의 연약하고 호들갑스러운 문장이 담긴 그 편지는 이제 그의 기분을 반영하지 못했다. 그는 편지만큼이나 빨 리 집에 돌아갈 것이고, 이제는 자기네가 꿈도 꾸지 않았던 일들을 함 께하게 될 것이다. 이번 쇄석기에 들어간 돈은 시작에 불과하다. 그의 꿈은 이제 이스트본을 넘어 멀리 스위스까지 뻗어 나갔다. 그냥 가만 히 놔두면 리비에라까지 뻗어 나갈 것 같은 기분이었다. '집으로 돌아 가는 여행'을 생각하니 마냥 행복했다. 그는 규정에 얽매여 소심하게 살아온 오랜 세월 동안 자신을 억눌렀던 것들로부터 해방되었다. 자 신의 부정직함, 피커딜리에서 여자와 놀아난 일, 스톤스 음식점의 명 주名酒를 지나치게 마셔 댄 일 따위에 대한 기억을 맴돌며 자신을 부 끄럽게 만드는 자의식 과잉의 두려움에서도 해방되었다. 이제 그는 그런 하찮은 것들에 야유를 보낼 수 있었다……

그러나 이 글을 읽고 있는 독자 여러분은 레버 씨보다 훨씬 더 많은 걸 알고 모기의 이동 경로를 추적할 수도 있으므로, 모기가 몸이 부풀 어 오른 흑인에서 데이비드슨의 천막으로 그리고 레버 씨의 발목으로 옮겨 다녔다는 사실을 알 것이다. 여러분은 하느님이, 인간의 나약함 을 긍휼히 여기시는 자비로운 하느님이, 레버 씨가 서툰 위조문서를 몸에 지니고 감염된 황열병 병균을 핏속에 지닌 채 숲길을 걸어 집으로 돌아갈 때 그에게 사흘간의 행복을, 고통의 사슬로부터 사흘간의 해방을 기꺼이 허락하신 것을 믿을 수 있으리라. 내가 만약 레버 씨가 지금 즐거운 기분으로 돌아가는 그 칙칙하고 황량한 숲—어떤 영적인 삶도 믿을 수 없고, 사방의 풀들이 시들어 죽어 가는 자연 바깥의 것은 어떤 것도 믿을 수 없는 숲—에 대한 개인적인 경험으로 인해 믿음이 흔들리지만 않았다면, 이 이야기는 그와 같은 사랑의 하느님을 향한 나의 믿음을 북돋아 주었을 것이다. 그러나 물론 모든 일에는 두 가지 견해가 있는 법이다. 이 말은 레버 씨가 루르에서 맥주를 마시면서, 로렌에서 페르노를 마시면서 중장비를 판매할 때 즐겨 쓰던 표현이었다.

(1936)

형제
Brother

처음에 나타난 것은 공산당원들이었다. 열두 명쯤 되어 보이는 패거리가 콩바에서 메닐몽탕으로 이어지는 대로를 빠른 걸음으로 걸었다. 그 뒤를 젊은 남녀가 조금 뒤처져서 따라갔다. 남자가 다리를 다쳐서 여자가 부축하고 있었던 것이다. 그들의 표정에는 초조함과 고민스러움과 절망감이 묻어 있었다. 마치 기차를 타기에는 너무 늦었다는 것을 이미 알면서도 기차를 타러 열심히 가 보는 사람들 같은 표정이었다.

카페 주인은 멀리 떨어져 있을 때부터 그들이 오는 모습을 보았다. 아직 가로등이 불을 밝히던 시절이었는데(가로등 전구들이 총에 맞아 깨져서 밤이면 파리의 그 지역이 암흑천지가 되는 것은 그 뒤의 일이었다), 그들 패거리가 가로수도 없는 널따란 대로에 뚜렷이 모습을 드러낸 것이었다. 해가 진 뒤로 카페에 들어온 손님은 한 명뿐이었다. 그리고 얼마 안 있어 콩바 쪽에서 총소리가 들려왔다. 지하철역이 문을 닫은 지도 몇 시간 되었다. 그런데도 주인의 성격에 고집스럽고 지기 싫어하는 면이 있어서 카페 문을 닫지 않았다. 욕심 때문인지도 몰랐지만, 아무튼 그게 뭔지 알지 못한 채 자신의 누르스름한 넓은 이마를 유리창에 대고 이쪽저쪽을, 대로 위아래를 살폈다.

그러나 그 패거리가 눈에 띈 데다 그들이 서두르고 있는 기색이어서 그는 곧바로 카페 문을 닫기 시작했다. 그는 먼저 카페에 있는 유일한 손님에게로 가서 문을 닫는다고 알려 주었다. 손님은 당구대 주위를 돌면서 당구를 치고 있었는데, 한 번 칠 때마다 인상을 찌푸리면서 옅은 콧수염을 매만지곤 했다. 널찍이 퍼져 가는 흐릿한 불빛 아래 드러난 얼굴에 약간 푸릇한 빛이 감돌았다.

"빨갱이들이 오고 있어요." 주인이 말했다. "얼른 돌아가시는 게 좋겠습니다. 전 가게 문을 닫고 있습니다."

"방해하지 마쇼. 저 사람들이 날 해치진 않을 테니." 손님이 말했다. "이게 바로 묘기 당구라는 거요. 빨간 공이 보크라인 안에 있잖소. 쿠션을 피해 깎아치기 기술로 치는 거요." 그는 공을 톡 찔러서 곧장 포켓에 집어넣었다.

"그런 것까지 하는 줄은 미처 몰랐어요." 주인이 대머리를 까닥이며 말했다. "집에 돌아가는 게 좋을 거예요. 우선 문 닫는 걸 도와주지 않겠어요? 아내를 집에 보내 버려서……" 손님은 손가락 사이로 큐를 달그락거리면서 심술궂은 표정으로 주인을 쳐다보았다. "당신이 자꾸 말을 시키니까 당구가 잘 안되잖소. 당신은 겁먹을 만하지만, 나는 가난뱅이 아니오. 그러니 난 안전해요. 난 꿈쩍도 안 할 거요." 그는 외투를 걸어 둔 곳으로 가서 말라붙은 엽궐련을 꺼냈다. "흑맥주 한 잔 줘요." 그는 테이블 주위를 사뿐사뿐 걸으면서 당구공들을 건드렸다. 주인은 약간 짜증스러워하며 나이 든 티가 나는 조용한 걸음걸이로 바 안으로 돌아갔다. 그러나 맥주는 가져오지 않고 덧문을 닫기 시작했다. 동작 하나하나가 느리고 어색했다. 문을 다 닫으려면 아직 멀었는데, 공산당원 패거리가 가게 바깥까지 다다랐다.

그는 동작을 멈추고 싫은 기색을 숨긴 채 그들을 지켜보았다. 덧문을 달그락거리는 소리가 그들의 주의를 끌지 않았을까, 불안했다. 그는 생각했다. 내가 소리 내지 않고 가만히 있으면 이자들이 그냥 가지 않을까. 그는 공화국 광장 건너편에 있는 경찰 바리케이드를 떠올리며 고소해했다. 경찰이 이들을 끝장낼 것이다. 그동안은 꼼짝 않고 가만히 있어야 해. 그는 세상살이에서 터득한 지혜로 자신의 천성에 적합한 처세를 하고 있다는 생각에 은근한 만족감을 느꼈다. 그래서 그는 누르스름하고 통통한 얼굴을 긴장시킨 채 덧문 틈 사이를 조심스레 응시했다. 귀로는 옆방에서 나는 당구 치는 소리를 듣고, 눈으로는 젊은 사내가 여자의 팔에 의지한 채 절뚝거리면서 보도를 걸어오는 모습을 보았다. 밖에 있는 패거리는 제자리에 서서 미심쩍어하는 얼굴로 콩바 쪽 대로를 바라보았다.

그러나 이들이 카페로 들어왔을 때 그는 이미 바 뒤에 서서 미소를 띠고 고개를 굽실거리며 책잡힐 일이 없도록 행동했다. 한편으로는 이들 패거리가 둘로 나뉘어 여섯 명은 왔던 방향으로 달려서 돌아가기 시작했다는 것을 알아차렸다.

젊은 남자는 지하 저장고 계단 위 어두컴컴한 구석에 앉고 나머지 사람들은 무슨 일이 벌어질 것에 대비하여 문 주위에 서 있었다. 카페

주인인 자신은 아무것도 모르고 아무것도 이해하지 못하는데, 이자들은 무슨 일이 일어날 것인지 다 안다는 태도로 마실 것을 주문하지도 않은 채 자신의 카페 안에 서 있는 걸 보자 이상한 느낌이 들었다. 이윽고 여자가 일행에서 빠져나와 바로 다가와서 "코냑"이라고 말했다. 그는 아주 신중하게 딱 정량을 따라서 여자에게 주었다. 여자는 말없이 그 잔을 받아서 어둠 속에 앉아 있는 사내에게로 가더니, 사내의 입술에 잔을 대 주었다.

"3프랑입니다." 주인이 말했다. 여자는 잔을 들어 한 모금 마시고 나서, 사내의 입술이 같은 자리에 닿도록 잔을 돌려서 갖다 댔다. 그런 다음 무릎을 꿇고 앉아 자신의 이마를 사내의 이마에 대고 한동안 그대로 가만히 있었다.

"3프랑입니다." 주인이 말했으나, 그 목소리는 당당하지 못했다. 이제 구석에 앉은 사내는 보이지 않고, 추레한 검은색 무명 프록을 입은 여자의 야윈 등만 보였다. 여자는 무릎을 꿇은 자세로 남자의 얼굴을 보려고 몸을 앞으로 기울이고 있었다. 주인은 문간에 있는 남자 네 사람이 공산당원이라는 사실에 새삼 겁이 났다. 사유재산을 인정하려 들지 않는 작자들이고, 와인을 마시고 나서 돈을 내지 않고 가 버릴 작자들이었다. 그의 여자들을(하지만 그에게 여자란 아내뿐이었고, 아내도 여기 없었다) 겁탈할 작자들이고, 그의 금고를 털어 갈 작자들이고, 마음에 안 들면 곧장 그를 죽여 버릴 작자들이었다. 마음속에 이런 두려움이 자리 잡고 있었기에 그는 더 이상 그들의 관심을 끌기보다는 3프랑을 잃어버린 셈 치고 포기하기로 작정했다.

그러나 그게 전부가 아니었다. 그가 예상하고 있었던 최악의 상황이 벌어진 것이다.

문간에 서 있던 한 사내가 바로 다가와서 그에게 코냑 네 잔을 달라고 했다. "예, 예, 알았습니다." 주인이 말했다. 주인은 코르크 마개를 만지작거리며 속으로 성모 마리아에게, 천사를 보내 주세요, 경찰을 보내 주세요, 기동 헌병대를 보내 주세요, 코르크 마개를 뽑기 전에 지금 당장 보내 주세요, 하고 기도했다. "그럼 12프랑이네요."

"아니, 무슨 말씀을." 그 사내가 말했다. "여기 있는 우리는 다 동무 아니오. 뭐든 같이 나눠 가져야 하는 동무란 말이오. 내 얘길 들어 보시오." 그가 바 위로 몸을 기울이며 진지하게 조롱하는 투로 말했다. "동무, 우리가 가지고 있는 모든 것은 우리 것인 동시에 동무 것이오." 그러고 나서 한 발 뒤로 물러서더니 주인에게 자신을 다 보여 주는 자세를 취했다. 지저분한 넥타이, 올이 드러난 바지, 허기져 보이는 이목구비 등 원하면 뭐든 골라 가지라는 듯한 태도였다. "그러므로 동무, 같은 이치로 당신이 가지고 있는 모든 것은 우리 것이기도 한 거요. 코냑 네 잔도 마찬가지고. 뭐든 같이 나눠 가져야 하는 거요."

"물론 그렇지요." 주인이 말했다. "농담을 좀 한 거예요." 그때 무슨 소리가 들려서 그는 병을 든 채 잠시 엉거주춤 서 있었다. 카운터 위에 놓인 유리잔 네 개가 달그락거렸다. "기관총이로군요." 그가 말했다. "콩바 쪽이에요." 순간 그들이 코냑도 잊고 문 근처에서 안절부절못하는 모습을 보고 그는 빙그레 웃었다. 이제 곧이다, 그는 생각했다. 그러면 나도 놈들에게서 해방이다.

"기관총이라니." 그 공산당원 녀석이 못 믿겠다는 듯이 말했다. "놈들이 기관총을 써요?"

"글쎄요." 기동 헌병대가 그리 멀지 않은 곳에 있는 것 같은 낌새에 고무된 주인이 말했다. "무기를 안 가지고 있는 척해도 소용없어요."

그는 아버지가 자식 대하는 듯한 태도를 취하며 바 너머로 몸을 기울였다. "어쨌든 당신들의 사상은 프랑스엔 어울리지 않아요. 자유연애 말이오."

"누가 자유연애를 부르짖기라도 했소?" 공산당원이 말했다.

주인은 어깨를 으쓱하며 미소를 지은 다음 고갯짓으로 구석을 가리켰다. 여자가 남자와 등을 진 채 무릎을 꿇은 자세로 머리를 그의 어깨에 기대고 있었다. 그들은 말이 없었다. 브랜디 잔이 그들 옆 마룻바닥에 놓여 있었다. 여자의 베레모는 뒤로 조금 젖혀진 채 머리에 씌워져 있었고, 스타킹 한 짝은 무릎에서 발목까지 올이 풀린 자리가 꿰매어져 있었다.

"아니, 저 두 사람? 저들은 연인이 아니오."

"나는……" 주인이 말했다. "부르주아적인 생각에서 벗어나지 못하고 저 사람들이 연인 사이인 줄……"

"여자의 오빠요." 공산당원이 말했다.

그들은 바 주위로 몰려와서 그를 놀리며 웃어 댔다. 하지만 그 웃음소리는 집 안에 잠자는 사람이나 병든 환자가 있기라도 하듯이 나직했다. 그러는 중에도 그들은 내내 무슨 소리가 들리지 않는지 귀를 기울였다. 주인은 그들의 어깨 사이로 대로 건너편을 내다볼 수 있었다. 포부르뒤탕플의 모퉁이가 눈에 들어왔다.

"여기서 무얼 기다리고 있나요?"

"친구들." 공산당원이 말했다. 그는 두 손바닥을 내보이는 동작을 했는데, 마치 이렇게 말하는 것 같았다. 알다시피 우린 뭐든 같이 나눠 가져야 하오. 우리에겐 비밀이 없소.

포부르뒤탕플 모퉁이에서 뭔가가 움직였다.

"코냑 네 잔 더." 공산당원이 말했다.

"저 두 사람은요?" 주인이 물었다.

"그냥 내버려 두시오. 자기들끼리 알아서 할 테니까. 저들은 지쳐 있소."

몹시 지쳐 보였다. 메닐몽탕에서 걸어왔다고 해서 저렇게 지칠 리는 없었다. 더 먼 데서부터 걸어온 것 같았다. 일행보다 상태가 훨씬 더 나빠 보였다. 더 허기져 보였다. 일행의 환담과 우애 어린 목소리―주인은 이들의 환담과 우호적인 목소리에 친구들을 대접하고 있는 듯한 생각이 들 정도로 잠시 헷갈렸다―로부터도 벗어나서 어두운 구석에 앉아 있는 꼴이 극심한 절망에 빠진 모습이었다.

주인이 그 두 사람을 향해 웃으며 야한 농담을 던졌다. 그러나 그들은 알아들은 것 같지 않았다. 그들은 카운터 주변의 동지애로부터 차단된 동정받아야 할 사람인 것 같기도 하고, 더 깊은 우애를 지닌 선망의 대상인 것 같기도 했다. 주인의 머릿속에 까닭 없이 튀일리 정원에 겨울 하늘을 배경으로 일련의 느낌표처럼 늘어선 벌거벗은 잿빛 나무들이 떠올랐다. 그는 뭐가 뭔지 모를 만큼 얼떨떨하고 당혹스러운 기분에 사로잡혀 문을 통해 포부르뒤탕플 쪽을 내다보았다.

그들이 마치 오랫동안 만나지 못하다가 만나자마자 다시 작별해야 하는 사람들인 것 같은 기분이 들었다. 그는 자신이 무슨 행동을 하고 있는지 거의 의식하지 못한 채 잔 네 개에 브랜디를 채웠다. 그들이 투박한 손을 뻗어 잔을 잡았다.

"잠깐." 그가 말했다. "우리 카페에 이보다 더 좋은 술이 있어요." 순간 그는 대로 건너편에서 무슨 일이 벌어지고 있는지 알아차리고 잠시 동작을 멈췄다. 가로등 불빛이 파란 철모에 반사되어 번쩍였다. 기동 헌병대원들이 포부르뒤탕플의 입구 쪽에 줄지어 늘어섰으며, 기관총 하나가 카페의 창문을 조준하고 있었다.

그래, 주인은 생각했다. 내 기도가 응답받은 거야. 이제 난 보지도 말고 놈들에게 경고도 하지 말고 나 자신을 지켜야 해. 경비대가 옆문도 봉쇄하고 있을까?

"다른 술을 한 병 가져올게요. 진짜 나폴레옹 브랜디로. 뭐든 같이 나눠야죠." 주인은 바의 뚜껑 문을 열고 밖으로 나왔으나 이상하게도 승리의 기분이 별로 들지 않았다. 그는 일부러 천천히 당구실을 향해 걸었다. 자신의 거동으로 이들이 눈치를 채게 해서는 안 되었다. 이렇게 천천히, 자연스럽게 걷는 한 걸음 한 걸음이 프랑스와 자신의 카페와 자신의 저축을 지키고 놈들에게 타격을 주는 행위란 생각으로 기운을 내려고 애썼다. 여자를 지나가기 위해서는 그녀의 발을 넘어가야 했다. 그녀는 잠들어 있었다. 여자의 야윈 어깨가 무명옷 속에서 삐죽 튀어나온 게 눈에 띄었다. 눈을 들자 그녀의 오빠와 눈이 마주쳤다. 고통과 절망이 가득한 눈이었다.

그는 걸음을 멈추었다. 한 마디 말도 없이 그냥 지나칠 수는 없을 것 같았다. 사내에게 뭔가를 설명해 주어야 할 것 같은 기분이었다. 자신이 그 나쁜 패거리의 일원이나 된 듯한 기분이었다. 그는 가식적인 친밀감을 보이며 들고 있던 코르크스크루를 사내의 얼굴 앞에서 흔들었다. "코냑 한 잔 더 할래요?"

"그 사람들한테는 얘기해도 소용없소." 공산당원이 말했다. "독일인이니까. 한 마디도 못 알아들을 거요."

"독일인?"

"그래서 다리를 다친 거요. 포로수용소에 있었소."

주인은 어물거려서는 안 된다고 생각했다. 자신과 놈들 사이에 문을 걸어 두어야 한다, 끝이 얼마 남지 않았다, 하고 생각했다. 그러나 사내의 시선에 담긴 절망감에 그는 당황스러워하며 쩔쩔맸다. "이 사람은 여기서 무얼 하고 있는 겁니까?" 그의 말에 아무도 대답하지 않았다. 질문이 너무 바보스러워서 대답할 필요가 없다는 듯한 눈치였다. 주인은 고개를 푹 떨구고 지나갔다. 여자는 계속 잠들어 있었다. 주인은 자기를 빼고는 모두 다 친구들뿐인 방에서 나오는 낯선 사람인 것 같은 기분이 들었다. 독일인이라, 한 마디도 못 알아듣는다…… 그의 마음에 자리 잡은 짙은 어둠을 뚫고, 욕심과 미심쩍은 승리감을 뚫고 아주 오래전에 배운 독일어 단어들 몇 개가 스파이처럼 빛 속으로 떠올랐다. 학교에서 배운 〈로렐라이〉의 한 구절, 전시에 두려움과 항복을 연상시켰던 '카메라트' 그리고 어디서 배웠는지 모르지만 난데없이 불쑥 떠오르는 '마인 브루더'라는 말이었다.* 문을 열고 당구실에 들어간 그는 문을 닫고 살며시 열쇠를 돌려 잠갔다.

"흰 공이 보크라인 안에 있죠?" 손님은 그렇게 말하고 나서 커다란 녹색 당구대 위로 몸을 숙였다. 그러나 그가 성깔 있어 보이는 가느다란 눈을 찡그리고 겨냥하고 있는 동안 총성이 울리기 시작했다. 두 발의 총성에 가운데 유리창이 와장창 깨졌다. 여자가 뭐라고 소리를 질렀는데, 그로서는 알 수 없는 말이었다. 이어 마룻바닥을 후다닥 달려가는 발소리와 바의 뚜껑 문이 쾅 하고 닫히는 소리가 들렸다. 주인은 당구대에 몸을 기대고 앉아 또 다른 소리가 들리는지 열심히 귀를 기울였다. 그러나 정적만이 문 밑으로 스며들어 왔다. 정적만이 열쇠 구

---

* 독일어 카메라트Kamerad는 '동무', 마인 브루더mein Bruder는 '내 형제'라는 의미.

멍 사이로 새어 들어왔다.

"천. 저런, 당구대 천." 손님이 말했다. 주인이 밑을 내려다보니 자신의 손이 코르크스크루로 당구대에 구멍을 내고 있었다.

"이런 말도 안 되는 상황은 언제나 끝날까요?" 손님이 말했다. "난 집에 가겠소."

"기다려요." 주인이 말했다. "기다려 봐요." 주인은 다른 방에서 나는 목소리와 발소리에 귀 기울였다. 알지 못하는 사람들의 목소리였다. 이어 차를 대는 소리가 들렸고, 곧바로 차가 다시 떠나는 소리가 들렸다. 누군가가 문손잡이를 달그락거렸다.

"누구요?" 주인이 소리쳤다.

"당신은 누구야? 문 열어."

"아," 손님이 안도하며 말했다. "경찰이군. 내가 뭘 하고 있었더라? 흰 공이 보크라인 안에 있었지." 그는 큐에 초크를 칠하기 시작했다. 주인이 문을 열었다. 생각대로였다. 기동 헌병대가 도착한 것이었다. 창문이 박살 나긴 했지만 그는 이제 안전했다. 공산당원들은 이곳에 없었던 것처럼 깨끗이 사라졌다. 그는 위로 젖혀진 바의 뚜껑 문을 바라보고, 박살 난 전구를 바라보고, 바 뒤편의 술이 뚝뚝 떨어지는 깨진 술병을 바라보았다. 카페는 헌병대원들로 가득했다. 그는 옆문을 잠글 시간이 없었다는 것을 기억해 내고는 묘한 안도감을 느꼈다.

"당신이 주인이오?" 장교가 물었다. "이 사람들에게는 흑맥주 한 잔씩 돌리고, 나는 코냑 한 잔 주시오. 빨리."

주인은 계산했다. "9프랑 50상팀입니다." 그러고 나서 고개를 숙여 카운터 위에 놓이는 동전들을 주의 깊게 지켜보았다.

"우린 돈을 낼 거요." 장교가 의미심장하게 말한 다음, 턱으로 옆문을 가리켰다. "그놈들, 그놈들은 돈을 냈소?"

아니, 주인은 속으로 시인했다. 놈들은 돈을 안 냈어. 그러나 그는 동전을 세서 돈 서랍에 넣다가 갑자기 동작을 멈추고 장교가 주문했던 말을 조용히 되풀이해 보았다. "이 사람들에게는 흑맥주 한 잔씩 돌리고." 그는 생각했다. 적어도 달아난 놈들은 말이야, 이 말은 하지 않을 수 없는데, 놈들은 술을 가지고 그렇게 인색하게 굴진 않았어. 넷 다 코냑을 마셨다. 그러나 물론 돈은 내지 않았어. "그런데 유리창 말이에요." 그가 갑자기 거칠게 불만을 터뜨렸다. "이 유리창은 어떻게 하실 건가요?"

"걱정 마시오." 장교가 말했다. "정부에서 물어 줄 거요. 주인장은 청구서를 보내기만 하면 돼요. 내 코냑이나 빨리 주시오. 잡담할 시간 없소."

"보시면 알겠지만," 주인이 말했다. "술병이 다 깨졌잖아요. 저 값은 누가 치르죠?"

"모두 다 물어 줄 거요." 장교가 말했다.

"아무튼 지하 저장고로 가서 다시 가져와야 해요."

그는 물어 준다는 말만 되풀이하는 것에 화가 났다. 그는 생각했다. 이 작자들은 우리 카페에 들어오고, 유리창을 박살 내고, 내게 명령하듯이 말하고, 그러고서도 돈을 내고 물어 주면 만사 문제없다고 생각한단 말이야. 문득 이 사람들이 침입자라는 생각이 들었다.

"얼른 가지고 오시오." 장교가 말했다. 그러고 나서 몸을 돌리더니 총을 바에 기대어 세워 놓은 부하 한 명을 꾸짖었다.

지하로 내려가는 계단이 시작되는 곳에서 주인은 걸음을 멈추었다. 계단은 어두웠지만, 그는 바에서 나오는 불빛으로 계단 중간쯤에 시체 하나가 있는 것을 알아볼 수 있었다. 그는 부들부들 떨기 시작했고, 몇 초가 지난 뒤에야 성냥을 켤 수 있었다. 젊은 독일인이 머리를 곤두 박은 채 처박혀 있었다. 머리에서 나온 피가 아래쪽 계단으로 흘러내렸다. 눈을 치뜬 채 생의 절망감이 어린 그 시선으로 주인을 쏘아보았다. 주인은 그가 죽었다는 것을 믿을 수 없었다. "카메라트." 그가 허리를 숙이고 그 말을 하는 동안 성냥불이 손가락 끝을 그슬리면서 꺼졌다. 그는 조금 더 허리를 굽히며 독일어를 몇 마디 생각해 내려 애썼지만 기억나는 단어가 하나밖에 없어서 그 단어를 소리 내어 읊었다. "마인 브루더." 그런 다음, 그는 돌연 몸을 돌려 계단을 뛰어올라 가 장교의 얼굴 앞에서 성냥갑을 흔들면서 나직하지만 몹시 흥분한 목소리로 장교와 장교의 부하들 그리고 으슥한 녹색 그림자 밑에서 상체를 숙이고 있는 손님을 향해 소리쳤다. "나쁜 자식들! 나쁜 자식들!"

"그게 무슨 말이오? 그게 무슨 말이오?" 장교가 깜짝 놀라며 외쳤다. "저자가 당신의 아우란 말인가요? 그럴 리가." 장교는 호주머니 속의 동전을 쟁그랑거리면서 의아하다는 듯이 인상을 찌푸리며 주인을 바라보았다.

(1936)

252

즉위 25년 기념제
Jubilee

챌펀트 씨는 바지와 넥타이를 다림질했다. 그런 다음 다리미판을 접어서 한쪽으로 치웠다. 그는 키가 컸고 몸매도 아직 괜찮았다. 가구가 비치된 조그만 침실 겸 거실에 팬티 차림으로 있어도 용모가 준수해 보였다. 그의 방은 셰퍼즈마켓에서 멀찍이 떨어진 곳에 위치했다. 나이는 쉰 살이었으나 마흔다섯 살 이상으로 보이지 않았다. 그는 돈이 거덜 났지만 메이페어*를 떠나지 않고 남아 있을 생각은 확고했다.

근심스럽게 옷깃을 살펴보았다. 햄롤샌드위치를 먹으러 아침저녁으로 길모퉁이의 선술집에 간 것을 제외하고는 일주일 이상 외출을 하지 않았는데, 외출을 할 때면 늘 외투와 때 묻은 옷깃을 착용했다. 챌

---

* 런던의 고급 주택지.

펀트 씨는 이 옷깃을 한 번 더 착용한다고 해서 자신의 품위에 손상이 가지는 않으리라고 생각했다. 그는 세탁 비용을 지나치게 아끼는 것을 좋아하지 않았다. 돈을 벌기 위해서는 돈을 써야 하는 법이다. 그러나 낭비는 불필요한 짓이었다. 칵테일을 마시는 시간에 행운이 찾아들 거라는 생각도 별로 하지 않았지만, 자신의 사기 진작을 위해 외출하는 것이었다. 일주일 이상 레스토랑에 가지 않았더니 모든 걸 소홀히 하게 되고, 방 안에 머물면서 하루에 두 번 선술집에 가는 것으로만 생활이 한정되었던 것이다.

왕의 즉위 25년 기념제 장식물들이 5월의 추위와 바람 속에서 여전히 나부꼈다. 비와 매연으로 지저분해진 장식 리본들이 을씨년스럽게 부는 찬 바람에 날리며 피커딜리 가 여기저기에서 나뒹굴었다. 좋았던 한때를 생각나게 하는 것들이었지만, 챌펀트 씨는 그 축제를 즐기지 못했다. 그는 호루라기를 불지 않았고 종이 리본을 던지지도 않았다. 풍금 소리에 맞추어 춤을 추지도 않았다. 접은 우산을 들고 서서 신호등이 녹색 불로 바뀌기를 기다리는 그의 말쑥한 이목구비는 고상한 취향의 상징 같았다. 그는 끝부분이 닳은 한쪽 소매가 보이지 않도록 손을 움츠러뜨리는 법을 터득했다. 그리고 오늘 아침에는 막 다림질한 꽤나 고급스러운 클럽 회원용 넥타이가 좀 봐 줄 만할 터였다. 챌펀트 씨가 즉위 25년 기념제 주간 내내 밖에 나가지 않고 방에만 있었던 것은 애국심이나 충성심이 부족해서는 아니었다. 누군가가 술을 한잔 사기만 하면 챌펀트 씨는 누구보다도 더 진심 어린 마음으로 왕을 위해 건배하며 술을 마신다. 그러나 상식적인 판단보다 더 심원한 본능이 그에게 나돌아 다니지 말라고 경고했다. 그가 한때 알았던 많은 사람들이(그는 그렇게 설명했다) 시골에서 올라오고 있었다. 그 사람들은 그의 집을 방문하고 싶어 할 것인데, 그들에게 이런 방으로 오자고 할 수는 없는 노릇이었다. 그 일은 그의 분별력을 잘 보여 주었지만, 즉위 25년 기념제가 끝나기를 기다리는 동안 그가 느꼈던 중압감을 설명하지는 못했다.

이제 그는 다시 오래된 게임으로 돌아갔다.

그는 속으로 그것을 '오래된 게임'이라고 부르며 말끔하게 다듬은 잿빛 수염을 매만졌다. 누군가가 버클리 가로 통하는 길모퉁이를 빠른 걸음으로 걸어가면서 장난스럽게 팔꿈치로 그를 쿡 찌르며 말했다. "안녕하쇼, 늙다리 양반." 그러고는 그의 뇌리에 왕년의 '머디 앤드 더 부브' 시절에 곧잘 장난스럽게 팔꿈치로 찌르곤 했던 기억을 남긴 채 가던 길로 가 버렸다. 자기가 여자를 낚으려 한다는 사실을 감추지 못한 탓이었다. 그는 그 사실을 감추고 싶지 않았다. 그런 자세는 그 자신에게조차도 그가 하는 일을 꽤나 당당하고 태평스러운 일로 보이게 해 주었다. 그런 자세는 여자들이 보기와는 달리 젊지 않으며, 돈을 내는 사람이 여자—신이여, 그들에게 축복을!—라는 사실을 감추어 주었다. 또한 '머디 앤드 더 부브' 시절은 오래전에 자신의 머릿속에서 사라졌다는 사실을 감추어 주었다. 그의 지인 목록에는 여자들은 대단히 많고 남자는 한 사람이나 있을까 말까 했다. 너절하고 긴 경험을 흡연실에서 이야기하는 일에 관해서라면 챌펀트 씨보다 더 잘할 수 있는 사람이 없었다. 그러나 오늘날에는 챌펀트 씨가 환영받는 흡연실이 존재하지 않았다.

챌펀트 씨는 길을 건넜다. 쉬운 일이 아니었다. 이 일은 심신을 지치게 하는 것이어서 계속하기 위해서는 아주 많은 셰리가 필요했다. 첫 셰리는 언제나 그 자신을 위해 마셨는데, 소득세 신고 때 비용으로 신고한 금액이 30파운드나 되었다. 그는 좌우를 살피는 일 없이 출입구 안으로 곧장 걸어 들어갔다. 그가 휴게실의 침침한 물빛 조명 속을 바다표범처럼 어슬렁거리는 여자들을 꾀려 한다고 수위가 생각하게 되면 일이 잘 풀릴 리 없기 때문이었다. 그런데 그가 평소에 앉던 자리가 비어 있지 않았다.

그는 고개를 돌려 자신의 모습이 효과적으로 드러날 수 있는 다른 자리를 찾아보았다. 신경 써서 고른 넥타이, 구릿빛 피부, 기품 있는 잿빛 머리털, 강하면서도 우아한 모습, 은퇴한 식민지 총독 같은 분위기가 잘 드러날 수 있는 자리여야 했다. 그는 자신의 자리에 앉아 있는 여자를 슬며시 훔쳐보았다. 밍크코트, 한창때가 지난 몸매, 비싼 옷…… 어디선가 그녀를 본 것 같다는 생각이 들었다. 매일 같은 장소를 지나가면서 얼핏 보는 얼굴처럼 친숙하지만 눈에 띄지는 않는 얼굴이었다. 천박하고 쾌활해 보였으며, 돈이 많은 게 분명했다. 어디에서 그녀를 만났는지는 생각나지 않았다.

챌펀트 씨와 눈길이 마주치자 그녀가 찡긋 윙크했다. 그는 얼굴을 붉혔다. 겁이 났다. 전에는 이런 경우가 한 번도 없었다. 수위가 지켜보고 있었으므로 챌펀트 씨는 추문이 생겨 최후의 작업 장소인 익숙한 이 레스토랑을 잃어버리게 될 것만 같았다. 그렇게 되면 아마도 메이페어에 발을 붙이지 못하고 패딩턴의 어떤 을씨년스러운 장소로 내몰리게 될 것이고, 그런 곳에서는 최소한의 품위도 유지하지 못할 것이다. 내가 너무 두드러져 보이는 걸까, 챌펀트 씨는 그런 생각을 하며 그녀가 다시 윙크하기 전에 종종걸음으로 그녀에게 걸어갔다. "실례합니다만," 그가 말했다. "부인께선 저를 아시나 봐요. 언제……"

"얼굴이 낯익네요." 그녀가 말했다. "칵테일 한 잔 드세요."

"음," 챌펀트 씨가 말했다. "저는 셰리를 한 잔 마시는 게 좋을 것 같습니다만, 부인. 저, 저, 부인의 이름을 잊어버렸습니다."

"재미있는 분이시네요." 여자가 말했다. "에이미라고 불러 주세요."

"아." 챌펀트 씨가 말했다. "신수가 좋아 보이는군요, 에이미. 오랜만에, 수개월 만에, 아니 수년 만에 여기 앉아 있는 당신 모습을 보니 정말 기쁘네요. 우리가 마지막으로 만난 건······"

"그쪽을 또렷이 기억하진 못해요. 물론 그쪽이 날 처다봤을 때······ 저민 가에서 본 것 같다는 생각이 들었어요."

"저민 가는······" 챌펀트 씨가 말했다. "저민 가는 아닐 겁니다. 난 저민 가에서는 한 번도······ 틀림없이 내가 커즌 가의 아파트에서 살때 보았을 겁니다. 아주 멋진 저녁을 보낼 수 있는 곳이었죠. 그 뒤로 나는 누추한 집으로 이사를 갔답니다. 당신을 초대할 생각을 하지 못할 만큼 누추한 곳으로······ 그렇지만 우린 여길 나가서 당신의 조그만 보금자리로 갈 수 있을 겁니다. 당신은 건강해 보이고, 전보다 훨씬 더 젊어 보이는군요."

"행복한 날들이었죠." 에이미가 말했다. 챌펀트 씨는 움찔했다. 그녀가 자신의 밍크코트를 손가락으로 가리켰다. "하지만 난 은퇴했답니다."

"아, 돈이 거덜 났나 보군요?" 챌펀트 씨가 말했다. "나도 그 때문에 힘든 생활을 하고 있답니다. 우린 서로를 좀 위로해야겠군요. 경기가 안 좋은 것 같아요. 당신 남편 말이에요, 우리의 낭만적인 관계를 훼방 놓으려고 무지 애를 쓴, 짜증스러웠던 남자가 생각나는 것 같습니다. 참 낭만적이었어요. 안 그래요? 커즌 가에서의 저녁 시간들 말입니다."

"뭔가 잘못 알고 계신 것 같아요. 난 커즌 가에 간 적이 없는데……
그렇지만 내가 남편과 법석을 피웠던 때를 당신이 상기시켜 주니 본
드 가 근처의 뒷골목에서 생활하던 시절이 생각나네요. 그걸 기억하
다니 놀랍군요. 내가 잘못한 거예요. 이제 그걸 알겠어요. 아무튼 잘
되지 않았죠. 난 그이가 남편 같지 않다고 생각해요. 하지만 이제 난
은퇴했어요. 허, 참." 그녀가 말했다. 그런 다음 그녀는 챌펀트 씨가 그
녀의 작고 도톰한 입술에서 브랜디 냄새를 맡을 수 있을 만큼 가까이
몸을 앞으로 기울였다. "난 거덜 나지 않았어요. 한 재산 모았답니다."

"운이 좋군요." 챌펀트 씨가 말했다.

"즉위 25년 기념제 덕분에요." 에이미가 알려 주었다.

"난 기념제 동안 방에만 틀어박혀 있었어요." 챌펀트 씨가 말했다.
"기념제는 아주 잘 진행되었다는 걸 알고 있습니다."

"대단했어요." 에이미가 말했다. "난 나 자신에게 말했죠. 이 기념제
를 성공시키려면 모든 사람이 뭔가 해야 해. 그래서 난 거리를 말끔히
치우기로 했답니다."

"이해가 잘 안되는군요." 챌펀트 씨가 말했다. "장식물을 치운다는
말입니까?"

"아니에요, 아니에요." 에이미가 말했다. "전혀 그런 뜻이 아니에요.
난 우리 영연방 식민지 사람들이 런던에 왔을 때, 그 사람들이 본드 가
와 워도 가 같은 런던의 많은 지역에서 거리의 여자들을 보게 되는 것
이 좋아 보이지 않았어요. 나는 런던을 자랑스러워하거든요. 그래서
우리가 좋지 않은 평판을 얻는 건 온당치 않다고 생각했죠."

"그래도 사람들은 살아야 하잖아요."

"물론 그들도 살아야죠. 저기, 내가 이 사업을 하지 않았을 것 같아

요?"

"아," 챌펀트 씨가 말했다. "당신이 사업에 뛰어든 거예요?" 그 말은 그에게 적잖은 충격이었다. 그는 누군가 자신을 지켜보는 사람이 있을까 봐 재빨리 주변을 둘러보았다.

"그래서 나는 업소를 열고, 그 여자들하고는 결별했지요. 난 모든 위험을 감수했어요. 그리고 물론 다른 비용도 썼답니다. 광고를 해야 했으니까요."

"어떻게, 당신은 어떻게 그걸 알렸습니까?" 그는 일종의 직업적인 관심을 갖지 않을 수 없었다.

"어렵지 않아요. 관광 안내소를 열었지요. 런던의 하층사회를 관광시켜 주었답니다. 라임하우스*와 그 비슷한 곳을요. 하지만 그 뒤에 뭔가를 은밀히 보여 주는 안내원을 원하는 양반들이 항상 있었어요."

"정말 기발하군요." 챌펀트 씨가 말했다.

"충성스러운 일이기도 했어요. 런던 거리를 적절히 정화했으니까요. 물론 나는 최고만을 골랐어요. 아주 까다롭게 엄선했지요. 몇몇은 망설였어요. 자기들이 일을 다 하지 않느냐고 말이에요. 하지만 내가 그녀들에게 말했듯이, 그건 '내 아이디어'였어요."

"그럼 이제 은퇴한 겁니까?"

"난 5천 파운드를 벌었어요. 이번 기념제는 내 기념제이기도 했답니다. 날 보면 그런 생각이 들지 않겠지만 말이에요. 나는 늘 여성 사업가가 될 자질을 갖추고 있었어요. 그리고 어떻게 하면 사업을 확장할 수 있는지 알고 있었지요. 난 브라이턴에도 업소를 열었어요. 어떻

* 런던 동부의 빈민가.

게 말하면 영국을 정화한 거죠. 식민지 사람들에게는 정말 좋은 일이었어요. 최근 몇 주 동안은 온 나라에 돈이 많이 굴러다녔답니다. 셰리 한 잔 더 하세요. 당신은 안 좋아 보이네요."

"난 가야 합니다. 정말 가 봐야 해요."

"오, 그러지 마세요. 기념제잖아요. 안 그래요? 우리도 축하하자고요. 즐겁게."

"친구를 본 것 같아요."

그는 무기력하게 주위를 둘러보았다. 친구. 친구의 이름조차 생각나지 않았다. 그는 자신보다 성격이 강한 사람 앞에서 풀이 죽었다. 그녀는 맵시 있는 가을꽃처럼 활짝 피어 있었다. 자신은 늙었다는 생각이 들었다. 내 기념제라…… 끝이 닳은 자신의 소매가 보였다. 손을 움츠러뜨리는 것을 잊어버린 것이었다. 그가 말했다. "그럼 딱 한 잔만. 이건 반드시 내가 낼 겁니다." 은은하고 고상한 이곳에서 탁자를 치며 웨이터를 부르고, 못마땅한 기색으로 다가온 웨이터를 휘어잡는 그녀의 모습을 보면서, 그녀의 자신감과 건강을 보면서 챌펀트 씨는 너무 불공평하다는 생각을 하지 않을 수 없었다. 그는 신경염 증상이 있었다. 하지만 그녀는 활기찼다. 그녀는 진실로 깃발과 술과 깃털 장식과 행렬에 어울리는 사람으로 보였다. 그가 주눅 든 목소리로 변명하듯이 말했다. "나도 행렬을 보고 싶었는데 보지 못했습니다. 류머티즘 때문에." 고급 취향에 대한 그의 말라비틀어진 식견은 화사하지만 교양 없는 즉흥적인 행위들을 못 견뎌 했다. 그는 훌륭한 춤꾼이었으나, 길 위에서는 사람들이 자신보다 춤을 잘 추었다. 그는 보통 격식을 차린 예의 바른 방식으로 매력적이게 사랑을 나눴지만, 공원에서는 맹목적이고 도취적이고 열렬하고 행복한 사람들이 그보다 사랑을 잘했다. 그는 자신이 이 일에 적합하지 않으리라는 것을, 이제 자신은 밀려 났다는 것을 알았다. 하지만 에이미는 잃은 게 아무것도 없다는 사실을 깨닫게 된 일은 굴욕적이었다.

"얼굴이 한결 나아졌어요." 에이미가 말했다. "내가 돈을 좀 빌려줄 게요."

"아닙니다, 아닙니다." 챌펀트 씨가 말했다. "돈을 받을 수는 없어요."

"당신이 괜찮았던 시절에 당신은 내게 많은 걸 주었다고 생각해요." 정말 그랬나? 그는 그녀를 잘 기억하지도 못했다. 여자와 이렇게 자리를 함께한 것은, 직업적인 방식으로 함께한 것을 제외하고는 참으로 오랜만이었다. 그가 말했다. "난 받을 수 없어요. 정말 받을 수 없어요." 그가 자신의 입장을 설명하려 애쓰는 동안 그녀는 손가방을 더듬거렸다.

"나는 절대 돈을 받지 않아요. 음, 그러니까 친구에게서 받는 경우를 빼고는 말입니다." 그가 절망적인 어조로 시인했다. "그리고 직업적으로 받는 경우를 빼고는 말이에요." 하지만 그는 눈을 뗄 수가 없었다. 그녀가 빈털터리인 그에게 5파운드짜리 지폐를 보여 준 것은 잔인한 짓이었다. "정말 안 받아요." 그의 시장가격이 5파운드나 나간 것은 아주 오랜만이었다.

"나도 당신 마음을 잘 알아요." 에이미가 말했다. "나도 이 업계에서 일해 왔으니 당신이 어떤 기분일지 잘 안다고요. 가끔 나와 함께 집에 왔다가 덜컥 겁이 난다는 듯이 나에게 돈을 주고 그냥 달아나 버리는 작자들이 있었죠. 그건 모욕적인 거예요. 나는 아무 일도 안 하고 돈을 받는 따위의 행동은 절대 하지 않았어요."

"하지만 당신이 틀렸어요." 챌펀트 씨가 말했다. "그게 아니에요. 전혀 그렇지 않아요."

"당신이 내게 말을 걸었을 때 난 곧바로 알 수 있었답니다. 나에게 아닌 척 꾸며 댈 필요는 없어요." 에이미는 가차 없이 계속 얘기했고, 그러는 동안 그의 태도에서 메이페어의 분위기는 희미해지고 결국 조그만 침실 겸 거실과 햄롤샌드위치와 난로 위의 뜨겁게 달구어진 다리미의 분위기만 남게 되었다. "허세를 부릴 필요 없어요. 그러나 그렇게 하고 싶다면(나에겐 별 상관이 없지만, 나에겐 아무 의미가 없지만) 우리 함께 집에 가요. 거기서 당신이 할 일을 하세요. 나에겐 별 상관이 없지만 당신이 그렇게 하고 싶다면 말이에요. 난 당신 기분을 알거든요." 이제 그들은 밖으로 나와 장식물들이 나부끼는 을씨년스러운 거리를 팔짱을 끼고 함께 걸었다.

"힘내요." 에이미가 말했다. 리본들이 바람에 날리고 일부는 깃대에서 뜯겨져 나와 나뒹굴었다. 흙먼지가 일고 깃발들이 펄럭였다. "여자는 명랑한 얼굴을 좋아한답니다." 갑자기 즐겁고 수다스러워진 그녀가 챌펀트 씨의 등을 철썩 때리고 팔을 꼬집었다. "우리, 아담한 기념제 기분을 내 보자고요." 그녀는 마음에 들지 않았던 수많은 파트너들에 대한 복수를 늙은 챌펀트 씨에게 했다. 이제는 그를 '늙은 챌펀트 씨'라는 말 말고는 달리 부를 수 없을 것이다.

(1936)

하루를 버는 것
A Day Saved

나는 그에게 바싹 붙어 다녔다. 흔히들 말하듯이, 그림자처럼 말이다. 그러나 그림자라는 건 말도 안 된다. 나는 그림자가 아니다. 당신은 나를 느낄 수 있고, 만질 수 있고, 내 말을 들을 수도 있고, 나의 냄새를 맡을 수도 있다. 나는 로빈슨이다. 나는 그의 옆자리에 앉곤 했고, 거리에서는 늘 20미터 뒤에서 따라갔다. 그가 2층에 올라가면 나는 1층에서 기다리고, 그가 내려오면 나는 그보다 먼저 밖으로 나가 첫 번째 모퉁이에서 기다리곤 했다. 그런 식으로 나는 진짜 그림자처럼 처신했다. 그의 앞에 있는 때도 있었고, 그를 뒤따라가는 때도 있었다.

그는 누구인가? 나는 그의 이름을 모른다. 그는 평범한 외모의 키가 작은 사내였는데, 우산을 들고 다녔다. 그의 모자는 중산모였다. 그리고 갈색 장갑을 끼고 다녔다. 그러나 그가 나에게 중요했던 것은 바로 내가 간절히, 절망적으로 원하는 것을 그가 지니고 다닌다는 점이었다. 그것은 그의 옷 속에, 어쩌면 파우치나 지갑 속에 있었다. 어쩌면 피부에 붙여 달랑달랑 매달고 다녔는지도 모른다. 더없이 평범해 보이는 사람도 무척이나 영악할 수 있다는 사실을 사람들은 잘 모른다. 의사들은 감쪽같이 삽입 시술을 할 수 있잖은가. 그는 그것을 외피가 아니라 심장 가까운 곳에 지니고 다녔는지도 모른다.

그것은 무엇인가? 나는 전혀 모른다. 짐작만 할 수 있을 뿐이다. 내가 그의 이름을 대충 짐작하여 존스나 더글러스, 또는 웨일스, 캔비, 포더링게이라고 불렀듯이 말이다. 한번은 어떤 식당에서 내가 수프에 대고 "포더링게이"라고 가만히 말했더니 그가 고개를 들고 주위를 둘러보는 것 같았다. 정말 그랬는지 정확히는 모른다. 나는 아무것도 모른다는 것, 이 점은 피할 수 없는 공포다. 그의 이름도 모르고, 그가 지니고 다니는 것이 무엇인지도 모르고, 내가 왜 그걸 그토록 원하는지도 모르고, 그를 따라다니는 이유도 몰랐다.

우리는 철교가 있는 곳으로 왔다. 철교 아래에서 그가 친구를 만났다. 나는 또다시 언어를 매우 부정확하게 구사하고 있다. 이해해 주시기를! 나는 말을 정확하게 하려고 노력하며, 정확하게 할 수 있게 해 달라고 기도한다. 제대로 아는 게 내가 원하는 전부다. 그러므로 그가 친구를 만났다고 말할 때, 그 사람이 정말 친구였는지 나는 알지 못한다. 내가 아는 거라곤 그 사람을 그가 다정하게 대했다는 것뿐이다. 친구가 그에게 말했다. "언제 떠날 거야?" 그가 말했다. "도버에서 2시에." 당신이 짐작하듯이, 나는 호주머니를 만지작거리면서 승차권이 안전하게 들어 있는지 확인해 보았다.

그때 그의 친구가 말했다. "비행기를 타고 가면 하루를 벌 텐데."

그가 고개를 끄덕이며 동의했다. 그는 이미 구입한 승차권을 포기하고 하루를 벌 작정이었다.

당신에게 묻겠는데, 하루를 버는 것이 그에게, 또는 당신에게 뭐가 중요한가? 무엇으로부터, 무엇을 위해 하루를 번다는 말인가? 여행을 하며 하루를 보내는 대신에 친구를 하루 일찍 만나겠지만, 막연히 여유롭게 머무를 수가 없고, 24시간 일찍 집으로 돌아오게 될 것이다. 그게 전부다. 그런데 집으로 돌아올 때도 비행기를 타고 와서 다시 하루를 벌 텐가? 무엇으로부터, 무엇을 위해 하루를 번다는 말인가? 하루 일찍 일을 시작하게 되겠지만, 정해져 있지 않은 것을 해 볼 수는 없다. 그것은 단지 일을 하루 일찍 끝내게 되리라는 것을 의미할 뿐이다. 그런 다음에는? 그렇다고 하루 일찍 죽는 것은 아니다. 그러므로 그처럼 살뜰히 보존해 온 그 24시간에서 벗어날 수 없다는 것을 알게 될 때, 당신은 하루를 번 것이 얼마나 경솔한 짓이었는지 깨달을 것이다. 당신은 벌어들인 날들을 앞으로 밀쳐 두고 또 앞으로 밀쳐 두겠지만, 언젠가는 그것들을 써야 하는 때가 오게 마련이고, 그때는 그날들을 오스탕드발 기차 안에서처럼 천진난만하게 썼더라면 좋았을 것을, 하고 생각할 것이다.

그러나 이 생각이 그에게는 전혀 떠오르지 않았다. 그가 말했다. "그래, 네 말이 맞아. 그럼 하루를 버는 거네. 비행기로 가야겠어." 나는 그때 하마터면 그에게 말을 걸 뻔했다. 인간의 이기심이란! 그가 하루를 벌었다고 생각한 그날은 오랜 세월 후에는 그의 절망이 되겠지만, 그 순간에는 나의 절망이었다. 왜냐하면 나는 그와 같은 칸에 앉아 긴 기차 여행을 함께하기를 고대해 왔기 때문이다. 겨울이어서 기차는 거의 비어 있을 터였다. 가능성이 희박하긴 해도 운이 좋으면 그와 단둘이 있을 수도 있었다. 나는 많은 계획을 세워 두었다. 그에게 말을 걸 작정이었다. 그에 대해 아는 게 없으므로 '창문을 조금 올려도 될까요?'나 '조금 내려도 될까요?'라고 물어보는 평범한 방법으로 시작해야 할 것이다. 그러면 우리가 같은 언어를 사용한다는 것을 알게 될 테고, 외국에 있다는 느낌에 젖은 그는 기꺼이 얘기를 나누려 하지 않겠는가. 내가 그에게 이런저런 단어를 번역해 주는 등의 도움을 베풀 수 있다면 그도 고마워할 것이다.

물론 그 정도의 얘기면 충분하다고 생각한 적은 없었다. 나는 그에 대해 아주 많은 것을 알아야 했다. 그렇지만 내가 모든 것을 알기 전에 그를 죽여야 할 거라고 생각했다. 나는 그를 죽여야 하리라. 밤에, 가장 간격이 먼 두 역 사이에서, 국경 지역의 세관원이 우리의 짐을 검사하고 나서 우리의 여권에 스탬프를 찍어 준 뒤에, 차창의 가리개를 내리고 객실의 불을 끈 후에. 나는 심지어 그의 시신을, 중산모와 우산과 갈색 장갑을 어떻게 할 것인지에 대한 계획까지 세웠다. 그러나 꼭 필요할 경우에만, 내가 원하는 것을 그가 다른 방법으로는 절대 내놓지 않을 경우에만 그렇게 할 것이다. 나는 쉽게 흥분하지 않는 점잖은 사람이니까.

그러나 이제 그가 비행기로 가는 방법을 선택했기에 내가 할 수 있는 일은 없었다. 물론 나는 그를 뒤따라가서 그의 뒷자리에 앉아 비행기를 처음 타 보는 그가 움찔거리는 모습을 지켜보았다. 그가 차창 아래 펼쳐진 바다를 오랫동안 보지 않으려 하는 모습과, 중산모를 무릎에 내려놓고 있는 모습과, 비행기의 회색 날개가 풍차의 날개처럼 하늘을 향해 기울어지고 집들이 기우뚱 위태롭게 서 있는 것을 보며 혁하고 약간 놀라는 모습도 지켜보았다. 그가 하루를 번 것을 후회하는 때가 있을 것이라고 나는 믿었다.

우리는 비행기에서 함께 나왔다. 그가 출입국 심사대에서 사소한 어려움을 겪을 때 나는 그를 위해 통역을 해 주었다. 그가 의아한 표정으로 나를 보며 말했다. "고맙습니다." 그는 바보스럽고 착해 보였지만―다시 말하지만, 내가 그의 태도와 대화 내용을 통해 짐작하는 것일 뿐임을 나 역시 알고 있다―잠시 나를 수상쩍게 여겼다고 생각한다. 어디선가 나를 보았다고, 지하철이나 버스나 공중목욕탕이나 철교 아래 같은 곳에서 그리고 어딘가의 계단에서 나를 보았다고 생각하는 것 같았다. 나는 그에게 시간을 물었다. 그가 말했다. "이곳에선 우리 시계를 한 시간 전으로 돌려 놓아야 해요." 그는 하루를 번 데다 한 시간을 또 벌었다는 어리석은 기쁨을 만끽하며 활짝 웃었다.

나는 그와 함께 술을 마셨다. 여러 잔을 마셨다. 그는 나의 도움에 터무니없이 고마워했다. 어떤 곳에서 함께 맥주를 마셨고, 다른 장소에서 진을 마셨다. 그가 3차로 와인 한 병을 함께 나눠 마시자고 고집을 부렸다. 우리는 잠시 동안 친구가 되었다. 나는 내가 아는 어떤 사람에게서보다도 더 뜨거운 감정을 그에게서 느꼈는데, 왜냐하면 한 남자와 한 여자의 사랑처럼 그에 대한 나의 애착은 부분적으로는 호기심이었기 때문이다. 나는 이름이 로빈슨이라고 그에게 말했다. 그는 나에게 명함을 주려고 했으나 명함을 찾는 동안에 와인을 또 한 잔 마셨고, 그러면서 명함 주는 것을 잊어버렸다. 우리는 둘 다 조금 취했다. 나는 그를 포더링게이라고 부르기 시작했다. 그가 그렇게 부르는 데 이의를 제기하지 않았으므로 그것은 정말 그의 이름일 수도 있었다. 하지만 나중에는 그를 더글러스, 웨일스, 캔비라고도 불렀는데 그

때도 그가 이름을 정정해 주지 않았던 듯한 기억이 난다. 그는 무척 마음이 넓은 사람이어서 편하게 얘기를 나눌 수 있었다. 바보스러움은 보통 친근감과 통하는 법이다. 나는 매우 절박하다고 말했다. 그러자 그가 돈을 빌려주겠다고 제안했다. 그는 내가 원하는 것을 이해하지 못했다.

내가 말했다. "당신은 하루를 벌었소. 그러니 오늘 밤 내가 아는 어딘가로 나와 함께 갈 수 있을 거요."

그가 말했다. "난 오늘 밤 기차를 타야 해요." 그는 도시 이름을 말해 주었고, 내가 나 역시 그곳으로 갈 거라고 했을 때도 놀라지 않았다.

우리는 저녁 내내 함께 술을 마시다가 함께 기차역으로 갔다. 나는 필요할 경우에는 그를 죽일 계획을 세웠다. 나는 하루를 번 것으로부터 그를 구원해 줄 수 있을 것이라고 우정 어린 마음으로 생각했다. 하지만 기차는 조그만 완행열차였다. 느린 속도로 달리며 역마다 멎었다. 그럴 때마다 사람들이 기차에서 내리고 새로운 사람들이 기차에 올랐다. 그는 삼등칸을 이용하겠다고 우겼고, 그래서 객차는 비어 있을 때가 없었다. 이 나라의 말을 한 마디도 못하는 그는 자기 자리에서 몸을 웅크리고 잠을 잘 뿐이었다. 나는 잠을 이루지 못한 채 승객들의 피곤하고 짜증스러운 잡담을 들어야 했다. 한 하녀는 자신의 여주인 얘기를 했고, 시골 아낙은 그날 열리는 장에 대해 얘기했고, 군인은 교회에 대해, 간음한 양복장이라고 생각되는 사람은 구렁방아벌레와 3년 전의 추수에 대해 얘기했다.

새벽 2시에 우리는 여행의 끝에 이르렀다. 나는 그의 친구들이 사는 집까지 그와 함께 걸어갔다. 역에서 무척 가까운 곳이라 나는 계획을 짤 시간이 없었고, 계획이 있다 해도 실행할 시간이 없었다. 마당의 문은 열려 있었다. 그가 나에게 안으로 들어가자고 했다. 나는 들어가지 않겠다고, 호텔로 가겠다고 말했다. 그는 아침이 올 때까지 내가 그곳에서 머무는 것을 친구들이 좋아할 거라고 했지만, 나는 싫다고 했다. 1층 방에는 불이 켜지고 커튼이 열려 있었다. 한 남자가 커다란 난로 옆에 놓인 의자에 앉아 졸고 있었다. 쟁반 위에 잔들이 놓여 있었고, 그 옆에는 위스키를 담는 유리병과 맥주 두 병 그리고 길고 가는 라인 와인이 한 병 있었다. 나는 뒤로 물러났고, 그는 안으로 들어갔다. 그가 들어가자 곧바로 방 안에 사람들이 가득 찼다. 그들의 눈길과 몸짓에서 그를 환영하는 것을 알 수 있었다. 실내복을 입은 여자 한 명과 가는 무릎을 끌어당겨 턱에 붙이고 앉아 있는 소녀 한 명 그리고 남자 셋이 있었다. 세 남자 중 두 명은 노인이었다. 그가 틀림없이 내가 방 안에 있는 사람들을 보고 있다고 생각했을 텐데, 그 사람들은 커튼을 치지 않았다. 마당은 추웠다. 겨울의 뜨락은 잡초로 덮여 있었다. 나는 꺼끌꺼끌한 어떤 관목에 손을 얹었다. 그들은 마치 일체감과 친밀감을 의도적으로 드러내는 것처럼 보였다. 내 친구는―나는 그를 친구라고 부르는데 실은 그냥 아는 사람이었을 뿐이고, 그것도 우리 둘 다 취해 있는 동안에만이었다―그 사람들 가운데에 앉아 있었는데, 나는 입술이 움직이는 모양을 통해서 그가 나한테는 말하지 않은 많은 것들을 그들에게 얘기하고 있음을 알 수 있었다. 한번은 그의 입 모양에서 '나는 하루를 벌었어'라고 말하는 걸 보았다는 생각이 들었다. 그는 바보스럽고 착하고 행복해 보였다. 나는 그 모습을 오래 지켜보고 있을 수가 없었다. 그가 나에게 그런 모습을 보이는 것은 뻔뻔한 짓이었다. 나는 그 순간부터 기도하는 것을 멈추지 않았다. 그가 번 하

루가 지연되고 지연되고 지연되어서, 그가 가장 절박하게 원하는 것
이 생길 때, 내가 그랬듯이 그가 다른 누군가를 그림자처럼 바싹 따라
다닐 때—내가 걸음을 멈춰야 했듯이, 그도 안심이 되도록 걸음을 멈
추어야 한다—그제야 마침내 그가 그 86,400초를 겪도록 해 달라고.
당신은 나의 냄새를 맡을 수 있고, 나를 만질 수 있고, 내 말을 들을 수
도 있다. 나는 그림자가 아니다. 나는 포더링게이, 웨일스, 캔비고, 나
는 로빈슨이다.

(1935)

나는 스파이

I Spy

찰리 스토는 엄마의 코 고는 소리가 들릴 때까지 기다렸다가 침대에서 나왔다. 그런 다음에도 조심스럽게 발끝으로 살금살금 걸어서 창가로 다가갔다. 집의 앞면은 불규칙하게 생겨서 엄마의 방에 불이 환하게 켜져 있는 것을 볼 수 있었다. 하지만 이제 창문은 모두 캄캄했다. 탐조등이 허공을 가르며 하늘을 비췄다. 불빛은 적군의 비행선을 찾으려고 구름층을 비추고, 구름층 사이의 깊고 어두운 공간을 탐사했다. 바다에서 바람이 불어왔다. 찰리 스토는 엄마의 코 고는 소리 너머에서 파도가 치는 소리를 들을 수 있었다. 창틈으로 들어온 외풍에 그의 잠옷이 살랑거렸다. 찰리 스토는 겁이 났다.

그러나 열두 개의 나무 계단 아래에 있는, 아빠가 운영하는 담배 가게에 대한 생각이 그를 잡아끌었다. 그는 열두 살이었고, 이미 공립학교의 남자애들은 그가 한 번도 담배를 피운 적이 없다는 이유로 그를 놀려 댔다. 골드플레이크, 플레이어스, 드레슈케, 압둘라, 우드바인스 같은 이름을 단 담뱃갑은 열두 개씩 쌓여 있었다. 조그만 가게는 희뿌 옇고 퀴퀴한 연무에 싸여 있어서 그의 범죄를 완전히 숨겨 줄 것이었 다. 당연히 아빠의 물건을 훔치는 건 범죄라고 생각하고 있었지만, 찰 리 스토는 아빠를 사랑하지 않았다. 그에게 아빠는 비현실적인 존재 였다. 흐릿하고 얇고 막연한 유령 같은 존재였다. 아빠는 발작적으로 만 찰리 스토에게 관심을 보였으며, 심지어 벌을 주는 것도 엄마에게 맡겼다. 엄마에 대해서는 강렬하고도 확실한 사랑을 느꼈다. 엄마의 크고 활기찬 존재감과 떠들썩한 사랑은 그의 세계를 가득 채웠다. 그 는 엄마의 말에서 엄마는 모든 사람들의 친구라고 판단했다. 구름 속 에 숨은 체펠린 비행선에 도사리고 있는 괴물들인 '훈족'*은 제외하고, 교구 목사의 부인에서 '친애하는 여왕님'에 이르기까지 모두가 엄마 의 친구였다. 그러나 아빠가 좋아하는 것과 싫어하는 것은 아빠의 행 동거지만큼이나 불분명했다. 오늘 밤 아빠는 노리치에 갈 거라고 말 했지만, 그건 알 수 없는 일이었다. 찰리 스토는 나무 계단을 내려갔 다. 계단을 살금살금 내려갈 때 그는 안전하다는 느낌이 들지 않았다. 계단이 삐걱거릴 때면 잠옷의 옷깃을 움켜쥐었다.

계단을 다 내려오자 그는 갑작스레 조그만 가게 안에 들어서게 되 었다. 너무 어두워서 주위를 볼 수 없었지만 감히 스위치를 켤 생각은 하지도 못했다. 그는 30여 초 동안 두 손으로 턱을 괸 채 절망스러운 심정으로 맨 아래 계단에 앉아 있었다. 그때 규칙적으로 움직이는 탐

* 세계대전 중에 독일인을 경멸적으로 부르던 말.

조등 불빛이 위쪽 창문을 비췄고, 그사이에 찰리 스토는 기억하고 있던 담배 판매대와 카운터, 카운터 아래 조그만 공간을 확인할 수 있었다. 밖에서 경찰의 발소리가 들리자 그는 서둘러 첫 번째 담뱃갑을 집어 들고 카운터 아래 공간으로 뛰어들었다. 불빛이 마룻바닥을 비추더니 손 하나가 문을 만지작거렸고, 그런 다음 발소리는 가게를 그냥 지나갔다. 찰리는 어둠 속에서 몸을 웅크리고 있었다.

이윽고 용기를 되찾은 그는 전에 없이 어른스러운 태도로, 만약 지금 붙잡힌대도 어찌할 수 없는 노릇 아닌가, 그러니 담배를 피우는 게 낫지 않은가, 하고 속으로 말했다. 그는 담배를 꺼내 입에 물었다. 그러나 이내 성냥이 없다는 것을 깨달았다. 잠시 꼼짝 않고 가만히 있었다. 탐조등이 세 차례 가게를 비췄다. 그사이 그는 자신을 비웃거나 격려하는 말들을 중얼거렸다. "이왕 벌을 받을 바엔 크게 사고 치고 받는 게 나아." "겁쟁이, 겁쟁이." 머릿속에서 어른스러운 발상과 어린애 같은 생각들이 묘하게 뒤섞였다.

그가 몸을 움직였을 때 거리에서 발소리가 들렸다. 남자 몇 사람이 급히 걸어오고 있었다. 찰리 스토는 아직은 주위에 누군가가 있으면 깜짝 놀라는 나이였다. 발소리가 가까워지더니 멈췄다. 가게 문에 열쇠를 넣고 돌리는 소리가 났고, 누군가가 "이 사람, 안으로 들어가게 해 줘"라고 말했다. 이어 아빠의 목소리가 들렸다. "조용히 처리해도 괜찮으시다면, 저는 가족을 깨우고 싶지 않습니다." 아빠는 우유부단한 어조로 말했다. 찰리에게는 낯선 것이었다. 손전등이 켜졌고, 이어 전구가 푸른빛을 환하게 밝혔다. 찰리는 숨을 죽였다. 심장 뛰는 소리가 아빠 귀에 들릴까 봐 불안했다. 그는 잠옷 자락을 단단히 쥐고 기도했다. "오, 하느님, 제발 들키지 않게 해 주세요." 카운터에 난 틈 사이로 아빠의 모습을 볼 수 있었다. 아빠는 한 손으로 운두가 높은 빳빳한 옷깃을 꼭 쥐고 서 있었는데, 양옆에 허리띠를 두른 방수 외투를 입고 중산모를 쓴 남자 둘이 있었다. 모르는 사람들이었다.

"담배 한 대 피우세요." 아빠가 비스킷처럼 건조한 목소리로 말했다. 한 남자가 고개를 저었다. "아니, 됐소. 우린 근무 중엔 담배를 피우지 않소. 어쨌든 고맙소." 남자는 점잖게 말했으나 친절하지는 않았다. 찰리 스토는 아빠가 몸이 아픈가 보다고 생각했다.

"제 호주머니에 몇 갑 넣어도 될까요?" 아빠가 물었다. 남자가 고개를 끄덕이자 아빠는 담배 판매대에서 골드플레이크와 플레이어스를 몇 갑 집어 들었다. 그런 다음 손가락 끝으로 그것들의 끄트머리를 어루만졌다.

"음," 아빠가 말했다. "더 할 일은 없습니다. 저는 담배 한 대 피울게요." 잠시 찰리 스토는 발각될까 봐 두려웠다. 아빠가 가게를 처음 보는 것처럼 실내를 꼼꼼히 둘러보았기 때문이다. "이런 걸 좋아하는 사람에겐 작지만 꽤 괜찮은 장사인데." 아빠가 말했다. "아내는 가게를 정리하겠지요. 아니면 이웃 사람들이 몰려와서 부숴 버리든가. 자, 이제 가야죠. 시간은 돈이니까. 전 외투를 챙겨 갈게요."

"괜찮다면 나나 이 친구가 당신과 함께 가겠소." 낯선 남자가 부드럽게 말했다.

"그렇게 수고하실 필요는 없습니다. 외투는 여기 못에 걸려 있으니까요. 자, 다 됐습니다."

다른 남자가 당황스러운 표정으로 말했다. "아내한테 얘기 안 하고 갈 거요?" 아빠의 목소리는 가늘었지만 결연했다. "안 할 겁니다. 내일로 미룰 수 있는 일을 오늘 하지 마라. 이게 제 신조예요. 아내에게 얘기할 기회는 다음에 있겠죠. 안 그런가요?"

"맞소, 맞소." 한 남자가 그렇게 말했다. 그는 갑자기 매우 쾌활해져서 용기를 북돋아 주고 싶은 기분이 들었다. "너무 걱정하지 마시오. 삶이 있는 한……" 갑자기 아빠가 애써 웃어 보였다.

문이 닫히자 찰리 스토는 발꿈치를 들고 살금살금 위층으로 올라가 침대 속으로 들어갔다. 왜 아빠가 이렇게 밤늦은 시간에 다시 집을 나갔으며, 그 낯선 사람들은 누구인지 궁금했다. 놀라움과 두려움으로 그는 얼마 동안 잠을 이루지 못했다. 눈에 익은 사진이 액자에서 걸어나와 자신을 마구 꾸짖는 듯한 기분이 들었다. 그는 아빠가 손으로 옷깃을 꼭 쥐고 있던 모습과 격언을 이용하여 마음을 다잡던 모습을 떠올렸다. 엄마는 떠들썩하고 자상한 반면, 어둠 속에서 뭔지 모를 일을 하여 그를 깜짝 놀라게 한 아빠는 그 자신과 매우 닮았다는 생각이 처음으로 들었다. 다시 내려가서 사랑한다고 말하면 아빠가 기뻐할 것 같았지만, 빠른 걸음으로 떠나가는 발소리가 창문을 통해 들려왔다. 그는 엄마와 단둘뿐인 집에서 잠이 들었다.

(1930)

확실한 증거
Proof Positive

지친 목소리가 계속되었다. 엄청난 장애를 힘겹게 극복하면서 말을 해 나가고 있는 것 같았다. 이 사람은 병들었어, 크래쇼 대령은 안쓰러움과 불안함을 느끼며 생각했다. 대령은 젊었을 때 히말라야에 오른 적이 있었다. 대단히 높은 그곳에서는 한 걸음 한 걸음 나아갈 때마다 몇 번씩 가쁘게 숨을 쉬어야 했다. 온천장 음악실에 있는 1.5미터 높이의 연단이 연사에게는 히말라야를 오르는 정도의 노력을 요하는 것만 같았다. 이처럼 날씨가 추운 오후에는 절대 밖에 나오면 안 될 사람이군, 크래쇼 대령은 잔에 물을 따라 연사의 탁자로 밀어 놓으며 생각했다. 음악실은 난방이 잘 안된 탓에 많은 유리창에 수증기가 얼어붙어서 누런 성에가 끼어 있었다. 연사가 청중과의 교감을 잃어버렸음은 거의 의심할 여지가 없었다. 청중들은 군데군데 흩어져 있었는데,

나이 든 여자들은 지루하고 따분하다는 것을 숨기지 않았고, 퇴역 장교 같은 외모를 한 몇몇 남자들은 집중하는 척했다.

이 지역 심령협회 회장인 크래쇼 대령은 일주일여 전에 이 연사로부터 쪽지를 한 장 받았다. 병이 들어서인지 나이가 많아서인지 또는 술에 취해서인지 떨리는 필체로 쓰인 쪽지에는 심령협회의 특별한 모임을 긴급하게 요청하는 내용이 쓰여 있었다. 마음이 아직 맑을 때 참으로 기이하고 인상적인 경험을 이야기하겠다는 것이었는데, 그 경험이 무엇인지는 모호하게 남겨 두었다. 만약 그 쪽지가 인도 육군에서 복무하다 은퇴한 필립 위버 소령이 서명한 게 아니었다면 크래쇼 대령은 그 요청을 들어주기를 망설였을 것이다. 그러나 동료 사관의 청이라면 가능한 한 들어주는 게 마땅했다. 떨리는 필체는 틀림없이 노령이나 병 때문이리라고 그는 생각했다.

두 사람이 연단에서 처음으로 만났을 때 그것의 주원인은 병 때문임이 드러났다. 위버 소령은 아직 예순 살이 안 된 사람으로, 키가 크고 말랐으며 피부는 가무잡잡했다. 못생긴 코는 완고해 보였고 눈에는 비꼬는 기색이 배어 있었다. 도무지 뭔가 설명할 수 없는 것을 경험했을 듯한 사람이 아니었다. 크래쇼가 가장 크게 반감을 느낀 것은 위버가 향수를 사용한다는 점이었다. 가슴 호주머니에서 삐져나온 하얀 손수건에서 백합으로 가득 찬 제단에서 풍기는 것만큼이나 짙고 향긋한 냄새가 풍겨 나왔다. 몇몇 여자들은 코를 막았고, 리드비터 장군은 큰 소리로 담배를 피워도 되느냐고 물었다.

위버는 그 말을 들은 게 분명했다. 그는 도발적으로 싱긋 웃으면서 아주 느린 말씨로 요청했다. "흡연은 삼가 주시겠습니까? 제 목 상태가 안 좋아서요." 크래쇼는 날씨가 몹시 안 좋아서 목감기가 유행이라고 중얼거리듯이 말했다. 위버가 비꼬는 듯한 눈길을 그에게로 돌리며 생각에 잠긴 표정으로 가만히 그를 바라보더니 실내의 절반 거리밖에 미치지 못할 만큼 힘없는 목소리로 말했다. "제 경우엔 암입니다."

충격과 불편함에 이어 필요 이상의 친밀감이 감도는 침묵 속에서 그는 크래쇼의 인사말이나 소개를 기다리지도 않고 연설을 하기 시작했다. 처음에는 서두르는 것 같았다. 그러나 얼마 안 있어 연설 도중에 심한 언어장애를 드러냈다. 그는 목소리가 높았는데, 때때로 깩깩 하는 새된 소리가 터져 나오기도 했다. 연병장에서는 특히나 듣기 거북한 소리였을 게 틀림없었다. 그는 이 지역 심령협회에 대한 찬사의 말을 몇 마디 했다. 짜증스러울 정도로 과장된 말이었다. 자신의 얘기를 들을 기회가 여러분에게 마련된 것을 기쁘게 생각하며, 자신이 말하려는 내용은 물질과 정신의 상대적 가치에 대한 여러분의 관점을 완전히 바꿔 줄 거라고 했다.

신비적인 내용이로군, 하고 크래쇼는 생각했다.

위버의 높은 목소리가 평범한 내용을 급하게 토해 내기 시작했다. 정신은 사람들이 알고 있는 것보다 더 강하다, 심장과 뇌와 신경의 생리적인 활동은 정신에 종속된다, 정신이 전부다, 라고 했다. 그리고 나서 다시 덧붙였는데, 목소리가 천장으로 날아가는 박쥐 소리처럼 찍찍거렸다. "정신은 여러분이 생각하는 것보다 훨씬 더 강합니다." 그는 목에 손을 얹고 곁눈으로 유리창과 유리에 얼어붙은 수증기를 본 다음, 고개를 들어 알전구를 쳐다보았다. 칙칙한 오후 시간에 알전구가 뜨겁게 달아오른 채 흐릿한 빛을 내보내고 있었다. "정신은 불멸합니다." 그는 매우 진지하게 말했으나 청중들은 의자에 앉은 채 몸을 들썩이고 뒤척이고 불편해하며 피곤한 모습을 보였다.

그때부터 그의 목소리가 피로해지고 말이 느려졌다. 청중들과의 교감을 완전히 잃어버렸다는 것을 알게 되었기 때문이리라. 뒷자리에 앉은 한 나이 많은 여자가 가방에서 뜨개질거리를 꺼냈다. 불빛이 뜨개질바늘을 비추어 벽에 그림자를 만들었고, 그림자는 발랄하고 모순적인 정신처럼 바삐 움직였다. 위버의 눈에서 잠깐 비꼬는 기색이 사라졌다. 크래쇼는 눈알이 유리로 변해 버린 것만 같은 멍한 눈을 보았다.

"이건 정말 중요합니다." 위버가 청중들에게 소리쳤다. "제가 얘기 하나 해 드릴게요……" 그의 구체적인 약속이 순간적으로 청중들의 주의를 사로잡았다. 그러나 여자가 뜨개질을 멈춘 것도 그의 마음을 달래지 못했다. 그는 그들 모두를 비웃었다. "징후와 불가사의는……" 그가 말했다.

그러고 나서 그는 연설의 맥락을 완전히 잃어버렸다.

손을 목 앞뒤로 움직이며 셰익스피어를 인용하더니 이어 성 바울로의 『갈라디아인들에게 보낸 편지』를 인용했다. 그의 연설은 점점 더 느려졌다. 그와 더불어 논리적인 순서를 다 잃어버린 것 같았다. 하지만 크래쇼는 이따금 관련 없는 두 가지 사상을 효과적으로 나란히 배치하는 그의 예리함에 깜짝 놀라곤 했다. 마치 한 주제에서 다른 주제로 휙휙 넘어가면서 잠재의식에 깔린 생각을 엮어 나가는 노인의 대화 같았다. "제가 심라*에 있을 때." 그는 연병장에 쏟아지는 눈부신 햇살을 막으려는 듯이 눈살을 찌푸리며 말했으나, 성에와 수증기와

---

* 인도 북부 히마찰프라데시 주의 주도. 영국령 인도 제국의 여름 수도였다.

퇴색한 실내 탓에 기억이 망가져 버린 모양이었다. 그는 따분해하는 얼굴들을 향해 몸이 죽을 때 정신은 죽지 않으며, 몸은 정신의 의지에 따라 움직일 뿐이라는 것을 다시 한 번 일깨우기 시작했다. 그리고 우리가 그 믿음을 고수하길 바랐다.

애처롭군, 이 병자는 자신의 믿음에 집착하고 있어, 하고 크래쇼는 생각했다. 마치 삶이 죽어 가는 외아들 같은 것이고, 그는 그 외아들과 어떤 식으로든 의사소통을 계속하기를 간절히 바라는 듯한 형국이었다.

청중으로부터 쪽지 한 장이 크래쇼에게 전달되었다. 셋째 줄에 앉아 있는 키가 작고 동작이 기민한 브라운 박사에게서 온 것이었다. 심령 협회는 그를 일종의 귀한 회의론자로서 소중히 여겼다. 쪽지에는 이렇게 쓰여 있었다. '저분의 연설을 멈출 수 없습니까? 저분은 병든 게 분명합니다. 어쨌든 저분의 말씀이 무슨 쓸모가 있습니까?'

크래쇼는 양옆과 위로 눈을 돌렸다. 혀가 거짓말을 하도록 충동질하는 위버의 비꼬는 듯한 산만한 눈을 보자 그리고 그가 손수건에 잔뜩 묻혀 온 지나치게 강한 향수 냄새를 생각하자, 그에게 품었던 동정심이 사라지는 것을 느꼈다. 이 사람은 '아웃사이더'였다. 그는 집에 돌아가면 옛 육군 장교 명부에서 그에 대한 기록을 찾아볼 생각이었다.

"확실한 증거를……" 위버가 말했다. 말하는 도중에 탈진하여 거칠게 숨을 내뱉었다. 크래쇼가 자신의 시계를 탁자 위에 올려놓았지만, 위버는 그에게 전혀 시선을 주지 않았다. 위버는 한 손으로 탁자 가장자리를 짚으며 몸을 지탱했다. "제가 여러분에게," 그가 말했다. 말하는 게 더욱더 어려워졌다. "확실한 증……" 그의 목소리가 잠음처럼 이어지다가 이내 잠잠해졌다. 전축 바늘이 음반 끄트머리에 이르렀을 때 나는 소리 같았다. 그러나 그런 잠잠한 상태가 계속되지는 않았다. 표정 없는 얼굴에서 고양이의 높은 울음소리와 흡사한 소리가 터져 나와 청중의 주의를 와락 사로잡았다. 이어서 그가 여전히 어떤 감정도, 사고력도 전혀 드러나지 않은 표정으로 이해할 수 없는 소리들을 연달아 토해 냈다. 두 입술 사이로 나는 나지막한 속삭임, 신경에 거슬리는 이상한 가락…… 그러는 동안 손가락으로는 탁자를 두드려 댔다. 그 소리들은 수많은 교령회交靈會와 영매, 허공에 대고 흔드는 탬버린, 어둠 속 혼령들의 시시한 속삭임, 음산함, 공기가 통하지 않는 방 같은 것들을 떠올리게 했다.

위버는 천천히 의자에 앉았다. 머리가 뒤로 젖혀졌다. 한 나이 많은 여자가 소스라치게 놀라며 비명을 질렀고, 브라운 박사가 연단으로 뛰어올라 가서 그를 살펴보았다. 크래쇼 대령은 의사인 브라운 박사가 가슴 호주머니에서 손수건을 빼내 내던질 때 그의 손이 떨리는 것을 보았다. 크래쇼는 더 고약한 다른 냄새가 난다는 것을 알아차렸다. 그는 브라운 박사의 나지막한 말소리를 들었다. "모두 내보내세요. 죽었습니다."

온갖 종류의 죽음에 익숙한 의사로서는 흔치 않은 비통한 어조였다. 크래쇼는 사람들을 내보내기 전에 브라운 박사의 어깨 너머로 죽은 사람을 흘깃 보았다. 위버 소령의 상태가 그의 마음을 어지럽혔다. 긴 세월을 살아오는 동안 그는 여러 형태의 죽음을 보아 왔다. 총으로 자살한 사람도 보았고 들판에서 살해된 사람도 보았으나, 이런 죽음은 생전 처음이었다. 이 시신은 죽고 나서 오랜 시간이 흐른 뒤에 바다에서 건져 올린 시신 같았다. 얼굴의 살은 지나치게 익은 과일처럼 금방이라도 푹 꺼질 것처럼 보였다. 그러므로 브라운 박사가 "이 사람은 일주일 전에 죽은 게 틀림없어요"라고 중얼거리는 것을 들었을 때 그는 큰 충격을 받지 않을 수 있었다.

대령이 가장 깊이 생각한 것은 위버의 주장—'확실한 증거'—이었다. 그 증거란 것은 아마도 정신이 몸보다 오래 산다는 것, 정신은 영원을 누린다는 것에 대한 증거였으리라. 그러나 그가 분명히 드러낸 것은 정신이 육신의 도움을 받지 않게 되자 7일 만에 속살거리는 허튼소리로 부패해 버렸다는 것일 뿐이었다.

(1930)

두 번째 죽음
The Second Death

그날 저녁, 아주머니는 마을 바깥에서 자라는 나무들 아래에서 나를 찾았다. 나는 아주머니를 좋아하지 않았기에, 그녀가 오는 것을 보았다면 몸을 숨겼을 것이다. 나는 아주머니 아들의 나쁜 짓은 아주머니의 책임이라고 믿었다. 그런 것들이 나쁜 짓이라면 말이다. 하지만 나는 전혀 나쁜 짓으로 받아들이지 않았다. 어쨌든 그는 내가 언급할 수 있는 마을의 다른 사람들과 마찬가지로 마음이 너그러웠으며 결코 야비하지 않았다.

나는 나뭇잎 하나를 뚫어지게 쳐다보고 있었다. 그렇지 않았다면 아주머니가 나를 찾을 수 없었을 것이다. 바람 때문인지 마을 아이가 던진 돌에 맞아 잎자루가 찢어진 건지 그 나뭇잎은 가지에 간당간당 매달려 있었다. 잎자루의 질긴 녹색 외피만이 아슬아슬하게 거기에 붙어 있었던 것이다. 나는 그걸 자세히 들여다보고 있었다. 애벌레 한 마리가 나뭇잎 표면을 기어갔고, 그에 따라 잎이 이리저리 흔들렸다. 애벌레는 나뭇가지를 향해 나아가고 있었는데, 나는 애벌레가 무사히 갈 수 있을지 아니면 나뭇잎과 함께 떨어져 물에 빠지게 될지 궁금했다. 나무 밑에는 물웅덩이가 있었다. 흙이 진한 점토질이어서 웅덩이는 언제나 붉어 보였다.

나는 애벌레가 나뭇가지에 도달했는지 아닌지 알지 못한다. 앞에서 말했듯이, 그 가엾은 아주머니가 나를 발견했기 때문이다. 나는 바로 뒤에서 아주머니의 목소리가 들렸을 때에야 비로소 아주머니가 온 것을 알았다.

"널 찾으려고 온 술집을 뒤졌다." 아주머니가 특유의 늙고 새된 목소리로 말했다. 술집이라곤 마을에 두 군데밖에 없는데도 '온 술집'이라고 말하는 것이 그녀의 전형적인 표현 방식이었다. 그녀는 실은 많은 수고를 들이지 않았으면서도 늘 수고했다는 인정을 받고 싶어 했다.

나는 짜증이 나서 약간 거칠게 대꾸하지 않을 수가 없었다. "그렇게 수고하지 않으셔도 됐을 텐데요." 내가 말했다. "오늘같이 날씨 좋은 저녁엔 술집에 가지 않는다는 걸 아셨어야죠."

늙은 암여우가 고분고분해졌다. 그녀는 원하는 게 있을 때는 언제나 부드러웠다. "우리 불쌍한 아들 때문에 그래." 그 말은 아들이 아프다는 의미였다. 그가 건강할 때는 아주머니가 그에 대해 '그 괘씸한 녀석' 이상으로 좋은 말을 하는 것을 들어 본 적이 없었다. 그녀는 매일 자정까지는 반드시 그가 집에 돌아오게 했다. 우리 마을 같은 작은 마을에서도 밤늦도록 밖에 있으면 어떤 심각한 피해를 당할 수도 있다는 듯이 말이다. 물론 우리는 곧 그녀를 속이는 방법을 찾아냈지만, 아무튼 나는 서른 살이 넘은 다 큰 성인이, 어머니에게 아들을 통제할 남편이 없다는 이유만으로 어머니의 지시를 받는 그런 원칙에는 반대했다. 어쨌든 그가 아플 때면, 그저 사소한 오한에 지나지 않을지라도 '우리 불쌍한 아들'이 되었다.

"그 애가 죽어 가고 있어." 아주머니가 말했다. "난 걔 없인 못 살아."

"이거 참, 제가 어떤 도움을 드릴 수 있을지 모르겠어요." 내가 말했다. 나는 화가 났다. 그는 전에도 한 번 죽어 가고 있었고, 아주머니는 그를 실제로 땅에 묻는 것만 빼고는 모든 장례 절차를 치렀었다. 나는 이번에도 그와 같은 경우라고, 결국엔 죽지 않고 이겨 내리라고 상상했다. 일주일쯤 전에 그가 농장에서 일하는 가슴 큰 여자를 만나러 언덕을 올라가는 모습을 본 적이 있다. 나는 그가 조그만 검은 점처럼 보일 때까지 지켜보았는데, 갑자기 그가 있는 곳이 들판에 놓인 네모난 회색 상자 옆이라는 것을 깨달았다. 그것은 바로 그들이 만나곤 했던 헛간이었다. 나는 시력이 무척 좋았다. 그래서 얼마나 멀리, 얼마나 또렷이 볼 수 있는지 알아보려고 가만히 지켜보는 게 즐거웠다. 그날 나는 자정이 넘은 시간에 그를 다시 만나서 그의 어머니 모르게 집 안으로 들어갈 수 있도록 도와주었는데, 그때 그는 약간 졸리고 피곤한 기색을 보이긴 했지만 대체로 건강했었다.

늙은 암여우가 새된 목소리로 다시 말했다. "그 애가 널 불러 달래."

"아주머니 말씀대로 걔가 아프다면 의사를 부르는 게 더 나을 거예요." 내가 말했다.

"의사도 와 있어. 하지만 의사도 손을 쓸 수 없대." 그 말에 나는 잠시 놀란 게 사실이었다. 하지만 곧 이렇게 생각했다. '그 교활한 것이 꾀병을 부리고 있군. 뭔가 꿍꿍이속이 있어.' 그는 의사를 속일 만큼 영리했다. 그가 발작을 일으킨 것을 본 적이 있는데, 그걸 보았다면 모세도 속아 넘어갔을 것이다.

"어떡하면 좋아, 그 애가 두려운가 봐." 아주머니가 정말로 목멘 소리로 말했고, 나는 그녀가 자기 나름의 방식으로 그를 사랑한다고 생각했다. 나는 그녀에게 약간의 동정심을 느끼지 않을 수 없었는데, 왜냐하면 그는 어머니를 조금도 좋아하지 않았으며, 전혀 가책을 느끼지 않고 그 사실을 숨기고 있음을 알았기 때문이었다.

나는 나무와 붉은 물웅덩이와 기를 쓰고 나아가는 애벌레를 떠나 아주머니를 따라갔다. '불쌍한 아들'이 나를 불러 달라고 했으니 아주머니가 절대 나 혼자 내버려 두고 가지 않으리라는 것을 알고 있었기 때문이다. 하지만 일주일 전만 해도 아주머니는 우리를 떼어 놓으려고 온갖 짓을 다 했었다. 아주머니는 나 때문에 아들이 나쁜 물이 들었다고 생각했다. 마치 그의 성적 욕구가 고조되어 있을 때 그가 그럴싸한 여자를 만나는 걸 나 같은 사람이 막을 수 있었을 거라고 생각하는 것 같았다.

내가 현관문을 통해 그의 집에 들어간 것은 10년 전에 이 마을로 이사 오고 난 뒤로 처음인 게 틀림없었다. 나는 즐거운 기분으로 그의 방 창문을 흘깃 보았다. 그 벽에 일주일 전에 우리가 사용했던 사다리의 흔적이 보이는 듯했다. 우리는 사다리를 똑바로 세우는 데 약간 애를 먹었으나, 그의 어머니가 깊이 잠들어 있어서 문제가 되지는 않았다. 그가 그 헛간에서 가지고 내려온 사다리였다. 그가 집 안으로 안전하게 들어간 다음, 나는 다시 사다리를 들고 헛간까지 걸어 올라갔다. 그러나 그의 말은 믿을 수가 없었다. 그는 가장 친한 친구에게도 거짓말을 하곤 했다. 내가 헛간에 도착했을 때, 그의 말과 달리 여자는 사라지고 없었다. 그는 사람을 어머니의 돈으로 매수할 수 없을 경우에는 다른 사람의 약속을 이용해 매수하는 녀석이었다.

문 안으로 들어서자 나는 곧 불편해지기 시작했다. 이들 두 사람에게는 찾아오는 친구가 없었기에 집은 당연히 조용했다. 아주머니에게 몇 킬로미터 안 되는 곳에 사는 시누이가 한 명 있긴 했지만 말이다. 우리를 보러 아래층으로 내려오는 의사의 발소리가 귀에 거슬렸다. 의사는 우리를 위해서 얼굴을 찌푸려 경건하고 침통한 표정을 지었다. 죽음에는 어떤 신성한 것이 있으며, 내 친구의 죽음도 마찬가지라는 듯한 표정이었다.

"의식이 있는 상태입니다." 의사가 말했다. "하지만 가망이 없습니다. 제가 할 수 있는 일이 없군요. 환자가 평화로이 세상을 뜨게 하고 싶으면 친구분을 들여보내는 게 좋겠습니다. 환자가 뭔가를 두려워하고 있어요."

의사의 말이 옳았다. 문틈 밑에서 고개를 숙여 친구의 방 안으로 들어가자마자 그걸 알 수 있었다. 그는 베개에 몸을 괸 채 문을 바라보며 내가 들어오기를 기다리고 있었다. 두 눈은 겁에 질린 표정으로 반짝였고, 땀에 젖어 축축해진 머리카락 몇 올이 이마에 달라붙어 있었다. 전에는 그가 그토록 못생긴 줄 몰랐다. 곁눈질을 너무 많이 해 대는 눈은 음흉해 보였지만, 그의 건강이 정상이었을 때는 초롱초롱해서 음흉함을 잊게 했던 것이다. 그 초롱초롱한 눈에 어떤 유쾌함과 뻔뻔함이 담겨 있어서 마치 '음흉하고 못생겼다는 건 나도 알아. 그런데 그게 뭐 대수야? 난 배짱이 있어'라고 말하는 것 같았다. 눈빛에 담긴 그

초롱초롱함 때문에 몇몇 여자들이 그에게 매력과 활기를 느낀 거라고 나는 생각한다. 이제 그 초롱초롱함이 사라지고 나니 그는 불량배로밖에 보이지 않았다.

내가 할 일은 기운을 북돋아 주는 것이라는 생각이 들어 나는 침대에 그 혼자 있다는 사실을 소재 삼아 시시한 농담을 지어냈다. 그가 내 농담을 별로 좋아하지 않는 것 같아서, 그 역시 자신의 죽음을 종교적인 관점에서 받아들이는 건 아닐까 하는 유감스러운 생각이 들기 시작했다. 그때 그가 나에게 자리에 앉으라고 날카롭게 말했다.

"나는 죽어 가고 있어." 그가 말했다. 매우 빠른 어조였다. "그래서 너에게 부탁하고 싶은 게 있다. 의사는 아무 소용이 없어. 그 사람은 내가 헛소리를 한다고 생각해. 친구야, 나는 두렵다. 누군가로부터 마음이 놓이는 얘기를 듣고 싶어." 그러고 나서 한참 말을 멈춘 다음 다시 이었다. "상식이 있는 사람으로부터 말이야." 그는 침대에서 조금 더 아래쪽으로 내려왔다.

"전에도 딱 한 번, 심하게 아픈 적이 있었어." 그가 말했다. "네가 이 마을로 이사 오기 전이었지. 그때 난 어린 남자아이에 불과했어. 사람들은 심지어 내가 죽었다는 말까지 했었지. 그래서 날 매장할 준비를 했는데, 그때 마침 한 의사가 사람들이 하던 일을 중단시켰지."

나는 그와 비슷한 얘기들을 많이 들어 왔다. 그가 왜 그 얘기를 나에게 들려주고 싶어 하는지, 이유를 알 수 없었다. 잠시 후에야 그가 말하고자 하는 바를 알겠다는 생각이 들었다. 전에는 그의 어머니가 너무 경황이 없어서 그가 정말로 죽었는지 확인하지 못했던 것이다. 물론 나는 그의 어머니가 커다란 슬픔을 보였다는 것을—"우리 불쌍한 아들. 난 개 없인 못 살아"—믿어 의심치 않았다. 그리고 아주머니는 지금 자신의 생각을 믿고 있듯이, 그때도 자신의 생각을 믿었다고 나는 확신한다. 일부러 아들이 죽게 내버려 두었을 리 없었다. 성격적으로 너무 성급한 면이 있을 뿐이었다.

"이봐, 친구." 내가 말했다. 나는 베개에 괴고 있는 그의 몸을 조금 더 일으켜 세웠다. "겁먹을 필요 없어. 넌 죽지 않아. 어쨌거나 의사가 네 정맥을 자르거나 다른 엉뚱한 짓을 하는지 내가 봐 줄게. 그런 소름 끼치는 얘기는 그만하자. 아무튼 네 앞에는 살날이 많이 남아 있다는 걸 내 장담한다. 게다가 여자들도 많이 남아 있고." 나는 그를 웃기려고 농담을 덧붙였다.

"그따위 얘기, 그만할 수 없겠니?" 그의 말에 나는 그가 종교적인 생각으로 기울었다는 것을 알았다. "어휴," 그가 말했다. "만약 내가 살아난다면 여자에게는 절대 손대지 않을 거야. 단 한 명도……"

그 말에 나는 웃지 않으려 했으나 정색을 하고 앉아 있기가 쉽지 않았다. 병자의 도덕관념에는 언제나 약간 우스꽝스러운 면이 있었다. "어쨌든," 내가 말했다. "넌 겁먹을 필요가 없어."

"그런 게 아니야." 그가 말했다. "친구, 그때 내가 다시 정신이 돌아왔을 때, 난 내가 그동안 죽어 있었다고 생각했어. 그건 절대 잠 같은 게 아니었어. 평화로운 휴식도 아니었지. 거기에 누가 있었어. 나를 완전히 감싸는 존재가. 모든 것을 아는 존재가. 내가 만났던 모든 여자애들도 다 알고 있었어. 심지어 나를 잘 이해하지 못했던 어린 여자애도. 네가 이사 오기 전에 이 마을에 살았던 애였어. 1킬로미터쯤 떨어진 곳에 살았지. 지금 레이철이 살고 있는 동네야. 그 애는 그 뒤 가족과 함께 다른 마을로 떠났어. 내가 어머니에게서 가져간 돈도 알고 있더라고. 난 그걸 도둑질로 여기진 않아. 가족 간에 생긴 일이니까. 내겐 그걸 설명할 기회가 없었어. 내가 그동안 해 온 생각들도 얘기할 수 없었고. 거기선 자신의 생각을 숨길 수가 없지."

"악몽을 꾼 거야." 내가 말했다.

"맞아. 그건 틀림없이 꿈이었을 거야. 안 그래? 아플 때면 꾸는 꿈 같은 거. 그리고 난 내게 닥칠 일도 보았어. 그 고통을 참을 수가 없었지. 그건 불공평한 거였어. 나는 기절해 버리고 싶었지만 그럴 수도 없었어. 왜냐하면 나는 죽었으니까."

"꿈에서 일어난 일이야." 내가 말했다. 그의 두려움에 신경이 곤두섰다. "꿈에서 일어난 일이야." 내가 다시 말했다.

"맞아. 그건 틀림없이 꿈이었을 거야. 안 그래? 왜냐하면 난 다시 깨어났으니까. 이상한 건 내가 굉장히 건강하고 강해진 느낌이 들었다는 거야. 나는 일어나서 길에 내려섰어. 저 아래에서 몇몇 사람들이 흙먼지를 일으키며 그 사람을 따라 떠나는 모습이 보이더군. 나를 땅에 묻으려는 것을 중단시킨 그 의사를 따라서 말이야."

"그래?" 내가 말했다.

"친구." 그가 말했다. "그게 사실이었다고 가정해 봐. 내가 정말 죽어 있었다고 가정해 봐. 난 그때 그렇게 믿었어. 어머니도 그랬고. 하지만 넌 어머니를 신뢰하진 못하겠지. 나는 이후 몇 년 동안 착하게 살았어. 일종의 두 번째 기회라고 생각했으니까. 그러다 시간이 흐르니 그런 마음가짐도 흐려지고, 또 얼마간…… 그게 정말로 일어난 일 같진 않아. 그건 있을 수 없는 일이야. 당연히 있을 수 없는 일이야. 그렇다는 걸 너도 알지, 그렇지?"

"그렇고말고." 내가 말했다. "그런 종류의 기적은 오늘날엔 일어나지 않아. 어쨌든 그런 기적이 너에게 일어날 것 같진 않아. 그렇잖아?

그리고 태양 아래 그 많은 장소 중에서 왜 하필 여기서 일어나겠니."

"만약 그게 정말로 일어난 일이라면," 그가 말했다. "무시무시한 일이 아닐 수 없어. 난 그 같은 일을 전부 다시 겪어야 할 테니까. 그 꿈이 계속되었더라면 나에게 무슨 일이 일어났을지 몰라. 게다가 지금은 그때보다 더 안 좋은 일들을 겪게 될 거야." 그는 잠시 말을 멈춘 다음에 사실을 진술하듯이 덧붙였다. "죽은 뒤엔 더 이상 무의식은 없어. 영원히."

"그건 분명 꿈이었어." 내가 그의 손을 꼭 쥐면서 말했다. 그는 자신의 망상으로 나를 겁먹게 만들었다. 그가 빨리 죽었으면 하는 마음이 일었다. 그러면 음흉하고 겁에 질린, 핏발 선 그의 눈에서 벗어나 어떤 즐겁고 유쾌한 것을 볼 수 있을 터이다. 예컨대 이 거리에서 1킬로미터 정도 떨어진 곳에 사는, 그가 언급한 레이철을 보러 갈 수도 있을 것이다.

"이봐," 내가 말했다. "만약 그처럼 기적을 행하는 사람이 있었다면, 또 다른 기적에 관해서도 들었어야 신빙성이 있을 거 아냐. 이 따분한 마을 밖에서 일어난 일이라도 말이야."

"다른 기적 얘기들도 있었어." 그가 말했다. "하지만 그런 이야기들은 가난하고 불쌍한 사람들 사이에서만 돌아다녀. 그런 사람들은 뭐든 다 믿을 거야. 그렇겠지? 자신들의 병이 나았다고 말하는 병자와 불구자들도 많았어. 장님으로 태어났는데 그 사람이 다가와서 자신의 눈꺼풀을 만져 주니까 볼 수 있게 되었다고 말하는 사람도 있었고 말이야. 그런 것들은 다 노파들이나 지껄이는 실없는 얘기겠지?" 그가 두려움으로 말을 더듬거렸다. 그런 다음 갑자기 침대가에 누운 채로 잠잠해지면서 몸이 경직되었다.

"물론 다 거짓말이야." 나는 말을 꺼냈다가 멈췄다. 말을 할 필요가 없었기 때문이다. 내가 할 수 있는 일은 아래층으로 내려가서 그의 어머니에게 위로 올라가 아들의 눈을 감겨 주라고 말하는 것뿐이었다. 나는 이 세상의 모든 돈을 다 준다 해도 그의 눈을 만지지 않을 작정이었다. 내가 그날의 일에 관해 생각한 지도 오랜 세월이 흘렀다. 아주 아주 오래전 그날, 나는 눈꺼풀에 침 같은 차가운 감촉을 느끼며 눈을 떴다. 그리고 다른 나무들에 둘러싸인 나무 같은 한 사내가 걸어가는 뒷모습을 보았다.

(1929)

파티의 끝
The End of the Party

피터 모턴이 깜짝 놀라 깨어나니 새벽빛이 눈에 들어왔다. 빗방울이 유리창에 부딪쳤다. 1월 5일이었다.

그는 탁자 너머에 있는 다른 침대로 눈을 돌렸다. 탁자 위 종야등이 다 타고 녹아내려 촛농이 고여 있었다. 프랜시스 모턴은 아직 자고 있었다. 그래서 피터는 눈을 동생에게로 향한 채 다시 자리에 누웠다. 자신이 바라보고 있는 사람이 자기 자신이라고 생각해 보는 것은 즐거운 일이었다. 머리털도 같고 눈도 같고 입술도 같고 얼굴 윤곽도 같았다. 그러나 그 생각은 이내 사그라지고, 오늘은 매우 중요한 날이라는 사실이 다시 마음에 떠올랐다. 1월 5일이었다. 헨펠컨 부인이 아이들에게 파티를 열어 준 지 벌써 1년이 지났다는 게 믿기지 않았다.

프랜시스가 갑자기 몸을 뒤척이더니 한 팔을 얼굴로 가져가 자신의 입을 막았다. 피터의 가슴이 두근거리기 시작했다. 이번에는 기뻐서가 아니라 불안해서였다. 그는 일어나 앉아 탁자 너머로 소리쳤다. "일어나." 프랜시스가 어깨를 들썩이더니, 주먹 쥔 손을 허공에 대고 흔들었다. 하지만 눈은 아직 감겨 있었다. 피터 모턴은 갑자기 온 방이 어두워지면서 커다란 새가 날아 내려와 덮치는 것 같은 기분을 느꼈다. 그가 다시 소리쳤다. "일어나." 다시 은빛 새벽빛이 방 안에 퍼지고 유리창을 토닥이는 빗소리가 들렸다. 프랜시스가 눈을 비비며 물었다. "날불렀어?"

"무서운 꿈을 꾸었구나." 피터가 말했다. 그는 이미 자신과 동생의 마음이 아주 잘 통한다는 것을 경험으로 알고 있었다. 그러나 몇 분 차이이기는 했지만 자신이 형이었다. 동생이 아직 어둠 속에서 고통스럽게 애를 쓰고 있는 동안 자신은 그 짧은 시간이나마 먼저 세상의 빛을 쬔 까닭에 자신감과 자립심이 강했고, 또한 많은 것들을 두려워하는 동생을 보호해 주려는 본능도 생겼다.

"내가 죽는 꿈을 꾸었어." 프랜시스가 말했다.

"어떤 꿈이었는데?" 피터가 물었다.

"기억이 안 나." 프랜시스가 말했다.

"커다란 새의 꿈을 꾼 거야."

"내가 그랬어?"

둘은 서로 마주 보며 말없이 자리에 누웠다. 똑같이 푸른 눈, 끝이 아래로 숙은 똑같은 코, 야무져 보이는 똑같은 입술 그리고 조숙한 티가 나는 똑같은 모양의 턱…… 1월 5일이야, 피터는 다시 생각했다. 그는 마음속으로 느긋하게 케이크를 떠올렸다가 이어 게임에 이기면 받게 될 상을 떠올렸다. 스푼에 달걀을 올려놓고 달리기, 대얏물에 넣은 사과를 송곳으로 찌르기, 장님 놀이.

"난 가기 싫어." 프랜시스가 갑자기 말했다. "거기 조이스가 올 테니까…… 메이벌 워런도 올 테고." 그 두 아이들과 함께 파티에 간다는 것은 프랜시스에게는 생각만 해도 싫은 일이었다. 그 애들은 프랜시스보다 나이가 많았다. 조이스는 열한 살이고 메이벌 워런은 열세 살이었다. 그 애들이 뻐기듯이 성큼성큼 걸을 때면 길게 땋아 내린 머리가 여봐란듯이 흔들거렸다. 그 애들은 그가 달걀을 떨어뜨리지 않으려고 허둥대는 모습을 눈을 내리깔고 깔보는 눈빛으로 지켜보았는데, 그 애들이 여자라서 프랜시스는 더욱더 자존심이 상하고 창피했다. 그리고 지난해엔…… 그는 피터에게서 얼굴을 돌렸다. 두 뺨이 빨개졌다.

"왜 그래?" 피터가 물었다.

"아냐. 아무것도 아니야. 몸이 좀 안 좋은 것 같아. 감기에 걸렸어. 파티에 가면 안 될 것 같아."

피터는 어쩔 줄 몰라 했다. "그런데 프랜시스, 감기가 아주 심해?"

"파티에 가면 몹시 심해질 거야. 죽을지도 몰라."

"그럼 가면 안 되지." 피터가 모든 곤경을 간단한 문장 하나로 해결할 작정으로 말했다. 프랜시스는 마음이 놓였다. 모든 것을 피터에게 맡길 생각이었다. 형이 고마웠지만 형에게로 얼굴을 돌리지는 않았다. 그의 뺨은 지난해 깜깜해진 집에서 숨바꼭질을 할 때 겪었던 창피한 기억으로 여전히 발갛게 달아 있었다. 메이벌 워런이 느닷없이 그의 팔에 손을 얹었을 때 비명을 질렀던 기억이었다. 그는 메이벌이 오는 소리를 듣지 못했다. 여자애들이란 그런 것 같았다. 신발 소리가 전혀 나지 않았다. 발밑 널빤지가 삐걱하는 소리도 전혀 없었다. 여자애들은 폭신한 살덩어리가 있는 발로 걷는 고양이처럼 살금살금 걸어 다녔다.

유모가 더운물을 가지고 방에 들어왔을 때 프랜시스는 모든 것을 피터에게 맡기고 조용히 누워 있었다. 피터가 말했다. "유모, 프랜시스가 감기에 걸렸어요."

키가 크고 성격이 억센 유모는 물통 위에 수건을 내려놓으며 고개를 돌리지도 않은 채 대꾸했다. "세탁물 맡긴 거, 내일까진 세탁을 끝낼 수 없을 것 같아요. 도련님 손수건을 동생에게 빌려주세요."

"그렇지만 유모," 피터가 물었다. "프랜시스는 침대에 누워 있는 게 좋지 않을까?"

"오늘 아침엔 데리고 나가 산책을 좀 제대로 하게 할 거예요." 유모가 말했다. "바람에 병균이 다 날아가 버릴 거예요. 자, 일어나요. 둘 다." 그러고 나서 문을 닫고 나갔다.

"미안해." 피터가 말했다. "그냥 누워 있어도 되지 않을까? 엄마에게 네가 너무 아파서 일어날 수 없다고 말할게." 그러나 프랜시스에게는 운명에 항거할 힘이 없었다. 만약 침대에 그대로 누워 있으면 사람들이 들어와서 가슴을 두드리고, 입 안에 체온계를 넣고, 혀를 살펴볼 것이다. 그러면 그가 꾀병을 부리고 있음을 알게 될 것이다. 몸이 안 좋은 것은 사실이었다. 배 속이 헛헛하고 메스꺼웠으며 심장이 마구 두근거렸다. 그러나 그것은 순전히 두려움 때문이라는 걸 프랜시스는 알고 있었다. 파티에 대한 두려움, 좀 더 구체적으로 말하면 피터도 없이, 마음을 진정시켜 줄 종야등도 없이 어둠 속에서 혼자 숨어 있어야 하는 것에 대한 두려움이 원인이었다.

"아니, 일어날래." 그가 말했다. 그러고 나서 갑자기 필사적으로 덧붙였다. "그렇지만 헨팰컨 부인의 파티에는 가지 않을래. 성경에 맹세코 절대 가지 않을 거야." 이제 모든 게 잘될 거야, 그는 생각했다. 하느님이 이처럼 엄숙한 맹세를 깨뜨리게 하시진 않을 테니까. 하느님은 길을 보여 주실 거야. 그에게는 오전 시간 전부와 오후 4시까지의 시간이 남아 있었다. 새벽 서리가 내려앉은 풀잎들이 아직 싱그러운 이른 아침부터 걱정을 할 필요는 없었다. 무슨 수가 생기겠지. 칼에 베인다든가, 다리가 부러진다든가, 진짜로 심한 감기에 걸린다든가…… 하느님이 어떻게 해 주시겠지.

그는 하느님을 굳게 믿었기에 아침 식사 시간에 엄마가 "프랜시스, 너 감기에 걸렸다며?"라고 말했을 때 대수롭지 않게 받아들였다. "오늘 저녁에 파티가 없었다면 더 많이 아프다고 했을 텐데." 엄마가 놀리는 투로 말했다. 프랜시스는 엄마가 자기에 대해 너무 모른다는 사실에 놀라 맥이 풀렸지만, 그냥 웃으며 넘겼다. 그날 아침 산책에서 조이스를 보지 않았더라면 그의 행복감은 좀 더 오래 지속되었을 것이다. 피터가 토끼장을 마저 만들려고 헛간에 남아서 프랜시스는 유모와 단둘이서만 산책을 가야 했다. 피터와 함께 있었더라면 크게 신경쓰지 않았을 것이다. 유모는 피터의 유모이기도 했지만, 지금은 그만을 위해 고용된 사람인 것처럼 행동했다. 프랜시스 혼자 산책을 보내는 게 마음이 놓이지 않았기 때문이다. 조이스는 그보다 두 살밖에 많지 않았지만 혼자였다.

조이스가 그들을 향해 성큼성큼 걸어왔다. 땋은 머리가 간들거렸다. 그 애는 프랜시스를 비웃듯이 흘깃 쳐다본 다음 유모에게 뽐내는 태도로 말했다. "아줌마, 안녕하세요. 오늘 저녁 파티에 프랜시스를 데려다주실 거죠? 메이벌과 나도 가거든요." 그러고는 다시 메이벌 워런의 집이 있는 방향으로 걸어갔는데, 조이스는 분명 사람이 없는 텅 빈 거리를 혼자 걸어가고 있다는 것을 의식하며 흡족해할 것이다. "참 괜찮은 아가씨예요." 유모가 말했다. 그러나 프랜시스는 아무 말도 하지 않았다. 파티 시간이 금세 다가오리라는 것을 깨달으니 다시 심장이 쿵쾅거렸다. 하느님은 그에게 아무것도 해 주지 않으셨는데 시간은 쏜살같이 흘렀다.

시간은 어찌나 빠르게 흐르는지 피할 수 있는 계획을 세울 틈도 주지 않았다. 아니, 다가올 시련에 대비하여 마음의 준비를 할 시간조차 주지 않았다. 아무런 준비도 하지 못하고 찬 바람을 막으려 외투 깃을 세운 채 문간 계단에 섰을 때, 그는 거의 공황 상태였다. 유모가 비추는 손전등의 짧은 빛줄기가 어둠을 뚫고 나아갔다. 프랜시스 뒤로 거실 불빛이 흘러나오고 하인이 저녁을 차리는 소리가 들려왔다. 오늘은 엄마 아빠 두 분이서만 저녁을 먹을 것이다. 프랜시스는 집 안으로 뛰어들어 가서 엄마에게 파티에 가지 않겠다고, 절대 가지 않겠다고 소리 지르고 싶은 충동에 휩싸였다. 그러면 억지로 가게 할 수는 없을 것이다. 자신의 마음을 몰라주는 엄마 아빠의 무지의 장벽을 영원히 깨뜨릴 마지막 말을 소리치는 자신의 목소리가 귀에 들리는 것만 같았다. 그렇게 하면 엄마 아빠의 오해로부터 자신의 마음이 구제될 것 같았다. '파티에 가는 게 무서워요. 안 갈래요. 절대 안 가요. 거기 가면 사람들이 절 깜깜한 어둠 속에서 숨게 만든단 말이에요. 어둠이 무서워요. 마구마구 비명을 지를 거예요.' 엄마의 놀란 얼굴이 눈에 보이는 듯했고, 어른들 특유의 냉정하고 자신 있는 말투로 반박하는 목소리가 들리는 듯했다.

'바보 같은 소리 마라. 넌 가야 해. 우린 헨팰컨 부인의 초대를 받아

들렸잖니.' 그러나 엄마 아빠는 억지로 가게 할 수는 없을 것이다. 이런 생각을 하면서 문간에 서서 머뭇거리고 있는 동안 유모는 서리 덮인 잔디밭을 가로질러 대문을 향해 걸어가고 있었다. 그는 이렇게 대답할 생각이었다. '저 지금 아파요. 가지 않을래요. 어둠이 싫어요.' 엄마는 이렇게 말할 것이다. '바보 같은 소리 마라. 어둠은 전혀 무서운 게 아니라는 건 잘 알잖니.' 그러나 프랜시스는 그 말이 거짓임을 알았다. 엄마 아빠는 죽음은 전혀 두려운 게 아니라고 가르치면서도 자기들 스스로는 죽음에 대한 생각을 몹시 두려워하며 회피한다는 사실을 알고 있었던 것이다. 그렇지만 엄마 아빠는 그를 억지로 파티에 가게 할 수는 없을 것이다. '비명을 지를 거예요. 비명을 지를 거예요.'

  "프랜시스, 어서 와요." 푸르스름한 흐린 빛을 띤 잔디밭 너머에서 유모의 목소리가 들려오고, 노란 손전등 불빛이 나무에서 관목으로 둥글게 움직이는 모습이 보였다. "가요!" 그는 절망적으로 소리쳤다. 그가 지닌 엄마와 자기 사이의 마지막 비밀을 털어놓을 수는 없었다. 파티에 가서 헨펠컨 부인에게 사정해 보는 마지막 수단이 아직 남아 있었기 때문이다. 그는 그 생각으로 스스로를 달래면서 천천히 홀을 가로질러 커다란 체구의 헨펠컨 부인을 향해 걸었다. 심장이 불규칙하게 뛰었지만 목소리를 진정시키고 신중한 말씨로 이렇게 말했다. "안녕하세요, 헨펠컨 부인. 파티에 초대해 주셔서 감사합니다." 긴장한 얼굴을 부인의 가슴골을 향해서 치켜들고 공손하게 의례적인 말을 하는 그의 모습은 마치 늙은이 같았다. 쌍둥이인 그는 여러모로 외아들이나 다름없었다. 피터에게 말을 하는 것은 거울 속의 자신의 모습에게, 거울 표면의 흠 때문에 약간 달라진 자신의 상像에게 말하는 것과 다를 게 없었다. 그 상은 자신을 닮았다기보다는 그가 바라는 모습—어둠이나 낯선 사람의 발소리나 땅거미가 깔린 정원에서 날아다니는 박쥐 따위에 대한 터무니없는 두려움을 가지지 않은 바람직한 자신의 모습—을 더 닮았다고 할 수 있었다.

"아이고, 귀여워라." 헨펠컨 부인이 형식적으로 맞이하며 건성으로 대꾸했다. 부인은 아이들이 병아리 떼나 되는 것처럼 두 팔을 저으면서 자신이 정해 놓은 오락 프로그램 속으로 아이들을 몰아갔다. 스푼에 달걀 올려놓고 달리기, 이인삼각 경기, 대야물에 넣은 사과를 송곳으로 찌르기 같은 놀이였는데, 이 모두가 프랜시스에게 더없는 굴욕을 안겨 주는 것들이었다. 하지만 그는 중간중간에 해야 할 일이 없을 때는 가능한 한 메이벌 워런의 비웃는 듯한 시선에서 멀리 벗어나 혼자 한쪽 구석에 서 있을 수 있었고, 그럴 때면 다가오는 어둠의 공포를 피할 방법을 생각해 볼 수 있었다. 차를 마실 때까지는 두려워할 게 없다는 것을 알고 있었다. 그러나 콜린 헨펠컨의 생일 케이크에 꽂힌 열 개의 초가 토해 내는 노란 불빛 속에 들어가 앉으니, 그가 두려워하는 것이 코앞에 닥쳐왔음을 절실히 느끼게 되었다. 조이스의 높은 목소리가 탁자 저편에서 들려왔다. "차를 마신 다음 불을 끄고 숨바꼭질을 할 거야."

"난 반대야." 피터가 프랜시스의 일그러진 얼굴을 보고 말했다. "그거 하지 말자. 숨바꼭질은 해마다 했잖아."

"그렇지만 프로그램에 있어." 메이벌 워런이 큰 소리로 말했다. "난 봤어. 헨펠컨 부인의 어깨 너머로 프로그램을 봤단 말이야. 5시에 차. 5시 45분에서 6시 30분까지 불을 끄고 숨바꼭질. 프로그램에 그렇게 쓰여 있었어."

피터는 반박하지 않았다. 숨바꼭질이 헨펠컨 부인의 프로그램에 들어 있다면 무슨 말을 해도 취소되지 않을 테니까. 그는 생일 케이크 한 조각을 더 부탁한 다음 차를 찔끔거리면서 천천히 마셨다. 그렇게 하면 숨바꼭질을 15분쯤 늦출 수 있을지도 몰랐고, 그러면 프랜시스가 뭔가 궁리를 할 시간을 조금 더 벌게 될 터였다. 하지만 피터는 그조차도 실패했다. 이미 아이들이 두셋씩 패를 지어 탁자를 떠나고 있었던 것이다. 세 번째 실패였다. 이번에도 커다란 새의 날개가 동생의 얼굴에 짙은 그림자를 드리우는 것이 보였다. 그러나 피터는 속으로 자신의 어리석은 생각을 조용히 꾸짖고 케이크를 마저 먹으면서, 어른들이 노상 하는 말을 떠올리며 힘을 냈다. "어둠은 전혀 무서운 게 아니란다." 쌍둥이 형제는 마지막으로 탁자를 떠나서 함께 홀로 걸어갔다. 헨펠컨 부인이 빨리 오라고 재촉하는 짜증 섞인 눈빛으로 형제를 바라보았다.

"그럼 이제," 부인이 말했다. "불을 끄고 숨바꼭질을 하겠습니다."

피터는 동생을 살펴보았다. 프랜시스는 입술을 앙다물고 있었다. 동생이 파티가 시작될 때부터 이 순간을 두려워했다는 것을 피터는 알았다. 용기를 내서 맞닥뜨려 보려고도 했지만 그럴 엄두가 나지 않았다는 것도 알고 있었다. 동생은 숨바꼭질을 피할 수 있는 길을 찾게 해달라고 기도했을 게 틀림없었다. 그런데도 다른 아이들은 모두 지금 환호성을 지르며 좋아했다. "자, 시작하자." "편을 갈라야지." "들어가면 안 되는 곳이 있어?" "술래 집은 어디로 하지?"

"있잖아요," 프랜시스 모턴이 헨펠컨 부인에게 다가가며 말했다. 프랜시스의 눈은 부인의 풍만한 가슴에 고정되어 있었다. "저는 숨바꼭질 놀이에 참여해 봐야 아무 소용이 없을 거예요. 유모가 아주 일찍 저를 데리러 올 테니까요."

"그러니? 그렇지만 유모가 기다려 줄 거란다, 프랜시스." 헨팰컨 부인은 그렇게 말하면서 손뼉을 쳤다. 벌써부터 위층으로 올라가려고 계단에 띄엄띄엄 서 있는 아이들을 자기 옆으로 불러 모으기 위해 손뼉을 친 것이었다. "네 엄마도 이해하실 거야."

그것이 프랜시스가 마지막으로 짜낸 생각이었다. 그토록 잘 준비해서 짜낸 구실이 실패할 거라는 생각은 하지 않았다. 이제 그가 할 수 있는 것은 여전히 정확한 말씨로—다른 아이들이 자만의 상징이라고 생각하며 싫어하는 말씨였다—이렇게 말하는 것뿐이었다. "저는 숨바꼭질 놀이를 하지 않는 게 좋을 것 같아요." 그는 두려웠지만 냉정함을 유지하려 애쓰며 꼼짝 않고 서 있었다. 하지만 프랜시스의 공포스러운 생각이, 또는 공포감 자체가 형의 마음에 이심전심으로 다다랐다. 순간적으로 피터 모턴은 밝은 불이 꺼지면서 사방에서 이상한 발소리가 조그맣게 저벅거리는 어둠의 섬 속에 혼자 남겨진 듯한 두려움에 휩싸여 하마터면 크게 소리를 지를 뻔했다. 다음 순간, 그 두려움은 자기 것이 아니라 동생 것임을 기억했다. 그래서 충동적으로 헨팰컨 부인에게 말했다. "제발요, 부인. 프랜시스는 숨바꼭질을 하면 안돼요. 걔는 어두운 걸 무지 무서워하거든요." 해서는 안 될 말이었다. 여섯 명의 아이들이 넓죽한 해바라기 모양의 심술궂은 얼굴을 프랜시스 모턴에게로 돌리며 노래를 부르기 시작한 것이다. "겁쟁이, 겁쟁이래요."

프랜시스는 형을 보지 않고 말했다. "아니에요, 할 거예요. 전 무섭지 않아요. 전 그저……" 그러나 그는 이미 그를 괴롭히던 아이들에게서 잊혔다. 아이들은 헨팰컨 부인을 둘러싸고 카랑한 목소리로 부인에게 묻고 제안하며 수선을 피웠다. "그래, 집 안 어디든 괜찮아. 모든 불을 다 끝 거야. 그래. 벽장에 숨어도 괜찮아. 될수록 오래 숨어 있어야 해. 술래 집은 없어."

피터는 조금 떨어져 서 있었다. 동생을 도우려는 마음만 앞선 자신의 어설픈 태도가 부끄러웠다. 형의 서툰 행동을 분하게 여기는 프랜시스의 마음이 피터의 마음 한구석으로 스며들었다. 몇몇 아이들이 위층으로 뛰어올라 갔고, 잠시 후 두 층의 불이 모두 꺼졌다. 어둠이 박쥐 날개처럼 내려와 층계참에 머물렀다. 다른 아이들이 홀 구석에 있는 전등을 끄기 시작했다. 이제 아이들은 모두 홀 중앙의 샹들리에 불빛 속으로 모였다. 그러는 동안 박쥐들은 날개를 펴고 웅크린 채 앉아서 샹들리에 불빛마저 꺼지기를 기다렸다.

"너랑 프랜시스는 숨는 편이야." 키가 큰 여자아이가 말했다. 그러고 나서 곧 샹들리에 불이 꺼졌다. 발밑의 양탄자가 가볍게 떨리고, 사각대는 발소리가 들려왔다. 구석으로 가느다랗게 몰려가는 찬 바람 소리 같았다.

'프랜시스는 어디 있을까?' 피터는 궁금했다. '나랑 같이 있으면 이런 소리들이 덜 무서울 텐데.' '이런 소리들'은 정적을 준비하는 소리들이었다. 헐거워진 마룻바닥이 삐걱거리는 소리, 벽장문을 조심스럽게 닫는 소리, 윤이 나게 닦인 목제 물건을 손가락으로 질질 끄는 소리……

피터는 아무도 없는 깜깜한 마루 한가운데에 서 있었다. 귀를 기울이는 게 아니라 동생이 숨은 곳에 대한 생각이 머릿속으로 스며들기를 기다렸다. 그러나 프랜시스는 손으로 귀를 막고, 감을 필요가 없는 눈을 감은 채 감각이 마비된 것 같은 상태로 바닥에 웅크리고 앉아 있었다. 긴장감만이 어둠을 헤치고 전해졌다. 그때 누가 "찾으러 간다"

하고 말했다. 피터 모턴은 갑작스러운 그 소리에 동생의 가라앉은 마음이 산산이 부서져 버리기라도 한 것처럼 질겁했다. 그러나 그것은 피터 자신의 두려움이 아니었다. 동생의 두려움은 견딜 수 없이 극심한 공포였지만 자신의 두려움은 동생을 사랑하는 이타적인 감정에서 비롯된 것이었다. 따라서 정신의 기능은 손상되지 않고 그대로 남아 있었다. '내가 프랜시스라면 어디에 숨을까?'

그가 프랜시스 자신인 것은 아니지만 적어도 프랜시스의 거울이었기에 답은 곧바로 나왔다. '서재의 문을 열고 들어가서 왼편의 참나무 책장과 긴 가죽 의자 사이.' 쌍둥이 사이에는 해독하지 못할 텔레파시가 없었다. 자궁 안에 함께 있었으니 나와서도 떨어질 수 없는 사이였다.

피터 모턴은 프랜시스가 숨어 있는 곳을 향해 살금살금 나아갔다. 때때로 마룻바닥에서 삐걱하는 소리가 났다. 피터는 소리 없이 어둠 속을 뒤지고 있는 술래들한테 붙잡힐까 봐 몸을 숙이고 신발 끈을 풀었다. 끈에 부착된 금속 장식이 마룻바닥에 부딪치자 쇳소리가 났고, 그 소리에 술래 한 명이 그가 있는 쪽으로 살금살금 다가왔다. 그러나 그때는 이미 피터가 신발을 벗고 양말만 신은 상태로 그 자리를 벗어난 뒤였다. 그가 벗어 놓은 신발에 누군가의 발이 걸리는 소리가 들려서 가슴이 덜컥 내려앉지만 않았다면 그는 자기를 잡으러 온 술래를 속으로 비웃어 주었을 것이다. 이제는 더 이상 마룻바닥에서 피터 모턴의 발소리가 나지 않았다. 그는 양말만 신은 발로 소리 내지 않고 정확히 목표한 곳으로 나아갔다. 벽 가까이 왔다는 것을 본능적으로 알아차린 피터는 손을 뻗었고, 손가락이 동생의 얼굴에 닿았다.

프랜시스는 소리를 지르지는 않았지만, 그의 심장이 쿵 하고 내려앉은 느낌이 피터에게 그가 느끼는 공포감의 정도를 알려 주었다. "괜찮아." 웅크리고 앉은 몸을 더듬어 내려가며 피터가 속삭였다. 꼭 움켜쥔 프랜시스의 주먹이 손에 잡혔다. "나야. 내가 너랑 함께 있을게." 이어 프랜시스의 다른 주먹을 꼭 잡았다. 피터는 자신의 말소리를 들은 술래들이 뭐라고 나직이 웅성거리는 소리에 귀를 기울였다. 누군가의 손이 피터의 머리 가까이에 있는 책장을 만졌다. 그는 자기가 곁에 있는데도 프랜시스의 두려움이 계속되고 있음을 알아차렸다. 혼자 있을 때보다는 덜 두렵고 더 참을 만하겠지만—그렇기를 바랐다—프랜시스는 여전히 두려워하고 있었다. 피터는 자신이 느끼는 두려움은 자신의 것이 아니라 동생의 것임을 알았다. 피터에게 어둠은 빛이 없는 상태일 뿐이었다. 가까이에서 더듬는 손은 낯익은 아이의 손이었다. 그는 그 자리에 숨어서 끈기 있게 기다렸다.

그는 더 이상 말하지 않았다. 프랜시스와 그 사이에는 말이 없어도 통하는 더없이 친밀한 교감이 있기 때문이었다. 그렇게 손을 잡고 있으면 입으로 말을 하는 것보다 생각이 한결 빠르게 전달되었다. 피터는 동생의 감정 흐름을 죄다 느낄 수 있었다. 불시에 얼굴을 만진 손길에 심장이 내려앉는 공포를 느낀 것에서부터 여전히 두려움이 고동치고 있으며 그로 인해 계속해서 심장이 두근거리고 있다는 것까지 모두 느낄 수 있었다. 피터 모턴은 절실한 마음으로 생각했다. '내가 여기 있잖아. 두려워할 거 없어. 곧 불이 다시 켜질 거야. 더듬고 스치고 움직이는 저 소리들은 두려워할 필요가 전혀 없는 것들이야. 조이스는 조이스일 뿐이고 메이블은 메이블일 뿐이야.' 그는 안심해도 된다는 생각을 쉴 새 없이 쏟아 내며 동생의 불안을 달래려 했지만, 두려움이 여전히 계속되고 있다는 것을 알 수 있었다. '쟤들끼리 속닥이기 시작했어. 우리를 찾다가 지쳤나 봐. 곧 불이 들어올 거야. 우리가 이길 거야. 겁먹지 마. 누군가가 계단을 올라가고 있어. 틀림없이 헨펠컨 부인일 거야. 들어 봐. 불을 켜려 하고 있어.' 양탄자 위를 걸어가는 발소리, 손이 벽을 더듬는 소리, 커튼을 젖히는 소리, 문손잡이를 돌리는 소리, 벽장문을 여는 소리…… 누가 만졌는지, 그들의 머리 위쪽 책장에 느슨하게 꽂혀 있던 책 한 권이 떨어졌다. '조이스는 조이스일 뿐이고 메이벌은 메이벌일 뿐이야. 헨펠컨 부인은 헨펠컨 부인일 뿐이고.' 안심시키는 생각을 더욱 강하게 불어넣고 있을 때 갑자기 과일나무에 과일이 열리듯 샹들리에에 불이 들어왔다.

아이들의 목소리가 환한 불빛 속으로 쩌렁하게 솟아올랐다. "피터는 어딨어?" "위층 찾아봤니?" "프랜시스는 어딨어?" 그러나 아이들은 헨펠컨 부인의 비명에 다시 입을 다물어야 했다. 그러나 형의 손이와 닿았을 때 벽에 기댄 채로 주저앉은 프랜시스 모턴이 움직이지 않는다는 것을 맨 먼저 안 사람은 부인이 아니었다. 피터는 눈물조차 나오지 않는 어리둥절한 슬픔에 잠겨 주먹 쥔 동생의 손을 계속 붙잡고 있었다. 동생이 죽었다는 것만 이해되지 않는 게 아니었다. 이 모든 역설을 깨닫기에는 너무 어린 그는 모호한 자기 연민에 휩싸인 채 왜 동생의 두려움이 사라지지 않고 계속 고동치는지 의아했다. 귀가 닳도록 들어 온, 더 이상 공포도 없고 더 이상 어둠도 없는 곳으로 프랜시스가 떠난 지금에도 말이다.

(1929)

현실감
A Sense of Reality

존 수트로와 질리언 수트로*에게 바칩니다

정원 아래서
Under the Garden

제1부

1

의사가 "물론 금연은 도움이 됩니다"라고 말했을 때에야 와일디치는 의사가 그처럼 요령 있는 말로 전달하고자 하는 게 무엇인지 깨달았다. 케이브 박사의 방 한쪽 벽에는 일련의 엑스레이 사진들이 죽 붙어 있었다. 사진에 나타난 소용돌이무늬를 보는 동안 환자의 머릿속

---

* 그린이 가장 친하게 지낸 영국의 영화 제작자 존과 그의 아내 질리언 수트로를 말함.

에서는 언젠가 전쟁 중에 보았던 지구 표면의 사진들이 떠올랐다. 무척 높은 곳에서 찍은 것들로, 그는 아주 작은 회색 씨앗처럼 생긴 발사대를 찾아내려고 그것들을 골똘히 들여다보곤 했었다.

케이브 박사가 설명했다. "제 고충을 충분히 이해해 주셨으면 합니다." 그의 말은 단 한 명의 장교에게만 정보를 위임할 수 있는 '일급비밀'의 중요성에 대한 정보 브리핑과 흡사했다. 와일디치는 선택권이 자신에게 있다는 사실에 기뻐하면서 관심과 열의를 보이려 애썼다. 그는 상체를 앞으로 내밀고 자신의 몸 내부 사진들을 어느 때보다 더 주의 깊게 살펴보았다.

"그러니까 4월, 5월, 6월, 3개월 전에 폐렴으로 생긴 염증이 이 끝부분에서 시작된 게 분명해요." 케이브 박사가 말했다. "환자분도 그걸 여기서 볼 수 있을 겁니다."

"아, 그렇군요." 와일디치가 멍하니 말했다. 의사는 어리둥절한 표정으로 그를 쳐다보았다.

"이제 잠시 중간 단계의 사진들을 빼고 곧바로 어제 찍은 사진을 볼까요? 가장 최근의 이 사진은 완전하리만큼 깨끗하다는 걸 알 수 있을 겁니다. 환자분으로선 겨우 알아차릴 수 있을 정도겠지만……"

"다행이군요." 와일디치가 말했다. 의사가 손가락으로 선사시대 농경지의 흔적이나 고분처럼 보이는 부분들을 더듬어 나갔다.

"하지만 유감스럽게도 완전히 깨끗해진 건 아니에요. 사진들을 전부 다 살펴보면 아주 서서히 호전되고 있다는 걸 볼 수 있을 겁니다. 사실 이 단계에서는 사진에 아무런 흔적도 보이지 않아야 해요."

"죄송해요." 와일디치가 말했다. 조금 전의 기뻤던 마음 대신에 죄스러운 마음이 자리 잡았다.

"우리가 마지막 사진만 따로 떼어 놓고 보았다면 불안해할 이유가 없었을 거예요."'불안해할 이유'라는 의사의 말이 조종弔鐘처럼 울렸다. 와일디치는 생각했다. 결핵에 걸렸다는 뜻인가?

"증세가 호전되는 속도가 느린 건 관련된 다른 요인이 있어서라고밖에 생각할 수 없어요. 어떤…… 장애가 존재할 수 있다는 걸 시사하는 겁니다."

"장애요?"

"아무것도 아닌 것일 수도 있어요. 하지만 환자분이 더 세밀한 검사를 받지 않는다면 저로서는 **적잖이** 유감스럽다고 하지 않을 수 없습니다. **적잖이** 유감스러운 일이지요." 케이브 박사는 사진을 놓아두고 자신의 책상으로 돌아가 앉았다. 이어진 긴 침묵이 와일디치에게는 의사가 우정에 호소하는 것으로 느껴졌다.

"당연히 그렇게 해야죠." 와일디치가 말했다. "그래야 선생님이 유감스럽지 않다면……"

그러자 의사가 조금 전에 했던 의미심장한 말을 다시 했다. "물론 금연은 도움이 됩니다."

"아, 네."

"나이절 샘프슨 경에게 검사를 의뢰하는 게 좋을 것 같습니다. 뭔가 문제가 있을 경우 그분보다 더 좋은 외과의를 구할 순 없을 테니까요. 수술을 해야 할 경우에 말입니다."

와일디치는 빈 택시가 있는지 살피면서 윔폴 가에서 캐번디시 광장으로 걸어갔다. 어린 시절의 기억 속에는 없는 여름 날씨였다. 잿빛 하늘에서 빗방울이 떨어졌다. 택시들은 치과가 있는 높은 적갈색 건물 앞에 멈췄고, 제복 차림의 건물 수위가 치과에서 나오는 환자들을 위해 바로바로 택시를 잡아 주었다. 7월의 더위에도 불구하고 그리 덥지 않은 세찬 바람이 비를 몰고 와서 멍하니 동쪽을 바라보고 있는 엡스타인*의 성모상에 비스듬히 비를 뿌렸다. 그녀의 존귀한 아들의 몸에도 빗방울이 흘러내렸다. "아파요." 와일디치의 등 뒤에서 한 아이의 목소리가 들렸다. "엄살떨지 마." 엄마—아니면 가정교사—가 대꾸했다.

2

와일디치는 일주일이 넘도록 검사에 대한 얘기를 듣지 못했지만 별다른 반응을 보이지 않았다. 그의 차분함을 활력이 부족해서라고 여기는 의사의 눈에는 그 같은 태도가 증세를 악화시키는 것으로 보일 수 있었다. 일반인이 병원에 입원하거나 치료를 받을 때는 대부분 매우 비슷한 상태가 된다. 안도와 무관심의 감정이 생기는 것이다. 모든 것에 더 이상 책임감을 느끼지 않고 무기력하게 벨트컨베이어에 놓인다. 와일디치가 병원이라는 기관으로부터 보호받고 있다고 느끼는 동안 병실 밖에서는 주차된 쿠페 자동차 위에 영국 여름날의 빗방울이 떨어지고 있었다. 와일디치는 전쟁이 끝난 이후 이런 자유를 느껴 본 적이 없었다.

검사가 끝났다. 기관지경 검사였다. 몽롱한 마취 상태에서 일어났던 일에 대한 어렴풋한 기억이 악몽처럼 남아 있었다. 커다란 곤봉 같은

* 제이컵 엡스타인(1880~1959). 주로 인물상을 제작한 영국의 조각가.

312

것이 목구멍을 밀고 내려와 가슴 속으로 들어간 후 천천히 빠져나갔다. 다음 날 아침, 그는 상처가 난 듯한 따끔따끔한 느낌 속에서 잠에서 깼다. 심지어 배설할 때조차도 고통스러웠다. 그렇지만 고통은 하루나 이틀만 지나면 사라질 테고, 그러면 옷을 갈아입고 집에 갈 수 있을 거라고 간호사가 말했다. 와일디치는 자신을 벨트컨베이어에서 밀쳐 내서 다시 선택의 세계로 밀어 넣는 야박스러움에 실망을 느꼈다.

"모든 게 괜찮은 건가요?" 와일디치가 물었다. 간호사의 표정을 보고 자신이 부적절한 호기심을 드러냈음을 알 수 있었다.

"저는 알 수 없습니다." 간호사가 말했다. "나이절 경이 적당한 때에 오실 거예요."

와일디치가 침대 끝에 앉아 넥타이를 매고 있을 때 나이절 샘프슨 경이 들어왔다. 그를 본 것은 처음이었다. 전에는 목소리로만 존재했었다. 마취에 빠져들 때 보이지 않는 곳에서 점잖게 그에게 말을 걸던 목소리였다. 주말이 시작되는 때여서 나이절 경은 주말 동안 시골에 다녀오기 위해 낡은 트위드 재킷을 입고 있었다. 그는 흰머리를 헝클어뜨리며 마치 강물 한가운데에 떠 있는 낚시찌를 바라보듯 아련한 눈길로 와일디치를 바라보았다.

"기분이 좋아졌지요?" 나이절 경이 단정적으로 말했다.

"그런 것 같아요."

"썩 좋아진 것 같지는 않군요." 나이절 경이 말했다. "그러나 아시겠지만, 우린 검사 결과를 알려 주지 않고 환자분을 보낼 순 없습니다."

"뭐 새로 나온 게 있나요?"

나이절 경은 갑작스레 좀 더 조용한 하류 쪽으로 내려가서 다시 낚싯줄을 던진 듯한 표정이 되었다.

"친구 양반, 내가 외출복으로 갈아입는 것을 막으면 안 되겠죠?" 그는 병실 안을 살피며 둘러보고 나서 등받이가 수직인 의자를 골라 마치 '신축성'이 있는 낮은 의자에 앉듯이 살포시 앉았다. 이어 커다란 호주머니에 손을 넣고 더듬었다. 샌드위치라도 있는 것일까?

"저에 관해 뭐 새로운 거라도 나왔습니까?"

"잠시 후에 케이브 박사가 올 겁니다. 지금 굉장히 수다스러운 환자에게 붙들려 있어서요." 나이절 경이 호주머니에서 큼지막한 은시계를 꺼냈다. 은시계는 한 가닥의 줄에 매달려 있었다. "리버풀 가에서 아내를 만나기로 했는데, **환자분은** 결혼했나요?"

"아니요."

"아, 그래요. 걱정이 덜 되겠군요. 자식들에 대한 부담은 만만치 않지요."

"저도 애가 하나 있습니다. 하지만 멀리 떨어져 살고 있지요."

"멀리 떨어져서? 아, 알겠습니다."

"서로 자주 보지 못해요."

"영국을 싫어하나요?"

"그 아이에게 인종차별은 너무 힘든 문제라서요." 와일디치는 자신의 얘기를 솔직히 드러낸 것이 얼마나 유치한 일인지 깨달았다. 만족스러운 성과도 없이 이상한 고백으로 관심을 끌려고 한 것만 같았다.

"아, 그렇군요." 나이절 경이 말했다. "형제나 누이는 있습니까? 환자분에게 말이에요."

"형님이 한 분 있습니다. 왜 물어보십니까?"

"음, 모든 걸 기록해 둬야 할 것 같아서요." 나이절 경이 시곗줄을 감으면서 말했다. 그는 자리에서 일어나 문 쪽으로 걸음을 옮겼다. 와일디치는 넥타이를 무릎 위로 늘어뜨린 채 침대에 앉아 있었다. 그때 문이 열렸다. 나이절 경이 말했다. "아, 케이브 박사가 왔군요. 이제 가 봐야 할 것 같습니다. 막 와일디치 씨에게 내가 다시 와일디치 씨를 보게 될 거라고 말하려던 참이었어요. 케이브 박사, 당신이 일정을 잡아 줄 거죠?" 그렇게 말하고 나서 나이절 경은 방을 나갔다.

"제가 왜 저분을 다시 봐야 합니까?" 와일디치가 물었다. 그리고 케이브 박사의 당황한 표정에서 자신이 어리석은 질문을 했음을 알아차렸다. "아, 뭔가 새로운 걸 발견한 모양이로군요."

"제때 발견되었더라면 정말 좋았을 텐데……"

"희망이 있는 건가요?"

"아, 희망은 언제나 있습니다."

그러니까 나는—내가 원한다면—다시 벨트컨베이어에 오르겠군, 하고 와일디치는 생각했다.

케이브 박사는 주머니에서 스케줄 수첩을 꺼내며 경쾌하게 말했다. "나이절 경이 가능한 날짜를 몇 개 저에게 주었어요. 10일에 진료하기 어렵지만, 15일은 괜찮습니다. 나이절 경은 15일을 넘기지는 않아야 한다고 생각한답니다."

"그분은 낚시를 잘하시나요?"

"낚시? 나이절 경이요? 잘 모르겠군요." 케이브 박사는 부정확한 차트를 보고 기분이 상한 의사처럼 속상해하는 표정이었다. "15일로 할까요?"

"주말이 지나야 말씀드릴 수 있을 것 같습니다. 15일까지 영국에 있을지 아직 결정을 내리지 못했거든요."

"이건 심각한 일이라는 걸, 매우 심각한 일이라는 걸 제대로 전달하지 못한 것 같군요. 환자분에게 있는 유일한 기회는—유일한 기회라는 걸 거듭 강조합니다—제때 장애물을 제거하는 것입니다." 그가 전보 문구처럼 말했다.

"그러면 생명을 몇 년 더 연장시킬 수 있겠군요."

"보증할 순 없지만…… 완전히 치료된 경우도 있습니다."

"저는 요행을 바라는 사람으로 보이고 싶지 않습니다." 와일디치가 말했다. "아무튼 저 자신이 이 특별한 생명을 연장하고 싶어 하는지부터 먼저 결정해야겠지요?"

"생명은 하나뿐입니다." 케이브 박사가 말했다.

"선생님은 종교인이 아닌 것 같군요. 아, 오해하진 마세요. 저도 종교인이 아니랍니다. 저는 미래에 대해 전혀 호기심이 없습니다."

3

과거는 다른 문제였다. 와일디치는 내전 때 승패가 나지 않은 전투에서 치명상을 입은 몸으로 말을 타고 고향을 찾은 어떤 지휘관을 떠올렸다. 지휘관은 태어나고 자라서 결혼한 집을 찾아간다. 그는 고향 사람들 몇몇에게 인사를 하는데, 사람들은 그의 상태를 알아차리지 못하고 그저 말을 오래 타서 지친 줄로만 안다. 그래서 그는 결국…… 그러나 와일디치는 그 지휘자의 전기가 어떻게 끝나는지 기억해 내지 못했다. 나이절 샘프슨 경과 마찬가지로 리버풀 가에서 기차를 탈 때 그의 머릿속에 떠오른 것은 지쳐서 안장 위에 고꾸라져 있는 모습뿐이었다. 와일디치는 콜체스터 역에서 윈턴행 지선으로 갈아탔다. 그러자 갑자기 여름이 찾아든 느낌이 들었다. 그의 기억 속에서 윈턴의 생활환경 가운데 하나였던 바로 그 여름 날씨였다. 그때 이후로 날은 아주 짧아졌다. 아침 6시가 지나야 세상이 잠에서 깨어났다.

와일디치가 어렸을 때 윈턴 저택은 평생 결혼하지 않고 혼자 산 삼촌의 소유였다. 매년 여름이면 삼촌은 그 집을 와일디치의 어머니에게 빌려주었다. 윈턴 저택은 학교 수업이 없는 6월 말부터 9월 초까지 사실상 와일디치의 것이었다. 기억 속의 어머니와 형은 그림자 같은 배경 인물이었다. 어머니와 형은 와일디치가 사 먹곤 했던 1페니짜리 프라이스 초콜릿을 판매하는 '간이역' 플랫폼에 놓인 기계보다도 더 희미한 존재였다. 빨간 벽돌담 앞에서 자라던, 푸른 잎을 활짝 펼친 참나무보다도 더 흐릿한 존재였다. 무더웠던 1914년 8월에 어린 와일디치는 그 나무 그늘 아래서 쉬고 있던 병사들에게 사과를 나누어 주었다. 윈턴 잔디밭과 부서진 분수대 주변의 은빛 자작나무들은 매끈한 초록을 뿜냈다. 와일디치의 기억 속에서는 그 집을 남들과 나누어 쓴 것 같지 않았다. 전적으로 그의 소유물이었다.

그럼에도 그 집은 그가 아닌 형에게 남겨졌다. 삼촌이 돌아가셨을 때 그는 멀리 떠나 있었으며, 이후 한 번도 그 집을 찾지 않았다. 형은 결혼하여 아이들을 낳았고(분수대는 아이들을 위해 수리했다), 그가 당나귀를 타곤 했던 채소밭 뒤편의 방목장과 과수원은 임대주택을 짓기 위해 팔았다(형이 편지에서 그렇게 썼다). 하지만 그가 자세히 기억하는 저택과 정원은 변한 게 없다고 했다.

그런데 왜 이제 돌아가 남의 것이 된 그 저택을 보려는 것일까? 죽음을 앞에 둔 사람의, 모든 것을 정리하고자 하는 마음에서 비롯된 것일까? 만약 그가 돈을 모았다면 지금은 그 돈을 나누어 줄 기분이 들었을 것이다. 말을 타고 고향 시골 마을을 찾았던 그 지휘관은 그의 전기 작가가 짐작했듯이 자신이 가장 귀하게 여긴 것들에게 작별 인사를 고하지 않았을 것이다. 그는 죽기 직전의 선명한 눈으로 환영들을 다시 봄으로써 그것들에서 벗어났으며, 그리하여 죽음이 찾아왔을 때는 모든 것이 비워진 상태가 되었으리라. 그 절대적인 순간에 그는 오직 자신의 상처만 간직하려는 의지를 지니고 있었다.

와일디치는 형이 자신의 방문에 약간 놀라리라는 것을 알고 있었다. 형은 와일디치가 절대 윈턴에 오지 않는다는 사실에 익숙해져 있었다. 지금은 형 조지가 홀아비로 살아서, 그는 형과 아주 가끔씩 런던에 있는 형의 사교 모임에서 만나곤 했다. 형은 언제나 사람들에게, 와일디치는 더 큰 세상과 더 낯선 사람들을 필요로 하는 인물이라 시골 생활이 어울리지 않는다고 말했다. 형은 그 집이 자신에게 남겨진 것이 다행스럽다는 생각을 내비치곤 했다. 만약 와일디치에게 남겨졌다면, 와일디치는 멀리 떠나기 위해 집을 팔아 버렸을 것이라는 게 그 이유였다. 한 장소에 오래 머무르는 법이 없고, 아내도 자식도 없이 역마살이 있고, 아프리카에서 지낸다는 소문이 있고…… 아프리카가 아니라면 동쪽에 있는 나라로 갔을 가능성이 높고…… 와일디치는 형이 자신에 대해 어떻게 얘기할지 잘 알고 있었다. 형은 잔디밭과 금붕어 연못, 수리한 분수대, 그들이 어렸을 때 '어두운 오솔길'이라고 불렸던 월계수 길, 호수, 섬 등을 자랑스러워하는 집주인이었다. 와일디치는 차창 밖으로 변변찮은 산울타리와 짧고 억센 풀이 눈에 띄는 이스트앵글리아 지역의 평평하고 거친 시골 풍경을 바라보았다. 와일디치에게는 덴마크인이 흘린 피의 소금기 때문에 늘 척박해 보이는 풍경이었다. 오랜 세월 동안 형은 그 집에서 살았다. 그런데도 형은 정원 밑에 무엇이 있는지 알지 못했다.

4

윈턴 간이역에 있던 초콜릿 기계는 없어졌고, 이 간이역은—국유화의 시기에—정식 역으로 승격되어 있었다. 시멘트 공장의 굴뚝들이 수평선을 따라 연기를 뿜어냈고, 임대주택은 길을 따라 세 줄로 늘어서 있었다.

와일디치의 형이 개표구에서 기다리고 있었다. 대합실에서 나는 친근한 석탄가루와 광철 냄새는 사라지고, 그의 차표를 받아 든 사람은 머리가 센 구부정한 짐꾼이 아니라 소년티가 나는 젊은 사람이었다. 어린 시절에는 눈에 띄는 거의 모든 게 자신보다 더 나이가 많은 법이다.

"잘 지냈어, 형?" 와일디치는 낯선 사람에게 하듯 가볍게 인사했다.

"넌 어떻게 지내니, 윌리엄?" 형이 운전대를 돌리며 물었다. 운전을 잘 배우지 못한 게 시골에 사는 형의 약점 가운데 하나였다. 조그만 구릉—언젠가 우랄 산맥보다도 높다는 얘기를 들은 적이 있는 가장 높은 지점—의 긴 백악질 능선이 거친 산울타리 사이에 자리 잡은 마을까지 뻗어 내려갔다. 왼쪽으로는 버려진 백악 갱이 있었다. 40년 전에 폐광이 된 곳이었는데, 어린 시절에 그는 황철광의 갈색 덩어리 형태로 존재하는 보물을 찾아 그곳을 기어오르곤 했다. 그 갈색 덩어리가 부서지면 안에서 은빛 별 모양이 드러났던 것이다.

"형은 보물을 찾으러 갔던 거 기억나?"

"보물?" 조지가 말했다. "아, 그 쇳덩어리."

그로 하여금 진짜 보물을 찾는 꿈을 꾸게 한 것은—혹은 생생히 상상하게 한 것은—그 백악 갱에서 보낸 여름날의 긴 오후 시간들이었을까? 그것이 만약 꿈이었다면, 그 시절의 꿈 가운데 기억나는 유일한 꿈이었다. 그것이 만약 밤에 침대 속에서 지어낸 이야기라면, 그 이야기는 시적 상상력을 마지막으로 발휘했던 노력의 산물로서, 나중에 엄격히 다듬어진 게 틀림없었다. 오랜 세월을 살아오는 동안 그는 이 일에서 저 일로 옮겨 다니며 다양한 직업을 경험했는데, 상상력은 보통 억눌러야 하는 자질이었다. 일을 하는 사람은 회사(수입, 수출 회사), 신문사, 정부 부서 등에 사실을 제공해야 했다. 사색과 상상은 위축되었다. 꿈을 꾸던 그 아이는 지금 어른인 자신이 걸린 것과 같은 병으로 죽어 가고 있었다. 그는 그 아이와는 아주 달랐고, 따라서 그 아이가 자신보다 더 오래 살아서 다른 운명을 향해 계속 나아가지 못한다고 생각하니 이상했다.

조지가 말했다. "약간 변한 게 있을 거야, 윌리엄. 침실을 하나 더 만들 때 배관을 분수대에서 분리시키는 게 좋겠다고 생각했어. 압력과 관련이 있거든. 지금은 그걸 즐기는 아이도 없고."

"나도 어렸을 때 그랬어."

"전쟁 기간에 테니스용 잔디 코트를 파헤쳐 놓았는데, 그걸 다시 복구할 필요는 없는 것 같구나."

"테니스 잔디 코트가 **있었다**는 걸 잊고 있었네."

"기억나지 않니? 연못과 금붕어 수조 사이에 있었잖아."

"연못? 아, 호수와 섬을 말하는구나."

"호수라고 하기는 좀 그렇지. 도움닫기를 해서 뛰어오르면 그 섬에 닿을 수 있을 테니까."

"난 호수가 훨씬 더 크다고 생각했는데."

그러나 모든 척도는 변했다. 세상은 난쟁이에게만 똑같은 크기로 남아 있는 법이다. 정원을 마을로부터 분리해 주는 빨간 벽돌담조차도 그가 기억했던 것보다 낮아서 겨우 1.5미터밖에 되지 않았다. 하지만 어린 시절에 담 밖을 내다보기 위해서는 담쟁이와 먼지 낀 거미줄로 뒤덮인 오래된 나무 그루터기 위로 기어올라야만 했었다. 차가 안으로 들어섰을 때 이제 그러한 자취는 보이지 않았다. 모든 게 다 말쑥했다. 그들이 어렸을 때 망가뜨렸던 출입문은 멋진 철 대문으로 바뀌었다.

"집을 아주 잘 관리했네." 그가 말했다.

"판매용 채소 농원이 없으면 이렇게 못할 거야. 그게 정원사의 임금을 보전해 주거든. 아주 훌륭한 회계원을 데리고 있는 셈이지."

와일디치는 잔디밭과 은빛 자작나무가 보이는 어머니의 방으로 들어갔다. 조지는 삼촌이 썼던 방에서 잤다. 한때 와일디치의 방이었던 조그만 곁방은 지금은 타일이 깔린 욕실로 개조되었다. 전망만은 변하지 않았다. '어두운 오솔길'이 시작되는 월계수 숲을 볼 수 있었지만, 그것 역시 생각보다 작았다. 말 위에서 죽어 가던 그 지휘관도 이처럼 많은 변화를 발견했을까?

그날 저녁 가족들이 휴식을 취하는 동안에, 와일디치는 형과 함께 앉아서 커피와 브랜디를 마셨다. 어렸을 때 자신의 꿈을, 놀이를—그걸 뭐라 부르든—결코 남에게 얘기하지 않을 만큼 자신이 어떻게 그리도 비밀스러울 수 있었는지 의아스러웠다. 그가 기억하기로 그 모험은 며칠 동안이나 계속되었다. 모험이 끝났을 때 그는 모두가 잠들어 있는 이른 새벽에 집으로 돌아왔다. 그때 조라는 개가 있었는데, 녀석이 그에게 뛰어올라 그를 이슬이 잔뜩 내린 잔디밭에 벌러덩 넘어뜨렸다. 의심할 여지 없이 그 이야기는 어떤 사실들을 토대로 삼아 세워진 게 틀림없었다. 아마 그는 그때 집에서 도망쳤을 것이다. 아마 밤새도록 집 밖에 나가 있었을 테고—호수에 있는 섬이나 어두운 오솔길 속에 숨어서—그 시간 동안에 그 모든 이야기를 지어낸 것이다.

와일디치는 브랜디를 두 잔째 마시며 조심스럽게 물었다. "우리가 어렸을 때, 여름날 여기서 보냈던 추억들이 많이 생각나?" 질문을 하고 나니 다소 멋쩍은 생각이 들었다. 전시에 적군을 신문할 때처럼, 해롭지 않아 보이지만 노림수가 있는 첫마디 같았던 것이다.

"그 시절에 난 이 집을 별로 좋아하지 않았어." 조지가 의외의 대답을 했다. "넌 속을 잘 드러내지 않는 애였지."

"속을 잘 드러내지 않았어?"

"말을 잘 듣지도 않았고. 난 너에 대한 책임감이 무척 컸는데, 넌 그걸 전혀 깨닫지 못했어. 한두 해 후면 넌 날 따라 학교에 가야 했지. 그래서 너에게 크리켓의 기초를 가르쳐 주려 했는데, 넌 관심이 없었어. 네가 무엇에 관심이 있었는지는 아무도 몰랐지."

"탐험 아니었을까?" 와일디치가 넌지시 말했다. 자신이 좀 앙큼하다는 생각이 들었다.

"1,700평 정도 되는 땅에서 탐험할 게 얼마나 있었겠니? 이 집이 내 소유가 되었을 때 난 그런 계획을 세웠단다. 테니스용 잔디 코트 자리에 수영장을 만들었지. 지금은 대부분 감자밭이 되었어. 연못의 물도 빼려고 했지. 연못은 모기 서식처가 되니까. 욕실을 두 개 더 만들었고, 주방을 현대식으로 꾸몄어. 그렇게만 하는 데도 땅이 5천 평 필요하더라. 집 뒤쪽 임대주택에서 애들이 시끄럽게 떠드는 소리가 들릴 게다. 모든 게 좀 실망스러울 거야."

"호수의 물을 빼지 않은 것만으로도 난 기뻐."

"윌리엄, 왜 그걸 계속 호수라고 부르는 거니? 내일 아침에 거길 보면 한심하다는 생각이 들 거야. 물 깊이가 반 미터 넘는 곳이 없어." 그가 덧붙였다. "이 집이 나보다 더 오래갈 것 같지는 않다. 애들은 이 집에 별 애착이 없어. 게다가 이쪽에 공장들이 들어서기 시작했어. 이 집을 팔면 땅값으로 돈이 꽤 될 거야. 달리 아이들에게 물려줄 게 없으니 그 돈을 물려줄 생각이다." 그는 커피에 설탕을 조금 더 탔다. "물론 내가 떠나고 난 후 네가 이 집을 갖고 싶어 하지 않을 경우에 말이야."

"나는 돈도 없고, 또 내가 형보다 먼저 죽지 않을 거라고 믿을 만한 근거도 없잖아."

"어머니는 내가 유산을 상속받는 것을 반대하셨어." 조지가 말했다. "어머니는 이 집을 좋아하지 않으셨지."

"난 어머니가 이곳의 여름을 사랑하셨다고 생각하는데." 그들이 지닌 기억의 간극이 너무 커서 와일디치는 적잖이 놀랐다. 그들은 각기 다른 장소, 다른 사람에 대해 얘기하고 있는 것만 같았다.

"이 집은 몹시 불편했지. 그리고 어머닌 늘 정원사 때문에 힘들어하셨어. 어니스트 기억하니? 어머니는 그에게서 채소를 얻기가 너무 힘들다고 말씀하시곤 했지. (그런데 어니스트는 지금도 살아 있단다. 물론 은퇴했지만 말이야. 내일 아침에 그를 만나 보도록 해라. 그 영감도 기뻐할 거다. 그는 아직도 자기가 그 땅을 관리하는 것처럼 여긴단다.) 너도 알다시피 어머니는 우리가 바닷가로 갔더라면 더 좋았을 거라고 늘 생각하셨어. 어머니는 당신이 우리에게서 좋은 유산을 빼앗아 버렸다는 생각을 갖고 계셨지. 물동이나 삽 그리고 바닷물에 몸을 담그는 것 같은 걸 우리에게 물려주지 못한 게 아쉬우셨던 거야. 가엾은 어머니. 어머니는 헨리 삼촌의 호의를 거절할 만큼 경제적으로 여유롭지 못하셨지. 마음속으로는 한 번도 바닷가에서 휴가를 보낼 수 있게 해 주지 못하고 돌아가신 아버지를 원망하셨던 것 같아."

"형은 그 당시에 어머니와 그런 얘기를 자주 했어?"

"아니. 그땐 그런 얘기 안 했어. 어머니는 자식들 앞에서는 그런 내색을 하지 않으셨으니까. 하지만 내가 이 집을 물려받았을 때—넌 그때 아프리카에 있었지—어머니는 네 형수와 나에게 여러모로 어려운 점이 많을 거라고 경고하셨어. 알다시피 어머니는 수수께끼 같은 것은 무엇도 용납하지 않는 확고한 견해를 가지고 계셨고, 그래서 그 정원을 싫어하시게 된 거야. 관목도 너무 많다고 하셨지. 어머닌 모든 게 아주 정갈하길 바라셨어. 초기 페이비어니즘*의 영향을 받으신 것 같아."

"이상하네. 그럼 난 어머니를 잘 몰랐던 것 같아."

"넌 숨바꼭질을 무척 좋아했지만 어머니는 숨바꼭질을 싫어하셨어. 이것 역시 수수께끼 같은 걸 싫어하는 성격 때문이었지. 숨바꼭질을 병적인 것으로 여기셨거든. 우리가 널 찾지 못한 때도 있었어. 몇 시간 동안이나 나타나지 않았으니까."

"몇 시간 동안인 게 확실해? 밤새도록이 아니고?"

"나는 전혀 기억이 없다. 어머니가 말씀해 주신 거야." 두 사람은 잠

---

* 영국의 페이비언 협회에서 취하고 있는 점진적 사회주의. 일반적으로 의회제 민주주의에 의하여 사회주의 사회를 실현하고자 하는 사고방식으로, 초기 페이비언 협회에는 비어트리스와 시드니 웹 부부, 버나드 쇼, H. G. 웰스 등이 참여했다.

시 말없이 브랜디를 마셨다. 잠시 후 조지가 말했다. "어머니는 헨리 삼촌에게 어두운 오솔길을 깨끗이 치워 달라고 부탁하셨지. 거미줄투성이어서 건강에 좋지 않다고 생각하신 거야. 하지만 삼촌은 아무런 조처도 취하지 않았어."

"형이 그걸 그대로 두었다니 놀랍군."

"아, 그 길을 깨끗이 정돈할 생각도 있었지만 다른 일이 더 급했어. 그리고 이제는 이 이상으로 집을 가꿀 필요가 없는 것 같아." 형은 하품을 하며 기지개를 켰다. "나는 일찍 잠자리에 든다. 괜찮겠지? 아침 식사는 8시 30분에 어떠니?"

"나 신경 쓰지 말고 평소대로 해, 형."

"너한테 깜빡 잊고 보여 주지 못한 게 하나 있구나. 네 방 화장실 변기의 물 내리는 장치가 좀 말썽이다."

조지는 와일디치를 데리고 2층으로 올라갔다. 그가 말했다. "시골이라 배관공들의 솜씨가 별로 좋지 않아. 이 손잡이를 잡아당겨도 깨끗이 씻겨 내려가지 않을 거야. 이걸 두 번 해야 한다. 이렇게 세게."

와일디치는 창가에 서서 밖을 내다보았다. 어두운 오솔길과 호수 너머로 임대주택에서 새어 나오는 불빛이 보였다. 월계수 사이로 가로등도 보였다. 어지럽게 웅웅거리는 군중 소리처럼 서로 다른 텔레비전 방송이 뒤섞인 소리가 흐릿하게 들려왔다.

와일디치가 말했다. "어머니가 저 불빛들을 봤다면 좋아하셨을 텐데. 수수께끼 같은 많은 것들이 사라졌으니까."

"나도 이런 분위기가 마음에 들어." 조지가 말했다. "특히 겨울밤엔 더 그래. 뭔가 정이 느껴지잖아. 사람은 나이가 들수록 가라앉는 배에 홀로 남겨진 것 같은 느낌을 받고 싶지 않거든. 난 교회를 다니지 않으니까⋯⋯" 그가 옆으로 누운 토르소처럼 어정쩡하게 말끝을 흐렸다.

"적어도 우린 그런 식으로 어머니에게 충격을 주진 않았어. 형도 그렇고, 나도 그렇고."

"그렇긴 하지만 난 어두운 오솔길을 깨끗이 치워서 어머니를 기쁘게 해 드렸으면 좋았을 텐데, 하는 아쉬움이 들 때가 종종 있어. 그 연못도 그렇고. 어머니는 연못도 몹시 싫어하셨지."

"왜?"

"네가 그 섬에 숨는 걸 좋아해서 그러셨을 거야. 비밀스럽고 수수께끼 같은 걸 싫어하시잖아. 언젠가 네가 그 섬에 관해 쓴 게 있지 않니? 소설이던가?"

"내가? 소설을? 설마."

"나도 잘 기억나지는 않는다. 내 생각엔⋯⋯ 교지에 실렸던가? 아, 이제 생각난다. 어머니가 단단히 화가 나서 교지 여백에 파란색 연필로 거친 말들을 적으셨지. 어디에선가 그걸 본 적이 있어. 가엾은 어머니."

조지가 그를 침실로 안내했다. "침대 등이 없어서 미안하다. 지난주에 깨졌는데, 그 후로 시내에 나가질 못했지 뭐냐."

"괜찮아, 형. 침대에선 책 같은 거 안 읽어."

"책을 읽고 싶으면 아래층에 재밌는 탐정소설이 몇 권 있으니 가져다 읽어."

"추리물?"

"맞아. 어머니는 그런 소설들은 전혀 개의치 않으셨어. 퍼즐이라는 제목을 달고 출판되었으니까. 언제나 답이 있었기 때문이지."

침대 옆에 조그만 책장이 하나 있었다. 조지가 말했다. "어머니가 돌아가셨을 때 난 어머니의 책 일부를 챙겨서 이곳 어머니 방에 갖다 놓았어. 어머니가 좋아하셨던 책들만 챙겼지. 그래서 이 책들은 어느 책장수도 가져가지 못했단다." 비어트리스 웹이 쓴 『나의 도제 시절』이라는 책이 와일디치의 눈에 띄었다. "형도 감상적인 데가 있군. 하지만 나도 어머니가 가장 좋아했던 책들을 **내다 버리는** 건 원치 않았어. 잘 자." 조지가 다시 말했다. "침대 등, 미안하다."

"정말 괜찮다니까."

조지가 문이 있는 곳에서 머뭇거렸다. 그가 말했다. "윌리엄, 널 여기서 보게 되어 기쁘다. 네가 이 집을 피한다는 생각이 들 때가 종종 있었거든."

"내가 왜 피해?"

"글쎄, 너는 그 이유를 알겠지. 난 이제 해러즈 백화점엔 절대 가지 않는다. 네 형수 메리가 죽기 며칠 전에 함께 그곳엘 가서 말이다."

"이 집에서 죽은 사람은 없잖아. 헨리 삼촌 말고는."

"맞아. 여기서 죽은 사람은 없지. 그런데 넌 왜 갑자기 여기 오려고 마음먹은 거니?"

"갑자기 그런 충동이 일었어." 와일디치가 말했다.

"곧 다시 외국에 나갈 생각인가 보구나."

"그럴 것 같아."

"그래, 잘 자라." 조지가 문을 닫았다.

와일디치는 옷을 벗었다. 아무래도 잠이 올 것 같지 않아서 방 한가운데에 달린 흐릿한 전등불이 내리비추는 침대 위에 앉아 낡은 책들을 죽 훑어보았다. 비어트리스 웹 여사의 책을 꺼내 노동조합 회의에 관해서 설명한 부분을 펼쳐 보다가 다시 제자리에 꽂았다. (미래의 복지국가의 토대에 관해 사실적으로 딱딱하게 쓴 글이었다.) 책장에는 페이비언 협회의 소책자들이 여러 권 있었는데, 각 책자에는 조지가 언급한, 파란색 연필로 쓰인 어머니의 평이 수두룩했다. 그중 한 곳에서 와일디치 부인은 농산물 수입을 다룬 통계에 소수점이 잘못 찍힌 것을 표시해 두었다. 얼마나 열심히 들여다보았기에 그걸 발견했을까? 와일디치는 자신의 삶이 얼마 남지 않았다는 사실 때문인지, 어머니가 마음속에 품고 살았던 거의 불가능한 미래의 대안에 관한 자료에 오류를 지적해 놓은 것이 아주 사소하게 여겨졌다. 그러한 대안의 측면에서는 페이비언 협회의 그래프보다 동화가 더 가치 있는 자산일 테지만, 어머니는 동화를 인정하지 않았다. 이 책장에서 유일한 어린이책은 영국의 역사책이었다. 어머니는 아쟁쿠르 전투*에 대한 열광적인 설명에 분개하며 연필로 이렇게 적어 놓았다.

　　그래서 어떤 좋은 결과를 얻었죠?
　　어린 피터킨이 말했지.**

　어머니가 시를 인용했다는 사실 자체가 놀라웠다.
　그가 런던에 남겨 두고 온 폭풍우가 이곳 동쪽까지 쫓아와 이제는 비를 머금은 돌풍이 되어서 유리창을 때리며 엄습했다. 왠지 모르게 오늘 밤은 섬에서 보내는 거친 밤이 될 거라는 엉뚱한 생각이 들었다. 그는 자신으로 하여금 세계 곳곳을 여행하게 한 그 꿈의 기원이 아마

---

* 백년전쟁 중인 1415년에 영국군이 프랑스의 아쟁쿠르에서 프랑스군과 싸워 크게 승리한 전투이다.
** 로버트 사우디(1774~1843)의 시 「블레넘 전투 이후」(1796)의 일부. 전투에 이겨서 얻은 게 무어냐고 묻는 반전反戰 시를 통해 전쟁에 비판적인 어머니의 시각을 드러냈다.

도 학교 교지에 싣기 위해 지어냈다가 이내 잊어버린 이야기에 불과할 뿐이리라는 것을 형으로부터 알게 되어 적잖이 실망스러웠다. 그 생각이 떠오른 순간, 책장에 꽂힌 『워베리 교지』라는 양장본이 눈에 들어왔다.

그는 어머니가 왜 그 책을 보관하고 있었는지 궁금해하면서 꺼내 들었다. 한 페이지가 접혀 있었다. 랜싱과의 크리켓 시합 관전기였는데, 여백에 어머니가 달아 놓은 평이 있었다. '조지는 외야 수비를 잘했음.' 또 다른 접힌 페이지에는 '토론회'라는 제목 아래 어머니의 평가가 있었다. '조지는 의제에 관해 간결하게 얘기함.' 그의 견해는 '이 단체는 정부의 사회정책을 신뢰하지 않는다'는 것이었다. 그러므로 그 당시에는 조지도 페이비언 협회 회원이었던 것이다.

그는 이번에는 아무 페이지나 펼쳤는데, 거기에서 편지 한 통이 떨어졌다. 위쪽에 '워베리, 학장실'이라고 인쇄된 편지지에 쓰인 글은 이러했다.

친애하는 와일디치 부인,

저는 지난 3일 부인의 편지를 받고 나서, 부인의 막내아들이 『워베리 교지』에 발표한 공상적인 작품에 부인이 언짢아하신다는 것을 알고 유감스러웠습니다. 부인은 그 이야기에 대해 다소 극단적인 견해를 지니고 있으시다고 생각합니다. 저는 그 이야기를 읽고 열세 살 소년으로서는 상당히 훌륭한 상상력을 발휘한 작품이라는 느낌을 받았거든요. 아이는 틀림없이 이번 학기에 읽은 『황금시대』*에 영향을 받았을 것입니다. 다

---

* 아동문학의 고전 『버드나무에 부는 바람』(1908)으로 유명한 케네스 그레이엄(1859~1932)의 유년 시절 회상기. 1895년 출판.

소 엉뚱하고 환상적인 작품이지만, 실은 잉글랜드 은행의 은행장이 쓰신 거랍니다. (어머니는 여백에 파란색 느낌표를 몇 개 찍어 놓았다. 은행에 대한 어머니의 시각을 드러낸 것이리라.) 지난 학기에 배운 『보물섬』도 아이한테 영향을 끼쳤을 겁니다. 저희 워베리에서는 언제나 아이들의 상상력을 기르고자 한답니다. 따라서 부인께서 '어리석은 공상'이라고 쓰신 것은 다소 심하게 폄하한 표현이라고 생각합니다. 부인의 감정을 잘 알지만, 저희는 신중하게 저희의 기준을 준수해 왔습니다. 그리고 부인께서 말씀하신 것처럼 아이는 어떤 종교적 지침에도 전혀 '예속되지' 않았습니다. 와일디치 부인, 부인에게 이 편지를 쓰기 전에 작품을 두 번째로 자세히 읽어 보았는데, 솔직히 말씀드려서 저는 이 공상적인 이야기에서 어떤 종교적 느낌의 흔적도 발견하지 못했습니다. 제가 걱정하는 것은 실은 보물이 너무 물질적이라는 점 그리고 '침입하여 훔쳐 가는' 사람의 손에 좌우된다는 점이랍니다.

와일디치는 편지의 날짜를 참고하여 그 편지가 떨어진 곳을 찾아보았다. 드디어 찾았다. 「섬의 보물」, W. W. 지음.
와일디치는 읽기 시작했다.

5

　정원 중앙에 커다란 호수가 있었고, 호수 중앙에 숲이 우거진 섬이 있었다. 그 호수를 아는 사람은 많지 않았다. 왜냐하면 호수에 가려면 길고 어두운 오솔길을 찾아야 했고, 그 오솔길을 끝까지 가 볼 만큼 강한 용기를 가진 사람은 많지 않았기 때문이다. 톰은 그 무서운 곳에 있으면 사람들에게서 간섭이나 방해를 받을 일이 없으리라는 것을 알았다. 그래서 톰은 낡은 상자를 뜯어서 뗏목을 만들었다. 비가 내리는 어느 음울한 날, 사람들이 모두 집 안에 틀어박혀 있으리라는 것을 안 그는 뗏목을 끌고 호숫가로 가서 노를 저어 섬에 이르렀다. 그가 알고 있는 한, 수 세기 동안 그 섬에 상륙한 사람은 그가 처음이었다.

섬에는 많은 식물이 무성하게 자랐으나 톰은 다락방에 있는 아주 오래된 뱃사람용 사물함에서 발견한 지도를 가지고 위치를 측정했다. 섬 한가운데의 우산처럼 생긴 커다란 소나무에서 북쪽으로 세 걸음, 이어 오른쪽으로 두 걸음. 그곳은 덤불밖에 없는 것처럼 보였다. 그러나 그는 집에서 가지고 온 곡괭이와 삽으로 젖 먹던 힘까지 짜내 구덩이를 팠다. 마침내 수풀 속에 묻혀 있던 쇠고리가 드러났다. 처음에는 그것을 움직이는 것이 불가능하리라고 생각했으나, 곡괭이 끝을 쇠고리에 끼워 지렛대로 사용하여 그 돌 덮개를 들어 올리는 데 성공했다. 그 어둠 속으로 들어가니 길고 좁은 통로가 나타났다.

톰은 평소보다 더 많은 용기를 냈지만, 그렇다 해도 만약 아버지가 돌아가신 후로 집안 형편이 무척 어려워지지 않았더라면 더 이상의 모험은 하지 않았을 것이다. 형은 옥스퍼드 대학교에 가고 싶어 했지만 돈이 없어서 어쩌면 선원 생활을 해야만 할지도 몰랐다. 어머니가 무척 좋아하는 집은 시티*에 사는 사일러스 데텀 경이라는 사람에게 완전히 저당 잡혔는데, 그는 이름에 어울리는 성격을 지닌 사람이었다.

---

* 시티오브런던은 영국 런던의 금융 지구로, 독자적인 자치권을 누리는 자치법권 지역이다. 잉글랜드 은행을 비롯하여 글로벌 금융 기업들이 운집해 있어 뉴욕의 맨해튼과 함께 전 세계 금융시장의 양대 산맥으로 여겨진다.

와일디치는 그만 읽을 뻔했다. 이 유치한 이야기를 자신이 기억하는 꿈과 조화시킬 수가 없었다. 다만 창밖에서 관목 숲이 바스락거리고 빗방울이 떨어지고 자작나무가 흔들리는 것을 보니 '비가 내리는 음울한 날'이라는 것은 사실적 표현으로 여겨졌다. 그가 아는 바로, 작가는 자기 이야기의 원천인 경험에 질서를 부여하고 경험을 풍요롭게 해야 했다. 그러나 이 경우를 보면 어린 와일디치의 재능은 분명 문학과는 거리가 멀었다. 그는 짜증이 증폭하여 이 열세 살짜리 과거의 자신을 향해 '너는 왜 그 이야기를 빠뜨렸느냐? 너는 왜 그 이야기를 이렇게 바꿔 버렸느냐?' 하고 거듭 외치고 싶은 충동을 느끼며 계속 읽어 내려갔다.

통로는 커다란 동굴로 연결되었다. 동굴 바닥에서 천장까지 금괴와 상자가 쌓여 있었다. 상자 안에는 스페인 은화가 가득했다. 거기에는 또 보석으로 장식된 십자가가 하나 있었다. (어머니는 십자가라는 단어에 파란색 밑줄을 그어 놓았다.) 한때 스페인의 대형 범선인 갤리언선의 경당을 꾸미는 데 쓰였던 진귀한 돌들을 박아 넣은 십자가였다. 대리석 탁자 위에는 값진 금속으로 만든 술잔들이 놓여 있었다.

그러나 그가 기억하기로는 그것은 낡은 부엌 찬장이었고, 거기에는 스페인 은화도, 십자가도, 스페인의 갤리언선과 관련된 것도 없었다.

톰은 처음에 자기를 다락방의 지도로 인도해 준 자상한 신의 섭리에 감사했고(그러나 지도는 없었다. 와일디치는 어머니가 파란색 연필로 표시해 놓은 것만큼이나 많이, 이야기의 곳곳을 고치고 싶은 심정이었다),

이어서 이 많은 보물로 인도해 준 데에도 감사했다. (어머니는 자상한 신의 섭리와 관련하여 여백에 '어떤 종교적 느낌의 흔적도 없다!'라고 썼다.) 그는 호주머니에 스페인 은화를 가득 넣은 다음 양쪽 겨드랑이에 금괴를 하나씩 끼고 통로를 되돌아 나왔다. 그는 자신이 발견한 것을 비밀에 부친 채 그 보물들을 날마다 조금씩 자기 방 벽장으로 옮길 생각이었다. 그런 다음 방학이 끝날 무렵에 느닷없이 생긴 이 재산으로 어머니를 놀라게 해 드릴 작정이었다. 그는 아무에게도 들키지 않고 안전하게 집에 도착했다. 그날 밤 침대에서 새로 생긴 재산을 다시 헤아려 보았다. 밖에서는 줄곧 비가 내렸다. 그 같은 폭풍우 소리는 처음이었다. 해적 선조들의 사악한 영혼이 그를 향해 분노를 터뜨리는 것만 같았다. (어머니는 '영원한 형벌이겠지!'라고 썼다.) 그리고 다음 날 다시 호수의 섬으로 갔을 때, 모든 나무들이 뿌리째 뽑혀서 통로 입구를 가로막고 있었다. 설상가상으로 땅이 갈라지고 흙이 무너져 내려서 이제 동굴은 영원히 호수의 물속에 잠겨 버린 게 틀림없었다. 그렇지만—40년 전의 어린 와일디치는 간단히 덧붙였다—가정을 구하고 형을 옥스퍼드 대학교에 보내는 데는 이미 집에 가져다 놓은 보물만으로도 충분했다.

와일디치는 옷을 벗고 침대에 들어가 누웠다. 폭풍우 소리가 들렸다. W. W.가 지어낸 이야기는 얼마나 시시하고 흔해 빠진 백일몽인가? 무엇을 바탕으로 지어낸 것인가? 다락방은 없었다. 아마 뗏목도 없었을 것이다. 이런 것들은 아무 문제 없는 소설적 도구이긴 하다. 그렇지만 왜 W. W.는 그 모험 자체를 이토록 왜곡한 것일까? 턱수염 노인은 어디로 갔는가? 꽥꽥거리는 노인의 아내는? 물론 그것은 모두 꿈이거나 상상이었을 것이다. 그게 아니라고 생각할 수는 없었다. 그러나 상상 또한 하나의 경험이고, 상상의 모습은 자체적으로 온전한 형태를 띠어야 한다. 그래서 와일디치는 이 왜곡된 이야기에서 어머니가 페이비언 협회 소책자에 실린 통계의 오류에서 느꼈던 것과 같은 직업적인 분노를 느꼈다.

그렇지만 어머니의 침대에 누워 W. W.의 이야기에 대한 어머니의 융통성 없는 완고한 추궁과 신문을 떠올리는 동안, 이야기를 그렇게 왜곡하게 된 이유였을 듯싶은 또 다른 생각이 떠올랐다. 그건 한결 더 그럴싸해 보였다. 1940년 이후 상황이 아주 안 좋았던 시기에 낙하산을 타고 프랑스에 침투한 첩보원들에게, 만약 적에게 잡혀서 고문을 당할 경우에 털어놓을 만한—적의 검증에 대비한, 충분히 진실해 보이는—거짓 이유를 암기하게 했던 생각이 났던 것이다. 어쩌면 40년 전에는 그 이야기를 하는 것에 대해 W. W.가 느끼는 압박감이 첩보원들에 버금갈 만큼 커서 그는 어쩔 수 없이 공상 속에서 위안을 찾고자 했는지도 모른다. 점령당한 지역에 침투한 첩보원에게는 언제나 체포된 후에 절대 자백해서는 안 되는 시한이 주어진다. '침묵이나 거짓말로 신문자들을 오랫동안 궁지에 빠뜨려라. 그 시한을 넘긴 후엔 모든 걸 말해도 좋다.' 그의 경우, 시한은 이미 오래전에 지났다. 어머니는 그의 이야기에 상처를 입을 수 있는 세상 너머에 계시고, 그래서 와일디치는 처음으로 그 이야기를 기억해 내고 싶은 열망에 서서히 빠져들었다.

침대에서 일어나 책상 서랍을 여니 편지지가 있었다. '윈턴 소小경 작지 유한회사'라는 도장이 찍힌 편지지였는데, 소득세와 관련된 용도로 쓰이는 것인 듯했다. 그는 윈턴 저택의 정원 아래에서 자신이 발견했던 것—또는 그런 꿈—에 대한 이야기를 쓰기 시작했다. 여름밤은

50년 전에 그랬던 것처럼 창밖에서 들려오는 빗소리로 시끄러웠다. 그러나 글을 써 나가는 동안 그 소리는 희미하게 멀어져 갔다. 정원의 나무들이 보이기 시작했다. 그리하여 몇 시간 뒤, 글을 쓰다가 고개를 들었을 때는 부서진 분수대의 모습도 볼 수 있었고 어두운 오솔길의 월계수처럼 보이는 나무들도 볼 수 있었다. 비바람에 시달린 나무들은 허리가 굽은 노인 같아 보였다.

제2부

1

　내가 어떻게 호수의 섬에 다다랐는지에 대해서는 신경 쓰지 말자. 그게 사실인지 아닌지도 신경 쓰지 말자. 형이 말했듯이 호수는 물의 깊이가 반 미터밖에 안 되는 얕은 연못이니까(반 미터 깊이의 물에서도 뗏목을 띄울 수 있고, 내가 어두운 오솔길을 통해 늘 호수에 간 게 분명하므로 거기서 뗏목을 만들었을 가능성이 전혀 없는 것은 아니다). 그때가 몇 시였는지 역시 신경 쓰지 말자. 나는 저녁이었다고 생각한다. 내 기억으로는, 난 어두운 오솔길에 숨어 있었다. 조지는 나를 찾으러 거기까지 올 만한 용기가 없었기 때문이다. 그날 저녁은 지금과 같은 비가 내리기 시작했고, 어머니는 조지에게 비가 오니 집 안으로 들어오라고 말했을 게 틀림없다. 형은 어머니에게 나를 찾지 못했다고 말했을 것이고, 어머니는 2층으로 올라가 앞쪽, 뒤쪽 창가에 서서 연신 나를 불렀을 게 틀림없다. 이런 일이 조지가 오늘 저녁에 얘기한 그때의 경우였을 것이다. 나로서는 이런 사실들이 확실치 않다. 단지 그럴듯할 뿐이다. 나는 아직 내가 뭘 쓰고 있는 것인지 **알지** 못한다. 그러나 내가 조지와 어머니에게 며칠 동안이나 발견되지 않았다는 것은 안다. 조지가 뭐라 하든 내가 정원 아래에서 보낸 낮과 밤이 3일 이하일 리는 없다. 형이 그처럼 불가사의한 경험을 정말 잊을 수 있단 말인가?

　나는 여기서 그 이야기를 실제로 일어난 것인 양 검토하고 있다. 조지의 기억과 그 꿈속의 일들은 무슨 관련이 있을까?

나는 꿈을 꾸었다, 내가 호수를 건너는 것을. 나는 꿈을 꾸었다……
내가 꿈을 꾸었다는 것, 이것이 유일하게 확실한 사실이고 내가 매달
려야 할 것이었다. 내가 이 일들을 잠시나마 실제로 일어난 일로 생각
하기 시작했음을 가엾은 어머니가 안다면 얼마나 마음 아프실까……
그러나 물론, 만약 어머니가 지금 내가 생각하는 것을 알 가능성이 있
다고 한다면, 가능성의 영역은 무한하다 할 것이다. 나는 물을 건너는
꿈을 꾸었다(수영을 해서—나는 일곱 살 때 이미 수영을 할 줄 알았
다—건넜든, 조지가 말한 것처럼 호수가 정말로 조그맣다면 첨벙첨
벙 걸어서 건넜든, 뗏목을 저어서 건넜든, 아무튼 물을 건넜다). 그런
다음 섬의 기슭을 기어올라 가는 꿈을 꾸었다. 나는 풀밭과 관목과 덤
불과 조그만 숲을 기억할 수 있다. 내가 이미 내 눈으로 보지 않았다
고 한다면 난 그것을 정원 담장 높이의 숲이라고 묘사했을 것이다. 세
월은 사물의 크기를 얼마나 작게 만드는지…… 나는 W. W.의 이야기
에 나오는 우산처럼 생긴 소나무를 기억하지 못한다. 아마 『보물섬』에
나오는 나무를 흉내 낸 것이리라. 그렇지만 숲으로 들어갔을 때 나는
집에서 완전히 벗어나게 되었으며, 나무들이 촘촘하게 자라고 있어서
비를 피할 수 있었다는 것은 안다. 나는 곧 길을 잃었다. 그런데 호수
가 연못만 한 크기밖에 안 되고 따라서 섬은 식탁 정도의 크기밖에 안
된다고 한다면, 내가 어떻게 길을 잃을 수 있었을까?

또다시 내 기억이 사실인 것처럼 기억을 더듬고 있음을 깨닫는다.
꿈은 크기를 고려하지 않는다. 웅덩이가 대륙을 담을 수 있고, 잠자고
있는 동안 나무숲이 세계의 끝에 이를 만큼 넓어질 수도 있다. 나는 꿈
을 꾸었다. 나는 길을 잃었으며 어둠이 깔리기 시작했다는 **꿈을 꾸었다.**

겁이 나지는 않았다. 일곱 살인데도 여행에 익숙해져 있는 것만 같았다. 장래의 온갖 힘든 여행이, 발달되기만을 기다리는 근육처럼 그때의 내 안에 이미 자리 잡고 있었다. 나는 나무뿌리 사이에 몸을 웅크린 채 잠이 들었다. 잠에서 깨어났을 때 머리 위 나뭇가지에서 빗방울이 뚝뚝 떨어지는 소리와 주변에서 벌레 한 마리가 계속 윙윙거리며 날아다니는 소리가 들렸다. 이 모든 소음들이 윔폴 가의 병원 밖에 주차된 자동차들 위로 떨어지던, 어제 들었던 빗소리처럼 지금 내 귀에 선명히 들려온다.

달이 떠 있어서 주위를 쉽게 볼 수 있었다. 나는 아침이 되기 전에 탐험을 더 하기로 마음먹었다. 아침이 되면 틀림없이 나를 찾으러 원정대를 보낼 것이기 때문이었다. 조지가 내게 읽어 준 많은 탐험 책을 통해 길을 찾지 못하고 빙빙 돌기만 하다가 결국 목이 마르거나 배가 고파서 죽고 만 사람의 이야기를 알고 있었기에 나는 나무껍질에 십자가 표시를 해 두었다(나에게는 집에서 가지고 온 날이 여러 개인 칼, 작은 톱 그리고 말발굽에서 돌을 빼내는 데 쓰이는 도구가 있었다). 또한 훗날 언급해야 할 때를 위해 내가 잠들었던 곳을 '희망 캠프'라고 이름 지었다. 양쪽 호주머니에 사과를 넣어 두어서 배고픔에 대한 두려움은 없었다. 목이 마른 경우 똑바로 앞으로 가기만 하면 결국 다시 호수에 이르게 될 것이고, 달콤한 물을 마실 수 있을 터였다. 최악의 경우라 해도 물맛이 약간 짭짤한 정도에 지나지 않을 것이다. 나는 기억을 시험하기 위해 이 모든 것들을 생각해 내고 있는 것이다. W. W.는 알 수 없는 이유로 이러한 내용들을 빠뜨렸다. 나는 이 이야기가 얼마나 멀리, 또는 얼마나 깊이 뻗어 나갔는지 지금까지 잊고 있었다. W. W.는 그 이야기를 잊었던 것일까? 아니면 기억하기 두려웠던 것일까?

나는 300미터 가까이를 걸었다. 약 100걸음마다 나무에 표시를 하면서 앞으로 나아갔다. 적당한 측량 기구가 없어서 내가 계획하고 있는 지도를 작성하기 위해서는 그것이 최선의 방법이었다. 나는 엄청 오래되어 보이는 거대한 참나무에 이르렀다. 어지럽게 뒤얽힌 뿌리가 지면 위로 튀어나와 있었다. (언젠가 아프리카에서 보았던 나무뿌리가 생각났다. 그 사람들은 그런 뿌리가 있는 곳을 일종의 물신의 성소로 만들어 놓았다. 거기에는 호리병박과 야자 잎과 비에 젖어 썩어 가는 알 수 없는 채소로 만든, 커다란 대나무 성기를 달고 앉아 있는 인물상이 있었다. 그 나무뿌리에 다가가자 갑자기 두려워졌다. 아니 내가 두려워한 것은 그 기억이 되살아났기 때문일까?) 어느 한 뿌리의 아래쪽 땅이 어지럽혀져 있었다. 누군가가 담뱃대에서 떨어낸 담뱃재가 수북했고, 옷에 다는 스팽글 하나가 촉촉한 달빛 속에서 달팽이처럼 반짝였다. 나는 땅을 좀 더 자세히 관찰하기 위해 성냥불을 켰다. 푸석푸석해진 땅에서 발자국 하나가 눈에 띄었는데, 몇 센티미터 떨어진 나무를 향해 찍혀 있었다. 발자국이 하나뿐인 탓에 로빈슨 크루소가 외딴섬의 모래밭에서 발견한 발자국만큼이나 고적해 보였다. 흡사 외다리 사내가 덤불숲에서 곧장 나무를 향해 뛰어오른 듯했다.

해적! W. W.가 『보물섬』을 흉내 내서 쓴 건 터무니없어 보였다. 아니면 그는 그 발자국에 깜짝 놀랐던 기억을 다정한 악당 롱 존 실버와 그의 나무 의족이라는 신나는 생각으로 바꾸어 기록한 것일까?

나는 두 다리를 벌리고 발자국 위에 서서 나무를 올려다보았다. 외다리 사내가 나뭇가지 사이에 독수리처럼 걸터앉아 있을지도 모른다는 생각이 들었던 것이다. 귀를 기울여 보았지만 지난밤에 내린 빗물이 나뭇잎에서 나뭇잎으로 굴러떨어지는 소리 말고는 아무 소리도 들리지 않았다. 그 순간 나는—이유는 알 수 없지만—무릎을 꿇고 앉아 나무뿌리들 사이를 응시했다. 거기에 쇠고리 같은 것은 없었지만, 반 미터가 넘는 높이에 아치 형태를 이룬 뿌리 하나가 있었다. 마치 동굴 입구 같아 보였다. 나는 그 안으로 얼굴을 디밀고 다시 성냥불을 켰다. 하지만 동굴 안쪽은 보이지 않았다.

그때 내가 겨우 일곱 살이었음을 떠올리는 게 쉬운 일은 아니다. 우리는 자기 자신에게는 늘 같은 나이로 남아 있다. 나는 처음에는 여행을 계속하는 것이 두려웠다. 그러나 어떤 성인도, 내가 유대감을 느끼는 어떤 탐험가도 다 그랬을 것이다. 형은 그 한 달 전에 내게 『오스트레일리아 탐험 이야기』라는 책을 큰 소리로 읽어 주었다. 나의 독서 능력은 그 책을 읽어 낼 정도가 되지 못했지만, 기억력만큼은 싱싱해서 잘 잊지 않았기에 머릿속에 온갖 종류의 새로운 이미지와 상상을 자아내는 단어들을 담아 둘 수 있었다. 오스트레일리아 원주민, 육분의, 머럼비지 강, 암석 사막, 동남동이나 북북서 따위의 글자를 가리키는 나침반 바늘 등은 너무 흥미로워서 절대 잊히지 않았다. 나침반의 글자는 빙 돌아서 막판에 중요한 시간을 가리키는 시계에 적힌 숫자인 것만 같았다. 나는 탐험가 스터트도 종종 겁을 집어먹었고, 버크도 두려움을 감추기 위해 고함을 지르곤 했다는 사실에 위안을 받았다. 이제 동굴 옆에 무릎을 꿇고 있으려니 나의 또 다른 영웅인 조지 그레이가 들어갔던 커다란 동굴이 떠올랐고, 그가 갑자기 마주치게 된, 동굴 벽에 그려진 사내의 모습이 떠올랐다. 키가 3미터나 되고, 턱에서 발목까지 빨간 옷을 걸친 사내였다. 왠지 모르게 나는 버크를 살해한 오스트레일리아 원주민들보다 그 그림이 더 무서웠다. 그리고 옷에서 튀어나온 발과 손이 형편없이 그려져 있다는 사실이 공포를 증폭시켰다. 발처럼 보이는 발은 사람의 발임은 분명했지만, 화가의 미숙한 솜씨로 인해 나의 상상은—내반족*일까? 갈퀴발일까? 새 발가락 같은 벌레 모양의 발가락일까?—끝없이 펼쳐졌다. 나는 이제 이 이상한 발자국을 서툴게 그려진 그 그림과 관련지어 생각했고, 오랫동안 망설인 뒤에야 나무뿌리 아래 동굴 속으로 기어들어 갈 용기를 냈다. 동굴 속으로 들어가기 전에 나는 그 발자국을 참고하여 그곳을 '프라이데이 동굴'이라고 이름 붙였다.

2

몇 미터까지는 무릎을 꿇고 나아갈 수조차 없었다. 머리카락이 천장에 쓸렸다. 그런 자세로는 다시 성냥을 그어 불을 켤 수가 없었다. 먼지에 기호 같은 자취를 남기며 벌레처럼 조금씩 조금씩 나아갈 수 있을 뿐이었다. 얼마 동안은 내가 어둠 속에서 긴 비탈을 기어 내려가고 있다는 것을 알아차리지 못했다. 하지만 양옆에서 나무뿌리들이 계단 난간처럼 내 어깨를 스치는 것은 느낄 수 있었다. 나는 두더지의 세계에서 지하의 나뭇가지 사이를 기어가고 있었다. 이윽고 그 난관을 통과했다. 건너편으로 빠져나간 것이었다. 나는 다시 지하 벽에 머리를 찧었다. 동시에 이제는 무릎을 꿇을 수 있다는 것을 알았다. 하지만 다시 넘어질 뻔했는데, 땅이 얼마나 가파른지 몰랐기 때문이다. 땅 밑에

---

* 발목 관절 이상으로 발목 밑이 굽어 발바닥이 안쪽으로 휜 발.

있으니 내 키가 보통 어른의 키보다 더 큰 것 같은 생각이 들었다. 성냥불을 켜자 긴 비탈이 끝없이 이어져 내려가는 게 보였다. 나는 기거나 무릎을 꿇은 채로 계속 나아갔다는 사실에 약간의 자부심을 느끼지 않을 수 없었다. 꿈속에서 보여 주는 용기를 진정한 용기라고 할 수 있는지에 대해서는 논란의 여지가 있을 테지만.

길이 굽은 곳에서 나는 다시 멈춰야 했다. 또다시 성냥을 그어 불을 켰을 때, 이번에는 두 발로 일어설 수 있다는 것을 알았다. 길은 이제 고르고 평평해졌다. 공기에 양배추 요리 같은 느끼한 냄새가 배어 있었고, 나는 돌아가고 싶어졌다. 광부들이 공기가 신선한지 알아보기 위해 새장에 카나리아를 넣어 가지고 굴속에 들어간다는 얘기가 생각났다. 우리가 윈턴 저택에 올 때 데려온 카나리아를 가지고 올 생각을 했더라면, 하는 아쉬움이 일었다. 그랬다면 이 어두운 굴속에서 조그맣게 노래 부르는 친구가 되어 주기도 했을 텐데…… 내가 기억하기로는 굴속에는 폭발의 원인이 되는 석탄가스가 있는데, 이 통로에도 가스가 배어 있는 게 틀림없었다. 이제 내가 있는 곳은 분명 호수 밑일 것이고, 따라서 폭발이 일어나면 호수의 물이 쏟아져 들어와 익사하게 되리라고 생각했다.

그 생각에 나는 얼른 성냥불을 불어 껐다. 그럼에도 나무뿌리 사이를 오래도록 기어서 돌아가는 것보다는 앞으로 가는 게 더 쉽게 출구에 이를 거라는 희망으로 계속 앞으로 나아갔다.

갑자기 내 앞에서 어떤 소리가 들렸다. 휘파람 소리 같기도 했으나, 그보다는 쉬익 하는 소리에 가까웠다. 주전자에서 물이 끓을 때 나는 소리와 비슷했다. 머릿속에 뱀이 떠올랐고, 어떤 커다란 뱀이 이 굴을 보금자리 삼아 살고 있지 않을까 하는 생각이 들었다. 검은맘바라는,

인간에게 치명적인 뱀도 있지 않은가…… 그 소리는 오랫동안 계속되었고, 나는 그동안 꼼짝 않고 서서 숨을 죽이고 있었다. 이윽고 소리가 잦아들더니 사라졌다. 나는 이제 어머니의 방 옆에 있는 내 방의 침대로 안전하게 돌아갈 수만 있다면 뭐든 다 줄 수 있을 것만 같았다. 손가까이에 전기 스위치가 있고 발치에 튼튼한 침대가 있는 내 방으로 돌아가고 싶은 마음이 간절했다. 절거덕거리는 소리와 오리가 꽥꽥거리는 것 같은 이상한 소리가 들렸다. 나는 석탄가스에 관한 생각에 마음이 불안했지만 깜깜한 어둠을 더 이상 참을 수 없어서 또다시 성냥불을 켰다. 성냥불에 낡은 신문 뭉치가 드러났다. 다른 것은 아무것도 없었다. 내가 여기 처음 온 사람이 아니라는 것을 알게 되니 이상한 기분이 들었다. 나는 "여보세요!" 하고 소리쳤다. 내 목소리는 점점 작아지는 메아리가 되어 긴 통로를 따라 울려 나갔다. 대답하는 사람은 없었다. 나는 신문을 한 장 집어 들었다. 하지만 신문은 사람이 있다는 증거가 되지 못한다는 것을 알았다. 1885년 4월 5일 자 《이스트앵글리안 옵서버》였던 것이다. 지금은 《콜체스터 가디언》에 통합된 신문이었다. 내 마음속에 그 날짜와 제목에 쓰인 빅토리안 고딕 서체의 형태까지 남아 있다는 게 너무 신기하다. 마치 먼 옛날 선사시대에 대구를 감쌌던 신문이기라도 하듯, 신문지에서는 생선 비린내가 희미하게 감돌았다. 밑동까지 타들어 간 성냥이 손가락을 뜨겁게 달구며 꺼졌다. 어쩌면 그 이후로 여기 온 사람은 내가 처음일 수도 있었고, 그 신문 뭉치를 가지고 온 사람은 이 굴속 어딘가에 죽어 누워 있을지도 몰랐다.

그때 한 가지 생각이 떠올랐다. 신문지로 횃불을 만들어 손에 들고 가는 것이었다. 나머지 신문지는 나중에 쓰려고 겨드랑이에 끼웠다.

한층 밝아진 불빛 덕에 나는 더욱 대담하게 통로를 따라 나아갔다. 어쨌든 야수는 물론이고—조지가 읽어 준 내용이다—뱀들도 불을 두려워하니까 말이다. 폭발에 대한 두려움은 어둠 속에서 발견하게 될지도 모르는 것에 대한 더 큰 공포에 밀려났다. 그러나 두 번째 모퉁이를 돌 때 발견한 것은 뱀이나 표범, 혹은 호랑이가 아니었고, 동굴에서 볼 수 있는 다른 어떤 동물도 아니었다. 그것은 통로의 왼쪽 벽에 낙서처럼 그려진—끌 같은 날카로운 도구로 그린 것이었다—물고기의 윤곽이었다. 고대인 특유의 단순함이 드러난 그림이었다. 나는 신문지 횃불을 더 높이 치켜들고 흐릿한 글자들을 살펴보았다. 반쯤 지워졌거나 아니면 내가 모르는 언어로 쓰인 글이었다.

그 기호의 의미를 알아내려 애쓰고 있을 때 보이지 않는 곳에서 쉰 목소리로 사람을 부르는 소리가 들려왔다. "마리아, 마리아."

나는 꼼짝도 않고 서 있었다. 손에 든 신문지가 타 내려갔다. "당신이야, 마리아?" 목소리의 주인이 말했다. 매우 화난 듯 들렸다. "무슨 수작을 부리고 있는 거야? 지금 몇 시인 줄 알아? 내가 수프를 먹을 시간이란 말이야." 그때 조금 전에 들었던 꽥꽥거리는 이상한 소리가 다시 들려왔다. 이어 소곤거리는 소리가 오랫동안 들리고 나서 조용해졌다.

나는 통로 아래쪽에 야수가 아닌 인간이 있다는 사실에 안도했던 듯싶다. 그러나 법을 피해 숨어 사는 죄인이나 아이들을 훔쳐 가는 것으로 악명 높은 집시가 아니라면 어떤 인간일 수 있을까? 나는 자신의 비밀을 발견한 사람에게 그들이 어떤 짓을 할지 생각하며 겁을 집어먹었다. 물론 내가 어떤 오스트레일리아 원주민의 집에 온 것일 수도 있었다. 나는 계속 가야 할지 돌아가야 할지 마음을 정하지 못하고 서 있었다. 이 문제는 나의 오스트레일리아 동료가 도와주면 해결할수 있는 문제가 아니었다. 왜냐하면 오스트레일리아 원주민은 때로는 낯선 사람에게 물고기를 줄 만큼 친절한 이들이기도 하지만(나는 벽에 그려진 물고기 그림을 생각했다), 때로는 낯선 사람을 창으로 공격하는 적이기도 하니까 말이다. 어떤 경우든—이들이 죄인이든 집시든 오스트레일리아 원주민이든—내가 가지고 있는 방어용 무기는 주머니칼이 전부였다. 내가 두려움에도 불구하고 만일 살아남는다면 언젠가는 반드시 지도를 그려서 이 장소를 '망설임 캠프'라고 이름 붙일 거라고 마음먹었다는 점은 진정한 탐험가 정신을 보여 준다고 생각한다.

나의 망설임은 해결되었다. 늙은 여자가 갑자기, 소리 없이 통로 모퉁이에 나타난 것이었다. 그녀는 발목까지 내려오고 스팽글로 덮인 낡은 파란색 옷을 입고 있었다. 회색 머리를 제멋대로 늘어뜨렸는데, 정수리에는 머리털이 없었다. 그녀도 나만큼이나 놀란 게 분명했다. 입을 벌린 채 그 자리에 서서 나를 바라보더니, 이윽고 꽥꽥거렸다. 나는 나중에야 그녀의 입에 입술이 없으며, 아마 그 소리는 '너는 누구야?'라는 말이었으리라는 것을 알았다. 하지만 그때는 그녀가 사용하는 어떤 외국어―아마도 오스트레일리아 원주민 언어―일 것이라고 생각했고, 그래서 나는 침착하려 애쓰며 대답했다. "나는 영국인이에요."

보이지 않는 쉰 목소리의 주인이 말했다. "마리아, 그자를 이리 데려와."

늙은 여자가 나에게로 한 걸음 다가섰다. 그녀의 손이 내 몸에 닿는 건 생각만 해도 오싹했다. 새처럼 굽은 그녀의 쭈글쭈글한 손에는 정원사인 어니스트가 '저승꽃'이라고 말해 준 거무스름한 검버섯이 가득 피어 있었다. 손톱은 매우 길고 때가 잔뜩 끼어 있었다. 옷 또한 더러웠다. 밖에서 땅에 떨어져 있던 스팽글을 보았던 게 생각나자 자연스레 그녀가 나무뿌리 사이를 헤치고 집으로 오는 모습이 상상되었다. 나는 통로 옆벽에 몸을 붙여서 가까스로 그녀를 피해 나아갔다. 그녀는 꽥꽥거리며 나를 뒤따랐고, 나는 계속 나아갔다. 두 번째―어쩌면 세 번째―모퉁이를 돌았을 때, 나는 높이가 2.5미터쯤 되는 커다란 동굴 안에 들어와 있음을 깨달았다. 처음에는 옥좌라고 생각했으나 나중에 변기임을 알게 된 낡은 변기에 흰 턱수염을 기른 커다란 체구의 노인이 앉아 있었다. 입 주위 수염은 누르스름했는데, 지금 생각하니 담배 니코틴 때문인 듯했다. 그의 한쪽 다리는 정상이었지만, 오른쪽 바짓가랑이는 실로 꿰매져 있어서 베개 받침처럼 볼록했다. 식탁 위에 기름 램프가 놓여 있어서 나는 그의 모습을 잘 볼 수 있었다. 램프 옆에는 고기를 써는 데 쓰는 큰 칼 하나와 양배추 두 통이 놓여 있었다. 그의 얼굴은 얼마 전에 읽었던 다윈의 책에 나오는 전령 비둘기에 대한 묘사를 생생히 떠올리게 했다. '매우 길쭉한 눈꺼풀, 코에 뚫린 매우 큰 구멍 그리고 떡 벌어진 입.'

그가 말했다. "너는 누구고 여기서 뭘 하고 있느냐? 그리고 왜 내 신문을 태우는 거냐?"

늙은 여자가 꽥꽥거리며 모퉁이를 돌아오더니 내 뒤에 가만히 서서 나의 퇴로를 막았다.

내가 말했다. "제 이름은 윌리엄 와일디치고, 윈턴 저택에서 왔어요."

"윈턴 저택이 어디냐?" 그가 변기에 꼼짝 않고 앉아서 물었다.

"저 위예요." 내가 동굴 천장을 가리키며 대답했다.

"대수롭지 않은 곳이로군." 그가 말했다. "모든 게 위에 있지. 중국도 있고 미국도 있고. 샌드위치 섬들도 위에 있다."

"그런 것 같아요." 내가 말했다. 나중에 깨달은 것이지만, 그의 말에는 보통 어느 정도 근거가 있었다.

"그러나 이곳엔 우리밖에 없다. 우린 독자적인 존재야." 그가 말했다. "마리아와 나뿐이지."

나는 이제 그가 덜 무서웠다. 그는 영어를 사용했다. 동족이었던 것이다. 내가 말했다. "밖으로 나가는 길을 알려 주시면 제 갈 길을 가도록 할게요."

"겨드랑이에 끼고 있는 게 뭐지?" 그가 날카로운 소리로 물었다. "그것도 신문이냐?"

"이걸 통로에서 발견했는데……"

"이곳에서는 발견했다고 그걸 가질 수 있는 게 아니다." 그가 말했다. "저 위쪽 중국에선 뭐든 다 그렇지. 너도 곧 그걸 알게 될 거다. 이봐, 그건 마리아가 마지막으로 가져온 신문 뭉치야. 우리가 널 내보내서 신문을 훔쳐 오게 한다면, 넌 어떤 읽을거리를 우리에게 가져올 테냐?"

"저는 그런 뜻으로 말한 게 아니라……"

"너, 글 읽을 줄 알아?" 그가 내 변명에는 귀 기울이지 않고 물었다.

"너무 긴 단어만 아니면 읽을 수 있어요."

"마리아는 읽을 줄 알지. 하지만 마리아는 나만큼이나 잘 보지를 못해. 그리고 발음도 썩 좋지 않고."

마리아가 내 뒤에서 꽥꽥 소리 질렀다. 그 소리가 마치 황소개구리 울음소리 같아서 나는 깜짝 놀라 펄쩍 뛰었다. 그녀가 저런 목소리로 글을 읽는다면 그가 어떻게 한 마디라도 알아들을 수 있는지 궁금했다. 그가 말했다. "좀 읽어 봐라."

"무슨 뜻이에요?"

"간단한 영어도 못 알아들어? 여기선 저녁을 먹으려면 뭔가 일을 해야 한다."

"하지만 지금은 저녁 먹을 시간이 아니에요. 아직 이른 아침이에요." 내가 말했다.

"마리아, 지금 몇 시야?"

"꽥." 그녀가 말했다.

"6시? 그럼 저녁 먹을 시간이잖아."

"아침 6시예요. 저녁 6시가 아니라."

"그걸 어떻게 아나? 빛이 어딨어? 이곳에선 아침이니 저녁이니 하는 건 없다."

"그럼 어떻게 잠을 깨지요?" 내가 물었다. 그가 웃음을 터뜨리자 턱수염이 흔들렸다. "꽤나 귀찮은 꼬마 친구로군." 그가 큰 소리로 말했다. "마리아, 당신도 들었지? '어떻게 잠을 깨지요?' 하고 말했잖아. 넌 이곳에서의 인생이 그리 만만하지 않다는 걸 알게 될 거다. 우리가 누구인지도 알게 될 테고. 영리하다면 알 것이고, 영리하지 않다면……" 그가 뚱한 표정을 지었다. "이곳은 사람들이 비밀을 묻으려고 팠던 그어떤 무덤보다도 더 깊지. 넌 이곳에서 땅 밑이나 땅 위의 온갖 중요한 것들을 발견하게 될 거다." 그가 화를 내며 덧붙였다. "넌 왜 내가 좀 읽어 보라고 했는데도 읽지 않는 거냐? 우리와 함께 있으려면 시키는 대로 빨리해야 해."

"전 여기 있고 싶지 않아요."

"이곳을 엿보기만 하고 나갈 수 있다고 생각한 거냐? 그건 오산이야. 아무튼 보고 싶은 건 다 봐라. 어서."

나는 그가 말하는 방식이 싫었지만 그의 말대로 그곳에 있는 물건들을 살펴보았다. 초콜릿색 얼룩이 눈에 띄는 낡은 서랍장 하나, 높다란 부엌 찬장 하나, 천 조각을 이어 붙여 만든 커튼, 아마 마리아가 의자로 사용하는 것인 듯싶은 나무 상자 하나 그리고 탁자로 쓰는 그보다 더 큰 상자 하나가 있었다. 조리용 난로도 있었는데, 한쪽으로 치워 놓은 주전자에서 아직도 김이 나고 있었다. 통로에서 들었던 쉬익 하는 소리는 주전자에서 나는 소리였던 것 같았다. 침대의 흔적은 눈에 띄지 않았다. 어쩌면 벽 쪽에 쌓여 있는 감자 자루 더미가 침대 역할을 하는지도 몰랐다. 땅바닥에는 빵 부스러기가 널려 있고, 뼈 몇 조각이 땅에 묻으려고 놓아둔 것처럼 한쪽 구석으로 치워져 있었다.

"이제," 그가 말했다. "너의 풋풋한 걸음걸이를 보여 줘. 네가 여기서 지낼 가치가 있는 아이인지 보고 싶으니까."

"하지만 전 여기서 지내고 싶지 않아요." 내가 말했다. "정말이에요. 이제 집에 가야 할 시간이에요."

"사람이 등을 대고 눕는 곳이 바로 집이고 가정이다." 그가 말했다. "이제부턴 이곳이 네가 등을 대고 누울 곳이다. 자, 그럼 신문 1면을 읽어 줘. 뉴스를 듣고 싶구나."

"하지만 이 신문은 거의 50년 전 것인데요." 내가 말했다. "뉴스는 없어요."

"아무리 오래되었어도 뉴스는 뉴스다." 나는 그의 평소 말투가 설교자나 예언자 같다는 것을 알아차리기 시작했다. 그는 일상적인 대화보다 어떤 신념에 관한 기사를 읽어 주는 데 더 관심이 있는 것 같았다. 아마 이상하고 별난 기사에 관심이 있는 듯했는데, 나로서는 어떤 점이 이상하고 잘못된 것인지 딱 꼬집어 말할 수 없었다. "고양이는 죽은 고양이라 해도 고양이인 거다. 고양이는 냄새가 나면 치워 버리지. 하지만 뉴스는 냄새가 나지 않아. 아무리 죽은 지 오래되었다 해도 말이다. 뉴스는 계속 남아 있어. 그러다가 거의 기대하지 않을 때 다시 나타나지. 천둥처럼."

나는 되는대로 신문을 펴서 읽었다. "그레인지 원유회. 어려운 처지에 빠진 숙녀들을 돕기 위한 원유회가 이소벨 몽고메리 부인의 주관 아래 롱윌슨의 그레인지에서 열렸다." 나는 긴 단어들이 너무 많아서 읽는 데 약간 애를 먹었지만 나름대로 잘하고 있다고 자위했다. 그는 변기에 앉아 머리를 약간 숙인 채 주의 깊게 들었다. "교구 목사가 '흰 코끼리 축사'에서 행사를 주재했다."

노인은 흡족해하며 말했다. "코끼리는 기품 있는 동물이지."

"하지만 이건 진짜 코끼리가 아닌걸요." 내가 말했다.

"축사는 마구간 같은 거잖아. 그렇지? 그게 진짜 코끼리가 아니라면 축사는 뭐 하는 곳이란 말이냐? 계속 읽어라. 그건 좋은 운명이었니,

350

나쁜 운명이었니?*"

"그런 종류의 운명이 아니에요." 내가 말했다.

"다른 종류의 운명은 없다." 그가 말했다. "나에게 글을 읽어 주는 것은 너의 운명이다. 개구리처럼 말하는 것은 **마리아의** 운명이고, 시력이 나빠서 듣기만 하는 것은 내 운명이다. 우리가 여기서 겪는 것은 지하의 운명이고, 원유회는 정원의 운명이다. 하지만 모든 건 결국에 가서는 같은 운명이 되지." 그와 논쟁을 하는 것은 쓸데없는 일이었으므로 나는 계속 읽어 나갔다. "불행히도 행사는 폭우로 인해 예정보다 일찍 끝났다."

마리아가 꽥 하는 소리를 냈는데, 마치 고소해서 웃는 듯 들렸다. "알다시피," 마치 내가 읽어 준 내용이 그가 옳다는 것을 증명한다는 듯한 투로 노인이 말했다. "그게 너를 위한 운명이다."

"모리스 댄스와 보물찾기를 포함한 저녁 행사는 실내로 옮겨서 치러야 했다."

"보물찾기?" 노인이 날카롭게 물었다.

"여기 그렇게 쓰여 있어요."

"뻔뻔스러워." 그가 말했다. "정말 뻔뻔스러워. 마리아, 당신도 들었지?"

그녀가 꽥 소리를 냈다. 이번에는 화를 낸 거라는 생각이 들었다.

"수프 먹을 시간이야." 그가 몹시 우울하게 말했다. '죽을 시간이야'라고 말하는 듯한 어투였다.

"이 일이 일어난 시간은 아주 오래전이에요." 나는 그를 진정시키려

---

* '원유회'를 뜻하는 garden fête의 fête 발음이 '운명'을 뜻하는 fate와 같아서 노인은 '운명'으로 잘못 이해하고 있다.

애쓰며 말했다.

"시간?" 그가 큰 소리로 말했다. "너는 시간을 ……수 있어." 나에게는 아주 생소한 단어를 사용하여 말했다. 그 단어는—왠지—내가 집에 돌아갔을 때 마음 놓고 사용할 수 없는 단어라는 생각이 들었다. 마리아는 커튼 뒤로 가 버려서 보이지 않았다. 거기에도 다른 찬장이 있는 듯싶었다. 문을 여닫는 소리와 솥이며 냄비가 달그락거리는 소리가 들렸기 때문이다.

나는 재빨리 그에게 속삭였다. "아저씨의 부인이에요?"

"누이, 아내, 엄마, 딸." 그가 말했다. "그게 무슨 차이가 있니? 네가 알아서 정해. 마리아는 여자야. 그렇지?" 그는 옥좌에 앉은 왕처럼 변기에 앉아 생각에 잠겼다. "성性은 두 가지야. 그 두 가지 이상의 정의를 내리려고 하지 마라." 그 말은 나중에 학교에서 이등변삼각형의 변에 관한 유클리드 법칙을 배울 때 느꼈던 것과 같은 묵직한 수학적 확실성을 띠고 내 마음에 스며들었다. 긴 침묵이 이어졌다.

"전 이제 가 봐야 할 것 같아요." 내가 안절부절못하며 말했다. 마리아가 '멍멍이'라고 쓰인 접시에 뜨거운 수프를 가득 담아서 들고 들어왔다. 그녀의 남편이거나 오빠이거나 다른 어떤 관계인 그는 수프를 무릎 위에 올려놓고 한참 기다린 다음에야 마셨다. 그가 또다시 생각에 잠겨 있는 것 같아서 나는 그를 방해하지 않으려 눈치를 봤다. 그렇지만 잠시 후에 다시 사정했다.

"식구들이 집에서 절 기다리고 있을 거예요."

"집?"

"예."

"너에게 여기보다 더 좋은 집은 없어." 그가 말했다. "너도 알게 될 거다. 시간이 조금 지나면—1년이나 2년 후에—넌 잘 정착하게 될 거야."

나는 공손한 태도를 보이려 최선을 다했다. "여긴 정말 좋은 곳이에요. 정말이에요. 하지만……"

"그렇게 불안해해도 소용없다. 내가 오라고 한 것도 아닌데 이곳에 왔으니 넌 여기 머물러야 해. 마리아는 양배추 일로 몹시 바쁘지만, 넌 아무 고생도 겪지 않을 거다."

"그렇지만 전 여기 있을 수 없어요. 엄마가……"

"엄마는 잊어버려. 아빠도 잊어버리고. 저 위에 있는 물건이 필요하다면 뭐든 다 마리아가 가져다줄 거다."

"하지만 전 여기 있을 수 없어요."

"할 수 없다는 말은 나 같은 사람에게 쓸 수 있는 말이 아니다."

"아저씨에겐 절 여기에 붙잡아 둘 권리가 없어요."

"그럼 너는 무슨 권리로 도둑놈처럼 침입해 들어와 내 수프를 끓이고 있는 마리아를 방해했느냐?"

"전 여기서 아저씨와 함께 지낼 수 없어요. 이곳은…… 위생적이지가 않아요." 내가 어떻게 그런 말을 할 수 있었는지 모른다. "저는 죽을지도……"

"이곳에선 죽는다는 말을 할 필요가 없다. 여기선 아무도 죽지 않고, 언젠가는 누가 죽을 거라고 믿을 이유도 없으니까. 우리는, 마리아와 나는 죽지 않고 오래오래 살아왔다. 너는 자신이 얼마나 행운아인지 모르고 있어. 이곳엔 아시아의 온갖 값진 것들을 능가하는 보물이 있다. 언젠가 네가 마리아를 더 이상 귀찮게 하지 않으면 내가 그걸 보여 주마. 넌 백만장자가 뭔지 아느냐?" 나는 고개를 끄덕였다. "그들이

가지고 있는 부는 마리아와 내가 가지고 있는 것의 4분의 1도 안 된다. 그리고 그들 역시 죽는다. 그럼 보물이 무슨 소용이 있겠니? 록펠러는 죽었다. 프레드도 죽고 콜럼버스도 죽었다. 나는 여기 앉아 사람들의 죽음에 관해 읽지. 그냥 재미로 말이야. 모든 신문엔 이른바 부고라는 게 있어. 마리아와 나를 웃게 만든 캐럴라인 윈터보텀 부인에 관한 부고도 있었지. 나는 그때 이렇게 말했어. 이곳에 있는 우리는 1년 내내 서머보텀*이어서 늘 난롯가에 앉아 있지."

마리아가 뒤쪽에서 꽥 하고 소리 질렀다. 나는 울기 시작했다. 정말로 무서워서가 아니라 그의 말을 방해할 생각이었다.

그 후 수많은 세월이 흐른 지금에도 그 노인과 그가 한 말을 생생히 기억할 수 있다는 건 신기한 일이 아닐 수 없다. 만약 사람들이 지금 그 섬의 나무뿌리 밑을 파 내려간다면 배관이나 하수 시설에서 분리된 쓸모없는 낡은 변기에 여전히 그가 앉아 있는 모습을 볼 수도 있지 않을까, 나는 반신반의하며 약간 기대를 해 본다. 만약 그가 정말로 존재했다면 그는 오래전 그때에도 이미 한 세기 넘게 살아온 게 틀림없었다. 그에게는 어딘지 모르게 군주의 풍모 그리고 앞에서 말했듯이 예언자의 풍모가 배어 있었고, 또한 어머니가 싫어했던 정원사와 이웃 마을에 사는 경찰관의 분위기도 배어 있었다. 그의 표현은 대체로 촌스럽고 거칠었지만, 그의 생각은 퇴비 밑에서 뻗어 나가는 뿌리처럼 보다 깊은 차원에서 움직이는 듯했다. 나는 지금 그가 말한 것을 떠올리면서 몇 시간 동안이나 이 방에 앉아 있다. 하지만 아직도 그 의미를 다 이해하고 있지는 못하다. 그것들은 어떤 단서나 영감이 떠올

---

* summerbottom. 여름의 끝자락이라는 뜻. 윈터보텀Winterbottom에 대응하는 새로운 말을 만들어 낸 것이다.

라 해독되기를 기다리는, 풀리지 않은 암호처럼 내 기억 속에 저장되어 있다.

그가 나에게 날카롭게 말했다. "이곳에선 소금이 필요 없다. 지금 있는 것만으로도 너무 많아. 여기 있는 어떤 흙이든 맛을 보면 그게 소금이라는 걸 알게 될 거야. 우리는 소금 속에서 살고 있어. 소금에 절어 있다고 말할 수 있을 정도지. 마리아의 손을 보아라. 그러면 손가락이 갈라진 곳에서 소금을 볼 수 있을 거다."

나는 즉시 울음을 멈추고 마리아의 손을 보았다(나의 주의력은 늘 별 관계 없는 하찮은 정보에 사로잡히는 경향이 있다). 정말로 손가락이 갈라진 곳에 회백색 소금기가 묻어 있는 것 같았다.

"너도 때가 되면 소금기가 밸 것이다." 그는 격려하듯이 말하고 나서 수프를 요란하게 마셨다.

나는 말했다. "하지만 전 정말 가야 해요, ……씨."

"재빗이라고 부르렴." 그가 말했다. "하지만 이건 진짜 내 이름이 아니다. 내 진짜 이름을 말해 준다 해도 넌 믿지 않을 거야. 안 그래? 마리아도 마리아가 아니다. 그건 불렀을 때 그녀가 응답하는 소리일 뿐이다. '목성'처럼 말이야. 내 말 이해하겠지?"

"아니요."

"너에게 '목성'이라는 개가 있다고 한다면 넌 그 개가 정말 '목성'이라고 믿지는 않을 거야. 그렇지?"

"저에겐 조라는 개가 있어요."

"마찬가지야." 그는 그렇게 말하고 나서 수프를 마셨다. 때때로 나는 정원 아래서 보낸 날들(며칠 동안이었는지 나는 모른다)에 들었던 그의 그 비논리적인 말에서 발견한 흥미를 이후로는 사람들과 나눈 어떤 대화에서도 찾지 못했다고 생각하곤 한다. 물론 나는 그날 그곳을 떠나지 못했다. 재빗은 생각을 꺾지 않았다.

내가 고집이 세 보였음에도 그는 그곳에서 지내게 하려고 나를 설득했고, 마리아는 내가 돌아가지 못하도록 내 뒤를 막았던 게 틀림없다. 나는 퀴퀴한 냄새가 나는 마리아의 옷자락과 부딪치면서까지 달아나려고 바둥거리고 싶은 마음은 없었던 것 같다. 그곳에 있었던 동안에—앞뒤로 나뉘어—묘한 변화가 있었다. 절반 동안은 악몽에 갇힌 것처럼 두려웠고, 나머지 절반의 기간에는 낯설고 이상한 그의 말과 참신한 그의 생각에 그저 만족스럽게 실컷 웃고 싶었을 뿐이다. 그 기간 동안에는 삶에서 중요한 것은 단 두 가지, 웃음과 두려움뿐인 것만 같았다(내가 한 여자를 처음으로 알기 시작했을 때에도 그와 같은 양면적인 감정이 들었던 듯싶다). 항상 우월감이 깃든 웃음을 짓는 사람들이 있지만, 재빗은 웃음이란 보통 악의의 표시가 아니라 평등의 표시이자 기쁨의 표시임을 내게 가르쳐 주었다. 그는 변기에 앉아 말했다. "내가 매일 죽은 물질을 똥으로 눈다고 생각하지? 그건 틀린 생각이다." 그 말이 지저분한 말이라는 것을 아는 데다 전에는 다른 사람에게서 들어 본 적이 없는 말이어서 나는 이미 웃고 있었다. "나에게서 나오는 모든 것은 살아 있다. 미생물과 세균 같은 것들이 거기서 꿈틀거리다가 자궁 같은 땅속으로 들어가지. 그리고 어디에선가 다시 나오는 거야. 나의 딸이 나왔듯이 말이야. 아, 내 딸에 대해 얘기하지 않았다는 걸 잊고 있었군."

"딸이 이곳에 있어요?" 나는 이번엔 어떤 괴물 같은 여자가 나타날까 궁금한 심정으로 커튼을 쳐다보았다.

"아니. 오래전에 윗세상으로 갔다."

"그럼 제가 아저씨의 전갈을 따님에게 전할 수 있겠군요." 내가 영악하게 말했다.

그가 멸시하는 표정으로 나를 쳐다보았다. "너 같은 애가 그 같은 애에게 무슨 전갈을 전한다는 거냐?" 그는 내 제안의 이면에 숨은 동기를 알아차린 게 분명했다. 화제가 나를 붙잡아 두고 있다는 사실로 돌아간 것이었다. "나는 비이성적인 사람이 아니다." 그가 말했다. "수확기에 우박을 내리고 싶어 하는 사람이 아니다. 하지만 네가 지상으로 돌아간다면 나와 마리아와 우리가 가지고 있는 보물에 대해 얘기할 테고, 그러면 사람들이 땅을 파고 내려올 거야."

"맹세코 아무 말도 하지 않을 거예요." (그리고 지금까지 오랜 세월 동안 나는 다른 약속들은 어겼을지라도 적어도 그 약속만큼은 지켰다.)

"잠꼬대를 하고 있는 모양이구나. 사내아이는 결코 혼자일 수 없다. 넌 형이 있어. 그리고 얼마 안 있어 학교에 갈 거잖니. 학교에 가면 네가 중요한 사람처럼 보이게 할 무언가를 암시하는 말을 하겠지. 맹세를 지키는 동시에 맹세를 깨뜨리는 방법은 많다. 그럴 땐 내가 어떻게 행동할지 아니? 사람들이 날 찾으러 온다면 말이야. 나는 더 깊이 내려갈 거다."

커튼 뒤 어디에선가 듣고 있던 마리아가 동의의 뜻으로 꽥꽥거렸다.

"그게 무슨 말이에요?"

"이 의자를 벗겨 내는 걸 도와주렴." 그가 말했다. 그가 내 어깨에 손을 얹고 힘을 주었는데, 산이 얹힌 듯한 느낌이었다. 변기를 내려다보던 나는 그것이 밑으로 한없이 뚫린 구멍을 덮는 자리에 정확히 놓여 있다는 것을 알 수 있었다. 구멍은 끝이 보이지 않을 만큼 밑으로 밑으로 밑으로 뚫려 있었다. "이미 많은 보물들을 저 밑으로 내려보냈다." 그가 말했다. "하지만 난 불한당들이 이곳에 있는 걸 발견하고 기뻐하도록 내버려 두진 않을 거야. 저 밑에선 지반침하가 일어나고 있어. 저곳에 있는 것들은 다시는 햇빛을 보지 못할 거다."

"그런데 저 밑에선 어떻게 음식을 해 먹을 건데요?"

"우리에게는 앞으로 100~200년 동안은 충분히 먹을 수 있는 통조림이 있다." 그가 말했다. "마리아가 저곳에 비축해 놓은 것을 보면 깜짝 놀랄 거다. 우리가 통조림을 사용하지 않는 이유는 이곳엔 항상 수프와 양배추가 있기 때문이지. 게다가 이게 더 건강에 좋아. 괴혈병도 막아 주고. 하지만 우리에겐 더 이상 빠질 이가 없고, 보다시피 잇몸도 내려앉았으니 통조림에 의지해야 한다면 기꺼이 그렇게 할 생각이다. 종류도 아주 다양해. 햄, 닭고기, 붉은 연어 알, 스테이크와 콩팥 버터 파이, 캐비아, 사슴 고기, 골수가 든 뼈. 생선을 잊을 뻔했군. 대구 어란, 백포도주에 절인 혀가자미, 대하, 정어리, 훈제 청어, 토마토소스로 요리한 청어. 그리고 온갖 과일 통조림이 있지. 사과, 배, 딸기, 무화과, 산딸기, 자두, 시계꽃 열매, 망고, 자몽, 로건베리, 체리, 오디 그리고 일본산 달콤한 과일도 있다. 야채 통조림이야 말할 것도 없지. 옥수수, 감자, 선모, 시금치, 꽃상추라고 부르는 식물, 아스파라거스, 완두콩, 대나무 속대가 있다. 참, 우리의 오랜 친구 토마토를 빠뜨렸군." 그는 밑으로 뚫린 커다란 구멍 위에 놓인 변기에 다시 털썩 주저앉았다.

"아저씨가 죽고 나서 한 번을 더 살아도 평생 먹을 수 있을 만큼 많겠네요." 내가 말했다.

"그게 전부가 아니다." 그가 가만히 말했다. 그래서 나는 정원의 하층토 속에 뚫려 있는, 개미집처럼 서로 연결되어 있을 다른 공간들을 상상해 보았다. 그리고 섬에서 보았던 스팽글과 딱 하나뿐이었던 발자국을 떠올렸다.

음식에 대한 이야기가 마리아에게 할 일을 상기시켜 준 듯, 그녀가 꽥꽥거리며 수프가 든 그릇 두 개를 들고 때 묻은 커튼 뒤에서 나왔다. 중간 크기의 그릇에 담긴 수프는 내 것이었고, 달걀 담는 컵만큼이나 작은 그릇에 담긴 수프는 그녀의 것이었다. 나는 예의상 작은 그릇에 담긴 수프를 받으려 했으나 마리아가 얼른 집어 가 버렸다.

"마리아에 대해서는 마음 쓸 것 없다." 노인이 말했다. "마리아는 네가 몇 주에 먹을 걸 몇 년 동안 먹는단다. 자기 식욕을 알고 있지."

"요리는 뭘로 해요?" 내가 물었다.

"캘러 가스."* 그가 말했다.

그 사실은 이 모험에서, 혹은 이 꿈에서 희한한 점이었다. 이 경험은 환상적이기 그지없었지만, 이처럼 단순한 사실들로 이루어진 평범한 생활로 계속해서 돌아가고 있었던 것이다. 깊이 생각해 보면 그가 그 오랜 세월을 땅속에서만 살 수는 없는 노릇이었다. 내가 어렴풋이 기억하기로는 요리도 원통에 든 캘러 가스로 했으니까 말이다.

수프는 아주 맛있어서 끝까지 다 먹었다. 다 먹고 난 후 나는 그들이 의자 대용으로 준 나무 상자 위에서 꼼지락거렸다. 오줌이 마려웠는데, 너무 무안해서 도움을 청하기 곤란했던 것이다.

"왜 그래?" 재빗이 말했다. "의자가 불편하냐?"

"아니요. 아주 편해요." 내가 말했다.

"누워서 자고 싶은가 보구나."

* 용기에 든 가정용 액화 가스.

"아니에요."

"너를 꿈의 세계로 인도해 줄 걸 보여 주마." 그가 말했다. "내 딸 사진 말이다."

"소변이 마려워요." 내가 불쑥 내뱉었다.

"아, 그게 다냐?" 재빗이 말했다. 그런 다음 여전히 커튼 뒤에서 달그락거리며 뭔가를 하고 있던 마리아에게 큰 소리로 말했다. "이 애가 오줌을 누고 싶다는군. 애한테 황금 요강을 가져다주구려." 그러고 나서 한 손을 저으면서 "내 보물 중에서는 별거 아닌 물건이지"라고 잦아드는 목소리로 덧붙였다. 이때 아마 내 눈은 호기심으로 반짝였을 것이다.

그가 그렇게 말했지만 내 눈에 들어온 그것은 놀랄 만한 물건이었다. 나는 지금도 여전히 진짜 황금 요강으로 기억한다. 프랑스의 어린 왕자도 자기 아버지와 함께 바렌에서 그 먼 길을 돌아오는 동안* 오줌을 눌 때 고작 은제 컵을 사용했다. 만약 내가 그때 그 요강에 감명을 받지 않았다면, 늙은 재빗 앞에서 오줌을 누는 일이 더 무안했을 것이다. 그 요강은 일상적인 사소한 일에 의식과도 같은, 거의 성례聖禮와도 같은 중요성을 부여했다. 나는 지금도 그 요강에서 났던, 멀리서 울리는 종소리 같은 은은한 소리를 기억할 수 있다. 황금의 표면에서는 소리가 도자기나 싸구려 금속과는 다르게 울려 퍼지는 듯했다.

재빗은 뒤로 손을 뻗어 오래된 신문들이 쌓여 있는 선반에서 뭔가를 빼냈다. 그가 말했다. "자, 이걸 보고 네 생각을 말해 주렴."

처음 보는 잡지였다. 잡지에는 지금은 치즈케이크**라고 부르는 사

---

* 프랑스 혁명기에 국왕 루이 16세와 마리 앙투아네트 왕비, 루이샤를(루이 17세) 왕자, 마리 테레즈 공주는 국외로 도주하려다 바렌에서 체포되어 파리로 압송당한다.

진들이 가득했다. 그때까지는 옷을 입지 않은 여자의 몸이나, 또는 당시의 나에게는 옷을 입지 않은 것과 별반 다르지 않았던 몸에 꼭 달라붙는 검은 옷을 입은 여자의 몸을 본 기억이 없다. 한 면 전부가 램즈게이트 양을 다양한 각도에서 찍은 사진에 할애되어 있었다. 그녀는 미스 영국의 가장 매력적인 후보일 듯싶었다. 미스 영국이 되는 데 성공한다면 계속해서 미스 유럽에 도전하고, 그다음에는 미스 세계, 그다음에는 미스 우주 타이틀에 도전할 수 있을 것 같았다. 나는 영원히 기억해 두고 싶어 하듯 그녀를 뚫어지게 바라보았다. 정말로 뚫어져라 바라보았다.

"우리 딸이다." 재빗이 말했다.

"그럼 이 여자는……"

"그 애는 발사되었어." 그가 자부심이 깃든 목소리로 모호하게 말했다. 마치 많은 실망감을 안겨 준 뒤에 마침내 발사대에서 우주를 향해 날아오른 달로켓에 관하여 얘기하는 듯했다. 나는 사진을 바라보았다. 현명해 보이는 눈과 말로 설명할 수 없는 몸을 바라보았다. 아이들은 나이와 세대에 무지하듯이 나 또한 그런 무지한 마음으로 이런 생각을 했다. 그녀 말고는 어떤 사람과도 결혼하지 않겠다고. 마리아가 커튼 사이로 손을 내밀고 꽥꽥거렸다. 순간, 마리아가 내 장모가 될 거라는 생각이 들었다. 하지만 나는 전혀 개의치 않았다. 사진 속의 저 아가씨가 내 아내가 된다면 나는 뭐든 받아들일 수 있었다. 심지어 학교도, 어른이 되는 것도, 인생도 기꺼이 받아들일 수 있을 것 같았다. 내가 그녀를 찾는 데 성공했다면, 아마 나는 그것들을 순순히 받아들일

** 옷을 거의 입지 않고 성적 매력을 발산하는 여자의 사진을 일컫는 속어.

수 있었으리라.

내 생각은 다시 갈피를 잃었다. 내가 지금 생생한 꿈을 기억하고 있
는 거라면—꿈은 우리가 생각하는 것보다 훨씬 더 오래 구체적으로
기억된다—그 나이에 내가 어떻게 미인 대회 같은 한심한 것을 알고
있었을까? 꿈은 스스로 경험한 것만 담을 수 있는 것일까, 아니면 카
를 융의 생각처럼 선조들이 경험한 것도 담을 수 있는 것일까? 그렇다
해도 캘러 가스와 미인 대회에서 최고 미인으로 뽑힌 램즈게이트 양
같은 것은 뭔가? 그것들은 조상의 기억도 아니고 일곱 살 아이의 기억
도 아니지 않은가. 우리가 얼마 안 되는 용돈으로—일주일에 6펜스였
던가?—그런 잡지를 사는 걸 어머니가 허락했을 리 없다. 그럼에도 그
모습은 나의 뇌리에 또렷이 남아 있다. 눈의 표정뿐 아니라 몸의 표정
도 남아 있다. 독특하게 기울어진 유방, 모래에 새겨진 듯 얕게 팬 동
그란 배꼽, 균형 잡힌 아담한 엉덩이 그리고 연필로 그린 한 가닥의 선
처럼 두 엉덩이 사이에 그어진 섬세하고 단정한 선…… 일곱 살 아이
가 여자의 몸에 반해서 평생토록 함께하고 싶은 사랑에 빠진다는 게
가능한 일일까? 그때는 머리에 떠오르지 않았던 또 다른 의문이 있다.
재빗과 마리아처럼 늙은 부부가 어떻게 그처럼 젊은 딸을 둘 수 있었
을까 하는 점이다. 그런 미인 대회가 유행하던 시절에 말이다.

"그 애는 아름다워." 재빗이 말했다. "네가 사는 곳 같은 데서는 결
코 볼 수 없는 미인이지. 땅 밑에서는 생물들이 다르게 자란단다. 두더
지 털처럼 말이야. 너에게 한번 물어보자꾸나. 그것보다 더 부드러운
게 어디 있느냐?" 나는 그가 말한 '그것'이 딸의 피부를 말하는 것인지
아니면 두더지 털을 말하는 것인지 알 수 없었다.

나는 황금 요강에 앉아 사진을 바라보면서 아버지 말씀에 귀 기울

이듯—하지만 나에게는 아버지가 없었다—재빗의 말에 귀를 기울였다. 노인의 말은 그 사진처럼 내 기억 속에 박혀 있다. 지금 생각하면 저속한 말들도 있었지만, 벽에 그려진 낙서 같은 그림조차 순수해 보였던 그때의 나에게는 그 말들이 저속해 보이지 않았다. 그는 나를 '얘야'나 '꼬맹아' 같은 말로 부를 때를 제외하고는 내 나이를 의식하지 않는 듯했다. 그것은 나를 동등한 사람으로 여기고 얘기하기 때문이 아니었다. 내가 멀리 떨어져 있는 사람으로 보였기 때문이었다. 낡은 변기에 앉아 황금 요강에 앉은 나를 내려다보는 것이 시력이 나쁜 그로서는 아주 먼 거리를 내다보는 것과 같아서 내 나이를 식별하지 못했던 것이다. 그게 아니라면 나이가 너무 많은 그에게는 100살이 안 되는 사람은 누구나 거의 비슷하게 보였기 때문인지도 모른다. 내가 지금 쓰고 있는 이 모든 대화가 바로 그 시간에만 주고받은 건 아니다. 우리는 분명 며칠 낮, 며칠 밤에 걸쳐 얘기를 나누었고—그곳 땅 밑에서는 낮과 밤을 구별할 수 없었다—그로부터 수많은 세월이 흐른 지금, 나는 어머니의 책상에 앉아 특별한 순서 없이 마음속에 떠오르는 대로 그 문장들을 끄집어내고 있다.

4

"너는 마리아와 나를 비웃고 있다. 우리가 추해 보인다고 생각하고 있어. 마리아도 마리아 같은 사람을 그리고 싶어 하는 훌륭한 화가에게 선택되었더라면—눈이 세 개인 여자들을 그리는 화가가 있었지—좋은 모델이 될 수 있었을 게다. 아무튼 마리아는 나와 마찬가지로 땅굴 뚫는 법을 알고 있고, 언제 나타나야 할지 언제 나타나지 않아야 할지 알고 있지. 이곳에 우리 둘만 있게 된 지도 아주 오래되었다. 시간개념을 사용해서 말하자면, 지상은 갈수록 더 위험해지고 있다. 그러나 전에는 그렇지 않았다고 생각하지 마라. 내가 기억하기로는……" 그렇지만 그가 기억했던 내용들은 내 머릿속에서 사라져 버렸고, 단지 황량한 느낌의 결론적인 얘기만 남아 있다. "세상의 모든 궁전과 탑들을 둘러보면서 너는 그것들이 사막에 세워진 아이들의 모래성 같다고 생각하게 될 거다."

"세상에 태어날 때 네가 맨 처음 갖게 된 이름이 있다. 그 이름은 너를 어머니에게서 꺼내 준 남자나 여자만 알고 있다. 다음으로 네 종족이 널 부르는 이름이 있다. 그 이름은 별로 중요하지 않지만, 그래도 낯선 사람들과의 관계에서 쓰이는 이름보다는 더 중요하다. 그리고 네 가족들이―엄마 아빠가―사용하는 이름이 있다. 유일하게 아무런 힘도 없는 이름은 낯선 사람들과의 사이에서 쓰이는 이름이다. 내 이름이 래빗이라고 너에게 말해 준 이유가 바로 그거다. 그러나 나를 꺼내 준 사람이 알고 있는 이름은 너무 비밀스러운 것이어서 나는 그 사람을 평생 친구로 삼아야 했다. 그 사람은 내게도 그 이름을 말하려 하지 않았는데, 내가 낯선 사람들 앞에서 그 이름을 발설했을 경우에 초래될 책임감 때문이었지. 네가 떠나온 위쪽 세상에서는 사람들이 이름의 힘을 잊어버리기 시작했어. 네가 단 하나의 이름만 가지고 있다 해도 난 놀라지 않을 거다. 그리고 모두가 다 알고 있는 이름이 무슨 소용이 있겠냐? 넌 내가 보물과 다른 많은 것들이 있는 이곳에서 안심하고 지낸다는 걸 알고 있지? 그 이유는 너도 짐작하겠지만, 내가 최초의 이름을 알게 되었기 때문이다. 그가 죽기 전에 그걸 나한테 말했지. 나는 손으로 그의 입을 막으려 했지만, 그럴 새도 없이 그가 말해 버렸단다. 자신의 최초의 이름을 알고 있는 사람이 이 세상에 나 말고 또 있을지 의문이다. 그 이름을 큰 소리로 말하고 싶은 엄청난 유혹이 있단다. 일상적인 대화를 하다가 아무렇지도 않은 듯이 발설하는 거지. 사람들이 조브, 조지 하듯이 말이야. 오, 주여. 그렇지 않으면 아무도 주의를 기울이지 않는다고 생각될 때 슬그머니 말하는 거지.

내가 태어난 시절엔 시간이 지금과는 다른 속도로 흘렀단다. 지금은 읍내의 한 담에서 다른 담까지 걸어서 스무 걸음—뭐, 20킬로미터라 해도 무슨 상관이냐?—거리라고 하지. 그러나 내가 어렸을 때는 우린 여유로운 방식을 취했다. '난 지금 가야 해요'나 '난 오랫동안 떠나 있었어요' 같은 말로 나를 괴롭히지 마라. 나는 시간의 관점에서 너와 얘기할 수 없어. 너의 시간과 나의 시간은 다르니까 말이다. 재빗은 낯선 사람들과의 사이에서도 일반적으로 쓰이는 내 이름이 아니다. 너를 위해 새로 생각해 낸 이름이기 때문에 넌 아무 힘도 갖지 못할 거야. 만약 네가 도망간다면 난 즉시 그 이름을 바꿀 것이다. 너에게 이 점을 경고해 둔다.

네가 여자아이와 사랑을 하게 되면 내 말의 의미를 알게 될 거다. 시간은 시계로 측정되는 게 아니야. 시간은 빠르기도 하고 느리기도 하고 얼마 동안 완전히 멈추기도 하지. 1분은 다른 모든 1분과 달라. 사랑을 나눌 때의 시간은 맥박이나 고동으로 측정되고, 어떤 것에 몰입할 때는 시간이 완전히 없어져 버리지. 시간은 그렇게 흘러가는 거란다. 사람이 눈에 확대경을 대고 만든 자명종에 의해 흘러가는 게 아니야. 지상에서 사람들이 '……할 시간이다'라고 말하는 걸 들어 보았지?" 그러고 나서 그는 다시 "오, 주여"라는, 내가 생각하기엔 그의 이름처럼 금지된 말을 사용했다. 아마 그 말 역시 힘이 있기 때문에 금지되었을 것이다.

"마리아와 내가 어떻게 그처럼 아름다운 딸을 만들 수 있었을지 궁금하겠지. 그건 미美에 대해 사람들이 가진 망상 때문이지. 미는 미에서 생기는 게 아니야. 미가 만들어 낼 수 있는 건 고작해야 예쁘다 정도뿐이란다. 넌 윗세상에서 예쁜 딸이 있는 아름다운 여인들을 찾아서 세어 본 적이 있느냐? 미는 항상 감소한다. 수확체감의 법칙이다. 영zero으로, 진정한 추醜의 밑바닥으로 돌아갈 때에야 비로소 다시 자유롭게, 독립적으로 시작할 가능성이 있는 거야. 이른바 추한 것들을 그리는 화가들은 그걸 알아. 아직도 금발의 그 작은 머리가 마리아의 두 다리 사이에서 나오던 모습이 눈에 선하다. 그 애는 마리아의 몸에서 쑥 나오면서 발작적으로 몸을 떨었지(이곳 땅속에는 그 애한테 이름을 주고 힘을 앗아 갈 의사나 조산원이 없지. 너와 윗세상의 모든 사람들에게 그 애는 램즈게이트 양이고). 미와 추. 넌 그걸 전쟁에서도 볼 수 있다. 집이 무너져서 남아 있는 거라곤 하늘을 향해 솟은 기둥 한 쌍뿐일 때, 그 집의 아름다움은 건축가가 집을 망치기 전처럼 처음부터 다시 시작된단다. 아마 마리아와 내가 다음번에 윗세상으로 올라갈 때면 그곳엔 기둥들만 남아 있을 거야. 납작해진 세상에 그것들만 우뚝 튀어나와 있겠지. 마치 빠구리 틀 시간인 것처럼 말이다."(그무렵에는 나도 익숙해졌기 때문에 그 단어는 더 이상 내게 충격을 주지 못했다.)

"애야, 사람들이 만든 우주 지도를 볼 때, 우리가 60억 년 전의 모습으로 여겨지는 지도를 보고 있다는 걸 아느냐? 확신하건대 그보다 더 오래된 것은 없단다. 그들에게 지상의 우리 모습을 찍은 최근 사진이 있다면, 그들은 세상이 전부 얼음에 덮인 모습을 보게 될 거야. 그 사진들이 우리 것보다 조금 더 최신 자료라면 말이다. 아니면 사진에 우리의 모습이 전혀 없을 수도 있다. 아마 미래의 사진은 그런 모습일 거야. 별이 살아 있는 동안에 그 별을 잡으려면 스쳐 지나가는 경주마를 잡아타는 것만큼이나 날쌔야 한다.

너는 아직도 마리아와 나를 조금 두려워하고 있다. 전에는 우리 같은 사람을 본 적이 없기 때문이지. 넌 우리 딸을 봐도 두려워할 거다. 그 애가 지금 어디에 있든 그 나라에서는 그 애 같은 사람이 없으니까 말이다. 그런데 그렇게 그 애를 두려워하는 남자가 그 애한테 무슨 소용이 있겠냐? 넌 변이 식물이 뭔지 아느냐? 그리고 푸른 눈의 흰 고양이는 귀머거리라는 걸 아느냐? 종묘장을 관리하는 사람은 항상 묘목들을 살펴보면서 이상하게 생긴 것들은 다 잡초처럼 뽑아 버리지. 사람들은 그걸 변이라고 부른단다. 푸른 눈의 흰 고양이가 많지 않은 이유도 그 때문이지. 그러나 종종 다른 걸 원하는 사람도 있단다. 그 모든 플러스 부호에 넌더리가 나서 영zero을 찾고자 하는 사람 말이다. 그런 사람은 그 차이를 개의치 않고 기르고 가꾸기 시작한다. 마리아와 나는 둘 다 변이야. 그리고 우린 변이의 세대에서 태어났어. 내가 사고로 이 다리를 잃은 것 같니? 나는 이 상태로 태어난 거야. 마리아가 꽥꽥거리는 상태로 태어난 것처럼. 우리 세대는 한결 더 추했는데, 갑자기 마리아에게서 우리 딸이 나왔어. 너에게는 램즈게이트 양인 그 애가 말이야. 나는 잠든 동안에도 그 애의 이름을 말하지 않아. 우린 붉은 뇌조처럼 독특한 존재란다. 붉은 뇌조가 어디에서 왔는지 말해 줄 수 있느냐고 사람들에게 물어보거라.

너는 왜 우리가 독특한지, 그 이유를 여전히 궁금해하는구나. 그건 수 세대 동안 우리가 없어지지 않고 남아 있기 때문이다. 사람들은 원치 않는 것은 죽이거나 없애 버리지. 언젠가 그리스의 어떤 사람은 정상이 아닌 아이를 숨겨 키우면서 사람들에게는 정상인 아이를 보여 주었단다. 그래서 적어도 하나의 변이는 무사했고, 다만 또 다른 변이가 필요했을 뿐이었지. 티에라델푸에고 섬에 사는 사람들은 기근이 심한 해에는 나이 든 할머니를 죽여서 먹었는데, 그건 개가 더 소중했기 때문이다. 변이가 살아남는다는 건 정말 어려운 일이다. 우린 수백 년 동안 지하에서 잘 살아왔는데도 죽은 세상인 지상으로 올라가서 산다면 사람들의 웃음거리가 될 거야. 예외적으로 램즈게이트는—그 애가 지닌 아름다움의 변이도—지상 어딘가에 있을 거라는 데 그 황금 요강을 걸겠어. 재빗 부부인 우리의 수명은 네게는 무척 긴 것이다. 그 오랜 세월 동안 우린 우리의 추함을 간직해 왔는데, 램즈게이트가 자신의 아름다움을 간직하지 못할 이유가 어디 있겠니? 고양이와 비슷하지. 고양이는 생의 마지막 날에도 처음처럼 아름답잖아. 개와는 달리 침으로 털 단장도 하고 말이다.

내가 램즈게이트에 대해 말할 때마다 네 눈이 빛나는구나. 그리고 이 모든 얘기에도 불구하고 넌 여전히 마리아와 내가 어떻게 그런 아이를 낳았는지 미심쩍어하는구나. 코끼리는 아흔 살까지 새끼를 낳는데, 재빗—이건 내 진짜 이름이 아니다—같은 변이가 코끼리보다 더 오래도록 자식을 낳을 수 없다고 생각하니? 몸에 사람이 채운 기구를 달고 통나무를 끄는 바보스러운 짐승인 코끼리보다 못하다는 거냐? 우리와 코끼리의 공통점이 또 하나 있지. 아무도 우리가 죽는 걸 보지 못한다는 게다.

우리는 여자들의 성적 취향보다 암컷 새들의 성적 취향에 대해서 더 잘 알지. 암컷 새의 눈에는 가장 아름답게 보이는 것만이 살아남는다. 그러므로 우리가 수컷 공작새를 보고 감탄한다면 우리에겐 암컷 공작새와 똑같은 성적 취향이 있는 거야. 그러나 여자는 새보다 더 신비스러운 존재다. 너도 미녀와 야수 이야기를 들었을 거다. 여자들에겐 변이 취향이 있지. 나와 내 다리를 보면 느끼는 게 있을 거야. 너는 아름다운 여자의 마음을 끌기 위해 수컷 공작새처럼 몸치장을 하고 세상을 두루 돌아다닌다 해도 램즈게이트를 찾지 못할 거다. 그 애는 우리 딸이고, 그 애 역시 변이 취향을 가지고 있으니까 말이다. 그 애는 저녁 식탁에서 자신의 허영을 만족시켜 줄 아름다운 아내를 원하는 사람을 위해 존재하는 게 아니고, 남자가 학교에서 친구들에게 들어서 익숙해진 횟수—하루에도 몇 번, 또는 일주일에 여러 번—만큼 침대에서 남자를 대해 줄 이해심 많은 아내를 원하는 사람을 위해 존재하는 것도 아니다. 그 애는, 우리 딸은 바라는 것을 찾고자 하는 바람으로 떠나갔지. 그 애가 바라는 것은 주週 단위로 측정하거나 계산할 수 있는 게 아니다. 북쪽 나라에서는 사람들이 건강을 위해 사랑을 나눈다고 하더구나. 그러므로 북쪽 나라에서 그 애를 찾는 건 헛수고일 거야. 아마 멀리 아프리카나 중국으로 가야 할 거다. 그리고 중국에 관해 말하자면⋯⋯"

5

때때로 학교 선생님들 모두에게서보다 재빗—결코 존재하지 않았던 사람—에게서 더 많은 것을 배웠다는 생각이 들곤 한다. 그는 내가 황금 요강에 앉아 있거나 자루 더미 위에 누워 있는 동안 나에게 얘기를 했다. 그곳에서 나처럼 그렇게 있었던 사람은 그 이전에도, 이후에도 없었다. 어머니가 페이비언 협회의 소책자를 보다가 시간을 내서 내게 다음과 같은 얘기를 해 준 것일까? 그럴 리가 없다고 나는 생각한다. "인간은 원숭이와 비슷해. 사랑을 나누는 시기가 따로 있는 게 아니야. 원숭이들은 죽는다는 것에 대한 생각으로 걱정하지 않는다. 성직자들은 우린 불멸의 존재라고 말하면서도 죽음으로 우리를 겁주려 하지. 나는 사람보다는 원숭이에 더 가까워. 원숭이에게 죽음은 사고인 거다. 고릴라들은 시체를 관에 넣거나 화관으로 장식하여 묻지 않는다. 어느 날 그렇게 죽는 일이 생기는 거라고 생각하지. 녀석들은 자기들도 그걸 바라는 척 꾸며 댈 줄 알아. 무리 중에 한 놈이 죽으면, 그건 특별한 경우야. 그래서 죽은 놈을 도랑에 남겨 두지. 난 그게 마음에 든다. 하지만 나는 아직 특별한 경우가 아니다. 나는 마차나 기차를 가까이하지 않으니 이곳에선 말이나 개나 기계를 보지 못할 거야. 나는 삶을 사랑한다. 그리고 살아남았다. 윗세상에서는 자연사에 대해 얘기하지. 하지만 부자연스러운 것이 자연사다. 우리가 만약 천 년을 산다고 한다면—천 년을 살지 못할 이유가 없잖아—그사이에는 언제나 충돌 사고나 폭발이나 사람의 발에 걸려 넘어지는 일이 있게 마련이지. 그게 자연사인 거다. 살아가는 데 필요한 건 약간의 노력뿐이야. 그러나 자연은 우리의 앞길에 부비트랩을 설치한단다.

수도사들이 수도원에 해골을 두는 이유가 명상을 위해서라고 믿느냐? 천만의 말씀. 그들은 나 못지않게 죽음을 믿지 않는다. 그 해골들은 대사관에 여왕의 초상화가 걸려 있는 것과 똑같은 이유로 거기 있는 거야. 공식적인 비품의 일부일 뿐이지. 다이아몬드 왕관을 쓰고 공허한 미소를 짓고 있는, 벽에 걸린 여왕의 얼굴을 대사가 바라본다고 믿니?

불성실해라. 그것이 인류에 대한 너의 의무다. 인류는 살아남아야 하는데, 성실한 사람은 불안, 총탄, 과로 따위로 먼저 죽으니까 말이다. 생계를 위해 돈을 벌어야 하는데, 그러기 위해 성실함을 대가로 바쳐야 하는 상황이라면 이중 인간이 돼라. 그리고 양쪽 어느 편에도 절대 너의 진짜 이름을 알려 주지 마라. 여자와 하느님에 대해서도 마찬가지 말을 할 수 있지. 둘 다 자신들이 소유하지 않은 사람을 존중한단다. 그래서 이들은 그런 사람들에게 계속해서 점점 더 비싸고 가치 있는 것을 제공하려고 할 거다. 그리스도가 바로 그런 말을 하지 않았더냐? 탕아가, 잃어버린 돈이, 길 잃은 양이, 성실했더냐? 순종하는 양 떼는 목동에게 만족을 주지 못했고, 성실한 아들은 아버지의 관심을 끌지 못했다.

사람들은 5월의 꽃을 집으로 가져오는 것을 두려워하지. 그게 불길하다고 말이야. 하지만 진짜 이유는 5월의 꽃에서는 성性의 냄새가 짙게 풍기는데, 사람들은 성을 두려워하기 때문이다. 그럼 사람들이 왜 물고기는 두려워하지 않아요, 라고 당연히 묻겠지? 그 이유는 이렇단다. 사람들은 물고기 냄새를 맡으면 다가올 휴일 냄새를 느끼게 되고, 잠시 교육과 양육으로부터 벗어난다는 안도감을 가지기 때문이야."

나는 시간의 흐름보다 재빗의 말을 훨씬 더 또렷하게 기억한다. 나는 잠자리로 사용한 자루 더미 위에서 최소한 두 번은 잠을 잔 게 분명하다. 그러나 내가 동굴을 나온 마지막 순간까지 재빗이 잠을 잔 기억은 없다. 그는 어쩌면 말이나 신처럼 몸을 곧추세우고 잠을 잤는지도 모른다. 그리고 수프는, 내가 아는 한 어디에도 시계가 없었는데도 일정한 시간 간격을 두고 나왔다. 그리고 한번은 나를 위해 창고에서 정어리 통조림을 가져와 개봉했다(그 통조림에는 턱수염을 기른 두 명의 선원 그림에 문장紋章이 찍힌 빅토리아 시대의 상표가 붙어 있었지만, 정어리의 맛은 훌륭했다).

내가 거기 있는 것을 재빗은 기뻐했다고 생각한다. 그는 오랜 세월 동안 꽥 하는 대답밖에 할 수 없는 마리아에게 충분히, 폭넓게 얘기를 하지 못한 게 틀림없었다. 그는 몇 차례 신문을 꺼내서 나에게 읽어 달라고 했다. 내가 본 기사 중에서 우리 시대와 가장 가까웠던 기사는 마페킹* 탈환을 축하하는 내용이었다. ("폭동이 매우 빠르게 진압되었군." 재빗이 말했다.)

한번은 그가 나한테 기름 램프를 들게 했다. 우리는 함께 산책을 했는데, 나는 그가 한 다리로 얼마나 민첩하게 걸을 수 있는지 보았다. 똑바로 선 그의 모습은 나무 몸통으로 거칠게 조각한 사람처럼 보였다. 조각가가 귀찮아서 다리를 둘로 나누지 않았거나, 혹은 동굴 벽에 그려진 그림처럼 '조악하게 제작된' 작품처럼 보였다. 그는 양쪽 벽에 손을 짚고 내 앞에서 넓은 거리를 껑충 뛰었다. 말을 하기 위해 멈췄을 때의—많은 노인들과 마찬가지로 그는 말을 하면서 동시에 움직일 수 없는 것 같았다—그의 모습은 동굴의 대들보만큼 두꺼운 두 팔로 통로 전체를 받치고 있는 듯한 모습이었다. 어느 시점에서인가 그가 멈춰 서서 우리가 지금 호수 바로 밑에 있다고 말해 주었다. "호수엔 물이 몇 톤이나 있지?" 그가 물었다. 나는 그 전에는 물의 양을 리터 단위로만 생각했을 뿐 톤 단위로 생각해 본 적이 없었다. 그는 몇 톤이나

* 남아프리카 공화국의 도시. 보어인과 영국인의 전투가 있었던 곳.

되는지 정확한 숫자를 말해 주었는데, 지금은 그 숫자가 기억나지 않는다. 계속 나아가다가 통로가 위로 경사진 곳에 이르렀을 때 그가 다시 걸음을 멈추고 말했다. "들어 봐." 머리 위로 우르릉거리며 지나가는 소리가 들렸다. 이어 조그만 진흙 덩이들이 후드득 우리 주변에 떨어졌다. "저건 자동차다." 마치 탐험가가 '저건 코끼리다'라고 말하듯이 그가 말했다.

우리가 지표면에 아주 가까이 와 있었기 때문에 나는 그곳 근처에 출구가 있지 않은지 그에게 물었다. 그런 직접적인 질문에도 그는 금언 같은 모호하고 일반적인 대답을 했다. "현명한 사람은 집에 문을 하나밖에 두지 않는 법이다."

그는 어른들에게는 아주 따분한 늙은이였을 것이다. 그러나 아이들은 배우고자 하는 갈망이 있기 때문에 지루하기 짝이 없는 선생님의 말에도 흠뻑 빠져드는 경우가 종종 있다. 나는 재빗에게서 이 세상과 우주에 대해 배우고 있다고 생각했다. 그리고 지금까지도 어린 내가 어떻게 이 같은 구체적인 내용들을 지어낼 수 있었는지 의아할 따름이다. 아니면 그러한 내용들이 최초의 꿈을 둘러싼 무의식의 바다에서 산호처럼 해를 거듭하면서 축적된 것일까?

그는 뚜렷한 이유 없이, 어쨌든 충분한 이유 없이 짜증을 낼 때가 더러 있었다. 예를 들면 이런 것이다. 나는 얼마든지 자유롭게 말하고 어떤 생각도 펼칠 수 있었지만, 그럼에도 내가 따라야 할 사소한 규칙들이 있다는 것을 알게 되었다. 그러지 않으면 욕설이 천둥처럼 터져 나왔다. 그 규칙이란 빈 수프 그릇에 스푼을 놓는 방법이나 신문을 읽어 준 후에 그걸 접는 방법, 심지어 자루 더미 위에서 잘 때 팔다리를 두는 위치 같은 것 따위였다.

"널 잘라 버릴 테다." 한번은 그가 그렇게 소리 질렀다. 나는 그가 내 한쪽 다리를 잘라서 그의 몸과 비슷하게 만들어 버리는 것을 상상했다. "널 굶겨 죽일 테다. 경고하는 의미로 양초처럼 네 몸에 불을 붙여 버리겠다. 지상의 모든 보물이 있고, 지상의 모든 과일 통조림이 있고, 시간이 침투해 들어와 너를 파괴할 수 없고, 밤도 없고 낮도 없는 이 왕국을 내가 너에게 주지 않았느냐? 그런데도 너는 나에게 반항하려고 접시에 스푼을 세로로 내려놓는 거냐? 은혜를 모르는 세대의 건방진 자식 같으니라고." 그가 팔을 저었다. 그 팔이 기름 램프 뒤쪽 벽에 늑대처럼 보이는 그림자를 던졌다. 그러는 동안 마리아는 캘러 가스 통 뒤에 웅크리고 앉아 꽥꽥거렸다.

"전 아저씨의 훌륭한 보물들을 보지도 못했는걸요." 나는 약간 반항하는 투로 말했다.

"너에겐 보여 주지 않을 거야. 너처럼 규칙을 위반하는 녀석에게는 보여 줄 수 없어." 그가 말했다. "어젯밤 넌 등을 대고 누워 돼지 새끼처럼 앓는 소리를 냈지만, 너에게 해야 마땅한 욕설을 내가 하더냐? 재빗이 인내하고 있는 거다. 재빗이 용서하고 있는 거다. 일곱 번씩 일흔 번이라도 용서하고 있다.* 그런데도 넌 스푼을 세로로 내려놓고⋯⋯" 그는 뒤로 물러나는 물결 같은 큰 한숨을 지었다. 그가 말했다. "난 그것도 용서하고 있어. 늙은 바보만큼 어리석은 것은 없지. 나만큼 늙은 것을 찾으려면 아주 오랫동안 찾아 헤매야 할 거다. 거북이나 앵무새나 코끼리 중에서도 찾을 수 있을 거야. 언젠가는 너에게 보물을 보여 주겠지만, 지금은 아니다. 지금은 그럴 기분이 아니야. 시간

* 『마태오의 복음서』 18장 22절.

이 지나야 해. 시간이 치유할 거야."

그러나 나는 그 얼마 전의 경우를 통해 그의 기분을 달래는 방법을 알아냈다. 그것은 바로 딸 이야기를 하는 거였다. 나는 그녀와 열렬한 사랑에 빠져 있었기에 그녀에 대한 이야기를 하는 것은 쉽고도 자연스러운 일이었다. 이 사랑은 주고 싶기만 할 뿐 받는 것에 대한 생각은 머릿속에 없는 나이에만 가능한, 그런 사랑이었다. 나는 재빗에게, 딸이 그를 떠나 그가 즐겨 쓰는 표현인 '윗세상'으로 갔을 때 슬펐는지 물어보았다.

"난 그 애가 반드시 돌아오리라는 걸 안다." 그가 말했다. "이곳이 그 애가 태어난 곳이기 때문이지. 어느 날엔가 그 애는 돌아올 것이고, 우리 세 사람은 영원히 함께 지낼 거다."

"그땐 저도 그분을 볼 수 있겠네요." 내가 말했다.

"넌 그날이 올 때까지 살아 있지 못할 거다." 그는 마치 나이 든 노인이 그가 아니라 나인 것처럼 말했다.

"그분은 결혼했을까요?" 내가 마음 졸이며 물었다.

"그 앤 결혼 같은 걸 하는 부류가 아니다." 그가 말했다. "그 애는 마리아와 나처럼 변이라고 말했잖아. 그 애의 뿌리는 이곳 땅속이다. 이곳 땅속에 뿌리를 두고 있는 사람은 결혼하지 않아."

"전 마리아와 아저씨는 결혼한 사이라고 생각했는데요." 내가 걱정스러운 마음으로 말했다.

그가 호두까기로 호두를 깔 때 나는 소리 같은 거칠고 날카로운 웃음을 날렸다. "땅속에서는 결혼 같은 건 없다." 그가 말했다. "어디에서 결혼식 증인을 찾겠냐? 결혼은 공적인 거야. 마리아와 나는 그냥 서로 합해진 것일 뿐이다. 그리고 나서 그 애가 싹 튼 것이고."

나는 싹이 트는 식물의 모습을 머리에 그리면서 오랫동안 말없이 앉아 있었다. 이윽고 나는 모든 용기와 의지를 끌어모아 말했다. "여기서 나가면 그분을 찾을 거예요."

"여기서 나가려면," 그가 말했다. "아주 오랫동안 살아야 할 거다. 그리고 그 애를 찾으려면 아주 먼 길을 여행해야 할 거고."

"그렇게 할 거예요." 내가 대답했다.

그가 웃긴다는 표정으로 나를 쳐다보았다. "아프리카로 가서 찾아봐야 할 게다." 그가 말했다. "그다음엔 아시아. 그런 다음엔 북아메리카와 남아메리카 그리고 오스트레일리아가 있지. 북극과 남극은 빼도 될 거야. 그 앤 언제나 따뜻한 걸 좋아했으니까." 이제 와서 그때 이후의 내 삶을 생각해 보니 그동안 나는 그가 말했던 지역 대부분을 돌아다녔다는 사실이 문득 머리에 떠오른다. 비행기를 갈아타느라 잠깐 내려서 구경한 경험이 두 번밖에 없는 오스트레일리아를 제외하고는 말이다.

"그곳을 전부 찾아갈 거예요." 내가 말했다. "그래서 그녀를 찾을 거예요." 종종 장래에 탐험가가 될 아이가 지도에서 어떤 대륙의 중심부에 미개척 지역이 있는 것을 처음으로 알아차렸을 때 인생의 목표가 홀연히 찾아들듯이, 갑자기 삶의 목표가 내게 찾아든 것만 같았다.

"돈이 많이 필요할 텐데." 재빗이 나를 조롱하며 말했다.

"일을 하면서 항해를 할 거예요." 내가 말했다. "평선원으로요." 아마 이 말은 어린 작가 W. W.가 형을 옥스퍼드 대학교에 보내 줄 수 있게 되기 전에 형이 선원 생활의 운명을 짊어져야 할지도 모른다고 생각했던 발상이 반영된 것일 터였다. 선원 생활은 나에게는 신성한 직업이었지만, 형 조지에게는 그렇지 않았다.

"오랜 세월이 걸릴 거다." 재빗이 내게 경고했다.

"전 어리잖아요." 내가 말했다.

재빗과 나눈 이 대화를 생각하는데 왜 "희망은 언제나 있습니다"라고 절망적으로 말한 그 의사의 목소리가 떠오르는지 모르겠다. 희망이 있을 수도 있겠지만, 이젠 운명을 수행할 만큼 많은 시간이 남아 있지는 않다.

그날 밤 자루 더미 위에 누워 있을 때, 재빗이 내 처지를 호의적인 눈으로 보기 시작했다는 인상을 받았다. 밤에 한 차례 잠에서 깨어 눈을 뜬 나는 그가 이른바 옥좌에 앉아 나를 지켜보고 있는 것을 보았다. 그가 한쪽 눈을 감으며 윙크했는데, 마치 별 하나가 꺼진 듯했다.

다음 날 내가 수프를 다 먹었을 때 그가 불쑥 말했다. "오늘 넌 내 보물을 보게 될 거다."

6

그날은 운명적인 일이 더 가까이 올 것 같은 느낌이 짙게 드는 날이었다. 날이라고 말은 하지만, 실제로는 밤이었던 듯싶다. 그날의 기분과 비교할 수 있는 훗날의 경험이 있다면, 처음으로 사랑의 행위를 하게 될 것 같은 여자를 만나러 가기 전에 가끔 경험하곤 했던, 시간이 한없이 더디 가는 기분뿐일 것이다. 도화선에 불이 붙은 것이다. 누가 폭발의 강도를 알 수 있을까? 컵 몇 개가 깨지는 정도일까, 아니면 집이 파괴되는 수준일까?

재빗은 몇 시간 동안이나 보물에 대해서는 더 이상 언급하지 않았다. 하지만 수프를—그때는 정어리 통조림이었을까?—두 그릇째 먹고 난 뒤 마리아가 커튼 뒤로 사라지더니, 잠시 뒤에 모자를 쓰고 다시 나타났다. 밀짚으로 만든 검정 경마용 모자로, 한때는 아주 멋졌을 듯싶었다. 그러나 지금은 부엌에서 쓰는 여과기처럼 구멍이 숭숭 뚫리고, 한 송이 자주색 꽃 장식은 여러 차례 꿰맨 흔적이 역력하고 축 늘어진 낡은 모자였다. 마리아가 그같이 차려입은 모습을 보자 우리가 '윗세상'으로 가는 건 아닐까 하는 기대감이 생겼다. 그러나 우리는 이동하지 않았다. 대신 마리아는 난로 위에 주전자를 얹고 물을 끓이면서 주전자 안에 차를 두 스푼 넣었다. 마리아와 재빗은 자리에 앉아 주전자를 지켜보았다. 그 모습이 마치 뭔가 계시가 나타나기를 기다리며 김이 나는 새끼 염소의 내장을 들여다보는 점쟁이 부부 같았다. 주전자에서 가늘게 소리가 나기 시작했고 재빗은 고개를 끄덕였다. 차가 다 끓었다. 재빗은 혼자서 잔에 차를 따라 천천히 마셨는데, 그러는 동안 그의 눈은 뭔가를 생각하는 것처럼, 자신의 결정을 수정할 것처럼 가만히 나를 응시하고 있었다.

잔의 가장자리에 찻잎이 붙어 있었던 게 기억난다. 그는 그 찻잎을 손톱으로 집어서 내 손등에 올려놓았다. 나는 그게 뭘 의미하는지 잘 알았다. 딱딱한 잎자루는 길을 떠나는 남자를 가리키고, 부드러운 찻잎은 여자를 가리키는 것이었다. 이번 것은 부드러운 찻잎이었다. 나는 다른 손의 손바닥으로 그 찻잎을 두드리기 시작했고, 그와 함께 "하나, 둘, 셋" 하고 숫자를 세었다. 찻잎은 내 손등에 납작하게 붙어 있었다. "넷, 다섯." 이제 찻잎은 내 손가락에 달라붙었다. 나는 지상 어딘가에 있을 재빗의 딸을 생각하며 의기양양하게 말했다. "5일밖에 안 걸려요."

재빗이 고개를 저었다. "우리와 함께 있을 땐 그런 식으로 시간을 계산하면 안 된다." 그가 말했다. "그건 50년을 의미하는 거다." 나는 그가 수정한 숫자를 받아들였다. 그의 나라는 그가 가장 잘 알 테니까 말이다. 만약 그곳에서의 하루가 10년이라고 한다면, 우리 식으로 계산할 때 재빗은 도대체 자신의 나이가 몇 살이라고 할까? 나는 지금에 와서야 그런 계산을 해 보고 있다.

찻잎을 가지고 해 본 의식에서 그가 뭘 알아냈는지 모르지만, 아무튼 그는 만족스러운 것 같았다. 그는 한 다리로 일어나서 양쪽 벽을 향해 두 팔을 뻗었는데, 그 모습이 거대한 십자가를 연상시켰다. 그 거대한 십자가가 전날 우리가 갔던 길로 크게 껑충껑충 뛰면서 나아갔다. 마리아는 내 뒤에서 나를 살짝살짝 밀쳤고, 나는 재빗을 뒤따라 걸었다. 마리아의 손에 들린 기름 램프가 우리 앞에 긴 그림자를 던졌다.

우리가 호수 밑에 이르렀을 때 나는 몇 톤의 물이 우리 위에 얼어붙은 폭포처럼 뒤덮여 있으리라는 사실을 생각했다. 우리는 그곳을 지나 전에 잠시 멈춰 서 있었던 곳에 이르렀는데, 또다시 머리 위 도로에서 차가 우르릉거리며 지나가는 소리가 들렸다. 그러나 이번에는 되돌아가지 않고 발을 끌면서 계속 나아갔다. 이제는 윈턴 간이역으로 이어지는 길을 건넜으리라고 짐작했다. 우리 정원사의 삼촌이 운영하는 '세 개의 열쇠'라는 여관 아래 어디쯤에 있는 게 분명했다. 이어서 우리는 '롱미드' 밑에 다다랐을 것이다. 롱미드는 북쪽 경계 지역을 따라 피라미가 사는 조그만 개울이 흐르는 목초지로, 하월이라는 농부의 땅이었다. 나는 그곳을 탈출할 생각을 포기하지 않았기 때문에 우리가 지나온 경로와 거리를 주의 깊게 살폈다. 이 동굴에 또 다른 출입구가 있다는 것을 암시하는 샛길이 있기를 바랐지만 그런 건 없는 것 같았다. 여관 밑을 통과하기 전에 우리는 꽤 가파른 곳을 내려갔고, 나는 실망했다. 아마 지하 저장고를 피하기 위해서인 듯싶었다. 실제로 어느 한 순간에 나는 정원사의 삼촌이 새 맥주 통을 운반하는 듯한 소란스러운 소리를 들었다.

거의 1킬로미터쯤 걸어갔을 때 통로가 끝나고 달걀처럼 생긴 방이 나왔다. 우리 눈앞에 있는 것은 깨끗한 목제 찬장이었다. 어머니가 잼이나 건포도 같은 것을 보관해 두는 찬장과 아주 비슷했다.

"마리아, 열어." 재빗이 말했다. 흥분한 마리아는 열쇠 뭉치를 딸랑거리고 꽥꽥거리면서 내 옆을 지나갔다. 그녀가 들고 있는 램프가 줄에 매달린 향로처럼 앞뒤로 흔들거렸다.

"마리아가 달아올랐어." 재빗이 덧붙여 말했다. "보물을 마지막으로 본 뒤로 여러 날이 지났거든." 나는 그때 그가 언급한 시간이 어떤 종류의 시간인지 알지 못한다. 하지만 마리아가 흥분한 것으로 판단하건대 그가 말한 여러 날은 실제로는 수십 년을 의미했다고 생각한다. 그녀는 어떤 열쇠가 자물통에 맞는 건지도 잊어버려서 그 많은 열쇠를 하나하나 열쇠 구멍에 넣어 보고, 실패하면 다른 열쇠를 다시 넣어 보는 동작을 반복하고 나서야 자물쇠를 열었다.

처음 그 안을 보았을 때는 실망스러웠다. 나는 바닥에 금괴와 마리아 테레지아의 초상이 새겨진 은화가 수북이 쌓여 있으리라고 기대했다. 하지만 위쪽 선반들에는 여러 개의 낡은 판지 상자들만 놓여 있고, 아래쪽 선반들은 아예 비어 있었다. 재빗은 내가 실망한 것을 알아차리고 기분이 상한 듯했다. "내가 말했잖아." 그가 말했다. "여기선 안전을 위해 별것 아닌 것처럼 보이게 한다고." 나의 실망은 오래가지 않았다. 그는 맨 위 선반에 놓인 가장 큰 상자 하나를 내려서, 마치 그것을 무시한 나를 기죽이려는 것처럼 내용물을 흔들어 내 발치 땅바닥에 쏟았다.

그것은 한 번도 본 적이 없는 빛나는 보석들이었다. 나는 쉽게 무지갯빛 보석이라고 말하려 했으나, 그것들의 색깔은 그렇게 연하고 단순하지가 않았다. 생간生肝처럼 짙은 적색, 강렬한 청색, 파도의 아랫면 같은 녹색, 황혼빛 황색, 눈 위에 드리워진 그림자 같은 회색 그리고 나머지 모든 것들보다 더 밝게 빛나는 색이 전혀 없는 보석들……그 같은 보석들은 본 적이 없었다. 어른이 된 나는 이제 종종 이탈리아 관광지의 진열장 같은 곳에서 인조 보석으로 넘쳐 나는 보석함들을 볼 때면 중년의 회의적인 시각으로 그때의 귀한 보석들과 비교하게 된다.

나는 색유리의 수입 및 수출 가격에 관련된 어떤 조사 보고서에 대해 비판적인 의견을 준비해 두어야 했는데, 지금 나는 또다시 그 일을 하는 데 꿈을 적용시키고 있다. 만약 이게 꿈이었다면, 이것들은 진짜 보석들이었다. 절대적 실재는 꿈에 속하는 것이지 생활에 속하는 것이 아니다. 꿈속의 황금은 불순물이 섞인 금이 아니다. 현실에서는 가장 훌륭한 금세공인이 만든 금이라 할지라도 불순물이 섞이게 마련이다. 꿈속에서는 다이아몬드처럼 보일 뿐인 모조 다이아몬드가 없다. '가장 왕답게 보이는 사람은 왕이다.'

나는 무릎을 꿇고 앉아 보석 더미에 손을 넣었다. 내가 그렇게 있는 동안 재빗은 잇따라 상자들을 열고 내용물을 땅바닥에 쏟았다. 어린아이에게는 탐욕이 없다. 나는 이 보물들의 가치에는 관심이 없었다. 그건 단지 보물일 뿐이었고, 보물은 그것으로 무엇을 살 수 있는가 하는 거래 가치로서가 아니라 그 자체로서 평가받아야 한다. W. W.가 그

보물을 가족의 운명을 구할 수 있는 수단으로 이용한다는 글을 쓴 것은 그로부터 고작 몇 년 후였다. 꽤 많은 문학 책을 읽고, 여러 가지 것들을 배우고, 간접적인 지식을 얻고 난, 몇 년 후였던 것이다. 하지만 꿈속에서의 나는 빛과 광채에만 관심이 있는 갈까마귀에 가까웠다.

"이건 저 아래 보이지 않는 곳에 있는 것들에 비하면 아무것도 아니다." 재빗이 자랑스럽게 말했다.

목걸이와 팔찌가 눈에 띄었다. 로켓, 발찌, 핀, 반지, 펜던트, 단추도 눈에 띄었다. 여자아이들이 팔찌에 달고 싶어 하는 조그만 금 장식물들, 예컨대 방돔 광장에 있는 기둥, 에펠 탑, 성 마르코의 사자, 샴페인 병, 아주 작은 책 모형 같은 것들도 많았다. 금으로 된 작은 책 모형의 책장들에는 아마도 한 쌍의 연인들에게 중요한 장소인 듯한 지명—파리, 브라이턴, 로마, 아시시, 모턴인마시—이 새겨져 있었다. 금화도 있었다. 로마 황제의 얼굴이 새겨진 금화도 있었고, 빅토리아 여왕, 조지 4세, 프리드리히 1세의 얼굴이 새겨진 것들도 있었다. 보석으로 만들고 눈에는 다이아몬드를 박은 새들, 신발과 허리띠에 쓰이는 버클, 장미 모양의 루비로 장식한 머리핀, 정신이 나게 하는 약을 넣는 통도 눈에 띄었다. 황금 이쑤시개, 칵테일을 젓는 막대, 역시 금으로 만든 조그만 스푼 모양의 귀이개, 다이아몬드가 박힌 물부리, 선향이나 코담배를 담는 조그만 황금 상자, 남성 사냥꾼의 넥타이 장식용 편자,* 여성 사냥꾼의 옷깃에 다는 에메랄드 사냥개도 있었다. 또한 보석 물고기, 행운을 부르는 조그만 루비 앵무새, 장군이나 정치가들이 애용했을 듯싶은 다이아몬드 별, 에메랄드를 박아 이니셜을 새긴 황금 열쇠

* 서양에서는 행운의 상징으로 여긴다.

고리, 진주로 치장한 조가비 그리고 황금과 에나멜을 입힌 춤추는 소녀 초상화가 있었다. 소녀의 초상화에는 루비처럼 보이는 보석으로 '하이디'라는 이름이 새겨져 있었다.

"이제 그만." 재빗이 말했다. 나는 물러나야 했다. 그것은 내게 이 세상의 모든 풍요로부터 물러나는 일인 것만 같았고, 풍요를 추구하고 누리는 것으로부터 물러나는 일인 것만 같았다. 마리아가 땅바닥에 쌓인 모든 것들을 다시 판지 상자에 담으려 했으나 재빗이 위엄 있는 목소리로 말했다. "그냥 그대로 놔둬." 우리는 말없이 왔던 길로 되돌아갔다. 우리의 그림자를 앞세우고 왔을 때와 똑같은 순서로 걸었다. 그 보물들을 본 일이 나를 기진맥진하게 만든 것 같았다. 나는 자루 더미 위에 누워 수프를 기다리지도 않고 곧바로 잠에 빠졌다. 꿈속에서 꾼 꿈에서 누군가가 웃다가 울었다.

7

앞에서 나는 정원 아래서 며칠을 보냈는지 모른다고 말했다. 내가 잠을 잔 횟수는 그곳에서 며칠을 보냈는지 알아내는 데 아무런 지표가 되지 못한다. 왜냐하면 그곳에는 기름 램프 불빛 말고는 햇빛 한 점 없고 어둠도 없어서 나는 자고 싶을 때나 재빗이 자리에 누우라고 명령할 때면 그냥 잤기 때문이다. 하지만 지금 거의 분명하다고 생각하는 것은, 어떻게든 다시 집으로 돌아가야겠다는 확고한 생각을 품게 된 때는 기진맥진한 상태로 잠에 떨어졌다가 깨어난 후라는 것이다. 그때 이전까지는 약간의 불만은 있었지만 갇혀 지내는 내 처지를 받아들였다. 어쩌면 그곳의 음식에 싫증이 나서 거기서 벗어나려 한 것인지도 모른다. 하지만 그게 진짜 이유인 것 같지는 않다. 훗날 아프리카에서는 더 단조롭고 더 맛없는 음식을 더 오랫동안 먹었으니까 말이다. 어쩌면 재빗의 보물을 목격한 것이 절정의 사건이었고, 따라서 내 이야기에서 그 이상의 흥미를 느끼지 못하게 되었기 때문인지도 모른다. 혹은, 이게 가장 그럴듯한 이유라고 생각되는데, 램즈게이트 양을 찾고 싶어졌기 때문인지도 모른다.

동기야 무엇이든 간에 나는 깊은 잠에서 깨어나자마자 그곳을 떠나야겠다고 결심했다. 잠에 떨어질 때처럼 갑작스럽게 그 결심이 찾아든 것이다. 기름 램프의 심지가 짧아져서 불빛이 약해진 탓에 나는 좀처럼 재빗의 얼굴을 식별할 수 없었다. 마리아는 보이지 않았다. 커튼 뒤 어딘가에 있는 모양이었다. 놀랍게도 재빗의 눈은 감겨 있었다. 그 이전에는 이들 두 사람이 잠을 자는 때가 있다는 생각이 든 적이 없었다. 나는 재빗에게서 눈을 떼지 않은 채 아주 조용히 신발을 벗었다. 지금이 아니면 앞으로는 기회가 없을 터였다. 쥐 죽은 듯이 소리 나지 않게 가만히 신발을 벗었을 때 좋은 생각이 하나 떠올랐다. 나는 신발 끈을 풀었다. 지금도 내 귀에는 신발 끈에 부착된 금속 꼬리표가 자루 옆에 놓인 황금 요강에 부딪쳐서 울린, 방울 소리 같은 날카로운 소리가 들리는 것만 같다. 재빗이 꿈틀했기 때문에 나는 내가 지나치게 머리를 굴린 게 아닌가 생각했다. 그러나 그는 다시 잠잠해졌고, 나는 임시변통으로 만든 내 잠자리에서 살금살금 걸어 나와 변기에 앉아 있는 그에게로 기어갔다. 나는 이 굴에 익숙하지 못하므로 절대로 재빗보다 빨리 달음질칠 수 없다는 것을 알고 있었다. 그러나 그의 다리가 하나라서 두 발목을 끈으로 묶을 수 없다는 것을 깨달았을 때는 몹시 당황스러웠다.

하지만 다리가 하나인 사람은 손의 도움 없이는 걸음을 옮길 수 없을 터였다. 편리하게도 그는 두 손을 조각상의 손처럼 포개어 무릎 위에 얹은 자세로 자고 있었다. 언젠가 형이 나에게 올가미를 만드는 방법을 가르쳐 준 적이 있었다. 나는 신발 끈 두 개를 하나로 묶은 다음 올가미를 만들었다. 그리고 아주 조심스럽게 조금씩 조금씩 올가미를 움직여서 재빗의 두 손을 그 안에 넣고, 이어 두 팔목 쪽으로 올가미를 내렸다. 그런 다음 단단히 잡아당겼다.

나는 그가 깨어나서 마구 화를 내며 소리를 지를 것이라고 생각했다. 두려운 가운데서도 나는 잭*이 허점을 노려 거인을 물리쳤을 때 느꼈을 법한 자부심을 느꼈다. 나는 램프를 집어 들고 즉시 도망치려 했으나 그가 아무런 소리도 내지 않고 가만히 있는 모습을 보고 머뭇거렸다. 그는 한쪽 눈만 떴는데, 그래서 나는 다시 그가 내게 윙크하고 있다는 인상을 받았다. 그는 손을 움직이려다 올가미를 느끼고는 손이 결박당했다는 사실을 순순히 받아들였다. 나는 그가 마리아를 부를 거라고 생각했으나 그는 그러지 않았다. 그저 뜨고 있는 한쪽 눈으로 나를 바라볼 뿐이었다.

나는 갑자기 내가 부끄러워졌다. "죄송합니다." 내가 말했다.

"하하." 그가 말했다. "나의 탕아, 길 잃은 어린양, 넌 깨우치는 게 빠른 녀석이다."

"누구에게도 말하지 않겠다고 약속할게요."

"말한다 해도 사람들은 네 말을 믿지 않을 거다." 그가 말했다.

---

* 영국의 대표적인 민화 『잭과 콩나무』의 주인공.

"전 지금 떠날 거예요." 나는 언제까지나 여기서 지내고 싶은 생각이 마음 한구석에 있기라도 한 것처럼 바보같이 꾸물대면서 아쉬워하는 목소리로 속삭였다.

"떠나는 게 나을 것 같구나." 그가 말했다. "마리아는 나와 다른 생각을 가지고 있을지 모른다." 그가 다시 손을 꼼지락거렸다. "올가미 매는 솜씨가 좋구나."

"아저씨의 딸을 찾을 거예요." 내가 말했다. "아저씨가 어떻게 생각하든."

"그럼 행운을 빈다." 재빗이 말했다. "길고도 먼 여행을 해야 할 거다. 너는 널 가르치려 드는 모든 선생들을 잊어야 할 거다. 너는 말 장수처럼 자야 하고, 이곳에서처럼 성실함에 얽매이지 말아야 한다. 그럼 누가 알겠어? 의심스럽긴 하지만, 네가 찾을 수 있을지도 모르지. 그래, 찾을 수 있을지도 모르지."

내가 몸을 돌려 램프를 집으려 할 때 그가 다시 말했다. "여기 온 기념으로 네 황금 요강을 가지고 가렴." 그가 말했다. "사람들에게는 오래된 찬장에서 발견했다고 해라. 네가 그 아이를 찾아 나설 때 너에게 그 중요성을 일깨워 줄 뭔가를 가지고 있어야 하니까."

"고맙습니다." 내가 말했다. "가지고 갈게요. 아저씨는 참 친절한 분이에요." 나는—모순된 행동이지만, 아무튼 그의 손목이 올가미에 묶인 처지를 고려하여—떠나는 손님처럼 그에게 손을 내밀었다. 그런 다음 허리를 숙여 요강을 집어 들었는데, 바로 그때 마리아가 우리의 목소리에 잠이 깼는지 커튼 뒤에서 나왔다. 그녀는 곧바로 상황을 알아차리고 나를 향해 꽥꽥거리더니—나는 지금도 그 뜻을 모른다—새처럼 굽은 손을 뻗으며 내게 덤벼들었다.

나는 마리아를 피해 재빨리 통로를 따라 달리기 시작했다. 램프 불빛의 이점에 힘입어 내가 '망설임 캠프'에 이르렀을 때는 마리아보다 약간 앞서 있었다. 그러나 그 지점에서 통로에 이는 바람과 짧아져서 약해진 심지 탓에 램프의 불이 꺼지고 말았다. 나는 램프를 땅바닥에 버리고 어둠 속을 더듬어 나아갔다. 스팽글로 덮인 마리아의 옷이 스치는 소리와 잘랑거리는 소리가 들려왔다. 그녀의 발에 부딪친 램프가 내 쪽으로 굴러왔을 때는 간담이 서늘했다. 그 뒤의 일은 별로 기억나지 않는다. 나는 곧 위를 향해 기었는데, 치마를 입고 기는 그녀보다 무릎으로 기는 내가 속도가 더 빨랐다. 잠시 후, 나무뿌리가 갈라진 곳에서 희미한 햇빛이 새어 들어오는 것이 보였다. 땅 위로 올라왔을 때는 동굴에 들어갔던 때와 거의 비슷한 이른 새벽 시간이었다. 나는 땅 밑에서 들려오는 소리를 들을 수 있었다. 꽥, 꽥, 꽥…… 그 소리가 저주였는지, 위협이었는지, 아니면 작별 인사일 뿐이었는지는 알지 못한다. 하지만 그 후 여러 날 동안 밤에 집 안이 고요해지고 잠에 빠질 때면, 침대에 누운 나는 문이 열리고 마리아가 들어와 나를 데리고 갈 것만 같은 두려움에 사로잡히곤 했다. 그렇지만 이상하게도 그때나 그 이후에나 재빗에 대해서는 전혀 두려움을 느끼지 않았다.

아마도―기억이 나지 않지만―나는 마리아를 달래려는 마음에서 그 황금 요강을 굴 입구에 떨어뜨린 것 같다. 내가 뗏목을 타고 호수를 건넜을 때에도, 집에서 달려 나온 나의 개 조가 나에게 뛰어들면서 나를 부서진 녹색 분수대 옆 이슬 머금은 잔디밭에 벌렁 넘어뜨렸을 때에도 분명 나는 그 요강을 가지고 있지 않았다.

제3부

1

와일디치는 쓰던 글을 멈추고 종이에서 눈을 떼었다. 밤이 지났고, 밤과 더불어 비와 바람도 지나갔다. 창문을 통해 구름 사이로 굽이진 강물처럼 가늘고 길게 드러난 파란 하늘을 볼 수 있었다. 창문으로 비스듬히 들어온 햇빛이 펜 뚜껑에서 흐릿하게 반사되었다. 와일디치는 밤새 쓴 글의 마지막 문장을 읽었다. 그리고 끝까지 자신의 모험을 집밖에서 하룻밤을 보내는 동안 꾼 꿈이거나 그로부터 몇 년 후에 교지에 싣기 위해 지어낸 이야기가 아닌, 실제로 일어난 일인 것처럼 서술했음을 다시 한 번 깨달았다. 아직 이른 아침이었음에도 분수대 너머 자갈길에서 누군가가 외바퀴 손수레를 밀며 걷고 있었다. 그 소리는 자신의 꿈처럼 어린 시절에 속하는 소리였다.

그는 아래층으로 내려가 현관문을 열었다. 부서진 분수대와 어두운 오솔길로 이어지는 길은 변함없이 옛 모습을 간직하고 있었다. 와일디치는 삼촌의 정원사였던 어니스트가 외바퀴 손수레를 밀면서 자신을 향해 오고 있는 모습을 보고도 별로 놀라지 않았다. 어니스트는 그 꿈속의 시절에는 젊었을 것이나, 지금은 늙은이였다. 하지만 어린아이에게 20대 남자는 중년의 남자로 보이는 법이다. 어니스트는 와일디치가 기억하는 모습과 크게 다르지 않았다. 어니스트에게는 뭔가 재빗과 비슷한 점이 있었다. 비록 턱수염이 아닌 콧수염을 길게 기르고 있었지만 말이다. 아마 어머니가 채소를 얻으러 그에게 갔을 때 어머니를 화나게 만든 것은 단지 뚫어지게 쳐다보는 듯한 음울한 표정과 권위적이고 냉정한 듯한 그의 태도였을 뿐이리라.

"이봐요, 어니스트 아저씨." 와일디치가 말했다. "은퇴한 줄 알았는데?"

어니스트가 외바퀴 손수레의 손잡이를 내려놓으며 와일디치를 조심스레 살펴보았다. "윌리엄 주인님 아니신가요?"

"맞아요. 조지 형이 그러던데……"

"어떤 면에서는 조지 주인님 말씀이 맞아요. 그렇지만 아직 도와 드릴 일이 있지요. 이 정원에는 다른 사람들은 모르는 일이 있답니다." 어쩌면 그가 재빗의 모델이었는지도 모른다. 그의 말투에는 재빗의 말투와 같은 어떤 모호함이 담겨 있었던 것이다.

"예를 들면……?"

"백악질 토양에서는 아무나 아스파라거스를 재배할 수 있는 게 아니지요." 그가 말했다. 그는 재빗과 마찬가지로 특별한 상황에서 일반적인 말을 했다. "오랫동안 떠나 계셨네요, 윌리엄 주인님."

"여행을 많이 했어요."

"언젠가는 주인님이 아프리카에 계시다는 얘기를 들었고, 또 언젠가는 중국 어디에 계시다는 얘기를 들었어요. 주인님은 검은 피부를 좋아하나요?"

"한때는 그랬던 것 같아요."

"검은 피부의 사람들이 미인 대회에서 입상할 거라는 생각은 해 본 적이 없어요." 어니스트가 말했다.

"혹시 램즈게이트를 아나요, 어니스트?"

"정원사는 하루 일과 속에서 충분히 여행을 한답니다." 그가 말했다.* 외바퀴 손수레에는 간밤의 폭풍우에 떨어진 나뭇잎이 가득했다.

"중국인들은 사람들이 말하는 것처럼 피부가 노란가요?"

"그렇진 않아요."

다른 점이 **있었어**, 와일디치는 생각했다. 재빗은 모르는 정보를 물은 적이 없었다. 그는 정보를 알려 주기만 했다. 물의 무게, 지구의 나이, 원숭이의 성적 습관 등에 대해서 말이다. "내가 여기를 떠난 후로 정원이 많이 바뀌었나요?" 와일디치가 물었다.

"방목장이 팔렸다는 거, 들으셨지요?"

"예. 아침을 먹기 전에 산책을 좀 해야겠다고 생각하고 있었어요. 어두운 오솔길을 따라서요. 이왕이면 호수와 섬이 있는 데가지 말이죠."

"아."

"아저씨는 호수 밑 굴에 대해 뭐 들은 이야기 없나요?"

"거기엔 굴이 없어요. 거기에 무슨 굴이 있겠어요?"

"이유야 나도 몰라요. 내가 그런 꿈을 꾸었나 봐요."

"주인님은 어렸을 때 언제나 그 섬을 좋아했지요. 마님을 피해 그곳에 숨곤 했으니까요."

"내가 도망갔던 때를 기억해요?"

"주인님은 항상 도망갔지요. 마님은 저에게 어서 가서 찾아보라고 말씀하시곤 했지요. 그러면 저는 마님에게 이렇게, 바로 이렇게 말씀드리곤 했답니다. '저는 할 일이 몹시 많습니다. 마님이 늘 요구하시는 감자를 캐야 하거든요.' 저는 마님처럼 감자를 좋아하는 사람은 여태 보지 못했어요. 마님이 감자를 드시던 모습이 생각날 거예요. 그분은

---

* 정원사는 잉글랜드 동남부의 휴양지이자 항구도시인 '램즈게이트'라는 곳을 가 보았느냐고 묻는 말인 줄 알고 엉뚱한 대답을 하고 있다.

땅 위의 기름진 음식이 없어도 감자만 먹고 사실 수 있었을 겁니다."

"내가 그 시절에 보물을 찾고 있었다고 생각해요? 아이들이 으레 그러듯이?"

"뭔가를 찾고 있었지요. 주인님이 이 나라를 떠나 거친 지역에 나가 있을 때 제가 이곳 사람들에게 한 말도 그거였어요. 주인님은 삼촌의 장례식 때도 오지 않으셨잖아요. '내 말을 믿으세요.' 전 사람들에게 말했지요. '그분은 변하지 않았어요. 늘 그랬듯이, 뭔가를 찾기 위해 떠나 있어서 여기 못 온 것일 뿐이에요. 자기가 찾으려는 게 뭔지는 알고 있을까, 하는 의구심이 들기는 하지만 말이에요.' 또 이렇게도 말했지요. '우린 다음번에는 그분이 오스트레일리아에서 열심히 뭘 찾고 있다는 소식을 듣게 될 겁니다.'"

와일디치는 아쉬워하는 어조로 말했다. "그곳엔 한 번도 가 보지 못했어요." 그리고 자신이 큰 소리로 말했다는 사실에 놀랐다. "그런데 '세 개의 열쇠'는 아직 있나요?"

"아, 그 여관, 거기 그대로 있어요. 하지만 제 삼촌이 돌아가신 다음에 양조업자들에게 팔렸지요. 그곳에선 이제 예전 방식으로 술을 팔지 않는답니다."

"많이 바뀌었나요?"

"거기 있는 온갖 관管들을 보면 예전과 같은 집이라고 생각하기 어려울 거예요. 그 사람들은 맥주에 이른바 압축공기를 넣기 때문에 이젠 거품 없는 깨끗한 맥주를 마실 수 없답니다. 삼촌은 맥주 통을 가지러 지하 저장고로 내려가는 걸 좋아하셨죠. 하지만 지금은 다 기계로 하지요."

"그 사람들이 여관을 온통 뜯어고칠 때 지하 저장고 밑에 굴이 있었다는 얘기를 들은 적 없어요?"

"또 굴 이야기로군요. 왜 그런 생각을 하게 된 거죠? 제가 알고 있는 굴은 벽엄에 있는 기차 터널뿐인데, 거긴 8킬로미터나 떨어져 있잖아요."

"음, 난 산책을 좀 해야겠어요, 어니스트. 그러지 않으면 정원을 보기 전에 아침 식사 시간이 되고 말 테니까요."

"주인님은 또다시 외국으로 떠나실 것 같네요. 이번엔 어디죠? 오스트레일리아?"

"이제 오스트레일리아는 너무 늦었어요."

어니스트는 그 말에 전혀 동의하지 않는다는 듯한 태도로 와일디치를 향해 얼룩얼룩한 머리를 흔들었다. "제가 태어난 시절엔," 그가 말했다. "시간이 지금 느끼는 시간과는 다른 속도로 흘렀지요." 그러고 나서 외바퀴 손수레의 손잡이를 들어 올리더니 새로 만든 철 대문을 향해 손수레를 밀고 갔다. 와일디치는 그제야 어니스트가 재빗이 한 말과 거의 똑같은 말을 했다는 사실을 깨달았다. 세상은 그가 알고 있던 세상이었다.

2

어두운 오솔길은 좁았고, 그리 어둡지도 않았다. 세월의 흐름 속에서 월계수들은 무성함을 잃고 빈약해진 것 같았으나, 거미줄은 어린 시절에 이 숲을 지나갈 때 얼굴에 걸리적거리곤 했던 것처럼 여기저기서 눈에 띄었다. 오솔길이 끝나고 녹지로 이어지는 곳에 나무 문이

392

있었다. 어린 시절에는 항상 잠겨 있던 문이었다. 와일디치는 정원을 빠져나가는 그 길이 왜 자기에게는 금지되었는지 끝내 알지 못했지만, 반 페니짜리 동전으로 그 문을 여는 방법을 알아냈었다. 지금 자신의 호주머니에는 반 페니짜리 동전이 없었다.

호숫가로 가서 호수를 본 그는 조지의 말이 전적으로 옳았음을 깨달았다. 그것은 조그만 연못에 불과했다. 가장자리에서 몇십 센티미터 떨어진 곳에 섬이 있었는데, 섬은 어젯밤에 형과 함께 저녁을 먹었던 방만 한 크기였다. 섬에는 관목 몇 그루와 나무 몇 그루가 있었다. 나무 한 그루가 다른 나무들보다 더 크고 무성하긴 했지만, 그 나무는 분명 W. W.의 이야기에 나오는 우산처럼 생긴 소나무도 아니었고, 기억 속의 커다란 참나무도 아니었다. 그는 연못 가장자리에서 몇 발짝 뒤로 물러선 다음, 섬을 향해 힘껏 뛰었다.

정확히 섬에 안착한 것은 아니었지만, 발을 디딘 곳의 물의 깊이는 몇십 센티미터가 안 되었다. 이곳에 뗏목을 띄울 만큼 수심이 되는 곳이 있을까? 의심스러웠다. 그는 발을 움직여 첨벙거려 보았지만 물은 신발을 넘지도 못했다. 이 조그만 장소에 '희망 캠프'와 '프라이데이 동굴'이 있었다니! 그는 자신을 이 섬으로 이끈 얼마간의 기대감을 비웃을 냉소적인 태도가 자신에게 있으면 좋겠다고 생각했다.

관목들은 키가 그의 허리 정도밖에 되지 않았다. 그는 어렵지 않게 관목들을 헤치고 가장 큰 나무를 향해 다가갔다. 이런 데서 길을 잃을 수 있다고는 믿기 어려웠다. 아무리 작은 아이라 할지라도 말이다. 그는 조지가 매일 보는 세계에서 그리 놀라울 것 없는 정원을 둘러보았다. 잠깐 동안이었지만 관목을 헤치며 걸을 때, 이제는 그의 마음속에서 지워져 가는 한 여자에게 배신당한 한 남자로서의 자신의 생애가 헛되이 낭비된 것만 같은 기분이 들었다. 그 여자와의 사이가 행복했던 세월조차도 허송세월로 여겨졌다. 만약 굴과 턱수염 노인과 숨겨진 보물에 관한 자신의 꿈이 없었더라면, 그 자신도 조지가 실제로 그런 것처럼 결혼하고 아이를 낳고 가정을 꾸리는 덜 불안정한 삶을 살 수 있지 않았을까? 그는 자신이 꿈의 중요성을 과장했다고 믿고 싶었다. 그의 운명은 아마 그 몇 달 전, 조지가 그에게 『오스트레일리아 탐험 이야기』를 읽어 주었을 때 결정되었을 것이다. 어린아이의 경험이 정말로 장래의 삶을 형성한다면, 분명 그의 삶은 재빗이 아니라 그레이와 버크에 의해서 형성되었으리라. 그가 적어도 자신이 몸담은 여러 가지 직업들을 진지하게 받아들이지 않았던 것은 스스로의 자부심 때문이었다. 그는 누구에게도 성실하지 않았다. 아프리카의 그 여자에게도 그랬다(재빗은 그의 불성실함을 인정해 주었을 것이다). 지금 그는 땅 위로 불거져 나온 뿌리가 하나도 없는 보잘것없는 나무 옆에 서 있었다. 동굴 입구를 만들 가능성이 있는 그런 뿌리들이 없었다. 그는 고개를 돌려 집을 바라보았다. 집과 거리가 아주 가까워서 욕실 창문으로 조지가 얼굴에 비누칠을 하는 모습이 보였다. 얼마 후면 아침 식사를 알리는 종이 울릴 것이고, 그들은 식탁에 마주 앉아 가벼운 담소를 나누며 아침을 먹을 것이다. 10시 25분에 런던으로 돌아가는 쾌적한 기차가 있었다. 몸이 몹시 피곤한 것은—졸린 게 아니라 오랜 여행의 끝에 이른 것처럼 무지근하게 피곤했다—병의 영향인 것 같았다.

관목을 헤치면서 몇 걸음 더 나아가자 거무튀튀해진 참나무 등걸이 나왔다. 아마 번개에 맞아 부러진 나무였을 텐데, 그 후 통나무로 사용하기 위해 지면 가까이까지 톱으로 썰어 낸 것이었다. 그 등걸은 쉽게 그의 꿈의 원천이 될 수 있었을 것이다. 와일디치는 수풀에 감추어진 오래된 나무뿌리에 발이 걸렸다. 그는 그 자리에 쪼그리고 앉아 땅 가까이에 귀를 댔다. 입술 없는 입에서 나오는 꽥, 꽥 하는 소리와 재빗의 깊고 둔탁한 목소리가 저 아래 어딘가에서 들려오기를 갈망하는 터무니없는 욕구가 존재했다. "우린 털이 없어. 너와 나 말이다." 그를 향해 턱수염을 흔들며 이렇게 말하는 재빗의 목소리가 듣고 싶었다. "하마와 코끼리와 듀공도 털이 없지. 듀공이 뭔지 넌 모를 것 같구나. 우린 가장 오래 살아남은 털 없는 동물이다."

그러나 물론 빈집에서 전화벨이 울릴 때 듣게 되는 것과 같은 텅 빈 소리 말고는 아무 소리도 들을 수 없었다. 뭔가 그의 귀를 간질이는 소리가 들렸다. 그 오랜 세월을 이겨 내고 수풀 밑에 남아 있는 스팽글을 발견할 것 같은 희망이 언뜻 스쳤다. 그러나 그것은 큰 먹이를 물고 개미굴을 향해 비틀비틀 기어가는 개미였을 뿐이다.

와일디치는 일어섰다. 손을 짚고 똑바로 일어설 때 땅에 있던 어떤 금속 물체의 날카로운 테두리에 손이 긁혔다. 그 물체를 발로 차서 형태가 다 드러나게 하고 보니, 오래전에 통조림 깡통으로 만든 요강이었다. 땅에 묻혀 있었던 깡통에는 손잡이 안쪽에 노란색 페인트 조각이 아주 조금 남아 있는 것을 제외하고는 색이 다 사라지고 없었다.

3

그 요강을 무릎 사이에 둔 채로 그 자리에 얼마나 오래 앉아 있었는지 모른다. 집이 시야에서 사라졌다. 이제 그는 그때처럼 작아져서 관목 너머의 풍경을 볼 수 없었다. 그는 다시 재빗의 시간으로 돌아갔다.

그는 그 요강을 계속 굴렸다. 분명 황금 요강은 아니었지만, 그렇다고 달라질 것은 없었다. 산뜻하게 새로 페인트칠이 된 그것을 보고 어린아이는 황금 요강으로 착각했을 수 있으리라. 그때 탈출하면서 정말 그 요강을 땅에 떨어뜨렸을까? 그렇다면 그건 그가 있는 곳 아래 어딘가에서 지금 재빗이 변기에 앉아 있고, 마리아는 캘러 가스 옆에서 꽥꽥거리고 있다는 의미일까……? 확실한 것은 없었다. 어쩌면 오래전 그 시절 깡통의 페인트칠이 선명했을 때 그는 오늘처럼 요강을 발견했고, 그리하여 그것을 중심으로 그 모든 전설을 만들어 냈는지도 모른다. 그러면 왜 W. W.는 자신의 이야기에서 요강을 빠뜨린 것일까?

와일디치는 요강을 흔들어 안에 든 흙을 쏟아 냈다. 요강이 자갈에 부딪쳐 방울 소리 같은 소리를 냈다. 50년 전, 신발 끈에 부착된 금속 꼬리표가 요강에 부딪쳤을 때처럼…… 그는 모든 걸 다시 시작해야 한다는 결심이 생겨나는 것을 느꼈다. 호기심이 암처럼 그의 내부에서 자라고 있었다. 연못 너머에서 아침 식사를 알리는 종이 울렸다. 그는 무릎에 놓인 깡통 요강을 굴리면서 생각했다. "가엾은 어머니, 어머니에겐 두려워할 이유가 있었어요."

모랭과의 만남

A Visit to Morin

1

『천국의 악마』. 20년 전 과거의 기억을 일깨워 준 이 책은 콜마르 서점의 한 서가에 놓여 있었다. 1950년대에 들어서는 피에르 모랭의 소설이 진열되어 있는 것을 보기 어려웠는데, 이 서점에는 한때 유명했던 그의 소설이 두 권 있었던 것이다. 게다가 죽 꽂힌 페이퍼백들을 보다가 나는 그의 다른 작품들도 발견했다. 평화가 다시 찾아들 때를 대비하여 적의 눈을 피해 와인을 몰래 보관해 두었던, 알자스의 비밀 동굴에 있는 지하 저장고를 발견한 기분이었다.

나는 소년 시절에 피에르 모랭을 존경했으나, 그 이후로는 거의 잊고 지냈다. 그때도 모랭은 독자들이 더 이상 찾지 않는 잊힌 작가였는데 영국 퍼블릭 스쿨의 어학 수업은 언제나 파리의 유행에 한참 뒤처졌다. 당시 우리 콜링워스 퍼블릭 스쿨에는 모랭이 책을 통해 추어올렸거나 비판했던 세대에 속하는 가톨릭교도 선생님이 있었다. 모랭은 자기 나라의 정통 가톨릭을 비판했고, 외국의 진보적 가톨릭을 추어올렸다. 또한 자신이 보여 주고자 하는 수준과 동일한 정도로 신을 믿는 프랑스의 프로테스탄트도 추어올렸다. 비기독교인들 중에서도 상상력을 발휘해서 모랭이 주장한 논리를 받아들여 그의 작품에서 성찰의 자유를 발견하게 된 열렬한 독자들이 생겼다. 하나 모랭의 논리와 주장에 담긴 이런 면모는 동료 가톨릭교도들을 경계하게 만들었다. 당시 『레미제라블』이나 라마르틴*의 시를 저학년 때 배우고 자란 우리 선생님들 세대에게 그리고 나에게 그의 작품은 참으로 신선하고 흥미로웠으며, 그는 혁명적인 작가로 보였다. 하지만 혁명가의 운명은 세상이 그들을 받아들이는 세태에 달려 있다. 모랭의 책에 대한 관심과 흥미는 사라졌다. 오늘날에는 정통파들만 그의 작품을 읽는다. 기이하게도 온 세상이 신을 믿을 준비가 되어 있는 것 같다. 나는 내 작은 일화의 요지가 모랭에 관한 문학사에 하나의 주석을 제공할 것이라는 기대는 하지 않는다. 내가 이걸 발표해도 아무런 해가 되지 않을 것이다. 모랭은 작가로서뿐 아니라 신체적으로도 죽은 상태일 것이며, 내가 알고 있는 한 후손도 제자도 전혀 남기지 않았으니 말이다.

나는 아직도 칠레 출신의 스트레인지웨이스 선생님이 가르친 프랑스어 수업을 즐겁게 회상한다. 선생님에게 적대적인 사람들은 거무스레한 얼굴이 스페인 혈통이라는 것을 보여 준다고 수군거렸고(당시는

---

* 알퐁스 드 라마르틴(1790~1869). 빅토르 위고, 알프레드 드 비니, 프랑수아르네 드 샤토브리앙과 함께 프랑스 4대 낭만파 시인이다.

스페인 내전 기간이어서 스페인이나 로마와 관련된 것은 무조건 파시즘적인 것으로 여겨졌다), 나를 포함하여 선생님을 좋아하는 사람들은 인도인의 피가 약간 섞인 모양이라고 말했다. 따분한 얘기지만, 선생님의 아버지는 울버햄프턴 출신의 엔지니어였고, 어머니는 루이지애나 출신으로 3대째 백인 혈통이 섞인 라틴계였다. 고학년인 우리는 더 이상 구문론을 공부하지 않았는데, 어쨌든 스트레인지웨이스 선생님은 이 부분이 약했다. 선생님이 우리에게 크게 읽어 주면, 우리는 다시 큰 소리로 따라 읽곤 했다. 그러나 5분이 지나면 우리는 문학비평을 시작했다. 우리는 젊은 혈기로—다른 많은 선생님들과 마찬가지로 스트레인지웨이스 선생님도 늘 젊은 감각을 유지했다—일가를 이룬 위대한 작가들을 난도질했으며, 아직 '명성'을 얻지 못한 작가들에 대해서는 과장되게 감탄하면서 과대 포장하곤 했다. 물론 모랭은 이미 수년 전에 명성을 얻었으나 센 강에서 800킬로미터 떨어진 벽돌 감옥 같은 우리 학교까지는 그 명성이 도달하지 못했다. 그의 작품은 학교 교과서 목록에 오르지 않았고, 아직 아셰트 출판사에서 출판되기도 전이었다. 따라서 그가 뜻한 바를 우리가 이해하지 못하는 부분에서 우리 멋대로 추측하는 것을 방지해 줄 편집자 주가 없었다.

"그 사람이 정말 그걸 믿을 수 있을까요?"『천국의 악마』에 등장하는 한 인물이 속죄나 구원에 대해 어둡고 소름 끼치는 진술을 했을 때, 내가 스트레인지웨이스 선생님에게 큰 소리로 그렇게 말했던 것이 생각난다. 그러자 선생님이 느슨한 검은 옷의 소매를 펄럭이며 "그렇지만 딘롭, 나도 그걸 믿는단다" 하고 무뚝뚝하게 대답했던 것도 생각난다. 선생님은 그대로 내버려 두고 넘어가지도 않았고, 신학적 토론에 관여하지도 않았다. 그런 토론은 프로테스탄트 학교인 우리 학교에서 선생님의 자리를 위태롭게 할 수도 있기 때문이었다. 대신 선생님은 우리가 작가가 믿는 것에 무관심하다는 점을 계속 내비쳤다. 작가는 정통 가톨릭교도인 한 인물을 자신의 관점으로 선택했고, 따라서 작가의 모든 생각은 분명 실생활에서처럼 자신의 정통 사상에 영향을 받았을 것이다. 모랭은 작품 속에서 자신이 직접 역할을 맡는 것을 피하는 솜씨를 지녔으며, 심지어 아이러니를 보여 주는 것도 속임수일 거라고 했다. 주인공 뒤로비에의 정통 사상을 극단까지 밀어붙였다는 사실에서 모랭의 견해를 얼마간 간파할 수는 있겠지만 말이다. 그래서 우리는 작품의 마지막 부분에서 주인공이 길게 뻗은 모래밭에서 앞으로 나아갈 수도 없고, 그렇다고 기슭을 향해 뒤로 물러나면 굴복하는 것이 되고 마는 진퇴양난의 상황에 빠졌다는 인상을 받았다. '이게 진실인가, 진실이 아닌가?' 그의 모든 신조는 그 대답에 관련되어 있었다.

"선생님 말씀은……" 내가 스트레인지웨이스 선생님에게 물었다. "아마도 모랭은 믿음이 없을 거라는 뜻인가요?"

"절대 그런 뜻으로 말한 게 아니다. 그의 가톨릭 신앙을 진지하게 의심하는 사람은 없단다. 조심하고 삼가는 자세에 의심을 품은 사람은 있었지만 말이야. 아무튼 그건 진정한 비평이 아니야. 소설은 말과 인물로 이루어지지. 말을 잘 골라 썼는가, 인물들이 살아 있는가? 그게 중요하고, 나머지 것들은 문학적 한담에 속한단다. 넌 한담 작가가되는 법을 배우려고 이 수업을 듣는 게 아니잖니."

하지만 그 당시 나는 모랭의 믿음에 관해 알고 싶었다. 모랭에 대한 나의 관심을 알아차린 선생님은 종종 로마 가톨릭 문학잡지를 빌려주시곤 했다. 잡지에는 소설가의 작품에 대한 안내문도 실렸는데, 보통 작가의 견해는 상관하지 말고 내버려 두어야 한다는 선생님의 원칙에 반하는 것들이었다. 나는 모랭이 종종 장세니슴*이라고 비난받는다는 것을 알았다. 그게 뭔지 나로서는 잘 모르지만 말이다. 또 어떤 사람들은 그를 아우구스티누스—나에게는 별 의미가 없는 이름이었다—신봉자라고 했다. 인쇄 상태가 더 좋고 더 두꺼운 비평들에는 어떤 불만스러운 논조가 배어 있는 것 같기도 했다. 모랭이 믿는 것은 다 올바른 것들이어서 비평가들은 딱히 어떤 잘못을 발견할 수 없었다. 그렇지만…… 그의 작중인물 가운데 몇몇은 교리를 온 마음으로 받아들여 그 함의를 우스꽝스러운 수준으로까지 이끌어 가고, 또 다른 몇몇 작중인물들은 마치 법을 엄격히 적용하려고 결심한 헌법학자같이 교리를 철저히 검토하는 것처럼 읽혔다. 주인공 뒤로비에는 역사의 어느 시점에, 서기 1세기 후반 무렵에 죽은 동정녀 마리아의 육신이 빈 무덤을 뒤로하고 하늘로 떠올랐다는 문학적 가정에 자신의 목숨까지 걸었으리라고 나는 확신한다. 한편, 모랭의 덜 중요한 소설 가운데 하나인『좋은 생각』에는 사그랭이라는 인물이 등장하는데, 그는 신성한 육신이 다른 시신들과 마찬가지로 무덤에서 썩었다는 것을 믿었다. 이상한 일은 이 두 가지 견해가 모두 가톨릭 비평가들을 불편하게 만드는 요소를 지닌 것 같은데, 그럼에도 둘 다 똑같이 신앙 교리 확정 선언**에는 부합한다는 점이었다. 그러므로 그 두 가지 견해는 정통이라고 주장할 수 있었다. 하지만 정통파 비평가들은 바닥 널빤지 밑, 꼭 집어 말할 수 없는 어딘가에서 나는 죽은 쥐의 냄새를 맡듯이 모랭의

---

* 네덜란드의 신학자 얀선이 창시한 교리. 아우구스티누스의 설을 받들어 은총, 자유의지, 예정구원설에 대한 엄격한 견해를 발표하여 17~18세기 프랑스 교회에 큰 논쟁을 일으켰다.
** 신앙의 규범이 되는 교리를 명확하게 신조문信條文으로 표시하는 것.

작품에서 이단의 냄새를 맡는 것 같았다.

　이것은 물론 오래된 프랑스 잡지들로 가득 찬 스트레인지웨이스 선생님의 책장에서 찾아낸 과거의 비평들이다. 그 잡지들은 선생님이 1920년대 후반, 오랫동안 친구들과 연락을 끊은 채 파리에서 체류했던 시절에 사 모은 잡지들이었다. 그 시절 선생님은 소르본 대학에서 강의를 듣고 돔에서 맥주를 마시곤 했다. 그런 비평문에서 '역설'이란 단어는 흔히 동의하지 않는다는 투로 사용되었다. 결국 정통이 옳다고 판명된 듯싶다. 왜냐하면 나는 모랭이 자신의 삶에서 어느 정도까지 이 역설의 감각을 지니고 살았는지 알게 되었기 때문이다.

2

　나는 졸업한 학교를 다시 찾아가 보는 부류가 아니다. 설령 찾아간다 해도 지금쯤은 분명 은퇴할 시점에 이르렀을 스트레인지웨이스 선생님을 실망시킬 게 뻔했다. 선생님은 미래의 나를 프랑스 문학을 다루는 주간지에 글을 쓰는 저명한 필자로 그렸던 것 같다. 어쩌면 코르네유*를 연구하여 전기를 쓰는 전기 작가가 될 것으로 상상했었는지도 모른다. 하지만 실제로 나는 대단찮은 전쟁 경력을 쌓은 후에 영향력 있는 친지의 도움으로 와인 판매 회사에서 일자리를 얻었다. 선생님은 소홀히 다루었던 나의 프랑스어 구문 실력은 전쟁으로 많이 좋아졌고, 회사 업무에 유용했다. 나는 또한 얼마간 문학적 재능이 있어

---

* 피에르 코르네유(1606~1684). '프랑스 비극'의 창시자로 불리며, 몰리에르, 장 라신과 함께 17세기 프랑스의 위대한 3대 극작가 중 한 명이다.

서 낡은 스타일의 상품 안내서를 개선할 수 있었다. 회사 중역들은 오랫동안 '와인과 식품 협회'의 요령부득한 표현—'친구들끼리의 가벼운 행사를 위한, 대수롭지 않지만 대단히 정감 있는 와인'—에 만족했다. 나는 좀 더 현실적인 기조로 접근했고, 일반적인 지식을 구체적인 사실로 대체했다. '이 와인은 몽솔레유 지역 서쪽 경사지에 있는 작은 포도밭에서 생산됩니다. 이 지역의 토양은 쥐라기 성분을 띠고 있습니다. 포도밭이 우랄 산맥에서 유럽을 가로지르며 뻗은 거대한 쥐라기층의 가장자리에 있기 때문입니다. 바로 이 점이 이름난 와인들보다 날씨 변화에 덜 취약한, 작고 튼튼하고 당도 높은 검은 빛깔 포도를 재배할 수 있는 이유입니다.' 물론 그것은 이전 와인과 똑같은 '대수롭지 않은' 와인이었지만, 내가 만든 표현은 고객들에게 허영심을 채워 줄 재료를 제공했다.

나는 일 때문에 콜마르에 왔다. 회사에서는 그 지역 대리점을 변경할 필요가 있다는 것을 알았고, 독신인 나는 런던에서 혼자 보내는 크리스마스는 우울하고 서글프다는 것을 알았기 때문에 나의 출장 계획을 크리스마스 휴가와 연계하여 세웠다. 사람들은 외국에 나가면 외로움을 타지 않는 법이니까. 나는 호랑가시나무로 장식된 **맥줏집**에 혼자 앉아 시가 연기 뒤로 몸을 숨긴 채 내 방식대로 술을 마시며 크리스마스를 보내는 상상을 했다. 노래와 흥과 푸짐한 음식과 술이 있는 독일식* 크리스마스는 **굉장히 성대한** 크리스마스다.

나는 서점 직원에게 말했다. "이곳엔 모랭 씨의 책이 꽤 많이 비치되어 있는 것 같군요."

---

* 라인 강 왼쪽 기슭에 자리한 콜마르는 와인 산지로 유명한데, 지리적인 이유 때문에 독일과 프랑스에 번갈아 가며 속했고 제2차 세계대전 이후 프랑스 땅이 되었다.

"매우 유명한 분이니까요." 그녀가 말했다.

"파리에서는 이제 그의 작품이 많이 읽히지 않는다는 인상을 받았습니다."

"이곳 주민들은 대개 가톨릭 신자입니다." 그녀가 책망하는 투로 말했다. "게다가 그분은 콜마르 인근에 살고 계셔요. 우린 그분이 이웃 마을에 정착하신 것을 매우 자랑스러워한답니다."

"그분이 여기 사신 지는 얼마나 됐나요?"

"전쟁 직후에 오셨어요. 우리는 그분을 우리와 똑같은 주민으로 생각해요. 우리 서점에는 독일어로 번역된 그분 책도 다 있답니다. 저쪽으로 가면 보실 수 있어요. 우리 중에는 독일판이 프랑스판보다 더 낫다는 사람도 많아요." 그녀는 내가 『천국의 악마』의 프랑스판을 고르는 것을 경멸 어린 눈초리로 지켜보면서 덧붙였다. "심오함을 표현하는 데는 독일어가 더 낫지요."

나는 그녀에게 학창 시절부터 모랭의 소설들을 무척 좋아했다고 말했다. 그러자 나를 대하는 그녀의 태도가 부드러워졌고, 나는 모랭의 주소를 챙겨 서점을 나올 수 있었다. 그의 집은 콜마르에서 25킬로미터 떨어진 마을에 있었다. 그렇지만 내가 그를 정말로 찾아갈 것인지는 확실치 않았다. 호기심을 충족하고자 찾아간 무례함을 무슨 말로 변명할 것인가? 글쓰기는 모든 예술 중에서 가장 사적인 것이다. 그런데도 사람들은 망설이지 않고 작가의 집으로 쳐들어간다. 모두들 폴록에서 찾아온 한 방문객*의 이야기를 들었으면서도 여전히 날마다

---

* 새뮤얼 콜리지가 『쿠빌라이 칸』(1816)이라는 시를 쓰고 있을 때 찾아온 사람을 말한다. 콜리지는 이 사람과 한 시간 정도 얘기를 한 후 그 시를 이어서 쓰려고 했지만 영감이 사라져 버려 결국 미완성 작품으로 남게 되었다고 한다.

수많은 사람들이 작가의 집 초인종을 누르고, 전화를 걸고, 작가가 일하고 살아가는 비밀의 방 안으로 뛰어들곤 한다.

내가 과연 모랭 씨 집을 찾아가 초인종을 눌렀을 것인지는 의심스럽다. 하지만 나는 이틀 후 콜마르 교외의 한 마을에서 자정미사를 드리다가 우연히 그를 보았다. 그곳은 그가 살고 있다고 들었던 마을이 아니어서 나는 그가 왜 그 먼 곳까지 혼자 왔는지 의아했다. 자정미사는 나같이 신자가 아닌 사람에게도 설명할 수 없는 감동을 주는 의식이다. 아마도 어린 시절의 기억 때문이 아닐까 싶다. 어둠을 헤치며 걷는 길, 불을 밝힌 창문들, 서리 내리는 서늘한 밤, 네 방향에서 말없이 천천히 모여드는 낯선 사람들…… 이런 기억들이 자정미사를 소중하고도 감동적인 것으로 만드는 듯싶다. 성당 안으로 들어서자 문 왼쪽에 구유가 있고, 석고로 만든 아기 예수가 석고 무릎에 누워 있었으며, 암소와 양과 양치기가 촛불 속에서 긴 그림자를 드리우고 있었다. 구유 앞에 무릎을 꿇은 여자들 사이에 늙은 남자가 한 사람 있었는데, 왠지 그 얼굴이 기억날 것만 같았다. 농부처럼 둥근 얼굴에, 피부는 오래된 사과처럼 쭈글쭈글했으며, 머리는 정수리 부분이 벗어져 있었다. 그는 무릎을 꿇고, 머리 숙여 절하고, 다시 일어섰다. 정식으로 기도할 수 있는 시간이 있었는데도 짧은 기도로 끝낸 게 틀림없었다. 그의 턱은 바깥 들판처럼 흰 수염으로 까칠했으며, 외모에는 프랑스 아카데미 회원임을 암시할 만한 점이 거의 없었다. 그래서 비록 반들반들한 검은 정장을 입고 구두끈처럼 가느다란 넥타이를 맨 점잖은 차림새였음에도, 그의 눈빛에 끌리지 않았더라면 나는 그를 평범한 농부로 여겼을 것이다. 두 눈이 그가 어떤 사람인지를 드러냈다. 너무 많은 것을 알고 있는 듯한 눈이었고, 계절과 들판 저 너머를 보아 온 듯한 눈이었다. 매우 맑은 연푸른색 눈이었다. 그 눈은 지속적으로 초점을 이동하면서 때로는 가까이 봤다가 때로는 멀리 보곤 했다. 어떤 대재앙을 만나서, 그것을 기록하는 게 자신의 의무이되 그 재앙에 관해 잠시도 여유를 가지고 심사숙고할 수 없는 사람의 눈처럼 뭔가를 부단히 관찰하는 호기심 어린 슬픈 눈이었다. 물론 내가 모랭을 아주 가까이에서 지켜볼 수 있는 시간을 갖게 된 것은 그가 구유 앞에서 짧은 기도를 올리던 때가 아니라, 신자들이 영성체를 위해 제단을 향하여 천천히 걸어가는 동안이었다. 빈 좌석 사이에 모랭과 나만 남게 된 것이다. 그제야 비로소 나는 그를 알아보았다. 아마도 스트레인지웨이스 선생님의 잡지에서 보았던 오래전 사진들의 기억으로부터 그를 알아보았을 것이다. 하지만 그가 모랭이라는 것을 그때 내가 확신했는지는 잘 모르겠다. 그리고 이 저명한 가톨릭 신자 노인이 1년 중 가장 뜻깊은 이 미사에서 왜 다른 신자들과 함께 성체를 받아 모시러 제단으로 가지 않는지 궁금했다. 무심코 금식 규칙을 어긴 것일까, 아니면 양심의 가책에 민감한 사람이어서 자신이 어떤 너그럽지 못한 행동이나 탐욕스러운 행동을 저질렀다고 믿고 있는 것일까? 하지만 여든이 다 되어 가는 노인에게 심각한 유혹이 많을 것 같지 않았다. 아무튼 나는 그가 양심의 가책에 민감하다고 믿지 않았던 듯싶다. 내가 종교인에게는 양심의 가책에 지나치게 예민하다는 질병이 존재한다는 걸 알게 된 것은 그의 소설로부터였고, 나는 뒤로비에를 창조한 사람이 자신의 소설 속 주인공과 똑같은 질병을 앓고 있으리라고는 생각하지 못했던 것 같다. 그러나 때로 소설가는 자기 자신의 결점을 대단히 객관적으로 쓰기도 한다.

우리는 성당 뒤쪽에 단둘이 앉아 있었다. 공기는 얼어붙은 나무처럼 차갑고 고즈넉했다. 촛불은 제단 위에서 똑바로 타올랐고, 주님은 제단의 난간을 따라 나아가신다고 사람들은 믿었다. 오늘은 기독교가 탄생한 날이다. 바깥 어둠 속에는 고루하고 야만적인 유대 왕국이 있지만, 이곳에서 세상은 태어난 지 겨우 몇 분밖에 되지 않았다. 또다시 세상의 '첫해'인 것이었다. 나는 녹아 가는 성체를 입에 담은 채 문을 닫듯이 입술을 다물고서 손으로 성호를 그으며 한 사람 한 사람 제단에서 돌아오는 신도들을 바라보면서, 그들처럼 믿고 싶은 감상적인 열망이 솟아나는 것을 오랜만에 느꼈다. 내가 그들 중 한 사람에게 '당신이 믿는 이유를 나에게 가르쳐 달라'라고 말했다면 무슨 대답이 돌아왔을까? 나는 그 답을 알 것만 같았다. 왜냐하면 언젠가 전쟁 중에—시체를 보고 역겨움과 두려움에 이끌려—군종신부에게 바로 그런 질문을 던진 적이 있기 때문이다. 그는 내 부대 소속이 아니었고, 또 매우 바쁜 사람이었다. 교화나 개종이 신부의 직무가 아니기에 그가 나 같은 아웃사이더에게 자신의 신앙을 조금도 전달하지 못했다고 해서 비난받을 일은 아니었다. 그는 나에게 책 두 권을 빌려주었다. 한 권은 독선적이고 설명적인, 터무니없는 질문과 답으로 이루어진 싸구려 교리문답서였는데, 청산가리로 죽인 나비를 핀과 기다란 종이쪽지로 고정하여 보여 주는 것과 같은 미스터리한 내용으로 구성된 책이었다. 다른 한 권은 복음서 시대에 관한 진지한 연구서였다. 나는 며칠 뒤에 두 권을 다 잃어버렸다. 내가 근처의 풀빛 수로에 소변을 보고 있는 동안 위스키 세 병, 내 지프차, 미처 이름을 알기도 전에 죽은 상병과 함께 날아가 버린 것이었다. 그 일이 없었더라도 내가 그 책을 오래 보관했을 것 같지는 않다. 그 책들은 내가 필요로 했던 도움을 주지 못했고, 그 신부 역시 그런 도움을 줄 수 있는 사람이 아니었다 신부에게 모랭의 소설을 읽었는지 물었던 기억이 난다. "난 그 사람의 소설에 낭비할 시간이 없소." 그가 퉁명스럽게 말했다.

"제가 가톨릭에 흥미를 갖게 된 최초의 책이 그 작품들이었습니다." 내가 말했다.

"체스터턴의 작품을 읽는 게 훨씬 나았을 거요." 군종신부가 말했다.

그래서 성당의 뒤쪽 자리에 내가 모랭과 함께 앉아 있다는 게 이상하고 어색했다. 그가 먼저 자리를 떴고, 내가 그의 뒤를 따라 밖으로 나왔다. 영성체가 길고 **지루하게** 이어지면서 자정미사에 감상적으로 끌렸던 마음이 사라진 터라 기꺼이 밖으로 나온 것이었다.

"모랭 씨." 나는 마치 우리가 성당이나 병원 안에 있는 것처럼 낮은 목소리로 말했다.

그가 곧바로 나를 쳐다보는 것 같았다. 나는 방어적인 기분으로 그렇게 생각했다.

내가 말했다. "모랭 씨, 이런 식으로 말씀드리게 되어 죄송합니다만, 선생님의 책들은 저에게 커다란 기쁨을 주었습니다." 폴록에서 온 그 방문객도 이 같은 진부한 표현을 썼을까?

"영국인이오?" 그가 물었다.

"예."

그러자 그가 영어로 말했다. "글을 쓰는 사람인가요? 이렇게 물어봐서 미안하오. 하지만 난 당신의 이름을 모르니……"

"던롭입니다. 그러나 글을 쓰진 않습니다. 와인을 사고파는 일을 합니다."

"더 존경받을 가치가 있는 일을 하는군." 모랭 씨가 말했다. "나랑 같이 차를 타고 우리 집에 함께 갈 수 있다면—아, 난 여기서 10킬로미터 떨어진 곳에 산다오—당신이 아직 접하지 못했을 와인을 보여줄 수 있을 것 같소만."

"모랭 씨, 말씀은 정말 감사합니다만, 시간이 너무 늦었습니다. 그리고 전 운전사가 있어서……"

"운전사는 집으로 보내시오. 난 자정미사 후엔 잠들기가 어렵소. 당신이 우리 집에 가 준다면 나에게 친절을 베푸는 거요." 내가 망설이고 있을 때 그가 덧붙였다. "내일이면 다시 여느 날과 다를 것 없는 평범한 날로 돌아가는데, 난 방문객을 좋아하지 않소."

그 말에 나는 농담으로 응수하려 했다. "그 말씀은 지금이 제게 있는 유일한 기회라는 뜻인가요?" 그러자 그가 진지하게 "그렇소"라고 대답했다. 성당 문이 활짝 열리고 신자들이 차가운 밤공기 속으로 천천히 걸어 나와 집게손가락으로 성수반의 물을 찍었다. 이제 그들은 성스러운 미스터리를 뒤로한 채 다시 서로 인사를 하며 즐겁게 담소를 나누었다. 한 아이의 울음소리가 시계처럼 시간이 늦었음을 알려주었다. 모랭 씨는 성큼성큼 걸었고, 나도 그를 뒤따랐다.

3

모랭 씨는 마치 차가 새로운 발명품이고 자신은 그걸 사용하는 데 있어 용감한 선구자이기라도 한 듯이 기어를 거칠게 다루면서 투박하고 난폭하게 차를 몰았다. 차는 오른쪽 산울타리를 스치며 달렸다. "그래, 내 책을 좀 읽었다는 거요?" 그가 물었다.

"아주 많이 읽었습니다. 학창 시절에⋯⋯"

"내 책들이 아이들에게만 적합하다는 뜻인가요?"

"그런 뜻으로 말씀드린 게 절대 아닙니다."

"내 책에서 아이가 무얼 발견할 수 있을까요?"

"전 열여섯 살 때 그 책들을 읽기 시작했습니다. 열여섯 살이면 아이가 아니지요."

"아, 그런가요. 지금은 노인들과⋯⋯ 믿음이 독실한 사람들만 읽는다오. 던롭 씨, 당신은 독실한 신자요?"

"저는 가톨릭 신자가 아닙니다."

"듣던 중 반가운 말이오. 그럼 당신을 공격하지 않겠소."

"처음엔 신자가 되려고 생각했습니다."

"다시 생각하길 정말 잘했소."

"제가 호기심을 갖게 된 것은 선생님 책을 통해서였던 것 같습니다."

"그에 대해 난 책임지지 않을 거요. 나는 신학자가 아니니까." 차는 속도를 줄이는 일 없이 지선으로 갈라져 나온 철로 위를 덜컹거리며 달린 후에 오른쪽으로 방향을 틀어서 대문 출입구로 들어갔다. 당장 수리해야 할 것 같은 낡은 대문이었다. 현관에 달린 전등이 열려 있는 문을 비추었다.

"현관문도 잠그지 않으시나요?" 내가 물었다.

그가 말했다. "10년 전―그땐 매우 어려운 시절이었소―크리스마스 아침에 어떤 굶주린 사람이 이 근처에서 얼어 죽은 일이 있었소. 눈보라가 몰아치던 날이었는데, 사람들이 다 교회에 가 버려서 그 사람은 문을 열어 줄 이를 찾지 못했다오. 들어와요." 그가 현관에서 화난 목소리로 말했다. "주위를 둘러보며 내가 어떻게 사는지 기억해 두고 있는 거요? 당신, 날 속인 거요? 혹시 기자 아니오?"

만약 내가 차를 가지고 왔더라면 당장 떠나 버렸을 것이다. "모랭 씨," 내가 말했다. "다른 종류의 굶주림도 있잖습니까. 그런데 선생님은 한 가지 종류의 굶주림만 생각하시는 것 같군요." 그는 앞장서서 조그만 서재로 들어갔다. 서재에는 책상 하나, 탁자 하나, 편안한 의자 두 개 그리고 이상하게도 대부분 비어 있는 책장들이 몇 개 있었는데, 그가 쓴 책들은 눈에 띄지 않았다. 탁자 위에는 브랜디 한 병이 놓여 있었다. 눈보라가 칠 때 굶주린 사람이 찾아올 경우를 대비한 것인지도 모르지만, 이곳에 굶주린 사람과 눈보라가 함께 찾아올 일은 다시는 없을 것 같았다.

"앉아요." 그가 말했다. "앉아요. 내가 무례하게 굴었더라도 이해해요. 난 누구랑 같이 있는 것에 익숙지 않거든. 내가 얘기한 와인을 가지고 올 테니 편안히 기다리시구려." 집에 가재도구를 그렇게 적게 두고 사는 사람은 본 적이 없었다. 마치 다른 사람의 집에서 캠핑을 하고 있는 것만 같았다.

그가 없는 동안에 나는 좀 더 자세히 그의 책장을 살펴보았다. 페이퍼백을 다시 제본한 책은 하나도 없었다. 눈물 자국 같은 얼룩이 있거나 때가 타고 빛바랜 책들은 망한 출판사의 재고 같았다. 신학 서적이 가장 많았고 시집도 몇 권 있었으나 소설책은 거의 없었다. 그가 와인과 살라미 소시지 한 접시를 가지고 왔다. 그는 와인을 시음한 후에 내 잔에 따라 주었다. "괜찮을 거요." 그가 말했다.

"훌륭합니다. 아주 좋은 와인입니다."

"30킬로미터쯤 떨어진 조그만 포도밭에서 생산된 거요. 떠나기 전에 그곳 주소를 주겠소. 난 오늘 같은 밤에는 브랜디가 더 좋소." 그래서 나는, 탁자 위의 브랜디는 찾아오는 사람을 위한 것이 아니라 실은 그 자신을 위한 것이었나 보다, 하고 생각했다.

"춥긴 춥군요."

"날씨를 말한 게 아니었소."

"전 선생님의 책을 살펴보고 있었습니다. 신학 서적을 많이 읽으셨나요?"

"지금은 읽지 않소."

"책을 추천해 주실 수 있는지……" 그러나 결과는 성공적이지 못했다. 나는 군종신부에게서 겪었던 것보다도 더 심한 실패를 그에게서 겪었다.

"읽지 말아요. 믿음을 갖고 싶다면 읽지 마요. 어리석은 일이긴 하지만 아무튼 믿음을 갖기를 바란다면 신학은 피해야 하오."

"이해가 되지 않습니다."

그가 말했다. "사람은 하느님과 관련된 건 다 받아들일 수 있지요. 학자들이 각론에 들어가고 함의를 따지기 전엔 말이오. 사람은 삼위일체를 받아들일 수 있지요. 그런데 논쟁이 뒤따르게 되고……" 그는 거부의 몸짓을 지어 보였다. "나는 절대로 미분학에서 어떤 점의 위치를 결정하려고 하지 않을 거요. 그건 결국 미분학을 불신하는 결과를 초래할 테니까." 그는 두 잔을 더 따랐고, 자신의 술을 보드카처럼 단숨에 마셨다. "나는 예전엔 계시를 믿었지요. 하지만 인간의 마음의 능력을 믿은 적은 없다오."

"예전에요?"

"그렇소, 던롭 씨—이름이 던롭 맞지요?—**예전에요**. 만약 믿음을 찾고자 해서 왔다면, 여길 떠나시오. 여기선 그걸 찾을 수 없을 테니까."

"하지만 선생님의 책에서는……"

"내 책장에선 내 책을 찾을 수 없을 거요." 그가 말했다.

"신학 서적이 많더군요."

"믿지 않기 위해서도……" 그가 브랜디 병에 시선을 고정한 채 말했다. "공부가 필요하다오." 나는 브랜디가 금세 그에게 영향을 미쳤다는 것을 알았다. 나와 원활하게 얘기를 나눌 수 있는 마음 상태뿐 아니라 눈동자의 모습에까지도 영향을 미친 것이었다. 눈알의 작은 핏발들이 석 잔째의 술이 들어오면 곧바로 싹을 틔우듯 터져 나오려고 기다리고 있는 듯싶었다. 그가 말했다. "하느님의 존재에 대한 학술적 논쟁보다 더 부적절한 게 어디 있겠소?"

"전 그 문제는 잘 모르겠습니다."

"동인動因이나 원인에 관한 논쟁, 모르나요?"

"모릅니다."

"모든 변화에는 두 가지 요소가 있다고 학자들은 말한다오. 변화되는 것과 변화시키는 것, 이 두 가지 요소가 있다는 거요. 각 변화의 동인은 더 높은 동인에 의해 결정된다오. 이게 무한히 계속될까요? 아니, 그렇지 않아, 라고 그들은 말하죠. **무한히** 계속된다는 것은 우리의 사고가 요구하는 궁극적인 원인을 제공하지 않는다는 거요. 그런데 과연 우리의 사고가 궁극을 요구하는가요? 왜 그 변화의 사슬이 영원히 계속되면 안 되나요? 인간은 무한이라는 개념을 만들었잖소. 어쨌든 인간의 사고가 요구하는 것에 입각한 논쟁은 어떤 것이든 참으로 하찮은 거요. 당신과 나와 아무개 씨의 생각이 대수로울 게 뭐 있겠소. 난 차라리 유인원의 생각을 더 선호할 거요. 유인원의 본능은 덜 타락했으니까. 고릴라가 기도하는 모습을 내게 보여 준다면 난 다시 믿을 수 있을 것 같소만."

"물론 다른 논쟁들도 있겠지요?"

"네 가지가 있소. 하나같이 부적절한 논쟁들이오. 이들 신학자들에게 말을 하는 데는 어린아이가 필요하다오. 왜요? 왜 안 되죠? 왜 원인이 무한히 연속하면 안 되나요? 왜 좋은 것과 더 좋은 것의 존재가 가장 좋은 것의 존재를 내포해야 하나요? 이런 건 말장난이오. 우린 말을 만들어 냈고, 그 말로 논쟁을 하는 거요. 더 좋은 것이란 실제가 아니지요. 그건 단지 말일 뿐이고 인간의 판단일 뿐이오."

"선생님은 선생님의 얘기에 대답할 수 없는 사람을 상대로 논쟁을 하고 계십니다." 내가 말했다. "모랭 씨, 저는 어느 쪽도 믿지 않습니다. 호기심이 있을 뿐이고, 그게 답니다."

"아." 그가 말했다. "당신은 조금 전에도 그 말을 했소. 호기심 말이오. 그렇지만 호기심은 커다란 함정이오. 날 만나러 사람들이 수십 명씩 이곳에 오곤 했지요. 내가 책을 통해서 자기들을 어떻게 개종시켰는지에 대해 쓴 편지들도 적잖이 받았소. 난 믿음을 버린 뒤로도 오랫동안 믿음의 전도자 역할을 했던 거요. 마치 환자가 아니면서도 질병의 전파자가 될 수 있는 것처럼 말이오. 특히 여자들에게." 그가 역겨워하는 표정을 지으며 덧붙였다. "난 여자를 개종시키려면 함께 잠을 자기만 하면 됐다오." 그는 붉게 충혈된 눈을 내게 돌렸는데, 다음 말을 했을 때는 정말로 대답을 요구하는 것 같았다. "이 무슨 라스푸틴 같은 삶이란 말이오?" 이제 정말 브랜디 기운이 거나하게 돌고 있었다. 그가 얼마나 오랫동안 솔직하게 얘기할 수 있는, 신앙이 없는 방문객을 기다려 왔을지 궁금증이 일었다.

"이런 얘기를 사제에게 한 적은 없나요? 저는 선생님의 신앙에서 늘 상상하기를……"

"내 주위엔 언제나 사제들이 너무 많았소." 그가 말했다. "사제들이 파리 떼처럼 몰려들었다오. 나와 내가 만나는 여자들 주변에 말이오. 처음에 나는 그들의 신앙에 필요한 전시품이었소. 그들에게 내가 유용했던 거지. 지적인 사람도 신앙을 가질 수 있다는 표시로서 말이오. 그때는 도미니크회 수사들의 시기였는데, 그 사람들은 문학적인 분위기와 훌륭한 와인을 좋아했다오. 그러고 나서 내가 책 쓰는 걸 그만두었을 때 그들은 내 종교에서 뭔가 냄새를—사냥감 냄새를—맡았고, 그땐 예수회 수사들로 바뀌었소. 그 사람들은 이른바 인간의 영혼에 절대 절망하지 않는다오."

"그런데 책 쓰는 걸 그만두신 이유는 뭡니까?"

"뭐라 말하기 어렵소. 당신은 소년 시절에 여자아이를 위해 시를 써 본 적이 없소?"

"물론 있습니다."

"그렇지만 당신은 그 여자애와 결혼하지 않았지요? 그렇지 않소? 비전문적인 시인은 자신의 감정을 써 내려가지요. 그리고 그 시를 다 썼을 때 자신의 사랑이 그 종이 쪼가리 위에 죽어 있는 걸 발견한다오. 내 경우엔 20년의 세월과 열다섯 권의 책으로, 그게 좀 길었을 뿐이오." 그는 와인 병을 들었다. "한 잔 더 할 거요?"

"저도 브랜디를 조금 마시고 싶습니다." 와인과 달리 브랜디는 그저 그런 평범한 상품이었고, 나는 그것이 다시 찾아올지도 모르는 거지를 위해 준비된 것일까, 아니면 그 자신을 위한 것일까, 생각했다. 내가 말했다. "그런데도 선생님은 미사에 가시잖아요."

"난 크리스마스이브 자정미사에만 간다오." 그가 말했다. "최악의 가톨릭 신자도 자정미사에는 참석하잖소. 부활절 미사에는 가지 않는 신자라 할지라도 말이오. 자정미사는 우리 어린 시절의 미사고 자비의 미사지요. 내가 거기 참석하지 않으면 사람들이 어떻게 생각하겠소? 난 추문을 일으키고 싶진 않다오. 당신은 내가 이웃의 어느 누구하고도 지금 당신에게처럼 얘기하진 않는다는 걸 알아차렸을 거요. 아시다시피 난 그들의 가톨릭 작가요. 그들의 아카데미 회원이기도 하다오. 나는 결코 다른 어떤 사람이 믿음을 가지는 데 도움을 주고 싶지 않았소. 하지만 하느님은 아시겠지만, 난 어떤 사람의 믿음을 빼앗는 일에도 가담하지 않으려 했소."

"모랭 씨, 성당에서 선생님을 보았을 때 제가 깜짝 놀란 게 하나 있습니다."

"뭐죠?"

나는 경솔하게 말했다. "영성체에 참석하지 않은 사람은 선생님과 저뿐이었습니다."

"내가 우리 마을에 있는 성당에 가지 않는 이유가 바로 그거요. 그것 역시 눈에 띌 것이고, 그러면 추문이 생길 테니까 말이오."

"예, 이제 알았습니다." 나는 몹시 더듬거리며 말을 이었다(브랜디가 나에게도 영향을 미쳤을 것이다). "용서하세요, 모랭 씨. 실은 전 선생님 연세에 무엇 때문에 영성체에 참여하지 않으시는지 궁금했거든요. 물론 지금은 그 이유를 알게 됐습니다만."

"이유를 안다고?" 모랭이 말했다. "젊은이, 그렇지 않을 거요." 그는 냉랭한 적대감을 드러내면서 안경 너머로 나를 쳐다보았다. 그가 말했다. "내가 말한 것을 당신은 전혀 이해하지 못하고 있소. 만약 당신이 기자인데 진실된 내용이 하나도 없다고 한다면, 이것으로 만든 기사는 얼마나 황당하겠소……"

나는 뻣뻣하게 말했다. "저는 선생님께서 본인이 신앙을 잃었다는 점을 더할 나위 없이 명확히 하셨다고 생각했는데요."

"사람들이 고해성사를 보지 않는 이유가 그거라고 생각하오? 교회나 인간의 마음을 이해하려면 한참 멀었군, 던롭 씨. '신부님, 제가 신앙을 잃었습니다.' 왜 이것이 사제가 고해성사에서 가장 흔하게―거의 간음만큼이나 흔하게―듣는 말 가운데 하나겠소? 사제도 성체를 모시기 전에 제단에서 자기 자신에게 그렇게 고백하는 일이 자주 있다는 걸 믿어도 좋소."

내가 말했다. 이제는 내가 화가 나 있었다. "그러면 선생님은 무엇때문에 멀어졌습니까? 자존심? 선생님을 방종에 빠지게 한 여자 가운데 한 사람?"

"당신이 제대로 생각한 것처럼 내 나이가 되면 여자는 더 이상 문제가 아니라오." 그는 시계를 보았다. "2시 30분. 이제 당신을 차로 데려다주어야 할 것 같소."

"아닙니다." 내가 말했다. "이렇게 선생님과 헤어지고 싶진 않습니다. 술 때문에 우리가 격해진 것 같아요. 선생님의 책은 제게는 여전히 중요합니다. 제가 무지하다는 것은 저도 압니다. 저는 가톨릭 신자가 아니고 앞으로도 그럴 일은 없을 겁니다. 하지만 오래전에 선생님의 소설들은 저에게 적어도 믿음을 가질 수도 있겠다는 걸 알게 해 주었지요. 지금 선생님이 제 면전에서 문을 닫듯이 문을 닫아 버린 경우는 결코 없었습니다. 선생님 소설 속의 뒤로비에, 사그랭 같은 인물도 문을 닫지는 않았단 말입니다." 나는 브랜디 병을 가리켰다. "조금 전에 말씀드렸듯이…… 사람들이 이런 식으로 물질적인 것에만 배고프고 목마른 건 아닙니다. 선생님은 **선생님의** 신앙을 잃었기 때문에……"

그가 사납게 내 말을 가로막았다. "난 그런 말 한 적 없소."

"그러면 그동안 하신 말씀은 다 뭡니까?"

"난 믿음을 잃었다고 말했소. 그건 아주 다른 거요. 그런데 당신은 어떻게 이해한 거요?"

"선생님은 제 얘길 들으려 하지 않으시는군요."

그는 참기 위해 애를 쓰는 기색이 역력했다. 그가 말했다. "이렇게 설명해 보겠소. 만약 의사가 당신에게 약을 처방하고 평생을 매일 복용하라고 말했다 칩시다. 그런데 당신은 의사의 말에 따르는 걸 그만두고 더 이상 약을 복용하지 않아서 건강이 악화되었다면, 그렇다고 해서 의사를 신뢰하지 않을 거요?"

"아마 그러진 않겠죠. 하지만 여전히 전 선생님 말씀을 이해하지 못하겠습니다."

"난 20년 동안 자발적으로 나 자신을 파문했소. 한 번도 고해성사를 보지 않았다오. 한 여자를 너무 사랑한 나머지 언젠가 그녀를 떠날 것처럼 나 자신에게 가식을 부릴 수 없었지요. 죄의 사면 조건을 아시오? 개심하겠다는 확고한 의지라오. 난 그런 의지가 없었소. 5년 전에 내 여자는 죽었고, 나의 성생활도 그녀와 함께 죽었다오."

"그러면 왜 다시 돌아가시지 않았습니까?"

"두려웠소. 지금도 두렵다오."

"사제가 무슨 말을 할까 두려우셨나요?"

"당신은 교회에 대해 정말 이상한 생각을 갖고 있구려. 아니오. 사제가 무슨 말을 할까 두려웠던 게 아니오. 그는 아무 말도 하지 않을 거요. 딘롭 씨, 내가 감히 말하건대, 사제에게는 많은 세월이 흐른 뒤에 다시 돌아와 고해성사를 하는 사람보다 더 큰 기쁨을 주는 사람은 없을 거요. 고해성사가 유용하다는 걸 다시 느낄 테니까. 그런데 당신은 이해하지 못하겠소? 나는 이제 내 믿음이 부족한 것이 교회가 옳고 신앙은 참되다는 점을 최종적으로 입증하는 거라고 나 자신에게 말할 수 있다오. 나는 20년 동안 나 자신을 은총으로부터 단절시켰고, 사제들이 말한 대로 내 믿음은 시들었소. 나는 하느님과 그의 아들과 그의 천사들과 그의 성인들을 믿지 않소. 그러나 나는 왜 내가 믿지 않는지 그 이유를 안다오. 그 이유는…… 교회는 참되고, 교회가 나에게 가르쳤던 것이 참되기 때문이오. 난 20년 동안 성체를 받지 않고 지내 왔고, 그 영향을 알 수 있소. 성체는 분명 빵 이상의 것이오."

"그렇지만 선생님이 다시 돌아가시면……"

"내가 다시 돌아가도 믿음이 돌아오지 않는다면? 내가 두려워하는 게 바로 그거요, 딘롭 씨. 내가 계속 성체를 멀리하는 한, 내 믿음이 부족한 건 교회의 논쟁거리일 거요. 그러나 내가 돌아갔는데 믿음이 돌아오지 않는다면, 그땐 나는 정말로 신앙이 없는 사람이 되는 거요. 사람들을 낙담시키지 않기 위해 얼른 무덤 속으로 들어가 숨는 게 나은, 그런 사람이 되는 거란 말이오." 그가 불안스레 웃으며 말했다. "역설적이지요, 딘롭 씨?"

"그건 사람들이 선생님의 소설을 두고 하는 말입니다."

"나도 안다오."

"선생님의 소설 속 인물들은 자신들의 사상을 극단으로 밀어붙이죠. 비평가들이 그렇게 말하더군요."

"당신은 나 역시 그렇다고 생각하오?"

"그렇습니다, 모랭 씨."

그는 내 눈을 마주치지 않으려 했다. 찡그린 시선이 내 얼굴 너머 어딘가로 향했다. "적어도 난 이제 더 이상 질병의 전파자가 아니오. 당신은 감염을 피했소." 그러고 나서 덧붙였다. "잘 시간이 됐소, 던롭 씨. 이제 자러 갈 시간이오. 젊은 사람들은 잠을 더 많이 자야 하는 법이지요."

"저는 그 정도로 젊지 않습니다."

"내겐 아주 젊어 보이는구려."

그는 나를 차로 호텔까지 데려다주었다. 우리는 거의 말을 하지 않았다. 나는 그가 믿음을 버린 뒤로 지금까지도 그를 붙들고 있는 이상한 신앙에 대해 생각하고 있었다. 전쟁 중에 그 군종신부와 얘기를 나눈 이후로 신앙에 대한 호기심을 거의 느끼지 않았지만, 지금 다시 궁금증이 일기 시작했다. 모랭 씨는 자신은 전도자가 되는 것을 그만두었다고 생각하는데, 나는 그의 생각이 옳기를 바라지 않을 수 없었다. 그는 내게 포도밭 주소를 주는 것을 잊어버렸고, 나도 주소를 물어보는 것을 잊은 채 작별 인사를 했다.

이상한 시골 꿈
Dream of a Strange Land

1

교수의 집은 커다란 회색 바위들 사이에서 자라는 전나무로 사방이
둘러싸여 있었다. 그곳은 수도에서 버스를 타고 20분을 간 다음 큰길
에서 북쪽으로 몇 분만 더 걸으면 되는 곳이었지만, 방문객은 깊은 시
골에 들어온 것만 같은 인상을 받았다. 그는 자신이 카페에서, 매점에
서, 오페라하우스와 극장에서 수백 킬로미터 떨어진 곳에 와 있는 느
낌을 받았다.

교수는 65세였던 2년 전에 사실상 은퇴했다. 병원에는 예약 환자들
이 꽉 찼지만 그는 수도에 있는 진찰실 문을 닫았다. 다만 그가 좋아한
몇몇 환자들이 그를 보러 직접 차를 몰고 오거나, 차가 없어서 버스를

타고 오는 가난한 사람(그는 소수의 부유한 환자들의 치료에만 매달리지 않았다)의 경우에만 진찰을 계속했다. 버스에서 내려 10분쯤 걸으면 그의 집을 두르고 있는 나무와 바위들이 나왔다.

지금 의사의 서재에 서서 자신의 운명에 귀 기울이고 있는 이는 가난한 환자에 속하는 사람이었다. 서재에는 거실로 통하는 접이식 소나무 문이 있었다. 그 환자는 난생처음 보는 문이었다. 검은빛을 띤 육중한 책장이 벽에 기대어 서 있었고, 책장 안에는 검은빛을 띤 육중한 책들이 가득했다. 그의 성격상 모두 다 의학 서적일 듯싶었다(교수가 보다 가벼운 문학 책을 가까이하는 것을 본 사람은 아무도 없었고, 심지어 명성이 자자한 고전에 대해 견해를 피력하는 것을 들은 사람도 없었다. 누군가가 보바리 부인이 먹은 독약에 대해 물었을 때 그는 그 책을 전혀 모른다고 고백했고, 또 언젠가는 입센이 『유령』에서 매독을 다룬 것에 대해서도 전혀 알지 못한다는 사실을 보여 주었다). 책상 역시 책장과 마찬가지로 육중하고 검은 빛깔이었다. 그 정도로 무거운 책상이어야 나무가 갈라지는 일 없이 엄청나게 큰 청동 서진書鎭을 지탱할 수 있을 것 같았다. 높이가 30센티미터가 넘는 서진은 바위에 쇠사슬로 묶인 프로메테우스를 나타냈는데, 위에서 맴도는 독수리가 그의 간을 쪼아 먹기 위해 부리를 들이밀고 있었다. (때때로 교수는 환자에게 간경화증이라는 사실을 알릴 때, 자신의 서진을 언급하며 정색한 채 농담을 하곤 했다.)

환자는 낡았지만 점잖은 검은 옷을 입고 있었다. 소매는 닳았으며 수선한 흔적이 있었다. 부츠는 튼튼했지만, 역시 오래 신어서 낡아 보였다. 그의 뒤편으로는 열린 문으로 현관 입구에 그의 외투와 우산이 걸려 있는 모습이 보였다. 우산 아래 철제 통 속에는 부츠 위에 신는 덧신이 한 켤레 놓여 있었는데, 덧신 위쪽에 묻은 눈은 아직 녹지 않았다. 그는 쉰 살이 넘은 남자로 성년이 된 후로 모든 세월을 은행 카운터 뒤에서 보냈으며, 참을성 있게 열심히 일하고 예의 바르게 처신한 결과 차석 출납원의 자리에 오른 사람이었다. 하지만 결코 수석 출납원은 되지 못할 것이다. 수석 출납원이 그보다 적어도 다섯 살은 더 젊으니 말이다.

교수는 흰 수염을 짧게 길렀으며, 근시 때문에 구식 금속 테 안경을 쓰고 있었다. 털이 많은 손에는 검버섯이 피어 있었다. 또한 좀처럼 웃지 않는 사람이라 그의 튼튼하고 완벽한 이를 볼 기회는 거의 없었다. 그가 프로메테우스 서진을 어루만지면서 단호히 말했다. "환자분이 처음 왔을 때 얘기했잖소. 그 병을 막기엔 내 치료가 너무 늦게 시작된 것 같다고. 이제 피부 도말검사 결과에 따르면……"

"하지만 교수님, 교수님께서 그동안 줄곧 저를 치료해 주셨지 않습니까. 아무도 그 사실을 모릅니다. 저는 은행에서 계속 일을 할 수 있고요. 교수님, 조금만 더 저를 계속 치료해 주실 수 없나요?"

"그건 법에 어긋나는 일이오." 교수가 마치 엄지와 검지로 분필을 쥐고 있는 것 같은 동작을 하며 설명했다. "감염성 환자의 경우에는 반드시 병원에 가야 하오."

"하지만 교수님, 이건 걸릴 가능성이 가장 낮은 병에 속한다고 말씀하셨잖아요."

"그런데도 환자분은 그 병에 걸렸소."

"어떻게 해서 걸린 걸까? 어떻게 해서?" 환자는 생각 없이 똑같은 질문에 맞닥뜨린 사람처럼 피곤한 목소리로 혼잣말처럼 물었다.

"아마 환자분이 해안 지역에서 일할 때 걸렸을 거요. 항구에서는 사람들과의 접촉이 많으니까."

"접촉요?"

"환자분도 다른 사람들과 다를 바 없는 사람일 테니까요."

"하지만 그건 7년 전의 일입니다."

"그 병의 증상이 나타나는 데 10년이 걸린 사람도 있더군요."

"교수님, 그렇게 되면 저는 더 이상 일을 못 하게 될 겁니다. 은행에
서 절 다시 받아 주지 않을 거예요. 연금도 아주 적어지겠죠."

"과장된 견해요. 일정한 시기가 지나면…… 한센병은 결국엔 완치
될 수 있소."

"왜 이 병을 올바른 명칭으로 부르지 않는 겁니까?"

"5년 전 국제회의에서 명칭을 바꾸기로 결정했다오."

"하지만 교수님, 세상은 명칭을 바꾸지 않았어요. 교수님이 저를 그
병원으로 보내시면 제가 문둥이라는 걸 모두가 알게 될 거예요."

"내겐 선택의 여지가 없소. 하지만 장담컨대, 그곳이 무척 편안한 곳
이라는 걸 환자분도 알게 될 거요. 방마다 텔레비전도 있을 거고, 골프
장도 있고."

교수는 성가신 기색을 전혀 드러내지 않았다. 하지만 환자에게 앉으
라는 말을 하지 않은 채 프로메테우스와 독수리 뒤에서 등을 곧추세
우고 뻣뻣이 일어섰다. 성가시다는 표시였다.

"교수님, 간절히 부탁드립니다. 저는 입도 뻥긋하지 않을 거예요. 교
수님은 그 병원만큼 저를 잘 치료하실 수 있잖아요. 교수님 스스로도
감염 위험이 아주 적다고 말씀하셨고요. 교수님, 저에겐 저축해 놓은
돈이 좀 있어요. 많지는 않지만 그걸 다 드릴 테니……"

"뇌물로 나를 매수하려고 하면 안 되오. 그건 모욕적일 뿐 아니라

역겨운 일이기도 하니까. 미안하오. 이제 그만 돌아가셔야 할 것 같소. 내 일정이 바빠서 말이오."

"교수님, 교수님은 그게 저한테 뭘 의미하는지 모르십니다. 저는 아주 단순한 삶을 살고 있어요. 하지만 사람은 이 세상에서 혼자일 땐 자신의 습관을 사랑하게 된답니다. 저는 매일 7시에 호수 옆 카페에 가서 8시까지 시간을 보내죠. 카페에 있는 모든 사람이 저를 알아요. 종종 체커*를 하기도 해요. 일요일이면 호수의 기선을 타고⋯⋯"

"1~2년 동안은 그런 습관을 중단해야 할 거요." 교수가 매몰차게 말했다.

"중단? 중단이라고 말씀하셨나요? 저는 다시는 옛 생활로 돌아가지 못할 겁니다. 다시는. 문둥병이라는 말에는 감정이 실려 있어요. 그건 병이 아니에요. 사람들은 문둥병이 치료될 수 있다는 걸 절대 믿지 않아요. 말을 치료할 순 없잖아요."

"환자분은 병원 당국이 서명한 증명서를 받게 될 거요." 교수가 말했다.

"증명서라! 그보다는 차라리 종을 달고 다니는 편이 나을 겁니다."

그는 현관문을 향해, 그의 우산과 덧신이 있는 곳을 향해 걸음을 옮겼다. 교수는 그 방 너머에서는 거의 들리지 않을 정도로 나직이 안도의 한숨을 내쉬며 책상에 앉았다. 그러나 환자는 다시 몸을 돌렸다. "교수님, 교수님은 제가 입을 다물고 조용히 있을 거라는 걸 믿지 않으시는 겁니까?"

"나는 환자분이 누구에게도 얘기하지 않을 거라는 걸 전적으로 믿

---

* 서양 실내 놀이의 하나. 흑색 칸과 백색 칸이 가로세로 열 칸 내지 여덟 칸씩 번갈아 놓인 판에서, 상대편의 말을 넘어서 다 잡거나 움직일 수 없도록 만들어 승부를 겨룬다.

소. 당신 자신을 위해서. 하지만 나 같은 위치에 있는 의사가 법을 위반할 거라고 생각해선 안 되오. 합리적이고 불가피한 법을 말이오. 모두가 법을 위반하지 않고 잘 지켜 왔다면 환자분이 오늘 여기 서 있지도 않겠지요. 잘 가시오……" 환자는 이미 현관문을 닫고 돌아가기 시작했다. 도로를 향해 바위와 전나무 사이를 걷고, 버스 정류장에 이르고, 버스를 타고 수도로 돌아갔다. 교수는 그가 돌아가는 것을 확인하고자 창가로 가서 밖을 내다보았다. 나무 사이로 가볍게 흩날리는 눈송이 속을 걸어가는 그의 뒷모습이 보였다. 그가 한 차례 걸음을 멈추고 뭔가 새로운 생각이 떠오른 것처럼 바위 위에 손동작을 해 보였다. 그러고 나서 터벅터벅 걸어서 시야에서 사라졌다.

교수는 식당 미닫이문을 열고 뚜벅뚜벅 걸어서 낮은 찬장이 있는 곳으로 갔다. 그의 책상만큼이나 육중한 찬장이었다. 거기에는 프로메테우스 대신 커다란 은제 병—펜싱 경기에서 상으로 받은 것이었다—이 놓여 있었는데, 병에는 교수의 이름과 40년도 더 된 과거의 날짜가 새겨져 있었다. 그 옆에는 커다란 은제 장식 접시가 놓여 있었다. 그가 퇴직할 때 병원 직원들에게서 선물로 받은 것이었는데, 거기에도 글이 새겨져 있었다. 교수는 딱딱한 녹색 사과를 한 알 집어 들고 서재로 돌아갔다. 다시 책상에 앉은 그는 튼튼한 이로 사과를 아삭아삭 깨물었다.

2

그날 오전 늦게 교수는 또 다른 방문객을 맞았다. 그러나 이번 손님은 메르세데스벤츠를 타고 집 앞에 도착했다. 교수는 직접 문으로 나가 손님을 안으로 안내했다.

"대령," 그는 서재에 있는 유일한 여분의 의자를 앞으로 끌어당기면서 말했다. "이번에는 일과 관련된 게 아니라 그냥 사교적인 방문이길 바라겠소."

"난 절대 병에 걸리지 않습니다." 대령은 그런 것은 생각만 해도 짜증스럽다는 듯한 표정을 지으며 유쾌하게 말했다. "혈압도 정상이고, 몸무게도 적당하고, 심장도 건강해요. 내 몸은 기계처럼 작동한답니다. 세월이 흐르면 이 기계가 마모된다는 걸 믿기 어려울 정도예요. 난 아무 걱정이 없고, 내 신경계는 완벽하게 반응하고 적응해서……"

"사교적인 방문이라는 걸 알게 되니 마음이 놓이는군요, 대령."

"군대는," 대령이 영국산 트위드로 만든 옷에 감싸인 길고 날씬한 다리를 꼬고 앉으며 말을 계속했다. "모든 조직 가운데 가장 건강한 집단이지요. 물론 우리 나라 같은 중립국의 군대를 말하는 겁니다. 매년 실시하는 군사훈련은 신경계를 긴장시키고 피를 맑게 하는 데 엄청 도움이 되죠."

"내 환자들에게 군 입대를 권하고 싶은 마음이 드네요."

"아, 우리 군대는 아픈 사람은 받을 수 없어요." 대령이 건조하게 웃으면서 덧붙였다. "교전 중인 나라는 아픈 사람도 받겠지만. 그런 나라는 결코 우리만큼 효율성을 갖출 수 없지요."

교수는 대령에게 시가를 권했다. 대령은 조그만 가죽 상자에서 시가 커터를 꺼내 시가 끝부분을 절단했다. "교수님, 장군님을 뵌 적이 있죠?" 그가 물었다.

"한두 차례 만났을 거요."

"장군님께선 오늘 밤에 70세 생일을 기념하는 자리를 가질 겁니다."

"그래요? 건강관리를 매우 잘하셨군요."

"물론이죠. 그래서 장군님의 친구들이―그중 내가 주도적인 역할을 한다고 생각해요―장군님을 위해 아주 특별한 행사를 준비했지요. 장군님께서 가장 좋아하는 취미가 뭔지 알죠?"

"글쎄요……"

"룰렛 게임이랍니다. 장군님은 지난 50년 동안 대부분의 휴가를 몬테카를로에서 보내셨죠."

"그분의 신경계도 틀림없이 훌륭하겠군요."

"그럼요. 하지만 지금은 일시적으로 몸이 좀 안 좋아서 몬테카를로에서 생일을 보내실 수가 없어요. 그래서 친구들은, 그렇다면 장군님을 위해 룰렛 테이블을 가져오자는 생각을 해 냈답니다."

"그게 어떻게 가능하죠?"

"모든 게 만족스럽게 준비됐어요. 프랑스 칸에서 일하는 딜러 한 명과 조수 두 명을 불렀고, 필요한 모든 장비와 용품을 구했답니다. 내 친구 한 명이 시골에 있는 집을 빌려주기로 했고요. 이런 일은 매우 조심스럽게 진행해야 하거든요. 불합리한 우리 나라 법 때문에 말이죠. 이런 행사는 경찰이 눈감아 줄 거라고 생각할지 모르지만, 경찰 조직의 높은 사람들 사이에선 군대에 대한 질투가 대단하답니다. 언젠가 경찰청장이 얘기하는 걸 들은 적이 있지요. 어떤 파티장에서였는데, 그가 초대된 걸 보고 나는 깜짝 놀랐지요. 그이는 우리 나라와만 관련이 있는 전쟁들을 **자신의** 부하들이 치르고 있다고 말하더군요."

"이해가 안 되는군요."

"아, 그이는 범죄를 말한 거였어요. 터무니없는 비유죠. 범죄가 전쟁과 무슨 관련이 있나요?"

교수가 말했다. "모든 게 만족스럽게 준비됐다고 했죠?"

"국립은행 전무이사와 얘기가 됐는데…… 오늘 갑자기 그이가 전화를 해서 아이가—여자애인 것 같아요—성홍열에 걸렸다는 거예요. 그래서 그 집은 격리 상태라더군요."

"장군님께서 실망하시겠군요."

"장군님은 이 일에 관해 아무것도 모르세요. 그분은 자신을 위한 파티가 시골에서 열린다는 것만 알고 계시죠. 그게 전부예요."

"그래서 당신이 여기 온 거로군요." 교수가 의사로서의 약점이라고 여기는 당혹스러운 표정을 숨기려 애쓰면서 말했다. "내가 이 집을 빌려줄 수 있는지 알아보려고……"

"맞아요. 오늘 저녁만 이 집을 빌리고 싶은 마음에서 찾아온 거예요. 집이 갖추고 있어야 할 조건은 아주 단순합니다. 우선, 시골에 있어야 해요. 그 이유는 앞에서 설명드렸지요. 그리고 일정한 규모의 **응접실**이 있어야 해요. 룰렛 테이블이 들어가야 하니까요. 적어도 세 테이블은 있어야 해요. 손님이 100명쯤 될 테니까요. 그리고 집주인은 당연히 장군님께서 좋아할 만한 사람이어야 하고요. 교수님 댁보다 훨씬 더 넓은 집들이 있긴 하지만, 그런 집들은 장군님께서 손님으로 가시기에 마뜩잖더라고요. 그런 경우엔 요청하기가 곤란하잖아요."

"물론 나는 영광입니다, 대령. 하지만……"

"이 문을 다 열면 충분히 넓은 방으로 꾸밀 수 있지 않을까요……?"

"예, 하지만……"

"아, 죄송해요. 뭐라고 했죠?"

"파티가 오늘 밤에 열린다는 인상을 받았는데요?"

"맞아요."

"시간적으로 어떻게 그게 가능한지 모르겠군요."

"병참술의 문제입니다, 교수님. 군대의 병참술에 맡기면 돼요." 대령은 호주머니에서 수첩을 꺼내 '등'이라고 적었다. 그가 교수에게 설명했다. "샹들리에를 걸어야 해요. 샹들리에가 없는 카지노는 생각할 수 없으니까요. 다른 방도 좀 볼 수 있을까요?"

그는 트위드 바지를 입은 긴 다리로 걸어서 거리를 대충 재어 보았다. "접이식 문을 활짝 열고 평범한 중앙 전등 대신에—이렇게 말하는 걸 양해하세요—샹들리에를 달면 아주 훌륭한 **살 프리베***가 될 겁니다. 여기 있는 가구를 위층으로 옮겨 둬도 될까요? 우린 우리가 앉을 의자를 따로 가져올 테니까요. 그렇지만 이 낮은 찬장은 카운터로 사용할 수 있겠군요. 교수님, 젊었을 때 펜싱 선수였군요?"

"예."

"장군님도 한때는 펜싱을 아주 좋아하셨지요. 자, 그럼 오케스트라는 어디에 두는 게 좋을지 말해 주세요."

"오케스트라요?"

"우리 부대가 연주자들을 제공할 겁니다. 최악의 경우엔 계단에 앉아 연주할 수도 있겠죠." 그는 **응접실** 창가에 서서 짙은 빛깔의 전나무 숲으로 둘러싸인 겨울 정원을 내다보았다. "저건 정자인가요?"

"예."

"동양적인 느낌이 참 잘 어울리네요. 만약 저기서 연주를 하고 우리가 이곳 창문을 조금 열어 둔다면 틀림없이 음악이 어렴풋이……"

---

* 카지노 내부의 특실.

"추위가……"

"이곳엔 좋은 난로가 있고, 또 커튼이 묵직해서 괜찮을 것 같아요."

"정자엔 난방 시설이 전혀 없어요."

"연주자들은 군복 외투를 입을 거예요. 그리고 연주자들은 알다시피……"

"이 모든 걸 오늘 밤에?"

"오늘 밤에."

교수가 말했다. "난 이제껏 법을 어긴 적이 없어요." 그런 다음 자신의 소심함을 감추려고 재빨리 거짓 웃음을 지어 보였다.

"이보다 더 좋은 이유로 법을 어기는 경우는 있을 수 없을 겁니다." 대령이 대꾸했다.

3

어둠이 내리기 한참 전에 가구를 실은 화물차가 도착했다. 샹들리에가 와인 잔과 함께 가장 먼저 왔는데, 전기 기사가 도착할 때까지 상자에 담긴 채로 거실에 놓여 있었다. 전기 기사에 이어 웨이터들이 도착했고, 동시에 조그만 금박 의자 일흔네 개를 실은 화물차도 도착했다. 운송업체 직원들이 부엌에서 교수의 가정부가 내준 맥주를 한잔하며 룰렛 테이블 세 개를 실은 트럭이 도착하기를 기다렸다. 룰렛 휠과 테이블보 그리고 가치에 따라 색깔과 모양이 다양한 플라스틱 칩이 든 상자는 맵시 있는 자가용에 실려 나중에 도착했다. 검은 정장을 입은 심각한 표정의 딜러 세 명도 그 자가용을 타고 왔다. 교수는 자기 집 앞에 그토록 많은 차가 주차된 모습은 본 적이 없었다. 자신이 낯선 사람인 것 같은, 손님인 것 같은 기분이 들어서 그는 침실 창가에서 어정거렸다. 밖에 나가 계단에서 일꾼들을 마주하는 게 두려웠던 것이다. 그의 침실 밖 긴 통로에는 아래층에서 올라온 가구들이 어지러이 널려 있었다.

붉은 겨울 태양이 일찌감치 검은 전나무 밑으로 가라앉을 무렵, 교수의 집 진입로에는 차들이 급격히 늘어나기 시작했다. 가장 먼저 택시들이 꼬리를 물고 대열을 이루며 도착했다. 택시는 모두 호박 목걸이처럼 밝은 노란색이었다. 이런 어수선한 상황 속에서 군복 외투를 입은 건장한 사내들 여러 명이 악기를 옮겼다. 악기는 자주 문에 걸렸고, 그때마다 조심조심 어렵사리 빠져나가야 했다. 첼로가 어떻게 문을 통과할 수 있었는지는 이해가 되지 않을 지경이었다. 재봉사가 사용하는 얼굴 없는 마네킹처럼 목이 먼저 빠져나갔지만 어깨는 너무 넓었던 것이다. 외투를 입은 사내들이 바이올린 활을 총처럼 든 채 주변에 서 있었고, 트라이앵글을 든 조그만 사내 한 명이 큰 소리로 외치며 조언을 했다. 이제는 이들 모두 집 앞에서 사라지고, 동양적인 멋이 깃든 정자에서 악기를 조율하는 불협화음이 흘러나와 흩날리는 눈 사이로 들려왔다. 바깥 통로에서 뭔가가 부서지는 소리가 나서 교수는 밖을 내다보았다. 대령이 평범하다고 비난했던 중앙 전등 하나가 놓여 있던 예비 테이블에서 떨어진 것이었다. 통로에는 서재에 있던 육중한 책상과 앞면이 유리로 된 책장 그리고 서류 캐비닛 세 개가 들어차 있어서 거의 막힌 상태였다. 교수는 방치된 프로메테우스를 구조했다. 이 집에 있는 물건 가운데 부서질 가능성이 가장 희박한 것임에도 교수는 안전을 위해 그 청동 서진을 자신의 침실로 옮겼다. 아래층에서 망치 소리와 지시를 내리는 대령의 목소리가 들려왔다. 교수는 다시 침실로 돌아갔다. 침대에 앉아 마음을 가라앉히려고 쇼펜하우어를 조금 읽었다.

45분쯤 뒤에 대령이 침실에 있는 그를 찾아냈다. 대령이 씩씩하게 안으로 들어왔다. 군대 예복을 입고 있어서 다리가 그 어느 때보다도 더 가늘고 길어 보였다. "행사 시작 시간이 다 돼 갑니다." 그가 말했다. "준비가 거의 다 끝났어요. 교수님도 교수님 집을 잘 알아보지 못할 거예요. 모습이 엄청 바뀌었으니까요. 장군님께선 한결 따뜻하고 자유로운 지역에 있는 기분이 드실 겁니다. 오케스트라는 슈트라우스와 오펜바흐와 약간의 레하르 음악을 접속곡 형식으로 연주할 거예요. 그렇게 하면 장군님께서 음악을 알아들으시기가 한결 쉬울 테니까요. 어울리는 그림들을 벽에 걸어 두는 것도 빠뜨리지 않았지요. 아래층으로 내려가서 **살 프리베**를 보면 이건 평범한 군사작전이 아님을 깨닫게 될 거예요. 세세한 것들을 잘 챙기는 게 훌륭한 군인의 특징이랍니다. 교수님, 오늘 밤 교수님 집은 지중해 연안의 카지노가 되었어요. 뭔가 방법을 동원해서 나무들을 가릴 생각도 해 보았으나, 계속해서 내리는 눈을 없앨 방법이 없더군요."

"놀랍군요." 교수가 말했다. "정말 놀라워요." 멀리 떨어진 정자에서는 〈아름다운 헬레네〉의 멜로디가, 바깥 진입로에서는 차들이 멈춰 서는 소리가 계속해서 들려왔다. 자신이 마치 집에서 멀리 떨어진 이상한 시골에 살고 있는 듯한 느낌이 들었다.

"실례가 되지 않는다면," 교수가 말했다. "오늘 밤은 모든 걸 대령에게 맡기겠습니다. 난 장군님과는 거의 모르는 사이니까요. 나는 내 방에서 조용히 샌드위치를 먹을게요."

"그럴 순 없습니다." 대령이 말했다. "교수님이 주인이에요. 지금쯤은 장군님도 교수님 이름을 아실 겁니다. 물론 이런 광경이 자신을 맞이하리라는 걸 예상하고 있진 않으시겠지만…… 아, 이제 손님들이 도착하기 시작하네요. 손님들에게 좀 일찍 오라고 부탁했거든요. 장군님께서 모습을 드러냈을 땐 분위기가 한창 무르익어 있게 하려고요. 룰렛 휠이 돌아가고, 사람들이 베팅을 하고, 딜러가 게임을 진행하고…… 전장戰場이 장군님 앞에 펼쳐져 있는 겁니다. **적과 흑**의 전장이. 교수님, 내려갑시다. 테이블에서 돈을 조금 걸어 보자고요. 우리 둘이 먼저 닻을 올릴 시간이에요."

4

눈이 얕게 쌓인 데다 계속 내리고 있어서 길은 불편하고 위험했다. 수도에서 출발한 버스는 중요한 경주를 앞두고 근육을 함부로 사용하기를 꺼리며 달리기 연습을 하는 사람만큼이나 더디게 나아갔다. 환자는 부츠 위에 덧신을 신었음에도 발이 몹시 시렸다. 어쩌면 그 추위는 자신의 용무에서, 어리석은 용무에서 비롯된 것인지도 몰랐다. 그날 저녁, 도로에는 유난히 차량이 많았다. 노란 택시들이 빈번히 버스를 앞지르며 지나갔고, 군복이나 예복 차림으로 웃고 노래 부르는 젊은이들로 가득한 조그만 스포츠카도 눈에 자주 띄었다. 한번은 다급한 사이렌 소리에—경찰차나 앰뷸런스의 사이렌 소리 같았다—버스가 갓길에 쌓인 푸르스름한 눈 더미 옆으로 어설프게 기어가서 멈추었는데, 그러자 커다란 메르세데스 한 대가 지나갔다. 환자는 그 차 안에 한 노인이 꼿꼿이 앉아 있는 것을 보았다. 잿빛 콧수염을 길게 기른 노인이었는데, 어쩌면 그것은 군인은 콧수염을 길러야 한다는 1914년의 군대 규정에서 비롯된 것인지도 몰랐다. 노인은 구식 군복 차림에다 머리에는 귀를 덮도록 모피 모자를 눌러쓰고 있었다.

환자는 길옆 정류장에서 내렸다. 달은 보름달에 가까웠으나 여전히 손전등이 필요했다. 그는 숲길을 비추기 위해 손전등을 챙겨 왔다. 이제는 차의 전조등이 교수의 집으로 이어진 진입로를 비추어서 그를 도와주는 일은 일어나지 않았다. 그는 가루처럼 흩어지는 길가의 눈을 밟고 걸으면서 마지막 호소의 말을 연습했다. 만약 이 호소가 실패한다면 그로서는 병원에 가는 것 말고는 달리 방법이 없었다. 용기를 내서 얼음처럼 차가운 호수 물에 들어가 다시는 돌아오지 않는다면 모를까…… 그는 희망이 거의 없다고 느꼈다. 그리고 이유를 알 수 없지만, 책상에 앉은 교수를 떠올리려고 하면—교수는 이처럼 늦은 시간에 예고 없이 방문한 것에 화가 나고 짜증이 날 것이다—머리에 떠오르는 것은 청동 독수리의 반쯤 편 날개와 죄수의 간을 쪼아 먹으려고 바싹 들이민 부리뿐이었다.

그는 나무 아래서 낮은 소리로 애원했다. "그 누구에게도 전혀 위험하지 않을 겁니다, 교수님. 저는 늘 혼자였어요. 부모님도 안 계세요. 유일한 혈육인 누나는 작년에 죽었어요. 저는 만날 사람도 없고 얘기를 나눌 사람도 없어요. 은행 손님을 빼고는 말입니다. 이따금 카페에서 체커를 하는 게 전부예요. 앞으론 그마저도 삼갈 거예요. 그러는 게 좋다고 교수님께서 생각하신다면 말예요. 은행에서 지폐를 만질 때는 전 항상 장갑을 끼는 습관이 있어요. 불결한 돈이 아주 많으니까요. 계속 저를 개인적으로 치료해 주신다면 저는 교수님이 말씀하시는 주의

사항은 뭐든 다 지킬 겁니다. 저는 법을 준수하는 사람이에요. 하지만 법의 정신이 자구字句보다 더 중요하다고 믿어요. 저는 법의 정신을 지킬 겁니다."

독수리가 무자비한 부리로 프로메테우스를 꽉 물었다. 환자는 절대 다시 듣고 싶지 않은 말이 되풀이되는 것을 막으려는 듯이 슬픈 어조로 중얼거렸다. "저는 텔레비전을 좋아하지 않아요, 교수님. 텔레비전을 보면 눈물이 나오거든요. 그리고 골프는 한 번도 쳐 본 적이 없어요."

그는 나무 아래서 걸음을 멈추었다. 나뭇가지에 쌓여 있던 눈덩이가 그의 우산 위로 털썩 떨어졌다. 있을 것 같지 않은 일이었지만, 그는 멀리서 나는 음악의 가락이 돌풍에 실려 왔다가 사라지는 것을 들었다고 생각했다. 심지어 자기가 그 선율을 안다는 생각도 들었는데, 〈파리인의 생활〉에 나오는 왈츠 선율이 온통 어둠과 눈뿐인 곳에서 잠시 흘러나온 것 같았다. 전에는 이곳을 밝은 햇빛 속에서만 보았다. 지금은 눈이 얼굴에 내려앉고, 머리 위로는 전나무 사이로 별들이 수군거렸다. 길을 잘못 들어서서, 아마도 무도회가 열리는 낯선 집의 사유지에 들어와 버린 것만 같은 생각이 들었다.

그러나 집 앞, 순환식 원형 진입로에 이르자 그는 현관 지붕과 창문 모양과 가파른 지붕 경사를 알아보았다. 지붕에서 시간 차이를 두고 눈이 미끄러져 내렸는데, 그때마다 사람이 사과를 먹는 듯한 아삭바삭한 소리가 났다. 그가 알아볼 수 있는 것은 그것뿐이었다. 그 집이 이처럼 불빛이 휘황하고 사람의 목소리로 떠들썩했던 것을 본 적이 없었던 것이다. 어쩌면 이웃한 두 집을 동일한 건축가가 지었는데, 그가 숲에서 깜빡하고 길을 잘못 든 것인지도 몰랐다. 그는 확인해 보려고 창가로 걸음을 옮겼다. 딱딱해진 눈이 덧신 아래서 비스킷처럼 부서졌다.

술에 취한 게 분명한 젊은 장교 두 명이 열려 있는 출입문으로 비틀비틀 걸어 나왔다. "난 19번에 걸었는데, 망했어." 한 명이 말했다. "염병할 19번."

"나는 0번. 한 시간 동안 계속 0에 걸었지만 한 번도……"

처음 말한 젊은이가 옆구리에 찬 권총집에서 권총을 꺼내 달빛 속에서 흔들었다. "지금 필요한 건," 그가 말했다. "자살뿐이야. 누군가가 자살을 해야 할 분위기란 말이야."

"조심해. 장전돼 있는지도 모르잖아."

"물론 장전돼 **있지**. 저 사람은 누구지?"

"몰라. 정원사겠지. 총 가지고 장난치지 마."

"샴페인이 더 필요해." 첫 번째 사내가 말했다. 그는 총을 도로 권총집에 넣으려 했으나 권총이 흘러내려 눈 속으로 떨어졌다. 사내는 그것도 모르고 빈 권총집을 조심스럽게 채웠다. "샴페인을 더 마셔야겠어." 그가 거듭 말했다. "꿈이 시들어 사라지기 전에." 두 사람은 다시 허정허정 집 안으로 들어갔다. 검은 물체는 눈 속에 묻혀 있었다.

환자는 창가로 다가갔다. 만약 자신이 올바른 길로 왔다면 그곳은 교수의 서재 창이어야 했다. 그러나 이제 그는 다른 집에 와 있음을 어둠 속에서 확실히 깨달았다. 육중한 책상과 육중한 책장 그리고 철제 서류 캐비닛들이 놓인 조그만 정사각형 방 대신에 컷글라스 샹들리에가 휘황찬란하게 불을 밝힌 기다란 방이 있었던 것이다. 벽에는 이상한 취향의 그림들이 걸려 있었다. 속이 비치는 얇은 나이트가운을 입은 젊은 여자들이 몸을 숙여 쏟아져 내리는 물줄기를 내려다보거나,

수련 사이에서 배를 타고 허리를 구부린 자세로 노를 젓는 그림들이었다. 군복이나 예복을 입은 많은 남자들이 세 개의 룰렛 테이블 주위에 모여 있었고, 딜러들이 외치는 소리가 밤의 어둠 속으로 희미하게 새어 나왔다. **"돈을 거세요, 신사 여러분. 자, 돈을 거세요."** 그런가 하면 캄캄한 정원 어딘가에서는 오케스트라가 〈푸른 다뉴브 강〉을 연주하고 있었다. 환자는 얼굴을 유리창에 붙인 채 눈 속에 꼼짝 않고 서서 생각했다. '다른 집일까?' 그러나 다른 집이 아니었다. 이곳은 다른 시골이었다. 여기서 집으로 돌아가는 길을 결코 찾지 못할 것 같은 느낌이 들었다. 너무 멀리 떠나온 것이다.

그중 한 테이블에 메르세데스를 타고 지나갔던 노인이 딜러 오른쪽에 앉아 있었다. 노인은 한 손으로는 수염을 만지작거리고 다른 손으로는 룰렛 볼이 돌아가는 동안 앞에 있는 칩 더미를 만지면서 칩을 세고 베팅했으며, 〈유쾌한 미망인〉의 곡에 맞추어 한 발을 까닥거렸다. 카운터에서는 샴페인 마개가 펑 하고 빠지면서 비스듬히 위로 솟구쳐 샹들리에를 맞혔고, 그러는 동안 딜러가 다시 외쳤다. **"돈을 거세요, 신사 여러분."** 누군가의 손에 들려 있던 와인 잔의 손잡이 부분이 깨졌다.

그때 교수의 모습이 환자의 눈에 띄었다. 교수는 그 커다란 방의 저쪽 끝, 두 번째 샹들리에 너머에 창을 등지고 서 있었다. 교수와 그는 웃음과 떠들썩한 소리와 휘황한 불빛을 사이에 두고 서로를 보았다.

교수는 환자를 제대로 볼 수 없었다. 유리창 바깥쪽에 대고 있는 얼굴 윤곽만 겨우 볼 수 있었다. 그러나 환자는 환한 샹들리에 불빛을 받고 룰렛 테이블 사이에 서 있는 교수를 또렷이 볼 수 있었다. 그는 교수의 표정까지 볼 수 있었는데, 교수의 얼굴에는 와서는 안 될 파티에 온 사람 같은 당혹한 표정이 서려 있었다. 환자는 자기도 당혹스럽다는 것을 상대에게 보여 주려는 것처럼 손을 들었으나, 물론 교수는 어둠 속에서 이루어진 손동작을 보지 못했다. 환자는, 비록 한때 그와 교수는 서로 잘 아는 사이였으나 이제는 둘 다 어떤 이상한 불상사로 갈피를 못 잡고 헤매게 된 이 집에서 자신들이 만나기란 거의 불가능하다는 것을 분명히 깨달았다. 이곳에는 진찰실도 없고, 자신의 진료 기록도 없고, 책상도 없고, 프로메테우스도 없고, 심지어 자신이 호소할 수 있는 의사도 없었다. **"돈을 거세요, 신사 여러분."** 딜러가 외쳤다. **"돈을 거세요."**

5

대령이 말했다. "친애하는 교수님, 어쨌든 당신이 주인입니다. 교수님도 한 번은 룰렛 판에 돈을 걸어야 해요." 그는 교수의 소매를 붙잡고 장군이 앉은 테이블로 이끌었다. 장군은 레하르의 음악에 맞추어 툭탁툭탁 발장단을 쳤다.

"장군님, 교수님이 장군님의 행운을 따르고 싶어 합니다."

"오늘 밤엔 내 운이 별로지만, 아무튼 그렇게 해 볼까요……" 장군의 손가락이 테이블보 위에서 사뿐사뿐 움직였다. "이것과 동시에 0번에도 걸어서 위험을 분산하도록 해 봐요."

룰렛 볼이 돌고 뛰어넘고 돌고 뛰어넘고를 반복하다가 이윽고 멈추었다. "영." 딜러가 큰 소리로 알리며 다른 데에 건 칩들을 쓸어 가기 시작했다.

"적어도 잃지는 않았군요, 교수 양반." 장군이 말했다. 실내에서 들리는 목소리 너머 어느 먼 곳에서 희미한 폭발음이 들려왔다.

"코르크 마개 따는 소리입니다." 대령이 말했다. "장군님, 샴페인 한 잔 더 하시겠습니까?"

"총소리이길 바랐는데." 장군이 다소 굳은 미소를 띠고 말했다. "아, 예전에…… 몬테카를로에서 있었던 일이 생각나는데……"

교수는 창문을 쳐다보았다. 방금 전에 누군가가 교수 자신만큼이나 당혹스러운 표정으로 안을 들여다보는 것 같았는데, 지금 거기에는 아무도 없었다.

숲에서 발견한 것

A Discovery in the Woods

1

마을은 바다에서 8킬로미터 떨어지고 바다보다 300미터 정도 높은 거대한 붉은 바위들 사이에 자리 잡고 있었다. 언덕 윤곽을 따라 구불구불하게 난 길을 걸어 내려가면 바다가 나왔다. 피트네 마을 사람 누구도 그보다 멀리 여행을 해 본 적이 없었다. 언젠가 피트의 아빠가 고기잡이를 하던 중에 동쪽 바다 쪽으로 30킬로미터쯤 뻗은 곳 너머의 다른 작은 마을에서 온 사람들을 한 차례 우연히 만난 적이 있긴 했지만 말이다. 아이들은 배가 있는 곳으로 가는 아빠를 따라서 조약돌이 널린 작은 만으로 가지 않을 때면 놀이—'옛날 옛적 노'와 '저 구름을 조심해'—를 위해 그들의 집이 내려다보이는 붉은 바위 밑에서 위로 높이 올라가곤 했다. 몇십 미터 위쪽의 키 작은 관목 지대는 삼림지대로 이어졌다. 나무들은 몹시 어려운 상황에 빠진 등산객처럼 바위 표면에 달라붙어 있었다. 나무들 사이로 블랙베리 관목이 자라고 있었는데, 가장 크고 튼실한 블랙베리 열매는 늘 해를 직접 쬐지 않는 그늘에서 열렸다. 제철이 되면 블랙베리는 늘 먹는 생선 요리 뒤에 나오는 강하고 맛있는 디저트가 되어 주었다. 전반적으로 보면 빈약하고 단조로운 삶이었지만, 한편으로는 행복한 삶이었다.

피트 엄마의 키는 152센티미터가 조금 안 되었다. 그녀는 사팔뜨기였고, 걸을 때면 비틀거리는 경향이 있었다. 그러나 피트에게는 엄마의 움직임이 가장 불안정한 측면에서 인간의 우아함의 절정에 이른 것처럼 보였다. 또 엄마는 보통 한 주의 5일째 되는 날에 그에게 이야기를 들려주었는데, 그녀의 더듬거리는 말투는 그에게는 마술적인 음악 효과로 작용했다. 특별히 그를 매혹시킨 단어가 하나 있었는데, 그것은 '나, 나, 나, 나무'였다. "그게 뭔데요?" 그가 물으면 엄마는 설명을 하려 애썼다. "오크를 말하는 거예요?" "나, 나무는 오크가 아니야. 하지만 오크는 나, 나, 나무지. 자, 자작나무도 나, 나무고." "하지만 자작나무는 오크하고는 많이 다르잖아요. 그게 같지 않다는 건 누구나 알 수 있어요. 꽤 멀리 떨어진 거리에서도요. 개와 고양이처럼." "개와 고, 고양이는 둘 다 동물이란다." 엄마는 과거의 어떤 세대로부터 일반화하는 능력을 물려받았는데, 그와 그의 아빠에게는 거의 없는 능력이었다.

그는 경험으로부터 배우지 못하는 멍청한 아이는 아니었다. 그는 심지어 지난 네 번의 겨울 동안 일어난 일도 더듬더듬 되돌아볼 수 있었다. 하지만 그의 기억에 남아 있는 가장 오래전의 일들은 바다 안개와 흡사했다. 바람은 잠시 바위나 나무를 뒤덮은 안개를 흩뜨려서 사라지게 할 수는 있지만 안개는 이내 다시 짙게 내려앉곤 한다. 엄마는 그가 일곱 살이라고 주장했지만, 아빠는 그가 아홉 살이며, 겨울 한 철만 더 지나면 아빠가 관계를 맺은—모든 마을 사람들은 어떤 식으로든 관계를 맺었다—뱃사람들 사이에 합류하기에 충분한 나이라고 했다. 어쩌면 엄마는 그가 어른들과 함께 물고기를 잡으러 가야 하는 때를 늦추기 위해 일부러 그의 나이를 속였는지도 모른다. 그것은 단지 위험하기 때문만이 아니라—물론 겨울마다 고기잡이로 인한 사상자가 발생했고, 그에 따라 마을의 크기는 개미 군단의 크기 이상으로 늘어나지 않았지만—그가 외아들이라는 사실 때문이기도 했다(마을에는 아이가 둘 이상인 부모가 둘 있었는데, 토트 부부와 폭스 부부였다. 토트 부부는 아이가 셋이었다). 피트가 아빠와 함께할 때가 되면, 엄마는 가을에 블랙베리를 따기 위해서는 다른 집 아이들에게 의지해야 할 것이다. 아니면 블랙베리 없이 지내든지. 하지만 염소 우유를 조금 넣은 블랙베리보다 엄마가 더 좋아하는 것은 없었다.

그래서 그는 이번이 땅에서 보내는 마지막 가을이리라고 믿었다. 그는 그것을 크게 걱정하지 않았다. 아마 그의 나이에 관해서는 아빠의 말이 맞을 것이다. 왜냐하면 특별한 갱단의 대장으로서의 자신의 위치가 이제는 확고해졌다는 것을 스스로 알아차리게 되었으니 말이다. 그의 근육은 자신보다 더 큰 상대를 만나 힘을 쓰고 싶은 욕구를 느꼈다. 이번 10월에 그는 네 명의 아이들로 갱단을 구성하고, 세 명에게 번호를 부여했다. 그렇게 해야 그의 명령이 더 무뚝뚝해 보이고, 규율하기가 훨씬 더 쉬웠기 때문이다. 네 번째 단원은 효율성을 위해 마지못해 끼워 준 리즈라는 일곱 살짜리 여자애였다.

그들은 마을 변두리에 있는 폐허에서 만났다. 폐허는 언제나 거기에 그렇게 있었다. 어른들도 믿었는지는 모르지만, 아이들은 밤이 되면 그곳에 거인들이 출몰한다고 믿었다. 마을의 다른 모든 여자들보다 아는 게 훨씬 더 많은—그 이유를 아는 사람은 없었다—피트의 엄마는 자신의 할머니가 수천 년 전의 '노'라는 인물과 관련이 있는 대재앙에 관해 얘기해 주었다고 말했다. 주민들을 몰살하고, 이곳을 시간의 더딘 파괴 작업에 맡겨 폐허로 만들어 버린 것은 하늘에서 떨어진 벼락이었을 수도 있고, 거대한 파도였을 수도 있고(이 마을을 집어삼키려면 적어도 300미터 높이의 파도가 필요했을 것이다), 혹은 전해 내려오는 몇몇 전설처럼 전염병이었을 수도 있었다. 거인들이 가해자의 유령인지 아니면 살해된 이들의 유령인지, 아이들로서는 명확히 알 도리가 없었다.

이 특별한 가을의 블랙베리 수확은 거의 끝났다. 아무튼 마을에서 2킬로미터 이내 지역—사람들은 이 지역을 바닥골이라고 불렀는데, 아마 붉은 바위의 기슭에 자리했기 때문일 것이다—에서 자라는 블랙베리는 남김없이 다 땄다. 갱단이 약속 장소에 모이자 피트는 혁신적인 제안을 했다. 블랙베리를 찾아 새로운 지역으로 들어가 보자는 것이었다.

넘버 원이 못마땅해하며 말했다. "한 번도 그런 적 없잖아." 어느 모로 보나 보수적인 아이였다. 그는 바위에 오랫동안 물이 떨어져 생긴 구멍처럼 푹 꺼진 조그만 눈에, 머리에는 머리털이 거의 없어서 쪼그랑 노인 같은 분위기를 풍겼다.

"그렇게 하면 혼날 거야." 리즈가 말했다.

"그걸 누가 알겠어?" 피트가 말했다. "우리가 말하지 않기로 맹세를 한다면 말이야."

마을의 땅은 오랜 관습에 따라 마지막 오두막을 중심으로 5킬로미터 거리의 반원에 해당하는 지역까지로 정해져 있었다. 마지막 오두막이란 것은 토대만 남은 폐허였지만 말이다. 바다의 경우에도 약 20킬로미터에 해당하는 더 넓고 한결 불명확한 지역을 마을의 구역으로 인식했다. 이 주장 때문에 곶 너머에서 온 배들을 만났을 때 분쟁이 일어날 뻔한 적도 있었다. 이 분쟁을 해결한 사람은 피트의 아빠였다. 그는 수평선 위에서 뭉게뭉게 모이기 시작한 구름을 향해 손가락을 뻗었고, 특히 그중에서도 엄청 위협적인 검은 구름 하나를 가리켰다. 그리하여 두 집단 모두 육지로 돌아가기로 동의했으며, 이후 곶 너머 마을에 사는 어부들은 다시는 자기들의 마을에서 그렇게 멀리까지 오지 않았다. (고기잡이는 언제나 이루어졌다. 회색 구름이 뒤덮인 날씨에도, 청명한 푸른 날에도, 심지어 달도 없고 별빛마저 흐릿한 밤에도 고기잡이를 했다. 단, 구름의 모양을 그처럼 알아볼 수 있을 때에만 모두의 동의 아래 고기잡이를 멈추었다.)

"하지만 누군가를 만나게 되면 어떡하지?" 넘버 투가 물었다.

"어떻게 그럴 수 있겠어?" 피트가 말했다.

"어른들이 가지 못하게 하는 데는 이유가 있을 거야." 리즈가 말했다.

"이유는 없어." 피트가 말했다. "법을 빼고는."

"아, 오직 법이 문제인 거라면……" 넘버 스리가 말했다. 그는 자기가 법을 얼마나 시시하게 여기는지를 보여 주려고 돌멩이 하나를 발로 찼다.

"그 땅은 누구 거야?" 리즈가 물었다.

"그 누구의 것도 아니야." 피트가 말했다.

"마찬가지로 아무에게도 권리가 없어." 넘버 원이 물기 많은 푹 꺼진 눈으로 발밑을 내려다보며 충고하듯이 말했다.

"그 말은 맞아." 피트가 말했다. "아무에게도 권리가 없지."

"난 그런 뜻으로 말한 게 아니야." 넘버 원이 대꾸했다.

"너는 거기에 블랙베리가 있다고 생각하는 거야? 더 위로 올라가면 말이야." 넘버 투가 물었다. 그는 위험이 감수할 가치가 있는 것인지 확인받기만을 바라는 합리적인 아이었다.

"저 위 숲속엔 관목들이 있어." 피트가 말했다.

"네가 그걸 어떻게 알아?"

"그게 이치에 맞잖아."

그날따라 아이들이 그의 조언을 쉬이 받아들이려 하지 않는 것이 이상했다. 블랙베리 관목이 그들의 영역 경계 지점에서 갑자기 자라지 않을 이유가 어디 있겠는가? 블랙베리는 바닥골에서만 특별히 자라도록 만들어진 게 아니잖은가. 피트가 말했다. "너희, 겨울이 오기 전에 블랙베리를 한 번 더 따고 싶지 않아?" 그러자 그들은 붉은 흙에서 답을 찾기라도 하듯이 고개를 숙였다. 바위에서 바위로 길을 내고 있는 개미들이 눈에 띄었다. 이윽고 넘버 원이 자신이 생각해 낼 수 있는 가장 심한 말을 하듯이 내뱉었다. "전에 그곳에 가 본 사람은 아무도 없어."

"그러니 더 좋은 블랙베리가 있겠지." 피트가 대답했다.

생각에 잠겨 있던 넘버 투가 말했다. "저 위쪽 숲이 더 짙어 보여. 그런데 블랙베리는 그늘진 곳을 좋아하잖아."

넘버 스리가 하품을 했다. "블랙베리에 웬 신경을 그리 써? 블랙베리를 따는 일 말고도 할 게 많아. 거긴 새로운 땅이잖아. 안 그래? 일단 가서 한번 보자. 누가 아니……?"

"누가 아니?" 리즈가 두려운 투로 따라 말한 다음, 먼저 피트를 쳐다보고 이어 넘버 스리를 쳐다보았다. 마치 **그들은** 알고 있을지 모른다고 생각하는 듯한 표정이었다.

"손을 들어 투표하자." 피트가 말했다. 그는 위엄 있게 팔을 번쩍 치켜들었고, 넘버 스리가 곧바로 그 뒤를 이었다. 잠시 머뭇거린 후에 넘버 투도 뒤따라 손을 들었다. 그러자 어차피 절반 이상이 멀리 가 보자는 제안에 찬성한 것을 본 리즈도 조심스럽게 손을 들었는데, 그러면서도 넘버 원을 흘끔 돌아보았다. "그럼 넌 집으로 갈 거야?" 피트가 조롱과 안도가 반반 섞인 목소리로 넘버 원에게 말했다.

"어쨌든 넘버 원은 맹세를 해야 할걸." 넘버 스리가 말했다. "그렇지 않으면……"

"집에 갈 거면 난 맹세를 할 필요가 없잖아."

"아냐, 맹세해야 해. 안 그러면 네가 일러바칠 거잖아."

"내가 왜 그 바보 같은 맹세에 신경 써야 해? 그건 아무 의미도 없는 거잖아. 내가 맹세한 다음에 일러바치면 어쩔 건데?"

정적이 흘렀다. 다른 세 아이는 피트를 쳐다보았다. 단원들 간 상호 신뢰의 기초가 위태로워진 것 같았다. 이제까지 맹세를 깨뜨릴지도 모른다는 암시를 준 아이는 한 명도 없었다. 마침내 넘버 스리가 말했다. "녀석을 패자."

"안 돼." 피트가 말했다. 폭력은 답이 아님을 그는 알았다. 넘버 원을 팬다 해도 그는 마찬가지로 집으로 달려가 모든 것을 말해 버릴 것이다. 집에 가서 벌받을 것을 생각하면 블랙베리를 따는 동안 내내 불안해서 신이 나지 않을 것이다.

"아, 젠장." 넘버 투가 말했다. "블랙베리는 잊고 '옛날 옛적 노' 놀이나 하자."

리즈가 원래 울음이 많은 여자애라는 것을 보여 주듯이 울기 시작했다. "난 블랙베리를 따고 싶단 말이야."

이윽고 피트가 결정을 내렸다. 그가 말했다. "넘버 원은 맹세를 하게 될 거다. 또한 블랙베리도 따게 될 거야. 쟤 손을 묶어."

넘버 원은 도망가려고 했으나 넘버 투가 그의 발을 걸어 넘어뜨렸다. 리즈는 자신의 머리 리본을 사용해서 오직 자신만이 아는 방법으로 넘버 원의 손목을 묶고 단단히 매듭지었다. 이 같은 특별한 기술 덕에 리즈는 갱단에 들어올 수 있었던 것이다. 넘버 원이 폐허의 한 귀퉁이에 앉아 그들을 조롱했다. "이렇게 손이 묶여 있는데 어떻게 블랙베리를 따지?"

"너는 욕심이 많아서 그걸 다 먹어 버린 거야. 넌 블랙베리를 하나도 집에 가져오지 않았어. 네 엄마 아빠는 네 옷이 온통 블랙베리로 물든 걸 보게 될 거야."

"아, 그럼 넘버 원은 엄청 맞겠네." 리즈가 감탄 어린 표정으로 말했다. "넘버 원의 부모님은 틀림없이 쟤를 발가벗겨 놓고 때릴 거야."

"4 대 1이군."

"이제 너는 맹세를 하게 될 거다." 피트가 말했다. 그는 나뭇가지 두 개를 꺾은 다음 그것을 십자가 모양으로 쥐었다. 갱단의 다른 세 명은 각각 입에 침을 모아서 십자가의 네 귀퉁이에 침을 발랐다. 그런 다음 피트는 침으로 끈적이는 나뭇가지 귀퉁이를 넘버 원의 입술 사이에 쑤셔 넣었다. 말은 필요 없었다. 그 행동과 더불어 모든 아이들의 마음에 똑같은 생각이 필연적일 만큼 자연스럽게 떠올랐다. '이 얘기를 내가 누설한다면 날 죽여도 좋아.' 그들은 넘버 원을 강압적으로 다룬 후 각각 똑같은 의식을 따라 했다. (그들 가운데 맹세의 기원을 아는 사람은 한 명도 없었다. 그 의식은 그런 갱단을 통해 여러 세대에 걸쳐 전해 내려온 것이었다. 언젠가 피트는 맹세의 의식을 자기 자신에게 설명해 보려—아마 다른 아이들도 모두 한 번쯤은 어둠 속에서 침대에 누워 피트와 같은 노력을 기울여 보았을 것이다—노력했다. 침을 나눈다는 것은 어쩌면 서로의 목숨을 나누는 행위일 수도 있었다. 피를 섞는 것처럼 말이다. 그리고 이 행동은 십자가로 인해 엄숙하게 거행되었을 수도 있다. 왜냐하면 십자가는 어떤 이유에선지 항상 부끄러운 죽음을 의미했기 때문이다.)

"끈 좀 있는 사람?" 피트가 말했다.

그들은 넘버 원의 손목을 묶은 리즈의 머리 리본에 끈을 단 다음, 끈을 잡아당겨 넘버 원을 일으켜 세웠다. 넘버 투가 끈을 당겼고, 넘버 스리가 뒤에서 넘버 원을 밀었다. 피트가 일행의 선두에 서서 숲을 향해 걸어 올라갔다. 리즈는 혼자 뒤에 처져 아이들을 따라갔다. 그녀는 심하게 휜 안짱다리여서 빨리 걷지 못했다. 넘버 원은 자신이 할 수 있는 일이 아무것도 없음을 깨닫고 나자 거의 말썽을 일으키지 않았다. 그는 이따금 아이들을 조롱하는 것으로 그리고 잡아끄는 끈이 자꾸만 팽팽해질 만큼 꾸물대서 행진을 지체시키는 것으로 만족했다. 그들은 거의 두 시간이 지나서야 마을 영역 끝에 왔다. 그러니까 바닥골의 숲을 출발하여 협곡의 둘레에 이르기까지 거의 두 시간이 흐른 것이었다. 맞은편에서 바위는 다시 정확히 같은 형태로 솟아 있었고, 바위의 빈틈에는 빠짐없이 자작나무가 뿌리를 내리고 하늘 높이 뻗어 있었다. 바닥골 마을 사람들은 한 번도 오른 적이 없는 바위였다. 바위와 뿌리의 틈새란 틈새마다 블랙베리가 자라고 있었다. 응달 속에 무성하게 열린, 아무도 손대지 않은 탐스럽고 달콤한 과일에서 피어오르는 가을 연기 같은 푸른 아지랑이가 지금 아이들이 서 있는 곳에서도 눈에 보이는 것만 같았다.

2

그럼에도 불구하고 그들은 내려가기 전에 잠시 머뭇거렸다. 마치 넘버 원이 어떤 사악한 영향력을 지니고 있고, 끈에 의해 자신들이 그 영향력에 사로잡힌 것 같았다. 넘버 원은 땅바닥에 쪼그리고 앉아 그들을 비웃었다. "너희도 용기가 나지 않아서……"

"무슨 용기?" 피트가 재빨리 물었다. 피트는 넘버 투나 스리나 리즈에게 어떤 의구심이 내려앉기 전에 넘버 원의 말을 털어 내고 그가 여전히 지니고 있는 어떤 힘을 약화시키려고 애썼다.

"저 블랙베리는 우리 게 아니잖아." 넘버 원이 말했다.

"그럼 누구 것인데?" 피트가 물었다. 피트는 넘버 투가 대답을 기다리듯 넘버 원을 쳐다보고 있다는 것을 알아차렸다.

넘버 스리가 조롱하며 말했다. "찾는 사람이 임자지." 그런 다음 협곡을 향해 돌멩이를 찼다.

"저건 옆 마을 사람들 블랙베리야. 너도 나만큼 그걸 잘 알잖아."

"옆 마을은 어디 있는데?" 피트가 물었다.

"어딘가에."

"다른 마을은 없어. 너도 알잖아."

"틀림없이 있을 거야. 그게 상식이잖아. 우리가 유일한 사람들일 순 없어. 우리와 두 강 사람이 전부일 순 없어." 그들은 곶 너머에 있는 마을을 '두 강'이라고 불렀다.

"그런데 그걸 네가 어떻게 **알아**?" 피트가 말했다. 그의 생각이 날개를 펼쳤다. "어쩌면 우리가 유일한 사람들**일 수도 있어**. 우린 저기에 올라간 다음에도 영원히 계속 나아갈 수 있을지도 몰라. 어쩌면 세상이 텅 비어 있을 수도 있지." 그는 넘버 투와 리즈가 자신의 말에 반쯤 설복되고 있음을 느낄 수 있었다. 넘버 스리에 관해서 말하자면, 그는 희망이 없는 경우였다. 그는 아무것도 신경 쓰지 않았다. 하지만 그럼에도 만약 후임자를 골라야 한다면, 그는 나이 많은 사람들에게서 물려받은 규칙을 중시하는 넘버 원이나 믿음직스럽기는 하지만 모험심이 없는 넘버 투보다 아무것도 신경 쓰지 않는 성격의 넘버 스리가 더 낫다고 생각했다.

넘버 원이 말했다. "넌 미쳤어." 그런 다음 협곡 쪽으로 침을 뱉었다. "우리가 살아 있는 유일한 사람들일 수는 없어. 그건 상식이야."

"왜 그럴 수 없지?" 피트가 말했다. "그걸 누가 알아?"

"블랙베리에 독이 들어 있을지도 몰라." 리즈가 말했다. "저걸 먹으면 배탈이 날지도 몰라. 저곳엔 야만인들이 있을지도 몰라. 거인들이 있을지도 몰라."

"난 내 눈으로 직접 보기 전엔 거인이 있다는 걸 믿지 않을 거야." 피트가 말했다. 그는 리즈의 두려움이 얼마나 피상적인지 잘 알고 있었다. 리즈는 자기보다 강한 사람이 자기를 안심시켜 주기를 바랄 뿐이었다.

"넌 말은 많지만," 넘버 원이 말했다. "준비는 너무 엉성해. 블랙베리를 딸 계획이었다면 왜 우리에게 양동이를 가져오라고 하지 않았니?"

"양동이는 필요 없어. 우리에겐 리즈의 치마가 있거든."

"치마가 얼룩으로 더러워지면 리즈는 매를 맞겠지."

"치마에 블랙베리가 가득 담겨 있으면 매 맞지 않을걸. 리즈, 네 치마를 묶어."

리즈가 치마를 묶었다. 뒤쪽의 작고 토실토실한 엉덩이가 시작되는 부분 바로 위에서 매듭을 지어 치마 앞부분을 바구니처럼 만들었다. 남자아이들은 리즈가 치마를 매듭짓는 모습을 흥미롭게 지켜보았다. "그렇게 하면 블랙베리가 다 땅에 떨어질 거야." 넘버 원이 말했다. "제대로 담으려면 옷을 벗어서 자루를 만들어야 해."

"내가 자루를 들고 어떻게 높은 곳에 오를 수 있겠니? 넌 아무것도 모르는구나, 넘버 원. 나는 이걸 잘 만들 수 있어." 리즈는 맨 엉덩이를 발꿈치에 붙인 채 땅바닥에 쪼그리고 앉아서 매듭이 만족스럽게 단단히 묶일 때까지 묶고 또 묶었다.

"그럼 이제 내려가자." 넘버 스리가 말했다.

"내가 명령을 내릴 때까지는 가지 마. 넘버 원, 말썽을 피우지 않겠다고 약속하면 널 풀어 줄게."

"난 엄청 말썽을 피울 거야."

"넘버 투와 넘버 스리, 너희는 넘버 원을 맡아. 너희는 후위 부대다. 알겠지? 우리가 급히 퇴각해야 할 경우에 이 죄수는 그냥 두고 떠나. 리즈와 난 정찰하러 먼저 갈게."

"왜 리즈야?" 넘버 스리가 말했다. "여자애가 무슨 소용이 있어?"

"스파이가 필요할 때를 대비해서. 여자 스파이는 항상 최고잖아. 어쨌든 놈들도 여자아이를 때리진 않을 테니까."

"아빠는 때리는데." 리즈가 엉덩이를 씰룩거리며 말했다.

"난 선봉에 서고 싶단 말이야." 넘버 스리가 말했다.

"어디가 선봉인지는 아직 몰라. 놈들은 우리가 얘기하고 있는 지금 이 순간에도 우리를 지켜보고 있을지도 몰라. 놈들이 우리를 유인하고 있는 것인지도 모르고. 그런 다음 후방에서 공격할 수도 있어."

"겁이 났구나." 넘버 원이 말했다. "겁쟁이! 겁쟁이!"

"난 겁나지 않아. 하지만 난 대장이잖아. 난 이 갱단에 책임이 있어. 너희 모두 잘 들어. 위험이 생긴 경우엔 짧은 휘파람을 한 번 분다. 그러면 있는 곳에 그대로 가만히 있어. 움직이면 안 돼. 숨도 쉬지 마. 짧은 휘파람을 두 번 부는 것은 죄수를 버리고 재빨리 퇴각하라는 뜻이다. 휘파람을 길게 한 번 부는 건 보물이 발견되었다는 뜻이고, 따라서 너희 모두 되도록 빨리 오라는 의미다. 모두 알아들었어?"

"응." 넘버 투가 말했다. "그런데 우리가 길을 잃으면 어떻게 해?"

"있던 자리에 그대로 있어. 그리고 휘파람을 기다리는 거야."

"만약 **쟤가** 휘파람을 불면 어떡하지? 우릴 헷갈리게 하려고 말이야." 넘버 투가 발가락으로 넘버 원을 가리키며 물었다.

"그럼 재갈을 물려. 이빨에서 소리가 날 정도로 세게."

피트는 관목 숲을 헤치고 나아가야 할 길을 찾으려고 높고 평평한 땅의 가장자리로 가서 밑을 내려다보았다. 바위를 타고 내려가는 길이 10미터쯤 되었다. 리즈가 피트 뒤에 바짝 다가서서 그의 옷자락을 붙잡았다. "**놈들**이란 게 누굴 말하는 거야?" 그녀가 속삭였다.

"모르는 사람들."

"넌 거인이 있다는 걸 믿지 않아?"

"안 믿어."

"난 거인에 대해 생각하면…… 여기가 떨려." 리즈는 그렇게 말하며 바구니가 된 치마 아래로 맨살을 드러낸 조그만 불두덩에 손을 올렸다.

피트가 말했다. "우린 저 아래 가시금작화 덤불 사이에서 출발할 거야. 조심해야 돼. 돌멩이들이 널려 있지만, 소리가 나면 절대 안 되니까." 그는 나머지 아이들에게서 등을 돌렸다. 아이들은 그를 감탄의 눈으로, 부러움의 눈으로 그리고 증오(넘버 원이었다)의 눈으로 지켜보았다. "너희는 우리가 저 맞은편으로 올라가는 게 보일 때까지 기다렸다가 그다음에 내려와." 피트는 하늘을 바라보았다. "우리의 침략은 정오에 시작됐다." 그는 세상을 바꾼 과거의 사건을 기록하는 역사가처럼 신중하게 선언했다.

3

"우리 이제 휘파람을 불어도 될 것 같아." 리즈가 제안했다. 협곡 비탈을 절반쯤 올라온 그들은 숨을 헐떡였다. 급히 오르느라 숨이 찼던 것이다. 리즈가 블랙베리 한 알을 입에 넣고 말했다. "달아. 우리 블랙베리보다 더 달아. 이제 따 볼까?" 들장미에 긁힌 리즈의 허벅지와 엉덩이에서 블랙베리 즙 색깔의 피가 배어 나왔다.

피트가 말했다. "우리 마을에서도 이것보다 더 좋은 블랙베리를 본 적 있어. 알겠니, 리즈? 이곳 블랙베리는 아무도 따지 않아서 고스란히 그대로 있다는 걸 말야. 그동안 이곳에 온 사람이 아무도 없었던 거야. 이건 우리가 조금 있다가 발견하게 될 것들에 비하면 아무것도 아니야. 수많은 세월 동안 사람의 손길이 닿지 않은 채 자랐으니까. 관목숲이 나무처럼 높게 자라고, 또 블랙베리가 사과처럼 크게 열린 걸 보게 된다 해도 난 놀라지 않을 거야. 작은 블랙베리는 남겨 두자. 다른 사람이 따러 올지도 모르니까. 너랑 난 더 높이 올라가서 진짜 보물을 찾는 거야." 그 말을 하는 동안 그는 다른 아이들이 신발을 끄는 소리와 돌멩이가 굴러가는 소리를 들었다. 그러나 나무들 주변에 관목이 너무 무성하게 우거져 있어서 아무것도 볼 수 없었다. "얼른 가자. 우리가 보물을 먼저 찾는다면 그건 우리 거야."

"블랙베리 말고도 진짜 보물이 있으면 좋겠어."

"진짜 보물이 있을 수도 있어. 우리 앞에 여기를 탐험한 사람은 아무도 없었으니까."

"거인들은?" 리즈가 몸을 떨며 물었다.

"그건 어른들이 아이들에게 하는 이야기일 뿐이야. 늙은 노와 그의 배 이야기처럼. 거인은 존재한 적이 없어."

"노도?"

"어쩜 생각하는 게 그렇게 애 같니?"

그들은 자작나무와 관목 사이로 오르고 또 올랐다. 아래쪽에서 들리던 다른 아이들의 소리가 점점 작아졌다. 이곳에서는 다른 냄새가 났다. 바다의 소금기와는 거리가 먼 후텁지근한 금속성 냄새였다. 나무와 관목이 성겨지더니 이윽고 언덕 정상이 나왔다. 뒤를 돌아보자 협곡 사이의 산등성이에 가려져 바닥골은 보이지 않았지만, 나무 사이로 푸른 선을 볼 수 있었다. 마치 바다가 어떤 엄청난 격변으로 인해 그들이 서 있는 높이까지 솟아오른 듯했다. 그들은 마음이 불편해지는 것을 느끼며 눈을 돌려 앞에 펼쳐진 미지의 땅을 바라보았다.

4

"저건 집이야." 리즈가 말했다. "거대한 집이야."

"그럴 리가 없어. 넌 저만한 크기의 집을 본 적이 없잖아. 저런 모양의 집을 본 적도 없고."

그러나 그도 리즈의 생각이 옳다는 것을 알았다. 이것은 자연이 만든 게 아니라 사람이 만든 것이었다. 한때 사람들이 살았던 그 무엇이었다.

"거인들이 살았던 집이야." 리즈가 겁먹은 소리로 말했다.

피트는 배를 깔고 엎드려 협곡 가장자리를 자세히 살펴보았다. 30미터 아래 붉은 바위 사이에 놓인 기다란 구조물이, 그것을 뒤덮은 관목과 이끼 사이로 여기저기서 빛을 번득였다. 너무 길어서 한눈에 들어오지도 않았다. 나무들이 그 구조물의 옆구리를 타고 기어오르고, 지붕 위에도 뿌리를 내리고 있었다. 담쟁이덩굴이 두 개의 거대한 굴뚝을 휘감고 기어올라 트럼펫 주둥이 모양의 꽃을 피웠다. 굴뚝에 연기는 나지 않았고, 사람이 사는 흔적도 전혀 보이지 않았다. 그들의 목소리가 방해된다는 듯이 새들만이 경고의 울음소리를 내보냈다. 찌르레기 한 무리가 굴뚝 한 곳에서 날아올라 흩어졌다.

"그냥 돌아가자." 리즈가 속삭였다.

"이제 와서 돌아갈 순 없어." 피트가 말했다. "겁내지 마. 이건 또 다른 폐허일 뿐이야. 폐허가 뭐 어때서? 우린 항상 폐허 속에서 놀았잖아."

"이건 무서워. 이건 바닥골에 있는 폐허 같은 게 아니야."

"바닥골이 세계의 전부는 아니야." 피트가 말했다. 다른 사람에게는 얘기한 적이 없는, 자신의 심오한 믿음의 표현이었다.

거대한 구조물은 약간 기울어져 있어서 그들은 거대한 굴뚝 하나를 거의 똑바로 내려다볼 수 있었다. 굴뚝 입구가 세상의 구멍처럼 입을 떡 벌리고 있었다. "나는 내려가서 살펴볼 거야." 피트가 말했다. "내가 먼저 가서 저곳을 염탐해 볼게."

"내가 휘파람을 불까?"

"아직 불지 마. 다른 아이들이 올지 모르니 여기에 가만히 있어."

그는 조심스럽게 산등성이를 따라서 움직였다. 그의 뒤로 이상한 것—돌이나 나무로 지어진 것이 아닌 것—이 100미터 이상 뻗어 있었는데, 어떨 때는 나무에 가려 보이지 않고, 어떨 때는 어렴풋이 보였다. 그러나 그가 지금 가고 있는 방향으로는 벼랑에 식물이 자라지 않아서 집의 거대한 벽을 내려다볼 수 있었다. 한데 벽은 반듯하지 않고 이상하게 굽어 있었다. 물고기의 몸통처럼, 또는…… 피트는 잠시 멈춰 서서 그것을 뚫어지게 쳐다보았다. 그 굽은 면은 그에게 친숙한 어떤 것을 엄청 크게 확대한 것이었다. 그는 놀이의 주제가 된 옛 전설에 대한 생각에 잠긴 채 걸음을 옮겼다. 거의 100미터쯤 더 간 후에 다시 걸음을 멈추었다. 마치 이 지점에서 어떤 거대한 손이 이 집을 집어 들어 두 동강 낸 듯했다. 두 부분의 사이를 내려다본 그는 집이 여러 층으로 이루어진 것을 볼 수 있었다. 5층, 6층, 7층…… 7층 같았다. 덤불이 자리 잡고 자라는 곳에 날개 하나가 나부끼는 것을 제외하고는 집

안에 아무런 움직임도 없었다. 그는 거대한 홀이 어둠에 잠기는 모습을 상상할 수 있었다. 바닷골의 주민 모두가 한 층의 방 하나에 들어가 살아도 여전히 동물과 물건들이 들어갈 공간이 있을 것 같았다. 옛날 옛적에 이 거대한 집에 몇천 명의 사람이 살았던 것일까? 그는 참으로 궁금했다. 이 세상에 그렇게 많은 사람이 있을 수 있다는 것을 그는 알지 못했다.

집이 두 동강 나면서—어떻게?—한 부분은 위로 비스듬히 내팽개쳐진 모습으로 놓이게 되었는데, 그가 서 있는 자리에서 50미터밖에 안 떨어진 곳에 집의 한쪽 끝부분이 협곡을 뚫고 들어간 것을 볼 수 있었다. 그래서 탐험을 더 하고 싶다면, 몇 미터만 내려가면 집의 지붕에 안착할 수 있었다. 그곳에는 다시 나무들이 자라고 있어서 어렵지 않게 내려갈 수 있을 터였다. 거기에 가지 않고 남아 있을 핑계가 없었다. 하지만 갑자기 그 거대한 집의 적막과 미스터리가 느껴지고 그 집에 대해 아는 게 없음을 깨닫게 되자 그는 다른 아이들을 부르기 위해 입에 손가락을 넣어 긴 휘파람을 불었다.

5

다른 아이들도 위압감을 느꼈다. 그래서 만약 넘버 원이 조롱하지 않았다면 그들은 아마 어느 날 다시 돌아올 꿈을 간직한 채 그 집의 비밀을 마음속 깊이 묻어 두고 집으로 돌아가기로 결정했을 것이다. 그러나 넘버 원이 "겁쟁이들, 못난이들……" 하고 말하면서 집을 향해 침을 뱉자 넘버 스리가 침묵을 깨고 입을 열었다. "우리가 지금 뭘 기다리고 있는 거지?" 이제 자신의 지도력을 지키려면 피트는 행동에 돌입해야 했다. 그는 협곡 아래 높은 바위 지대에서 자라는 한 나무의 가지에서 가지로 기어 내려갔다. 이윽고 지붕으로부터 2미터가 채 안 되는 거리에 이르자 그는 밑으로 몸을 던졌다. 달걀 껍데기처럼 차갑고 매끄러운 표면에 내려앉았다. 네 명의 아이들은 그를 내려다보며 기다렸다.

지붕의 경사가 너무 가팔라서 그는 엉덩이로 조심스럽게 미끄러져 내려가야 했다. 내려간 곳 끝에 지붕 위에 지어진 또 다른 집이 있었다. 그는 앉아 있는 곳에서 집을 바라보면서, 이 구조물이 전체가 하나의 집이 아니라 다른 집 위에 또 다른 집이 지어지는 식으로 만들어진 연속된 집들이라는 것을 깨달았다. 맨 위에 있는 집 위로 커다란 굴뚝의 끝부분이 어렴풋이 보였다. 그는 이 구조물이 어떤 모양으로 동강이 났는지 기억하면서, 잘린 사이로 추락할까 봐 너무 빨리 미끄러져 내려가지 않으려고 조심조심 움직였다. 그를 따라오는 아이는 한 명도 없었다. 그는 혼자였다.

재료를 알 수 없는 거대한 아치가 앞에 있었다. 아치는 밑에서 솟아오른 붉은 바위에 둘로 쪼개져 있었다. 그것은 산의 승리를 보여 주는 모습 같았다. 인간이 이 집을 만드는 데 사용한 재료가 얼마나 단단했는지 모르지만, 아무튼 산은 더 강했다. 그는 바위에 발을 붙인 채 앉아 쉬면서 바위가 솟아올라 집을 동강 내면서 생긴 넓은 공간을 내려다보았다. 공간은 가로로 몇 미터쯤 벌어져 있었는데, 그 공간을 쓰러진 나무 하나가 잇고 있었다. 그는 비록 아래쪽을 깊이 보지 못하고 조금밖에 볼 수 없었지만, 그럼에도 자신이 바다처럼 깊은 것을 위에서 들여다보고 있는 느낌을 받았다. 거기에서 물고기들이 움직이는 게 보일 듯한 기분이 드는 것은 왜일까?

그는 붉은 바위의 뾰족한 부분을 손으로 누르며 똑바로 서서 위를 올려다보았다. 그리고 몇십 센티미터 떨어진 곳에서 꼼짝 않고 그를 바라보는 두 눈을 발견하고 깜짝 놀랐다. 다시 걸음을 옮기고 나서야 그것이 다람쥐의 눈임을 알았다. 바위와 같은 색을 띤 다람쥐였던 것이다. 다람쥐는 서두르거나 두려워하는 기색 없이 몸을 돌리더니 털로 뒤덮인 꼬리를 추켜올린 채 사뿐히 움직여서 피트 앞에 있는 홀 안으로 뛰어들었다.

홀이 맞았다. 피트는 쓰러진 나무 위로 다리를 쫙 벌리고 홀을 향해 걸어가면서 그것이 실제로 홀이란 것을 알아차렸다. 그러나 그가 받은 첫인상은 숲이었다. 사람들이 가꾼 조림지처럼 나무들이 고른 간격으로 심어진 숲 같았다. 그곳에서는 바닥을 밟고 걸을 수 있었다. 붉은 바위가 단단한 바닥재를 뚫고 올라온 탓에 바닥 여기저기에 붉은 바위 둔덕이 널려 있었지만 걸어가는 데는 문제없었다. 나무라고 생각했던 것은 나무가 아니라 목재 기둥이었다. 목재 표면은 아직 부드러운 부분이 듬성듬성 보이긴 했지만, 대부분 벌레 구멍이 생긴 데다 담쟁이덩굴로 덮여 있었다. 담쟁이덩굴은 천장에 뚫린 커다란 구멍 사이로 계속 올라가 15미터 높이의 지붕까지 닿아 있었다. 그곳에서는 초목 냄새와 습한 냄새가 났다. 그리고 홀 전체에 걸쳐서 삼림 속에 자리 잡은 무덤들 같은, 녹색의 조그만 봉분들이 수십 개나 있었다.

그는 둔덕 하나를 발로 찼다. 그러자 눅눅하고 두터운 이끼에 덮여 있던 둔덕이 그 아래서 허물어졌다. 그는 그 질척한 녹색식물 안으로 조심스럽게 손을 쑤셔 넣어 썩어 버린 목재 버팀목 하나를 꺼냈다. 자리를 옮겨 다시 시도해 보았다. 이번 것은 가슴 높이보다 약간 더 높이 봉긋하게 솟은 기다란 녹색 봉분—일반적인 무덤과는 달랐다—이었는데, 이번에는 발가락이 딱딱한 것에 부딪혔다. 그는 통증을 느끼며 움찔했다. 이곳 식물은 뿌리를 내리지 않고 바닥을 가로질러 봉분과 둔덕으로 퍼져 나가 있었다. 그는 어렵지 않게 잎과 덩굴손을 뜯어낼 수 있었다. 그 밑에 평평한 돌판이 놓여 있었다. 녹색, 장미색, 핏빛과 같은 여러 아름다운 색을 띤 돌판이었다. 그는 그 주위를 움직이며 표면을 닦았다. 그리고 이곳에서 마침내 진짜 보물을 발견했다. 그는 잠시 그 반투명한 물체가 무슨 목적으로 만들어진 것인지 깨닫지 못했다. 그것들은 박살 난 널빤지 뒤에 줄지어 있었는데, 대부분은 깨져서 녹색의 잔해가 되었지만 몇 개는 세월에 마모되어 색이 변한 것 말고는 온전했다. 피트는 그 모양에서 그것들이 한때 음료를 마시는 단지였으리라는 것을 알아차렸다. 다만 그에게 친숙한 거친 찰흙과는 사뭇 다른 물질로 만들어진 것이었다. 아래 바닥에는 사람의 얼굴이 새겨진 동그랗고 딱딱한 물건이 수백 개나 널려 있었다. 그의 할아버지와 할머니가 바닷골의 폐허에서 파냈던 것과 비슷한 물건이었는데, 완벽한 원을 그릴 때 사용하거나 '저 구름을 조심해' 놀이에서 벌금으로 조약돌 대신 사용하는 용도 외에는 쓸모가 없는 물건이었다. 하지만 조개껍질보다는 더 흥미로운 물건이었다. 사람이 만든 모든 오래된 물건들에 깃든 위엄과 희소성을 지니고 있었다. 이 세상에서는 늙은 노인들보다 더 오래된 것은 보기 힘들었다. 순간적으로 그는 발견한 것을 혼자 차지해 버릴까, 하는 유혹에 빠졌다. 그러나 써먹지 못한다면 그것들을 가지고 있어 봐야 무슨 소용이 있겠는가? 벌금으로 쓸 수 있는 물건을 아무도 모르게 구덩이 속에 묻어 둔다면, 그건 아무 가치도 없었다. 그래서 그는 입에 손가락을 넣고 다시 한 번 긴 휘파람을 불었다.

피트는 다른 아이들이 올 때까지 기다리는 동안 사색에 빠진 채 돌판에 앉아 자기가 본 것에 대해 생각해 보았다. 특히 물고기의 몸통처럼 생긴 거대한 벽에 대해 깊이 생각했다. 그의 눈에는 이 거대한 집 전체가 바다에서 바위 사이로 내던져져 죽은 괴물 같은 물고기처럼 보였다. 그렇지만 어떻게 그런 물고기가 있을 수 있으며, 어떤 파도가 그런 물고기를 이렇게 높이 옮길 수 있단 말인가.

아이들이 지붕을 타고 미끄러져 내려왔다. 넘버 원은 여전히 끈에 묶인 채로 아이들 사이에서 내려왔다. 아이들이 나직이 흥분과 기쁨의 탄성을 질렀다. 아이들은 마치 지금이 눈이 내리는 계절이기라도 하듯이 두려움을 잊고 좋아했다. 그들은 그가 그랬던 것처럼 붉은 바위 옆에서 몸을 일으켜 세우고 쓰러진 나무 위에 다리를 쫙 벌리고 선 다음, 엎어 놓은 컵 속에 갇힌 곤충들처럼 불안정한 자세로 나무 위를 걸어서 홀의 넓은 공간을 가로질러 왔다.

"여기 너희 보물이 있다." 피트가 자랑스럽게 말했다. 아이들이 눈앞에 펼쳐진 장관에 놀라 말을 잇지 못하는 모습을 보니 흐뭇했다. 심지어 넘버 원마저 조롱하는 것을 잊었다. 그의 손목에 연결하여 끌고 다녔던 끈이 느슨하게 풀려서 바닥에 끌렸다. 이윽고 넘버 투가 말했다. "이야! 이건 블랙베리보다 나은데."

"벌금 놀이 할 때 쓰는 저걸 리즈의 치마에 담아. 나중에 분배할 거야."

"넘버 원에게도 줄 거니?" 리즈가 물었다.

"우리 모두 필요한 만큼 충분히 나눠 가질 수 있어." 피트가 말했다. "넘버 원을 풀어 줘." 지금은 아량을 베풀 때인 것 같았다. 그리고 어쨌거나 모두의 손길이 필요했다. 아이들이 벌금 놀이에 쓸 것들을 모으는 동안 피트는 원래는 창문이었을 게 분명한, 벽에 난 여러 개의 커다란 구멍 가운데 어느 하나를 향해 걸어갔다. 어쩌면 바닥골의 창문들처럼 밤이면 짚으로 만든 요를 덮었을지도 모른다. 그는 구멍 밖으로 고개를 길게 내밀었다. 오르내리는 언덕과 갈색으로 일렁이는 바다가 눈에 들어왔다. 마을의 흔적은 어디에도 없었다. 폐허의 흔적조차 없었다. 밑으로 거대한 검은 벽이 안으로 굽어 내려가다가 시야에서 사라졌다. 벽이 땅에 맞닿은 자리는 아래쪽 골짜기에서 자라는 나무들의 윗부분에 가려져 보이지 않았던 것이다. 그는 전해 내려오는 전설과 아이들이 바닥골의 폐허에서 자주 하는 놀이를 떠올렸다. "노는 배를 만들었지. 어떤 배? 모든 짐승과 브리짓을 태울 배. 어떤 짐승? 곰이나 비버 같은 커다란 짐승. 그리고 브리짓도……"

팅 하고 현을 튕기는 듯한 음악적인 높은 소리에 이어 한숨 같은 소리가 나더니 이내 조용해졌다. 피트는 몸을 돌렸다. 넘버 스리가 부지런히 다른 둔덕을 헤치고 있는 모습이 보였다. 홀에서 두 번째로 큰 둔덕이었다. 넘버 스리가 기다란 상자 하나를 발굴했다. 상자에는 그들이 도미노라고 부르는 직사각형의 물건이 가득 들어 있었다. 그가 그 물건을 하나씩 만질 때마다 소리가 났다. 하나하나가 다 약간씩 다른 소리를 냈다. 그러나 그 물건을 두 번째로 만지면 소리가 나지 않고 잠잠했다. 넘버 투는 또 다른 보물을 발견할 희망에 부풀어 둔덕 안으로 손을 넣어 더듬었으나, 찾아낸 거라곤 녹슨 철사뿐이었다. 그 철사에 그의 손이 긁혔다. 상자에서는 더 이상 소리가 나지 않았다. 왜 처음에 그 상자에서 노래하는 것 같은 소리가 나왔는지, 아무도 이유를 알아내지 못했다.

6

아이들은 여름이 절정일 때도 이보다 더 해가 긴 날을 경험한 적이 없었다. 물론 높은 지대에서는 해가 더 오래 머물렀고, 따라서 아이들은 아래쪽 숲과 골짜기에 밤이 얼마나 가까이 다가왔는지 알 수 없었다. 집 안에는 좁고 긴 복도가 두 개 있었는데, 아이들은 이따금 부서진 바닥에 걸려 발을 곱디디기도 하면서 그곳을 쏜살같이 달렸다. 치마에 담은 벌금 놀이 물건이 쏟아질까 봐 빨리 달리지 못하는 리즈는 맨 뒤에 처졌다. 복도 옆에는 많은 방이 죽 늘어서 있었다. 방은 모두 바닥골의 한 가족이 들어가 살 수 있을 만큼 널찍했다. 그리고 뒤틀리고 변색된 이상한 붙박이 비품들이 있었는데, 용도는 끝내 알 수 없었다. 또 하나의 거대한 홀이 나왔다. 이 홀에는 기둥이 없고, 색을 입힌 돌이 깔린 바닥에는 정사각형 모양으로 움푹 팬 구덩이가 있었다. 구덩이는 완만한 경사를 이루고 있어서 한쪽 끝은 3미터 정도의 깊이였지만 다른 쪽 끝은 아주 얕았다. 그래서 아이들은 마른 나뭇잎과 잔가지들이 겨울바람에 날려 와 쌓인 얕은 쪽 구덩이 속으로 뛰어내릴 수 있었다. 새들의 배설물이 더러워진 눈의 흔적처럼 사방에 널려 있었다.

세 번째 홀의 끝에 이르렀을 때 그들은 모두 다 멈춰 섰다. 왜냐하면 그들 앞에 여러 조각으로 나뉜 다섯 명의 아이들이 그들을 되쏘아 보고 있었기 때문이다. 얼굴이 반만 있고, 머리가 백정의 손도끼에 동강이 난 듯 둘로 나뉘고, 발이 무릎에서 떨어져 나간 모습이었다. 그들은 이 낯선 아이들을 노려보았다. 그때 그들 중 한 명이 도전적인 태도로 주먹을 치켜들었다. 넘버 스리였다. 그와 동시에 납작하게 생긴 낯선 아이들 중 한 명이 그에 대항하여 주먹을 치켜들었다. 곧 싸움이 벌어질 기세였다. 이 텅 빈 세상에서 싸워야 할 진짜 적을 만난 것은 그리 나쁘지 않은 일이었다. 그래서 그들은 의심이 많은 고양이처럼 천천히 앞으로 나아갔다. 리즈는 약간 뒤에 있었다. 맞은편에도 리즈처럼 물건을 담기 위해 똑같은 자세로 치마를 들어 올린 여자애가 있었다. 그 애의 배 밑 불두덩 아래에도 리즈처럼 조그마한 갈라진 금이 있었다. 그러나 그 여자애의 얼굴은 녹색 발진으로 흐릿해 보였고, 한쪽 눈이 없었다. 낯선 아이들은 팔과 다리를 움직였으나 여전히 벽에 납작 붙은 상태였다. 그리고 갑자기 그들은 서로 얼굴을 맞댄 상태가 되었는데, 그곳에는 차갑고 매끄러운 벽 말고는 아무것도 없었다. 그들은 뒤로 물러섰다가 앞으로 다가가고, 다시 뒤로 물러섰다. 누구도 이해할 수 없는 일이 벌어진 것이었다. 그래서 그들은 두려움에 휩싸인 채 서로 아무 말도 하지 않고 그곳을 벗어나 아래층으로 내려가는 계단이 있는 곳으로 갔다. 거기서 그들은 또다시 망설이면서 귀를 기울이고 조심스럽게 안을 들여다보았다. 자신들의 목소리가 견고한 정적 속에서 재잘거리는 소리처럼 들렸다. 하지만 그들은 어둠이 두려웠다. 그곳은 모든 빛이 우람한 산에 차단되어 캄캄했던 것이다. 그래서 아이들은 거기서 뛰쳐나와 반항하듯이 소리를 내지르며 늦은 오후의 햇살이 비껴드는 긴 복도를 달려 도망쳤다. 그들은 거대한 굴뚝이 서 있는, 한결 밝은 햇빛이 비치는 위쪽으로 이어진 계단에 이르러서야 걸음을 멈추었다.

"집에 가자." 넘버 원이 말했다. "지금 돌아가지 않으면 곧 어두워질 거야."

"이제 누가 겁쟁이인 거지?" 넘버 스리가 말했다.

"이건 집일 뿐이야. 큰 집. 아무튼 그냥 집일 뿐이야."

피트가 말했다. "이건 집이 아니야." 그러자 모두 고개를 돌려 의아한 얼굴로 그를 쳐다보았다.

"집이 아니라니, 무슨 뜻이야?" 넘버 투가 물었다.

"이건 배야." 피트가 말했다.

"미쳤니? 이렇게 큰 배를 본 적이 있는 사람이 어딨어?"

"이렇게 큰 집을 본 적이 있는 사람이 어딨어?" 리즈가 물었다.

"배가 뭐하러 산꼭대기에 있는 거야? 배에 왜 굴뚝이 있는 거고? 배에 왜 벌금 놀이 물건이 있어? 언제부터 배에 방과 복도가 있었지?" 아이들은 자갈 한 움큼을 집어던지듯 그의 의식을 찌르며 날카롭게 이의를 제기했다.

"이건 노의 배야." 피트가 말했다.

"너 돌았구나." 넘버 원이 말했다. "노는 게임 이름이야. 세상에 노라는 사람은 없었어."

"그걸 어떻게 알지? 수백 년 전에 그 사람이 살았을 수도 있잖아. 그리고 만약 그가 모든 짐승들을 데리고 있었다면, 짐승 우리들이 엄청 많지 않았으면 어떡했겠어? 아마 복도 옆에 늘어선 것들은 방이 아닐 거야. 방이 아니라 우리일 거야."

"그럼 바닥에 있던 구덩이는?" 리즈가 물었다. "그건 뭐에 쓰였던 거야?"

"나도 그걸 생각해 봤는데, 그건 물을 담는 수조였을 수도 있어. 어딘가에 물쥐와 올챙이를 담아 둬야 했을 거 아냐."

"난 믿지 않아." 넘버 원이 말했다. "어떻게 배가 여기까지 올라와?"

"이렇게 큰 집은 여기까지 올라올 수 있고? 그 이야기, 너도 알잖아.

홍수가 나서 여기로 떠내려온 거야. 그런 다음 물이 다시 빠지면서 배만 남게 된 것이고."

"그럼 바닥골은 한때 바다 밑바닥이었던 거야?" 리즈가 물었다. 그녀의 입이 떡 벌어졌다. 들장미 가시에 찔리고 바위에 긁히고 새똥이 묻은 엉덩이를 긁었다.

"그땐 바닥골은 있지도 않았어. 아주아주 오래전에 일어난 일이니까……"

"피트의 말이 맞을 수도 있어." 넘버 투가 말했다. 넘버 스리는 아무 말도 하지 않고 지붕으로 가는 계단을 오르기 시작했다. 피트는 재빨리 뒤따라가서 그를 앞질렀다. 해는 파도처럼 보이는 언덕의 꼭대기에 넙죽 엎드려 있었다. 온 세상에 사람이라곤 그들밖에 없는 것 같았다. 높이 솟은 거대한 굴뚝이 그림자를 드리웠다. 그 그림자가 널따란 검은 도로처럼 보였다. 그들은 머리 위 높은 곳에서 절벽 쪽으로 기울어진 굴뚝의 크기와 강렬함에 압도된 채 조용히 서 있었다. 그때 넘버 스리가 말했다. "너, 진짜 그걸 믿어?"

"응, 믿어."

"그럼 다른 놀이들은 어떻게 된 거야? '저 구름을 조심해'는?"

"구름이 노를 두려움에 떨게 했을 수도 있지."

"그러면 그 사람들은 전부 어디로 간 거지? 시체가 하나도 없잖아."

"없을 거야. 게임을 기억해 봐. 물이 빠지자, 그들은 모두 둘씩 짝지어 배에서 내려왔네."

"물쥐만 빼고. 물이 너무 빨리 빠져서 한 명이 발이 묶이게 되었네. 우린 **그** 한 사람의 시체는 찾아야 하잖아."

"수백 년 전에 일어난 일이야. 개미들이 그 시체를 먹어 버렸을 거야."

"뼈는 남았을 거 아냐. 뼈는 먹을 수 없으니까."

"내가 본 것을 말해 줄게. 그 우리에서. 리즈가 겁을 집어먹을까 봐 아이들한테는 아무 말도 하지 않았어."

"뭘 봤는데?"

"뱀을 봤어."

"거짓말!"

"아니야, 정말 봤어. 그것들은 전부 돌로 변해 있었어. 바닥에 웅크리고 있었는데, 내가 하나를 발로 차 보았더니 딱딱하더라. 바닥골에서 발견된 물고기 화석처럼 말이야."

"그렇다면……" 넘버 스리가 말했다. "입증이 되는 것 같다." 그들은 자신들이 발견한 사실의 엄청난 무게에 압도되어 다시 말을 잃었다. 머리 위로, 그들과 거대한 굴뚝 사이에, 이 집들의 터전 안에 또 다른 집이 솟아 있었다. 그리고 피트와 넘버 스리가 서 있는 곳에서 가까운 지점에 그 집으로 올라가는 사다리가 있었다. 5미터 높이 위에 있는 그 집 정면에는 의미 없는 도안이 빛바랜 누런색으로 그려져 있었다. 피트는 나중에 흙바닥에 그려서 아빠에게 보여 주려고 그 도안의 모양을 기억해 두었다. 왜냐하면 그가 아는 한 아빠는 이 이야기를 절대 믿지 않을 것이고, 벌금 놀이 물건—유일한 증거물이었다—은 바닥골 변두리에 있는 폐허에서 파낸 거라고 생각할 것이기 때문이었다. 도안은 이랬다.

"어쩌면 저기가 노가 살았던 곳일지도 몰라." 넘버 스리가 마치 그 도안에 전설이 발생했던 때에 대한 단서가 담겨 있기라도 하듯이 뚫어지게 바라보면서 나직이 말했다. 둘 다 다른 말은 하지 않고 사다리를 막 오르기 시작했을 때 밑에서 다른 아이들이 지붕으로 올라왔다.

"너희 어디 가?" 리즈가 소리쳤다. 그러나 그들은 리즈의 말을 외면하고 대답하지 않았다. 그들이 사다리 단을 계속 오르자 누런 빛깔의 두꺼운 녹이 손에 묻어났다.

다른 아이들이 재잘거리면서 사다리를 다 올라왔을 때 그들도 남자를 보았다. 그리고 침묵에 빠졌다.

"노." 피트가 말했다.

"거인." 리즈가 말했다.

그는 깨끗한 백골이었다. 두개골은 선반 위에 굴러가서 안착한 것처럼 어깨뼈 위에 놓여 있었다. 그의 주변에는 홀에 있던 것보다 더 크고 두껍고 밝은 벌금 놀이 물건들이 가득 널려 있었다. 해골 옆에 바람에 휩쓸려 온 나뭇잎들이 쌓여 있어서 아이들은 그가 녹색 들판에 몸을 뻗고 누워 잠들어 있는 듯한 인상을 받았다. 새들이 둥지를 지을 때 가져가지 않아서 남은 푸른색 재료로 만들어진 빛바랜 조각이 마치 그의 단정함을 지켜 주려는 듯 아직도 사타구니 위에 놓여 있었다. 그러나 리즈가 손가락으로 집어 들자 그것은 바스러져 작은 가루가 되었다. 넘버 스리가 해골의 길이를 걸음으로 재 보았다. "키가 거의 180센티미터 정도네."

"그러니까 진짜로 거인들이 **있었네.**" 리즈가 말했다.

"그리고 그 사람들도 벌금 놀이를 한 거야." 넘버 투가 말했다. 마치 그렇게 말해야 그 사람들의 인간적인 성격이 드러나서 안심이 되기라도 한 듯이.

"문이 이 사람을 봐야 하는데." 넘버 원이 말했다. "그러면 문의 콧대가 꺾일 텐데." 문은 바닥골 사람들이 알고 있는 사람 중에 가장 키가 큰 남자였다. 하지만 그는 이 백골보다 30센티미터 이상 작았다. 아이들은 뭔가 부끄러운 듯 눈을 내리깐 채 해골 주위에 서 있었다.

이윽고 넘버 투가 갑작스럽게 말했다. "늦었어. 난 집에 갈래." 그런 다음 특유의 경중거리는 걸음걸이로 사다리가 있는 곳으로 갔다. 넘버 원과 넘버 스리도 잠시 망설인 뒤에 느릿느릿 뒤따라갔다. 발밑에서 벌금 놀이 물건들이 쟁그랑거렸다. 아무도 그것들을 집어 들지 않았다. 어스레한 빛을 내며 나뭇잎 사이에 놓여 있는 그 이상한 물건들을 하나도 주워 들지 않은 것이었다. 이곳에 있는 어느 것도 주인 없는 보물이 아니었다. 모든 것은 죽은 거인의 것이었다.

사다리 꼭대기에서 피트는 리즈가 따라오지 않고 뭘 하는지 보려고 몸을 돌렸다. 리즈는 해골의 넙다리뼈 위에 쪼그리고 앉아 있었다. 그녀의 벌거벗은 엉덩이가 그걸 차지하고 싶어 하는 것처럼 앞뒤로 흔들렸다. 되돌아가서 보니, 리즈는 울고 있었다.

"왜 그래, 리즈?" 그가 물었다.

리즈가 해골의 떡 벌린 입을 향해 몸을 기울였다. "아름다워." 리즈가 말했다. "이 사람은 무척 아름다워. 게다가 거인이야. 왜 이제는 거인이 없는 거야?" 리즈는 장례식장의 쪼그랑 노파처럼 해골 위에서 통곡하기 시작했다. "이 사람은 키가 180센티미터나 돼." 리즈가 약간 과장스럽게 소리쳤다. "그리고 곧게 쭉 뻗은 아름다운 다리를 가지고 있어. 바닥골 사람 중에 다리가 곧게 뻗은 사람은 아무도 없잖아. 왜 이젠 거인이 없는 거지? 이빨이 다 있는 아름다운 입을 좀 봐. 바닥골

470

의 누가 이런 이를 가지고 있겠어?"

"**넌 예뻐, 리즈.**" 피트는 자신의 척추를 해골의 척추처럼 곧게 펴려고 헛되이 노력하면서 리즈가 자기를 봐 주기를 간절히 바라며 그녀 앞에서 서성거렸다. 그는 바닥에 누운, 곧게 뻗은 백골에 질투심을 느끼면서 앞뒤로 격하게 몸을 흔들고 있는 조그만 안짱다리 아이에게서 처음으로 사랑의 감정을 느꼈다.

"왜 이젠 거인이 없는 거야?" 리즈가 세 번째로 그 말을 했다. 그녀의 눈물이 새똥 사이로 떨어졌다. 피트는 우울한 기분으로 창가로 걸어가서 밖을 내다보았다. 아래쪽에서 붉은 바위가 배의 바닥을 동강낸 모습이 눈에 들어왔고, 지붕의 긴 경사면 위에서 아이들 세 명이 벼랑을 향해 허겁지겁 나아가는 모습이 보였다. 아이들은 반듯하지 않은 짧은 팔다리를 어색하게 놀리며 작은 게처럼 움직였다. 피트는 자신의 왜소하고 반듯하지 않은 다리를 내려다보면서 리즈가 또다시 온 세상을 잃어버린 것을 서러워하며 통곡하는 소리를 들었다.

"이 사람은 키가 180센티미터나 되고 곧게 뻗은 아름다운 다리를 가지고 있어."

남편 좀 빌려도 돼요?
—성적 생활의 희극들

May We Borrow Your Husband?
and Other Comedies of the Sexual Life

모든 레바논 사람들에게서
통상적으로 나타나는 미덕을 고수하라

사미 아스 술흐 총리

남편 좀 빌려도 돼요?

May We Borrow Your Husband?

1

나는 사람들이 그녀를 '푸피' 말고 다른 이름으로 부르는 것을 들어
본 적이 없었다. 남편도 그렇게 불렀고, 그들 부부와 친구가 된 두 남
자도 그렇게 불렀다. 그 이름에 화가 났던 것으로 보아 어쩌면 나는 그
녀를 약간 사랑하고 있었는지도 모른다(내 나이를 생각하면 터무니없
어 보일 테지만). 그 이름은 그토록 젊고 그토록 솔직한—지나치리만
큼 솔직한—여자에게는 어울리지 않았다. 그녀는 신뢰의 세대에 속하
고 나는 냉소의 세대에 속했다. '순진한 푸피'. 나는 두 실내장식가(그
들이 그녀를 나보다 먼저 안 것도 아니었다) 중 나이 많은 사람이 그
녀에 대해 그렇게 말하는 것을 들은 적도 있었다. 푸피라는 별명은 술

을 좀 많이 마시지만 남의 눈을 속이는 용도로 데리고 다니기엔 쓸 만한, 중년의 맹하고 꾀죄죄한 여자에게나 어울릴 법한 이름이었다. 그런데 그 두 실내장식가는 남의 눈을 속일 필요가 있는 사람들이었다. 나는 그녀의 진짜 이름이 무엇인지 물어본 적이 한 번 있었다. 그러나 그녀는 "모두가 저를 푸피라고 불러요"라고만 말했다. 그거면 충분하지 않느냐는 듯이. 나는 너무 고지식한 사람으로 보일까 봐, 너무 꼰대 같은 인상을 줄까 봐 더 깊이 묻지 못했다. 그러므로 나는 그 이름이 싫지만 그녀의 이름을 적을 때마다 어쩔 수 없이 푸피라고 쓰는 수밖에 없다. 다른 이름을 알지 못하니까.

나는 책을 쓰기 위해 앙티브에 와 있었다. 푸피와 그녀의 남편이 오기 한 달도 더 전부터 그곳에 머물며 17세기 시인인 로체스터 백작의 전기를 쓰고 있었다. 나는 여름 성수기가 지나자마자 성벽에서 멀지 않은 바닷가의 작고 초라한 호텔에 왔고, 그래서 제네랄르클레르 대로의 나뭇잎과 더불어 계절이 물러가는 것을 지켜볼 수 있었다. 처음에는 나무가 잎을 떨구기도 전에 외국 자동차들이 본국으로 돌아갔다. 나는 매일 영국 신문을 사러 바닷가에서 드골 광장까지 걸어갔는데, 몇 주 전에는 그러는 동안에 마주친 국적이 다른 차량들을 세어 보았다. 그 결과 모로코, 터키, 스웨덴, 룩셈부르크를 포함하여 14개국의 차량이 눈에 띄었다. 그러나 지금은 벨기에와 독일 차들을 제외하고는 외국 번호판을 단 차들은 거의 모두 사라졌다. 이따금 영국 차도 보였다. 물론 어디에서나 볼 수 있는 모나코 공국의 번호판도 자주 눈에 띄었다. 추위가 일찍 찾아왔다. 앙티브에서는 아침 햇볕만 누릴 수 있었다. 그래서 아침 식사는 테라스에 나와서 하기 좋았지만, 점심은 건물 안에서 먹는 게 안전했다. 그러지 않으면 불시에 커피 잔에 그늘이 드리울 수도 있었다. 춥고 외로워 보이는 알제리인 하나는 늘 성벽 위에서 상체를 기울여 뭔가를 찾았다. 어쩌면 삶의 안전을 찾고 있었는지 모른다.

이 무렵이 1년 중 내가 가장 좋아하는 철로, 쥐앙레팽 지역은 폐장한 유원지처럼 지저분해지고, 루나파크는 문을 닫고, 팜팜이나 막심밖에는 '휴업'이라는 팻말이 걸리고, 비외콜롱비에에서 열리는 '국제 아마추어 스트립쇼 콩쿠르'도 다음 시즌을 기약하며 끝나는 때다. 그러면 앙티브는 이제 조그만 시골 읍으로서의 제 모습으로 돌아간다. 오베르주 드 프로방스 음식점은 이 지역 사람들로 가득 차고, 드골 광장의 '빙과점'은 실내에 앉아 빙과 대신 맥주나 파스티스*를 마시는 노인들로 붐비게 된다. 성벽 위, 둥근 형태의 조그만 정원에서는 땅딸막한 종려나무들이 갈색 이파리를 살랑살랑 흔들어 댔는데, 그 모습이 왠지 슬퍼 보였다. 아침에는 햇볕이 내리쬐기는 했지만 이미 따가운 기운을 잃어버렸고, 한가로운 바다에서는 하얀 돛 몇 개가 천천히 움직였다.

영국인들은 다른 외국인들보다 더 오래 머무르며 가을까지 남아 있는 경우가 많다. 우리 영국인들은 남쪽의 태양에 맹목적인 신앙 같은 것을 지니고 있다. 그러다가 갑자기 쌀쌀한 바람이 지중해를 넘어 불어오면 깜짝 놀란다. 그러면 3층의 난방이 시원찮다고, 발밑 타일이 얼음장 같다고 불만을 터뜨리면서 호텔 주인과 다투곤 한다. 하지만 원하는 거라곤 좋은 와인과 좋은 치즈와 약간의 노동뿐인 나이에 이른 나 같은 사람에게는 이때가 가장 좋은 계절이다. 그래서 내가 이 호

---

* 아니스 열매의 강한 향이 나는 술.

텔에 남은 유일한 외국인이기를 바랐던 순간에 실내장식가들이 들이
닥쳤을 때 나는 당연히 화가 났으며, 그들이 금방 떠나갈 철새이기를
빌었다. 두 실내장식가는 점심시간 전에 진홍색 스프라이트를 타고
도착했다. 그들의 나이에 어울리지 않을 만큼 젊고 날렵한 차였다. 그
들은 멋들어진 운동복을 입었는데, 그런 차림새 역시 이곳 앙티브의
봄에나 어울릴 법한 복장이었다. 둘 중 나이 많은 쪽은 거의 쉰을 바라
보는 나이여서 하얗게 센 머리털이 귀를 덮었으며, 머리털이 너무 가
지런해서 진짜처럼 보이지 않을 정도였다. 젊은 쪽은 30대의 사내로,
새까만 머리털이 나이 많은 남자의 흰머리와 선명히 대조되었다. 그들
이 프런트로 오기도 전에 나는 그들의 이름이 스티븐과 토니임을 알
았다. 호텔로 들어설 때부터 낭랑하고 날카로우면서도 한편으로는 경
망스러운 목소리로 서로의 이름을 불렀기 때문이다. 그들의 시선도 경
망스러웠다. 그들은 리카르 한 잔을 앞에 놓고 테라스에 앉아 있는 나
를 잽싸게 스쳐본 뒤, 내가 그들에게 아무런 관심도 없다는 것을 파악
하고는 말없이 휙 지나갔다. 그들이 오만한 것은 아니었다. 서로에게
관심을 쏟고 있는 것일 뿐이었다. 그럼에도 그들이 상대에게 쏟는 관
심은 수년 동안 결혼 생활을 지속해 온 부부처럼 왠지 시들해 보였다.
　나는 곧 그들에 대해 많은 것을 알게 되었다. 그들은 내 방과 같은
복도에 있는 방을 나란히 두 개 잡았지만, 두 방을 동시에 다 사용하
는 것 같지는 않았다. 밤에 내가 잠자리에 들 때면 대부분 한 방에서,
이 방 아니면 저 방에서 둘의 목소리가 들려왔던 것이다. 내가 다른 사
람의 사생활에 너무 관심이 많은 것처럼 보이려나? 그러나 나 자신을
변호하자면, 이 슬픈 희극은 내 주의를 끈 사람들이 모두 참여한 일이
어서 어쩔 수 없이 말려들게 되었다고 말해 두고 싶다. 나는 매일 아

침 발코니에서 로체스터의 생애에 관한 글을 썼는데, 이 발코니가 실내장식가들이 커피를 마시는 테라스 바로 위에 있어서 그들이 내 시야에서 벗어난 곳에 자리를 잡고 있어도 두 사람의 낭랑하고 쨍쨍한 목소리가 내 귀에까지 들려왔다. 사실 나는 그들의 목소리를 듣고 싶지 않았다. 일에 몰두하고 싶었다. 당시의 내 관심사는 배리 부인이라는 여배우와 로체스터의 관계였다. 하지만 외국 땅에서 들리는 내 나라 말은 흘려들을 수가 없었다. 프랑스 말이었다면 일종의 배경 소음으로 받아들일 수 있었을 테지만, 영어는 엿듣게 되지 않을 수 없었던 것이다.

"토니, 지금 누구 편지를 받은 줄 알아?"

"앨릭?"

"아니, 클래런티 부인."

"그 쭈그렁이가 뭘 원하는데?"

"그 침실 벽화가 싫대."

"아니, 스티븐, 그건 정말 대단한 작품이잖아. 앨릭의 작품 가운데 그보다 더 좋은 건 없어. 죽은 파우누스*가……"

"뭔가 죽음의 분위기가 아닌 젊고 매력적인 걸 원하는 것 같아."

"늙은 색골 같으니라고."

그들은 둘 다 튼튼했다. 매일 아침 11시쯤이면 두 사람은 호텔 맞은편의 바위투성이 반도로 가서 수영을 했다. 적어도 눈에 보이는 한은 가을 지중해가 온전히 그들만의 것이었다. 그들은 멋진 수영복 차림으로 활기차게 걸어서 돌아오거나 때로는 추위를 떨쳐 내려고 가볍게

---

* 로마 신화에 나오는 반인반수의 목신牧神.

뛰기도 했는데, 나는 그들이 수영을 즐긴다기보다 운동을 하기 위해서—보다 심오한 쾌락적 유희를 위해 다리를 날씬하게 하고, 배가 나오지 않게 하고, 엉덩이를 탱탱하게 하려고— 한다는 인상을 받았다.

그들은 부지런했다. 스프라이트를 몰고 카뉴로, 방스로, 생폴로, 골동품 가게가 있을 만한 곳이면 어디든 찾아가서 샅샅이 뒤지곤 했다. 그리하여 올리브나무로 만든 물건이나 오래된 모조 등燈, 채색 종교 인물상 따위를 구입해서 돌아왔다. 그것들은 가게에 있을 때는 나 같은 사람에게는 볼품없거나 평범한 물건으로 보였겠지만, 그들의 마음속에서는 흔한 것을 반전시키고자 하는 어떤 장식 계획에 이미 들어맞는 물건이었을 것이다. 그렇다고 그들이 직업적인 일에만 몰두했다는 뜻은 아니다. 그들은 재미있게 지냈다.

어느 날 저녁 나는 선원들이 주로 가는 니스 항구의 조그만 술집에서 우연히 그들을 만났다. 술집 바깥에 진홍색 스프라이트가 서 있는 것을 보고 호기심이 일어 안으로 들어간 것이었다. 그들은 열여덟 살쯤 된 소년에게 술을 사고 있었는데, 옷차림으로 보아 그때 항구에 정박해 있던 코르시카행 여객선에서 일하는 선원인 것 같았다. 내가 술집 안으로 들어갔을 때 둘 다 나를 매우 날카로운 눈으로 쳐다보았다. '우리가 사람을 잘못 보았나?' 하고 생각하는 듯한 눈초리였다. 나는 맥주 한 잔을 마시고 술집을 나왔는데, 그들 곁을 지날 때 젊은 쪽이 "안녕하십니까?" 하고 인사했다. 그 후로 우리는 호텔에서 마주치면 서로 인사를 하게 되었다. 마치 내가 그들과의 친교를 허락받은 듯한 기분이었다.

며칠 동안 시간만 흐르고 로체스터 경에 대한 집필 작업은 진척이 없었다. 로체스터 경이 레더레인에 있는 포카드 부인 집에 머물면서 매독을 치료하기 위해 수은 요법을 받는 대목이었는데, 나는 실수로 런던에 두고 온 메모장이 도착하기를 기다리고 있었다. 메모장이 올 때까지 그의 이야기를 풀어 갈 수가 없었고, 그래서 며칠 동안 내가 주의를 돌리고 살펴보며 시간을 보낼 수 있는 대상은 그들 두 사람뿐이었다. 오후나 저녁 시간에 그들이 스프라이트에 올라탈 때면 나는 옷차림새를 보고 어떤 여행인지를 짐작해 보곤 했다. 그들은 전에 입은 트리코 옷을 다른 트리코 옷으로 바꿔 입기만 해도 늘 우아하면서도 산뜻해 보였는데, 옷을 보면 그들의 기분도 엿볼 수 있었다. 선원들이 가는 조그만 술집에서도 역시 옷을 잘 입고 있었다. 색조가 다른 때에 비해 더 단순하긴 했지만 말이다. 생폴에 있는 골동품 가게의 레즈비언 주인과 거래를 할 때는 손수건에 남성적인 냄새가 풍기게 했다. 한번은 그들이 가지고 있는 것 중 가장 낡아 보이는 옷을 입고 나가서 그 주 내내 모습을 보이지 않았는데, 돌아왔을 때 보니 나이 많은 남자의 오른쪽 볼에 멍이 들어 있었다. 그들은 나에게 코르시카 섬에 다녀왔다고 말했다. 재미 좀 봤어요? 내가 물었다.

"꽤나 야만스러웠어요." 젊은 사내인 토니가 말했다. 그러나 좋은 뜻으로 말한 것 같지는 않았다.

내가 스티븐의 볼을 쳐다보고 있는 것을 알아채고 그가 재빨리 덧붙였다. "산에서 사고가 있었어요."

그로부터 이틀 뒤 해 질 무렵에 푸피가 남편과 함께 도착했다. 내가 외투를 입고 발코니에 앉아 다시 로체스터의 전기를 쓰고 있을 때 택시 한 대가 호텔 앞에서 멈췄다. 나는 그 택시 운전사를 알아보았다. 정기적으로 니스 공항에서 손님을 태우고 앙티브로 오는 운전사였다. 손님들은 아직 내리지 않아서 모습이 안 보였고 그들의 여행 가방이 먼저 눈에 띄었다. 밝은 청색의 반짝반짝한 새 가방이었다. 가방에 새겨진 이니셜조차도—왠지 초라한 느낌이 드는 PT라는 이니셜이었다—새로 주조한 동전처럼 반짝였다. 큰 여행 가방 하나, 작은 여행 가방 하나, 모자 상자 하나가 있었는데, 모두 다 밝은 청색이었다. 그다음으로 중후해 보이는 낡은 가죽 함이 나왔는데, 비행기 여행에는 전혀 어울리지 않는 것이었다. 아버지로부터 물려받았을 법한 물건으로, '셰퍼드 호텔'*이나 '왕가의 계곡'** 같은 라벨이 아직 반쯤 남아 있었다. 그러고 나서 손님이 나왔고, 나는 처음으로 푸피를 보게 되었다. 아래쪽 테라스에 있던 실내장식가들도 뒤보네를 마시며 그 모습을 지켜보았다.

푸피는 키가 175센티미터쯤 되는 아주 크고 아주 날씬하고 아주 젊은 여자였다. 머리는 밤색이었고, 옷은 여행 가방과 마찬가지로 새것이었다. 그녀가 말했다. "피날멘테……"*** 그녀는 황홀한 표정으로—그녀의 눈매 때문에 그렇게 보이는 것뿐인지도 모른다—평범한 호텔 정문을 바라보았다. 이어 젊은 남자가 눈에 띄었을 때 그들이 갓 결혼한 게 틀림없다는 생각이 들었다. 옷에 붙어 있던 색종이 조각이 떨어진다 해도 나는 놀라지 않았을 것이다. 그들은 《태틀러》에 나오는 사진 같았다. 서로에게 사진 찍을 때 짓는 미소를 지었으며, 어딘지 모르게 불안해 보였다. 피로연을 마치고 곧바로 신혼여행을 떠나온 게 분명했다. 교회에서 격식을 차려 결혼식을 치른 후 멋진 피로연을 했을 것이다.

* 19세기 중반 이집트 카이로에 지은 유명한 호텔로, 1952년 화재로 소실되었다. 현재의 셰퍼드 호텔은 이후 그 근처에 새로 지은 것이다.
** 고대 이집트의 수도로, 신왕국 시대의 왕릉이 집중적으로 모여 있는 좁고 긴 골짜기.
*** finalmente. 이탈리아어로 '드디어'라는 의미.

프런트로 가는 계단에 오르기 전에 잠시 머뭇거리는 그들 신혼부부의 모습은 무척 아름다웠다. 그들 뒤로는 가루프 등대의 긴 빛줄기가 바다를 어루만지고 있었는데, 갑자기 호텔 밖의 투광 조명등에 불이 들어왔다. 마치 호텔 지배인이 이들 부부가 도착하기를 기다리고 있다가 불을 밝힌 것만 같았다. 두 실내장식가는 뒤보네를 마시는 것도 잊은 채 앉아 있었다. 눈여겨보니, 나이 많은 남자가 아주 깨끗한 흰 손수건으로 볼에 난 멍을 가리고 있었다. 물론 그들은 여자를 보고 있는 게 아니라 젊은 신랑을 보고 있었다. 신랑은 키가 180센티미터가 넘고 신부만큼이나 날씬했다. 얼굴은 동전에 새겨도 좋을 만큼 엄청 잘생겼지만 동시에 생기가 없었는데, 아마도 긴장되고 불안해서 그런 듯했다. 그의 옷도 이번 신혼여행을 위해 새로 산 것이라는 생각이 들었다. 뒤트임이 두 군데 있는 스포츠 재킷에 회색 바지 차림이었는데, 바지는 긴 다리를 강조하기 위해 약간 통이 좁게 재단된 것이었다. 둘 다 결혼하기에는 너무 젊어 보였다. 둘의 나이를 합쳐도 마흔다섯이 안 될 것 같았다. 나는 발코니 너머로 상체를 기울여 그들에게 경고해 주고 싶은 마음이 굴뚝같았다. '이 호텔은 안 돼. 어느 호텔이든 괜찮지만, 이 호텔만큼은 안 돼.' 나는 난방이 부실하다거나 뜨거운 물이 잘 안 나올 때가 있다거나 음식이 형편없다거나—영국인들은 음식에는 별로 신경 쓰지 않지만—하는 말들을 할 수 있었겠지만, 그들은 당연히 내 말을 귀담아듣지 않았을 것이다. 방을 미리 '예약해' 둔 그들의 눈에는 내가 나이 많은 미치광이로 보였을 테니까 말이다. ('외국에 나가면 괴짜 영국인들을 보게 되잖아요. 그런 위인 가운데 한 사람이에요.' 나는 그들이 집에 이런 편지를 보내는 걸 상상할 수 있었다.) 내가 그들의 사생활에 끼어들고 싶은 마음이 인 것은 이때가 처음이었다. 물론 나는 그들을 전혀 알지 못하는 상태였다. 두 번째로 그런 마음이 일었을 때는 끼어들기에 너무 늦은 상황이었다. 하지만 나는 나의 그 미친 충동을 따르지 않았던 것을 계속 후회하게 될 거라고 생각한다.

내가 두려움을 느낀 것은 아래에 있는 두 실내장식가가 침묵을 지키며 밑을 주의 깊게 내려다보는 모습이었다. 부끄러운 명을 가리는 흰 손수건도 두려움을 불러일으켰다. 그때 처음으로 마음에 들지 않는 그 이름이 들려왔다. "방을 좀 볼까, 푸피? 아니면 먼저 한잔할까?"

그들은 방을 먼저 보기로 결정했다. 그제야 다시 실내장식들의 뒤보네 잔 두 개가 움직이는 소리가 났다.

신혼여행이 어때야 한다는 것을 더 많이 알고 있는 쪽은 신랑보다 신부였던 것 같다. 그날 밤 두 사람의 모습은 다시 보이지 않았으니까.

2

나는 늦게야 아침 식사를 하러 테라스로 나갔다. 그런데 평소와는 달리 스티븐과 토니가 미적거리고 있었다. 마침내 수영을 하기에는 날이 너무 춥다는 결론을 내렸을지도 몰랐다. 그러나 내가 받은 느낌으로는, 두 사람은 뭔가를 기다리고 있는 것 같았다. 그들은 전에 없이 나를 살갑게 대했고, 그래서 나는 그들이 슬프도록 평범한 외모를 지닌 나를 일종의 방패막이로 삼으려는 건 아닐까 의심했다. 그날 내 탁자는 무슨 이유에서인지 볕이 들지 않는 곳으로 옮겨져 있었는데, 스티븐이 자기들이 있는 곳으로 오라고 제안했다. 자기들은 이제 커피

한 잔만 마시고 곧 자리를 뜰 거라고 했다. 얼굴의 멍이 한결 눈에 덜 띄는 것을 보고 나는 그가 거기에 분을 바른 모양이라고 생각했다.

"여기 오래 머무를 거요?" 나는 그들의 매끈하고 수다스러운 말에 비해 내 말이 무척이나 서투르다는 것을 의식하며 그들에게 물었다.

"원래는 내일 떠날 예정이었어요." 스티븐이 말했다. "하지만 어젯밤에 마음이 바뀌었어요."

"어젯밤에요?"

"어젠 날씨가 정말 좋았잖아요. 그래서 토니에게 말했죠. '그 음울한 런던으로 돌아가는 걸 조금 더 연기해도 되잖아?' 여기 날씨는 계속 머무르게 만드는 힘이 있는 것 같아요. 기차에서 먹는 샌드위치처럼 말이에요."

"고객들이 그렇게 기다려 줍니까?"

"아, 고객들요? 브롬프턴의 고객들만큼 포악한 이들도 없지요. 하긴 어디나 다 똑같긴 해요. 남에게 돈을 주고 집 장식을 맡기는 사람들은 보통 취향이 형편없는 사람들이랍니다."

"그럼 댁들은 세상에 도움을 주는 사람들이로군요. 댁들이 없을 경우에 사람들이 겪을 어려움을 생각해 봐요. 특히 브롬프턴 사람들은 얼마나 불편하겠소?"

토니가 낄낄거렸다. "우리만의 장난이 없다면 이 일을 어떻게 견딜 수 있을지 모르겠어요. 예컨대 클래런티 부인의 경우, 우리끼리 '루쿨루스*의 변기'라고 부르는 것을 설치해 주었지요."

"부인이 무척 좋아했답니다." 스티븐이 말했다.

---

* 로마 공화정 시대의 장군. 사치스러운 생활로 유명하며, 영어에서 '사치스러운'이라는 의미의 형용사 루컬런Lucullan은 그의 이름에서 나왔다.

"대단히 외설스러운 채소 모양의 변기였어요. 그걸 보고 있으면 저는 추수감사절이 떠오르더군요."

갑자기 그들이 입을 다물고 내 어깨 너머의 누군가를 주의 깊게 지켜보았다. 나는 뒤돌아보았다. 푸피였다. 혼자였다. 그녀는 학교에 갓 입학해서 규칙을 모르는 신입생처럼 웨이터가 와서 어느 탁자로 가야 할지 안내해 주기를 기다리며 서 있었다. 심지어 발목 트임이 있는 몸에 딱 붙는 바지를 입은 모습이 교복을 입은 것처럼 보이기도 했다. 그러나 그녀는 여름 시즌이 끝났다는 것을 모르고 있었다. 그녀는 남들의 눈에 띄지 않기 위해, 자신을 드러내지 않기 위해 일부러 그렇게 입었을 터였다. 틀림없이 그렇다고 생각했다. 그러나 테라스에는 그녀를 제외하고는 여자가 두 명뿐이었는데, 둘 다 실용적인 트위드 스커트를 입고 있었다. 웨이터가 우리 탁자를 지나 바다에 더 가까운 쪽 자리로 안내할 때, 그녀는 두 여자의 치마를 향수 어린 표정으로 바라보았다. 바지 속 그녀의 긴 다리가 마치 맨살이 드러나기라도 한 것처럼 어색하게 움직였다.

"젊은 신부군." 토니가 말했다.

"벌써 소박맞았나 봐." 스티븐이 만족스러운 표정으로 말했다.

"이름이 푸피 트래비스래."

"참 특이한 이름이군. 그런 **세례명**을 받았을 리가 없을 텐데. 대단히 진보적인 목사를 만났다면 모를까."

"신랑 이름은 피터라는군. 직업은 아직 모르겠고. 군인은 아니겠지?"

"그래. 군인은 아냐. 아마 토지와 관련이 있는 사람일 거야. 그에게서는 기분 좋은 **허브** 냄새가 나."

"댁들은 알아야 할 건 거의 다 알고 있는 것 같군요." 내가 말했다.

486

"어제 저녁을 먹기 전에 경찰이 발행한 저들의 **국경 통과증**을 보았거든요."

"PT라는 이니셜이 어젯밤의 뜨거운 행위를 나타내는 글자는 아닌가 봐." 토니가 증오하는 듯한 특이한 표정으로 탁자 너머의 신부를 쳐다보며 말했다.

"우리 둘은 저 사람들의 순진함에 놀랐답니다." 스티븐이 말했다. "신랑은 말을 다루는 데 더 익숙한 것 같아요."

"그 남잔 말을 타고 싶은 열망을 다른 것으로 착각한 거야."

그들은 나를 놀라게 하고 싶었는지 모르지만, 나는 그게 아니었다고 생각한다. 나는 그들이 극도로 성적인 흥분 상태에 놓여 있었다고 믿는다. 그들은 지난밤 테라스에서 첫눈에 홀딱 반했기에 지금도 자신들의 감정을 숨기지 못하고 있었다. 그들은 욕망의 대상을 반추하려고 공연히 나와 얘기하는 것이었다. 어린 선원은 일시적인 상대였고, 이번이 진짜였다. 나는 내심 흥미를 느꼈다. 이 엉뚱한 남자들이 지금 탁자에 앉아 있는 여자와 갓 결혼한 젊은 신랑에게서 무엇을 얻으려는 걸까 궁금증이 일었다. 여자는 갈아입는 것을 잊어버려서 낡은 스웨터를 그대로 입고 있는 것 같은 표정으로 참을성 있게 앉아 기다리고 있었다. 이것은 적합한 비유가 아닐 듯싶다. 그녀는 혼자 있을 때를 제외하고는 사람들이 많은 곳에서는 낡은 스웨터를 입고 있는 걸 두려워한다는 표현이 맞을 것 같다. 자신은 유행하는 의상 따위는 무시해도 좋을 만큼 아름다운 사람이란 것을 그녀는 모르고 있었다. 그녀의 눈이 내 눈과 마주쳤다. 내 모습이 너무 티 나게 영국적이어서인지—내 생각이다—그녀가 내게 희미한 미소를 지어 보였다. 내가 그녀보다 서른 살이나 더 많고 두 번이나 결혼한 사람이 아니었다면 나

또한 그녀에게 첫눈에 홀딱 반했을지 모른다.

토니가 그녀의 미소를 알아보았다. "당신 마음을 훔치고 싶은가 봐요." 그가 말했다. 그때 내 아침 식사가 나오는 것과 동시에 신랑이 왔기 때문에 나는 토니의 말에 대꾸할 기회를 놓치고 말았다. 신랑이 탁자 곁을 지나갈 때 나는 그가 긴장해 있음을 느낄 수 있었다.

"퀴르 드 뤼시."* 스티븐이 코를 벌름거리며 말했다. "경험 부족에서 비롯된 실수."

신랑은 지나가다가 그 말을 알아듣고, 누가 그 말을 했는지 보려고 놀란 표정으로 고개를 돌렸다. 두 실내장식가는 오만한 표정으로 그를 향해 빙긋 웃었다. 마치 자기들은 그를 신부에게서 빼앗을 힘이 있다고 정말로 믿고 있는 것처럼……

그때 처음으로 나는 불안감을 느꼈다.

3

뭔가 일이 잘못되어 가고 있었다. 안타깝지만 분명한 사실이었다. 여자는 거의 언제나 남편보다 먼저 아침 식사 자리에 내려왔다. 남편은 샤워를 하고 면도를 하고 퀴르 드 뤼시를 뿌리는 데 많은 시간을 들이는 눈치였다. 그는 내려와 자리에 앉을 때면 마치 간밤에 같은 침대에서 함께 자지 않은 듯이 신부에게 오빠가 하는 것 같은 예의 바른 키스를 하곤 했다. 신부의 눈 밑에는 수면 부족에서 비롯된 거무스름

* 프랑스어로 '러시아 가죽'이라는 뜻의 샤넬 향수 제품명.

한 그늘이 생겼다. 나로서는 그 그늘이 '욕망의 충족'으로 생긴 것이라고는 믿을 수 없었다. 때때로 나는 발코니에 앉아 그들이 산책을 나갔다가 돌아오는 모습을 보곤 했는데, 그보다 더 아름다운 모습은—아마도 말 한 쌍의 모습을 제외하고는—없을 듯싶었다. 신부를 자상하고 부드럽게 대하는 그의 태도를 보면 신부의 어머니는 마음이 놓일 것이다. 그러나 위험하지 않은 길을 건너는데도 그녀를 에스코트하고, 문을 열어 주고, 공주의 남편처럼 한 걸음 뒤에서 따라 걷는 모습을 보면 남자들은 괜히 짜증을 낼 것이다. 나는 신랑이 포만감에 넘쳐 성질 부리는 모습을 보고 싶은 마음이 간절했으나, 산책에서 돌아오는 그들을 보면 얘기를 거의 나누지 않는 것 같았다. 탁자에 앉아 식사를 할 때는 몇 마디 말을 주고받았지만, 그것은 함께 식사를 하는 사람에게 보통 건네는 의례적인 말에 불과했다. 그럼에도 그녀가 남편을 사랑한다는 것을 나는 분명히 알 수 있었다. 남편을 똑바로 쳐다보지 못하는 태도에서도 그걸 읽을 수 있었다. 그녀에게는 열망이나 굶주린 기색이 전혀 없었다. 그녀는 남편이 딴 데로 주의를 돌리고 있는 게 틀림없다고 생각될 때만 재빨리 남편을 훔쳐보았는데, 그럴 때 그녀의 눈빛은 부드러웠다. 걱정스러운 빛이 서려 있는 것 같기는 했지만, 뭔가를 탐욕스레 요구하는 눈빛은 아니었다. 남편이 없을 때 누군가가 남편은 어디 있느냐고 물으면 그녀는 남편의 이름을 언급하는 기쁨으로 눈을 반짝이며 말했다. "아, 피터는 오늘 아침에 늦잠을 잤어요." "피터가 면도를 하다 베였어요. 지금 지혈하고 있답니다." "피터가 넥타이를 어디에 뒀는지 모르겠대요. 그이는 웨이터가 훔쳐 갔는지도 모른다고 생각한답니다." 그녀가 남편을 사랑한다는 것은 확실했다. 확실하지 않은 것은 남편의 감정이었다.

그러는 동안 내내 두 실내장식가는 포위망을 좁혀 들어가고 있었다. 그들의 수법은 중세의 포위 작전과 비슷했다. 참호를 파고 흙을 쌓아 올렸다. 다른 점이라면 그들이 노리는 게 무엇인지를 포위된 사람이 몰랐다는 점이었다. 적어도 여자는 몰랐다. 남자는 알았는지 어떤지, 난 모르겠다. 나는 그녀에게 조심하라고 말해 주고 싶은 마음이 간절했다. 하지만 그녀를 충격에 빠뜨리거나 화나게 하지 않고 그 말을 할 수 있는 방법은 없었다. 내가 알기로, 두 실내장식가는 요새에 더 가까이 가는 데 도움이 된다면 신혼부부의 방바닥이라도 바꾸려 했다. 실내장식가들은 함께 그 계획을 논의했으나, 너무 속 보이는 짓인 것 같아 그러지 않기로 결정했던 듯싶다.

내가 자기들에게 방해가 되는 일을 할 수 없다는 것을 안 두 사람은 나를 거의 자기들 패처럼 여겼다. 어쨌든 그들은 머잖아 내가 여자의 주의를 돌리는 데 쓸모가 있으리라고 생각했는데, 이런 생각은 완전히 틀린 것은 아니었다. 그들은 그녀를 바라보는 내 눈길에서 내가 그녀에게 얼마나 관심이 많은지 알 수 있었고, 그래서 결국에는 그들의 이해와 내 관심사가 일치할 거라고 판단했을 것이다. 그들의 머릿속에는 내가 나쁜 짓을 하면 양심의 가책을 느끼는 사람일 거라는 생각은 떠오르지 않았던 듯싶다. 그들이 보기에 뭔가를 정말로 얻고자 한다면 양심의 가책 따위는 거추장스러운 것일 뿐이었다. 생폴에 별 모양의 귀갑龜甲 거울이 있는데, 그들은 그것을 부르는 값의 절반에 손에 넣을 궁리를 하고 있었다(가게 주인인 딸이 자기 취향에 맞는 여자를 찾아 가게를 비우고 부아트*에 가면, 나이 많은 엄마가 가게를 보는

---

* boîte. 프랑스어로 '유흥장'이라는 의미.

것 같았다). 아무튼 그들은 내가 신부를 바라보는 눈길—그것도 한두 번이 아니라 자주—을 보고, 내가 자기들의 '합리적인' 계획에 기꺼이 끼어들 것이라고 여겼다.

내가 신부를 자주 바라보았으면서도 그녀를 묘사하려는 실제적인 노력을 기울이지 않았다는 것을 안다. 전기를 쓸 때는 초상화를 넣고 일어난 일들을 써 넣으면 그것으로 족하다. 지금 내 앞에는 로체스터 부인과 배리 부인의 사진이 있다. 그러나 직업적인 소설가로서 말하자면(전기와 회고담은 나에게는 새로운 형식일 뿐이다), 작가가 한 여자를 그릴 때는 독자로 하여금 색이 어떻고 모양이 어떻고 하는 시시콜콜한 사항들에서 여자를 보게 하기보다는(찰스 디킨스의 정교한 인물 묘사는 삽화가에게 주는 삽화 작업 지시서처럼 보이는 경우가 많았다. 그러므로 작품 최종본에서 그런 묘사가 빠지게 된 것은 자연스러운 일이었다) 감정을 전달하고자 하는 법이다. 상상력이 있는 독자 스스로가 아내나 정부나 어떤 행인에 대한 심상을 스스로 만들어 내어 '따뜻하고 친절하다'는 느낌을 갖게 해야 하는 것이다(작가에게는 다른 어떤 설명적인 단어도 필요하지 않다). 내가 그녀를(나는 지금 이 순간에도 차마 그녀의 촌스러운 이름을 쓸 수가 없다) 묘사하려면 그녀의 머리 색깔과 입 모양을 전달할 게 아니라 내가—작가이자 관찰자이자 보조 인물인 내가—그녀를 회상할 때 되살아나는 기쁨과 고통을 표현해야 하리라. 그런데 **위선자 독자여,** * 내가 그런 기쁨과 고통을 그녀에게도 전달하지 않았는데, 왜 여러분에게 군이 그걸 전달해야 하는가?

---

* 샤를 보들레르의 『악의 꽃』(1857) 권두 시 「독자에게」의 한 구절.

두 실내장식가는 재빠르게 신혼부부에게 접근했다. 신혼부부가 도착한 지 나흘째쯤 되는 날 아침에 식사를 하러 내려갔더니 이미 그들의 탁자가 신부의 탁자 옆으로 옮겨져 있었다. 그들은 남편을 기다리고 있는 그녀와 즐겁게 노닥거렸다. 두 남자는 그런 일에 능숙했다. 그녀가 긴장을 풀고 행복해하는 모습을 본 것은 처음이었는데, 그건 그녀가 피터 이야기를 하고 있기 때문이었다. 피터는 아버지를 대신해서 땅을 관리하는 일을 했다. 그의 아버지는 햄프셔 주에 370만 평이나 되는 땅이 있었다. 그는 승마를 좋아했고, 그것은 그녀도 마찬가지였다. 그녀는 그런 얘기를 신나게 늘어놓았다. 집에 돌아가면 누리게 될 꿈같은 생활에 대한 이야기였다. 스티븐은 이따금씩 다소 예스럽고 정중하게 관심을 나타내는 말을 한두 마디 던져서 그녀가 얘기를 계속하게 했다. 스티븐은 이들 부부의 집 근처에 있는 어떤 저택의 장식 작업을 맡아서 일한 적이 있는 듯했고, 피터가 아는 어떤 사람의 이름—윈스탠리였던 것 같다—을 알고 있었다. 그런 점 때문에 그녀는 스티븐을 무척이나 신뢰했다.

"그 사람은 피터의 절친한 친구예요." 그녀가 말했다. 두 남자는 서로를 향해 눈을 깜박거렸는데, 그 모습이 마치 도마뱀이 혀를 날름대는 것 같은 인상을 주었다.

"이리 오세요, 윌리엄." 스티븐이 말했다. 그러나 그는 내가 그들의 말을 알아들을 만한 거리에 있다는 것을 알아차렸을 때에야 그렇게 말했다. "트래비스 부인, 아시죠?"

내가 그들의 탁자에 앉는 것을 어떻게 거절할 수 있었겠는가? 그렇지만 나는 그렇게 함으로써 그들과 한패가 된 것만 같았다.

"그 윌리엄 해리스 씨는 아니겠죠?" 여자가 물었다. 나는 그런 식의 말을 싫어했지만, 그녀의 순진함은 그조차도 바꿔 놓았다. 그녀는 모든 것을 새롭게 만드는 힘이 있었다. 그녀와 함께 있으니 앙티브가 새로 발견한 도시가 되었고, 우리는 이 도시를 발견한 최초의 외국인이 되었다. 그녀가 "실은 저는 선생님의 책을 한 권도 **읽은 적이 없어요**"라고 말했을 때, 나는 처음으로 너무 익숙한 말을 들었다. 그 말은 그녀가 정직하다는 것을 증명하는 듯이 보이기까지 했다. 순결한 솔직함이라고 쓰고 싶을 정도였다. "선생님은 인간에 대해서 엄청 많이 아시겠네요." 그녀가 말했다. 나는 다시 그 진부한 말에서 누군가에게 도움을 구하는 어떤 호소를 읽었다. 그런데 그 말은 두 실내장식가를 두고 한 것이었을까, 아니면 그때 막 테라스에 나타난 남편을 두고 한 것이었을까? 남편도 신부와 마찬가지로 불안해하는 티가 났고, 눈 밑의 거무스름한 그늘까지 신부와 똑같았다. 그래서 그들은, 앞에서 썼듯이, 모르는 사람이 보면 오빠와 여동생처럼 보일 정도였다. 우리가 한데 모여 있는 것을 보고 그가 잠시 머뭇거리자 신부가 그를 향해 소리쳤다. "여보, 이리 와서 멋진 분들을 만나 보세요." 그는 그리 달가워하는 것 같지 않았지만, 아무튼 뚱한 표정으로 자리에 앉아 커피가 아직 따뜻한지 물었다.

"새로 주문할게요, 여보. 이분들이 윈스탠리 부부를 아신대요. 그리고 이분은 **그** 윌리엄 해리스 씨래요."

그는 나를 멍하니 쳐다보았다. 내가 트위드와 관련이 있는 사람인지 궁금해하는 것 같았다.*

"말을 좋아한다고 들었어요." 스티븐이 말했다. "혹시 토요일에 부

* 고급 트위드 중에 해리스 트위드가 있다.

인과 같이 카뉴로 가서 우리랑 함께 식사를 할 수 있을까요? 토요일이면 내일이네요. 카뉴에 아주 좋은 경마장이 있는데……"

"글쎄요." 그가 미심쩍은 표정으로 말하면서 대답의 실마리를 구하려고 아내를 쳐다보았다.

"여보, 당연히 가야죠. 당신도 좋아할 거예요."

그의 얼굴이 금세 밝아졌다. 그는 신혼여행 중에 다른 사람의 초대에 응하는 것이 사회적 규범에 어긋나지는 않는지 생각하며 난처해했던 게 틀림없다. "고맙습니다." 그가 말했다. "그런데 성함이……"

"초면이지만 앞으로 잘 지내자고요. 나는 스티븐이고 이 사람은 토니."

"저는 피터입니다." 그러고 나서 약간 침울하게 덧붙였다. "이쪽은 푸피."

"토니, 네가 부인을 차에 태우고 가. 피터와 나는 **버스**로 갈 테니까." (나는 스티븐이 유리해졌다는 인상을 받았는데, 내 생각엔 토니도 그런 인상을 받았던 것 같다.)

"해리스 씨도 같이 가시겠어요?" 그녀는 나는 그 사람들과 다르다는 점을 강조하고 싶기라도 하듯이 이름이 아닌 성을 사용하여 물었다.

"나는 못 갈 것 같아요. 시간과 싸우며 일하고 있는 터라."

토요일 저녁, 나는 그들이 카뉴에서 돌아오는 모습을 발코니에서 지켜보았다. 다들 유쾌하게 웃는 소리를 들으면서 생각했다. '적이 요새 안으로 들어왔군. 이제 시간문제야.' 시간문제이기는 했지만 두 실내장식가는 아주 조심스럽게 일을 진행했기 때문에 많은 시간이 걸릴 터였다. 코르시카 섬에서 서두르다 타박상을 입고 멍이 든 전력이 있는 그들이 성급하게 따먹으려고 덤빌 리 없었다.

4

　남편이 내려올 때까지 혼자서 아침을 먹는 신부를 즐겁게 해 주는 것이 두 실내장식가의 규칙적인 습관이 되었다. 내가 다시 그들의 탁자에 합석하는 일은 없었지만 그들이 나누는 이야기는 단편적으로 내 귀에 들려오곤 했다. 내가 보기에 그녀가 처음만큼 즐거워하는 경우는 다시 없었다. 새롭고 신기한 느낌도 사라진 듯했다. 한번은 그녀가 이렇게 말하는 소리도 들렸다. "여기선 할 게 너무 없어요." 신혼여행 중인 사람이 그런 생각을 하다니 참 특이했다.

　어느 날 저녁 나는 그녀가 그리말디 박물관 밖에서 눈물을 흘리고 있는 모습을 보았다. 나는 여느 때와 마찬가지로 신문을 사러 갔고, 습관처럼 나시오날 광장 주위를 돌았다. 광장에는 왕가를 향한 앙티브의 충성을 기념하고, 또한 왕가를 재건하려던 외인부대에 대한 앙티브의 저항을 기념하기 위해―놀라운 역설이 아닐 수 없다―1819년에 세워진 기념비가 있었다. 그러고 나서 늘 그래 왔듯이 시장과 옛 항구와 루루 식당을 지나고 경사로를 올라가 성당과 박물관이 있는 쪽으로 걸어갔다. 그리고 거기, 박물관 성벽 아래 가로등이 켜지기 전의 저녁 어스름 속에서 울고 있는 그녀를 발견한 것이다.

　그녀가 무엇을 하고 있는지를 너무 늦게 알아차린 탓에 나는 적절하지 않은 인사를 건네고 말았다. "안녕하세요, 트래비스 부인." 그녀는 흠칫 놀라며 몸을 돌렸는데, 그 바람에 손수건이 땅에 떨어졌다. 나는 손수건을 주워 들고서야 그것이 눈물로 젖어 있다는 것을 알았다. 물에 빠진 조그만 동물을 손에 쥔 듯한 느낌이었다. 내가 말했다. "미안해요." 놀라게 해서 미안하다는 뜻이었다. 그러나 그녀는 내 말을 다른 의미로 받아들였다. "아, 제가 좀 바보 같은가 봐요. 그뿐이에요. 기분이 좀 울적할 뿐이에요. 누구나 다 그럴 때가 있잖아요."

"피터는 어디 있나요?"

"스티븐과 토니와 함께 박물관에 들어갔어요. 피카소 작품을 보려고요. 저는 피카소를 조금도 이해하지 못하겠어요."

"그건 전혀 부끄러워할 일이 아닙니다. 그런 사람들이 많으니까요."

"피터도 피카소를 이해하지 못해요. 전 알아요. 그이는 그냥 관심이 있는 척할 뿐이에요."

"아, 그런가요……"

"꼭 그런 것만도 아니에요. 저도 잠시 피카소를 아는 척했어요. 스티븐을 기쁘게 해 주려고요. 그런데 피터가 아는 척하는 이유는 저한테서 벗어나려는 것일 뿐이에요."

"그렇게 생각하는 것일 뿐이겠죠."

정확히 5시가 되자 등대가 불을 밝혔다. 하지만 파르*의 빛줄기를 보기에는 아직 날이 너무 밝은 편이었다.

내가 말했다. "박물관이 문을 닫을 시간이네요."

"저와 함께 호텔로 돌아가실래요?"

"피터를 기다리지 않을 건가요?"

"저한테서 안 좋은 냄새가 나는 건 아니죠?" 그녀가 불쌍한 표정으

---

* phare. 프랑스어로 '등대'라는 의미.

로 물었다.

"아르페주 향수 냄새가 희미하게 배어 있군요. 난 언제나 아르페주 향을 좋아했지요."

"이 향수를 많이 써 보셨단 소리로 들리네요."

"아닙니다. 첫 번째 아내가 아르페주를 사용해서 그런 것뿐입니다."

우리는 걸음을 옮겨 호텔로 돌아가기 시작했다. 미스트랄*이 귀를 때렸다. 그녀가 눈이 빨개진 이유를 말해야 할 때가 오면 이 바람이 변명거리가 되어 줄 것이다.

그녀가 말했다. "앙티브는 너무 우울하고 우중충한 것 같아요."

"이곳을 좋아하는 줄 알았는데요."

"아, 처음 하루 이틀 동안은요."

"집으로 돌아가지 그래요?"

"신혼여행에서 일찍 돌아오면 이상하게 보이지 않을까요?"

"아니면 로마나 다른 좋은 곳으로 가세요. 니스에서 비행기를 타고 갈 수 있는 곳이 아주 많답니다."

"그래도 마찬가지일 거예요." 그녀가 말했다. "장소가 아니라 제가 문제니까요."

"무슨 말인지 모르겠군요."

"그이가 제게서 만족을 얻지 못해요. 그뿐이에요."

그녀가 성벽 옆의 바위 위에 지은 조그만 집들이 있는 곳 맞은편에서 걸음을 멈췄다. 그러고는 아래쪽 길을 내려다보았다. 빨래가 널려 있고, 추워 보이는 카나리아 한 마리가 든 새장이 눈에 띄었다.

---

* 프랑스 남부 지방에서 부는 강한 북풍.

"기분이 좀…… 울적하다고…… 했잖아요."

"그이 잘못이 아니에요." 그녀가 말했다. "제 탓이에요. 선생님에겐 무척 바보 같아 보일지 모르지만, 저는 결혼하기 전에 누구와도 잠자리를 한 적이 없어요." 그녀가 카나리아를 애처롭게 쳐다보며 꼴깍 침을 삼켰다.

"피터는요?"

"그이는 몹시 예민해요." 그녀가 말했다. 그러고 나서 재빨리 덧붙였다. "그게 그이의 장점이에요. 그이가 예민하지 않았다면 전 그이에게 반하지 않았을 거예요."

"나 같으면 피터를 데리고 집으로 돌아가겠습니다. 가능한 한 빨리." 나는 하는 수 없이 불길하게 들릴 말을 했으나, 그녀는 내 말을 거의 알아듣지 못했다. 성벽 아래에서 점점 가깝게 들려오는 목소리에 귀를 기울이고 있었던 것이다. 스티븐의 유쾌한 웃음소리였다. "저분들은 매우 싹싹한 사람들이에요." 그녀가 말했다. "그이가 친구를 사귀게 되어서 기뻐요."

내가 어떻게 그녀의 눈앞에서 그들이 피터를 유혹하고 있다는 말을 할 수 있었겠는가? 그리고 어쨌거나 그녀의 실수는 이미 돌이킬 수 없지 않은가? 이 두 가지 생각이 혼자서 쓸쓸히 시간을 보내는 나의 뇌리를 떠나지 않았다. 그날의 작업이 끝나고 점심때 먹은 와인 기운이 알근히 남은 오후, 아직 초저녁 술을 마실 시간은 되지 않았고 난방은 형편없이 약한 오후에 나는 그런 생각들과 씨름하면서 시간을 보냈다. 그녀는 정말 자기가 결혼한 남자의 본성을 모르는 걸까? 신랑은 자신의 성향을 감추기 위한 눈가림으로 삼으려고 그녀와 결혼한 것일까, 아니면 정상인이 되려는 절망적인 수단으로 결혼한 것일까? 나로서는 어느 것도 믿을 수가 없었다. 신랑에게는 그녀의 사랑이 잘못된 게 아니라고 여길 만한 순진함이 있었다. 그래서 나는, 신랑은 아직 성향이 완전히 형성되지 않았으며, 정직하게 결혼했지만 지금은 어떻게 하다 보니 다른 경험을 하기 직전의 상황에 놓이게 된 거라고 생각하는 쪽으로 기울었다. 그렇다고 한다면 이 희극은 더욱더 잔인했다. 만약 행성의 운행이 이들 부부의 신혼여행과 그 굶주린 사냥꾼 패가 서로 만나지 않도록 이루어졌다면 모든 게 정상적으로 잘되었을 것 아닌가?

나는 뭔가 말을 해 주고 싶은 마음이 간절했다. 그리고 결국 말을 하게 되었는데, 그녀에게는 아니었다. 내 방으로 가고 있을 때 실내장식가들이 쓰는 방 중 한 곳의 문이 열려 있었고, 나는 다시 스티븐의 웃음소리를 들었다. 자신의 의도와는 달리 남을 비꼬는 듯한 웃음이었는데, 그 소리에 울컥 화가 치밀었다. 나는 노크를 하고 방 안으로 들어갔다. 토니는 더블베드 위에 몸을 쭉 뻗고 누워 있고 스티븐은 머리를 '매만지고' 있었다. 그는 양손에 빗을 들고 웨이브 진 잿빛 옆머리를 세심하게 다듬었다. 화장대 위에는 여자 뺨칠 정도로 많은 화장품이 놓여 있었다.

"그가 정말 그런 말을 했단 말이야?" 토니가 말을 하고 있었다. "아니, 어쩐 일이세요, 윌리엄? 들어오세요. 우리의 젊은 친구가 스티븐에게 비밀을 털어놓았대요. 정말 흥미로운 사실을 말이에요."

"어떤 젊은 친구요?" 내가 물었다.

"누구겠어요? 당연히 피터죠. 결혼 생활의 비밀을 털어놓았답니다."

"그 젊은 선원이 아닐까 생각했는데."

"어떻게 그런 심한 말씀을!" 토니가 말했다. "그러나 물론 투셰*."

"피터는 가만 내버려 두지 그래요."

"피터가 원치 않을걸요." 스티븐이 말했다. "아시겠지만, 그 친구는 이런 신혼여행에는 흥미가 없으니까요."

"여자를 좋아하잖아요, 윌리엄." 토니가 말했다. "신부를 맡으시는 건 어때요? 정말 좋은 기회예요. 내가 알기론, 신부가 지금 속된 말로 거시기 맛을 못 보고 있거든요." 둘 가운데 쉽사리 더 야만스러운 짓을 할 수 있는 사람은 토니였다. 나는 녀석에게 주먹을 날리고 싶었으나 지금은 그런 식의 낭만적인 행동이 통하는 시대가 아니었고, 게다가 그는 침대 위에 납작 누워 있었다. 나는 맥없이 "신부는 신랑을 사랑하고 있어요" 하고 말했다. 그들과의 언쟁을 피했어야 했는데 어리석게도 그러지 못했다.

"토니 말이 옳은 것 같아요. 그녀는 당신한테서 더 많은 만족을 얻을 수 있을 겁니다, 윌리엄." 스티븐이 오른쪽 귀 위 머리털을 마지막으로 톡톡 매만지며 말했다. 이제 얼굴의 멍은 거의 다 사라지고 없었다. "피터가 나한테 한 말로 봐서, 당신이 신부를 맡으면 그들 부부 모두에게 은혜를 베푸는 셈이 될 거예요."

"스티븐, 이분한테 피터가 한 말을 얘기해 줘."

"피터 말로는, 그녀는 처음부터 굶주린 것처럼 색욕을 드러냈대요. 그래서 무섭기도 하고 거부감이 일기도 했다는군요. 가엾은 사람. 그 친구는 결혼이라는 관습의 덫에 걸린 거예요. 그의 아버지는 후손을 원해요. 아버지도 말을 기른다더군요. 그의 어머니도 손주를 원한답니다. 재산이 많은 사람들이니까요. 피터는 다가올 상황에 대해 아무 생

---

* touché. 원래 펜싱 용어로, 논쟁 중에 상대방이 좋은 지적을 했다고 인정할 때 쓰는 말이다. 여기서는 '그렇게 생각했을 수도' 정도의 의미.

각이 없었던 것 같아요." 스티븐이 거울 앞에서 몸서리를 치더니, 이내 만족스러운 표정으로 자신의 모습을 들여다보았다.

나는 지금까지도 내 마음의 평화를 위해 피터는 그런 어처구니없는 말을 하지 않았을 거라고 믿으려 한다. 그 말은 교활한 극작가인 스티 븐이 지어내서 신랑의 입에 넣어 준 말이라고 믿는다. 그렇게 믿고 싶 다. 그러나 그렇게 생각해도 별로 위안이 되지는 않는다. 왜냐하면 스 티븐이 지어낸 이야기는 언제나 그 사람의 이미지에 맞는 말이었으니 까. 스티븐은 그녀에게 무관심한 것 같은 내 태도를 보고 토니와 자기 가 너무 심하게 굴었다는 것을 깨달았다. 내가 만약 엉뚱한 행동을 하 거나 또는 그들의 상스러운 말 때문에 푸피에 대한 흥미를 잃어버린 다면, 그건 그들의 목적에 부합하지 않을 것이다.

"물론 내가 좀 과장을 한 건 사실입니다." 스티븐이 말했다. "신랑도 그 시점이 오기 전까지는 다소 육욕적 사랑을 느낀 게 확실해요. 신랑 의 아버지는 그녀를 훌륭한 암망아지로 표현했던 것 같더군요."

"신랑을 어떻게 할 셈인가요?" 내가 물었다. "동전 던지기를 해서 이긴 사람이 차지하는 거요, 아니면 한 사람은 머리를 차지하고 다른 사람은 꼬리를 차지하는 거요?"

토니가 웃었다. "윌리엄, 대단히 인상적인 생각을 하고 계시네요."

"만약에 말입니다," 내가 말했다. "내가 그녀한테 가서 이 이야기를 그대로 해 준다면?"

"그녀는 무슨 말인지 알아듣지도 못할 겁니다. 믿을 수 없을 만큼 순진하니까요."

"신랑은 순진하지 않나요?"

"좀 미심쩍어요. 우리 친구 콜린 윈스탠리를 아는 걸로 봐선…… 하지만 그건 아직 잘 모르겠어요. 그 친구는 아직 몸을 주지 않았으니까."

"우린 곧 그 친구를 시험대에 올려놓을 생각입니다." 스티븐이 말했다.

"시골로 드라이브를 갈 거예요." 토니가 말했다. "신랑이 중압감을 느끼고 있다는 걸 당신도 알 수 있겠지요. 심지어 그 친구는 낮잠을 자는 것도 두려워한답니다. 신부에게서 원치 않는 관심을 받을까 봐서요."

"당신들은 동정심**도** 없소?" 닳아빠진 그 두 사람에게 하기에는 너무 고리타분한 말이었다. 나 자신이 그 어느 때보다도 인습적인 사람 같다는 생각이 들었다. "당신들의 사소한 놀이를 위해서 그녀의 삶을 망칠지도 모른다는 생각은 들지 않소?"

"그래서 우린 당신에게 의지하려는 거예요, 윌리엄." 토니가 말했다. "그녀에게 기쁨과 안식을 주는 역할을 말이에요."

스티븐이 말했다. "이건 놀이가 아니에요. 우리가 **신랑을** 구해 주고 있다는 걸 알아야 합니다. 그 친구가 살아가게 될 인생을 생각해 보세요. 온갖 말랑말랑하고 부드러운 환경 속에서 살아갈 인생을 말입니다." 그러고 나서 덧붙였다. "여자를 생각하면 나는 늘 눅눅한 샐러드가 떠올라요. 풀 죽은 녹색 채소 쪼가리들이 흐늘거리는……"

"각자 자기 나름의 취향대로 사는 거지요." 토니가 말했다. "그러나 피터는 그런 삶이 맞지 않아요. 그 친구는 몹시 예민하거든요." 신부가 했던 말을 토니가 사용했다. 나는 더 이상 할 말이 생각나지 않았다.

여러분은 내가 이 희극에서 보잘것없는 역할을 수행했음을 알게 될 것이다. 나는 신부에게 곧장 가서 어쩔 수 없는 현실에 대해 약간 강의를 해 줄 수도 있었으리라. 부드럽게 영국 퍼블릭 스쿨의 제도에 관한 이야기를 시작하면서 말이다. (신랑은 어느 날 아침 식사 자리에서 토니가 그에게 암갈색 줄무늬 넥타이는 매지 않는 게 좋을 것 같다고 말해 줄 때까지 퍼블릭 스쿨 졸업생 넥타이를 매고 있었다.) 또는 신랑 자신에게 그러지 말라고 말해 줄 수도 있었으리라. 그러나 만약 스티븐이 이미 사실대로 얘기했고, 그래서 신랑이 심각한 신경과민 상태에 있는 거라면, 내가 끼어들어 봤자 거의 도움이 되지 않을 것이다. 내가 할 수 있는 일이 없었다. 그들이 조심스러우면서도 능숙하게 클라이맥스를 향해 나아가는 동안 나는 가만히 앉아 그걸 지켜보는 수밖에 없었다.

사흘 뒤 아침 식사 시간에 그녀는 여느 때와 마찬가지로 혼자 내려와 그들과 함께 앉아 있었고, 그러는 동안 남편은 위층에서 로션을 발랐다. 두 실내장식가는 전에 없이 아양을 부리면서 신부를 즐겁게 해 주었다. 내가 탁자에 앉았을 때 그들은 켄징턴에 있는 한 저택의 실내장식을 맡았던 얘기를 정말 재미있게 들려주고 있었다. 집주인은 미망인인 공작 부인이었는데, 나폴레옹 전쟁에 굉장히 관심이 많은 사람이었다고 했다. 내가 기억하기로는, 그 집에는 워털루 전투 때 웰링턴 장군이 탄 회색 말의 발굽으로 만든 재떨이가 있으며, 그 사실을 앱슬리 저택*이 보증한다고—판매인이 그렇게 말했다—했다. 아우스터리츠 전투가 벌어진 들판에서 발견된 탄약 상자로 만든 우산꽂이도 있다고 했다. 비상 사다리는 바다호스 전투 때 사용했던 성곽 공격용 사다리로 만든 것이었다. 신부는 우울하고 답답한 기분을 반쯤 잊은 채 그들의 이야기에 귀를 기울였다. 빵과 커피를 먹는 것도 잊고 있었다. 스티븐이 그녀의 주의를 사로잡은 것이었다. 나는 그녀에게 말하고 싶었다. '올빼미 같으니라고.' 그렇게 말한다 해도 그녀에게 욕되는 것은 아닐 터였다. 그녀는 **실제로** 눈이 컸으니까.

마침내 스티븐이 계획을 꺼내 보였다. 나는 커피 잔을 꽉 쥔 스티븐의 손과, 눈을 내리깔고 크루아상 빵에 대고 기도하는 것 같은 토니를 보고, 그들이 말을 하기 전에 이미 그걸 알 수 있었다. "푸피, 부탁하고 싶은 게 있는데…… 남편 좀 빌려도 돼요?" 은밀한 의도를 숨긴 채 그토록 천연덕스럽게 던지는 말은 들어 본 적이 없었다.

그녀가 웃었다. 아무것도 눈치채지 못한 것이었다. "남편을 빌려요?"

"몬테카를로 뒤편에 조그만 산악 마을이 있는데―페유라는 마을이에요―그곳에 엄청나게 멋진 오래된 책상이 있다는 소문을 들었어요. 물론 판매용은 아니랍니다. 하지만 토니와 나는 원하는 걸 손에 넣는 방법이 있지요."

"나도 그건 알고 있어요." 그녀가 말했다.

스티븐은 잠시 당황했다. 하지만 그녀가 한 말은 다른 뜻이 있는 게 아니라 단순히 칭찬일 뿐이었다.

"우린 페유에서 점심을 먹고 온종일 길에서 시간을 보내며 경치나 감상할 생각이랍니다. 문제는 우리 차에는 세 사람밖에 탈 수 없다는 거예요. 그런데 며칠 전에 피터한테서 들으니 당신은 머리를 하러 갈

* 웰링턴 장군의 물품과 수집품이 전시된 저택으로, 런던에 있다.

시간이 필요하다고 해서 우린 생각하기를……"

　나는 스티븐이 말을 너무 많이 해서 오히려 신뢰감이 떨어진다는 인상을 받았지만, 그는 걱정할 필요가 없었다. 그녀는 아무것도 모르고 있었던 것이다. "아주 좋은 생각인 것 같아요." 그녀가 말했다. "그이는 잠시 나를 떠나서 여가 시간을 가질 필요가 있어요. 나와 결혼식을 올린 뒤로 혼자만의 시간을 가진 적이 거의 없었으니까요." 그녀는 퍽이나 사려 깊었다. 오히려 다행으로 여겼는지도 모른다. 가엾은 여자. 그녀도 잠시 휴식이 필요했다.

　"몹시 불편할 거예요. 피터는 토니의 무릎에 앉아야 할 테니까요."

　"그이는 그런 건 개의치 않을 거예요."

　"그리고 물론 도중에 먹을 음식의 질은 장담하지 못해요."

　나는 처음으로 스티븐이 어리석은 구석이 많은 사람임을 알았다. 그런 말을 하는 게 무슨 도움이 된단 말인가?

　결국 둘 중에서는 야만스럽기는 해도 토니가 더 머리가 좋았다. 스티븐이 뭔가 말을 더 하려 할 때 토니가 크루아상에서 시선을 떼고 고개를 들어 단호히 말했다. "좋아요. 그럼 다 됐습니다. 저녁 식사 시간 때까지는 피터를 고스란히 돌려줄게요."

　그는 도전적인 태도로 나를 쳐다보았다. "당신 혼자 점심을 먹게 해서 정말 미안하지만, 다행히 윌리엄이 당신을 챙겨 줄 거라고 믿습니다."

　"윌리엄?" 그녀가 물었다. 나는 마치 내가 존재하지 않는 것처럼 나를 바라보는 그녀의 태도가 싫었다. "아, 해리스 씨 말이군요."

　나는 그녀에게 옛 항구에 있는 루루 식당에서 함께 점심을 먹자고—달리 더 좋은 생각이 나지 않았다—말했고, 바로 그때 느림보 피터가 테라스로 나왔다. 그녀가 급히 말했다. "선생님 일을 방해하고 싶지 않아요⋯⋯"

"굶을 수는 없잖아요." 내가 말했다. "밥을 위해서라면 일은 얼마든지 방해받아도 괜찮아요."

피터는 이번에도 면도를 하다 베여 턱에 솜을 큼지막하게 붙이고 있었다. 그 모습을 보자 스티븐의 멍이 떠올랐다. 그는 누군가가 자신에게 말을 걸어 주기를 기다리면서 서 있었다. 그 모습을 보자 나는 그가 그날 아침에 오간 대화의 내용을 다 알고 있다는 인상을 받았다. 그들 셋이 사전에 치밀하게 계획을 세우고 역할 분담을 했으며, 천연덕스러운 태도로 말하는 것까지 연습한 것 같았다. 심지어 음식에 관한 것까지도⋯⋯ 그런데 지금 누군가가 각본을 잊고 그에게 신호를 주는 것을 놓치고 있었다. 그래서 내가 입을 열었다.

"당신 아내에게 루루 식당에서 함께 점심을 하자고 했어요." 내가 말했다. "괜찮겠어요?"

그들 셋 모두의 얼굴에 순간적으로 안도의 빛이 스쳤다. 만약 내가 그 상황에서 미소를 지을 일이 있었다고 한다면 그 순간이었을 것이다.

6

"그분이 떠난 뒤에는 다시 결혼하지 않으셨어요?"

"이미 그땐 결혼하기엔 너무 나이가 많았어요."

"피카소는 그래도 결혼하잖아요."

"하하. 난 피카소만큼 늙지는 않았어요."

우리는 시시한 대화를 주고받았다. 뒤에는 와인 병 디자인의 벽지를 바른 벽에 고기잡이 그물이 걸려 있었다. 또 실내장식이었다. 때때로 나는 사람 얼굴의 주름살처럼, 그렇게 그윽하게 낡아진 방을 갈망하곤 했다. 우리 사이에서 생선 수프가 마늘 냄새를 내며 식어 갔다. 손님은 우리밖에 없었다. 외로움 때문인지, 그녀의 솔직한 질문 때문인지, 아니면 단지 로제 와인 기운 때문인지, 갑자기 나는 우리가 아주 가까운 사이가 된 듯한 아늑한 기분을 느꼈다. "늘 일이 있으니까요." 내가 말했다. "와인과 좋은 치즈도 있고."

"저는 만약 피터를 잃는다면 선생님처럼 철학적이지 못할 거예요."

"그런 일은 일어나지 않겠지요."

"저는 죽어 버릴 것 같아요." 그녀가 말했다. "크리스티나 로세티의 시에 나오는 어떤 사람처럼 말이에요."

"당신 세대의 사람들은 로세티의 시를 읽지 않는 줄 알았는데."

내가 스무 살만 더 먹었어도 목숨을 버리는 것만큼 나쁜 것은 없으며, 소위 말하는 '성생활'의 끝에 이르렀을 때 지속되는 유일한 사랑은 모든 실망, 모든 실패, 모든 배신을 포함한 모든 것을 받아들이는 사랑이라는 것을 설명해 줄 수 있었으리라. 결국에는 함께 있고자 하는 단순한 욕구보다 더 깊은 욕구는 없다는 슬픈 사실조차도 받아들이는 사랑이라는 것도.

하긴 그녀는 내 설명을 믿지 않았을 것이다…… 그녀가 말했다. "전 「사라져 가네」라는 시를 읽으며 눈물짓곤 했어요. 선생님도 슬픈 이야기를 쓰세요?"

"지금 쓰고 있는 전기는 꽤나 슬퍼요. 두 사람이 사랑으로 함께 묶였는데, 한쪽의 행실이 부정해요. 남자는 마흔이 안 된 나이에 기력이 소진된 채 죽어 가지요. 한 전도자가 그의 영혼을 낚아채려고 병상 곁에 도사리고 있답니다. 죽어 가는 사람에게도 사생활이 없는 거지요. 그 전도자는 나중에 주교가 되어 그에 관한 책을 한 권 썼어요."

옛 항구에서 잡화점을 운영하는 한 영국인이 카운터에 앉아 얘기를 하고, 이 식당 주인의 가족인 노파 둘이 실내 한쪽 가장자리에서 뜨개질을 하고 있었다. 개 한 마리가 종종거리며 들어와 우리를 쳐다보더니 꼬리를 말아 올리고는 다시 밖으로 나갔다.

"언제 일어난 이야기예요?"

"거의 300년 전 얘기예요."

"그런데도 요즘 이야기처럼 들려요. 물론 요즘엔 주교가 아니라《미러》의 기자가 와서 취재를 하겠지만⋯⋯"

"바로 그 점 때문에 이 전기를 쓰고 싶었던 거예요. 나는 실은 과거에는 관심이 없어요. 시대극은 좋아하지 않는답니다."

사람의 신뢰를 얻는 일은 남자가 여자를 유혹하는 방법과 다소 비슷하다. 남자는 진짜 목적을 감추고 오랫동안 에둘러 간다. 마침내 덮칠 수 있는 순간이 올 때까지 여자의 관심을 끌고 여자를 즐겁게 하려고 애쓰는 것이다. 내가 계산을 하려고 했을 때 그 순간이 온 것 같았으나, 내가 잘못 생각한 것이었다. 그녀가 말했다. "피터는 지금 어디에 있을까요⋯⋯" 내가 재빨리 대꾸했다. "두 사람 사이에 무슨 안 좋은 일이 있나요?"

그녀가 말했다. "가요."

"계산을 하고 잔돈을 받으려면 기다려야 해요."

루루에서는 언제나 계산을 하는 것보다 음식을 시켜 먹는 게 더 쉬웠다. 음식 값을 치를 때가 되면 으레 다들 사라지곤 했던 것이다. 노파도(뜨개질감은 탁자 위에 방치되어 있었다), 식당 일을 돕는 친척 아주머니도, 루루 자신도, 파란 스웨터를 입은 루루의 남편도 보이지 않았다. 개가 밖으로 나가지 않았다면 그 순간에 그 개가 남아서 식당을 지켜야 할 판이었다.

내가 말했다. "잊었을지 모르지만, 당신은 내게 피터가 당신에게서 만족을 얻지 못한다고 말했어요."

"어서 누굴 찾아서 계산을 하고 나가요."

그래서 나는 부엌에서 루루의 친척 아주머니를 찾아내서 셈을 치렀다. 그런데 우리가 밖으로 나갈 무렵에는 모두가 다시 돌아오는 것 같았다. 심지어 개까지도.

밖으로 나온 뒤 나는 그녀에게 호텔로 돌아가고 싶은지 물었다.

"지금 돌아가고 싶진 않아요. 그런데 제가 선생님 일을 방해하고 있는 건 아닌가요?"

"난 술을 마신 뒤엔 절대 일하지 않아요. 그래서 아침 일찍 일하는 걸 좋아하죠. 일찍 일을 시작하면 일찍 술을 마실 수 있으니까요."

그녀는 앙티브에 와서 성벽과 해변과 등대 말고는 아무것도 보지 못했다고 했다. 그래서 나는 그녀를 비좁은 뒷골목으로 데리고 갔다. 나폴리와 마찬가지로 창문 밖으로 빨래가 널려 있고, 얼핏 보이는 조그만 방들에는 아이들이 와글와글했다. 한때는 귀족의 집이었던 오래된 집의 출입구에는 소용돌이무늬가 새겨진 돌들이 있었다. 와인 통들이 보도에 나와 있고, 아이들은 거리에서 공놀이를 했다. 1층에 있는 어떤 천장이 낮은 방에 한 사내가 앉아 도자기에 그림을 그리는 모습이 눈에 들어왔다. 예전에 피카소가 살았던 마을을 찾아온 관광객들에게 판매하기 위해 나중에 발로리스로 실려 갈 도자기들이었다.

분홍색 점박이 개구리와 연보라색 물고기가 있었고, 돼지 저금통도 눈에 띄었다.

그녀가 말했다. "바다 쪽으로 돌아가는 게 좋겠어요." 그래서 우리는 뜨거운 햇살이 내리쬐는 성채로 돌아갔다. 나는 다시 걱정되는 문제를 말해 주고 싶은 충동을 느꼈으나, 그녀가 아무것도 모르는 표정으로 멍하니 나를 쳐다볼 것을 생각하니 그럴 엄두가 나지 않았다. 그녀가 성벽 위에 앉았다. 꽉 끼는 검은 바지를 입은 기다란 다리가 크리스마스 때 걸어 두는 양말처럼 대롱거렸다. 그녀가 말했다. "저는 피터와 결혼한 것을 후회하지 않아요." 그 말을 듣자 에디트 피아프의 노래 〈난 후회하지 않아요〉가 떠올랐다. 이 말은 늘 도전적이고 단호한 태도로 말하게 되는, 또는 노래하게 되는 그런 전형적인 어구였다.

나는 다시 이렇게 말하는 수밖에 없었다. "피터를 집으로 데려가야 해요." 그러면서 내가 이런 말을 했다면 어떻게 되었을까 궁금해졌다. '당신은 남자만 좋아하는 사람과 결혼했어요. 지금 그 사람은 남자 애인들과 야외에서 즐거운 시간을 보내고 있죠. 나는 당신보다 서른 살이나 많지만 적어도 늘 여자를 더 좋아했고, 지금 당신과 사랑에 빠졌어요. 당신이 더 젊은 남자를 찾아 나를 떠나고 싶을 때까지 우린 아직 몇 년은 함께 행복하게 지낼 수 있어요.' 그러나 내가 한 말은 이것뿐이었다. "피터는 아마 시골이 그리울 거예요. 말타기도요."

"선생님 말씀이 옳다면 좋겠어요. 그러나 문제는 그보다 더 심각하답니다."

그녀도 문제의 본질을 알고 있는 걸까? 나는 그녀가 그 말의 의미를 설명해 주기를 기다렸다. 지금은 희극과 비극의 두 갈래 길에서 앞으로 나아가기 직전에 머뭇거리는 소설과 다소 비슷했다. 그녀가 상황을 알고 있다면, 이 극은 비극일 것이다. 모르고 있다면 희극일 것이다. 소극笑劇이라고 할 수도 있으리라. 너무 순진해서 상황을 이해하지 못하는 미성숙한 젊은 여자와 너무 나이가 많아 상황을 설명해 줄 용기가 없는 남자 간의 상황을 보여 주는 소극…… 내 취향은 비극 쪽이라고 생각한다. 그때 나는 비극이기를 바랐다.

그녀가 말했다. "이곳으로 신혼여행을 오기 전에 우리는 서로를 잘 몰랐어요. 함께 주말 파티에 가거나 가끔 극장에 가는 정도가 전부였답니다. 아, 승마는 당연히 함께 즐겼어요."

나는 그녀의 말이 어디로 향할지 알 수 없었다. 그래서 말했다. "이런 일은 누구에게나 부담스럽고 긴장되기 마련이에요. 신혼부부는 평범한 일상생활을 하다가 큰 예식을 치른 뒤에 둘이 함께 내팽개쳐지죠. 마치 전에는 서로 본 적이 없는 두 마리 짐승이 한 우리 안에 갇혀 있는 형국이지요."

"이제 그이는 싫어하는 태도로 저를 대해요."

"지나친 생각이에요."

"아니에요." 그녀가 근심스러운 표정으로 덧붙였다. "제가 무슨 말을 해도 놀라지 않으실 거죠? 얘기할 수 있는 사람이 선생님 말고는 없어서요."

"50년을 살다 보니 여간해선 놀라지 않아요."

"저희는 정식으로 성관계를 가진 적이 없어요. 여기 온 뒤로 한 번도요."

"정식으로라니, 무슨 뜻이죠?"

"그이는 시작은 하는데 끝내진 않아요. 그러니 아무 일도 일어나지 않아요."

나는 거북함을 느끼면서 말했다. "로체스터도 그런 걸 시로 썼어요. 「불완전한 쾌락」이라는 시죠." 내가 왜 이런 음습한 문학 얘기까지 들먹였는지 잘 모르겠다. 어쩌면 정신분석가의 처방처럼 그녀가 자기 문제를 혼자만의 문제로 생각하지 않기를 바란 것인지도 모른다. "누구에게나 일어날 수 있는 일이에요."

"하지만 그이 잘못이 아니에요." 그녀가 말했다. "제 잘못이에요. 제 잘못이란 걸 전 알아요. 그이는 제 몸을 좋아하지 않는 것뿐이에요."

"그걸 이제야 알았을 리가 없잖아요."

"그이는 여기 올 때까지 저의 벗은 몸을 본 적이 없답니다." 그녀는 의사에게 하듯 솔직하게 말했다. 분명 그녀에게 나는 그런 정도의 사람일 뿐이었다.

"첫날밤엔 대부분 긴장을 해요. 그리고 남자가 그걸 걱정하면—그게 얼마나 남자의 자존심을 상하게 하는지 알아야 해요—며칠 동안, 심지어 몇 주 동안 그런 상태에 빠질 수도 있지요." 나는 그녀에게 예전에 사귀었던 한 여자에 관해 얘기해 주었다. 우리는 오랫동안 함께 지냈는데, 처음 2주 동안은 난 아무것도 하지 못했다는 이야기였다. "성공하려고 너무 안달했던 거죠."

"그건 제 경우와 달라요. 선생님은 그분을 보는 게 싫지 않았잖아요."

"당신은 사소한 것을 큰 문제로 과장하고 있어요."

"그이가 그런다니까요." 그녀가 갑자기 경박한 여학생 같은 어조로 말하며 애처로이 키득거렸다.

"우리는 일주일 동안 집을 떠나 다른 곳으로 갔지요. 환경을 바꾼 거예요. 그 뒤론 모든 게 잘됐어요. 우린 10일 정도는 실패했지만, 그 뒤 10년은 행복했어요. 매우 행복했지요. 아무튼 근심 걱정이 방 안에

똬리를 틀고 있을 수 있어요. 그건 커튼의 색깔에 있을 수도 있고 옷걸이에 걸려 있을 수도 있지요. '페르노'라는 상표가 박힌 재떨이에서 담배 연기로 피어오르기도 하고, 침대에 눈길을 던지면 침대 밑에서 얼굴을 내밀기도 해요. 침대 밑에 놓인 구두 앞코가 보이는 것처럼요." 나는 다시 내가 생각해 낼 수 있는 유일한 주문呪文을 되풀이했다. "피터를 집으로 데려가세요."

"그래도 달라질 건 없을 거예요. 그인 저에게 실망한 거니까요." 그녀는 검은 바지를 입은 자신의 긴 다리를 내려다보았다. 나도 그녀의 시선이 닿는 곳을 눈으로 더듬었는데, 왜냐하면 이제 내가 그녀를 몹시 원한다는 생각이 들었기 때문이다. 그녀가 확신 어린 어조로 말했다. "저는 옷을 벗으면 그리 예쁘지 않아요."

"말도 안 되는 얘기예요. 당신은 그게 얼마나 말이 안 되는 얘기인지 몰라요."

"아니에요. 그렇지 않아요. 있잖아요…… 시작은 괜찮아요. 그런데 그이가 절 만지면 (그녀가 가슴에 손을 얹었다) 모든 게 틀어져 버려요. 제 가슴은 보잘것없거든요. 그건 저도 잘 알아요. 학교에 다닐 때 기숙사 검사라는 걸 받곤 했죠. 끔찍한 일이었어요. 저 빼곤 가슴이 다 크더라고요. 저는 제인 맨스필드*와는 거리가 멀어요. 그건 틀림없는 사실이에요." 그녀가 다시 공허하게 키득거렸다. "한 친구가 저에게 베개를 가슴 위에 올려놓고 자 보라고 했던 말이 생각나네요. 그러면 그 답답함에서 벗어나려고 가슴을 움직이게 되는데, 가슴을 키우려면 그런 운동이 필요하다는 거였어요. 그러나 물론 효과가 없었죠. 그건

* 미국 영화배우로, 풍만한 몸매의 미녀로 유명하다.

그다지 과학적인 생각이 아닌 것 같아요." 그러고 나서 덧붙였다. "그렇게 하고 잔 날은 몹시 더웠던 기억이 나요."

"피터는 제인 맨스필드 같은 여자를 원하는 사람이 아닌 것 같은데요." 내가 조심스럽게 말했다.

"아무튼 그이가 저를 못났다고 생각한다면 어떻게 해 볼 도리가 없다는 걸 아시잖아요. 안 그런가요?"

나는 그녀의 말에 동의하고 싶었다. 아마 그녀가 생각해 낸 이유는 실제 이유보다 덜 고통스러운 것이리라. 그리고 머잖아 자기 몸에 대한 그녀의 불신을 치유해 줄 사람이 나타날 것이다. 나는 아름다운 여인이 자신의 외모에 자신 없어 하는 경우가 많다는 것을 그전부터 알았지만, 그럼에도 나는 그녀의 태도를 이해하는 척할 수도 없었다. 나는 이렇게 말했다. "날 믿어요. 당신에겐 아무 잘못이 없어요. 그래서 내가 있는 그대로 말하는 거예요."

"선생님은 참 다정한 분이에요." 그녀가 말했다. 그녀의 눈길이 등댓불처럼 나를 지나쳐서 먼 곳으로 향했다. 밤이면 그리말디 박물관을 지나갔다가 일정한 시간이 흐른 뒤에 다시 돌아오는 등댓불처럼, 호텔 정면의 창문 전부를 무심히 비추며 지나가는 등댓불처럼. 그녀가 말을 이었다. "칵테일 시간까지는 돌아오겠다고 했어요."

"쉬고 싶으면 돌아갈까요?" 잠시 동안 우리는 가까운 사이였지만 이제 다시 우리 사이는 멀어지고 있었다. 만약 내가 그때 그녀를 밀어붙였다면 그녀는 결국에 가서는 행복해졌을지도 모른다. 인습적인 도덕은, 여자는 처음에 매인 상태 그대로 매여 있기를 요구하는 것일까? 이들은 교회에서 결혼했다. 그녀는 아마 착한 기독교인이었을 것이다. 나는 기독교의 규범을 알고 있었다. 이 정도에 이르면 그녀는 피터에게서 벗어날 수 있었다. 그들의 결혼은 무효가 될 수 있었다. 그러나 하루 이틀 뒤엔 똑같은 규범이 '그 사람은 그런대로 잘해 왔다. 당신은 평생 결혼 생활을 유지해야 한다'라고 말할 가능성이 농후했다.

그렇지만 나는 그녀를 밀어붙일 수 없었다. 나는 결국 지나친 상상을 한 게 아닐까? 그들의 문제는 첫날밤의 긴장에서 비롯된 것에 불과한지도 몰랐다. 조금 있으면 세 남자가 어색한 태도로 말없이 돌아오고, 이번에는 토니의 얼굴에 멍이 들어 있을지도 몰랐다. 토니의 얼굴에 멍이 든 것을 보게 된다면 나는 무척 기쁠 것이다. 이기적인 생각은 그것을 불러일으킨 열정과 더불어 서서히 시든다. 나는 그녀가 행복해하는 모습을 보는 것만으로 만족했으리라고 생각한다.

그래서 우리는 서로 말을 많이 하지 않고 호텔로 돌아가, 그녀는 그녀의 방으로, 나는 내 방으로 갔다. 결국 이 이야기는 비극이 아니라 희극이었고, 소극이라 할 수도 있었다. 내가 이 단편적인 추억담에 소극에 어울리는 제목을 붙인 것은 그 때문이다.

7

나는 중년들이 즐기는 낮잠에 빠져 있다가 전화벨 소리에 깨어났다. 잠시 깜깜한 어둠에 놀란 나는 전기 스위치를 찾지 못했다. 전기 스위치를 찾으려 더듬거리다가 침대 등을 넘어뜨렸다. 전화벨은 계속 울렸고, 나는 전화통을 찾으려다가 위스키 잔으로 쓰는 양치 컵을 넘어뜨렸다. 내 시계의 조그만 야광 눈금판과 바늘이 8시 30분을 가리켰다. 전화벨은 계속 울어 댔다. 나는 수화기를 집어 들었는데, 이번에는 재떨이가 떨어졌다. 전화 줄이 내 귀에까지 끌어당겨지지 않아서 나는 수화기 쪽을 향해 소리쳤다. "여보세요!"

저편에서 희미한 목소리가 들려왔는데, '윌리엄입니까?'라는 말인 듯했다.

나는 소리쳤다. "잠깐 기다려요." 이제 잠이 완전히 깼고, 나는 전기 스위치가 바로 내 머리 위에 있다는 것을 깨달았다(런던에서는 침대 옆 탁자 위에 스위치가 있다). 바닥의 수화기에서 귀뚜라미 울음소리 같은 짜증스러워하는 목소리가 조그맣게 새어 나오는 것을 들으며 불을 켰다.

"누구요?" 나는 약간 약이 오른 목소리로 말했고, 토니의 목소리를 알아차렸다.

"윌리엄, 무슨 일입니까?"

"아무것도 아니오. 어디요?"

"굉장히 요란한 소리가 나던데요. 고막이 찢어지는 줄 알았어요."

"재떨이 소리요." 내가 말했다.

"재떨이를 던지는 버릇이 있나 보죠?"

"자고 있었어요."

"8시 30분에요? 윌리엄! 윌리엄!"

내가 물었다. "어디예요?"

"클래런티 부인이 몬타라고 불렀던 곳에 있는 조그만 술집이에요."

"저녁 식사 시간 때까지는 돌아오겠다고 약속해 놓고선⋯⋯"

"그래서 당신한테 전화하는 겁니다. 내게 **책임**이 있으니까요, 윌리엄. 우리가 좀 늦을 거라고 푸피에게 전해 줄 수 있을까요? 저녁도 챙겨 주고요. 그녀에게는 당신이 잘 알아서 얘기해 주세요. 10시까지는 돌아갈게요."

"무슨 사고라도 있었소?"

수화기 너머에서 그가 낄낄거리는 소리를 들을 수 있었다. "어, 그걸 사고라고 부르진 않을래요."

"왜 피터가 그녀에게 직접 전화하지 않는 거요?"

"그럴 기분이 아니라는군요."

"그럼 나는 그녀에게 뭐라고 해야 하나요?" 전화가 끊어졌다.

나는 침대에서 내려와 옷을 입고 그녀의 방으로 전화했다. 그녀가 곧장 전화를 받았다. 전화기 옆에 앉아 있었던 게 틀림없었다. 나는 토니의 말을 전하고 바에서 만나자고 한 다음 그녀의 질문에 대답해야 하는 상황에 맞닥뜨리기 전에 전화를 끊었다.

그러나 나는 곧 그 상황을 무마하는 일이 생각보다 어렵지 않음을 알게 되었다. 그녀는 오히려 내 전화를 받고 나서 매우 안도했다. 그녀는 7시 반부터 그랑코르니슈 지역의 위험한 굽이와 협곡들을 생각하면서 줄곧 방에 앉아 있었는데, 내가 전화했을 때는 혹시 경찰이나 병원에서 온 전화일지도 모른다는 생각에 두려웠다고 했다. 드라이 마티니를 겨우 두 잔 마시고 나서는 자신이 괜히 두려워했다며 깔깔 웃으면서 이렇게 말했다. "그런데 왜 피터가 저한테 전화하지 않고 토니가 선생님에게 전화했을까요?"

내가 말했다(미리 생각해 둔 대답이었다). "갑자기 급한 볼일이 있었나 봐요. 화장실 말이에요."

내가 생각해도 굉장히 재치 있는 말 같았다.

"그분들은 좀 취한 것 같아요?" 그녀가 물었다.

"그런 것 같아요."

"사랑스러운 피터," 그녀가 말했다. "그이는 오늘 같은 휴식을 누릴 자격이 있어요." 그 이야기를 들으니 나로서는 피터의 장점이 어느 쪽에 있는지 궁금하지 않을 수 없었다.

"마티니 한 잔 더 하겠어요?"

"안 하는 게 좋을 것 같아요." 그녀가 말했다. "선생님이 저도 취하게 하셨어요."

나는 묽고 차가운 로제 와인에 싫증이 나서 저녁 식사 때는 진짜 와인을 한 병 주문했고, 그녀는 자신의 몫을 다 마시며 문학 얘기를 했다. 그녀는 돈포드 예이츠에 대한 향수가 있는 듯했다. 6학년 과정*에서 휴 월폴까지 공부했다고 했다. 이제 그녀는 찰스 스노 경에게 존경심을 가지고 얘기했는데, 그도 휴 월폴 경처럼 문학에 대한 공로로 작위를 받은 줄 알고 있었다. 나는 그녀를 몹시 사랑했던 것 같다. 그렇지 않았다면 그녀의 순진함을 거의 참기 어려웠을 것이다. 그게 아니라면 나도 약간 취했는지 모른다. 나는 그녀가 계속 문학비평을 하는 것을 막기 위해 그녀의 진짜 이름이 뭐냐고 물었고, 그녀는 이렇게 대답했다. "모두가 저를 푸피라고 불러요." 나는 PT라는 이니셜이 그녀의 가방에 새겨져 있던 것을 떠올렸다. 그 순간 내가 생각해 낼 수 있는 그녀의 진짜 이름은 퍼트리샤와 프루넬라뿐이었다. "그럼 당신을 그냥 '당신'이라고 부르겠어요." 내가 말했다.

저녁을 먹고 나서 나는 브랜디를 마셨고 그녀는 퀴멜**을 마셨다. 10시 30분이 되었는데도 세 사람은 아직 돌아오지 않았다. 하지만 이제 그녀는 더 이상 그들 일에 대해 걱정하지 않는 것 같았다. 바에서 그녀

---

* 영국 학제에서 16~18세 학생들이 다니는, 2년간의 대학 입시 준비 과정.
** 캐러웨이 열매를 알코올에 담가 만드는 술.

는 내 옆자리에 앉았는데, 웨이터가 불을 꺼도 되는지 알아보려고 이따금씩 와서 우리에게 눈길을 던졌다. 그녀는 손을 내 무릎 위에 올리고 내게 몸을 기댄 채 "작가가 되면 너무 좋을 것 같아요" 같은 말들을 했다. 술기운과 부드러움으로 은은하게 달아오른 나는 그런 말들이 조금도 언짢지 않았다. 나는 로체스터 백작 이야기를 다시 해 주기도 했다. 내가 돈포드 예이츠나 휴 월폴, 찰스 스노 경에 관심을 기울인 적이 있었던가? 나는 심지어 그 자리의 분위기에 너무나 어울리지 않는 시구까지 그녀에게 읊어 주고 싶은 기분이 들었다.

> 그러면 지조 없음에 대해 말하지 마라.
> 거짓된 마음, 깨진 맹세에 대해 말하지 마라.
> 만약 내가, 기적적으로,
> 영원 같은 이 순간 당신에게 진실할 수 있다면
> 그것이 하늘이 허락한 모든 것이라면.*

그때 스프라이트가 오는 소리—요란스러운 소리였다!—가 들렸고, 그 소리에 우리 둘은 자리에서 일어섰다. 하늘이 허락한 모든 것은 앙티브의 그 바에서의 시간뿐이었다. 유감스럽지만 그게 사실이었다.

토니가 노래를 부르고 있었다. 제네랄르클레르 대로에서부터 그의 노랫소리가 들려왔다. 스티븐은 오는 동안 주로 2단 기어를 넣고 매우 조심스럽게 운전했다. 그리고 피터는, 우리가 테라스로 나와서 보았을 때, 토니의 무릎에 앉아서—안겨 있었다는 게 더 적절한 표현일 것이

---

* 로체스터 백작이었던 존 월멋(1647~1680)의 시 「사랑과 인생」의 일부.

다―후렴을 따라 불렀다. 내가 알아들을 수 있는 가사는 이 정도뿐이었다.

겨울밤,
영국 해군의 희망은
둥글고 하얗다.

만약 그들이 테라스 계단에 있는 우리를 보지 않았더라면 호텔도 못 알아보고 그대로 지나쳐 가 버렸을 것만 같았다.

"여러분, **지금** 취했네요." 신부가 반가이 말했다. 토니가 한 팔을 그녀의 몸에 두르고 테라스 계단 꼭대기까지 함께 뛰어올라 갔다. "조심해요." 그녀가 말했다. "윌리엄 선생님이 나까지 취하게 하셨어요."

"오, 마음씨 좋은 윌리엄."

스티븐이 조심스럽게 차에서 내려 가장 가까이에 있는 의자에 털썩 주저앉았다.

"다들 괜찮아요?" 나는 스스로도 무슨 뜻인지 모를 말을 했다.

"아이들이 무척 만족스러워했어요." 그가 말했다. "그리고 아주아주 편안했어요."

"화장실에 가야겠어." 피터는 그렇게 말하고 나서(각본과는 다른 장소에서 그 말을 했다) 계단을 올라갔다. 신부가 그를 가볍게 부축했다. 내 귀에 그의 말소리가 들려왔다. "아주 멋진 날이었어. 멋진 경치에다가 멋진……" 그녀가 맨 위 계단에서 몸을 돌려 슬쩍 우리를 둘러보았다. 그녀의 입가에는 자신감이 깃든 밝고 행복한 미소가 걸려 있었다. 그들은 호텔에 처음 왔던 날처럼 다시 내려오지 않았다. 한동안 침묵이 흐른 뒤에 토니가 낄낄 웃었다. "아주 신나는 날이었나 봐요." 내가 말했다.

"윌리엄, 우린 아주 좋은 일을 했어요. 이토록 테탕뒤*한 그 친구 모습을 본 적이 없잖아요."

스티븐은 아무 말도 하지 않고 앉아 있었다. 오늘은 그의 일진이 좋지 않았던 듯싶었다. 이 같은 사람들은 짝을 이루어 동등하게 사냥을 할 수 있는 걸까, 아니면 항상 승자가 있고 패자가 있는 걸까? 하얗게 센 머리털의 웨이브는 여느 때와 마찬가지로 가지런했다. 볼의 명도 사라지고 없었다. 그러나 나는 그에게서 미래에 대한 두려움이 긴 그림자를 던지고 있다는 인상을 받았다.

"그 친구를 술에 취하게 만들었다는 뜻인가요?"

"술로 취하게 만든 것은 아니에요." 토니가 말했다. "우린 야비하게 유혹하지 않아요. 안 그래, 스티븐?" 그러나 스티븐은 대답하지 않았다.

"그럼 좋은 일이 뭐죠?"

"라 포브르 프티 피에르.** 그 친구는 가엾은 상태에 놓여 있었어요. 자기는 앵퓌상***이라는 것을 스스로—어쩌면 신부가 그렇게 믿게 만들었는지도 모르지만—굳게 믿고 있었지요."

"프랑스어 실력이 많이 는 것 같군요."

"프랑스어로 말하면 더 섬세하고 세련돼 보이는 것 같아요."

"그러면 그 친구는 당신 도움으로 자신이 그렇지 않다는 걸 알게 되

---

* détendu. 프랑스어로 '여유로운'이라는 의미.

** La pauvre petit Pierre. 프랑스어로 '가엾은 피터'라는 의미.

*** impuissant. 프랑스어로 '성불구'라는 의미.

었나요?"

"아직까지 숫총각이었던 탓에 처음에는 약간 소심하게 굴더군요. 아니, 완전한 숫총각은 아니었어요. 학교 생활이 그를 가만 내버려 두지는 않았던 거죠. 가엾은 푸피. 그녀는 어떻게 다루는 게 좋은지, 그 방법을 몰랐을 뿐이에요. 아무튼 그 친구는 엄청난 정력의 소유자예요. 스티븐, 어디 가는 거야?"

"자러 갈 거야." 스티븐이 심드렁하게 말하면서 혼자 계단을 올라갔다. 토니가 그를 돌보는구나. 나는 약간의 후회와 가볍고 피상적인 슬픔을 느끼며 그런 생각을 했다. "스티븐은 오늘 오후에 류머티즘이 심하게 도졌어요." 토니가 말했다. "가엾은 스티븐."

나 역시 '가엾은 윌리엄'이 되기 전에 자러 가는 게 좋겠다는 생각이 들었다. 오늘 밤 토니는 모든 것을 포용할 만큼 너그러웠다.

8

아침 식사를 위해 테라스로 내려온 사람이 나 혼자뿐인 것은 오랜만이었다. 트위드 스커트 차림의 두 여자는 며칠 전부터 보이지 않았다. 그러나 두 실내장식가가 보이지 않는 것은 처음이었다. 커피를 기다리는 동안 그 이유를 짐작해 보는 것은 어렵지 않았다. 예를 들면 류머티즘 때문일 수도 있었다. 물론 나는 토니를 병상 곁을 지키는 인물로 상상할 수는 없었지만…… 가능성은 희박하나, 그들이 부끄러움을 느껴서 희생자인 피터와 얼굴을 마주하기를 꺼리는 것일 수도 있었다. 피터에 대해 말하자면, 새롭게 발견한 사실로 그가 지난밤에 얼마나 괴로웠을까 하는 생각이 우울하게 나의 뇌리를 맴돌았다. 나는 그녀에게 제때 말해 주지 않은 데 대해 그 어느 때보다도 심하게 자책했다. 틀림없이 그녀는 술김에 마구 감정을 터뜨렸을 남편에게서보다는 나에게서 한결 더 차분하게 진실을 알 수도 있었을 텐데…… 그런데도 나는—우리는 격정에 사로잡힌 이기주의자들이다—그 일에 끼어들어…… 그녀의 눈물을 멎게 해 주고…… 그녀를 부드럽게 안아 주고…… 위로해 줄 생각을 하며 즐거워했다. 오, 그녀가 계단을 내려오기 전까지 나는 테라스에 앉아 그런 낭만적인 백일몽을 꾸었으나, 내 눈에 들어온 그녀는 위로해 줄 사람이 전혀 필요치 않은 모습이었다.

그녀는 첫날 저녁에 보았던 모습 그대로였다. 수줍고, 해사하고, 들떠 있었으며, 눈에는 오래도록 행복한 미래를 확신하는 빛이 서려 있었다. "윌리엄 선생님," 그녀가 말했다. "선생님 탁자에 앉아도 될까요? 괜찮죠?"

"그럼요."

"선생님은 제가 우울한 기분에 빠져 있는 동안 내내 제 기분을 다 받아 주며 친절하게 대해 주셨어요. 선생님에게 말도 안 되는 얘기를 너무 많이 지껄였어요. 선생님이 그건 말도 안 되는 얘기라고 하셨는데도 전 선생님 말씀을 믿지 않았는데, 이제 보니 선생님이 다 옳았어요."

내가 그녀의 말을 막으려 했다 해도 그러지 못했을 것이다. 그녀는 뱃머리에 앉아 반짝거리는 바다를 헤치며 나아가는 베누스였다. 그녀가 말했다. "모든 게 잘됐어요. 모든 게 다. 어젯밤…… 그이는 저를 사랑해 주었어요. 진짜 사랑을 말이에요. 저에게 전혀 실망하지 않았답니다. 그동안은 피로와 긴장에 시달렸던 거예요. 그뿐이에요. 그이에게는 저 없이 혼자만의 시간을 갖는 게 필요했던 거였어요. 데탕뒤한 휴식이 필요했던 거예요." 그녀는 심지어 토니의 프랑스어 표현을 써 먹기까지 했다. "이젠 아무것도 두렵지 않아요. 아무것도. 이틀 전만 해도 인생이 그토록 암담해 보였다는 게 이상해요. 선생님이 아니었 다면 저는 아마 생을 포기했을 거예요. 선생님을 만난 게 얼마나 다행 스러운지 모르겠어요. 다른 두 분도 마찬가지고요. 그분들은 피터에 게 정말 좋은 친구들이에요. 우린 모두 다음 주에 집으로 돌아갈 거예 요. 그리고 함께 근사한 계획을 세웠답니다. 우리가 집에 돌아가면 토 니가 지체 없이 우리 집으로 와서 장식을 해 주기로 했어요. 어제 시골 에서 드라이브하면서 그에 관해 멋진 얘기를 나누었대요. 선생님께서 다음번에 우리 집을 보게 되면 너무 달라져서 알아보지 못하실 거예 요. 아, 깜박 잊었네요. 선생님은 우리 집을 본 **적이** 없으시죠? 지금 하 는 일이 다 끝나면 꼭 한 번 오세요. 스티븐과 함께요."

"스티븐은 장식 일을 돕지 않나요?" 나는 티 나지 않게 슬며시 물었 다.

"아, 토니 말로는 그분은 지금 너무 바쁘대요. 클래런티 부인 일로 요. 선생님은 승마 좋아하세요? 토니는 좋아한대요. 토니는 말이 너무 좋대요. 하지만 런던에서는 말과 함께할 기회가 거의 없다더군요. 토 니 같은 사람이 있는 게 피터에게는 정말 좋은 일이에요. 왜냐하면 저 는 종일토록 피터와 함께 말을 탈 수는 없거든요. 집안일이 많으니까 요. 특히 집안일에 익숙지 않은 지금은 더욱 그래요. 피터가 외롭지 않 을 거라고 생각하면 너무 좋아요. 화장실은 에트루리아 벽화로 장식 할 거라고 그이가 말했어요. 전 에트루리아가 무슨 말인지 모르지만 말이에요. 응접실은 **기본적으로** 무광 녹색으로 꾸미고, 식당 벽은 폼페 이 빨강으로 꾸밀 거랍니다. 어제 오후에, 우리가 우울해하며 시간을 보내는 동안, 그이들은 많은 일을 했어요. 머릿속에서 말이에요. 전 피터에게 이런 말을 했어요. '이제 우리도 아기방을 준비하는 게 좋을 것 같아.' 그 말에 피터는, 토니가 그 문제는 다 나한테 맡기고 싶어 한다고 하더군요. 마구간도 손봐야 해요. 마구간은 예전엔 마차를 두던 곳이었어요. 토니는 예전의 정취를 적잖이 복원할 수 있을 거라고 생각하는데, 생폴에서 구입한 등이 거기에 딱 맞을 거라는군요…… 할 일이 너무 많아요. 토니 말로는 좋이 6개월은 걸릴 거라고 해요. 아무튼 클래런티 부인 댁 일은 스티븐에게 맡기고 그는 우리 집 일에만 전념할 수 있으니 다행이지 뭐예요. 피터는 그에게 정원도 맡아 달라고 부탁했는데, 토니가 자기는 정원 전문가가 아니라면서 이렇게 말했대요. '누구나 자기의 전문 분야가 있으니까.' 토니는 제가 장미에 대해서 잘 아는 사람을 데려오면 좋겠다고 했다는군요.

토니는 콜린 윈스탠리와도 아는 사이이니까, 우린 이제 하나의 집단을 이루게 될 거예요. 크리스마스 때까지 집수리가 다 끝나지 않는다는 게 좀 애석하긴 해요. 하지만 피터는 독창적인 크리스마스트리에 대한 좋은 생각이 있다는군요. 피터 생각으로는……"

그녀는 그런 이야기를 계속했다. 내가 그때라도 그녀의 말을 끊고 개입하는 게 좋았을지도 모른다. 왜 그녀의 꿈이 오래가지 않을 것인지, 그 이유를 설명해 주었어야 했는지도 모른다. 그러나 나는 조용히 앉아만 있었다. 얼마 후 나는 내 방으로 가서 짐을 꾸렸다. 막심과 문을 닫은 스트립쇼 공연장 사이, 폐장한 유원지 같은 쥐앙 지역에 아직 영업을 하고 있는 호텔이 하나 있었다.

내가 그 호텔에 그대로 남아 있었다면…… 다음 날 밤에도 피터가 계속 거짓으로 꾸며 댄 이야기를 듣게 되었을지 누가 알겠는가. 나는 그녀에게 피터만큼이나 형편없는 사람이었다. 피터가 부적절한 호르몬을 지니고 있었다고 한다면, 나는 부적절한 나이를 지니고 있었다. 나는 그들 중 누구도 다시 보지 않고 그곳을 떠났다. 그녀와 피터와 토니는 스프라이트를 타고 어딘가로 갔고, 스티븐은—접수원이 말해 주었다—류머티즘 때문에 늦도록 침대에 누워 있었다.

나는 그녀에게 쪽지를 남겨 내가 떠난 것을 두루뭉술하게 얘기하려 했으나, 막상 쪽지를 쓰려 했을 때 나에게는 여전히 그녀를 부를 이름이 푸피 말고는 달리 없다는 것을 깨달았다.

뷰티
Beauty

여자는 오렌지색 스카프를 이마에 단단히 휘감아 두르고 있어서 마치 1920년대의 토크*를 쓰고 있는 것처럼 보였다. 여자의 목소리는 모든 소음들을 뚫고 퍼져 나갔다. 그녀의 일행 두 사람이 하는 말, 젊은 오토바이 운전자가 밖에서 요란하게 시동을 거는 소리, 심지어 이 앙티브 마을의 조그만 식당 부엌에서 나는 달그락거리는 접시 소리마저 뚫고 그녀의 목소리가 들려왔다. 이제는 정말 가을이 시작되어서 식당은 거의 비어 있었다. 그녀의 얼굴은 내게 낯익었다. 성벽 위에 지은 개량 주택의 발코니에서 아래를 내려다볼 때, 밑에 있는 보이지 않는 어떤 사람이나 어떤 것을 향해 그녀가 애정 표현을 하는 모습을 본

* 테가 없는 둥글고 작은 여성용 모자.

적이 있었다. 그러나 여름 태양이 사라진 이후로는 그녀를 보지 못했고, 그래서 나는 그녀가 다른 외국인들처럼 이 마을을 떠난 줄 알았다. 그녀가 말했다. "나는 크리스마스 때 빈에 있을 거예요. 빈을 무척 좋아하거든요. 그곳의 멋진 백마 그리고 바흐를 노래하는 어린 소년들……"

그녀의 일행은 영국인들이었다. 남자는 여전히 여름철 방문객으로서의 외양을 유지하려고 애썼으나, 이따금 면으로 된 파란색 운동복 셔츠 차림의 몸을 남몰래 떨곤 했다. 그가 쉰 듯한 목소리로 물었다. "그때 런던에서 만날 수 없을까요?" 이어 다른 두 사람보다 훨씬 젊어 보이는 남자의 아내가 말했다. "런던에 오셔야 해요."

"그러기엔 곤란한 문제가 있어요." 그녀가 말했다. "그렇지만 두 분이 봄에 베네치아에 가시게 된다면……"

"우린 그럴 만큼 돈이 많지 않아요. 그렇죠, 여보? 그 대신 당신에게 런던 구경을 시켜 드리고 싶어요. 안 그래요, 여보?"

"그렇고말고." 그가 침울하게 말했다.

"그건 불가능할 것 같군요. 뷰티 때문에요."

나는 그때까지 뷰티를 알아차리지 못했다. 아주 얌전하게 굴었기 때문이다. 그놈은 카운터에 놓인 크림빵만큼이나 움직임이 없이 창턱에 납작 엎드려 있었다. 내가 본 페키니즈 가운데 가장 완벽한 놈인 것 같았다. 물론 내가 개 전문가가 살펴보고 판단해야 할 점들을 안다고 할 수는 없었지만 말이다. 약간의 커피색이 섞여 있지 않았다면 녀석은 우윳빛처럼 하얬을 것이다. 그렇다고 그게 결점은 아니었다. 오히려 녀석의 아름다움을 더해 주었다. 내가 앉은 곳에서는 녀석의 눈이 꽃의 가운데 부분처럼 짙은 검정으로 보였으며, 눈빛은 잡다한 생각에 흔들리는 일 없이 고요했다. '쥐'라는 말에 반응을 보이거나 누군가가 산책을 가자고 한다 해서 마구 방정을 떠는 그런 개가 아니었다. 상상컨대, 다름 아닌 거울에 비친 자신의 모습에나 반짝 흥미를 보일 것 같았다. 녀석은 남들이 남긴 음식은 무시할 정도로 평소에 잘 먹는 게 분명했다. 아마 바닷가재보다 더 기름진 음식에 익숙한 모양이었다.

"개는 친구에게 맡기고 올 수 없나요?" 젊은 여자가 물었다.

"뷰티를 맡기라고요?" 답할 가치도 없는 질문이라는 투였다. 그녀는 카페오레 빛깔의 긴 털을 손가락으로 쓸어 올렸다. 그럴 경우 보통 개라면 꼬리를 흔들었겠지만 그 개의 꼬리는 움직임이 전혀 없었다. 녀석은 클럽에서 웨이터가 성가시게 구는 데 짜증이 난 노인처럼 끙 하는 소리를 냈다. "검역법이 다 뭐예요? 당신네 나라 국회의원들이 그걸 좀 개선할 순 없나요?"

"우린 국회의원을 하원의원이라고 불러요." 남자가 말했다. 반감을 숨기고 말하는 듯 들렸다.

"그 사람들을 뭐라고 부르든 상관없어요. 그들은 중세 사람들인 것 같아요. 난 파리도 갈 수 있고 빈도 갈 수 있고 베네치아도 갈 수 있어요. 가고 싶다면 모스크바도 갈 수 있죠. 그러나 런던은 뷰티를 끔찍한 감옥 같은 데 맡기지 않으면 갈 수 없는 곳이잖아요. 온갖 잡종견들이 함께 있는 곳에 말이에요."

"뷰티는……" 그는 내가 감탄스럽게 여기는 영국식 예의범절을 발휘하여 적절한 말—개 방? 개집?—을 찾으려 궁리하면서 잠시 머뭇거렸다. "자기만의 방이 있어야 할 것 같네요."

"뷰티에게 옮을 수 있는 병이 얼마나 많은지 생각해 보세요." 그녀는 모피 숄을 집어 들듯이 가뿐하게 창턱에서 개를 집어 들어 단호한 태도로 왼쪽 가슴에 꽉 안았다. 개는 낑낑대지도 않았다. 나는 뭔가에 홀린 듯한 기분이었다. 어린아이라 해도 적어도 잠깐은 저항을 할 텐데…… 가엾은 녀석. 나는 왜 그 개에게 연민의 감정을 느끼지 못했는지, 그 이유를 알지 못한다. 아마 너무 아름다웠기 때문이리라.

그녀가 말했다. "가엾은 뷰티가 목이 마르다네요."

"내가 물을 좀 갖다 줄게요." 남자가 말했다.

"괜찮다면 에비앙 반 병 부탁할게요. 수돗물은 미덥지가 않아서요."

그때 나는 그곳을 나왔다. 드골 광장에 있는 영화관이 9시에 문을 열기 때문이었다.

나는 11시가 넘은 시간에 다시 거리로 나왔다. 알프스 산맥에서 불어오는 찬 바람만 빼고는 날씨가 아주 좋은 밤이어서 광장을 빙 둘러서 걸은 다음, 성벽이 너무 노출되어 있는 것 같아 나시오날 광장에서 조금 떨어진 좁고 지저분한 길—사드 길, 뱅 길 등—을 택해서 걸었다. 쓰레기통이 모두 집 밖으로 나와 있었고, 포장된 길 위에 개똥이 드문드문 눈에 띄었으며, 배수로에서는 아이들이 눈 오줌 냄새가 났다. 내 앞에서 어떤 희끄무레한 것이—처음에는 고양이인 줄 알았다—집들을 따라 은밀하게 나아가다가 잠시 후에 걸음을 멈췄다. 나는 쓰레기통 뒤로 살금살금 다가갔다. 그리고 깜짝 놀라 걸음을 멈추고 그놈을 살펴보았다. 덧문 널빤지 틈새로 새어 나온 빛이 길바닥에 호랑이 줄무늬 같은 노란 줄무늬를 만들었다. 이내 뷰티가 다시 살며시 걸어 나와서 예쁘장한 얼굴과 표정 없는 검은 눈으로 나를 바라보았다. 녀석은 내가 자신을 들어 올릴 거라고 생각했던지 경고의 표시로 이빨을 드러냈다.

"뷰티." 내가 소리쳤다. 녀석은 이번에도 클럽의 노인 같은 끙 하는 소리를 낸 다음 기다렸다. 녀석은 내가 자기 이름을 안다는 사실을 알게 되었기에 조심하는 것일까, 아니면 내 옷과 냄새를 통해 내가 이마에 토크 모양으로 스카프를 두른 그 여자와 같은 계급에 속하는 사람이며, 따라서 자기의 밤 나들이를 싫어하리라는 걸 알아차린 것일까? 갑자기 녀석이 성벽 위의 그 집 쪽으로 귀를 쫑긋했다. 여자가 부르는 소리를 들었을 수도 있었다. 녀석은 나도 그 소리를 들었는지 알아보려는 양 미심쩍은 표정으로 쳐다보았는데, 내가 아무런 움직임도 보이지 않자 안심하는 것 같았다. 녀석은 목적의식을 가지고 포장된 길을 구불구불 나아가기 시작했는데, 그 모습이 마치 실크 모자의 신사를 찾아서 움직이는 카바레 무희의 깃털 목도리 같았다. 나는 신중하게 거리를 유지하며 녀석의 뒤를 따랐다.

그에게 이런 영향을 끼친 건 기억일까, 아니면 날카로운 후각일까? 지저분한 거리에 놓인 쓰레기통들 중에서 뚜껑이 사라지고 없는 것은 딱 하나뿐이었다. 덩굴손처럼 생긴 몹시 더러운 어떤 것이 그 쓰레기통 위로 삐져나와 늘어져 있었다. 뷰티는—이제 녀석은 자기보다 열등한 개를 무시하듯이 나를 완전히 무시했다—뒷발로 서서 우아한 털에 싸인 앞발로 쓰레기통 가장자리를 붙잡았다. 녀석은 고개를 돌려 표정 없는 잉크색 두 눈으로 나를 쳐다보았다. 점쟁이라면 수없이 많은 예언을 읽어 낼 수 있을 것 같은 눈이었다. 녀석은 평행봉 위로 몸을 일으켜 올리는 운동선수처럼 쓰레기통을 기어오른 다음 그 속으로 들어갔다. 그러고 나서 털에 싸인 앞발로—나는 분명 어디에선가 페키니즈 경연 대회에서는 털이 매우 중요하다는 걸 읽은 적이 있다—쓰레기통에 버려진 오래된 채소들과 빈 상자와 물컹거리는 부스러기들을 파헤치며 뒤졌다. 마치 송로를 찾는 돼지처럼 들떠서 코로 마구 뒤적거렸다. 잠시 후에는 뒷발도 행동을 개시하며 쓰레기들을 뒤로 내동댕이쳤다. 오래된 과일 껍질, 썩은 무화과, 생선 대가리 등이 길 위에 떨어졌다. 마침내 뷰티가 여기에 온 목적을 달성했다. 어떤 동물에서 나온 것인지 모를 기다란 창자를 얻은 것이었다. 녀석은 그것을 허공에 던져 자신의 유백색 목에 걸었다. 이제 녀석은 그 쓰레기통을 떠났다. 목에 두른 창자를 질질 끌면서 어릿광대처럼 의기양양하게 걸어갔는데, 창자가 주렁주렁 달린 소시지처럼 보이기도 했다.

정말이지 나는 내내 녀석 옆에서 따라가기만 했다. 그 어떤 일을 한다 해도 납작한 가슴에 녀석을 껴안는 것보다는 나을 게 틀림없었다. 길을 돌았을 때 녀석은 어두운 모퉁이를 발견했다. 창자에 배설물이 큼지막하게 묻어 있었기 때문에 그 창자를 뜯어 먹기에 그곳보다 더 적당한 장소가 없을 듯싶었다. 녀석은 클럽의 노인처럼 먼저 코로 배설물 냄새를 맡아 보았다. 그런 다음 사지를 허공에 뻗은 채 진한 색깔의 배설물이 묻은 창자 위에 등을 대고 카페오레 빛깔의 털을 마구 비벼 댔는데, 입으로는 창자의 한쪽 끝을 물고 있었다. 그러는 동안에도 새틴 같은 녀석의 눈은 남프랑스의 드넓은 검은 하늘을 침착하게 응시했다.

나는 호기심이 생겨 성벽을 거쳐서 집으로 돌아가기로 했다. 여자가 발코니에 몸을 기댄 채 아래를 내려다보고 있었는데, 내가 생각하기엔 어둠에 묻힌 길에서 자신의 개를 찾으려고 애쓰는 것 같았다. "뷰티!" 그녀가 지친 목소리로 부르는 소리가 들렸다. "뷰티!" 이어 조바심을 내며 말했다. "뷰티! 집에 들어와! 오줌 다 누었잖니, 뷰티. 어디 있니, 뷰티, 뷰티?" 아주 사소한 것들이 우리의 동정심을 망치는 게 분

명하다. 그녀의 흉측한 오렌지색 토크만 아니었다면 나는 거기 서서
오지 않는 뷰티를 부르는 그 중년의 황폐한 여자에게 약간의 연민을
느꼈을 것이다.

회한 삼부곡
Chagrin in Three Parts

1

2월의 앙티브였다. 성벽을 따라 한바탕 비가 몰아쳐서 그리말디 성 테라스의 비에 젖은 수척한 조각상들에서 물방울이 떨어졌다. 성벽 아래쪽에서는 단조롭고 푸른 여름날에는 없던 소리가 났다. 조그만 파도가 끊임없이 살랑거리는 소리였다. 해안을 따라 늘어선 여름 식 당들은 전부 문을 닫았지만 펠릭스 오 포르 식당은 불을 밝혔고, 주차 장에는 최신 모델의 푸조 한 대가 서 있었다. 주인이 두고 떠난 요트의 돛대들이 이쑤시개처럼 삐죽삐죽 솟아 있고, 겨울철에 운행하는 마지 막 비행기가 크리스마스트리 장식용 방울들처럼 초록, 빨강, 노랑 불 빛을 깜박이며 니스 공항을 향해 낮게 날아갔다. 내가 언제나 좋아하는 앙티브의 모습이었다. 그런데 그 주 대부분의 저녁 시간과 달리 식당에 나 혼자가 아님을 알게 되자 실망스러웠다.

길을 건널 때 검은 옷을 입은 무척 강해 보이는 여자가 창가 탁자에 앉아 나를 쏘아보고 있는 게 눈에 들어왔다. 내가 들어오지 않기를 바라는 듯한 눈길이었는데, 그럼에도 내가 안으로 들어가 반대편 창가쪽 내 자리에 앉자 그녀는 노골적으로 반감을 드러내며 나를 살펴보았다. 내 비옷은 낡았고 신발에는 흙이 묻은 데다가 어쨌든 나는 남자였다. 그녀는 머리가 벗어지기 시작하는 정수리에서 꾀죄죄한 발끝까지 나를 훑어보느라 식당 여주인과 나누던 대화를 잠시 중단했다. **여주인**은 그녀를 드주아 부인이라고 불렀다.

드주아 부인은 매우 못마땅한 어조로 독백을 계속했다. 볼레 부인이 늦는 건 드문 경우다, 성벽 주택에 사는 그녀에게 아무 일도 일어나지 않았길 바란다고 했다. 그런 다음 마치 늑대에 관해 얘기하듯이 묘한 불안감을 띤 어조로, 겨울에는 늘 알제리 사람이 그 주변을 배회하는데도 볼레 부인은 집으로 데리러 가겠다는 자신의 제안을 거절했다고 덧붙였다. "상황이 그래서 난 강요하진 않았어요. 가엾은 볼레 부인." 그녀는 커다란 후추 분쇄기를 몽둥이처럼 꽉 들고 있었다. 나는 볼레 부인을 매우 강인한 친구의 보호를 받는 것조차 두려워하는, 검은 옷을 입은 나약하고 소심한 늙은 부인으로 상상했다.

내 생각과는 딴판이었다. 볼레 부인은 갑자기 쏟아진 비와 더불어 내 탁자 옆에 있는 옆문을 통해 들이닥쳤다. 몸에 딱 붙는 검은 바지 차림에 와인색 터틀넥 스웨터 위로 드러난 긴 목이 인상적이었으며, 젊고 엄청 예뻤다. 다행히도 그녀가 드주아 부인 옆자리에 앉아서 나는 음식을 먹으면서 그녀를 볼 수 있었다.

"늦었네요." 그녀가 말했다. "늦어서 죄송해요. 혼자 있으니 잡다한 일들이 어찌나 많은지요. 게다가 아직은 혼자 있는 데 익숙지 않아서요." 마지막 말을 덧붙이면서 그녀가 가볍게 흐느꼈다. 그 모습을 보자 빅토리아 시대의 컷글라스 눈물 단지가 떠올랐다. 그녀는 괴로워하는 몸짓으로 두꺼운 겨울용 장갑을 벗었는데, 그 모습에서는 슬픔의 눈물로 축축해진 손수건이 생각났다. 갑자기 드러난 그녀의 손은 작고 쓸모없고 연약해 보였다.

"**가엾은 사람,**" 드주아 부인이 말했다. "나랑 있으니 여기선 진정하고 잠시 잊어버려요. 나는 **바닷가재를 넣은 부야베스***를 주문했어요."

"나는 식욕이 없어요, 에미."

"식욕이 돌아올 테니 걱정 말아요. 이건 당신의 **포트와인**이에요. 그리고 **블랑 드 블랑**을 한 병 주문했어요."

"날 **아주 취하게** 만들 셈인가 보네요."

"우리 둘 다 먹고 마시면서 잠시 모든 걸 잊어버리자고요. 난 당신 마음을 너무 잘 알아요. 나도 사랑하는 남편을 잃었으니까."

"돌아가신 거잖아요." 키 작은 볼레 부인이 말했다. "그건 내 경우와는 엄청 달라요. 돌아가신 건 참을 만하잖아요."

"그건 더 돌이킬 수 없는 거죠."

"내 경우보다 더 돌이킬 수 없는 건 없어요. 에미, 그이는 그 여우 같은 계집을 사랑했단 말이에요."

"내가 그 여자에 대해 아는 건 참으로 못마땅한 취향을 가지고 있거나, 정말 같잖은 미용사라는 것뿐이에요."

---

* 사프란을 넣은 어패류 수프. 프랑스 마르세유 지방의 명물 요리이다.

"내가 그이한테 한 얘기도 바로 그거였어요."

"그건 당신이 잘못한 거예요. 당신이 아니라 내가 그이한테 말했어야 했어요. 왜냐하면 그이는 내 말은 믿었을 것이고, 어쨌든 내 비판은 그이의 자존심을 상하게 하지 않았을 테니까요."

"난 그이를 사랑해요." 볼레 부인이 말했다. "나는 차분히 대처할 수가 없어요." 그 순간 갑자기 그녀가 나의 존재를 알아차리고 드주아 부인에게 소곤거렸다. 이어 그녀를 안심시키는 말이 내 귀에 들렸다. **"영국인이에요."** 나는 그녀를 가능한 한 은밀히 훔쳐보았고—대부분의 동료 작가들처럼 나는 **엿보기** 정신을 지니고 있다—결혼한 남자들이 턱없이 어리석을 수 있다는 사실에 놀랐다. 나는 일시적으로 자유로운 몸이었고, 그래서 그녀를 위로해 주고 싶은 마음이 굴뚝같았다. 하지만 내가 영국인임을 이제 그녀가 알았으니 그녀의 눈에 나는 존재하지 않았다. 물론 드주아 부인의 눈에도 나라는 존재는 없었다. 나는 시장 공동체에서 거부당하는 불량품일 뿐인, 인간 이하의 존재였던 것이다.

나는 작은 **노랑촉수** 한 마리와 푸이 반 병을 주문한 다음, 가져온 트롤럽의 소설*에 재미를 붙이려 노력했다. 그러나 집중을 하기가 힘들었다.

"나는 남편을 정말 좋아했어요." 드주아 부인이 말하면서 다시 후추분쇄기를 꼭 쥐었다. 그러나 이번에는 몽둥이처럼 보이지는 않았다.

"에미, 난 아직도 그이를 좋아해요. 가장 나쁜 게 바로 그 점이에요.

---

* 영국의 작가 앤서니 트롤럽(1815~1882)의 6부작 연작소설 「바세트셔 소설집」 중 『프램리 목사관』(1861)을 가리킨다. 가공의 주 바세트셔를 무대로, 성직자와 상류층의 부패, 그들 간의 정치사회적 계략 및 연애관을 현실적으로 묘사한 빅토리아 시대의 고전문학.

만약 그이가 돌아온다면……"

"내 남편은 돌아올 수가 없잖아요." 드주아 부인이 대꾸했다. 부인은 손수건으로 한쪽 눈가를 누른 다음 그 손수건에 스민 검은 흔적을 살펴보았다.

우울한 침묵 속에서 두 사람은 **포트와인**을 마셨다. 이윽고 드주아 부인이 단호히 말했다. "과거로 돌아갈 순 없어요. 나처럼 당신도 그걸 받아들여야 해요. 우리에겐 적응의 문제만 남아 있어요."

"그 같은 배신을 당하고 나니 다른 남자는 쳐다보지도 못하겠어요." 볼레 부인이 대답했다. 순간 내 쪽을 향한 그녀의 시선이 나를 관통하여 지나갔다. 나는 투명인간이 된 듯한 느낌이었다. 나도 그림자가 생긴다는 걸 증명하려고 불빛과 벽 사이로 손을 내밀었는데, 그림자가 뿔 달린 짐승처럼 보였다.

"난 다른 남자를 만나는 건 절대 권하고 싶지 않아요." 드주아 부인이 말했다. "절대."

"그러면요?"

"불쌍한 남편이 대장 감염으로 죽었을 때 난 슬픔을 감당할 수 없을 거라고 생각했어요. 하지만 난 속으로 다짐했지요. 용기를 내자, 용기를 내자. 다시 웃는 법을 배워야 한다."

"웃는 법이라고요?" 볼레 부인이 소리쳤다. "무슨 일로 웃어요?" 그러나 드주아 부인이 대답하기 전에 펠릭스 씨가 자리로 와서 **부야베스**용 생선을 칼로 말끔히 다듬었다. 드주아 부인은 정말로 흥미롭게 그 모습을 지켜보았다. 볼레 부인은, 내가 생각하기에는 예의상 바라보면서 **블랑 드 블랑**을 마저 비웠다.

생선 다듬기가 끝나자 드주아 부인이 술잔을 채우며 말했다. "내겐운 좋게도 지나간 과거는 슬퍼하지 말라는 걸 가르쳐 준 **여자 친구** 한 사람이 있었어요." 부인이 자신의 술잔을 치켜들 때 손가락 하나를 세웠는데, 나는 남자들이 그러는 것을 본 적이 있었다. 부인이 덧붙였다. **"나약하지 않은 친구였어요."**

"**나약하지 않은 친구라**……" 볼레 부인이 창백하고 매혹적인 미소를 지으면서 따라 말했다.

나는 정말이지 인간의 고뇌를 냉정한 문학적 시선으로 관찰하는 스스로가 부끄러웠다. 가엾은 볼레 부인의 눈과 마주칠까 봐 두려웠다(어떤 남자가 잘못된 염색약이나 다루는 여자를 위해 그녀를 저버릴 수 있단 말인가?). 나는 큼지막한 성직자용 부츠를 신고 진창길을 성큼성큼 걸어가는 크롤리 씨의 애처로운 구애 이야기에 정신을 집중하려 애썼다. 어쨌든 두 여자는 이제 목소리를 낮추었다. **부야베스**에서 나는 부드러운 마늘 냄새가 풍겨 왔다. **블랑 드 블랑** 병이 거의 비어서 드주아 부인은 볼레 부인의 반대에도 한 병을 더 주문했다. "반 병은 없는 거예요." 드주아 부인이 말했다. "우린 언제나 신을 위해 뭔가를 좀 남겨야 한다고요." 다시 두 사람의 목소리는 친밀한 소곤거림으로 가라앉았다. 크롤리 씨의 구혼이 받아들여졌다(그가 어떻게 그 대가족을 부양할 것인지에 대한 이야기는 이어지는 장에서도 나오지 않았지만). 억지로 책에 집중하고 있던 나는 까르르 웃는 소리에 깜짝 놀라 책에서 눈을 뗐다. 음악적인 웃음이었다. 볼레 부인의 웃음소리였다.

"**수퇘지.**"* 그녀가 큰 소리로 말했다. 드주아 부인이 짙은 눈썹 아래

---

* 프랑스어로 cochon은 '거세된 수퇘지'를 가리키며, '색골'이라는 의미로도 쓰인다.

자신의 잔 너머로(새 와인의 마개는 이미 딴 상태였다) 그녀를 바라보았다. "사실을 얘기하자면," 부인이 말했다. "그이는 수탉 울음소리를 내곤 했어요."

"얼마나 재미있는 장난이에요!"

"장난으로 시작했지만 그이는 자신을 정말 자랑스러워했어요. **딱 두 번 한 뒤에**……"

"**세 번 한 적은 없어요?**" 볼레 부인이 그렇게 물으면서 키득거렸다. 그 바람에 와인이 그녀의 터틀넥에 약간 튀었다.

"**없어요.**"

"**난 취했어요.**"

"**자기, 나도 취했어요.**"

볼레 부인이 말했다. "수탉의 울음소리를 내는 건…… 적어도 거기엔 **환상**이 있잖아요. 내 남편은 **환상**이 없어요. 그이는 오롯이 고전적이랍니다."

"**좋지 않은 버릇이 없어요?**"

"**딱하게도 그런 게 없어요.**"

"아직도 그이가 그립죠?"

"그이는 열심히 했어요." 볼레 부인은 그렇게 말하고 나서 키득거렸다. "결과적으로 생각하면 그이는 우리 둘 다를 위해 그걸 열심히 한 거예요."

"조금 따분하지 않았어요?"

"그건 습관이었어요. 어떻게 습관을 빠뜨려요. 난 지금도 아침 5시에 일어나요."

"5시?"

"그이의 활동력이 가장 왕성한 시간이었거든요."

"내 남편은 아주 작았어요." 드주아 부인이 말했다. "물론 키를 말하는 게 아니에요. 키는 2미터쯤 됐죠."

"오, 폴은 그게 꽤 컸어요. 그렇지만 늘 같은 방식이었죠."

"왜 당신은 그 남자를 계속 사랑하는 거예요?" 드주아 부인이 한숨을 쉬며 커다란 손을 볼레 부인의 무릎에 내려놓았다. 부인은 문장紋章이 새겨진 반지를 끼고 있었는데, 어쩌면 죽은 남편의 것이었는지도 모른다. 볼레 부인도 한숨을 쉬었고, 나는 우울함이 다시 그 자리에 찾아들었다고 생각했다. 그러나 그때 그녀가 딸꾹질을 해서 두 사람이 함께 웃었다.

"자기, 자기 정말로 취한 것 같네요."

"내가 정말 폴을 그리워하는 걸까요, 아니면 단지 그의 습관을 그리워하는 것뿐일까요?" 그녀의 눈이 갑자기 내 눈과 마주쳤고, 얼굴이 곧바로 와인 자국이 묻은 와인색 터틀넥 빛깔로 붉어졌다.

드주아 부인이 그녀를 다시 안심시켰다. **"영국인이라니까요. 아니면 미국인이거나."** 부인은 굳이 목소리를 낮추려고 애쓰지도 않았다. "남편이 죽었을 때 내 경험이 얼마나 제한적이었는지 알아요? 수탉의 울음소리를 낼 때 난 그이가 사랑스러웠어요. 남편이 몹시 기뻐하는 게 좋았던 거예요. 난 그이가 기뻐하기만을 바랐죠. 그이를 무척 사랑했어요. 하지만 그 시절에도…… **우린 일주일에 세 차례만 즐겼답니다.** 난 더 기대하지 않았어요. 내겐 그게 자연스러운 한계처럼 여겨졌지요."

"내 경우엔 하루에 세 번이었어요." 볼레 부인이 말을 하며 다시 키득거렸다. **"하지만 항상 고전적인 방식이었죠."** 그녀는 두 손으로 얼굴을 감싸고 가볍게 흐느꼈다. 드주아 부인이 그녀의 어깨에 팔을 둘렀다. 긴 침묵이 이어졌고, 둘은 침묵 속에서 남아 있던 **부아베스**를 먹어 치웠다.

2

"남자는 별난 동물이에요." 이윽고 드주아 부인이 말했다. 커피가 나왔고, 두 사람은 각설탕을 커피에 적셔 서로의 입에 넣어 주었다. "동물들은 상상력이 너무 부족해요. 개는 **환상**이라는 게 없잖아요."

"때때로 나도 무척 따분했어요." 볼레 부인이 말했다. "그이는 끊임 없이 정치 이야기를 했어요. 아침 8시에 뉴스 방송을 틀지요. 8시에 말 이에요! 내가 무슨 정치를 좋아하겠어요? 그러나 내가 뭔가 중요한 것에 관해 의견을 물으면 그이는 아무런 흥미도 보이지 않아요. 그런데 당신과는 뭐든지 얘기할 수 있네요. 온갖 세상사에 관해서 다 얘기할 수 있잖아요."

"난 남편을 존경했어요." 드주아 부인이 말했다. "그렇지만 남편이 죽은 뒤에야 내 사랑의 능력을 발견했지요. 폴린과의 사랑이었어요. 당신은 폴린을 모를 거예요. 그녀는 5년 전에 죽었답니다. 난 자크를 사랑했던 것보다도 더 그녀를 사랑했어요. 그녀가 죽었을 때 난 절망 하지 않았어요. 그게 끝이 아니라는 걸 알고 있었거든요. 그때 난 내 사랑의 능력을 알았으니까요."

"난 여자를 사랑해 본 적이 없어요." 볼레 부인이 말했다.

"그렇다면 **자기는** 사랑의 의미를 모르는 거예요. 여자와는 **고전적인 방식으로** 하루에 세 번 하는 걸로 만족할 필요가 없어요."

"난 폴을 사랑해요. 그렇지만 그이는 모든 면에서 나와는 아주 달라요……"

"폴린과 달리 그이는 남자니까요."

"오, 에미, 당신은 그이를 완벽하게 설명하는군요. 아주 잘 이해하고 있어요. 남자!"

"가만히 생각해 보면 그 조그만 물건이 얼마나 우스꽝스러워요. 수탉 울음소리를 낼 만한 거리도 못 되잖아요."

볼레 부인이 키득거리며 말했다. "**수퇘지.**"

"훈제한 장어 같은 걸 즐기는 거라고요."

"그만해요, 그만." 그들은 배꼽을 잡고 한바탕 웃었다. 두 사람은 취한 게 사실이었으나, 대단히 멋지게 취했다.

3

이제 트롤럽의 소설에 나오는 진창길과 크롤리 씨의 무거운 부츠와 당당하면서도 수줍은 구애는 너무 먼 얘기인 듯 느껴졌다. 어떤 때 우리는 우주 비행사만큼이나 광대한 거리를 여행한다. 눈을 들어 쳐다보니 볼레 부인이 드주아 부인의 어깨에 머리를 기대고 있었다. "몹시 졸려요." 그녀가 말했다.

"**자기**, 오늘 밤은 깊이 잠들 수 있을 거예요."

"난 당신에게 그리 좋은 사람이 아니에요. 난 아무것도 모르거든요."

"사람들은 사랑 속에서 빠르게 배운답니다."

"그런데 내가 사랑에 빠진 거예요?" 볼레 부인이 그렇게 물으며 똑바로 앉아 드주아 부인의 칙칙한 눈을 빤히 쳐다보았다.

"사랑에 빠지지 않았다면 그 질문은 하지도 않았겠죠."

"하지만 난 다시는 사랑할 수 없을 줄 알았는데."

"남자하고는 그럴 거예요." 드주아 부인이 말했다. "**자기**, 잠이 쏟아지는 얼굴이네요. 나가요."

"계산서?" 볼레 부인이 물었다. 그 모습이 마치 결정의 순간을 늦추려고 애쓰는 것처럼 보였다.

"내가 내일 계산할 거예요. 이 외투, 참 예쁘네요. 그렇지만, **자기**, 2월에 입기에는 따뜻해 보이지 않아요. 좀 더 신경 써서 입어야 해요."

"당신이 내게 다시 용기를 주었어요." 볼레 부인이 말했다. "이곳에 들어섰을 땐 **몹시 낙담해** 있었는데……"

"머잖아—장담할 수 있어요—당신은 웃으며 과거를 대할 수 있을 거예요."

"이미 웃었잖아요." 볼레 부인이 말했다. "그 사람, 정말로 수탉 울음소리를 냈나요?"

"그래요."

"당신이 말한 훈제한 장어 얘기는 절대 잊지 못할 거예요. 절대. 내가 지금 그걸 보게 된다면……" 그녀는 다시 키득거리기 시작했고, 드주아 부인이 그녀를 살며시 부축하면서 문을 향해 걸었다.

나는 두 사람이 길을 건너 주차장으로 가는 모습을 지켜보았다. 갑자기 볼레 부인이 가볍게 깡충거리며 드주아 부인의 목에 팔을 둘렀다. 그녀의 흐릿한 웃음소리가 항구의 아치형 입구를 통해 불어온 바람에 실려서 펠릭스 **식당에** 혼자 앉아 있는 내 귀에 들려왔다. 나는 그녀가 다시 행복해져서 기뻤다. 그녀가 드주아 부인의 친절하고 믿음직한 손에 맡겨진 게 기뻤다. 폴이 참으로 어리석었다는 생각과 더불어 숱한 기회를 허비한 나 자신에 대한 회한이 몰려왔다.

작은 여행 가방
The Over-night Bag

직원들이 '런던행 BEA 105편 승객 헨리 쿠퍼'를 호출했을 때 니스 공항의 안내 데스크로 걸어간 조그만 사내는 환한 햇빛에 드리워진 그림자 같았다. 그는 회색 양복에 검은 구두 차림이었고, 피부색은 양복에 딱 맞는 회색이었다. 피부색을 바꾸는 것은 불가능했으므로 그에게 다른 양복은 없을 가능성이 있었다.

"쿠퍼 씨인가요?"

"예." 그가 BOAC* 여행 가방을 안내 데스크의 선반에 내려놓았다. 마치 그 안에 전기면도기 같은 망가지기 쉬운 소중한 물건이 들어 있기라도 하듯 조심스러운 동작이었다.

* British Overseas Airways Corporation. 영국해외항공. 영국항공의 전신 항공사이다.

"전보가 왔습니다."

그는 전보를 뜯고 내용을 두 번 읽었다. '봉 부아야주.* 많이 보고 싶구나. 어서 집에 와라, 아들아. 엄마가.' 그는 전보를 가로로 한 번 찢어서 안내 데스크 위에 놓아두었다. 푸른 유니폼을 입은 여자가 적절한 시간 간격을 두고 그 전보 조각들을 집어 든 다음, 자연스럽게 호기심이 발동하여 그것들을 맞추어 보았다. 그러고 나서 여자는 승객들 사이에 있는 조그만 회색 사내를 찾아보았다. 사내는 이제 출국 게이트 앞의 줄에 서서 트라이던트 비행기 안으로 들어갈 준비를 하고 있었다. 뒤쪽 사람들 사이에 있는 그의 손에는 파란색 BOAC 가방이 들려 있었다.

비행기 앞쪽의 창가 자리에 앉은 헨리 쿠퍼는 가방을 옆자리인 가운데 좌석에 올려놓았다. 커다란 체구의 여자가 세 번째 자리에 앉았다. 엉덩이가 커서 연푸른색 바지가 지나치게 꽉 끼었다. 그녀가 아주 큰 손가방을 가운데 좌석의 빈 공간에 쑤셔 넣은 다음, 큼지막한 모피 코트를 두 가방 위에 내려놓았다. 헨리 쿠퍼가 말했다. "선반 안에 넣어 드릴까요?"

그녀가 깔보는 듯한 눈으로 그를 쳐다보았다. "뭘 넣어 준다고요?"

"그 코트요."

"그쪽이 그러고 싶으시다면요. 그런데 왜죠?"

"아주 무거운 코트잖아요. 코트가 제 여행 가방을 짓누르고 있어요."

그는 키가 너무 작아서 선반 아래에 똑바로 서 있을 수 있을 정도였다. 자리에 앉은 그는 두 개의 가방에 안전띠를 채우고 나서야 자신의

---

* Bon voyage. 프랑스어로 '즐거운 여행 되기를'이라는 의미.

안전띠를 착용했다. 여자가 미심쩍은 표정으로 그를 지켜보았다. "그렇게 하는 사람은 처음 보는군요." 그녀가 말했다.

"이게 흔들리는 걸 원치 않아서요." 그가 대꾸했다. "런던엔 폭풍이 분대요."

"그 안에 동물이 들어 있는 건 아니죠?"

"그런 건 아니에요."

"동물을 그렇게 완전히 폐쇄된 상태로 옮기는 건 잔인한 일이에요." 그녀가 그의 말을 믿지 않는다는 듯이 대꾸했다.

트라이던트가 움직이기 시작하자 그는 안에 있는 어떤 것을 안심시키려는 것처럼 손을 가방에 얹었다. 여자가 눈을 가늘게 뜨고 가방을 지켜보았다. 만약 어떤 동물이 움직이는 것 같은 낌새라도 보이면 승무원을 부를 작정이었다. 그게 거북이일지라도…… 동면하는 거북이라 해도 공기가 필요하다고 그녀는 생각했다. 비행기가 안전하게 이륙한 뒤 그는 긴장을 풀고 《니스마탱》 신문을 읽기 시작했다. 프랑스어 실력이 썩 좋지는 않았지만, 꽤 많은 시간을 들여 기사들을 읽어 나갔다. 여자는 화를 내고 끙끙거리면서 푹 꺼져 있는 자신의 커다란 손가방을 안전띠에서 빼냈다. 그러면서 일부러 그의 귀에 들리도록 "말도 안 돼"라는 말을 두 번 중얼거렸다. 마음을 다잡은 그녀는 두꺼운 뿔테 안경을 쓰고 '사랑하는 타이니'로 시작해서 '당신의 사랑스러운 버사'로 끝나는 편지를 다시 읽기 시작했다. 얼마 후 무릎에 올려놓은 가방의 무게에 답답함을 느끼고 그 가방을 BOAC 여행 가방 위에 내려놓았다.

조그만 사내는 깜짝 놀라면서 고통스러운 표정을 지었다. "제발." 그가 말했다. "제발." 그리고 그녀의 가방을 들어서 꽤나 거칠게 자리

의 한쪽 구석에 밀어 넣었다. "가방이 짓눌리면 안 돼요." 그가 말을
이었다. "소중히 다루어야 할 것이거든요."

"그 소중한 가방에 뭐가 들어 있는 거죠?" 그녀가 화를 내며 물었다.

"죽은 아기요." 그가 말했다. "말해 준 줄 알았는데."

"비행기 왼편으로," 확성기를 통해 조종사의 목소리가 들려왔다.
"몽텔리마르가 보입니다. 이 비행기는 얼마 후에 파리를 지나갈 예정
입니다. 앞으로 약······"

"농담이죠?" 그녀가 말했다.

"농담 아니에요." 그가 진지한 목소리로 대답했다.

"죽은 아기를 그처럼 가방에 넣어서 가지고 갈 순 없어요. 그것도
일반석에서."

"아기의 경우엔 화물보다 훨씬 더 싸요. 일주일밖에 안 된 아기거든
요. 무게가 미미하답니다."

"하지만 작은 여행 가방이 아니라 관에 넣었어야죠."

"아내가 외국산 관을 신뢰하지 않아서요. 그 사람들이 사용하는 재
료는 오래가지 못한다고 하더군요. 좀 고루한 여자거든요."

"그럼 **당신의** 아긴가요?" 이 상황에서는 그녀도 기꺼이 조의를 표할
것처럼 보였다.

"아내의 아기예요." 그가 그녀의 말을 정정했다.

"그게 무슨 차이가 있죠?"

"차이가 있을 수 있어요." 그는 우울하게 대꾸하고 나서《니스마탱》
신문을 펼쳤다.

"그러니까 당신 말은······?" 그러나 그는 앙티브에서 모임을 연 라
이온스클럽과, 그라스에서 온 한 회원이 그 모임에서 제안한 혁신적

인 의견을 다룬 시사평론에 깊이 빠져 있었다. 그녀는 '사랑스러운 버사'에게서 온 편지를 반복해서 읽었지만, 편지에 집중하지 못하고 계속 작은 여행 가방을 흘끔흘끔 훔쳐보았다.

"문제없이 통관할 수 있을 거라고 생각해요?" 잠시 후에 그녀가 물었다.

"물론 세관에 신고해야지요." 그가 말했다. "해외에서 얻은 것이니까요."

비행기가 정확히 제시간에 착륙했을 때 그는 그녀에게 옛날식으로 정중히 말했다. "함께 여행해서 즐거웠습니다." 그녀는 어떤 병적인 호기심으로 세관—10번 세관—에서 그를 찾아보았으나, 그는 짐이 기내 수화물뿐인 승객 전용 심사대인 12번 세관에 있었다. 그는 세관원에게 뭔가를 진지하게 얘기하고 있었고, 세관원은 한 손에 분필을 든 채 여행 가방을 내려다보았다. 그녀는 잠시 후 자기 앞의 세관원이 커다란 손가방 속에 든 내용물을 조사하겠다고 했을 때에야 눈을 돌리고 그를 잊었다. 그녀의 가방 속에는 버사에게 줄 신고하지 않은 선물들이 여럿 있었다.

헨리 쿠퍼는 첫 번째로 출국 게이트를 나와서 택시를 잡아탔다. 외국에 나갈 때 보면 택시비는 해마다 올랐지만, 공항버스를 기다리지 않고 택시를 이용하는 것이 그의 사치 가운데 하나였다. 하늘은 흐렸고 기온은 물이 어는 온도보다 약간 더 높을 뿐이었다. 운전사는 매우 기분이 좋은 상태여서 친구 같은 태도로 그를 대했다. 운전사가 헨리 쿠퍼에게 내기 당구에서 50파운드를 땄다고 말했다. 히터를 최대로 튼 탓에 헨리 쿠퍼는 창문을 열어야 했다. 그러나 스칸디나비아에서 불어온 얼음장 같은 바람이 어깨를 휘감았다. 그는 다시 창문을 닫고 말했다. "히터 좀 꺼 주실래요?" 차 안이 눈보라가 몰아치는 날의 뉴욕 호텔처럼 더웠던 것이다.

"밖이 너무 춥잖아요." 운전사가 말했다.

"그런데……" 헨리 쿠퍼가 말했다. "가방 안에 죽은 아기가 들어 있어요."

"죽은 아기요?"

"예."

"아, 그럼……" 운전사가 말했다. "그는 더위를 못 느끼겠네요? 사내 아기 맞아요?"

"예. 사내 아기예요. 전 아기가…… 부패할까 봐 불안해요."

"아기들은 오래가요." 운전사가 말했다. "놀랄 정도랍니다. 노인들보다 더 오래가지요. 점심은 뭐 드셨어요?"

헨리 쿠퍼는 약간 놀랐다. 그는 마음속을 더듬어야 했다. 그가 말했다. "카레 다뇨 아 라 프로방살요."

"카레?"

"아니요. 카레가 아니에요. 마늘과 허브를 넣은 양고기 요리예요. 거기에다 사과 타르트 한 조각도요."

"뭘 좀 마시기도 했겠지요?"

"로제 와인 반 병요. 그리고 브랜디 한 잔도요."

"그거 보세요."

"뭐가 말이에요?"

"배 속에 그렇게 많은 게 들어 있으니, **당신이** 아기보다 몸을 잘 유지할 수 없는 거예요."

뭔가 예리한 독설이 담긴 말이었다. 운전사는 잊어버린 것인지 아니면 거부하는 것인지, 히터를 끄지 않은 채 한동안 조용히 운전만 했다. 삶과 죽음의 문제를 골똘히 생각하는 것 같기도 했다.

"아기는 어떻게 해서 죽은 겁니까?" 이윽고 그가 물었다.

"아기들은 아주 쉽게 죽어요." 헨리 쿠퍼가 대답했다.

"농담 속에 많은 진실이 담겨 있군요." 운전사가 말했다. 그는 약간 딴 데 정신이 팔려 있었던 탓에 갑자기 브레이크를 밟은 앞차를 피하려고 운전대를 홱 틀었다. 헨리 쿠퍼는 여행 가방이 흔들리지 않도록 본능적으로 가방에 손을 얹었다.

"죄송해요." 운전사가 말했다. "내 잘못이 아닙니다. 풋내기 운전사 같으니! 아무튼 걱정할 필요 없어요. 죽은 뒤엔 멍이 생기지 않으니까요. 아니, 생기던가? 언젠가 『버나드 스필즈베리 경*의 사례들』이라는 책에서 그에 관한 걸 읽었는데 지금은 정확히 기억나지 않는군요. 내 경우엔 독서의 문제점이 늘 그거랍니다."

"히터를 꺼 주시면 고맙겠습니다." 헨리 쿠퍼가 말했다.

"당신이 감기에 걸려서 좋은 게 뭐가 있겠습니까? 저도 마찬가지고요. 그 어딘가로 떠나간 **아기에게도** 도움이 안 될 거예요. 그런 곳이 있다면 말입니다. 당신이 다음으로 알아야 할 것은 당신 자신도 같은 처지에 놓이게 될 거라는 사실이에요. 물론 여행 가방 속은 아니겠지만. 그건 말할 필요도 없는 거고요."

나이츠브리지 터널은 여느 때와 마찬가지로 침수된 탓에 폐쇄되어 있었다. 택시는 공원을 지나 북쪽으로 달렸다. 나무들이 빈 벤치 위로 물방울을 떨구었다. 비둘기의 몸에서 빠진, 지저분한 도시의 눈빛[雪

---

* 영국의 병리학자(1877~1947). 제2차 세계대전 중 영국군 장교의 시체(실제로는 행려병자의 시신)를 이용한 민스미트 작전에서 주요한 역할을 맡기도 했다.

色] 같은 잿빛 깃털들이 나뒹굴었다.

"당신 아기예요?" 운전사가 물었다. "실례되는 질문이 아니길 바랍니다."

"정확히 그런 건 아니에요." 헨리 쿠퍼가 그렇게 말하고 나서 밝고 싹싹하게 덧붙였다. "아내의 아기예요. 공교롭게도 그렇게 됐어요."

"당신 아기가 아니라면 절대 같은 심정이 아닐 거예요." 운전사가 생각에 잠긴 어조로 말했다. "조카가 있었는데, 죽었어요. 입천장갈림증을 앓았지요. 물론 그게 사망 이유는 아니었지만, 부모가 견디기엔 그 이유가 더 나았지요. 지금 장의사에게로 가는 겁니까?"

"오늘 밤은 집에 두고 내일 필요한 것들을 준비할 생각이에요."

"그처럼 작은 아기를 보관하기엔 냉장고가 딱 좋아요. 닭보다 크지 않으니까요. 적당한 방법 중 하나로 말한 것뿐이에요."

택시는 하얀 건물들이 눈에 띄는 커다란 베이즈워터 광장에 들어섰다. 집들은 유럽 대륙의 공동묘지처럼 땅 위로 돌출한 무덤들을 닮아 있었다. 하지만 그런 무덤들과 달리 여기 집들은 방이 한두 개뿐인 작은 아파트들로 나뉘어 있고, 아파트에는 안에 사는 사람들을 부르기 위한 초인종이 늘어서 있었다. 운전사는 헨리 쿠퍼가 '스테어하우스'라고 쓰인 아파트 현관 앞에서 작은 여행 가방을 들고 차에서 내리는 모습을 지켜보았다. BOAC 가방이 눈에 들어오자 운전사는 기계적으로 "정말 끔찍한 항공사"*라고 중얼거렸는데, 나쁜 뜻으로 그런 게 아니라 그저 조건반사였을 뿐이다.

헨리 쿠퍼는 맨 위층으로 올라가서 집 안으로 들어갔다. 그의 어머

---

* 운전사는 British Overseas Airways Corporation의 약어인 BOAC를 Bloody Orful Aircraft Company로 바꿔 말하고 있다. orful은 발음이 같은 awful의 뜻으로 쓰였다.

니가 기다리고 있다가 그를 맞았다. "네가 탄 차가 아파트 현관 앞에서 멈추는 걸 보았다, 아들아." 그는 어머니를 더 잘 껴안으려고 여행 가방을 의자에 내려놓았다.

"빨리 왔구나. 니스에서 내 전보 받아 보았니?"

"예, 어머니. 여행 가방 하나만 들고 곧장 세관을 통과했어요."

"너처럼 가볍게 여행하는 게 현명한 방법이지."

"이건 다림질이 필요 없는 셔츠예요." 헨리 쿠퍼가 말했다. 그는 어머니를 따라 거실로 들어갔다. 그는 자신이 가장 좋아하는 그림—《라이프》에서 오려 낸 히로니뮈스 보스의 그림—의 위치가 바뀌어 있다는 것을 알아차렸다. "내 의자에서는 그림이 안 보여서 말이야." 어머니가 그의 눈길이 뜻하는 걸 이해하고 설명했다. 그의 슬리퍼가 안락의자 옆에 놓여 있었다. 그는 다시 집에 돌아와 만족스럽다는 태도로 안락의자에 앉았다.

"아들아," 어머니가 말했다. "여행은 어땠는지 얘기해 주렴. 다 얘기해 줘. 새로 사귄 친구들은 있니?"

"그럼요, 어머니. 전 어딜 가든 친구를 사귀잖아요." 스테어하우스에 겨울이 일찍 찾아들었다. 작은 여행 가방은 푸른 물속의 푸른 물고기처럼 거실의 어둠 속으로 사라졌다.

"그리고 어떤 일이 있었니? 어떤 진기한 경험을 했어?"

그가 얘기를 하는 동안 어머니는 한 차례 일어나서 살금살금 걸어가 커튼을 치고 독서용 등을 켰고, 한 차례 오싹해하며 숨이 막힌 듯한 표정을 지었다. "조그만 발가락? 마멀레이드 안에?"

"예, 어머니."

"영국산 마멀레이드가 아니었니?"

"아니요, 어머니. 외국산이었어요."

"손가락이라면 이해할 수도 있겠지만…… 오렌지를 썰다가 사고가 났을 수도 있을 테니…… 하지만 발가락이라니!"

"그래서 전," 헨리 쿠퍼가 말했다. "그 부분을 썰 때 절단기 같은 걸 사용했나 보다, 어떤 농부가 맨발로 작업했나 보다, 하고 생각했어요."

"당연히 따졌겠지?"

"말로 따지진 않았어요. 하지만 그 발가락을 접시 가장자리에 눈에 잘 띄게 놓아두었어요."

다른 이야기를 하나 더 하고 나니 셰퍼드 파이*를 오븐에 넣을 시간이 되어, 어머니가 자리에서 일어났다. 헨리 쿠퍼는 여행 가방을 가져오려고 현관문 쪽으로 걸음을 옮겼다. '짐을 풀 시간이야.' 그는 속으로 생각했다. 마음이 정결해졌다.

---

* 고기에 그레이비소스를 섞고 으깬 감자를 올려 구운 영국 요리.

영구 소유

Mortmain

마흔두 살에 정식으로 결혼했을 때, 카터에게 결혼은 놀랍도록 안정되고 평화로운 것으로 여겨졌다. 교회에서 치른 결혼식은 매 순간 즐겁기까지 했다. 단, 줄리아와 함께 통로를 걸어가면서 조지핀이 눈물을 훔치는 걸 보았을 때를 제외하고는 말이다. 조지핀이 거기 있는 것은 이 새롭고 솔직한 관계를 여실히 보여 주었다. 그는 줄리아에게 아무런 비밀도 없었다. 그와 줄리아는 조지핀과 함께한 그의 고통스러웠던 10년에 대해, 조지핀의 지나친 질투와 때맞춰 히스테리를 부리던 행동에 대해 자주 함께 얘기를 나누었다. "불안해서 그런 거예요." 줄리아는 조지핀을 이해하고 감싸는 어조로 말했다. 그녀는 시간이 조금 지나면 조지핀과 우정을 나눌 수도 있으리라고 확신했다.

"여보, 난 그렇게 생각 안 해."

"왜요? 나는 당신을 사랑했던 사람이라면 누구든 다 좋아한단 말이에요."

"그건 꽤나 괴로운 사랑이었어."

"아마 마지막에 가서는 그랬겠지요. 그녀가 당신을 잃어 가고 있다는 것을 알았을 때 말이에요. 하지만 여보, 그녀랑 행복했던 시절도 **있었잖아요.**"

"그건 그래." 그러나 그는 줄리아 이전에 누군가를 사랑한 적이 있었다는 사실을 잊고 싶었다.

그녀의 관대함은 종종 그를 깜짝 놀라게 했다. 신혼여행 이레째 되는 날, 수니온의 해변에 있는 조그만 식당에서 그녀와 함께 레치나*를 마시다가 그는 우연히 호주머니에서 조지핀의 편지를 꺼내고 말았다. 전날 도착한 편지였는데, 그는 줄리아의 마음을 언짢게 할까 봐 감춰 두고 있었다. 짧은 신혼여행 기간 동안에도 그를 가만히 내버려 두지 못하는 게 조지핀의 전형적인 태도였다. 이제 조지핀의 필체—그녀의 머리털 색깔과 같은 검은색 잉크로 쓴 매우 작고 단정한 글씨—조차도 지겨웠다. 줄리아는 은빛이 도는 금발이었다. 그가 어떻게 검은 머리를 아름답다고 생각했을까? 어떻게 검은 잉크로 쓴 편지를 읽고 싶어 안달했던 걸까?

"무슨 편지예요, 여보? 난 우편함이 있는 줄도 몰랐는데."

"조지핀에게서 온 거야. 어제 왔어."

"그런데 아직 개봉도 안 했네요!" 그녀는 비난 한 마디 없이 소리쳤다.

---

* 나뭇진 향을 첨가한 그리스산 포도주.

"난 그 여자 생각은 하고 싶지 않아."

"하지만 여보, 그녀가 병이 났을 수도 있잖아요."

"그럴 리 없어."

"아니면 어려운 상황에 처했거나."

"내가 글을 써서 버는 것보다 그 여자가 패션 디자인으로 버는 돈이 더 많아."

"여보, 마음을 넓게 쓰도록 해요. 우리는 그럴 수 있잖아요. 우린 아주 행복하니까요."

그래서 그는 편지를 개봉했다. 불만을 토로하지 않은 다정한 내용의 편지였다. 그는 떨떠름한 기분으로 소리 내지 않고 읽었다.

필립, 피로연에서 어색한 꼴 보이고 싶지 않아서 잘 가라는 인사도 못하고 두 사람의 무궁한 행복을 빌어 주지도 못했어. 줄리아는 엄청 예쁘고 무지 젊어 보이더라. 그녀를 자상하게 보살펴 주어야 해. 그런 건 필립이 아주 잘한다는 걸 알지만 말이야. 그녀를 보았을 때 나는 당신이 나를 떠날 결심을 하기까지 그토록 오랜 시간이 걸린 이유가 참으로 궁금했어. 바보 같은 필립. 빨리 행동을 취했더라면 훨씬 고통이 덜했을 텐데.

당신은 이제 내가 하는 일에 별 관심이 없을 거라고 생각하지만, 그래도 혹시 조금이라도 나를 걱정하는 마음이 있을지 모르니—당신은 걱정이 많은 사람이잖아—내 근황을 말해 줄게. 난 잡지의 어느 시리즈를 통째로 맡아서 관련된 드로잉 작업을 하느라 **아주** 열심히 일하고 있어. 어떤 잡지인 줄 알아? 프랑스판 《보그》야. 난 적지 않은 돈을 프랑스 화폐로 받고 있지. 불행한 생각을 할 시간도 없어. 한 번은 우리 아파트(말실

수를 했네)를 찾아갔었어. 못마땅하게 생각하지 않길 바랄게. 아주 중요한 스케치를 잃어버려서 그랬어. 우리가 공용으로 쓰던 서랍—아이디어 뱅크 말이야, 생각나?—뒤쪽에서 그걸 찾았어. 난 내 물건을 다 챙겨 갔다고 생각했는데, 그게 거기 있었지 뭐야. 나풀에서 보낸 그 멋진 여름에 당신이 쓰기 시작한 그리고 결코 끝내지 못한 그 소설 원고 속에 끼여 있었어. 내가 너무 횡설수설하고 있나 봐. 내가 정말 말하고 싶은 건 이건데 말이야. 둘 다 행복하길 바라! 사랑하는 조지핀이.

카터는 편지를 줄리아에게 건넸다. "그나마 아주 형편없는 편지는 아닌 것 같군."

"내가 이걸 읽는 걸 그녀가 좋아할까요?"

"아, 우리 둘을 염두에 두고 보낸 거야." 그는 다시 한 번 비밀이 없다는 건 참으로 좋은 거라는 생각을 했다. 조지핀과의 사이에는 아주 많은 비밀이 있었다. 오해할까 봐 두려워서, 조지핀이 화를 내거나 입을 꾹 다물어 버릴까 봐 두려워서 그런 것이었다. 이제 그는 아무것도 두렵지 않았다. 심지어 죄책감이 드는 비밀조차도 줄리아의 동정심과 이해심을 믿고 털어놓을 수 있었다. 그가 말했다. "그 편지를 어제 당신에게 보여 주지 않은 내가 바보야. 다시는 그런 짓 하지 않을게." 그는 스펜서의 시구를 떠올렸다. '……폭풍우 치는 바다를 항해한 후에 도착한 항구.'*

줄리아가 편지를 다 읽고 나서 말했다. "그녀는 훌륭한 여자인 것 같아요. 이렇게 편지를 쓰다니 얼마나 다정하고 상냥해요. 나는—물

---

* '시인들의 시인' 에드먼드 스펜서(1552?~1599)의 서사시 『선녀여왕』(1590~1596) 제1권 제9칸토의 한 구절.

론 가끔씩—아주 조금 그녀를 걱정했어요. 아무튼 **나는** 10년 후에도 당신을 잃고 싶지 않으니까요."

아테네로 돌아가는 택시 안에서 그녀가 말했다. "나폴에서는 아주 즐거웠나 봐요?"

"그래. 그런 것 같아. 잘 기억나진 않아. 지금처럼 좋은 건 아니었어."

여전히 어깨를 맞대고 있긴 하지만 그녀가 그로부터 멀어지고 있다는 것을 연인의 촉각으로 느낄 수 있었다. 수니온에서 아테네로 가는 길 위에 쏟아지는 햇빛은 밝고, 그들 앞에는 따뜻하고 아늑하고 편안한 시에스타가 기다리고 있는데, 한데…… "무슨 걱정이라도 있어, 여보?" 그가 물었다.

"별건 아니고…… 그냥…… 어느 날 당신은 아테네에 대해서도 나폴에서의 추억과 똑같은 말을 하지 않을까요? '잘 기억나진 않아. 지금처럼 좋은 건 아니었어'라고."

"이런, 바보 같으니." 그는 그녀에게 키스했다. 그런 다음 두 사람은 아테네로 돌아가는 택시 안에서 가볍게 장난을 쳤다. 길이 곧게 펼쳐지기 시작하자 그녀는 똑바로 앉아 빗으로 머리를 빗었다. "당신은 실은 차가운 사람이 아니에요. 그렇죠?" 그녀가 물었다. 그는 모든 게 다시 제자리로 돌아왔음을 알았다. 약간의 균열이—잠시나마—있었던 것은 조지펀의 잘못이었다.

저녁을 먹기 위해 침대에서 나왔을 때 그녀가 말했다. "우린 조지펀에게 편지를 써야 해요."

"안 돼!"

"여보, 당신 기분 알아요. 그렇지만 그건 정말 훌륭한 편지였잖아요."

"그럼 그림엽서를 보내."

그래서 그들은 그렇게 하기로 했다.

런던에 돌아오자 계절은 갑자기 가을이 되었다. 활주로에 떨어지는 빗방울에 얼음 알갱이가 스며 있는 것으로 봐서는 겨울도 머지않은 듯했다. 그들은 이곳에서는 얼마나 일찍 조명을 밝히는지 잊고 있었다는 것을 깨달으며 질레트, 루코제이드, 스미스 포테이토칩 따위의 간판을 단 건물들을 지나갔다. 섭섭하게도 파르테논은 어디에도 보이지 않았다. '영국해외항공은 당신을 그곳으로 데려다주고 다시 데려옵니다'라고 쓰인 영국해외항공의 포스터가 평소보다 더 슬퍼 보였다.

"집에 들어가자마자 전기 히터를 다 켜야겠어." 카터가 말했다. "그러면 금방 따뜻해질 거야." 그러나 아파트의 문을 열었을 때 그는 이미 히터가 켜져 있다는 걸 알게 되었다. 거실과 침실 구석에서 나온 은은한 불빛이 어스름 속에서 그들을 맞았다.

"어떤 요정이 이렇게 한 걸까요?" 줄리아가 말했다.

"요정이 아니어서 유감이군." 카터가 말했다. 그는 검은 잉크로 '카터 부인에게'라고 쓰인 봉투가 벽난로 선반 위에 놓여 있는 것을 이미 보았다.

친애하는 줄리아, 당신을 줄리아라고 불러도 괜찮겠죠? 나는 우리에게 공통점이 아주 많다고 생각해요. 같은 남자를 사랑한 것부터가 그렇잖아요. 오늘은 날이 너무 추워서 나는 두 분이 따뜻한 태양의 도시에서 차가운 아파트로 돌아왔을 때의 상황을 생각하지 않을 수 없었어요. (난 그 아파트가 얼마나 추운지 잘 알아요. 내가 해마다 그이와 함께 프랑스 남부 지방에서 돌아오고 난 뒤에 감기에 걸렸으니까요.) 그래서 내가 주제넘은 짓을 좀 했어요. 아파트 안으로 살며시 들어가서 히터를 켜 두었지요. 하지만 다시는 그런 짓을 하지 않겠다는 것을 당신에게 보이기 위해 내 열쇠를 현관문 밖에 놓인 매트 밑에 숨겨 두었답니다. 열쇠를 거기 둔 것은 당신이 탄 비행기가 로마나 다른 어떤 곳에서 늦어지는 만일의 경우를 대비해서 그런 거예요. 나는 공항에 전화해서 비행기가 제때 도착했는지 알아볼 거예요. 혹시라도 비행기가 도착하지 않았다면 나는 다시 아파트로 가서 안전을 위해 히터를 끄고 나올 겁니다(경제적인 이유로도 꺼야 해요! 난방비가 엄청나거든요). 당신의 새로운 가정에서 아주 따뜻한 저녁을 보내길 바랄게요. 사랑하는 조지핀이.

추신. 커피 통이 비어 있는 것을 보고, 부엌에 블루마운틴을 한 봉지 갖다 놓았어요. 블루마운틴은 필립이 정말 좋아하는 단 하나의 커피랍니다.

"어머나." 줄리아가 웃으며 말했다. "그녀는 온갖 것을 다 생각하는군요."

"우릴 그냥 내버려 두었으면 좋겠어." 카터가 말했다.

"그녀가 아니었으면 우린 이처럼 따뜻하게 있지 못할 거고, 내일 아침 식사 때 커피도 못 마실 뻔했잖아요."

"그 여자가 이 집 어딘가에 숨어 있다가 어느 순간에 갑자기 걸어나올 것 같은 기분이 들어. 내가 당신한테 막 키스할 때 말이야." 그는 한쪽 눈으로 문을 쳐다보면서 줄리아에게 키스했다.

"여보, 그런 생각하면 못써요. 어쨌든 열쇠를 매트 밑에 두고 갔잖아요."

"열쇠를 복사해 두었을지도 몰라."

그녀가 한 번 더 키스하며 그의 입을 막았다.

"비행기가 이륙한 뒤 몇 시간이 지나면 꽤나 에로틱해진다는 거 당신도 알아?" 카터가 물었다.

"네."

"아마 진동 때문인 것 같아."

"여보, 우리도 그 비슷한 거 해요."

"먼저 매트 밑을 보고 와야겠어. 그 여자가 거짓말하지 않았는지 확인해 보러."

그는 결혼 생활이 즐거웠다. 너무 즐거워서 진작 결혼하지 않은 자신을 탓할 정도였다. 진작 결혼했더라면 조지핀과 결혼하게 되었을 거라는 사실을 망각한 채 그런 생각을 했다. 그는 따로 하는 일이 없는 줄리아와는 거의 언제나 함께할 수 있다는 게 너무 신기하고 좋았다. 그들의 관계를 방해하는 가정부도 없었다. 그들은 칵테일파티에, 식당에, 조그만 저녁 식사 모임에 늘 함께 갔으므로 서로 눈빛만 마주치면 뜻이 통했다. 얼마 지나지 않아 줄리아는 연약하고 쉽게 피곤해한다는 평판을 얻었다. 칵테일파티에서 겨우 15분이 지났을 때 자리를 뜨거나 커피를 마신 후에 저녁 식사는 포기하고 가 버리는 경우가 잦았던 것이다. "아, 정말 죄송해요. 두통이 너무 심하네요. 나는 왜 이리 바보스러울까요. 필립, **당신은** 여기 남아서……"

"무슨 소리, 나만 남아 있을 순 없어."

한번은 계단에 서서 함께 자지러지게 웃다가 하마터면 초대한 주인에게 들킬 뻔했다. 주인이 편지를 부쳐 달라고 부탁하러 그들을 뒤따라 나온 것이었다. 줄리아의 웃음이 순식간에 히스테리 발작처럼 바뀌었다. 몇 주가 지났다. 정말 성공적인 결혼 생활이었다. 그들은 결혼 생활의 만족감에 대해—틈틈이—얘기하기를 좋아했으며, 그 이유를 서로의 주요 장점 덕으로 돌리곤 했다. "당신은 조지핀과 결혼할 수도 있었을 텐데, 하는 생각이 들어요." 줄리아가 말했다. "왜 조지핀과 결혼하지 않았어요?"

"우린 우리 사이가 영원하지 않으리라는 걸 무의식적으로 알았던 것 같아."

"우린 영원할까요?"

"우리가 영원하지 않다면 영원한 것은 아무것도 없을 거야."

시한폭탄이 터지기 시작한 것은 11월 초였다. 조지핀은 틀림없이 더 일찍 터질 거라고 예상했겠지만, 그것은 그의 습관이 일시적으로 변한 것을 고려하지 않은 생각이었다. 카터는 몇 주가 지나서야 조지핀과 무척 친밀했던 시절에 자신들이 아이디어 뱅크라고 불렀던 서랍을 열어 보았다. 그가 소설을 쓰기 위해 한 메모나 사람들의 대화를 엿듣고 적어 놓은 쪽지 같은 것들 그리고 조지핀이 대충 스케치한 패션 광고 아이디어 따위를 넣어 두는 서랍이었다.

서랍을 열자마자 그녀의 편지가 눈에 띄었다. 검은 잉크로 힘주어 쓴 '일급비밀'이라는 글 뒤에는 병에서 나온 요정처럼 큼지막한 눈을 가진 소녀(조지핀은 가벼운 안구돌출성 갑상샘종을 앓았다) 모양으로 특이하게 그린 느낌표가 찍혀 있었다. 그는 매우 불쾌한 기분으로 그 편지를 읽었다.

안녕? 당신은 여기서 날 발견하게 되리라곤 생각지 못했을 거야. 그렇지? 당신을 만난 지 10년이 지난 지금, 내가 당신에게 이따금씩이라도 '잘 자, 좋은 아침, 어떻게 지내?'라는 말을 할 수가 없다니. 당신의 행복을 빌게. 당신을 무척 사랑하는—정말로, 진실로—당신의 조지핀이.

'이따금씩'이라는 말은 명백히 협박이었다. 그는 서랍을 거칠게 닫으며 "제기랄" 하고 소리쳤다. 그 소리가 너무 커서 줄리아가 방 안으로 들어왔다. "여보, 뭔데 그래요?"

"또 조지핀이야."

그녀가 편지를 읽고 말했다. "난 그녀의 마음을 이해할 수 있을 것 같아요. 가엾은 조지핀. 여보, 그걸 찢어 버리는 거예요?"

"그럼 내가 편지를 어떻게 할 거라고 생각했어? 그 여자 편지 선집을 만들기 위해 고이 간직해 두기라도 할까?"

"너무 심한 거 같아서요."

"내가 **그 여자한테** 너무 심하다고? 줄리아, 당신은 우리가 마지막 몇 해를 어떻게 살았는지 모르니까 그래. 내 몸에 생긴 흉터를 보여 줄 수도 있어. 그 여자는 화가 나면 피우던 담배를 **아무 곳에나** 비벼 댔단 말야."

"그녀는 당신을 잃어 가고 있다는 생각에 절망적인 상태가 된 거예요, 여보. 그 흉터들이 실은 다 내 잘못이에요." 그는 그녀의 눈에 담긴 부드럽고 사랑스럽고 사색적인 표정이 점점 짙어지는 것을 볼 수 있었고, 그것은 언제나 똑같은 행위로 이어졌다.

겨우 이틀이 지났을 때 다음번 시한폭탄이 터졌다. 아침에 잠자리에서 일어났을 때 줄리아가 말했다. "매트리스를 뒤집어야겠어요. 우리 두 사람이 누운 자리 가운데 부분이 푹 팼잖아요."

"난 몰랐는데."

"매주 매트리스를 뒤집는 사람들도 많아요."

"맞아. 조지핀도 그랬어."

그들은 침대보를 벗고 매트리스를 들어냈다. 줄리아에게 쓴 편지한 통이 스프링 위에 놓여 있었다. 카터가 그 편지를 먼저 알아채고 눈 밖으로 치워 두려 했지만 줄리아가 그 모습을 보았다.

"그게 뭐예요?"

"뭐긴 뭐겠어, 조지편이지. 조만간에 책 한 권으로 엮을 수 있을 만큼 많은 편지가 쌓이겠군. 조지 엘리엇처럼 예일 대학교에서 제대로 편집하게 해야 할까 봐."

"여보, 이건 나한테 쓴 거잖아요. 당신은 그걸 어떻게 하려고 했어요?"

"비밀리에 없애 버리려 했지."

"우리 사이엔 비밀이 없기로 하지 않았나요?"

"난 조지편은 빼고 생각한 거야."

그녀는 처음으로 편지를 개봉하기 전에 머뭇거렸다. "편지를 여기 두다니 정말 이상해요. 우연히 여기 있게 된 거라고 생각해요?"

"그렇지 않을 거야."

줄리아는 편지를 다 읽고 나서 그에게 건넸다. 그녀가 안도하며 말했다. "그 이유를 설명해 놨네요. 별로 이상할 게 없어요." 그는 편지를 읽었다.

친애하는 줄리아, 난 지금 당신이 진짜 그리스의 햇볕을 쬐고 있기를 바라고 있답니다. 나는 실은 프랑스 남부 지방을 별로 좋아하지 않았어요. 필립에겐 이 얘기 하지 마세요(아차, 당신에겐 아직 비밀이 없겠군요). 피부를 메마르게 하는 그 춥고 거센 바람이라니. 당신이 그곳의 기후를 겪지 않는다고 생각하니 기뻐요. 우린 여유가 될 때 그리스로 가기로 늘 계획을 세우곤 했죠. 그러니 분명 필립이 즐거워할 거예요. 난 오늘 내 스케치를 찾으러 들어왔다가 매트리스를 적어도 2주 동안 뒤집어 놓지 않았다는 걸 생각해 냈어요. 당신도 알겠지만, 우린 함께 지낸 마지막 몇 주 동안은 무척 어수선하고 심란했답니다. 어쨌든 당신이 그 황홀한 섬들에서 돌아온 첫날 밤에 침대가 울퉁불퉁한 걸 발견하게 되리라는 생각을 하니 난 참을 수가 없었고, 그래서 당신을 위해 매트리스를 뒤집어 놓았어요. 매주 매트리스를 뒤집어 주는 게 좋다고 충고하고 싶네요. 그러지 않으면 가운데 부분이 움푹 패니까요. 그건 그렇고, 겨울 커튼으로 바꿔 단 다음 여름 커튼은 브롬프턴로 153번지의 세탁소로 보냈어요. 사랑하는 조지핀이.

"그 여자가 나한테 쓴 편지에 나풀이 아주 멋진 곳이었다고 한 거 생각나?" 그가 말했다. "예일 대학교 편집자는 상호 참조 표시를 달아야겠군."

"당신, 너무 냉정한 거 같아요." 줄리아가 말했다. "여보, 그녀는 도움을 주려고 했을 뿐이에요. 어쨌거나 난 커튼이나 매트리스에 관해서는 몰랐으니까요."

"당신이 집안일 얘기로 가득한 따뜻한 답장을 길게 써서 보낼 것 같군."

"그녀는 몇 주 동안 답장을 기다리고 있어요. 이건 **오래전에** 쓴 거잖아요."

"불쑥 튀어나올 때를 기다리는 오래된 편지들이 이곳에 얼마나 더 있을지 궁금하군. 젠장, 집 안을 샅샅이 뒤져 봐야겠어. 다락부터 지하실까지 말이야."

"우리 집엔 다락도 없고 지하실도 없잖아요."

"당신, 내 말뜻 잘 알잖아."

"내가 아는 건 당신이 과장되게 법석을 피우고 있다는 것뿐이에요. 당신은 조지핀을 겁내는 것처럼 행동하고 있어요."

"오, 맙소사!"

줄리아가 불쑥 방을 나갔고, 그는 일을 하려 애썼다. 그날 오후에 조금만 일이 또 터졌다. 심각한 건 아니었지만 그의 기분은 좋지 않았다. 해외에 전보를 보낼 일이 있어서 전화번호를 찾다가 그는 전화번호부 안에 알파벳순으로 완벽히 정리된 전화번호 목록이 끼워져 있는 것을 발견했다. O자가 항상 흐릿하게 나오는 조지핀의 타자기로 타이핑한 것으로, 그가 수시로 필요로 하는 전화번호가 망라된 목록이었다. 그의 오랜 친구인 존 휴스는 해러즈 다음에 나왔다. 그 목록에는 가장 가까운 택시 승차장, 약국, 정육점, 은행, 세탁소, 청과물 가게, 생선 가게, 그의 출판사와 담당 직원, 엘리자베스아덴 화장품 가게, 미용실—괄호를 하고 'J, 믿을 수 있고 저렴한 미용실이에요'라고 적혀 있었다— 등의 전화번호도 있었다. 그는 줄리아와 조지핀의 이니셜이 같다는 것을 처음으로 알아차렸다.

그가 전화번호 목록을 발견하는 모습을 본 줄리아가 말했다. "천사 같은 여자네요. 이걸 전화기 위에 핀으로 꽂아 놓아야겠어요. 정말 완벽한 목록이에요."

"그 여자가 지난 편지에서 그렇게 비꼬았으니 까르띠에 전화번호가 여기에 있다고 해도 놀랄 일은 아니지."

"여보, 그건 비꼰 게 아니잖아요. 사실을 얘기한 것뿐이에요. 나에게 여윳돈이 약간 있지 않았다면 우리도 프랑스 남부로 떠났을 거라고요."

"당신은 내가 그리스에 가려고 당신과 결혼했다고 생각하는 것 같아."

"억지 부리지 말아요. 당신은 조지핀을 편견 없이 보려 하지 않아요. 그것뿐이에요. 당신은 그녀가 베푸는 모든 친절을 왜곡하고 있다고요."

"친절?"

"그건 일종의 죄책감일 거라고 난 생각해요."

그 일이 있고 나서 그는 정말로 집 안을 뒤지기 시작했다. 담뱃갑 안을 들여다보고, 서랍과 서류 캐비닛 안을 들여다보았다. 신혼여행을 떠날 때 집에 있었던 모든 옷의 호주머니를 뒤졌다. 텔레비전 캐비닛 뒤쪽을 살펴보았고, 변기 물통의 뚜껑을 들어 보았다. 심지어 두루마리 화장지를 교체하기도 했다(두루마리 화장지를 전부 푸는 것보다 교체하는 게 더 빨랐다). 그가 화장실 안을 살펴보고 있을 때 줄리아는 와서 평소의 동정 어린 표정 없이 그를 바라보았다. 그는 커튼레일을 가리는 장식 덮개를 살펴보았다(이다음에 커튼을 세탁소로 보낼 때 뭔가가 나타나지 않으리라는 걸 누가 알겠는가?). 빨래 바구니 바닥에 뭔가 있는 것을 보지 못하고 지나쳤을 수도 있겠다는 생각에 바구니에 넣어 둔 빨랫감을 다 끄집어내기도 했다. 그는 무릎을 꿇고 부엌을 기어 다니며 가스레인지 밑을 살폈다. 한번은 어떤 관을 감싸고 있는 종이 한 장을 발견하고 쾌재를 불렀으나, 그것은 아무것도 아니었다. 배관공이 남기고 간 종잇장이었던 것이다. 오후의 우편물이 우편함 속에서 달그락거렸다. 줄리아가 현관 쪽에서 그에게 소리쳤다. "오, 이런. 당신, 프랑스판《보그》를 구독한다는 말은 한 적이 없잖아요."

"구독하지 않는데."

"미안해요. 다른 봉투에 크리스마스카드 같은 게 들어 있네요. 미스 조지핀 헥스톨존스가 우릴 위해 구독해서 보내 준 거네요. 참 속 깊고 다정한 사람이에요."

"그 여자가 일련의 드로잉을 《보그》에 판 거야. 나는 보지 않겠어."

"여보, 당신 너무 유치해요. 당신은 그녀가 당신 책을 더 이상 읽지 않을 거라고 생각해요?"

"난 그 여자의 간섭 없이 당신과 단둘만 있고 싶은 거야. 몇 주 동안만이라도. 이게 그렇게 큰 요구 사항은 아니잖아."

"여보, 당신은 좀 자기중심적인 사람이군요."

그날 저녁, 그는 기운이 없고 피곤했다. 하지만 약간 안도감이 들었다. 철저히 집 안을 뒤지고 살펴보았기 때문이다. 저녁을 먹는 도중에 결혼 선물이 생각났다. 공간이 부족해서 아직도 그 선물들을 큰 나무 상자 속에 담아 두고 있었는데, 그는 식사 도중에 고집을 부리면서 자리에서 일어나 상자가 변함없이 못질된 채로 잘 있는지 확인했다. 조지핀은 손가락이 다칠까 봐 나사돌리개를 절대 사용하지 않으며 망치를 무서워한다는 것을 그는 알았다. 고즈넉한 저녁의 평화가 마침내 그들에게 내려앉았다. 달콤한 평온함이었다. 둘 중 한 사람이 상대의 몸을 만지기만 해도 한순간에 그 평온함이 바뀔 수 있음을 그들은 알고 있었다. 연인들은 그 순간을 뒤로 미루기 힘들지만, 결혼한 사람들은 미룰 수 있었다. "오늘 밤 나는 많은 나이만큼이나 평화로워지네." 그는 시구를 그녀에게 들려주었다.

"누가 쓴 시예요?"

"브라우닝."

"난 브라우닝을 몰라요. 조금 더 읽어 줘요."

그는 브라우닝의 시를 큰 소리로 읽는 것을 좋아했다. 자신의 목소리가 시 낭독에 어울리는 목소리라고 생각했던 것이다. 그것은 해롭지 않은 조그마한 나르시시즘이었다. "정말 시를 읽어 주는 게 좋아?"

"예."

"조지핀에게도 읽어 주곤 했는데도?" 그는 미리 주의를 주었다.

"그게 무슨 상관이에요? **어느 정도는** 같은 걸 할 수밖에 없잖아요. 안 그래요, 여보?"

"조지핀에게 절대 읽어 주지 않은 시도 있어. 내가 그 여자와 사랑에 빠져 있을 때도 읽어 주기에 적당하지 않은 시였어. 조지핀과 난…… 영원한 사이가 아니니까." 그는 읽기 시작했다.

내가 하려는 것을 나는 아주 잘 안다
어둡고 긴 가을 저녁이 찾아들 때……

그는 자신의 낭독에 도취되었다. 줄리아를 지금 이 순간보다 더 깊이 사랑한 적은 없었다. 여기는 집이고, 두 영혼의 순례자 말고는 아무 것도 없었다.

……나는 이제 말하련다,
난롯가에 앉아 영혼이 깃든 작은 손으로
넓은 이마 받치고 말없이 책을 읽는
당신 모습 더 이상 보지 않으련다.
내 마음은 그걸 안다.

그는 줄리아가 이전에 이 시를 읽었더라면 좋았을 텐데, 하는 바람을 가져 보았다. 하지만 물론 그랬을 경우에는 이처럼 사랑스러운 모습으로 집중하며 그의 낭독에 귀 기울이지 않았을 것이다.

　……두 삶이 합쳐지면 보통 상혼이 생기지.
　한 사람과 한 사람에 더해진 흐릿한 제3의 것,
　한 사람과 한 사람 사이가 너무 멀다.*

그가 책장을 넘기자 종이 한 장이 나왔다(만약 그 여자가 종이를 봉투에 넣어 책에 끼워 두었더라면 책을 읽기 전에 즉시 그것을 발견했을 것이다). 검은 잉크로 쓴 단정한 필체가 눈에 들어왔다.

　사랑하는 필립, 당신이 가장 좋아하는 책—나의 책이기도 해—의 책장 사이에서 당신에게 잘 자라는 인사를 하려는 것뿐이야. 우리가 이런 식으로 끝낸 건 무척 다행스러운 일이야. 우리는 공통의 기억과 더불어 드문드문이라도 영원히 연락하며 지내게 되겠지. 사랑하는 조지핀이.

그는 책과 그 종이를 바닥에 내동댕이쳤다. 그가 말했다. "개 같은. 개 같은 년."
"당신이 그녀에 대해 그렇게 말하는 거, 난 들어 줄 수가 없네요." 줄리아가 놀라우리만치 강한 어조로 말했다. 그녀는 종이를 집어 들어 읽었다.

---

* 로버트 브라우닝(1812~1889)의 시집 『남자와 여자』(1855)에 수록된 「난롯가에서」의 일부.

"이게 뭐가 문제죠?" 그녀가 따져 물었다. "그녀와의 기억을 증오하는 거예요? 우리의 기억은 앞으로 어떻게 될까요?"

"당신은 그 여자의 농간이 보이지 않아? 그걸 이해하지 못해? 줄리아, 당신 바보야?"

그날 밤, 그들은 서로 멀찍이 떨어져 누운 채 발가락도 접촉하지 않았다. 집에 돌아온 뒤로 사랑을 나누지 않은 밤은 그날이 처음이었다. 둘 다 잠을 많이 자지 않았다. 아침에 카터는 쉽게 눈에 띄는 빤한 곳에서 편지 한 통을 발견했다. 왠지 모르게 자신이 무시하고 넘어간 곳이었다. 그가 원고를 쓸 때면 항상 사용하는, 아직 쓰지 않은 유선 이절대판지 용지들 사이에 들어 있었다. 편지는 이렇게 시작했다. '여보, 당신은 내가 전처럼 이렇게 부르는 걸 개의치 않을 거라고 믿어……'

8월에는 저렴하다
Cheap in August

1

8월에는 저렴했다. 가장 중요한 태양, 산호초, 대나무로 지은 술집, 칼립소 음악…… 할인 판매 때 살짝 때가 탄 슬립을 염가에 살 수 있듯이, 8월에는 이 모든 것을 싼값에 누릴 수 있었다. 여행객들은 필라델피아에서 수학여행 형식으로 떼 지어 주기적으로 왔다가 한 주를 진이 빠지게 즐긴 뒤, 소풍이 끝나면 소란스럽지 않게 **조용히** 떠났다. 그러면 하루 동안 수영장과 음식점이 텅 비다시피 했는데, 그러고 나면 이번에는 세인트루이스에서 또 다른 단체 여행객이 도착했다. 모든 사람이 서로서로 알았다. 그들은 버스를 함께 타고 공항에 갔고, 비행기를 함께 타고 왔으며, 이국의 세관 절차를 함께 겪었다. 그들은 낮

동안에는 뿔뿔이 흩어졌다가 어두워지고 난 뒤에 서로 밝은 얼굴로 소란스럽게 인사하며 '급류 타기'나 식물원, 스페인 요새 등에 대한 소감을 주고받았다. "우리는 내일 그걸 할 거예요."

메리 왓슨은 유럽에 있는 남편에게 편지를 썼다. '잠시 휴가를 보내러 왔어요. 또 8월엔 비용이 아주 저렴하잖아요.' 결혼한 이래 10년 동안 그들이 떨어져 있었던 건 세 번뿐이었다. 그는 그녀에게 매일 편지를 썼고, 그 편지들은 일주일에 두 번씩 작은 묶음으로 배달되었다. 그녀는 편지들을 신문처럼 날짜순으로 정리하여 순서대로 읽었다. 그의 편지는 부드럽고 꼼꼼했다. 연구와 강의 준비로 그리고 편지를 쓰는 일로 유럽을 볼 시간이 거의 없다고 했다. 그는 유럽을 고집스럽게 '당신의 유럽'이라고 불렀는데, 마치 뉴잉글랜드 출신의 미국인 교수와 결혼함으로써 불가피하게 치러야 했을 그녀의 희생을 잊지 않고 있다는 것을 그녀에게 확신시키려는 행동처럼 보였다. 하지만 종종 '당신의 유럽'에 대한 소소한 비판들도 언뜻언뜻 새어 나왔다. 음식이 너무 기름지다, 담뱃값이 너무 비싸다, 와인이 너무 흔한 반면에 점심때 우유를 얻기는 매우 어렵다, 따위의 비판들이었다. 아무튼 이런 비판은 그녀가 자신의 희생을 과장하지 말아야 한다는 것을 내비치는 것인지도 몰랐다. 남편이 지금 연구 중인 제임스 톰슨이 『사계절』을 미국에서 썼더라면 좋았을 것이다. 미국의 가을이 영국의 가을보다 더 아름답다는 것은 그녀도 인정하지 않을 수 없었다.

메리 왓슨은 이틀에 한 번씩 남편에게 편지를 썼으나, 때로는 우편엽서만 보내기도 했다. 깜빡 잊고 연달아 우편엽서를 보낸 것은 아닌지 헷갈리는 경우도 있었다. 그녀는 대나무 술집 그늘 아래서 편지를 썼다. 거기서는 수영장으로 오가는 사람들을 다 볼 수 있었다. 그녀는 솔직하게 썼다. '8월에는 매우 저렴해요. 호텔은 반도 차지 않았고, 더위와 습기가 사람을 지치게 만들죠. 하지만 물론 기분 전환엔 좋아요.' 그녀는 돈을 낭비하고 있는 것처럼 보이고 싶지 않았다. 유럽인인 그녀의 눈에 문학 교수의 보수로는 엄청나게 많아 보였던 봉급은 오랫동안 스테이크나 샐러드 가격에 비해 상대적으로 적게 올라서 이제는 적당한 비율로까지 줄어든 상태였다. 따라서 그녀는 그가 없을 때 쓰는 돈을 얼마간 열심히 정당화해야 했다. 그래서 식물원의 꽃에 대해서도—얼마 전에 큰맘 먹고 한 번 멀리 식물원까지 갔었다—편지에 썼고, 거짓을 곁들여서 햇빛 덕분에 좋은 쪽으로 변화된 생활과 그녀의 친구 마거릿의 게으른 생활에 대해서도 썼다. 마거릿은 '그녀의 영국'에서 편지를 보내 함께 휴가를 보내자고 요청한 친구라고도 썼다. 하지만 마거릿이 그 누구의 눈에도 보이지 않지만 신념의 눈에는 보이는 존재라고 스스로에게는 솔직히 시인했다. 다행히 남편 찰리가 신념을 완성해 주었다. 좋은 특성조차도 시간의 부식과 더불어 비난의 요소가 되기도 한다. 10년간의 행복한 결혼 생활이 지나고 나면 사람들은 그동안의 안정과 평온함을 과소평가하는 경향이 있다는 생각이 들었다.

그녀는 찰리의 편지들을 주의 깊게 읽었다. 그의 편지에서 모호하거나 회피하는 듯한 표현, 그의 말과는 다른 시간의 간격을 하나라도 발견하고 싶었다. 평소와 다른 강렬한 사랑 표현이 있다면 그것도 그녀를 기쁘게 했을 것이다. 왜냐하면 죄책감을 상쇄하고 균형을 잡으려는 힘이 편지에 배어 있을 것이기 때문이다. 그러나 편안하게 술술 써내려가며 소식을 알려 주는 찰리의 글에 어떤 죄책감이 배어 있다는 식으로 그녀 자신을 기만할 수는 없었다. 남편이 만약 지금 한창 열심히 연구하고 있는 시인들 같은 시인이라면 '그녀의 유럽'에서 보낸 첫 두 달 동안에 이미 표준적인 분량의 서사시를 한 편 완성했을 터이고, 어쨌든 편지를 쓰는 일은 남는 시간에 하는 일일 뿐일 것이라고 생각했다. 편지 쓰기가 빈 시간을 채웠고, 그러다 보면 분명 다른 일을 할 수 있는 여지가 없을 것이다. '지금은 밤 10시, 밖에는 비가 오고 있소. 기온이 13도가 채 안 되는, 8월치고는 다소 쌀쌀한 날씨요. 여보, 당신에게 잘 자라고 인사하고 난 뒤엔 당신을 생각하며 행복한 마음으로 잠자리에 들 거요. 내일은 온종일 박물관에서 일해야 하오. 저녁에는 아테네를 출발하여 지나는 길에 나를 보려는 헨리 윌킨슨 부부를 만나 함께 식사를 하기로 했소. 윌킨슨 부부, 당신도 기억하지? 기억 안나오?' (이게 다야?) 찰리가 연구를 마치고 집에 돌아왔을 때 찰리의 성행위에서 그녀가 어떤 낯선 낌새를 감지하게 되지 않을까, 하는 생각도 해 보았다. 어떤 낯선 여자가 그런 식으로 지나쳐 갔음을 암시할 낌새를 말이다. 이제 그녀는 그 가능성을 믿지 않았고, 설령 그런 일이 있었다 해도 증거는 너무 늦게 나타날 터이다. 그렇다면 지금 그녀의 태도가 나중에 정당화될 텐데, 그것은 그녀에게 아무 소용이 없었다. 그녀는 당장 정당화되기를 바랐다. 그녀가 저지른 그 어떤 행동에 대한 것이 아니라 단지 의도에 대한 정당화였다. 찰리를 배신하려는 의도, 그녀의 많은 친구들처럼 휴가 때 불륜을 저질러 보려는 의도(이 생각은 학장 부인이 "8월에는 자메이카의 물가가 아주 저렴해요"라고 말했을 때 곧장 그녀의 마음속에 떠올랐다)에 대한 정당화를 바랐다.

문제는 아무 일도 일어나지 않았다는 점이었다. 습한 저녁에 흐르는 칼립소 음악, 럼 펀치(그녀가 더는 불쾌감을 감출 수 없었던 칵테일이었다), 따뜻한 마티니, 줄기차게 나오는 오스트레일리아 참돔 요리, 모든 요리에 곁들여진 토마토 등과 함께 3주를 보냈는데도 아무 일도 없었고, 일이 벌어질 것 같은 조짐조차도 없었다. 그녀는 실망스럽게도 저렴한 비수기 휴양지의 본질적 속성이랄 수 있는 도덕성을 발견했다. 부정不貞을 저지를 기회는 전혀 없었다. 찰리에게 보낼 우편엽서—찬란하게 빛나는 푸른 하늘과 바다가 있는 우편엽서—에 글을 쓰는 것 말고는 달리 뭔가를 해 볼 도리가 없었다. 한번은 대나무 술집에 혼자 앉아 우편엽서를 쓰고 있을 때 세인트루이스에서 온 여자가 그녀를 몹시 가여워하며 식물원에 가려는 자기 무리에 합류하라고 권했다. "우린 정말 신나는 패거리랍니다." 여자가 활짝 미소 지으면서 말했다. 메리는 그녀의 권유를 좀 더 효과적으로 거절하기 위해 영국 악센트를 과장스럽게 사용하며 자신은 꽃을 그다지 좋아하지 않는다고 대꾸했다. 그 말은 텔레비전을 좋아하지 않는다고 말한 것만큼이나 심하게 여자를 놀라게 했다. 술집의 다른 쪽 구석에 있는 사람들의 머리 움직임과 코카콜라 잔들이 불안스레 쨍그랑대는 소리로 보아 그녀의 말이 이 사람에서 저 사람에게로 반복되며 퍼지고 있다는 것을 알 수 있었다. 그 후로는 신나는 패거리가 세인트루이스로 돌아가기 위해 공항 리무진에 오를 때까지 일행들이 그녀에게서 고개를 돌리는 것을 그녀는 알아차렸다. 영국인이고 꽃에 대해 우월한 태도를 취하는 데다 심지어 코카콜라보다 따뜻한 마티니를 더 좋아하는 그녀는 그들의 눈에 알코올중독자로 보였을지 모른다.

이런 신나는 패거리들의 특징은 대개 남자가 끼여 있지 않다는 점이었다. 그래서 그런지 이 여자들은 매력적으로 보이려는 시도를 완전히 포기했다. 큼지막한 무늬가 들어간, 몸에 딱 붙는 버뮤다 반바지 차림에 거대한 엉덩이가 무시무시하게 드러났다. 머리는 헤어 롤러를 가리기 위해 스카프로 묶었는데, 점심때까지도 그걸 풀지 않았고, 헤어 롤러가 두더지가 파 놓은 조그만 흙더미처럼 도드라져 보였다. 날마다 그녀는 물을 찾아가는 하마처럼 뒤뚱뒤뚱 수영장으로 걸어가는 그녀들의 엉덩이를 지켜보았다. 여자들은 저녁때만 규정에 따라서 격식을 갖춰 옷을 차려입어야 하는 테라스에서 저녁을 먹으려고 커다란 반바지를 연보라색이나 주홍색 꽃으로 덮인 커다란 면 원피스로 갈아입곤 했다. 간간이 눈에 띄는 몇 안 되는 남자들은 해가 진 뒤의 온도가 27도에 육박하는데도 도리 없이 넥타이를 매고 양복을 입었다. 이처럼 여자들만 득시글한 휴양지에서 어떻게 유혹하는 남자를 만나길 바랄 수 있겠는가? 늙은이와 상심한 남편들이 면세 가격으로 판매한다는 광고를 내건 잇사 상점으로 조심조심 걸어가는 모습만이 이따금 눈에 띌 뿐이었다.

첫 한 주 동안은 짧은 스포츠머리의 젊은이 세 명이 남성용 수영복을 입고 술집을 지나 수영장으로 가는 모습에 기운이 났다. 그들은 그녀에게는 너무 젊었지만 그때 기분 같아서는 다른 사람의 로맨스도 이타적인 기분으로 기꺼이 환영하며 볼 것만 같았다. 로맨스는 전염된다고 하지 않는가. 촛불을 밝힌 저녁에 몇몇 육욕적인 젊은 쌍들이 '격식을 따지지 않는' 간이식당 같은 데 있다고 한다면, 결국엔 좀 더 나이 많은 사람들도 전염되리라고 말할 수 있지 않을까? 그러나 그녀의 희망은 점점 줄어들었다. 그 젊은이들은 들어왔다 나가는 동안 버뮤다 반바지나 헤어 롤러를 낀 여자들에게 눈길 한 번 주지 않았다. 그들은 왜 이곳에 있을까? 그들은 거기 있는 어떤 여자보다도 잘빠졌고, 그들도 그 사실을 알았다.

메리 왓슨은 보통 저녁 9시까지는 잠을 자러 방에 들어갔다. 칼립소

음악도, 색다른 즉흥곡도, 딸랑이를 쟁그랑대는 귀에 거슬리는 소리도 며칠 저녁 듣는 것으로 족했다. 호텔 부속 건물의 닫힌 창문 밖, 별이 뜨고 야자수가 무성한 밤공기 속에서는 에어컨 실외기가 과식한 호텔 손님들처럼 쉼 없이 꾸르륵거렸다. 방의 공기는 몹시 건조했다. 갓 딴 무화과와 마른 무화과가 다르듯이, 방 안의 건조한 공기는 신선한 공기와 너무 달랐다. 머리를 빗으려고 거울을 들여다볼 때면 세인트루이스에서 온 신나는 패거리들을 잘 대해 주지 못한 것이 자주 후회되었다. 자신은 버뮤다 반바지를 입지 않았고 머리를 헤어 롤러로 말지 않은 게 사실이었지만 자신의 머리 역시 뜨거운 열기로 푸석푸석했고, 거울은 집에서 들여다보았을 때보다 그녀가 살아온 39년의 세월을 더 숨김없이 비춰 주었다. 만약 개별 왕복 항공료에다 4주간의 호텔 비용, 다양한 관광지에 갈 수 있는 교환 가능한 티켓 비용을 미리 지불하지 않았더라면 그녀는 꽁무니를 빼고 대학 캠퍼스에 있는 집으로 돌아갔을 것이다. 내년에 마흔이 되었을 때 나는 좋은 남자의 사랑을 지켜 왔다는 사실에 감사하게 될 거야, 그녀는 생각했다.

그녀는 스스로를 분석하는 버릇이 있는 여자였다. 허공에 대고 질문하는 것보다는 특정한 얼굴을 향해 질문을 던지는 것이 훨씬 더 쉬웠기 때문에(사람들은 하루에도 몇 번씩 콤팩트에서 보게 되는 눈에서도 어떤 종류의 반응을 기대할 권리가 있다) 거울을 도전적으로 노려보면서 자기 자신에게 질문을 던졌다. 그녀는 정직한 여성이었고 때문에 자신에게 던지는 질문은 더욱더 거칠었다. 그녀는 거울 속의 자신에게 말했다. 나는 찰리 말고는 누구와도 잠자리를 함께한 적이 없어(결혼 전에 절반쯤 달아올랐던 흥분의 경험은 성적 경험으로 인정하지 않았다). 그런데 왜 내가 지금 낯선 육체를 찾으려 애달아하는 걸까. 그 낯선 육체는 아마도 내가 이미 알고 있는 육체보다 쾌락을 더 많이 주지 못할 텐데 말야. 찰리가 그녀에게 진정한 쾌락을 주기까지는 한 달 이상이 걸렸다. 쾌락은 습관과 함께 성장한다는 것을 그녀는 배웠다. 그러므로 그녀가 지금 찾고 있는 게 실은 쾌락이 아니라고 한다면, 그건 도대체 뭘까? 그 답은 낯선 것에 대한 동경일 것이다. 그녀에게는 감탄스러울 만큼 솔직한 미국식으로 자신들의 모험담을 그녀에게 털어놓은 친구들이 있었는데, 심지어 점잖은 대학 캠퍼스에도 그런 친구들은 있었다. 이런 일들은 보통 유럽에서 일어났다. 잠시 동안의 남편의 부재가 잠시 성적으로 흥분할 수 있는 기회를 주었고, 그러고 나서 안도의 한숨을 내쉬며 집에 안전하게 있는 자신의 모습을 발견하게 되는 것이다. 그런데도 그들은 나중에 경험을 확장했다고 느꼈다. 남편이 잘 이해하지 못하는 프랑스 남자, 이탈리아 남자, 심지어—이런 경우도 있었다—영국 남자의 진짜 성격을 이해하게 되었다고 느낀 것이다.

메리 왓슨은 영국 여자로서 자신의 성적 경험이 한 명의 미국인에 한정되어 있음을 고통스럽게 인식했다. 대학에 있는 사람들은 다 그녀를 유럽 사람이라고 믿지만, 그녀가 아는 것은 모두 한 사람에게 한정되어 있었고, 그 사람은 미국의 거대한 서부 지역에는 관심이 없는 보스턴 시민이었다. 어떤 의미에서는 태생이 미국인인 그보다 미국인이 되기로 선택한 그녀가 더 미국적이었다. 아마 마찬가지로 그녀도 언젠가 앙티브에서 있었던 일을 그녀에게—분위기를 압도하면서—털어놓은 로망스어 교수의 부인보다도 덜 유럽적일 것이다. 그 일은 딱 한 번 있었다고 했다…… 안식년이 끝나서…… 남편이 집으로 돌아가기 전에 원고를 검토하느라 파리에 가 있는 동안에……

자신은 찰리의 유럽 모험이었을 뿐인 건 아닐까? 메리 왓슨은 가끔 그런 생각을 했다. 찰리가 실수로 집에 들어앉힌 모험의 상대가 아닐까? (그녀는 우리에 든 암호랑이인 척할 수 없었다. 하지만 사람들이 우리 안에 두는 것은 흰쥐나 앵무새 같은 더 작은 동물들이었다.) 그리고, 공평하게도, 찰리 역시 그녀의 모험, 그녀의 미국 모험이었다. 스물일곱 살 때 지저분한 도시 런던에서는 한 번도 만나 본 적 없는 그런 남자였던 것이다. 헨리 제임스가 그런 종류의 남자를 많이 그렸고, 그래서 그 시절에 그녀는 헨리 제임스의 소설을 엄청 많이 읽었다. '자신의 육체가 자신에게 별로 대수롭지 않으며, 자신의 감각과 욕구를 성가시게 조르지 않는 지적인 남자.' 그럼에도 그녀는 한동안 그 욕구를 자극하여 남편이 성가시게 조르게 만들었다.

그것이 그녀의 개인적인 미국 대륙 정복이었다. 교수 부인이 앙티브의 댄서에 관해 얘기했을 때(아니, 댄서라는 것은 그럴듯한 포장이었다. 그 남자는 마르샹 드 뱅*이었다), 그녀는 이렇게 생각했다. 내가 아는, 내가 존경하는 나의 사랑은 미국인이고, 난 그게 자랑스러워. 그러나 나중에 이런 생각이 떠올랐다. 미국인이라기보다는 그냥 뉴잉글랜드인? 한데 한 나라를 알기 위해서는 모든 지역을 성적으로 알아야 하는 걸까?

서른아홉의 나이에도 만족을 못 한다는 것은 좀 어이없는 일이었다. 그녀에게는 남편이 있었다. 제임스 톰슨에 관한 책은 대학출판부에서 발간될 것이고, 그러고 나면 찰리는 18세기 낭만주의 시에서 크게 방향을 바꿔 유럽 문학 속 미국의 이미지를 연구할 계획을 가지고

---

* marchand de vin. 프랑스어로 '와인 상인'이라는 의미.

있었다. 제목은 「이중의 성찰 : 유럽 풍경에 끼친 페니모어 쿠퍼의 영향 : 트롤럽 부인이 묘사한 미국의 이미지」가 될 것인데, 구체적인 내용은 아직 정해지지 않았다. 이 연구는 아마도 딜런 토머스가 미국 해안에 처음 도착하는 것으로 끝날 것이다. 도착지는 큐나드 부두나 아이들와일드 공항이 아닐까? 아무튼 그건 나중에 연구할 문제다. 그녀는 거울 속에 비친 자신의 모습을 다시 한 번 자세히 들여다보았다. 40대의 새로운 10년이 숨김없는 모습으로 그녀를—뉴잉글랜드 사람이 된 영국인을—쏘아보았다. 어쨌든 그녀는 아주 멀리 떠나오지는 않았다. 영국의 켄트에서 미국의 코네티컷으로 왔을 뿐이다. 이것은 단순히 중년의 육체적 동요가 아니야, 그녀는 속으로 외쳤다. 늙어 가는 것에 굴복하기 전에, 허망한 죽음의 확신에 굴복하기 전에 조금 더 멀리 보고자 하는 보편적 갈망이야.

2

다음 날 그녀는 용기를 내어 수영장까지 가 보았다. 바람이 강하게 불어서 거의 뭍으로 둘러싸인 항구에 파도를 일으켰다. 곧 허리케인이 부는 철이 닥칠 것이다. 그녀 주위의 모든 세상이 삐걱거렸다. 초라한 항구의 목재 버팀목, 형편없이 조그만 집들과 조립식 재료로 대충 뚝딱 만들어 단 것처럼 보이는 베니션 블라인드 모양의 널빤지 덧문, 맥없이 길게 늘어져 건들거리는 야자나무 가지들…… 수영장의 물도 항구의 파도를 축소해 놓은 것처럼 닮아 보였다.

그녀는 수영장에 혼자 있다는 사실이, 적어도 수영을 하려는 실질적인 목적으로 수영장에 있는 사람은 혼자라는 사실이 기뻤다. 물이 얕은 쪽 끝에서 코끼리처럼 자기 몸에 물을 끼얹고 있는 늙은 남자가 있긴 했지만 그 노인은 셈에 넣지 않았다. 그는 고독한 코끼리였다. 하마 무리의 일원이 아니었다. 만약 그 무리가 여기 있었다면 그들은 그녀를 향해 유쾌하게 소리 지르며 함께 어울리자고 했을 것이다. 그러면 수영장은 탁자와 달리 모두 함께 공유하는 곳이어서 그들로부터 거리를 두고 떨어져 있는 게 어려울 것이다. 그들은 심지어 그녀에게 적의를 품고 그녀를 물속에 밀어 넣으려 할지도 몰랐다. 마치 그런 놀이를 마냥 즐거워하는 어린 학생들이나 되는 듯이 가장하고서 말이다. 그러면 그녀는 꼼짝없이 수영복을 입었거나 버뮤다 반바지를 입은 그들의 두꺼운 허벅지들에 둘러싸이게 될 터였다. 그녀는 수영장 물에 떠 있으면서도 혹시 그들이 오지 않는지 귀를 기울이곤 했다. 그런 소리가 나면 곧바로 물에서 나올 작정이었지만, 오늘 그들은 섬 반대편에 있는 타워 아일에 갔는지 아무도 눈에 띄지 않았다. 아니, 타워 아일은 어제 가지 않았을까? 그 노인만이 일사병을 막기 위해 머리에 물을 끼얹으며 그녀를 지켜보았다. 그녀는 다행히 혼자였는데, 이것은 그녀가 여기 수영장에서 찾고자 한 모험 가운데 차선의 것이었다. 그렇지만 수영장 난간에 앉아 햇빛과 바람에 몸을 말리는 동안 그녀는 자신의 외로움이 얼마나 큰지 깨달았다. 그녀는 2주가 넘도록 흑인 웨이터와 시리아인 접수원 말고는 누구와도 얘기를 나누지 않았다. 곧 찰리도 그리워지겠지, 그녀는 생각했다. 이는 그녀가 모험을 하게 될 거라고 마음먹었던 것을 생각하면 창피스러운 결말이 아닐 수 없었다.

수영장 안에서 목소리가 들려왔다. "내 이름은 힉슬래프터라고 해요. 헨리 힉슬래프터." 그녀는 법정에서 그 이름에 대고 선서할 수는 없을 거라고 생각했다.* 그러나 그때는 그렇게 들렸지만, 그는 다시는 그 이름을 발설하지 않았다. 그녀는 흰머리에 둘러싸인 빛나는 적갈색 정수리를 내려다보았다. 그는 코끼리보다는 넵투누스를 더 닮은 것 같았다. 넵투누스는 언제나 거구의 신으로 나온다. 그가 말을 하려고 물 밖으로 몸을 내밀었을 때 그녀는 파란 수영복 위로 뱃살이 축 늘어져 있는 것을 보았다. 까칠한 머리는 도랑을 따라 자라는 잡초처럼 누워 있었다. 그녀는 즐거운 마음으로 대답했다. "제 이름은 왓슨이에요. 메리 왓슨."

"영국인인가요?"

"남편이 미국 사람이에요." 그녀는 에둘러 답변했다.

"부인의 남편분을 보지 못한 것 같은데요?"

"그이는 지금 영국에 있어요." 그녀는 조그맣게 한숨을 내쉬면서 말했다. 지리적, 국가적 상황은 대충 가볍게 설명하기에는 너무 복잡해 보였던 것이다.

"이곳이 좋은가요?" 그는 그렇게 묻고 나서 물을 손바닥으로 떠 벗어진 머리 위로 뿌렸다.

"그저 그래요."

"지금 몇 신가요?"

그녀는 가방 안을 들여다보며 말했다. "11시 15분이에요."

"난 30분 동안 여기 있었네요." 그는 그렇게 말한 다음 물이 얕은 쪽 끝에 있는 사다리를 향해 무겁게 걸음을 옮겼다.

한 시간 뒤, 대나무 술집에 앉아 먹고 싶은 마음이 들지 않는 커다란

---

* 이름에 '촌뜨기의 웃음'이란 뜻이 담겨 있다.

녹색 올리브가 든 미지근한 마티니를 응시하고 있을 때, 맞은편 끝에서 그녀를 향해 걸어오는 그의 모습이 어렴풋이 보였다. 그는 목 단추를 채우지 않은 평범한 셔츠 차림에 바지에는 갈색 가죽 허리띠를 매고 있었다. 신발은 어릴 때 코레스폰던트 슈즈*라고 불렸던 것과 같은 종류의 구두를 신었는데, 요즘에는 보기 힘든 것이었다. 그녀가 그를 낚은 것에 대해 찰리는 어떻게 생각할까, 그녀는 궁금했다. 의심할 나위 없이 그녀가 그를 낚은 것이었다. 무거운 걸 붙잡고서 낑낑대며 낚아 올렸더니 고작 낡은 부츠였다는 것을 알게 된 낚시꾼의 심정이었다. 그녀는 낚시꾼이 못 되었다. 부츠가 평범한 낚싯바늘을 완전히 못 쓰게 만들지 어떨지도 그녀는 알지 못했다. 하지만 **자신의** 낚싯바늘이 돌이킬 수 없이 손상될 수도 있다는 것은 알았다. 그녀가 이 노인과 함께 있으면 아무도 그녀에게 접근하지 않을 것이다. 그녀는 마티니를 단숨에 마셨다. 그리고 술집에 미적미적 남아 있을 구실을 없애기 위해 올리브까지도 먹어 치웠다.

"나와 술 한잔 함께할 수 있는 영광을 베풀어 주겠습니까?" 힉슬래프터 씨가 물었다. 그의 태도가 완전히 바뀌었다. 물속이 아닌 건조한 땅에서는 자신감이 부족한 듯했으며, 말도 예절을 갖춘 구식 말투로 했다.

"죄송스럽게도 저는 막 술 한 잔을 다 마셨어요. 이제 가 봐야 해요." 그녀는 그의 커다란 몸 안에 든, 실망스러운 눈초리를 한 부스스한 모습의 아이를 본 것 같은 생각이 들었다. "오늘은 점심을 좀 일찍 하려고요." 자리에서 일어난 그녀는 술집이 텅 비다시피 했는데도 바

* 두 가지 색을 사용하여 만든 옥스퍼드화.

586

보스럽게 덧붙였다. "제 자리에 앉으세요."

"나도 술을 많이 마시진 않아요." 그가 엄숙하게 말했다. "그냥 동석하고 싶었을 뿐이에요." 그녀는 바로 옆의 간이식당으로 걸음을 옮기면서 그가 자신을 지켜보고 있다는 것을 알았다. 그리고 죄의식을 약간 느끼며 생각했다. 아무튼 난 낚싯바늘에서 낡은 부츠를 떼어 냈잖아. 그녀는 토마토케첩을 곁들인 새우 칵테일을 거부하고 여느 때와 마찬가지로 그레이프프루트와 송어구이를 다시 주문했다. "제발 송어구이에 토마토를 곁들이지 마세요." 그녀가 부탁했지만, 흑인 웨이터는 그녀의 말뜻을 이해하지 못한 게 분명했다. 음식이 나오기를 기다리는 동안 그녀는 재미로 자신이 찰리와 힉슬래프터 사이에 있는 장면을 머리에 그려 보았다. 재미있는 이야기가 되도록 두 사람이 우연히 대학 캠퍼스를 함께 걷는 모습을 떠올렸다. '찰리, 이분은 헨리 힉슬래프터 씨예요. 자메이카에 있을 때 우린 함께 수영을 했답니다.' 항상 영국제 옷을 입는 찰리는 매우 키가 크고, 매우 마르고, 허리가 매우 잘록했다. 찰리가 결코 자신의 몸매를 잃지 않으리라는 것을 안다는 건 흐뭇한 일이었다. 찰리의 신경은 자신의 그런 몸매와 고도의 감수성이 늘 유지되도록 작동했다. 찰리는 비대한 것은 뭐든 싫어했다. 『사계절』에도 비대한 것은 없었고, 심지어 봄에 관한 시구에도 그런 것은 없었다.

그녀는 뒤에서 다가오는 느린 발소리를 듣고 당황했다. "같이 앉아도 될까요?" 힉슬래프터 씨가 물었다. 그는 정중한 태도를 되찾았지만, 그것은 말투뿐이고 행동은 그렇지 않았다. 그녀의 대답을 기다리지 않고 털썩 앉은 것이다. 그에게는 의자가 너무 작았다. 마치 1인용 침대 위에 2인용 매트리스를 얹은 것처럼 넓적다리가 의자를 완전히 덮었다. 그는 메뉴를 살펴보기 시작했다.

"미국 음식을 모방한 것들이에요. 그런데 진짜보다 더 안 좋아요."
메리 왓슨이 말했다.

"미국 음식을 싫어해요?"

"송어 요리에도 토마토가 나와요!"

"토마토? 아, 터메이토를 말하는군요." 그가 미국식으로 그녀의 발
음을 수정했다. "난 터메이토를 매우 좋아해요."

"그리고 샐러드엔 생파인애플이 들어 있어요."

"생파인애플엔 비타민이 많아요." 그는 마치 그들의 불일치를 강조
하고 싶어 하는 것처럼 새우 칵테일과 송어구이와 달콤한 샐러드를
주문했다. 아니나 다를까, 그녀의 송어구이가 나왔을 때 토마토도 놓
여 있었다. "괜찮다면 제 것을 드세요." 그녀의 말을 그는 기쁘게 받아
들였다. "당신은 매우 친절하군요. 정말 친절한 분이에요." 그가 올리
버 트위스트처럼 자신의 접시를 내밀었다.

그녀는 이상하게 노인에게 편안함을 느끼기 시작했다. 그게 가능한
모험이라고 여겼다면 덜 편안했을 게 틀림없고, 자신이 그에게―토마
토로―기쁨을 주었다고 확신할 수 있기 때문에 그에게 미치는 자신의
영향력이 궁금해진 것이리라. 그는 익명의 낡은 부츠라기보다는 신
기 편한 낡은 신발이라고 말하는 편이 더 적당할 것 같았다. 그런데 이
상하게도, 그가 먼저 접근했고 또한 그녀의 '토마토' 발음을 미국식으
로 수정해 주었음에도 그녀의 머리에 떠오르는 것은 낡은 미국 신발
이 아니었다. 찰리는 영국식 몸매에 영국 옷을 입고 18세기 영국 문학
을 연구하며 그의 책은 영국의 케임브리지 대학출판부에서 출판될 터
이지만, 그녀는 찰리가 힉슬래프터보다 훨씬 더 미국 신발에 가깝다

는 인상을 받았다. 더없이 예의 바른 찰리도 오늘 수영장에서 처음 만났다면 그녀에게 더 자세히 질문을 던졌을 것이다. 언제나 그녀의 눈에는 질문을 던지는 것이 미국식 사회생활의 주된 특징으로 보였다. 아마도 인디언들이 모닥불을 피우고 얘기하던 시절의 유산일 것이다. '어디 출신이오? 이러이러한 것들 아시오? 식물원에는 다녀왔소?' 힉슬래프터 씨는, 그게 정말로 그의 이름인지는 모르겠지만, 아마도 미국산 불량품일 거라는 생각이 갑자기 그녀의 머리에 떠올랐다. 그렇다고 그가 꼭 지하 매장의 할인점에서 보게 되는 유명 회사의 도자기 불량품보다 더 결함이 있는 것은 아니었다.

그가 토마토를 먹고 있는 동안, 그녀는 자기도 모르게 **그에게** 에둘러 질문하는 자신을 발견했다. "저는 런던에서 태어났어요. 물에 빠지지 않고서는 거기서 1천 킬로미터 이상 떨어진 곳에서 태어날 수는 없었을 거예요. 그렇지 않나요? 하지만 선생님은 폭과 길이가 수천 킬로미터나 되는 대륙에 속해 있죠. 어디서 태어나셨나요?" (그녀는 존 포드 감독이 만든 서부영화에서 한 인물이 "여보, 태생이 어디요?"라고 물었던 장면이 생각났다. 그 질문은 그녀의 질문보다 더 노골적이었다.)

그가 말했다. "세인트루이스요."

"아, 그렇다면 이곳에는 선생님의 고향에서 온 사람들이 많아요. 선생님은 혼자가 아니었군요." 그가 신나는 패거리의 일원일 거라는 생각에 그녀는 약간 실망했다.

"나는 혼자예요." 그가 말했다. "63호실에 있지요." 그 방은 부속 건물 3층에 있는 그녀의 방과 같은 복도에 있었다. 그는 나중을 위해 정보를 제공하듯이 분명하게 말했다. "부인 방에서 다섯 번째 방이에요."

"아."

"부인이 여기에 처음 온 날 그 방에서 나오는 걸 보았지요."

"저는 선생님을 뵌 적이 없어요."

"마음에 드는 사람을 만날 때가 아니면 주로 혼자 있거든요."

"세인트루이스에서 온 사람들 중에서는 마음에 드는 사람을 만나지 못하셨나요?"

"나는 세인트루이스를 별로 좋아하지 않아요. 그리고 세인트루이스도 나 없이 잘 굴러가잖아요. 난 세인트루이스의 아들이 아니에요."

"여기 자주 오시나요?"

"8월에는요. 8월엔 물가가 저렴하니까요." 그는 계속 그녀를 놀라게 했다. 처음에는 애향심이 부족하다는 사실을, 이번에는 돈에 대한 솔직함을 드러냈다. 돈이 별로 없다는 것을 솔직히 드러낸 셈이었다. 그 것은 비非미국적 언동이라 할 수 있는 솔직함이었다.

"맞아요."

"난 돈이 많이 들지 않는 곳에 가야 해요." 그가 카드놀이에서 상대에게 자신의 나쁜 패를 내보이듯이 말했다.

"은퇴하셨나요?"

"예, 은퇴했어요." 그러고 나서 덧붙였다. "부인, 샐러드를 챙겨 먹어야 해요…… 샐러드는 건강에 좋으니까요."

"전 그거 안 먹어도 건강한 편이에요."

"부인은 체중이 좀 불어도 될 것 같아요." 그는 칭찬하듯이 덧붙였다. "몇 킬로그램 정도는." 그녀는, 선생은 체중이 좀 빠져도 될 것 같아요, 라고 말해 주고 싶은 충동을 느꼈다. 두 사람 다 노출된 서로의 모습을 보고 있었다.

"사업을 하시나요?" 그녀가 궁금증을 참지 못하고 물었다. 그는 수영장에서 몇 가지 것을 물어본 이후로 그녀에게 개인적인 질문을 하지 않았다.

"어떤 의미에서는 그렇다고도 할 수 있겠네요." 그가 말했다. 그 자신의 일에 극도로 관심이 없다는 느낌이 들었다. 그동안 그녀가 알지 못했던 또 하나의 미국을 발견한 게 틀림없었다.

그녀가 말했다. "실례가 안 된다면 저는 이제 가 봐야……"

"디저트는 안 드시고?"

"예. 점심은 가볍게 먹는 편이라서요."

"디저트는 가격에 포함되어 있잖아요. 과일은 좀 먹어야 해요." 그는 흰 눈썹 아래 두 눈으로 그녀를 쳐다보았는데, 실망한 기색이 그녀의 몸에 와 닿았다.

"과일을 그다지 좋아하지 않는 데다 낮잠을 좀 자야 해서요. 저는 오후에 항상 낮잠을 잔답니다."

그녀는 식당을 걸어 나오면서 생각했다. 아마 저 사람은 내가 싼값으로 이용할 수 있는 걸 다 이용하지 않았다는 이유만으로 실망하고 있을 거야.

방으로 가는 도중에 그의 방을 지나쳤는데, 방문이 열려 있고 머리가 하얗게 센 큰 체구의 흑인 청소부가 침대를 정리하고 있었다. 그 방은 그녀의 방과 똑같았다. 똑같은 모양의 더블베드 한 쌍, 똑같은 옷장, 똑같은 위치에 놓인 똑같은 화장대, 똑같은 소리로 윙윙거리는 에어컨 소리…… 자기 방으로 온 그녀는 얼음물이 담긴 물병을 찾았으나 어디에도 없었다. 그래서 벨을 누르고 몇 분 동안 기다렸다. 그러나 8월에는 좋은 서비스를 기대할 수 없었다. 그녀는 복도를 걸어갔다. 힉슬래프터 씨의 방은 아직도 열려 있었다. 그녀는 청소부를 찾기 위해 방 안으로 들어갔다. 화장실 문도 열려 있었는데, 화장실 타일 바닥에는 젖은 걸레가 놓여 있었다.

그 방은 정말 썰렁하기 짝이 없었다. 적어도 그녀는 약간의 정성을 기울여 자기 방 침대 옆 탁자에 꽃 몇 송이와 사진 한 장, 책 대여섯 권을 놓아두었고, 그것은 방을 사람이 계속 머물고 있는 분위기로 만들어 주었다. 침대 옆에 놓인 거라곤 문학작품을 요약해서 소개한 잡지 한 권뿐으로, 펼쳐진 채 뒤집어져 있었다. 그녀는 처음에는 그 책이 칼로리나 단백질에 관한 책일 거라고 생각해서 그가 무엇을 읽는지 보려고 책을 뒤집었다. 편지가 있었다. 그는 화장대에서 편지를 쓰기 시작한 것이다. 그녀는 교양인으로서의 양심에 약간 거리낌을 느끼며, 복도에서 나는 어떤 소리도 들을 수 있도록 귀를 쫑긋 세운 채 편지를 읽기 시작했다.

'조에게.' 편지는 그렇게 시작했다. '지난달엔 수표가 2주나 늦어서 나는 정말 큰 어려움에 빠졌다. 그래서 퀴라소에서 여행자 중고품 가게를 운영하는 시리아인에게 돈을 빌리고 이자를 지불해야 했지. 너는 이자 비용으로 나한테 100달러를 주어야 한다. 그건 네 잘못이니까 말이다. 어머니는 우리에게 먹지 않고 살아가는 법을 가르쳐 주지 않았어. 다음번에 송금할 때는 그 금액을 더해서 수표를 보내길 바란다. 내가 돈을 받기 위해 그곳으로 돌아가는 걸 원치 않는다면 꼭 그렇게 해라. 나는 8월 말까지 여기 있을 거다. 8월엔 물가가 저렴하니까 말이다. 게다가 네덜란드, 네덜란드, 네덜란드…… 이제 난 네덜란드엔 신물이 난다. 여동생에게 안부 전해 줘.'

편지는 쓰다 만 채로 끝나 있었다. 어쨌든 누가 다가오는 소리가 복도에서 들려서 더 읽을 시간도 없었다. 그녀는 늦지 않게 문가로 갔고, 문턱에서 힉슬래프터 씨와 맞닥뜨렸다. "날 찾고 있나요?" 그가 말했다.

"청소부를 찾고 있어요. 조금 전에 여기 있었는데……"

"들어와 앉아요."

그는 화장실 문 안쪽을 쳐다보고 나서 방 안을 전반적으로 둘러보았다. 그의 시선이 잠시 쓰다 만 편지에 머물렀다는 생각이 든 것은 순전히 양심의 가책 때문이었을 것이다.

"청소부가 제 방에 얼음물을 갖다 놓는 걸 잊어버렸어요."

"내 것에 물이 들어 있으면 내 걸 가져가요." 그는 물병을 흔들어 보고 나서 그녀에게 건넸다.

"정말 고맙습니다."

"낮잠을 자고 난 뒤에……" 그가 말을 하면서 그녀에게서 고개를 돌렸다. 편지를 쳐다보고 있는 걸까?

"네?"

"같이 술 한잔 해요."

그녀는, 어떤 의미에서는, 덫에 걸렸다. 그녀가 말했다. "네."

"일어나면 전화 줘요."

"네." 그녀가 긴장한 목소리로 말했다. "선생님도 편히 주무세요."

"오, 나는 낮잠을 자지 않아요." 그는 그녀가 방을 나갈 때까지 기다리지도 않고 몸을 돌려서 그녀를 등지고 그 커다란 코끼리 엉덩이를 흔들흔들거리며 걸어갔다. 얼음물 한 병에 낚여서 덫으로 걸어 들어간 그녀는 자기 방으로 돌아와 마치 그 물은 자기가 마시던 것과는 다른 맛이 나는 물이거나 한 것처럼 조심조심 물을 마셨다.

그녀는 아무래도 잠을 이룰 수 없었다. 노인의 편지를 읽은 탓에 그녀는 그 뚱뚱한 노인과 개인적으로 아는 사이가 되어 버렸다. 그녀는 노인의 스타일을 찰리의 스타일과 비교하지 않을 수 없었다. '여보, 당신에게 잘 자라고 인사하고 난 뒤엔 당신을 생각하며 행복한 마음으로 잠자리에 들 거요.' 힉슬래퍼 씨의 스타일에는 모호함과 더불어 어딘지 모르게 위협의 기미도 있었다. 그 노인이 위험할 수나 있는 걸까?

5시 30분에 63호실로 전화를 했다. 그것은 그녀가 계획했던 것과 같은 모험이 아니었지만, 그럼에도 하나의 모험이었다. "일어났어요." 그녀가 말했다.

"한잔하러 오겠어요?" 그가 물었다.

"술집에서 뵐게요."

"술집은 안 돼요." 그가 말했다. "그들이 매긴 가격으로 버번을 마실 순 없어요. 필요한 건 여기 다 있는걸요." 그녀는 범죄 장면으로 인도된 것 같은 기분이 들었고, 그래서 그 방문을 두드리는 데 약간의 용기가 필요했다.

올드 워커 위스키 한 병, 얼음 통 하나, 소다수 두 병…… 그는 모든 것을 다 준비해 두고 있었다. 책과 마찬가지로 술도 방 분위기를 사람이 거주하고 있는 분위기로 만들어 준다. 그녀는 그를 자기 나름의 방식으로 고독감에 맞서 싸우는 남자로 보았다.

"앉아요. 편안하게 있어요." 노인이 영화에 나오는 인물처럼 말했다. 그는 하이볼 두 잔을 따랐다.

그녀가 말했다. "심한 죄책감이 드는 게 하나 있어요. 얼음물 때문에 여기 들어왔는데, 호기심이 생긴 거예요. 선생님의 편지를 읽었어요."

"누가 그걸 만졌다는 걸 알았어요." 그가 말했다.

"죄송합니다."

"난 신경 안 써요. 동생에게 보내는 편지였는걸요."

"그렇지만……"

"이봐요." 그가 말했다. "내가 만약 부인 방에 들어가서 편지가 펼쳐진 채로 놓여 있는 걸 보았다면 나도 그걸 읽었을 거예요. 안 그랬겠어요? 부인의 편지는 더 재미있겠죠."

"왜요?"

"난 연애편지를 쓰지 않아요. 전에도 써 본 적이 없어요. 지금은 늦기도 했고." 그녀가 하나뿐인 안락의자를 차지했고, 그는 침대에 걸터앉았다. 그의 배는 운동복 셔츠 속에서 두껍게 겹쳐져 있고, 바지 앞부분은 약간 열려 있었다. 왜 바지 앞 단추를 다 채우지 않고 빠뜨린 이들은 항상 뚱뚱한 사람들일까? 그는 "이건 좋은 버번이에요"라고 말하면서 단숨에 잔을 비웠다. "남편은 뭘 하는 분이에요?" 그가 물었다. 수영장에서의 질문 이후로 처음 하는 사적인 질문에 그녀는 깜짝 놀랐다.

"문학에 관한 글을 쓰고 있어요." 그러고 나서 그 상황에서는 무의미한 말을 덧붙였다. "18세기 시에 대해서요."

"아."

"선생님은 뭘 하셨어요? 일하시던 때의 직업 말이에요."

"이것저것요."

"지금은요?"

"이런저런 것들을 구경하고 지켜봐요. 때로는 부인 같은 사람과 얘기도 하고. 음, 아니에요. 이전엔 부인 같은 사람과 얘기를 나눈 적이 없었던 것 같네요." 만약 이런 말을 덧붙이지 않았다면 그의 말은 칭찬으로 들렸을 것이다. "교수 부인과 말이에요."

"《다이제스트》를 읽으세요?"

"아, 예. 책들이 너무 두꺼워요. 난 참을성이 없답니다. 18세기 시라…… 그러니까 그 시절에도 사람들이 시를 썼군요?"

그녀는 그가 자신을 놀리는 건지 어쩐지 미심쩍어하며 "예"라고 말했다.

"내가 학교 다닐 때 좋아했던 시가 한 편 있어요. 내 머리에 박힌 유일한 시지요. 롱펠로가 썼을 거예요. 롱펠로 시, 읽어 보았어요?"

"안 읽어 본 것 같은데요. 요즘 학교에서는 그 사람 시를 예전처럼 많이 가르치지 않는답니다."

"대충 이래요. '수염이 입술을 덮은 스페인 선원들, 아름답고 신비롭고 어쩌고 한 배들, 바다의 어쩌고저쩌고.' 이제 보니 머리에 단단히 박힌 것도 아니군요. 그렇지만 이 시는 60년 전이나 그보다도 더 전에 배운 것 같아요. 그때가 좋았지요."

"1900년 무렵이 좋았어요?"

"아니, 그게 아니고 해적들을 말한 거예요. 키드*와 푸른 수염의 사내와 그 동료들이 활동하던 시대 말이에요. 이 지역이 그들의 활동 무대였지요. 안 그래요? 카리브 해 지역 말이에요. 이곳에서 반바지 차

---

* 악명 높은 해적 윌리엄 키드(1645?~1701). 인도양의 해적을 진압하기 위해 출정한 영국 군인이었으나 자신도 해적이 되어 활약하다가 체포되어 교수형에 처해졌다. 각처에 보물을 숨겼다고 전해진다.

림으로 돌아다니는 여자들을 보는 건 일종의 고역이지요." 버번의 영향으로 그의 혀가 활기를 띠었다.

다른 사람에 대해 진정으로 호기심을 느껴 본 적이 없었다는 생각이 갑자기 그녀의 뇌리를 스쳤다. 그녀는 찰리와 사랑에 빠졌지만 찰리는 성적인 것 말고는 그녀의 호기심을 불러일으키지 않았고, 그녀는 그 상황에 아주 빨리 만족했다. 그녀가 물었다. "여동생을 사랑하세요?"

"예, 물론이죠. 왜요? 어떻게 내게 여동생이 있다는 걸 알았어요?"

"그럼 조는요?"

"내 편지를 읽은 게 틀림없군요. 조는 그저 그래요."

"그저 그래요?"

"형제들 관계가 어떻다는 걸 알잖아요. 내가 우리 집 맏이예요. 동생 한 명은 죽었어요. 여동생은 나보다 스무 살 아래지요. 재산은 조가 갖고 있답니다. 조가 여동생을 돌봐요."

"선생님은 재산이 없나요?"

"재산이 있었지만 난 그걸 관리하는 데 서툴렀어요. 그런데 우리가 내 얘길 하려고 여기 있는 건 아니잖아요."

"저는 궁금해요. 편지도 궁금해서 읽은 거고요."

"부인이요? 부인이 나에 대해 궁금해한다고요?"

"그럴 수 있잖아요. 안 그래요?"

그녀는 그를 혼란에 빠뜨렸다. 이제는 그녀가 우월한 지위에 있는 상황이 되었고, 그래서 덫에서 빠져나온 느낌이었다. 그녀는 자유로웠다. 원하는 대로 오갈 수 있었다. 조금 더 머무르는 쪽을 선택한다면, 그건 그녀 스스로의 선택이었다.

"버번 한 잔 더 할래요?" 그가 말했다. "아, 당신은 영국인이니 스카치위스키를 더 좋아하겠군요?"

"섞지 않는 게 더 좋아요."

"알았어요." 그는 그녀의 잔에 다시 술을 따랐다. "나는 가끔 잠시 이 건물을 벗어나 있고 싶은 생각이 들곤 해요. 길 아래로 좀 걸어 나가서 식사를 하는 건 어때요?"

"그건 좀 바보 같은 일 아닐까요?" 그녀가 말했다. "우린 이미 식사비가 포함된 호텔 비용을 다 지불했잖아요. 그렇죠? 게다가 결국 똑같은 메뉴일 거예요. 오스트레일리아 참돔 요리. 토마토."

"왜 토마토를 싫어하는지 모르겠군요." 그러나 그는 경제적으로 따지는 그녀의 건전한 판단에 대해서는 부인하지 않았다. 그녀가 함께 술을 마신 미국인 가운데 성공하지 못한 미국인은 그가 처음이었다. 누구나 길거리에서는 그런 사람들을 보았을 것이다. 하지만 빈민 구호소에 가는 젊은이들조차도 아직은 성공하지 못한 게 아니었다. 로망스어 교수는 아마도 대학 총장이 되기를 바랐을 것이다. 이처럼 성공은 상대적이긴 하지만, 성공은 성공인 것이다.

그는 한 잔 더 따라 주었다. 그녀가 말했다. "제가 선생님의 버번을 다 마시고 있네요."

"좋은 일에 쓰이고 있군요."

이제 그녀는 조금 취했다. 뭔가 관련이 있는 것처럼 **보이는** 무언가가 마음에 떠올랐다. 그녀가 말했다. "롱펠로의 그 시 말이에요. 거기에 이런 부분이 있을 거예요. '청춘의 생각은 길고 긴 사념.' 저도 어디선가 그걸 읽은 게 확실해요. 이 구절은 그 시의 후렴이에요. 그렇죠?"

"글쎄요. 기억이 안 나는군요."

"어릴 때 꿈이 해적이 되는 거였나요?"

그는 행복한 표정으로 씩 웃었다. "난 성공했지요. 한때는 조가 나를 그렇게 불렀으니까. '해적'이라고 말이지요."

"하지만 선생님은 어딘가에 묻어 놓은 보물이 없잖아요?"

그가 말했다. "조는 나를 잘 아니까 내게 100달러를 보내진 않을 거예요. 하지만 내가 정말 집으로 찾아올 것 같은 위협을 느낀다면 녀석은 내게 50달러를 보내겠지요. 그런데 이자는 사실 25달러에 불과하답니다. 녀석은 인색한 게 아니라 어리석은 거예요."

"왜죠?"

"내가 절대 거기로 돌아가지 않으리라는 것을 알았어야 하니까요. 난 여동생에게 상처를 주는 일은 조금도 하지 않을 거예요."

"제가 선생님께 같이 식사하자고 청하면 좋으시겠어요?"

"아니요. 그건 바람직한 일이 아니에요." 어떤 의미에서 그는 매우 보수적인 사람이었다. "부인이 말한 것처럼, 돈을 낭비해선 안 돼요." 올드 워커 병이 반쯤 비워졌을 때 그가 말했다. "오스트레일리아 참돔과 토마토일지라도 식사를 좀 하는 게 좋겠어요."

"힉슬래프터가 선생님의 진짜 이름인가요?"

"뭐 비슷해요."

그들은 오리처럼 서로의 발걸음에 맞추어 조심스럽게 아래층으로 내려갔다. 저녁 더위에 노출된, 격식을 갖춰 차려입어야 하는 식당에 앉아 있는 남자들이 넥타이를 맨 양복 차림으로 땀을 뻘뻘 흘렸다. 그녀와 노인은 대나무 술집을 통과하여 촛불을 밝힌 간이식당으로 들어갔다. 촛불이 더위를 증폭하는 듯했다. 옆자리에는 짧은 스포츠머리 젊은이 두 명이 앉아 있었다. 전에 보았던 이들은 아니었으나 같은 부류의 청년들이었다. 한 명이 말했다. "그가 뭔가 스타일을 가진 사람이란 걸 부정하진 않지만, 네가 테네시 윌리엄스를 **숭배한다** 해도……"

"동생이 선생님을 해적이라고 부른 이유가 뭔가요?"

"어릴 땐 흔히 그런 식으로 부르잖아요."

메뉴를 정해야 할 때가 되었을 때, 선택할 수 있는 거라고는 오스트레일리아 참돔과 토마토밖에 없어 보였다. 그녀는 이번에도 자신의 토마토를 그에게 주었는데, 아마 그도 그걸 예상한 듯했다. 그녀는 이미 습관의 사슬에 얽매이게 된 것이었다. 그는 노인이고, 그녀가 타당한 근거를 가지고 거부할 수 있을 만한 어떤 수작도 걸지 않았다. (어떻게 그 나이의 남자가 그녀 같은 여자에게 수작을 걸 수 있단 말인가?) 그럼에도 그녀는 벨트컨베이어에 내려섰다는 느낌이 들었다. 미래는 그녀의 수중에 있지 않았다. 그녀는 조금 두려웠다. 평소보다 훨씬 많은 양의 버번을 마시지 않았다면 더 두려웠을 것이다.

"좋은 버번이었어요." 그녀는 뭔가 말을 하려고 술에 대해 언급했다가 이내 후회했다. 그 말이 그에게 빌미를 준 것이다.

"자러 가기 전에 한잔 더 합시다."

"저는 많이 마셨어요."

"좋은 버번은 몸에 해롭지 않아요. 푹 잘 수 있게 해 줄 겁니다."

"저는 언제나 잘 자요." 그것은 거짓말이었다. 뭔가 사생활을 지키기 위해 남편이나 연인에게 하게 되는 대수롭지 않은 거짓말이었다. 테네시 윌리엄스에 대해 얘기했던 젊은이가 자리에서 일어났다. 키가 아주 크고 늘씬한 그는 몸에 달라붙는 검정 스웨터 차림이었다. 바지도 몸에 꼭 달라붙는 것이어서 작고 멋진 엉덩이의 윤곽이 드러나 보였다. 한 꺼풀 더 벗은 그의 몸을 상상하기란 어렵지 않았다. 만약 그녀가 몹시 추레하게 옷을 입은 뚱뚱한 노인을 동반하지 않고 거기 앉아 있었다면 젊은이는 그녀를 관심 있게 보았을까? 그녀는 궁금했다. 그럴 것 같지 않았다. 젊은이의 몸은 여성의 애무를 바랄 것 같지 않았다.

"난 안 그래요."

"뭐가요?"

"잠을 잘 자지 못해요." 내내 말이 없다가 예기치 않게 자기 자신을 드러낸 그의 이야기는 그녀에게는 충격으로 다가왔다. 마치 네모난 벽돌 같은 손 하나를 내밀어 그녀를 그에게로 끌어당기는 것만 같았다. 그는 그동안 무덤덤했고 그녀의 개인적인 질문을 회피했으며 그녀를 다독여 안도감이 들게 해 주었다. 그러나 그녀는 이제 자신이 입을 열 때마다 실수를 범하고 그를 더 가까이 불러들이는 처지에 빠진 것만 같았다. 버번에 대한 별 의도 없는 말조차도…… 그녀는 바보같이 말했다. "기후가 바뀌어서 그럴 거예요."

"기후가 바뀌다니요?"

"이곳과 거기…… 거기……"

"퀴라소? 이곳과 퀴라소의 기후는 별 차이 없다고 생각해요. 난 거기서도 잠을 이루지 못했어요."

"저에게 아주 좋은 약이 있어요……" 그녀가 경솔하게 말했다.

"당신은 잠을 잘 잔다고 하지 않았나요?"

"아, 언제나 잠이 안 올 때가 있는 법이죠. 소화가 안돼서 그럴 때도 있고요."

"그래요, 소화. 그건 당신 말이 옳아요. 소화엔 버번이 좋을 거예요. 식사를 다 마쳤으면……"

그녀는 간이식당 너머 대나무 술집을 바라보았다. 조금 전의 젊은

이가 데양슈* 하며 거기에 서 있었다. 그는 크렘드망트** 술잔을 자신과 친구의 얼굴 사이로 들고 있었는데, 술잔이 이색적인 색깔의 외알 안경처럼 보였다.

힉슬래프터 씨가 놀란 목소리로 말했다. "부인은 저런 부류를 좋아하지 않죠?"

"저런 사람들이 대화 상대로는 좋은 경우가 종종 있죠."

"아, 대화…… 부인은 대화를 좋아하나 보군요." 마치 그녀가 미국인이 아닌 사람은 달팽이나 개구리 뒷다리 요리를 좋아한다고 말한 것 같은 분위기였다.

"우리, 남은 버번을 대나무 술집에서 마시는 건 어때요? 오늘 저녁은 날씨가 좀 선선하네요."

"돈을 내고 저들의 잡담을 듣는다고요? 안 돼요. 위로 올라갑시다."

그는 다시 정중한 구식 예절로 돌아가, 그녀의 뒤쪽으로 와서 의자를 빼 주었다. 찰리조차도 그처럼 예의 바르지 못했다. 하지만 그것은 그녀가 대나무 술집으로 도피하려는 것을 막기 위한 예의나 결정 아니었을까?

그들은 함께 엘리베이터를 탔다. 어린 흑인 안내원이 라디오를 켜 놓고 있었다. 조그만 갈색 라디오에서 '어린양의 피'에 대해 설교하는 목사의 목소리가 흘러나왔다. 아마 일요일인 모양이었다. 그래서 주위에 일시적으로 사람들이 없었던 듯싶었다. 신나는 패거리가 떠난 뒤 또 다른 패거리가 오기까지의 그 중간 시점인 것이었다. 그들은 엘리베이터에서 내려 외딴섬에 버려진 기피 인물들처럼 텅 빈 복도로

---

* déhanche. 프랑스어로 '건들거리다'라는 의미.
** 박하 향이 나는 독한 술.

들어섰다. 그들을 따라 밖으로 나온 흑인 소년이 엘리베이터 옆에 있는 의자에 앉아 또 다른 엘리베이터 신호를 기다렸다. 그러는 동안에도 라디오의 목소리는 계속 어린양의 피에 대해 얘기했다. 그녀는 무엇을 두려워하고 있는 걸까? 힉슬래프터 씨는 방문을 막 열려고 했다. 그는 그녀의 아버지보다 훨씬 더 나이가 많은 노인이었다. 아버지가 아직 살아 계신다면 말이다. 아마 할아버지뻘쯤 될 터인데—그러므로 '저 소년이 우릴 보고 어떻게 생각하겠어요?'라는 핑곗거리는 끼어들 여지가 없었다—그런데도 그의 태도가 한결같이 온당하다는 게 놀랍기조차 했다. 그는 늙었지만, 그녀가 무슨 권리로 그를 '추잡하다'고 생각한단 말인가?

"빌어먹을 호텔 열쇠……" 그가 말했다. "열리질 않네."

그녀가 그를 대신해서 손잡이를 돌렸다. "문이 잠겨 있지 않은데요."

"내가 이러는 건 그 계집애 같은 녀석들을 보고 나서 마신 버번과 관련이 있는 게 틀림없소."

그러나 그녀는 이제 입술에 핑곗거리가 준비되어 있었다. "전 이미 너무 많이 마셨어요. 술을 깨려면 이제 자야 할 것 같아요." 그녀는 그의 팔에 손을 얹었다. "정말 고마웠습니다…… 멋진 저녁이었어요." 그녀는 그의 존재를 무시하는 것처럼, 그에게서 그녀가 가장 좋아했던 것들—모호한 성격, 롱펠로에 대한 기억, 겨우겨우 먹고사는 생활—을 무시하는 것처럼 자신의 말을 뒤에 남긴 채 복도를 빠른 걸음으로 걸어가면서 자신의 영국 악센트가 무척 모욕적으로 들렸으리라고 생각했다.

그녀는 자기 방 앞에 이르렀을 때 뒤를 돌아다보았다. 그는 방 안으로 들어가야 할지 말지 결정하지 못한 것처럼 복도에 서 있었다. 그녀의 머릿속에 어느 날 대학 교정에서 빗자루에 몸을 의지한 채 아직 쓸지 않은 가을 낙엽을 바라보던 노인 곁을 지나간 기억이 떠올랐다.

4

방에 들어온 그녀는 책을 꺼내 읽었다. 톰슨의 『사계절』이었다. 찰리가 편지에서 이 작품을 인용할 경우에 그녀가 잘 이해할 수 있도록 여기 올 때 함께 가져온 책이었다. 이 책을 펼쳐 본 것은 이번이 처음이었다. 썩 끌리는 책은 아니었다.

> 이제 떠오르는 해, 안개를 내쫓고
> 얼어붙은 서리, 햇살 앞에서 녹는다!
> 모든 잔가지, 모든 풀잎에 매달린
> 수많은 이슬방울 둥글게 반짝인다.

힉슬래프터 씨 같은 악의 없는 노인에게 이토록 겁을 낸다면 결정적인 진짜 모험은 어떻게 감당할 수 있을까, 하는 생각이 들었다. 그녀의 나이에는 '정신없이 사랑에 빠져들지'는 않는다. 그녀가 찰리를 신뢰하는 게 온당한 것처럼, 애석하게도 찰리가 그녀를 신뢰하는 것 역시 온당하다는 게 증명되었다. 시차 때문에 그는 지금 이 시간에 박물관을 떠나고 있거나, 또는 '어린양의 피'라는 설교가 암시하듯이 오늘이 일요일이라면 아마 호텔 방에서 집필 작업을 막 끝냈으리라. 찰리는 성공적으로 하루 일과를 마친 날이면 언제나 신제품 면도 크림 광고와 비슷하다는 느낌을 주었다. 일종의 은은한 불빛 같았던 것이다. 그녀는 그게 귀찮고 성가셨다. 후광을 두르고 사는 것 같아서였다. 그의 목소리도 평소와는 다른 음색을 띠었다. 그는 그녀를 '자기'라고 부르며 아랫사람 대하듯이 그녀의 엉덩이를 토닥이곤 했다. 그녀는 그가 실패해서 감정이 좀 예민해져 있을 때가 더 좋았다. 물론 아이디어가 잘 떠오르지 않는다거나 어린아이가 만족스럽지 못한 파티에서 느끼는 실망감으로 신경질을 부리는 것 같은, 그런 일시적인 실패에 한해서 그렇다는 말이다. 바위에 부딪혀 영원히 좌초되고 만 녹슨 배의 뼈대 같은 이 노인의 실패 같은 것을 말하는 게 아니었다.

그녀는 자신이 졸렬하다는 생각이 들었다. 도대체 30분쯤 함께 있는 것을 거절한 그녀의 행동을 정당화할 만한 어떤 위험이 그 노인에게 도사리고 있단 말인가? 노인은 그녀를 공격할 수 없을 것이다. 그것은 배가 좌초된 바위에서 스스로 빠져나와 '행운의 섬'을 향해 출항하는 것만큼이나 불가능한 일일 것이다. 그녀는 무의식 상태에 빠져들기를 바라며 반쯤 빈 버번 술병 앞에 혼자 앉아 있는 그의 모습을 그려 보았다. 그게 아니라면 지금 그는 동생에게 보낼 노골적인 공갈 편지를 마무리하고 있지 않을까? 그녀는 스스로에게 역겨움을 느끼면서 미래의 어느 날, 공갈꾼이자 '해적'인 노인과 함께 보낸 오늘 저녁의 일화로부터 자신이 어떤 이야기를 만들게 될지 생각해 보았다.

노인을 위해 그녀가 할 수 있는 일이 한 가지 있었다. 알약 한 병을 가져다주는 것이었다. 그녀는 실내복을 걸치고 다시 복도로 나가서 방을 하나하나 지나 63호실에 이르렀다. 그가 들어오라고 말했다. 문을 열자 침대 등만 켜 놓은 채 침대 모서리에 앉아 있는 그의 모습이 눈에 들어왔다. 그는 굵은 연보라색 줄무늬가 있는 구겨진 면 파자마를 입고 있었다. 그녀가 말을 꺼냈다. "제가 약을 가져왔는데……" 놀랍게도 그녀는 그가 울고 있는 것을 보았다. 그의 눈은 빨갰고, 뺨에 깃든 저녁 어둠은 이슬 같은 점들로 반짝였다. 그때까지 남자가 우는 모습을 본 것은 딱 한 번뿐이었다. 찰리가 자신의 첫 문학 에세이를 대학출판부가 출간하지 않기로 결정했을 때 눈물을 보였던 것이다.

"난 여종업원인 줄 알았어요." 그가 말했다. "내가 종업원을 부르는 벨을 울렸거든요."

"뭐가 필요해서요?"

"버번을 한잔 같이 할 수 있을 거라고 생각했지요." 그가 말했다.

"그렇게 간절히 바라신 거예요? 제가 잔 가져올게요." 술병은 여전히 화장대 위에 그대로 놓여 있었다. 두 개의 잔도 그대로였다. 그녀는 립스틱 자국으로 자신의 잔을 알아보았다. "여기 있어요." 그녀가 말했다. "드세요. 잠이 잘 올 거예요."

그가 말했다. "난 알코올중독자가 아니에요."

"물론이죠."

그녀는 그의 옆으로 다가가 침대에 앉았다. 그의 왼손을 잡았다. 메마르고 갈라진 손이었다. 그녀는 손톱 각질을 깨끗이 정리해 주고 싶은 마음이 들었는데, 생각해 보니 그것은 찰리를 위해 해 주던 일이었다.

"나는 누가 함께 있어 주기를 바랐어요." 그가 말했다.

"제가 여기 있잖아요."

"호출 등을 꺼 줄래요? 안 그러면 여종업원이 올 테니까."

"종업원이 올드 워커를 마시러 오다가 까맣게 잊어버리고 옆길로 샜나 보네요."

그녀가 문에서 돌아왔을 때 그는 이상하게 구부정한 자세로 베개에 등을 대고 누워 있었다. 그녀는 다시 난파하여 바위에 좌초된 배를 떠올렸다. 그의 발을 들어서 침대 위로 올리려 했는데, 발이 채석장 바닥에 있는 무거운 돌덩이 같았다.

"반듯이 누우세요." 그녀가 말했다. "그런 자세로는 잘 수 없어요. 퀴라소에서는 누구랑 같이 있으려면 어떻게 하나요?"

"그냥 이런저런 노력을 해요." 그가 말했다.

"버번을 다 드셨군요. 제가 불을 끌게요."

"부인에겐 솔직히 털어놓는 게 낫겠군요." 그가 말했다.

"뭘요?"

"난 어둠을 무서워해요."

나중에 내가 이 같은 사람을 두려워했었다는 생각을 하면서 빙그레 웃겠지, 하고 그녀는 생각했다. 그녀가 말했다. "선생님과 싸운 옛 해적들이 다시 돌아와서 선생님을 괴롭히나요?"

"한창 젊었을 때 나쁜 짓을 좀 했지요." 그가 말했다.

"안 그런 사람이 있나요?"

"해당 국가에 인도되어야 하는 죄를 지은 건 없어요." 마치 정상을 참작해 달라는 듯이 그가 말했다.

"이 알약을 드시면……"

"가지 않을 거죠? 아직은?"

"네. 선생님이 잠드실 때까지 여기 있을게요."

"나는 며칠 동안이나 당신에게 말을 걸고 싶었어요."

"고마운 얘기네요."

"믿을진 모르겠지만…… 내게는 그런 용기가 없어요." 만약 눈을 감고 들었더라면 아주 젊은 사람이 말하는 것처럼 들렸을지도 모른다. "나는 부인 같은 사람을 잘 몰라요."

"퀴라소엔 저 같은 사람이 없나요?"

"없어요."

"알약을 아직 들지 않았네요."

"깨어나지 못할까 봐 두려워요."

"아침에 일어나서 할 일이 많은가요?"

"그게 아니라 영원히 깨어나지 못할까 봐……" 그는 뭔가를 찾듯이, 마치 본능적으로 의지할 것을 필요로 하는 사람처럼, 음란한 생각 없이 손을 뻗어 그녀의 무릎을 만졌다. "내가 왜 이러는지 말해 줄게요. 부인은 모르는 사람이니 말할 수 있어요. 나는 주위에 아무도 없이 어둠 속에서 죽어 가는 게 두려워요."

"어디 편찮은 데가 있나요?"

"모르겠어요. 병원엘 가지 않으니까. 나는 의사를 좋아하지 않아요."

"그런데 왜 그런 생각을……?"

"나는 일흔이 넘은 사람이에요. 성경책에 나올 법한 나이지요. 그러니 언제 무슨 일이 일어날지 몰라요."

"선생님은 100살까지 사실 거예요." 그녀가 이상한 확신을 가지고 말했다.

"그러면 엄청 긴 시간을 두려움과 함께 살아야겠지요."

"그 때문에 우신 거예요?"

"그건 아니에요. 부인이 잠시 나와 함께 있어 줄 거라고 생각했는데, 갑자기 가 버린 거예요. 그 일로 내가 실망했나 봐요."

"퀴라소에서는 혼자셨던 적이 없었어요?"

"혼자 있지 않으려고 돈을 좀 썼지요."

"여종업원에게 돈을 지불한 것처럼요?"

"뭐, 그런 식이지요."

그녀는 자신이 삶의 터전으로 선택한 거대한 대륙의 속살을 처음으로 발견한 것 같은 기분이었다. 미국은 찰리였고 뉴잉글랜드였다. 그녀는 책과 영화를 통해 자연경관을 알았다. 예컨대 로웰 토머스가 특유의 상투적인 방식으로 제작하여 오색사막*과 그랜드캐니언의 격을 떨어뜨린 대형 시네라마 영화를 통해 알게 되었던 것이다. 마이애미에서 나이아가라 폭포까지, 케이프코드에서 퍼시픽팰리세이즈까지, 어디에도 미스터리는 없었다. 모든 요리 접시에 토마토가 나왔고, 모든 잔에 코카콜라가 나왔다. 어디의 누구도 실패나 두려움을 인정하지 않았다. 실패와 두려움은 '은폐된' 죄 같은 것이었고—죄는 매혹적인 부분이라도 있지만 이것들은 그런 것도 없으므로 아마 죄보다도 더 나쁠 것이다—나쁜 취향이었다. 그러나 여기 브룩스브라더스**와는 거리가 먼 줄무늬 파자마를 입고 침대 위에 뻗어 있는 노인은 부끄러움 없이, 미국 악센트로 실패와 두려움을 얘기했다. 그녀는 마치 뭔가 재앙이 닥친 후의 먼 미래에 살고 있는 듯한 기분이 들었다.

그녀가 말했다. "저는 비매품이었나요? 올드 워커만으로 **저를** 유혹하려 하셨잖아요."

그는 골동품 넵투누스 같은 머리를 베개에서 약간 들어 올리며 말했다. "난 죽음이 두렵지 않아요. 갑작스러운 죽음도 안 두려워요. 정

---

* 선명한 빛깔의 암석으로 유명한 미국 애리조나 주의 고원지대.
** 전형적인 미국 스타일의 의류 브랜드.

말이에요. 난 죽음을 찾아 여기저기를 기웃거렸지요. 죽음은 확실한 것이어서 어김없이 다가오지요. 세무조사원처럼……"

그녀가 말했다. "이제 주무세요."

"잠이 안 와요."

"아니에요, 주무실 수 있을 거예요."

"부인이 내 곁에 좀 더 있어 준다면……"

"곁에 있을게요. 편안하게 누워 계세요." 그녀는 그의 옆, 이불 바깥자리에 누웠다. 몇 분 후에 그가 깊이 잠든 것을 보고 그녀는 불을 껐다. 그는 몇 차례 끙끙거렸고, 한 번은 "부인은 날 잘못 봤어요"라는 말까지 했다. 그 뒤로는 얼마 동안 움직임도 소리도 전혀 없이 죽은 사람처럼 있어서 그사이에 그녀도 잠이 들었다. 잠에서 깨어났을 때 그녀는 그의 숨소리를 통해 그도 깨어 있다는 것을 알았다. 그가 그녀로부터 떨어져 있어서 두 사람의 몸은 닿지 않았다. 그녀가 손을 뻗었다. 그가 흥분해 있다는 것을 알았지만, 전혀 불쾌한 느낌이 들지 않았다. 마치 한 침대 속 그의 옆에서 많은 밤을 보낸 것만 같은 느낌이었다. 그가 어둠 속에서 조용히, 갑작스럽게 그녀에게로 와서 성교를 했을 때 그녀는 만족스러운 한숨을 가만히 내쉬었다. 죄책감은 없었다. 며칠 지나면 체념한 부드러운 모습으로 찰리에게 그리고 찰리의 사랑의 기술에게로 돌아갈 것이다. 그녀는 이 만남의 덧없음에 약간, 그러나 진지하지 않게 울었다.

"왜 그래요?" 그가 물었다.

"아니에요. 아무것도 아니에요. 여기 더 있었으면 좋겠어요."

"조금 더 있다 가요. 동이 틀 때까지 있어요." 그리 긴 시간은 아닐 것이다. 그들은 이미 카리브 해 지역의 무덤들처럼 주위에 서 있는 가구들의 잿빛 윤곽을 어렴풋이 분간할 수 있었다.

"네, 그럴게요. 동이 틀 때까지 여기 있을게요. 내 말은 그런 뜻이 아니었어요." 그의 몸이 그녀로부터 미끄러지듯 벗어나기 시작했다. 그것은 마치 그가 그녀의 미지의 자식을 저 멀리 퀴라소 쪽으로 데려가 버리는 것만 같았고, 그래서 그녀는 그를, 그녀가 거의 사랑했다 할 수 있는 겁먹은 뚱뚱한 노인을 다시 붙들었다.

그가 말했다. "나는 절대 이럴 생각이 없었어요."

"알아요. 말씀하지 마세요. 이해해요."

"아무튼 우린 공통점이 많은 것 같아요." 그가 말했다. 그녀는 그가 조용히 있게 하려고 그 말에 동의했다. 동이 텄을 무렵에 노인은 깊이 잠들었고, 그래서 그녀는 그를 깨우지 않고 침대에서 내려와 자기 방으로 갔다. 그리고 문을 잠그고 결연히 가방을 꾸리기 시작했다. 이제는 떠날 시간이었다. 다시 새로운 일정을 시작할 시간이었다. 나중에 노인을 생각할 때, 두 사람 모두에게 8월의 자메이카는 값싼 곳이었다는 사실을 제외한다면 자신들의 공통점으로 무엇을 떠올릴 수 있을지 그녀는 궁금했다.

충격적인 사고
A Shocking Accident

1

　화요일 오전, 제롬은 2교시와 3교시 사이 쉬는 시간에 사감 선생님의 호출을 받고 사감실로 갔다. 그는 선도위원이었기 때문에 곤란한 일을 겪게 될지 모른다는 두려움을 느끼지는 않았다. 선도위원이란 학비가 다소 비싼 사립 예비학교의 학교 소유주나 교장 선생님이 기초 단계에서 신뢰할 만한 학생으로 인정하여 선발한 학생에게 부여하는 명칭이었다(선도위원 단계를 거쳐 수호자가 되고, 마지막으로 졸업 전에 말버러 학교나 럭비 학교* 진학이 기대되는 십자군 전사**가

---

* 영국의 명문 사립 중등학교. 말버러 학교는 옥스퍼드셔 주의 우드스톡에, 럭비 학교는 워릭셔 주의 럭비에 있다.

될 수 있었다). 사감 선생님인 워즈워스 씨는 곤혹스럽고 걱정스러운 표정으로 책상 뒤에 앉아 있었다. 제롬은 방에 들어서면서 그런 표정의 원인이 자신일 것이라는 이상한 느낌이 들었다.

"제롬, 앉거라." 워즈워스 씨가 말했다. "삼각법은 잘돼 가니?"

"예, 선생님."

"제롬, 전화를 한 통 받았단다. 네 고모님한테서 말이야. 너에게 안 좋은 소식이구나."

"뭔데요, 선생님?"

"아버지가 사고를 당하셨다는구나."

"아."

워즈워스 씨는 약간 놀라며 그를 바라보았다. "심각한 사고야."

"어떤 사고요, 선생님?"

제롬은 아빠를 숭배했다. 숭배했다는 표현은 정확한 것이었다. 인간이 신을 재창조했듯이, 제롬은 아빠를 재창조했다. 집에 가만히 있지 못하는 홀아비 작가를 먼 곳—니스, 베이루트, 마요르카, 심지어 카나리아 제도까지—을 여행하는 신비한 모험가로 재창조한 것이다. 여덟 살 생일 무렵에 제롬은 아빠가 '총을 밀수입하는' 사람이거나 영국 첩보 기관에서 일하는 사람이라고 믿었다. 지금 그의 머릿속에는 아빠가 '기관총 세례'를 받고 부상당했을지 모른다는 생각이 떠올랐다.

워즈워스 씨는 책상에 놓인 자를 만지작거렸다. 그는 무슨 말을 해야 할지 몰라 당황한 것 같았다. 그가 말했다. "아버지가 나폴리에 가신 거 알고 있지?"

** 모범생으로 선발된 학생에게 부여하는 마지막 단계의 명칭.

"예, 선생님."

"네 고모님께서 오늘 병원에서 소식을 받으셨다는구나."

"아."

워즈워스 씨는 억지로 힘을 내서 말했다. "길거리에서 일어난 사고란다."

"그래서요, 선생님?" 제롬이 생각하기에 사람들은 기관총 세례를 받은 것을 길거리에서 일어난 사고라고 하는 모양이었다. 물론 경찰이 먼저 총을 쏘았을 것이다. 아빠는 어쩔 수 없는 마지막 수단이 아니라면 인간의 목숨을 빼앗을 사람이 아니기 때문이다.

"아버지가 정말 심각하게 다치셨단다."

"아."

"제롬, 사실은 어제 돌아가셨어. 고통 없이."

"그 사람들이 아빠의 심장을 쏘았나요?"

"응? 뭐라고 말한 거니, 제롬?"

"그 사람들이 아빠의 심장을 쏘았느냐고요."

"아버지에게 총을 쏜 사람은 없다, 제롬. 돼지가 아버지에게 떨어졌단다." 워즈워스 씨의 얼굴 신경에 뭐라 설명할 수 없는 경련이 일었다. 잠시, 정말로 그가 웃으려는 것처럼 보였다. 그는 눈을 감고 얼굴의 씰룩거림을 가라앉히면서 가능한 한 빨리 내뱉어야 하는 이야기를 뱉어 내듯이 재빨리 말했다. "아버지께서 나폴리의 거리를 걸어가시는데 돼지 한 마리가 위에서 떨어졌단다. 충격적인 사고였어. 나폴리의 못사는 지역에서는 사람들이 돼지를 발코니에서 기르는 모양이다. 이번엔 5층에서 떨어졌단다. 너무 비대해져서 발코니가 부서져 버렸대. 그래서 그 돼지가 아버지에게 떨어진 거야."

워즈워스 씨는 재빨리 책상에서 일어나 창가로 걸어가서 제롬에게서 등을 돌렸다. 감정이 북받친 듯 그의 몸이 약간 들썩거렸다.

제롬이 말했다. "돼지는 어떻게 됐어요?"

2

제롬이 냉담해서 그런 게 아니었다. 워즈워스 씨는 그렇게 이해하고 동료들에게 말했지만 말이다(그는 심지어 제롬이 여전히 선도위원을 하기에 적합한 학생인지에 대해 동료들과 토론을 하기도 했다). 제롬은 구체적인 상황을 제대로 이해하기 위해 그 이상한 장면을 시각화하려 했을 뿐이었다. 그는 눈물을 짜는 아이가 아니라 생각이 많은 아이였다. 예비학교에 다니는 동안 아버지가 죽은 상황이 희극적이라는 생각이 든 적은 한 번도 없었다. 그것은 여전히 인생의 수수께끼의 일부였다. 나중에 퍼블릭 스쿨에서 첫 학기를 보내면서 가장 친한 친구에게 그 이야기를 했을 때에야 그는 그 일이 남들에게 어떤 영향을 끼치는지 깨닫기 시작했다. 그 이야기를 털어놓은 뒤 그는 자연스럽게, 하지만 다소 부당하게 돼지로 알려졌다.

불행히도 고모는 유머 감각이 없었다. 피아노 위에는 확대한 아버지의 스냅사진이 놓여 있었다. 큰 체구의 우울한 남자가 어울리지 않는 검은 양복을 입고 (일사병을 막기 위해) 우산을 든 채 카프리 섬의 파랄리오네 바위를 배경으로 포즈를 취하고 있었다. 열여섯 살이 되니 제롬은 그 사진의 주인공이 첩보 기관의 요원이라기보다는 『햇빛과 그늘』 『발레아레스 제도에서의 산책』을 쓴 작가처럼 보인다는 것을 잘 알게 되었다. 그럼에도 그는 아버지에 관한 기억을 사랑했다. 그는 여전히 그림엽서가 든 앨범을 가지고 있었고(우표는 오래전에 물에 불려 떼어 내서 따로 수집해 놓았다), 고모가 낯선 사람에게 아버지의 죽음에 관한 얘기를 꺼내면 몹시 마음이 아팠다.

"충격적인 사고였어요." 고모는 그렇게 시작하곤 했다. 그러면 낯선 사람은 정색을 하며 관심을 보이고 위로의 말을 건넬 준비를 했다. 그 두 가지 반응은 물론 가식적인 것이었다. 그러나 제롬이 끔찍해하는 것은 고모가 두서없이 얘기를 하는 도중에 갑자기 그 관심이 진짜가 되는 것을 보는 일이었다. "어떻게 그런 일이 문명국에서 허용될 수 있는지 난 상상이 안 돼요." 고모는 그렇게 말하곤 했다. "사람들은 이탈리아를 문명국으로 여기잖아요. 물론 외국에 나가면 온갖 일들이 다 일어날 수 있다는 각오를 해야 하는 건 맞아요. 내 남동생은 대단한 여행가였지요. 늘 물 여과기를 가지고 다녔답니다. 그게 병에 든 광천수를 사 먹는 것보다 비용이 훨씬 적게 들었으니까요. 동생은 늘 그 여과기 덕에 아낀 돈으로 저녁 식사 때 와인을 마신다고 했지요. 그것만 봐도 그 애가 얼마나 신중한 사람이었는지 알 수 있을 거예요. 하지만 수로 박물관으로 가는 도중, 도토레마누엘레파누치 거리를 걸어가고 있을 때 돼지가 떨어져 그 애를 덮치리라는 걸 누가 예상할 수 있었겠어요?" 그때가 바로 그 관심이 진짜가 되는 순간이었다.

제롬의 아버지는 유명한 작가가 아니었다. 그러나 작가가 죽고 나면 으레 누군가가 《타임스 리터러리 서플러먼트》에 작가의 전기를 준비하고 있다는 사실을 알리는 편지를 쓰는 것을 해 볼 만한 일로 생각하는 때가 오는 듯싶다. 전기를 집필하는 데 필요하니 편지나 문서 같은 게 있으면 보여 주고 고인과의 일화를 들려 달라고 고인의 친구들에게 요청하는 것이다. 물론 그런 전기는 대부분 나오지 않는다. 그러한 모든 일이 막연한 형태의 협박이 아닐까 하는 생각이 들기도 하고, 많은 미래의 전기 작가나 학위 논문 작성자가 그런 일에서 캔자스 대학이나 노팅엄 대학에서의 학업을 마치는 수단을 찾는 건 아닐까 하는 생각이 들기도 한다. 그러나 제롬은 공인회계사가 되었고, 문학계와는 멀리 떨어져 살았다. 그는 그런 위협이 실은 아주 사소한 것이거나, 또는 아버지처럼 잊힌 작가 같은 경우에는 위험한 시기가 오래전에 지나갔다는 것을 깨닫지 못했다. 때때로 그는 아버지의 죽음에 담긴 희극적인 요소를 최소화하기 위하여 그 일에 관해 이야기하는 방법을 연습했다. 정보 제공을 거부하는 일은 아무 소용이 없을 것이다. 그럴 경우 전기 작가가 고모를 찾아갈 게 틀림없었다. 고모는 엄청 많은 나이에도 쇠잔해지는 기미 없이 건강하게 살아 계셨다.

제롬이 생각하기에 두 가지 가능한 방법이 있는 것 같았다. 첫 번째는 부드럽게 사고로 옮아감으로써, 그 사고에 대해 얘기할 순간이 되었을 때는 듣는 사람이 이미 준비가 된 상태여서 죽음이 크게 놀랄 일이 아닌 것으로 다가가게 하는 방법이었다. 그 이야기에서 웃음이 터져 나올 주된 위험 요소는 예기치 않게 갑자기 놀라는 것이었다. 자신의 방법을 연습했을 때 제롬은 적당히 지루해지는 것을 느꼈다.

'나폴리에 고층 다세대주택이 있는 거 아니? 언젠가 누가 나폴리 사람들에겐 늘 뉴욕이 편하게 느껴진다는 말을 해 주더군. 토리노와 런던, 두 도시 모두 강이 아주 비슷하게 흘러서 토리노 사람들이 런던을 편하게 느끼는 것처럼 말이야. 어디까지 얘기했더라? 아, 그래, 나폴리. 못사는 지역의 그 고층 다세대주택 발코니에 뭐가 있는지 알면 놀랄 거야. 세탁물이나 침구류? 그런 것들이 있는 게 아니고 가축 같은 게 있어. 닭도 있고, 심지어 돼지도 있어. 물론 이 돼지들은 전혀 운동을 못 해서 더 빨리 비대해지지.' 그는 이때쯤 이야기를 듣는 사람의 눈이 반짝이는 것을 상상할 수 있었다. '나는 돼지가 얼마나 무거운지는 몰라. 그러나 이 낡은 건물들은 당장 수리가 필요할 정도로 심각한 상태야. 어떤 건물의 5층 발코니가 부서져서 돼지 한 마리가 밑으로 떨어졌어. 그놈은 도중에 3층 발코니에 부딪치면서 튕겨 나와 길거리로 떨어지게 됐어. 아버지는 수로 박물관에 가시는 중이었는데, 그때 그 돼지가 아버지를 덮친 거야. 그 높이에서, 그 각도로 떨어지며 아버지의 목을 부러뜨린 거지.' 이것은 본질적으로 흥미로운 주제를 지루하게 만드는 매우 훌륭한 대본이었다.

제롬이 연습한 또 다른 방법은 간결함의 미덕을 지닌 것이었다.

'아버지가 돼지 때문에 돌아가셨어.'

'정말? 인도에서?'

'아니, 이탈리아에서.'

'흥미롭군. 난 이탈리아에서도 산돼지 사냥을 하는 줄 몰랐네. 아버님이 말을 타고 창을 쓰는 솜씨가 좋으셨어?'

때가 되었을 때, 마치 공인회계사로서의 능력을 발휘하여 통계를 연구하고 평균값을 취한 것처럼 너무 이르지도 않고 늦지도 않은 때에, 그는 약혼을 하게 되었다. 상대는 스물다섯 살 먹은 상냥하고 청순한 여자로, 그녀의 아버지는 피너에서 의사로 일했다. 이름은 샐리고, 가장 좋아하는 작가는 여전히 휴 월폴이었으며, 다섯 살 때 눈이 움직이고 눈에서 물이 나오는 인형을 받은 이후로 아기들을 무척이나 좋아했다. 그들의 관계는 공인회계사의 사랑답게 짜릿하다기보다는 서로 만족스러워하는 편안한 관계였다. 사랑 때문에 회계사 업무가 지장을 받았다면 결코 그렇게 편안한 관계가 못 되었을 것이다.

그러나 한 가지 불안한 생각이 제롬의 뇌리를 떠나지 않았다. 자신도 1년 안에 아빠가 될지 모르는 상황이 되자 그는 돌아가신 아버지에 대한 사랑의 감정이 커졌다. 그리고 아버지가 보내 준 그림엽서에 담긴 애정을 깨달았다. 그는 자신의 기억을 지키고 싶은 마음이 간절했는데, 샐리가 아버지의 죽음에 대한 이야기를 들었을 때 경박스럽게 웃음을 터뜨린다면 과연 자신의 이 조용한 사랑이 계속 유지될 수 있을지 의문이 들었다. 제롬이 그녀를 고모에게 소개하는 저녁 식사 자리에 데려가면 어쩔 수 없이 그 이야기가 나올 것이다. 그는 몇 차례 직접 그녀에게 그 얘기를 하려 했고, 그녀는 당연하게도 그를 무겁게 짓누르는 이야기를 가능한 한 다 알고 싶어 했다.

"당신이 아주 어렸을 때 아버지가 돌아가셨나 봐요?"

"겨우 아홉 살이었지."

"참 안됐다." 그녀가 말했다.

"난 학교에 있었는데, 사감 선생님이 그 소식을 알려 주셨어."

"그 소식을 듣고 아주 힘들었어요?"

"기억나지 않아."

"어떻게 돌아가셨는지 한 번도 얘기해 주지 않았잖아요."

"갑작스럽게 돌아가셨어. 길거리에서. 사고로."

"당신은 절대 차를 빨리 몰지 않을 거죠, 제미?" (그녀는 그를 '제미'라고 불렀다.) 두 번째 방법―그가 '산돼지 사냥법'이라고 생각하는 방법―을 시도하기에는 너무 늦어 버렸다.

그들은 등기소에서 조용히 결혼식을 올리고 토키로 신혼여행을 떠날 예정이었다. 그는 결혼식 일주일 전까지 그녀를 데리고 고모 집에 가는 것을 피했다. 그러나 결국 그날은 왔다. 그는 자신의 불안이 아버지에 대한 추억에서 비롯된 것인지, 아니면 자신의 사랑을 보호하려는 마음에서 비롯된 것인지 자문하지 않을 수 없었다.

그 순간은 너무도 빨리 왔다. "이분, 제미의 아버지세요?" 샐리가 우산을 든 남자의 사진을 집어 들며 말했다.

"맞아. 어떻게 그럴 거라고 생각했니?"

"눈과 이마가 제미랑 너무 닮으셔서요."

"제롬이 아버지의 책을 네게 보여 주던?"

"아니요."

"내가 결혼 선물로 네 시아버지 책을 한 권씩 주마. 자기 여행 얘기를 아주 잔잔하게 썼지. 내가 가장 좋아하는 건 『구석진 곳』이라는 작품이야. 장래가 촉망되는 작가였는데…… 그 충격적인 사고가 다 망쳐 버렸어."

"네?"

제롬은 그 방을 나가고 싶은 마음이 간절했다. 사랑하는 사람의 얼굴이 우스움을 참지 못하고 일그러지는 것을 보고 싶지 않았다.

"난 커다란 돼지가 그 애를 덮친 후에 그 애의 독자들이 보낸 편지를 적잖이 보관하고 있단다." 고모는 전에 없이 갑작스럽게 그 말을 꺼냈다.

기적이 일어났다. 샐리는 웃지 않았다. 샐리는 고모가 그 이야기를 하는 동안 겁에 질린 눈을 크게 뜨고 앉아 있었고, 이야기가 끝나자 이렇게 말했다. "너무 끔찍한 일 아니에요? 어떻게 그런 일이…… 마른 하늘에 날벼락 같은 일이에요."

제롬의 마음에 기쁨이 차올랐다. 그녀가 그의 두려움을 영원히 진정시켜 준 것만 같았다. 집으로 돌아가는 택시 안에서 그는 그 어느 때보다 더 열정적으로 그녀에게 키스했고, 그녀도 그에 열렬히 응했다. 그녀의 연푸른 눈동자에는 아기들이 있었다. 눈알을 굴리면서 눈물짓는 아기들이 있었다.

"여보, 일주일 전에 그 얘길 들었을 때," 제롬이 말했다. 그녀가 그의 손을 꼭 쥐었다. "무슨 생각이 떠올랐는지 말해 줄래?"

"그 가엾은 돼지는 어떻게 됐을까, 궁금했어요." 샐리가 말했다.

"틀림없이 저녁 식탁에 올랐겠지." 제롬이 흐뭇하게 말하며 사랑스러운 아이에게 다시 한 번 키스했다.

보이지 않는 일본 신사

The Invisible Japanese Gentlemen

일본 신사 여덟 명이 벤틀리 식당에서 저녁으로 생선 요리를 먹고 있었다. 그들은 드문드문 이해할 수 없는 자기들의 말로 얘기를 나누면서 변함없이 정중한 미소를 띤 표정으로 종종 가볍게 고개를 까닥였다. 그들 중 한 사람만 빼고 모두 안경을 쓰고 있었다. 그들 너머 창가 자리에 앉은 예쁜 여자가 이따금 그들을 흘끗 쳐다보곤 했지만, 그녀 자신의 문제가 너무 심각해서 자기와 자기 동반자 외에는 이 세상 그 누구에게도 관심을 깊게 기울이지 않는 것처럼 보였다.

그녀의 머리는 숱이 많지 않은 금발이었고, 미니어처 같은 달걀 모양의 얼굴은 섭정시대*의 여인처럼 예쁘고 작았다. 하지만 말하는 투

---

* 영국에서는 조지 3세 말기에 훗날 조지 4세가 되는 왕세자가 병든 부왕을 대신하여 섭정을 한 시기(1811~1820)를 가리킨다.

는 까칠했다. 로딘 스쿨이나 첼트넘 여자대학에서 익힌 억양인 듯했는데, 학교를 졸업한 지 얼마 되지 않아 보였다.* 그녀는 남자들이 주로 끼는 인장이 새겨진 반지를 넷째 손가락에 끼고 있었는데, 내가 자리에 앉을 때 일본 신사들 너머에서 그녀가 말하는 소리가 들렸다. "알겠지만 우린 다음 주에 결혼할 수 있을 것 같아."

"그래?"

그녀의 동반자는 조금 심란한 것 같았다. 사내는 두 사람의 잔에 샤블리 와인을 채우고 말했다. "물론 그렇긴 하지만 어머니가……" 나는 그들의 대화를 잘 들을 수 없었다. 가장 나이 들어 보이는 일본 신사가 상체를 앞으로 기울인 채 미소 띤 표정으로 고개를 끄덕이면서 처음부터 끝까지 새가 나직이 지저귀는 것처럼 말을 했고, 나머지 사람들은 미소 띤 얼굴로 그에게로 몸을 기울인 채 귀 기울여 들어서 나도 그 사람에게 주의를 기울이지 않을 수 없었던 것이다.

여자의 약혼자는 신체적으로 그녀와 비슷했다. 두 개의 미니어처가 하얀 목판 위에 나란히 놓여 있는 모습이 상상되었다. 사내는 넬슨 제독의 해군에서 젊은 장교로 일했으면 좋았을 것이다. 그 시절에는 어떤 종류의 약점과 예민함은 승진에 장애가 되지 않았으니 말이다.

그녀가 말했다. "그 사람들이 나에게 선인세를 500파운드 주기로 했어. 그리고 그들은 페이퍼백 출판권을 이미 팔았어." 나는 귀가 번쩍 뜨이는 그 말에 깜짝 놀랐고, 그녀가 나와 같은 직업을 가진 사람이라는 사실에도 깜짝 놀랐다. 그녀는 나이가 많아 봤자 스무 살이 넘지 않을 것 같았다. 그녀는 더 나은 삶을 누릴 자격이 있었다.

---

* 11~18세 여학생들이 다니는 통학 및 기숙이 가능한 유명 사립학교. 로딘 스쿨은 남부의 브라이턴 근교에, 첼트넘 여자대학은 남서부의 글로스터셔 주 첼트넘에 있다.

사내가 말했다. "하지만 우리 삼촌은……"

"당신은 삼촌이랑 잘 맞지 않아. 이렇게 해서 우린 독립적인 생활을 하는 거야."

"**당신은** 독립적인 생활이 가능하겠지." 그가 내키지 않는 투로 말했다.

"와인 일은 당신한테 맞지 않아. 안 그래? 내가 당신에 관해서 출판사와 얘기해 보았는데, 아주 좋은 기회가 있대. 당신이 책을 읽기 시작만 한다면……"

"하지만 난 책에 관해서는 아는 게 하나도 없어."

"처음엔 내가 도와줄 거야."

"우리 어머니는 글을 쓰는 일은 빛 좋은 개살구라고……"

"500파운드와 페이퍼백 출판권의 절반은 옹골찬 살구야." 그녀가 말했다.

"이 샤블리 와인, 괜찮지?"

"괜찮은 것 같아."

나는 사내에 대한 견해를 바꾸기 시작했다. 사내는 넬슨의 해군다운 특징이 없었다. 그는 패배할 운명이었다. 그녀는 그의 배에 올라탄 다음, 이물에서 고물까지 샅샅이 훑으며 그를 공격할 태세였다. "당신, 드와이트 씨가 뭐라고 말했는지 알아?"

"드와이트가 누군데?"

"당신, 내 말 귀담아듣지 않은 거야? 내 책 출판인. 그분이 말하길, 자기는 지난 10년 동안 이처럼 뛰어난 관찰력을 보여 준 데뷔작을 보지 못했대."

"굉장하군." 그가 우울하게 말했다. "굉장해."

"그분은 제목만 좀 바꾸자고 했어."

"그래?"

"『면면히 흐르는 강』이 마음에 들지 않나 봐. 그분은 『첼시의 석양』으로 제목을 붙이고 싶어 해."

"당신은 뭐라고 했어?"

"동의했지. 데뷔작은 편집자의 마음에 들도록 노력해야 한다고 생각하니까. 특히 지금은 우리의 결혼 비용을 그분이 대 줄 테니까 말이야. 안 그래?"

"무슨 말인지 알겠어." 그는 멍한 표정으로 자신의 와인을 포크로 저었다. 어쩌면 약혼 전에는 늘 샴페인을 사 마셨는지도 모른다. 일본 신사들은 생선 요리를 다 먹고 나서 아주 짧은 영어로, 그러나 매우 공손하게 중년의 웨이트리스에게 신선한 과일 샐러드를 주문했다. 젊은 여자가 그들을 향해 눈길을 던진 다음, 이어 나에게로 눈길을 옮겼다. 하지만 그녀는 우리를 본 게 아니라 미래를 보았을 뿐이라는 생각이 든다. 나는 『첼시의 석양』이라는 데뷔작에 근거한 미래에 대해 그녀에게 경고해 주고 싶은 마음이 굴뚝같았다. 나는 사내의 어머니 편이었다. 굴욕적인 생각이긴 하지만, 나는 아마 사내의 어머니와 비슷한 나이일 것이다.

나는 그녀에게 이렇게 말해 주고 싶었다. 당신의 출판인이 진실을 말하고 있다고 확신해? 출판인도 사람이야. 때때로 젊음과 아름다움의 미덕을 과장할 수 있지. 『첼시의 석양』이 5년 후에도 읽힐까? '성공 없는 기나긴 패배'에도 불구하고 오랜 세월 각고의 노력을 기울일 준비가 되어 있어? 세월이 흘러도 글쓰기는 더 쉬워지지 않을 거고, 매일매일의 노력은 점점 더 견디기 힘들어질 것이며, 그 같은 '관찰력'은 약화될 거야. 그러다가 40대의 나이에 이르면 당신은 장래성이 아니라 그동안의 성과로 평가받게 되겠지.

"다음 작품은 생트로페*에 관한 게 될 거야."

"당신이 거기 가 본 적이 있는 줄 몰랐어."

"가 본 적 없어. 정말 중요한 건 참신한 눈이야. 나는 우리가 거기서 6개월 정도 지낼 수 있을 거라고 생각했지."

"그때쯤이면 선인세가 별로 남아 있지 않을 텐데."

"선인세는 말 그대로 선인세일 뿐이야. 판매량이 5천 부가 넘으면 15퍼센트를, 1만 부 이상부터는 20퍼센트를 인세로 받아. 그리고 물론 다음 작품이 마무리되면 다른 선인세도 받게 될 거야. 『첼시의 석양』이 잘 팔리면 더 많은 돈을 받게 되겠지."

"만약 잘 안 팔리면?"

"드와이트 씨가 잘 팔릴 거라고 했어. 이런 일은 그분이 잘 아시거든."

"우리 삼촌은 처음엔 1,200파운드를 주겠다고 했어."

"하지만 자기야, 그럼 당신은 생트로페에 어떻게 갈 건데?"

"당신이 생트로페에서 돌아왔을 때 결혼하는 게 더 나을 것 같아."

그녀가 거칠게 말했다. "『첼시의 석양』이 아주 잘 팔리면 난 안 돌아올 수도 있단 말야."

"아."

그녀가 나를 보고, 일본 신사들을 보았다. 이어 와인을 마저 마신 다음 말했다. "우리, 싸우고 있는 거야?"

---

* 프랑스 남부 지중해 연안의 휴양지.

"아니."

"난 다음 작품의 제목을 생각해 뒀어.『하늘빛 푸른색』."

"하늘빛이 푸른색 아닌가."

그녀는 실망스러운 표정으로 사내를 쳐다보았다. "당신, 소설가와 결혼하고 싶지 않은 거 아냐?"

"아직 소설가 아니잖아."

"난 타고난 소설가라고 드와이트 씨가 말했어. 관찰력하며……"

"맞아. 그 얘긴 전에 했어. 그렇지만 당신, 집에서 좀 더 가까운 곳에서 관찰하면 안 될까? 여기 런던에서 말이야."

"『첼시의 석양』에서 그렇게 했잖아. 난 같은 걸 되풀이하고 싶지 않아."

얼마 전부터 그들 옆에 계산서가 놓여 있었다. 사내는 돈을 내려고 지갑을 꺼냈는데, 그녀가 재빨리 계산서를 잡아챘다. "이건 기념으로 내가 낼게."

"무슨 기념?"

"물론『첼시의 석양』기념이지. 자기는 근사한 남자이긴 한데 가끔…… 그래, 가끔 소통이 안되는 느낌이 들 때가 있어."

"괜찮다면…… 내가 내고 싶은데……"

"아냐, 이건 내가 낼 거야. 물론 드와이트 씨가 내는 것이기도 하고."

그는 그녀에게 양보했다. 바로 그때 일본 신사 두 사람이 동시에 뭐라고 말을 하며 갑작스럽게 멈춰 서서 서로를 향해 고개를 숙였다. 문간에서 서로 길을 막기라도 한 듯한 모습이었다.

나는 두 젊은이가 서로 잘 어울리는 미니어처 같다는 생각을 했었지만, 사실은 퍽 대조적인 성격의 남녀였다. 같은 유형의 아름다움이라도 약함이 들어 있을 수도 있고 강함이 들어 있을 수도 있다. 그녀가 섭정시대에 살았다면 아마 마취제의 도움 없이 아이 열둘은 거뜬히 낳았을 것이다. 반면에 사내는 나폴리에서 처음 만난 검은 눈의 여인에게 쉽게 넘어갔을 것이다. 언젠가 그녀의 서가에 그녀가 쓴 열두어 권의 책이 놓이는 날이 올까? 그 책들 역시 마취제 없이 태어나야 한다. 나는 『첼시의 석양』이 실패작으로 판명되어서 결국 그녀는 사진 모델로 일하고, 사내는 와인 사업으로 세인트제임스 지역에서 굳건히 자리 잡기를 바라는 심정이 되었다. 나는 그녀를 자기 세대의 험프리 워드 부인* 같은 인물로 생각하고 싶지 않았다. 내가 그걸 확인할 수 있을 때까지 오래 살지는 않겠지만. 나이가 많으면 아주 많은 두려움이 현실화되는 것을 보지 않고 떠날 수 있다는 이점이 있다. 나는 드와이트가 어느 출판사 사람인지 궁금했다. 나는 그이가 이미 작업을 끝냈을, 그녀의 투박한 관찰력에 관한 광고 문구를 상상할 수 있었다. 그이가 영리한 사람이라면 뒤표지에 그녀의 사진을 넣을 것이다. 출판인뿐 아니라 비평가 역시 사람이고, 게다가 그녀는 험프리 워드 부인처럼 생기지 않았으니 말이다.

　나는 두 젊은이가 식당 뒤쪽으로 가서 외투를 찾으며 하는 말을 들을 수 있었다. 사내가 말했다. "일본인들이 떼로 모여서 여기서 뭘 하는 거지?"

　"일본인?" 그녀가 말했다. "무슨 일본인. 자기는 종종 너무 어벌쩡해서 나랑 결혼하고 싶지 않은 것 같다는 생각이 들게 해."

---

* 험프리 워드 부인으로 알려진 메리 오거스타 워드(1851~1920)는 영국 빅토리아 시대 후기에 활발하게 활동한 소설가이자 사회사업가로, 종교와 사회문제 등 당대의 문제를 다루었으나 여성 참정권 확대에는 반대했다. 올더스 헉슬리의 이모이기도 하다.

생각하면 끔찍한 것
Awful When You Think of It

맞은편 자리에 놓인 고리버들 광주리에서 아기가 나를 쳐다보며 눈을 찡긋하자—기차가 지나는 곳은 레딩과 슬라우 사이 어디쯤이었다—나는 불안해졌다. 마치 아기가 나의 은밀한 호기심을 알아차린 것만 같았다.

우리가 별로 변하지 않는다는 사실은 끔찍한 것이다. 칼자국과 잉크 얼룩으로 더럽혀진 옆 책상을 썼던 옛 친구를 40년 만에 길에서 만났을 때, 그에 대한 달갑지 않은 기억으로 걸음이 쉬 떨어지지 않는 경우가 종종 있다. 심지어 아기일 때도 우리는 자기 안에 미래의 모습을 담고 있다. 옷은 우리를 바꾸지 못한다. 옷은 우리 성격의 유니폼이고, 성격은 코의 모양이나 눈의 표정만큼이나 별로 바뀌지 않는다.

기차에서 어린 아기의 얼굴을 들여다보면서 어른이 되었을 때의 모습―술집에서 빈둥거리는 사람, 여기저기 싸돌아다니는 사람, 화려한 결혼식의 단골손님―을 그려 보는 것은 나의 오랜 취미였다. 그저 납작한 모자나 회색 실크 모자를 씌우고, 애처롭거나 말쑥하거나 유쾌한 유니폼을 입혀 보는 상상을 하는 것으로 충분했다. 나는 내 이런 우월한 지혜로 (아기들은 알지 못한다) 관찰하는 아기들에 대해서 언제나 어떤 경멸감을 느꼈다. 그런데 지난주에 한 아기는 놀랍게도 내가 관찰하고 있다는 것을 알아차렸을 뿐 아니라, 세월이 흐른 뒤의 자기 모습에 대해 내가 생각하는 것을 자신도 알고 있다는 듯한 신호를 되돌려 주었다.

아기는 잠시 혼자 남게 되었다. 맞은편 자리에 앉은 젊은 엄마가 자리를 비운 것이었다. 젊은 엄마는 빙그레 미소 지으며 잠시만 아기를 봐 달라는 무언의 신호를 내게 보냈었다. **아기에게 어떤 위험이 있을 수 있겠는가?** (아기 엄마는 그의 성별에 대해 나보다 덜 확신하는 것 같았다. 물론 그녀는 기저귀 속의 모양을 알고 있지만, 모양은 속일 수 있다. 인체 부위가 바뀐다. 수술이 행해진다.) 그녀는 내가 본 것을 보지 못했다. 삐딱하게 쓴 중산모와 팔 위쪽의 우산을 보지 못한 것이다. (분홍색 토끼 무늬 포대기 속의 팔은 아직 또렷하지 않았다.)

아기 엄마가 객실을 빠져나가자 나는 아기 바구니를 향해 몸을 기울이며 아기에게 질문을 했다. 나는 그 이전에는 그 같은 연구를 해 본 적이 없었다.

"너, 뭐 마시겠니?" 내가 말했다.

그가 희고 진한 거품 침을 뱉었다. 거품 침 가장자리가 갈색이었다. 이렇게 말하고 있는 게 틀림없었다. '쓴 맥주 한 잔.'

"최근엔 네 모습이 안 보이더라. 예전 그곳에 말이야." 내가 말했다.

그가 곧바로 빙긋 미소 지었다. 미소가 가시자 다시 윙크를 했다. 이렇게 말하고 있는 게 분명했다. '나머지 반쪽을 찾아서?'

이번에는 내가 거품 침을 불었다. 우리는 같은 언어로 얘기하고 있는 것이었다.

그가 고개를 약간 한쪽으로 돌렸다. 자기가 지금 하려는 말을 누가 듣지 않기를 바라는 것이었다.

"무슨 할 얘기가 있니?" 내가 물었다.

내 말뜻을 오해하지 마시라. 내가 원하는 정보를 얻으려는 건 아니었다. 물론 나는 분홍색 토끼 무늬 포대기 속에 있는 그의 허리를 볼 수는 없었지만, 그가 더블 조끼를 입었으며 내가 떠올린 길과는 아무 관계도 없다는 것을 잘 알고 있었다. 언제라도 그의 엄마가 돌아올 수 있기 때문에 나는 서둘러 말했다. "내 거간꾼은 드루스, 데이비스, 버로스야."

그가 핏발 선 눈으로 나를 쳐다보았다. 그의 입가에 한 줄기 침이 고이기 시작했다. 내가 말했다. "아, 그 애들이 썩 좋은 애들은 아니라는 건 나도 알아. 아무튼 당장은 직업여성을 만나라고 걔들이 권하더라."

그가 높은 소리로 고통스럽게 울었다. 바람이 불어서 그렇게 울었다고 착각할 사람도 있을 것이나, 나는 그 이유를 잘 알았다. 그의 클럽에서는 딜 워터*를 제공하지 않아도 되었던 것이다. 내가 말했다. "있잖아. 나는 그게 온당치 않다고 생각해." 그러자 그가 울음을 그치고 거품 침을 불었다. 조그맣고 하얗고 진한 거품 침이 그의 입술에 고였다.

* 유아용 배앓이 약.

나는 즉시 그 의미를 알아차렸다. "내가 한 잔 쏠게." 내가 말했다. "독한 술로 하겠니?"

그가 고개를 끄덕였다.

"스카치위스키?" 내 말을 믿을 사람이 거의 없으리란 것을 알지만, 그는 정말 고개를 약간 들고 분명히 내 시계를 바라보았다.

"스카치위스키를 마시기엔 조금 이른 시간이라고?" 내가 말했다. "그럼 핑크 진?"

나는 그의 대답을 기다릴 필요가 없었다. "큰 걸로 만들어 줘요." 내가 상상 속의 바텐더에게 말했다.

그가 내게 거품 침을 뱉었고, 그래서 나는 덧붙였다. "핑크는 빼고."

"자," 내가 말했다. "널 위해서. 행복한 미래를 위해서." 우리는 서로를 향해 만족스럽게 미소 지었다.

"네가 무슨 조언을 해 줄지 모르겠지만," 내가 말했다. "담배는 틀림없이 낮은 가격을 유지할 거야. 1930년대 초반에 임피리얼 담배가 80펜스나 했다는 걸 생각해 봐. 그런데 지금은 60펜스 이하로 구입할 수 있잖아…… 요즘의 암 공포는 오래가지 못할 거야. 사람들에겐 즐거움이 있어야 하니까."

'즐거움'이라는 말에 그가 은밀히 주위를 살피면서 다시 윙크했고, 나는 초점에서 벗어난 얘기를 한 것 같다는 걸 깨달았다. 어쨌든 시장 상황은 그가 쉽게 얘기할 수 있는 화제가 아니었다.

"어제 아주 재미있는 이야기를 들었어." 내가 말했다. "한 남자가 지하철을 탔는데, 어떤 예쁜 여자의 스타킹 한쪽이 내려가는 걸 보았대……"

그가 하품을 하며 눈을 감았다.

"미안." 내가 말했다. "난 새로운 농담인 줄 알았어. 네가 얘기 하나 해 줘."

여러분은 그 젠장맞을 아기가 기꺼이 그렇게 해 주리라고 생각하는 가? 그러나 그는 자신의 농담에 도취하는 부류에 속했고, 따라서 말을 하려고 할 때 그저 웃기만 할 수 있을 뿐이었다. 그는 웃음 때문에 얘기를 꺼내지 못했다. 그는 웃다가 윙크하다가 다시 웃었다. 참으로 좋은 이야기였을 게 틀림없었다. 나는 그 기운을 받아 일주일 동안은 즐겁게 밖에서 식사할 수 있을 것이다. 그가 아기 바구니 속에서 손발을 씰룩거렸다. 분홍색 토끼 무늬 포대기 밖으로 손을 꺼내려고 애쓰는 것이었는데, 그럼에 따라 웃음이 사라졌다. 그가 이렇게 말하는 소리가 내 귀에 들리는 듯했다. '여보게 친구, 나중에 얘기해 줄게.'

그의 엄마가 객실 문을 열고 들어왔다. 그녀가 말했다. "아기를 참 잘 보시는군요. 친절을 베풀어 주셔서 정말 고마워요. 아기들을 좋아하세요?" 그녀가 내게 감사의 표정—입가와 눈가에 사랑의 주름이 만들어졌다—을 지어 보여서 나는 필요한 위선을 섞어 따뜻한 대답을 해 주고 싶은 충동을 느꼈다. 그러나 그때 아기의 차갑고 매서운 눈길과 마주쳤다.

"사실은," 내가 말했다. "그렇지 않아요. 정말 좋아하는 건 아니에요." 나는 아기의 퉁명스러운 푸른 시선 앞에서 적절한 말을 할 기회를 다 놓친 채 침을 흘렸다. "어떤 상황인지 아실 거예요…… 전 애가 없어요…… 그렇지만 물고기들은 좋아해요……"

나는 어떤 면에서는 보상을 받았다고 생각한다. 아기는 계속해서 거품 침을 불었다. 만족스러운 모양이었다. 어쨌든 친구가 된 녀석의 엄마에게 치근대는 것은 사내가 할 짓이 아니었다. 그 녀석이 같은 부류의 사람이라면 특히 더 그렇다―갑자기 나는 25년의 세월이 지난 뒤에 그가 어떤 부류에 속하게 될 것인지 어쩔 수 없이 알아 버렸다. '나는,' 그가 지금 또렷이 말하고 있었다. '항상 더블로 마셔.' 나로서는 그렇게까지 오래 살지 않기를 바랄 뿐이었다.

크롬비 선생
Doctor Crombie

내 삶의 불행한 상황은 크롬비라는 의사 선생님을 떠올리게 했다. 더불어 나의 뇌리에 어렸을 때 그와 나누었던 대화들이 떠올랐다. 그는 유별난 견해를 지니고 있다는 게 널리 알려지기 전까지는 교의校醫였다. 학교를 그만두게 된 뒤로 얼마 지나지 않아 그의 환자는 그 자신만큼이나 유별난 노인들 몇으로 줄어들었다. 그중에는 영국계 이스라엘 사람인 파커 대령, 고양이를 스물다섯 마리나 기르는 미스 워렌더, 국가 부채를 국가 수익으로 전환하는 시스템을 창안한 호러스 터너라는 사람이 있었던 것으로 기억난다.

크롬비 선생님은 학교에서 800미터 떨어진 킹스로의 시골집에서 혼자 살았다. 다행히도 그에게는 약간의 비근로 소득이 있어서 말년에는 오로지 문서 작업—《랜싯》이나 《영국 의료 저널》에 투고할 긴 논문들이었는데, 채택된 적은 한 번도 없었다—만 하게 되었다. 텔레비전 시대가 도래하기 훨씬 전이었다. 만약 그 시절에 텔레비전이 있었다면 특정 화제를 다루는 프로그램에서 그를 위해 한 부분을 할애했을 수도 있을 테고, 그랬더라면 그의 견해가 뱅크스테드 지역에서 두서없이 떠도는 소문을 넘어 더 많은 대중에게 좀 더 체계적으로 전달되었을 것이다. 그러면 결과가 어찌 되었을지 누가 알겠는가? 그는 진지한 자세로 얘기를 하는 사람이었으니까 말이다. 내가 어렸을 때 그의 생각은 나에게 상당히 그럴듯하게 다가왔던 게 틀림없다.

헨리 8세 치세 때 문법학교로 시작했던 우리 학교는 20세기에 들어서면서 《퍼블릭 스쿨 연감》에 이름을 올리게 되었다. 우리 학교에는 기숙사 생활을 하지 않고 집에서 통학하는 아이들이 많았는데, 나도 그중 한 명이었다. 뱅크스테드는 런던에서 기차로 고작 한 시간 거리였기 때문이다. 게다가 예전의 '런던미들랜드앤드스코티시 철도' 시절에는* 통근자나 통학생을 위한 기차가 자주 있었고 속도도 빨랐다. 아이들이 다트무어 감옥의 죄수들처럼 한 번에 수개월 동안 격리된 생활을 하는 기숙학교에서는 크롬비 선생님의 견해가 한결 천천히 알려졌을 것이다. 방학을 맞아 집에 돌아갈 무렵이면 아이들은 특이하고 별난 일들을 다 잊어버리기 일쑤였고, 영국 곳곳에 흩어져 살면서 아이들과 비슷하게 격리된 생활을 하는 부모들 역시 함께 모여 어떤 특이한 이야기들을 확인해 볼 수 없었을 것이다. 하지만 뱅크스테드는 달랐다. 뱅크스테드에서는 학부모들이 공동체 생활을 하고 노래 모임에 참여했다. 그러나 이곳에서도 크롬비 선생님의 생각이 알려지기까

* 1948년 국유화되었다.

지는 오랜 시간이 걸렸다.

교장 선생님은 진보적인 생각을 지닌 사람이어서 열세 살에 아이들이 초등학교에서 올라오면 부모의 동의를 받아 크롬비 선생님이 아이들에게 연설을 하게 했다. 그에 따라 크롬비는 개인위생의 문제 및 학생들 앞에 놓인 위험에 대해서 소집단별로 연설했다. 나는 그에 관해서는 희미한 기억밖에 없다. 낄낄거리는 아이들과 얼굴을 붉히는 아이들과 뭔가를 떨어뜨린 것처럼 교실 바닥을 응시하는 아이들이 있었다는 기억이 흐릿하게 남아 있을 뿐이다. 하지만 나는 크롬비 선생님의 분명하고 솔직한 성격과, 머리가 허옇게 센 뒤로도 오래도록 즐겼던 흡연으로 누렇게 변색된 우울해 보이는 콧수염과, 금테 안경을 생생히 기억한다. 금테는 언제나 나에게, 파이프와 마찬가지로 나는 절대 가질 수 없는 정직하고 강직한 인상을 준다. 나는 그가 한 말을 거의 이해하지 못했다. 그러나 나중에 부모님에게 그가 얘기한 '손으로 혼자서 하는 것'이 무슨 뜻이냐고 물었던 것을 기억한다. 외아들인 나는 혼자 노는 일에 익숙했다. 예를 들면 장난감 기차를 가지고 놀 때도 나는 번갈아 가며 기관사, 철도 신호원, 역장 등이 되었는데, 나를 도와줄 사람이 필요하다는 생각은 들지 않았다.

어머니가 요리사에게 할 얘기가 있는데 잊고 있었다며 나와 아버지만 남겨 두고 자리를 떴다.

"크롬비 선생님이 그러셨는데요," 내가 말했다. "그게 암을 일으킨대요."

"암을?" 아버지가 되물었다. "그 사람이 제정신으로 한 말이 확실해?" (그 시절은 엄청난 광기의 시기였다. 활력 상실이 신경쇠약으로 이어지고, 신경쇠약이 우울증이 되고, 결국에는 우울증이 정신이상이 되었다. 무슨 이유에선지 이런 현상은 결혼 이전에 나타나고 결혼 이후에는 나타나지 않는다고 했다.)

"암이라고 했어요. 치료할 수 없는 병이라고요."

"이상한 말이군!" 아버지가 말했다. 아버지는 장난감 기차를 가지고 노는 것은 괜찮다고 나를 안심시켰고, 그래서 크롬비 선생님의 이론은 몇 년 동안 내 머릿속에서 사라지고 없었다. 나는 아버지가 그 이야기를 어머니 말고 다른 사람에게 했을 거라고는 생각하지 않는다. 어머니에게도 그저 농담으로만 얘기했을 것이다. 사춘기 아이들에게 암은 정신이상만큼이나 무서운 것이었다. 일반적으로 부모들이 생각하는 부정직함의 기준은 높았다. 부모들 자신은 오랫동안 정신이상의 위협을 믿지 않았으면서도 그것을 편리하게 이용해 먹었다. 세월이 좀 지나고 나서야 그들은 크롬비 선생님이 엄격하게 정직한 사람이었다는 결론에 이르렀다.

그 무렵 나는 학교를 막 졸업하고 대학에는 아직 진학하지 않은 상태였다. 크롬비 선생님의 머리는 이제 완연한 백발이었다. 콧수염은 여전히 누렜다. 우리 둘 다 기차를 관찰하는 걸 좋아해서 우리는 친한 친구가 되었다. 여름철에는 가끔 점심을 싸 가지고 가서 철길이 바라보이는 뱅크스테드 성의 푸른 언덕에 앉아 언덕 아래 수로를 구경했는데, 말들이 밝은 색깔의 바지선을 버밍엄 방향으로 느릿느릿 끌고 가는 모습이 눈에 띄곤 했다. 우리는 도자기 술병에서 진저비어를 따라 마시고 햄을 넣은 샌드위치를 먹었다. 그러는 동안 크롬비 선생님은 『철도 여행 안내서』를 살펴보았다. 나는 순수의 모습이 그리울 때면 그런 날들을 떠올린다.

그러나 지금 내가 기억하고 있는 그날의 평화에 균열이 생겼다. 탄

차를 연결한 엄청난 길이의 화물열차가 지나간 것이었다. 나는 63량까지 세었는데, 우리의 기록에 근접한 숫자였다. 확인을 위해 내가 크롬비 선생님에게 물었을 때, 그는 어쩐 일인지 세는 것을 잊어버리고 있었다.

"무슨 일 있으셨어요?" 내가 물었다.

"학교에서 사직을 요청해 왔단다." 그가 말했다. 그는 금테 안경을 벗어서 안경알을 닦았다.

"맙소사! 왜요?"

"양호실의 비밀은 일방적이란다." 그가 말했다. "환자에겐 모든 걸 말할 수 있는 자유가 있지. 의사는 안 되고."

일주일 뒤에 나는 무슨 일이 있었는지 조금 알게 되었다. 그 이야기는 학부모들을 통해서 빠르게 퍼졌다. 그것이 어린 소년들에게만 해당되는 이야기가 아니었기 때문이다. 그들 모두에게 관련된 이야기였다. 그 소문에는 아마 두려움도 다소 있었을 것이다. 크롬비 선생님의 말이 맞을지도 모른다는 두려움 말이다. 믿기 힘든 생각이었다!

프레드 라이트라는 나보다 조금 어린 아이는 나도 아는 녀석이었는데, 아직 6학년이었다. 그 아이는 고환에서 어떤 통증을 느끼고 크롬비 선생님을 찾아갔다. 반나절 나들이 때—서로 경쟁하는 철도 회사가 있었던 행복한 그 시절에는 '반나절 나들이'라는 게 있었다—레스터 광장 근처에서 거리의 여자와 첫 경험을 한 것이었다. 그리고 그는 용기를 내어 크롬비 선생님을 찾아갔다. 당시에 사회적 질병이라는 말로 통용되던 성병에 걸렸을까 봐 두려웠던 것이다. 크롬비 선생님은 그에게 위산과다증으로 고생하는 것일 뿐이며, 따라서 토마토를 먹지 않도록 주의해야 한다고 말하면서 그를 안심시켰다. 그러나 크롬비 선생님은 거기서 그치지 않고 더 나아갔다. 우리가 열세 살 때 우리 모두에게 경고했던 대로 그에게도 경고의 말을 해 준 것인데, 그것은 무분별하고 불필요한 행위였다.

프레드 라이트는 부끄러움을 느낄 이유가 없었다. 위산과다는 누구에게나 생길 수 있는 증상이었다. 그래서 그는 크롬비 선생님이 추가로 그에게 해 준 충고의 말을 망설이지 않고 부모님에게 얘기했다. 나는 그날 오후 집에 돌아와 부모님에게 물어본 뒤, 그 이야기가 학교 당국에 알려진 것처럼 부모님의 귀에도 이미 들어갔음을 알게 되었다. 학부모들은 학부모들끼리 서로서로 확인해 보았고, 이후 아이들은 아이들대로 서로 물어보았다. 자위행위의 결과로 암이 생긴다는 것은 그렇다 치고—아무튼 자위는 좀 삼갈 필요가 있었다—크롬비 선생님은 무슨 권리로 암이 장기적인 성관계의 결과라고, 교회와 국가가 인정한 정당한 결혼 생활에서 행하는 성관계도 마찬가지라고 말한단 말인가? (불행히도 프레드 라이트의 매우 정력적인 아버지는, 아들은 아직 모르고 있었지만 이미 그 무서운 병의 나락에 떨어져 있었다.)

심지어 나도 약간 충격을 받았다. 나는 크롬비 선생님을 무척 좋아했으며 매우 신뢰했다. (열세 살 이후로는 위생에 관한 그의 말을 듣기 전과 똑같이 재미있게 혼자서 장난감 기차 놀이를 할 수가 없었다.) 가장 안 좋은 것은 이제는 내가 캐슬 가에 사는 단발머리 여자와 속수무책으로 사랑에 빠졌다는 사실이었다. 그녀는 거의 매주 《데일리 메일》 신문에 사진이 나오는 유명한 두 사교계 자매를 순수하면서도 약간 촌스러운 방식으로 닮은 여자였다. (세월이 다시 그 시절로 돌아가는 모양인지, 나는 요즘 곳곳에서 그때 보았던 것과 같은 얼굴, 같은 머리 모양을 본다. 하지만, 아아, 그걸 보고도 아무런 감정도 일지 않는구나.)

다음번에 크롬비 선생님과 함께 기차를 구경하러 갔을 때 나는 그에게 솔직하게 말했다. 약간 부끄러워하며 말을 꺼냈는데, 나에게는 여전히 나이 많은 사람에게 사용하고 싶지 않은 말들이 있었던 것이다. "정말 프레드 라이트에게 그것이…… 결혼 생활이…… 암의 원인이라고 말씀하셨어요?"

"결혼 생활 자체가 그런 건 아니야. 모든 형태의 성적 교섭이 그렇다는 뜻이야."

"교섭요?" 그 단어를 그런 식으로 쓰는 것은 처음 들었다. 나는 빈 회의를 떠올렸다.*

"성교를 말하는 거야." 크롬비 선생님이 무뚝뚝하게 말을 이었다. "난 너희가 열세 살일 때 그 모든 걸 다 설명해 주었다고 생각했는데."

"전 선생님이 장난감 기차 놀이를 혼자 하는 것에 대해 말씀하신 거라고만 생각했어요." 내가 말했다.

"기차 놀이라니, 무슨 말이냐?" 그가 당혹스러운 표정으로 물었다. 급행 여객열차가 뱅크스테드 역으로 들어왔다가 2번 플랫폼 양 끝에 거대한 증기구름을 남기고 역을 빠져나갔다. "뉴캐슬발 3시 45분 기차야." 그가 말했다. "1분 15초 늦었어."

"45초 늦었는데요." 내가 말했다. 당시에는 우리의 시계가 정확한지 확인할 방법이 없었다. 라디오방송이 있기 전이었으니까.

"나는 시대를 앞서가는 사람이야." 크롬비 선생님이 말했다. "난 이번 일로 불편을 겪게 되겠지. 이상한 건 이곳 사람들이 이제야 그걸 알

---

* 여기서 교섭을 의미하는 단어로 쓰인 congress에는 '회의'라는 뜻도 있다.

았다는 점이야. 나는 오랫동안 너희 학생들에게 암에 관한 이야기를 했는데 말이야."

"선생님의 말씀이 결혼 생활을 뜻한다는 걸 알아차린 사람이 아무도 없었던 거예요." 내가 말했다.

"사람들은 자기한테 중요한 걸 먼저 취하는 법이지. 내 연설을 들은 너희 중에 결혼할 나이에 이른 사람은 아무도 없었으니까."

"그런데 결혼 안 한 처녀도 암으로 죽잖아요." 내가 반박했다.

"처녀의 정의는 보통," 화물열차가 블레츨리 방향으로 지나가는 것을 보고 크롬비 선생님이 자신의 시계를 들여다보며 대답했다. "처녀막이 파열되지 않은 여자를 말하지. 처녀성을 손상하는 일 없이 자기 자신이나 다른 사람과 장기간에 걸쳐 성적인 관계를 가진 여자도 있을 수 있단다."

나는 호기심이 일었다. 내 앞에 새로운 세계가 열리고 있었다.

"여자들도 자기 혼자서 한다는 뜻이에요?"

"그럼."

"하지만 젊은 사람은 암으로 죽는 경우가 많지 않죠?"

"지나치게 해서 암의 토대를 쌓는 수가 있지. 난 너희 모두를 구하려는 심정에서 그런 얘길 한 거야."

"그럼 성인聖人들은 아무도 암으로 죽지 않나요?" 내가 물었다.

"난 성인에 관해선 아는 게 거의 없단다. 그냥 용감하게 추측해 보자면, 성인들의 경우에는 암으로 죽는 비율이 적을 거야. 그리고 난 성적 교섭이 암 발병의 유일한 원인이라고 가르친 적이 없다. 가장 흔한 원인일 뿐이야."

"그렇지만 결혼한 사람들이 다 그런 식으로 죽는 건 아니죠?"

"얘야, 결혼한 사람 중에 얼마나 많은 이들이 성생활을 적게 하는지 알면 놀랄 거다. 폭발적으로 열심히 하다가 그 후론 오래도록 시들해지지. 이 경우엔 암에 걸릴 위험이 당연히 적지."

"사랑을 많이 하면 할수록 위험이 커지는 거예요?"

"나는 그게 거의 틀림없는 사실이라고 생각한다."

나는 자위행위를 너무 자주 했던지라 그 말이 쉽게 믿어지지 않았지만, 그의 대답은 거침없이 곧장 나왔다. 내가 통계에 관해 뭔가 얘기를 했을 때 그는 재빨리 희망의 문을 닫아 버렸다. "만약 통계가 필요하다면," 크롬비 선생님이 말했다. "그 사람들은 통계 수치를 구할 수 있을 거란다. 과거에 암의 원인으로 여러 가지 것들이 의심되었는데, 그런 의심은 미심쩍고 논란의 여지가 있는 많은 통계에 바탕을 두고 있지. 흰 밀가루가 그 한 예란다. 사람들이 별거 아니지만 순수한 나의 연구물을 의심하지 않게 되는 날이 온다 해도 난 놀라지 않을 거야." 그가 그랜드정크션 수로 방향으로 담배를 흔들며 말을 이었다. "그런데 통계적으로는 나의 해법이 다른 모든 해법을 능가한다는 걸 사람들이 부인할 수 있을까? 암으로 죽은 이들은 거의 100퍼센트 섹스를 했으니까 말이야."

부인할 수 없는 말이었으므로 나는 잠시 할 말을 잊었다. "선생님은 두렵지 않으세요?" 이윽고 내가 물었다.

"너도 알다시피 나는 혼자 살잖니. 난 그런 방면으로는 큰 유혹을 느껴 본 적이 없는 드문 사람 중의 하나야."

"만약 우리 모두가 선생님의 충고를 따른다면," 내가 우울하게 말했다. "이 세상은 존재하지 않게 될 거예요."

"그건 인간의 경우고. 꽃들의 수분 작용에는 유해한 부작용이 없는 것 같아."

"인간은 단지 멸종되기 위해 창조된 건가요?"

"나는 『창세기』에 나오는 하느님을 믿지 않는 사람이란다. 난 어떤 동물이 우연히 잘못된 길로 빠졌을 때 반드시 멸종되게 하는 것이 진화의 자연적 과정이라고 생각해. 인간은 아마 공룡이 간 길을 따르게 될 거다." 그는 시계를 쳐다보았다. "지금 여기에서도 아주 비정상적인 일이 벌어지고 있구나. 시계는 4시 10분이 다 되어 가는데 블레츨리에서 출발한 4시 열차는 아직 들어온다는 신호조차 없구나. 얘야, 네 시계로 확인해 보렴. 하지만 이런 지연은 시계가 다르다는 걸로 설명될 수 없어."

4시 열차가 늦어진 이유는 전혀 기억나지 않는다. 심지어 크롬비 선생님과 나눈 대화도 오늘 오후까지는 잊고 있었다. 크롬비 선생님은 보잘것없는 의사 일을 몇 년 동안 계속하다가 독감에 이은 폐렴으로 어느 겨울밤에 조용히 죽었다. 나는 네 번 결혼했고, 크롬비 선생님의 충고에 거의 주의를 기울이지 않고 살아왔는데, 내 전문의가 다소 과장되게 신중하고 심각한 태도로 내가 폐암을 앓고 있다는 사실을 알려 준 오늘에야 그의 이론이 생각났다. 나이 예순을 넘으니 성적 욕망도 줄어들기 시작하고, 공룡을 따라 사라져 가는 것도 괜찮은 일이라는 생각이 든다. 물론 의사들은 폐암을 나의 지나친 흡연 탓으로 돌렸지만, 그럼에도 크롬비 선생님의 생각에 동의하며 쾌락적 욕구에 지나치게 탐닉한 것이 암의 원인이었다고 믿으니 내 입가에 미소가 떠오른다.

모든 악의 근원
The Root of All Evil

이 이야기는 아버지가 내게 해 준 것인데, 아버지는 할아버지에게서 직접 들은 것이었다. 할아버지는 그 사건에 관여한 사람의 동생이었다. 그렇지 않았다면 나는 그 이야기를 정말 믿어야 할지 확신하지 못했을 것이다. 아버지는 대단히 정직한 사람이었고, 따라서 나로서는 이 정직이란 미덕이 그때 우리 집안에 흐르지 않았다고 믿을 이유가 없다.

옛 러시아 소설에서처럼 말하자면, 그 사건은 189×년에 장이 서는 마을인 B×라는 조그만 읍에서 일어났다. 아버지는 독일인이었다. 영국에 정착했을 때, 아버지는 가족 중 처음으로 마을 공동체에서—그 지방에서, 그 주에서, 아무튼 그 지역에서는 뭐라 불렀는지 모르지만 그곳에서—몇 킬로미터 이상 떠나온 사람이었다. 아버지는 자신의 신앙을 믿는 프로테스탄트였다. 아버지 같은 유형의 프로테스탄트는 의심이나 거리낌 없이 믿는 믿음의 능력이 어느 누구보다도 더 대단하다. 아버지는 어머니가 우리에게 요정 이야기를 읽어 주는 것도 금지하고 칸막이 신도석이 있는 교회에 가는 대신에 5킬로미터나 걸어서 좌석이 툭 트인 교회에 갔다. "우린 숨길 게 아무것도 없어." 아버지가 말했다. "잠이 오면 자는 거야. 세상이 내 육신의 약점을 알게 해야 해." 그러고 나서 아버지는 내 상상력을 강렬하게 자극하고 내 미래에 얼마간 영향을 끼친 듯싶은 말을 덧붙였다. "그런 신도석에서는 카드놀이를 할 수도 있어. 그리고 그걸 누구도 알지 못하지."

그 말은 내 마음속에 아버지가 했던 또 다른 말과 맥이 닿아 있다. "원죄로 인해 사람들은 비밀을 유지하려는 경향을 지니게 되었단다." 아버지는 말했다. "명백히 드러난 죄는 절반의 죄일 뿐이고, 비밀스러운 순수는 절반만 순수할 뿐이지. 비밀을 가지고 있으면 조만간 죄를 지니게 돼. 나는 프리메이슨이 우리 집엔 발을 붙이지 못하게 할 거야. 내 고향에서는 비밀결사는 불법이었는데, 정부가 그렇게 한 데는 이유가 있었지. 그런 조직도 처음엔 순수했을 거야. 슈미트 클럽처럼."

내 아버지가 살았던 마을의 나이 많은 사람 가운데 내가 앞으로 계속 슈미트라고 부를 부부가 있었던 것 같다. 명예훼손에 관한 법이 어떤지 잘 모르고, 또 돌아가신 분에게 어떤 누를 끼치게 될지 모르니 그렇게 부르기로 하자. 슈미트 씨는 체구가 크고 술을 많이 마시는 사람이었는데, 주로 집에서 혼자 마시기를 좋아해서 술은 한 방울도 입에 대지 않는 그의 아내는 여간 불편하지 않았다. 하지만 그녀는 아내의 의무에 대한 바른 생각을 지니고 있었기에 남편의 음주에 간섭하고 싶어 하지 않았다. 하지만 이제 그녀는—그녀의 나이는 예순이 넘었고 남편은 일흔을 훌쩍 넘겼다—다른 여자와 함께 조용히 앉아 손주들을 위해 뜨개질이나 다른 뭔가를 하면서 요즈음 자신들의 노환에 대한 얘기를 나누고 싶은 바람이 커진 나이에 이르렀다. 술을 가져오려고 끊임없이 지하 저장고를 들락거리는 남자와는 그렇게 하기 어렵다. 남자의 환경과 여자의 환경이 따로 있는 법이고, 그 둘은 섞이지 않는다. 이불 속이라는 적절한 장소를 제외하고는 말이다. 슈미트 부인은 남편에게 저녁이면 밖에 나가 술집에서 한잔하라고 여러 차례 부드럽게 권했다. "뭐하러 더 많은 돈을 주고 술을 마셔?" 그는 그렇게 말하곤 했다. 그래서 부인은 그에게 남자들끼리의 모임과 남자들끼리의 대화가 필요하다고 설득했다. "내가 좋은 와인을 마시고 있을 땐 필요 없어." 그가 말했다.

그리하여 부인은 마지막 수단으로 자신과 같은 처지로 힘들어하는 뮐러 부인에게 고민을 털어놓았다. 더 억척스러운 여자인 뮐러 부인은 모임을 꾸리기 시작했다. 그녀는 여자들의 모임과 여자들의 관심사에 굶주린 다른 여자 네 명을 찾아냈고, 그들은 일주일에 한 번 바느질감을 들고 와서 저녁 커피를 함께 마시는 모임을 만들었다. 그들 사이에서 이야깃거리로 삼을 수 있는 손주는 스무 명이 훨씬 넘었고, 따라서 화제가 떨어질 일이 없었으리라는 건 쉽게 짐작할 수 있다. 한 아이의 수두가 끝날 때쯤이면 적어도 다른 두 아이가 홍역을 앓기 시작하는 식이었다. 그런 병에 대한 다양한 치료법을 듣고 얘기하며 서로 비교하곤 했는데, 그중 '감기에는 굶어라'라고 주장하는 학설도 있었다. 그것은 '감기에 걸리면 굶고, 열이 나면 잘 먹어야 한다'라는 뜻이었다. 또 하나의 학설은 이와 반대되는, 보다 더 전통적인 것이었다. 그러나 그들의 논쟁은 남편들과 논쟁할 때처럼 과열되는 법이 없었다. 그들은 교대로 이 모임을 주관하고 케이크를 만들어 먹었다.

이 시간 동안 남편들에게는 어떤 일이 일어났을까? 여러분은 남편들이 만족스럽게 혼자 계속 술을 마셨을 거라고 생각할지 모르나, 전혀 그렇지 않았다. 술을 마시는 것은 '연애소설'(아버지는 이 단어를 경멸적으로 사용했다. 아버지는 평생 소설을 한 쪽도 읽지 않았다)을 읽는 것과도 같아서 말을 할 필요는 없지만 옆에 누가 함께 있어 주는 게 필요하다. 그렇지 않으면 일처럼 느껴지기 시작한다. 뮐러 부인은 그 생각을 했다. 그래서 부인은 남편에게—남편이 알아차리지 못할 만큼 매우 조심스럽게—여자들이 모임을 할 때 다른 남편들을 집으로 부르는 게 좋겠다는 제안을 했다. 다른 남편들이 각자 술을 가지고 와서(술집에서 돈을 쓸 필요가 없다) 집으로 돌아갈 때까지 얼마든지 말 없이 조용히 앉아 술을 마시면 될 거라고 했다. 물론 그들은 내내 말없이 조용히 있지는 않을 터이다. 때때로 그중 한 사람이 궂은 날씨나 화창한 날씨에 대해 한마디 하게 마련이고, 그러면 다른 사람이 올해의 추수에 대한 전망을 얘기할 테고, 이어 세 번째 사람이 188×년 여름처럼 뜨거웠던 여름은 없었다는 말을 할 것이다. 남자들의 대화는 여자들이 없으면 절대 뜨거워지지 않을 터였다.

그러나 여기에는 곤란한 문제가 하나 있었다. 나중에 재앙을 초래한 것도 바로 그 문제였다. 뮐러 부인은 일곱 번째 여자를 끌어들였다. 술 때문이 아니라 남편의 호기심 때문에 혼자 지내다시피 하는 푸클러 부인이었다. 그런데 부인의 남편은 누구나 질색하며 멀리하는 사람이었다. 그래서 남자들은 우호적인 저녁 모임을 꾸리기 전에 그 사람을 어떻게 할 것인지 결정해야 했다. 그는 머리가 완전히 벗어지고 사팔눈을 한 왜소하고 심술궂은 사람으로, 그가 술집에 들어가면 다른 사람들은 다 나가 버릴 정도였다. 두 눈이 가운데로 모인 그의 눈은 나사 송곳 같은 효력을 미쳤다. 그는 상대의 이마에 시선을 고정한 채 10분 동안 쉬지 않고 단둘이 이야기를 나누곤 했는데, 그러다 보면 상대의 이마에서 톱밥이 나올 것만 같았다. 불행히도 푸클러 부인은 매우 평판이 좋은 사람이었다. 부인에게 그녀의 남편이 환영받지 못하는 사람이라는 인상을 주는 것은 금물이었다. 그래서 몇 주 동안 남편들은 뮐러 부인의 제안을 거절할 수밖에 없었다. 남편들은 집에서 혼자 한잔하는 게 너무 좋다고 말했는데, 그 말은 실은 푸클러 씨와 함께 있는 것보다는 차라리 혼자 있는 게 더 낫다는 뜻이었다. 하지만 그들은 혼자 있는 내내 아주 딱한 상태로 시간을 보냈고, 아내들이 집에 돌아와서 보면 침대 속에 몸을 웅크리고 잠들어 있는 경우가 허다했다.

그때 슈미트 씨가 자신의 습관적인 침묵을 깨뜨렸다. 어느 날 저녁, 그는 아내들이 나가서 모임을 갖고 있을 때 술 단지에 와인 4리터를 담아 들고 뮐러 씨의 집을 방문했다. 그리고 2리터를 채 마시기 전에 침묵을 깨뜨렸다. 혼자서 술을 마시는 건 이제 그만둬야 해, 슈미트 씨가 말했다. 그는 지난 6개월 사이에 지난 몇 주 동안만큼 많이 자 본 적이 없었고, 그런 탓에 체력이 점점 약해져 갔다. "무덤이 우릴 향해 아가리를 떡 벌리고 있어." 그가 버릇처럼 하품을 하며 말했다.

"그렇지만 푸클러는?" 뮐러 씨가 이의를 제기했다. "그자는 무덤보다 더 싫어."

"비밀리에 만나야지." 슈미트 씨가 말했다. "브라운 집에 크고 멋진 지하 저장고가 있어." 그렇게 해서 비밀이 시작되었다. 그리고 비밀을 지키려 시간과 더불어 온갖 죄를 키워 가게 되는 거야, 아버지는 그렇게 훈계하곤 했다. 우리는 지하 저장고에서 버섯을 재배했는데, 나는 비밀이 지하 저장고의 검은 곰팡이 같은 거라고 상상해 보았다. 하지만 버섯은 먹기 좋았고, 그처럼 그들의 비밀이 커 나가는 것도…… 나는 언제나 아버지의 도덕적 가르침에서 모순적인 감정을 느꼈다.

얼마 동안은 모든 게 잘되어 갔던 듯싶다. 남자들은 함께 술을 마시며 흡족해했다. 물론 푸클러 씨 없이 말이다. 여자들도 흡족했다. 푸클러 부인도 만족스러워했는데, 밤에 집에 돌아가면 언제나 남편이 집안일을 할 준비를 한 채 침대에 들어가 있는 걸 보았기 때문이다. 푸클러 씨는 자존심이 강해서 자신이 마을 시계탑의 시계가 치는 소리를 들으면서 함께 있어 줄 사람을 찾아 열심히 걸어 다녔다는 얘기를 그녀에게 하지 않았다. 그는 밤마다 다른 집을 찾아가 보았으나, 밤마다 그가 발견한 거라곤 굳게 닫힌 문과 불을 밝히지 않은 어두운 창뿐이었다. 한번은 브라운 씨 집 지하 저장고에 있던 남편들이 현관문을 두드리는 소리를 들었다. 그는 술집도 규칙적으로 찾아가 안을 살펴보곤 했다. 때로는 그들이 방심하고 있을 때를 노리기라도 하듯이 느닷없이 찾아가기도 했다. 그의 벗어진 머리에서 가로등 불빛이 빛났다. 늦게까지 술을 마시고 집에 돌아가던 사람이 아무 말도 믿지 않는 그의 나사송곳 같은 눈과 맞닥뜨린 경우도 빈번했다. 그는 "오늘 밤 뮐러 씨 보았나?" 또는 "슈미트 씨는 집에 있는가?"라는 식으로 같이 술을 마신 사람에 대해 물었다. 그는 그들을 찾아 이리 갔다 저리 갔다 헤매곤 했다. 전에는 집에서 술을 마시면서 술이 떨어지면 아내를 지하 저장고로 보내 술을 채워 오게 하는 것이 충분히 만족스러웠다. 그러나 지금은 혼자며, 혼자서 술을 마시는 것은 아무 재미도 없다는 것을 너무도 잘 알고 있었다. 슈미트 씨와 뮐러 씨가 집에 없다면 도대체 어디에 있는 걸까? 그리고 그와 잘 아는 사이라고는 할 수 없는 다른 네 남자는 어디에 있는 걸까? 푸클러 부인은 남편과는 정반대로 호기심이 없었으며, 뮐러 부인과 슈미트 부인은 잘 만들어진 핸드백의 걸쇠처럼 입을 꼭 걸어 잠근 채 그 얘기는 하지 않았다.

아니나 다를까, 푸클러 씨는 얼마 후에 경찰서로 갔다. 그는 계급이 경정 이하인 사람과는 얘기하기를 거부했다. 나사송곳 같은 그의 눈이 편두통처럼 경정의 이마를 뚫고 들어갔다. 송곳눈이 이마의 한 지점에 못 박힌 듯 들러붙어 있는 것과 대조적으로 그의 말은 모호하게 오락가락했다. 어떤 큰 집에서—그 집의 이름은 기억나지 않는다—무정부주의자들의 분노의 모임이 있다, 그란트 공작을 살해할 계획을 세우고 있다는 소문이 있다는 등이었다. 경정은 이 일은 자기와는 관련이 없는 큰 문제였기 때문에 앉은 자리에서 이리 꼼지락 저리 꼼지락거렸다. 그러는 동안에도 사팔눈은 경정의 코 위, 언제나 편두통이 시작되는 민감한 지점을 끊임없이 뚫고 들어갔다. 경정이 크게 한숨을 내쉬며 말했다. "사악한 시대예요." 일요일 예배 때 듣고 기억해 둔 말이었다.

"경정님은 비밀결사에 관한 법을 알잖아요." 푸클러 씨가 말했다.

"물론이죠."

"그런데 이곳에, 경찰의 코밑에," 사팔눈이 더 깊게 파고들었다. "그런 비밀결사가 있단 말입니다."

"조금 더 명확히 말씀해 주시면……"

그래서 푸클러 씨는 슈미트 씨를 시작으로 그들의 이름을 전부 경정에게 불러 주었다. "그 사람들은 비밀 회동을 하고 있습니다." 그가 말했다. "모두 집에 없다고요."

"그분들은 음모를 꾸밀 분들이 아닌 것 같은데요."

"그러니까 더 위험한 거예요."

"그저 친구 사이인 것 같은데……"

"그렇다면 왜 공개적으로 만나지 않는 거죠?"

"이 일에 경찰 한 명을 배정하지요." 경정은 탐탁지 않은 어조로 말했다. 그래서 저녁이 되면 이제는 두 사람이 여섯 남편들이 만나는 장소를 찾아 돌아다니게 되었다. 경찰관은 곧바로 질문을 던지는 것으로 조사를 시작하는 단순한 사람이었다. 하지만 그가 푸클러와 함께 있는 모습이 몇 차례 눈에 띄었기에 여섯 남편들은 이내 그 경찰관이 푸클러 대신에 자신들을 찾아내려 한다고 생각했고, 그래서 들키지 않으려고 더욱더 조심하게 되었다. 그들은 각자 와인을 챙겨 들고 브라운 씨의 지하 저장고로 모여들었는데, 들어가는 모습이 눈에 띄지 않게 하려고 세심한 주의를 기울였다. 그들은 푸클러 씨와 경찰관을 엉뚱한 방향으로 이끌기 위해 매번 한 사람씩 그날의 술자리를 포기하고 마을을 배회하는 꾀를 냈다. 그 사실이 푸클러 부인의 귀에 들어갈까 봐 남편들은 그 얘기를 부인들에게 털어놓지 못했고, 따라서 그런 계획을 실행하고 있지 않은 척했으며, 그리하여 술을 마시는 것은 또다시 각자가 알아서 혼자서 하는 일이 되었다. 그것은 만약 그들이 아내보다 먼저 집에 들어오는 데 실패한다면 많은 거짓말을 꾸며 내야 한다는 것을 의미했다. 그리하여 죄가 들어오기 시작했다고 아버지는 말했다.

어느 날 밤, 그날의 유인 당번이 된 슈미트 씨는 먼 거리를 걸어서 푸클러 씨와 경찰관을 교외 지역으로 유인했다. 그렇게 걷고 있을 때 문이 열린 집의 창문에서 전등불이 아늑한 붉은빛을 내고 있는 모습이 눈에 들어왔다. 조금 전부터 입이 몹시 마르고 텁텁했던 그는 몸이

고단해진 탓인지 그 집을 조용한 술집으로 오인하고 들어갔다. 뚱뚱한 여자가 그를 따뜻하게 맞이하며 응접실로 데리고 갔고, 그는 그곳에서 와인을 마시게 될 거라고 예상했다. 젊은 여자 세 명이 다양한 형태로 노출을 한 채 소파에 앉아 키득거리면서 따뜻한 말로 슈미트 씨를 맞았다. 슈미트 씨는 푸클러가 밖에서 숨어 기다리고 있을 것 같아서 곧장 그 집을 나가는 게 두려웠다. 그가 망설이고 있을 때 뚱뚱한 여자가 얼음 통에 담긴 샴페인 한 병과 잔 여러 개를 가지고 들어왔다. 그래서 술을 마실 생각으로(그렇지만 샴페인은 그가 좋아하는 술이 아니었다. 그 지방 와인이었더라면 좋았을 것이다) 그는 나가지 않고 머물렀다. 아버지는 말하길, 그처럼 비밀을 지키려다 보니 두 번째 죄가 들어온 거라고 했다. 그러나 그 일은 거짓말과 간음으로만 끝나지 않았다.

길게 머무르지 않을 거라면 돌아가야 할 시간이 되자 슈미트 씨는 창밖을 내다보았는데, 푸클러 대신 경찰관이 눈에 띄었다. 경찰관이 인도에서 왔다 갔다 하고 있었다. 거리를 두고 푸클러를 뒤따른 게 틀림없었다. 그러다가 푸클러가 다른 사람들을 찾아 떠나자 대신 망을 보고 있는 것이었다. 어떡하지? 밤이 깊어지고 있었다. 아내들은 머잖아 찻잔을 비우고 손주에 대한 마지막 얘기를 끝낼 것이다. 슈미트 씨는 친절해 보이는 뚱뚱한 여자에게 부탁했다. 바깥 인도에 있는 아는 사람을 피해야 하니, 혹시 뒷문은 없는지 물어보았다. 뒷문은 없었다. 하지만 그녀는 많은 자원을 가진 여자였다. 지체 없이 슈미트 씨에게 그 당시 시골 아낙들이 장에 갈 때 입었던 것과 같은 크고 펑퍼짐한 치마를 입혔다. 이어 하얀 스타킹과 폼이 낙낙한 블라우스를 입히고 헐렁한 모자를 씌웠다. 여자들은 오랫동안 이 같은 유쾌함을 누리지 못했다. 그래서 그의 얼굴에 볼연지를 찍고 아이섀도를 칠하고 립스틱을 바르며 즐거워했다. 그가 밖에 나왔을 때 경찰관은 그 모습에 너무 놀라서 슈미트 씨가 모퉁이를 돌아 사라질 때까지 한참 동안 그 자리에 꼼짝 않고 서 있었다. 옆길로 빠져 제때에 안전하게 집에 도착한 슈미트 씨는 아내가 들어오기 전에 얼굴을 살살이 문질러 닦았다.

일이 거기서 끝났더라면 모든 게 잘되었을지도 모르지만 경찰관은 속지 않았다. 그는 비밀결사 대원들이 여자 복장을 했으며, 그렇게 변장을 하고 수시로 읍내의 동성애자 클럽에 들락거린다고 경정에게 보고했다. "그런데 왜 여자 복장을 하고 그런 일을 하는 거지?" 경정이 물었고, 푸클러가 자연의 질서를 넘어서는 난잡한 술판을 암시하는 말을 했다. "무정부주의는 모든 걸 뒤엎어 버리려 하죠. 남자와 여자의 올바른 관계조차도 말입니다."

"좀 더 분명히 말해 주겠어요?" 경정이 그에게 두 번째로 물었다. 그것은 측은한 마음이 들면서도 구미가 당기는 말이었던 것이다. 하지만 푸클러는 구체적인 내용은 수수께끼로 남겨 두었다.

그때 이후로 푸클러의 광적인 관심은 병적으로 변했다. 덩치 좋은 여자를 보면 변장한 남자가 아닐까, 의심부터 해 보는 것이었다. 한번은 실제로 하켄푸르트 부인의 가발을 잡아당겼으며(그때까지 그녀가 가발을 쓰고 있는 것을 아무도, 심지어 그녀의 남편조차 몰랐다), 이제 그 스스로 여자 옷을 입고 거리를 쏘다녔다. 이성의 옷을 즐겨 입는 복장 도착자는 다른 복장 도착자를 알아볼 것이고, 그에 따라 자신도 조만간 그 비밀 술자리에 이름을 올리게 되리라는 믿음 때문이었다. 체구가 왜소한 그는 슈미트 씨보다 여자 역할을 더 잘했다. 다만 낮에는 그의 나사송곳 눈 때문에 그를 아는 사람에게는 통하지 않았다.

남편들은 2주 동안 브라운 씨 집 지하 저장고에서 즐겁게 만났다. 경찰관은 그들을 찾는 일에 지쳤고 경정은 그 모든 일이 사그라져 잠잠해지기를 바랐는데, 바로 그 시점에서 남편들은 재앙을 초래할 결정을 내렸다. 슈미트 부인과 밀러 부인은 예전에 남편이 와인을 마실 때 패스티*를 만들어 주곤 했었다. 그래서 두 남자는 그런 요리가 그리워지기 시작했고, 그 이야기를 동료 술꾼들에게 했다. 그들은 추억을 음미하면서 군침을 삼켰다. 브라운 씨가 그들에게 요리를 해 줄 여자를 한 명 구하자는 제안을 했다. 저녁의 끝 무렵에 몇 시간만 일하면 될 것이니 돈을 많이 요구하지 않을 테고, 따라서 돈을 조금씩 갹출하면 될 거라고 했다. 여자가 할 일은 술자리가 이어지는 동안 30여 분마다 신선하고 따뜻한 패스티를 내오는 게 전부일 터였다. 브라운 씨는 지역신문에 공개적으로 구인 광고를 냈고, 오랫동안 기회를 노리고 있던 푸클러는—광고에는 남자들의 클럽이라는 언급이 있었다—아내가 주로 일요일에 입는 가장 좋은 검은 옷을 차려입고 지원했다. 브라운 씨가 그를 받아들였다. 브라운 씨는 푸클러의 평판은 들어서 알고 있지만 실제로는 만난 적이 없어서 그를 모르는 유일한 사람이었다. 그리하여 푸클러는 수수께끼의 심장부에 잠입했고, 그들의 대화를 모두 들을 수 있는 엄청난 기회를 얻게 되었다. 유일한 문제는 그가 요리에 젬병이라는 것과 요리를 하면서 수시로 지하 저장고의 문에 귀를 갖다 대다 보니 패스티가 타 버린다는 점이었다. 두 번째 날 저녁에 브라운 씨는 만약 패스티가 나아지지 않으면 다른 여자를 찾아보겠노라고 그에게 말했다.

---

* 페이스트리 반죽 속에 양파, 쇠고기, 감자 등을 채워 넣고 구운 영국 요리.

그러나 푸클러는 그 말에 걱정하지 않았다. 경정에게 보고하는 데 필요한 모든 정보를 가지고 있기 때문이었다. 이 사건을 조사하는 데 아무런 기여도 하지 못한 경찰관이 있는 자리에서 자신의 보고서를 올리게 되어 그는 정말이지 기뻤다.

푸클러는 그들의 대화를 들었을 때 그 내용을 적었다. 적지 않고 뺀 것은 말이 없었던 긴 시간과 와인 단지에서 와인을 따르는 소리와 이따금씩 들렸던, 덜 숙성된 와인에 대한 경박한 찬사인 듯한 가스 빠지는 소리뿐이었다. 그의 보고서는 다음과 같았다.

27번 가에 위치한 브라운 씨 집 지하 저장고에서 열린 비밀 회합 조사 보고서. 다음의 대화는 조사자가 엿들은 내용임.

뮐러 비가 앞으로 한 달만 더 내리지 않으면 와인 수확이 작년보다 더 좋을 텐데.

신원 미확인 어.

슈미트 지난주에 하마터면 우편배달부의 다리가 부러질 뻔했다는구 먼. 계단에서 미끄러졌대.

브라운 61년산 와인이 생각난다.

도벨 패스티 나올 시간이 됐는데.

신원 미확인 어.

뮐러 그 여자 불러 봐.

조사자는 호출을 받고 패스티 한 접시를 주고 나옴.

브라운 조심해. 뜨거우니까.

슈미트 이건 새까맣게 탔네.

도벨 이건 더 그래.

카스트너 더 심해지기 전에 그만두게 하는 게 좋겠어.

브라운 이번 주말까지의 품삯을 이미 줘 버렸는데. 그때까진 저 여자
에게 맡겨야 해.

뮐러 한낮엔 기온이 14도래.

도벨 읍사무소의 시계가 빨라.

슈미트 검은 반점이 있는 시장님네 개, 기억나?

신원 미확인 어.

카스트너 기억나지 않는데. 왜?

슈미트 그냥 물어본 거야.

뮐러 내가 어렸을 땐 건포도가 든 푸딩을 먹었는데, 지금은 구경하기
도 어려워.

도벨 87년 여름이었지.

신원 미확인 뭐가?

뮐러 칼니츠 시장이 죽은 해가.

슈미트 88년이야.

도벨 86년은 정말 힘든 해였어.

브라운 와인엔 치명적인 해였지.

보고서는 그런 식으로 열두 쪽이나 계속되었다. "이게 다 무슨 얘기
죠?" 경정이 물었다.

"그걸 알면 다 아는 게 되죠."

"아무 얘기도 아닌 것 같은데."

"그럼 왜 그 사람들이 비밀리에 만나겠어요?"

경찰관은 신원 미확인자처럼 "어" 하고 소리를 냈다.

"내 느낌으론," 푸클러가 말했다. "패턴이 나타날 것 같아요. 연도를 언급한 숫자들을 보세요. 조사해 봐야 해요."

"86년에 폭탄 투척 사건이 있었어요." 경정이 미심쩍은 목소리로 말했다. "그때 그란트 공작이 가장 아끼는 회색 말이 죽었지요."

"와인엔 치명적인 해……" 푸클러가 말했다. "그들은 실패한 거예요. 와인을 손에 넣지 못한 거죠. 왕족의 피를 말입니다."

"시간을 잘못 맞춘 사건이었어요." 경정이 회고했다.

"읍사무소의 시계가 빨라." 푸클러가 인용했다.

"그래도 난 믿기지 않아요."

"암호. 암호를 풀기 위해선 더 많은 자료가 필요해요."

경정은 마지못한 태도로 보고서를 계속 작성해야 한다는 데 동의했다. 하지만 패스티에 대한 문제가 있었다. "패스티를 잘 만드는 좋은 보조 요리사가 필요해요." 푸클러가 말했다. "그러면 난 요리에 방해 받지 않고 엿들을 수 있잖아요. 비용을 더 받는 건 아니라고 말하면 그들도 반대하지 않을 거예요."

경정이 경찰관에게 말했다. "자네 집에서 먹었던 패스티, 아주 맛있던데."

"그건 제가 직접 요리한 겁니다." 경찰관이 뚱한 표정으로 대답했다.

"그렇다면 도움이 안 되겠군."

"왜 도움이 안 돼요?" 푸클러가 끼어들었다. "내가 여자로 변장할 수 있다면, 이이도 그렇게 할 수 있잖아요."

"콧수염은요?"

"좋은 면도날과 좋은 비누 거품이 처리해 주겠죠."

"남자에게 그걸 요구하는 건 무리입니다."

"법을 집행하는 기관에서는 해야 할 일이지요."

그래서 푸클러의 말대로 하기로 결정되었다. 물론 경찰관은 영 마뜩 잖은 표정이었다. 체구가 작은 푸클러는 아내의 옷을 입으면 되었지 만 경찰관은 아내가 없었다. 결국 푸클러는 하는 수 없이 자신이 옷을 사 주기로 했다. 그는 저녁 늦은 시간에 옷 가게에 갔다. 가게 점원들 이 치마와 블라우스와 여성용 속바지의 치수를 판단할 때 퇴근 생각 으로 마음이 바빠서 그의 나사송곳 눈을 알아차리지 못할 거라는 생 각에서 늦게 간 것이었다. 이미 거짓말과 간음의 죄가 있었다. 나는 그 이상한 쇼핑의 죄를 아버지가 어떤 추가적인 범주에 넣었는지 알지 못한다. 그 쇼핑은 사람들이 전혀 모르게 성공적으로 끝나지 않았다. 추문이 생긴 것인데, 아마 이것이 비밀을 지키려다 생겨난 세 번째 죄 일 것이다. 그가 막 블루머를 집어 들고 엉덩이 부분이 넉넉한지 살펴 보고 있을 때 뒤늦게 가게에 들어온 손님 한 명이 푸클러를 알아본 것 이었다. 그 이야기가 모든 여자들에게—푸클러 부인은 빼고—얼마나 빨리 퍼졌을지 여러분은 상상할 수 있을 것이다. 다음번 뜨개질 모임 에서 푸클러 부인은 이상한 분위기를 느꼈다. 자신을 존중하는 것 같 기도 하고 동정하는 것 같기도 한 분위기였다. 그녀가 얘기할 때면 모 두 손을 멈추고 귀를 기울였다. 아무도 그녀의 말을 부정하거나 다른 의견을 제시하지 않았다. 쟁반을 나르거나 컵을 채우는 일도 그녀에 게 시키지 않았다. 그녀는 자신이 병약한 사람인 듯 느껴지기 시작했고, 그 때문에 두통이 생겨서 집에 일찍 돌아가기로 했다. 그녀는 다들 무엇이 문제인지 그녀보다 더 잘 알고 있는 것처럼 서로를 향해 고개를 끄덕이는 것을 볼 수 있었다. 뮐러 부인이 그녀를 집까지 바래다주겠다고 나섰다.

뮐러 부인은 푸클러 부인의 집에서 허겁지겁 돌아와 부인들에게 다녀온 이야기를 해 주었다. "우리가 도착했을 때," 그녀가 말했다. "푸클러 씨는 집에 없었어요. 물론 가엾은 푸클러 부인은 남편이 어디에 갔는지 모르는 척했지요. 그이는 남편이 없어서 불안해했어요. 남편은 자기가 집에 돌아오면 늘 반가이 맞아 주었다고 하더군요. 부인은 경찰서에 가서 남편이 없어졌다고 신고하는 게 낫지 않을까 하는 생각까지 했는데, 내가 말렸죠. 남편이 뭘 하고 있는지 정말 모르는 것 같다는 생각이 들기 시작하더라고요. 부인은 마을에 이상한 일이 벌어지고 있다는 둥 무정부주의자가 있다는 둥 엉뚱한 얘기를 소곤소곤 들려주더니, 믿기지 않겠지만 어떤 경찰이 슈미트 씨가 여자 옷을 입고 있는 걸 보았다는 얘기를 남편이 해 주었다고 하더군요."

"한심한 인간 같으니." 남편이 다른 남자들과 마찬가지로 집에서 혼자 술을 마시는 것으로 알고 있는 슈미트 부인이 자연스럽게 푸클러를 가리켜 말했다. "그게 상상이나 되는 일이에요?"

"자기 자신의 악행으로부터 주의를 딴 데로 돌리려는 수작이지요." 뮐러 부인이 말했다. "그다음에 무슨 일이 있었는지 들어 보세요. 우린 침실로 들어갔어요. 푸클러 부인은 옷장이 활짝 열려 있는 걸 보았고, 안을 들여다보고 나서 일요일에 입는 자신의 검은 옷이 없어진 걸 알았죠. '그 얘기가 사실인가 봐요. 슈미트 씨를 찾아야겠어요.' 하고 푸클러 부인이 말하더군요. 그래서 내가 아주 작은 남자여야 부인의 옷을 입을 수 있을 거라는 점을 지적해 주었답니다."

"푸클러 부인이 얼굴을 붉히던가요?"

"내 생각엔 부인은 아무것도 모르는 것 같아요."

"딱하고 불쌍한 여자." 도벨 부인이 말했다. "그 인간은 여자 옷을 차려입고 뭘 할까요?" 그래서 그들은 그 생각을 하기 시작했다. 이로써 그동안의 거짓말, 간음, 추문이라는 죄악에 이어 음담패설이라는 죄가 덧붙여졌다고 아버지는 말했다.

그날 저녁 푸클러와 경찰관이 브라운 씨의 집 문 앞에 나타났다. 그러나 이 두 사람은 푸클러에 대한 이야기가 이미 이 술꾼들의 귀에 들어갔다는 것을 전혀 알지 못했다. 뮐러 부인이 그 이상한 일을 뮐러 씨에게 얘기했고, 그러자 그는 즉시 어두운 곳에서 자신을 응시하던 아나라는 요리사의 나사송곳 눈을 기억해 냈다. 남자들이 모였을 때 브라운 씨는 요리사가 패스티를 도와줄 보조원을 데리고 올 거라는 사실을 알렸다. 요리사가 돈을 더 요구하지는 않을 거라고 해서 동의했다는 말도 덧붙였다. 뮐러 씨가 아내에게서 들은 이야기를 했을 때 이들 말수 없는 남자들에게서 터져 나온 왁자지껄한 소리를 여러분은 상상할 수 있을 것이다. 푸클러의 동기는 무엇일까? 푸클러라면 당연히 나쁜 것일 게 틀림없었다. 한 가지 추측은 그를 따돌린 데 대한 복수로 그가 보조 요리사의 도움을 받아서 패스티로 그들을 독살할 계획을 세웠으리라는 것이었다. "푸클러라면 충분히 그럴 수 있어." 도벨 씨가 말했다. 그들에게는 그렇게 의심할 충분한 이유가 있었다. 그래서 정의로운 사람인 아버지는 부당한 의심은 비밀결사가 초래한 죄에 포함시키지 않았다. 그들은 푸클러를 맞이할 준비를 했다.

푸클러가 문을 두드렸다. 그의 바로 뒤에는 경찰관이 서 있었다. 커다란 체구의 경찰관은 큼지막한 검은 치마를 입고 하얀 스타킹을 신었는데, 푸클러가 가터벨트를 사 주는 것을 잊어버린 탓에 부츠 위의 스타킹이 쭈글쭈글해 보였다. 두 번째 노크 소리가 들린 다음에 위쪽 창문에서 폭격이 시작되었다. 푸클러와 경찰관은 엄청난 양의 물을 흠뻑 뒤집어썼고, 마구 날아오는 나뭇조각에 맞았다. 떨어지는 포크가 그들의 눈을 다치게 할 위험이 있었다. 경찰관이 먼저 도망쳤다. 커다란 체구의 여자가 쿵쾅거리면서 거리를 내달리는 모습은 퍽이나 기이한 광경이었다. 경찰관이 날아오는 물체를 피해 이리저리 방향을 바꾸며 나아갈 때 허리끈 밖으로 삐져나온 블라우스가 돛처럼 펄럭거렸다. 날아오는 물체에는 이제 두루마리 화장지와 깨진 찻주전자와 그란트 공작의 초상화도 들어 있었다.

밀방망이에 어깨를 맞은 푸클러는 처음에는 달아나지 않았다. 용기를 내서 버텼다. 어쩌면 당황해서 어찌할 바를 몰랐는지도 모른다. 그러나 그가 패스티를 만들 때 사용했던 프라이팬에 맞은 순간에는 경찰관을 따라 도망가기에는 너무 늦어 있었다. 그때 요강이 머리로 날아들었다. 그는 요강을 투구처럼 뒤집어쓴 채 길거리에 뻗었다. 사람들은 요강을 망치로 깨뜨려서 벗겨 내야 했는데, 그즈음에 그는 죽었다. 머리에 입은 타격 때문에 죽은 것인지 아니면 요강에 숨이 막혀 죽은 것인지, 아무도 알 수 없었다. 다만 질식해서 죽었으리라는 게 일반적인 견해였다. 물론 경찰의 조사가 있었다. 무정부주의자들의 음모가 있었는지에 대한 경찰 조사는 몇 달 동안 계속되었다. 조사가 끝나기 전에 경정은 푸클러 부인과 비밀리에 약혼했다. 그녀는 인기 있는 여자였기 때문에 그 일에 대해 아무도 그녀를 비난하지 않았다. 다만 우리 아버지만은 그 모든 것을 비밀리에 진행한 데 대해 분개했다. (아버지는 경정이 푸클러 부인을 사랑한 까닭에 경찰 조사가 지연된 것이 아닐까 의심했다. 왜냐하면 경정은 부인의 남편이 제기한 혐의를 믿는 척했기 때문이다.)

물론 엄밀히 말하면 그건 살인—불법적인 공격으로 발생한 죽음—이었다. 하지만 약 6개월 뒤, 법정은 여섯 남자에게 무죄를 선고했다. "하지만 더 큰 법정이 있는 거란다." 아버지는 언제나 그런 말로 이야기를 끝맺곤 했다. "그리고 그 법정에서는 결코 살인죄를 덮고 넘어가는 법이 없어. 죄는 비밀에서 시작되는 거야." 그러고 나서 아버지는 내 호주머니에 그런 비밀스러운 물건들이 잔뜩 들어 있는 것을 안다는 듯이 나를 바라보곤 했는데, 그건 사실이었다. 내 호주머니 속에는 다음 날 학교에서 두 번째 줄에 앉은 노랑머리 여자애에게 주려고 마음먹은 쪽지를 비롯해서 비밀스러운 것들이 들어 있었다. "그리고 결국 시간과 더불어 온갖 죄를 짓게 되는 거란다." 아버지는 나를 위해서 그런 죄들을 다시 한 번 열거하기 시작했다. "거짓말, 술에 빠지는 것, 간음, 추문, 살인, 권력자 매수."

"권력자 매수?"

"그래." 아버지는 그렇게 대답하면서 반짝이는 눈으로 나를 응시했다. 나는 아버지가 푸클러 부인과 경정을 염두에 두고 말한 거라고 생각했다. 아버지의 말은 절정으로 치달았다. "남자가 여자 복장을 하는 것은…… 끔찍한 소돔의 죄란다."

"그게 뭔데요?" 나는 잔뜩 기대하며 물었다.

"네 나이 때는," 아버지가 말했다. "어떤 것들은 비밀로 남아 있어야 한단다."

점잖은 두 사람
Two Gentle People

그들은 서로 말을 건네지 않고 몽소 공원 벤치에 오랫동안 앉아 있었다. 하늘엔 새하얀 구름이 점점이 흩뿌려져 있고 어디선가 산들바람이 불어오는 희망찬 초여름 날씨였다. 금방이라도 바람이 멎고 구름이 사라져서 하늘이 온통 푸른빛으로 가득할 것만 같았다. 그러나이제 그러기에는 너무 늦었다. 해가 먼저 질 테니까 말이다.

젊은 사람이라면 누군가를 우연히 만나—눈에 보이는 것은 아기들과 보모들뿐인, 길게 늘어선 유모차들의 장벽 뒤에서 은밀히 만나—친해지기 좋은 날일 듯싶었다. 그러나 그들 두 사람은 중년이었고, 둘 다 잃어버린 젊음을 아직도 지니고 있다는 착각을 부여안으려하지는 않았다. 그렇긴 하지만 바른 행동거지의 증표처럼 보이는 예스러운 부드러운 수염을 기른 남자는 자신이 생각하는 것보다 더 잘

생겼고, 여자는 거울이 보여 주는 모습보다 더 예뻤다. 착각에 빠지지 않는다는 점과 겸손함이 두 사람에게 어떤 공통점을 부여했다. 녹색 철제 벤치에 앉은 그들 사이에는 1.5미터쯤 되는 거리가 존재했지만, 어찌 보면 서로 닮아 가는 부부처럼 보이기도 했다. 비둘기들이 그들의 발치에서 낡은 잿빛 테니스공처럼 별로 눈에 띄지 않게 굴러다니듯 움직였다. 두 사람은 이따금 각자의 시계를 보았는데 한 번도 상대를 향해 눈길을 던지지는 않았다. 둘 다 이 같은 고독과 평화의 시간에 묶여 있었다.

남자는 키가 크고 호리호리했다. 얼굴은 곱상하고 섬세했다. 잘생기긴 했지만 너무 평범한 얼굴이라는 진부한 표현이 어울려 보였다. 사람은 상상력 없이도 섬세할 수 있으므로 그가 말을 할 때 보기 흉하게 놀라는 모습을 드러내는 일은 없을 것이다. 그는 우산을 가지고 있었는데, 그것으로 조심스러운 성격을 엿볼 수 있었다. 여자의 경우 날씬한 다리가 먼저 눈에 띄었다. 길고 예쁜 다리지만 사교계 인물의 초상화에 나오는 것만큼 육감적이지는 않았다. 그녀는 표정으로 보아 이 화창한 여름날에도 마음이 편치 않은 것 같았다. 그럼에도 시계의 명령에 따라 집으로 돌아가기가 망설여지는 모양이었다.

만약 껄렁한 10대 아이 두 명이 지나가지 않았다면 그들이 서로에게 말을 건네는 일은 없었을 것이다. 한 녀석은 떠들썩하게 틀어 놓은 라디오를 어깨에 멨고, 다른 녀석은 정신없이 모이를 찾는 비둘기들을 발로 차며 걸었다. 그의 발에 비둘기 한 마리가 차였다. 두 녀석이 요란한 팝송을 들으면서 지나간 길 위에는 발에 차인 비둘기가 나동그라져 있었다.

남자가 우산을 말채찍처럼 움켜쥐고 자리에서 일어났다. "고얀 놈들." 그가 큰 소리로 내뱉었다. 그 말은 희미하게 배어 있는 미국식 억양 때문에 약간 에드워드 왕조 시대의 말처럼 들렸다. 헨리 제임스가 사용했을 것 같은 말투였다.

"비둘기가 불쌍해요." 여자가 말했다. 비둘기가 잔돌들을 흐트러뜨리며 자갈 위에서 바르작거렸다. 날개 하나가 축 처졌고, 다리 하나도 부러진 게 틀림없었다. 그 때문에 비둘기는 일어서지 못하고 제자리에서 빙빙 돌고만 있었다. 다른 비둘기들은 아무 관심도 없이 자갈 사이에 떨어진 빵 부스러기를 찾아 다른 데로 옮겨 갔다.

"잠깐 고개 좀 돌려 보시겠습니까?" 남자가 말했다. 그는 다시 우산을 내려놓고 비둘기가 빙빙 맴돌며 바르작대는 곳으로 급히 걸어갔다. 이어 비둘기를 집어 들고 재빨리 능숙하게 목을 비틀었다. 이런 솜씨는 교육을 잘 받은 사람이라면 누구나 지녀야 할 기술이었다. 그는 주위를 둘러보고 쓰레기통을 찾아서 비둘기의 시체를 그 안에 말끔히 넣었다.

"그렇게 할 수밖에 없었습니다." 자리로 돌아온 그가 사과하듯이 말했다.

"저는 그렇게 못했을 거예요." 여자가 문법에 주의를 기울이며 외국어인 영어로 말했다.

"목숨을 빼앗는 것은 **우리의** 특권이지요." 그가 자부심의 표현이라기보다는 반어적인 의미로 대답했다.

그가 다시 자리에 앉았을 때는 둘 사이의 거리가 좁혀졌다. 두 사람은 이제 날씨 얘기와 여름이 정말 시작되었다는 따위의 얘기를 자유로이 할 수 있게 되었다. 지난주엔 때아니게 추웠어요. 그리고 오늘도…… 그는 여자가 영어로 말을 하는 것을 치켜세우며 자기는 프랑

666

스어를 잘 못하는 것에 대해 사과했다. 여자는 그것이 타고난 재능이 아니라고 말하면서 그를 안심시켰다. 자기는 마게이트에 있는 영어 학원에서 과정을 '마쳤다'고 했다.

"그곳은 바닷가 휴양지잖아요?"

"바다가 항상 짙은 회색으로 보였어요." 그녀가 말했다. 그러고 나서 한동안 둘 다 침묵에 빠졌다. 이윽고 죽은 비둘기가 생각났던지 그녀가 그에게 군대에 있었느냐고 물었다. "아닙니다. 전쟁이 일어났을 땐 이미 나이가 마흔이 넘은걸요." 그가 말했다. "인도에서 근무하며 정부 일을 했어요. 인도를 무척 좋아하게 되었답니다." 그는 아그라, 러크나우, 오래된 도시인 델리에 대해 얘기했다. 추억을 더듬는 그의 눈이 반짝였다. 영국인인 러트…… 뭔가 하는 사람이 건설한 뉴델리는 좋아하지 않았다.* 누가 건설했든 그런 건 중요하지 않았다. 아무튼 그 도시는 그에게 워싱턴을 떠올리게 했다.

"그럼 워싱턴을 좋아하지 않으시나 보죠?"

"사실," 그가 말했다. "우리 나라에 있을 땐 썩 행복한 편은 아니에요. 전 오래된 걸 좋아한답니다. 인도에 있을 때가 한결 더 편안했어요. 믿어지세요? 영국인들과 함께 있는데도 그랬어요. 그리고 지금 이곳 프랑스에서도 같은 기분을 느끼고 있어요. 제 할아버지께선 니스에서 영국 영사로 일하셨답니다."

"프롬나드데장글레**가 그 시절엔 아주 새로운 곳이었죠." 그녀가 말했다.

* 에드윈 러티언스(1869~1944)는 영국의 건축가로, 인도 뉴델리의 도시계획에 참여했다. 대표적인 작품으로 인도 대통령 관저 라슈트라파티 바반과 인디아 게이트 등이 있다.
** 프랑스어로 '영국인의 산책로'라는 뜻으로, 니스 해안가에 인접한 길 이름이다.

"맞아요. 그러나 이젠 그것도 아주 오래되었네요. 우리 미국 사람이 짓는 것들은 세월과 더불어 아름다워지는 게 하나도 없어요. 크라이슬러 빌딩, 힐튼 호텔……"

"결혼하셨어요?" 그녀가 물었다. 그는 잠시 망설인 뒤, 마치 아주 정확히 대답하고 싶어 하는 듯한 어조로 "예" 하고 대답했다. 그리고 손을 내밀어 우산을 만지작거렸다. 뜻하지 않게 낯선 사람과 터놓고 얘기하게 된 이 상황에서 우산이 그의 마음을 든든하게 해 주었다.

"묻지 않았어야 할 질문이었군요." 그녀가 여전히 문법에 신경을 쓰며 말했다.

"아닙니다." 그가 서툴게 여자를 안심시켰다.

"말씀하시는 게 아주 재미있었어요." 그녀가 가볍게 미소 지었다. "그래서 앵프레뷔* 질문이 튀어나와 버렸네요."

"**당신은** 결혼했습니까?" 그가 물었다. 하지만 그것은 그녀를 편하게 해 주기 위한 질문일 뿐이었다. 그녀가 끼고 있는 반지를 보았던 것이다.

"네."

두 사람은 이제 서로를 잘 알게 된 듯한 느낌이 들었다. 그는 자신의 이름을 밝히지 않은 게 예의 없는 일로 여겨졌다. 그가 말했다. "저는 그리브스라고 합니다. 헨리 C. 그리브스."

"제 이름은 마리클레르예요. 마리클레르 뒤발."

"날씨가 너무 좋네요." 그리브스라는 남자가 말했다.

"그렇지만 해가 지면 좀 추워요." 두 사람은 뭔가 유감스러운 감정

---

* imprévu. 프랑스어로 '저도 모르게'라는 의미.

을 느끼며 다시 서로 거리감을 유지했다.

"우산이 예쁘네요." 그녀가 말했다. 그것은 사실이었다. 손잡이의 금테가 도드라져 보였는데, 조금 떨어진 거리에서도 거기에 새겨진 모노그램*을 볼 수 있었다. 분명히 알아볼 수 있는 H자가 C인지 G인지 모를 글자와 얽혀 있었다.

"선물로 받은 겁니다." 그가 무덤덤하게 말했다.

"비둘기를 처리한 솜씨가 무척 감명 깊었어요. 전 사실 라슈**거든요."

"그건 틀림없이 사실이 아닐 겁니다." 그가 자상하게 말했다.

"아니에요. 사실이에요."

"우리는 모두 어떤 일에서는 다 겁쟁이죠. 그런 의미에서만 사실이겠죠."

"선생님은 그렇지 않아요." 여자가 고마워하는 심정으로 비둘기를 떠올리면서 말했다.

"아니에요. 저도 겁쟁이예요." 그가 말했다. "인생의 어떤 부분에선 철저히 겁쟁이랍니다." 그는 본격적으로 개인사를 드러내려는 것처럼 보였고, 그래서 그녀는 그걸 막으려고 남자의 외투 자락을 잡았다. 정말로 외투를 붙잡은 그녀는 끝자락을 치켜들면서 소리쳤다. "덜 마른 페인트가 묻었나 봐요." 이 말은 효과가 있었다. 그는 걱정스러운 눈으로 그녀의 옷을 살폈다. 그러나 벤치를 살펴본 뒤, 두 사람은 페인트가 벤치에서 묻은 게 아님을 알았다.

"집 계단에 페인트칠을 하던데, 거기서 묻었나 봅니다." 그가 말했

---

* 두 개 이상의 글자를 합쳐 한 글자 모양으로 도안한 것.
** lâche. 프랑스어로 '겁쟁이'라는 의미.

다.

"주택에서 사시나요?"

"아닙니다. 아파트 4층에서 살아요."

"아상쇠르*는 있나요?"

"불행히도 없습니다." 그가 침울하게 대답했다. "디세티엠**에 있는 아주 낡은 아파트인걸요."

남자의 알지 못한 삶의 문이 조금 열렸다. 여자는 답례로 자신의 삶에 대해서도 약간 알려 주고 싶었다. 그러나 지나치면 안 된다. 너무 나가서 '벼랑'에 이르면 아찔한 현기증을 느낄 것이다. 그녀가 말했다. "우리 아파트는 정이 안 들 만큼 새 아파트예요. 위티엠***에 있답니다. 손대지 않아도 문이 전기로 자동으로 열리지요. 공항에 있는 문처럼 말예요."

두 사람은 자신의 얘기를 털어놓고 싶은 강한 욕망에 휩쓸렸다. 그는 여자가 항상 마들렌 광장에서 치즈를 산다는 것을 알게 되었다. 조지5세 대로 근처에 위치한 위티엠에서 거기까지는 꽤 먼 거리였다. 그 덕에 한번은 바로 옆에서 장군의 부인인 이본 아줌마****가 브리 치즈 고르는 것을 목격하기도 했다. 그와 대조적으로 그는 자기 아파트에서 나와 모퉁이만 돌면 나오는 토크빌 가에서 치즈를 산다고 했다.

"직접요?"

"예. 제가 장을 봅니다." 그가 갑자기 무뚝뚝한 목소리로 말했다.

그녀가 말했다. "좀 추워졌네요. 이제 가 봐야 할 것 같아요."

---

* ascenseur. 프랑스어로 '승강기'라는 의미.
** dix-septième. 프랑스어로 '17구'라는 의미.
*** huitième. 프랑스어로 '8구'라는 의미.
**** 샤를 드골의 부인. 곧잘 '이본 아줌마'라는 애칭으로 불렸다.

"이 공원에 자주 오십니까?"

"오늘 처음 왔어요."

"신기한 우연의 일치군요." 그가 말했다. "저도 처음 왔습니다. 이 근처에 사는데도 말입니다."

"저는 아주 멀리서 살고요."

두 사람은 어떤 신비한 섭리를 깨닫고서 얼마간 두려운 마음으로 서로를 바라보았다. 그가 말했다. "혹시 저랑 간단히 저녁 식사를 함께할 시간이 있으신지 모르겠네요."

흥분한 나머지 그녀의 입에서 프랑스어가 튀어나왔다. "주 쉬 리브르, 메 부…… 보트르 팜……?"*

"집사람은 다른 데서 저녁을 먹을 겁니다." 그가 말했다. "그런데 남편께선……?"

"제 남편은 11시 전에는 돌아오지 않을 거예요."

그는 걸어서 몇 분 거리에 있는 로렌 간이음식점이 어떻느냐고 제안했다. 여자는 그가 더 멋지거나 더 이색적인 곳을 택하지 않은 것을 다행으로 여겼다. 간이음식점의 묵직한 중산층 분위기가 그녀의 마음을 든든하게 해 주었다. 별로 식욕은 없었지만 자우어크라우트**를 담은 카트가 질서 정연하게 늘어선 모습을 보니 기분이 좋아졌다. 메뉴도 무척 많았다. 두 사람은 그 긴 메뉴를 읽어 내려가는 동안 저녁을 함께할 만큼 놀랍도록 가까워진 상황에 다시 적응할 시간을 가질 수 있었다. 음식을 주문한 뒤, 둘은 동시에 말을 했다. "저는 생각지도

---

* Je suis libre, mais vous…… votre femme……? 프랑스어로 '저는 시간이 있지만, 선생님은…… 부인이……?'라는 의미.
** 독일식 양배추 절임.

못……."

"세상일이 우스운 것 같아요." 그가 본의 아니게 기념비에 새겨진 문구 같은 묵직한 말로 그녀의 말을 덮어 버렸다.

"할아버님 얘기 해 주세요. 영사셨던 분요."

"뵌 적도 없는 분이에요." 그가 말했다. 공원 벤치에서 이야기하는 것보다 식당 의자에 앉아 이야기하는 게 훨씬 더 어려웠다.

"아버님은 왜 미국으로 가신 거예요?"

"아마 모험심 때문이었겠죠." 그가 말했다. "제가 다시 유럽에서 살게 된 것도 모험심 때문일 테고요. 아버지가 젊었던 시절의 미국은 코카콜라나《타임라이프》따위를 의미하는 곳이 아니었으니까요."

"그럼 이곳에서 뭔가 모험을 경험하셨나요? 이런 질문을 하다니 제가 참 바보 같네요. 물론 여기 와서 결혼하셨겠죠?"

"미국에서 결혼해서 집사람과 같이 왔어요." 그가 말했다. "가엾은 페이션스."

"가엾다니요?"

"집사람은 코카콜라를 좋아하거든요."

"그거야 여기서도 살 수 있잖아요." 그녀가 말했다. 이번에는 의도적으로 바보스러운 말을 했다.

와인 주문을 받는 웨이터가 와서 그는 상세르를 주문했다. "괜찮죠?"

"전 와인에 대해선 잘 몰라요." 그녀가 말했다.

"프랑스 사람들은 모두 다 와인을 잘 안다고 생각했는데……"

"와인을 고르는 건 남편들에게 맡긴답니다." 그녀가 말했다. 그는 그녀의 말에 뭔가 상처를 입은 것 같은 느낌이 들었다. 이제 그들이 앉은 자리에 아내가 끼어들고, 또 남편도 끼어들었다. 가자미 요리 덕분에 그들에게는 얼마 동안 말을 하지 않아도 될 구실이 생겼다. 그러나 침묵이 진정한 도피처가 될 수는 없었다. 두 유령은 침묵 속에서 더 확고히 자리를 잡게 될 것이다. 하지만 그때 여자가 용기를 내어 입을 열었다.

"자녀가 있으세요?" 그녀가 물었다.

"아니요. 부인은요?"

"저도 없어요."

"자식이 없어서 섭섭한가요?"

그녀가 말했다. "사람은 뭔가를 놓치면 늘 그걸 섭섭해하는 것 같아요."

"다른 건 몰라도 제가 오늘 몽소 공원을 놓치지 않은 건 참 잘한 일이라고 생각됩니다."

"네, 저도 그렇게 생각해요."

그 후의 침묵은 편안한 침묵이었다. 두 유령이 사라지고 그들 두 사람만 남았기 때문이다. 한번은 설탕 통 위에서 두 사람의 손가락이 스쳤다(딸기를 주문했기 때문이다). 둘 다 더 이상 질문하고 싶은 마음이 없었다. 그들이 알고 있는 다른 누구보다도 서로를 훨씬 잘 알고 있는 것 같았기 때문이다. 새로운 면을 발견하는 단계를 끝내고 행복한 결혼 생활을 누리고 있는 부부 사이 같았다. 질투의 단계를 지나 이제는 평온한 중년에 이른 부부 같았다. 시간과 죽음만이 그들 앞에 놓인 유일한 적이었다. 식사 후에 나온 커피가 다가올 노년을 경고하는 것 같았다. 커피를 마시고 나면 브랜디를 한잔하며 슬픔을 억눌러야 할 것이다. 성공적으로 억누르기는 쉽지 않겠지만. 두 사람은 마치 평생을 경험한 것만 같은 기분이 들었다. 일생이 나비의 생애처럼 시간 단위로 측정되는 듯싶었다.

그는 지나가는 수석 웨이터에 관해 한마디 했다. "저이는 장의사 같아요."

"그렇군요." 그녀가 말했다. 이윽고 그가 계산을 치렀고, 둘은 밖으로 나왔다. 두 사람은 너무 점잖아서 죽음에 대한 고뇌를 오래 견뎌 낼 수가 없었던 것이다. 그가 물었다. "집까지 바래다 드릴까요?"

"안 그러시는 게 좋을 것 같아요. 정말 괜찮아요. 댁이 이 근처시잖아요."

"그럼 테라스에 앉아 뭘 좀 마실까요?" 그가 가슴에 슬픔이 반쯤 차오르는 것을 느끼며 제안했다.

"이 정도면 충분한 거 같아요. 오늘 저녁은 정말 좋았어요." 그녀가 말했다. 그러고 나서 프랑스어로 덧붙였다. "튀 에 브레망 장티."* 자신의 입에서 '자기'라는 말이 튀어나왔다는 것을 너무 늦게 알아차린 그녀는 남자의 프랑스어 실력이 그리 좋지 않아서 그걸 알아차리지 못했기를 바랐다. 그들은 주소나 전화번호를 교환하지 않았다. 둘 다 그런 제안을 할 만큼 용기 있지 않았던 것이다. 두 사람 다 각자의 삶에서 이 시간은 너무 늦게 찾아왔다. 그가 택시를 잡아 주었고, 그녀를 태운 택시는 밝게 빛나는 개선문 쪽으로 멀어져 갔다. 그는 집을 향해 주프루아 거리를 천천히 걸었다. 젊은이에게는 소심한 행동이 나이든 사람에게는 지혜로운 행동일 수 있다. 그럼에도 그 지혜로움이 부끄러워지는 수가 있다.

---

* Tu es vraiment gentil. 프랑스어로 '자기 정말 친절한 분이에요'라는 의미.

마리클레르는 자동문을 지나가면서 언제나처럼 공항과 비상구를 머리에 떠올렸다. 그녀는 6층으로 올라가 아파트 문을 열고 안으로 들어섰다. 주홍색과 노란색이 거칠게 뒤섞인 추상화 한 점이 문을 마주 보며 그녀를 낯선 사람처럼 대했다.

그녀는 가능한 한 소리 나지 않도록 조심하면서 곧장 자기 방으로 가서 문을 잠그고 싱글베드에 앉았다. 벽을 통해 남편의 목소리와 웃음소리가 들려왔다. 오늘 밤 남편이랑 함께 있는 사람은 누구일까, 궁금했다. 토니 아니면 프랑수아겠지. 프랑수아는 그 추상화를 그린 남자였다. 발레 무용수인 토니는 언제나—처음 온 사람 앞에서는 특히 더—이 집 거실의 눈에 띄는 자리에 모셔 놓은 조그만 남근석의 모델이 자신의 물건이라고 주장하곤 했다. 이 남근석에는 눈이 그려져 있었다. 그녀는 옷을 벗기 시작했다. 옆방의 두 남자가 두런두런 이야기를 하는 동안 그녀의 뇌리에는 몽소 공원의 벤치와 로렌 간이음식점의 자우어크라우트 카트의 모습이 떠올랐다. 그녀가 들어온 기척을 듣는다면 남편은 곧 행동에 돌입할 것이다. 그녀가 듣고 있다는 것을 알면 남편은 흥분했다. 책망하는 듯한 남편의 목소리가 들렸다. "피에르, 피에르." 피에르는 처음 듣는 이름이었다. 반지를 빼려고 화장대 위에서 손가락을 펼치자 딸기에 뿌리려 했던 설탕 통이 떠올랐다. 그러나 옆방에서 나는 꺅 하는 소리와 키득거리는 소리에 설탕 통이 눈이 그려진 남근 모양으로 변해 버렸다. 그녀는 침대에 누워 밀랍 알갱이로 귀를 막았다. 그리고 눈을 감고 생각에 잠겼다. 만약 15년 전에 자신이 몽소 공원 벤치에 앉아 있다가 연민의 감정으로 비둘기를 죽이는 한 사내를 보았더라면 인생이 어떻게 달라졌을까……

"당신에게서 여자 냄새가 나요." 페이션스 그리브스가 포개 놓은 두 개의 베개에 기대앉으며 쾌활하게 말했다. 위쪽 베개는 담뱃불에 누런 구멍들이 숭숭 뚫려 있었다.

"무슨 엉뚱한 소리를. 당신도 참…… 공연한 상상일 뿐이야, 여보."

"10시까지는 집에 돌아오겠다고 했잖아요."

"20분밖에 안 지났는걸."

"두에 거리에 있는 술집에 간 거 아니에요? 피*를 꾀러 말예요."

"몽소 공원에 앉아 있었어. 저녁은 로렌 간이음식점에서 먹었고. 당신, 술 한잔 하겠어?"

"내가 뭘 요구하지 못하게 하려고 날 재우고 싶은가 보군요. 마시고 자라는 거죠? 당신은 이제 너무 늙어서 두 번은 못하니까."

그는 아내의 술에 침대 사이 작은 탁자에 놓여 있던 물병의 물을 탔다. 아내가 이런 기분일 때는 그가 무슨 말을 하든 꼬투리를 잡혔다. 가엾은 페이션스. 그는 곱슬곱슬한 붉은 머리의 아내 얼굴을 향해 술잔을 내밀며 속으로 중얼거렸다. 미국을 무척이나 그리워하는 아내. 아내는 이곳의 코카콜라 맛도 똑같다는 것을 절대 믿지 않을 것이다. 다행히도 오늘 밤은 최악으로 치닫지는 않을 듯하다. 아내가 더 이상 꼬투리를 잡지 않고 술을 받아 마신 것이다. 그는 아내 옆에 앉아 간 이음식점 바깥 거리 모습과 함께 여자가—우연히 튀어나온 말이겠지만—**'자기'**라고 불렀던 것을 떠올렸다.

"무슨 생각을 해요?" 페이션스가 물었다. "마음이 아직도 두에 거리에 있는 거 아니에요?"

---

* fille. 프랑스어로 '여자'라는 의미.

"인생이 달라질 수도 있었겠구나 하는 생각을 했어." 그가 말했다.

그 자신으로서는 그것이 삶의 조건에 저항해 본 최대한의 항변이었
다.

마지막 말
The Last Word and Other Stories

마지막 말
The Last Word

1

낯선 방문객으로부터 자기 이름이 아닌 다른 사람 명의의 여권과 자신이 방문하리라고는 꿈에도 생각하거나 기대한 적 없는 나라의 비자와 출국 허가증을 건네받았을 때, 노인은 조금 놀랐을 따름이다. 이제는 딱히 꼬집어 설명할 수 없는 일들에도 이미 익숙해진 까닭이었다. 그는 말 그대로 매우 노쇠했고, 사람들과의 접촉 없이 혼자서 지내온 작고 제한적인 삶에 익숙해져 있었다. 심지어 고립된 삶에서 일종의 행복감조차 느꼈다. 그는 조그마한 부엌과 욕실이 딸린 한 칸짜리 방에서 먹고 자고 살았다. 한 달에 한 번씩 많지는 않아도 생활하기에는 충분한 액수의 연금이 어딘가에서 왔지만, 정확히 어디서 오는지는 알지 못했다. 어쩌면 그가 기억을 빼앗기기 전에 벌어진 사건과 연관이 있는지도 몰랐다. 사건과 관련하여 그의 머릿속에 남아 있는 것은 단지 날카로운 비명, 번갯불 같은 섬광, 혼란스러운 꿈들로 가득한 기나긴 어둠뿐이었다. 그리고 마침내 그 꿈의 터널을 빠져나와 눈을 뜬 곳이 바로 지금 살고 있는 이 방이었다.

"25일에 공항으로 모셔 갈 겁니다." 낯선 방문객이 말했다. "그런 다음 비행기에 탑승하실 거고요. 도착하면 누군가가 마중을 나올 거고, 숙소도 준비되어 있을 겁니다. 비행기에서는 누구한테도 말을 걸지 않으시는 게 좋을 겁니다."

"25일이라고? 지금이 12월이지 않나?" 그는 날짜와 시간을 가늠하기가 쉽지 않았다.

"그렇습니다."

"그렇다면 크리스마스로군."

"크리스마스는 이미 20년도 넘은 옛날에 폐지되었습니다. 선생님께서 사고를 당한 이후에요."

그는 어안이 벙벙했다. 어떻게 기념일이 한 사람에 의해 폐지될 수가 있지? 방문객이 떠나자 그는 혹시 무슨 답이라도 해 주지 않을까 기대하면서 침대 위에 걸린 작은 나무 십자가를 올려다보았다. 십자가의 한쪽 기둥과 거기 붙어 있던 인물 형상의 한쪽 팔이 떨어져 나간 나무 십자가였다. 그는 이 십자가를 2년 전에—3년 전이었나?—자기와는 말을 섞지 않는 이웃들과 공동으로 사용하는 쓰레기통에서 발견했다. 그는 큰 소리로 외쳤다. "아니 당신, 사람들이 당신을 버렸나요?" 떨어져 나간 팔이 '그렇다'라고 대답하는 것 같았다. 그와 십자가 사이에는 어느 정도 의사소통이 가능했다. 둘 사이에 뭔가 공통의 기억이 있기라도 한 것처럼.

이웃들과는 아무런 교류가 없었다. 그는 이 방에서 의식이 돌아온 이후로 어떤 이웃에게도 말을 건넨 적이 없었다. 그들이 자신과 얘기하는 걸 두려워한다고 느꼈기 때문이다. 정작 자신은 알지 못하는 자기 신상에 대해 그들은 뭔가 알고 있는 것 같았다. 어쩌면 어둠이 들이닥치기 전에 자신이 범죄를 저질렀는지도 몰랐다. 거리에는 늘 남자가 하나 붙박여 있었는데 동네 사람 같지는 않았다. 하루 걸러 교대로 얼굴이 바뀌었기 때문이다. 그 남자 역시 누구에게도, 심지어 남의 얘기를 늘어놓는 게 살아가는 낙인 꼭대기 층 노파에게조차도 말을 걸지 않았다. 어느 날인가 거리에서 노파가 곁눈질을 하며 그의 이름—여권에 있는 이름이 아닌 진짜 이름—을 입에 올렸는데, 그 때문에 노인과 감시자 둘 다 연행된 적이 있었다. 평범하기 이를 데 없는 '요한'이라는 이름이었다.

한번은(수 주일 동안 비가 퍼부은 끝에 모처럼 찾아온 따뜻하고 화창한 날씨 탓이었을 게다) 그가 빵을 사러 가는 길에 거리의 감시자에게 일부러 말을 붙였다. "형제여, 신의 가호가 함께하기를." 그러자 남자는 느닷없이 고통이 엄습하기라도 한 것처럼 몸을 움찔하더니 등을 획 돌렸다. 노인은 주식인 빵을 사러 계속 길을 걸어갔고, 누군가가 빵가게까지 자신의 뒤를 밟는 것을 알아차렸다. 전반적인 공기가 약간 미심쩍었지만 그는 크게 신경 쓰지는 않았다. 그는 자신의 유일한 청중인 부러진 나무 조각에게 말을 건넸다. "내 생각엔 사람들이 당신이랑 나를 멀리하고 싶어 하는 것 같아." 아무튼 그로서는 불만이 없었다. 까맣게 잊힌 과거 어딘가에서 자기를 짓눌렀던 엄청난 부담으로부터 이제는 해방된 것처럼 느껴졌다.

그가 여전히 크리스마스라고 여기는 날이 다가왔고, 낯선 방문객도 다시 나타났다. "공항으로 모셔 가려고요. 짐은 다 꾸리셨습니까?"

"꾸릴 짐도 별로 없고, 가방도 없는데 뭐."

"하나 가져오죠." 남자는 가방을 가지러 갔다. 남자가 자리를 비운 동안 노인은 딱 하나 있는 여벌의 상의로 나무 조각을 둘둘 말았다. 그리고 가방이 도착하자마자 안에 집어넣고 두 장의 셔츠와 속옷으로 덮었다.

"이게 전부입니까?"

"내 나이가 되면 필요한 게 그리 많지 않다네."

"주머니에 든 건 뭡니까?"

"책이라네."

"어디 보여 주십시오."

"왜 그러나?"

"지시를 받았습니다."

그는 노인의 손에서 책을 낚아채 제목이 있는 페이지를 펼쳤다.

"선생님에게는 이 책의 소유권이 없습니다. 이걸 어떻게 갖게 되셨죠?"

"어렸을 때부터 죽 가지고 있던 거라네."

"병원에서 압수했어야 했는데. 아무튼 보고를 해야겠습니다."

"누구의 잘못도 아니라네. 내가 감췄거든."

"선생님은 무의식 상태로 호송되셨습니다. 뭘 감추거나 할 수가 없는 상태였죠."

"다들 내 목숨을 살리느라 너무 분주했기 때문이었을 걸세."

"이건 일종의 범죄적 부주의입니다."

"누가 나한테 그게 뭐냐고 물었던 기억이 나는 것도 같군. 난 사실대로 말해 줬어. 고대 역사에 관한 책이라고."

"금지된 역사죠. 이건 소각로로 보낼 겁니다."

"그 정도로 중요하진 않을 텐데." 노인이 말했다. "우선 몇 페이지 읽어 보게나. 그럼 알게 될 걸세."

"그런 일은 하지 않습니다. 저는 장군님에게 충성을 다하니까요."

"오, 물론 그렇겠지. 충성은 아주 중요한 덕목이지. 하지만 걱정 말게나. 몇 년 동안 몇 장 읽지도 않았으니까. 내가 좋아하는 구절은 여기 이 머릿속에 들어 있고, 내 머리를 소각할 수는 없겠지."

"너무 그렇게 확신하지는 마십시오." 남자가 대답했다. 그 얘기를 끝으로 남자는 공항에 도착할 때까지 입을 다물었고, 공항에서는 모든 일이 예기치 못한 방향으로 흘러갔다.

2

제복을 입은 장교가 예의를 깍듯이 갖추어 영접해서 노인은 마치 머나먼 과거로 돌아간 것처럼 느껴졌다. 장교는 군대식 경례까지 붙였다. "장군님께서 편안하게 여행하시라는 말씀을 전해 달라고 하셨습니다." 그가 말했다.

"날 어디로 데려가는 거지?"

장교는 질문에 아무 대답도 하지 않고 민간 경비원에게 "짐은 이게 전부인가?"라고 물었다.

"전부입니다. 그런데 이 책을 압수했습니다."

"어디 보세." 장교는 제목이 있는 페이지를 펼쳤다. "물론 자네는 임무를 충실히 수행했네만, 이건 선생께 돌려 드리게. 지금은 특별한 상황이야. 선생은 장군님의 손님이고, 이제 이런 책은 더 이상 위험하지 않다네."

"하지만 법률상……"

"법도 시대에 뒤처질 수가 있지."

노인은 아까 했던 질문을 다른 말로 바꾸어 다시 물었다. "내가 탈 비행기는 어느 항공사 소속인가?"

"선생님, 세상이 바뀐 걸 아직 모르시는군요. 지금은 항공사가 하나밖에 없습니다. 세계연합항공이라고 하죠."

"이런, 이런. 세상이 도대체 얼마나 변한 건지 원."

"걱정 마십시오, 선생님. 변화의 시기는 끝났습니다. 이제는 세계가 안정됐고 평화가 정착되었습니다. 변화라는 게 필요 없지요."

"날 어디로 데려가는 건가?"

"다른 주로 가시는 것뿐입니다. 네 시간만 비행하시면 됩니다. 장군님 전용기로요."

그것은 특별한 비행기였다. 내부에는 침대로 변형할 수 있는 널찍한 안락의자 여섯 개가 놓인 거실 비슷한 공간이 있었다. 열린 문을 지날 때 노인의 눈에 욕조가 들어왔고(그는 몇 년 동안 욕조를 본 적이 없었다. 그의 작은 아파트에는 샤워기밖에 없었다), 그는 앞으로 몇 시간 동안 따뜻한 물속에 몸을 쭉 뻗고 누워 봤으면 하는 욕구를 강하게 느꼈다. 조종실과 안락의자들 사이에는 바가 자리 잡고 있었다. 비굴할 정도로 상냥한 승무원이 만약 이 통일된 세계에 국가가 존재한다면 각국의 모든 음료를 망라했을 듯싶은 메뉴를 내밀면서 그에게 고르라고 권했다. 노인의 초라한 옷차림에도 승무원의 정중함은 줄어들지 않는 듯했다. 어쩌면 승무원은 이런 자리에 전혀 어울리지 않는 인물이라고 여겨질지라도 장군의 손님이라면 누구에게나 그처럼 비굴할 정도로 친절을 보이는지도 몰랐다.

장교는 멀찍이 떨어져 자리를 잡았다. 노인이 마음 놓고 금지된 서적을 읽을 수 있게 내버려 두려는 사려 깊은 행동처럼 보였다. 그러나 노인의 마음은 평화와 침묵을 더 갈망하고 있었다. 그는 이해할 수 없는 일들로 완전히 녹초가 되었다. 자신이 떠나온 작은 아파트, 그 누구도 모르는 곳에서 송금되는 연금, 이 호사스러운 비행기 그리고 무엇보다도 저 욕조…… 모든 게 수수께끼였다. 자주 그러는 것처럼 그의 마음은 기억을 되짚기 시작했다. 하지만 기억은 요란한 소음과, 뒤이은 어둠에 갑작스럽게 끊어졌다. 몇 년 전이었더라? 마치 전신마취 상태로 살아오다가 이제 막 마취가 서서히 풀리는 듯한 느낌이었다. 이 호화로운 민간 여객기에서 그가 깨어난다면 도대체 어떤 기억들이 자신을 기다리고 있을지, 노인은 불현듯 두려워졌다. 그는 책을 읽기 시작했다. 오랫동안 읽어서 이미 암기하고 있는 구절이 자동적으로 펼쳐졌다. '말씀이 세상에 계셨고 세상이 이 말씀을 통하여 생겨났는데도 세상은 그분을 알아보지 못하였다……'*

승무원의 목소리가 귀에 들어왔다. "캐비아 좀 드시겠습니까, 선생님? 보드카 한 잔 드릴까요? 아니면 드라이 화이트 와인이 더 나을까요?"

그는 익숙한 페이지에서 눈을 떼지 않고 대답했다. "아니, 고맙지만

---

* 『요한의 복음서』 1장 10절.

사양하겠네. 배도 안 고프고 목도 안 마르니까."

승무원이 잔을 거둬들일 때 나는 쨍하는 소리가 그에게 어떤 기억을 불러일으켰다. 그의 손이 앞에 놓인 탁자에 뭔가를 내려놓으려는 듯 저절로 움직였고, 그는 일순간 눈앞에서 고개를 숙인 한 무리의 낯선 이들을 보았다. 깊은 정적과 정적 뒤의 그 요란한 소음, 뒤이은 짙은 어둠……

승무원의 목소리가 그를 깨웠다. "안전띠를 매십시오, 선생님. 5분 뒤에 착륙합니다."

3

트랩 아래서 대기하고 있던 다른 장교가 그를 커다란 승용차로 안내했다. 이 모든 의식, 예우, 호화로움이 그의 감춰진 기억들을 들쑤셨다. 이제 그는 하나도 놀랍지 않았다. 수년 전에 이미 모두 경험한 것처럼 느껴졌다. 손은 기계적으로 자기를 낮추는 동작을 취했고, 입에서는 "나는 종들 중의 종일지니"라는 구절이 튀어나왔다. 그가 말을 끝내기도 전에 차 문이 닫혔다.

차는 몇몇 상점들 앞에 줄이 늘어서 있는 것을 제외하고는 텅 비다시피 한 거리를 가로질러 달렸다. 그가 다시 말을 이었다. "나는 종일지니." 호텔 밖에는 지배인이 대기하고 있었다. 지배인이 인사를 건넨 다음 노인에게 말했다. "장군님의 개인적인 손님을 모시게 되어 영광입니다. 여기 체류하는 동안 모쪼록 편안히 지내실 수 있도록 최선을 다하겠습니다. 뭐든 말씀만 하시면……"

노인은 놀랍다는 표정으로 14층짜리 호텔을 올려다보며 물었다. "난 얼마 동안 여기 머물기로 되어 있나?"

"하룻밤만 예약되어 있습니다, 선생님."

장교가 부리나케 대화에 끼어들었다. "내일 장군님을 만나 뵙기로 되어 있습니다. 오늘 밤은 이곳에서 편안하게 여독을 풀라고 하십니다."

노인은 기억을 더듬어 보았고, 이름 하나가 떠올랐다. 기억이 조각 조각 부서진 상태로 돌아오는 것 같았다. "미그림 장군이던가?"

"아니에요, 아닙니다. 미그림 장군님은 대략 20년 전에 사망하셨습니다."

제복 차림의 현관 안내인이 호텔로 들어서는 그들에게 경례를 했다. 접객 담당자가 열쇠를 들고 대기 중이었다. 장교가 말했다. "저는 여기서 물러가겠습니다, 선생님. 내일 아침 11시에 모시러 오겠습니다. 장군님이 11시 30분에 만나 뵙길 원하십니다."

지배인이 노인을 엘리베이터로 데려갔다.

두 사람이 시야에서 사라지자 접객 담당자가 장교에게 물었다. "저 양반은 누굽니까? 장군님의 손님이라고요? 옷차림을 보면 극빈자 같은데요."

"교황이라네."

"교황이라고요? 교황이 뭔가요?" 접객 담당자가 물었지만 장교는 아무 대답도 하지 않고 호텔을 빠져나갔다.

4

지배인이 떠나자 피곤이 엄습했지만 노인은 늘 그렇듯이 놀랍다는 표정으로 주위를 둘러보았다. 커다란 더블베드의 푹신한 매트리스 위에 앉아 보았다. 욕실 문을 열고 일렬로 늘어서 있는 작은 병들도 살펴보았다. 짐을 풀 때, 조심스럽게 숨겨 가지고 온 나무 조각만큼은 좀 신경이 쓰였다. 그는 그것을 화장대 거울에 기대 놓았다. 옷가지를 대충 의자에 던져 놓은 다음 명령에 순종하듯이 침대에 누웠다. 앞으로 어떤 일이 벌어질지 눈치챘더라면 잠드는 게 불가능했을지도 모른다. 하지만 아무것도 알아차리지 못한 그는 푹신한 매트리스 깊숙이 몸을 가라앉힐 수 있었고, 곧바로 잠이 들었다. 자는 동안 꿈을 하나 꾸었는데, 일부는 깨어났을 때도 생생히 기억났다.

그는 일종의 거대한 헛간 같은 곳에서—그 모든 것을 똑똑히 볼 수 있었다—수십 명이 채 안 되는 청중에게 얘기를 하고 있었다. 한쪽 벽에는 가방에 숨겨 놓았던 것과 같은 훼손된 나무 십자가와 한쪽 팔이 없는 인물 조상이 걸려 있었다. 자기가 무슨 얘기를 했는지는 기억나지 않았다. 자신이 알지 못하는, 혹은 기억할 수 없는 언어로—또는 몇 가지 언어들로—얘기했기 때문이다. 헛간이 점점 줄어들더니 그가 떠나온 조그만 아파트만 해졌고, 그의 앞에 무릎을 꿇은 한 노파와 그 곁에 선 어린 소녀 한 명이 나타났다. **소녀는** 무릎을 꿇지 않았다. 대신 경멸 어린 눈으로 그를 쳐다보았는데, 역력히 이런 말을 외치는 표정이었다. '난 당신이 하는 말을 한 마디도 이해하지 못하겠어요. 왜 말을 올바르게 하지 못하나요?'

잠에서 깨어난 그는 끔찍한 낭패감에 사로잡혔다. 그는 침대에 누운 채 다시 꿈속으로 돌아갈 방법을 찾으려고 무진 애를 썼다. 꿈속으로 돌아가 아이가 이해할 수 있는 말을 몇 마디라도 해 주고 싶었다. 그는 생각나는 대로 몇 마디 말을 입 밖에 내어 보기도 했다. "팍스"*라고 큰 소리로 말했다. 하지만 그 단어는 자신에게 외국어였던 것처럼 그 소녀에게도 외국어일 것이다. "사랑"이라는 다른 단어를 말해 보았다. 사랑이란 단어는 더 쉽게 입술에 떠오르긴 했지만, 지금의 그에게는 왠지 모순적인 의미를 지닌 너무 식상한 말처럼 들렸다. 그는 사랑이란 단어가 정확히 어떤 의미인지 자신도 알지 못한다는 사실을 알아차렸다. 그 단어는 그가 경험해 본 적이 있는지 확신할 수 없는 무엇이었다. 어쩌면—그 요란한 소음에 이어 어둠이 닥치기 이전에—그가 조금이나마 가지고 있던 것이었을지도 모르지만, 만약 사랑이 정말 중요한 것이라면 그에 대한 조그만 기억이라도 남아 있어야 했다.

그의 불안한 상념은 웨이터가 커피와 함께 갖가지 빵과 크루아상이 담긴 쟁반을 들고 들어온 탓에 중단되었다. 그가 먹던 유일한 음식인 빵을 파는 작은 빵 가게에서는 본 적이 없는 것들이었다.

"대령이 11시에 와서 선생님을 장군님께 모시고 갈 예정입니다. 면담 때 입으실 옷이 옷장에 준비되어 있다고 알려 드리라고 하셨습니다. 급히 오느라 미처 챙기지 못하셨을 경우에 대비하여 욕실에 면도기와 빗과 그 밖의 필요한 것들을 모두 준비해 두었습니다."

"내 옷은 이 의자에 있네." 그는 웨이터에게 그렇게 말한 다음 친근한 농담을 덧붙였다. "벌거벗은 채 오진 않았지."

"그것들은 전부 치우라는 지시를 받았습니다. 선생님께 필요한 건

---

* pax. 라틴어로 '평화'라는 의미.

모두 저기 있습니다." 웨이터가 옷장을 가리켰다.

노인은 자신의 상의와 바지와 셔츠와 양말을 내려다보았다. 웨이터가 조심스럽게 그것들을 집어 들 때 그 옷가지들이야말로 절실히 세탁이 필요하다는 생각이 새삼 떠올랐다. 지난 몇 년 동안 주기적으로 만나는 사람들이란 게 고작해야 빵집 주인과 자기를 감시하러 오는 남자들 그리고 가끔씩 마주치지만 자기 쪽으로는 시선을 두지 않으려는, 혹은 자기와 마주치는 걸 피하고자 일부러 길을 건너가는 이웃 사람들이 전부인 상황에서, 많지도 않은 연금 가운데 일부를 세탁소에 써야 할 이유를 찾기는 힘들었다. 깨끗한 옷이 다른 사람들에게는 사회적으로 필요한 것일 테지만, 그에게는 사회생활이라는 게 없었다.

웨이터가 자리를 뜨자 그는 속옷 차림으로 서서 이 기이한 일들에 대해 곰곰이 짚어 보았다. 그때 방문을 노크하는 소리가 들렸고, 그를 이곳으로 데려온 장교가 들어왔다.

"아직도 옷을 입지 않으셨네요. 아무것도 안 드셨고요. 장군님은 우리가 제시간에 도착하기를 원하십니다."

"웨이터가 옷을 가져가 버렸다네."

"선생님 옷은 옷장 안에 있습니다." 옷장 문을 열어젖히자 성직자가 입는 하얀 중백의와 하얀 망토가 노인의 눈에 들어왔다. 노인이 말했다. "아니 왜? 나에게 원하는 게 뭐지? 난 이걸 입을 권리가……"

"장군님께서는 선생님께 적절한 예우를 해 드리고 싶어 하십니다. 장군님도 제복을 갖춰 입으실 겁니다. 의장대도 선생님을 기다리고 있습니다. 선생님도 예복을 착용하셔야 합니다."

"예복이라고?"

"어서 면도를 하시죠. 세계의 언론을 위한 사진 촬영도 있을 겁니다.

연합세계언론이라고 하죠."

그는 장교의 말에 따랐다. 정신이 혼란스러워진 까닭에 얼굴 몇 군데를 베고 말았다. 그런 다음 내키지 않는 마음으로 중백의와 망토를 걸쳤다. 옷장 문에 기다란 거울이 달려 있었다. 그는 두려움이 깃든 목소리로 소리쳤다. "꼭 성직자 같은 모습이야."

"선생님은 성직자셨습니다. 이 의복들은 오늘 행사를 위해 세계신화박물관에서 특별히 빌려 온 겁니다. 손을 내미세요."

그는 순순히 따랐다. 장교의 말에서 권위가 느껴졌기 때문이다. 장교가 그의 손가락에 반지를 하나 끼웠다. "박물관 측에서는 반지를 빌려주는 걸 꺼렸지만, 장군님께서 고집하셨습니다. 이번 일은 다시는 되풀이되지 않을 일이니까요. 자, 저를 따라오십시오." 방을 나서려고 할 때, 화장대 위에 놓인 나무 물건이 장교의 눈을 붙잡았다. 그가 말했다. "그 사람들, 선생님이 저걸 가져오는 걸 허락하지 말았어야 했는데."

노인은 누구에게도 문제가 생기지 않기를 원했다. "내가 몰래 숨겨가지고 왔다네."

"신경 쓰지 마십시오. 박물관 측도 이걸 확보하게 되면 분명 좋아할 테니까요."

"내가 계속 가지고 있고 싶은데."

"장군님을 뵙고 난 다음에는 더 이상 필요치 않을 거라고 생각합니다."

5

그들을 태운 차는 기이하리만치 텅 빈 거리들을 지나 드넓은 광장
에 도착했다. 한때는 왕궁이었던 듯한 건물 앞에 군인들이 일렬횡대
로 늘어서 있었고, 차는 그 앞에 멈췄다. 장교가 말했다. "여기서 내릴
겁니다. 놀라지 마십시오. 장군님께서는 선생께 전직 국가원수에 걸맞
은 적절한 군대식 예우를 해 드리고자 하십니다."

"국가원수라고? 이해가 안 되는군."

"자, 앞장서십시오."

장교가 팔을 잡아 주지 않았더라면 노인은 자기 옷에 걸려 넘어졌
을 것이다. 그가 몸을 추스를 때 굉음이 들렸고, 그는 다시 쓰러질 듯
이 기우뚱했다. 길고 긴 어둠이 그를 칭칭 감싸기 전에 언젠가 들었던
것과 같은 날카로운 파열음이 열 배쯤 증폭된 듯한 소리였다. 굉음이
그의 머리를 둘로 쪼개는 듯했고, 그 틈을 비집고 평생의 기억들이 쏟
아져 들어오기 시작했다. 그는 되뇌었다. "이해가 안 돼."

"교황 성하."

고개를 숙여 자신의 발을 내려다보니 중백의 자락이 눈에 들어왔다.
손으로 시선을 돌리니 반지가 눈에 들어왔다. 그때 금속성이 들렸다.
군인들이 받들어총 자세를 취하고 있었다.

장군은 예의를 갖춰 그를 맞았고, 곧장 본론으로 돌입했다. "저는 성

하를 살해하려던 시도와 절대 무관하다는 사실을 알아주셔야 합니다. 그건 제 전임자 가운데 한 명인 미그림이라는 장군의 중대한 실수였습니다. 혁명의 후반기에는 그런 실수가 쉽게 저질러지곤 하지요. 세계 국가와 세계 평화를 구축하는 데 100년이 걸렸습니다. 미그림 장군은 성하와 일부 추종자들이 자신의 앞길에 걸림돌이 될까 봐 두려웠던 거지요."

"내가 두려웠다고요?"

"그렇습니다. 성하의 종교는 역사상 발생한 수많은 전쟁에 책임이 있다는 걸 아셔야 합니다. 마침내 우리는 전쟁을 종식시켰지요."

"하지만 당신은 장군이잖소. 밖에는 병사들도 많던데."

"세계 평화의 수호자로서 존재하는 거지요. 아마 100년쯤 더 지나면 군인이라는 존재 자체도 사라질 겁니다. 성하의 종교가 존재하지 않게 된 것처럼 말입니다."

"그 종교가 이젠 존재하지 않는 건가요? 난 오래전에 기억을 잃어버려서."

"성하는 현존하는 마지막 기독교도입니다." 장군이 말했다. "역사적인 인물인 거지요. 그런 연유로 제가 성하를 마지막으로 알현하고자 한 겁니다."

장군이 담뱃갑을 꺼내 노인에게 내밀었다. "저랑 한 대 태우시겠습니까, 요한 성하? 죄송스럽게도 몇 세인지 잊어버렸군요. 요한 29세셨던가요?"

"교황이라고요? 난 담배를 태우지 않습니다. 그런데 왜 나를 교황이라고 부르는 거지요?"

"마지막 교황이지만 여전히 교황은 교황이니까요." 장군은 담배에 불을 붙이고 말을 이었다. "우리는 개인적으론 성하께 아무런 반감도 없다는 걸 알아주십시오. 성하는 중요한 위치를 차지하고 계셨습니다. 우리가 가졌던 야망에는 공통점이 많습니다. 닮은 구석이 무척 많았지요. 그것이 바로 미그림 장군이 성하를 위험한 적으로 간주한 이유 가운데 하나였습니다. 추종자를 거느리고 있는 한 성하는 하나의 대안이 될 수 있었으니까요. 대안이 존재한다는 건 곧 전쟁이 벌어질 수밖에 없다는 얘기지요. 저는 미그림 장군이 취한 방법에는 동의하지 않습니다. 그렇게 몰래 숨어서 총을 쏘다니요. 성하가 말씀을 하고 계신 동안에 말이죠. 그걸 뭐라고 부르죠?"

"기도 말인가요?"

"아니요, 그것 말고요. 이미 법으로 금지된 대중 의식을 말하는 겁니다."

노인은 무슨 말을 해야 할지 몰랐다. "미사 말인가요?" 그가 물었다.

"맞습니다, 맞아요. 바로 그 단어였던 것 같습니다. 미그림 장군이 세운 구상에서 잘못된 부분은, 자칫하면 성하를 순교자로 만듦으로써 우리의 계획을 상당히 지체시켰을 수도 있었다는 점입니다. 사실 당시 그ㅡ뭐라고 하셨더라ㅡ아, 그 미사에는 고작 십수 명밖에 없었거든요. 그런데도 그의 방법은 위험했습니다. 미그림 장군의 후임자는 그 점을 깨달았고, 저 역시 조용히 일을 처리하는 방식을 따랐죠. 우리는 성하를 살려 두었습니다. 우리는 언론으로 하여금 성하에 대해 그리고 성하의 조용한 은퇴 생활에 대해 단 한 마디도 언급하지 않도록 조치하였습니다."

"도무지 이해할 수가 없군요. 죄송합니다. 이제 막 기억이 나기 시작하네요. 당신네 병사들이 총을 쐈던 바로 그때……"

"우리는 성하를 살려 두었습니다. 여전히 스스로를 기독교도라고 지칭하는 사람들의 지도자가 바로 성하셨으니까요. 다른 사람들은 별 문제 없이 포기를 했습니다. 정말이지 이상한 이름들투성이였지요. 여호와의 증인이니, 루터파니, 칼뱅파니, 국교회니. 세월이 흐르면서 그것들은 모두 하나씩 하나씩 사라져 갔습니다. 성하를 따르는 집단은 자신들을 가톨릭이라고 불렀지요. 집단끼리 서로 싸우는 와중에도 마치 전체를 대표하는 건 자기들이라고 주장하는 것 같았어요. 저는 역사적으로 볼 때 처음으로 자신들을 조직화하고 신화 속 목수의 아들을 추종하려 한 것이 바로 성하의 집단이라고 생각합니다."

노인이 말했다. "그이의 팔이 왜 부러졌는지 궁금하네요."

"그이의 팔이라고요?"

"미안합니다. 내가 정신이 오락가락해서요."

"우리는 성하에게 남겨진 것을 모두 그 마지막 장소에 남겨 두었습니다. 아직까지 성하를 추종하는 사람들이 존재하고, 또 우리에게는 공통의 목표가 있기 때문이지요. 세계 평화, 빈곤 퇴치 말입니다. 우리가 성하를 이용할 수 있는 시기도 있었습니다. 더 큰 전체를 위해서 국가라는 개념을 없애는 데 이용했죠. 성하는 더 이상 실질적인 위험 요인이 되지 못했으니, 미그림 장군의 행동은 불필요했지요. 아니면, 어쨌든, 시기상조였습니다. 이제 이 모든 터무니없는 일들이 끝나고 잊힌 것에 대해 우린 만족한답니다. 요한 교황 성하, 이제 성하를 따르는 사람은 없습니다. 지난 20년간 저는 성하를 철저하게 감시했습니다. 단 한 명도 성하와 접촉하려 하질 않더군요. 이제 성하는 아무런 힘도 없고, 세계는 하나가 되어 평화를 구가하고 있습니다. 이제 성하는 더이상 두려움의 대상이 아닙니다. 그 작은 숙소에서 그렇게 오랫동안

따분하게 사시도록 해서 송구스럽군요. 어떤 면에서 믿음이란 노년과
도 같습니다. 영원히 지속될 수 없으니까요. 공산주의는 노화되어 사
망했고, 제국주의 역시 마찬가지입니다. 성하를 제외하고는 기독교 또
한 소멸되었습니다. 역대 교황 가운데서도 성하는 좋은 교황이었다고
생각합니다. 이제는 더 이상 성하를 그런 누추한 환경에 방치하지 않
고 예우를 다하겠습니다."

"친절하시네요. 그런데 지금 숙소도 생각하시는 것만큼 누추하지
않았어요. 친구도 하나 있었고요. 그 친구랑 얘기도 할 수 있었으니까
요."

"그게 무슨 소리입니까? 성하는 혼자였습니다. 빵을 사러 문밖에 나
섰을 때조차 혼자였습니다."

"밖에 나갔다가 돌아올 때면 그이가 나를 기다리고 있었지요. 팔이
부러지지 않았다면 좋았을걸."

"아, 그 나무 조각 얘기로군요. 신화박물관에서는 소장품이 하나 늘
게 되어 반길 겁니다. 하지만 지금은 신화 얘기가 아니라 진지한 얘기
를 나눌 시점입니다. 여기 책상 위에 놓인 총이 보이시죠. 저는 사람들
이 불필요하게 고통을 겪어서는 안 된다고 생각합니다. 저는 성하를
존경합니다. 미그림 장군과는 다르죠. 저는 성하가 위엄 있게 죽어 가
는 모습을 보고 싶습니다. 마지막 기독교도로서요. 지금은 역사적인
순간입니다."

"날 죽일 셈인가요?"

"그렇습니다."

노인은 두려움이 아니라 안도감을 느꼈다. "지난 20년 동안 종종 가
고 싶었던 곳으로 나를 보내 주는 셈이로군요."

"어둠 속으로 말인가요?"

"오, 내가 알던 어둠은 죽음이 아니었습니다. 빛이 없는 곳일 따름이었죠. 당신은 나를 빛 속으로 보내 주는 겁니다. 감사드립니다."

"저는 성하가 저와 함께 최후의 만찬을 갖길 바랐습니다. 일종의 상징으로서요. 적으로 태어난 두 사람의 마지막 우정을 상징하는 거지요."

"죄송합니다만, 난 배가 고프지 않네요. 어서 집행을 하시지요."

"최소한 저와 함께 와인 한 잔은 하셔야죠, 요한 교황 성하."

"고맙습니다. 그렇게 하죠."

장군은 잔 두 개에 와인을 따랐다. 잔을 비우는 장군의 손이 가늘게 떨렸다. 노인은 인사를 하듯이 잔을 들어 올렸다. 그가 낮은 목소리로 몇 마디 말을 중얼거렸지만 장군은 알아들을 수 없었다. 모르는 언어였기 때문이다. "코르푸스 도미니 노스트리……"* 장군은 그의 적인 마지막 기독교도가 잔을 기울일 때 총을 발사했다.

방아쇠에 힘을 가해 총알이 폭발하기까지의 짧은 순간에 이상하고도 두려운 의심이 장군의 마음을 스치고 지나갔다. 이 노인네가 믿었던 게 과연 사실일까?

---

* Corpus Domini nostri. 라틴어로 '주님, 제 안에 주님을'이라는 의미. 라틴어 미사의 성체 성사 중에 사제가 올리는 영성체송의 일부이다. '주님, 제 안에 주님을 모시기에 합당치 않사오나 한 말씀만 하소서. 제가 곧 나으리이다.' 최후의 만찬 때 예수 그리스도가 한 말을 사제가 반복함으로써 빵과 포도주가 예수 그리스도의 몸과 피로 축성되어 성체성사가 이루어진다.

영어 뉴스
The News in English

　오늘 밤 치즌 방송의 주인공은 호호 경*이었다.

　영국 전역에서 이 새로운 목소리를 들을 수 있었다. 정확하면서 다소 무미건조한, 전형적인 영국인 학자의 목소리였다.

　첫 방송에서 그는 자신을 '신흥 독일 전역에서 벌어지고 있는 청춘의 부활'에 능히 공감할 수 있을 만큼 젊은 남성이라고 밝혔는데, 그 점 때문에—현학적인 말투와 결부되어—그는 한때 꼴불견 박사라는 별명을 얻었다.

　그것은 그런 인물들에게는 비극이지만, 세상에는 그런 비극의 주인공이 적지 않았다.

---

* Lord Haw-Haw. 제2차 세계대전 중 독일에서 영국을 향해 선전 방송을 한 윌리엄 조이스 (1906~1946)의 별명.

나이 든 비숍 부인이 크로버러에 있는 집의 난롯가에서 뜨개질을 하고 있을 때, 젊은 비숍 부인이 치즌으로 채널을 돌렸다. 뜨개질 중인 양말은 카키색이었다. 마치 1918년에 바늘 코를 빠뜨린 부분부터 다시 뜨기 시작한 것 같았다. 어두침침하면서 안락한 이 집은 온통 눈으로 뒤덮인 전나무와 월계수가 늘어선 오래된 거리에 자리 잡고 있었다. 이곳을 찾는 사람은 은퇴한 늙은이들뿐이었다. 젊은 비숍 부인은 그 순간을 결코 잊지 못할 것 같았다. 애시다운 숲을 가로질러 불어온 바람이 빛을 차단한 창문을 때리고, 시어머니는 무심하게 뜨개질을 하고 있었다. 모든 것이 바로 이 순간을 기다리고 있었다는 느낌이었다. 치즌 방송 도중에 그 목소리가 방 안으로 흘러나오자 나이 든 비숍 부인이 단호하게 말했다. "저건 데이비드야."

젊은 메리 비숍은 가당치 않다는 듯 대꾸했다. "그럴 리가 있나요." 하지만 그녀는 알고 있었다.

"너는 네 남편을 모를지 모르지만 난 내 아들을 잘 안다."

말을 하고 있는 남자가 아내와 어머니인 자신들의 얘기는 듣지 못하면서—아내든 어머니든—세상에 자기를 아는 사람은 아무도 없다는 듯 케케묵은 거짓말을 수백 번씩 되풀이하고 있다는 사실이 믿어지지 않았다.

나이 든 비숍 부인이 뜨개질을 멈췄다. "저이가 바로 사람들이 떠들어 대던 꼴불견 박사라는 사람이냐?"

"틀림없어요."

"저건 데이비드다."

데이비드의 목소리는 유별나리만큼 단호했다. 그는 세세한 공학적 설명으로 돌입하는 중이었다. 데이비드 비숍은 옥스퍼드 대학의 수학

교수였다. 메리 비숍은 무선 라디오를 돌려 *끄고*는 시어머니 옆에 앉았다.

"저 목소리의 주인이 누군지 사람들은 알고 싶어 할 게다." 나이 든 비숍 부인이 말했다.

"사람들에게 얘기해서는 안 돼요." 메리가 말했다.

노파의 손가락이 카키색 양말 위에서 움직이기 시작했다. "그게 우리의 의무지." 그녀가 말했다. 의무라, 메리 비숍에게 의무라는 것은 나이가 들면서 생기는 질환 같았다. 개인적 관계의 줄다리기가 주는 팽팽한 긴장감은 더 이상 느끼지 못하게 되고, 애국심과 증오라는 거대한 물결에 그저 몸을 맡기게 될 뿐이었다. 그녀가 말했다. "그이는 분명 강요받았을 거예요. 어떤 협박이 있었는지 알 수 없……"

"그건 중요하지 않아."

그녀는 가능성 없는 기대에 힘없이 굴복했다. "제발 적절한 때에 빠져나왔으면 좋겠어요. 전 그이가 저런 강의를 하는 걸 결코 바라지 않았어요."

"그 앤 늘 고집불통이었지." 나이 든 비숍 부인이 말했다.

"그이는 전쟁이 일어날 리 없다고도 했어요."

"전화 좀 다오."

"어머님은 이게 뭘 뜻하는지 아시잖아요." 메리 비숍이 말했다. "우리가 승리하면 그이는 반역죄로 재판을 받게 될지 몰라요."

"**당연히** 우리가 승리하지." 나이 든 비숍 부인이 말했다.

두 비숍 부인과의 인터뷰가 이루어진 이후에도, 심지어 데이비드 비숍의 이력에 대한 신랄한 비판성 기사가 나간 이후에도 별명은 바뀌지 않았다. 이제는 그가 전쟁이 시작될 것을 알고 있었기 때문에 군대 징집을 피하고자 아내와 어머니는 폭격을 당하든 말든 내버려 둔 채 독일로 넘어간 것이라는 얘기까지 나돌았다. 메리 비숍은 그가―협박이나 물리적 폭력으로 인해―어쩔 수 없이 그렇게 하는 것이리라는 점을 설득하기 위해 기자들과 싸워 봤지만 별 소용이 없었다. 기껏해야 한 신문이 만약 협박을 받아 방송을 하는 것이라면 비숍으로서는 매우 비영웅적인 출구를 선택한 셈이라는 보도를 한 게 고작이었다. 우리는 영웅이란 드문 존재인 것처럼 영웅을 찬양한다. 그럼에도 우리는 영웅심이 부족한 사람은 언제든 거리낌 없이 비난한다. 꼴불견 박사라는 별명은 사라지지 않았다.

메리 비숍에게 가장 신경 쓰이는 것은 나이 든 비숍 부인의 태도였다. 그녀는 매일 밤 9시 15분이면 상처에 칼을 들이댔다. 라디오는 치즌 방송에 채널을 고정시켜야 했으며, 그녀는 그 앞에 앉아 아들의 목소리를 들으면서 마지노선에 배치된 어느 이름 모를 병사를 위해 양말을 떴다. 젊은 비숍 부인에게는 이 모든 것이 이해되지 않았다. 특히 매끄럽고 주도면밀하고 정교한 거짓말을 전하는 그의 단조로우면서도 현학적인 목소리가 마음에 걸렸다. 그녀는 크로버러 시내로 나가는 게 두려워졌다. 우체국에서 사람들이 수군거리는 소리, 도서관에서 그녀를 몰래 훔쳐보는 친숙한 얼굴들이 무서웠다. 가끔씩 증오심이 차오를 때면 이런 생각까지도 했다. **왜 데이비드는 나한테 이런 짓을 하는 거지? 왜?**

그때 갑자기 그녀는 답을 얻었다.

이제 남편의 목소리는 완전히 새로운 의미를 띠었다. 남편이 말했다. "영국 어딘가에서 아내가 제 얘기를 듣고 있을 겁니다. 다른 분들은 저를 모르겠지만 아내는 압니다. 제가 거짓말을 하는 사람이 아니라는 것을요."

자신을 향한 개인적인 호소는 견디기가 너무 힘들었다. 메리 비숍은 시어머니와 기자들에게는 용감하게 맞섰다. 하지만 남편에게는 맞설 수가 없었다. 그녀는 수리가 불가능할 정도로 내부의 뭔가가 망가진 인형의 집 옆에 주저앉은 어린아이처럼 라디오 곁에 앉아 울기 시작했다. 남편은 이제 다른 행성만큼이나 멀고도 접근할 수 없는 나라에서 방송을 하고 있었지만, 그녀는 마치 바로 곁에서 얘기하는 것처럼 남편의 목소리를 들었다.

"사실상……"

그는 강의를 하다가 중요한 부분을 강조하는 것처럼 또박또박 천천히 말을 한 다음 주부에게 관심거리가 될 만한 얘기로 옮겨 갔다. 저렴한 식료품 가격이나 가게에서 파는 고기의 양 등에 관한 것이었다. 그는 독일의 풍요로움과 다양함을 강조하려는 듯 구체적으로 숫자들을 짚어 가면서 특이하고도 별 상관 없는 것들—이를테면 귤과 장난감 얼룩말 같은 것들—을 예로 들며 지극히 세세하게 얘기를 풀어 나갔다.

깜빡 잠이 들었기라도 한 것처럼 메리 비숍은 몸을 홱 일으켜 세웠다. 그녀가 말했다. "오, 세상에나. 연필 어디 있지?" 그녀는 연필을 찾아 장신구들을 이리저리 헤집었다. 부리나케 받아 적기 시작했지만, 라디오의 목소리는 어느새 "제 얘기를 경청해 주셔서 감사합니다"라는 인사를 하고 있었다. 이윽고 치즌 방송은 잠잠해졌다. "너무 늦었어." 그녀가 말했다.

"뭐가 늦었단 말이냐?" 나이 든 비숍 부인이 힐난하듯 물었다. "연필은 왜 찾았던 거야?"

"그냥 뭔가 생각이 떠올라서요." 메리 비숍이 말했다.

다음 날 그녀는 육군성의 난방이 되지 않는 썰렁한 복도에서 안내를 받으며 이리저리 이끌려 다녔다. 방들의 절반 정도는 비었거나 철수된 상태였다. 공교롭게도 그녀와 데이비드 비숍의 관계는 지금 그녀에게 쓸모가 있었다. 그것이 사람들에게 약간의 호기심과 약간의 연민을 불러일으켰기 때문인지도 몰랐다. 하지만 그녀는 더 이상 연민 따위는 원치 않았고, 마침내 적임자를 만날 수 있었다.

그는 그녀의 이야기를 진지한 태도로 경청했다. 그는 제복 차림이 아니었다. 말쑥한 트위드 양복이 그를 전쟁에 참가하려고 시골에서 도시로 하루 이틀 정도 묵으러 올라온 사람처럼 보이게 했다. 그녀의 이야기가 끝나자 그가 말했다. "비숍 부인, 이건 정말이지 굉장한 사건입니다. 물론 이건, 음, 남편의 행동은 부인에게 엄청난 충격이었을 겁니다."

"전 그이의 행동이 자랑스러워요."

"단지 부인과 바깥분이 옛날에 이걸, 이런 구상을 했었다는 이유로 그걸 진짜로 믿으신다는 건……"

"출장을 가서 저와 떨어져 있을 때면 그이는 전화를 걸어 '사실상' 이라고 말했어요. 그건 '지금 하는 얘기는 모두 거짓말이다. 다만 다음 단어들의 첫 글자들을 모아 보라'라는 의미였어요. 오, 대령님, 우리가 이런 방식을 이용해서 얼마나 많은 우울한 주말을 견뎌 냈는지 대령님께서 아셔야 하는데…… 왜냐하면, 아시다시피 그이는 전화만큼은 언제든 제게 걸 수 있었으니까요. 심지어 그를 초빙한 사람 앞에서도요." 그녀의 목소리는 눈물에 젖어 있었다. "그러면 저는 그이에게 전보를 쳤지요……"

"알겠습니다. 하지만, 이번에는 아무 메시지도 못 받으신 거죠?"

"너무 늦어서요. 연필이 없었거든요. 이것밖에 못 적었어요. 말이 안 되는 것 같다는 건 알아요." 그녀는 종이를 건넸다. "SOSPIC. 그냥 우연히 생긴 글자일지도 모르지만, 뭔가를 가리키는 단어 같기도 해요."

"특이한 단어로군요."

"혹시 남자 이름이 아닐까요?"

트위드 양복 차림의 장교가 매우 진지한 태도로—마치 희귀한 꿩의 종류가 적혀 있기라도 하듯—종이를 들여다보고 있다는 것을 그녀는 불현듯 깨달았다. "잠시만 실례하겠습니다." 그가 밖으로 나갔다. 그녀는 그가 다른 방에서 누군가와 통화하는 소리를 들을 수 있었다. 따르릉 하는 벨 소리, 침묵 그리고 이어지는 낮은 목소리. 그녀의 귀에는 통화 내용이 들리지 않았다. 대령이 돌아왔고, 그의 표정을 보는 순간 그녀는 모든 것이 잘되었음을 알 수 있었다.

대령은 의자에 앉아 만년필을 만지작거렸다. 그는 분명 당황하고 있었다. 말을 시작했다가는 바로 멈추었다. 그는 쑥스러운 듯 침을 삼키더니 입을 열었다. "저희가 남편분께 용서를 빌어야겠습니다."

"그게 뭐 특별한 단어였나요?"

대령은 분명 뭔가 어렵고도 특별한 결정을 내리려는 참이었다. 그는 대중 앞에서 솔직하게 털어놓는 일에 익숙지 않았다. 하지만 이제 그녀는 더 이상 대중이 아니었다.

"비숍 부인," 그가 말했다. "부인께 여쭙고 싶은 게 아주 많습니다."

"뭐든지 물어보세요."

그는 결심을 한 듯했고, 만년필을 만지작거리던 동작을 멈췄다. "오늘 오전 4시에 픽Pic이라는 이름의 중립국 선박이 침몰해 200명이 목숨을 잃었습니다. 픽호를 구하라SOS Pic. 우리가 남편분의 경고를 미리 접수했더라면 적시에 구축함을 파견할 수 있었을 겁니다. 방금 전까지 해군 본부와 통화를 했습니다."

메리 비숍은 분노에 찬 목소리로 말했다. "그런데도 언론이 데이비드에 대해 떠들어 대는 얘기들을 보세요. 단 한 곳의 신문사라도 용기를 내서 진실을 얘기할 순 없는 건가요?"

"그게 바로 가장 큰 딜레마입니다, 비숍 부인. 언론은 현재 기조를 유지해야 합니다. 우리 부서와 당신을 제외한 그 누구도 이 사실을 알아서는 안 됩니다."

"시어머니는요?"

"시어머니께도 얘기해서는 안 됩니다."

"언론이 그이를 그냥 내버려 두면 안 되나요?"

"오늘 오후 저는 언론사들에게 비난을 강화하도록 요구할 예정입니다. 다른 사람들에게 경각심을 불러일으키려는 의도죠. 반역죄의 법률적 측면에 대한 기사를 내보내도록 할 겁니다."

"제가 입을 다물지 않는다면요?"

"남편분의 목숨이 별 가치 없는 게 되고 말 겁니다. 그렇잖습니까?"

"결국 그이는 그 일을 계속할 수밖에 없다는 거로군요?"

"그렇습니다. 계속하는 수밖에요."

그의 일은 4주간 계속되었다. 매일 밤 그녀는 새로운 두려움, 행여 남편이 방송에 나오지 않으면 어쩌나 하는 두려움을 느끼며 치즌 방송에 채널을 맞췄다. 암호는 어린아이도 알 수 있을 만큼 쉬웠다. 독일 측은 어떻게 이 간단한 걸 감지하지 못했을까? 어쨌든 그들은 알아차리지 못했다. 원래 복잡한 정신의 소유자일수록 단순한 것에 속기 마련이다. 또한 매일 밤 그녀는 시어머니의 비난을 들어야만 했다. 시어머니는 데이비드가 어린애였던 시절의 과거로부터 믿기지 않을 만큼 부끄러운 일화들을—극히 사소한 것까지—줄줄이 끄집어냈다. 지난번 전쟁에서 여자들은 아들을 '보내는' 것에 일종의 자부심을 느꼈었다. 그것은 뒤틀린 애국심의 제단 위에 바치는 선물이기도 했다. 하지만 지금 젊은 비숍 부인은 울지 않았다. 그녀는 그저 버틸 뿐이었다. 그의 목소리를 듣는 것만으로도 위안이 되었다.

남편은 정보를 자주 제공하지는 않았다. 방송 중에 그가 '사실상'이라는 말을 하는 경우는 드물었다. 때로는 베를린을 통과하는 연대들의 수 혹은 휴가 중인 병사들의 수가 아주 세세하게 언급되기도 했다. 군사정보로서는 가치가 있을지 모르지만 그녀에게는 목숨을 걸 만큼의 값어치가 있어 보이지 않았다. 이게 그가 할 수 있는 일의 전부라면, 왜, 도대체 왜 그는 독일인들이 자기를 그냥 구금하게 두지 않았을까?

마침내 그녀는 더 이상 견딜 수 없는 지경에 이르렀다. 그녀는 육군성을 다시 찾았다. 트위드 양복 차림의 대령은 아직 거기 있었지만, 이번에는 무슨 이유에서인지 마치 장례식에 다녀온 사람처럼 검은 모닝코트와 검은 양말 차림이었다. 분명 장례식에 갔다 오는 걸 거야, 하는 생각이 들자 그 어느 때보다 남편의 안위가 걱정되었다.

"남편분은 용감한 분입니다, 비숍 부인."

"그런 말씀은 하실 필요 없어요." 그녀가 비통한 마음으로 소리쳤다.

"그분께는 가능한 한 최고 훈장이 수여되도록 할 겁니다."

"훈장이라니요!"

"그럼 뭘 바라시나요, 비숍 부인. 남편분께서는 의무를 다하고 있는 겁니다."

"그건 다른 남자들도 마찬가지죠. 하지만 그들은 휴가를 받아 집에 올 수 있잖아요. 가끔은요. 그이가 언제까지나 방송을 계속할 수는 없어요. 조만간 독일 측에서 눈치를 챌 거라고요."

"우리로서도 어쩔 도리가 없잖습니까?"

"그이를 거기서 빼내 와야지요. 이 정도면 국가를 위해 충분히 봉사한 게 아닌가요?"

그는 상냥한 어조로 말했다. "우리 능력 밖입니다. 남편분이랑 어떻게 커뮤니케이션을 할 수 있겠습니까?"

"첩보원들이 있잖아요."

"그러면 두 사람의 목숨을 잃는 셈이 됩니다. 남편분이 어떻게 감시를 당하는지 짐작이 가지 않으세요?"

그랬다. 그녀 역시 모든 것을 짐작하고도 남았다. 언론이 속속들이 밝혀낸 바 있듯이 그녀는 독일에서 휴가를 보낸 적이 아주 많았다. 그래서 남자들이 어떻게 감시를 받는지, 전화가 어떻게 도청되는지, 탁자에 앉은 일행이 어떻게 감시받는지 모를 수가 없었다.

대령이 말했다. "남편분께 메시지를 전달할 수만 있다면, **어떻게든** 해 볼 방법은 있을 겁니다. 그만큼 우리는 남편분께 많은 빚을 지고 있으니까요."

젊은 비숍 부인은 그의 마음이 바뀌기 전에 얼른 말을 꺼냈다. "그래요, 암호는 쌍방향으로 전달될 수 있어요. 사실상! 우리도 독일에서 방송을 하잖아요. 그이도 언젠가는 들을 거예요."

"예. 그럴 가능성은 있습니다."

그녀는 계획을 공유하게 되었다. 그들이 다시 한 번 그녀의 도움을 필요로 했기 때문이다. 그들은 우선 그녀만의 독특한 어구를 이용하여 남편의 주의를 끌고자 했다. 그녀와 남편은 오랫동안 연례 휴가 때 독일어를 함께 사용했다. 그 어구를 모든 방송마다 변형시켜 적용했고, 그들은 동일한 지시 사항을 그에게 전달하는 일련의 메시지를 정교하게 작성했다. 쾰른-베젤선의 특정 역으로 가서 이미 다섯 명의 남성과 두 명의 여성을 독일에서 탈출시킨 적이 있는 철도원과 접선하라는 내용이었다.

메리 비숍은 자기도 그 장소를 잘 알고 있다고 생각했다. 수십 채의 가옥과 대형 호텔 하나가 있는, 과거에 사람들이 병을 치유하기 위한 휴양지로 찾던 시골 마을의 작은 역이었다. 그 시점에서 발생했던—많은 사람이 죽고, 파업하고, 체포되었던—철도 사고에 대한 상세한 설명을 통해 남편에게 기회가 제공되었다. 남편이 그걸 포착할 수만 있다면 말이다. 독일 측이 거짓 침몰 사고를 반복적으로 방송하는 것과 마찬가지로 이런 내용이 뉴스 중간중간에 무차별적으로 삽입되었으며, 독일 측은 그런 사고 따위는 결코 일어난 적이 없다면서 격렬하게 반박하는 방송을 내보냈다.

메리 비숍에게는 치즌 방송의 야간 보도가 그 어느 때보다 두려웠다. 그녀가 있는 방 안은 남편의 목소리로 가득 찼지만 정작 그는 자기가 목숨을 담보로 하면서까지 전달한 메시지가 고국에 전달되었는지 알지 못했다. 그녀 역시 영국 측이 남편에게 보내는 메시지를 그가 듣지도, 눈치채지도 못한 채 흐지부지 소멸되었는지 아닌지 알 도리가 없었다.

나이 든 비숍 부인이 말했다. "그래, 오늘 밤에는 데이비드 없이도 살 수 있겠다, 정말로." 신랄함을 드러내는 새로운 방식이었다. 이제 그녀는 아들의 방송을 아예 치워 버리려 했다. 메리 비숍은 반대했다. 자기는 반드시 들어야만 한다고 주장했다. 그러면 최소한 남편이 무사한지 아닌지는 알 수 있기 때문이었다.

"무사하지 않다면 도리어 잘된 일이지."

"저는 들어야겠어요." 메리 비숍이 고집했다.

"그럼 난 방에서 나가련다. 그 애의 거짓말엔 진절머리가 나거든."

"어머니면서 어떻게 그이한테 그러실 수가 있어요?"

"그건 내 잘못이 아니지. 너는 선택했을지 모르지만 난 선택하지 않았다. 난 분명 듣지 않겠다고 말했다."

메리 비숍이 손잡이를 돌려 라디오를 켰다. "그럼 귀를 막으세요." 갑자기 분노가 솟구쳐서 그녀는 소리를 질렀다. 그때 데이비드의 목소리가 흘러나왔다. "영국의 자본주의 언론이 거짓말을 퍼뜨리고 있습니다. 영국 방송에서 계속적으로 언급되는 해당 장소에서 철도 사고 같은 것은 아예 발생하지 않았습니다. 파업은 말할 것도 없고요. 내일 제가 직접 이른바 사고 현장을 직접 방문할 것이며, 모레 이 방송에서 여러분께 공정한 관찰자의 입장에서, 파업을 주도한 혐의로 총살되었다고 영국 측이 주장하는 바로 그 철도원들의 음성을 입수하여 사실을 전해 드리겠습니다. 따라서 내일은 제가 방송을 하지 못하게 되었습니다."

"오, 하느님, 감사합니다. 감사합니다." 메리 비숍이 말했다.

노파가 난로 옆에서 투덜거렸다. "저런 애한테 감사할 게 뭐 있다고."

다음 날 그녀는―기도의 힘을 그다지 신뢰하지 않음에도―온종일 기도를 올렸다. 그녀는 베젤에서 멀지 않은 그리고 네덜란드 국경에서도 그리 멀지 않은 라인 강변의 그 역을 떠올렸다. 분명 건너는 방법이 있을 것이다. 이름은 모르지만 그 철도원의 도움을 받을 수 있을 것이고, 어쩌면 냉동차를 타고 탈출할 수도 있을 것이다. 어떤 생각이든 현실적으로 느껴졌다. 남편 말고도 전에 탈출에 성공한 사람들이 있지 않은가.

하루 종일 그녀는 남편과 보조를 맞추고자 애를 썼다. 그이는 아마 일찌감치 길을 나서야 했을 거야. 그녀는 커피 대용품이 든 남편의 컵과 그를 남으로 서로 태우고 가는 완행 전시 열차를 떠올렸다. 그녀는 그가 느낄 두려움과 흥분을 상상해 보았다. 남편이 자기 곁으로 오고 있는 것이다. 아, 그이가 무사히 도착하기만 한다면 세상에 그렇게 기쁜 날은 없을 거야! 그러면 언론들은 자기네가 휘갈겨 댔던 얘기들을 모조리 되씹어야 할 거야. 더 이상 꼴불견 박사라는 별명도, 이 집에 대한 얘기도 없을 테고, 더불어 어머니의 애정도 되살아날 거야.

정오 무렵, 그녀는 남편이 역에 도착했으리라고 생각했다. 그는 근로자들의 목소리를 따기 위한 검정 녹음기를 휴대할 것이고, 아마 감시를 받을지도 모른다. 하지만 그는 기회를 찾아낼 테고, 이제 그는 더 이상 혼자가 아니다. 그를 도와주는 누군가와 함께 있는 것이다. 혹시 그가 집으로 오는 기차를 놓칠지도 모른다. 그럼 화물차가 들어올 것이다. 역 밖에서 신호기가 기차를 세울지도 모른다. 그녀의 머릿속에는 이 모든 광경이 생생하게 그려졌다. 이른 겨울 어스름이 깔리기 시작하자 그녀는 검은 천으로 창문을 가렸다. 그가 흰 우비를 갖고 있다는 사실에 그녀는 감사드렸다. 눈 속에서 기다리는 동안 사람들의 눈에 덜 띌 것이기 때문이었다.

그녀의 상상에는 날개가 달렸다. 저녁이 되자 그녀는 그가 이미 국경으로 향하고 있으리라고 확신했다. 그날 밤, 꼴불견 박사는 방송을 하지 않았고, 그녀가 노래를 흥얼거리며 목욕을 하는 동안 나이 든 비숍 부인은 분노에 차서 2층 침실의 바닥을 쿵쿵 찼다.

침대에 누운 그녀는 **그가 탄** 기차의 묵직한 움직임에 맞추어 자신의 몸이 흔들리는 것 같다고 느꼈다. 그녀는 차창 밖으로 스쳐 가는 풍경들을 보았다. 그가 숨어 누워 있는 승합차에는 갈라진 틈이 있을 것이고, 그는 거리를 가늠할 수 있을 것이다. 그것은 크로버러의 풍경과 흡사했다. 눈에 덮인 전나무들, 숲이라고 불리는 황량한 폐허, 어두컴컴한 거리들. 그렇게 그녀는 잠이 들었다.

잠에서 깼을 때 그녀는 여전히 행복했다. 아마도 밤이 되기 전에 네덜란드에서 전보를 받을 것이다. 전보가 오지 않는다 해도 그리 걱정이 되지는 않을 것이다. 전시에는 너무나 많은 일들이 벌어져서 지연되는 경우가 많기 때문이다. 전보는 오지 않았다.

그날 밤 그녀는 라디오를 켜려 하지 않았다. 그러자 나이 든 비숍 부인이 다시 전략을 바꾸었다. "근데, 네 남편 목소리는 듣지 않을 게냐?"

"그이는 방송을 하지 않을 거예요." 좀 있으면 그녀는 시어머니를 바라보며 의기양양하게 얘기할 것이다. **보세요. 전 늘 알고 있었어요. 제 남편은 영웅이라고요.**

"그건 어젯밤이었지."

"그이는 오늘도 방송을 하지 않을 거예요."

"그게 뭔 소리냐? 한번 켜 봐라. 들어 보게."

자신이 알고 있는 것을 납득시켜서 나쁠 건 없었다. 그녀는 라디오를 켰다.

독일어로 얘기하는 목소리가 들렸다. 어떤 사고와 영국 측의 거짓말에 대한 얘기였다. 그녀는 굳이 들으려 하지 않았다. 그녀는 행복감을 만끽했다. "보세요, 제가 말했죠. 저건 데이비드가 아니에요."

바로 그때 데이비드의 목소리가 흘러나왔다.

"여러분은 지금까지 독일 경찰에게 총살되었다고 영국 방송이 주장하는 사람들의 실제 목소리를 들으셨습니다. 이제부터 여러분은 오늘날 독일 내부의 생활에 대한 영국 측의 과장된 보도들을 덜 믿게 되실 겁니다." 그가 말했다.

"봐라, 내가 뭐라던." 나이 든 비숍 부인이 말했다.

그리고 이제 세상은 계속해서, 영원히 나를 헐뜯을 거예요, 꼴불견 박사님. 그녀는 생각했다. **그이는 메시지를 받지 못한 거야. 그이는 영원히 돌아오지 못할 거야.** 그때 데이비드의 목소리가 이상하리만큼 거칠게 서둘러 말했다. "사실상……"

그는 금방이라도 방송이 중단될까 봐 두렵다는 듯 약 2분에 걸쳐 빠른 속도로 말을 이어 갔지만, 내용은 아무 문제도 없어 보였다. 독일 내의 풍부한 식료품과 영국 돈 1파운드로 어느 정도의 물품을 구입할 수 있는지에 관한 수치 등 빤한 얘기들이었다. 하지만 이번에 예로 든 것들 가운데 일부는 너무 터무니없어서, 독일 측에서도 뭔가 잘못되었다는 것을 눈치챌 것만 같았다. 그녀는 두려움에 사로잡혔다. 그는 어떻게 감히 이런 대본을 책임자들에게 보여 줄 생각을 했을까?

그의 말이 너무 빨라서 그녀로서는 보조를 맞추어 글자를 써 나가기가 힘들었다. 메모장 위에 단어들이 쌓여 나갔다. **U 다섯 대 급유. 오늘 정오 53.23. 10.5.까지. 믿을 만한 소식통. 베젤에서 귀환. 비인가 대본. 끝.** 뜻 모를 내용이었다.

"이번 순서. 많은 젊은 주부들에게 기쁜 마음으로 한 가지를 알려 드립니다 This order. Many young wives I feel enjoy giving one." 그가 잠시 머뭇거렸다. "1인당 하루 버터 배급량이 매 10one's day's butter in every dozen……" 그의 목소리가 흐릿해지더니 완전히 사라졌다. 그녀는 메모장을 바라보았다. **내 아내에게, 안녕, 데……***

끝, 안녕, 끝…… 단어들이 마치 장례식의 조종처럼 울렸다. 그녀는 전에도 그랬던 것처럼 라디오에 가까이 기대어 울기 시작했다. 나이 든 비숍 부인이 상기된 어조로 말했다. "그 애는 태어나지 말았어야 했어. 난 그 앨 원한 적이 없어. 그런 겁쟁이는." 메리 비숍은 이제는 더 이상 그런 얘기를 견딜 수가 없었다.

"오," 그녀는 크로버러의 덥고 가구가 많은 조그만 방 저편에 있는 시어머니에게 소리 질렀다. "그이가 겁쟁이였으면 좋겠어요. 그랬으면 얼마나 좋을까요. 하지만 그이는 영웅이에요, 그놈의 빌어먹을 영웅, 영웅, 영웅이라고요……" 절망에 휩싸인 그녀는 계속 외쳐 댔다. 방이 그녀 주위를 빙빙 도는 것처럼 느껴졌다. 그리고 이 모든 고통과 두려움이 끝나면 자기도 다른 여자들처럼 자부심을 느끼게 되는, 그런 날이 오리라는 생각이 어렴풋이 떠올랐다.

---

* 단어의 첫 글자를 따서 글을 만들면 to my wife, good bie(bye와 발음이 같음) d……가 된다.

진실의 순간
The Moment of Truth

죽을 날이 머지않았다는 사실은 친구나 직장 동료들에게는 고백하기 껄끄러운 죄악처럼 들린다. 그래도 다른 누군가에게, 가령 거리에서 만난 낯선 사람에게게라도 털어놓고 싶은 갈망은 남기 마련이다. 아서 버턴은 켄징턴 가의 셰 오귀스트 식당에서 수년을 그래 왔던 것처럼 음식을 나르고 손님들의 주문을 받아 주방을 분주히 오가면서 자신의 비밀도 함께 날랐다. 셰 오귀스트는 이름과 메뉴 말고는 딱히 프랑스적이랄 게 없었다. 메뉴판에는 영국 요리에 프랑스식 이름을 붙이고, 각각 아래에 영어로 길게 설명을 써 놓았다.

일주일에 두 번씩 미국인 부부가 늘 같은 자리를 예약했다. 한쪽 구석에 있는 창 아래 작은 탁자였다. 남자는 예순 살쯤 되었고 여자는 40대 후반쯤으로 보이는 아주 행복한 커플이었다.

맨 처음 보았을 때부터 호감을 느끼게 되는 손님들이 있는데, 이 커플도 그런 사람들이었다. 그들은 주문을 하기 전에 아서 버턴의 조언을 구했고, 나중에는 그의 탁월한 선택에 감사를 표했다. 그들은 와인을 고를 때도 그의 말을 신뢰했는데, 두 번째로 방문했을 땐 마치 그가 일행이며 그에 대해 더 많은 것을 알고 싶다는 듯한 태도로 이런저런 사적인 질문을 하기도 했다.

"여기 오래 근무하셨나요?" 호그민스터 씨가 물었다. (아서 버턴은 그가 전화로 예약을 했을 때 이 특이한 이름을 기억하게 되었다.)

"한 20년쯤 되네요." 버턴이 대답했다. "제가 처음 왔을 땐 식당 이름이 더 퀸스였지요."

"그때가 더 좋았나요?"

아서 버턴은 자기가 일하는 곳에 대해 나쁜 얘기를 하고 싶지 않았다. "더 좋았다기보다는 더 단순했다고나 할까요. 입맛은 변하기 마련이니까요."

"여기 사장님, 그분은 프랑스인입니까?"

"아닙니다. 하지만 프랑스에는 여러 번 갔다 오신 것 같습니다."

"친절하게 도와주셔서 감사합니다. 저희는 이 메뉴판의 프랑스어를 다 알지 못하거든요."

"하지만 영어로 설명이 되어 있잖습니까, 손님."

"영어라 해도 이런 종류의 영어는 이해하기가 어려워요. 어쨌든 내일 다시 오겠습니다. 아서 씨가 같은 자리를 준비해 주실 수 있다면 좋겠네요. 이름이 아서, 맞죠? 사장님이 그렇게 부르는 것 같던데."

"맞습니다, 손님. 이 자리를 꼭 준비하도록 하겠습니다."

"그리고 서빙도 아서 씨가 맡아 주세요." 호그민스터 부인이 말했다.

그는 호그민스터 부인이 자기 이름을 불러 주었다는 사실에, 또 진실한 우정이 담긴 부인의 미소에 감동받았다. 지금까지 웨이터로 일하는 동안 이런 대접은 한 번도 받아 본 적이 없었다.

아서 버턴은 손님들을 피상적으로, 자기 일에 대한 관심을 유지하기 위한 정도로만 관찰하는 버릇이 있었고, 그런 태도를 바꾸기에는 이미 너무 늦었다. 그는 살면서 늘 혼자였으므로 자신의 태도를 바꿀 만한 계기가 없었으며, 이제는 너무 늦었음을 잘 알고 있었다. 죽음의 죄가 그를 건드린 것이었다.

밤에 집으로—공동 샤워실과 침대 하나가 달랑 놓인 방을 집이라 부를 수 있을지는 모르겠지만—돌아오면 그는 몇몇 손님들을 떠올리곤 했다. 서로에게 아무런 관심도 없이 점심 식사만 하다가 새로운 손님들이 들어오면 그들에게는 서로 나눌 말이 있다는 것을 시기하는 눈길로 바라보던 부부들, 다른 사람들은 신경 쓰지 않는 게 분명해 보였던 초짜 연인들…… 가끔은 훨씬 나이 많은 남자와 동행한 불안한 표정의 젊은 기혼 여자(그는 늘 손님들의 왼손을 보았다)도 있었다. 그녀는 낮은 목소리로 얘기했으며 옆 탁자에 사람들이 자리를 잡으면 얘기를 멈추기까지 했다. 아서 버턴은 그들이 자신들의 문제를 마음 놓고 해결할 수 있도록 옆 탁자가 계속 비어 있기를 바랐다.

그날 밤 집에 돌아온 아서는 호그민스터 부부를 생각했다. 그는 그들과 좀 더 많은 얘기를 나눴으면 좋았겠다 싶었다. 거리의 이방인들처럼 그들을 신뢰할 수 있다는 느낌이 들었다. 자신을 지배인, 요리사, 다른 웨이터들, 설거지 담당들로부터 갈라놓는 죄악에 대해 그 부부에게 힌트는 줄 수 있을 것이다. 물론 힌트 정도로만 그쳐야 한다. 그는 그 부부가 정신적 고통을 받는 것은 원치 않았다.

다음 날 그들은 예약한 시간보다 30분 늦게 도착했고, 지배인은 원하는 다른 손님들에게 그 자리를 내주라고 요구했다. "그 사람들은 안 올 거야." 지배인이 주장했다. "게다가 여기 말고도 자리가 세 군데나 더 있잖아."

"하지만 그분들은 이 자리를 마음에 들어 합니다." 아서 버턴이 말했다. "그리고 전 이 자리를 꼭 비워 두겠다고 약속했어요. 좋은 분들이에요." 그가 덧붙였다. 하지만 바로 그 순간 그 부부가 도착하지 않았더라면 그도 어쩔 수 없이 뜻을 굽히고 말았을 것이다.

"오, 정말 미안해요, 아서. 우리가 너무너무 늦었네요." 그는 그녀가 자기 이름을 기억하고 있다는 사실에 감명받았다. "할인 판매 때문에요, 아서. 우린 빠져나올 수가 없었어요."

"우리가 아니라 **당신**이겠지." 호그민스터 씨가 말했다.

"오, 내일은 당신 차례가 될걸요."

아서가 그들에게 말했다. "남성용품점 근처에 괜찮은 식당들이 있습니다. 저민 가 근처의 식당을 한 곳 추천해 드릴게요."

"오, 하지만 우리는 셰 오귀스틴이 좋아요."

"셰 오귀스트야." 호그민스터 씨가 그녀의 말을 수정해 주었다.

"그리고 아서도요. 우리에게 딱 맞는 음식들을 골라 주시거든요. 굳이 고민할 필요가 없어요."

비밀이 있는 사람은 매우 외로운 사람이다. 아서 버턴은 자신이 가진 비밀의 작은 귀퉁이를 드러낼 수 있게 되었을 때 위안을 느꼈다. 그가 말했다. "부인, 죄송합니다만 내일은 제가 여기 없을 겁니다. 하지만 지배인께서……"

"여기 없다고요? 켈 데자스트르!* 이유가 뭔가요?"

"병원에 가 봐야 합니다."

"오, 아서. 안됐네요. 무엇 때문이죠? 심각한 건가요?"

"검진입니다, 부인."

"아주 현명하십니다." 호그민스터 씨가 말했다. "검진은 당연히 받아야죠."

"이이는 네 번이나 받았어요. 아니 여섯 번이던가." 호그민스터 부인이 덧붙였다. "제 생각에 이이는 검진을 즐기는 것 같아요. 하지만 전 늘 걱정된답니다. 그래, 어떤 검진을 받으시는 건가요?"

"병원에서 검진은 이미 끝냈습니다. 이제 검진 결과를 들으러 가는 겁니다."

"틀림없이 아무 문제도 없을 거예요, 아서."

"저희 음식을 맛있게 들어 주셔서 감사합니다, 부인."

"즐거웠어요. 모두가 아서 덕분이에요."

아서 버턴은 진심을 담아 말했다. "헤어져야 한다니 아쉽네요."

"아, 아네요, 아직은요. 목요일에 다시 올 거예요. 내일은 아서의 조언에 따라 남성용품 가게들 근처에서 식사를 하고, 모레는 셰 오귀스틴에서 마지막 식사를 할 거예요."

"셰 오귀스트라니까." 호그민스터 씨가 그녀의 말을 다시 고쳐 주었지만, 그녀는 남편의 말을 무시했다.

"우린 금요일에 뉴욕행 비행기를 탈 거예요. 하지만 목요일에 꼭 다시 와서 아서를 만나 좋은 소식을 들을 겁니다. 전 희소식일 거라고 믿

---

* Quelle désastre. 프랑스어로 '이런 낭패가'라는 의미.

어요. 당신을 생각하면서 기도할게요. 틀림없이 결과가 좋을 거예요."

"전 6개월마다 진찰을 받는답니다." 호그민스터 씨가 말했다. "항상 만족스러웠지요."

"목요일에 특별히 드시고 싶은 요리가 있나요, 부인? 제가 요리사에게 미리 얘기해 놓을 수……"

"아니에요, 아니에요. 우린 당신이 추천하는 걸 먹을 거예요. 그럼 그때까지 행운을 빌어요, 아서."

아서 버턴은 자기를 기다리는 행운 따위는 없음을 알고 있었다. 그는 진찰 전에도 담당 의사의 얼버무리는 태도를 통해 이미 그 사실을 알았다. 그는 사형이 아직 존재하던 시절에 피고석에 앉은 사람이, 배심원단이 재판정에서 퇴정하기 전에 그들이 내릴 평결을 알 수 있었는지, 그들이 발표할 내용에 대해 미리 수치심을 느낄 수 있었는지 궁금했다. 하지만 그는 일종의 안도감을 느꼈다. 최소한 자기 죄악의 절반은 그녀에게 고백을 했고, 그녀 역시 그를 거부하지 않았기 때문이다. 만약 그가 확신하는 것처럼 사형 평결이 내려진다면―그들이 그걸 어떠한 희망적인 의학 문구로 포장한다 해도 소용없는 짓일 터이다―과연 그녀는 그가 자신의 모든 얘기를 털어놓을 수 있는 거리의 이방인일 수 있을까? 그들이 서로를 다시 보는 일은 없을 것이다. 그녀는 금요일에 뉴욕으로 떠난다. 그와 그녀에게는 그의 죄악에 관한 소식을 퍼뜨릴 수 있는 공통의 친구가 없다. 그는 그녀에 대해 알 수 없는 애정을 느꼈다.

그날 밤 아서는 그녀의 꿈을 꾸었다. 에로틱한 꿈도, 사랑스러운 꿈도 아닌 그저 평범한 꿈이었다. 꿈속에서 그녀는 별로 중요하지 않은 역할을 했지만, 그는 몇 달 만에 처음으로 편안함을 맛보면서 잠에서 깨어났다. 마치 자신이 그녀에게 사실을 털어놓았고, 그녀는 그로 하여금 적들에게 당당히 맞설 수 있는 용기를 북돋우는 몇 마디 동정의 말을 건넨 것만 같았으며, 그 적들은 이제 막 수치스러운 진실을 폭로하려는 참이었다.

의사와의 면담은 저녁 5시로 잡혀 있었지만 그는 하루를 쉬었다. 그리고 그는 한 시간 가까이 의사를 기다렸다. 의사가 너무 진지하게 연민의 정이 담긴 목소리로 의자에 앉을 것을 권해서 그는 이제 자신이 통보받을 검진 결과를 거의 정확히 추측할 수 있었다. "시급히 수술해야 합니다…… 네, 암입니다. 하지만 암이라는 말에 너무 겁먹지는 마세요…… 난 환자분의 경우만큼 심각한 사례들을 많이 접했습니다…… 시간은 걸리겠지만 언제든 희망은 있는 법이지요……"

"수술은 언제 하실 예정인가요?"

"내일 아침 병원으로 오세요. 그러면 모레 수술할 수 있습니다."

"오후에 와도 괜찮겠지요? 내일 아침엔 일하는 식당에 나가 봐야 할 일이 있거든요." 그가 염두에 두고 있는 것은 일이 아니라 호그민스터 부인이었다. 그녀는 그에게서 새로운 소식을 듣고자 할 것이다.

"하루 정도는 침상에서 안정을 취하는 편이 좋을 겁니다. 그렇지만…… 내일 6시에 마취의와 같이 찾아뵙겠습니다."

그날 밤 잠자리에 들었을 때 아서 버턴은 생각했다. 의사들이 꼭 훌륭한 심리학자인 것은 아니다. 아마 환자의 신체에 지나치게 관심을 집중한 나머지, 정신적인 측면은 간과하기 때문이리라. 환자들이 목소리의 어조만으로도 굉장히 많은 것을 알아차릴 수 있다는 걸 그들은 알지 못한다. 그들은 '언제든 희망은 있는 법'이라고 말한다. 하지만 환자는 '설령 희망이 있다 하더라도 거의 없는 것이나 다름없다'라고 알아듣는다.

　죽음이 두렵지는 않았다. 누구라도 죽음이라는 운명을 피하지는 못한다. 하지만 세상 사람들은 두려움에 지배당하지 않는다. 아서 버턴이 바라는 것은 단지 자신이 알고 있는 것과 자신의 비밀을 아내나 자식처럼—그는 아내도, 자식도 없다—정신적으로 심각한 타격을 입지 않을 낯선 타인과 공유하는 것뿐이었다. 이 죄악 같은 비밀—'저는 사형선고를 받았어요'—을 낯선 타인의 다정하고 관심 서린 말 한마디와 함께 공유하는 것뿐이었다. 호그민스터 부인이 바로 그런 사람이었다. 그는 그녀의 눈에서 그것을 읽었다. 어쨌든 내일 그녀가 검진 결과를 물을 때, 그는 그녀의 남편까지 죄악에 연루시킬 수도 있는 언어를 통하지 않고도 그녀에게 진실을 전할 방법을 찾아낼 것이다. 그녀는 이렇게 물어 올 것이다. '의사가 뭐라던가요, 아서?' 그럼 그의 대답은 어때야 하나? 아니다, 말을 해서는 안 된다. 그냥 어깨를 으쓱하는 것만으로도 '모두 끝났어요. 관심을 가져 주셔서 감사합니다'라는 의사를 전달하기에 충분하리라. 그러고 나면 호그민스터 부인은 자신이 그의 비밀을 공유하고 있다는 사실이 은밀하게 담긴 시선을 다시 던져 올 것이다.

　그는 홀로 외로이 미래로 들어가지는 않을 것이다.

　"저 자리를 비워 둘 필요는 없다네." 지배인이 말했다. "그 미국인 부부, 어제도 왔었는데 내가 다른 자리로 안내했더니 아주 좋아하던걸."

　"그분들이 어제 왔었다고요?"

　"그렇다니까. 그 사람들 우리 식당이 맘에 드나 봐."

　"전 그분들이 남성용품 할인 판매에 갔으리라고 생각했는데."

　"그건 나도 모르지. 내 생각에 자네는 손님들에게 말을 너무 많이

해, 아서. 귀찮게 구는 걸 싫어하는 손님들도 많아."

그는 서둘러 호그민스터 부부를 맞이하려고 문간으로 갔다. 호그민스터 부인은 식당 구석에 외따로 놓인 조그만 탁자를 향해 걸어가면서 아서에게 고개를 끄덕이고는 미소를 지었다. 그 자리에서는 바깥거리 풍경이 보이지 않았다. 아마도 지배인이 얘기한 것처럼 그들은 자기들만의 공간을 필요로 하는지도 몰랐다. 아니면 지배인이 직접 시중을 들어 주기를 바랐는지도 몰랐다.

식사를 끝내고 계산을 마친 다음에야 호그민스터 부인은 자신들을 지나쳐 주방으로 가는 아서에게 말을 건넸다. "아서, 이리로 와서 우리랑 얘기 좀 해요."

그는 두근거리는 마음으로 재빨리 다가갔다.

"아서, 보고 싶었어요. 그런데 지배인이 정말로 친절하더군요. 그 사람 기분을 상하게 하고 싶지 않았어요."

"점심 식사는 맛있게 드셨겠죠, 부인?"

"오, 그럼요. 셰 오귀스틴에서 먹는 건 언제나 맛있어요."

"셰 오귀스트라니까." 호그민스터 씨가 말했다.

"할인 판매 말인데, 저민 가를 추천해 주셔서 정말 고마워요. 남편은 파자마를 두 벌이나 샀답니다. 그리고 또, 믿어지나요? 셔츠를 세 벌, 세 벌이나 샀다니까요!"

"물론 옷을 고른 건 집사람이죠." 호그민스터 씨가 말했다.

아서 버턴은 인사를 하고 주방으로 갔다. 그가 그토록 두려워했던 문제는 일어나지 않았다. 하지만 그런 생각도 그의 비밀이 주는 중압감을 떨쳐 내지는 못했다. 그는 지배인에게 아무 얘기도 하지 않을 것이다. 내일 그냥 나타나지 않으면 된다. 그가 죽었는지 살았는지는 병원 측에서 알아서 식당에 알려 줄 것이다.

　다른 웨이터가 호그민스터 부부를 시중들면서 대화하는 모습을 보는 건 마음이 아팠지만, 그는 최대한 홀에 모습을 드러내지 않았다.
　30분 후 지배인이 주방으로 들어와 말을 건넸다. 그의 손에는 편지가 들려 있었다. "호그민스터 부인이 이걸 자네에게 전해 달라더군. 그분들은 공항으로 출발했어."
　아서 버턴은 봉투를 주머니에 찔러 넣었다. 그는 커다란 안도감을 느꼈다. 호그민스터 부인이 제대로 일을 처리한 것이었다. 홀에서는 다른 사람들이 들을까 봐 그의 비밀에 관해 얘기를 나눌 수가 없었다. 이제 그는 자기의 비밀에 관한 그녀의 연민 어린 질문이 담긴 편지를 병원으로 가져가 내일 마취의가 도착하기 직전에 다시 읽어 볼 수 있을 것이다. 그는 더 이상 혼자가 아님을 느꼈다. 그는 거리에서 이방인의 손을 잡게 될 것이다. 그녀는 자신의 질문—'의사가 뭐라던가요?'—에 대한 답을 결코 받지 못할 테지만, 편지를 통해 그 질문을 했고, 중요한 것은 바로 그 점이었다.
　병원 침상의 전등을 켜기 전에 그는 봉투를 뜯었다. 1파운드짜리 지폐 세 장이 먼저 나와서 그는 깜짝 놀랐다.
　호그민스터 부인의 편지에는 이렇게 적혀 있었다. '친애하는 아서, 비행기를 타기 전에 당신에게 감사의 글을 남겨야 한다고 생각했어요. 우리는 세 오귀스틴을 찾을 때마다 너무 즐거웠고, 언젠가는 꼭 다시 방문할 거예요. 그리고 할인 판매에서도 정말 혜택을 듬뿍 받았답니다. 저민 가를 추천해 주셔서 정말 고마워요.'
　편지는 돌리 호그민스터라는 서명으로 끝을 맺었다.

에펠 탑을 훔친 사나이
The Man who Stole the Eiffel Tower

　곤란했던 건 에펠 탑을 훔치는 일이 아니라 누군가가 눈치채기 전에 그것을 되돌려 놓는 일이었다. 이 모든 일은, 내 입으로 말하긴 좀 껄끄럽지만, 아주 멋지게 입안되었다. 어떤 일이 수반되어야 하는지는 독자 제위께서도 능히 짐작할 수 있을 것이다. 샹티이로 가는 도중에 볼 수 있는 조용하고 평탄한 들판 가운데 한 곳으로 탑을 실어 나르는 데 필요한 특대형 트럭 여러 대를 준비하는 일이다. 그래야 탑이 별 어려움 없이 모로 눕혀 있을 수 있으니까. 안개 짙은 가을 아침, 탑이 빠져나오는 길의 교통량은 매우 적었다. 초라할 정도로 한산했다는 표현이 어울릴 것 같다. 바퀴 여섯 개짜리 트럭 102대를 지나쳐 가는 사람 중 누구도 트럭들이 탑의 체인으로 구슬처럼 꿰어져 있다는 걸 눈치채지 못했다. 자가용 몇 대가 잠시 옆으로 빠져나와 추월을 시도했지만, 피아트와 르노 운전자들은 수많은 트럭들이 꼬리를 물고 앞서 달리고 있는 것을 보고는 추월을 포기하고 트럭 행렬을 뒤따랐다. 반면에 나는 파리로 들어가는 차량들한테는 기가 막힐 정도로 확 트인 도로를 제공했다. 그 차들에게는 샹티이에서부터 파리까지의 기나긴 도로가 거의 일방통행로 같았다. 스쳐 지나가는 그들에게는 트럭과 트럭 사이의 간격도 없이 달리는 그 많은 트럭의 짐칸 위에 탑이 어떤 식으로 눕혀져 있는지를 알아차릴 틈이 없었다. 탑은 원래 있던 자리에서 침상 같은 것에 실려 빠져나왔는데, 그 길이가 수백 미터에 이르렀다.

나는 에펠 탑을 몹시 사랑했다. 그러므로 그 오랜 전쟁과 안개와 비와 레이더를 거치고 난 지금 평온한 모습으로 휴식을 취하고 있는 에펠 탑을 보는 것이 마냥 좋았다. 탑이 그 들판에 오게 된 첫째 날, 나는 탑 주변을 거닐면서 가끔씩 버팀대를 만져 보았다. 센 강의 완만하고 탁한 지류 위에 다리처럼 걸쳐 있는 4층 부분이 약간 불편해 보여서 나는 그 부분을 약간 이동시켰다. 그런 다음, 차를 몰고 원래 탑이 있던 자리로 가 보았다. 누군가가 에펠 탑이 없어진 것을 눈치채지 않았을까 내심 걱정되었던 것이다. 거대한 콘크리트 바닥은 그대로였고, 위에는 아무것도 없었다. 누군가가 이미 레지스탕스 영웅들에게 바치는 꽃다발을 남기고 간 무덤들 같았다. 한번은 겨울이 다가옴에 따라 대서양을 가로질러 서쪽으로 날아가기 전에 그곳에 들르고 싶어 했던 막바지 관광객을 태운 택시가 멈춰 섰다. 남자는 여자를 동반하고 있었는데, 약간 비틀거리며 걸었다. 그가 몸을 숙여 꽃을 들여다보더니 다시 몸을 일으켰다. 깨끗이 면도를 하고 분을 바른 남자의 뺨이 불그레했다.

"이거 기념지로군." 그가 말했다.

"뭐라고요?" 택시 운전사가 물었다.

여자가 말했다. "체스터, 여기서 점심을 먹을 수 있을 거라고 했잖아요."

"그런데 탑이 없어." 남자가 말했다.

"뭐라고요?"

"내 말은," 남자가 강조하기 위해 팔을 휘저으며 말했다. "당신이 우리를 엉뚱한 곳으로 데리고 왔다는 거야." 그는 프랑스어로 말하려고 애썼다. **"여긴 에펠 탑이 아냐."**

"뭐라고. 여긴데."

"아냐, 절대 아냐. 여기선 식사를 할 수 없잖아."

운전사가 차에서 나와 주위를 둘러보았다. 나는 그가 탑이 없어진 사실을 알아차리지 않을까 불안했지만, 그는 차로 돌아가더니 하소연하듯 내게 말을 건넸다. "거리 이름을 왜 이리 자주 바꾸는지 모르겠다니까요."

나는 그에게 은밀하게 말했다. "저 사람들이 원하는 건 점심 식사일 뿐이잖아요. 투르 다르장*으로 데려가세요." 그들은 기분이 좋아져서 차를 몰고 사라졌고, 그렇게 위험은 끝났다.

물론 탑에서 일하는 직원들이 사람들의 이목을 집중시킬 위험성은 늘 존재했지만, 나는 그 점까지도 염두에 두었다. 그들은 주급을 받으면서 일했고, 따라서 주급이 아직 지불되지도 않았는데 직장이 사라졌다고 떠벌릴 만큼 어리석은 사람이 어디 있겠는가? 주변의 카페

---

* 파리의 유서 깊은 최고급 레스토랑.

들은 직원들의 훌륭한 휴식처가 되었다. 하지만 동료 직원과 같은 테이블에 앉고자 하는 사람은 없었다. 대화가 어색해질 것이기 때문이었다. 나는 1.5제곱킬로미터당 하나씩 있는 식당에 제모를 쓴 직원이 한 명꼴로 있음을 알아차렸다. 직원들은 근무 시간에는 급여액에 따라 맥주나 파스티스 한 잔을 마시면서 느긋하게 앉아 있지만, 퇴근 시간만 되면 잠시도 지체 않고 자리에서 일어섰다. 나는 그들이 탑이 사라졌다는 사실을 조금도 당혹스러워하지 않을 것이라 생각한다. 그건 소득세처럼 쉽사리 잊히고 말 것이다. 신경 쓰지 않는 게 좋아. 신경을 쓴다면 누군가가 당신이 조치를 취하기를 기대할지도 모르니까.

물론 가장 큰 위험 요소는 관광객들이었다. 야간 비행사들은 탑이 보이지 않는 것은 낮게 깔린 안개 때문이라고 추정했고, 정부의 방송통신부는 냉전 시대 러시아의 새로운 책략인 전파방해 레이더에 대해 여러 차례 불만을 토로하면서 외무부에 '코멘트'를 요구했다. 하지만 여행 가이드들과 택시 운전사들 사이에는 이방인이 에펠 탑에 대해 질문을 해 오면 그를 투르 다르장으로 데려가는 게 간단하면서도 손쉬운 해결책이라는 소문이 퍼졌다. 투르 다르장의 관리인들은 관광객의 환상을 깨뜨리지 않았으며, 요즘 같은 가을날에는 경치 또한 더없이 훌륭했다. 관광객들은 1인당 얼마씩 지불하면서까지 아주 기꺼이 방명록에 서명을 했다. 나는 가끔씩 그곳에 들러 그들의 이야기를 들었다. "난 이보다 더 단단한 강철일 거라고 생각했는데." 한 사람이 말했다. "구멍이 숭숭 뚫려 있는 줄 알았지." 나는 그에게, 그가 지금 들어가 있는 건조물이 그의 말에 얼마나 정확히 들어맞는지 설명해 주었다.

휴일은 영원히 지속될 수 없는 법이다. 아침나절에 산책을 하는 길에 버팀대에 침을 좀 묻혀 광을 내면서 나는 직원들이 임금을 받지 못하게 되기 전에 탑을 제자리로 돌려 놓아 임무를 다하게 해야 한다는 결론을 내렸다. 세월이 흘러 언젠가 또 다른 누군가가 나처럼 탑에게 시골 바람을 쐴 기회를 만들어 주기를 바랄 뿐이었다. 그렇게 하는 사람에게 별다른 위험은 없으리라는 것을 장담한다. 파리에 있는 누구도 그 탑이 닷새 동안이나 아무도 모르게 사라졌었다는 사실을 시인하지 못했다. 어느 남자도 연인의 부재를 알아차리지 못했다고 스스로 시인하지 못하는 것처럼.

탑을 되돌려 놓는 일은 역시 만만찮았다. 이 일에는 수많은 차량을 우회시켜야 하는 노력이 수반되었다. 이를 위해 나는 연극용 의상실에서 경찰, 자동차 경비원, 공화당 경비원, 아카데미 프랑세즈의 제복을 잔뜩 빌려 놓았다. 푸자드주의*자들의 모임과 알제리 폭동 그리고 내 친구가 옷을 차려입고 교육부 장관 행세를 한 무명 드라마 비평가의 추도사에 이르기까지 주의를 돌리기 위한 수단은 다양했다. 나는 '차려입었다'라는 단어를 썼지만, 내 친구는 얼굴은 물론이고 굳이 이름을 바꿀 필요조차 없었다. 몰레 내각의 교육부 장관이 누구인지 기억하는 사람은 아무도 없었기 때문이다.

관광객들이 결정적인 발언을 했다. 신기하게도 내가 사랑하는 탑 아래에 섰을 때, 아침 안개 속에서 피루엣**을 하려는 것처럼 서 있는 탑 아래에 섰을 때, 전에 봤던 그 미국인 관광객이 같은 여자를 데리고 택시에서 내렸다. 그는 주변을 휙 둘러보더니 말했다. "이건 에펠 탑이

---

* 프랑스의 소매상인 피에르 푸자드(1920~2003)가 자영업자들의 정치적 불만을 배경으로 1953년부터 일으켰던 반의회주의적 극우 운동.
** 발레에서 한 발을 축으로 삼아 빠르게 도는 동작.

아니잖아."

"뭐라고요?"

"오, 체스터." 여자가 말했다. "이 사람 도대체 우릴 어디로 데려온 거야. 도무지 제대로 하는 게 없네. 난 **배고파** 죽겠어, 체스터. 우리가 먹었던 솔 델리스가 너무너무 생각나."

난 운전사에게 말했다. "저 사람들이 가고 싶어 하는 곳은 투르 다르장이에요." 그리고 나서 그들이 서둘러 떠나는 것을 지켜보았다. 레지스탕스 영웅들에게 바쳐진 꽃다발은 이미 시들었지만, 나는 빛바랜 마른 꽃 하나를 주워서 단춧구멍에 꽂고 탑에게 손을 흔들어 작별 인사를 했다. 머무적거리고 싶지 않았다. 탑을 다시 한 번 훔치려는 유혹에 빠질지도 모르니까.

중위, 마지막으로 죽다
─1940년의 기록되지 않은 승리
The Lieutenant Died Last
-An Unrecorded Victory in 1940

낙하산병들이 하강한 그 경이로운 밤이 오기 전, 포터 마을에서는 불만이 끊이지 않았다. 배급 식량, 의무 노역, 정전 등 늘 있는 불만이었다. 그런데 늘 그러하듯이 분명한 재앙, 일종의 영웅적 행위, 수많은 죽음이 한동안 불만의 소리를 잠재웠다. 하지만 정작 영웅인 늙은 밀렵꾼 빌 퍼브스에게는 다른 누구보다 불만을 제기할 이유가 넘쳐 났다. 아무런 훈장도 받지 못했기 때문이었다. 그저 지역 치안판사인 발로 소령으로부터 마지못한 칭찬의 말을 한마디 들었을 뿐이다. 판사는 그가 깊숙한 주머니마다 토끼를 감춘 상태에서 현행범으로 체포되었을 때 '이번 한 번만' 봐준다는 경고와 함께 그를 풀어 주었다.

나폴레옹 전쟁 당시 프랑스 군대가 피시가드 인근에 상륙한 이래로 포터 마을이 영국 침공의 첫 번째 현장이 되리라고 예상하기는 어려웠을 것이다. 이곳은 오늘날에도 잉글랜드 메트로랜드*라고 불리는 지역의 구석에 방치된 자그마하고 고립된 마을 가운데 하나다. 이 지역 통근자들은 철로 가까이, 진흙구덩이와 가시덤불과 아니면 말라비틀어진 나무들로 빽빽한 관목 지대 끄트머리에 있는 작은 빌라에 산다. 포터에서부터 어느 방향으로든 5킬로미터만 걸어가면 시멘트로 포장된 보도, 유모차를 끄는 보모들, 석간신문 배달 소년을 볼 수 있지만, 정작 이 마을은 지도에 나타나 있지 않았다. 자동차용 지도에 등재되어 있지 않다는 얘기다. '통과 도로 없음'이라는 표지판에서 방향을 바꾸어 심하게 울퉁불퉁한 길을 달리면 잡풀이 무성한 지역에 1킬로미터 이상 붙어 있는 농장의 대문처럼 보이는 곳이 나타난다. 그 문을 통과하면 포터 마을 외에는 아무것도 없으며, 포터 마을에는 브르잇이 운영하는 블랙보어란 선술집 하나, 마지슨 부인이 관리하는 우체국과 가게 하나, 매월 첫째 일요일에만 예배를 보는 자그마한 양철 지붕 교회, 대여섯 채의 오두막, 마을 공동 연못, 드루 경의 대문들과 영지와 저택이 전부였다. 하지만 대문들은 사용되지 않았다. 드루 경은 3킬로미터 떨어진 런던 가에 다른 대문들을 소유하고 있어서 굳이 포터 마을을 통과할 필요가 없었다. 오두막들 가운데 하나에는 늙은 빌 퍼브스가 살았다. 한쪽 벽은 기름 드럼통으로 수리를 했으며, 문이 열릴 때면 연기가 포터 마을로 쏟아져 들어갔다. 퍼브스는 넝마로 만든 침대에서 잔다는 소문이 돌았지만, 지방 경찰관을 제외하고는 누구도 그곳을 방문한 사람은 없었으며, 창문은 자루로 가려져 있었다. 1년에 서너 차례—대개 공휴일에—늙은 빌 퍼브스는 블랙보어에 나타나 위

* 런던 지하철의 메트로폴리탄선이 지나가는 교외 지역.

스키를 한 병 사서는 24시간 동안 사라졌다. 그럴 때면 늙은 퍼브스가 드루 경의 영지로 숨어들어 가 덫을 놓은 다음 위스키를 마시면서 밤낮없이 기다린다는 게 사람들의 추측이었지만, 낙하산병들이 진입하기 전까지는 사실인지 알 수 없었다. 그는 동물들이 추위가 뭔지를 모르듯 추위를 타지 않았다. 아니 차라리 그 자신이 한 마리 동물 같았다. 언뜻 산울타리 사이에서 어기적거리는 게 보이지만 순식간에 사라져 버리는 회색의 어떤 생물 말이다. 삐죽 튀어나온 코트가 그를 나무에 걸린 허수아비처럼 보이게 했는데, 코트 아래에 마우저 소총을 걸치고 있기 때문이었다. 하지만 그는 총기 소지 면허료를 낸 적이 한 번도 없었다.

그래서 '침공'이 이루어지기에는 꽤나 어색한 장소였지만, 포터 마을을 주의 깊게 살펴본다면 낙하산병들이 이곳에 착륙한 게 결코 우연만은 아니라는 결론에 다다를 것이다. 철사 절단기를 몇 번만 썩둑거리면 포터 마을은 완전히 고립되어 버리고, 메트로랜드의 이 은닉된 장소에서라면 행동이 잽싼 대여섯 명만으로도 2킬로미터에 이르는 인적 드문 지역과, 스코틀랜드와 북쪽 해안으로 연결되는 간선철도에 엄청난 피해를 입히는 게 가능했다. 독일의 공군 수뇌부들은 이런 시도를 수없이 계획했으며, 우리 항공 수비대는 그것을 좌절시켰으리라. 이런 시도의 심리적 효과는 계산할 수 없을 것이다. 그것은 영국인들이 아직까지 갖고 있는 안정감, 불평불만을 토로할 수 있도록 해 주는 바로 그 안정감을 무너뜨릴 터였다. 포터 마을에 끼친 영향을 보라.

영국은 작은 섬이고, 항공기 엔진 소리에 익숙하지 않은 마을은 없다. 블랙보어에서 주민들이 들었던 엔진 소리를 낸 항공기는 상당히 낮은 고도로, 아마 3천 피트 정도로 비행하고 있었지만 그다지 특이한 점은 없었다.

그날은 흐린 봄날의 끝자락이었다. 마지슨 부인은 가게에 있었는데 우체국 카운터를 막 닫은 참이었다. 6시 30분이 되었기 때문이다. 그리고 가게는 보통 8시까지 잡화를 팔기 위해 문을 열어 두었다. 드루 경의 비쩍 마른 보조 정원사가 술집의 맥주 맛에 대해 투덜대고 있었다. "다 전쟁 때문이야." 그가 씁쓸하게 말했다. "모두가 전쟁 때문이야." 오두막에는 아무도 남아 있지 않았다. 늙은 퍼브스 외에 모두가 술집에 모여 있었고, 여자들은 저녁 설거지 중이었다.

늙은 퍼브스는 기묘하게 삐죽 튀어나온 코트를 걸치고 밀렵꾼용 호주머니 깊숙이 위스키 병을 찔러 넣고는 드루 경의 담장을 따라 높다란 쐐기풀들 사이를 헤쳐 가고 있었다. 사냥터지기가 그를 반드시 잡고야 말겠다고 벼르던 중이라 그는 위험을 무릅쓰려 하지 않았다. 낙하산병들이 하강하는 걸 목격한 사람은 그가 유일했다.

공중에서 거대한 파라솔 같은 물체들 아래로 수많은 남자들이 느닷없이 나타났을 때 그는 일종의 분노가 깃든 놀라움에 차서 허옇게 센 눈썹 너머로 하늘을 올려다보았다. 그는 그것들이 무엇인지 몰랐다. 다만 피하는 게 상책이라는 느낌만 들었다. "올바른 일은 아니라는 생각이 들었죠." 나중에 그는 이렇게 말했다. 사람들이 그런 식으로, 하늘에서 자기를 엿보는 건 정당하지 않다는 게 그가 한 말의 요지였다. 오랜 시간 그가 본 것은 그게 전부였다. 그 순간 드루 경의 담장이 가진 약점이 떠올랐기 때문이었다. 남자들은 군복 차림이었다. 자신들을 보호하기 위해서였으리라. 그러지 않았다면 그들은 비전투원으로서 사형선고를 받았을 테니까. 한데 포터 마을 사람들은 군복을 보자마자 놀라지는 않았다. 당시 우리는 군복에 너무나 익숙했기 때문이다.

AFS*니 ARP**니 하는 온갖 종류의 이니셜 덕분에 우리는 모든 군복에, 심지어 독일군의 군복까지도 덤덤하게 받아들일 준비가 되어 있었다. 브르잇 부인은 그들이 전보선과 전화선을 건드리는 걸 목격했는데, 우체국과 관련된 사람들이겠거니 생각했다. 다만 그녀의 열여섯 살짜리 아들만이—아, 그 애는 아는 게 너무 많았다—그들이 독일군이라고 말했다. "말도 안 돼." 브르잇 부인이 말했다.

마지슨 부인이 가게에서 하늘을 올려다보고 있을 때 장교가 들어왔다. 그는 이 지역의 대형 지도를 들고, 허리띠에는 권총을 차고 있었다. 그의 강철 헬멧은 그녀로 하여금 '작전'이라는 단어를 떠올리게 했다. 그녀는 "우체국은 문을 닫았는데요"라고 잽싸게 말했다. 가게 손님으로는 보이지 않았기 때문이었다. 그는 "마담"이라고 말했으며, 그녀는 그가 외국인이라는 생각이 들었다. 아마도 프랑스인이거나 폴란드인일 것으로 짐작되었다. 그는 젊었으며 아주 말쑥했고 군복은 진흙투성이였다. 목소리는 불안했는데 뭔가 골똘히 생각에 잠긴 듯했다. 그녀는 미소를 지었다. "네, 뭘 도와 드릴까요?"

"지금 바로 여인숙으로 가시지요."

"여인숙이라고요?"

"예. 지금 당장 가셔야 합니다. 모두 가야 합니다."

"무슨 얘긴지 모르겠네요."

그는 마치 불합리한 요구를 하고 있는 것처럼 난처함이 섞인 어조로 말했다. "나는 독일군 장교고, 이 마을은 우리 대원들이 접수했습니

---

* Army Fire Service. 육군 소방대.

** Air Raid Precautions. '공습 경계경보'라는 뜻이지만, 여기서는 적의 공습으로부터 시민을 보호할 목적으로 1937년 영국에서 창설된 조직을 일컫는다. 이들은 군복 같은 제복을 입고 활동했다.

다.”

마지슨 부인은 지극히 침착한 태도로 가게의 전화기를 집어 들고 경찰서의 번호를 돌렸다. 젊은 장교는 그녀를 제지하려 들지 않았다. 그녀는 즉각 이유를 알아차릴 수 있었다. 전선이 끊어진 것이었다. 바로 그 순간 그녀는 창문 밖으로 마을 순경인 드라이버가 군복 차림의 두 사람에게 떠밀려 블랙보어 쪽으로 가는 것을 보았다. 윗도리를 벗고 있는 것으로 보아 아마 정원에서 땅을 파고 있었던 듯했다.

마을 도처에서 엇비슷한 장면이 연출되었다. 아직 블랙보어에 도착하지 않은 사람들은 모두 체포되어 설득을 당하거나, 떠밀리거나, 아니면 질질 끌려와야 했다. 독일군들은 누구도 마을을 떠나서는 안 된다고 단호하게 말하며 겁을 주었다. 하지만 그들은 옥외 변소에 숨어 있던 브르잇의 어린 아들과, 늙은 퍼브스의 존재는 놓치고 있었다.

독일군 장교는 술집에서 주민들을 상대로 연설을 했다. 그는 자기나 대원들은 주민들을 위험하게 하지 않을 것이며, 주민들은 그저 조용히 있기만 하면 된다고 말했다. 늙은 퍼브스를 쫓다가 체포되어 눈가에 시퍼렇게 멍이 든 사냥터지기가 큰 소리로 말했다. “이건 부끄러운 일이오.” 독일군 장교는 그를 무시했다. 장교는 탈출을 시도했다가는 목숨을 잃게 될 거라고 솔직한 태도로 말을 이었다. “여러분 가운데 누구도 달아나지 않아야만 우리에게 기회가 생깁니다.” 이 기회라는 말은—영국 한복판에서 10여 명의 독일군이 대가를 치르고 얻을 기회라는 게 무엇이겠는가?—그들의 위치가 노출되기 전에 다시 항공기에 탑승할 수 있기를 간절히 바란다는 것을 시사했다. “여러분은 철저히 감시받을 것이며, 탈출 시도는 곧 죽음을 의미합니다.” 그는 애원하는 어조로 덧붙였다. “몇 시간만 조용히 계셔 주시면 됩니다.”

이런 일들이 벌어지는 내내 늙은 퍼브스는 드루 경의 담장 바로 안쪽에서 느긋하게 몸을 웅크리고 있었다. 저택의 문은 닫혀 있으며, 유일한 훼방꾼이라면 사냥터지기나 순경뿐이라는 사실을 그는 알고 있었다. 순경은 땅을 파고 있었기 때문에 나중에는 너무나 피곤해서 순찰을 돌 힘도 없을 것이다. 사냥터지기는 늙은 퍼브스에게 경멸의 대상이었다. 퍼브스는 덫을 두어 개 설치한 다음, 총을 장전하고 위스키 병을 따서 마시기 시작했다. 그는 약간의 취기가 목표물을 더 잘 조준할 수 있게 해 준다고 늘 생각했다. 그날 저녁에는 새 한두 마리를 잡을 심산이었다. 그런데 총성이 그를 방해했다. 그의 우선적인 반응은 호기심이라기보다는 분노였다. 드루 경은 지금 먼 곳에 가 있다. 그렇다면 총성이라는 건 경쟁자인 밀렵꾼이 있다는 얘기였다. 그는 위스키를 길게 들이켠 다음 나중에 다시 찾을 수 있도록 진흙 방죽의 구멍 속에 병을 숨겼다. 그러고는 담장의 깨진 돌들 사이로 밖을 훔쳐보았다. 그는 놀랍게도 어린 브르잇이 마을 밖 대문과 그 너머 간선도로로 이어지는 길을 지그재그로 달려가는 것을 보았다.

사건의 경위는 이러했다. 낭만적 영혼의 소유자인 어린 브르잇은 자기가 본 것이 실제로 독일군들이 전화선을 절단하는 장면이었다고 확신했다. 그는 그들이 어떤 식으로 이 마을에 왔는지도 상상해 보았다. 낭만적 영혼의 소유자는 아무런 어려움 없이 아이디어를 떠올렸다. 그렇게 그는 몸을 숨겼다. 독일군 가운데 깔끔한 영혼을 가진 한 사람이 화장실에 가고 싶어 하지 않았더라면, 그는 아마도 계속 몸을 숨길 수 있었을 것이다. 병사가 문을 잡아당기자 어린 브르잇이 한 마리 쥐처럼 뛰쳐나왔다. 병사는 기겁했고, 그 바람에 브르잇은 달아날 수 있었다. 병사가 소리를 질렀고, 어린 브르잇은 더 빨리 달렸다. 다른 병사들이 여인숙에서 뛰쳐나왔으며, 누군가 한 사람이 총을 발사했지만 빗맞혔다. 그를 잡는 것이 갑작스럽게 필수적인 과제로 부상했다. 세 명의 병사가 총을 겨눈 채 브르잇이 대문에 다다를 때까지 기다렸다.

놀랍게도 늙은 퍼브스의 눈에 어린 브르잇의 경이로운 행동이 들어왔다. 소년은 펄쩍펄쩍 뛰면서 지그재그로 달렸다. 대문에 다다른 그는 필사적으로 허우적거리며 걸쇠를 찾았다. 소총 세 자루가 동시에 발사되었고 어린 브르잇은 쓰러졌다. "저런 못된 보어 놈들." 퍼브스가 외쳤다. 그의 늙은 뇌는 삐걱거리면서 40년 전 남아프리카 공화국에서 벌어졌던 보어 전쟁과 초원에서의 매복으로 되돌아가고 있었다.

어린 브르잇은 죽지 않았다. 독일군 병사들이 인간애를 발휘하여 그의 다리를 겨냥해 총을 쐈던 것이다. 하지만 그는 평생 절름발이가 되었다. 그는 퍼브스와 함께 그날 저녁의 영웅적인 사건을 떠벌렸지만, 그럴 때면 꼭 누군가가 나서서 그가 밤새도록 변소에 숨어 있을 작정이었다는 얘기를 했다. 늙은 퍼브스의 행동과 의도에 대해서는 아무런 의심의 여지가 없었다.

맨 먼저 그는 위스키 병을 파내어 길게 한 모금 들이켜고는 다시 병을 숨겼다. 그런 다음 덫을 살펴보고 한 마리 족제비처럼 드루 경의 영지를 빠져나와서 키 큰 쐐기풀 사이로 몸을 숨겼다. 그는 몸을 굽히고 쐐기풀 사이로 미끄러져 나아갔다. 2주 동안이나 면도를 하지 않은 수염이 그의 턱을 보호해 주었다. 그는 외투 아래에서 총을 꺼냈다. 낡은 마우저 소총은 그의 기억과 더불어 40년 전의 다른 전쟁으로 돌아갔다. 1914년부터 1918년까지의 기간은 그가 전혀 의식하지 못하는 막간과도 같았다.

어린 브르잇은 블랙보어 안으로 옮겨져서 두 사람의 엄중한 감시를 받았다. 중위를 비롯한 나머지 병사들은 등에 소총을 멘 채 꼬챙이와 쇠지레를 들고 마을을 가로질러 철로 쪽으로 출발했다. 두 명은 상자를 맞잡고 운반했다. 늙은 퍼브스는 스스로 '못된 보어 놈'이 된 것처럼 가시금작화 덤불 사이를 옮겨 다니면서 그들을 뒤쫓았다. 태양이 5킬로미터 떨어진 페넘히스 역 너머로 지고 있었다. 굽이굽이 지평선 바로 위에서 집으로 돌아가는 마지막 유모차들 위에, 목사의 아내가 추리소설을 다른 책으로 맞바꾸는 순회도서관 위에, 서류 가방을 들고 시내에서 돌아오는 통근자들의 가느다란 행렬 위에 석양빛이 비쳤다. 그것은 늙은 퍼브스나 그의 사냥감들에게는 해당되지 않는 고요하면서도 질서 정연하고 전통적인 세상이었다. 그것들은 보이지 않는 먼 곳에서 뭉쳐 있었지만, 난폭함과 보복과 모험이라는 공통의 정신에 있어서 소리가 들리지 않을 정도로 멀리 있지는 않았다. 늙은 퍼브스는 멀리 떨어진 가시금작화 덤불 뒤에서 잽싸게 움직이며 짧게 기묘한 웃음소리를 냈다.

물론 그는 드루 경의 영지에 대해 알고 있는 것만큼 이 지역을 휜히 꿰뚫고 있었다. 그들이 운반하고 있는 도구들이 지금은 컴컴해지는 대기 속에서 똑똑히 보였기 때문에 그는 처음에는 그들이 철로로부터 100미터쯤 떨어진 자갈 채취장으로 가는 것이라고 생각했다. 자갈 채취장은 20년 동안 방치된 황량한 곳이었다. 거기에는 사용되지 않는 대피선이 소형 단선 철로에 연결되어 있었으며, 낡은 철제 화물차 한 량이 철로에서 튕겨 나와 옆으로 누워 있었다. 하지만 보어인들은 그곳을 지나치더니 제방을 올라가 그 너머의 철로로 나아갔다. 자갈 채취장 쪽으로 요리조리 움직여 나아가던 늙은 퍼브스는 하늘을 배경으로 보이는 그들의 실루엣이 아름답다고 생각했다. 그들은 두 명을 제외하고는 제방 아래 덤불에 모두 소총을 내려놓았다. 열차가 나타날 경우 신속하게 눈에 띄지 않고 미끄러져 내려갈 수 있도록 하기 위해서였다. 길게 곧장 뻗은 철로 위에서는 3킬로미터 밖에서도 엔진의 증기를 볼 수가 있었다. 병사 네 명은 철로 위로 몸을 숙여 뭔가를 잡아당기며 작업을 하고 있었고, 두 명은 중위를 따라 상자를 들고 철로 더 아래쪽으로 움직여 갔으며, 두 명은 주변의 텅 빈 황무지와 철로 이쪽저쪽을 지켜보면서 어슬렁어슬렁 보초를 섰다.

그들은 늙은 퍼브스가 몸을 숙여 자갈 채취장으로 들어가는 모습을 전혀 볼 수가 없었다. 그는 휘적휘적 가장자리 쪽으로 올라갔으며, 덤불 뒤에 몸을 숨기고, 무장한 보초 가운데 한 명에게 총을 겨누었다. 무장하지 않은 병사들은 나중에 처리할 참이었다. 하늘을 배경으로 병사 한 명의 몸이 또렷이 드러나자 늙은 퍼브스는 싱긋 웃었다. 다시 젊어진 기분이었다. 온갖 종류의 음흉한 기억들이 되살아났다. 프리토리아의 간호사들, 요하네스버그에서 밤새 마셔 대던 술 등이 떠올랐다. 그는 방아쇠를 당겼고, 낡은 소총의 요란한 폭발음이 사라지기도 전에 그 병사가 양손으로 배를 움켜쥐고 쓰러졌다. 그의 소총이 제방 위로 떨어져 굴러갔다.

갑작스럽게 멈췄다가 다시 빠르게 감기는 만화영화의 한 장면 같았다. 철로 아래쪽에서는 장교가 권총을 빼어 들고 주변을 휘둘러보았다. 그와 같이 있던 병사 두 명은 멍한 상태였다. 꼬챙이와 쇠지레의 움직임이 돌연 멈췄다. 연장들 중 하나가 공중에서 정지되었다. 그러더니 다시 움직임이 시작되었다. 보초가 늙은 퍼브스의 총에서 나는 연기를 보고 총을 발사했고, 총알이 그의 뺨에 자갈을 튀겼다. 작업 중이던 병사들이 연장을 내던지고 총이 놓인 곳을 향해 허겁지겁 제방을 뛰어갔다. 늙은 퍼브스는 다음 희생자를 선택했다.

독일군들은 지독스럽게도 운이 없었다. 밀렵꾼 뒤편으로 석양이 환히 비추고 있었기 때문에 그들은 눈이 부셨다. 반면에 늙은 퍼브스는 사격 연습장의 인체 모형처럼 그들의 실루엣을 똑똑히 볼 수가 있었다. 들뜬 그는 잇새로 공기를 들이마시고는 다시 총을 발사했다. 제방 중간쯤에 있던 남자가 나뒹굴었다. 늙은 퍼브스는 위치를 바꾸었고 즉각 몸을 수그렸지만, 제방 위에 납작 엎드린 보초가 날린 총알이 그의 귀 가까이를 스쳤다. 그가 다시 눈을 들었을 때 작업 중이던 병사들은 소총을 쥐고 있었지만, 100미터쯤 떨어진 위쪽 철로에서 상자를 들고 있던 두 병사는 모두 비무장 상태였다. 그건 뒤쪽으로 기어가고 있는 중위는 포함하지 않더라도 소총 네 자루를 노획할 수 있다는 의미였다. 늙은 퍼브스는 다시 싱긋 웃음을 지었다. 토끼 사냥보다 훨씬 재미가 있었다.

하지만 다른 두 병사 역시 나름의 교훈을 얻은 터였다. 중위는 밀렵꾼이 이해하지 못하는 언어로 명령을 외쳐 댔다. 보초는 여전히 제방 위쪽에 남아 있었지만 다른 병사들은 덤불을 보호막 삼아 석양을 등지도록 원을 그리며 움직이기 시작했다. 늙은 퍼브스는 개의치 않았다. 그는 자신의 전쟁터를 속속들이 꿰뚫고 있었다. 자갈 채취장 한쪽 끝에서부터 참호가 나 있었지만 돌출된 덤불들 때문에 위쪽에서는 보이지가 않았다. 제방 위에 있는 보초 입장에서 본다면 그는 구석에 몰린 셈이었다. 늙은 퍼브스는 가시금작화 아래로 몸을 숙여 좁고 후덥지근한 터널 속으로 재빨리 움직였다. 그 모습이 그야말로 땅속에 사는 동물이 땅을 파고들어 가는 모양새였다. 참호는 위쪽으로 약간 경사가 져 있어서 그는 곧 네발로 기어 커다란 고사리들 사이로 빠져나왔다. 그는 대담하게 주위를 둘러보았다. 보초의 시선은 자갈 채취장에 고정되어 있었다. 철로 위쪽의 병사 두 명은 상자를 던져 버리고 소총을 향해 기어가고 있었다. 세 명의 병사와 중위는 반쯤 원을 돌아 자갈 채취장 쪽으로 계속 기어가는 중이었다. 그들의 등은 반쯤 퍼브스 쪽을 향했고, 이번에도 그들은 최악으로 석양빛에 노출되어 있었다.

사냥이 이 시점에 이르렀을 즈음에 늙은 퍼브스는 안전하게 후퇴하여 모든 영예를 누릴 수도 있었지만, 그는 스스로 그것을 즐기고 있었다. 그는 체포될 위험이 있다 하더라도 결코 멋진 사냥감을 내버려 두는 법이 없었다. 그는 자갈 채취장에 있는 것으로 보이는 적으로부터 몸을 피하면서, 움직이는 병사들 가운데 하나가 측면에 있는 자기에게 노출될 때까지 기다렸다. 그런 다음 '정확히' 한 방 날렸다. 아니, 그럴 생각이었다. 그는 처음으로 총알을 거의 빗맞혔다. 병사는 소총을 떨구고 손을 움켜쥐면서 풀썩 쓰러졌다. "이런 제기랄." 그는 중얼거리면서 고사리 아래로 얼른 몸을 웅크렸다.

총알이 뒤쪽에서 발사되었다고 의심한 병사는 아무도 없었다. 그들은 이제 채취장 울타리에 거의 다다른 상태였다. 그들은 울타리를 펄쩍 뛰어넘었다. 하지만 늙은 퍼브스는 이번에는 실수를 하려야 할 수가 없었다. 그는 재빨리 총을 발사하여 두 명을 쓰러뜨렸고, 중위만이 뛰어 달아나 몸을 숨겼다.

이때쯤 무장하지 않았던 두 병사가 소총을 손에 쥐었고, 보초 역시 늙은 퍼브스의 위치를 찾아냈다. 그가 몸을 숙이기도 전에 제방으로부터 총알이 날아와 그의 왼쪽 어깨에 박혔다. 그는 고사리들 사이에 가만히 앉아서 지금 위스키를 마실 수 있으면 얼마나 좋을까, 하고 생각했다. 그는 몸을 움직이려 했지만 고사리의 움직임이 위치를 노출시켰고, 총알이 거의 1센티미터 차이로 그를 비껴갔다. 그는 나직이 욕을 했다. 이번에는 저 못된 보어 놈들이 그를 덫에 **빠뜨렸고**, 놈들은 아직 넷이나 남아 있었다.

그는 페넘히스에서 출발한 화물열차 덕분에 목숨을 건졌다. 열차는 빈 무개화차들을 끌고 북쪽으로 향하는 중이었다. 세 명의 병사는 이제 제방 아래쪽 평지를 확보하고 있었으며 휘파람을 불어 중위에게 몸을 숨기라는 경고를 보냈다. 그들은 경고신호가 철로를 타고 전달되는 것을 원치 않았다. 가장 가까운 부대도 최소한 30킬로미터는 떨어진 곳에 있다는 사실을 그들은 알지 못했던 것이다.

화물열차가 시야에 들어오자 늙은 퍼브스는 탈출 기회를 잡았다. 그는 고사리들 사이를 빠져나가 전복된 무개화차 쪽으로 달렸다. 그것은 중위를 제외한 병사들로부터 그를 보호해 줄 수 있었다. 중위는 권총만 소지하고 있었으며, 지금은 석양빛의 상태가 중위에게 지극히 불리했다. 아무도 늙은 퍼브스를 향해 총을 쏘지 않았다. 그러자 그는 몸을 돌려 자갈 채취장을 빠져나온 장교에게 총을 발사했다. 하지만 어깨의 통증 때문에 조준이 어려워서 총알이 빗나가고 말았다.

하나 당시에는 알지 못했지만 그는 사냥에서 승리한 셈이었다. 그들은 겁을 집어먹고 갈팡질팡 어쩔 줄을 몰랐다. 이제 중위의 관심은 오직 어떻게든 맡은 일을 신속하게 끝내는 것뿐이었다. 중위는 이리저리 몸을 피해서 부하들에게로 다가갔으며, 그들은 제방 가장자리를 따라 철로 위쪽으로 일종의 전략적 후퇴를 하기 시작했다. 늙은 퍼브스는 그들을 뒤쫓아 총알을 한 방 더 날렸지만 허사였다. 그는 나직이 욕을 뇌까렸다. 총알이 한 발밖에 남지 않았기 때문이었다.

그는 약간 어리둥절해서 네 사람을 지켜보았다. 그들은 다시 제방을 기어오르고 있었다. 그는 총을 쏘지 않았다. 지금은 일광 상태가 불리했다. 눈이 부셨다. 병사 하나가 그에게 위협사격을 가했고, 총알이 화차 가장자리에 맞아 파편이 튀었다. 다른 병사들은 상자를 열고 있었다. 줄 같은 것이 들어 있는 듯했다…… 늙은 퍼브스는 초조했다. 그는 무시당하는 것을 좋아하지 않았다. 그는 대강 조준을 해서 총을 발사했다.

한순간 마치 세상의 종말이 온 것 같았다. 엄청난 폭발이 일어나 그가 몸을 숨기고 있는 화차까지 뒤흔들었다. 끔찍한 비명이 들렸다. 굉음과 화약 연기가 가라앉자, 그는 은신처에서 빠져나와 덤불 사이로 나아갔다. 그에게 총을 쏠 사람은 남아 있지 않았다. 대학살이었다.

그는 그 광경이 마음에 들지 않았다. 그것은 다이너마이트로 물고기를 잡을 때처럼 그의 속을 뒤집어 놓았다. 철로만이 찢겨 나가지 않고 온전히 남아 있다는 사실이 기이했다.

중위는 아직 목숨이 붙은 상태였다. 그는 영어로 외쳤다. "죽여 주시오, 제발 죽여 주시오." 늙은 퍼브스는 늘 상처 입은 동물들에게 연민을 느꼈다. 그러나 그에겐 총알이 남아 있지 않았다. 그때 3미터 밖에 떨어져 있는 장교의 권총이 그의 눈에 들어왔다…… 나중에 그는 장교의 주머니를 뒤져 보았다. 값나가는 것은 없었다. 하지만 깔개 위에 앉은 벌거벗은 아이의 사진이 그의 속을 다시 뒤집어 놓았다.

늙은 퍼브스의 전투는 그것으로 끝이었다. 나머지는 흔히들 말하는 '마지막 마무리'였을 뿐이다. 그는 덫을 놓았던 곳으로 돌아가 남은 위스키를 비웠다. 올가미에는 토끼가 두 마리나 걸려 있었다. 그는 토끼들을 커다란 밀렵꾼용 호주머니에 넣고 손에는 중위의 권총을 든 채 조심스럽게 블랙보어 쪽으로 내려갔다. 그곳에 모여 있던 사람들은 두려운 마음으로 총성과 폭발음을 들은 터였다. 보초들도 마을 주민들만큼이나 겁을 집어먹은 상태였다. 늙은 퍼브스가 그들 뒤에서 갑작스럽게 권총을 들고 나타나자 그들은 즉각 항복했다. 하강한 낙하산병들 가운데 생존자는 가시금작화 수풀에서 부상을 당한 병사 두 명과 그 보초들뿐이었다. 독일군 최고사령부로서는 맥 빠지는 실패였는데, 그렇게 된 것은 늙은 퍼브스가 마을에 있지 않고 드루 경의 영지 안에 있던 탓이었다. 즉시 풀려난 드라이버 순경이 퍼브스가 잡은 토끼를 보고 그를 밀렵 혐의로 구속했지만, 앞서 얘기했던 대로 퍼브스는 일주일 뒤 경고와 더불어 약간의 냉랭한 칭찬을 받고 풀려났다. 그는 아주 만족스러워했다. 훈장 따위는 기대하지 않았다. "훈장은 그 못된 보어 놈들을 상대로 옛날에 하나 받은 적이 있거든"이라고 그는 말했다. 한동안 사람들은 그를 찾아와 무용담—그는 "그 자식들은 토깽이처럼 달아났지"라고 말하곤 했다—을 듣고 전리품을 관람하는 대가로 몇 푼씩 쥐여 주었다. 하지만 머지않아 이 불로소득원은 곧 동이 났고, 그는 다시 드루 경의 담장 너머로 돌아가야 했다. 그는 한 가지 전리품—깔개 위에 앉은 아기의 사진—만은 누구에게도 보여 주지 않았다. 때때로 그는 서랍에서 그것을 꺼내 불편한 마음으로 들여다보았다. 그것은—**그로서는** 딱히 설명할 만한 아무런 이유도 없이—그의 마음을 불편하게 했다.

정보부 지부
A Branch of the Service

1

나는 어쩔 수 없이 대단히 흥미롭고 때로 위험스럽기까지 한 직업에서 은퇴해야만 했다. 식욕을 잃었기 때문이었다. 최근 들어서는 그저 술을 조금 마시기 위해 뭘 좀 먹을 수 있을 뿐이다. 식사 전에 보드카 한두 잔 그리고 와인을 반 병쯤 마신다. 나는 메뉴를 마주하기가 불가능할 지경이다. 내 직업이 요구하는, 레스토랑에서의 3코스짜리나 심지어 4코스짜리 식사는 언급할 필요도 없다.

내가 지금 그만두려는 이 직업을 갖게 된 것은 순전히 아버지 때문이다. 비록 아버지는 내가—이른바—'선발'되기 전에 돌아가셨지만. 내 가장 어릴 적 기억은 주방에서 나는 냄새들이다. 지금은 먹는다는 것 자체가 부담이지만, 그것은 행복한 기억이다. 그 주방은 실제 우리 집의 주방은 아니었다. 말하자면 일종의 추상적인 주방으로, 아버지가 요리를 했던 모든 주방—영국, 스위스, 독일, 이탈리아 그리고 한때 잠시 머물렀던 러시아의 주방들—을 대변했다. 아버지는 뛰어난 요리 사였다. 하지만 공식적으로 인정받은 적은 없었다. 아버지는 이 나라 에서 저 나라로 옮겨 다녔다. 한 번도 실직 상태인 적은 없었으나, 한 직장을 오랫동안 다니는 법이 없었다. 언제 떠나야 할지 늘 고용주보 다 아버지가 더 잘 알고 있었기 때문이다.

어머니에 대해서는 아무런 기억도 없다. 내 생각에 어머니는 우리가 여행할 때마다 늘 혼자 남아 있어야 했던 것 같다. 그 시절 나는 먹는 것을 무척이나 즐겼지만, 요리를 배우지는 못했다. 그것은 아버지의 긍지이자 비밀이기도 했다. 대신 나는 언어들을 배웠다. 심도 있게 익 힌 것이 아니라, 여러 언어를 겉핥기로 배웠다. 나는 회화보다는 듣고 이해하는 걸 더 잘했다. 나를 선발한 남자는 그 점을 잘 파악하고 있었 다. 나는 그의 말을 기억한다. "이해하는 게 중요해. 우린 당신이 얘기 하는 걸 원치 않으니까."

여러분은 내가 도대체 어떤 이유에서 직업을 유지하기 위해 거창한 식사를 할 필요가 있는지 궁금할 것이다. 보통 사람이라면 아무리 고 급 레스토랑에서라도 2코스 이상 먹을 기분은 들지 않을 것이며, 코스 와 코스 사이에는 와인을 음미하면서 느긋하게 여유를 부리기 마련이 다. 그렇다. 하지만 와인이 아니라 음식을 평가하는 것이 내 임무였으 며, 『미슐랭 가이드』처럼 음식에 별점까지 매겨야만 했다. 물론 별 모 양은 미슐랭과 달랐다. 심지어 화장실도 검사해야만 했다.

아버지의 눈에는 내가 결코 일급 요리사가 될 재목은 아니었다. 그리고 아버지는 내가 평생 주방 보조로 썩는 걸 원치 않았다. 고용주와 싸우기 전까지 1년 동안 근무한 세인트올번스의 작은 레스토랑에서 아버지의 영국식 요리를 열렬히 찬미했던 팬을 통해 아버지는 나를 국제우수레스토랑협회International Reliable Restaurants Association라는 단체에 소개했다. 하지만 내가 6개월에 걸친 수습 기간을 끝내기도 전에 단체는 이름을 바꾸었다. 아일랜드 공화국군IRA 때문에 IRRA라는 명칭이 껄끄러웠기 때문이다. 결국 단체는 국제우수레스토랑가이드International Guide to Good Restaurants가 되었고, IGGR라 불리기도 했다.

광고 물량에 비례해서 명성도 올라갔다. 영국 고객들 사이에서는 IGGR가 미슐랭을 능가하게 되었다. 미슐랭은 지나치게 국수주의적이었다. 당시 미슐랭은 프랑스의 레스토랑 여덟 곳에 별 다섯 개를 준 반면, 영국 레스토랑에는 별 다섯 개를 준 곳이 하나도 없었으며 고작 두 곳에만 별 네 개를 주었다. IGGR는 훨씬 더 관대했는데, 그건 분명한 장점임이 드러났다.

나는 2년 동안 IGGR의 심사관 일을 하던 중 특수 임무를 수행하기 위해 선발되었다.

이른바 임무를 위한 훈련을 받으면서, 나는 우리 단체가 실제로 관심을 두는 곳은 별의 개수나 화장실의 청결도가 아님을 알게 되었다. 우리의 관찰 대상자들은 엄청나게 비싼 레스토랑을 찾을 확률이 낮았다. 값비싼 식사는 아무래도 남들의 눈에 띄기 쉬울 것이기 때문이었다.

"우리 부서의 주요 관찰 대상은 부유한 식객들이 아냐." 나를 담당한 교관이 말했다. "우리는 평범한 손님들을 주의해서 살펴봐야 해. 특히 보통 이상으로 평범한 사람들. 그런 사람들일 확률이 높지."

나는 처음에 그의 가르침이 좀 애매하다고 생각했지만, 그의 얘기를 들고 나서는 파리에서의 곤혹스러웠던 기억 하나가 납득되었다. 그는 이렇게 말했다. "물론 우리 부서는 경찰 업무에는 관심이 없어. 하지만 어쨌든 우리는 프랑스 경찰로부터 정보를 제공받고 있지. 자네, 프랑스의 작은 식당이나 레스토랑에 들르곤 하던 복권 판매인들을 기억하나?"

"그럼요. 지금은 그 사람들을 볼 수가 없죠."

"복권 판매가 불법도 아닌데 볼 수 없단 말이지. 그 사람들이 사라진 건 효용 가치가 사라졌기 때문이라네."

"그 사람들이 어디에 효용이 있었는데요?"

"경찰이 그들에게 수배자들의 사진을 보여 주었지. 좀도둑, 절도범 같은 이들 말이야. 그러면 그 사람들이 테이블을 전부 돌아다니면서 사람들의 얼굴을 관찰하는 거야. 우린 거기서 좀 더 중요한 업무에 대한 힌트를 얻었지. 눈보다는 귀가 더 필요한 업무 말일세."

그는 오랫동안 말을 멈췄다. 호기심을 불러일으키려는 게 그의 의도였던 것 같다. 그리고 실제로 우리는 음식 맛을 보고 화장실을 점검하는 게 주 임무가 아니라는 데 충분히 호기심이 발동하였다. 하지만 우리의 생각은 틀렸다. 교관은 재미있다는 눈빛으로 우리를 보았다. "화장실은 매우 중요하다네." 그가 말했다.

"물론 청결도 측면에서 말이겠죠?" 한 신참이 물었다(나는 아니다).

나는 교관의 얘기가 여전히 의아스러웠다. "아니, 아니네." 그가 말했다. "청결도는 우리의 관심사가 아니야. 하지만 화장실은 친구랑 대화를 나누거나 물건을 주고받기에 딱 좋은 아주 은밀한 공간일세. 그 친구가 여자가 아니라면 말이지. 하나 여자일 가능성에 대해서도 나중에 알아볼 걸세."

그것 말고도 다른 수많은 가능성이 나중에 밝혀졌다.

"식당에서 자네들이 듣게 되는 대화에서 주목해야 할 구절들이 있다네. '파 드 프로블렘'*이라는 말은 프랑스에서 일상적인 대화에 사용될 때는 그다지 주목의 대상이 아니지. 하지만 맨체스터의 별로 화려하지 않은 (별을 한 개도 받지 못한) 식당에서 이웃 주민들 가운데 하나가 '문제없어'라는 말을 한다면 그건 주목할 만한 가치가 있는 거야."

그는 신참들 사이에 일종의 회의감이 감도는 것을 감지한 듯했다. 그는 계속했다. "물론 전혀 관심을 가질 필요가 없는 것이거나, 혹은 대단한 중요성을 가진 것일 확률은 100 대 1 정도야. 하지만 기록을 해 두어야 하네. 거기에 일말의 가능성이 있거든. 화장실도 마찬가질세. 어쩌면 화장실에서의 가능성이 조금 더 높을 거야. 예를 들어 두 남자가 나란히 서서 오줌을 누면서 얘기를 한다고 가정해 보지. 우리 조직은 빈틈을 메우는 거라네. 보안상 중요한 틈 말이지. 주택 하나를 감시할 수도 있어. 하지만, 다시 얘기하지만, 그게 우리의 임무는 아냐. 전화를 도청할 수도 있지. 그것도 우리 일은 아니야. 거리에서 이루어지는 접선은 별도로 담당하는 부서가 있어. 그러나 식당만큼은 우리가 국가를 위해 복무하는 곳이라네."

내 머릿속에 질문 한 가지가 떠올랐다. "하지만 우리가 식당에 별점을 부여한 다음에는 거기서 다시 식사를 할 핑곗거리가 없지 않습니

---

* Pas de problème. 프랑스어로 '문제없어'라는 의미.

까?"

"틀렸네. 다음번에는 별 두 개를 얻을 수도 있고, 아니면 그 한 개마 저도 잃을 수가 있거든. 때로는 일종의 협박도 필요한 법이라네. 자네 들은 언제든 환영을 받으며 최고의 음식을 맛보게 될 걸세."

최고의 음식. 그렇다, 그게 바로 나의 문제였다. 먹는 것이 일인 직 업. 물론 처음에는 문제가 되지 않았다. 내가 흥미를 느낀 것은 국가를 위해 복무한다는 사실보다는 이 모든 일과 관련된 수수께끼를 푸는 힌 트를 얻는 일이었다. '문제없어'라는 구절이 계속 내 귓전을 맴돌았다.

2

물론 누구든 처음 임무에 배치되면 심각한 실수를 저지르기 마련이 다. 그러나 다른 직업들과 달리 우리 조직에서는 실수가 용납되었고, 때로는 칭찬을 받기까지 했다. 그만큼 경험치가 늘어나기 때문이었다. 내가 처음으로 저지른 심각한 실수는—다른 직업이었다면 분명 잘리 고도 남았을—화장실과 관련된 것이었다. 하지만 난 화장실에서의 실 수를 능히 덮고도 남을 첫 번째 행운의 성공 사례를 먼저 얘기하고 싶 다. 그런데 이 성공 사례 역시 화장실과 관련된 것이었다. 사건은 별 세 개를 받았지만, 리츠 호텔 정도로 훌륭하지는 않은 레스토랑에서 일어났다. 근무를 시작하고부터 3년 동안 나는 리츠 호텔 레스토랑에 서 감시하라는 지시를 겨우 한 번 받았다. 비용이 무척 비싼 반면 기회 는 너무 적었다. 그곳의 웨이터들은 낯선 사람들을 쉽게 알아차렸다. 나는 화질이 매우 흐릿한 용의자의 사진을 볼 기회가 있었다. 그는 이

식당에서 한 차례 이상 목격되었고, 외국인으로 판단되었다. 그의 경우 이미—하루에 한 사람씩—세 명의 노련한 감시인들이 배치되었지만, 그들은 거의 포기하려는 단계였다. 그와 함께 식사를 하는 사람은 늘 바뀌었다.

그런데 정말로 우연히도—우리 직업에서는 거의 모든 게 우연이다—나는 혼자 온 남자의 옆 탁자에 앉게 되었다. 어떤 본능 같은 것이 나로 하여금 그의 옆 탁자를 선택하게 했다. 전에 보았던 사진 속의 남자와 그가 약간 닮은 구석이 있었기 때문이다. 그는 외국인이라는 인상을 풍겼으며, 어쩐지 표정이—내 상상이었는지는 모르지만—초조하거나 불안했다. 그의 탁자에는 두 명분의 식기가 준비되어 있었다. 그는 포트와인 한 잔을 주문해서—영국인들이 식전에 흔히 마시는 반주는 아니었다—천천히 마셨다. 나 역시 드라이 마티니를 천천히 들이켰으며, 그보다 더 천천히 마시려 애를 썼다.

마침내 그가 기다리던 친구가 도착했다. 여자였다. 나는 '친구'라는 단어를 사용했지만, 그가 그녀에게 건넨 인사는 매우 어색하게 들렸다. 그는 "만나서 반갑습니다"라는 케케묵은 영어 어구를 외국어 악센트가 약간 섞인 어조로 말했다.

나머지 식사를 하는 동안은 굳이 미적거릴 필요가 없었다. 훈련 과정에서 우리는 감시 대상이 식사를 하는 동안 먼저 식사를 끝내고 계산까지 마치도록 교육을 받았다. 물론 계산을 끝낸 다음에는 커피를 마시면서 상당히 오랜 시간을 보낼 수 있었지만, 감시 대상보다는 약간 일찍 혹은 약간 늦게 탁자에서 일어설 준비가 되어 있어야 했다. 감시 대상에게서 눈을 떼면 안 되지만, 동시에 상대방이 감시당하고 있다는 사실을 눈치채지 못하도록 해야만 했다.

신참 시절 로열티 식당에서의 이 경험은 육체적으로 매우 힘든 것이었다. 내가 감시 대상으로 선정한 남녀는 거창한 코스 요리를 주문한 터였으며, 이미 밝힌 바 있듯이 나는 늘 식욕이 풍부하지는 않았기 때문이다. 처음에 그들은 여러 재료가 들어간 샐러드를 주문했고, 다음에는 구운 쇠고기 요리, 또 다음에는 치즈 그러고는 놀랍게도 디저트까지 주문했다. 이 또한 외국인 냄새를 풍기는 행위였다. 영국에서는 치즈로 식사를 끝내는 게 보통이었다. 두 사람은 서로 국적이 달랐으며 '만나서 반갑습니다'라는 어구는 상호 합의된 암호가 틀림없다고 생각했다. 디저트를 주문하기 전에 치즈를 놓고 잠깐 동안 벌어진 설전을 통해 남자는 프랑스인이고 여자는 영국인이라는 확신이 들었다.

그들의 대화는 주로 여자가 현재 집필 중인 책의 주제인 플로베르에 관한 것이었다. 물론 나는 플로베르가 제3의 요원을 지칭하는 별명이며, 보바리 부인은 또 다른 요원을 가리키는 것이라고 생각했다. 그들은 굳이 목소리를 낮추려 하지 않았다.

"만나 주셔서 정말 감사합니다." 그녀가 말했다. "플로베르에 대한 선생님의 훌륭한 작업을 제가 상당 부분 인용했는데, 허락해 주셔서 진심으로 감사드립니다."

나는 플로베르의 생애에 대해 별로 알지 못했지만 곧 많은 걸 배우게 되었으며, 두 사람에게는 딱히 문제 될 게 아무것도 없어 보였다.

"선생님을 다시 한 번 만나 원고를 출판사에 넘기기 전에 보여 드리고 싶습니다만, 워낙 바쁘신 분이라서요." 여자가 말했다.

"그래요, 저도 보고 싶군요. 하지만 내일 아침 일찍 비행기를 타야해서요. 9시 30분 비행기거든요."

나는 머릿속에 시간과 목적지를 기록했다. 담배가 아니었다면 나는 그들에 대한 거의 모든 의심을 풀고 시간만 낭비했다는 결론을 내릴 뻔했다. 코스 식사를 끝내고 치즈 트롤리를 기다리는 동안 그녀는 그에게 담배를 한 대 권했다.

그는 망설였으며, 나는 그가 나를 흘깃 쳐다보았다고 생각했다.

"벤슨앤드헤지스 엑스트라 마일드 담배예요." 그녀가 말했다.

"예, 저도 좋아합니다. 그런데 죄송하지만, 저는 식사를 마친 다음에만 담배를 태웁니다. 습관이죠." 하지만 그녀는 담배를 한 대 꺼내더니 그의 접시 옆에 놓았다.

"저는 태워도 괜찮겠죠?"

"물론입니다."

그는 그녀의 담배에 불을 붙여 주었고 치즈 트롤리가 도착했다. 그녀는 스틸턴 치즈를, 그는 브리 치즈를 골랐다. 나는 가장 작은 크기의 그뤼예르 치즈를 골라 웨이터에게 잘라 달라고 부탁하고는 아직 디저트가 남아 있다는 생각에 몸서리를 쳤다. 나는 아이스크림을 골랐고, 그들은 사과 타르트를 선택한 다음 여자는 커피를 주문했다. 나도 똑같이 했다. 그는 그녀가 준 담배를 잊은 듯했다. 여전히 불을 붙이지 않은 채 접시 옆에 놓아두고 있었기 때문이다. 아마 벤슨앤드헤지스가 그에게는 너무 순한 모양이었다. 그들은 플로베르 얘기를 계속했지만 나로서는 이해하기 힘든 내용이었다. 마침내 남자가 계산서를 요청했고, 나도 재빨리 따라 했다. 하지만 그들의 계산서가 먼저 도착했고, 식당을 나와서 그들을 뒤쫓으려면 미적거릴 시간이 없었다. 남자는 아직 담배를 갖고 있었다. 태울 의사는 없지만 그걸 버려서 상대방의 기분을 상하게 하고 싶지는 않은 것 같았다.

문간에서 그는 그녀에게 작별 인사를 했다. 그녀가 말했다. "우리는 『감정 교육』에 대해서는 한 마디도 하지 않았네요. 다음번에 뵐 때에는……"

"최선을 다하겠습니다." 그가 말했다. "만나서 정말로 반가웠습니다." 여자가 떠나자 그는 여전히 담배를 들고 화장실 쪽으로 향했다. 깔끔한 남자로군, 나는 생각했다. 변기에 담배를 버릴 모양이었다. 하지만 내 머릿속에는 납득할 만한 호기심이 자리 잡고 있었다. 다른 이유도 있었다. 나의 새로운 임무를 실천하고 싶었다. 훌륭한 요리사는 실수를 통해 성장하는 법이니까. 나는 잠시 기다렸다가 빠른 걸음으로 그의 뒤를 쫓았다.

내가 화장실에 들어섰을 때 그는 손을 닦고 있었다. 담배는 수도꼭지에서 떨어진 한쪽 구석에 놓여 있었다. 영원히 불이 붙여지지 않는 담배. 나는 그걸 낚아채서는 그가 몸을 돌리기도 전에 화장실을 빠져나왔다. 뒤에서 나를 향해 외치는 소리는 없었다. 뒤쫓는 발소리뿐이었다. 호텔 입구에서 짐꾼을 밀치고 거리로 뛰쳐나갔다. 운이 좋았다. 택시 한 대가 막 손님을 내려 주는 중이었다. 멀어지는 택시 안에서 나는 남자가 나를 쫓아 거리로 뛰쳐나오는 모습과, 내가 지불하지 않은 계산서를 흔들며 그의 뒤를 따라오는 웨이터의 모습을 보았다. 불쌍한 웨이터. 나중에 나는 이 식당에 별 네 개를 추천하는 간접적인 방법으로 이자까지 보태서 식대를 지불했다. 절대 별 네 개를 받을 만한 식당이 못 되었지만 말이다.

택시 안에서 나는 담배를 자세히 살펴보았다. 중간 부분에서 뭔가 이상한 감촉이 느껴졌다. 딱딱하게 뭉쳐진 듯했으며, 한쪽 끝부분 포장이 왠지 매끄럽지 않아 보였다. 나는 더 이상 손대지 않았다. 담배는 이미 세 사람의 손을 거쳤고, 화장실에 놓여 있던 까닭에 약간 축축했다. 담배가 그런 상태가 된 데는 뭔가 사유가 있을 것 같았다. 훈련 과정에서 우리는 용의자에 관한 것이라면 아무리 사소한 물건일지라도 반드시 제출해야 한다고 배웠다. 나는 국제우수레스토랑가이드 사무실에 도착하자마자 배운 대로 했다. 그런 다음 자리에 앉아 보고서를 작성했고, 본능이 시키는 대로 그 말끔하지 못한 담배를 보고서에 첨부했다.

3

보고서를 제출한 지 얼마 지나지 않아서 전화벨이 울렸다. "긴급이네." 상사의 목소리였다. 나는 우리의 전화를 도청하고 있을지도 모를 누군가에게 통화 내용이 들리지 않도록 버튼을 눌렀다.

"제가 생각하기엔 여자는 분명 영국인이었고, 남자는 프랑스인인 듯했습니다. 그런데 두 사람 모두 플로베르 전문가면서도 영어로 얘기를 나눴습니다."

"자네한테 들으라고 그런 것 같군. 자신들의 무죄를 입증하려 했던 거지."

"그 사람들이 죄를 지었습니까?"

"암, 짓다마다. 자네는 일급 임무를 수행했네. 한 시간 뒤에 나한테 오게나."

내가 그를 찾아갔을 때 담배는 반으로 갈린 채 그의 책상 위에 놓여 있었다. "벤슨앤드헤지스 스페셜 마일드." 만족스러운 미소가 담긴 얼굴로 그가 말했다. "낮은 타르 함유율. 하지만 정보의 가치는 결코 낮지가 않아." 그는 접힌 종이의 일부를 내게 보여 주었다. "정보를 숨기기 좋은 곳이지." 그가 말했다. "담배 한가운데 말이야."

"어떤 내용인가요?" 내가 물었다.

"곧 알게 될 걸세. 마이크로도트*랑 암호겠지 뭐. 자넨 진짜 대단한 일을 했네. 담배를 집어 온 건 정말 잘한 일이야."

그 대단한 일 덕분에 나는 몇 달 뒤 역시 화장실과 관련된 아주 심각한 실수에 대해 용서받을 수 있었다.

4

담배는 우리의 파일에 새로운 용의자를 한 명 추가시켰다. 화학업계와 관련이 있는 의사였다. 그는 지속적인 감시 대상이었다. 우리 팀원들 모두가 밤낮으로 투입되었다. 그는 환자가 발생했을 때에만 외부 컨설턴트 자격으로 기용되어 일을 하는 공장에서 그리 멀지 않은 작은 시골 마을의 개업의였다. 그는 MI5에 의해 철저하게 조사를 받았지만 우리 조직은 MI6와 더 가까웠으며, MI5와 MI6 사이에는 상당한 라이벌 의식, 나아가 시기심까지 존재했다. MI5는 국제 식당 평가 조직을 설립한 일이 자신들의 영역을 침범했다고 간주했다. 또한 우리가 담배 속에 숨겨진 정보를 그들에게 전달하지 않은 것도 사실이었다. 해외에서의 대간첩 활동은 분명 MI6의 몫이었지만, 우리의 식당

* 그림이나 문자를 점 하나 정도 크기로 압축한 것.

758

가이드는 국제적인 임무인 데다, 영국 부문과 외국 부문을 구분하는 것이 효율적이지 못했다.* 용의자가 낯익은 얼굴을 알아차리지 못하도록 동일한 감시인이 2주에 한 번 이상 기용되는 일도 없었으며, 감시인은 늘 다른 시간대에 식사를 했다. 안타깝게도 그 의사는 내가 감당하기에는 너무 과도한 식욕의 소유자였는데, 2개월 후 저녁 식사 시간에, 그가 가장 왕성한 식욕을 자랑하는 시점에 내 차례가 돌아왔다. 더더욱 안타깝게도 나는 그 전에 연달아서 거창한 식사를 한 탓에 몸이 많이 힘든 상태였다. 조직은 아침 식사에까지 별을 수여하는 방안을 고려해야 했다. 많은 사람들이 아직까지도 유럽식 아침 식사**와 구별되는 영국식 아침 식사—달걀과 베이컨, 심지어 소시지와 베이컨, 때로는 거기에 해덕 요리까지 곁들이는—에 대해 전쟁 이전의 식욕을 보유하고 있다는 사실은 나로서는 쉽게 납득이 가지 않았다.

나는 그의 집에서 800미터밖에 떨어지지 않은 스타앤드가터란 이름의 매우 소박한 여관 밖에서 그를 감시하던 요원에게 임무를 인계받았다. 식당 안에 손님은 우리밖에 없었고, 나는 그의 탁자에서 멀찍이 떨어진 자리에 앉았다. 그가 시계를 자주 들여다보는 모습이 눈에 띄었지만, 친구를 기다리고 있지는 않은 것은 분명했다. 이미 주문을 끝냈기 때문이다. 메뉴를 살펴본 나는 공포를 느꼈다. 세트 메뉴가 아주 저렴한 가격에 제공되고 있었기 때문이다. 그는 첫째 코스인 양파 수프를 주문했다. 내 위장은 양파를 감당할 수 없었다. 그러나 만약 수프를 건너뛴다면 나는 그보다 훨씬 빨리 식사를 끝내게 될 것이고, 그

---

* MI5(Military Intelligence Section 5, 정보청 보안부)와 MI6(Military Intelligence Section 6, 비밀정보부)는 영국의 양대 정보기관으로 MI5는 국내에서, MI6는 해외에서 정보 수집을 통해 테러리스트와 첩자를 색출하고 국가 전복 기도를 막는다.
** 보통 커피 및 버터와 잼을 바른 작은 빵으로 이뤄진다.

렇게 되면 마지막 코스가 끝날 때쯤에는 그를 더 이상 감시하지 못할 터였다. 그가 식당을 나서면 뒤쫓을 수 있도록 또 다른 감시인이 출입 구가 보이는 곳에 자리를 잡고 있었으나, 의사가 식사 중에 누군가와 접촉할 경우에 대비하여 나는 그를 감시할 수 있는 곳에 계속 머물러 야만 했다. 의사는 집에서 나서면 항상 전화를 걸 의무가 있지만, 스타 앤드가터의 전화는 그가 저녁을 주로 어디서 먹는지 알아낸 순간부터 이미 도청되고 있을 터였다.

나는 그가 그 기분 나쁜 수프를 내려다볼 때마다 가끔씩 그를 곁눈 질했다. 내 눈에는 그가 완벽하게 정직한 사람으로 보였다. 어떤 이유 로 저렇게 정직한 사람이 담배 사건의 남자와 연루된 것일까? 그러자 그의 직업이 의사라는 사실이 떠올랐다. 의사는 환자들을 판단하지 않는 법이다. 살인자의 임종 현장에 있었다고 해서 그 자신이 살인자 가 되는 것은 아니다. 만약 어떤 성직자가 우리의 마이크로도트 파일 에 등장한다고 해서 그를 유죄라고 단정 짓는 게 타당할까? 의사는 수 프를 다 먹은 다음, 구운 쇠고기 요리를 주문했다. 어쩔 도리 없이 나 도 같은 것을 주문했다. 양파 수프의 효과가 이미 나타나고 있었지만 나는 그와 보조를 맞춰야만 했다. 그는 음식을 천천히 먹었으며, 한 입 베어 물 때마다 신문을 읽었다. 그가 나에게 아무런 관심도 보이지 않 는 것이 나는 기뻤다. 그가 정직한 사람일 것이라는 인상을 확인시켜 주는 셈이었다. 쌀쌀한 밤이었다. 나는 식당 밖에서 불필요하게 불침 번을 서야 하는 감시인에게 미안했다.

절망스럽게도 의사는 계속해서 사과 타르트를 시켰다. 식당 메뉴 가 운데 유일한 대안은 아이스크림이었다. 하지만 아이스크림은 녹기 전 에 빨리 먹어야 하기 때문에 나는 어쩔 수 없이 타르트를 주문해야 했다. 문제는 내가 신 것을 잘 먹지 못한다는 사실이었다. 의사가 타르트에 이어 치즈 한 조각을 주문했을 때 나는 자리를 떠야만 했다. 설사가 나오려는 것을 감지한 탓이었다. 화장실은 2층에 있었다. 나는 자리를 뜨면서 계산서를 달라고 요청했다. 내가 돌아왔을 때 의사가 커피를 마시지 않고 식당에서 나갈 경우에 대비해서였다. 만약 의사가 커피를 마신다면 나는 잔돈을 찾기 힘든 척하면서 시간을 끌 수 있을 테고, 그가 식당을 떠나면 동료가 감시 임무를 떠맡을 것이다. '그가 안전하게 잠자리에 들도록 동료가 집까지 배웅하겠지.' 나는 이 판에 박힌 불필요한 감시에 짜증을 느끼면서 이렇게 생각했다.

썩 유쾌하지 않은 설사에 대해서는 세세히 얘기하고 싶지 않다. 아무튼 지독한 설사였으며, 식당 아래층으로 다시 내려가기까지는 좋이 5분 이상이 걸렸다. 의사는 자리를 뜨고 없었다. 나는 안도했다. "내 임무는 끝났어." 이제 집에 가서 위장을 달래 줄 뭔가를 먹으면 될 듯했다.

계산을 하면서 웨이터에게 말을 건넸다. 나이 든 남자 웨이터는 알고 보니 식당 주인이기도 했다. "오늘 밤엔 손님이 많지 않군요."

"밤에는 술집에 손님이 더 많지요." 그가 말했다. "낮에는 식당에 손님이 더 많고요. 지나가다 들어오는 운전자들도 있고…… 그런데 그 의사 선생은 저희 집의 오랜 단골이랍니다. 단출한 식사를 좋아하시죠."

나는 우리의 용의자에 대해 좀 더 많은 것을 물어봐야 한다는 의무감이 들었다.

"그분은 집에서 저녁을 드시진 않나요?"

"예, 독신이거든요."

"이런 규모의 동네에는 환자가 그리 많지 않겠네요."

"독감은 늘 발병하죠. 애들도 있고요. 하지만 저기 위쪽 화학 공장에서의 일이 주된 업무죠. 직원이 200명이나 된답니다. 그러니 환자가 많아요. 식사는 맛있었는지 모르겠습니다, 선생님. 또 오십시오. 규모는 작은 식당이지만 제가 직접 운영을 하고, 또 저는 늘 주방에 대한 감시를 게을리하지 않는답니다."

"분명 그러시겠죠. 여기 제 명함입니다."

"국제우수레스토랑가이드라고요! 세상에나! 이런 작은 식당에서 그곳에서 일하는 분을 만나리라고는 꿈에도 생각 못 했습니다. 그래서 선생님이 화장실에 다녀오신 거군요."

"그렇습니다. 화장실도 항상 점검하지요. 지나는 길에 주방도 살펴보았고요." 나는 거짓말을 했다. "얼핏 보니……"

"어떻던가요?"

"깨끗했습니다. 음식으로 봐서 이미 그러리란 걸 알고 있었지만요."

"정말 친절하시네요, 선생님. 꼭 다시 한 번 방문해 주십시오."

"1년 동안은 못 올 겁니다. 하지만 그동안 가이드에 사장님 식당이 언급될 겁니다."

"정말 영광입니다, 선생님. 공장의 높으신 분들 가운데도 그걸 읽는 사람들이 있을 겁니다."

"그런데 조언을 하나 드리자면, 최소한 두 가지 메뉴는 제공하시라는 겁니다. 그렇게 되면 사장님네 식당을 별 하나로 승급시킬 수도 있을 겁니다."

"이런 꿈같은 일이…… 우리 집사람에게 얘기하면……"

"그나저나 공장에서는 어떤 일을 하나요?"

"온갖 종류의 약을 만듭니다. 심지어 딸꾹질 치료제까지 만든다고 하더군요. 저야 이노*만 조금 있으면 충분합니다. 대부분의 용도에 다 효과가 있거든요."

나는 공손히 인사를 한 다음, 다음번 책자에 그의 식당이 등장하게 될 가이드 한 권을 그에게 건넸다. 나는 식당을 나서는 것이 기뻤다. 아직도 속이 울렁거렸고, 그날의 임무는 그것으로 끝났기 때문이었다. 집으로 가서 식당 주인이 얘기해 준 대로 이노 한 잔을 마시는 게 좋을 것 같았다.

밖으로 나온 나는 동료 감시인이 길 건너편의 상점 쇼윈도를 들여다보는 척하고 있는 모습을 보고 깜짝 놀랐다. 몸을 돌려 나를 본 그 역시 화들짝 놀랐다.

"자네, 뭣 때문에 나온 거야?"

"그러는 자넨 여기서 뭐 하나?"

"의사가 나오길 기다리고 있지."

"의사는 이미 나갔는데."

"그는 이 문으로 나오지 않았어."

"이런 제기랄. 뒷문이 있었군."

"감시 대상을 놓쳤는데 왜 곧장 나한테 신호를 보내지 않나?"

"화장실에 가야 했거든. 겨우 몇 분이었는데, 돌아왔을 땐 그 사람이 자리에 없었어. 그 사람은 이쪽으로 들어왔으니까 나갈 때도 이쪽으로 나갈 테고, 그러면 자네가 뒤를 밟을 거라고 생각했지."

"눈치를 챈 게 틀림없군."

---

* 가루 형태인 제산제이자 소화제로, 물에 타서 먹는다.

"그 빌어먹을 마이크로도트에 무슨 얘기가 있었든 간에 난 그 사람은 아무 문제 없는 정직한 사람이라고 생각했어."

"이번 일은 완전히 망쳤군."

5

보고를 하자 상사는 정확히 이렇게 말했다. "일을 완전히 망쳤군. 그자보다 먼저 식당을 떠나서는 안 되는 거였네. 단 1분이라도 말일세."

"양파 수프와 토마토 때문이었습니다."

"양파 수프랑 토마토라고! 상부에 그렇게 보고를 하라는 건가?"

"설사가 났었어요. 계속 미적거리다가 바지에 쌀 수는 없잖습니까?"

"자네가 그 담배 건으로 혁혁한 공을 세우지 않았다면 아마 난 당장에 자넬 잘랐을 걸세."

"자르실 필요 없습니다. 제가 그만둘 거니까요. 하지만 맹세코—마이크로도트든 뭐든 간에—그 사람은 문제없는 정직한 사람이었습니다. 절대 반역자가 아니었다고요."

"반역자란 단어는 기자들이나 쓰는 어리석은 말이네. 반역자도 자네나 나처럼 정직할 수가 있어. 그 화학 공장은 화학전과 관련이 있어. 화학전은 우리가 살아가야 하는 세상에 대한 배반이라는 걸 알아야 하네. 그자는 조국보다 위대한 뭔가를 위해 싸울 수도 있어. 정직한 스파이야말로 가장 위험한 존재지. 그는 돈을 위해서가 아니라 대의를 위해서 스파이 노릇을 하고 있는 거야. 어쨌든 이번 실수보다는 담배 건이 훨씬 중요해. 사람은 실수를 통해 배우는 법이고, 자네는 학습 능력이 뛰어나. 아마 그자는 자네가 의심스러웠는지도 몰라. 아니면 그게 그자가 늘 취하는 방법인지도 모르고. 앞문으로 들어가서 뒷문으로 나오는 거 말일세."

내가 말했다. "전 못하겠습니다. 죄송합니다. 더 이상은 못하겠습니다."

"뭣 때문에? 이번 실수는 용서가 될 거고, 금방 잊힐 걸세."

"하지만 양파 수프는요? 토마토는요? 그리고 제가 먹어야만 하는 고기들은요? 마늘 양념을 한 양고기는 어떡해요? 치즈랑 디저트도 있고요. 이 용의자들은 왜 다들 그렇게 식욕이 왕성하답니까?"

"아마 주위 사람들을 관찰할 수 있는 시간을 벌려는 거겠지."

"하지만 **그자들은** 절대 설사가 나지는 않는 것 같습니다."

"자네 설사 말인데, 나한테 아이디어가 하나 있네." 그는 잠시 뜸을 들이면서 연필을 만지작거렸다. "일주일 정도 휴가를 주면 어떨까 싶은데."

"양파 수프, 토마토 등으로부터의 휴가가 아니라면 어떤 휴가도 필요치 않습니다."

"하지만 그것들을 활용할 수 있는 방법도 있지 않겠나. 그 작은 여관에 일주일 동안 머물면서 거기서만 식사를 한다고 생각해 보게. 의사는 아마 자네를 단골손님으로 여기기 시작할 거야. 그러면 그에게 자네 위장에 대해 조언을 구하는 거야. 아마 치료약을 줄지도 모르지. 물론 그가 주는 건 아무것도 먹지 말아야 하네. 그자가 자네를 계속 의심한다면 독살하려 들지도 모르니까. 그가 주는 처방전을 모조리 우리에게 보내면 우리가 조사를 할 거야. 처방전에 위험한 약이 들어 있다면 우리의 의심이 확인되는 셈이고, 그러면 그를 체포할 수 있을 걸세."

"그렇지 않다면요?"

"그럼 그자에게 시간을 좀 더 줘야겠지. 그가 신중한 사람이라면 그 역시 **자신의** 의심을 확인할 필요가 있을 테니까. 우린 어떻게든 방법을 강구할 걸세. 어디에선가 그자에게 경고신호를 보내겠지. 아니면 자네가 작성한 보고서가 그런 것일 수도 있고. 우리는 그자의 반응을 면밀히 주시할 걸세. 자네가 할 일은 그저……"

"먹는 것이겠죠." 내가 말했다. "싫습니다. 전 결심했어요. 먹는 일로 경력을 쌓을 수는 없습니다. 양파 수프도 질렸고, 토마토도 마늘도 다 지겹습니다. 전 그만두겠습니다."

그렇게 나는 국제우수레스토랑가이드를 박차고 나왔다. 가끔씩 그냥 호기심에서 최신 호를 사 본다. 지금까지 살아오는 동안 나는 최소한 한 가지는 좋은 일을 했다. 그 작은 시골 마을의 식당은 비록 끝내 별을 받지는 못했지만, 가이드에 여전히 '주목할 만한 곳'으로 남아 있다.

어느 노인의 기억
An Old Man's Memory

내가 지금 이 글을 쓰는 해는 1995년이며, 늙은이들은 오래전 일을 기억하지 못한다. 자잘한 전쟁들이 벌어졌다가는 끝났고, 심지어 1980년대를 뜨겁게 달구었던 가자 지구와 베이루트에서의 죽음들조차 이제는 역사 속으로 사라진 듯하다. 하지만 나는 1994년의 공포에서 영원히 자유로울 것 같지가 않다. 그해에 벌어진 사건은 악몽 같은 속성이 있었다. 깊디깊은 바다, 그 어둠 속에서 벌어진 죽음들, 사지가 찢기고 물에 빠져 죽어 간 사람들. 해협 양쪽에서는 지금까지도 형체를 알아볼 수 없는 부패한 시신들이 가끔씩 수면 위로 떠오르곤 한다.

영불 해협 터널 개통을 축하하기 위한 성대한 기념행사가 마련되었고, 처녀 운행을 담당할 열차 두 대가 터널 중간에서 서로 교차할 예정이었다. 물론 1989년 파리의 혁명기념일 행사에서와 마찬가지로 영국에서도 약간의 알력은 있었다. 도버와 런던을 잇는 새로운 고속도로로 인해 켄트 주의 시골이 황폐해졌기 때문이다. 하지만 파리를 출발한 최초의 해협 횡단 열차가 도버에 도착하자 반대하는 이들은 많지 않았다. 네 번째 선거에서 승리를 거둔 대처 여사 역시 프랑스발 열차를 맞이하기 위해 플랫폼에 서 있었다. 열차는 해저에서 올라와 축하 행사에 동참하기 위해 도버 역에서 멈췄다. 프랑스 대사도 참석 중이었고, 딱히 어떤 이유에서인지는 모르지만 국방장관이 대처 여사를 수행하고 있었다. 영국군이 됭케르크*에서 철수한 이후 영국을 침공하려던 히틀러의 계획이 수포로 돌아갔던 것을 기억하는 소수의 반체제 인사들을 안심시키려는 의도가 아니었을까 싶다. 만약 그 당시 터널이 존재했다면 그걸 무너뜨릴 시간이 있었을까? 그리고 터널이 무너졌다면 종전 후에 그걸 재건했을까?

1994년의 행사는 모든 것이 제대로 준비되었다. 당시 내가 도버에 있던 건 아니었다. 행사의 전 과정을 텔레비전으로 시청하는 게 더 편했다. (나는 그렇게 생각했다). 프랑스발 열차가 터널을 빠져나오자 프랑스 국가인 〈라 마르세예즈〉가 연주되었고, 〈하느님, 여왕 폐하를 지켜 주소서〉가 아닌 〈지배하라 브리타니아여〉가 뒤를 이었다.** 어쩌면 대처 여사가 일부러 여왕을 찬양하는 국가를 피한 게 아닐까 하는 일부 국민들의 의심을 여왕도 마찬가지로 느꼈을지 모른다. 하지만 대처 여사는 아주 꼿꼿하게 서서 브리타니아 국가를 따라 불렀다. 해협 반대편에서는 프랑스 대통령이 영국발 열차를 맞이하기 위해 기다

---

* 프랑스 북부의 항구도시. 제2차 세계대전 당시, 아르덴 고지를 이용해 넘어온 독일군에 포위당했던 영국군과 프랑스군이 영국으로 탈출한 장소이기도 하다.
** 영국의 공식 국가는 〈하느님, 여왕 폐하를 지켜 주소서〉이고, 〈지배하라 브리타니아여〉는 비공식 국가인데 해양 제국 영국을 찬양하는 의미가 담겨 있다.

리고 있었지만, 열차는 끝내 도착하지 않았다. 대처 여사가 미리 준비된 연설문을 읽기 시작한 바로 그 순간 뉴스가 전해졌다. 해협 아래에서 폭탄이 터졌고, 영국발 열차는 칼레에 도착하기 전에 파괴되어 탑승자 전원이 사망했다는 소식이었다.

테러리스트의 정체는 뭐였을까?

폭발물은 셈텍스*를 사용해 제조된 것으로 여겨졌다. 1980년대 스코틀랜드 상공에서 일어난 항공기 폭발은 300그램의 셈텍스를 담을 수 있는 라디오 카세트 플레이어 하나로 가능했다. 그 이후 엄청난 발전이 이루어져서 이제는 몇 시간이 아니라 며칠 전에 미리 폭발물이 터지는 시간까지 설정할 수가 있다. 폭발은 영국발 열차가 해협 아래 철로의 중간 지점을 통과한 직후에 일어났다. 물론 1차 용의 선상에 오른 것은 IRA였다. IRA가 독일에서 자행한 활동과 IRA에 셈텍스를 공급한 것으로 알려진 카다피와의 관계 때문이었다. 하지만 이란인들 역시 살만 루슈디를 지지한 영국인들에 대해 그리고 자국의 무고한 항공기를 격추시킨 미국인들에 대해 악감정을 품고 있었다. 실제로 열차 탑승객 중에는 영국인보다 미국인이 더 많았다.

폭탄을 어디에 설치해야 하는지 알고 있던 사람은 누구였을까? 해저 터널을 건설하는 일에는 4년 동안 수백 명의 인부가 동원되었다. 테러리스트들에게는 마치 누구나 참가하여 맘껏 기량을 펼칠 수 있는 시합과도 같았다. 수백 명의 인부들 가운데 협조할 준비가 된 사람을 한두 명 찾아내기란 식은 죽 먹기였을 것이다. 돈만 듬뿍 쥐여 주면 그들은 터널 내 작업 일정을 술술 털어놓았을 테고, 최적의 장소가 선정

---

* 흔히 불법 폭탄 제조에 쓰이는 강력한 폭약.

된 다음에는 기폭 장치를 설치할 다른 누군가를 물색하기만 하면 되었다.

보안 조치에 대한 대대적인 홍보가 언론을 통해 행해졌으며, 건설에 관련된 사람들은 그 사건에 궁극적인 책임이 없었다. 모든 수하물은 엑스레이 검사를 거쳐야 했고, 공항에 있는 것과 같은 아치형 문을 통과하는 모든 승객들에 대해서도 꼼꼼한 몸수색이 이루어졌다. 하지만 심해 저 아래 해협 자체에 대해서도 적절한 조치들이 취해졌을까?

테러리스트들은 서두르지 않았다. 그들에게는 구상하고, 선정하고, 무너뜨리는 데 4년이라는 넉넉한 시간이 있었다.

이제 그 일이 있은 지 2년이 지났다. 체포된 사람은 아무도 없다. 하지만 테러리스트들조차 경악할 만한 소식이 있다. 유로터널사社가 주주들의 지지와 영국 및 프랑스 정부의 지원을 받아 터널을 재개통할 것이며, 이미 작업에 착수하여 1997년까지는 완공할 것이라는 계획을 발표한 것이다. 무너져 버린 첫 번째 터널을 건설할 때의 비용에 맞먹는 엄청난 비용이 들 거라고 한다.

앞에서 나는 노인네들은 오래전 일을 기억하지 못한다는 얘기를 했다. 그러나 오는 1997년에 누군가에게 영불 해협의 심해 속으로 데려가는 객차에 탑승을 권유할 정도로 사람들의 기억이 단기적일지, 나는 그 점이 자못 궁금하다. 해협 터널은 알프스의 거대한 지하 터널처럼 희미하게 불이 밝혀져 있지만 그 위에는 바위가 아닌 물이 가득하고, 게다가 레일 아래에서는 여전히 수많은 시신들이 썩어 가고 있지 않은가.

복권
The Lottery Ticket

    스리플로 씨는 베라크루스에서 처음이자 마지막으로 복권을 구입하였다. 그는 테킬라 두 잔을 마시고 나서야 겨우 용기를 내어 그 끔찍하고 작은 보조 엔진이 달린 멕시코 국적의 100톤짜리 바지선을 탈수 있었다. 그게 바로 그가 방문하고자 한 적도의 국가로 가는 유일한 방법이었다. 키 작은 여자애가 건네주는 티켓 케이스를 받아 들면서 그는 왠지 운명에 이끌려 가는 것처럼 느꼈다. 아마도 그건 사실이었을 거다. 나는 운명이란 것을 그다지 믿지 않는다. 하지만 가끔씩 운명을 인정할 경우에는, 그 부조리하면서도 경이로운 목적을 완수하기 위해 세상의 모든 사람 중에서 하필이면 스리플로 씨를 선택한 것과 같은 악의적이고도 우스꽝스러운 게 바로 운명이 아닐까 생각한다.

    런던에 사는 숙모와 브리즈번에 사는 여자 사촌—그는 두 사람과 빈번하게 또 변덕스럽게 서신을 교환했다―을 생각할 때면 침묵이 스리플로 씨를 엄습했다. 이 알려지지 않은 나라에서 벌어진 한두 가지 사건이 《타임스》 국제면의 단신란에 게재된다. 가령 암살 사건 같은 것으로, 숙모는 이 기사를 보면서 친구들에게 별생각 없이 말했다. "헨리는 분명 신나게 즐기고 있을 거야." 사실이 그랬다. 하지만 헨리 스리플로는 신나는 것과는 거리가 먼 사람이었다.

42세의 부유한 총각 스리플로는 소심한 사람이었지만, 그의 소심함에는 좀 특이한 구석이 있었다. 해외에서 휴가를 보낼 때마다 그는 소심함이라는 단어로부터는 쉽사리 연상되지 않는 불편함을 구태여 찾았다. 그는 사교적 만남을 견딜 수가 없었으며, 그래서 동료 여행객들이 몰려들지 않는 세상의 구석으로 탈출할 길을 모색했다. 내가 이 글에서 묘사하는 사건이 벌어진 해에 그는 멕시코를 선택했지만, 멕시코시티나 탁스코나 쿠에르나바카나 오악사카로 가지는 않았다. 물론 그의 숙모는 화려한 장식의 사라페*를 꼭 찾아보라고 요구했고, 오스트레일리아에 사는 사촌은 은귀걸이를 갖고 싶어 할 터였다. 대신에 그는―코르테스의 여정을 조사해 보고 싶다는 그럴듯한 명분을 내세우며―암울해 보이는 적도의 작은 주를 선택했는데, 그곳은 늪지대와 모기들과 바나나 농장과, 정말이지 코르테스 시절로 돌아간 **듯한** 감옥밖에는 볼 게 없었다.

이물과 고물에 석유램프만 달랑 달려 있는 보트를 타고―선장이 항해일지를 작성할 때면 선원이 손전등을 들고 곁에 서 있어야만 했다―참을 수 없을 정도로 불편함을 느끼며 이리저리 뒹굴면서 40시

---

* 멕시코 지방에서 남자가 어깨에 걸치는 기하학적 무늬의 모포.

간 동안 항해한 뒤에야 도착하는 곳이었다. 보트가 강과 항구에 들어섰을 때 그는 멀미와 악취 그리고 이름만 침대인 널빤지로 인해 잔뜩 피로에 절어 있었다. 도착한 후에는 낡은 배들의 잔해로 떠받쳐진 둑에 기대어 하루를 누워 보내야 했다. 모기들은 마치 재봉틀처럼 이리저리 날아다니며 몸을 물어 댔다. 나무로 만든 오두막 몇 채와 오브레곤*의 동상이 서 있는 작은 광장이 있었다. 머리 위에서는 말똥가리들이 부스럭거렸고, 강 저편에서는 상어 지느러미들이 잠수함 함대의 잠망경처럼 미끄러지듯 움직였다.

바나나 농장들 사이로 난 강을 열 시간 거슬러 올라간 곳에 주도主都가 자리 잡고 있었다. 스리플로가 탄 배는 도중에 두 번이나 뭍으로 올라가야 했다. 양쪽 제방에서는 개똥벌레들이 도시의 불빛처럼 반짝거렸고, 석유램프는 코코넛 나무와 바나나 나무에 멜로드라마적인 야릇한 효과를 연출했다. 모퉁이를 돌자 수도의 진짜 불빛들이 나타났다. 그 거친 야생 지역에 어울리지 않아 보이는 세련되고 당당하고 놀라운 불빛이었다.

물론 세련되었다는 말에는 어폐가 있었다. 스리플로는 사라페를 사기 위해 값을 흥정하는 미국인 여자들의 째지는 목소리를 두려워할 필요가 없었다. 그 도시에는―스리플로를 제외하고는―사람을 끌어들일 만한 요소가 아무것도 없었다. 바지선이 진흙 제방에 고정되자, 스리플로는 너비가 3.5미터에 이르는 녹색의 시큼한 강물 위에 걸쳐진 널빤지를 건너 육지에 올랐다. 경찰관이 그의 가방을 잡아 흔들어 밀반입한 술이 내는 출렁거리는 소리와 쨍그랑거리는 소리가 들리지

---

* 알바로 오브레곤(1880~1928). 암살당한 멕시코의 대통령. 혁명으로 혼란을 겪던 멕시코에 상대적 평화와 경제적 번영을 이룩함으로써 10년에 걸친 격렬한 내전을 종식시켰다.

않는지 귀 기울였다(술은 반입이 금지되었다). 친절한 구경꾼 하나가 손전등을 켜서 까딱하면 물속으로 미끄러지려던 그를 구해 주었다.

체류할 수 있는 호텔은 하나밖에 없었다. 가방을 푼 다음 스리플로는 이곳 사람들이 어떻게 살아가는지 보고자 광장으로 걸어갔다. 있어야 할 것들은 모두 존재했다. 선거가 한창 진행 중이었다. 무엇을 뽑는 선거인지 그로서는 알 수 없었다. 붉은 별과 '인민해방전선'이라는 글자가 벽을 온통 도배하고 있었다. 광장 주변의 후텁지근하고 시큼한 열기 속을 젊은이들이 걸어 다녔다. 한쪽은 남자들이고 다른 쪽은 소녀들이었다. 흰색 양복과 밀짚모자로 멋을 낸 맹인 하나가 친구의 도움을 받아 걸음을 옮기고 있었다. 그 모습들이 마치 치과 병원(흉측한 의자가 쇼윈도의 밀랍 인형처럼 조명을 받고 있었다), 식민지풍의 흰색 기둥과 무장한 병사와 창살에 꼭 붙인 어두운 얼굴들이 보이는 연방 감옥, 재무부 건물, 주지사 관저, 노동자농민연합 사무실, 몇 채의 민간 가옥을 배경으로 하여 온통 침묵 속에서 끊임없이 계속되는 종교의식 같았다. 민가의 덧문을 올린 창문 뒤편으로 바지런히 왔다 갔다 하는 늙은 여자들과, 세트로 싸게 구입한 딱딱하고 곧은 빅토리아식 의자에 앉은 아이들이 보였다.

스리플로는 스페인어를 거의 구사하지 못했다. 그는 꼭 필요할 경우에 대비해서 상용 회화 책을 휴대하고 있었다. 이 지독하게 덥고 불편하기 짝이 없는 도시에서 영어를 할 줄 아는 사람을 만나리라 기대하기는 어려웠다. 불안정하게 침대에 걸터앉은 스리플로는 왕풍뎅이가 횡하니 빈방의 높은 천장에 부딪치고 개미들이 타일을 따라 종대로 기어오르는 모습을 지켜보면서 자신의 목적이 이미 달성되었다고 느꼈다. 그는 진정한 향수를 느끼면서 켄싱턴과 숙모의 집과 일상의 안

774

락한 삶을 돌아볼 수 있었다. 보통의 여행객들과는 달리 그는 고향의 아름다움에 대한 열정적인 감정을 가득 품고서 귀국할 수 있을 터였다.

다음 날 아침, 그는 그곳에 있는 유일한 식당에서 식사를 마치고 시장을 산책했다. 머리 위에서는 톱니 모양의 날개와 작고 멍청해 보이는 머리를 가진 말똥가리들이 빙빙 맴을 돌았다. 점심도 같은 식당에서 먹었다. 그러고 나서 침대에 누워 불편한 잠을 자고, 다시 광장을 거닐고, 저녁을 먹고, 이를 깨끗이 하기 위해 생수 한 잔을 마신 다음—스리플로는 건강에 신경을 썼다—다시 잠자리에 들었다. 힘든 하루는 아니었다. 그가 가서 구경할 수 있는 교회는 남아 있지 않았다(전국의 교회는 모조리 파괴되었고 성직자들은 체포되었다). 교회가 있다면 어렴풋이 반감을 지닌 채 로마식 의식과 토착 미신을 지켜볼 수 있을 텐데, 그럴 수 있는 교회가 하나도 없었다. 복권에 대해서도 그는 까마득하게 잊고 있었다.

셋째 날 점심시간에 복권을 파는 남자가 그의 탁자로 다가왔을 때, 그는 문득 전에 구입했던 복권을 떠올렸다. 그는 예전에 추첨한 당첨 번호 목록을 보여 달라고 요청했고, 긴 목록의 세로 단 중간에서 자기가 산 번호인 20375를 발견했다. 그가 처음이자 마지막으로 산 복권은 5만 페소에 당첨되었다. 영국 화폐로 약 2,500파운드에 해당하는 액수였다. 파리들이 그의 접시에 놓인 너저분한 모양의 쇠고기 주위를 날아다녔고, 턱과 입술에 털이 듬성듬성 난 인디언 거지 하나가 현관문 바로 안쪽에 서서 식사하는 손님들을 지켜보고 있었다(거지는 한 마디도 하지 않았다. 아마 스페인어를 모르는 모양이었다. 그는 마치 부자들에게 굶주리는 사람들의 현실을 일깨워 주는 도덕극의 등장인물 같았다).

스리플로 씨에게 곧바로 든 느낌은 부끄러움이었다. 그는 자신이 외국인 착취자, 미국인처럼 느껴졌다. 그는 5페소에 복권을 샀다. 과연 자기가 이 돈을 받을 권리가 있을까? 복권 판매인은 식당에 있는 모든 이들에게 당첨 사실을 떠들어 댔고, 사람들은 하나같이 그의 복권과 당첨 번호를 대조해 보고는 그가 어떻게 행동해야 하는지 조언을 퍼부어 댔다. 그는 '은행'이라는 단어만 온전히 이해할 수 있었다. 식당을 나서면서 그는 양심의 가책을 좀 덜고 싶었다. 그는 50페소가 들어 있던 지갑을 탈탈 털어 인디언의 손에 건넸다. 인디언은 아무런 기쁨의 표정도 내비치지 않았다. 그러고는 마치 신이 다음에 어떤 일을 할지 모른다는 듯 재빨리 사라졌다.

스리플로가 은행에 도착하기 훨씬 전에 은행에는 이미 소문이 파다했다. 우쭐하고 반들반들하며 만면에 미소를 머금은 혼혈 지점장이 달려 나와 땀에 젖은 겨드랑이로 스리플로를 맞았다. 그의 영어 실력은 스리플로의 스페인어 실력만큼이나 형편없었다. 하지만 스리플로는 그의 커다란 몸짓을 통해 이 은행에는 당첨금을 지급할 만한 액수의 돈이 없다는 것을 짐작할 수 있었다. 당첨 소식은 독수리들에게도 전달된 것 같았다. 독수리들이 요란한 소리를 내면서 지붕들을 가로질러 내려와 도로에 자리를 잡고는 그 끔찍하게 생긴 조그만 머리로 시체를 찾아 여기저기 둘러보고 있었던 것이다.

스리플로는 딱딱하고 광택이 나는 흔들의자에 앉아 지점장의 얘기를 들었다. 그는 중간중간에 단어 한두 마디만 알아들을 수 있었다. 한낮의 열기가 그들을 짓눌렀다. 투자를 하는 게 어떻겠느냐는 얘기가 진행 중인 듯했다. 멕시코 외부로 당첨금을 가지고 나갈 수 없는 것은 당연했다. 갑자기 그는 성마른 어조로 말했다. 열기가 그를 짓누르고 있었다. "난 그 돈을 원치 않습니다. 그 돈이 필요 없어요. 돈이 필요한 건 나보다는 이곳입니다." 그러고 나서 그는 여러 피가 섞인 지점장의 갈색 눈동자 속에 즉각적인 이해의 표정이 담긴 것을 발견하고 깜짝 놀랐다.

"선생님은 은인이십니다." 지점장은 질문을 하는 게 아니라 선언을 하듯 말했다.

"난 그 돈이 필요하지 않아요." 스리플로가 거듭 말했다. 그는 불안하게 자신의 창백한 머리카락을 매만졌다. 자신의 말이 연극처럼 들리지는 않을까 저어됐다. "나는 이 나라를 위해 좋은 일을 하고 싶습니다." 그의 당첨금은 멕시코의 이처럼 가난한 주에는 엄청난 금액이었다. 그는 자신이 카네기라도 된 듯한 뿌듯한 만족감을 느꼈다. "아마 도서관을 지을 수도 있겠지요."

"은인이십니다." 지점장이 다시 말했다. 그가 알고 있는 모든 영어 단어는 라틴어 어원을 갖고 있었다. 그 결과는 마치 혀가 묶인 존슨 박사* 같았다. 지점장은 밀짚모자를 집어 들고 말했다. "갑시다."

"어디로요?"

남자의 말은 모호했다. 그는 주지사 관저에 대해 뭐라고 얘기를 했다. 스리플로는 운명에 몸을 맡기기로 했다. 내가 앞에서 운명이란 참으로 우스꽝스러운 것이라는 얘기를 하지 않았던가? 그는 체처럼 구멍이 숭숭 뚫린 우스꽝스러운 모자를 뒤따르며 광장으로, 주지사 관

---

* 새뮤얼 존슨(1709~1784). 영국의 시인이자 평론가. 1755년 영국에서는 처음으로 영어 사전을 만들어 영문학 발전에 크게 이바지하였다. 후에 문학상의 업적으로 박사 학위가 추증되어 '존슨 박사'라 불린다.

저의 응접실로 휘적휘적 걸어갔다. 그의 선행은 주지사에 의해 용도가 정해질 것처럼 보였다. 스리플로는 무료 도서관이나 병원이나 과학 기구를 염두에 두었으며, 토론협회를 설립하는 일도 가능하지 않을까 생각했다. 아니면 빈민 구호소도 괜찮을 것 같았다. 통화가 오랫동안 이어졌다. 옛날의 노상강도처럼 꽉 끼는 바지를 입고 요란스럽게 장식이 된 권총집을 찬 남자가 빨간 머플러 위로 악의가 깃든 쾌활함을 내비치면서 그를 지켜보았다.

지점장이 말했다. "지사님은 부재중이시랍니다. 다시 갑시다." 그는 앞장서서 광장을 가로질러 왔던 길을 되돌아갔으며 노상강도가 그 뒤를 따랐다. 그는 치과라고 적힌 문을 향해 걸어가서는 해명을 하듯 번쩍이는 금니를 보여 주었다. "고통입니다, 고통." 그는 만족스럽게 말했다. 그들은 치료 의자와 드릴이 있는 방으로 곧장 들어갔다. 햇빛이 방 안쪽 회반죽벽에 반사되어 눈이 부셨다. 치료 의자에 앉은 지사는 솜뭉치를 문 상태로 입을 벌리고 있었다. 말똥가리 한 마리가 집에서 기르는 칠면조처럼 내장을 찾아 마당을 거닐고 있었다.

은행 지점장이 스페인어로 재빨리 상황을 설명했고, 지사는 의자에 앉은 채 몸이 뒤로 젖혀진 상태에서 입을 벌리고 얘기를 들었다. 지사는 몸집이 작고 뚱뚱하며 나이가 지긋했는데, 턱은 푸른빛이었다. 얼굴에는 장난꾸러기 소년 같은 표정을 띠고 있었다. 치과 의사가 바늘을 바꾸자 고뇌에 찬 두려움이 지사의 얼굴에 스쳤다. 그는 지점장을 향해 애원하듯 '계속해. 제발 계속하라고'라고 말하는 듯한 몸짓을 했다.

지점장은 단호한 문장과 함께 극적으로 얘기를 끝냈다. 스리플로는 한 마디도 이해하지 못했다. 지사는 거의 수평으로 누워 있었다. 그의 발과 지점장의 입이 같은 높이에 있었다. 지사는 몸을 일으키려 애쓰면서 격하게 얼굴을 끄덕여 솜뭉치 하나를 뱉어 냈다.

그러자 의사가 다시 드릴을 돌렸고, 지사의 얼굴은 다시 남자아이처럼 경련을 일으켰다. 지점장이 말했다. "고통스러우시겠어요, 고통스러우시겠어요. 저흰 가 보겠습니다."

그들은 밖으로 나와 다시 찌는 듯한 광장으로 들어섰다. 나무 아래에서는 몇몇 사람이 김이 나는 과일 음료를 마시며 앉아 있었다. 분홍색과 노란색 합성 음료였다. 한 남자가 주지사 관저의 계단을 내려왔다. 그의 권총집이 숨 막힐 듯한 공기 속에서 메마르게 삐걱거렸다. 몸집이 작은 인디언 병사들로 이루어진 일개 분대가 지나갔다. 지저분한 올리브색 군복을 걸치고 아무렇게나 소총을 둘러메고 있었다. '교육.' 스리플로는 생각했다. '이 사람들에게 필요한 건 바로 교육이야.' 그의 마음은 선행에서 오는 뿌듯함과 자부심으로 행복하게 부풀어 올랐다. 오랜 진보주의자로서의 전통이 그의 마음을 흔들었다. 그의 조상 가운데 한 사람은 외국 땅에서 선행을 베풂으로써 그를 기리는 동상까지 건립된 적이 있었다.

은행 지점장은 이제는 은행으로부터, 주지사 관저로부터 몸을 돌렸다. 그는 뜨겁게 달궈진, 긴장감이 감도는 광장을 가로질러 가면서 이마의 땀을 훔쳤다. 그의 동력은 스리플로 씨까지 덩달아 움직이게 만들었다. 스리플로는 노동자농민연합 사무실을 향해 걸어가는 지점장의 김 나는 등 말고는 아무것도 생각할 수가 없었다. 지점장의 등과, 그들이 접근하자 몸을 피한 소녀 말고는 아무것도 생각할 수 없었다. 스리플로의 주의를 끈 것은 소녀의 아름다움이 아니었다. 이 도시에 그녀보다 예쁜 소녀들은 많았으며, 어쨌든 스리플로는 여자들에게는 신경을 쓰지 않았다. 그의 주의를 끈 것은 그녀에게서 느껴지는 적대적인 분위기였다. 그녀는 몸에 맞지 않는 듯한 옷을 입고 있었다. "저 여자는 어떤 사람인가요?" 그가 물었다. 그녀는 광장 중앙에서 의심스러운 눈길로 그를 지켜보았다.

"종교인." 그 한 마디로 모든 게 설명되었다는 듯이 지점장이 말하고는 잽싸게 회반죽이 발린 문을 지나 다소 황량한 테라스로 들어섰다. 테라스에는 생수병들, 고장 난 분수, 쪼글쪼글 시든 꽃들, 빈 정어리 통조림 깡통 등으로 가득 찬 수많은 포장용 상자들이 즐비했다.

"통역." 지점장이 말했다. 지점장은 활기찬 태도로 문을 사이에 두고 스리플로의 눈에는 보이지 않는 누군가와 스페인어로 얘기를 늘어놓기 시작했다. 그러고 나자 그 기이한 날의 가장 기이한 인물이 몸을 드러냈다. 곱슬머리에 매우 뚱뚱한 남자는 유쾌한 표정을 띠고 있었다. 지저분한 흰 무명옷을 두툼한 허벅지까지 내려오도록 걸치고, 당구 큐를 들고 있었다. 허리띠는 총알들로 번쩍이고, 옆구리에서 묵직한 권총집이 덜그럭거렸다. 그는 스리플로를 향해 흥겹다는 듯이 큐를 흔들었다. 그가 말했다. "난 영어를 하지. 아주 잘하지. 나는 여기 경찰서장이라네……" 그는 '허접한 구멍' 같은 습관적인 미소를 지었다. 누군가가 당구공을 치는 소리가 들렸고, 경찰서장은 걱정스러운 눈길로 안을 들여다보았다.

그가 말했다. "저자들은 믿을 수가 없어. 저자들은…… 스포츠에 어울리지 않아." 그는 다시 스리플로 쪽으로 몸을 돌려 빠른 속도로 말을 계속했다. "이 남자가 지사님이 당신의 선물에 아주 흡족해한다는 얘기를 전해 달라는군."

"그리고 그 돈을 어디에 쓸지도 말했나요?"

"진보." 경찰서장이 말했다. "이곳은 매우 낙후되어 있다네." 그는 다시 당구공이 부딪치는 소리가 나는 방향을 돌아보았다.

"학교를 신축하나요?"

"때가 되면 할 수 있겠지." 서장이 말했다. "우선은 반동을 진압해야만 하네."

"반동이라고요?"

"선거 얘기 못 들었나?"

"저는 그 돈이 정치에 쓰이는 걸 원치 않습니다." 스리플로가 말했다.

"정치라고? 아니, 아니야. 이건 정치가 아니라네. 반역이지. 그들은 반역을 꾀하고 있어. 그들은 독일, 이탈리아, 일본에서 무기를 사들이고 있어. 그들은 멕시코를 팔아넘기고 있다네." 그는 작고 뜨거운 광장 쪽을 가리켰다. "그들이 승리한다면 그건 곧 반동이야. 교회가 돌아오고 교황도 복귀할 거라고." 그는 잠시 의미심장하게 말을 멈췄다. "종교재판이지."

"오, 그럴 리가요." 스리플로가 항의했다.

"아니, 종교재판 맞아."

스리플로가 말했다. "하지만 저는 이 돈이 그런 식으로는 쓰이지 않기를…… 아시다시피 전 외국인입니다…… 저는 정치적 혼란이 가중되는 걸 원치 않습니다."

"자네는 오래도록 칭송을 받을 걸세." 경찰서장이 말했다. "자네의 돈은…… 진보를 위한…… 상환기금이 될 걸세. 자네 복권을 이 남자에게 주게나." 그는 조바심을 내면서 문 안쪽을 들여다보더니, 기막힌 아이디어가 떠올랐다는 듯 환한 얼굴로 몸을 돌렸다. "국가가 보답하는 차원에서…… 동상을, 아니 어쩌면 물을 마실 수 있는 분수도……
그런데 샘이 없으니…… 광장 바닥에 **자네** 이름이 새겨진 대리석을 깔
면…… 이름이 뭔가, 선생?"

"스리플로입니다."

"그렇게 새기자고. 진보를 사랑하는 이 나라의 모든 친구들이 외국
인 은인을 기리는 차원에서 헌정한 걸로 말이야."

"아주 친절하시군요."

"원 별말씀을. 대리석 판을 어디에 설치하면 좋겠나, 티프노 씨? 노
동자농민연합 사무실 앞에다 할까? 아니면 주지사 관저 옆? 나무 밑
은 어떨까? 과일 행상을 몰아내면 되니까."

"정말이지 무척 친절하시군요."

밤에는 아무것도 할 일이 없었다. 호텔 1층의 발전기가 작동하다가
잠잠해졌고, 호텔 로비에서는 전등불들이 깜박거리고 딱정벌레들이
벽에 부딪쳤다. 벌레들은 강 쪽에서 떼거리로 몰려왔다. 바닥은 온통
벌레투성이였다. 호텔 주인과 스리플로 씨는 고리버들 의자에 앉아
눅눅하고 무더운 공기 속에서 몸을 앞뒤로 흔들고 있었다. 잠시 후 주
인이 영어 단어 몇 개와 프랑스어 단어 몇 개를 찾아냈다. 그와 스리플
로 사이에 명확하지 않은 생각 교환이 이루어지고 있었다. 저 멀리 어
딘가에서, 광장 쪽으로부터, 커다란 소음과 외침이 들려왔다. "선거운
동이에요." 호텔 주인이 나흘 전의 《멕시코시티》 신문으로 부채질을
하면서 알려 주었다. 강에서는 보트의 엔진 소리가 울렸다.

주인이 불평을 늘어놓기 시작했다. 그 옛날 좋았던 시절에 대한 음
울한 탄식이었다. 스리플로가 알고 있는 바에 따르면 포르피리오 디

아스*가 재임하던 시절에는 가난하게 살다가 죽은 지사도 있었다. 그 이후 그런 일은 일어나지 않았다. 스리플로는 망설이면서 단어들을 입 밖으로 내놓았다. "반동…… 종교재판."

호텔 주인은 불현듯 어떤 구절을 떠올렸다. "이제 우린 죽어요…… 콤 레 시앵.**" 그가 말했다. 왜 임종의 자리에 성직자가 함께할 수 없는 걸까…… 그걸 바라는데도? 그건 아마 미신일지도 모른다. 하지만 죽어 가는 상황보다 미신에 대한 권리를 더 찾을 수 있는 시점이 있을까? 그는 신문으로 딱정벌레들을 후려치면서 침울하게 침묵 속으로 빠져들었다.

"하지만 교회는 돈이 많아요." 스리플로가 항변했다. 주인은 그의 말을 알아듣지 못했다. "이글레시아……" 스리플로가 말했다. "라르장…… 무초 디네로.***" 주인은 대답 대신 공허하게 웃었다. 광장의 소음은 계속 이어졌다.

스리플로가 말했다. "어쨌든 이 나라는 민주주의 국가예요…… 선거권이 있어요. 반동을 원한다면 거기에 표를 던지면 돼요." 그는 한동안 호텔 주인에게 민주주의에 대한 설명을 늘어놓았다. 이따금씩 단어 한두 마디가—예를 들어 '투표' 같은—먹혀드는 것 같았다. 갑자기 노인이 말을 했다. 혼란스러우면서도 약간 불편한 얘기였다. 스리플로는 자신이 정확히 이해하지 못한 것 같다고 느꼈다. '복권'이라는 단어가 언급되었다. 스리플로는 주인이 한 차례 자신을 바보라고 불렀다

---

* 멕시코의 대통령(1830~1915). 멕시코 혁명으로 쫓겨나기까지 최고 실권자로 재임하면서 모든 민중운동을 탄압했다. 그가 멕시코를 통치한 시대를 '포르피리아토'라고 한다.
** comme les chiens. 프랑스어로 '개처럼'이라는 의미.
*** 스페인어로 이글레시아iglesia는 '교회', 무초 디네로mucho dinero는 '큰돈'이며 프랑스어로 라르장l'argent은 '돈'이라는 의미이다.

고 확신했다. 그가 이해한 바로는—부정확할지도 모르지만—이러했다. 경찰과 연방 군대와 노동조합이 있음에도 지사의 위치는 불안했다. 믿기 힘들긴 하지만 그가 선거에서 패배할 확률도 분명 존재했다. 몇 달씩이나 경찰과 군인들의 봉급이 지불되지 않고 있었기 때문이다. 호텔 주인의 입에서 '금니'라는 단어가 언급되었는데, 그것이 지사의 유일한 사치일 리는 없었다. 지사의 경쟁 상대는 그를 비방하는 내용이 담긴 현수막으로 도시를 도배했다. 그리고 경찰은 그것들을 떼지 않았다. 그런데 복권 덕분에 오늘 밤 모두에게 밀렸던 봉급이—그것도 전액이—지불되었다.

스리플로 씨는 몇 주 치 임금을 받지 못한다고 해서 진보의 승리를 위험하게 해서는 안 된다는 뜻을 영어와 프랑스어로 전달하고자 애를 썼다.

호텔 주인이 느닷없이 성질을 냈다. 이제 소음이 너무 커져서 그는 스리플로 씨에게 크게 소리쳐야 했다. "진보라고요." 전등불이 완전히 꺼졌다가 다시 들어와 주인의 일그러진 얼굴을 드러냈다. 그는 크게 외쳤다. "피스톨레로스, 아세시노스."* 바깥 거리에서 환호성이 들렸다.

스리플로는 발코니로 나갔다. 1개 소대의 병사들이 지나가고 있었다. 그들은 약간 취한 상태였다. 흐트러지고 비틀거리는 행군 대열을 보면 알 수 있었다. 하지만 소음의 진원지는 그들이 아니었다. 군인들 뒤편에서 네 명의 여자와 아이들 몇 명 그리고 여덟 명쯤 되는 남자들이 기계적으로 우렁차게 "만세, 만세, 만세"를 외치고 있었다. 사람

* 스페인어로 피스톨레로스pistoleros는 '강도들', 아세시노스asesinos는 '살인자들'이라는 의미.

784

들은 동참하지는 않은 채 문간에서 그들을 지켜보았다. 병사들은 어두컴컴한 강과 침묵하는 구경꾼들 사이에서 불안정하게 행군을 했다. 작고 어리벙벙한 인디언의 얼굴을 한 그들은 소총을 둘러멘 채 하층 천민들처럼 바짝 붙어서 행군했다.

"저 사람들, 지금 뭐 하는 겁니까?" 스리플로가 물었다. 호텔 주인은 아마 다른 후보에게로 가는 중일 거라고 대답했다. 그 후보를 체포하기 위해서. 스리플로는 이번에는 자신이 주인의 말을 이해했다고 확신했다. 왜냐하면 그도 그 대답을 짐작하고 있었으니까.

"왜요?"

주인은 절망스러운 표정으로 쓴웃음을 짓더니 의미를 확실히 전달하기 위해 프랑스어와 스페인어로 대답했다. "트라이종, 데포르마시온."* 그런 다음 영어로 덧붙였다. "누가 신경 쓰겠어요?"

"그 사람은 어디 사나요?" 병사들은 천천히 행군하고 있었다.

주인이 그 사람이 사는 곳을 스리플로에게 알려 주었다. 스리플로는 딱정벌레들을 밟으면서 계단을 달려 내려갔다. 1층에 다다랐을 때 그는 뒤를 돌아보았고, 그때 다시 불이 나갔다. 계단 꼭대기 고리버들 의자에 앉아 몸을 앞뒤로 천천히 흔들던 노인의 모습이 도중에 어둠 속으로 뚝 사라졌다. 노인의 동작은 무관심의 표현 같았다.

병사들이 정말로 막사가 아니라 그 집으로 가는 중이었다면 그는 곧 그들을 앞설 수 있을 터였다. 집은 찾기 쉬웠다. 스리플로는 노크를 했고, 마치 누군가가 그런 메시지를 불안하게 기다리고 있기라도 했던 양 곧바로 문이 열렸다. 스리플로는 문을 지나 조그만 테라스로 들

---

* 프랑스어로 트라이종trahison은 '반역', 스페인어로 데포르마시온deformación은 '왜곡'이라는 의미.

어섰다. 한 여자가 영어로 말했다. "원하는 게 뭐죠?" 초라하기 짝이 없는 방이었다. 탁자 위의 램프가 감옥처럼 보이는 작은 방의 모습을 드러냈다. 스리플로가 물었다. "후보는 어디 있습니까?"

"아버지는 떠나셨어요." 그녀가 말했다.

그는 처음으로 그녀를 쳐다보았다. 광장에서 보았던 소녀였다. 그를 알아본 그녀의 눈길에 비난하는 듯한 표정이 서렸다. "당신, 경찰서장이랑 같이 있었죠."

스리플로가 말했다. "군인들이 아버님을 체포하러 오고 있어요." 그리고 자기는 그들의 정치를 혐오한다고 설명하기 시작했다. 하지만 자신의 복권으로 인해 일이 벌어진 것 때문에 약간의 책임감을 느꼈다. 자기가 너무 성급했던 것이다.

그녀가 말했다. "상관없어요." 그녀의 침착함이 그를 안도하게 했다. 별것 아닌 일에 괜히 유난을 떤 건 아닌가 하는 생각까지 들었다. 그는 탁자 위의 바느질감을 보고 말했다. "나도 수를 놓을 줄 알아요."

"먹고는 살아야 하니까요."

"영어를 정말 잘하시네요." 마치 사교적 방문 같은 느낌이었다.

"당연하죠." 그녀가 말했다. "거기서 교육을 받았으니까요."

"아버님은 걱정하지 않아도 괜찮겠습니까?"

"아버진 알아야 할 건 다 알고 계세요." 그녀는 의심이 가득한 눈길로 그를 바라보았다.

작고 볼품없는 테라스에서 그는 용두사미 격 결말을 맞이한 느낌이 들었다. 그가 말했다. "혹시라도 나 때문에 불편하게 되었다면 사과하겠습니다."

"그 돈을 준 사람이 바로 당신이죠?"

"맞습니다. 하지만 아시다시피…… 개인적인 감정은 없었습니다. 나는 자유주의자입니다. 진보에 공감하지 않을 수가 없죠."

"아, 그러시군요."

"나는 파시즘을 싫어합니다. 난 어떻게 애국자란 사람이―물론 아버님도 애국자시죠―독일과 이탈리아로부터 무기를 구입할 수 있는지 이해가 안 됩니다."

"대단한 믿음이로군요." 다소 조소 어린 어조로 그녀가 말했다. 그는 다시 한 번 은밀한 눈길로 방 안을 둘러보았다. 탁자 하나, 의자 하나, 딱딱하고 낡아 빠진 침대 하나. 방에는 생활에 필요한 최소한의 물품들밖에 없었다. 그 가구들 속에서 일종의 광적인 믿음이 느껴졌다. 그는 반감을 담아 말했다. "정말 검소하게 사시는군요."

"우린 매우 가난해요." 그녀가 대꾸했다.

진흙 바닥을 돋우고 짚으로 만든 매트를 깐 인디언식 침대 위쪽 벽에는 십자가가 걸려 있었다. 그가 불편한 어조로 말했다. "당신들은 종교인들이라고 그러더군요."

그녀가 그의 말을 바로잡았다. "종교인들이 아니라 종교인이에요. 저 혼자니까요. 저는 수녀원에 있었는데 그들이 파괴해 버렸죠. 저기 강 옆, 지금은 시멘트로 포장된 운동장이랑 그네가 있는 곳이 수녀원 자리였죠." 그녀는 십자가 쪽으로 약간 움직였다. "저건 반역죄예요. 아마 그들이 와서 수색할 거예요. 동원할 수 있는 구실은 모조리 다 동원하겠죠."

"그런데 난 믿기지가 않아요…… 당신은 지금 이렇게 여기 있고…… 아버님은 진짜 위험에 처해 있다는 게."

"아버지는 위험에 처해 있는 게 아니에요. 위험에 처한 건 그들이랑…… 당신이에요."

스리플로는 깜짝 놀랐다. "반동분자들을 말하는 건가요? 그들이 문제를 일으킬까요?"

스리플로 씨는 그날 밤에 누군가가 자기에게 화를 내는 경우를 두 번째로 겪었다. 그녀가 갑자기 그를 향해 분노를 토해 냈다. "당신은 정말 멍청한 단어들만 골라 쓰는군요." 그녀가 목소리를 낮추었다. "미안해요. 당신은 영국인인데 말이에요. 가엾은 사람. 그자들이 당신을 정말 바보로 만들었어요."

스리플로는 몸이 떨릴 정도로 짜증이 났다. 그는 이 모든 불합리한 혼란에서 벗어나고 싶었다. "그래요, 아버님이 안전하시다니 다행입니다."

그녀가 말했다. "당신에게 화를 낸 건 미안해요. 하지만 당신은 **알아야만** 해요. 그자들은 30분 전에 아버지를 체포해 갔어요. 병사들이 막사로 돌아가는 걸 보았을 텐데요. 그들은 우선 술을 퍼마시고 싶었겠죠."

"그런데 왜 당신은 말을 그렇게……" 그는 말을 멈추었다. 그 이유를 알았다. 그녀는 마치 잡혀간 사람이 **그의** 아버지인 것처럼 소식을 전하고 있었다. 책임이 있는 사람에게는 당연히 그럴 수 있었다. 그는 그녀의 연민에 찬 메마른 눈에서 모든 얘기를 읽을 수 있었다.

그녀가 말했다. "'도주단속법*'에 대해 들어 봤을 거예요. 절대 도망가지 못한답니다……"

스리플로 씨는 아무 말도 할 수가 없었다. 그의 마음속 어딘가에서

---

* 범죄인이 도망칠 때 등에 총을 쏘는 것을 허가하는 법.

증오심이 치밀기 시작했다. 복권 판매인에 대한 증오, 은행 지점장과 주지사와 경찰서장에 대한 증오, 심지어 그의 부주의함 때문에 죽어 간 희생자에 대한 증오, 그토록 뜻하지 않게 그의 삶에 끼어든 모든 사람들에 대한 증오, 새로운 착상과 새로운 말에 대한 증오…… 그의 가슴속에서는 군대의 병력이 늘어나듯 증오가 범위를 넓혀 갔다.

소녀가 나직이 말했다. "돈을 좀 주실 수 있나요…… 집에 돈이 한 푼도 없거든요…… 그러면 아마 당신의 죄책감이 좀 가라앉을 거예요. 당신은 우리를 위해 최선을 다한 셈이고, 가벼운 마음으로 귀국할 수 있겠죠. 당신은 좋은 사람이에요." 그녀는 수녀들에게서 흔히 볼 수 있는, 일종의 글씨 교본 같은 정신의 소유자였다. 그는 지갑을 꺼내 가진 돈을 전부 그녀에게 주었다. 증오심이 지시한 행동이지만 마치 사랑에서 우러난 행동처럼 보였다. 그녀가 말했다. "저에게 필요한 돈보다 많네요. 하지만 누군가를 매수해서, 아버지의 시신을 묻어 줄 다른 주 출신의 성직자를 구할 수도 있을 것 같아요. 보시다시피 우린 여기서 개처럼 죽어 가요. 고마워요." 그녀는 그의 심적 부담을 덜어 주기로 마음먹은 상태였다. 그녀는 종교적 체념의 정점에서 극도의 냉정함을 유지하면서 불쌍한 악마들이 실수를 저지르는 모습을 딱정벌레 보듯 지켜보고 있었다. 그녀가 말했다. "당신이 착한 사람이란 걸 알아요. 다만 무지할 따름이죠…… 삶에 대해서 말이에요." 그녀가 수녀원의 꿋꿋한 긍지와 소박함이 깃든 어조로 덧붙였다.

스리플로 씨는 거리로 나왔다. 그는 브리즈번의 사촌과 켄징턴의 숙모를 떠올렸다. 강에서 시큼한 냄새가 피어올랐다. 딱정벌레 한 마리가 그의 뺨에 부딪쳤다가 전깃불을 밝힌 밤을 가르며 날아갔다. 딱정벌레가 벽에 부딪치는 소리가 들렸다. 멀리서 누군가가 매우 단순한 스페인어로 노래를 불렀다. 들판의 장미에 관한 음울한 노래였다. 증오가 스리플로 씨의 자유주의적 양심을 가로질러 걷잡을 수 없이 퍼져 나갔다. 그는 은행 지점장이 "고통입니다, 고통"이라고 말하는 소리를 들었다. 사람들은 그의 내부에서 벌어지는 전쟁의 거대한 화염 속에서 스러지고 오그라들었다. 그는 후보의 이름조차 알지 못했다. 시큼한 냄새를 풍기는 강을 따라 실망스러운 망명의 길을 터벅터벅 걷고 있는 스리플로 씨에게는 인간 삶의 모든 조건이 증오의 대상처럼 느껴지기 시작했다. 그의 마음속에 어린 시절에 읽었던, 세상을 너무나 사랑한 한 남자에 관한 책의 구절이 떠올랐다. 스리플로 씨는 벽에 기대어 흐느꼈다. 그를 자기네 나라 사람으로 착각한 행인이 스페인어로 그에게 말을 건넸다.

새로운 집

The New House

조지프스 씨는 엄선된 작품의 전시회를 소개하는 큐레이터 같은 태도로 핸드리에게 시가를 권했지만, 건축가인 핸드리는 그것을 옆으로 밀쳐놓고 탁자 위에 조심스럽게 설계도를 펼쳤다. 그런 다음 걱정하며 기쁨에 찬 탄성이 터져 나오기를 기다렸다.

그러나 조지프스 씨는 난로망 곁에 서서 조심스럽게 시가 끄트머리를 잘랐다. 그는 서두르지 않았다. 살면서 그는 서둘러 본 적이 없었다.

"나한테 아주 괜찮은 땅뙈기가 하나 있지." 그는 대수롭지 않게 말하고는 크기를 표현하려는 듯 손을 흔들었다. "120만 평쯤 되려나. 난 언덕이 좋아. 숲이 약간 있는 언덕 말일세. 뭐 공원이라고 불러도 되겠지. 그런 땅은 사람에게 공간을 제공하지. 그러면 거기에 짓는 거야.

하나의 표현 행위로서. 그래 맞아, 표현 행위." 그는 양손을 등 뒤로 돌리고 오랫동안 시가 연기를 내뿜었다. "나는 이 시골을 깨울 거야. 여긴 지나치게 낙후되어 있어. 핸드리, 당신은 행운아야. 엄청난 기회가 주어진 거라고. 난 자네를 부자로 만들어 줄 걸세. 이 마을을 벗어나 런던에서 새 출발을 할 수 있을 만큼 부자로. 난 자네가 좋아. 마음에 들어."

새뮤얼 조지프스는 불현듯 건축가의 얼굴이 환해지고 눈이 밝게 빛나는 것을 알아차렸다. 그는 유리잔 하나와 포트와인 한 병을 가져왔다. 위대한 조지프스가 친절한 사람이라는 것은 누구도 부인할 수 없는 사실이었다. "한잔하게나, 핸드리. 자네, 과로했어."

잔을 받아 들고 와인을 마시는 핸드리의 손이 떨렸다. 곁에 놓인 압지 위에 와인 한 방울이 떨어졌다. 와인 방울이 죽은 사람의 셔츠 앞자락에 묻은 핏방울처럼 번졌다.

"선생님, 감사합니다." 핸드리가 말했다. "정말 감사합니다. 저는 이곳에서 30년 가까이 일했습니다. 처음 일을 시작했을 때 이 같은 일을 꿈꾸곤 했고, 항상 이 토지를 염두에 두고 있었습니다. 측량을 하고 구석구석 빠짐없이 살펴보았지요. 그리고 20년 동안 이 계획을 다듬었습니다. 잘라 내고 끼워 넣고, 이렇게 바꿔 보고 저렇게 바꿔 보고 하면서요. 이곳 주민들을 위한 오두막을 짓는 사이사이에 모든 시간을 여기에 투입했습니다. 그러니 너무 감사할 따름이랍니다, 선생님. 이 일은 저한테는 엄청난 의미가 있습니다."

"그래, 핸드리." 조지프스 씨가 신문 독자들에게 잘 알려진 그 비싸 보이는 미소를 지으며 말했다. "자네는 재미있는 사람이야. 시인 기질도 조금 있고 말이지." 핸드리는 시가 재가 길어지는 것을 걱정스러운 눈길로 바라보았다. "그리고 이건 자네 일생일대의 역작이야. 옛 시인이 거기에 대해 뭐라고 얘길 했는데 기억이 나질 않네그려. 자네가 한번 인용해 주지 않겠나."

"죄송합니다만, 선생님, 저는 시 같은 건 잘 모릅니다." 건축가가 대꾸했다. "시는 너무 실체가 없거든요. 저는 토지, 모르타르, 벽돌 같은 게 더 좋습니다. 제가 직접 모양을 만들고 느낄 수 있는 그런 것들 말입니다."

"그건 틀린 말일세, 핸드리. 진심으로 하는 소린데, 그건 자네가 틀렸어. 나는 돈을 많이 벌었고 거기에 자부심도 느껴. 하지만, 핸드리, 난 비전을 갖고 돈을 벌었다네. 비전 말이야. 내가 발행하는 모든 신문의 신조는 '빛을 따르라'야. 물질주의는 아무것도 성취하지 못해. 비전과 비교했을 때 물질주의는 장사가 안 되는 품목이라네. 롱펠로의 시를 읽어 본 적 있나? 없다고? 그럼 꼭 읽어 보게. 내 돈이 지향하는 게 바로 그 사람이야. 그는 언제나 그걸 해낸다네. 나는 내 신문의 토픽 뉴스에 그의 시를 수록하기도 했지.

> 오, 그대 조각가여, 화가여, 시인이여!
> 이 교훈을 가슴 깊이 새기게나.
> 가장 가까이 있는 것이 최고라네.
> 그것으로부터 그대의 예술 작품을 빚어내게나.*

어때, 멋지지 않나? 자, 핸드리, 이 친구야, 이제 자네의 예술 작품을

---

* 헨리 워즈워스 롱펠로(1807~1882)의 시집 『바닷가와 난롯가』(1850)에 수록된 「가스파르 베세라」의 일부.

감상해 보세."

핸드리는 떨리는 손으로 설계도의 커버를 아래로 벗기고는 제삼자의 눈으로 그것을 들여다보고자 노력했다. 그렇다, 이 설계의 아름다움을 알아차리지 못할 사람은 아무도 없다. 수줍은 여인네 같은 저 섬세하면서도 은밀한 선들. 그의 꿈이 현실로 변한 것처럼 이 설계 역시 나무들 사이로 녹아들 것이다. 그는 첫아이를 세상에 선보이는 산모처럼 불안과 기대감으로 발그레해진 얼굴로 기다렸다.

하지만 칭찬이 나오지 않았다. 길고 끔찍한 침묵이 이어졌다. 핸드리는 고용주의 얼굴을 보고, 그가 핸드리의 기분을 상하게 하지 않고 퇴짜를 놓을 말을 찾고 있는 중임을 알 수 있었다. 조지프스가 흠흠 헛기침을 하더니 마침내 입을 열었다. "아주 멋진 솜씨일세, 핸드리. 정말이야. 아주 훌륭해. 한데 정확하게 내가 원하는 건 아니네. 나는 개념적으로 뭔가 좀 큰 것을, 수 킬로미터 밖에서도 볼 수 있는 그런 것을 원해. 일종의 랜드마크 말일세, 핸드리."

건축가의 죽음 같은 침묵이 그의 주의를 끌었다. 그는 핸드리에게 다시 한 번 그 유명한, 사람을 안심시키는 미소를 지어 보였다. "핸드리, 자네 설계도에 핵심이 빠졌다는 얘기를 하는 건 아니야. 분명 핵심은 있어. 하지만 이 친구야, 자넨 실전 경험이 부족해. 자네가 지금까지 해 온 일들은 규모가 너무 작았어. 그러니 점점 판에 박은 듯이 돼버리는 것도 당연하지. 자네를 실망시키려는 건 아냐. 조금만 도움을 받는다면 자넨 분명 진짜 대단한 작품으로 나를 기절시킬 걸세."

핸드리가 풀 죽은 목소리로 말했다. "제 생각에 선생님은 밴브러* 같

---

* 존 밴브러(1664~1726). 영국의 건축가이자 극작가. 18세기 영국의 장대한 컨트리 하우스의 선구자가 되어 대건축에 손을 대었다.

은 사람을 원하시나 봅니다." 그는 설계도를 둘둘 만 다음 일어섰다. "더 이상 드릴 말씀이 없네요." 그는 손을 내밀어 악수를 청했다. "시도할 기회를 주셔서 감사합니다, 조지프스 씨."

"이 친구야, 멍청하게 굴지 말게." 새뮤얼 조지프스가 날카롭게 외쳤다. "난 자네가 맘에 들어. 그리고 자넬 기용할 거야. 다만 자네가 좀 더 눈에 띨 만한 뭔가를 만들어 내길 바랄 뿐이야. 코린트식 기둥이 있는 하얀색 돌로 지어진 건물 말이야. 대충 스케치를 하는 데는 시간도 많이 안 걸릴 테니, 우리 같이 검토해 보세."

"시간이 걸릴 게 뭐 있겠습니까? 안 그런가요?" 핸드리가 외쳤다. 그의 얼굴은 다시 하얘졌지만 눈빛은 탁했다. "이 설계를 완성하는 데 20년이 걸렸고, 선생님은 이 설계도에 핵심이 담겨 있다고 말씀하셨습니다. 제가 이 땅을 망치는 도구가 될 것 같습니까? 이 거지 같은 일은 런던에 있는 친구들에게나 맡기시죠." 그는 말을 끝내고 홱 돌아서 나가 버렸다.

"이런, 핸드리, 핸드리. 이봐, 친구." 조지프스 씨는 상당히 곤혹스러웠다. "자네의 비전을 잊지 말게. 이건 옹졸한 행동이야, 핸드리. 옹졸한 거라고. 5천 파운드를 줄 테니 집을 한 채 지어 주게. 자네가 원하는 것보다 고객이 뭘 원하는지를 먼저 생각해야 하네. 솔직히 말하면 자네 설계는 아주 형편없어. 정말 형편없다고, 핸드리."

"뒈져 버려, 멍청이." 건축가가 어린애처럼 눈물이 터져 나오려는 것을 참으면서 앙다문 잇새로 나직이 중얼거렸다.

"어리석은 자만심 때문에 그 돈을 몽땅 날릴 셈인가, 이 친구야? 아무튼 성급하게 결론을 내리기 전에 집사람이랑 잘 상의해 보게. 감상에 젖을 때가 아냐, 핸드리. 그리고 난 우리 둘 중에 누가 진정한 예술

가인지 궁금해. 세상에 한가로운 쇼 같은 건 없네, 핸드리. 그 시인이
뭐라 했는지 들어 보게.

쓸모없거나 저급한 것은 없다.
지금 그 자리에 있는 것이 최상이다.
그러면 한가로운 쇼처럼 보이는 것이
나머지를 강화하고 지탱해 준다.*

빛, 핸드리, 빛을 잊지 말게."
　그러나 핸드리는 방을 나가 마치 악마의 저주에라도 걸린 것처럼
길을 향해 맹렬히 달렸다. 하지만 그는 이 모든 몸부림이 허사임을 알
았다. 그는 덫에 빠져 있었다. 아내와 가족과 세상, 이 모든 것을 얽어
매는 밧줄에 꽁꽁 묶여 있었다. 얼마 뒤면 그는 자신의 신념을 배신하
면서 슬그머니 되돌아가 어색한 사과의 말을 내뱉을 것이다.

　자전거를 타던 사람이 동행에게 쓰디쓴 미소를 던졌다. "저거 정말
흉물스럽지 않나?" 그가 외쳤다. "전에는 이곳이 전국에서 가장 경치
좋은 곳 중 한 곳이었는데 말이야. 그 조지프스라는 친구의 박애주의
는 가도 너무 갔어. 그 사람의 건축가는 이 마을에 사는 사람이었는데,
평범한 시골 사람보다도 예술에 대한 감각이 떨어졌나 봐. 저 혐오스
러운 건물은 정말이지 완전한 낭비야. 조지프스라는 인간은 절대 저
기서 살지 않거든. 가까이 오지도 않는다는군."

* 『바닷가와 난롯가』에 수록된 「건축가들」의 일부.

"안녕하시오." 그들 가까이 서서 역시 언덕 위의 집을 바라보고 있던 키 작은 낯선 남자가 말했다. 나이가 들었고, 어리벙벙하고 애처로운 눈빛을 한 채 우산을 들고 있었다. "저 집을 보고 있는 거요?" 그가 물었다. "내 생각엔 괜찮아 보이는데. 그렇지 않나? 눈에 확 띄는, 그야말로 랜드마크답지. 수 킬로미터 밖에서도, 진짜 수 킬로미터 밖에서도 보이잖나. 한때는 나도 저걸 싫어했지. 당시에는 생각이 좀 남달랐어. 나름의 계획이 있었고…… 그래, 내 생각은 특이했어. 진짜 특이했어. 하지만 지금은 많이 나아진 것 같아. 당신들 혹시 롱펠로의 시를 읽나? 꼭 읽어 보게나. 그의 시는 커다란 영감을 준다네. 전에는 그렇게 생각하지 않았지. 어쨌든 사람은 변하는 법이니까."

순간 그의 눈에 한 줄기 빛이 번뜩였고, 그는 자부심에 차서 몸을 꼿꼿이 폈다. "난 핸드리라네. 건축가지." 그는 들릴 듯 말 듯한 소리로 말하고는 팔에 우산을 끼고 어둠 속으로 멀어져 갔다.

진행 중이지 않은 작품
—각반을 한 소녀
Work Not in Progress
-My Girl in Gaiters

면책 사항 : 여기에 언급된 모든 기독교 고위 성직자는 실제 인물이 아니며, 이 뮤지컬 코미디에서 벌어지는 사건들 역시 가공의 것임을 밝혀 둔다.

나이가 들면서 사람은 조카딸이나 아들 같은 '어린애들'로부터 얘기 좀 들려 달라는 요구를 종종 받게 된다. "할아버지는 책을 쓰시잖아요. 그럼 얘기를 좀 해 주실 수도 있겠네요." 그런데 아쉽게도 사실 내가 앞으로 쓸 소설들의 아이디어는 애들에게 들려주기에는 썩 적절하지 않다. 이럴 때면 나는 몇 년 동안 구상해 온 뮤지컬 코미디에 의존할 수밖에 없다. 순수한 애들에게는 충분히 순수할 수 있는 요정 이야기인데, 그런 순간에조차 아이들의 부모들은 종종 나에게 불신의 눈초리를 보낸다. 나는 이 이야기에 〈각반을 한 소녀〉라는 제목을 붙였다.

*

막이 오르면 다양한 연령대의 주교 열두 명이 각반을 차고 영국 국
교회에서 사용하는 작은 술들이 달린 특이한 검은색 모자를 쓴 차림
으로 무대에 서 있다. 그들은 개막을 알리는 합창을 한다. 첫 소절을
부르는 동안 한 젊은 남자가 무대 옆쪽에 등장한다. 수첩과 연필을 든
모습으로 보아 기자임을 알 수 있다. 그는 주교들의 합창에 귀를 기울
이며, 주교들은 대략 다음과 같은 노래를 부른다.

집회를 위해 모인 열세 명의 주교들
각반을 한 신실한 주교들
우리가 여기 온 건 당신이 드리는
간절한 기도를 들어주기 위해서라네.
우린 하느님 아버지께도 동의를 했지
로마식 어투에도 불구하고.
우린 일용할 양식에도 은총을 베풀었다네
신음을 토해 낼 만큼 식충이만 아니라면.

그러나 우리는 〈아베 마리아〉를 매우 경계했다네
고교회파의 표결에도 불구하고,
속임수를 인정하기엔 우린 너무 아량이 넓거든.
램버스 해자 전역에 걸쳐서.

집회를 위해 모인 열세 명의 주교들⋯⋯

기자

〔끼어들면서〕 당신들은 하나의 교구인 '바스 앤드 웰스'를
둘로 잘못 계산했는데,
다시 계산을 해 보면
열두 명만 있다는 걸 알 겁니다.
설명해 보세요, 주교님, 설명해 보세요.

깜짝 놀란 주교들은 서로를 쳐다보더니 다시 숫자를 세기 시작한다.
이런 미심쩍은 사건이 벌어진 이유는 주교 한 사람이 납치를 당했
으며, 머지않아 그들 모두가 똑같은 운명에 처할 것이기 때문이다. 런
던의 폭력배들이 국교회에 귀속된 모든 제의를 손아귀에 넣을 요량으
로 집회에 모인 주교들을 모조리 납치하기로 결정한 것이었다. 그들
은 제대로 교육을 받지 못했기 때문에 '제의'란 단어와 '성배'라는 단
어를 헷갈렸다.* 열두 명의 폭력배를 이끄는 것은 여자로, 그녀가 그들
의 두뇌 역할을 담당했다(그녀는 유일한 여성 출연자다). 샴페인을 평
소보다 한 잔만 더 마시면 나는 배우 비비언 리가 이 역을 맡는 것을
상상하곤 한다.

주교 납치 계획은 성공적으로 마무리되었다. 주교들은 교회위원회
가 소유한 버려진 건물의 지하 창고에 바지가 벗겨진 채 갇혀 있다. 폭
력배들은 누가 어떤 역할을 맡을 것인지 제비뽑기를 한다. 캔터베리
대주교 역할은 직무상 자연스럽게 조직의 우두머리가 맡는다. 여성
이 교회 내에서 그렇게 높은 지위를 차지한 것은 여교황 요안나** 이

* 제의는 chasuble, 성배는 chalice이다.

후 처음이다. 가짜 주교들에게는 애석한 일이지만, 집회의 참관인 역할을 맡기로 한 멜버른 주교는 런던에 늦게 도착했다. 그에 관한 미심쩍은 여러 대목들은 더 다듬어서 쓸 예정이다. 거기에는 시골에서 벌어진 견진성사도 포함되는데, 의식을 담당하던 멜버른 주교가 한 소년의 머리에 머릿기름이 지나치게 많이 묻은 것을 보고 매우 성스럽지 못한 말을 나직이 내뱉는다. 멜버른 주교는 이 범죄자들을 추적하기 위해 직접 길을 나선다.

그는 캔터베리에서 음모의 심장부로 돌진해 가고, 그곳에서 가짜 대주교를 만난다. 장미 정원에서 싹튼 설명하기 힘든 사랑의 감정이 그를 당혹시키고 동요하게 한다. 가짜 대주교 역시 멜버른 주교와 사랑에 빠지게 되고, 그녀의 양심이 흔들리기 시작한다. 제2막의 끝부분에서 그녀는 주교에게 모든 사실을 고백한다. 두려움에 휩싸인 멜버른 주교는 영국을 영원히 떠나기로 결심하지만, 그녀를 경찰에 넘기기에는 그의 사랑이 너무나 간절하다. 제2막의 커튼이 내려오기 전, 멜버른 주교는 무대 한편에 놓인 전화기 옆에 서 있고, 캔터베리 대주교(물론 가짜 대주교다)는 반대편에서 역시 전화기 옆에 서 있다. 멜버른 주교가 과거의 아픈 추억을 노래하기 시작한다.

멜버른 주교

월리후에 한 처녀가 살았네

나는 처음으로 내 안에 해가 떠오르는 걸 보았지.

스타빙 캠프에는 여자 부제가 있었네

** 8세기 중세 유럽에서 교황 레오 4세와 교황 베네딕토 3세 사이에 재위했다는 교황. 현대의 학자들 대다수는 지어낸 이야기로 여긴다.

그녀가 보이면 나는 얼굴을 붉히며 눈을 감았지.

그러나 각반을 한 나의 소녀,

오, 각반을 한 나의 소녀,

그녀는 월터 페이터*처럼 술책을 쓴다네

모나리자의 눈을 하고

그 눈엔 대양의 모든 비밀,

온갖 희열이 다 담겨 있지,

그녀는 나와 얘기하고 싶을 때면

수화기를 집어 든다네.

가짜 캔터베리 대주교

멜버른, 멜버른,

여기는 캔터베리.

그런 핑계 대지 말아요.

도덕 따위는 던져 버려요.

그대 옷 안에 심장 있고,

무릎 방석 위에 무릎이 있죠,

도버에서 자동차를 타고,

지금 당장 여기로 와요,

하지만 혼자 와야 해요, 꼭 혼자만.

---

* 영국의 문학가이자 예술비평가(1839~1894)로, 예술을 위한 예술을 표방하고 세련된 쾌락의 추구를 중시했다. 『페이터의 산문』이 유명하다.

멜버른 주교

캔터베리, 캔터베리,

여기는 멜버른,

뭐라고 말하는지 하나도 안 들려요,

오, 너무 희미하게 들려요.

〔두 사람이 함께〕

캔터베리

멜버른, 멜버른,

여기는 캔터베리.

그런 핑계 대지 말아요,

도덕 따위는 던져 버려요.

멜버른

캔터베리, 캔터베리,

여기는 멜버른.

뭐라고 말하는지 하나도 안 들려요

오, 너무 희미하게 들려요.

캔터베리 대주교

저는 각반을 한 당신의 소녀

멜버른, 멜버른

저는 월터 페이터처럼 술책을 쓰죠.

모나리자의 눈을 하고요.

멜버른 주교

그리고 빌어먹을 거짓말도요.

[주교가 수화기를 쾅 내려놓는다.]

제2막

(젊은 시절 내 뮤지컬 코미디의 제2막은 늘 자기희생이나 오해로
끝을 맺었다.)

애석하도다! 이 뮤지컬 코미디의 나머지 부분은 가짜 주교들이 집
회로 가는 도중에 진짜 주교들이 감금된 곳에서 탈출하는 대목을 빼
고는 아직 작업이 마무리되지 못했다. 가짜 주교들은 일등석 사이에
마련된 무대로 서둘러 내려온다. 그들의 모자에 달린 작은 리본들이
이제 무선 안테나 역할을 하게 되고, 그들은 그 안테나를 통해 "모든
차량은 현장으로 출동하라, 모든 차량은 현장으로 출동하라"를 외쳐
댄다. 집회 장소에 느닷없이 멜버른 주교가 등장한다. 가짜 주교들은
배반당했다는 것을 깨닫고 캔터베리 대주교에게 버럭 화를 낸다. 멜
버른 주교가 그녀를 지켜 주고, 마침내 속옷 차림의 진짜 주교들이 도
착해서 사기꾼들을 궤멸시킨다.

두 연인의 관계는 만족스럽게 회복되고 그들은 아름다운 가락의 듀
엣을 부른다. (나는 옛날 가락의 매력이 내 뮤지컬에서 반드시 되살아
나기를 고대한다.)

그

내가 처음으로 맡은 교구에서

난 늘 한 가지 꿈을 꾸었지

다홍색 옷을 입은 소녀에 대한 꿈을,

고요한 풍경 속에서

내가 관할하던 그 시골의 교구에서

난 그녀의 이름이 브라운이라고 단정했지.

아주 젊은 부주교로서

아침 일찍 잠이 깬 나는

꿈속 소녀가 혹시 수가 아니었는지 궁금했지.

그녀

오, 이런, 놀라운 일이네요!

당신에게 프록코트 대신

각반을 한 소녀가 있었다니.

그

내 주교 모자는

가볍디가벼운 것일 뿐

사랑과 모자를 저울에 올리고 비교한다면.

그녀

황금 성배를 더하고

해자를 두른 궁전을 더해도요?

그

그것 역시 가벼워서 저울대가 튀어 오를 거야.

오, 난 기꺼이 직위를 버리고

시골 목사가 될 수 있어,

당신이 목사의 아내가 되어 준다면.

그녀

뭐요? 상처 입은 마음으로 합창을 하고

첨탑을 위해 모금하면서,

평생을 따분하게 살자고요?

그

아침 감사성찬례가 끝나면,

열심히 돌아다닐 거야

그녀

'갓 태어난 아기'를 유모차에 태우고?

그

시골 조합이 무도회를 개최하면

나는 황홀하게 앉아 있을 거야

그녀

한밤중에 전차를 타고 나랑 같이 집으로 가겠죠?

그

오, 난 교구 방문이 싫어

끝이 없는 견진성사도

그리고 외롭게 밤을 보내는 것도.

그녀

그렇지만 다른 남자들 때문에

내가 결혼을 못 한다면요?

그

난 혼자 사는 게 신물이 나,

난 기꺼이 추방될 수 있어

사랑하는 여자 친구와 함께라면.

　마지막 장면에서 멜버른 주교는 여객선의 건널 판자를 걸어서 오스트레일리아로 돌아가는데, 이전의 가짜 캔터베리 대주교가 그와 동행한다. 그녀는 더 이상 셔블 모자*도, 검은 각반도 착용하고 있지 않다. 대신 조그만 실크 모자와 주홍색 각반 차림이다. 커튼이 내려오면서 마지막으로 폭력배들의 주제곡이 울려 퍼진다. 이 곡은 몇 년 전 동생

* 영국 국교회 성직자가 쓰는 챙 넓은 모자.

이 (교회가 아니라 BBC의) 해외 서비스 관리자였을 때 쓴 것으로, 가사는 정확히 기억나지 않는다. 제목은 〈지옥의 실크 모자〉이며, 이렇게 시작된다.

지옥에서는 모두 실크 모자를 쓴다네,
지옥의 실크 모자.

이 노래는 아이들한테는 적합하지 않은 것일 수도 있다. 그렇지만 어쨌든 내가 쓴 건 아니니까.

불순한 이유에 의한 살인
Murder for the Wrong Reason

1

낮고 짤막한 비명이 방의 열린 창을 통해 새 나갈 수는 있었지만 어둠을 뚫고 멀리까지 나아가지는 못했다. 아마도 휴버트 콜린슨 씨는 죽기 전에 누군가가 자신의 비명을 듣고 달려와 주기를 기대하기란 불가능하다는 사실을 깨달았을 것이다.

길고 고통스러운 꿈은 오래 지속된다고들 하지만, 정작 기록해 보면 불과 몇 초에 지나지 않는다. 칼이 불쑥 가슴으로 미끄러져 들어온 순간과 심장이 박동을 멈춘 순간까지의 그 짧은 시간에 콜린슨 씨는 자신의 비명이 책장 유리, 문 유리, 여자 손님들이 사용하도록 오랜 세월 벽에 걸어 놓았던 거울의 유리에 반사되어 희미하면서도 얼얼한 메아리로 돌아오는 것을 들었을지도 모른다.

그렇지만 그 소리를 들은 사람이 있었다. 30초쯤 뒤에 문을 두드리는 둔탁한 노크 소리가 나고, 누군가가 "콜린슨!"이라고 외친 것이다. 아무런 대답이 없자 밖에 있는 남자는 잠긴 문에 어깨를 힘껏 부딪쳐 문을 열어젖혔다. 그는 비굴하게 아부하는 듯한 자세로 회전의자에 웅크리고 있는 시신을 급한 눈길로 쳐다보고는 중절모를 벗었다. 죽은 사람에 대한 경의의 표시가 아니라 한밤중이었기 때문이다.

시신을 향한 그의 시선은 연민이 담기지 않은 형식적인 것으로 보였다. 죽었다는 사실에 대한 직업적인 수긍이었다. 그는 창밖으로 몸을 내밀고 반응이 나타날 때까지 호루라기를 여러 번 불었다. 눈에 보이지 않는 많은 연극 팬들이 택시를 불러 대는 것 같은 새된 소리가 어둠을 뚫고 한꺼번에 여기저기서 들려왔다. 곤히 잠든 세상에서 이렇게 남몰래 깨어 있다는 생각이 잠시 그의 평정을 흩뜨렸다. 평정을 회복하려면 뒤에 있는 시신의 고요함이 필요했다.

그는 수화기를 집어 들고 콜린슨의 책상 끄트머리에 앉아 다이얼을 돌렸다. 기다리는 동안 그는 무심결에 떠오른 부드럽고 꿈꾸는 듯한 곡조를 휘파람으로 불었다. 아마 어린 시절의 추억에서 삐져나왔을 듯싶은 왈츠곡이었다. 중년인 그의 머리털은 단정했지만 흰머리가 많이 눈에 띄었고, 짤막한 콧수염 역시 희끗희끗했다. 그의 생각은 범죄보다는 옛날의 음악당에 대한 기억에, 올드베드퍼드에서 어린 넬리가 그 곡을 어떻게 불렀던가에 더 열중해 있는 듯했다. 넬리 콜린스는 풍요의 뿔을 안은 커다란 황금 큐피드들로 장식된 관람석의 콧수염을 길게 기른 신사들을 응시하면서 그 곡을 불렀다. 하지만 수화기 저편에서 응답이 들리자마자 그는 즉각 날카롭게 주의를 기울이며 전문가다운 태도를 되찾았다.

"메이슨 수사관입니다. 여기는 휴버트 콜린슨의 집이고요. 아뇨, 우리가 원한 것은 찾지 못했습니다. 콜린슨은 죽었습니다. 제가 너무 늦게 도착했어요. 예, 그렇습니다. 명백한 살인 사건입니다. 정예 요원을 한 명 보내 주시겠습니까? 콜린스는 야간 근무 중인가요? 그렇다면 그로브스를 보내 주십시오."

그는 수화기를 쾅 내려놓고 나서 창문으로 걸어가 순경을 불렀다. 순경이 거리 끄트머리에서 나타나 무거운 몸을 끌며 허우적허우적 달려왔다. 다시 한 번 그에게서 전문가적인 태도가 빠져나갔다. 그는 죽은 남자의 시신이 불러일으킨 게 분명한 우울한 기분으로 책상에 앉았다.

그는 지금 자신이 처한 상황이 넌더리가 난다는 인상을 풍기면서 방 안 여기저기를 둘러보았다. 책장과, 책장에 나란히 꽂힌 노란색 표지의 소설들에 시선이 닿자 그의 눈이 순간 빛을 발했고, 입가에는 악의적인 비웃음에 가까운 미소가 떠올랐다. 하지만 눈가의 잔주름들과 심술궂게 보일 정도로 꼬인 윗입술로 판단컨대, 그는 스스로에게 실망한 것 같았다.

문이 열리고, 비대한 몸집에 퉁방울눈의 순경이 들어서자 그가 몇 마디 말로 상황을 설명했다. "나는 런던 경찰국의 메이슨 수사관이네." 그가 말했다. "너무 늦었어." 그는 의자 위의 시신을 향해 건성으로 손을 저었다.

"세상에!" 순경이 그 짧은 한마디를 약강 6보격으로 길게 늘이면서 말했다. 그는 문간에 서서 지켜보기만 했다.

"이리 오시오, 순경 나리." 메이슨이 짜증 나지만 재미있다는 듯 말했다. "시체를 본 적이 없나?"

"한 번도 없습니다, 나리. 여기는 점잖은 동네거든요." 남자는 심호흡을 하더니 갑작스레 흥분하여 말이 많아졌다. "실제 범죄 현장을 본건 처음입니다요, 나리. 제가 이 지역에 배치된 건 범죄자들이 제 눈길을 결코 피할 수가 없기 때문입죠."

"매일 요오드를 조금 우유에 타서 마시게나."

"뭐라고요, 나리?"

"안구돌출성 갑상샘종 말일세. 자네가 그렇게 똑똑해 보이지 않는건 그거 때문인 것 같지 않은가? 자네는 왜 내 신분증을 보여 달라고하지 않나? 난 이 점잖은 교외 지역의 주민도 아닌데 말일세."

"하지만 나리께서 그렇게 말씀을……"

"물론 내가 그렇게 말했지. 하지만 난 지금 여기 시체와 함께 있네. 규칙은 준수하라고 있는 걸세, 순경 나리. 이 신분증을 보게나."

순경은 심심한 사과가 담긴 태도로 신분증 서류들을 살펴보더니, 갑자기 그중 한 서류에 눈길이 꽂혔다. "수색영장이네요, 나리."

"그렇다네. 그는 지금까지 나를 피해 다녔지." 메이슨은 몸을 돌려거의 처음으로 오랫동안 시신을 바라보았다. "순경, 이 남자를 잘 살펴보게나. 시신의 대머리가 존경의 표시처럼 놓여 있는 것을 보게."

수사관은 죽은 남자의 턱 밑으로 손가락을 집어넣어 얼굴을 위로젖혔다. 순간 그는 입술을 깨물었다. 그런 행동은 존경스럽지 못한 행동이라는 것을 알고 있다는 듯한 시신의 놀란 눈길에 그의 직업적인무심함이 상처를 입은 것이었다.

메이슨은 한숨을 내쉬었다. "자, 이제 우린 이 사람을 죽인 살인범을

추적해야겠지. 하지만 콜린슨은 결국 받아야 할 벌을 받은 거야. 협박
과 여자 문제지." 그가 덧붙였다.

"그러게요, 나리." 순경이 말했다. "제가 볼 때, 언제나 나쁜 놈들이
타당한 이유로 죽는 건 아니더라고요."

"오호, 순경 나리." 메이슨이 몸을 돌렸다. "자넨 철학자군. 자네 말
이 맞아. 정말 맞아." 그는 생각에 잠긴 어조로 중얼거리듯이 덧붙였
다.

순경은 칭찬에 우쭐해졌다. "이 사건은 저에겐 기횝니다, 나리." 그
가 말했다.

"대수롭지 않은 기회라네, 순경. 자넨 소설을 너무 많이 읽은 것 같
군. 내 요원 가운데 가장 똑똑한 친구 하나가 런던 경찰국에서 차를 타
고 이곳으로 올 거야. 살인자는 어떻게 빠져나갔을까?"

"창문으로 나갔겠죠, 나리."

"굴뚝으로 달아났을 가능성은 거의 없을 거야? 그렇지?" 메이슨은
짜증이 섞이고 신경질적인 어조로 대꾸했다. 그는 방을 가로질러 창
턱 너머를 내려다보았다. "배수관을 이용하면 쉽게 내려갈 수 있겠군.
나중에 긁힌 자국이 있는지 살펴보도록 하세. 문으로 달아나는 건 어
땠을까? 문은 콜린슨이 잠갔을까, 살인자가 잠갔을까? 저 사람 주머니
를 뒤져 보게."

순경이 지시를 따르는 동안 메이슨은 천천히 방 안을 돌아다니면서
옛날에 살던 집을 다시 찾아와 지금 난로에서 타고 있는 불꽃보다 굴
뚝 위로 차오르던 과거의 꿈들을 떠올리는 사람처럼, 아련하고 무심
한 눈길로 벽에 걸린 그림들, 책꽂이의 장서들, 다갈색 벽지, 반짝반짝

광을 낸 마호가니 가구들을 살펴보았다. 그러나 아직 그 눈은 분명 미래에 대한 생각에 잠겨 있었다.

"여기엔 열쇠가 없는데요, 나리."

그 소리에 메이슨의 정신이 조금 돌아왔다. "그렇다면 살인범이 문을 잠그고 열쇠를 가져간 게로군."

그는 죽은 남자의 책상으로 가서 커다란 나무 상자에 손을 얹었다. "이 안에 든 것들을 하나하나 조사해 보게, 순경. 아마 청구서랑 영수증뿐일 테지만."

"잠겨 있는데요, 나리."

"그렇다면 더욱더 조사해 볼 필요가 있겠군그래. 자물쇠를 부수고 열어 보게. 열쇠를 찾느라 시간을 낭비할 수는 없으니 말일세. 사업상 주고받은 편지들일지도 몰라, 순경. 하지만 그 사업이라는 게 협박이라면…… 이 점을 주목하게. 살인범은 이걸 건드리지도 않았어. 물론 내가 계단을 올라오는 소리를 들었겠지. 이건 참 특이한 사건일세, 순경. 내가 너무 일찍 도착한 모양이야. 늦게 왔더라면 살인범이 더 많은 단서를 남겼을 텐데 말이야. 안 돼, 안 돼. 장갑을 껴야지. 지문이 남아 있을 가능성이 있으니까."

그는 다시 아까의 왈츠곡을 휘파람으로 불기 시작했다. 마치 그 곡이 그의 마음속에서 죽음이라는 것과 특이한 방식으로 연관되어 있기라도 한 것처럼.

"영수증과 청구서들입니다, 나리." 순경이 말했다.

"상점에서 온 것인가, 개인에게서 온 것인가?"

"전부 상점에서 온 것들인 것 같습니다. 다른 쪽에 있는 것들도 살펴보겠습니다, 나리. 뭔가 좋은 단서가 나올지도 모르니까요."

메이슨은 창가에 서 있었다. "런던 경찰국에서 급파한 차가 어디쯤 오고 있는지 궁금하군, 순경. 이 칠흑 같은 어둠을 찢으면서 말이지. 손더스가 운전을 하고 젊은 그로브스가 옆자리에 타고 있겠지. 그로브스는 아주 똑똑한 젊은이라네, 순경. 유식하기까지 하지. 그는 분명 이 시신에 엄청난 관심을 보일 거야. 청년과 중년 사이에는 커다란 차이가 존재한다네. 그 친구는 모든 시신들을 앞에다 두지. 나는 시신들을 모두 뒤에 두는데 말이야. 이번 일이 끝나면 난 현업에서 은퇴할 거라네."

순경 앞에는 편지 더미가 점점 늘어 갔다. "사적인 조사를 해 볼까요, 나리?"

메이슨은 약간 애조 띤 우울한 목소리로 웃었다. "오, 난 이미 시작했다네, 순경."

"무슨 말씀이신지요?" 순경이 놀란 눈을 치켜떴다.

"아냐, 아냐. 자네가 하려는 것과는 다른 얘기라네. 그런데 난 이 사건에 대해 뭔가 감이 와. 내 생각에 그 남자는 우리에게 자기가 얼마나 똑똑한지 입증해 보이려고 한 것 같아. 동기? 동기가 있는 남자는 숱하게 널려 있을 걸세. 그런 여자들도 마찬가지로 많을 테고. 저 아래 텅 빈 것처럼 보이는 거리에도, 이 구역을 담당하는 자네도, 계단에 있는 나도, 각자 잠자리에 든 이 점잖은 동네의 점잖은 주민들도 다 동기를 가지고 있겠지.

그리고 그가 사용한 칼을 살펴보게나. 시중에서 5만 개는 살 수 있는 흔한 칼이지. 지문도 안 나타날 걸세. 그는 똑똑해서 분명 장갑을 꼈을 거야. 어쨌든 범죄자 부류에 속하진 않을 거야. 아마 이 점잖은 동네의 주민들 가운데 하나일 걸세, 순경."

메이슨은 우울함이 깃든 평온함에 잠겨 속으로 휘파람을 불기 시작했다. 콜린슨의 벗어진 머리가 전등 빛을 받아 부드럽게 빛났다. 대머리를 들여다보면 거기에 비친 자신의 얼굴을 볼 수도 있을 것만 같았다. 그 때문에 죽은 남자가 마치 오랫동안 사귄, 믿을 만한 친구인 것처럼 느껴졌다. 평생에 걸쳐 신뢰할 만한, 옳지 않은 사악한 일까지 믿고 맡길 만한 친구처럼 느껴졌다.

이 남자는 혼자 있을 때 무엇을 느끼고 무슨 생각을 했을까? 인간 본성은 나약해서 위험한 실수들을 피하고 장점을 발휘하기가 쉽지 않다. 하지만 콜린슨은 그런 실수 따위는 저지르지 않는다는 걸 메이슨은 알고 있었다. 그러나 혼자만 있을 때, 그의 교활함에 도전하는 고객들로 인해 그의 사악함이 자극을 받는 시간이 아닐 때, 그는 자신의 삶을 어떻게 생각했을까? 아마도 그는 자기만족을 위해 어떤 이야기를 지어냈을 거라고 메이슨은 생각했다. 자신의 초인적인 능력을 믿고 감탄하는 이야기를. 하지만 지금 그는 웅크린 자세로, 겸허하면서도 놀란 표정으로 놓여 있었다. 사적인 조사라, 메이슨은 생각했다. 난 이미 그런 조사를 했지.

"이런, 찾았습니다, 나리." 순경이 종이를 내밀었고, 메이슨은 몸을 돌려서 흥분에 젖어 미세하게 떨리는 손으로 그것을 받아 들었다. 낯익은 필체를 보자 방이 부옇고 어렴풋해지고 주변이 흔들리는 것만 같았다. 마호가니 책장, 거울, 의자들이 가늘어지고 투명하게 변하더니 올이 다 드러난 현수막처럼 눈앞에서 펄럭였다. 그는 시간이 약간 지난 뒤에야 종이의 내용을 읽을 수 있었다.

'나를 만나 주지 않는다면,' 편지는 곧장 본론으로 돌입하고 있었다. 그러나 콜린슨 앞으로 온 편지임은 분명했다. '집 앞에서 너를 기다리고 있다가 길거리에서 때려눕힐 거다.' 편지에는 아서 캘럼이라는 서명이 있었다. 날짜는 적혀 있지 않았다.

"다른 건 없습니다, 나리." 순경이 말했다.

"기다리게." 메이슨은 눈앞에 아른거리는, 대여섯 장의 봉투와 함께 묶음으로 구입한 게 분명한 싸구려 편지지 뭉치에서 어렵사리 눈길을 거두었다. 골똘히 생각한다면 아서 캘럼이 그것을 구입한 문구점에 대해서도 능히 추리가 가능할 것이다. 창문이 달랑 하나뿐이고, 잉크병, 종이 클립, 주소 스탬프, 공책, 도자기 장식품, 펜, 연필, 멋들어진 펜 닦개 등 온갖 자질구레한 잡동사니들이 즐비하게 쌓인, 그런 문구점들 가운데 하나일 것이다. "그래 자네는 이게 단서라고 생각하나, 순경?"

"나리." 순경이 놀란 눈으로 상관을 응시했다. "이 남자에게 원한을 가진 자가 있는 것 같습니다."

메이슨에게서는 순경의 추리를 따르려는 기색이 전혀 보이지 않았다. 내심 승진의 꿈에 한껏 부풀어 있는 순경으로서는 런던 경찰국에서 출발해 야밤을 뚫고 빠른 속도로 점점 가까이 오고 있을 차량이 원망스러울 터였다.

"순경." 메이슨이 천천히 말했다. "방금 전 자네가 악인들도 타당한 이유로 살해당하는 경우는 거의 없다는 얘기를 하지 않았나? 분명 이 편지는 타당한 이유를 가진 남자로부터 온 거야. 수치스러운 동기로 사람을 길거리에서 때려눕히지는 않으니까. 이 편지를 보게. 자, 잉크 빛깔이 희미해지지 않았나. 아마 수년 전에 쓴 편지일 걸세."

"그럼 왜 이 상자에 넣어 뒀을까요, 나리? 바로 꺼낼 수 있도록 말입니다. 아마 그는 오늘 밤 누군가에게 이걸 보여 줄 생각이었던 것 같습니다."

메이슨이 느릿느릿 말했다. "내가 망설이는 이유를 말해 주지. 난 한때 아서 캘럼을 잘 알았다네. 몇 년 동안 만나지는 못했지만." 그는 윗입술 꼬리를 한층 더 심술궂게 뒤틀었다. "내 친구는—아서 캘럼은 내 친구였다네—이런 짓을 할 인물이 못 돼." 순경은 메이슨이 시체가 아니라 열린 창문을 바라보고 있다는 것을 알아차렸다.

아래쪽 거리에서는 택시 한 대가 쓸쓸하게 경적을 울렸고, 작은 빗방울들이 튀어서 방 안으로 들어왔다.

"하지만 나리, 이게 우리가 가진 유일한 단서입니다. 이 캘럼이라는 남자를 얼른 체포한다면…… 그는 우리가 이렇게 빨리 추적하리라는 걸 예상하지 못할 겁니다. 뭔가 증거가 발견될지도 모르지요. 그 남자가 어디 사는지 아십니까, 나리?" 그는 퉁방울눈과 목소리에 간절함을 담아 자기에게 칭찬과 승진의 기회—어쩌면 자신에게 주어질 가능성이 있는 유일한 기회—를 달라고 애원했다.

순경은 열정에 의지할 수 있을 만큼 젊지도 않고 어떤 식으론가 찾아든 석양빛에 내몰려 사직할 만큼 늙지도 않은, 인생의 활기 없는 오후에 이르러 있었다. 메이슨의 눈길이 약간 누그러졌다. 그는 순경의 애처로울 정도로 부족한 역량에 자기도 모르게 마음이 움직였다.

"자네 생각에는," 그가 말했다. "그로브스가 도착하기 전에 우리가 지금 캘럼을 조사해야 한다는 거지?"

"그가 어디 사는지 아십니까, 나리?" 순경의 목소리는 흥분과 기대로 살짝 떨리고 있었다.

"아주 가까이 살지. 이 역시 참으로 신기한 우연의 일치로군. 그렇지 않나?" 메이슨은 짙은 우울함이 묻어나는 미소를 지었다. "그로브스가 도착하기 전에 모든 미스터리가 해결된다면 정말이지 놀라운 일일 거야. 그렇겠지?"

그가 갑자기 한 손으로 책상을 신경질적으로 내리쳤다. "난 이 똑똑한 젊은이들이 심하게 이해력이 부족하다는 게 정말 싫어. 그래, 순경, 내 약속하지. 그로브스를 놀라게 합세." 메이슨은 벌써 노안이 와서 글자를 읽기 힘들다는 듯 편지를 얼굴 가까이로 들어 올렸다. "마지막으로 한 번 더 살펴보게나, 순경."

2

그는 그 계단의 모양을 잊어버렸다고 생각했으나, 양탄자가 깔리지 않은 반들반들한 누런 널빤지가 다시 눈앞에 보이자 이제 그의 마음은 정반대가 되어 나무의 긁힌 자국과 움푹 팬 곳 하나하나까지, 심지어 왜 그렇게 되었는지까지도 다 기억할 수 있을 것만 같았다. 계단 꼭대기에서 그는 아서 캘럼의 방문이 잠겨 있지 않다는 것을 알았다.

문을 밀어서 연 그는 벽난로 장식용 선반 위에 걸린, 죽었다가 살아난 라자로*의 모습을 그린 낯익은 판화를 보고 순간적으로 깜짝 놀랐다. 판화가는 멜로드라마적인 기법을 동원하여 수염에 덮인 라자로의 고뇌에 찬 얼굴을 표현했는데, 그 고뇌는 그가 다시 돌아온 삶 때문인 것 같기도 했고, 그가 떠나온 죽음 때문인 것 같기도 했다. 책상에는

* 죽어서 무덤에 묻혔으나 예수가 나흘 만에 되살린 인물.

메이슨이 기억하는 그대로 책과 종이들이 여기저기 널려 있었다. 그는 자신이 알고 있는 것이 현실적인 일이라기보다는 상징적인 것이라는 사실에 슬며시 미소를 지었다. 책상 뒤쪽으로 캘럼의 침대가 놓인 구석을 커튼이 가리고 있었다.

메이슨은 등 뒤로 조심스럽게 문을 닫고는 신뢰하지 못하는 적과 마주친 사람 같은 태도로 잽싸게 몸을 돌렸다. 사실 그는 허름한 안락의자, 벽난로 장식용 선반 위에 놓인 가죽 담배쌈지, 파이프 걸이, 중고 의학 서적들, 커다란 눈으로 자기를 쳐다보고 있는 친숙한 시계 등 방 안의 모든 것을 신뢰하지 않았다. 그것들은 시간의 느린 움직임에 걸맞은 소리로 그의 침입을 질책하고, 그들 사이에 쌓인 세월의 더께에 대해 그에게 비난을 퍼부었다. "캘럼." 그가 낮은 목소리로 불렀다. "캘럼."

메이슨은 수염 난 라자로의 얼굴을 다시 응시하고 있던 탓인지 커튼이 열리는 것을 보지 못했고, 갑작스럽게 캘럼을 맞닥뜨리게 되었다. 세월은 메이슨의 얼굴에 무뚝뚝함과 우울함의 표시처럼 여기저기에 주름을 능숙하게 새겼지만, 아서 캘럼의 얼굴은 비껴간 듯했다. 하지만 그 얼굴은 젊긴 하나 병들어 창백했으며, 지나치게 어두운 눈은 건강해 보이지 않았다.

메이슨이 얼마나 달갑지 않은 방문객인지는 굳이 되풀이해 강조할 필요조차 없었다. 마주 선 두 사람은 못생긴 남자가 거울에 비친 자신의 모습을 바라보듯 심드렁한 불만이 담긴 표정으로 서로를 응시했다.

"미안하네." 마침내 메이슨이 입을 열었다. "이렇게 늦게 찾아오다니." 그는 한 마디 한 마디가 적대적인 공기를 힘겹게 뚫고 나아가야만 하는 것처럼 말했다. "너무 늦었어." 그는 캘럼이 자기와 같은 어조로 말하는 것을 들었다고 생각했다. 메이슨은 시계를 쳐다보았다. "어쨌든," 그는 억지로 익살을 담아 편안함을 가장하면서 덧붙였다. "자정이 지난 지 그리 오래되지는 않았잖아. 그리고 내가 자네에 대해 아는 한, 캘럼……" 그렇게 말하고 나서 그는 자기가 캘럼에 대해 아는 게 너무 없다는 사실을 깨닫고서 입을 닫았다. 그랬다. 한때 그는 캘럼을 잘 알았다. 하지만 지금 그들 사이에는 오랜 세월이 가로놓여 있었다.

그는 무뚝뚝하게 말했다. "지금 막 휴버트 콜린슨의 집에서 오는 길이네. 그 사람 알지?" 캘럼이 고개를 끄덕였다. 메이슨은 비난하는 듯 자기를 대면한 캘럼의 무표정한 얼굴이 자아내는 분위기를 누그러뜨리기 위해 재빨리 덧붙였다. "그자가 오늘 밤 살해되었다네." 캘럼의 얼굴에 떠오른 만족스러운 표정은 콜린슨이 죽음으로써 세상이 한결 더 살기 좋아졌다는 것을 말로 하는 만큼이나 분명하게 전달하고 있었다.

"오, 그래, 맞아." 메이슨은 캘럼이 실제로 그런 말을 한 것처럼 대꾸했다. 그는 순경이 한 말을 이용했다. "그렇지만 언제나 나쁜 놈들이 타당한 이유로 살해되는 건 아니라네." 그는 캘럼의 반응을 기다렸다. 대답을 기다리면서 그는 자신의 행동이 이상하게도 전문가답지 못하다고 생각했다. 캘럼은 말을 하지 않았다. 어디에선가 택시가 경적을 울렸고, 그것이 유일한 소리였다.

"자네한테는 타당한 이유가 있어, 캘럼." 메이슨이 말했다. 그의 어조는 비난보다는 애원에 가까웠다. 그는 사무치게, 격렬하게, 절망적으로 캘럼이 살인자이기를, 콜린슨이 타당한 이유로 인해 살해되었기를 바랐기 때문이다.

"들어 보게." 그가 말했다. "이건 자네가 쓴 편지야. 최소한 그 사실은 부인하지 못할 걸세." 그는 캘럼의 얼굴에 대고 잉크 빛깔이 희미해진 편지를 펄럭였다. "그리고 그 칼⋯⋯ 난 그 칼이 자네 것임을 아는 유일한 사람이야."

그는 칼을 구입할 수 있는 15실링을 손에 꼭 쥐고 캠던타운의 철물점 창에 기대어 있던 열다섯 살 때의 캘럼의 얼굴을 기억해 냈다. 모험심과 감상주의와 기이한 도착적 기사도 정신이 한데 어우러져 캘럼은 자기가 칼을 구입한 사실을 메이슨을 제외한 누구에게도 발설하지 않은 채 서랍에 넣어 두었고, 그 칼은 지금껏 주인에게조차 잊힌 상태였다. 하지만 메이슨은 캘럼이 손잡이에 거칠게 새긴 무늬를 잊지 않았다.

"그래, 그 칼은 자네 거야." 그가 다시 말했다. 캘럼이 "내 것이었지" 하고 그의 주장에 토를 달았다는 것을, 속삭였다는 것을, 아니면 속으로 그렇게 중얼거렸다는 것을 불현듯 느끼지 못했다면 그는 다시 추억 속으로 빠져들 뻔했다. "어쨌든 그게 지금 콜린슨의 몸에 꽂혀 있다네." 그는 잔인하게 느껴질 정도로 퉁명스럽게 말했다. 캘럼을 놀라게 하는 게 그의 의도였다면, 그것은 실패였다.

메이슨은 편지 문제를 다시 *끄집어냈다.* "나는 이걸 쓴 게 수년 전이라는 것을 알아. 물론 그 이유도 알지. 우리가 헤어지기 전에 일어난 일이지."

그는 캘럼의 모든 행위를 환히 꿰고 있었다. 심지어 캘럼이 뭘 생각하는지도 알았다. 캘럼은 레이철 만과도, 야심 많은 레이철 만과도 가깝게 지냈다. 그녀는 귀 바로 위에서 말려 올라간 검은 머리에, 영민해 보이는 커다란 눈망울과 냉소적인, 또는 부끄러움을 모르는 듯한 입이 독특하게 어우러진 얼굴의 소유자였다. 그녀에 대해 지금 그가 알고 있는 것은 자신의 체험이라기보다는 캘럼의 마음에 비친 그녀의 상像에서, 오래된 거울에 비춰진 것처럼 깊이 있는 동시에 약간 얼룩진 상에서 비롯된 것일 터이다.

캘럼이 특유의 도전적인 태도로 레이철 만을 위해 7년 동안 봉사할 준비가 되어 있다고* 선언했던 것을 메이슨은 기억했다. 그러나 그 세월이 끝나기 오래전에 그는 그녀를 잃었고, 레아도 얻지 못했다.** 이미 스물다섯 살이었던 레이철 만은 자신이 원하는 게 무엇인지 정확히 아는 여자였다. 그녀는 아서 캘럼을 원했지만, 가장 크게 원한 것은 아니었다. 그녀는 자신의 외모와 머리라면 연극 무대가 자신에게 유명인의 화려하고 즐거운 삶을 제공하리라는 사실을 알았다. 그녀는 무엇보다도 사람들이 나누는 화제의 중심이 되고 싶어 했다.

당시 휴버트 콜린슨은 다양한 극장 관련 사업에 큰 관심을 쏟고 있었으며, 레이철 만을 소개받자 그녀에게도 관심을 쏟았다. 그 관심이 구체적으로 진행되는 것에 반대한 사람은 사실상 아서 캘럼뿐이었다. 그의 반대는 휴버트 콜린슨을 협박하는 상황에까지 이르렀지만, 결국 너무 늦었다는 것을 알게 되었을 때 다른 많은 것들과 함께 허물어지고 말았다.

하지만 메이슨은 처음의 충동적인 분노가 질투와는 무관하게 그 자

* 야곱이 라헬(영어식 이름은 레이철)을 얻기 위해 그녀의 집에서 7년 동안 봉사해 주었다는 성경의 『창세기』 29장의 내용을 빗대어 말한 것이다.
** 레아는 야곱의 첫 부인으로 라헬의 언니였는데, 야곱은 레아를 그리 좋아하지 않았다. 여기서는 레이철 아닌 다른 여자도 얻지 못했다는 뜻.

체로 뭔가 훌륭한 점을 지니고 있다는 것을 잘 알았다. 사실 질투할 이유는 전혀 없었다. 레이첼 만은 아서 캘럼을 진심으로 좋아하는 동안에는—비록 간헐적이긴 했지만—휴버트 콜린슨 씨와의 관계를 순전히 사업적인 관점에서만 생각했었으니까.

메이슨의 얼굴이 갑자기 휴버트 콜린슨에 대한 시기 어린 분노로 붉어졌다. 메이슨 역시 레이첼 만을 알고 있었다는 얘기를 내가 하지 않았던가? 죽은 남자, 대머리에다 핏기 없이 백치처럼 놀란 얼굴로 죽은 남자가 한때 레이첼 만과 친밀하게 지내면서—설령 사업적인 친밀함이었다 해도—그녀의 비밀을 속속들이 다 알고 있었다는 사실은 생각조차 하기 싫었다.

휴버트 콜린슨이 불과 한 시간 전까지만 해도 언제든 의자에 몸을 파묻고 생각에 잠겨 자신이 레이첼 만과 함께했던 장면들을—오랜 세월이 지난 지금엔 그게 열정적인 것이었는지 냉정한 것이었는지는 별로 중요하지 않았다—마음 내키는 대로 기억하면서 되살릴 수 있었다는 사실을 인정하는 것은 견디기 힘든 일이었다. 그리고 무엇보다도 더 견딜 수 없었던 것은 휴버트 콜린슨이 분명 그 기억들을 아무런 값어치도 없는 것으로 간주해서, 굳이 떠올리려는 수고조차 하지 않았으리라는 점이었다. 그렇지만 아서 캘럼에게는 그녀와의 작은 기억들 하나하나마저 평생을 지탱하는 버팀목이었다.

메이슨은 자신의 이러한 감정이 그저 질투일 뿐임을, 자기가 갈구했던 것을 빼앗긴 남자의 사소한 질투에 불과하다는 것을 떠올렸다.

빛바랜 잉크를 들여다보면서 메이슨은 그 편지를 쓴 사람은 질투에 사로잡힌 남자가 아니었다는 것을 알았다. 사실 캘럼은 질투라는 것을 거의 느끼지 않았기 때문에, 레이첼 만과 결혼할 수만 있다면, 심지어 그녀가 콜린슨의 정부였다는 사실을 알고 난 후에도 모든 걸 다 희생할 수가 있었다. 하지만 레이첼 만은 그와 결혼할 의사가 없었다.

어느 끔찍한 날 밤에 그녀는 때때로 그와 사랑을 나누는 것을 거부하지 않는다고 말했다. 그러나 그가 그녀에게 좋은 남편감이 되기에는 돈도 없고 영향력도 없다고 덧붙였다. 자신의 말이 그에게 어떤 영향을 미쳤는지도 모르는 채 그녀는 그 자리에서 사랑을 나누자고 제안했다. 콜린슨과 저녁 식사를 하기 45분 전에 내놓은 그녀의 제안은 그가 한때 평생을 걸고 꿈꾸고 바라고 열망하고 간절히 노력해 온 사랑과는 거리가 멀었다.

"내 생각에, 자네는 그때 일이 떠오르면 그 45분을 받아들였어야 했는데, 하고 생각하는 것 같아." 메이슨은 캘럼이 자신의 생각을 이해할 수 있기라도 한 것처럼 역겹다는 어조로 천천히 말했다. "그러면 콜린슨과 공유할 수 있는 추억거리가 생길 수도 있었을 텐데 말이지." 그는 씁쓸하게, 히스테리에 가깝게 소리를 지르며 말을 계속했다. "콜린슨을 죽이는 대신, 같이 자리를 잡고 앉아 와인을 마시면서 서로의 기억을 나눌 수도 있었을 텐데 말이야."

이어 그는 아서 캘럼은 살인자가 아님을 자신이 확실히 알고 있다는 사실을 떠올렸다. 그 같은 확실함이 그를 고통스럽게 했다. "자네는 왜 20년 전에 그를 죽이지 않았나?" 그는 질문이라기보다는 애원하듯이 물었다. "그땐 타당한 이유가 있었잖나."

그 구절이 순경이 했던 말과 함께 메이슨의 머릿속에서 울려 퍼졌다. 한동안 그는 자신이 런던 경찰국의 메이슨 수사관이라는 사실을 잊고 있었다. 또한 퉁방울눈의 순경이 희망에 차서 자기를 기다리고 있다는 것을, 젊고 똑똑한 그로브스가 차를 몰고 어둡고 황량한 거리와 이름 없는 들판을 가로질러 달려오고 있다는 사실을 잊고 있었다.

메이슨은 캘럼의 완전무결함이 자기 자신에 대한 비판처럼 보이기 시작했다. 캘럼은 이런 비난에 직면해서도 침묵을 지킴으로써 메이슨에게는 없는 정직과 기사도를 요구하는 것만 같았다. 그가 무슨 권리로 그런단 말인가? 그러나 분노는 금방 사라지고 가망 없는 바람만이 남았다. 즉 캘럼이 살인자일지도 모른다는 바람, 콜린슨을 살해한 이유 자체에 훌륭하고 이타적이며 용감한 무언가가 있을지도 모른다는 바람만이 남았다.

"가정해 보세." 그는 하려던 얘기를 뚝 끊었다. 그것은 수사관이 체포하려는 용의자에게 건네는 말치고는 너무 어울리지 않았다. 그 어색함에 메이슨은 스스로 미소를 지었고, 이제는 자기가 정말로 은퇴를 해서 사립 탐정 일이나 할 때가 되었다고 생각했다. "자네가 그 당시, 이 편지를 썼을 당시 그를 죽였다고 가정해 보세. 그럼 교수형은 면했을 거야. 어떤 배심원도 자네에게 유죄 평결을 내리지 않았을 테니까. 겁먹을 필요가 없었어."

하지만 그 당시 아서 캘럼은 두려움 따위는 신경조차 쓰지 않았음을 메이슨은 알고 있었다. "자넨 바보야." 그가 말했다. "어리석어. 낭만적이고 철없는 바보야. 레이철 만 같은 여자 때문에 자신을 망쳐 버리다니. 자네가 원하는 게 여자였다면 피커딜리 가로 가서 그녀만큼 예쁘지만 값은 훨씬 싼 여자를 하나 고르면 되지 않았나? 결론은 생물적인 욕구 충족이 아닌가 말이야." 그는 지쳤다는 듯 주저하는 태도로 손을 저었다. "자, 자네가 망쳐 놓은 일을 보게나. 일을 이렇게 망친 사람은 나 메이슨이 아니라 자네 캘럼이야."

갑자기 불어온 바람이 비를 몰아와 창문에 세차게 부딪쳤다. 신경이 날카로워져 있던 메이슨은 흠칫 놀랐다. 그는 몸을 돌려 어둠을 응시했으며, 그러는 사이에 그의 눈앞에 시계와 벽난로 장식용 선반과 죽었다가 살아난 라자로가 다시 떠올랐다. 분명 이것들이 그에게 영향을 끼칠 까닭은 없었다. 이것들은 한때 그가 그토록 친숙하게 알고 지내던 캘럼의 소유물이 아니었다. 단지 사려 깊은 여주인이 그 주위에 걸어 둔 것일 뿐이었다.

그렇지만 이것들이 그의 소유물은 아니었다고는 하나, 오랫동안 한자리에 놓인 보석처럼 살아 있는 육체에 흔적을 남겼다. 그 흔적은 이제 캘럼의 일부였다. 한때 메이슨이 공유하긴 했지만 온전히 캘럼의 소유인 것들—머리 위에서 물이 뚝뚝 듣는 나무들이 늘어선 길고 컴컴한 길, 흐릿하면서도 신선한 비 냄새, 별들과 가로등 그림자가 한데 뒤섞인 강, 잠든 여인의 얼굴, 해변가 언덕 뒤에서 햇살을 받으며 노래하는 목소리—이 캘럼의 일부인 것처럼 그 흔적 역시 캘럼의 일부였던 것이다.

메이슨의 몸과 뇌와 심장에 고통이 번져 갔다. 그를 가로막고 있는 사방의 벽으로 둘러싸인 작은 방이 평생의 고문 도구처럼 보이기 시작했다. 그가 돌아보는 벽마다 똑같은 기억과 절망과 후회가 투영되어 있었다. 각각의 벽은, 그의 저항에도 불구하고, 왜곡되긴 했지만 자신의 가슴속에 있는 과장되지 않은 진실을 드러내는 거울임을 그는 알았다. 그는 눈을 감았다. 그러자 천장과 바닥이 똑같은 메시지를 담고 더 가까이에서 그를 가로막았다.

문을 열고 나가면 이 긴 고문이 끝날 테지만, 그는 머뭇거렸다. 적어도 이곳에는 생각을 가다듬을 수 있는 침묵이 존재하고 있기 때문이었다. 생각이 그를 고통스럽게 했지만, 그 어떤 생각도 아무 생각 없이 그를 기다리는 소음과 움직임—자동차의 경적, 빗방울이 튀는 소리, 흥분한 목소리들, 어둠을 뚫고 울리는 호각 소리, 울리는 전화벨, 계단을 뛰어오르는 발소리—보다는 나았다. "동기? 그자는 공갈범이었어. 그자는 어떤 사람을 지나치게 심하게 압박한 거야. 잃을 게 너무 많았던 어떤 사람을 말이야." 그건 불순한 이유였다.

캘럼의 침묵은 그에게 질문을 하는 것으로 보였다. "자네를 체포할 거냐고?" 메이슨이 외쳤다. "나도 그럴 수 있으면 좋겠네. 이런, 난 자네를 다시 데려다줄 수도 없어." 다시 소음과 움직임과 걱정과, 결정에 따르는 책임의 세계로 돌아가야 했다. 그는 캘럼의 방문을 열어젖히고 밖으로 나와 문을 쾅 닫았다. 몸을 돌려 여전히 평온하고 고요한 누런 널빤지 계단을 마주했다. 거기 맨 위 계단에 어둠에 묻혀 눈에 띄지 않는 검은 옷을 입은, 하얀 얼굴만 또렷이 보이는 레이철 만이 서 있었다.

메이슨이 이런 식으로 그녀를 만나리라고 생각할 수 없었던 이유는 많았다. 그럼에도 그는 아무 생각이 없는 마음속을 이리저리 떠도는 부조화한 이미지들에 대해 느끼는 것 이상으로 크게 놀라지는 않았다. 그녀가 거기 있었다. 귀 뒤로 쓸어 넘긴 검은 머리, 약간 벌어지고 약간 내민 입술, 맨 입술보다 약간 더 선명한 입술 색조로 볼 때 그녀임이 분명했다.

아서 캘럼과 마찬가지로 그녀 역시 메이슨을 이리저리 몰아붙인 그 오랜 세월 내내 젊음을 유지한 것처럼 보였다. 그 세월은 결코 예상치 못한 길로 그를 떠밀어 더 늙게 만들었고, 자기 자신과 세상에 대해 더 환멸을 느끼도록 만들었다. 그런데 그 세월 내내 레이철 만은 아름다움을 유지하고 있었다니, 그건 온당치 않았다.

"휴버트 콜린슨이 죽었어." 순전히 일상적인 대화를 나누듯이 그가 말했다. 그 소식이 그녀의 관심을 불러일으킬 것이라고 생각하는 듯했다. 실제로 콜린슨의 전 정부의 관심을 끌어야 마땅한 소식 아닌가. 바깥 가로등에서 흘러나온 기다란 노란색 빛의 띠가 그들 사이에 드리워졌다. 가로등 유리를 불규칙적으로 때리는, 눈에 보이지 않는 빗줄기에 의해 빛의 띠가 끊임없이 얼룩지고 형태가 바뀌었다.

그것은 작은 사물들이 끊임없이 흐르고 회오리 친다는 인상을 심어주었고, 군데군데 깔린 어둠 속에서 그것들 자체로는 움직이지 못한다는 걸 강조하는 듯했다. 요동치는 세월이 마침내 그들을 서로 다른 해변에 좌초시켜 조용히 지내도록 만든 것 같았다.

"진작 일어났어야 했거나 아예 일어나지 말았어야 할 일이지." 그가 덧붙였다. 그는 자신의 신경이 얼마나 닳아 버렸는지 자각하기 시작했다. 그는 설명하기 힘든 감정의 폭발에 지속적으로 굴복하고 있었다. 그 폭발은 분노보다는 일종의 사라지지 않는 원한에서 비롯된 것이었다. "아, 그런데 이 얘길 들으면 놀라겠지만," 그가 말을 이었다. "당신은 관련이 없더군. 이 일과 당신은 무관하단 얘기야. 레이철, 당신은 어찌 됐든 중요한 존재가 아니야. 휴버트 콜린슨은 완전히 다른 이유로 살해됐어."

그의 눈이 흐려졌고, 휘몰아치던 신경의 폭풍도 잠시 가라앉았다. "맞아, 레이철, 당신이야말로 합당한 이유였어. 당신은 왜 캘럼이 당신에게서 기대했던 그런 사람, 그럴 가치가 있는 인물이 되지 못했던 거지? 왜 그랑 결혼하지 않은 거야? 레이첼, 당신은 캘럼을 이해하지 못해. 나는 세상 누구보다도 캘럼을 잘 알아. 그러니 당신은 내가 캘럼에 대해 하는 얘길 들어야만 해. 그는 망상에 사로잡힌 과학도였어. 그는 의사가 되고 싶어 했지. 봉사라는 감상적인 사고에 열정적으로 사로잡혀 있었기 때문이야. 하지만 그는 봉사의 대상에 대해서는 분명한 생각이 없었어. 그는 그게 당신이라고 생각했지만, 이젠 자기 자신으로 그 대상이 좁혀질 수밖에 없을 거야. 레이첼, 당신과 나는 그 결말이 얼마나 재미없는 것일지 잘 알아. 당신과 내가 말이야. 당신과 나."

소리가 잦아들고 한참 뒤까지도 그의 마음속에서는 이 말이 계속 메아리쳤다. 그러나 여자는 여전히 아무 반응도 보이지 않았다. 연민이든 공포든 놀라움이든, 아무 반응도 없었다.

"당신 책임이야. 그래, 당신 책임이라고." 메이슨이 다시 내뱉었다. "캘럼을 망가뜨린 건 당신이야. 콜린슨은 죽어 마땅해. 우리 둘 다 그걸 알지. 그렇다고 해서 그가 불순한 이유로 죽을 필요는 없었어." 그는 그녀의 침묵과 침착함에 격노했다. 그에게는 그것이 일종의 자만심처럼 여겨졌다. '난 레이철 만이고, 누가 뭐라고 말하든 어떤 행동을 하든 신경 쓰지 않아. 그래, 얼마든지 흉봐. 냉혹하고 불쌍하고 죄 많고 거만하다고 말해. 난 요만큼의 회한도 느끼지 않을 거야.'

그녀에게는 늘 그런 식의 태도가 존재했다. 더없이 젊고 아름다운 육체도 죽음의 세균—아무리 작은 것이라 해도—을 보유하고 있듯이, 그녀는 지금의 저 대단한 침착함이라는 세균을 늘 지니고 있었다. "그래, 콜린슨을 죽인 건 당신이야." 그는 낮은 목소리로 말을 이었다. 그들 사이에 놓인, 부드럽게 흐르고 회오리 치는 빛의 띠를 건너는 데는 고요함이 커다란 목소리보다 효과가 더할 것 같았기 때문이다. "당신이 아니었다면 캘럼이 콜린슨을 만나는 일은 결코 없었을 테니까."

그는 그녀의 눈동자가 미세하게 떨리면서 공손하고 기계적인, 무심한 질문을 던지는 것을 보았다고 생각했다. "아니, 난 그를 체포하지 않을 거야." 그는 손을 저었다. "그는 저 방에 안전하게 있어. 하지만 난 **나 자신**을 절대 잊어선 안 돼. 그는 당신과 마찬가지로 이 시간과 장소에 속하지 않기 때문이지. 레이철, 가정해 봐." '가정해 봐'라는 단어가 버려진 집에 매달려 흔들리는 깨진 종처럼 그의 머릿속에서 울려 퍼졌다. "당신이 캘럼과 결혼했다고 가정해 봐."

그의 마음속에서 연속적으로 이미지들이 아른거렸다. 몹시도 열정적인 낮과 밤, 뒤이은 평온한 나날들 그리고 계속되는 평화…… 한순간 그는 돌이킬 수 없는 현재가 당도했다는 것을 잊었다. 콜린슨이 죽었고, 그의 죽음으로 인해 어쩔 수 없이 또 한 사람이 연루되어야 한다는 사실을 잠시 망각했다.

그는 자신의 인격이 서서히 붕괴되고, 자기혐오와 부패와 타락이 커 가는 것을 지켜보던 시절을 잊었다. 심지어 자신이 런던 경찰국 소속의 메이슨 수사관이라는 사실조차 잊어버렸다. 오직 지금 대면하고 있는 것처럼 레이철을 마주하고서 지금과 똑같은 떨리는 열정으로, 환상에 불과하다는 것은 알면서도 결코 인정하고 싶지 않은 희망을 품은 채 "레이철, 나와 결혼해 줘"라고 말했던 어느 밤만을 기억했다.

반들반들한 누런 널빤지가 흐르는 빛을 받아 더욱 밝게 빛나더니 이내 용해되어 유리가 되었다. 메이슨은 그 유리를 통해 방의 정경을 다시 볼 수 있었다. 탁자와 흩어진 책들과 벽에 걸린 라자로의 일그러진 얼굴을, 그 방 안에 그와 단둘이 있는 레이철 만을 볼 수 있었다. 고요한 그녀의 얼굴에 약간의 변화가 나타났다. 그녀는 그의 어깨 너머 시계를 쳐다보면서 입술을 벌리기 시작했다. 그 치욕스러운 제안을 하기 직전이었다.

메이슨은 고통을 예감하며 움찔했다. 그러나 그때 세월이 비집고 들어와 그 얼굴을, 그 입술을 쓸어 가 버렸다. 이제는 더 이상 치욕스럽지 않은 듯싶고, 오히려 유쾌하고 만족스러운 제안처럼 보이는 그 말을 하려는 찰나의 그녀의 입술을 쓸어 간 것이었다. 그는 결국 모든 것은 생물적 욕구로 귀결된다고 생각하면서 웃음을 터뜨렸다.

3

들고 있던 편지를 내리고 순경의 조바심 깃든, 돌출된 눈을 다시 마주할 때까지도 그는 웃고 있었다. 그들 사이로 휴버트 콜린슨의 책상에 놓인 전등불이 부드러운 황금빛 투명 양탄자를 펼치고 있었다. 순경의 머리 뒤로 보이는 휴버트 콜린슨의 시계는 그사이 2분이 흘렀다는 것을 알려 주었다. 젊고 똑똑한 그로브스가 도착하기 전에 순경과 단둘이 있을 수 있는 소중한 시간이었다. 그는 순경에게 애정을 느끼기 시작했다. 둘이 함께 외따로 있다는 사실, 서로의 만남에 대해 서로가 무언의 증인이라는 사실로 인해 그는 순경과 아주 가까워진 느낌을 받았다.

"아닐세, 순경." 그가 말했다. 웃음의 여운 때문에 그의 목소리가 떨렸다. "캘럼은 용의자가 아니라네."

"아니라고요, 나리?" 순경의 눈은 실망으로 휘둥그레졌지만 여전히 런던 경찰국의 통찰력에 대한 어린애 같은 믿음이 충만하게 남아 있었다.

"방금 전 몇 분 동안 나는 사적인 추리를 하고 있었다네, 순경."

"그러셨군요."

"그리고 이런 결론을 내렸지, 순경. 자네가 그로브스와의 대결에서 승리할 거라고. 그것도 엄청난 승리를. 자, 아직 8분이 남았네. 그리고 사방에 단서들이 널려 있어."

"나리께선 너무 일찍 도착했다고 말씀하셨던 걸로 기억하는데요."

"생각이 바뀌었네. 들어 보게, 순경. 행운은 자네 편이야. 나는 우연히 이 편지를 쓴 게 15년도 더 되었다는 사실을 알았네. 그리고 그 다툼에는 한 여자가 관련되어 있었어. 내 말을 그대로 믿어도 되네. 난 캘럼과 여자, 두 사람을 다 잘 알고 있었거든. 이 다툼은 편지가 콜린슨의 파일 속에 파묻혀 있던 세월만큼 오랫동안 묻혀 있었어. 난 그 사실도 잘 안다네. 자, 이제 자네만의 이론을 전개해 볼 차례네, 순경. 가장 그럴듯한 살인의 이유가 뭘까?"

"협박 아니겠습니까, 나리?"

"그리고 자네는 살인자가 콜린슨의 죽음을 간절히 원할 정도로, 아니면 그에게서 협박을 당할 가치가 있을 정도로 뭔가 잃을 게 있는 상당한 위치의 인물이라고 말하겠지. 그러면 캘럼은 용의 선상에서 제외된다네, 순경. 그는 땡전 한 푼 없는 의학도니까 말이야. 난 자네가 예리한 사람이라는 걸 알아. 자네는 지금 속으로 살인자는 아마 나이 많은 남자일 거라고 생각하고 있을 거야. 그렇지 않다면, 은수저를 입에 물고 태어나지 않은 한 그 사람은 콜린슨의 사냥감이 되기에 충분한 고위층이 아닐 테니까. 그러므로 귀족이나 나이 든 사람이라고 추리하는 건 지나친 억측이 아니야." 메이슨은 이제 신경이 꽤나 안정된 것을 느끼며 수사관으로서의 마지막 게임을 즐기고 있었다. "저 칼을 보게나, 순경. 뭐가 눈에 띄나?"

"칼에 무슨 무늬 같은 게 새겨져 있는데요, 나리. 분명 비전문가의 솜씨입니다."

"그건 상관없어. 칼의 각도를 보게나."

"아주 삐딱한데요."

"칼을 찌른 남자는 자기 체중을 모두 실어서 찔렀어. 자기 손목 힘을 신뢰할 수가 없었던 거지. 그래, 나이 든 사람이 맞아. 아니면 아주 노쇠한 귀족이거나."

그는 순경의 눈에 나타난 감탄의 표정을 보고 웃음을 터뜨렸다. 순경은 소설에서나 보았음 직한 수사관, 번개 같은 추리력을 가진 수사관과 마주하고 있다는 생각을 하고 있는 게 틀림없었다. "셜록 홈스의 영민함이 어디에서 근원했는지 생각해 본 적 있나, 순경?" 그가 말했다. 시간이 촉박한데도 자신의 추리를 늦춰 가면서 숨바꼭질을 하는 게 즐거웠다. "그건 단지 작가가 이미 답을 알고 있는 상태에서 역으로 작업을 해 나갔기 때문이라네. 지금 내가 하고 있는 게 바로 그런 것이고."

"그럼 답을 알고 계신다는 겁니까, 나리?" 순경의 감탄은 줄어들기는커녕 더 커져만 갔다.

"그렇다네. 난 답을 알고 있어. 하지만 자네 스스로 그걸 찾아내야 해. 이건 자네의 기회야. 아직 6분이 남았네. 자, 살인자가 어떻게 탈출했는지 다시 얘기해 보게나."

"창문을 통해서겠죠, 나리."

"창턱에 무슨 자국이라도 있는가? 없잖은가. 물론 그가 부드러운 신발을 신었을 수는 있지. 이쪽으로 와서 창문 밖을 보게나. 1미터 아래까지 타고 내려가기 편한 홈통이 있지. 어렸을 때는 아주 쉽게 타고 내려갈 수 있었을 거야. 하지만 지금은…… 지금은 엘레지를 좋아할 때라네, 순경. 우린 그가 아마도 나이 든 남자일 거라고 결론을 내렸지 않나."

"만약 범인이 나리가 계단을 뛰어올라 오는 소리를 들었다면 위험을 무릅쓰지 않았을까요?"

"맞아. 그런데 그 사람이 손목 힘이 약한 남자임을 기억하게. 홈통을 타고 내려갔다면 분명 저 아래 화단에 세게 떨어졌을 거야. 얼른 내려가서 발자국이 있는지 확인해 보게나."

순경이 밖에 나가 있는 동안 메이슨은 자신의 감상적인 정조에 넌더리를 내며 레이철 만의 흔적을 찾아 방 안을 어슬렁거렸다. 이건 빌어먹을 사적인 추리의 결과라고 그는 생각했다. 이 모든 것을 좀 더 일찍 끝냈더라면 더 좋았을 것이다. 이제 5분 후면 그로브스가 도착할 것이고, 그러면 과거는 걱정과 조사와 위험과 권태를 그리고 부패까지도 미래에게 넘겨줄 수 있을 것이다.

생각이 이리저리 방황하는 와중에도 그는 깨어 있는 눈으로 혹시 있을지 모를 콜린슨의 전 정부의 흔적을 찾아보았다. 감탄스러운 사람 따위는 없어, 그는 혼잣말을 했다. 레이철 만은 콜린슨에게 갔다가 떠났고, 가벼운 수다거리를 남겼다. 그녀의 짧고 검은 머리와 충동적인 입은 위스키 냄새를 조금 풍기는 이야기가 되었다. 만약 레이철 만이 장엄한 기억을 남기지 않고 캘럼을 떠났더라면 많은 문제들을 피할 수 있었을 것이다.

메이슨은 약간 피로를 느끼기 시작했다. 하지만 폭풍우처럼 몰아치는 '만약 이랬더라면 저랬을지도 모르는데'라는 생각들에 이어지는 침착함은 계속 유지했다. 그는 순경이 돌아온 것을 그만큼 시간이 흐른 증거라고 반겼다. 게임은 약간 김이 빠지고 있었지만, 메이슨은 자신이 전문가적 역량을 발휘할 수 있는 마지막 봉사가 승진에 목마른 시골 순경이라는 사실을 생각하니 여전히 유쾌했다.

"아무 흔적도 없습니다, 나리." 순경이 곤혹스럽고 애가 타는 얼굴로 말했다.

"그렇겠지. 없을 거라고 생각했네. 그럼 자네 이론을 수정해야겠군, 순경."

"여기는 꼭대기 층입니다. 범인은 위로 올라갈 수는 없었을 겁니다." 순경이 갑자기 주먹을 꽉 쥐더니 목소리를 낮췄다. "나리는 그자가 지금 이 방에 숨어 있다고 생각하시는 건 아니겠죠?"

"가령 저기 큰 벽장 속 같은 곳 말인가? 오, 아닐세. 난 그자가 저 안에 있으리라곤 생각 안 해. 자넨 열쇠에 대해 어떻게 생각하는가?"

"열쇠요?"

"물론 콜린슨의 주머니에는 들어 있지 않았던 것 말일세. 문을 잠갔던 것 말이야."

"글쎄요, 콜린슨이 문을 잠갔을지도 모르지요. 범인과 단둘만 있을 수 있도록요."

"그렇다면 범인은 왜 열쇠를 가져가야만 했을까?"

"문을 잠근 건 그자일지도 모릅니다."

"그렇지, 안쪽에서일까, 바깥쪽에서일까?"

"나리, 바깥쪽에서 잠갔다면 그자는 나리랑 마주쳤을 겁니다."

"그렇지만 순경, 안에서 잠갔다면 그는 어디에 있는 거지?"

순경은 무기력하게 주변을 둘러보았다. 시계가 눈에 들어오자 그의 어깨가 약간 처졌다. 런던 경찰국을 출발한 차는 이제 금방이라도 도착할 것이고, 간절하게 그의 야망을 일깨웠던 승진의 기회에 그는 한 발짝도 더 가까워지지 못했다. 그는 창 쪽으로 몸을 돌렸다. 단서를 찾으려는 생각에서보다는 자신의 희망을 끝장낼 자동차 소리를 듣기 위해서인 듯했다. 군데군데 희끗희끗한 그의 머리털이 메이슨의 눈에 들어왔다.

메이슨은 분노 어린 연민의 한숨을 가늘게 내쉬고는 손을 바지 뒷주머니에 넣었다. 순경은 자기 연민으로 흐릿해진 눈을 한 채 끊임없이 창을 때려 대는 빗방울을 뚫고 멀리서 들려올 '흐릿한' 엔진 소리를 감지하기 위해 귀를 쫑긋 세우고 있다가, 갑자기 바닥에 금속이 부딪치는 소리를 듣고 몸을 돌렸다. 그와 메이슨 사이에 열쇠가 떨어져 있었다.

순경은 열쇠를 뚫어져라 바라보았으나 그 의미를 파악하지 못하고 말없이 잠잠히 있었다. 메이슨이 날카롭게 "자!"라고 말했을 때에야 순경의 눈에 걱정과 불안이 뒤섞인 표정이 나타났다. "나리께서 열쇠를 찾으셨습니까?" 그는 곤혹스러운 목소리로 천천히 물었다. 그의 머리는 자력에 이끌리듯이 열쇠 쪽으로 기울어져 있었다.

메이슨은 힘겨운 모습으로 콜린슨의 책상에 앉았다. 은퇴의 순간이 도래했다. 그는 자신의 나이를 절실히 느꼈다. 크게 의미 없는 삶을 몇 년 더 연장하는 게 유일한 결과일 뿐인 그 모든 수고와 불안과 쓸데없는 속임수의 긴장을 꺼리게 만든 것은 사실 나이였다. 또한 기억에 의해 초래된 자기혐오와 실망이었다. 그렇지만 그는 평소처럼 행동하며 예사로운 목소리를 유지할 수 없었다. 그가 바라는 만큼 무심한 어조로 얘기하기가 힘들었다. 그의 귀에는 자신의 목소리가 긴장되고 떨리는 것처럼 들렸다.

"알겠나, 순경. 살인자는 문을 통해 방을 빠져나갔고 밖에서 문을 잠갔다네. 그런 다음 문을 부수고 들어와 시체를 발견했지. 내 수갑을 빌려줄까, 순경?" 메이슨은 손바닥 위에 놓인 수갑을 내밀었다. 순경이 할 말을 잃고 멍하니 쳐다보고만 있자 메이슨은 짜증이 났다.

"이런 제길. 이 사람아, 얼른 채워." 그가 말했다. "차 소리가 들리네." 여전히 말을 잃은 순경이 충격을 받아 떨리는 손으로 더듬더듬 상관의 손목에 수갑을 채우는 동안 메이슨이 다시 말을 이었다.

"공은 전적으로 자네가 세운 걸세. 아서 캘럼의 편지를 발견한 건 자네고, 나는 한때 아서 캘럼이었다네. 하지만 이 살인 사건은 아서 캘럼과는 관계가 없어. 내가 그랬으면 하고 바라는 것일 뿐. 자네가 지금 여기서 보는 사람은 질투에 사로잡힌 남자가 아니야. 공갈범을 죽인 늙고 타락한 경찰관일 뿐이지. 자네가 얘기했듯이, 악인이라고 해서 늘 합당한 이유로 살해되는 건 아니네. 들리지? 차가 도착했어."

가볍게 계단을 올라오는 발소리에 그는 문으로부터 등을 돌렸고, 방 안으로 들어서던 그로브스는 순경의 창백한 얼굴과 돌출된 눈 그리고 휴버트 콜린슨의 옆으로 기울어진 대머리와 놀란 눈길만을 마주하게 되었다.

"너무 늦게 왔군, 그로브스." 메이슨이 여전히 등을 돌린 자세로 말했다. "자네 없이 수수께끼가 풀렸네." 그가 갑자기 몸을 돌리더니 감정을 주체하지 못하고 연극적인 동작으로 수갑이 채워진 손목을 내밀었다. "이건 실수가 아니야." 그가 덧붙였다. "그로브스, 이 순경이 아니었다면 이 일은 완벽한 살인 사건이 되었을 걸세. 자네에게 이 사람을 추천하네."

그는 마치 술에 취한 사람이 똑바로 걸을 수 있다는 것을 입증하려는 양 눈을 책상에 고정시킨 채 휴버트 콜린슨의 책상으로 걸어갔다. 사실 그것은 혹시라도 그곳에 있을지 모르는 측은해하거나 동정하는 레이철 만의 어리석은 환영으로부터 벗어나려는 그 나름의 행동이었다.

중산모에 가벼운 방수 외투 차림의 젊고 기민한 그로브스가 천천히 입을 뗐다. "이해가 안 됩니다. 이거, 장난이죠?"

"자." 메이슨은 두 사람에게 여전히 자기가 그들의 상관인 것처럼 얘기했다. "내 진술을 받아 적게." 그들이 연필과 종이를 찾아 우왕좌왕하는 동안 그는 기다리지 않고 느리고 안정된 목소리로 자신의 행동과 동기를 정확하게 나열하기 시작했다. 동기조차도, 실은 불순한 이유였다는 자각에도 불구하고 이제는 그를 괴롭히지 않는 것 같았다.

정작 괴로워한 건 그의 얘기를 듣는 사람들이었다. 휴버트 콜린슨의 아파트에 걸린, 눈에 거슬리는 거울에 수차례 비친 순경과 그로브스였다. 나중에는 올드베일리의 주민들과 판사와 배심원단과 변호인 등 훨씬 많은 사람들이 그의 얘기를 들으며 괴로워했다. 그러나 레이철 만은 여전히 괴로워하지 않았다. 이미 10년 전에 죽었기 때문이다. 지상의 것이 아닌 목소리 역시 환상에 지나지 않았다.

장군과의 약속
An Appointment with the General

1

　인터뷰가 잡힐 때마다 늘 그렇듯이 그녀는 뭔가 부족하다는 느낌
이 들어 프로 기자답지 않게 바짝 긴장이 됐다. 스스로도 잘 알고 있다
시피 그녀는 전형적인 남성 기자들처럼 뻔뻔하지는 못하지만, 자신도
그들만큼 냉소적일 수 있다고 믿었다. 적어도 지금 이 순간은 어느 남
자 못지않게 냉소적일 수 있었다. 게다가 그럴 만한 이유도 있었다.

　그녀는 아메리카 원주민 혼혈로 보이는 사람들이 오가는 교외의 한
빌라 앞마당에 서 있었다. 모두 허리춤에 권총을 찼고, 그중 한 사람은
귀에 무전기를 대고 있었다. 마치 인디언 신으로부터 계시가 내리기
를 기다리는 제사장처럼 절실해 보였다. 그녀의 눈에는 모든 게 낯설

었다. 다섯 세기 전 콜럼버스의 눈에 비친 원주민들이 이러했을까. 군복의 위장 무늬는 맨살에 그린 도안 같았다. 콜럼버스도 '저는 원주민 말을 못합니다'라고 말했을 것이라 생각하면서 그녀는 "저는 스페인어를 못합니다"라고 말했다. 그리고 프랑스어로 대화를 시도했다. 소용없었다. 다시 모국어인 영어로 시도했다. 역시 소용없었다. "저는 마리클레르 뒤발이라고 합니다. 장군과 약속이 있어 왔습니다."

그중 한 사람—장교였다—이 웃었다. 그 웃음을 본 그녀는 즉시 앞마당을 걸어 나가서 겉만 번지르르한 자신의 호텔로 돌아가고 싶었다. 호텔에서 나와 아직 반밖에 완성되지 않은 공항으로 가서, 공항에서 지겹게도 먼 거리를 날아 파리로 돌아가고 싶었다. 그녀는 두려움이 밀려오면 늘 화가 났다. 그녀가 말했다. "가서 장군께 제가 왔다고 말씀드리세요." 물론 아무도 그녀의 말을 알아듣지 못했다.

벤치에 앉아 소총을 손질하고 있는 병사가 눈에 띄었다. 몸집은 땅딸막하고 머리는 희끗희끗했다. 마당에는 태평양에서 시작된 부슬비가 떨어지고 있었는데, 병장임을 알리는 줄무늬가 있는 군복을 아무렇게나 걸쳐 입은 품이 우비 대용으로 뒤집어쓴 듯했다. 그녀는 그가 총을 손질하는 모습을 자세히 지켜보았다. 그는 웃지 않았다. 무전기를 귀에 댄 남자는 여전히 신의 계시를 받느라 바빠서 그녀에게는 눈길도 주지 않았다.

"그링고."* 장교가 말했다.

"그링고 아니에요. 프랑스인이에요." 물론 이번에도 남자는 '그링고'라는 단어 외에는 아무 말도 이해하지 못했다. 그리고 다시 비웃듯

* 중남미 지역에서 미국인을 가리킬 때 쓰는 말.

웃었다. 스페인어를 전혀 못하니 비웃는 것처럼 보였다. 보호자 없이 다니는 여자는 업신여김을 당할 수밖에 없고, 특히 그녀가 스페인어까지 못하니 더 그런 것이라고 말하는 듯했다.

그녀는 되풀이해 말했다. "장군." 아무리 말해도 이 사람들이 알아들을 리 없었다. 그녀는 가물가물한 기억 저편에서 이 약속을 잡아 준 장군의 보좌관 이름을 겨우 기억해 냈다. "세뇨르 마르티네스." 이 이름이 맞는지 자신은 없었다. 로드리게스나 곤살레스나 페르난데스일 수도 있었다.

병장이 소총 탄창을 재깍 원위치로 되돌리더니 거의 완벽한 영어로 물었다. "마드무아젤 뒤발이오?"

"마담 뒤발이에요." 그녀가 답했다.

"결혼했소?"

"네."

"뭐, 상관없죠." 그가 총의 안전장치를 채웠다.

"저는 상관있는데요."

"댁 얘기가 아니오." 그가 말했다. 그러고는 일어나서 장교와 이야기를 나누었다. 계급은 병장에 지나지 않았지만 어딘지 권위가 있어 보였다. 그녀에게 무례하다고 생각했으나 장교에게도 마찬가지인 듯했다. 그는 소총으로 작은 집의 문을 가리켰다. "들어가시오." 그가 말했다. "장군께서 만나 주신다고 합니다."

"세뇨르 마르티네스는요? 통역을 해 주셔야 하는데요."

"장군께서 내게 통역을 하라고 하십니다. 단둘이 만나고 싶으시답니다."

"그럼 통역하러 들어오실 수는 있어요?"

입에서 나오는 말과 달리 그의 얼굴에 떠오른 미소는 그다지 무례해 보이지 않았다. "지금 내가 당신한테 '나와 함께 가서 장군과 단둘이 만나시오'라고 말하고 있습니다."

조악한 그림과 함께 간이 탁자, 빅토리아 후기 양식 비슷한 나체상, 실물 크기의 도자기 개가 놓여 있는 홀을 지날 때, 한 병사가 그녀의 어깨에 둘러멘 녹음기를 손가락으로 가리키며 멈춰 세웠다.

병장이 말했다. "그건 탁자에 놓아두고 가는 게 좋겠소."

"그냥 녹음기예요. 전 속기도 못한다고요. 이게 폭탄으로 보이나요?"

"아뇨. 그래도 놓고 가시오. 그게 나을 겁니다. 부탁합니다."

그녀는 녹음기를 내려놓았다. 그냥 내 기억력을 믿어야겠네, 하잘것없는 내 기억력, 한심하기 짝이 없는 내 기억력.

그리고 덧붙였다. "제가 만약 암살자라 하더라도 댁한테는 총이 있잖아요."

그가 대꾸했다. "총은 방어 수단이 아니오."

2

한 달도 더 전에 편집장이 그녀를 푸케로 초대해서 함께 점심 식사를 했다. 일면식도 없었지만 편집장은 마치 책 활자처럼 보이는 서체로 타이핑한 정중한 서신을 보내어 그녀가 다른 잡지에 쓴 인터뷰 기사에 아낌없는 찬사를 보냈다. 사실 약간 거들먹거리는 티가 나기도 했다. 자기는 그녀의 기사가 나간 잡지보다 조금 더 영향력 있는 잡지의 편집장임을 스스로 알고 있다는 듯이. 당연히 원고료는 더 적을 것이다. 원고료와 잡지의 질은 반비례하니까. 그녀는 그의 초대를 수락했다. 서신이 도착한 날 아침에도 남편과 또 한 번 '마지막' 담판을 벌인 참이었다. 4년간 마지막 담판만 네 차례 벌였다. 첫 두 차례는 나머지 두 번에 비하면 무난한 편이었다. 질투도 사랑의 표현이니까. 세 번째 담판은 산산이 부서진 약속에 대한 배신감으로 격렬했고, 네 번째 담판은 최악이었다. 사랑도 분노도 사라지고 그저 반복되는 불만, 같이 사는 남자가 절대 변하지 않을 것이라는 믿음, 같이 사는 여자가 더 이상 상관도 하지 않는다는 가슴 아픈 깨달음으로 인한 짜증 섞인 권태만이 남아 있었다. 이번이야말로 마지막 담판이 **될 것**이라는 느낌이 왔다. 이제 짐을 싸는 수순만 남았다. 아이가 없어 정말 다행이었다.

그녀는 푸케에 약속 시간보다 10분 늦게 도착했다. 제시간에 왔다가 자리에 앉지 못했던 경험이 한두 번이 아니었기 때문이다. 웨이터에게 자크 뒤랑이 앉아 있는 테이블을 묻는 순간 그녀를 맞으려고 자리에서 일어서는 남자가 보였다. 키가 후리후리하고 늘씬했으며 외모가 그럴듯했다. 남편과 비슷했다. 잘생긴 얼굴은 트뤼프 초콜릿처럼 사람을 메스껍게 만들 수도 있었다. 귀 바로 위 희끗희끗한 머리를 그렇게 신경 써서 말아 놓지만 않았어도 훨씬 더 위압적이고 위엄 있어 보였을 것이다. 귀는 남자다운 크기임을 인정할 수밖에 없었다(남자 귀가 너무 작으면 거슬렸다). 유명 좌파 주간지의 편집장이라는 사실을 미리 알고 있지 않았더라면 외교관으로 착각했을 수도 있었다. 그녀는 그 주간지를 읽은 적이 없었다. 요사이 유행이 되어 버린 듯한 급진적 정치 성향에 동조할 수 없었기 때문이다. 처음 봤을 때는 마치 죽어 있는 듯한 표정이던 사람도 눈만큼은 생기가 있다. 그런데 이 남자는 눈이 가장 죽어 있는 듯했다. 최대한 정중해 보이려고 노력하는 티가 역력함에도 그랬다. 앉으라는 듯 빈 의자를 손으로 가리키고 메뉴를 건네줄 때만 잠시 살아 있는 것처럼 보였다. 유혹적인 사람이었지만, 유혹이 말로만 드러났다.

그는 넙치를 먹으면 어떠냐고 물었다. 그녀가 동의하자 이번에는 서신에 썼던 바로 그 표현을 그대로 반복하면서 그녀의 인터뷰 기사를 너무 즐겁게 읽었다고 말했다. 그러니까 비서를 시키지 않고 스스로 서신을 작성하긴 한 것 같았다.

그가 다시 말했다. "여기 넙치가 정말 맛있습니다."

"감사합니다. 신경 써 주셔서."

"마담 뒤발께서 쓰시는 기사를 꽤 오래 지켜봤습니다. 속을 꿰뚫으시더라고요. 인터뷰 대상이 구술하는 대로 쓰시지 않고요."

"녹음기를 사용하고 있어요."

"비유적인 표현이었습니다." 그는 구운 토스트를 베어 물었다. "오래 지켜봤습니다." 내부 규정이라도 따로 있는지, 사용하는 어휘가 정해져 있는 것 같았다. "저희와 같은 분이라고 느꼈어요." 칭찬으로 던진 말이었는지 그가 잠시 말을 멈추었다. 그녀가 감사의 말을 하기를 기다리는 듯했다. 도대체 언제 본론으로 넘어갈 것인지 궁금해졌다. 짐을 싸려고 침대 위에 트렁크를 펼쳐 놓고 나왔는데, 남편이 오기 전에 짐을 다 싸야 하는데. 저녁 식사 전에 올 것 같지는 않지만, 올 가능성이 없지는 않았다.

"스페인어 하세요?" 뒤랑이 물었다.

"영어랑 프랑스어만 합니다."

"독일어는요? 헬무트 슈미트* 인터뷰가 정말 멋지던데요. 파괴력도 있고."

"그 사람은 영어를 잘해요."

"장군은 그렇지 않을 텐데." 그가 넙치를 보며 말을 멈췄다. 그 식당의 대표 메뉴라 할 만한 훌륭한 요리였다. 그러는 사이 그녀는 '장이 돌아오기 전에 짐을 싸서 나올 수만 있으면 언쟁을 피할 수 있어'라는 생각을 하고 있었다. 언쟁은 나중에 변호사들끼리 하면 된다. **조정**을 한다는 미명하에 한 번은 억지로 만나게 되겠지만 생각만 해도 지루했다. 어서 과거를 털고 새 출발을 하고 싶었다.

"자메이카 상황도 제가 생각하고 있는 주제 중 하나입니다. 돌아오는 길에 자메이카에 들르시면 되겠네요. 영어를 한다고 하셨죠? 맨리**에 대해 평소보다 좀 더 동정적인 접근 방식을 취하실 수도 있겠죠. 현재는 '실각했지만' 그 사람도 우리와 같은 부류입니다. 장군은 평소 방식대로 인터뷰하면 될 것 같아요. 마담의 강점인 아이러니에 맞춰서요. 아시겠지만 저희는 장군, 특히 중남미 국가 장군들에게는 크게 관심이 없습니다."

그녀가 물었다. "출장을 가라는 말씀이신가요?"

"네. 미모가 출중하시니까요. 그 장군이 미모가 뛰어난 여자에 약해요."

"맨리도 그렇겠죠?" 그녀가 다시 물었다.

"스페인어를 조금이라도 하실 줄 알면 좋을 텐데요. 마담 뒷발께서는 독자가 바라는 개인적인 질문을 골라 던지는 재주를 가지고 계십

---

* 서독 총리를 지낸 독일의 정치인(1918~2015). 《디 차이트》의 발행인으로서 저널리스트 겸 저술가로도 활동했으며 독일 최고의 현자로 불렸다.
** 마이클 맨리(1924~1997). 자메이카의 총리를 지낸 정치인. 집권 초반에는 독자적인 외교 노선을 추구하며 사회주의 정책을 강력히 추진했으나 후반에는 경제 회복과 사회주의 노선의 탈퇴를 선언하며 친미 정책을 추구했다.

니다. 정치 기사라고 해서 지루해서는 안 되죠. 지금 어디에 전속되어 계시는 건 아니죠?"

"아닙니다. 그런데 무슨 장군이에요? 칠레로 가라는 말씀은 아니시죠?"

"칠레는 좀 식상해졌어요. 피노체트* 기사는 마담 뒤발의 필력으로도 신선하게 쓰기 힘들 거라고 봅니다. 더구나 그 사람이 만나 주겠어요? 그런데 소규모 국가의 경우에는 몇 주 안에 심도 깊은 인터뷰를 성사시킬 수 있죠. 여기는 남미의 축소판이에요. 군사기지가 있어서 미국과의 충돌이 더 공공연하게 드러나는 곳이죠."

그녀는 시계를 들여다보았다. 트렁크 두 개에 필요한 물건을 다 담을 수 있으려나? 그나저나 어디로 가야 하나?

"군사기지라니요?" 메모는 남기지 않을 참이었다. 변호사들이 악용할 수 있으니까.

"미군 기지죠, 당연히."

"대통령을 인터뷰하라고요? 어느 나란데요?"

"대통령이 아니라 장군입니다. 대통령은 별 힘이 없어요. 장군이 혁명의 주도자죠." 그가 그녀의 와인 잔을 다시 채웠다.

"장군이 좀 미심쩍기는 합니다. 피델 카스트로를 만난 적도 있고 스리랑카에서 티토를 만나기도 했어요. 그렇지만 그저 얄팍한 사회주의자가 아닌가 싶어요. 절대 마르크스주의자는 아니에요. 슈미트를 인터뷰했던 방식을 활용하시면 좋을 듯해요. 그리고 그리로 가는 길이나

---

* 아우구스토 피노체트(1915~2006). 칠레의 대통령을 지낸 정치인이자 군인. 17년의 대통령 재임 기간 중 공식 보고된 숫자로만 3,197명이 정치적 이유로 살해되었고, 수만 명이 감금된 채 고문 및 추방당했다. 또 천여 명이 여전히 실종 상태로 남아 있는 등 독재자로 악명을 떨쳤다.

귀국하는 길에 자메이카에 들러서 맨리를 인터뷰하시고요. 저희는 맨리 인터뷰를 기대하고 있습니다."

대체 어느 나라로 가라는 것인지 아직도 알 수가 없었다. 그녀는 지리에 그다지 밝지 않았다. 나라 이름을 **말했었는데** 트렁크 생각을 하다가 흘려들었을 수도 있었다. 어디가 되었든 상관없었다. 어디든 파리보다는 나을 것이었다. "언제 가면 되죠?"

"빠를수록 좋습니다. 곧 위기 상황이 발생할 수도 있는데 그렇게 되면…… 장군의 부고를 쓰셔야 할 수도 있어요."

"죽은 장군은 당연히 편집장님께서 바라시는 사회주의자가 아니겠네요."

그가 마른 목을 긁는 소리를 내며 웃었다. 그는 넙치 접시를 깨끗이 비우고 메뉴를 들여다보는 중이었는데, 눈을 보면 방금 농담을 들은 티가 전혀 나지 않았다.

"말씀드렸다시피, 우린 그 사람의 사회주의를 미심쩍어합니다. 치즈 드실래요?"

3

"장군의 부고를 쓰셔야 할 수도 있어요." 파멸을 예고하는 듯한 장군의 피곤해 보이는 눈을 마주한 순간, 마리클레르의 뇌리에 2주 전 좌파 주간지 편집장이 푸케 식당의 메뉴를 들여다보면서 했던 말이 떠올랐다. 중남미 국가 장군들의 말로는 대개 예상보다 이른 죽음임을 그녀는 알고 있었다. 물론 마이애미 같은 휴양지로 피신할 수도 있겠지만, 지금 그녀의 눈앞에 있는 남자가 그 나라의 전직 대통령이나 영부인, 친인척들과 함께 마이애미에서 여생을 보내는 모습은 상상하기 어려웠다. 이 나라 사람들은 마이애미를 '추락한 자들의 골짜기'라고 불렀다. 장군은 파자마에 침실용 슬리퍼 차림이었고, 머리는 어린아이처럼 헝클어져 있었다. 그러나 미래의 운명이 짙게 스민 눈은 어린아이의 눈과는 거리가 멀었다. 장군은 그녀에게 스페인어로 말했고, 그러면 병장이 다소 딱딱하지만 정확한 영어로 통역해 주었다.

"장군께서 환영한다고 하십니다. 어느 신문사 기자인지는 모르겠지만 세뇨르 마르티네스로부터 프랑스에서 진보적인 시각으로 이름난 신문이라는 말을 들었다고 하십니다."

마리클레르는 도발이라는 기술을 써 볼 참이었다. 헬무트 슈미트도 그녀의 첫 질문에 발끈하여 즉각 반응을 보였고, 이는 녹음기에 고스란히 담겼다. 그런데 이번에는 녹음기가 없었다. 그녀가 답했다. "진보적인 신문이 아니라 좌파 주간지입니다. 장군께서 사회주의로 옮겨 가기를 매우 꺼리신다는 비판이 있는데 맞는지요?"

그녀는 통역하는 병장을 예의 주시하며 스페인어에서 조금이라도 의미를 짚어 내려 애썼다. 병장은 그녀의 질문이 재미있을 뿐만 아니라 마음에 든다는 듯 눈을 반짝였다.

"장군께서는 국민이 가자는 곳으로 가고 있을 뿐이라고 말씀하십니다."

"미국인들이 가자는 곳이 아니고요?"

"장군께서는 미국인들도 고려하지 않을 수가 없으며, 이렇게 작은 나라에서는 그것이 정치라고 하십니다. 그러나 반드시 그들의 관점을 받아들일 필요는 없다고 하십니다. 서 있느라 피곤할 텐데 의자에 앉으라고 하십니다."

그녀는 의자에 앉았다. 장군은 헬무트 슈미트보다 한 수 위라고 느껴졌다. 그녀보다도 한 수 위였다. 다음 질문은 미처 생각해 두지 않았다. 장군의 대답에서 다음 질문을 즉흥적으로 뽑아내려 했으나, 그는 일말의 여지도 남기지 않고 굳건히 문을 닫아 버리고 말았다. 어색한 침묵이 흘렀다. 장군이 다시 입을 열자 그녀의 숨통이 트이는 듯했다.

"장군께서 세뇨르 마르티네스가 불편함이 없도록 세심하게 신경을 써 주고 있느냐고 물으십니다."

"세뇨르 마르티네스가 자신의 차까지 빌려주셔서 매우 감사한데, 기사가 스페인어밖에 하지 못해서 어려움이 있습니다."

장군과 병장은 그녀의 말에 뭔가 논의를 시작했다. 그러더니 장군이 오른쪽 슬리퍼를 벗어 왼쪽 발바닥을 두드렸다.

"장군께서 차와 기사는 돌려보내도 좋다고 하십니다. 저에게 마담 뒤발을 돌봐 드리라고 명하셨습니다. 저는 구르디안 병장입니다. 가고 싶은 곳 어디나 모셔다드리겠습니다."

"세뇨르 마르티네스는 저한테 미리 프로그램을 짜서 알리고 승인을 받으라고 하던데요." 다시 논의가 이어졌다.

"장군께서 프로그램은 없는 게 낫다고 하십니다. 프로그램은 모든 걸 망칩니다."

피곤에 지친 음울한 장군의 눈이 재미있다는 듯 그녀에게 고정되었다. 마치 예상치 못한 공격으로 상대방을 당황하게 만드는 체스의 고수 같았다.

"장군께서는 정치적 프로그램도 모든 걸 망친다고 하십니다. 그쪽 편집장도 분명 이를 아실 겁니다."

"세뇨르 마르티네스가 저더러……"

"장군께서 세뇨르 마르티네스의 말과 정반대로 하면 된다고 하십니다."

"그분이 장군의 수석 보좌관이라면서요?"

병장이 어깨를 으쓱하면서 미소를 지었다. "장군께서는 보좌관의 말에 귀를 기울이는 것은 **자신의** 임무지 **당신의** 임무는 아니라고 하십니다."

장군이 병장에게 낮은 목소리로 무언가 말하기 시작했다. 인터뷰는 제어가 불가능한 수준으로 치닫고 있었다. 녹음기는 그녀의 필수 무기였다.

"장군께서 편집장이 마르크스주의자냐고 물으십니다."

"마르크스주의자들을 지지하기는 한데, 절대 스스로 마르크스주의자라고 인정하지는 않을 인물이죠. 전쟁 전에는 그런 사람들을 동조자라고 불렀어요. 이곳에서는 공산당이 합법이죠?"

"네, 합법입니다. 그렇지만 이곳에는 당이 없습니다."

"하나도 없나요?"

"네. 사람은 뭐든 자유롭게 생각할 권리가 있죠. 그런데 당이 그런가요?"

그녀는 장군을 불쾌하게 만들 요량으로—경험상 사람은 화가 났을 때에만 진실을 이야기했다. 하물며 슈미트도 그렇지 않았던가—"장군께서도 우리 편집장처럼 동조자신가요?"라고 물었다.

장군은 그녀를 격려하는 듯한 미소를 보냈다. 잠시나마 그의 눈이 조금 덜 피곤해 보이고 흥미로 살아나는 듯했다. "공산주의자들도 잠시 같은 기차를 타고 여행을 하고 있는 것이라고 말씀하십니다. 사회주의자들도 마찬가지입니다. 그러나 기차는 장군께서 몰고 계십니다. 어느 역에서 멈출지는 장군께서 결정하시지 승객이 결정하지 않습니다."

"승객들은 목적지까지 가는 표를 가지고 있습니다."

"장군께서는 당신이 이 나라를 조금 둘러본 후라면 더 쉽게 설명해 드릴 수 있을 것이라고 하십니다. 당신이 유럽으로 돌아가기 전에 직접 이 나라를 한 번 봐 주기를 바라신답니다. 이방인의 눈으로요. 장군께서 당신 눈이 무척 아름답다고 하십니다."

편집장 말이 맞는다고 그녀는 생각했다. 장군은 여자를 좋아한다, 여자를 만만하게 생각한다, 권력은 명백히 최음제다…… 매력도 최음제가 될 수 있다. 남편 장은 매력이 넘쳤다. 장은 정치적인 기술로 매력을 발산했다. 그러나 그녀는 이제 매력과 최음제에 작별을 고했다. 그녀가 말을 이었다. "장군께서 권력을 손에 넣었으니 여자도 손쉽게 얻을 수 있다고 생각하시나 봅니다." 구르디안 병장이 미소를 지었다. 이번에는 통역을 하지 않았다.

"권력을 즐기시나 보네요." 그녀가 말했다. '여자도'라고 덧붙이고 싶었지만 참았다.

그녀는 때때로 상상 이상의 효과를 발휘했던 질문을 던져 보기로 했다. "어떤 꿈을 꾸시나요? 밤에 주무실 때요. 여자 꿈을 꾸시나요?" 그녀는 조롱하듯 질문을 이어 갔다. "아니면 그링고들과 어떤 타협을 할지에 대한 꿈을 꾸시나요?" 피곤함이 묻어나는 상처받은 눈이 그녀 뒤편의 벽을 바라보았다. 그녀의 질문에 답한 그의 한마디는 통역을 거치지 않고도 이해할 수 있었다. "라 무에르테."

"죽음에 대한 꿈을 꾸십니다." 병장이 굳이 통역을 했다. 이 정도면 기사를 쓸 수 있겠다, 그녀는 자기혐오를 느끼면서 그렇게 생각했다.

새로운 단편들
Newly Collected

축복
The Blessing

대주교는 15분이나 늦었다. 눈부시게 빛나는 하늘 아래서 부두의 군중 속으로 불편하게 떠밀려 들어가야 했던 웰드는 대주교의 도착이 늦어지는 데 분개했다. 자신이 그 자리에 있다는 사실 자체가 부조리하게 여겨졌다. 이 의식은 내일 자 신문에 실릴 두어 줄짜리 기사 이상의 가치는 없었다. 그가 수도 런던에서부터 타고 온 기차 요금을 정당화하기에도 충분치 않았다. 상사인 스마일리가 뭔가 알 수 없는 이유 때문에 자기를 하루 동안 사무실 밖으로 내보낸 것은 아닌지 의심스러웠다. 어쩌면 중요한 인물이 런던에서 도착하는지도 몰랐다. 스마일리는 소규모 평화주의자들의 집회에 관한 웰드의 기사가 주요 뉴스 페이지의 머리기사로 올랐을 때 심히 불쾌해한 적이 있었다. 심지어 외신부의 수석 부편집장에게 경멸적인 발언을 하기까지 했다. "그 친구는 가치 있는 걸 파악하는 감각이 전혀 없어."

"자넨 절대 모를 거야." 그날 아침 스마일리는 이름과는 전혀 어울리지 않는 불쾌한 표정으로 그에게 말했다. "자네가 사랑하는 평화주의자들이 항의 시위를 할지도 모른다는 걸."

"그럴 리가 없는데요. 설사 그들이……"

"의식이 치러지는 현장에서 기사를 작성하도록 하게나. 자네는 아이러니에 대한 감각이 매우 뛰어나잖아. 아무튼 크로는 그렇게 생각해." (크로는 수석 부편집장이었다.) "직원들 중에 가톨릭 신자가 없더군. 내가 아는 한은."

언제는 있었나? 아마도 그게 바로 그를 남쪽으로 파견하는 요지였을 것이다. 스마일리는 그에게 잘못된 걸음을 내딛도록 부추김으로써 런던에서 쌓은 그의 평판에 먹칠을 하려는 심산이었다.

항구에 도착하자마자 웰드는 곧장 북쪽 지역에 있는 술집으로 향했다. 그곳에서 자기 말고도 별 시답잖은 기사를 위해 이 멀리까지 오는 수고를 감내한 동료 기자들을 만나게 될지도 몰랐다. 그렇지만 그의 예상은 지나치게 비관적인 것이었다. 통신사들은 최소한 젊은 기자들을 파견했다. AP의 휴스, UPI의 콜린스, 로이터의 텀브릴이 왔고, 당연히 현지 신문사의 기자들도 있었다. 《텔레그래프》《익스프레스》《메일》 기자들은 보이지 않았다.

현지 기자들 가운데 한 명은 아티초크*로 빚은 독한 아페리티프를 마시고 있었는데, 웰드가 도착했을 때는 텀브릴에게 신문을 당하는 중이었다. 텀브릴은 아주 진지한 젊은이로, 지금 휴스가 그를 지원하

* 국화과 식물.

고 있었다. 휴스도 이런 곳에 파견되었다는 사실에 웰드만큼이나 불만이 있는 것 같았다.

"자네는 텀브릴의 질문에 답하지 않았어." 휴스가 말했다.

"아, 자네 같은 이단아는 이해하기 불가능할 거야." 그는 '이단아'라는 단어를 말하면서 마치 영국인이 '개자식'이라고 말할 때와 같은 미소를 지었다.

"자네가 나한테 직접 말했잖아." 텀브릴은 집요했다. "이건 부당한 전쟁이라 생각한다고 말이야." 그들은 바텐더가 알아듣지 못하리라는 희미한 기대를 품고 영어로 대화를 나누는 중이었다.

"글쎄…… 아마도……"

"부당한 전쟁에 사용될 무기들에 어떻게 축복을 내릴 수가 있지?"

"그런다고 해서 그 무기들이 더 효과적으로 변하리라고는 생각하지 않아. 자네가 두려워하는 게 그거라면 말이야."

"자네라면 독가스탄에 축복을 내리겠나?"

"그건 얘기가 다르지. 그 탄에는 가스만 들어 있으니까. 사람이 아니라."

"도대체 뭐하러……"

"소용없는 거야. 맞아, 아무 소용이 없어."

"자네는 어물쩍 둘러대면서 회피하고 있군." 휴스가 말했다.

"어물쩍 둘러댄다는 게 무슨 뜻이지?"

콜린스가 웰드에게 물었다. "자넨 뭘 마시겠나?"

"네그로니."

"자네 여긴 뭐 때문에 왔지?"

"그러는 **자넨** 뭣 때문에 왔나?"

"케이퍼 얘기로는 시위가 벌어질지도 모른다는군."

"대주교에 반대해서? 여기서? 그럴 리가 없어."

"내가 바로 그렇게 말했다네. 난 마르타랑 바닷가에 갈 예정이었거든. 자네 마르타 알지?"

"알지, 알고말고." 마르타는 독일 기자의 포동포동하게 살이 찐 아내였다. 그녀의 남편은 나치를 강력하게 지지한다는 의심을 받고 있었다. 그녀는 단순하면서도 무차별적인 열정으로 남자들의 욕구를 해결해 준다고 알려졌는데, 대부분의 남자들은 그녀의 남편을 배신하고자 하는 강한 도덕적 의무감을 느꼈다.

"왜 그녀를 데려오지 않았나?"

"데리고 왔지. 지금 날 기다리고 있다네." 콜린스는 게이와 레즈비언과 영국인 관광객들에게 인기가 많은 리조트의 이름을 댔다.

"시간이 많지 않을 거야. 이런 의식들은 늘 늦어지잖나. 기도는 질질 늘어지고 말이지."

"이봐, 자네가 내 부탁을 하나 들어주었으면 좋겠는데. 텀브릴은 들어주지 않을 거고, 휴스는—나로서는 그저 추측할 수밖에 없는 그 자신의 사정으로—들어줄 수가 없다네. 의식이 모두 끝나면 그랜드 호텔로 내게 전화를 걸어 주지 않겠나? 뭔가 예상치 못한 일이 벌어졌을 경우에만 말이야. 난 이런 일을 너무 많이 봤어. 이번 건도 이미 기사를 다 써 놓았다네. 그냥 확인이 필요할 뿐이야. 그게 다야."

"알았네. 5시에서 6시 사이에 전화를 하지. 지독하게 더울 거야."

"주최 측에서 연단 너머에 뭔가를 급히 설치할 거네."

"난 연단 쪽은 얼씬거리지도 않을 생각이야. 기삿거리가 나올 만한 곳은 군중 속뿐일 테니까."

"웰드, 자넨 정말 낙관주의자야."

"유일하게 기삿거리를 기대할 수 있는 곳을 말했을 뿐인데. 자넨 뭘 마시려나?"

"캄파리 소다. 담배 태울 텐가?"

"고맙네." 웰드는 오늘 들어 열 개비째인 담배를 받아 들고는 마치 적을 대하듯 다루었다. 오후 느지막할 무렵이면 분명 흡연으로 인한 기침이 시작될 것이고, 그건 건조한 목을 깎아 내면서 새벽 5시쯤 덧문 사이로 햇살이 들어올 때까지 짧은 밤 시간 내내 그를 잠들지 못하게 할 것이다. 그래서 그는 의식이 끝날 때까지는 담배를 피우지 않겠다고 스스로 다짐했었다. 하지만 네그로니가 그의 저항 의지를 약화시키고 말았다.

"그들이 죽이려는 사람들에 대해서는 어떻게 생각하나? 축복이 **그들에게 도움이 될까?**" 휴스가 공격을 재개했다.

"자네가 자주 기삿거리로 다루는 '비무장 야만인들' 말인가?"

"내가 자주 다루는 게 아냐, 이 친구야. 통신사에서 일하는 사람들은 멋들어진 말을 쓰면 안 돼. 《익스프레스》에는 좋은 것이 《메일》에는 독이 될 수도 있거든. 우리는 이른바 사실들을 제공하고, 아이러니나 분노 같은 감정은 여기 웰드 같은 친구들에게 맡기는 거야."

두 시간 뒤 웰드는 땀에 전 옷 냄새와 마늘 냄새를 풍기는 부두의 군중 사이에 서 있었다. 경찰들이 사람들 앞에서 어깨와 어깨를 맞대고 도열해 있음에도 키가 큰 그는 전방을 쉽게 볼 수가 있었다. 연단은 따로 마련되어 있지 않았으며, 막상 시간이 되자 의식 역시 조촐하게 치러졌다. 군인 수송선과 군중 사이의 공간에는 탱크들이 도열해 있었다. 위장막을 둘러친 지저분한 탱크들은 중고품처럼 보였다. 도심의 주차장에서 구매자나 폐차장행을 기다리는 낡은 자동차들 같았다. 대원들은 의절한 사이처럼 약간씩 떨어져서 빈둥거리고 있었다. 한 어린아이가 웰드 근처에서 끈질기게 비명을 질러 대더니 결국 엄마의 젖을 물었다. 군인 수송선에 걸린 깃발과 세관 벽에 내걸린 눈에 거슬리는 포스터들만이 최소한 누군가는 햇빛으로 반들반들한 지평선 너머에서 저질러지는 전쟁에 열정을 품고 있다는 것을 말해 주었다. 군중에게 열정 따위는 존재하지 않았다. 웰드에게는 그들이 자기처럼 혹시 무슨 일이 벌어지지 않을까 하는 궁금증으로 이곳에 모인 사람들처럼 여겨졌다. 여자들이 많아서 검은색이 주조를 이루었고, 따라서 웰드는 그들이 무장한 국가라기보다는 애도의 분위기에 잠긴 국가의 일부를 형성하고 있는 듯한 느낌을 받았다.

그는 시선을 돌려 철로 너머의 주택들을 바라보았다. 창턱에는 깃발 대신 밝은색 침대 커버들이 걸려 있었다. 누군가가 명령을 하달했고, 그가 몸을 돌리는 사이에 대원들은 총기 옆에 차려 자세를 취했으며, 진홍색 실크로 가장자리를 장식한 검은 수단 차림의 나이 든 남자가 대열 아래로 느릿느릿 걸어갔다. 어깨에 영대를 걸치고, 보라색 양말에 은색 버클이 달린 신발을 신고 있었다. 그가 입고 있는 중백의의 레이스가 그의 나이만큼이나 오래되어 보였다. 젊은 사제가 보라색 비레타*를 들고 그의 뒤를 따랐다. 사제들이 잠시 부산하게 움직였다. 한낮의 눈부신 햇살 속에서 깃털처럼 흩어지는 것 같았다. 웰드는 털을 뜯기는 비둘기 한 마리, 작고 통통한 비둘기 한 마리를 연상했다. 군중 속에서 환호가 터져 나왔다. 어쨌든 장례식은 아니었으니까. 대주교는

* 로마 가톨릭교회와 일부 기독교 교파의 성직자들이 쓰는 각진 모자.

각 탱크 앞으로 와서 걸음을 멈추었다. 사제 한 명이 커다란 기도서를 주교 앞으로 내밀었고, 주교는 노안 때문에 5센티미터 이상 떨어진 곳의 글자는 읽지 못하는 것처럼 몸을 종이 가까이로 잔뜩 구부린 채 글을 읽어 내려갔다. 그런 다음 다른 사제가 손에 향로를 쥐여 주자 그것을 앞뒤로 흔들었다. 바다에서 불어오는 바람이 푸른 연기를 군중 쪽으로 날려 보냈다. 그 달콤한 향기 덕분에 잠시 땀과 마늘 냄새가 흩어졌다.

웰드 곁에 서 있던 남자가 "오, 성모여, 자애로우신 성모여"라고 말했다. 웰드는 그가 울고 있는 것을 보았다. 충격이었다. 그는 지금까지 미신을 그토록 가까이에서 대했던 적이 없었다. 남자의 얼굴은 바람에 떨어져 너무 오랫동안 땅에 박혀 있던 사과처럼 주름으로 뒤덮여 있었다. "성자여, 성자여." 남자는 계속 되풀이했다. "오, 성인이시여." 항구의 억양이 아니라 시골 억양이었다. 웰드는 그 남자의 경건함에, 그 남자의 단순함에 짜증이 났다. 어쩌면 한낮의 지독한 열기에 짜증이 났는지도 모른다.

"그러니까 이게 성전이란 말이군." 웰드는 비꼬듯 내뱉었다.

늙은 남자가 놀란 표정으로 그를 바라보았다. "이건 저주받은 전쟁이오." 그가 말했다. "우리 마을에서는 두 사람이 결코 돌아오지 못할 거요. 우리가 왜 저기서 싸워야 하는 거지? 전쟁을 일으키는 건 하느님이 아니라 악마라고."

"그렇다면 왜 악마더러 탱크에 축복을 내리게 하지 않는 겁니까?"

"악마는 축복하지 않거든. 악마는 축복하는 법을 모른다네."

"영감님은 전쟁에 반대하잖아요." 웰드가 말했다. "그런데도 대주교가 탱크에 축복을 내리는 게 잘못되었다고 생각하지 않나요?"

"대주교가 탱크를 축복하지 못할 이유가 어디 있나?" 노인이 물었다. 대주교가 가까이서 지나가자 노인은 박수를 치며 고함을 질렀다. "성자여, 성자여." 그와 대주교가 서로 농담을 나누는 것처럼 즐거운 외침이었다. 어린애들 몇이 경찰들의 머리 위로 크래커를 던지고 있었다. 의식은 거의 막바지에 이르렀고, 시위는 없었다. 이제 성스러운 중얼거림도 들리지 않았고 향냄새는 사라져 갔다.

웰드는 노인에게 아주 간단한 문장으로 말을 건넸다. 노인의 언어 구사력이 좋지 못해서였다. "저는 이해가 안 됩니다. 영감님은 이 전쟁을 저주받은 전쟁이라고 하셨습니다. 저 탱크들은 자기네 나라를 지키려고 창과 낡은 소총을 들고 있는 사람들을 죽일 겁니다. 영감님네 성스러운 대주교는 어떻게 이 사악한 도구들에 축복을 내릴 수 있는 거죠?"

"나 역시 저것들을 좋아하지 않는다네." 노인이 말했다. "지저분하고 위험한 물건들이지. 그렇지만 축복하고 싶다면 축복하는 걸세."

"이해가 안 됩니다."

"나 스스로도 자주 축복을 한다네." 노인이 말했다. "사랑하고 싶지만 아무리 해도 사랑할 수 없을 때가 있어. 그러면 두 손을 뻗어 말하는 거야. 하느님, 사랑하지 못하는 저를 용서하소서. 그렇지만 아무튼 이것을 축복해 주소서라고. 나한테 삽이 하나 있는데, 손잡이가 늘 헐거워져서 내 발을 찍기도 하지. 그래서 난 삽에다 축복을 내렸지. 축복을 하거나 부러뜨려야 하는데, 우리 집은 삽을 부러뜨려도 괜찮을 만큼 넉넉하지 못하거든. 또 어떤 여자가 매주 나를 찾아와 우리 개에 대한 불평을 늘어놓는다네. 그녀는 우리 개를 거세하라고 하지. 불쌍한 여편네 같으니. 난 그럴 수가 없어. 그건 자연의 섭리에 어긋나는 일이거든. 그 여자는 나한테 온갖 욕을 퍼붓지. 그럴 때 난 손을 내밀어. 그런 다음 그 여자를 축복한다네. 불쌍한 여편네야. 왜냐하면 난 그녀를 사랑할 수 없으니까."

웰드는 순순히 따를 수가 없었다. 그는 마치 자신이 아주 단순하지만 모든 길이 미로로 연결돼 출구가 보이지 않는 지형 속에 들어와 있는 것처럼 느껴졌다.

"그렇지만 대주교는," 그가 말했다. "그런 옷차림에다, 향에다가, 기도까지…… 당신네가 독가스를 사용해 왔다는 건 온 세상이 다 압니다……" 그는 말을 멈췄다. 일개 농부를 상대로 그런 비난을 제기하는 건 불합리했다. "그리고 저 탱크들은……"

"지저분하고 위험한 물건들이지." 노인이 되풀이했다. "저것들은 새 쟁기만큼도 빛나지를 않아. 반점열*에 걸린 것처럼 보여. 아마 대주교도 저것들을 혐오할지 몰라. 그렇다고 놀랄 건 없지. 우리는 우리가 미워하는 것들을 축복해야만 해. 언젠가 내가 미워했던 쥐가 생각나는군. 커다란 회색 쥐였는데, 그놈이 내가 키우던 닭을 물어 죽였지. 난 마침내 그놈을 구석으로 몰아넣은 다음 손을 내밀어 축복을 했어. 그런 다음 그놈은 죽었지. 사제의 차에 치여서 말이야. 아마 저 탱크들과 저 안에 탄 불쌍한 영혼들도 죽게 될 거야. 나는 축복이 목숨을 구했다는 얘기는 들어 본 적이 없어. 그렇지만 어쨌든 축복을 하고 싶다면 축복을 하는 거야. 사랑하는 게 더 좋기는 하겠지만, 그게 언제나 가능하지는 않으니까."

웰드가 북쪽 지역의 술집으로 되돌아간 것은 5시가 넘어서였다. 그

---

* 진드기가 매개하는 열병의 일종.

는 그랜드 호텔에 있는 콜린스에게 전화를 걸었다. 콜린스는 투덜거리면서 전화를 받았다. 아마도 그날 오후 일이 그가 기대했던 대로 풀리지 않았거나, 웰드가 뭔가를 방해한 모양이었다. 웰드는 여자의 웃음소리를 들었다고 생각했다. 콜린스가 말했다. "뭔가 흥미로운 일이 벌어졌을 때만 전화해 달라고 부탁했는데."

"아무 일도 없었다네."

"그래, 알았네. 그럼 안녕." 그런 다음 그는 고맙다는 말 한 마디 없이 전화를 끊었다.

웰드가 통화를 하는 동안 휴스와 텀브릴이 술집으로 들어왔고, 번갈아 가며 위스키를 사는 의식이 시작되었다. 웰드는 담뱃갑을 잃어버린 것을 알아차렸다. 아마 군중 속에 있을 때 누군가가 훔쳐 간 듯했다. "플레이어스 한 갑 주쇼." 그가 바텐더에게 말했다. 길고 무더운 오후의 먼지 때문에 목이 건조했다. 담배는 도움이 되지 않을 것이다. 기침만 재발하게 할 것이다. 그는 담뱃갑을 쥐기 전에 손을 들어 올린 상태로 잠시 머뭇거렸다. 조금 더 기다릴 수 있을 것이다. 아마도 세 번째 술잔이 돌 때까지는.

"웰드 좀 보게." 휴스가 텀브릴에게 말했다. "담배에 축복을 내리고 있군."

"난 위스키에 축복을 내리겠어." 텀브릴이 말하면서 잔 위로 손을 뻗었다. "대지의 달콤한 산물이여, 달콤한 황금 곡물이여. 나는 대주교가 그의 친애하는 탱크를 사랑하듯이 그대를 몹시 사랑하노라."

"자네가 사랑하는 걸 축복할 수는 없어." 웰드가 말했다.

"그렇다면 자네의 담배는 뭔가?"

"이것들은 나의 적이라네. 결국엔 날 죽이고 말 거야." 그는 더 이상 기다릴 수가 없었다. 한 개비에 불을 붙이자마자 그는 기침을 하기 시작했다. "나는 축복이 목숨을 구했다는 얘기는 들어 본 적이 없어." 그가 말했다. 그 문장은 친숙한 인용구처럼 들렸다.

(1966)

전투의 교회
Church Militant

도넬 신부의 낡은 지프를 타고 보호구역에서 빠져나올 때 우리는 대주교가 운전하는 캐딜락을 지나쳤다. 캐딜락은 몇 미터 떨어진 커피나무 이랑들 사이에 멈춰 섰다. "점심 식사 후에 자네 친구 집에 들르지 않았더라면 저 사람을 만나는 일 따위는 절대 없었을 텐데 말이야." 도넬 신부가 브레이크를 밟으면서 투덜거렸다. 그는 내키지 않는 걸음으로 차에서 내려 운전석에 앉아 있는 대주교에게 다가갔다. 차 뒷좌석은 회색 리넨 십자가가 박음질된 기묘하게 생긴 회색 옷을 입은 여자들로 꽉 차 있었다.

도넬 신부는 생각에 잠긴 표정으로 돌아왔다. 그가 말했다. "우린 그냥 가도 된다네. 하지만 대주교가 차 마시는 시간에 니구루 선교원에서 우리를 만났으면 하더군. 그는 지금 우리 집으로 가는 중이야. 제발

애꾸눈 팻시 말고 다른 사람이 집에 있어야 할 텐데."

"저 여자들은 누구랍니까?" 내가 물었다.

도넬 신부가 침울한 어조로 모호하게 대답했다. "최악이야."

그날 오후 우리는 키쿠유족 보호구역 가장자리에서 매우 용감하게 단독으로 생활하는 여성 정착민들을 방문했다. 거실에 걸린 엽총과 그녀들의 무릎에 놓인 권총 그리고 철조망 울타리 옆에 엎드려서 경계 태세를 취하고 있는 커다란 복서 개들을 보면서 나는 미국의 초기 식민지 개척 시대의 삶을 떠올렸다. 도넬 신부는 다른 데 정신이 팔려 있었다. 한 여자가 몇 주 전 선교원이 공격당한 사건을 언급하자, 그는 감정이 격해져서 얘기를 조리 있게 하지 못했다. "아, 불쌍한 사람들." 그가 말했다. "철부지 같은 사람들."

"신부님이 숲 쪽으로 20미터를 더 나가지 않았더라면……"

"그들이 길을 잘못 들었어." 그가 말했다.

니구루 선교원은 언덕 꼭대기에 있는 도넬 신부의 양철 오두막과는 딴판이었다. 보호구역 바깥의 유럽인들이 소유한 토지에 세워진 선교원은 혼란스럽지 않았던 시절에 오랜 세월을 견딜 수 있도록 견고하게 지어졌다. 내 눈에는 영국의 건축가인 러티언스가 설계한 군대 막사와 약간 비슷해 보였다. 저 멀리 선교원이 나타나자 도넬 신부가 흥분하기 시작했다. 그는 돈 많은 거만한 친척을 만나러 가는 가난한 집안의 어린애처럼 짓궂게 굴기 시작했다.

"우린 슈미트 신부를 놀려 줄 거야." 그가 말했다. "불쌍한 사람 같으니. 해가 시작되나 해가 지나가나 언제나 거기서 그 성스러운 수녀들과 살아야 하다니."

"무슨 문제가 있었나요?" 내가 물었다.

"문제라!" 도넬 신부가 그만의 독특한 억양으로 소리를 질렀다. "저곳 주변에 국방 시민군이 50명이나 있어. 개가 짖기라도 하면 로켓포를 발사하고 데번 출신 장정들이 진입로에 총질을 해 대지. 저런 곳에서 그 빌어먹을 마우마우단*이 무슨 승산이 있겠나?"

우리는 도넬 신부가 모는 차의 기어가 허락하는 한 최대한 조용히 이탈리아식 경당 모퉁이에 주차를 한 뒤 슈미트 신부를 찾았다. 광활한 선교원 마당을 수녀 하나가 서둘러 지나가자 도넬 신부가 그녀에게 외쳤다. "어이, 수녀님!"

"안녕하세요, 신부님."

"지금 날 피하려는 거지? 내가 달걀이라도 구걸하러 왔다고 생각하는군, 그렇지?"

"그냥 신부님을 못 봤을 뿐이에요."

"알았어요, 수녀님. 그런데 내가 여러분 모두에게 안 좋은 소식을 하나 가지고 왔는데."

"안 좋은 소식이라고요? 키마티 장군과 관련된 일인가요?"

"누구? 그 멍청한 친구? 아니라오, 수녀님. 좀 있으면 대주교가 쳐들어온다네! 번쩍번쩍한 신형 캐딜락을 몰고 말이야."

"여기는 뭣 때문에 온대요?"

"나도 그게 두려워." 도넬 신부가 걸음을 옮기면서 대답했다.

슈미트 신부는 자기 방에 있었다. 그는 바깥의 햇살을 차단하기 위해 덧문을 내린 상태에서 의자 두어 개를 붙여 놓고 그 위에서 곤히 잠들어 있었다. 최후의 영면이 그리 머지않은 눈 같은 백발의 노인이

---

* 영국의 식민 통치에서 벗어나기 위해 독립운동을 벌인 케냐의 무장투쟁 단체.

었다. 나라면 그를 깨우지 않았겠지만 도넬 신부에게는 그런 망설임 따위는 없었다. "슈미트 신부님, 슈미트 신부님!" 그가 외쳤다.

슈미트 신부가 허연 눈썹 한쪽을 추켜세웠다. "오, 자네로군." 신부가 그렇게 말하고는 다시 잠을 청할 준비를 했다.

"일어나세요, 신부님. 지금 심각한 문제가 발생했습니다."

슈미트 신부가 마지못해 바닥에 발을 내려놓았다. "그놈들이 자네 집을 또 공격했나? 어젯밤엔 아무 총소리도 듣지 못했는데."

"더 못된 짓을 저질렀어요, 슈미트 신부님. 그놈들이 소들을 날뛰게 만드는 바람에 닭들이 죽어 버렸어요. 그래서 직접 담근 하우스 와인을 좀 얻으려고 신부님을 찾아온 겁니다."

"몇 병 줄 수 있을 걸세. 그런데 와인이랑 자네 소들이랑 무슨 상관이 있는 건가?"

"아, 그놈들이 우물에도 약을 탔거든요. 마실 게 아무것도 없어요, 신부님. 그리고 물건들을 옮기려면 신부님네 일꾼 여섯 명이 필요합니다."

"차에 문제가 있나?"

"그놈들이 차도 불태웠거든요."

"그런데 자넨 여길 어떻게 왔나?"

"내내 걸어서 왔지요."

노인은 발을 뒤뚝거리면서 찬장 쪽으로 걸어갔다. 맨 아래 칸에 와인 병들이 가득했다.

"저희 배고파 죽겠어요, 신부님. 저 병들이 전부 다 필요해요."

"아직 와인을 채워 놓질 않았어. 와인 통 있는 곳으로 가져가야 해."

"빵도 주세요, 신부님. 저희 빵은 모두 먹어 치웠거든요."

늙은 슈미트 신부는 쉰 목소리로 투덜거리면서 빵 두 덩이와 버터 반 파운드를 꺼냈다. "이게 내가 가진 전부라네, 도넬 신부."

"그리고 달걀도요."

그는 도자기로 된 접시에서 달걀 세 개를 집었다.

"소 옆구리 살도 주세요, 신부님."

"뭐 때문에 내가 소 옆구리 살을 갖고 있겠나? 내가 고기를 안 먹는 건 자네도 잘 알잖나. 그건 총무 담당 수녀에게 가서 달라고 하게. 나한테 비스킷은 좀 있어. 앉아서 먹도록 하게."

나는 도넬 신부의 장난이 어디까지 나아갈지 궁금했다. 양철통 속에는 비스킷이 몇 개 남지 않았고, 도넬 신부가 통에 손가락을 넣자 슈미트 신부가 찡그린 표정을 감추려고 얼굴을 돌렸기 때문이다.

"이 표면 좀 보세요, 신부님." 도넬 신부가 말했다. "인도양 이편에서 제일 달콤한 비스킷이네요. 겁먹지 마세요, 신부님. 그냥 장난 좀 친 것뿐이니까요."

슈미트 신부가 자신의 커다란 검은색 부츠를 내려다보며 말했다. "도넬 신부, 자넨 언제나 철이 들 텐가?"

"에이, 화내지 마세요, 신부님. 언젠가는 신부님처럼 나이가 들겠죠. 근데 신부님께 진짜 소식을 가지고 왔습니다. 대주교가 금방이라도 여기로 올 겁니다. 여자들을 싣고요."

"여자들?"

"'예수의 작은 자매들의 우애회' 회원들이랍니다."

"여기도 여자들이 넘치는데."

"그들은 신부님께는 아무 폐도 끼치고 싶지 않답니다."

"봉급은 누가 지불하는데?"

"그 사람들은 아프리카 여자들처럼 살고 싶어 한다는군요. 직접 오두막도 짓고…… 땅도 경작하고…… 저는 그들에게 병원에서 일할 간호사가 필요하다고 얘기했지만, 그 사람들 말로는 변기를 비우는 일 말고는 그런 일을 할 사람이 없답니다. 그럼 우리 학교에서 가르칠 수는 없겠느냐고 물었더니, 안 된답니다. 바닥 청소는 할 수 있지만 가르치는 건 안 된다네요. 제 선교원은 워낙 협소해서 당신들을 수용할 공간이 없다고 말했더니만, 그럼 선교원 밖의 땅을 조금만 쓰겠다고 하더군요. 1,500평 정도면 충분하다면서요. 그건 키쿠유족의 소유라고 제가 말했죠. 상황이 이렇게 복잡한데 어떻게 그들에게 토지를 내놓으라고 요구하겠느냐고요. 그랬더니만 하느님께서 자기네가 여기 있기를 바란다면 분명 1,500평의 땅을 주실 거라고 말하대요. 평이니 뭐니, 그런 여자들이랑 뭘 어떻게 할 수가 있겠습니까?"

"이건 잘못됐어." 슈미트 신부가 말했다. "그 사람들은 유럽에 있어야만 해."

"북쪽은 사정이 다르답니다. 사막에는 미친 자들을 위한 공간이 엄청 많답니다."

"대주교가 왔네요." 도넬 신부가 말하는 사이 캐딜락이 부드럽게 미끄러져 들어왔다.

슈미트 신부가 그를 맞으러 나가자 도넬 신부가 나에게 속삭였다. "성인이라는 게 존재한다면 바로 그가 성인일세."

"대주교요?"

"물론 대주교가 아니지. 아, 그 사람도 나름대로 선한 인물이긴 해. 하지만……"

대주교가 방으로 들어섰다. 커다란 십자가가 배 위에 약간 비스듬히 놓여 있었다.

"안녕하시오, 안녕하시오?" 그가 말했다. "만나서 정말 반갑소이다. 도로 상태만 괜찮다면 드라이브하기 딱 좋은 날입니다. 난 도심을 벗어나는 게 좋아요. 수녀님들이 아주 적절한 구실이 돼 주었지. 아, 고맙지만 차는 마시지 않겠어요. 그냥 이 달콤한 비스킷만 하나 먹죠. 고맙소이다, 고맙소이다. 수녀님들이 내가 모시고 온 숙녀분들을 대접하고 경당을 보여 준 다음에 우린 떠날 거요. 요즘처럼 위험한 시기에는 너무 늦지 않게 돌아가는 게 좋지요. 고맙소이다, 고맙소이다. 이런, 내가 다 먹어 버린 것 같군요. 우리 숙녀분들에 대해 자세히 설명을 드리려다 보니 그만. 신부님, 그분들은 프랑스인이라오, 당신처럼."

"저는 이제 더 이상 프랑스인이 아닙니다." 슈미트 신부가 말했다. "주교님이 영국인이 아닌 것처럼요."

"아, 맞아요, 맞아." 대주교는 온화하게 웃었다. 그는 쾌활함을 잃지 않았다. 나는 야구장의 치어리더를 떠올렸다.

"그 수녀님들이 여기서 원하는 건 뭔가요?" 슈미트 신부가 물었다.

"신부님도 예수의 작은 자매들의 우애회를 알 거요. 그 사람들은 원주민들처럼 일할 수 있는 작은 땅뙈기를 바란다오."

"이 지역은 여자들에게는 적당치 않습니다." 슈미트 신부가 말했다.

"그게 바로 그녀들이 여기 있으려는 이유라오. 그게 그녀들의 소명이니까." 대주교는 조끼에 묻은 비스킷 조각들을 털어 내면서 말했다. "난 그녀들에게 모라굼비 시에 있는 작은 토지를 주었지요."

"거긴 끔찍한 곳인데요." 슈미트 신부가 말했다. "목 졸려 죽은 시신들을 파낸 곳이잖아요. 그 사람들의 목도 모두 잘려 나갈걸요." 그가 비난하듯 덧붙였다.

"그게 그 사람들의 소명이라오, 신부님. 그들의 소명. 당신은 너무 물질주의적이오. 우리 모두는 각자의 소명을 가지고 있지요. 당신도 나도 도넬 신부님도. 누구도 다른 사람의 소명을 방해해서는 안 되오."

"55년 전에 수련자인 저를 가르쳐 주신 수련장님이 생각나는군요. 그분은 소명 의식을 부추기는 걸 신뢰하지 않으셨어요."

"난 수련자를 가르치고 있는 게 아니오, 신부님. 내가 얘기한 것처럼 신부님은 너무 물질적이오. 여기서 이렇게 편안하게 저 많은 수녀님들의 보살핌을 받으며 살다니."

"그 수녀님들은 한 달도 살아 있지 못할 겁니다. 누가 **그들을** 보살필 겁니까?"

"자기네들 스스로 보살필 거요, 신부님."

"그분들은 여자입니다." 슈미트 신부가 슬프고도 안타까운 목소리로 말했다.

대주교는 '숙녀들과 정식으로 인사할 수 있도록' 도넬 신부를 그늘진 마당으로 데려갔다. 대주교는 치어리더처럼 의기양양하게 걸었다. 대주교의 소명 또한 의문의 여지가 없는 것이었다.

슈미트 신부는 달콤한 비스킷이 모두 사라진 양철통 위로 몸을 숙인 채 조용히 앉아 있었다. 한순간 그는 자신의 생각에 넌더리를 내며 머리를 흔들었다.

나는 어떻게 해야 그가 기운을 차릴 수 있을지 몰랐다. 나는 이방인, 이곳을 방문 중인 기자에 불과했다. 내가 말했다. "신부님, 찬장의 이 빈 병들은……"

그가 흐릿해진 눈을 들어 올렸다.

내가 말했다. "도넬 신부의 지프 뒷자리에 대여섯 병을 싣는다면, 차가 출발할 때 쨍그랑 부딪치는 소리가 들릴 테고…… 그러면 대주교가 어떻게 생각할지 모르겠네요."

슈미트 신부가 몸을 일으켰다. "아주 좋은 생각이야." 그는 커다란 부츠를 신은 발로 터벅터벅 걸어서 찬장 쪽으로 갔다. 대주교는 도넬 신부에게 열심히 얘기를 하는 중이었다. 두 사람은 우리가 와인 병을 차에 싣는 것을 보지 못했다. 내가 병을 지프 바닥에 싣는 동안 슈미트 신부가 나와 그들 사이에 자리를 잡고는 양발을 쫙 벌리고 서서 자신의 옷을 커튼처럼 만들어 가려 주었기 때문이다. 그런 다음 우리는 대주교가 있는 곳으로 갔다. 대주교는 무슨 얘기가 오가는지 전혀 이해하지 못하는 프랑스 여자들에게 둘러싸여 도넬 신부와 마지막 얘기를 나누고 있었다.

"지금 같은 시기에는," 도넬 신부가 말했다. "우리는 그 가엾은 사람들에게 1,500평도 요구할 수가 없습니다."

"소명이 실현될 수 있도록 돕는 일이라네."

"키쿠유족에게 그런 말을 어떻게 납득시키겠습니까? 그들은 우리가 자기네 땅을 훔친다고 생각할 겁니다. 그리고 사실 훔치는 게 아닌가요?"

"하느님을 위해서라네, 신부."

"저는 하느님께서 이미 그 땅을 소유하셨다고 생각했습니다. 우리랑은 상관없어요." 그는 화난 태도로 지프에 올라탔고, 나도 그를 뒤따랐다. "안녕히 가십시오, 주교님."

"잘 가게나, 신부. 곰곰이 생각해 보게. 자네도 분명 내 의견에 동의하게 될 걸세."

"안녕히 계세요, 슈미트 신부님."

"잘 가게, 도넬 신부."

그가 차를 출발시키자 병들이 유쾌하게 쨍그랑쨍그랑 소리를 냈다. 하지만 고개를 돌려 뒤돌아보니 대주교가 그 소리를 들은 것 같지는 않았다. 도넬 신부도 못 들은 모양이었다. 도넬 신부는 깊은 생각에 잠긴 채 울퉁불퉁한 길을 달려 보호구역 안으로 들어섰다. 나는 전조등을 켜야만 했다. 점점 짙어 가는 어둠 속에서 우리 차가 내는 소음 때문에 나는 불안해졌다. 내가 말했다. "신부님이 생각하시기엔…… 이 병들의……"

"병?"

"소리가 너무 시끄럽잖아요. 마우마우단이 듣기라도 하면……" 나는 불안해하며 걱정스러운 마음을 내비치려 했다.

"가엾은 사람들," 도넬 신부가 말했다. "도대체 어떻게 해야 그들을 이해시킬 수 있을까……?"

(1956)

팔켄하임 박사님께

Dear Dr Falkenheim

팔켄하임 박사님께,

산타클로스와 관련하여 제 아들이 어린 시절에 겪었던 정신적 충격에 대해 보고서—아니 병력 증명서에 가깝겠네요—를 작성해 달라고 하셨지요. 제 심경을 숨기지 않고 정확하게 기록하도록 하겠습니다. 아이에 대한 분석은 어느 정도 그 부모에 대한 분석임을 알기 때문입니다. 또한 부부보다는 사실상 부모와 자식이야말로 일심동체일 테니까요. 저는 주말 내내 박사님께서 추천해 주신 도펠도르프 박사의 책을 읽었고, 그 내용에 매료되었습니다. 예를 들면 무의식중에 말장난을 하려는 인간의 본능, 무의미한 것의 중요성에 대해 배웠지요. 그러니 제 보고서에서 무의미한 내용이 발견되어도 놀라지 마십시오. 벌써 지금도 박사님께서 바라시는 간결한 보고서 대신 이렇게 주절주절

쓸데없는 말을 늘어놓고 있네요. 그런데 정말 간결한 보고서를 바라시나요? 도펠도르프 박사의 책을 읽고 나니 그렇지 않으실 것 같다는 생각이 듭니다.

제 말이 건방지게 들릴 수도 있겠지만 박사님은 그 건방진 표면 밑을 꿰뚫어 보실 수 있으리라 믿습니다. 매년 12월만 되면 제 아이는 눈이 시퍼렇게 멍들고 입술은 터져 피를 흘리면서 하교를 합니다. 우리 어른들이 인생에 대해 안다는 사실을 인정할 수 없어서, 이 적대적인 세상을 상대로 혼자 싸우는 어린아이 특유의 용기를 보여 주면서 말이죠. 제 아이의 눈에 아빠는 그저 휘발유 값이 좀 싼 주유소를 찾는 데 혈안이 된 사람이고, 엄마는 여성 단체 일에만 매달려 있는 사람입니다. 우리 부부는 아이의 독립성을 존중하고 절대 신경 쓰는 티를 내서는 안 되죠. 상처는 나도 난 것이 아니고, 멍은 한눈팔고 걷다가 담벼락에 부딪혀 생긴 것입니다.

이제부터 제가 설명하려는 사건이 일어난 해, 제 아이는 여섯 살이었습니다. 그 사건이 발생하기 몇 달 전, 우리 세 식구는 함께 해발 900미터 높이의 로키 산맥 구릉에 위치한 네온사인이 번쩍이는 대도시로 이주하여 한창 적응 중이었습니다. 하늘도 영국 하늘보다 높고 커 보였습니다. 공기는 호수 물처럼 차갑고 신선했습니다. 우리 가족은 도시 외곽 코지누이크라는 방갈로에 머물고 있었는데, 굽이치는 너른 목장에서부터 로키 산맥의 눈 덮인 산봉우리까지 한눈에 내려다보였습니다. 풍경은 하루에도 몇 번씩 그 색이 달라졌습니다. 반짝이는 새하얀색이었다가 옅은 장밋빛이었다가 비구름처럼 짙은 남색이 되기도 했지요.

우리가 결코 극서 지방에 유배되어 있는 듯하다고 느끼지는 않았다는 말씀을 드리고 있는 겁니다. 그것은 활기, 자유, 새로운 시작이었습니다. 머문 지 두세 달밖에 되지 않은 우리 가족이 그 터무니없이 충격적인 사건을 겪게 될 줄은 아무도 몰랐습니다. 그 이후로는 그곳에 한번도 돌아가지 않았으니, 제 아이의 현재 기억이야말로 6세 아동의 기억 그 자체일 것입니다. 제 아이가 간직하고 있는 기억은 중구난방입니다. 마트에서 시리얼을 사던 카우보이 차림의 남자들, 퍼킨스 백화점 꼭대기 주차장에 차를 세우고 앉아 있으면 보이던 강과 지붕과 산들, 역 앞에 세워 놓은 가축 운반 트럭에서 새어 나오던 짐승들의 울부짖음과 발 구르는 소리, 이른바 치누크 바람*이란 것을 예고하는, 로키 산맥 산봉우리 위에 걸린 거대한 활 모양의 구름 띠, 그런 날이면 온도가 갑자기 몇 시간 사이에 영하 20도에서 영상 35도까지 올라가던 일…… 아이는 이런 것들을 기억하면서도 그 끔찍한 기억에 대해서는 말을 하지 않습니다. 박사님께서 조사해 주실 과제가 바로 그것입니다.

캐나다 서부에서 우리는 평소 품고 있던 환상을 현실로 만날 수 있었습니다. 부활절에는 토끼가 아니라 달걀이 선물로 주어졌고, 크리스마스 무렵이면 퍼킨스며 브라운이며 백화점 지하 매장에서 흰 턱수염을 단 남자들이 아이들에게 검과 종이 모자를 나누어 주었습니다. 아이들은 그 남자들이 산타클로스의 대역이라는 사실을 이미 알고 있는 듯했습니다. 아니면 가톨릭에서 믿는 대로 동시에 여러 곳에 존재할 수 있는 성인들과 헷갈렸던 것일까요? 아이들이 주일학교에서 쉽게 받아들일 거라고 생각하는 삼위일체나 동시에 여러 곳에 존재하는 산

---

* 로키 산맥 동쪽으로 부는 건조하고 따뜻한 바람.

타클로스나, 난해하기는 마찬가지입니다. 그러한 질문을 지겹도록 받았을 텐데도 돌아오는 답은, 우리 어른들이 오늘날까지도 그러하듯이, 이해할 수 없는 수수께끼라는 것이니까요.

아들 녀석은 11월부터 받고 싶은 크리스마스 선물 목록을 만들었습니다. 백화점 지하의 산타클로스가 멘 자루에 들어 있을 만한 물건은 없었고, 아들 녀석도 들어 있으리라 기대하지 않는 듯했습니다. 게다가 산타클로스의 존재를 정말 믿는지도 알 수 없었습니다(자식에 대해 제대로 아는 부모는 거의 없지요). 영국의 수업 진도가 빠르다 보니 제 아이는 캐나다 학교에 편입하면서 한 학년을 월반했습니다. 그래서 냉소적인 일고여덟 살 형, 누나들과 함께 수업을 받았죠. 저도 어린 시절 부모님을 위해서 산타클로스를 믿는 척했던 기억이 납니다. 부모님은 혹시 제가 자지 않고 깨어 있는 경우에 대비해 산타클로스로 변장을 하고 제 방에 들어와 양말에 선물을 넣곤 하셨습니다. 어느 해 크리스마스 때는 말똥말똥 깨어 **있었다가** 그 산타클로스가 아버지랑 똑같은 11사이즈의 갈색 델타 신발을 신고 있다는 것을 알아차렸습니다. 재미있는 사실은 그 델타라는 단어가 저의 뇌리에 깊이 박혀 있다는 겁니다. 박사님께서는 아마 여기에 대한 학설도 가지고 계시겠죠. 나일 강의 델타, 모세와 갈대, 일곱 가지 재난……* 50실링짜리 신발 한 켤레 때문에 생각이 꼬리를 무네요.

저는 아내에게 말했습니다. "올해는 산타클로스에 대해서 아무 말도 하지 말까? 영국을 잠시 떠나왔으니, 산타클로스도 잠시 쉬어 보지,

---

* 『출애굽기』 2장에 따르면, 모세는 태어난 지 석 달 만에 왕골 상자에 누여 갈대 숲속에서 파라오의 딸에게 발견된다. 『요한의 묵시록』 15~16장에는 하느님의 분노의 마지막 표현인 최후의 일곱 가지 재난에 대한 이야기가 나온다.

뭐."

"양말에 넣어 줄 조그만 물건을 사는 게 난 재미있는데." 아내가 이런 대답을 했던 것 같습니다(우리가 했던 대화를 최대한 정확히 전달하려 하지만, 6년이나 지난 뒤라서⋯⋯). "금세 실크 넥타이에 에즈라파운드 시집을 사 줄 나이가 되어 버릴 거야."

"양말에 선물을 넣어 주는 건 당분간 계속하도록 하자. 그냥 산타클로스 얘기를 안 하면 되지. 양말 대신 보물찾기 통*으로 바꾸어도 되고."

그해 아들 녀석의 크리스마스 선물 목록은 마치 북대서양조약기구(나토)에서 작성한 듯 우리를 주눅 들게 했습니다. 우주총에, 아들 녀석이 퍼킨스 백화점 쇼윈도에서 봤던 전술 핵무기까지 들어 있었으니까요. 그나마 가장 평화적인 물건이 방사능 측정기였습니다.

제가 아내에게 말했습니다. "이런 목록을 만드는 녀석이 아직도 산타클로스를 믿고 있다고?"

"그럴 수도 있지. 당신도 그 나이엔 아마 장난감 병정이랑 공기총을 사 달라고 했을걸? 그냥 시대가 바뀐 것뿐이야."

제가 대답했습니다. "전술 핵무기를 떨어뜨릴 장난감 히로시마를 만든 사람은 아직 없겠지. 다음 크리스마스 전까지 내가 특허를 내야겠네."

그런데 다음 해 크리스마스 철에 산타클로스는 그야말로 도축된 양처럼 죽고 말았습니다.

저와 아내는 그해 산타클로스 짓을 청산해야 할지 말지 결정을 못

---

* 밀기울, 종이 등을 통에 넣은 다음 그 안에 선물을 숨겨서 아이들에게 찾게 하는 놀이가 있다.

하고 있었습니다. 그러던 중 아내가 동네 대형 마트에 갔다가 신이 나서 집으로 돌아왔습니다(거기에는 세탁기부터 책, 시리얼까지 없는 게 없었고, 최소한 500대는 수용할 수 있을 만한 주차장까지 갖추고 있었으니 시내에 나갈 필요가 없었습니다). 아내가 말했습니다. "산타클로스가 크리스마스이브에 도착한대."

"어떻게? 순록이 끄는 썰매를 타고?"

"헬리콥터로. 저녁 무렵에 주차장에 도착한다네."

"정말 동네가 나날이 진보하고 있구나."

"브라운 백화점 헬리콥터를 타고 온대. 퍼킨스 백화점으로 갈 사람을 빼돌렸나 봐. 마지막 일정이래. 올해가 콜린이 산타클로스와 함께 보낼 마지막 해라면 제대로 만나게 해 줘야지."(우리 부부의 마음은 이랬습니다. 아이도 측은하고, 산타클로스도 측은하고, 그냥 아이에게 현실을 알려 주면서도 충격을 최소화할 수 있는 방법을 찾고 싶었죠. 제 부모님께서는 그렇게까지 신경 쓰지는 않으셨던 것 같습니다.)

그런데 대형 마트에서 아버지의 마음으로 산타클로스를 헬리콥터에 태워 온다고 하는 겁니다. 비용도 전혀 받지 않고. 완전히 공짜였죠. 북미의 광고 홍보 활동은 참 후하다 싶었습니다. 선지자 엘리야는 불 수레를 탔지만,* 산타클로스는 헬리콥터를 타고 강림하게 된 것입니다. 물론 엘리야는 어른들을 위한 이야기고, 산타클로스는 아이들을 위한 이야기죠(저는 아이를 가리키는 단어 '키드'를 싫어합니다. 전쟁 중 그리스에 있었을 때 제가 제일 좋아했던 요리 이름이 키드였습니다. 아이를 '송아지 고기 커틀릿'이라 부르는 것과 같죠).

* 『열왕기하』 2장 11절.

자, 이제 싫어도 그 크리스마스이브의 대형 마트 주차장으로 돌아가도록 하겠습니다. 주차장 구석에 딱 집 한 채 서 있을 만한 좁은 면적을 로프로 둘러막아 헬리콥터 이착륙장으로 쓰고 있었습니다. 우리 세 식구는 그곳에 서서 시내에서 날아오는 헬리콥터가 하늘에서 내려오기만을 기다리고 있었습니다. 아내가 말했습니다. "영국에서는 있을 수 없는 일이야. 이 나라에서 보내는 크리스마스 너무 좋다." 저와 아내는, 유럽은 좁아터졌는데 이곳은 넓고 광활하다, 해발 900미터나 되는 곳에 있는 이 도시에서 이런 홍보 이벤트를 벌이다니 상상력이 대단하다, 뭐 그런 얘기를 나누었던 것 같습니다. 오코너 신부도 성당 아이들을 잔뜩 데리고 와 있었습니다. 아이들은 카우보이모자나 꼬리 모양의 털이 달린 사냥 모자, 청바지, 체크무늬 안감을 덧댄 윈드브레이커 등으로 무장하고 있었습니다. 해가 로키 산맥 너머로 막 넘어갈 즈음 초록색으로 물든 하늘 저편에서 헬리콥터 소리가 들렸습니다. 헬리콥터가 시내 어느 매장 건물에선가 수직으로 날아올라 독수리처럼 하늘을 돈 뒤 우리를 향해 시끄럽게 다가오고 있었습니다. 유모차에 탄 아기들이 소리를 지르고 까르륵거렸습니다. 빠르게 돌아가는 날카로운 프로펠러 밑에서 산타클로스가 우리를 내려다보았습니다. 헤벌어진 수백 개의 입이 그의 눈에 들어왔을 겁니다. 헬리콥터는 우리 머리 위에서 맴돌았고, 산타클로스는 자루를 열었습니다. 곧 반짝이는 작은 물건들이 하늘에서 떨어졌습니다. 그것들이 유모차며 카우보이모자에, 엄마들이 신은 하이힐과 아이들이 신은 카우보이 부츠 옆에도 떨어져 쌓였습니다. 대형 마트 바깥에서 매일 나눠 주던 것들과 똑같은 검과 종이 모자였습니다. 물론 그렇게 하늘에서 쏟아지니 뭔가 더 영광스러운 분위기가 일었죠. 헬리콥터는 약간씩 이리 기우뚱, 저리 기우뚱하더니 천천히 로프를 둘러친 이착륙장 중앙의 커다란 완충 고무판 위로 내려앉았습니다. 스피커를 통해 헬리콥터 프로펠러가 완전히 멈출 때까지 아이들을 안전하게 보호하라는 방송이 흘러나왔습니다.

문제는 누구도 산타클로스에게 그런 경고를 하지 않았다는 겁니다. 그는 프로펠러가 멈추기도 전에 자루를 둘러메고 바닥으로 뛰어내렸습니다. 그의 머리 위에서 프로펠러가 공기를 무겁게 가르며 돌아가고 있었고, 아이들은 그를 보고 환호성을 질러 댔습니다. 헬리콥터 뒤에서 더 큰 환호성이 들렸는지, 아니면 헬리콥터 뒤에 있는 아이들이 자신을 제대로 보지 못하겠다는 생각이 들어서였는지, 산타클로스는 헬리콥터 뒤로 돌아갔습니다. 그런데 프로펠러는 머리 위에도 있지만 꼬리 부분에도 있다는 사실을 그는 미처 몰랐고, 그리하여 그는 그대로 프로펠러로 빨려 들어갔습니다. 프로펠러 날에 걸린 그의 몸통은 격렬한 움직임과 함께 반대 방향으로 튀어 나갔고, 흰 턱수염을 붙인 머리는 놀란 표정 그대로 잘려 나가 공중에서 한 바퀴 돈 뒤 몸통이 프로펠러에서 튕겨 나오기도 전에 바닥에 떨어졌습니다.

그렇게 트라우마—이 말은 박사님과 도펠도르프 박사에게서 배웠습니다—가 생겼습니다. 제 아내는 아이가 진정제를 맞는 중간중간, 죽은 사람은 산타클로스가 아니라 제프 드루라는 노인이란 사실을 설명하는 데 많은 시간을 들였지만 소용없었습니다. 신문에서는 아내의 말과 상반되는 '산타클로스의 죽음'과 같은 헤드라인만 쏟아 냈지요. 또 시에서도 몇 주 뒤면 빈민 구제책 대상이 되었을 그 사람에게 시 정부 차원에서 기마경찰대가 호위하는 장례식을 치러 주고, 무덤에는 크리스마스트리와 꼬마전구를 장식함으로써 혼란을 가중시켰습니다.

장례식에는 어린 학생들의 행렬도 뒤따랐습니다. 아들 녀석은 저 때문에 가지 못했죠. 저는 아이가 그 일을 가능한 한 빨리 잊기를 바랐지만 아직도 잊지 못하고 있습니다. 그래서 열두 살에 아이는 같은 반 아이들의 조롱거리가 되었습니다. 매년 12월이면 아들 녀석은 각종 장난에 시달리고, 그것 때문에 몸싸움을 하는데 이기지도 못합니다. 어떻게 이기겠습니까? 산타클로스가 정말로 존재한 적이 있다고 믿는 아이는 아들 녀석 하나뿐인데요. 아들 녀석이 이렇게 말할 때는 초기 기독교도 같습니다. "당연히 산타클로스는 진짜야. 난 그 사람이 죽는 걸 봤어." 죽었기 때문에 불멸이 되어 버렸습니다. 어떻게 좀 해 주세요, 박사님……

(1963)

국경의 저쪽
The Other Side of the Border

참고

대다수 소설가들의 생애는 버려진 소설들로 점철되어 있다고 나는 생각한다. 어떤 작품들은 작가가 이야기나 등장인물에 흥미를 잃었기 때문에 버려질 것이다. 또 어떤 작품들은 급하게 마감해 달라는 출판사의 요구 때문에 이전의 잘 나가던 분위기가 흐트러져서 버려질 수도 있다. 언젠가 나는 서랍을 뒤적이다가 바로 그런 소설의 원고를 발견했다. 읽어 내려가는 동안, 나는 이 작품의 등장인물들, 장면들, 반쯤 전개된 이야기가 제대로 장정이 되어 출판된 내 다른 소설들보다 오히려 더 흥미롭다는 생각이 들었다. 왜 이런 글이 출판될 기회를 놓쳤는지 의아스러웠다. 내가 이 원고를 쓰기 시작한 해는 아마도 라이베리아 여행에서 돌아온 후인 1936년이었다고 생각한다. 어쨌든 특별한 이견이 없는 한 이 글은 확실히 1930년대 중반의 분위기를 풍긴다. 히틀러는 아직은 등장한 지 얼마 안 된 새 인물이고, 독재는 유럽에서 불어오는 미풍에 실린 싸한 기운에 불과하고, 영국은 경제공황 속에서 일종의 메트로랜드 문화를 경험하는 중이었다.

이상한 점은 내가 이 글의 등장인물들—핸즈, 젊은 모로, 빌링스—을 잘 기억하고 있음에도 그들에게 무슨 일이 벌어졌는지는 기억하지 못한다는 사실이다. 나는 왜 이 원고를 버렸을까? 크게 두 가지 이유 때문이었으리라. 하나는 다른 책인 『브라이턴 록』의 집필이 시급해서였을 테고, 다른 하나는 주인공을 이미 『나를 만든 것은 영국』이라는 다른 작품에 등장시켰다는 사실을 깨달았기 때문이었을 것이다. 핸즈는 그 소설에 등장하는 앤서니 패런트와 뿌리가 같은 인물임을 나는 깨달았다.

내 관심을 끈 것은 하나가 더 있었다. 내가 이 소설의 제2부에서 묘사되고 있는 서아프리카의 항구에 다시 다녀왔기 때문에 이 글에 설명한 그곳의 정경, 전반적인 분위기가 완전히 '잘못되었다'는 사실을 깨닫게 되었다. 이 소설의 집필을 시작하기 전인 1936년에 나는 그곳에서 겨우 일주일을 보냈지만, 지금은 1년 동안 직접 살아 본 까닭에 그 항구를 잘 안다. 항구는 내가 묘사한 대로 구석구석 지저분하고 낙후되고 칙칙하지만, 소설 속의 모습과 현실은 완전히 다르다. 한편 제1부에 등장하는 내가 나고 자란 홈카운티스의 소읍인 덴턴의 모습은 제대로 묘사된 것 같다. 그 둘 사이에는 여권용 사진과 가족 스냅사진 사이에 존재하는 정도의 차이밖에 없다.

제1부 지도

1

젊은 모로가 응접실에서 처음으로 주목한 것은 지도였다. 지도는 뉴 신디케이트의 새 사무실이면 으레 걸려 있으리라고 예상할 만한 위치에 걸려 있었으며, 그 위에는 해안과, 내륙으로부터 평행하게 검은 실선을 이루면서 뻗은 강과, 북쪽 국경에 날개처럼 펼쳐져 있는 산과, 지도 전체에 걸쳐 녹색으로 흩뿌려져 있는 숲이 표시되어 있었다. 또한 모로에게 그 지도는 명료하지 않은 정신 상태를, 그가 마침내 빠져나왔다고 느끼는 미스터리를 나타내는 것처럼 보였다. 모로는 지금 고향에 돌아와 있었다. 그는 무슨 일이 벌어지고 있는지 이해할 수 있었다. 영화를 보면 분명히 알 수 있었다. 그는 '고향'이라는 단어에서 그리고 '장면' '학교' '버스' 같은 단어들에서 불현듯 감상적인 기분을 느꼈다. 니스 칠을 해서 반들거리는 이 방에, 드릴과 쇄광기 광고들로 가득한 책상 위에 놓인 기술 잡지 더미들에 애매모호한 것이란 없었다. 그는 라이베리아의 머지 강에서 예인선들이 울려 대는 경적을 들을 수가 있었다. 그의 젊은 얼굴에는 '반가워' '돌아와서 기뻐'라는 표정이 서렸다. 한 여자가 문을 열고 말했다. "댄버스 씨께서 지금 만나시겠답니다." 아마 총무이사의 비서인 듯했지만 그녀에게서는 오히려 간호사 같은 분위기가 더 짙게 풍겼다. 목소리는 부드럽고 친절하고 단호했다. 모로가 지나쳐 가자 그녀는 임상적으로 살펴보는 듯한 눈길을 그에게 던졌다. 모로는 안으로 들어섰다.

댄버스 씨가 책상에서 몸을 일으키면서 손을 내밀었다. 지난 2년 동안 그는 하나도 변하지 않았다. 고향에서는 시간이 바깥세상과 같은 방식으로 흐르지 않았다. 댄버스 씨는 모로가 항해를 떠나던 날에 한 것과 똑같은 강도로 손을 꽉 쥐며 악수를 했다. 도장이 새겨진 큼지막한 반지 때문에 좀 아픈 것도 여전했다. 그는 늘 그랬던 것처럼 단도직입적이었다. 그를 볼 때마다 모로는 학교에서 배운 '모두가 사랑했던 회색 머리'라는 구절이 떠올랐다. 댄버스 씨가 말했다. "아, 모로 씨, 만나서 정말로 반갑네. 앉게나. 담배도 태우고." 그는 양복의 단춧구멍에 꽂힌 꽃처럼 그를 환대했다. 꽃 냄새를 맡아 보라는 요구까지 할 낌새였다. "지난 2년 동안 자네를 잊고 있었다고는 생각하지 말게나. 자네의 업무에 대해서는 핸즈로부터 보고를 받고 있었다네. 아주 우호적인 보고서들이었지."

핸즈라는 그 특별한 이름이 두 사람 사이에 너무 일찍 튀어나온 것만 같았다. 그 이름은 마치 다과회에 등장한 컵처럼 어색함을 자아냈다. 잠시 둘 다 말이 없었다. 그러자 댄버스 씨가 어색함을 떨쳐 내려는 것처럼 입을 뗐다. "위원회에서 자네 봉급을 인상하기로 결정했다네."

"제 편지를 받지 못하셨습니까?" 모로가 물었다.

"내가 편지를 무시했네." 댄버스 씨가 부드럽게 말했다.

"하지만 저는 사직**했습니다**."

"아버지처럼 얘길 해도 이해하고 들어 주게." 댄버스 씨가 말했다. "어쨌든 난 자네 아버지를 아니까. 그분의 설교를 듣기도 했지." 댄버스 씨는—약간의 존경과 부드러운 추억과 포근한 기쁨이 가득한 어조로—찾아오는 사람이 거의 없었던 자신의 땅 바로 옆에 붙은 목사관에 대한 기억을 들려주었다. "여길 그만둔다면 무슨 일을 할 셈인가?"

"뭐든 일을 찾아야지요." 모로는 그렇게 말하고 나서 몸을 약간 떨었다. 바람이 센 잿빛 아이리시 해를 이른 새벽에 출발한 예인선 안은 추웠었다.

"자넨 그동안 아팠잖나." 댄버스 씨가 말했다. "그게 문제의 핵심이지." 그는 이번에는 그 이름이 두드러지지 않도록 에둘러 말했다. "**그 사람**이 편지에 그렇게 적었더군." 그런 다음 재빨리 말을 이었다. "자네가 직접 거울을 한번 보게나."

그도 거울을 **볼 수** 있었다. 거울은 댄버스 씨의 책상 뒤편에 걸려 있었다. 그 거울이 그의 시선을 잡아끌었다. 그는 자기 얼굴을 들여다보았다. 늘 봐 왔던 같은 얼굴처럼 보였다. 평생을 그 얼굴로 살아왔기 때문이다. 만약 변화가 있었다면 자기 자신도 전혀 눈치채지 못할 만큼 서서히 일어났을 것이다. 핸즈가 일부러 거울을 깨뜨렸을 때 비스킷 깡통 뚜껑에 얼굴을 비춰 가며 면도를 하던 와중에 들었던 생각이었다. 그는 자기 얼굴에서 대륙을 지워 내지 못했다는 생각이 들자 기분이 찜찜했다.

"열병 때문에 얼굴이 누러네." 댄버스 씨가 말했다. "해골 같아. 이 질이 자네 몸을 완전히 망쳐 버렸어. 병원에 가서 의사한테 열대병에 대한 진찰을 받는 게 좋겠네. 피검사도 하고. 그런 다음에," 그가 허공에 모호하게 그림을 그렸다. "사창가로 가는 걸세. 살도 찌우고."

비서가─그런 조언을 듣고 나니 그녀가 더욱더 간호사처럼 보였다─문을 열고 얼굴을 디밀었다. "프레더릭 씨가 오셨습니다." 그녀가 차분한 목소리로 전했다.

"2분만 더 기다리라고 전해 주게." 댄버스 씨가 말을 하면서 의자에서 일어나 책상 앞으로 돌아 나오더니 그 위협적인 손을 내밀었다. "위원회는 직원들을 잘 보살피려 한다네."

"하지만 말씀드려야 할 것들이 있습니다." 모로가 말했다. "이 모든 일이…… 허황한 구석이 많습니다. 황금도…… 핸즈 그 사람 자신도…… 너무 많은 사람이 죽었고…… 콜리도…… 그리고 빌링스도요."

"빌링스라고?"

"그 사람이 빌링스에 대해서도 편지에 썼을 텐데요. 그는 국경 이쪽 영국이 관할하는 지역에서 빌링스를 발탁했습니다. 가장 끔찍했던 건……"

"아, 빌링스. 물론 기억하고말고. 자네는 알아야 해," 댄버스 씨가 나무라는 듯한 어투로 말했다. "난 핸즈의 판단을 믿어. 전적으로."

"그게 바로 제가 사직한 이유입니다. 너무 깊이 신뢰하진 마십시오. 그걸 아셔야 합니다. 위원회 역시 알아야 하고요." 그는 아침 내내 학질의 공격에 시달렸다. 이가 당구공처럼 덜컹거렸다. 비서는 문을 약간 열어 둔 채 자리로 돌아갔고, 열린 문을 통해 불어온 찬 바람 때문에 그는 오한이 났다.

"자, 알겠지." 댄버스 씨는 자기 말이 옳다는 걸 입증하듯 말했다. 그는 벨을 눌러 비서에게 일렀다. "내 차로 모로 씨를 호텔까지 모셔다드리게." 그는 모로에게 다가와서 어깨에 손을 얹었다. "그 꿈에 대해서는," 그가 말을 이었다. "자네가 몸을 좀 추스른 다음에 얘기하도록 하세."

"최소한," 모로가 말했다. "제가 보고서를 작성하도록 허락은 해 주시겠죠?"

"물론이지, 자네가 하고 싶다면." 댄버스 씨가 말했다. "우린 늘 관심을 갖고 있다네……" 비서는 한동안 뒤에 서 있어야 했고, 응접실로 나온 모로는 지도에 대해 뭐라 설명하기 힘든 괴로운 마음을 느끼며 그곳을 떠났다. 그는 여기 다시 돌아오면 모든 게 간단해질 것이라고 생각했다. 사직을 했으니까. 그에게는 다해야 할 의무가 있었다. 아직은 젊은 그의 누런 얼굴은 반지에 상징적으로 새긴, 의무감을 강조하는 내용의 낡은 음각 무늬처럼 보였다. 충성심과 의무감, 그것은 그가 지켜야 했던 가치들이었지만, 이제 사직을 했으니 그는 더 이상 핸즈에게 충성을 바칠 필요가 없었다. 핸즈는 거기 있었다. 바로 그 지도 위에. 핸즈가 있는 곳에 붉은 잉크로 조그맣게 원이 그려져 있었다. 지기타에서 왼쪽으로 약간 내려간, 니카부주 바로 위에 있는 지점이었다.

2

핸즈는 유리창에 어린 검댕과 김을 닦아 내고 잉글랜드 동남부 월즈던정크션 역을 내다보았다. 유스턴에서 표를 검사한다면 안심하고 일등실에 앉아 여행을 할 수 있겠지만, 결코 마음을 놓을 수는 없었다. 그는 건너편의 먼지투성이 역내 식당을 응시하면서 일종의 대담함을 느꼈다. 너무 많은 실패를 겪었다는 아픈 감정이 그의 어깨에서 스르르 빠져나갔다. 자기처럼 많은 경험—아프리카와 중앙아메리카에서의 경험, 런던미들랜드앤드스코티시 노선을 오가며 겪은 경험 등—을 한 사람에게는 무한한 가능성이 존재했다. 그 혼자뿐인 일등실에서 그는 얼마 동안 자신은 실패하지 않았고, 실험을 해 왔을 뿐이며 인생을 관찰했다고 생각했다.

검표원이 지나가자 한순간 핸즈의 얼굴이 삭아 가는 듯했다. 입은 탄력을 잃고, 잘생긴 소년 같은 얼굴이 침울하게 변하고, 불과 몇 초 사이에 눈에 띄게 늙어 버려 주름살이 생기는 모습이 보이는 것만 같았다. 기차가 움직이기 시작하자 다시 만사가 순조로워졌다. 런던미들랜드앤드스코티시 노선을 따라 고대의 성곽, 기념식을 위해 만들어진 운하교, 전쟁 이전의 시청 청사 등과 같은 역사가 미끄러져 가는 동안 그는 담뱃갑을 꺼내 담배에 불을 붙였다.

그는 덴턴까지의 노선을 속속들이 꿰고 있었다. 어찌 보면 그것은 그의 삶이기도 했다. 이 노선을 따라 열차를 타고 북쪽의 치과 병원, 팬터마임 공연, 안과 병원, 학교에 다녔던 것이다. 이런저런 배를 타려고 열차에 몸을 싣기도 했고, 남쪽의 집에 가려고 열차를 타기도 했다. 노동자 오두막들에 불빛이 들어왔다. 자전거를 탄 남자가 담배에 불을 붙이기 위해 잠시 멈춰 섰다. 바지선을 끄는 늙은 말이 방울 소리를 울리면서 어둠 속으로 멀어졌고, 그때 아이디어가 하나 떠올랐다. 아이디어는 흔히 그런 식으로—그을음 가득한 공기 속에서, 목욕 중에, 면도를 하는 동안에—떠올랐다. 그것은 성자의 목소리 같았다. 다만 일반적으로 옳거나 그른 행동으로 이끌지는 않았다. 그는 이번 여행에서 정말이지 아무것도 기대하지 않았다. 그저 아버지를 조금이나마 안심시켜 주려는 하나의 방편일 뿐이었다. '여러 회사에서 연락이 왔어요.' 뭔가 중요한 의미가 있는 것처럼 아버지에게 모호한 암시만 던지면 되었다. 그의 광폭한 꿈속에서는 모로나 댄버스나 빌링스, 또는 모로의 계산에 따른 1936년부터 1938년 사이에 죽어 간 수백 명의 흑인들은 연관되어 있지 않았다.

그는 삼등실 표를 들고 덴턴에서 경쾌하게 열차를 빠져나왔다. 검표

원과 짐꾼 두 명, 수하물 보관소 남자 직원을 비롯한 모든 사람에게 쾌활하게 인사를 건넸다. 그는 일종의 봉건적인 분위기를 상상하는 것이 즐거웠다. '핸즈 주인님이 집에 오셨어.' 그는 아버지가 더 대단한 사람이 못 되고 은퇴한 은행 지점장밖에 안 된다는 사실이 유감스러웠다. 그는 택시 운전사에게 "안녕하시오"라고 소리치며 생각했다. 1실링을 내고 택시를 타지 못할 이유가 어디 있담? 매번 걸어서 집에 가는 건 좋아 보이지 않잖아.

아버지는 약간 어두컴컴한 식당 방에서 저녁 식사를 하는 중이었다. 구운 고기를 먹은 다음 날이면 으레 먹는 고기만두였다. 아버지는 택시가 멈춰 서는 소리를 들은 게 분명했다. 무슨 일인지 궁금하다는 듯이 눈을 들어 쳐다봤기 때문이다. 핸즈는 아버지의 얼굴에서 뭔가를 기대하는 표정을 읽을 수 있었다. 아버지는 특별한 경우가 아니면 택시를 타는 사람이 아니었다. 아버지가 말했다. "오늘은 어땠어? 뭔가 찾았어?" 그 방에는 새김장식이 있는 마호가니 가구와 금박을 입힌 액자들과 은은한 수채화들이 있었다. 창밖에는 영산홍이 짓누를 듯이 창을 향해 피어 있고, 야트막한 정원 담장 너머로는 오래된 묘지의 무너져 가는 무덤들이 보였다. 지금은 아무도 그곳에 묻히지 않았다. 형체가 희미해진 비문들만이 영면과 안식과 부활의 희망을 얘기하고 있을 뿐이었다. 고양이 한 마리가 납작한 돌 위에 앉아 무덤을 들여다보고 있었다.

"연락을 받았어요." 핸즈가 의자에 앉아 못마땅한 눈길로 고기만두를 바라보며 말했다. "큰 회사들이에요. 얘기하자면 길어요."

"회사에서 관심이 있대? 빈자리가 있느냐는 말이야."

"이건 그런 유의 일이 아니에요." 핸즈가 말했다. "좀 더 대단한 일이라고요." 얘기를 하는 동안 꿈이 점점 커졌다. "관리직에 가까워요. 제 밑에 사람들이 있는 거죠. 제가 늘 원하던 일이에요."

하지만 아버지는 귀 기울이지 않았다. 고기만두를 먹고 있을 뿐이었다. 아버지의 지쳐 보이는 늙은 잿빛 얼굴에는 특유의 고상함이 배어 있었다. 70년 가까이 사는 동안 아버지는 모든 부정적 증거에도 불구하고 인간의 본성을 신뢰해 왔다. 그것은 은행에서 승진하는 데는 불리하게 작용했다. 그는 자유당 당원이었다. 사람은 내버려 두면 스스로 알아서 자신을 통제하므로 부는 부패하지 않고, 정치인들은 국가를 사랑하게 된다고 믿었다. 이 모든 사고방식이 아버지의 얼굴에 흔적을 남겼고, 아버지의 얼굴은 마침내 자신이 믿는 이상적인 세상의 이미지까지도 담게 되었다. 하지만 이제 그 이미지는 와해되고 있었다. 아내가 죽었고, 아들이 각종 핑계와 가벼운 일화와 부당한 경멸을 대동하고 집에—주기적으로—오기 시작했기 때문이다. 아버지가 충분히 더 오래 살았다면 아버지의 얼굴은 다른 사람의 세상과 한결 더 비슷하게 되었을지도 몰랐다. 아버지가 지친 목소리로 말했다. "오늘도 피곤한 하루였겠구나. 와인 한잔 하겠니?"

"아, 아니에요." 핸즈가 말했다. "지금 교육을 받고 있어서요."

"부르고뉴 와인 한잔 하는 건 괜찮을 거다."

"아니에요, 정말입니다. 전 안 마셔요." 아버지는 양배추를 내려다보며 한숨을 내쉬었고, 희미한 위스키 향이 방 안에 퍼졌다. 그 냄새를 맡은 핸즈는 화가 치밀었다. 이런 아버지 밑에서 어떻게 성공할 수 있단 말인가? 구취를 풍기고, 택시를 타고 온 것을 아까워하고, 자기를 믿어 주지 않는 그런 아버지 밑에서 말이다. 그가 단호히 말했다. "아세요? 제가 늘 원하던 건…… 리더가 될 수 있다는 걸 보여 주는 거라고요."

"네가 그럴 수 있어?" 아버지가 말했다.

새김장식이 있는 검정 마호가니 벽난로 장식용 선반 위에 걸린 시계가 종을 치기 시작했다. "두고 보시면 알 거예요." 핸즈가 말했다. 그는 시계가 종을 칠 때 지은 표정이 얼굴에 평생 남는다는 유치한 옛날 얘기를 떠올렸다. 그는 입을 굳게 다물었다.

"그래." 아버지가 맥없이 대꾸했다. "요즘에는 리더들이 넘쳐 나는 것 같구나." 아버지는 양배추를 마저 먹어 치우기 시작했다. 그는 구체적인 아이디어가 무엇인지 물어보지도 않았다. "오늘 자《맨체스터 가디언》에 따르면……" 아버지가 말을 할 때 고상함의 이면에서 증오의 가능성이 꿈틀댔다. "파시스트들은……"

"요즘 같은 시절엔 자유당 당원이 되는 건 아무 소용이 없어요." 핸즈가 말했다. 그는 아버지를 상대로 강의를 늘어놓기 시작했다. "여기 덴턴에서는 세상이 어떻게 돌아가는지를 몰라요. 전 세계를 돌아다녔기 때문에……"

아버지는 아무 말도 하지 않았다. 그는 접시를 한쪽으로 약간 밀어 놓고 벨을 울렸다. 핸즈를 쳐다보지도 않았다. 방의 맞은편 그의 시선이 어렴풋이 머무는 곳에 죽은 아내의 확대된 컬러사진이 걸려 있었다. 높은 고래수염* 옷깃, 회색 드레스, 긴 머리, 분홍빛 얼굴, 스패니얼 개처럼 매우 헌신적인 갈색 눈동자. 하지만 남편에게 헌신하는 눈동자는 아니었다. 아버지는 그것이 누구를 향한 헌신인지 알고 있었다. 그는 무심한 어조로 핸즈에게 물었다. "그 회사에 빈자리가 있다고 생

---

* 예전에 옷을 빳빳하게 만들 때 사용했다.

각하니?"

핸즈는 몸을 벌떡 일으켰다. "저 갈래요."

"기다렸다가 디저트로 나올 블랑망제*까지 먹고 가렴."

"아뇨. 생각을 좀 하고 싶어요. 신선한 공기가 필요해요." 사람은 격려를 필요로 한다. 그는 어머니가 죽은 이후로 결코 격려를 받아 본 적이 없다고 생각했다. "산책 좀 해야겠어요."

그는 영산홍과 잊힌 무덤들을 지나서 메트로랜드로 걸어갔다. 덴턴의 언덕 위쪽으로는 붉은색 주택들이 펼쳐져 있었지만, 길게 뻗은 하이 가에는 부동산 중개소들과 카페들과 두 곳의 대형 영화관 사이에 장이 서는 마을이었던 과거의 흔적이 남아 있었다. 교회에는 십자군의 투구도 보관되어 있었다. 사람은 자기가 자란 곳의 영향을 받기 마련이다. 핸즈는 이 마을에 의해 만들어졌다. 그는 이곳을 '고향'이라고 불렀다. 여름날 저녁 붉은 벽돌로 지어진 주택들 사이에서 문득 감상적인 기분에 젖곤 했지만, 다른 사람들에게는 진정으로 가슴에 와 닿을 얘기는 아니었다. 그들은 그저 정기승차권을 구매해서 오고 갈 뿐이었다. 사진관의 지붕 뒤로 연기가 하늘로 피어오르며 8시 52분 기차가 도착했음을 알렸다. 그는 계속 편지를 쓸 것이다…… 인생을 누가 알겠는가…… 이 모든 고생 뒤에 뭔가 일다운 일을 하게 될 거라고 그는 생각했다. 이런 곳에서는 살 수가 없었다. 이곳은 잠을 자고 고기만두를 먹기 위해 열차를 타고 돌아와야 하는 그런 곳이었다. 한때는 사람들이 이곳에서 살다가 자신들이 십자군 성전에 참가했다는 것을 보이기 위해 발을 십자가 모양으로 엇갈리게 놓은 채 죽어 갔지만, 지금

* 전분, 우유, 설탕과 바닐라 향, 아몬드를 첨가한 희고 부드러운 푸딩.

은…… 그는 사진관의 유리창 안을 들여다보았다. 누렇게 색이 바래 가는 사진들이 다이아몬드 모양의 판유리를 통해 밖을 내다보고 있었다. 사진관의 유리는 진짜 판유리였지만, 길 건너편의 튜더 카페 때문에 진짜인지 의심스러워하는 사람들이 있었다. 결혼식 사진에서 그는 아는 얼굴을 하나 발견했다. 하지만 5년 전에 찍은 사진이어서 그가 입은 조끼에는 철 지난 유행의 흔적이 남아 있었다. 요즘에는 매시간 시내로 나갈 수 있는 기차가 있어서 굳이 동네에서 사진을 찍을 필요가 없었다. 물론 급하게 여권용 사진을 찍는 경우는 예외였지만. 그는 늙은 밀릿이 자신의 여권 사진을 얼마나 많이 찍었는지 가늠할 수도 없었다.

문을 열자(밀릿은 문을 잠근 적이 없었다) 종소리가 잘랑거렸다. 화학약품 냄새가 풍겼고, 흐릿한 알전구 아래 팔을 괼 수 있도록 위쪽을 벨벳으로 감싼 석고 기둥이 있었다. 구석에는 천으로 덮인 뭔가가 서 있었다. 사진관은 최근의 유행과는 거리가 멀었다. 하지만 늙은 밀릿은 전성기 때에도 그만의 개성이 있었다. 십자군 전쟁의 참가자들과 마찬가지로 그는 덴턴이 살 만했던 시절의 유물이었다. 밀릿이 내실에서 나왔다. 마른 몸에 코안경을 점잖게 걸친 그는 벨벳 재킷을 입고 있었다. 그는 한때 덴턴의 예술계를 대표했다. 허연 머리는 매우 부드럽고 섬세했다. 그는 상체를 약간 구부린 채 걸었는데, 야간학교나 교육기관의 학자 같은 모양새였다.

밀릿이 말했다. "아, 핸즈 군, 여권 사진을 찍으러 오셨나?"

"꼭 그런 건 아닙니다. 아직은 안 찍어도 돼요. 그냥 얘기나 좀 하러 왔습니다."

"앉아요, 앉아." 밀릿이 말했다. 하지만 조각이 새겨진 딱딱한 왕좌 같은 사진 촬영용 의자 말고는 앉을 데가 없었다. 사진사가 기둥에 몸을 기대고 말했다. "또 어디론가 떠나는 건가?" 내실로 통하는 문은 열려 있었다. "자넨 대단한 방랑자야. 그동안 가 봤던 곳들에 대한 책을 꼭 써야 하네." 그런 다음 그가 설명했다. "안에 조카딸이 있어. 발목을 삐어서 밖으로 나올 수가 없네. 자, 핸즈 군, 이번엔 어디로 가지?" 그는 경험담을 듣고 싶어 안달이었다.

"아프리카요." 핸즈가 말했다. "서해안 쪽이죠."

"언제 떠나나?"

"아직 확정되진 않았습니다."

"야생 지역이겠지?"

"네." 핸즈가 대답했다. "물론 상아가 있지요. 다이아몬드도요. 황금도요…… 믿을 수 있는 사람들이 필요해요. 만일의 경우에 대비해서." 그는 그 문제에 대해 곰곰이 생각하는 것 같았다. '늙은 콜리'를 염두에 두는 듯싶었다. 마침내 그의 얘기를 들어 주는 사람이 생겼다. 내실에서 그의 얘기에 귀를 기울이고 있는 소녀의 얼굴이 눈에 들어왔다. 예쁜 얼굴은 아니었고, 그렇게 젊지도 않았다. 그는 좀 더 괜찮은 인물이기를 기대했지만, 어쨌든 그의 얘기에 관심을 가져 주는 사람이었다. "그쪽 지역은 검둥이들을 아는 사람에게는 기회가 있지요."

"그들을…… 다룰 줄 안다는 얘기겠지?" 밀럿이 물었다.

"그들에겐 누가 주인인지를 알려 줘야만 하거든요. 한번은 이런 일도 있었죠." 그가 말했다. 지어낸 이야기를 길게 늘어놓기 시작하면서 그는 행복하다고 느꼈다. 그리고 무엇이든 할 준비가 되어 있다고 느꼈다. 여기에는 자기가 마지막으로 했던 일들에 대해, 돈을 빌린 것에 대해, 거듭된 실패에 대해 아는 사람이 아무도 없기 때문이었다. 사진사가 석고 기둥에 몸을 기대고 있는 동안 온 세상은 그의 발아래 놓여 있었다. 내실의 독서등 아래에서는 소녀가 순종적이고 인내심 가득한 얼굴을 치켜들고 있었다. 대수롭지 않은 고통은 익히 많이 겪어 본 듯한 얼굴이었다. 발목을 삐었다거나, 지역 달리기 대회에서 넘어졌다거나, 정맥류라든가, 크게 불평을 늘어놓지 않고도 참을 수 있는 약간 부끄러운 자잘한 일들 따위는 너무 많이 겪어 본 것 같은 얼굴이었다. "타피 너머의 산속에서 벌어진 일이지요." 핸즈가 말했다. 그런 다음 그는 여전히 딱딱한 왕좌 같은 의자에 앉은 채 마치 오셀로라도 된 듯 피그미족들과 독화살, 야생의 코끼리와 표범, 바위 속에 숨겨진 보물들에 대해 밀릿과 데스데모나를 상대로 얘기를 늘어놓았다. 그는 두 사람을 손에 꽉 쥐고 있었으며, 그들이 찬탄의 눈으로 자기를 주시하는 것을 느낄 수 있었다. 바깥 보도에서 정기승차권을 구매한 사람들의 발소리가 들려왔고, 무심히 서 있는 교회와 튜더 카페 위에서는 달이 헤엄을 쳤다.

3

답신은 조간과 석간 우편을 통해 꼬박꼬박 배달되었다. 아니면 아예 오지를 않았다. 봉투에 쓰인 이름들은 괜찮다는 인상을 주었다. 이렇듯 많은 우편물이 오가는데도 일자리를 찾지 않는다고 그를 비난할 사람은 없었다. 우편물은 대체로 동일한 내용을 담고 있었다. 핸즈 씨께서 우리 회사에 보여 주신 관심에 대해 감사를 드린다, 하지만 지금 당장은 직원을 추가로 채용할 의사가 없다…… 핸즈는 이력서를 써 보낼 때는 타자기를 빌려서 사용했다. 때로는 가상의 답장이 도착하는 것을 상상하면서 20분쯤 타자기 앞에 앉아 글자를 두드려 대기도 했다. '핸즈, 핸즈, 핸즈, 핸즈.' 그는 줄을 바꿔 가며 그렇게 타이핑하곤 했고, 때로는 날짜를 치기도 했다. '3월 2일, 3월 2일, 3월 2일, 3월 2일.' 그런 다음 부스스한 머리로 점심 식사를 하러 내려가 부르고뉴 와인을 한 잔 마셨다.

큰 회사들은 그의 편지에 답장조차 하지 않았다. 그런 점에서 그는 그 회사들을 존경했다. 시간이 흐르면서 그는 발신인이 이러저러한 회사나 신탁회사라고 적힌 봉투는 뜯어보지도 않게 되었다. 그는 조용한 방에서 그것들을 잘게 찢어 버리고는 밖으로 나가 시의 주택 부지와 노르만 성(고대 기념물로 지정될 예정인 폐허가 된 벽의 조그만 일부였다)과 물냉이 밭을 지나가며 산책을 했다. 그는 혼자 걸으면서 거창한 꿈들을 꾸었다. 가끔은 밀릿의 조카딸이 코페투아 왕*의 거지 처녀처럼 등장해서 겸손하게 그의 사랑을 받았고, 때로는 영웅적인 죽음 속으로 뛰어들어서 돌아가신 어머니가 반가이 팔을 벌리고 기다리는 다른 세상으로 가기도 했다. 어머니와 그는 영광스러운 곳에 함께 자리 잡고 늙은 아버지가—혹은 총리가—그들의 기념물을 세우는 모습을 내려다보았다. 그는 갑작스럽게 육체적 나이라는 저주를 받은 사춘기 소년 같았다. 꿈을 꾸는 동안 세월의 야비함은 그의 입을 궁핍하게 만들었다.

그는 뉴신디케이트에서 온 편지를 읽지도 않은 채 찢어 버릴 뻔했다. 하지만 그의 손가락은 봉투들의 크기에 익숙해져 있었고, 이번 편

---

* 여자를 싫어했으나 거지 처녀와 결혼한 아프리카 전설상의 왕.

지는 다른 것들보다 컸다. 사실은 큰 게 아니었다. 더 두꺼울 따름이었다. 상투적인 문구가 서너 줄 타이핑된 것을 보고 그는 다시 한 번 그걸 찢을 뻔했다. 그러다가 그는 약간의 기대감을 갖고 그 편지를 읽었다. 편지는 이런 내용이었다. '귀하가 2월 12일 자로 보낸 서한의 내용에 대해 더 상세한 논의를 하고 싶습니다. 3월 5일 수요일 오후 2시에서 5시 사이에 저희 사무실을 방문해 주신다면……'

그것은 카드놀이에서 당신 패를 좀 보자는 요구와도 같았다. 누군가가 그의 제안을 진지하게 받아들인 것이다. 누군가가 이제 구체적인 내용과 샘플과 지질학적 사실들을 요구할 터였다. 그는 앞으로 닥칠 낯부끄러운 상황에 얼굴이 붉어졌다. 두려웠다. 아버지가 아침 식사를 하러 와서 그 편지를 보지 않았다면 그는 그걸 찢어 버렸을지도 모른다. 하지만 어쨌든 그 편지는 그의 몽상을 망쳐 놓았을 것이다. 그 편지를 무시한 채로 어떻게 그가 계속 다음과 같은 몽상에 빠져들 수 있었겠는가. '오, 황야의 가시금작화 덤불 사이에 앉아 차들이 마치 일상처럼 언덕 아래 도로를 지나가는 모습을 보는 것은 얼마나 멋진 일인가.' 그는 도서관으로 가서 참고할 만한 것은 모조리 읽었지만 그럴 만한 게 그리 많지는 않았다. 「시에라리온의 지질학적 형태」라는 논문이 있고, 메이지 횟필드가 프랑스령 기니의 표범사회에 관해 쓴 『식인종 사이의 백인 여자』라는 책도 있었다. 그러나 핸즈 자신이 전문가적 지식을 보유하고 있다고 주장한 그 무명의 국가에 대한 자료는 하나도 없었다. 그는 아프리카 지도를 펼쳐 보았다. 아무런 의미도 발견할 수 없었다. 그는 진실을 상대로 싸우는 참이었다. 그는 편지에 서명을 한 댄버스 씨에게 증오심마저 느꼈다. 답신에 담긴 냉소가 읽혔다. '제길,' 그는 아무 확신 없이 생각했다. '그냥 차비나 달라고 해야겠군.'

리버풀은 잿빛이었고, 사람으로 치면 중년 신사처럼 보였다(결코 노인처럼 보일 수는 없었다). 머지 강에서 바람이 불어왔다. 낮게 드리운 험악한 하늘 아래 증기선들이 울려 대는 경적 소리에서 벗어날 방법은 없었다. 허름한 거리 구석으로 비가 몰아치다가는 갑작스럽게 멎었다. 핏기 없는 창백한 태양이 마치 이방인이 날린 종이테이프처럼 예인선 위에서, 일렁이는 납빛 수면 위에서 반짝였다. 그러더니 가느다란 빗줄기가 다시 흩날렸다. 신디케이트 사무실이 있는 곳을 아는 사람은 없었다. 모두들 말했다. "저도 여기가 초행이라서요." 그곳은 예인선과 열차를 잡아타고 가능한 한 빨리 다시 떠나 버리는 이방인들의 도시였다. 거리는 끝나는 지점이 없었다. 그저 멈추지 않고 끊임없이 나아가기만 하는, 산호초처럼 자연적인 형태를 이루면서 머지 강을 기점으로 점점 더 넓게 자라나는 소읍 같았다. 작은 신문사의 마당에서 그는 검댕투성이에다 열매도 맺지 않은, 말라빠지고 을씨년스러운 사과나무 두 그루를 발견했다.

마침내 신디케이트를 찾아낸 것이었다. 부두 근처의 옆으로 빠진 골목 위쪽, 맨 아래층에 스테인드글라스 창문이 있는 붉은 벽돌 건물이었다. 출입문 위에는 벽돌에 1873이라는 건축 연도가 끌로 새겨져 있고, 근처에는 노란색 표석이 있었다. '1873년 2월 14일 조너스 E. 월브룩 리버풀 시장에 의해 정초됨.' 1층에는 보험회사가, 3층에는 우표 수집 대행사가 자리 잡고 있었는데, 그 둘 사이에 뉴신디케이트가 있었다. 승강기는 매우 협소했으며 로프로 움직였다.

핸즈는 제일 괜찮은 옷을 걸치고 오래된 밀힐 넥타이를 매고 있었다. 약간의 위스키 덕분에 혀가 풀렸다. "썩 좋은 날씨는 아니네요." 그가 승강기 운전자에게 말을 건넸다. 승강기는 힘겹게 위로 올라갔다.

"리버풀 날씨지요, 뭐." 남자가 대답했다.

승강기가 멎자 속이 울렁거렸다. 꾸르륵 소리가 나기 시작했다. 그는 식욕이 당기지 않아서 점심을 먹지 않았는데, 점심 대신 마신 술과 소다수가 배 속에서 술통처럼 굴러다녔다. "실례합니다만." 그는 불투명한 유리문을 열어 준 여자에게 말했다.

"댄버스 씨와 약속을 하셨나요?"

"아, 예, 예. 저는 핸즈라고 합니다." 그는 은밀하게 미소 지었다. 여자들을 대할 때 쓰는 그만의 방식이었다. 하지만 다시 속이 요동을 치자 그의 얼굴이 일그러졌다.

응접실은 자그마했다. 광택이 나는 작은 프랑스식 탁자 하나, 두 개의 딱딱한 의자,《철공》과《펀치》잡지 각 한 부 그리고《태틀러》1932년 1월 호가 있었다. 그는 잡지를 들어 아무 쪽이나 펼쳤다. 갑판 의자와 파라솔을 배경으로 수영복을 입은 세 남자와 한 여자를 찍은 사진이 눈에 들어왔다. '"지미" 댄버스 씨.' 그는 눈으로 읽어 내려갔다. '쥐앙레팽에서 휴식을 즐기는, 최근 설립된 뉴리프신디케이트의 저명한 관리이사.' 벗어진 머리, 볼록 튀어나온 배…… 그 사진은 오랫동안 귀하게 간직되어 온 듯했다. 사진 속 인물들은 모두 햇살 아래서 웃고 있었다. 4년 전의 그들은 온갖 종류의 희망들로 충만했다. 신디케이트는 그다지 크게 성장한 것 같지는 않았다. 핸즈는 창으로 다가가서 밖을 내다보았다. 전차가 느릿느릿 불꽃을 튀기며 지나갔다. 두 채의 창고 사이에서 잿빛의 물 덩어리가 좌우로 움직이는 것이 눈에 들어왔다. 연기가 앞뒤로 흩날렸고, 검댕이 머지 강과 로열아델피 호텔과 뒷마당의 사과나무들 위로 떨어졌다.

"댄버스 씨가 지금 만나시겠답니다."

핸즈는 네 살 더 먹은 사진 속 인물과 인사를 나눴다. 댄버스 씨는 전혀 달라진 게 없었다. "이렇게 먼 길을 와 주셔서 감사합니다……" 그가 시가 박스를 꺼냈다. "……우린 지대한 관심을 갖고 있습니다." 핸즈는 그를 바라보았다. 어색한 질문이 나오기를 기다렸지만, 오후가 깊어 가도록 그런 질문은 나오지 않았다. '황금'이라는 단어는 언급조차 되지 않았다. 댄버스 씨는 황금을 '그것'이라고 불렀다.

"당신과 함께 파견할 사람을 구했습니다." 그가 말했다. "무척 신뢰할 수 있는 친구죠. 난 그에게 호의를 베풀고 싶어요. 그 친구 이름은 모로입니다. 다른 사람도 필요하겠지요." 리버풀 시내 전체에 불이 들어왔다. 그들은 가끔 사투리를 썼다. 갈매기 한 마리가 하늘에서 떨어지는가 싶더니 다시 솟구쳐 올라 머지 강 쪽으로 날아갔다. 사이렌이 계속 울어 댔다. 핸즈는 당혹감과 외로움과 공포가 뒤섞인 어조로 말했다. "콜리라는 남자가 있습니다. 저랑 서로 잘 아는 사이입니다…… 그 사람도 데려가고 싶군요." 그로서는 이해할 수 없는 것들이 많았다. 만사가 지나치게 순조롭게 진행되고 있었다. 런던의 스트랜드 가에서 오스트레일리아 사람에게 황금 벽돌을 팔고 있는 것만 같았다. 그가 당혹스러운 투로 말했다. "이사님께서 살펴보실 필요가……"

"우리는 이미 그것의 샘플을 가지고 있습니다." 댄버스 씨가 말했다. "다른 사람을 통해서요. 네덜란드 사람이죠. 가엾게도 그 사람은 황열병으로 죽었습니다. 그런데 바로 그 시점에 때맞춰 당신의 편지가 도착한 것이지요. 우리는 당신이 횃불을 건네받길 원합니다."

"황열병이라." 핸즈가 말했다.

"인생의 가장 값진 것들은 위험을 수반하는 법이죠." 댄버스 씨가 말했다. 그는 책상 서랍을 열어 한때 이집트산 담배가 들어 있던 판지 상자를 하나 꺼냈다. 그것을 열고 작은 회색 돌덩어리를 끄집어냈다. "표시가 보이나요?" 그가 말했다. "바로 여기에 있습니다. 분명해요. 집어 들고 보세요. 층리層理입니다."

작은 회색 돌덩어리를 손바닥에 올려놓고 핸즈는 생각했다. 이제 그에게 꼼짝없이 엮이고 말았다. 이렇게 된 이상 가는 것 말고는 달리 도리가 없다. 찢어지는 가슴을 안고…… 멍청한 짓이었어. 이 바닥에서 사업을 하는 댄버스 같은 사람을 속이려 했다니. 어차피 이렇게 된 거 얼마간 더 그를 속이는 건 어렵지 않을 거다. 그리고 그가 사실을 알아낸다면, 뭐 어때, 어쨌든 최소한 몇 주 치 봉급은 챙기는 셈이니까.

그는 손가락으로 돌을 만지작거렸다. 이게 정말 금인가? 그로서는 알 수 없었다.

4

강철로 지은 거대한 버스 정류장에 서 있는 콜리는 떠남에서 오는 익숙한 슬픔과 불안을 느꼈다. 숫자가 없는 현대식 시계 문자판, 크롬으로 지어진 우유 가게, 희미한 석유 냄새. 그것들은 돌로 축조된 부두와 철썩거리는 바닷물, 일상적인 외로움의 일부인 기름과 갈매기들에게로 그를 다시 데려갔다. 북쪽으로 몇백 킬로미터 이동하는 것뿐이었지만, 새로운 장소, 새로운 사람들을 만날 때면 그는 늘 그런 기분을 느꼈다. 30분 정도 빈둥거리는 것은 아무런 도움이 되지 않았다. 버스들이 들어오고 나갈 때 나는 기어 갈리는 소리가 신경에 거슬렸다. 불빛이 버스의 철제 측면에 반사되어 번뜩였고, 승객들은 극장 VIP석이라도 되는 양 버스 좌석 깊숙이 몸을 묻고는 차창 밖으로 그를 내다보았다. 때때로 그들은 초콜릿을 먹기도 했다. 그들은 어딘가, 빅토리아바깥의 먼지와 연기와 어둠 속으로 가고 있는 것처럼 따뜻하고 졸리고 만족스러워 보였다. 여객선이 부두를 떠날 때 같은 의미심장한 분위기가 느껴졌다.

너무나 익숙한 광경이었다. 콜리는 뭔가를 좀 마시고 싶었다. 그에게는 유리창을 통해 입맞춤을 하거나 미소를 건넬 사람이 없었다. 그가 황열병으로 죽은 점원 대신 일하러 브라질로 떠났던 열일곱 살 때도 마찬가지였다. 그들은 언제나 서리*에서 작별 인사를 나누었다(작별 인사는 회를 거듭할수록 점점 더 형식적이 되어 갔다). 처음 배를 탔을 때도 그는 다른 사람들이 종이 리본을 던지고 있을 때 우편선 안에 있는 바를 향해 걸음을 옮겼다. 아프리카로 갈 때도 마찬가지였다. 그때는 바가 아직 문을 열기 전이었다는 것만 달랐다. 그는 만화책을 한 권 들고 침상에 누워 있었다. 혹시라도 끔찍한 농담이 영원히 그의 마음속에 각인될까 봐 차마 책장을 넘기지는 못했다. 구덩이에 빠진 사냥하던 남자, 산울타리 위로 몸을 굽히고 있는 촌뜨기 그리고 그로서는 이해가 불가능했던 몇 마디 대화…… 그런 만화책이었다. 머지않아 새로운 일에 익숙해질 테고 다만 익숙한 장소를 떠나는 것일 뿐이라고 사람들은 생각할지 모르지만, 외로움은 매번 되풀이되었다.

그는 월턴로에 있는 바에 들어가 칵테일을 마셨다. 스카치위스키는 더 이상 견딜 수가 없었다. 아프리카에 체류하는 동안 위스키와, 매번 식사 뒤에 따라 나오는 두툼한 민트 아이스크림은 그의 속을 거의 썩

* 잉글랜드 남동부에 있는 주.

906

게 만들었다. 바는 역 근처에서 흔히 볼 수 있는, 커다란 모조 패널을 댄 술집 가운데 하나였다. 패널마다 서로 다른 타탄체크*가 새겨져 있었고, 사람들은 기차를 놓치지 않기 위해 급히 들어왔다가 서둘러 나갔다. 더블 단추 조끼를 입고 접이식 우산을 든 젊은 도시 남자들로, 옥스테드나 헤이워드의 황야 지대로 가는 사람들이었다. 브랜디 두 잔을 마시자 기분이 한결 나아졌다. 그는 옆에 앉은 손님 두 사람에게 저녁 인사를 했지만, 그들은 그를 흘깃 올려다보기만 하고 던롭사가 발표한 임시 배당에 관한 대화를 이어 갔다.

그는 브랜디를 한 잔 더 마셨다. 그는 세상 누구보다도 그들을 더 잘 알고 있는 것 같았고, 열일곱부터 서른셋이 될 때까지, 처음에는 이상한 회사의 동료 신입 사원으로 시작했지만 다음에는 상사가 되고 궁극적으로는 그들을 잘라 버릴 정도의 영향력을 가진 이사 자리로 꾸준히 승진하기까지 평생을 그들과 함께 살아온 것 같았다. 그들은 똑똑하고 자기들끼리는 서로 관대했으며, 같은 학교 출신이었고, 지난주에는 프린스오브웨일스 극장에서 같이 쇼를 관람했으며, 그들의 아내들끼리도 절친한 사이였고, 사업에 있어서는 그들이 그를 신뢰하지 않는 것만큼이나 서로를 신뢰하지 않았다. 그들은 그에게 말을 걸지도 않았다. 그것이 차이점이었다. 그는 무엇이 잘못되었는지 알고 있었다. 해진 소매는 언제든 감출 수가 있었다. 양말이나 셔츠는 보여 주지 않으면 아무도 볼 수가 없다. 사람을 드러내는 건 신발이다. 그게 바로 낯선 여자들이 항상 상대방의 신발을 눈여겨보는 이유다.

자, 이제 떠나야겠군, 그는 생각했다. 버스는 8시 30분에 출발하여

---

* 굵기와 색깔이 다른 선을 서로 엇갈리게 한 바둑판무늬. 본디 스코틀랜드 지방에서 종족과 계급을 나타내는 문장紋章이었다.

이른 아침 무렵 리버풀에 도착할 예정이었다. 그는 브랜디를 한 잔 더할 시간이 없었다. 그뿐만 아니라 한 잔 더 마시면 잠들지도 못할 것이다. 브랜디 석 잔이면 작별할 용기를 얻기에 충분했다. 그가 런던에서 특별히 행복하게 지냈다는 뜻은 아니다. 하지만 에어레이티드 제과점에서 특정 테이블만 담당하다 보면 얼마간 친교가 쌓이게 마련이다. 그리고 해마다 이맘때쯤이면 아킬레우스 동상이 있는 곳에서 마블 아치까지 어떤 희망이 솟는 것을 느끼며 천천히 거닐지 않을 수 없었다. 희망은 강인한 수선화처럼 삶 속에서 주기적으로 피어올랐다. 욕망도 이해관계도 아닌 다른 무엇인가에 기초한 인간관계를 쌓고 싶다는 희망이었다.

그는 세상을 미워했다. 그것이 그의 영원한 첫 번째 신조였다. 우리는 술을 마시지 않을 수 없고, 계속 움직이지 않을 수 없다. 하지만 매번 떠날 때마다 슬픈 감정이 드는 것은 어딘가에, 뭔가가—그걸 뭐라고 불러야 할지는 그도 몰랐다—존재하리라는 것을 시사했다. 그는 카운터 저편으로 동전을 밀어 준 다음, 차갑고 지저분한 겨울밤 속으로 걸어 나왔다. 하늘은 배터시 발전소 상공의 수증기처럼 창백했다. 버스 정류장 밖에서 누군가가 꽃을 팔았으며, 버스 한 대가 어둠 속으로 달렸다.

꽃향기, 석유, 핌리코사의 굴뚝에서 뿜어 나오는 연기, 콘크리트 사이에 스스로 씨앗을 퍼뜨려 막무가내로 밀고 올라오는 강인한 풀들, 그 풀들이 빚어내는 희미한 봄기운…… 그 모든 것들이 한데 어우러져 그의 머릿속을 희망으로 채웠다. 지금껏 이상한 대륙의 지저분한 지역들을 오가면서 경험한 모든 일들이 이런저런 인상을 남겼고, 그 인상들이 해마다 이맘때쯤이면 되살아나 그의 불유쾌한 의식 속에 슬품과 알 수 없는 아름다움을 불러일으켰다. 1931년에 우편선에서 마주친 화부와 이탈리아인 어린아이의 얼굴이 생각난다. 그들은 신선한 공기를 한 줄기 마시고자 삼등실 갑판으로 올라왔었다. 둘둘 말린 로프 위에 나란히 앉아 무거운 밤공기 속에서 숨을 헐떡이고 있었고, 램프 불빛에 비친 얼굴은 환자 같았다. 교회의 축도 시간에 무릎을 꿇고 앉은 시에라리온의 한쪽 팔이 없던 아이도 생각났다. 그 아이는 야자 열매를 따다가 칼이 부러지는 바람에 팔이 잘리고 말았다. 주민들 모두가 황열병으로 죽어 간 아프리카의 작은 마을이었다. 그들의 시신은 끔찍하게 흉한 몰골이었지만 극도로 정숙한 분위기를 풍겼고, 각자의 오두막에서 가족들 곁에 누워 있었다. 중산모를 쓴 남자가 여행 가방을 들고 달려가면서 뒤쪽에 대고 누군가에게 외쳤다. "이러다간 늦어. 늦을 거라고."

그 남자 역시 북쪽으로 가는 게 분명했다. 디젤엔진과 관련하여 중요한 업무를 수행해야 하는(그는 태도를 통해 그걸 보이고자 했다), 하지만 기차 요금까지 대 줄 만큼 중요하지는 않은 임무를 수행하러 가는 나이 든 남자였다. 버스 안의 사람들 중에 **그 정도로** 중요한 사람은 없었다. 맨 앞 좌석에는 사제가 앉아 있었다. 그가 앉은 자리에서는 앞 유리창으로 밀려오는 어둠밖에 보이지 않았다. 사제는 약간 나이가 들었으나 체격은 건장했다. 선반 위에는 조그만 검정 가방과 우산이 놓여 있었다. 그는 밤새 조용히 앉아 기도서를 읽을 태세였다. 그 중요한 사람 옆에는 사무원처럼 보이는, 야윈 몸매에 허름한 차림의 동료가 앉아서 디젤엔진에 대해 큰 소리로 얘기를 나눴다.

콜리는 버스 중앙 통로를 따라 유일하게 비어 있는 두 좌석 쪽으로 다가갔다. 샌드위치와 바나나가 든 바구니를 가지고 탄 노파가 젊은 여자에게 말했다. "테드가 알면 말썽이 생길 테니 대비를 해야 해." 한 무리의 젊은 사내들(아마 축구팀인 모양이었다)이 뒷좌석을 여행 가방과 종이봉투로 몽땅 채웠다. 그들은 문을 가로막고 서서 커다란 웃음을 터뜨렸다. 트위드 모자를 쓴 회색 콧수염 남자 둘이 그들을 배웅하면서 같은 말을 계속 반복했다. "너희 꼭 명심해야 해……" 젊은 사내들은 서로의 등을 툭 치거나 옆구리를 때리는 시늉을 하며 말했다. "걱정 마시라니까요." 젊은이들은 취기가 좀 오른 상태였다. 호각 소리가 울리고 그들이 몸을 돌려 통로로 올라서자 버스 안에는 그들의 숨결에 섞인 퀴퀴한 맥주 냄새가 퍼졌다. 더 이상 탈 사람은 없었다. 버스 밖에서는 한 젊은 남자가 유리창에 창백하고 초라한 얼굴을 들이대고는 손가락으로 뭔가를 휘갈겨 쓰면서 검은 옷차림의 울고 있는 여자를 달콤한 말로 안심시키려 애썼다. 여자는 창문을 내리고 얘기할 줄 몰랐다. 그녀는 문 쪽을 쳐다보았지만, 버스 밖의 남자들이 계속해서 버스 안에 있는 젊은 사내들을 향해 "너희 꼭 명심해……"와 "절대 방심하면 안 돼" 따위의 얘기를 해 대고 있었다. 콜리가 남학생 위로 몸을 기울여 그녀가 앉은 쪽 창문을 끌어내려 주었다. 그녀는 고맙다는 말을 하지 않았으며, 젊은 남자 역시 마찬가지였다. 이미 호각이 울렸고 그들은 시간이 없었다. 그들은 얘기를 나눌 시간이 없다는 다급한 메시지와 함께 서로 상대 쪽으로 몸을 기울였다. 버스는 하얀 선들 사이로 빠져나와 우유 가게와 슬롯머신들을 지나쳐 빙 돌았다. "이런, 부딪히겠네." 젊은 사내들이 소리 지르면서 통로를 걸어 자리로 돌아갔다. 그들 역시 비싼 기차 요금을 낼 만큼 중요한 인물들은 아니라는 걸 알 수 있었다. 그들의 축구팀은 정식 리그 소속이 아니었다.

버스 여행은 보통의 야간 항해와 흡사했다. 미끄러지듯 멀어지는 불빛들, 얼굴을 돌려 풍경을 감상하는 사람들, 배가 부둣가를 돌듯이 그 로스브너가든의 높은 석조 담을 빙 도는 버스, 요란스럽게 통통거리는 작은 예인선을 연상시키는 하이드파크코너의 부랑자들…… 런던이 서서히 뒤로 물러나면서 뒷자리의 젊은 사내들까지도 시시때때로 침묵에 빠져들었다. 버스가 지나는 길은 런던의 축약판이라 할 수 있었다. 아킬레우스 동상, 리걸 극장 밖에 늘어선 줄, 경찰관, 커피 판매대, 근위 기병, 택시에 탄 여자에게 애매하게 수작을 거는 이브닝드레스를 입은 남자, 지루할 정도로 길게 이어지는 핀칠리로, 저택과 아파트, 헨던 너머의 초원, 감자 껍질 더미, 더 많은 저택과 더 드넓은 초원, 낡은 자전거 바퀴와 자동차 부품들로 가득한 들판의 구덩이 그리고 시골……

여자는 눈을 감고 '난 잠들었다, 난 잠들었다'라고 되새기는 것처럼 입술을 꽉 다문 채 앉아 있었다. 남학생은 초콜릿을 베어 먹었다. 앞쪽에서 중요하다는 양 꾸짖는 듯한 날카로운 목소리가 들려왔다. "50마력이라니까." 영국은 자력을 잃은 자석 같았다. 더 이상 사람들을 붙잡아 둘 만한 것이 없었다. 사람들을 흔들어 떨구는 꼴이었다. 콜리는 생각했다. 난 괜찮은 이력을 쌓을 만큼 이곳에 오래 붙어 있었으니 이제는 다시 외국으로 나가는 편이 나아. 하지만 이번에는 자기가 할 일이 무엇인지조차 알지 못했다. 핸즈가 쓴 편지에는 '당신한테 어울리는 일일 거요'라고만 되어 있었다.

그는 좌석을 두 개나 차지하고 있었다. 그러는 사람은 그가 유일했다. 그는 자신의 외모에 사람들을 멀리하게 만드는 요인이 있는 것은 아닌지 궁금했지만(신발은 잘 감추고 있었으며, 다른 승객들의 신발 역시 썩 훌륭한 편은 아니었다), 곧 이유를 깨달았다. 그는 바퀴 위쪽에 앉아 있었던 것이다. 버스가 그레이트노스로의 울퉁불퉁한 구간을 달릴 때마다 그의 몸이 흔들렸다. 사람들은 모두 그보다 아는 게 많았다. 무슨 일이든 처음에 초짜는 '당하기' 마련이다. 그는 브라질로 가던 때에도 갑판 전체에서 가장 안 좋은 자리에 캔버스 의자를 놓고 앉아야만 했던 사실을 떠올렸다. 이제 그는 그 점에서는 항상 남보다 빨랐다. 사람들이 작별 인사를 채 끝내기도 전에 그는 햇빛이 가장 잘 들거나 그늘이 가장 잘 드는 구석 자리를 차지했다. 가장 작은 안락을 위해서도 경쟁해야 한다면 그는 누구보다도 잽싸게 경쟁에 임할 작정이었다. "기름 연소라고 말했잖아!" 버스가 칠턴 언덕을 느릿느릿 올라갈 때 1단 기어의 소음을 뚫고 나이 든 남자가 큰 소리로 말했다. 사제는 도톰한 입술을 거의 움직이지 않으면서 나직이 기도를 읊었다. 그 소리가 엔진 소리와 더불어 그의 자리에서 부드럽게 울렸다. 전조등 불빛 속에 봄밤이 활짝 모습을 드러냈고, 제방에서 자라는 싹을 틔운 너도밤나무 가지가 차창을 긁었다. 콜리는 가슴속에서 고통과 일종의 좌절당한 지독한 사랑을 느끼며 생각했다. '경쟁. 난 그들과 경쟁하겠어. 그들 한 사람 한 사람과.' 그러자 마치 브라질과 아프리카에서의 그 게임에서 진 적이 없는 듯한 기분이 들었다.

5

"단번에 알아볼 수 있었습니다." 댄버스 씨가 기자에게 말했다. "핸즈가 아주 특별한 성격을 가진 사람이라는 걸요. 시가 한 대 태우시죠. 그렇게요. 하나는 주머니에 넣으시고요. 무슨 얘기를 하던 중이었죠?

아 그래, 그는 옛날 방식의 모험가였습니다. 월터 롤리 경*을 좀 닮았지요."

"하지만 롤리 경은 금을 발견하진 않았습니다." 기자가 말했다.

"아하." 댄버스 씨가 잽싸게 응수했다. "하지만 롤리 경은 적절한 지원을 받지 못했어요. 제 말을 믿으셔도 됩니다. 거기엔 틀림없이 금이 있습니다. 우리가 만족할 만한 샘플을 보지 못했을 거라고 생각하지는 마십시오."

"핸즈 씨와는 어떻게 접촉하게 되었습니까?"

"솔직하게 말씀드리죠." 댄버스 씨가 말했다. "지나치게 신중해서 낭만적인 이야기를 망칠 필요는 없으니까요. 제가 말씀드렸지만 핸즈는 모험가였습니다. 물론 긍정적인 의미에서의 모험가였죠."

"롤리 경처럼 말인가요?" 기자가 말했다.

"그가 들려주게 될 얘기들을 들어 봐야만 합니다. 그는 구르는 돌이죠. 아직까지는 이끼를 모으지 못했습니다만. 하지만 가장 중요한 우정만큼은 굳게 쌓았습니다. 남들을 위해 일을 한 거였죠. 방랑벽이 도지면 일자리를 팽개치고 길을 떠나곤 했습니다. 세상을 둘러보면서요. 온갖 종류의 사람을 다루는 법도 익히고. 그는 한때 파업을 제압하기도 했습니다. 그것도 한 손으로 말입니다. 그런데 그가 집에 돌아온 지 한두 달이 지났습니다. 좀이 쑤시기 시작했겠지요. 행동하지 않는 건 참지 못하는 사람이니까요. 그래서 그는 자신의 경험을 활용할 생각을 했습니다. 서아프리카에서 이 황금을 우연히 발견했던 시절을 떠올린 겁니다. 그 나라 정부는 아무 조치도 취하지 않고 있었습니다.

---

* 북아메리카에 영국 식민지를 건설하려고 노력한 영국의 군인이자 탐험가(1552?~1618).

혼혈인들로 이루어진 정부니까요. 중세 같은 상황이라고나 할까. 몇몇 네덜란드인 탐광업자들만이 눈치를 보고 있었지요. 채굴권을 따낼 절호의 기회가 있었던 겁니다. 그는 자신의 구상을 설명하는 편지들을 여러 회사에 보냈습니다. 핸즈는 그 나라를 잘 알고, 원주민들을 알고, 영국 관할 지역의 국경 바로 너머에서 일한 적이 있으며, 정부 요직에도 아는 사람이 있었습니다. 그가 거기에서 뭘 하고 있었는지는 신만이 아실 겁니다. 무엇보다도 그는 검둥이들을 다룰 줄 압니다. 그런 나라에서는 그게 무엇보다도 중요하죠. 미개발국. 도로도 없습니다. 모든 걸 백지상태에서 시작해야만 합니다. 기계가 아니라 사람이 중요한 일이죠. 영국 관할 지역을 넘어가면 100년 전으로 거슬러 올라가는 셈입니다. 스탠리와 리빙스턴의 시대로 말이죠." 댄버스 씨가 실눈을 뜨고 메모를 곁눈질하면서 부정확하게 말했다.

"다른 회사들은 어떻게 했나요?"

"다시 솔직하게 말씀드리죠." 댄버스 씨가 말했다. "다른 회사들은 그를 믿지 않았습니다. 그에게 면접 기회조차 주질 않았죠. 저도 그 사람과 직접 얘기를 나누기 전까지는 회의적이었습니다. 그는 다른 두 군데서만 답장을 받았다고 얘기하더군요. 그것도 회사의 활동 영역을 확대할 계획이 없다는 내용의 형식적인 답장이었답니다."

"당연하겠죠…… 이런 일에 자금을 댄다는 게……"

"보통주 20만 주만 발행하면 되는 일인데요, 뭘. 당신네 내일 자 신문 한 면을 잡아 두었답니다. 알고 계시죠?"

"핸즈 씨는 혼자 갑니까?"

"물론입니다. 이건 통상적인 채광 작업이 아니니까요, 기자 양반. 이건 개척입니다. 모험입니다. 바로 그 점을 기사에서 강조해 주셨으면

합니다. 위스키소다 드시겠습니까?"

"저는 술을 안 마십니다." 기자가 말했다.

"솔직히," 댄버스 씨가 말했다. "저는 전설을 만들고 싶습니다. 광고 담당 국장님과 얘길 나눴는데, 기자님이 쓴 기사로 채울 공간이 주어질 겁니다. 저는 핸즈를 대단한 인물로 부각시키고 싶습니다. 이건 주식을 파는 차원의 문제만이 아니라—그런 생각은 하지 말아 주셨으면 합니다—정치의 문제이기도 합니다. 이 검둥이들에게는 각인을 시켜줄 필요가 있습니다. 어떻게 보면 이 탐험대를 이끄는 사람은 '대사'라고 할 수 있습니다. 유럽의 대사, 문명의 대사인 셈이죠."

"그가 채광 작업에 대한 전문 지식은 갖고 있습니까?"

"그건 그의 핵심 업무가 아닙니다. 그의 임무는 길을 내는 겁니다. 사람들을 다루고, 숲을 개간하고, 도로를 내는 것이죠. 정말이지 모험 아니겠습니까?" 댄버스 씨가 외쳤다. "제가 젊다면 직접 갔을 겁니다."

"전문가들이 같이 가는 거겠죠?"

"말하자면 전문가들이 그의 뒤를 따르는 겁니다."

"지도 좀 볼 수 있을까요?"

댄버스 씨가 자기 책상 위에 커다란 흰 종이를 펼쳤다. 다른 어떤 지도보다도 빈 공간이 많았다.

"믿을 만한 지도는 없습니다." 그가 말했다. "아직까진요. 우리가 직접 만들어야만 합니다." 지도에는 '미 육군성 발행'이라고 표시되어 있었다. 기자는 지도 위로 몸을 숙인 다음 손에 든 메모장에 기록을 했다. 지도는 그에게 아무 의미도 없었다. 칼럼을 채울 문장들이 필요했다. 그는 지도 오른쪽, 식인종들이라고 표시된 지점의 흰 공간을 바라보았다. 멘디나 부지 같은 낯선 이름들은 신문 지면에서는 그럴싸하게 들릴 것이다. 그의 머리에 칼럼의 기본 논조와 표제가 떠올랐다.

댄버스 씨는 만족스러운 미소를 지으면서 기자 옆으로 몸을 기울이고는 이중 관절이 있는 엄지손가락을 구부려 산악 지대를 가리켰다. "바로 여기에서 금을 캐낼 겁니다." 그가 말했다. "문제는," 그가 엄지손가락을 바다 쪽으로 움직였다. "그걸 여기로 가지고 내려오느냐 아니면 국경을 넘어 영국 관할 지역으로 가져가느냐 하는 점입니다. 그리고 여기는," 엄지손가락이 북쪽으로 움직였다. "프랑스 관할 지역입니다." 그가 입을 다물었고, 기자는 메모를 했다. 지도는 많은 것들을 보여 주는 수정 구슬과 같다. 성공과 실패, 싸구려 호텔에서의 자살과 정부와 체결한 계약, 변태적인 사랑과 기이한 가정, 화장실의 뱀 등을 말이다. 댄버스 씨의 눈앞에 사무실 건물과 도리아 양식의 기둥, 무늬가 새겨진 가구들, 전기로 움직이는 시계 그리고 건물의 여섯 개 층이 떠올랐다. 그의 눈에 20만 주의 보통주가 웃돈이 얹혀 거래되는 모습이 그려졌다. 황금 따위는 보이지도 않았다.

6

아버지가 말했다. "백과사전을 가져올 테니 잠시만 기다려라."

아버지는 엄청난 궁금증을 품고 서아프리카 지도를 펼쳤다. 그 나라는 매우 작았다. 프랑스 국경에서 바다 쪽으로 400킬로미터 정도, 해안으로부터 500킬로미터 정도가 되었으며, 지도의 축척은 인치당 320킬로미터였다. 따로 자세히 나온 지도는 없었다. 여섯 개 마을만 표시되어 있었다. 아버지는 라트비아, 룩셈부르크, 국제연맹, 브뤼셀 시청의 그림엽서 따위를 생각했다. 그는 열기, 건조함, 황량함 등에 대해서는 아무런 개념이 없었다.

핸즈가 말했다. "그 나라는 국민들을 먼지처럼 취급해요."

아버지는 어디에서나 박해받는 소수집단과 베르사유 조약을 떠올렸다. 지도를 내려다보면서 그는 생각했다. 이건 일자리다, 저 애가 다시 일자리를 잡았다, 아마 이번에는 모든 게 잘 풀릴지도 모른다, 자리를 잡고 돈도 모을 거다, 저 애가 자랑스러워질 거다, '내 아들이 거기 이사인데 말이지……'라는 얘기를 할 수 있을지도 모른다. 그는 자기 마음속에서 날뛰는 기쁨에 약간의 부끄러움을 느꼈다.

핸즈는 굳이 지도를 들여다보려고도 하지 않았다. 그는 뭘 보게 될지 잘 알고 있었다. 그 거친 직사각형은 덤빌 테면 덤벼 보라는 꼬드김이었고, 손에 쥘 용기가 있다면 거머쥘 수도 있는 노다지였다. 그것은 성공이었다. 세상이 모두 핸즈의 성공담을 듣게 될 것이다. 세상에나, 그는 아주 똑똑했어. 얼마나 똑똑했는지 몰라. 그는 두려웠다. 그가 말했다. "나가서 밀릿 씨랑 얘기나 좀 해야겠어요." 그는 불안하게 으스대는 걸음걸이로 메트로랜드 하이 가로 내려가, 대형 극장인 무어인 극장과 죽은 십자군 전사들과 튜더 카페를 지나서 자신의 유일한 청중이 있는 곳으로 걸음을 옮겼다.

제2부 탐험

빌링스는 눈을 멀게 만들 정도로 지독한 서아프리카의 열기 속에서 검은 옷을 입고 있었다. 사망한 목사에 대한 예우를 갖추기 위함은 아니었다. 역설적이게도 눈에 띄고 싶지 않았기 때문이었다. 빌링스는 인디언 사냥꾼처럼 세상을 걸어서 돌아다녔다. 하지만 그의 발밑에서는 언제나 나뭇가지가 부러졌다. 영국에서는 이 옷이 전혀 두드러지지 않았었다. 이 옷에 너무 익숙해져서 아프리카로 가는 배에서도 혹시 흰옷으로 갈아입으면 사람들이 자기를 주목하게 될 거라고 생각했다. 그리하여 비둘기 같은 가슴과 메마르고 점이 수두룩한 피부와 충혈된 눈을 더 자세히 관찰할 것이라고 짐작했다. 그런데 그가 먼지투성이의 검은 옷을 입고 배에서 내렸을 때 팜비치식의 옷*을 걸친 사람들이 그를 쳐다보자, 그는 자존심 때문에라도 옷을 갈아입기가 싫었다. '저 멍청한 이방인 같으니.' 그는 그들이 얘기하는 걸 상상했다. '저 사람은 백인들이 여기서 뭘 입는지 몰랐던 게 틀림없어. 지금은 우리가 입는 걸 흉내 내고 있군.'

그는 양철 지붕을 얹은 교회 안에 서서 주위를 둘러보았다. 십자가가 없는 썰렁한 작은 제단, 노란 소나무로 만든 벤치, 전신 침례를 할 수 있는 커다란 양철 물탱크…… 이곳은 일종의 집이었다. 여기서 그는 권위를 갖고 흑인들에게 헌금 주머니를 내밀었다. 노르만 양식을 흉내 낸 교회 밖에서 정오를 알리는 종이 울렸고, 태양 빛이 양철 지붕 위로 쏟아져 내렸다. 저 멀리 어딘가에서 증기선의 울부짖음이 들

---

* 편안하면서도 고급스러움을 추구하는 옷. 팜비치는 미국 플로리다 주에 있는 유명한 휴양 도시이다.

려왔다. 목사의 장례를 위한 찬송가 소리가 여전히 드높았다. 그는 주일에 대비해 찬송가의 번호를 바꿨다. 그것은 빌링스가 인계받았다는 사실을 영국 측에 알리는 제스처 같았다. 그는 물탱크 안에 손을 담갔다. 가뭄 때문에 지난번 침례 이후로는 탱크를 비우지 않았다. 물은 뜨뜻한 흙탕물이었다.

그는 수직으로 내리쬐는 햇빛 속으로, 양철 지붕을 인 가게들이 늘어선 허름한 거리로 나섰다. 주변에는 아무도 없었다. 안쪽 방들에서는 해먹이 웅웅 흔들거렸고, 맹금류들은 길들여진 비둘기처럼 지붕 위에 앉아 멍청해 보이는 머리를 이쪽저쪽으로 돌리면서 썩은 고기를 찾고 있었다. 한 마리가 톱니 모양의 먼지투성이 날개를 펄럭여서 대낮의 공기를 가르며 날아올라 지붕을 가로질러 푸줏간 마당으로 갔다. 그곳에는 10여 마리의 동료들이 칠면조처럼 꼼짝 않고 자리를 잡고 있었다. 다른 새들은 장례식을 주관하는 사제처럼 경건하게 걷고 있는 빌링스—검은 옷을 입고 검은 목사 모자를 썼다—를 내려다보았다. 그가 고개를 들자 그를 평가하고 있는 새들과 시선이 마주쳤다. 새들은 서로 머리를 맞대고 비밀스러운 얘기를 나누고 있는 것 같았다. '저 사람은 몇 년은 더 버틸 수 있을 것 같아. 그런데 살가죽과 뼈가 너무 많아.' 그는 끔찍한 태양 아래에서의 죽음에 대해 그리고 지난주에 자신이 침대 곁에서 즉흥 기도를 할 때 숨이 잦아들었던 베인스 씨에 대해 생각했다. 고국에 전보를 친 지 사흘째였다. 그는 반항하듯 그 죽음의 공허함을 생각했다. 종교가 주는 위안이라…… 사교 모임을 위한 거실의 풍금 그리고 기도 내내 반쯤 못 박힌 듯이 있었던 자신의 모습…… 그것은 거창한 의식 따위는 없었어도 괜찮은 죽음이었다.

그는 가짜 노르만 성당을 피해서 걸었다. 입구 위에 걸린 십자가가 빌링스에게는 악마의 눈처럼 보였다. 그는 지나치게 거창한 종교적 상징들을 싫어했다. 그것들은 교양미가 부족한 팜비치 옷처럼 그를 조롱하는 듯했다. '신사의 종교'는 싫었다. 신은 장식 없는 방이었다. 신은 소나무였고, 보를 씌우지 않은 탁자였으며, 한 조각 마른 빵이었다. 빵과 미사에 쓰이는 제병 사이에는 넘을 수 없는 간극이 있었다. 빵은 목으로 들어가 구원을 주었지만, 제병은 쉽게 녹아 버려서 저주를 주었다. 주교가 성당에서 나와 빌링스에게 "안녕하시오"라고 쾌활하게 인사를 했고, 빌링스는 마지못해 답례를 했다. 기다려, 기다려, 그는 속으로 중얼거렸다. 앞으로 30년 내에 두 사람 다 '목격하게' 되리니. 그는 자신의 구원에 대한 은밀한 자부심에 몸을 떨었다. 검은 옷 속에서 땀이 뭉텅이져 흘러내렸다.

그는 우체국으로 갔다. 카운터 뒤에 있던 커다란 체구의 흑인이 무례하게 그를 지켜보았다. 그의 눈에는 빌링스도 신사의 종교에 속하는 사람이었다.

빌링스가 말했다. "전보를 기다리고 있어요."

흑인은 깨끗한 흰옷을 입고 있었다. 그가 빌링스를 위아래로 훑어보았다. 늘 그랬다. "이름이 뭡니까?" 그가 자기 이름만큼이나 빌링스의 이름을 잘 알고 있으면서도 일부러 묻더니, 오만하게 회전의자에 다시 몸을 기대고는 밖에 있던 어린 소녀에게 창을 통해 1페니를 건넸다. "오렌지 세 개." 그가 말했다. "거스름돈은 너 가져."

"빌링스요."

"아무것도 없네요." 흑인이 말했다. 하지만 빌링스가 몸을 돌려 나가려 하자 그가 뒤에서 불렀다. "어이, 잠깐 기다려 봐요. 뭔가 있을지도 모르니까."

흑인은 영국에서 전보가 왔다는 것을 잘 알고 있었다. 심지어 그 내용까지도 알았다. 소식을 전하는 그의 태도에는 경멸과 만족이 배어 있었다. 빌링스는 손으로 봉투를 쥐고 밖으로 나왔다. 그는 선교센터에 전보를 쳐서 목사의 죽음을 알렸고, 자기가 이곳의 신도들을 잘 아니 죽은 목사의 자리를 대신하는 것이 좋겠다는 제안을 한 바 있었다. 그는 오랜 시간을 들여 전보를 작성했다. 적절한 애도와 목사직에 대한 야심 등 전달해야 할 내용이 너무 많았던 것이다.

그는 시에스타 때문에 텅 빈 거리를 가로질러 집으로 향했다. 집이라기보다는 예배당이었다. 하느님이 사는, 기본 기능만을 갖춘 직사각형의 거주지. 햇살이 검은 모자와 다가올 불행 위로 내리찍듯이 쏟아졌다.

그의 오두막은 쥐와 개미들 때문에 땅에서 30센티미터 정도 높이에 세워졌다. 밖에는 낡은 사진 표지판이 걸려 있었다. 수영 중인 미녀의 사진은 열기와 습기로 군데군데 얼룩이 졌다. 그는 사진을 현상할 줄 알았지만, 그 목적으로 빌링스를 찾는 사람은 드물었다. 관광객들은 이 영국령 식민지에 오랫동안 머무르지 않았다. 중간 기착 시간이 길 때에만 증기 여객선이 몇 시간 정도 머물렀고, 그럴 때면 사람들은 코닥 카메라를 메고 뭍으로 올라와 독수리와 총독 관저 그리고 맨체스터산 면으로 만든 옷을 걸치고 교회에서 집으로 돌아가는 흑인 여성 등을 카메라에 담았다. 하지만 그들은 **자기네가 찍은** 필름을 런던으로 가지고 갔다. '필름 현상 여섯 시간 완성'이란 광고문을 내걸었는데도 그들은 빌링스를 신뢰하지 않았다. 아주 가끔씩 채광업자나 부유한 흑인들만이 필름을 가지고 올 뿐이었다. 웰즐리 가에서 열린 결혼식이나 크루타운 법정의 개소식 같은 사진이었다.

그의 문 아래서는 늘 퀴퀴한 사진 정착액 냄새가 스며 나왔다. 암실과 화장실에서 스며 나온 냄새가 뒤섞여 서서히 시장에서 파는 생선 냄새로 변해 갔다. 내가 목사가 되면…… 빌링스는 생각했다(전보를 열어 읽지 않는 한 어쨌든 나쁜 소식은 아니었다. 고국의 위원회가 결정을 내리려면 시간이 필요하리라고 생각했다). 목사가 되는 건…… 매주 헌금에서 1파운드 가까이 챙길 수 있고, 검은 양복도 정기적으로 사 입을 수 있으며, 결혼식 집전과 침례 의식을 주재할 권한이 주어진다는 것을 의미했다. 때가 되면 이 마을의 습한 열기를 벗어나 유럽인 정착 지역으로 이주할 수도 있을 터였다.

그는 문을 열었다. 털이 없는 분홍색 잡종 강아지가 그의 발아래에 배를 대고 꼼지락거렸다. 강아지가 탁자 밑에 오줌을 싸고 용서를 비는 것이었지만, 그는 지금 그런 일 따위는 아랑곳하지 않았다. 그는 코닥과 아그파 광고물들 사이에 서서 전보를 개봉했다. 내용은 아주 간단했다. 'B. 모스 방문 예정. 16일 도착. 숙소 준비 바람.' 그는 창밖을 내다보았다. 택시 한 대가 항구 쪽으로 달려가는 것이 보였다. 하늘에는 독수리들이 점점이 날고 있었다. 독수리들은 티 한 점 없이 깨끗한 파랗고 무더운 하늘을 순식간에 가로질렀다. 그는 전보지를 조각조각 잘게 찢기 시작했다. 손놀림이 점점 더 빨라졌다. 몸을 움츠리고 있는 포동포동한 강아지 주위로 종잇조각들이 떨어져 내렸다. 간질성 현기증 같은 어지럼증이 몰려왔다. "세상에, 세상에." 그는 그렇게 말하며 탁자 모서리를 붙잡았다. 탁자가 떨렸다. 떨리고 떨리고 떨렸다. 열기가 그를 덮쳤다. 이윽고 그는 다시 정신을 차리고 현실과 대면했다. 집에서 만든 빛바랜 그림엽서를 파는 조그만 가판대…… 맨체스터산 면으로 만든 옷을 입은 흑인 여성, 총독 관저…… 강아지와 사진 정착액 냄새…… 검은 옷 속에서 흘러내리는 땀. 인생이 실패로 인해 잠시 얼어붙었지만, 이제는 해동이 되어 물이 뚝뚝 떨어졌다.

빌링스는 흑인 한 명이 계단에서 자기를 지켜보고 있다는 것을 알아차렸다. 그가 화난 목소리로 말했다. "뭣 때문에 왔어?"

"사진 찾으러요." 남자가 말했다. 목소리는 공허했다. 어린아이처럼 이가 빠진 소리였다.

"아직 안 됐어. 내일 다시 와."

일을 하는 게 곧 기도하는 것이다, 빌링스는 생각했다. 그는 처음부터 다시 기도를 시작해야 했다. 그는 강아지를 발로 차고 암실로 들어갔다. 세숫대야, 선반, 화장실 의자, 붉은 유리창. 그는 벽에 걸린 못에 모자를 걸고 필름 한 롤을 뜯어 화학약품이 든 야트막한 접시 위로 몸을 숙였다. 그는 필름의 시커먼 띠에는 무관심했다. 다른 누군가의 삶이 서서히 모습을 드러낼 때까지 필름을 현상액 속에서 좌우로 흔들었다. 검정이 흰색이 되고 오른쪽이 왼쪽이 되는 네거티브의 삶이 드러나기 시작했다. 하지만 그 자신의 포지티브 삶은 분명 부당하게 차단당하고 말았다. 그는 B. 모스가 자기에게 헌금 업무를 도와 달라고 요청할지 확신하지 못했다. 그 일을 다른 사람에게 맡길지도 몰랐다.

그는 정착액에서 필름을 너무 일찍 꺼냈다. 흑인들의 하얀 얼굴이 투명한 벌레들처럼 희미하게 빛났다. 그 네거티브필름을 씻기 시작했다. 그는 창문의 붉은 불빛 속에서 아무 생각 없이 일했다(그의 사진들은 1년도 지나지 않아 누렇게 색이 바랬다). 누군가가 문을 두드렸지만 그는 신경 쓰지 않았다. 그가 자부심이나 분노를 혼자서만 만끽할 수 있는 곳이 두 군데 있었다. 바로 예배당과 암실이었다. 예배당에서는 하느님께 얘기를 했고, 암실에서는 자신의 과거와 얘기를 나눴다. 가라앉든 헤엄을 치든 알아서 하라고 물에 내던져진 아이, 놀이터에서 겁을 집어먹은 아이. 그는 "징글맞은 빌링스"라고 속삭이는 목소리와 어떤 여자의 소름 끼치는 웃음소리를 들었다. 빌링스는 자신을 불쌍하게 여기지 않았다. 대신 예수회 신자가 고통받는 구세주의 이미지에 자신을 투영하듯 자신의 이미지를 격상시키면서 스스로를 다잡았다. 그것은 언젠가는 가치를 인정받게 될 자기 훈련이었다. 그는 조롱과 멸시에 휘둘리지 않게 될 것이다.

다시 문을 두드리는 소리가 들렸다. 그는 네거티브필름이 마르도록 걸어 둔 다음, 가게로 나갔다. "이게 누구요?" 그는 그렇게 말하고 나서 잠시 머뭇거렸다. "이름이……"

"벌써 5년이 흘렀군요." 손님이 말했다. "앤더슨네 가게에서 봤지요. 기억 안 나요, 빌링스? 그날 밤……"

"아, 핸즈." 빌링스가 덤덤하게 말했다.

"그랜드 호텔에 묵고 있어요."

"그랜드?"

"지금은 돈이 있거든요." 핸즈가 말했다. 그는 군용처럼 보이는 커다란 카키색 햇빛 차단용 헬멧을 벗어 빌링스가 자세히 볼 수 있도록 얼굴을 다 드러냈다. 새로 산 무명 양복을 입고 클럽 넥타이를 맨 말쑥한 차림새였다. "얼마나 사람들이 많던지. 옷에 풀을 너무 많이 먹였잖아. 마치 총독 관저 같았다니까요. 그래서 몰래 빠져나와 옛 친구 빌링스나 만나 보자고 생각했지요. 예전의 빌링스라면 술 한 병쯤은 감춰 두었을 테니까."

그 낯선 표현이 빌링스의 얼굴을 일그러뜨렸다. 시큼한 맛, 행복했던 기억, 말하기 껄끄러운 반갑지 않은 비밀…… "5년이 됐군요." 그가 말했다. "5년이면 많은 일이 벌어지기 충분한 시간이죠."

"도서관 창문이 하나 더 깨지고, 앤더슨이 베이츠에 매각되고, 글래드스톤 가에 우체통이 하나 놓일 만큼의 시간이지요. 나도 그 정도는 안다오. 난 오늘 아침 도착했지만 벌써 여기저기를 둘러봤어요."

"사람들도 바뀌지요." 빌링스가 말했다.

"여기 찬장이 있군요. 어디 뭐가 들어 있는지 봅시다." 그가 찬장 문을 열었다. 선반 하나는 먼지가 쌓인 채 비었고, 다른 선반에는 아그파와 코닥 필름들, 과일이 담긴 병 하나, 하인즈 콩, 정어리 통조림, 케임브리지 소시지 한 통이 놓여 있었다. "당신, 술을 끊었군요." 핸즈가 말했다.

"그리스도를 영접했소." 빌링스가 말했다. "그랜드 호텔에서 사람들이 얘기하지 않던가요?"

핸즈는 언짢은 목소리로 대답했다. "아무 말도 못 들었는데요."

"그렇겠죠." 빌링스가 말했다. "당신이 여기 온다는 얘기를 하지 않았을 테니까. 거리가 비어 있지 않았소? 시에스타 시간이라서 말이오. 당신은 서둘러 움직였겠지만."

"내가 부끄러워한다는 뜻인가요?"

"당신은 늘 부끄러워했소." 빌링스가 말했다.

"난 늘 당신을 좋아했어요."

"아무도 모르게 말이죠."

"당신이 그리스도를 좋아하는 것처럼." 핸즈가 말했다. 그는 찬장 문을 닫았다. "이런, 만나자마자 싸우지는 맙시다. 내가 여기 온 이유는……" 그는 거짓말을 했다. "당신이랑 저녁을 같이 먹고 싶어서 온

거예요. 겸사해서 콜리도 만나 보게 하고요. 콜리 기억하죠? 그리고
모로도. 모로는 신참이죠⋯⋯" 그가 잠시 머뭇거리고 나서 덧붙였다.
"그리고 내 아내도."

"결혼했소?" 빌링스가 물었다.

"당신이 말한 것처럼⋯⋯ 사람도 바뀌는 법이니까."

고통인지 기쁨인지 모를 은밀한 표정이 다시 한 번 빌링스의 입가
에 떠올랐다. 그가 말했다. "마땅히 축하해야 할 **일**이로군요."

"축하주는 있나요?"

"치료용으로 가지고 있는 게 있소." 빌링스가 말했다. 그는 침실로
가서 침대를 들추더니 싸구려 브랜디를 한 병 꺼냈다. "치통이 있거든
요." 빌링스가 말했다. "신경통이죠. 치과 의사도 손쓸 방법이 없다는
군요. 심할 땐 정말 미칠 것 같아요. 말 그대로 이가 갈리죠. 컵에 마시
게 해서 미안하군요. 날 찾는 손님이 별로 없어서⋯⋯"

"커들로는 어떻게 됐죠?"

"그 사람은 1935년에 황열병으로 죽었소." 빌링스는 눈을 가늘게 뜨
고 컵을 내려다보았다. "죽기 전에 그리스도를 영접했지요."

핸즈가 어색하게 웃었다.

"당신 부인의 건강을 위해 건배해야겠죠? 부인 이름이 뭐요?"

"에델. 난 에디라고 부르죠."

"핸즈 부인을 위해." 그들은 술을 들이켰고, 빌링스가 다시 컵을 채
웠다.

"집사람은 교양 있는 집안 출신이죠." 핸즈가 말했다. "당신도 마음
에 들 거예요. 당신과 공통점이 많으니까. 집사람 삼촌은 사진작가랍
니다."

"어떤 식의 일을 하는 건지 나도 알아요." 빌링스가 말했다. "《태틀러》나《보그》같은 잡지에 실을 사진을 찍는 거죠. 축음기를 틀어 놓고 모델들을 바닥에 눕게 한 다음 부감으로 사진을 찍는 거죠. 요즘 유행이에요. 사교계에서."

"맞아요. 대충 그런 일이에요." 핸즈가 말했다. "조금만 더 마실 수 있을까요? 요만큼만. 고마워요."

"그런데 **당신은** 어디서 돈이 났소? 부인한테서?"

"나는 금을 찾는 일을 하고 있어요." 핸즈가 말했다.

"어디서?"

"국경 너머에서."

"이를 때우기에도 부족한 양일 텐데." 빌링스가 말했다.

"난 그렇게 생각하지 않아요. 이곳에 왔던 그 늙은 네덜란드인 기억하나요? 그 사람이 판데마이 구릉지대에 금이 굉장히 많이 묻혀 있다고 하더군요."

"영사관 비용으로 삼등실에 타고 귀국해야 했던 사람 말이군."

"하지만 **내** 뒤에는 돈줄이 있어요. 완전한 탐험대를 꾸릴 만큼요. 나랑 콜리 그리고 모로라는 남자요. 우리는 일꾼들이 필요해요. 짐꾼도. 그래서 당신한테 온 거요. 당신은 흑인들을 잘 아니까."

"십장으로는 반디만 한 인물이 없을 거요. 하지만 짐꾼들은 국경 너머에서 더 싸게 구할 수 있죠." 그는 브랜디를 더 따랐다. "당신이 부럽소. 숲속이 여기보다는 나아요. 죽어라 일만 하고, 그러고 나면 B. 모스가 가로채 버리고."

"당신도 같이 가지 그래요? 물론 콜리도 괜찮은 사람이오. 하지만 난 **진짜** 믿을 수 있는 사람을 원해요." 그는 '진짜'라는 단어에 힘을 주었다. "리더에게는 엄청난 책임이 따르니까."

"모로는 어떤 사람이오?"

"고지식한 놈이오. 아마 그가 당신을 관찰하고 있다고 느끼게 될 거요." 그는 다시 한 모금을 마셨다. "그리고 에디, 그 사람도 괜찮아요. 하지만 남자에게는 남자가 필요해요. 나는 가끔 여자들이 신경 쓰는 건 오로지……" 핸즈는 약간 놀란 표정을 지어 보였다. "그게 뭔지는 당신도 알 거요. 리더는 건강도 잘 챙겨야 해요."

"내가 이해할 수 없는 건," 빌링스가 말했다. "왜 그 회사가 당신을 선택했느냐는 거요."

"가끔은 나도 그게 궁금해요." 브랜디가 영감처럼 그의 혀를 휘감았다. "오랫동안 나는 거창한 일들을 꿈꾸곤 했어요. 아마 운명인가 봐요. 사람은 때로 큰일을 할 운명을 타고나기도 하죠. 히틀러처럼. 근데 히틀러가 누구더라?"

"나도 그런 느낌이 드는군요." 빌링스가 말했다. "난, 난 우리 모두에 대해 생각하고 있소. 제대로 된 기회를 한 번도 가져 본 적이 없는 다수의 대중. 맨날 조롱이나 당하고. 잘리고. 그런데 갑자기…… 이런 날이 오다니. 이제 우리는……"

"브랜디 좀 더 없소?"

"난 가끔씩…… 수천 명을 개종시키는 꿈을 꾼답니다. 흑인들의 아버지를 꿈꾸는 거죠. 저기 숲속에 들어가 있는 선교사들은 동상과 성스러운 메달로 검둥이들의 비위를 맞추려 해요. 하나의 우상을 다른 우상으로 바꾸는 건 쉬워요. 하지만 난 그들에게…… 그냥 하느님을 주고 싶소." 탁자 위에서 컵이 쟁그랑거렸다. "본연의 하느님을."

"오, 하느님." 핸즈가 말했다. "당신 생각을 듣고 보니 그 일이 우리의 과업인 것 같군요."

"그렇게 헛되이 하느님의 이름을 입에 담을 필요는 없소."

"미안해요. 하지만 당신은 내 눈을 뜨게 만들었어요."

"우린 우리 식대로 해야 해요. 어떤 관리도 참견하게 해선 안 돼요."

"그럴 일은 없어요."

그들은 경외심을 가지고 서로를 바라보았다. "내 생각엔," 핸즈가 말했다. "회사가 나를 선택한 게 바로 그 때문인 것 같아요. 그들은 누군가를, 상상력을 가진 누군가를 원했던 거요."

"그리고 또 믿음을 가진." 빌링스가 말했다.

누군가가 문을 두드렸다. 빌링스가 문을 열었다. 눈을 멀게 만드는 한낮의 햇살과 지붕 위의 독수리들, 작은 마을 그리고 일상의 삶이 거기 있었다. 콜리가 말했다. "여기 오면 자네들을 찾을 수 있을 거라고 생각했지." 그는 눈부신 정오의 햇살을 피해 미심쩍은 표정으로 쭈뼛쭈뼛 안으로 들어왔다. 그의 마음속에 자리 잡고 있는 두 사람에 대한 의심의 표현인 듯했다. "핸즈, 자네 집사람은 자고 있어. 썩 좋아 보이지는 않던데."

"더위 때문이오." 핸즈가 말했다. "익숙해지려면 시간이 걸린다는 걸 다 알잖소."

"브랜디 좀 남았나? 목이 마르군."

"미안하오. 다 마셔 버렸소."

콜리는 두 사람의 말을 믿지 않고 병을 들어 햇빛에 비춰 보았다. 그는 흰색의 둥그런 햇빛 차단용 헬멧을 쓰고 있었는데, 이미 땀으로 처져 있었다. "자네 집사람 주려고 오렌지 주스를 한 잔 가지고 가서 문밖에 두었네. 깨우고 싶지 않았거든."

"잘했소. 모로는 어디 있소?"

"집에 편지를 쓰고 있지." 콜리가 경멸이 담긴 어조로 말했다. "주일 편지. 아버지에게 보내는."

"걔 아버지는 죽었소."

"그럼 엄마에게. 아니면 여동생에게 보내는 것이거나. 내가 참지 못하는 게 하나 있다면," 콜리가 말했다. "그건 건방진 태도야. 자기가 딴 사람들보다 잘났다고 생각하는 거. 우린 그러지 않기 때문에 서로 친구인 거지." 브랜디 병에 남은 내용물을 머그잔에다 속절없이 탈탈 털어 넣으면서 그가 말했다. "왜냐하면 우린 모두 비슷하거든." 핸즈와 빌링스는 죄를 짓다가, 혹은 거짓말을 하다가 들킨 사람처럼 당황한 표정으로 그를 바라보았다⋯⋯

한 외국인이 국경 마을의 광장에 앉아 다리 건너편 나라에 있는 밝은 불빛과 커다란 호텔들을 바라본다. 그는 채권자들을 피해서 도망쳐 온 유명한 사기꾼을 관찰하고 있다. 실은 마을 사람들도 다 그처럼 사기꾼을 지켜보고 있다. 그 사기꾼은 자기 개와 함께 광장을 산책하곤 하는데, 매일같이 개를 발로 찬다. 외국인은 그 도망자에게서 일종의 동류의식을 느끼며(그 역시 뭔가로부터 도망쳐 왔다고 우리는 느낀다), 이 마을(이곳은 멕시코이다) 사람들은 모두 다 그 사기꾼이 범인임을 알면서도 그를 잡으러 온 두 외국인 형사가 그 사실을 모른다는 것을 은근히 즐긴다. 마침내 두 형사가 도망자의 정체와 행방을 알았을 때 형사들은 곧 도망자에게서 친근감을 느끼게 되고, 사기꾼 도망자의 안전은 보장된 것처럼 보인다. 그러던 중에 자기 개를 찾아 다리를 건너간 도망자는 뜻하지 않게 차에 치인다. 개가 주인 곁에서 애처로이 낑낑거린다.

'그것은 희극적이었다. 측은했다.' 화자는 말한다. '그가 죽었다고 해서 희극적인 성질이 줄어드는 것은 아니었다.' 또한 측은함이 줄어드는 것도 아니었다, 라고 덧붙일 수도 있을 것이다. '그 나이 많은 백만장자 사기꾼이 환전상들의 오두막 사이에서 팔을 개의 목에 걸친 채 죽어 누워 있다는 게 나로서는 사실로 믿기 어려울 만큼 애처롭고 감동적이었다.' 그는 고백한다. '그러나 한편으로 인간 본성의 견지에서 보면 초라하기도 했다.' 그는 예술이 매우 깔끔하기를(또는 냉소적이기를) 바라는 사람들이 있을 테지만 그런 경우는 극히 드물다고 말하려는 듯싶다.

이런 장면은 일부 독자들에게는 그레이엄 그린의 작품을 패러디한 것처럼 들릴 수도 있을 것이다. 영국의 한 신문사가 독자를 대상으로 그린 작품의 패러디를 공모한 적이 있는데, 그린 자신이 여기에 응모하여 2등을 했다고 한다. 그렇지만 그린에 대한 참으로 강렬하고 가슴에 와 닿는 표현은 다음과 같은 짧은 비네트에 담겨 있다(비네트란 소설이 시작되기 전에 나오는 짤막한 글을 말한다). '역설에 대한 사랑. 모든 역설을 불필요한 것으로 만드는, 인간의 나약함을 받아들이는 자세. 경계의 나쁜 쪽에, 타락한 사람이 있는 곳에 자리를 잡는 태도. 그리고 흔히 도둑의 우애에 불과할 뿐인 동료애이지만, 그럼에도 실감 나는 꼽진한 묘사.' 코맥 매카시는 『핏빛 자오선*Blood Meridian*』에서 다음과 같이 썼다. '이 세상의 비밀이 영원히 숨겨져 있다고 믿는 사람은 신비감과 두려움 속에서 산다.' 그레이엄 그린은 세상의 비밀이 영원히 알려져 있다는 것을 아는 사람도 그러하다고 말하는 것일지도 모른다.

동경과 희극적 요소를 함께 엮어 내는 그린의 능력과 정서적, 정치적 거미줄을 대단히 정교하게 짜서 미세하게 살짝만 닿아도 거미줄이 흔들리게 만드는 그린의 기교는 흔히 그의 단편소설을 간과하게 만드는 요인으로 작용했다. 단편소설의 고전적인 대가들은(예컨대 체호프나, 그린의 친구이자 동시대 작가인 V. S. 프리쳇의 경우에는) 단일한 정서나 단일한 인물, 또는 반어적 인간성에 대한 단일한 태도를 그려 내는 대가들이다. 이와는 대조적으로 그린의 특징적인 영역은 이중성이다. 분열된 충성심, 모순된 감정이 그의 특징이다. 그가 불신하는 사람이나 혹은 부적절한 이유 때문에 좋은 일을 하는 협잡꾼을 포착해 내려는 인물의 완전한 논리를 펼치기 위해서는 그에게 탄탄한 구성의 장편소설에 적합한 공간이 필요했던 것 같다.

그렇지만 60여 년에 걸친 작품 활동 기간 중 네 시점에서 모은 이 단편소설들은 종종 인물과 구성이 덜 산만한 방식을 통해 붙잡기 어려운 작가를 실루엣으로 포착하며, 나아가 작가의 모습을 그 어떤 장편소설보다도 더 많이 보여 준다. 특유의 고집이 발동되었는지 모르지만, 그린은 자신의 첫 단편소설집(『21가지 이야기』)의 작품 순서를 거꾸로 배열했다. 맨 마지막에 발표한 작품을 맨 앞에 싣고 맨 처음에 쓴 작품을 끝에 배치한 것이다(마치 순수를 향한 여정을 연대순으로 정리한 것처럼 말이다). 하지만 국경 마을을 배경으로 한 작품 같은 사소한 작품들도 더 많은 것을 지향하고 있음을 암시하는 제목(「다리 저쪽」)을 달고 있다. 그린의 단편소설은 휴식을 취하거나 다소 방심하고 있을 때의 작가의 모습을 우리에게 보여 주는데, 때로는 유흥을 즐기는 모습으로, 때로는 우화적으로, 때로는 어떤 감정이나 관념을 시험해 보는 방식으로, 때로는 그냥 '도피하는' 모습으로 보여 준다.

이 책을 다 읽고 나면 우리는 그린의 생각이 어떻게 발전해 나갔는지에 대해 어떤 결론을 내릴 수 있다. 인간의 어리석음과 질곡에 대한 그의 감각은 희롱과 젊음—멀찍이 떨어져서 본—의 감각과 섞여 있기 때문에, 그가 젊은이보다 나이 든 사람을 더 매력적으로 그렸다는 점에 주목하게 된다. 혹은 젊은이를 그린 소설들은 보통 환멸에 빠져 있는 반면, 나이 든 사람을 그린 작품들은 망상에서 벗어난 자유에 기뻐하고 있다는 것을 깨닫게 될지도 모른다. 침착하지 못하고 화를 잘 내며 솔직한 인물들이 나오는 이 책의 초기 작품들은 종종 살인으로 끝나는 데 반해, 죽음에 대한 생각에 시달리는 인물들이 등장하는 후기 작품들은 자기 자신을 빼고는 더 이상 남에게 피해를 주지 않는다. 이 작품들을 한꺼번에 다 읽었을 때 무엇보다 우리의 뇌리에 빈번히 떠오르는 생각은 그의 관심사가 처음부터 끝까지 꾸준히 지속되었다는 점일 것이다. 점차 더 많은 관용과 아이러니를 받아들이긴 했지만 말이다. 내가 보기에는 이 책의 거의 모든 작품이 순수에 관한 것이다. 아직 정원 안에 있는 순수한 사람들은 모험과 위험과 탈출을 열망하고, 반면에 담장 밖에 있는 사람들은 다시 정원 안으로 돌아갈 수 있기를 희망한다는 사실을 바탕으로 이야기가 펼쳐진다.

당연히 젊은 시절의 그린은 이런 주제를 다루거나 이런 주제에 접근할 수 있는 환경이 아니었을 것이다. 초기 그의 활동 무대는 주로 영국이었고, 따라서 그는 익숙한 잿빛 환경 속에서 생활했다. 전쟁이 발발함에 따라 그린은 미리 대비하고 내뻗하는 생활을 하면서 오랫동안 관청에서 서류 정리 작업을 했다. 이런 생활로 인해 처음부터 궁핍의 감각이 강할 수밖에 없었던 것으로 보인다. 그린의 최초의 단편소설집 제목은 처음에는 『19가지 이야기』였다가 나중에 『21가지 이야기』가 되었다. 이 소설집의 분위기는 대체로 우울하며, 폭력적인 작품이 빈번하게 등장한다. 평범하기 짝이 없는 제목—「시골 드라이브」나 「에지웨어로 인근의 작은 극장」 같은 제목—을 단 이야기들은 어둠과 압박감에 깊이 빠져들어 있다. 영국 지명—가장 자주 등장하는 지명은 '메이든헤드'이다—을 말하는 것만으로도 얼마간 외설스러운 정조를 띠고, '페터레인'이나 '레던홀 가' 같은 소리에 의해 전반적인 분위기가 잘 드러나기도 한다.

이 작품들을 쓴 사람이 가톨릭 작가라는 것을 아는 이들은 그의 작품에서 거의 위안을 찾을 수 없다는 사실에 놀랄 것이다. 놀라지는 않는다 해도 구원은 영원히 끝나지 않는 가정이라고 여기는 이 잠정적인 가톨릭 신자의 감각에 적응해야 할 것이다. 그린은 다른 모든 점에서도 그러하듯이 특이한 가톨릭교도이다. 스물세 살 때 받아들인 그 신앙이 그에게 해피엔드의 느낌을 준 경우는 없었던 것 같다. 그의 관심사가 우리 위에 있는 것인 경우는 거의 없다. 거의 언제나 아래에 있는 것들이 그의 관심사였다. 말 그대로 아래에 있는 것들인 경우가 많았다. 의식 아래에 있는 것들, 또는 의례적인 생활의 단조로운 표면 아래에 있는 것들이었다. 지하 공간이나 지하실에 관한 것이었다. 왕의 즉위 25년 기념제를 쓰면서 그린은 전형적인 방식으로 제비족('은퇴한 식민지 총독'처럼 옷을 입은)과 여자 포주에 초점을 맞추는데, 두 사람은 각기 상대를 다른 어떤 존재로 여기지만 일종의 동료애를 느끼면서 서로를 이해하고 받아들인다. 두 사람이 레스토랑 휴게실에서 대화를 나눌 때의 대단히 상투적인 표현—"런던의 하층사회를 관광시켜 주었답니다" "난 거리를 말끔히 치우기로 했답니다"—에 만족스러움이 깃든 두 번째 의미가 담겨 있다. 그린은 언제나 우리 안에 있으나 우리가 인정하지 않는 부분에 관심이(종종 더 큰 관심이) 있었다.

이런 관점에서 전형적인 초기 작품을 들자면 「사기꾼이 사기꾼을 만났을 때」를 들 수 있을 것이다. 그린의 고전적인 작품들에서 볼 수 있는 것처럼 이 작품에 나오는 네 인물은 사기꾼이다. 자신들의 속임수가 교활한 짓이라고 믿을 만큼 얼마간 순진한 사기꾼이고, 나아가 다른 사기꾼의 술책에 속아 넘어갈 만큼 순진한 사기꾼들이다. 사기를 치려는 모사꾼이 옥스퍼드 대학교의 학장인 것처럼 꾸며서 런던에 있는 한 호텔의 방을 빌려 자칭 귀족이라는 사람에게 학위증을 수여하는데(그러는 동안 각각의 젊은 공범자들은 밖으로 나가서 나이 많은 두 사람의 바람대로 서로 의기투합하게 된다), 여기서 우리는 부덕不德이 이익을 얻고 잘못된 신뢰가 일종의 신앙이 되는 그린 특유의 광경을 만난다. 여기서 그의 첫 번째 위대한 장편소설인 『권력과 영광』의 위스키 사제로 나아가기까지는 그리 오랜 시간이 걸리지 않는다. 위스키 사제는 추레하고 불경스러운 신부임에도 그 어느 추기경 못지않게 미사를 드리고 소박한 인간애를 베풀 수 있는 사람이다.

그린이 추레한 것이나 비밀스러운 것에 끌렸다고 한다면—그는 매번 이런 비난을 부인했다—그건 그로서는 결코 인간으로부터 고개를 돌릴 수 없었기 때문이고, 아무리 타락한 사람이라 해도 앞으로의 가능성을 포기할 수 없었기 때문이다. 이들 초기 단편소설들 가운데 많은 것들은 미성숙하거나 단순한 장면들에 불과해 보이는 소품들이지만, 그런 점이 대단히 풍요롭게 드러난 『아바나의 사나이』나 『이모와 함께한 여행』에서는 빙그레 회심의 미소를 짓는 회의론자를 볼 수 있을 것이다. 그린은 세상을 전적으로 순수하게 읽어 낸 적이 한 번도 없었지만—그는 선천적으로 비꼬고 풍자하는 성향이 있었던 것 같다—그럼에도 어린 시절에 대한, 그리고 철들지 않았을 때 하는 모든 것들에 대한 온당한 존중심을 결코 잃지 않았다. 그의 소설에서는 사기꾼도 사람의 마음을 끄는 완고하고 일관된 순수함을 지니고 있다. 우리는 멀찍이 떨어져서 그들을 바라보면서 비웃다가 얼마간 우리의 모습이 그들 안에 담겨 있으며 우리도 그들 편이라는 것을 깨닫게 된다.

첫 번째 단편소설집(『21가지 이야기』)에는 실제로 「천진한 아이」라는 작품이 있다. 이 작품에서 그린은 그의 끊임없는 상실감을 복잡하게 만드는 또 다른 요소를 드러낸다. 작가와 다를 바 없는 한 인물이 어린 시절을 보낸 칙칙한 고향 마을—비숍스헨드론—로 돌아가 과거를 더듬는다. 곁에는 자신이 선택하여 데리고 온 롤라라는 여자가 있다. 물론 롤라의 행동 하나하나는 순수함을 찾아 나서려는 그의 계획과 상반된다. 그린은 한편으로는 세속적인 것과 새로운 것을 갈망하면서도 마음 한구석에서는 언제나 자신이 뒤에 두고 온 것들과 자신의 뿌리를 찾아 나서고자 하는 열망이 있었던 것 같다. 그린의 가장 훌륭한 단편들에서는 그 두 정서가 서로 어느 하나 더 강하게 드러나지 않도록 품위 있게 절제된 소리를 내며 하나로 합쳐진다. '특별히 매력적인 여자는 아니었지만' 「다리 저쪽」의 화자는 또 다른 롤라라 할 수 있는 여자에 관해 말한다. '멀리서 보니 아름다웠다.'

그린의 두 번째 단편소설집은 『현실감』이라는 제목으로(물론 장난스럽게 붙인 제목이다) 첫 번째 단편소설집이 나온 지 16년 뒤에 출간되었다. 이 소설집은 롤라 없이 혼자 어린 시절의 그 마을로 돌아간 그의 모습을 보여 준다. 여기에 실린 소설들은 그의 전 작품 가운데 가장 내향적이고 사적인 것들로, 독자를 위해 썼다기보다는 그 자신을 위해 쓴 듯한 신비한 느낌이 감도는 작품들이다. 그린은 그 시대, 그 계층 사람으로서는 드물게 정신분석 의사에게 치료를 받은(열여섯 살때) 작가이다. 그로부터 몇 년 후에 라이베리아로 갔는데, 그것은 분명 아프리카 오지 여행인 동시에 잠재의식을 탐험하러 떠난 내적 여행이기도 했다.

이 소설들에서도 이전과 똑같은 충동이 뚜렷이 드러난다. 그 충동이란 바로 우리가 우리 자신에게 얘기하는 우리네 삶의 틀에 박힌 이야기를 까뒤집어서 그 진실을 발견하려는 것이다. 첫 번째 단편소설집에도 아프리카로 간 이야기를 쓴 작품이 하나 있다(권태에서 탈출하기 위해 런던에서 도망친 사람은 정글에서 다른 종류의 권태만 발견하게 될 수도 있다는 것을 특유의 신랄한 어조로 보여 준다). 그러나 두 번째 단편소설집(『현실감』)의—나아가 그린의 많은 작품들의—핵심은 내가 보기에는 「정원 아래서」라는 제목의 짧지 않은 여행기 안에 있는 것 같다. 제목이 암시하듯이 이 작품은 환한 낮의 세계로부터 감추어진 모든 것에 관한 이야기이고, 그 어린아이가(그리고 죽음을 앞두고 어린 시절에 살았던 집으로 돌아간 남자가) 찾고자 갈망하는, 부르주아적인 삶의 표면 아래 감추어져 있는 모든 것에 관한 이야기이다. 언제나 자신이 몸담았던 사회에서 이탈한 사람을 좋아했던 그린은—그린은 교장 선생님(그중 한 사람이 그의 아버지였다)의 지혜가 지배하는 권위적인 세계로부터 영원히 도망갔다—이 소설에서 말 그대로 지하 세계의 석학의 모습으로 반대 사례를 제시한다. "불성실해라." 지하의 그 남루한 현자가 남의 영향을 쉽게 받아들이는 아이에게 말한다. "이중 인간이 돼라."

불성실하기, 이중 인간이 되기, 이는 물론 그런 자신이 평생 선택해 온 것이다. 이 소설은 정신의 자서전 같은 느낌이 든다. 이 소설의 속편은 아마도 그린의 출판물 가운데 최후의 주요 저서인, 사후에 출간된 꿈에 관한 기록일 것이다.* 공식 회고록 같은 두 작품을 쓸 때 그가 대답보다는 질문을 더 많이 했다는 점이 특별히 눈에 띈다. 그러나 그는 이 소설에서 정원의 어두운 가장자리에 찾아와 여기저기를 살펴보고 뒤지면서 그리고 자신을 (성적인 것과 금지된 것들로) 이끌어 온 모든 것들을 가슴에 소중히 새기면서, 자기 검열 없이 그 자신의 모습을 그대로 보여 준다. 그는 언제나 어린 시절의 흔적과 두려움이 우리의 중심에 있다는 것을 대부분의 작가들보다 훨씬 더 날카롭게 의식했는데—그린은 로버트 루이스 스티븐슨이 어머니의 사촌이었다는 사실을 잊은 적이 거의 없다—이 작품에는 죽은 시신을 처음으로 맞닥뜨린 아이의 갑작스러운 충격에 휩싸인 윌리엄 골딩의, 나아가 스티븐 킹의 메아리가 있다. 이름은 그 자체로 우화적인 느낌을 강화한다. '램즈게이트 양'**이나 '스트레인지웨이스 선생님'***이란 이름이 그러한 예이다. 정원 아래로 내려간 아이는 그의 이름 와일디치****에 가만히 있지 못하고 부단히 활동하며 모반을 꿈꾸는 작가의 성향을 담고 있다. 이 작품은 배경이 바로 주제라 할 수 있는데, 그것은 바로 '어두운 오솔길'이다.

이런 부분이 항상 이야기나 소설 작품에 효과적인 것은 아니지만,

---

* 『나만의 세계—꿈일기』를 말한다.
** Miss Ramsgate. rams(숫양들)와 gate(문)로 이루어진 이름이다.
*** Mr Strangeways. strange(이상한)와 ways(길)로 이루어진 이름이다.
**** Wilditch. wild(야생의)와 itch(근질거림)로 이루어진 이름이다.

이것들은 그린이 어느 수준에서는 늘 어른을 위한(또는 나이에 비해 많은 것을 알고 있는 아이들을 위한) 동화를 썼다는 것을 보여 준다. 이 형식은 어떤 이론보다도 덜 환원주의적이고, 미스터리에 더 넓게 열려 있어서 그린의 마음을 끌었다. '그러한 대안의 측면에서는 페이비언 협회의 그래프보다 동화가 더 가치 있는 자산일 테지만……' 와 일디치는 돌아가신 어머니의 물건을 앞에 두고 슬픔에 잠겨 말한다. 하지만 이런 절박한 분위기에도 불구하고 이야기가 희극적 성격을 잃는 법은 없다. 그린은 자신의 소극笑劇이 만화같이 되는 것을 막기 위한 한 가지 방법으로 습관적으로 신랄한 요소를 도입하고, 신랄함이 감상感傷이 되지 않게 하려고 풍자를 구사한다. 구성을 다듬어 짠 이야기라기보다는 꿈 이야기인 것처럼 느껴지는 이런 비현실적 세계에서는 마치 P. G. 우드하우스*가 그레고르 잠자와 만나고 있는 것만 같은 느낌이 들 때가 있다.

"10일에 진료하긴 어렵지만, 15일은 괜찮습니다. 나이젤 경은 15일을 넘기지는 않아야 한다고 생각한답니다."

"그분은 낚시를 잘하시나요?"

"낚시? 나이젤 경이요? 잘 모르겠군요."

그린의 해학과 비애감과 두려움은 영국 중산층의 전형적인 표본이 되는 인물을 몹시 절박하고 고통스러운 배경 속에 내려놓는 그의 단순한 능력에서 나온다. 때때로 등장인물로 하여금 고통을 없애 줄 수 있는 뭔가를 간절히 믿고 싶게 만드는 가슴 아픈 애처로움도 그런 능력에서 나온다. 그린은 마지막 단편소설집의 노련한 작품들에서—죽

---

* 펠럼 그렌빌 우드하우스(1881~1975). 영국의 작가. 20세기에 가장 널리 읽힌 유머소설가. 90권 이상의 책과 40편 이상의 희곡, 200편 이상의 단편소설을 출간했다.

기 얼마 전에 출간된 『마지막 말』에 대한 감상은 독자 여러분이 직접 해 보도록 맡기고자 한다—예리함과 용서를 한데 섞는 방향으로 나아 가는데, 여기에 실린 최고 수준의 작품들은 얼마간 셰익스피어의 마지막 희곡들에서 볼 수 있는 농익은 원숙미를 지니고 있다. 사실주의 와 희망이 균형을 이루고 있는 것이다.

'궁극적 리얼리티는 일상생활이 아니라 꿈에 속한다.' 이것이 두 번째 소설집의 중심 노선이라고 여겨진다. 그 소설집의 제목 『현실감』 은 처음에는 장난스러워 보일지도 모르지만, 실은 소위 '현실'이란 허상 같은 것일 뿐이고 진정으로 현실적인 것은 우리가 볼 수 없고 추측할 수도 없는 모든 것이라는 신비주의자(신자)의 감각으로 우리를 슬쩍 밀치는 방법이다. 그런 의미에서 이것은 영혼에 대해 가장 신중하고 가장 반골적인 작가가 신앙을 고수할 어떤 이유도 찾지 못하면서도 어떤 식으로 신앙을 지켜 나가는지를 보여 주는 데 기여한다.

희극적인 기법으로 생기를 얻고 더 재미있어지는 이 꿈의 요소는 그린이 가장 나중에 쓴 일련의 작품들에서 정교함의 정점에 이르는데, 이는 그린이 존경했던 소설의 대가 헨리 제임스의 예를 본받은 것이라고 할 수 있을 것이다(헨리 제임스는 단편소설은 '시가 끝나고 현실이 시작되는 절묘한 지점에' 놓여 있다고 썼다). 그린의 최고의 작품이 지닌 아름다움은, 작품이 정확히 그 두 지점이 만나는 부분에 위치해 있다는 점이다. '젊은이에게는 소심한 행동이 나이 든 사람에게는 지혜로운 행동일 수 있다. 그럼에도 그 지혜로움이 부끄러워지는 수가 있다.' 그린은 「점잖은 두 사람」에서 이렇게 썼다.

해럴드 블룸은 최근의 책 『해럴드 블룸의 독서 기술How to Read and

Why』에서 제목만큼이나 확고한 권위를 가지고 이렇게 선언한다. '단편소설은 우화나 금언이 아니다. 그러므로 떨어져 나온 조각이어서는 안 된다. 우리는 종결의 기쁨을 단편에 요구하는 것이다.' 그렇지만 그린의 작품은 내가 보기에는 정확히 그 반대—열린 결말, 삶은 언제나 삶에 대한 우리의 관념보다 더 지혜로운 것이라는 겸손한 느낌, 이런저런 범주 안에 놓이기를 거부하는 것—를 요구하는 것 같다. 그는 생의 마지막 무렵에 무엇 때문에 여행했느냐는 질문을 받고 간단히 이렇게 대답했다. "모호함을 찾아서."

『남편 좀 빌려도 돼요?』라는 제목은 복잡하게 뒤섞인 이런 요소들을 잘 포착해 낸 제목이다. 우리가 희극과, 희극보다 훨씬 더 사악한 것 사이 어딘가를 서성이고 있으나 이제는 더 이상 어떤 것이 어떤 것인지 알 수 없다는 느낌을 포착해 낸 제목인 것이다. 이 책을 부모님의 책장에서 처음 보았을 때 내게는 이 책이 상상력을 마구 동원하여 간음을 일상적으로, 게다가 진부하게 그린 작품처럼 보였다(실제로 이 책은 존 업다이크의 『커플*Couples*』 옆에 놓여 있었다). 하지만 해가 갈수록 이 제목에 신경이 쓰였다. 소설집의 제목으로 사용된 동 제목의 단편소설에서는 실제로 제목이 정중한 질문 뒤에 숨겨진 대단히 간사하고 교활한 간계를 나타낸다. 그린의 작품들은, 이아고가 속절없이 데스데모나와 사랑에 빠진다는 점만 빼면, 간교한 속임수와 순수의 이야기이다. 그리고 익살맞고 우스꽝스러운 행동이 너무 가볍게 전달된다는 사실로 인해 이야기의 끔찍한 의미가 더욱더 심란해진다.

표면적으로 보면 그린의 후기 작품들은 모두 도시에서의 오락이나 유흥을 소재로 한, 부패와 죽음에 관한 세속적인 이야기들이다. 그런 이야기를 그는 특유의 가벼운 필치로, 사려 깊은 인간애로 우아하게 담아내는데, 이는 프랑스 리비에라에서 살았던 이웃 작가인 서머싯 몸(정작 그린 자신은 몸의 작품을 싫어한다고 주장했다)에게서, 아마 서머싯 몸의 『별장에서Up at the Villa』라는 작품에서 영향을 받은 것처럼 보인다. 이 작품들은 주로 일인칭으로 서술되는데, 그린은 일반적인 경우와는 달리 관찰하는 화자가 자기 자신이라는 것을 일부러 암시한다. 작품에 언급한 식당들은 그가 자주 갔다고 알려진 곳—앙티브의 펠릭스 오 포르, 런던의 벤틀리—이다. 그는 식당의 한쪽 구석에 앉아 있는 동안 우연히 엿듣게 된 장면인 것처럼 우화 같은 그의 작은 이야기들을 들려준다.

배경과 표면적인 관심사는 거의 전부 가정사이다. 여기에 존재하는 정치적 견해는 대부분 성적인 것이다. 작품들은 흔히 긴장된 관계에 있는 한 남자와 한 여자를 중심으로 전개된다. 등장인물 가운데 많은 이들이 서로 비슷한 목소리를 내는데(그린은 결코 개성적인 목소리를 창조해 내는 데 대가가 아니었다), 그들은 어느 정도 순수의 상실을 슬퍼한다. 그의 장편소설에서 핵심적인 계기는 보통 두 남자가 어둠 속에서 얘기를 나누는 것과 더불어 진행된다. 여기서는 자신들이 생각하는 것보다 더 많은 간극이 있는 한 남자와 한 여자를 중심으로 더 불안정하게 진행된다(그린이 장편소설에서 여자를 다루는 방식에 불만을 나타내는 사람들도 우정—자격을 갖춘 우정이든 일시적인 우정이든—을 그려 내는 게 그의 장기라는 사실에는 이의를 제기하지 않는 경향이 있다. 남녀 사이에는 항상 애처로운 거리감이 있다). 이것들은 사랑에 빠지면 안 되는 사람들에 관한 사랑 이야기라 할 수 있을 것이다.

그 작품들의 주제는 항상 순수이지만, 그 순수는 멀리서 관찰한 순수, 위험에 처했거나 이미 망가진 순수이다. 그린은 그가 사랑한 세속적인 프랑스인들처럼 흔히 정직을 최악의 방책으로 치부하고, 친절을 미소 띤 잔인함의 한 가지 형태로 여기는 성인용 진실에 대한 감정가였다. 내가 특별히 좋아하는 작품 「영구 소유」에서(이 제목은 갈수록 불안해진다. 왜냐하면 제목이 뜻하는 상황은 끝까지 이 작품에 실제로 나타나지 않기 때문이다) 짧은 동안의 결혼 생활의 행복은 추락의 괴로운 이야기가 된다. 더없는 순수 또는 희망의 순간들은 엄밀히 말하면 더없는 비운의 전조가 되는 순간들임을 이 작품들은 암시한다. 순수는 장밋빛 기대감 너머를 볼 수 없기 때문에 짐스러운 것이다.

그린은 언제나 지각 있는 자의 신랄함으로 순수에 대해 썼으면서도 때로는 그러지 않았으면 좋았을걸 하고 생각했다. 또한 정의를 갈망하는 자의 열정을 가지고 있으면서도 완전한 정의가 인간에게 찾아드는 경우는 거의 없다는 것을 알고 있었다. 그는 신앙에 헌신하고자 다짐했으나 신앙은 늘 그에게 실망을 안겨 주었다. 굳건한 신자의 자기만족과 회의론자의 냉담 사이 어딘가에서 근심 걱정으로 찌든 희망을 품고서 신앙에 헌신하고자 했던 것이다. 소설집의 제목으로 쓰인 이 단편에서 로체스터 백작의 전기 작가는—이 작품의 작가인 그린을 닮았다—신혼여행 중인, 처녀나 다름없는 여자를 만나는데, 당연히 그녀의 순수가 그의 경험 세계를 타락시키기 시작한다. 그의 일부는 그녀를 보호하고 싶어 하는 반면, 다른 일부는 그녀의 상황을 이용하고 싶어 한다. "사랑을 많이 하면 할수록," 다른 소설(「크롬비 선생」)에서 남자아이는 자신의 학교 의사에게 다른 말로 바꾸어 말한다. "위험이 커지는 거예요?" 이 작품의 관점은 끝이 가까워 올 때 다음과 같이 생각하는 남자의 관점이다. '소위 말하는 "성생활"의 끝에 이르렀을 때 지속되는 유일한 사랑은 모든 실망, 모든 실패, 모든 배신을 포함한 모든 것을 받아들이는 사랑이라는 것을 설명해 줄 수 있었으리라. 결국에는 함께 있고자 하는 단순한 욕구보다 더 깊은 욕구는 없다는 슬픈 사실조차도 받아들이는 사랑이라는 것도.' 에디트 피아프의 〈난 후회하지 않아요〉가 그의 머릿속에 떠올랐을 때, 그 노래는 후회할 것들로 가득하다고 생각하면서 한 시기를 떠나보내고자 하는 남자의 심정에서 위안보다는 슬픔을 끌어낸다.

이들 작품들에는 장편소설의 압축적인 모습이 활기차고 풍부하게 그려져 있고(헨리 힉슬래프터는 수영장의 '물이 얕은 쪽 끝'을 향해 무겁게 걸음을 옮긴다), 때로는 가장 짧은 문장들조차 거의 소리가 나지 않게 폭발을 일으킬 수 있다. 그린은 신혼여행에서 돌아온 다른 부부에 대해 이렇게 쓴다. '런던에 돌아오자 계절은 갑자기 가을이 되었다.' 마지막 햇빛이 비치는 이들 이야기 속의 모든 것에 가을이 출몰한다. 해변에 있는 문 닫은 스트립쇼 공연장에도 가을이 오고, 별명(푸피)이 너무 우스꽝스러워 슬퍼지기까지 하는 분위기에도 가을이 찾아든다. 오락적 감각 역시 도처에 널려 있다. 우리는 '조지핀 헥스톨 존스'*라는 이름에서 지옥과 마구간의 의미가 숨어 있는 것을 들을 수 있다. 그러나 그린의 해학은 언제나 슬픔에 의해 통제되고 깊어진다. 작은 여행 가방을 가지고 비행기에 탄 뻣뻣한 사내는 가방 안에 횡령한 돈이나 불법 마약이 들어 있는 게 아니라 죽은 아기가 들어 있다고 주장한다. 그 '조그만 회색 사내'의 이름은 헨리 쿠퍼이다(실제 세상에서 그 이름은 영국의 가장 훌륭한 헤비급 권투 선수의 이름이었다). "'굉장하군.' 그가 우울하게 말했다. '굉장해.'" 또 다른 작품(「보이

---

* 헥스톨Heckstall에서, heck은 hell(지옥)의 완곡어이고 stall은 마구간이라는 뜻이다.

지 않는 일본 신사」)에는 이런 대목이 나온다. 여기서 우리는 그린이 이런 식으로 표현함으로써 부사를 쓰지 말라는 작가의 규칙을 어떻게 어기는지 새삼 생각해 보게 된다.

희극과 인간의 나약함의 결합에 대해 말하자면, 이는 그린이 가장 잘하는 특별한 조합이라 할 수 있다. 그는 '얼음 조각 같은 냉정한 마음'*으로 어두운 곳에 앉아, 갑자기 취약점이 너무 드러나서 작가나 독자인 우리가 좋아할 수 없는 인물을 조용히 비웃는다. 아마 이 책에 나오는 모든 이야기 중에서 가장 강력한 이야기일 듯싶은 「8월에는 저렴하다」에서 그린은 재치 있는 말에 담긴 가벼운 풍자와 단순한 기쁨을 제공하는 듯한 장면으로 우리를 안내한다. 여자는 자메이카에서 휴가를 보내고 있는데, 그린의 많은 작중인물들처럼 그녀도 훌륭하고 단정하며 대단히 미국적인 남편으로부터 벗어난 모처럼의 자유의 시간에 위험과 모험을 갈구한다. '10년간의 행복한 결혼 생활이 지나고 나면 사람들은 그동안의 안정과 평온함을 과소평가하는 경향이 있다는 생각이 들었다.'

거꾸로 헨리 제임스의 이야기식으로 이렇게 생각할 수도 있다. 신세계에서 어떤 형태로든 교육받기를 갈망하는 한 영국 여자가 있다. 열대지방에서 혼자 휴가를 보내는 여자들은, 그것도 더 이상 젊지 않은 나이 들어 가는 여자들은 친숙한 여행 일정을 따르는 경향이 있다. 로맨스 혹은 '모호함'을 추구하려는 그녀의 시도는 난감한 최후를 맞을 것이라고 우리는 생각한다. 그리하여 그녀가 만난 한 명의 구세주가 나이 많고 뚱뚱한 미국인―그린이, 나아가 작중인물들조차도 우스꽝

* 『일종의 인생』의 한 구절.

946

스러운 사람으로 간주하는 인물일 것이다—일 때, 부드러운 아이러니를 기대한 우리의 바람은 충족된다. 그 남자의 신발조차도 두 가지 색으로 이루어진 코레스폰던트 슈즈이다.

우리는 희극적인, 아마도 위안이 될 클라이맥스—어쩌면 두 사람은 약간 놀라운 사랑을 발견하게 될지도 모른다—를 기대하면서 계속 읽어 나간다. 문이 활짝 열리고, 거기서 보게 되는 것은 우리가 예상치 못한 일이다. 우스꽝스러운 인물이 침대에 앉아 우는 모습이 보인다. 외롭고, 연약하고, 어둠을 무서워하는 사람이다. 70대의 나이에 가까워지면서 죽음에 대해 더욱더 많은 글을 쓰게 된 작가가 묘사한 그 장면은 특별한 힘과 통렬함을 지닌다. 이국적인 배경을 설정하는 데 크게 노력을 기울인 것도 없고, 특별히 복잡한 구성도 전혀 없다. 그저 인간의 나약함에, 보살핌과 사랑을 갈구하는 마음에 갑작스럽게 맞닥뜨리게 되는 당혹스러운 상황이 있을 뿐이다. 재미있는 상황을 잔뜩 기대하며 이야기에 몸을 실은 독자들은 갑자기 그녀가 연루되는 것을 본다. 그리고 우리의 동정심을 자아내는 사람은 다름 아니라 우리가 우스꽝스러운 인물로만 여겼던 바로 그 노인이다. 우리는 다시 경계에 서 있다. 하지만 이번에는 단순히 멕시코와 미국의 국경인 것이 아니라 훨씬 더 일반적인 것을 가르는 경계라는 것을 우리는 안다.

피코 아이어

인간의 내면을 찾아가는 가열한 탐험

이 책은 그레이엄 그린의 거의 모든 단편을 모은 전작 단편집으로, 총 53편의 작품이 실려 있다. 21세 때 첫 시집을 낸 이후 작품 활동을 하는 67년 동안 25편의 장편소설을 포함하여 60여 권 이상의 책을 낸 대단한 다작 작가였다는 점을 고려하면 53편의 단편은 상대적으로 그리 많아 보이지 않는다. 이는 그린이 시작과 끝을 대강 머리에 그리고 집필하지만 도중에 어떤 놀라운 일들이 벌어질지 모르는 장편에 더 큰 매력을 느꼈으며, 따라서 자신의 본류를 장편소설로 여겼던 데서 기인한다. 단편의 대가인 체호프의 작품들처럼 단편은 장편과 달리 열린 결말이 필요한데, 자신은 그런 기법에 어려움을 느낀다고 고백한 바 있다. 하지만 그의 고백과는 상관없이 그레이엄 그린은 장편뿐 아니라 단편에서도 의심할 여지 없이 최고 수준의 거장이라는 게 세계문학계의 일반적인 평가이다.

이 전작 단편집은 네 시기에 걸쳐 출간한 단편집을 한데 모은 것이다. 1954년에 출간한 『21가지 이야기』(21편), 1963년에 출간한 『현실감』(4편), 1967년에 출간한 『남편 좀 빌려도 돼요?』(12편) 그리고 사망 1년 전에 출간한 『마지막 말』(12편)을 하나로 묶었는데, 여기에 기존의 단편집에 실리지 않았던 4편을 추가하여 이 한 권으로 펴낸 것이다. 문학성과 대중성을 동시에 갖춘 그레이엄 그린의 단편을 한꺼번에 음미할 수 있을 뿐만 아니라 시기에 따른 작품 경향의 미묘한 변화를 살펴볼 수 있다는 점에서, 나아가 그럼에도 불구하고 전 작품을 아우르는 일관성을 포착할 수 있다는 점에서 이 책은 적지 않은 의미가 있다고 할 것이다. 이 대목에서 「세계문학 단편선」이라는 기획을 꾸준히 이어 가고 있는 현대문학에 독자의 한 사람으로 박수를 보낸다.

그린은 주기적으로 심한 절망감에 빠졌다고 알려져 있다. 학생 시절에는 이런저런 방법으로 자살을 시도했으며, 심지어 러시안룰렛을 할 정도로(사실이 아니라는 주장도 있다) 죽음의 유희를 즐겼다고 한다. 그 때문에 당시로서는 드물게 정신과 치료를 받았고, 그 치료의 한 방법으로 글쓰기를 권유받았다. 그의 작품에 쫓기는 자의 불안과 공포가 빈번히 등장하고 악의 세계가 핍진하게 묘사되는 것도 이런 성장 환경에서 비롯되었을 것이다. 따라서 그린의 글쓰기는 말 그대로 절망감에서 벗어나는, 수시로 찾아드는 비참한 감정에서 헤어나는 자기 구원의 한 방식이자 실존의 문제였다. 그린의 작품에 실존주의의 냄새가 풍기는 것도 이 때문이리라. 끊임없이 어느 먼 곳에 자리 잡은 야생의 땅을 탐험하고자 하는 충동을 느끼고, 그 충동을 열심히 실행에 옮긴 것도 이와 무관하지 않을 것이다. 그에 관한 에피소드를 듣거나 그의 어떤 작품들을 읽다 보면 그의 무의식은 보통 사람들의 무의식보다 훨씬 강렬하다는 느낌을 받을 때가 많다. 그래서일까, 이 책에 나오는 작품 중에서 적어도 두 작품(「이상한 시골 꿈」과 「모든 악의 근원」)은 그가 밤에 꾼 꿈을 약간만 변형한 것이라고 한다.

그린은 자신의 작품을 두 부류로 분류하여 발표했다. 하나는 진지한serious 작품이고 다른 한 부류는 오락entertainment 작품이었다. 진지한 작품으로는 가톨릭적인 주제나 종교와 정치의 문제를 밀도 있게 다룬 『권력과 영광』『사건의 핵심』『사랑의 종말』 등이 있고, 오락물로 분류한 작품으로는 세계정세나 스파이 이야기를 주로 다룬 『제3의 사나이』『조용한 미국인』『아바나의 사나이』『인간 요건』 등이 있다. 하지만 진지한 작품에도 그린 특유의 해학과 풍자와 오락적인 요소가 있고, 오락 작품으로 발표한 것에도 여느 '진지한' 작가 못지않은 진지함이 있어서 나중에는 이런 구분이 무의미해졌다.

이 전작 단편집의 첫 작품은 「파괴자들」이다. 작품 끝에 표기해 놓은 작품 발표 연도를 주의해서 본 독자들은 알아차렸겠지만, 이 책의 제1부에 해당하는 '21가지 이야기'들은 발표 연도의 역순으로 배치되었다. 따라서 스물한 편의 작품 가운데 가장 늦게 쓴 「파괴자들」이 맨 앞에 나오고, 그의 첫 단편인 「파티의 끝」이 맨 뒤에 나오게 되었다. 그린이 의도한 것인지는 모르지만 「파괴자들」이 맨 처음에 등장한 것은 상징적인 의미가 크다고 생각한다. 이 작품은 주차장 옆에 있는 200년 된 노인의 집을 철저히 파괴해 버리기로 작정한 10대 패거리의 활동을 통해 기존 질서와 기성세대에 대한 도전을 당차게 선언하는 선언문처럼 읽힌다. 권위에 굴복하지 않고 기존의 규칙에 도전하면서 자신의 독특한 문학 세계를 쌓아 온 작가가 전후의 젊은 세대에게 낡은 질서를 파괴한 바탕 위에서 새 질서를 구축하기를 촉구하는 작품으로도 읽힌다. 유쾌하고 멋진 작품이 아닐 수 없다.

그린은 자신의 단편에 대해 언급한 어떤 글에서 가장 잘 쓴 작품으로 「파괴자들」 「레버 씨의 기회」 「정원 아래서」 「8월에는 저렴하다」를 꼽았다. 고개가 끄덕여진다. 나 역시 이들 작품을 번역할 때 한결 더 작업에 몰입했던 것 같다. 그는 이들 작품의 어떤 요소가 마음에 드느냐는 질문자의 물음에 첫째로 '가독성readability'이라고 생각한다고 답했다. 그런데 그 점을 지적하는 평론가는 많지 않다는 말을 덧붙였다. 여기에는 상징이나 모호성을 높이 사고, 재미있게 읽히는 직선적인 글을 얕잡아 보는 문학적 스노비즘을 향한 은근한 비판이 담겨 있다. 그린은 묘사를 가능한 한 제거하고 외부 세계를 낭비 없이 정확하게 제시하는 것을 글쓰기의 목표로 삼았다. 그렇다고 해서 그의 글이 꼭 쉽게 읽히는 것만은 아니다. 그는 문학적 기교는 덜 중시한 반면에 인간의 내면을 파악하려는 노력은 가열하기 이를 데 없어서, 그가 말하는 바를 다 알아들었다고 생각할 때면 다시 한 꺼풀 더 벗겨 내어 반전의 재미를 선사하거나 인간성의 심연을 드러내곤 한다. 「사기꾼이 사기꾼을 만났을 때」 「설명의 암시」 「모랭과의 만남」 같은 작품에 그런 면이 잘 드러나 있는 듯싶다.

이 책의 차례를 다시 훑어보니 매혹적인 작품들이 많이 눈에 띈다. 묵직한 작품은 묵직한 대로, 가벼운 소품처럼 여겨지는 작품은 또 그 나름으로 한껏 매력을 발산한다. 나만의 생각일지 모르지만, 이 책에 수록된 작품 중에는 재미없는 작품이 거의 없다. 이들 가운데 오래전 모 출판사의 세계 명작 시리즈에 「귀향」이라는 제목으로 수록된(왜 제목이 바뀌었을까?) 「천진한 아이」도 우리 마음속 깊은 곳을 아릿하게 자극하는 좋은 작품이다. 이 밖에도 「에지웨어로 인근의 작은 극장」「지하실」「작은 여행 가방」「영구 소유」「마지막 말」「장군과의 약속」「팔켄하임 박사님께」 등과 같은 작품들이 쫓기며 번역을 해야 했던 번역자로서가 아니라 그레이엄 그린을 좋아하게 된 독자로서 다시 한 번 차분히 읽어 보고 싶은 작품들이다. 독자들은 어떤 작품을 인상적으로 읽었을지 자못 궁금하다.

이 책을 번역하기 전인 작년에 그레이엄 그린이 두 차례 나의 다른 번역 작업에 잠깐씩 출몰했었다. 한 번은 제임스 설터라는 작가가 《파리 리뷰》와 가진 인터뷰를 번역하고 있을 때였는데, 설터가 어떤 잡지의 의뢰를 받아 그레이엄 그린을 인터뷰했던 일을 회고하는 내용이었다. 설터는 그린을 친절한 사람으로 기억했고, 그를 존경한다고 했다. 그리고 그린의 주선으로 설터의 작품 『가벼운 나날』을 영국에서 출간하게 된 얘기를 했다. 그렇게 나는 잠깐 그린을 만났다. 두 번째는 『보르헤스의 말』이라는 보르헤스의 인터뷰집을 번역할 때였는데, 거기서도 그린이 등장했다. 그린이 부에노스아이레스를 찾아가 보르헤스를 만난 일화가 아주 잠깐 소개된 것이다. 왠지 전혀 다른 시공간을 살았을 것 같은 그린과 설터, 그린과 보르헤스가 이런 식으로 연결되었다는 것이 무척 신기하고 부러웠다. 나는 그것을 이 책의 번역 작업이 순조로이 진행될 상서로운 징조라고 억지로 끌어 붙이면서 반갑고 즐거운 마음으로 번역을 시작했다. 하지만 적지 않은 분량과 종종 등장하는 미묘한 표현들, 배경지식이 필요한 내용 등으로 작업이 생각보다 많이 늦어졌다. 그럼에도 채근하지 않고 참고 기다리며 격려해 준 현대문학에 이 자리를 빌려 감사드린다.

이 책에 나오는 작품들에 대해서는 나름대로 더 하고 싶은 얘기들이 있으나,《타임》국제 정세 분야를 담당한 작가였으며 세계적인 여행 작가이자 소설가인 피코 아이어의 훌륭한 해제가 별도로 수록되어 있으니 내 말은 여기서 그치는 게 좋을 것 같다.

우연히 오래전 국내의 한 신문에 영국의 소설가인 앤서니 버지스와 그레이엄 그린의 대화가 실렸던 것을 발견했다. 버지스가 말한다. "자네가 좋아하는 솔 벨로나 패트릭 화이트가 모두 노벨상을 받았는데 자네는 언제 그 상을 받으려나?" 그린이 답한다. "얼마 전 스웨덴 기자 한 사람이 찾아와 같은 질문을 하더군. 그래서 나는 그보다 더 큰 상을 기다리고 있다고 대답했지." 버지스가 묻는다. "그게 무슨 상인데?" 그린이 말한다. "죽음이야."

그린은 1991년에 87세의 나이로 하느님의 상을 받았는데, 그의 죽음과 더불어 그의 작품들이 지금 망각의 강을 건너고 있는 듯하다. 우리나라에서도 그의 작품들이 대부분 절판 상태이다. 고전의 반열에 오르기 전에 한 번은 그 강을 건너야 한다고 한다. 그의 작품들이 영원히 망각의 강에 가라앉을지, 아니면 기어이 그 강을 건너 매혹적인 세계 명작으로 자리 잡을지는 시간이 증명해 줄 터이지만, 아무튼 나는 그의 매혹적인 작품들이 때가 되면 다시금 찬란히 부활할 것이라고 확신한다. 그의 단편집을 한데 모은 이 책이 그러한 역할에 작은 힘이나마 보탤 수 있다면 얼마나 기쁘랴.

그레이엄 그린 연보

1904 10월 2일, 영국 하트퍼드셔 주 버컴스테드에서 찰스 헨리 그린과 매리언 레이먼드 그린 사이에서 6남매 중 넷째로 태어남. 아버지는 버컴스테드 스쿨의 교감이었고, 어머니는 소설가 로버트 루이스 스티븐슨의 사촌임.

1910 아버지가 버컴스테드 스쿨의 교장이 되고, 그린이 입학함. 예민한 성격, 교장의 아들이라는 이유 등으로 학우들에게 괴롭힘을 당함.

1920 학우들과의 관계와 기숙사 생활이 원만하지 않아 몹시 불행한 나날을 보냈으며, 이로 인해 몇 차례 자살을 시도함. 자살 시도가 실패한 후 런던의 정신분석 의사에게서 6개월 동안 우울증 치료를

받음. 그를 치료한 의사가 글쓰기를 권유하자 이때부터 시를 쓰기 시작함. 다시 학교로 돌아갔으나, 기숙사 생활은 하지 않고 집에서 통학함.

1922   버컴스테드 스쿨 졸업. 옥스퍼드 대학교 베일리얼 칼리지에 입학하여 근세 유럽사를 전공함. 공산당에 입당했지만 6주 만에 탈퇴함.

1925   첫 저서인 시집 『재잘거리는 4월*Babbling April*』을 출간했으나 좋은 반응을 얻지 못함. 옥스퍼드 대학교 졸업.

1926   대학 졸업 후 《노팅엄 저널》에서 기자로 직장 생활 시작. 이어 런던의 《타임스》로 옮겨 편집 기자로 일함. 노팅엄에서 생활하면서 훗날 아내가 되는 비비언 데이럴브라우닝과 편지를 주고받기 시작함. 가톨릭 신자였던 그녀는 편지에서 가톨릭 교의에 대한 얘기를 많이 했으며, 이해에 그린은 가톨릭으로 개종함.

1927   비비언 데이럴브라우닝과 결혼함.

1929   첫 장편소설 『내부의 나*The Man Within*』를 발표하여 호평받음. 이를 계기로 신문사를 사직하고 창작에 전념함.

1930   장편 『행동의 이름*The Name of Action*』 발표. 좋은 평을 얻지 못함.

1931	장편 『황혼의 소문Rumour at Nightfall』 발표. 좋은 평을 얻지 못함. 연달아 두 편의 장편이 좋은 반응을 얻지 못하자 좌절감을 느끼며 이 두 작품을 자신의 저서 목록에서 영구히 제외한다고 말함.
1932	대중소설인 『스탐불 특급열차Stamboul Train』를 발표하여 다시 좋은 반응과 명성을 얻음.
1933	딸 루시 캐럴라인 태어남.
1934	『스탐불 특급열차』가 〈오리엔트 특급열차Orient Express〉라는 제목으로 영화화됨. 이후 많은 작품들이 영화로 각색됨. 장편 『여기는 전쟁터It's a Battlefield』 발표.
1935	주간지 《스펙터이터》에 책과 영화 비평을 기고하기 시작함. 서아프리카의 라이베리아로 여행을 떠남. 그린은 거의 평생토록 영국에서 멀리 떨어진 야생의 장소로 여행을 떠나고자 하는 욕구에 집착했음. 장편 『나를 만든 것은 영국England Made Me』 발표.
1936	장편 『권총을 팝니다A Gun for Sale』 발표. 라이베리아 여행기 『지도 없는 여행Journey Without Maps』 발표. 아들 프랜시스 태어남.
1938	가톨릭을 주제로 한 첫 번째 장편 『브라이턴 록Brighton Rock』 발표. 이후 시차를 두고 가톨릭적인 주제를 담은 종교소설을 계속 발표함. 하지만 그린은 가톨릭 작가로 불리는 것을 못마땅해하며 자신

은 우연히 가톨릭 신자가 된 작가일 뿐이라고 항변함. 멕시코 여행. 멕시코 공산 정권의 종교 탄압과 농민들의 생생한 신앙을 목도함.

1939   장편 『밀사*The Confidential Agent*』 발표. 멕시코 여행기 『무법의 길*The Lawless Roads*』 발표.

1940   장편 『권력과 영광*The Power and the Glory*』 발표. 이 작품으로 영국의 권위 있는 문학상인 호손덴상을 수상함.

1943   장편 『공포의 성*The Ministry of Fear*』 발표.

1948   제2차 세계대전 기간에 영국 정보부를 위해 활동했던 경험을 소재로 활용한 장편 『사건의 핵심*The Heart of the Matter*』 발표. 아내 비비언을 떠나 캐서린 월스턴이라는 여성과 불륜을 맺음. 이후 아내와는 결혼 상태를 유지한 채 별거함.

1949   장편 『제3의 사나이*The Third Man*』 발표. 이 작품을 바탕으로 만든 동명의 영화는 제3회 칸 영화제에서 그랑프리를 수상했으며, 국제적으로 흥행에 성공함.

1951   캐서린 월스턴과의 경험을 바탕으로 한 장편 『사랑의 종말*The End of the Affair*』 발표. 에세이집 『잃어버린 어린 시절*The Lost Childhood and Other Essays*』 발표.

1954	단편집 『21가지 이야기*Twenty-One Stories*』 출간.
1955	장편 『조용한 미국인*The Quiet American*』과 『패자 독식*Loser Takes All*』 발표.
1958	장편 『아바나의 사나이*Our Man in Havana*』 발표.
1960	아프리카 콩고에 있는 나환자 병원을 무대로 한 장편 『타 버린 환자*A Burnt-Out Case*』 발표.
1961	여행기 『특질을 찾아서*In Search of a Character*』 발표.
1963	두 번째 단편집 『현실감*A Sense of Reality*』 출간.
1966	장편 『코미디언*The Comedians*』 발표. 또 다른 오랜 연인이었던 이본 클로에타가 있는 프랑스의 앙티브로 이주. 앙티브는 여러 작품의 배경으로 등장함. 엘리자베스 여왕으로부터 명예훈위Order of the Companion of Honor를 받음.
1967	단편집 『남편 좀 빌려도 돼요?*May We Borrow Your Husband?*』 출간.
1969	장편 『이모와 함께한 여행*Travels with My Aunt*』 발표. 『에세이 선집Collected Essays』 출간.

1971	자서전 『일종의 인생A Sort of Life』 발표.
1973	삭막한 정신의 소유자가 사랑의 감정을 되찾는 내용을 다룬 장편 『명예영사The Honorary Consul』 발표.
1974	로체스터 백작이었던 존 윌멋의 전기 『로체스터 경의 원숭이Lord Rochester' Monkey』 집필.
1978	장편 『인간 요건The Human Factor』 발표.
1980	장편 『제네바의 피셔 박사 혹은 멋진 파티Doctor Fischer of Geneva or The Bomb Party』 발표. 자서전 『도피의 길Ways of Escape』 발표.
1982	장편 『키호테 신부Monsignor Quixote』 발표.
1985	장편 『제10의 사나이The Tenth Man』 발표.
1986	공로훈위Order of Merit를 받음.
1988	장편 『대위와 적The Captain and the Enemy』 발표.
1990	단편집 『마지막 말The Last Word and Other Stories』 출간. 여행기 『꽃 속의 잡초A Weed Among the Flowers』 출간. 건강이 안 좋아져서 딸이 살던 스위스로 이주함.

1991	4월 3일 87세의 나이로 사망. 번번이 노벨문학상 후보에 올랐으나 매번 수상에 실패해 '영원한 후보'라는 별명이 붙기도 했던 그는 스위스의 코르시에쉬르브베에 있는 묘지에 묻힘.
1992	자서전 『나만의 세계—꿈일기 *A World of My Own: A Dream Diary*』 출간.
2005	그레이엄 그린의 거의 모든 단편을 모은 『단편 전집 *The Complete Short Stories*』 출간. 사후에 발견된 장편 『무인 지대 *No Man's Land*』 출간.

세계문학 단편선을 펴내며

세상의 모든 이야기는 단편으로 시작되었다. 성서와 그리스 신화를 비롯해 인류의 많은 신화와 설화는 단편의 형식으로 사물의 기원, 제도와 금기의 탄생, 운명이라는 이름의 삶의 보편적 형식을 설명했다.

〈세계문학 단편선〉은 모든 산문의 형식 중 가장 응축적이고 예술성이 높은 단편소설에 포커스를 맞추어 세계문학을 바라보는 새로운 관점을 제시하고자 한다. 단편소설을 언급할 때 빼놓을 수 없는 작가들의 작품들은 물론이고, 한두 편의 장편소설로만 우리에게 알려진 세계적 작가들이 남긴 주옥같은 단편들을 통해 대가의 진면모를 총체적으로 바라볼 수 있게 할 것이다. 또한 우리에게 문학의 변방으로 여겨져 왔던 나라들의 대표적 단편 작가들도 활발히 소개할 것이며 이미 순문학과의 경계가 불분명해진 장르문학의 형성과 발전에 크게 기여한 작가들의 작품 역시 새롭게 조명해 나갈 것이다.

에드거 앨런 포는 문학작품은 독자가 앉은자리에서 다 읽을 수 있을 정도로 짧아야 한다고 했다. 바쁜 일상의 삶을 사는 현대인들에게 〈세계문학 단편선〉은 삶과 사회, 나아가 세계를 바라볼 수 있게 하는 더할 나위 없이 좋은 친구가 될 것이라 확신한다.

21세기인 현재에 이르기까지 단편소설은 그리스 신화가 그러했듯이 삶의 불변하는 조건들을 응축된 예술적 형식으로 꾸준히 생산해 왔다. 그리고 새로운 문학적 기법과 실험적 시도를 통해 단편소설은 현재도 계속 진화, 확장되고 있다. 작가의 치열한 예술적 열정이 가장 뜨겁게 반영된 다양한 개성으로 빛나는 정교한 단편들을 통해 문학의 진정한 존재 이유를 독자들이 느낄 수 있기를 소망하며 이번 〈세계문학 단편선〉을 펴낸다.

현대문학 편집부

H 세계문학 단편선

그레이엄 그린

초판 1쇄 펴낸날 2017년 1월 10일
초판 4쇄 펴낸날 2021년 3월 30일

지은이 그레이엄 그린
옮긴이 서창렬
펴낸이 김영정

펴낸곳 (주)현대문학
등록번호 제1-452호
주소 06532 서울시 서초구 신반포로 321(잠원동, 미래엔)
전화 02-2017-0280
팩스 02-516-5433
홈페이지 www.hdmh.co.kr

ISBN 978-89-7275-754-2 04840
세트 978-89-7275-672-9

* 책값은 뒤표지에 있습니다.